| 증보판 |

世界 名言 辭典

세계 명언 사전

김효영 편저

明文堂

명언名言(wise saying)과 명문名文(wise sentence)은 같은 내용이지만, 여기 수록된 것이 명사들의 저작물에서 인용된 것이기 때문에 명문이라는 용어를 사용하는 것이 합당하겠으나 모두가 말로 시작되었다 하여 명언·격언·금언 등으로 사용하고 있어 이에 따르기로 하였습니다.

이 사전에는 우리 인간의 생활에 도움을 주는 동서고금의 명언과 격언, 그리고 현대에 회자膾炙되고 있는 용어를 수록하면서, 너무 많은 명언을 선택하는 데 있어 그 기준이나 범위 등에 다른 사전과 상충되는 점이 있어 성경, 불경의 이야기와 속담은 제외하고, 명사들의 명언만을 선택하여 표제어별로 독자가 접근하기 쉬운 가나다순으로 배열하였습니다.

명언은 학교 선생님의 말씀이나 책 또는 영화 등을 통하여 한 인생의 삶을 붙들어 줍니다. 필자의 경우, "친한 벗에도 예의가 있다.(일본 격언)" 하여 친구들과 다투지 않고 살고 있으며. "No pains, no gains.(서양 속담)"라는 명구로 인하여 평생 노력을 아끼지 않고, "포기하지 마라, 포기하지 마라, 결코 포기하지 마라!"라는 처칠의 대학 졸업식 연설문을 읽고 착수한 일을 포기하지 않고 성사시킨 일도 많습니다.

이 기회에 명사들의 인적 사항도 살펴보도록 인명록을 첨부하였습니다. 우리는 한국인이며, 동양인이고, 세계인입니다. 그리하여 명사들의 인명 표기에 있어 한국인은 한글만으로, 동양인은 한자를 병기하고, 서양인은 영문자로 표기하였습니다. 인명 표기에 있어 한글에는 L자와 F자 발음 글자가 없어 서양인은 영문자 표기를 원칙으로 하였습니다. 많은 명언집名言集을 검토하면서 이미 출간된 명언집과 차별화한 점은, 표제어를 세분화하여 독자의 관심 명언을 찾기 쉽게 하였으며, 명언자의 이름을 한국인은 한글로, 동양인은 한문자를 병기하고, 서양인은 영문자로 차별화하였고, 독자가 암기하기 어려운 기다란 문장은 가급적 배제하고 짧은 문장을 위주로 편집하였습니다.

"좋은 말 한마디는 악서 한 권보다 낫다." 하였으니, 여기 수많은 명언은 수백 권의 책과 다름없습니다.

종교인은 평생 자신들의 경전經典을 공부하며 따르고 있으니, 비종교인은 이 명언 사전을 통하여 명사들의 말씀을 공부하며 보람 있는 은혜와 감동을 받기 바랍니다. 김동구 사장님의 요청으로 인하여 폐기물이 될 뻔한 필자가 평생 모아둔 연하장 뒷면에 적은 명언 카드가 이 책자에 편입하게 된 것이 무엇보다 감개무량합니다.

2024년 3월

김 효 영

표제어 목록

9

世界 名言 辭典

세계 명언 사전

{ ㄱ }

| 가격價格 |

- 가격이 덜 나가는 것이 오히려 스스로를 더 낮게 평가한다.
  [Miguel de Cervantes]
- 금도 지나치게 비싸게 살 때가 있다.
  [John Heywood]
- 꿀과 꿀의 가격은 별개의 것이다.
  [터키 격언]
- 나한테는 가격을 속이더라도 제대로 된 물건을 팔아라. [인도 격언]
- 너무 비싸면 입맛도 떨어진다.
  [H. G. Antoine]
- 노점상에게 물건을 살 때 값을 깎지 마라. 그냥 주면 게으름을 주지만 부르는 값을 주면 희망을 준다.
  [김수환 추기경]
- 모든 것이 어느 정도의 가치는 있다.
  [P. Claudel]
- 비싼 고기가 더 맛이 있다.
  [Michel Eyquem de Montaigne]
- 아름다운 것이 비싼 것이 아니라 비싼 것이 아름다운 것이다. [Yiddish]
- 조잡한 신발과 정교한 신발의 가격이 같다면, 누가 정교한 신발을 만들겠나? [맹자孟子]

- 팔릴 수 있는 물건이라면, 이미 가치가 있는 물건이라 할 수 있다.
  [프랑스 격언]

| 가난家難 |

- 가난과 희망은 어머니와 딸이다. 딸과 사귀고 있노라면 어머니는 어느 틈엔가 잊어버리고 만다.
  [Jean Paul]
- 가난뱅이가 제일이다. 누구도 너의 그 가난을 훔치려 하지는 않을 테니까.
  [Shakespeare]
- 가난뱅이는 부자처럼 과거를 가질 권리가 없다. [Romain Rolland]
- 가난뱅이는 프라이드를 가질 것조차 금지당하고 있다. [Lev N. Tolstoy]
- 가난뱅이란 원래가 변덕스럽기 마련이다. 가난뱅이란 뒤틀린 성미를 가지고 있는 법이다. [Dostoevsky]
- 가난뱅이란 호주머니 속을 뒤집어 보이듯이 자기 자신에 관한 모든 것을 하나도 숨김없이 남에게 보여주어야만 하게 되어 있기 때문이다. 절대로 자신의 비밀을 가져서는 안 되고, 더욱이 자존심 같은 건 손톱만큼도 가져서는 안 되게 되어 있기 때문이다. [Dostoevsky]
- 가난뱅이에게 아첨하는 사람은 없다.
  [Shakespeare]

- 가난 속에 살림을 꾸릴 줄 모르는 자는 노예를 면치 못 하리라.
  [Horatius]
- 가난에서 벗어나는 단 하나의 수단은 지혜로워지는 것이다. [Florian]
- 가난에 안주하는 자는 부유한 자이다. [Shakespeare]
- 가난에 쫓기는 생활은 삶이라 할 수 없다. [Menandros]
- 가난에 찌들면 성실하게 살기가 어렵다. [Francois Villon]
- 가난은 가난하다고만 하여 결코 불명예로 여길 것이 아니다. 문제는 그 가난의 원인이다. 가난이 나태나 제멋대로의 고집, 어리석음의 결과가 아닌지를 잘 생각해 보라. 그러했을 때야말로 진실로 수치로 여겨도 괜찮을 일이다. [Plutarchos]
- 가난은 가난하다는 느낌으로 되어 있다. [Ralph Waldo Emerson]
- 가난은 다른 무엇보다도 용감한 사나이를 꺾어 놓는다. 사색思索의 노년보다도 크로노스여! 또 오한이 엄습하는 열병보다도 가난을 벗어나기 위해서는 깊은 바다에라도 몸을 던져야 한다. 설령 깎아지른 것 같은 낭떠러지에서라도 가난에 쪼들린 인간의 말은 아무 힘이 없고, 무슨 일이든 이루어지지 않으며, 그의 혀는 묶이어 있다. [Theognis]

- 가난은 많은 뿌리를 가지고 있습니다. 그러나 큰 뿌리는 무식입니다.
  [Lyndon B. Johnson]
- 가난은 모든 악의 근원이다.
  [George Burnard Shaw]
- 가난은 반드시 쫓을 수 없으며, 가난을 근심하는 그 생각을 쫓으면 마음이 항상 안락한 집 속에 살리라.
  [채근담菜根譚]
- 가난은 범죄를 낳는다.
  [Cassiodorus]
- 가난은 시詩 속에서는 대단히 멋이 있을지 모르지만, 집안에서는 그처럼 나쁠 수가 없다.
  [Henry Ward Beecher]
- 가난은 수치가 아니다. 이 말은 모든 사람이 입으로 말하지만, 마음속으로 그렇게 느끼고 있는 사람이 몇이나 되는지 모른다. [B. Corneille]
- 가난은 어떤 재난보다도 선인의 마음을 시들게 한다. 그것은 늙어서 백발이 되거나 신열로 오한에 떨 때보다도 훨씬 심하다. [Diogenes]
- 가난은 우리의 내부로부터 솟아나는 위대한 빛이다.
  [Raine Maria Rilke]
- 가난은 우연이 아니다. 노예제도와 아파르트헤이트처럼, 그것은 인간이 만든 것이고 인간의 행동에 의해 제거될 수 있다. [Nelson Mandela]

- 가난은 인격을 형성해 주는 교사이다. [Antiphanes]
- 가난은 인내하는 것보다 그것을 찬양하며 사는 것이 더 편안하다. [John Heywood]
- 가난은 죄가 아니다. 그러나 감추는 것이 마땅하다. [A. Brazos]
- 가난은 죄가 아니다. [George Herbert]
- 가난은 죄가 아니라 진리다. 음주가 선행이 아닌 것쯤은 나도 알고 있다. 이것은 한층 더 명백한 진리다. 그러나 빈곤도 동전 한 푼 없는 빈곤은 죄악이다. 가난할 때만 한 해 아직 점잔을 빼고 있을 수 있지만, 한 푼 없는 빈털터리가 되는 날엔 스스로 자신을 모욕할 각오가 없이는 도저히 살아갈 수 없다. 그래서 술집이라는 것이 필요해지는 것이다. [Fiodor Dostoevsky]
- 가난은 천재를 양육하는 요람이다. [이시카와 다크보쿠石川啄木]
- 가난은 한 사람이 가진 덕까지 부끄럽게 여기게 될 정도로 심한 모욕감을 준다. [L. C. M. Vauvenargues]
- 가난은 혁명과 범죄의 부모이다. [Aristoteles]
- 가난을 걱정하지 않고, 세상이 편안하지 못함을 걱정한다. [논어論語]
- 가난을 견뎌내는 것보다 빌려주는 것이 훨씬 쉽다. [John Heywood]
- 가난을 이겨내는 자는 많으나, 부귀를 이겨내는 자는 적다. [Thomas Carlyle]
- 가난의 괴로움을 면하는 길은 두 가지가 있다. 자기의 재산을 늘리는 것과 자기의 욕심을 줄이는 것으로, 전자는 우리의 힘으로 해결되지 않지만, 후자는 언제나 우리의 마음가짐으로써 가능한 것이다. [Lev Tolstoy]
- 가난의 재촉을 받아 기술이 늘어난다. [Theokritos]
- 가난이 가정을 파괴시키기보다는 한데 뭉치게 하는 때가 많다. [사기史記]
- 가난이 범죄의 어머니라고 하면, 정신적 결함은 그 아버지이다. [La Bruyere]
- 가난이 살며시 집안에 들어오면 거짓 우정友情은 부랴부랴 창밖으로 달아난다. [Friedrich Muller]
- 가난이 우리들의 곁에 있어서는 안 된다. 가난은 우리들의 모든 적과 한편이다. 모든 죽음의 짝과 한편이다. [Jean Anouilh]
- 가난이 자존심을 타락시킬 수 없고, 재물이 비열한 마음가짐을 높여주지는 못한다. [Vauvenargues]
- 가난이란 그리 고생스러운 것이 아니라는 것을 알았을 때, 사람들은

비로소 자기의 부를 마음껏 즐길 수 있다. [L. A. Seneca]

● 가난하다는 것은 결코 매력적인 것도 교훈적인 것도 아니다. 나의 경우에 있어서 가난은 부자나 상류계급의 우아함을 과대평가하는 것밖에 가르쳐 주지 않았다.
[Charles Chaplin]

● 가난하다는 말은 너무 적게 가진 사람을 두고 하는 말이 아니라, 더 많은 것을 바라는 사람을 두고 하는 말이다. [L. A. Seneca]

● 가난하면 좋은 천성도 부끄러워질 만큼 비굴해진다. [Vauvenargues]

● 가난하지 않겠다고 결심하라. 무엇을 가졌든 다 적게 쓰라. 가난은 인간 행복의 적이다. 그것은 확실히 자유를 파괴하고, 약간의 덕행도 실천할 수 없게 하며, 다른 일을 모두 어렵게 만든다. [Johnson]

● 가난한 것이 비극이 아니라, 가난한 것을 이기지 못하는 것이 비극이다.
[윤오영]

● 가난한 것이 어찌 교우交友에만 관계되겠는가? 집안 식구도 업신여기는 것이다. [안연지顔延之]

● 가난한 것이 죄가 되지는 않더라도 죄스러움을 자주 느끼게 한다.
[이외수]

● 가난한 사람은 꿈의 부자이다.
[이어령]

● 가난한 사람은 너무 적게 가진 사람이 아니라, 더 많이 갖기를 갈망하는 사람이다. [L. A. Seneca]

● 가난한 사람은 신용이 없다.
[Ausonius]

● 가난한 사람은 재물로서 예禮를 표하지 않는 것이다. [예기禮記]

● 가난한 사람을 동정해 주는 사람은 가난한 사람뿐이다. [L. E. Landon]

● 가난한 선비의 아내와 약한 나라의 신하는, 각기 그 바른 도에 만족할 뿐이다. [근사록近思錄]

● 가난한 자만큼 운이 없는 자도 없을 것이다. 가난은 예술을 자극한다.
[Democritos]

● 가난한 자의 아들이여! 가난하다고 스스로 얕보고 비웃지 마라. 가난함으로써 그대가 상속한 재산이 있는 것이다. 튼튼한 수족과 굳센 마음! 무슨 일이고 꺼리지 않고 할 수 있는 힘! 가난하기 때문에 그대에게는 참을성이 있고 적은 것도 고맙게 생각하는 마음이 있다. 가난하기 때문에 슬픔을 가슴에 품고 지그시 견디는 용기! 가난하기 때문에 우정이 두텁고 곤란한 사람을 도울 줄 아는 상냥한 마음씨! 이것들이 그대의 재산이다. 이러한 재산은 임금님도 상속하고 싶어 한다는 것을 알라. 그

대가 가난하기 때문에 얻은 고귀한 재산임을 알라. 　　　　[A. Lowell]

- 가난한 자는 가난한 자에 대해, 시인은 시인에 대해 원한을 품고 있다. 　　　　[Hesiodos]
- 가난한 자는, 가령 진실을 말한다 해도 믿어주지 않는다. 　[Menandros]
- 가난한 자는 언제나 미래에 보상을 받는다. 당장 보상을 받는 건 부자뿐이다. [Constantin V. Gheorghiu]
- 가난한 집안도 깨끗이 청소하고, 가난한 집 여인이라도 깨끗이 머리 빗으면, 비록 요염하게 아름답지는 않다고 할지라도 기품氣品과 풍도風度는 절로 배어나게 된다. 선비가 한 때 곤궁함과 적막함을 당할지라도 어찌 문득 스스로를 자포자기自暴自棄하리오. 　　[채근담菜根譚]
- 가난한 집에 태어날 때 특히 난처한 것은 자존심 강하게 태어나는 일이다. 　　　　[Vauvenargues]
- 가난할 때는 청렴을 보여주고, 풍족할 때는 의로움을 보여준다. 　[묵자墨子]
- 가난할 때 친하였던 친구는 잊어서는 안 되고, 지게미와 쌀겨를 먹으며 고생한 아내는 집에서 내보내지 않는다. 　　　　[후한서後漢書]
- 가난할지라도 인생을 사랑하라. 구빈원救貧院에 살아도 기쁘고 자극적이며 즐거운 일이 없지는 않을 것이다. 석양은 양로원의 창문에도 부자의 거처 못지않게 밝게 비추어 준다. 　[Henry David Thoreau]
- 가난해도 즐거워한다. 　[논어論語]
- 가장 비참한 가난은 외로움, 그리고 사랑받지 못하고 있다는 느낌이다. 　　　[Mather Teresa 수녀]
- 괴로움 없는 가난은 비참한 부富보다 낫다. 　　　　[Menandros]
- 교육받은 지식인 사이에 만연되고 있는 가난에 대한 공포는 우리의 문명이 앓고 있는 최악의 도덕적인 질병이다. 　　[William James]
- 군자는 가난을 편안히 여기고, 달인達人은 천명을 안다. 　[왕발王勃]
- 균등하면 가난은 없다. 　[논어論語]
- 나는 자유를 잃은 부강한 나라의 국민이기보다 가난하더라도 자유로운 나라의 국민이 되고 싶다. 자유를 사랑하면 가난하지 않을 것이다. 　　　[Woodrow Wilson]
- 나태는 걸음이 어찌나 느린지 가난이 금방 따라붙는다. 　　　[Benjamin Franklin]
- 남의 자비로 사는 것보다 가난한 생활을 하는 편이 낫다. 　[Talmud]
- 내가 죽을 때에 부유해지기 위해서 가난하게 지낸다는 것은 순전한 광기狂氣다. 　　　[Juvenalis]
- 노동이 신체를 굳세게 함과 같이 가

난은 정신을 굳세게 한다.

[L. A. Seneca]

- 농민이 가난해서 왕도 가난하다.

[Francois Quesnay]

- 뇌물을 바치기에는 너무 가난하고, 애걸하기에는 너무나 자존심이 강하였으므로, 그는 재산을 모을 수가 없었다. [Thomas Gray]

- 눈물을 흘리면서 빵을 먹어보지 못한 사람은 인생의 참맛을 알 수 없다.

[Goethe]

- 다 벗은 자를 뒤질 수는 없다.

[T. M. Plautus]

- 만족은 가난한 자를 풍부하게 하고, 풍부한 자를 가난하게 한다.

[Benjamin Franklin]

- 먹을 만큼 살게 되면 지난날의 가난을 잊는 것이 인지상정인가 보다. 가난은 결코 환영할 만한 게 못 되니, 빨리 잊을수록 좋은 것인지도 모른다. [김소운]

- 몹시 가난한 자에게는 높은 충성심을 기대할 수 없다. [F. Villon]

- 무소유란 아무것도 갖지 않았다는 것이 아니라, 불필요한 것을 갖지 않는다는 뜻이다. 우리가 선택한 많은 가난은 부보다 훨씬 값지고 고귀한 것이다. [법정 스님]

- 배부르고 따듯하면 음욕淫慾을 생각하게 되고, 굶주리고 추위에 떨면

도道의 마음이 싹튼다.

[명심보감明心寶鑑]

- 백발이 되어 늙는 것도, 고열에 의한 오한도, 그 어떠한 것도 가난만큼 인간을 굴복시키지 못한다.

[Theognis]

- 백성이 가난해지면 군주가 가난해지고, 백성이 부유해지면 군주도 부유해진다. [순자荀子]

- 베푸는 즐거움을 맛보려면 사람은 가난해야 한다. [George Elliot]

- 본래 가난하고 천할 때는 가난하고 천한 그대로, 환란을 당할 때는 환란 그대로 행하면 근심이 없다.

[중용中庸]

- 부유한 사람은 더 많이 요구하기 때문에 가난한 상태로 남게 된다. 그는 계속해서 더 많은 것을 원하고, 그래서 정말로 부유한 사람을 발견하기란 어려운 일이다. [Osho Rajneesh]

- 부자이면서 교만하지 않은 사람이 있었다는 말을 들어보지 못했다. 그러나 가난하고도 이를 원망하지 않을 수 있으니, 제가 바로 그러합니다. 가난하면서도 이를 원망하지 않는 태도는 가난을 곧 스승으로 삼고, 가난에서 무엇인가를 배우려는 자세를 가짐으로써 취할 수 있습니다. 이제 저에게 토지를 봉하신다면 저의 스승을 바꾸어 놓는 셈입니

다. 그리하여 스승을 경시하면서 봉해진 토지를 중히 여길 테니, 그 토지를 사랑합니다. [안자롱子]

● 빈천貧賤하면 벗이 적다.
[사마천司馬遷]

● 빈 부대가 똑바로 서기 어려운 것처럼, 가난한 사람의 경우, 끊임없이 정직하게 지낸다는 것은 실로 어려운 일이다. [Benjamin Franklin]

● 빵이 없는 자에게 정신적 자유가 무슨 소용이 있겠는가? 그것은 야심적인 이론가나 정치가에게만 가치가 있는 것이다. [John M. Murrey]

● 사람이 가난하면 지혜가 줄어들고, 복이 다다르면 마음이 밝아진다.
[명심보감明心寶鑑]

● 사람이 가난한 것은 소유하고 있지 않기 때문이 아니라 속박당하고 있기 때문입니다. 특히 소유물에 완전히 매달려 있을 때에 가난한 것입니다. 다른 사람들에게 마음을 열 수 없고 자기 자신을 줄 수 없을 때에 가난한 것입니다. [John paul II]

● 생계 수단이 없어 찾아야 하는 삶은 삶이 아니다. [Manandros]

● 세상에서 가장 같이 일하기 힘든 사람은 가난한 사람들이다. [마원馬援]

● 신은 가난한 자를 보호한다.
[Menandros]

● 신이 품은 가난한 자가 있고, 악마

가 낚아챈 가난한 자가 있다. 가난한 자에게는 1실링이 1페니의 값어치밖에 안 된다. [John Ray]

● 악덕은 사람의 재물 때문에, 미덕은 가난 때문에 가려져서 안 보인다.
[Diogenes]

● 여러분이 가난하다면 덕에 의해서 이름을 떨치는 편이 좋다. 여러분이 부유하다면 자신에 의해서 이름을 떨치는 편이 좋다. [Joseph Joubert]

● 역사상 가장 위대한 사람은 가장 가난한 사람이었다. [Ralph Emerson]

● 우리가 선택한 맑은 가난은 부보다 훨씬 값지고 고귀한 것이다. [법정]

● 우리가 찬양하는 것은 가난이 아니라, 가난해도 천해지지 않고 굴복하지 않는 인간이다. [L. A. Seneca]

● 우리는 가난과 전쟁을 해야 할 뿐만 아니라 낭비와도 싸워야 합니다.
[Lyndon Baines Johnson]

● 우리는 가난한 자에게는 결점이 없기를 기대한다. [Beaumarchais]

● 우리 정부는 지금 이 자리에서 미국 내의 가난을 없애기 위해 무조건 전쟁을 선포하는 바입니다.
[Lyndon B. Johnson]

● 원헌原憲은 노나라에서 가난하게 지냈고, 자공子貢은 위나라에서 재물을 불렸다. 원헌의 가난함은 삶을 손상시켰고, 자공의 재물 증식은

몸에 누를 끼쳤다. 그러나 가난한 것도 안 되지만 재물을 불리는 것도 안 된다. 그러면 어떻게 하면 괜찮은가? 괜찮은 것은 삶을 즐기는 데 있으며, 괜찮은 것은 몸을 편안히 하는 데 있다. 그러므로 삶을 즐기는 사람은 가난하지 않고, 몸을 편안히 하는 사람은 재물을 불리지도 않는다.　　　　　[양주楊朱]

● 육체적 노동은 전신적 고통을 덜어 준다. 그러므로 가난한 사람이 행복해진다.　　[La Rochefoucauld]

● 이 나라에는 유산으로 물려받은 부가 있고, 또 조상으로부터 물려받은 가난이 있습니다.　[John F. Kennedy]

● 이웃이 잘 살면 닭들도 오가지만, 내 집이 못살면 오던 손님도 점차 발길을 끊는다.　　[전당시全唐詩]

● 인간은 가령 노동자로 전락했더라도 나의 아들에게 산뜻한 옷을 입히고 싶어 하는 어머니의 마음을 잃지 않는다. 가난한 사람은 가난한 나름으로 있는 힘을 다하여 자기들의 불행을 숨기려고 한다.

　　　　　[Sebastien Mercier]

● 일정한 수입이나 재산이 없는 자는 가난하기 때문에 마음이 흔들리기 쉽다.　　　　　[맹자孟子]

● 자연은 알몸으로 태어난 인간에게 빈곤이라는 짐을 참을성 있게 견뎌야

한다고 경고한다.　[Dionisios Cato]

● 자유 사회가 많은 가난한 사람들을 돕지 못한다면, 그 사회는 부자인 몇 사람도 구제할 수가 없습니다.

　　　　　[John F. Kennedy]

● 주머니가 줄어들면 의식意識은 넓어진다.　　　　[Noel de Pie]

● 주머니에 돈 한 푼 없는 자가, 입에는 꿀을 물게 된다.

　　　　　[믈레즈 드 몽뤽 장군]

● 죽어도 이내 마음 굽히지 않을진대, 가난이 이내 몸을 어쩐단 말인가.

　　　　　[황종희黃宗羲]

● 지겹다, 가난이여! 살아계실 때에는 봉양을 못 했는데, 돌아가시는 예를 베풀 수가 없구나.　　[예기禮記]

● 집안이 가난해지면 사랑하는 사람도 흩어지고, 몸이 병들면 교유도 피하게 된다.　[백씨문집白氏文集]

● 천자에게도 가난한 친척 세 집은 있다.　　　　[홍루몽紅樓夢]

● 천하에 꺼리는 일이 많아지면 백성은 더욱 가난해진다.　[노자老子]

● 친척 중 가난한 이를 소홀히 하지 말고, 타인 중 부귀한 이를 두둔하지 마라.　　[명심보감明心寶鑑]

● 학문 있는 자들의 가난함을 학문 없는 자들의 부귀함과 비겨서는 안 된다.　　　[안씨가훈顏氏家訓]

● 후세에 이름이 남으면 일찍 죽어도

장수하는 셈이고, 가난한 살림에도 즐겁게 살아가면 부자나 마찬가지다. [원매袁枚]

- 힘든 일은 외모를 거칠게 할 수 있고, 가난은 눈의 맑은 광채를 흐릴 수 있다. [Walter scott]

| 가능可能과 불가능不可能 |

- 가능성은 필요성 가까이에 있다. [Pythagoras]
- 겁쟁이와 망설이는 자는 모든 것을 불가능하게 보기 때문에 실제로도 불가능한 것이다. [Walter Scott]
- 게를 똑바로 걷도록 가르칠 수는 없다. [Aristophanes]
- '그것은 불가능하다' 고 너는 나에게 써 보냈지? 그 말은 프랑스어가 아니다. [Napoleon I]
- 그 어느 누구도 달리면서 풀피리를 불 수는 없다. [프랑스 속담]
- 나의 사전에 불가능이란 없다. [Napoleon I]
- 무슨 일이든 끝나버리기 전에는 불가능하다고 생각하지 마라. [Marcus Tullius Cicero]
- 불가능이란 낱말은 행운의 단어가 아니다. 이 말을 자주 입 밖에 내는 자들한테서는 바람직한 결과가 생기지 않기 때문이다. [Thomas Carlyle]

- 불가능이란 노력하지 않는 자의 변명이다. [Napoleon I]
- 불가능한 일을 추구하는 것은 미친 짓이다. 또 악한 사람이 악한 일을 저지르는 것도 불가능하다. [Aurelius]
- 사람이 말을 물가로 끌고 갈 수는 있지만, 물을 억지로 마시게 할 수는 없다. [John Heywood]
- 세상에서 가장 아름다운 여자는 그녀가 가진 것밖에는 줄 것이 없다. [Nichora Sangfor]
- 소심하고 용기가 없는 인간에게는 일체의 일이 불가능한 것이다. 왜냐하면, 일체가 불가능하게 보이기 때문인 것이다. [W. Scott]
- 아무도 불가능한 일을 할 필요가 없다. [요하네스 나비자무스]
- 어느 누구도 숨을 내쉬는 동안에 먹을 수 없다. [T. M. Plautus]
- 일이 불가능하다고 믿는 것이야말로 일을 불가능하게 하는 것이다. [Thomas Fuller]
- 차라리 자신 없는 가능성보다는 불가능한 것같이 보이는 것이 더 나을 수 있다. [Aristoteles]
- 태산을 안고 북해를 넘는다. [맹자]
- 할 수 있다고 생각하기 때문에 할 수 있는 것이다. [P. M. Vergilius]

| 가능성 可能性 |

● 당신이 바라거나 믿는 바를 말할 때마다, 그것을 가장 먼저 듣는 사람은 당신이다. 그것은 당신이 가능하다고 믿는 것에 대해 당신과 다른 사람 모두를 향한 메시지다. 스스로에 한계를 두지 마라.
[Oprah Winfrey]

● 어느 정도는 우연에 맡겨야 한다.
[Pierre Leroux]

● 예측했던 것에 반하는 천 가지 일이 일어날 가능성이 있다.
[H. L. Mencken]

● 운명은 가능성을 비웃는다.
[Edward Bulwer Litton]

● 임자 해 봤어? [정주영]

● 하면 된다. 해야 한다. 되지 않는 것은 하지 않기 때문이다.
[다께다노부겡武田信玄]

● 할 수 있다고 믿는 자들이 정복할 수 있다. 한번 실행해 본 사람은 다시 하기를 꺼려 하지 않는다.
[Ralph Waldo Emerson]

● 현자는 사물 간, 혹은 사건 간 개연성을 가늠할 수 있어야 한다.
[Marcus Tullius Cicero]

| 가을 |

● 가을은 과실의 아버지이다.
[Horatius]

● 가을은 남자와 여자 그리고 짐승을 길들인다. [Shakespeare]

● 가을은 영원히 계속되지 않으며, 봄은 자기 차례를 건너뛰지 않는다. 4월은 5월이 지켜야 하는 약속이란 것을 우리는 알고 있다. [H. Boland]

● 가을은 우리가 무엇을 이루었고 이루지 못한 게 무엇이며 그리고 내년에는 무엇이 하고 싶은지를 생각해 볼 수 있게 할 완벽한 시간이다.
[작자 미상]

● 가을 장미는 다른 계절의 장미보다 더욱 우아하다. [Agripa]

● 그날은 실제보다 기억에서 자주 일어나는 그런 완벽한 가을날이었다.
[P. D. James]

● 나는 집에 틀어박혀 가을 햇살만큼 소중한 것을 낭비하는 것이 견딜 수 없다. 그래서 나는 대부분의 낮 시간을 밖에서 보낸다.
[Nathaniel Hawthorne]

● 남을 대할 때는 봄바람처럼 나를 대할 때는 가을 서리처럼. [신영복]

● 모든 잎이 꽃이 되는 가을은 두 번째 봄이다. [Albert Camus]

● 인간에게 가을은 수확의 시간, 함께

모이는 시간이다. 자연에게 가을은
씨를 뿌리고 외부로 흩어지는 시간
이다.　　　　　　　[Edwin Way Teale]

| 가정家庭 |

- 가문은 스스로 무너질 짓을 한 뒤에
  남이 무너뜨린다.　　　　[맹자孟子]
- 가정과 가정생활의 안정과 향상이
  문명의 주요 목적이요, 모든 산업의
  궁극적 목적이다.　　　[C. W. Elyot]
- 가정 속에 자기 세계를 가진 자야말
  로 행복하다. 저녁 무렵이 되면 비
  로소 집의 고마움을 깨닫게 한다.
  　　　　[Johann W. Wolfgang Goethe]
- 가정생활이라는 어둡고 어려운 세
  계에서는 가장 위대한 자도 실패할
  수 있고, 가장 미천한 자도 성공할
  수 있다.　　　　　[Randsll Jarrell]
- 가정에는 자애와 같다. 따라서 죄
  악 행위의 원인은 되지만, 그 변명
  이 되지는 않는다. [Lev N. Tolstoy]
- 가정은 누구나 '있는 그대로'의 자기
  를 표시할 수 있는 유일한 장소이다.
  　　　　　　　　[Andre Maurois]
- 가정은 사람에게 일상적으로 필요
  한 것들을 공급하기 위해 자연이 설
  립한 조직이다.　　　[Cervantes]
- 가정은 소녀의 감옥이요, 부인의 노
  역소이다. [George Bernard Shaw]

- 가정은 애정 집단이라고 했다.
  　　　　　　　　　　[오종식]
- 가정은 오케스트라와 같다. 온 가족
  이 합주자가 되어 아름답고 멋있는
  음악을 연주하는 것이다.　[이태영]
- 가정은 우리들의 마음을 양육하는 것
  이 아니고, 우리들의 묘혈墓穴 그 관
  습의 끝 칸이다. [William Channing]
- 가정은 임금도 침입할 수 없는 성곽
  이다.　　[Ralph Waldo Emerson]
- 가정을 선택하는 사람은 없다. 가
  정은 신이 주는 선물이다.
  　　　　　　　　[Resmond Tutu]
- 가정을 다스리는 데는 네 가지 가르
  침이 필요할지니, 그것은 근면함과
  검소함과 공손함과 너그러움이다.
  　　　　　　　　　　[왕유王游]
- 가정을 지키고 잘 다스리는 데에는
  두 가지 훈계의 말이 있다. 첫째, 너
  그럽고 따뜻한 마음으로 집안을 다
  스리지 않으면 안 된다. 그리고 정
  이 골고루 미치면 아무도 불평하지
  않는다. 둘째, 낭비를 삼가고 절약
  해야 한다. 절약하면 식구마다 아
  쉬움이 없다.　　　[채근담菜根譚]
- 가정의 수호신을 믿는 것만큼 즐거
  운 일이 있으랴!　　[Franz Kafka]
- 가정이란 어떠한 형태의 것이든 인생
  의 커다란 목표이다. [J. G. Holland]
- 가정이야말로 고달픈 인생의 안식

처요, 모든 싸움의 자취를 감추고 사랑이 싹트는 곳이요, 큰 자가 작아지고 작은 자가 커지는 곳이다. 가정은 안심하고 모든 것을 맡길 수 있으며, 서로 의지하고 사랑하며 사랑을 받는 곳이다.　　[H. G. Wells]

- 가정이여, 닫힌 가정이여, 나는 너희를 미워한다.　　　　[Andre Gide]
- 가정이 행복해지려면 인내가 필요하다. 변덕스러운 자는 불행을 불러들이기 마련이다.　[G. Xanteina]
- 개인의 집은 임금도 침입할 수 없는 성곽이다. [Ralph Waldo Emerson]
- 검소하고 부지런한 것은 집을 다스리는 근본이요, 화목하고 순종하는 것은 집안일을 처리하는 근본이다.
  [명심보감明心寶鑑]
- 국가의 기본은 가정에 있다. 모든 가정이 각기 바로잡히면 그 국가는 바로잡힌다.　　　　[대학大學]
- 글을 읽음은 집을 지키는 근본이요, 이치를 좇음은 집을 보존하는 근본이다. 부지런하고 검소함은 집을 다스리는 근본이요, 화순함은 집을 정제整齊하는 근본이다.
  [명심보감明心寶鑑]
- 다른 것들은 우리를 바꿀 수 있지만 가정은 우리의 시작과 끝이다.
  [Anthony Blunt]
- 마음이 가 있는 곳이 곧 가정이다.

[E. G. Harbard]
- 먼저 가정에 법이 서서 장차 국정에까지 미친다.　　　　[대학大學]
- 모성애 없는 가정은 동토凍土와 같다. 부성애 없는 가정은 반란 소굴이다.　　　　　　　　[오소백]
- 밝은 관리도 가정일을 결단하기 어렵다.　　　　[유림외사儒林外史]
- 벌집에 좋지 않은 것은 벌에게도 좋지 않다.　　[Marcus Aurelius]
- 사람은 집에 머물 때 그의 행복에 가장 가까워지고, 밖으로 나가면 그의 행복에서 멀어지기 십상이다.
  [Josiah G. Holland]
- 사랑 없는 가정은 혼 없는 신체가 사람이 아니듯이 결코 가정이 아니다.
  [Ivry]
- 설령 우리의 몸은 가정을 떠날지 모르나 우리의 마음은 떠나지 않는다.
  [Oliver Wendell Holmes]
- 세계 속에 가정이 있는 것이 아니다. 가정 속에 전 세계가 들어 있는 것이다.　　　　　　[오소백]
- 아내도 없거니와 자식도 없는 사람은, 책이나 세상에서 가정의 신비를 백 년을 연구해 본들 그 신비에 대해서는 무엇 하나 알아내지 못한다.
  [J. Michelet]
- 아무리 세상일이 재미있고 자유를 갈망하더라도, 우리의 소망은 평온을

찾아 가정으로 되돌아오는 것이다.

[Goldsmith]

- 아무리 화려한 궁전이라도 초라한 내 집만 한 곳은 없다. [Thomas Paine]
- 아아, 가정으로 돌아가고 싶다.

[Vincent van Gogh]

- 안락한 집은 행복의 근원이다. 그 것은 바로 건강과 착한 양심 다음 자리를 차지한다. [S. Smith]
- 애정은 가정에 머문다. [Plinius Ⅱ]
- 어느 곳에나 가정이 있는 자는 가정 이 없는 것과 마찬가지이다.

[M. V. Martilis]

- 우리 집에 있는 멍텅구리가 남의 집 에 있는 지혜자보다는 많이 알고 있다. [Cervantes]
- 원만한 가정은 서로의 사소한 희생 없이는 절대로 영위되지 못한다. 이 희생은 그것을 실행하는 사람을 위 대하게 하며 아름답게 한다.

[Andre Gide]

- 자기 가정을 훌륭하게 다스리는 자 는 국가의 일에 대해서도 가치 있는 인물이 된다. [Sophocles]
- 자신의 덕이 닦아진 후 집이 정돈 된다. [대학大學]
- 자신의 집에서 자신의 세계를 가지 고 있는 사람보다 더 행복한 사람은 없다. [Goethe]
- 저녁 무렵 자연스럽게 가정을 생각

하는 사람은, 가정의 행복을 맛보고 인생의 햇볕을 쬐는 사람이다. 그는 그 빛으로 아름다운 꽃을 피운다.

[Bechstein, Ludwig]

- 정다운 내 집이 없으면 온 세상이 내 것일지라도 커다란 감방에 지나 지 않는다. [A. Cowley]
- 집안사람에게 허물이 있더라도 몹 시 성내거나 가볍게 버리지 마라. 그 일을 말하기 어려우면 다른 일에 비유하여 은근히 깨우쳐라. 오늘 깨우치지 못하거든 내일을 기다려 다시 경계하라. 봄바람이 언 것을 풀듯, 화기和氣가 얼음을 녹이듯 하 라. 이것이 곧 가정의 규범이다.

[홍자성洪自誠]

- 집이란 어느 식구든 자기 방에 금방 불을 지필 수 있는 곳이라고 나는 생각한다. [Ralf Emerson]
- 천막을 치고 야영을 하는 데는 여러 명의 남자가 필요하지만, 가정을 이 루는 데는 여자 하나면 된다.

[C. G. Ingersoll]

- 쾌락과 궁전 속을 거니는 것도, 언 제나 초라한 내 집만큼 편안하지는 않다. [J. H. Paine]
- 하나의 가정을 원만하게 다스린다 는 것은, 한 나라를 통제하는 것보다 더 어려운 일이다. [Montaigne]
- 하늘의 별이 되지 못하거든 차라리

가정의 등불이 되어라.

[George Eliot]

- 행복한 가정은 미리 누리는 천국이
다.   [R. Bowning]
- 혼인을 부귀에 치중하면 장차 가정
의 화근이 된다.   [사마광司馬光]

| 가족家族 |

- 가장이 확고하게 지배하는 가족은
다른 곳에서 찾아보기 힘든 평화가
깃든다.   [Goethe]
- 가족들이 서로 맺어져 하나가 되어
있다는 것이 정말 이 세상에서의 유
일한 행복이다.   [Curie 부인]
- 가족에게 자상하지 않으면 헤어진
뒤에 후회한다.   [주희朱熹]
- 가족이여! 굳게 폐쇄된 가정이여!
나는 너를 미워한다. [Andre Gide]
- 더러워진 세탁물은 집에서 빨아야
한다.   [G. G. Casanova]
- 모든 행복한 가족들은 서로서로 닮
은 데가 많다. 그러나 모든 불행한
가족은 그 자신의 독특한 방법으로
불행하다.   [Tolstoy]
- 역사를 통해 가족이라는 단위는 인
류 활동의 기본 척도였다.

[Arnold Toynbee]

- 이 세상에 태어나 우리가 경험하는
가장 멋진 일은 가족의 사랑을 배우

는 것이다.   [George Macdonald]
- 집안에 하인, 걸인, 어리석은 자가
없는 사람은 천둥의 아들이다.

[Thomas Fuller]

- 친척은 다른 한 친척의 악행을 목격
한 유일한 목격자가 되어야 한다.

[Sophocles]

- 친척의 불의로 받는 고통은 검에 찔
리는 고통보다 더욱 가혹하다.

[타라파 알바크리]

| 가치價値 |

- 값이 싸고 질이 좋은 매물을 대하면
다시 한번 생각할 필요가 있다.

[George Herbert]

- 모든 나무로 미네르바 상을 만들 수
있는 것은 아니다.   [D. Erasmus]
- 사물이 똑같지 않은 것은 사물의 객
관적인 정황이다.   [맹자孟子]
- 사람은 자신의 손에 있는 것은 정당
한 값으로 평가하지 않지만 일단 그
것을 잃어버리면 가치를 부여하게
된다.   [William Shakespeare]
- 식물의 종류는 수없이 많지만, 설탕
을 만들 수 있는 것은 사탕수수뿐이
다.   [J. A. Houlder]
- 오늘날에 와서는 모든 사람들이 사
물의 값은 알고 있지만 가치는 전혀
모르고 있다.   [Oscar Wilde]

35

- 죽음과 동시에 잊혀지고 싶지 않다면 읽을 가치가 있는 글을 쓰라. 또는 글로 쓸 가치가 있는 일을 하라.

  [Benjamin Franklin]

| 가해加害와 피해被害 |

- 남을 해치고 저만을 이롭게 하면 마침내 출세하는 자손이 없을 것이요, 뭇사람을 해쳐서 성가成家한다면 어찌 그 부귀가 장구하겠는가.

  [진종眞宗]

- 범죄로 범죄를 갚는 것은 신앙심에서 기인한다. 치명상을 입힌 자는 치명상으로 벌해야 한다. [Aeschylos]

- 타인의 눈을 멀게 하는 자는 자신의 눈도 멀게 될 것이다. [함무라비 법전]

- 폭력에 맞서 폭력을 행사하는 자는 법을 위반할 뿐 인간을 능욕하는 것은 아니다. [Francis Bacon]

| 가훈家訓 |

- 부인의 본성은, 대체로 사위는 총애하지만, 며느리는 구박한다. 사위를 총애하면 아들들이 원망하게 되고, 며느리를 구박하면 딸들이 며느리를 헐뜯게 된다. 그러므로 여자는 출가하든 안 하든 모두 그의 생가에 죄를 짓는 셈인데, 실은 어머니가 그렇게 만드는 것이다.

  [안씨가훈顔氏家訓]

- 새벽이면 곧장 일어나 물 뿌리고 마당을 쓸고 집 안팎을 치우고 깨끗이 한다. 어두워지면 휴식해야 하니 대문과 방안을 닫아 잠그되, 반드시 직접 스스로 해야 한다.

  [주자가훈朱子家訓]

- 어깨에 짊어지고 장사하는 행상인과 거래함에는 잇속만을 챙기지 말고, 가난한 이웃을 보면 친지나 이웃 보듯 모름지기 따뜻하게 구휼해야 한다. [주자가훈朱子家訓]

- 집안에서 매를 들고 꾸짖는 일이 없어지면 아이들의 잘못이 곧바로 나타나고, 형벌이 온당하지 않으면 백성들이 몸 둘 곳이 없게 된다.

  [안씨가훈顔氏家訓]

| 간결簡潔함 |

- 간략하고 좋은 것이 두 배로 좋다.

  [Gracian, Balthasar]

- 간략함은 대가들이 글에 바르는 유약이다. [L. C. M. Vauvenargues]

- 말을 줄일 줄 모르는 사람은 결코 쓰는 법을 알지 못한다. [N. Boileau]

- 항상 서둘러 결말을 지어라.

  [F. Q. Horatius]

| 간계奸計 / 간사奸詐함 |

● 간계의 기술은 지성을 전제로 하고 재능을 배제한다.　[루이 드 보날]
● 권리는 조상을 위해 존재하고, 성공은 간계를 위해 존재한다.
　　　　　　　　　　[J. 시니얼 뒤베이]
● 자신만의 재능을 가지고 사람들 사이에 끼어들 줄 아는 것이 필요하다.　[Balthasar Grasian]
● 재기 발랄한 여자는 음모를 꾸미는 악마이다.　[Moliere]

| 간음姦淫 / 간통 |

● 간음한 남자는 남의 땅을 경작하고 정작 자기 밭은 황무지로 버려둔다.
　　　　　　　　　　[T. M. Plautus]
● 간통은 하나의 파산이다. 다만 보통의 파산과 다른 점은, 파산의 피해를 받은 사람이 불명예의 피해를 입는 것이다.　[S. R. Nichora Sangfor]
● 간통한 여자는 자신처럼 간통한 남자나 사악한 남자와의 남편은 못 가진다.　[Korah]
● 남편의 죄는 문지방에 남아 있고, 아내의 죄는 집안까지 들어온다.
　　　　　　　　　　[러시아 격언]
● 집에 난 불은 집의 재로 덮어 꺼야 한다.　[Basque]

| 간파하다 / 짐작하다 |

● 사람들은 간파했다고 믿을 때 대개 속아 넘어간다.　[La Chaussee]
● 사람들은 남을 간파하기를 좋아하나 정작 간파당하는 것은 좋아하지 않는다.　[Rochefoucauld]
● 사람이 가장 잘 아는 것은 짐작한 것이고, 경험으로 배운 것은 그다음이다.　[W. S. de chamfort]

| 간諫하다 |

● 나무는 먹줄을 좇음으로써 곧게 되고, 사람은 간함을 받아들임으로서 거룩해진다.　[공자孔子]
● 도끼를 맞이하고서도 바르게 간하고, 가마에 삶기기 직전이라도 할 말을 다 하면, 이가 바로 충신인 것이다.　[명심보감明心寶鑑]
● 부자父子는 골육으로 이어졌고, 신하와 임금은 의義로 맺어졌다. 그러므로 아버지에게 잘못이 있을 때, 이들이 세 번 간해도 듣지 않으면 아들은 울면서 이를 따라야 한다. 그러나 신하가 임금에게 세 번 간해도 듣지 않으면 의를 버려야 한다.　[소학]
● 선비에게 간하는 벗이 있으면 몸이 아름다운 이름에서 떠나지 아니하고, 아버지에게 간하는 아들이 있으

면 몸이 불의不義에 빠지지 않는다.

[소학小學]

- 신하 된 자의 예禮로써 간하지 아니하나, 마땅히 간해야 할 것을 세 번이나 하여 듣지 아니하면, 곧 떠나야 한다. 아들이 어버이를 섬기는 일로 세 번이나 간하여 듣지 않더라도 울면서 그 뒤를 따를 수밖에 없느니라.

[예기禮記]

- 임금에게 총애를 받고 있으면 지혜가 합당하게 받아들여져 더욱 친해지고, 임금에게 미움을 사고 있으면 지혜가 합당하게 받아들여지지 않고 죄를 짓게 되어 더욱 멀어진다. 그러니 임금에게 간하는 말을 하거나 변설을 하려는 사람은, 임금의 사랑과 미움을 잘 살핀 뒤에 얘기하지 않으면 안 된다.

[한비자韓非子]

- 충간하는 말과 정직한 이론은, 신하의 이익이 아니라 국가의 복이다.

[이언적]

| 갈증渴症 |

- 갈증과 상사병은 수치심을 모른다.

[H. Morris]

- 먹으면 식욕이 생기고, 마시면 갈증이 가신다.　　[Francois Rabelais]
- 사자와 나이팅게일은 항상 목마르다.

[H. de Montherlant]

- 자신의 갈증을 다스리는 자가 건강을 다스린다.　　　　[A. 브리죄]

| 감각感覺 |

- 감각보다 우리에게 더 많은 정보를 제공하는 것이 무엇이란 말인가?

[Titus Lucretius Carus]

- 감각은 그릇된 외양으로 이성을 기만한다.　　　　　　　[Pascal]
- 눈과 귀는 상스러운 영혼을 갖고 있어서 인간에게는 좋은 증인이 될 수 없다.　　　　　　　[Helaclathus]
- 곳곳에서 느끼는 기분 좋은 감각은 주로 한 곳에서 표현한 것이 웃음이다.　　　　　　　[Josh Billings]
- 내가 가진 감각들이 아니라, 그것으로 하는 무엇인가가 나의 세계다.

[Helen Adams Keller]

- 어떤 사람에게는 설익고 쓴 것이 다른 사람에게는 특별히 달게 생각될 수도 있다.　　　　　[Lucretius]
- 유머 감각은 리더십의 기술, 대인관계의 기술, 일 처리 기술의 일부분이다.　[Dwight David Eisrnhower]

| 감동感動 |

- 가장 가까이 있는 것이 우리를 가장 감동시킨다. 그렇기에, 나라의 비

극보다 가정의 비극이 더 뼈에 사무친다.　　　　　　[Samuel Johnson]

● 감동은 무한한지 모른다. 우리가 감동을 표현하면 할수록 우리는 표현해야 할 것이 더 많아진다.

　　　　　　　[Edward Foster]

● 사람을 가장 감동시키는 것은 가슴에서 우러나오는 말이다.　[Goethe]

● 정말 위대하고 감동적인 모든 것은 자유롭게 일하는 이들이 창조한다.

　　　　　　　[Albert Einstein]

| 감사의 마음 |

● 감사는 갚아야 할 의무이지만 어느 누구도 그것을 기대할 권리는 없다.　　　　[Jean-Jack Rousseau]

● 감사는 빨리 늙는다.　[Aristoteles]

● 감사는 언젠가는 덜어야 하는 마음의 짐이다.　　　　[D. Diderot]

● 감사는 예의의 가장 아름다운 형태이다.　　　　[Jacques Maritain]

● 감사는 훌륭한 교양의 열매이다. 천한 사람 사이에서는 그것을 갖기 힘들다.　　　　[J. Boswell]

● 감사를 받기 위해서 먼저 고마움을 표시하라.　　　[Gracian y M. B.]

● 감사야말로 세상에서 가장 기분 좋은 결실이다.　　　[Menandros]

● 감사의 의무를 다했다 해서 누구나

가 은혜를 잊지 않고 있다고 기대할 수는 없다.　　[La Rochefoucauld]

● 감사하며 받는 자에게 많은 수확이 있다.　　　　[William Blake]

● 감사할 줄 아는 마음씨는 돈으로 살 수 없는 것 중 하나이다. 그것은 타고나는 것으로, 이 세상의 어떤 것으로도 창조할 수 없다. [Halifax 경]

● 대부분의 감사는 더 큰 혜택을 받고 싶어 하는 은밀한 욕망에 지나지 않는다.　　[La Rochefoucauld]

● 돌아오는 이득이 있을 때에만 감사 표시를 하라.　[J. P. C. de Florian]

● 세상에서 가장 아름다운 과도함은 감사다.　　　　[La Bruyere]

● 선행에 대한 감사야말로 선행으로 얻을 수 있는 충분한 이득이다.

　　　　　　　[Publius Syrus]

● 항상 네 감사하는 일을 처음에는 하늘에 하고 다음에는 땅에 하라.

　　　　　　　[David Thomas]

● 항상 감사하는 마음을 가져라. 당신이 현재 가진 것으로 행복하지 않다면, 더 많이 받는다고 해도 결국 행복해지지 못한다. 작은 선물 하나라도 소중히 받아들이며, 누군가로부터 받았다는 사실을 깨닫고 감사하는 마음을 가져야 한다. [Viki King]

| 감수성感受性 |

- 예민한 자들은 양식이 있는 자들이 아니다. [H. Balzac]
- 예민해지는 것보다 차라리 미치는 것이 낫다. [Antisthenes]
- 우리에게 닥치는 행운과 불운은 그것이 얼마나 심각한가에 따라서가 아니라, 우리가 얼마나 심각하게 느끼는가에 따라서 영향을 미친다.
  [Francois de La Rochefoucauld]

| 감시監視 |

- 고양이가 없으면 쥐가 춤을 춘다.
  [Jean A. de Baif]
- 당나귀는 항상 꼬리를 잡고 있어야 한다. [A. Artabert]
- 돌보지 않는 것은 강도당하기 마련이다. [Marguerite de Navarre]
- 두려움이 깨어 있지 않으면 두려워하던 것이 닥친다. [Publius Syrus]

| 감언甘言 |

- 달콤한 말에는 마음이 담겨 있지 않다. [Noel de Pie]
- 말 잘하는 사람치고 행동 잘하는 사람 없다. [A. de Montreux]

| 감옥監獄 |

- 중학교에서 3년, 대학에서 1년, 감옥에서 2년을 보낸 사람만을 완전히 성숙한 사람이라 할 수 있다.
  [러시아 격언]
- 추한 사랑이란 없고, 아름다운 감옥도 없다. [Pierre Gringore]

| 감정感情 |

- 가장 깊은 감정이란, 항상 침묵 가운데 있다. [Thomas More]
- 감정에는 모두 자기만이 체험하는 감정인 양 느끼게 하는 독특한 면이 있다. [Jean Paul]
- 감정에 격激하여 몸을 버리기는 쉽지만, 침착하게 의로움으로 나아가기는 어렵다. [근사록近思錄]
- 감정에 침묵을 강요할 수 있지만 넘어서는 안 될 한계를 강요할 수는 없다. [Necker 부인]
- 감정은 글에서 날과 같고, 언어는 도리에서 씨와 같다. 날이 바른 다음에야 씨가 서게 되고, 도리가 정해진 다음에야 언어가 순통하게 된다. 이것이 글을 짓는 근본이다.
  [문심조룡文心雕龍]
- 감정은 깊이 가라앉아 있다. 표면에 뜨는 말은 분노가 감추어져 있는 장

소를 가리키는 부표浮漂인 것이다.

[Henry Longfellow]

● 감정은 때로 정신의 왜곡에서 온다. 정신이 때로 감정의 투영이 아니라고 한다면 한결 부드러운 것이 될 것이다. [Jacques Chardonne]

● 감정은 비이성적입니다. 거기에는 감정이 좋아하는지 안 좋아하는가가 맨 처음 다가옵니다. 우리는 자연스럽게 예술이라는 과학과는 대조적으로 감정의 오솔길을 따라간다고 생각해 왔습니다. [N. Frey]

● 감정은 사람을 짐승으로 만들지만, 술은 더욱 나쁘게 만든다.[영국 격언]

● 감정은 어떤 포즈, 그 포즈의 원소元素만을 지적하는 것이 아닌지 모르겠소. 그 포즈가 부동자세에까지 고도화할 때 감정은 막 공급을 중지합니다. [이상]

● 감정은 여성의 정신 속에 몰래 들어오는 모든 것의 길이다.

[Paul Bourget]

● 감정은 이성이 알 수 없는 행동 원리가 있다. [Pascal]

● 감정은 인생 항로의 반주자, 마찬가지로 감정은 작품 이해의 반주자.

[Ludwig Wittgenstein]

● 감정의 장점은 우리를 미혹으로 이끄는 것이고, 과학의 장점은 그것이 감정적이 아니라는 점에 있다.

[Oscar Wilde]

● 감정이라! 그 자체가 불같아서 그 연료를 소모할 뿐 재를 남기지 않는다. 그것은 창의력이 없다.

[Rabindranath Tagore]

● 감정이란 언제나 이성을 짓밟아 버리는 경향이 있다. 감정에 충실하게 행동하면 노는 것이 광기로 오르기 쉽다. [Baltasar Gracian]

● 감정이 얼어붙는다는 것은 인간이 얼어붙는다는 것입니다. 감정은 인간이 세계와 교역을 하는 창窓입니다. 그 창문에 서리가 쳐서 흐려진다는 것은 바깥 세계, 바꾸어 말하면 의식 세계와 담을 쌓는다는 것입니다. 의식 세계가 인간적 세계라면 그 단 안은 인간적 세계가 못 되는 것입니다. [장용학]

● 고향을 그리워하는 감정은 고향을 떠나 있을 때이며, 애틋한 연정 속에서 괴로워하는 사랑의 감상은 애인과 헤어졌거나 그 사랑이 불가능했을 때이다. 욕망과 감정은 내가 그것을 지니고 있지 않을 경우 절실해진다. 일단 그것을 소유하고 나면 욕망도 감정도 아침의 별처럼 사라진다. [미상]

● 공상은 감정을 닮았지만, 감정과는 정반대이다. [Pascal]

● 글이 화려해도 진지한 감정이 없으

면, 맛만 보아도 역겹게 느껴진다.

[문심조룡文心雕龍]

- 급하면 하늘을 부르고, 아프면 부모를 부르는 것은 인간의 진실한 감정이다. [소철蘇轍]
- 기억과 희열은 감정이다. 또한 기하학의 명제조차도 감정이 된다. 왜냐하면 이성은 감정을 자연스럽게 만들어 주고, 자연의 감정은 이성에 의해 소멸되어 버리기 때문이다.

[Blaise Pascal]

- 남을 꾸짖을 때는 허물 있는 중에서 허물없음을 찾아내라. 그러면 감정이 평온해질 것이다. [채근담菜根譚]
- 남을 증오하는 감정이 얼굴의 주름살이 되고 남을 원망하는 마음이 고운 얼굴을 추하게 만든다.

[Rene Descartes]

- 남자는 늙어감에 따라 감정이 나이를 먹고, 여자는 늙어감에 따라 얼굴이 나이를 먹는다. [C. Collins]
- 남자의 온갖 이론도 여자의 한 가지 감정에는 이길 수가 없다. [Voltaire]
- 노한 감정에 내맡기는 것은 일종의 방종이다. [Rabindranath Tagore]
- 느끼지도 않은 감정을 느끼는 척하는 것보다 느끼는 감정을 숨기는 것이 더 어렵다. [La Rochefoucauld]
- 모든 감정은 개인적인 것이어서, 우리는 혼자만 감정들을 느낀다고 믿

는다. [Jean Paul]

- 머리(이성)는 언제나 가슴(감정)에게 잘 속는다. [La Rochefoucauld]
- 보는 것은 믿는 것이다. 그러나 느끼는 것은 확신하는 것이다.

[John Hay]

- 사람의 감정은 덕에 감복하지만, 힘에는 불복한다. [문자文子]
- 사람의 감정 중에서 가장 일어나기 쉽고 억제하기 어려운 것이 노여움이다. 이 노여움을 없애고 외물外物을 대하지 않으면 바른 처치를 할 수가 없다. [근사록近思錄]
- 섬세한 감정을 지닌 대부분의 사람들은 당신이 그들보다 먼저 그들의 감정을 해치지 못하도록 서둘러 당신의 감정을 해친다. [Kahlil Gibran]
- 어릴 때의 예민하던 감정 — 그것은 덜 익은 인간의 감정이 아니요, 순수하고 때묻지 않은 귀한 것이었다. 그러했기에 어릴 때의 마음은 영원히 간직하고 싶은 아름다움을 가진다. [이원수]
- 없는 감정을 가장하기보다는 있는 감정을 위장하기가 어렵다.

[La Rochefoucauld]

- 우리는 우리의 생활과 노력에 있어서 한 부분은 감정을 위해서, 또 한 부분은 실천을 위해서 따로 떼어놓는 버릇을 갖고 있었다. [R. Tagore]

- 웃음과 눈물은 같은 감정의 바퀴를 돌리게 되어 있다. 그러나 하나는 풍력을 사용하고, 또 하나는 수력을 사용하는 데 지나지 않는다.
  [Oliver Wendel Holmes]
- 인간은 행동을 약속할 수는 있지만 감정을 약속할 수는 없다.
  [Friedrich Nietzsche]
- 인간의 감정의 4분의 3은 어린아이 같이 유치하다. 게다가 그 나머지 3분의 1도 역시 유치하다.
  [Romain Rolland]
- 인간이 그 감정을 지배하고 억제하는 무력함, 이것을 나는 노예 상태라 부른다. 감정대로 좌우되는 인간은 자신의 주인이 될 수 없기 때문이다. 그리고 우연의 힘대로 지배되기 때문이다.
  [Baruch de Spinoza]
- 우리의 일상생활에서 가장 조심해야 할 것은 사소한 감정을 어떻게 처리하느냐 하는 문제다. 사소한 일은 계속 발생하며, 그것이 도화선이 되어 큰 불행으로 발전하는 일이 적지 않기 때문이다.
  [Alain]
- 이성을 사용하지 못하는 사람은 감정을 동원한다. 이성이 인간을 만들어 낸다고 하면, 감정은 인간을 이끌어간다.
  [Jean-Jack Rousseau]
- 일을 하는데 감정이 일단 작용하게 되면 간혹 그 올바름을 잃게 된다. 처음에는 약간 차이가 날 뿐이지만 끝에 가서는 성인과 광인으로 갈리게 된다.
  [서경덕]
- 자기의 감정을 믿지 마라. 감정은 자기 자신을 속이는 수가 있다.
  [석가모니釋迦牟尼]
- 젊을 때에는 혈기가 왕성하여 이성理性으로서는 감정의 억제가 어려운 일이다. 특히 남녀 간의 색욕에 대해서는 특별히 자숙하지 않으면 안 되는 것이다.
  [논어論語]
- 지성에 관해서나 일할 때는 성인이 되고, 감정과 욕망에 있어서는 아이가 되어버린다.
  [Aldous Huxley]
- 지성이 아니라 감정이 결국 의견을 좌우하게 된다.
  [Herbert Spencer]
- 타인을 벌하고 싶은 욕구는 가장 저질적인 동물적 감정이다. 그 감정의 욕구대로 움직이는 것은 스스로를 타락시키는 행동이다.
  [Lev Tolstoy]

| 감춤 / 위장僞裝 |

- 감출 줄 모르는 자는 지배할 줄 모른다.
  [루이 11세의 좌우명]
- 감춤은 본성의 악행이라기보다는 오히려 이성의 노력이다.
  [Vauvenargues]

- 감춤은 압축된 지혜다. [Bacon]
- 내 아픈 손가락을 보이지 말라. 누구나 그것을 때리려고 올 것이기 때문이다. [Balthasar Grasian]
- 독사의 독보다 해를 끼치려 하는 자의 감춤을 더욱 두려워해야 한다. [Theophrastus]
- 본심을 숨길 줄 모르는 자는 살아가는 법을 모르는 것이다. [Stael 부인]
- 사람들은 많은 것을 보지 않는 척하면서 그르친다. [Napoleon I]
- 사람들은 오직 한 면만을 보여주는 달과 꼽추와 같다. [Shopenhauer]
- 자기 패를 보여주는 자는 질 위험이 있다. [Balthasar Graasian]
- 자를 수 없는 손에는 입을 맞추어라. [P. A. Jaubert]
- 절제는 기만함을 덮고, 수줍음은 음란함을, 신심은 죄악을 덮는다. [Luciua-Annaeus Seneca]
- 훌륭하게 잘 감추는 자가 승자다. [프랑스 속담]

| 감행敢行하다 |

- 감행한다면 기대할 필요가 없고, 끈질기게 노력한다면 성공할 필요가 없다. [William III]
- 계획에서 실제 일까지의 길은 멀다. [J. B. P. Moliere]

- 귀족의 기쁨은 남을 행복하게 할 수 있다는 것이다. [Blaise Pascal]
- 너무 많은 것을 끌어안는 자는 얻는 것이 별로 없다. [알베르타노 다 부레시아]
- 벽난로를 따뜻하게 유지하는 것보다 새로 짓는 편이 더 쉽다. [George Herbert]
- 사방에 씨를 뿌리는 자는 그 어디서도 수확하지 못한다. [프랑스 속담]
- 서서히 감행하되 열렬히 추구하라. [Diogenes Laeertios]
- 일어난 일은 받아들여라. 비록 그것이 불행한 일일지라도. [James Dyson]
- 큰일을 실행하려면 결국 죽어서는 안 될 것처럼 살아야 한다. [Vauvennargues]

| 값을 치르다 |

- 돈을 지불하는 것은 군림하는 것이다. [Girardin 부인]
- 돈을 지불하지 않은 자는 돈에 대해서는 잠자코 있어야 한다. [프랑스 속담]
- 마신 자는 언젠가는 값을 치르기 마련이다. [프랑스 속담]
- 자기가 자기 몫을 지불해야 한다. [프랑스 속담]

- 피리를 산 자만이 음악을 요청할 수 있다. [John Ray]

| 강도強盜 |

- 강도나 부친 시해자, 폭군들은 얼마나 많은 쾌락을 누려왔는가! [Aurelius]
- 거미가 파리를 잡았을 때 자랑스러워한다. 이와 마찬가지로 어떤 사람은 산토끼를 잡았을 때, 어떤 사람은 곰을 잡았을 때, 어떤 사람은 사르마티아의 사람을 잡았을 때 자랑스러워한다. 그들의 의도를 깊이 생각해 보면, 그들은 강도가 아니겠는가? [Aurelius]

| 강자強者 |

- 강자의 악덕을 덕이라고 믿는다. [S. Mamion]
- 강한 사람이란 자기를 억누를 수 있는 사람과 적을 벗으로 바꿀 수 있는 사람이다. [Talmud]
- 강한 인간이 되게 해 달라고 기도하라. 그러면 아무런 기적도 일어나지 않지만, 그대 자신은 기적적인 인물이 될 것이다. [미상]
- 강한 인간이 되고 싶다면 물과 같이 되어야 한다. [노자老子]

- 강한 자는 언제까지나 변화에 있어 몸은 강하고 빠르게 움직이고, 처세에도 교묘하게 끈질기게 행동하는 사람이다. [미상]
- 거대한 문에는 바람이 강하게 부딪친다. [Pierre de Brantome]
- 군대가 강하면 곧 멸망할 것이요, 나무가 강하면 곧 부러진다. [노자老子]
- 높은 곳의 정상에서는 천둥이 으르렁댄다. [Gaius Maecenas]
- 높은 데서 부는 바람은 끊임없이 변한다. [Pindalos]
- 늑대가 새끼 양을 해칠 때도 핑계는 결코 부족하지 않다. [Th. Fuller]
- 다이아몬드는 다이아몬드로 세공한다. [John Ford]
- 단칼로 불을 쑤셔서는 안 된다. [Pythagoras]
- 독수리만이 태양을 고정시킬 수 있다. [Ch. S. 피바르]
- 명예와 선함은 조화를 이루지 못한다. [Jim Clark]
- 신의 몽둥이질은 몽둥이질을 견뎌내는 자에게는 영광이 된다. [Jean B. P. de Moliere]
- 영주의 호의는 유산이 아니다. [프랑스 속담]
- 우뚝 솟은 산이 있는 곳에는 가파른 절벽이 있다. [L. A. Seneca]
- 우리는 사람이 올라서 있는 발 받침

45

대까지 재어 그 사람의 키가 크다고
판단할 때가 있다. [L. A. Seneca]
- 운명의 여신은 강자에게 호의적이
다. [Terentius Afer]
- 정상끼리는 가깝다.
 [Johannes Cassianus]
- 정상은 바람이 휩쓸어 버린다.
 [P. N. Ovidius]
- 제우스의 매가 때리는 것은 산 정상
이다. [Aeschylos]

| 강자와 약자 |

- 강자가 약자를 도우면, 둘 다 목숨
을 구한다. [Aesop]
- 강자는 자신을 구해준 약자를 용서
하지 않는다. [F. J. 데스비용]
- 강자는 자신을 위협하는 약자를 발
로 짓밟는다. [Voltaire]
- 강자들의 불화에 약자들만 괴롭다.
 [Phedre]
- 강자를 놀리지 맙시다. 가장 온화
해 보이는 자는 항상 날카로운 발톱
을 가지고 있습니다.
 [J. P. C. de Florian]
- 강자에 의존하며 발전한 후 강자를
밀어 치우는 방법은 작은 기업이 대
기업을 이길 수 있는 전술이다.
 [미상]
- 강하고 큰 것은 아래에 머물고, 부

드럽고 약한 것은 위에 있게 되는
것이 자연의 법칙이다. 천하의 지
극히 부드러운 것이 천하의 강한 것
을 지배한다. [노자老子]
- 강한 사람과 약한 사람이 있는 이
상, 약한 사람이 궁지에 몰리는 것
은 당연한 일이다.
 [William Somerset Maugham]
- 강자의 증오는 약자가 마지못해 하
는 찬양이다. [Charls Dickins]
- 곰을 할퀴려는 자는 강철과 같은 손
톱이 있어야 한다. [Thomas Drax]
- 궁궐이 화려하면, 곡식 창고는 텅
비었다. [노자老子]
- 권리는 강자들의 검이고, 의무는 약
자들의 방패다. [Lacordaire]
- 늑대가 얄팍한 핑계로 양을 잡아먹
는다. [Henry Estien]
- 단지와 바위는 어울리지 않는다.
 [Epiktetos]
- 당신의 힘이 있느냐 없느냐에 따라
법정의 판결도 흑백으로 달라질 것
이다. [La Fontaine]
- 독수리는 홀로 날아다닌다. 언제나
떼 지어 다니는 것은 양뿐이다. [미상]
- 배우가 분을 바르고 연지 찍어 곱고
미운 것을 붓끝으로 흉내 낼지라도,
문득 노래가 끝나고 막이 내리면 곱
고 미운 것이 어디 있는가. 바둑 두
는 이가 앞을 다투고 뒤를 겨루어 세

고 약한 것을 겨루지만, 문득 판이
끝나 바둑돌을 쓸어 넣으면 세고 약
한 것이 어디 있는가.　[홍자성洪自誠]
- 법은 거미줄과 같아서 힘없는 약자
들은 거미줄에 걸려 있지만, 힘 있는
부자들은 거미줄을 찢고 지나간다.
　　　　　　　　　[Anacharsis]
- 부드러움도 쓸 곳이 있고, 굳셈도
쓸 곳이 있으며, 약함도 쓸 곳이 있
고, 강함도 쓸 곳이 있다. 이 네 가
지를 겸해 가지고 형편에 따라 알맞
게 써라.　　　　　　[삼략三略]
- 사자와 인간 사이에는 어떠한 계약
도 없고, 사자와 영양은 결코 함께
조화롭게 살 수 없다.　[Homeros]
- 약한 것에는 두 가지 종류가 있다.
하나는 부러지는 것이고, 하나는 휘
어지는 것이다.　　[J. R. Reuel]
- 언제나 가장 힘 있는 자의 논리가
최고의 논리다.　　[LA Fontaine]
- 예로부터 약자들은 언제나 강한 자
들의 어리석음으로 고통받아 왔다.
　　　　　　　　[La Fontaine]
- 왕은 굳셈이라고 칭하고, 당나귀에
게는 고집이라고 부른다.
　　　　　　　[Thomas Erskine]
- 왕이 실성하면 국민이 대가를 치른
다.　　　　　　　　[Horatius]
- 우리는 약자에게 공정한 강자를 본
적이 없다.　　　　[프랑스 우화]

- 인간은 물고기처럼 살았다. 큰 것
이 작은 것을 먹어 치웠다.
　　　　　　　　[Philip Sidney]
- 천둥에 대고 방귀를 뀌어보았자 아
무 소용없다.　　　　[J. A. Baif]
- 큰 도둑이 작은 도둑을 쫓는다.
　　　　　　[Diogenes of Sinope]

| 개성個性 |

- 꽃향기가 꽃의 것이듯이, 개성은 인
간의 것이다. [Charles M. Schwab]
- 당신을 다른 무언가로 만들기 위해
끊임없이 노력하는 세상에서 당신
자신이 되는 것은 가장 위대한 성취
이다.　　[Ralf Waldo Emerson]
- 블루베리는 쐐기풀 사이에 있어도
블루베리다.　　　　　[Talmud]
- 아킬레스는 토라져도 아킬레스다.
　　　　　　　　[Girardin 부인]
- 인간에게 개성이란 무엇일까? 꽃에
향기가 있는 것과 마찬가지다.
　　　　　　[Charles M. Schwab]
- 재능은 고요함 속에서 만들어지고
개성은 언제나 사람들이 우습게 여
기는 것을 통해 만들어진다.
　　　　　　　　　　[Goethe]

| 개인의 자유 |

- 개인의 자유가 이웃에게 재앙이 될

때 그 자유는 끝난다.　　　[Phara]

- 오늘날과 같이 개인의 자유를 보장받은 시대는 없었다고 해도 좋을 것이다. 이것은 과거의 역사를 들추어 보면 누구나 수긍할 수 있는 사실이다. 그렇다고 해서 다른 사람과의 협조 정신을 무시하고 개인주의에만 생활의 원칙을 둔다면, 그것은 잘못이다. 옛날부터 오늘에 이르기까지 사람은 늘 서로 협조하여 내려 왔으며, 그 협조 정신의 결과가 자유 문화의 발전을 가져온 것이다. 우리 개인은 자기 자신의 행복을 마음껏 누릴 자유가 있는 반면에, 시대나 사회에 발맞추어 협조해 나가는 데가 있지 않으면 안 된다. 결국 우리는 시대의 아들이며 사회의 일원이기 때문이다.　[Bertrant Russell]

| 개인적 성과成果 |

- 최고의 행복은 착취적이거나 반사회적이 아닌 행위에 일치하는 최대한 개인적 행동의 자유를 통해 달성되는 것이다.　　　[Rokeffeller]

| 개혁改革 / 개조改造 |

- 개조해야 할 것은 세계뿐 아니라 인간이다. 그 새로운 인간은 어디서 나타날 것인가? 그것은 결코 외부로부터 오지 않는다. 친구여, 그것은 자신 속에서 발견된다는 것을 깨달아라.　　　[Andre Gide]

- 개혁은 외부에서가 아니고, 내부에서 나오는 것이라야 한다. 당신은 도덕을 입법화할 수는 없을 것이다.　　　[Gibbons]

- 거짓말을 잘하는 습관을 가진 그 입을 개조하여 참된 말만 하도록 합시다. 글 보기 싫어하는 그 눈을 개조하여 책 보기를 즐겨하도록 합시다. 게으른 습관을 가진 그 사지四肢를 개조하여 활발하고 부지런한 사지를 만듭시다.　　　[안창호]

- 만일 조급히 굴어서 빨리 바꾸려 한다면, 마치 병을 고치기 위해 독약을 마시는 것과 같아서 상하는 바가 많게 된다.　　　[조광조]

- 모든 개혁자들은 독신자들이다.　　　[George E. Moore]

- 세상을 개혁하는 유일한 방법은, 자기에게 가장 가까이 있는 일을 하는 것이다. 또한 자기 힘에 벅차거나 무리한 일을 추구하지 않는 것이다.　　　[Charles Kingsley]

- 아무리 필요한 개혁이라도 약한 마음에 의해서 수행될 때는 지나치게 과격해져서, 그 자체가 또다시 개혁이 필요하게 된다. [S. T. Coleridge]

- 올바른 말을 누가 쫓지 않으랴. 그러나 그 말대로 고치는 것이 무엇보다 중요하다. 부드러운 말을 누가 기뻐하지 않으랴. 그 뜻을 생각해 보는 것이 무엇보다 중요하다. [공자孔子]
- 정치적인 변혁은 커다란 저항을 진압한 뒤가 아니면 결코 해서는 안 된다. [Herbert Spencer]

| 거드름 |

- 거드름 피우는 자보다 못한 사람은, 거드름 피우는 자를 찬양하는 사람이다. [J. 사니알 뒤베이]
- 거드름 피우는 자에게 자만이 없다면, 나비의 날개를 떼어내 보아라, 애벌레일 뿐이다. [Nicolas Chamfort]
- 거들먹거리는 자는 건방진 자와 어리석은 자 사이에 있다. 그자는 건방짐과 어리석음을 반반씩 갖고 있다. [La Bruyere]

| 거래去來 |

- 가는 정이 있어야 오는 정이 있다. [한국 속담]
- 상식과 정직한 거래만큼 인간을 경탄케 하는 것은 없다. [Ralf Waldo Emerson]
- 서로에게 모든 것을 줄 때 평등한 거래가 된다. 각자가 모든 것을 얻게 된다. [Lois McMaster Bujold]
- 친한 사이의 거래도 증거를 남겨라. 세월이 흐르면 기억력은 소멸한다. [서양 속담]

| 거울 |

- 동銅으로 거울을 만들면 의관을 바로잡을 수 있고, 옛날을 거울로 삼으면 흥망성쇠興亡盛衰를 알 수 있다. 또 한 사람을 거울로 삼으면 득실得失을 알 수 있다. [당태종唐太宗]

| 거절하다 |

- 거절할 것이면 처음부터 거절하는 것이 친절이다. [Andrew Carnegie]
- 기분 좋게 거절하는 것은 반쯤은 선물을 하는 것과 같은 것이다. [Butteru Bake]
- 명심하라. 거절하면서 이유를 들이대면 훗날 또 다른 부탁의 빌미가 된다. [Arthur Helps]
- 빨리 거절하는 것은 큰 도움을 주는 것이다. [Publius Syrus]
- 제대로 거절하지 못하는 자는 거절한 뒤 허송세월을 보내게 된다. [Marguerite de Navarre]
- 친절하게 거절하는 것은 그래도 무

엇인가를 주는 것과 마찬가지다.
[Publius Syrus]

| 거짓 / 거짓말 |

- 가장 악질적인 거짓말쟁이란, 진실과 아주 비슷한 거짓말을 하는 사람이다. [Heyer]
- 가장 잔혹한 거짓말은 때로 침묵 속에 말해진다. [George Stephenson]
- 가장 최근에 한 거짓말이 최고의 거짓말이다. [Plautus]
- 거짓된 말은 그 자체로서 죄악일 뿐 아니라, 영혼을 죄악으로 더럽힌다. [Platon]
- 거짓말도 충분히 자주하면 진실이 된다. [B. Renin]
- 거짓말은 갓 말했을 때가 그 절정기이다. [Plautus]
- 거짓말은 나이를 먹지 않는다. [Euripides]
- 거짓말은 노예의 수법이다. [plutaruchos]
- 거짓말은 눈 덩어리와 같다. 그러므로 거짓말은 굴릴수록 점점 커져만 간다. [Martin Luther]
- 거짓말은 또 다른 거짓말을 부른다. [Terentius]
- 거짓말은 멀리 가지 못한다. [John Ray]

- 거짓말은 모래와 같다. 잠잘 때는 편하지만 일어나면 힘들게 한다. [J. A. Houlder]
- 거짓말을 정말처럼 하려면 좋은 기억력이 필요한 것은 물론이다. 그러므로 거짓말 재주를 가진 사람은 언제나 이중의 고통을 지니기 마련이다. [Friedrich W. Nietzsche]
- 거짓말을 하는 사람은 누구보다도 쉽게 화를 내는 사람이다. [Fyodor Dostoevsky]
- 거짓말을 하는 자는 진실을 말해도 곧이 안 듣는다. [Aristoteles]
- 거짓말을 하면서도 천진한 것, 그것이 어떤 일에 대한 좋은 신앙의 징조다. [Friedrich Nietzsche]
- 거짓말을 하지 마라. 그것은 부정직하기 때문이다. 모든 진실을 이야기하지 마라. 그것은 불필요하기 때문이다. 그렇다! 때와 장소에 따라서는 해로운 거짓말이 해로운 진실보다 훨씬 좋을 때가 있다. [R. 애스컴]
- 거짓말을 하지 않는 사람은 거짓말을 하지 않는 것만으로 독창적이라 할 수 있다. [Wittgenstein]
- 거짓말을 한순간부터 뛰어난 기억력이 필요하게 된다. [Pierre Corneille]
- 거짓말이 거짓말을 낳는다.

[Terentius]
- 거짓말이 나이를 먹은 적은 없다.

[Euripides]
- 거짓말쟁이가 얻는 것은 단 하나밖에 없다. 그것은 진실을 말할 때조차 막아주는 자가 없게 되는 것이다.

[Aesop]
- 거짓말쟁이는 맹세를 항상 아끼지 않는다. [Pierre Corneille]
- 거짓말쟁이는 하나의 거짓말을 믿게 하려고 백 가지의 진실을 말한다.

[Henry Ward Beecher]
- 거짓말쟁이에게 어울리는 형벌은 적어도 그가 사람들로부터 불신을 당하는 것이 아니라, 오히려 그가 아무도 믿지 못하게 되는 것이어야 한다.

[George Bernard Shaw]
- 거짓말쟁이의 기억력은 좋아야 한다.

[Quintilianus]
- 거짓말할 줄 아는 것도 중요한 말하기 기술이다. [Erasmus]
- 거짓은 천성의 악덕이 아니라, 이성 理性의 걸작이다. [Vauvenargues]
- 거짓의 입장에서 가장 심한 것은, 그것이 끝나지 않는다는 것이다.

[Henry F. Amiel]
- 거짓이란 신神은 안중에도 없고 인간에게는 꼬리를 감추는 식이다. 확실하게 이러한 허위와 신의를 지키지 않는 행위가 간악奸惡하다는

것을 알리는 날은, 이 거짓이 마지막 울리는 나팔 소리가 되어 모든 인간의 머리 위에 신의 심판을 불러올 때가 될 것이다. [Francis Bacon]
- 결국에 거짓말이란 무엇인가? 가면을 쓴 진실에 불과하다. [Byron]
- 결빙은 녹아 땅을 진흙탕으로 만들고, 거짓말은 사람을 비열하게 만든다. [William Camden]
- 남에게 거짓말하는 자는 남을 속이지 못하는 자이다.[Vauvennargues]
- 남자는 거짓말하는 나라의 서민이지만, 여자는 그 나라의 확실한 귀족이다. [Richard Ellmann]
- 남자는 여자에게 거짓말을 하라고 가르치고, 또한 여자에 대해서는 거짓말만 하고 있다. [G. Flaubert]
- 너무나 많이 알고 있는 사람으로서 거짓말하지 않기란 힘들다.

[Wittgenstein]
- 농담조의 거짓말이 커다란 슬픔을 가져온다. [H. G. Bown]
- 단지 거짓말을 하려고 거짓말을 하는 사람이 있다. [Pascal]
- 달걀은 거짓으로 가득 찬 여자만큼 속이 차 있지 못하다. [Richard Steel]
- 대부분의 경우 말 잘하는 요령은 거짓말하는 방법을 배우는 데 있다.

[Erasmus]
- 듣기 좋은 거짓말은 일단 씨를 뿌리

면 쐐기풀로 자라난다. [Aeschilos]
- 또다시 거짓말을 하려면 좋은 기억이 필요하다. [Pierre Corneille]
- 먼 곳에서 온 자에게는 거짓말해도 소용이 없다. [프랑스 격언]
- 분노한 사람만큼 거짓말 잘하는 사람은 없다. [Friedrich Nietzsche]
- 사람은 때때로 거짓말인 줄 알면서도 칭찬을 즐긴다. [Vauvenargues]
- 사실을 말하여 자네의 마음을 사기보다는 거짓말을 하여 자네의 환심을 사는 편이 낫다. [Pietro Aretino]
- 사실을 말해도 아무도 믿어주지 않는 것이 거짓말쟁이가 받는 벌이다. [바빌로니아 율법서]
- 색칠을 벗겨 놓고 보면 거짓말이란 하나의 창조, 생산의 한 근원일 수도 있다. [정용학]
- 시는 거짓말하는 특권을 가진다. [Plinius II]
- 아무렴! 그렇고말고! 남자는 거짓말을 하기 위하여 태어난 것만 같은 존재야. 또한 여자는 그 거짓말을 믿기 위하여 태어난 것이지. [John Kay]
- 아무리 교묘한 거짓말도 어설픈 진실에 미치지 못한다. [한비자韓非子]
- 어떤 사람은 말하는 데서 거짓말을 하여 오명汚名을 얻고, 어떤 사람은 태도에서 거짓말을 하여 명성을 얻

는다. [H. D. Thoreau]
- 어린이와 바보는 거짓말을 할 수 없다. [John Heywood]
- 여자에게 절대로 거짓말을 하지 않는다는 남자는 여자의 심정을 전혀 이해하지 못하는 자다. [O. Miller]
- 이 세상에 거짓말이 없었다면 인류는 절망과 권태에 빠져 끝내는 사멸했을 것이다. [Anatole France]
- 이처럼 천하고 가련하고 경멸스러운 악덕은 없다. 자신에게 거짓말하도록 일단 내버려 두는 자는 두 번 세 번 거짓말하는 것이 더욱 쉽다는 것을 알게 되며, 마침내는 그것이 습관이 된다. [Thomas Jefferson]
- 자기 아버지에게 거짓말을 하고, 혹은 기만하는 습성을 가진 자, 또는 적어도 감히 그렇게 할 수 있는 자는 다른 사람한테 똑같은 짓을 더욱 용감히 할 것이다. [Publius Terentius]
- 진인眞人 앞에서는 거짓말을 못한다. [경세통언警世通言]
- 큰 거짓말은 진실보다 그럴싸하다. 소설가가 소설가라는 직업을 택하지 않았다면 아마 교묘한 거짓말쟁이로써 보다 큰 성공을 거두었을 것이다. [Ernest M. Hemingway]
- 한 개의 거짓말을 토한 사람은 이것을 유지하기 위하여 다시 스무 개의 거짓말을 생각해 내지 않을 수 없다.

- 허영에 지나지 않는 거짓 겸손이라는 것이 있고, 쩨쩨함에 지나지 않는 거짓 위대함이 있고, 위선僞善에 불과한 거짓 미덕이 있고, 얌전한 척하는 거짓된 정숙함이 있다.

[Jean de La Bruyere]

| 걱정 |

- 걱정 없는 인생을 바라지 말고 걱정에 붙들지 않는 연습을 하라. [Alain]
- 걱정은 노년을 앞당긴다. [집회서]
- 군자는 사소한 일에 걱정하지도 않고 벌벌 떨지도 겁내지도 않는다.

[공자孔子]

- 근심하고 걱정할 때에 복과 경사의 토대가 이루어지고, 잔치하고 편안히 지낼 때에 재앙의 독이 싹튼다.

[김시습]

- 내가 어찌할 수 없는 것은 걱정해도 소용없다. [John Fletcher]
- 대저 걱정을 한다는 것은 창성昌盛하는 원인이 되며, 기뻐한다는 것은 망하는 원인이 되는 것이다. 승리 자체가 어려운 것이 아니라, 그것을 유지하는 것이 어렵다. [공자孔子]
- 무언가가 아니라 누군가가 되기를 결정하고 나면 얼마나 많은 걱정을 덜게 되는가. [Gabrielle Chanel]

- 부가 늘어나는 사람은 걱정도 늘어난다. [Benjamin Franklin]
- 사람은 마음이 유쾌하면 종일 걸어도 싫증이 나지 않지만 걱정이 있으면 불과 10리 길이라도 싫증이 난다. 인생의 행로도 이와 마찬가지로 항상 밝고 유쾌한 마음을 가지고 걷지 않으면 안 된다.

[W. Shakespeare]

- 심장을 먹어서는 안 된다.

[Pythagoras]

- 우리는 실제로 벌어진 일보다 앞으로의 일을 걱정하면서 마음의 고통을 겪는다. [Thomas Jefferson]

| 건강健康 |

- 가장 가난한 자는 돈을 위해 건강을 내주지 않지만, 가장 부유한 자는 건강을 위해 자신이 가진 모든 돈을 내준다. [Charls C. Colton]
- 건강에 좋기 때문에 행복하기로 선택했다. [Voltaire]
- 건강은 가장 큰 선물, 만족은 가장 큰 부, 성실함은 최고의 관계이다.

[Bool]

- 건강은 건전한 신체에, 건전한 영혼을 갖고 있는 것이다.

[Chauvaud de Bauchene]

- 건강은 공기, 풍경, 정신 운동의 마

법 같은 이점으로 구성된 첫 번째
뮤즈이다.   [Ralf Waldo Emerson]
- 건강은 신체에서 가장 칭송받을 만
한 특성이다.   [Aristoteles]
- 건강은 우리의 의무이다.
[Herbert Spencer]
- 건강은 인생에서 가치 없는 모든 것
을 가치 있게 활용하는 단일체이다.
[B. B. S. Fontenelle]
- 건강은 재물에 앞선다.   [영국 우언]
- 건강을 유지한다는 것은 자기에 대
한 의무인 동시에 사회에 대한 의무
다. 오늘날 백 살이 넘게 장수한 사람
은 모두가 여름이나 겨울이나 새벽
에 일어난 사람들이다. [A. Pushkin]
- 건강을 잃으면 모든 것을 잃는다.
[Harvard Univ. 도서관 30훈]
- 건강이란, 건전한 신체에 건전한 영
혼을 갖고 있는 것이다. [Homeros]
- 건강이 있는 곳에 자유가 있다. 건
강은 모든 자유 중에서 으뜸가는 것
이다.   [Henri-Fredelic Amiel]
- 건강한 거지가 병든 왕자보다 행복
하다.   [A. Schopenhauer]
- 건강한 명량은 서로가 서로를 낳는
다.   [Joseph Edison]
- 건강한 사람은 건강의 고마움을 모
른다. 그러면 정말로 건강을 유지
하려면 비록 병이 없더라도 병에 대
한 주의를 늘 기울여야 한다.

[Thomas Carlyle]
- 건강한 자는 건강을 모르고, 병자만
이 건강을 안다는 것이 의사의 격언
이다.   [Thomas Carlyle]
- 굶어 죽는 자는 적고, 과식해서 죽는
자가 많다.   [영국 우언]
- 나는 내 몸에 경외심을 느낀다.
[Henry David Thoreau]
- 너의 건강을 회복하기 위해서는 약
도 치료법도 필요치 않다. 무엇보다
도 간소하게 사는 것이 가장 좋은 방
법인지도 모른다. 알맞게 먹고 마시
며, 일찍 쉬어야 한다. 이것은 세계
적 만능 약이다. [Eugene Delacroix]
- 마음이 유쾌하면 종일 걸을 수 있
고, 괴로움이 있으면 십 리 길도 지
친다.   [William Shakespeare]
- 몸의 건강보다 좋은 재산은 없다.
[집회서集會書]
- 민머리가 되어야 가발을 쓰며, 병이
나야 의사를 부른다. 효자가 약을
달여 그 부모에게 드릴 때 낯빛이
초췌해진다. 사람들은 이를 효자라
칭찬하지만, 성인聖人은 이를 부끄
러이 여긴다.   [장자莊子]
- 백 명의 의사의 보호보다 야식을 삼
가라.   [에스파냐 우언]
- 병 없이 약을 잘 먹는 사람은 이것
이 살기를 보전保全하고자 하는 것
이지만 도리어 건강을 해롭게 한다.

- 병에 걸리기 전까지는 건강이 얼마나 중요한지 모른다.　　[Th. Fuller]
- 병은 자각되나, 건강은 전혀 자각되지 않는다.　　[Thomas Fuller]
- 병을 알면 거의 나은 것이다.

　　　　　　　　　　　　[영국 우언]

- 부귀영화와 학식도, 미덕도, 명예도, 사랑도 건강이 없으면 날아가서 사라져 버린다.　　[H. Montaingue]
- 부와 잠, 건강은 잃었다가 되찾은 후에야 제대로 누릴 수 있다.

　　　　　　　　　　　　[Jean Paul]

- 사람은 흉기에 죽지 않고, 음식으로 살해된다.　　　　　　[영국 우언]
- 사람이 항상 채식을 하면 백사가 무난하다.　　　　　[왕신민王信民]
- 사업에 성공하려면 비상한 건강이 필요하다.　　　　　　[Emerson]
- 술은 적게 마시면 이롭고, 많이 마시면 손상이 많다.　　[양생훈養生訓]
- 신체는 건강하지만 지갑이 병을 앓고 있어서.　　　　　[Erasmus]
- 안락할 때 늘 병환을 생각한다.

　　　　　　　　　　[명심보감明心寶鑑]

- 양생養生하는 사람이 화려한 옷을 입지 않음은 무슨 까닭인가? 조금이라도 돌아보고 생각하는 마음이 있으니 이것이 첫째 손해요, 더러운 것을 피하는 마음이 있으니 이것이 둘째 손해요, 마음대로 동작할 수 없으니 이것이 셋째 손해다. 그러나 이뿐 아니다. 의복은 외물이요, 몸을 받드는 작은 물건 가운데 하나이다. 그것을 화려하게 하고자 한다면, 이로써 그 마음 쓰는 곳이 대인이나 군자가 아님을 알게 된다. 그러므로 조그만 지식이라도 있는 사람이라면, 사람의 의복을 보고 그 인격의 높고 낮음을 결정한다.

　　　　　　　　　　　　　[송익필]

- 앓지 않은 사람은 양의良醫가 될 수 없다.　　　　　[아라비아 우언]
- 유쾌하게 지내는 것이 육체와 정신에 가장 좋은 위생법이다.

　　　　　　　　　　[George Sand]

- 음식을 먹고 마시는 것은 건강한 사람에게 크나큰 즐거움이다. 먹는 것을 즐기지 못하는 사람은 어떤 종류의 향락이나 유용함도 받아들일 수 없는 사람이다.　　[C. W. Eliot]
- 인생에 있어서 건강이 목적이 될 수는 없다. 그러나 건강은 으뜸가는 조건이 되는 것이다.

　　　　[부샤고로지쯔도꾸武者小路實篤]

- 인생은 존재가 아닌 건강에 있다.

　　　　　　　　　　　　[아리프론]

- 질병은 느낄 수 있지만, 건강은 전혀 느껴지지 않는 것이다.

　　　　　　　　　[Thomas Fuller]

● 첫 번째 재산은 건강이며, 두 번째
는 아름다움, 세 번째는 부이다.
[Platon]
● 치통을 참고 견디어낸 철학자는 아
직 한 사람도 없다. [Shakespeare]
● 쾌활함과 건강은 겨울도 여름으로
바꾸어 버린다. [M. A. Desaugiers]
● 튼튼한 것이 최선이다.
[Emile Augier]

| 건강健康 격언格言 |

● 건강과 다식多食은 동행하지 않는다.
[포르투갈]
● 건강과 젊음은 잃고 난 뒤에야 그
고마움을 알게 된다. [아라비아]
● 건강한 신체에 건강한 정신이 깃든
다. [Juvenalis]
● 건강한 자는 모든 희망을 안고, 희
망을 가진 자는 꿈을 이룬다.
[아라비아]
● 건강에 대한 지나친 걱정만큼 건강
에 치명적인 것은 없다. [미국]
● 건강할 때는 병들었을 때를, 조용
한 날에는 폭풍의 날을 잊어서는 안
된다. [영국]
● 건장한 걸인이 병든 임금보다 낫다.
[Arther Shopenhawer]
● 걸으면 병이 낫는다. [스위스]
● 공짜로 처방전을 써 주는 의사의 충

고는 듣지 마라. [아라비아]
● 든든한 몸은 집주인과 같고, 병든
몸은 감옥 지기와 같다. [F. Bacon]
● 먹기 위해 살지 말고 살기 위해 먹
으시오. [Socrates]
● 명은 말을 타고 들어와서 거북이를
타고 나간다. [네덜란드]
● 병에 걸렸을 때 하나의 위로가 있
다. 그리고 그것은 당신이 이전보다
더 나은 상태로 회복할 수 있는 가
능성이다. [Henry David Thoreau]
● 병을 숨기는 자에게는 약이 없다.
[에티오피아]
● 병을 앓는 사람은 모두 다 의사이다.
[아일랜드]
● 사람들은 병 때문이 아니고, 치료
때문에 죽는다. [프랑스]
● 사람이 아플 때 그의 선함은 병든다.
[Friedrich Nietzsche]
● 세월을 이기는 장사는 없다. [일본]
● 예방이 치료보다 낫다.
[Desiderius Erasmus]
● 우리의 몸은 정원이다. 우리의 의
지는 정원사이다.
[W. Shakespeare]
● 우유를 마시는 사람보다, 우유를 배
달하는 사람이 더 건강하다. [영국]
● 음식을 충분히 소화해 내는 사람에
겐 불치병이 없다. [인도]
● 의사가 병을 고치면 해가 보고, 의

사가 환자를 죽이면 땅이 숨긴다.

[미국]

- 좋은 아내와 건강은 최고의 재산이다.

[영국]

- 체력은 건강한 신체를 위한 가장 중요한 열쇠 중 하나일 뿐만 아니라 역동적이고 창의적인 지적 활동의 기초이다.

[John F. Kennedy]

- 하루에 사과 한 개씩을 먹으면 의사가 필요 없다.

[영국]

- 훌륭한 외과 의사에게는 독수리 같은 눈, 사마귀 같은 마음, 그리고 여자의 손이 있어야 한다.

[영국]

| 건강관리健康管理 |

- 건강 십훈 ① 음식은 적게 먹고 많이 씹는다(小食多嚼). ② 고기는 적게 먹고 채소를 많이 먹는다(小肉多菜). ③ 소금은 적게 식초는 많이 먹는다(小鹽多醋). ④ 단 것은 적게 과일은 많이 먹는다(小糖多果). ⑤ 수레는 적게 타고 많이 걷는다(小車多步). ⑥ 옷은 작게 입고 목욕을 자주 한다(小衣多浴). ⑦ 말은 적게 하고 많이 행한다(小言多行). ⑧ 화는 적게 내고 많이 웃는다(小憤多笑). ⑨ 욕심은 적게 내고 많이 베푼다(小慾多施). ⑩ 번민은 적게 하고 잠을 잘 잔다(小煩多眠).

[이이]

- 면역력을 높이는 방법도 복잡하고 어려운 게 아니라 우리 일상 속의 습관을 하나하나 바로잡는 일입니다. ① 개인위생을 철저히 관리하라. ② 체온을 유지하라. ③ 충분한 수면 및 휴식을 취하라. ④ 운동 면역력을 높여라. ⑤ 균형 잡힌 식사로 영양 면역력을 챙겨라. ⑥ 잘 웃고, 잘 울어라. ⑦ 스트레스를 다스려 간접 면역력을 높여라. ⑧ 사회 면역력을 높여라. ⑨ 예술 면역력을 높여라. ⑩ 긍정 면역력을 높여라.

[이병욱]

- 의학적인 원칙을 초월하는 지혜는 무엇이 이롭고, 무엇이 해로운지 스스로 판단하고 관찰하는 것이 최상의 의술인 것이다. [Francis Bacon]

- 우리는 서로의 건강을 위해 축배를 들지만, 그로 인해 자신들의 건강을 해친다.

[Kalapka Jerome]

- 잘 마시는 자는 잘 자고, 잘 자는 사람은 잘 생각한다. 잘 생각하는 자는 일을 잘하고, 일 잘하는 자는 잘 마셔야 한다.

[미상]

| 건망증 예방법 |

- 건망증을 예방하려면 ① 걷기: 1일 30분 이상. ② 와인(포도주): 1일 1~2잔. ③ 커피: 1일 3잔. ④ 수면: 1일 6시간 이상. ⑤ 메모해 둔다. ⑥

독서가 바둑, 카드놀이보다 좋다.

[각국 의과대학 연구팀]

| 걸음걸이 |

- 개를 똑바로 걷도록 가르칠 수는 없다. [John Lyly]
- 걸음걸이로 여신을 알아본다.

[P. M. Vergilius]

- 걸음걸이를 보면, 그 사람의 생각을 알 수 있다. [Petronius]
- 다음 발걸음을 딛기 전에는 결코 시험 삼아 땅을 보지 마라. 먼 지평선에 눈을 고정시키는 자만이 그의 올바른 길을 찾을 것이다.

[Dag Hammarskjold]

- 풍채와 걸음걸이는 말만큼 많은 억양을 지닌다. [D. Girardin 부인]

| 검劍 |

- 검은 용감한 자들의 무기이다.

[Napoleon I]

- 칼은 깃털을 결코 무디게 만들지 못했고, 깃털도 칼을 무디게 만들지 못했다. [Cervantes]
- 칼은 폭력을 부른다. [Homeros]

| 검소儉素와 사치奢侈 |

- 강렬한 욕망을 버리고 싶거든, 그 어머니인 낭비를 버려라. [Cicero]
- 검소함은 다스려 편안해지는 길이요, 사치는 재앙과 패망의 발단이다.

[정도전]

- 검약은 훌륭한 소득이다. [Erasmus]
- 검약함이란 인색한 자들을 제외한 모든 사람에게 너그러움을 뜻한다.

[Kahlil Gibran]

- 관직에 있으면서 사정私情을 행하면 관직을 잃을 때에 후회하고, 부유할 적에 절약해 쓰지 않으면 시기가 지난 때에 후회한다. 사물을 보고 배워두지 않으면 필요하게 된 때에 후회하게 되며, 취한 뒤에 함부로 지껄이면 깨어날 때에 후회하고, 몸이 성할 적에 휴양하지 않으면 병든 때에 후회한다. [명심보감明心寶鑑]
- 나는 모델이 아니라 공무원입니다.

[Merkel]

- 당신이 가지고 있는 것은 무엇이든지 적게 소비하라. [S. Johnson]
- 대저 검소하고 절약하면 복을 받고, 사치하고 호화스러우면 재앙을 부르는 것은 하늘의 이치이다. [이언적]
- 만족한 작은 집, 잘 경작된 작은 땅, 그리고 착하고 욕심 없는 아내는 큰 재산이다. [John Ray]

- 법령으로 사람을 절제하도록 만들 수는 없다. [D. C. Browning]
- 보라. 저 왕이 탄 오색찬란한 수레를! 어리석은 자는 그 황홀감에 빠지고, 현명한 이는 외면하여 이를 멀리한다. [법구경法句經]
- 세상 사람들의 마음을 돌아보건대, 검소로부터 사치해지기는 쉬워도, 사리로부터 검소해지기는 어렵다. [장지백張知白]
- 온 세상이 청빈과 검소를 천하게 여겨, 몸을 받들어 호화와 사치를 좋아하는구나. 살찐 말에 가벼운 털옷을 입고 의기양양하게 마을을 지나가면 거리의 아이들은 부러워하지만, 학식이 있는 이는 도리어 더럽게 생각한다. [범질范質]
- 자기 자신을 위해서는 박하게 대하는 것을 검소하다고 하며, 남에게 봉사하는 것이 박한 사람을 인색하다고 한다. [가이바라에켄貝原益軒]
- 절제에는 청렴함과 우아함이 있다. [Joseph Joubert]
- 집을 이룰 아이는 인분도 금처럼 아끼고, 집을 망칠 아이는 금도 인분처럼 쓴다. [명심보감明心寶鑑]
- 호사하는 사람은 돈이 많아도 항상 모자라니, 어찌 가난해도 항상 남음이 있는 검소한 사람만 하겠는가. [홍자성洪自誠]

| 검열檢閱 |

- 검열은 까마귀들을 살려주고, 비둘기에게는 달려든다. [Juvenalis]
- 검열은 저명한 사람이 저속한 자에게 내야 하는 세금이다. [J. Swift]
- 금서禁書는 사람들이 그 위를 걷고자 하는 불로, 그들 앞에 불똥을 떨어뜨린다. [F-M. A. Voltaire]
- 불태워진 모든 책은 세상을 비춘다. [Ralf Waldo Emerson]

| 겁쟁이 |

- 겁이 많고 주저를 일삼는 인간에게는 모든 것이 불가능하다. 왜냐하면 모든 것이 불가능하게 보이기 때문이다. [Walter Scott]
- 겁쟁이는 자기를 사려 깊다고 하고, 인색한 자는 자기를 검약하다고 한다. [Francis Bacon]

| 게으름 |

- 게으른 자는 늘 하고 싶은 것이 있다고 말만 하고 하지는 않는다. [Vauvenargues]
- 게으른 자도 혓바닥만은 게으름을 피우지 못한다. [서양 격언]
- 게으름뱅이는 도둑과 다름없다.

[Phokilides]

- 게으름뱅이의 걸음걸이는 너무 느려 가난에 따라잡히고 만다.
[Benjamin Franklin]
- 게으름 피우지 말고 나태하지 말며, 일을 미루지 마라. 오늘 할 수 있는 일을 내일로 미루지 마라.
[Chesterfield]
- 나태는 영혼이 잠들어 있는 상태다.
[Vauvenargues]
- 늦게 일어난 사람은 종일 총총걸음을 걸어야 한다. [Benjamin Franklin]
- 무능력은 일하기 싫어 핑계 대는 것에 불과하다. [Publius Syrus]
- 사람의 삶에 사농공상士農工商으로 각각 살아가는 길이 있으나, 만일 그 직업에 게으르면 살아가는 복리福利가 끊겨서 도둑이 될 뿐이다.
[양성지梁誠之]
- 체면을 손상시키는 일이 따로 있는 것이 아니다. 다만 면목이 없는 것은 게으른 탓이다. [Hesiodos]

| 겨울 |

- 겨울은 내 머리 위에 있으나 영원한 봄은 내 마음속에 있다.
[William Henry Bill Gates]
- 겨울이 오면 봄이 멀지 않으리.
[Shelly Kagan]

- 겨울이 잠이고 봄이 탄생이며 여름이 삶이라면 가을은 숙고의 시간이 된다. 한 해 중 잎이 떨어지고, 수확이 끝나며, 사철 식물이 지는 때다.
[MitchellBurgess]
- 위대한 태양이 외면하는 겨울에는 땅은 슬픔의 계곡으로 들어가 탄식하고 통곡하며 상복에 몸을 가리고 자신의 혼인식 화환이 썩도록 내버려 둔다. [Charles Kingsley]

| 격분 / 분노 |

- 가장 큰 격분이 시를 쓴다.
[D. Junius Juvenalis]
- 감정 폭발은 곧 이성의 결함이다. 어리석은 사람이 격분하고 있을 때, 냉정을 잃지 않는 사람은 성숙한 인간의 징표이다. [B. Gracian]
- 격분하는 것은 썩 좋은 정신상태가 아니다. [Bismarck]
- 격하기 쉬운 사람이 받는 벌은 늘 행복 곁에 살면서도 행복을 손에 못 넣는 일이다. [Pierre Bonnard]
- 분노를 모르는 사람은 어리석다. 그러나 분노를 알면서도 참을 줄 아는 사람은 현명하다. [주자朱子]
- 분노하여 가하는 일격은 종국에 우리 자신을 때린다. [William Penn]
- 웃음이 분노보다 더 가치 있다.

[Emile Faguet]

- 천천히 화내는 사람을 조심하라. 좀처럼 화를 내지 않는 사람이 성을 내면, 자주 화를 내는 사람보다 심하고 오래 간다.　　[F. Qhillz]

| 격언格言 |

- 격언은 철학자들의 재치이다.
　　　　　　　　[Vauvenargues]
- 격언을 말하는 것은 노인들에게 적합하다.　　　　[Aristoteles]
- 격언이란 오랜 세월에 기초한 짧은 문장이다.　　　[Cervantes]
- 한 민족의 특성과 기지의 정신은, 그 민족의 격언에서 발견된다.
　　　　　　　　[Francis Bacon]

| 견습見習 |

- 포도주 항아리로 도자기 만드는 기술을 익히지 말라.　　[Platon]

| 견해見解 / 견식見識 |

- 다른 사람의 환경이 우리에게 좋아 보이듯이, 우리 환경은 다른 사람에게 좋아 보인다.　[Publius Syrus]
- 만 리 창해滄海로도 왜적을 능히 막지 못하였거늘, 한줄기 띠(帶)와 같은 강물을 왜적이 건너지 못하리라 하니, 이는 사리에 어두운 탓이다.
　　　　　　　　[유성룡]
- 몰상식한 자는 절대로 의견을 바꾸는 법이 없다.　[A. M. Bardermy]
- 새로운 견해들은 늘 의심을 받고 대개 반대에 부딪힌다. 다른 이유가 아니라 보편화되어 있는 견해가 아니어서 익숙하지 않기 때문이다.
　　　　　　　　[John Locke]
- 소 발자국에 고인 물에서 헤엄치는 장구벌레는 천하에 넓은 4해가 있다는 것을 꿈에도 생각 못 할 것이다. 과실의 씨 속을 기고 있는 바늘 끝 같은 벌레는 이것이 세계의 전부라고 생각할 것이다. 그들에게 망망한 바다를 설명해 주고, 우주가 얼마나 넓다는 것을 가르쳐 주어도 거짓말이라고 하면서 믿지 않을 것이다.　　　　　[포박자抱朴子]
- 우리의 관심이야말로 의견을 이끄는 나침반이다.　[J. P. C. de Florian]
- 우물 안 개구리에게 바다를 이야기할 수 없음은 좁은 우물에만 갇혀 있기 때문이고, 여름철 벌레에게 얼음을 이야기할 수 없음은 한 계절에만 살기 때문이며, 지식이 좁은 사람에게 도道를 이야기할 수 없음은 세속적인 가르침에만 구속되어 있기 때문이다.　　　[장자莊子]

- 자신의 견해를 바꾸지 않는 자들은 어리석은 자들과 죽은 자들뿐이다. [J. R. Lowell]
- 자신이 처한 상황에 따라 의견이 달라진다. [Marguerite de Navarre]
- 정통한 이들은 견해를 바꾸는 것이 변덕과는 무관하다고 생각한다. [Marcus Jullius Cicero]
- 진실한 견해는 사유思惟가 만든 재산이다. [Aristoteles]

| 결국結局 / 결과結果 |

- 꼭 같은 한 가지가 동시에 좋을 수도 있고 나쁠 수도 있으며, 무해 무익할 수도 있다. 예를 들어, 흥겨운 음악은 우울한 사람들에게는 좋지만 슬퍼하는 사람들에게는 나쁘며, 귀머거리에게는 좋지도 나쁘지도 않다. [Spinoza]
- 나무는 열매로 알려지는 것이지, 잎으로 알려지는 것이 아니다. [John Ray]
- 사물에는 끝이 있는 법이다. [프랑스 격언]
- 싹이 튼 채 이삭이 나오지 않는 것도 있고, 이삭이 나온 채 결실되지 않는 것도 있다. [공자孔子]
- 우리의 어제와 오늘은 우리가 쌓아 올리는 벽돌이다. [Lomgfellow]

- 잘 가라, 바구니야. 포도 수확은 끝났다. [Francois Rabelais]
- 훌륭한 결과는 훌륭한 시작에서 생긴다. [John Heywood]

| 결백潔白 |

- 결백은 말이 느려도 달변가가 되는 방법을 찾아낸다. [Euripides]
- 결백은 언제나 자신만의 정체를 띤다. [Publius Syrus]
- 결백을 부끄러워하는 것은 결코 예사로운 일이 아니다. [Moliere]
- 결백조차도 때로는 가면이 필요하다. [Thomas Fuller]
- 결백한 자를 변호하는 사람은 늘 능변가 기질이 있다. [Publius, S.]
- 새로 머리를 감은 사람은 반드시 갓을 털고, 새로 몸을 씻은 사람은 반드시 옷을 턴다. [초사楚辭]
- 얼굴을 붉히는 자는 이미 유죄요, 참다운 결백은 어떤 것에도 부끄럽지 않다. [Jean-Jacques Rousseau]

| 결심 / 결정決定 |

- 각오가 되어 있는 곳에서는 발이 가볍다. [George Herbert]
- 검투사가 결심하는 곳은 경기장이다. [L. A. Seneca]

- 결단력 있는 자는 고민이 없다.
  [George Herbert]
- 결단은 어떤 일을 시작하게 만드는 불꽃과도 같다. 결단하기 전까지는 아무런 일도 일어나지 않는다.
  [Walfred A. Peterson]
- 결단하여 해야할 일은 실행하겠다고 결심하라. 결심한 것은 반드시 실행하라. [Benjamin Franklin]
- 굳은 결심은 가장 유용한 지식이다.
  [Napoleon I]
- 단지 결심을 했기 때문에 결심을 실천하는 것이 아니라, 그 결심이 좋은 결심이라서 옮기는 것이라야 한다.
  [La Francois de Rochefoucauld]
- 달성하겠다고 결심한 목적을 단 한 번의 패배 때문에 포기하지는 말라.
  [William Shakespeare]
- 당신의 운명은 결심의 순간 모습을 갖춘다. [Anthony Robbins]
- 당신이 무언가를 하기로 결정하기만 하면, 온 우주가 그것이 이루어지도록 도와준다.
  [Ralf Waldo Emerson]
- 백 리를 가야 할 사람은 구십 리를 반으로 잡아야 한다. [전국책戰國策]
- 앞이 전혀 보이지 않는 곳에서 결전해선 안 된다. [Piron]
- 양쪽의 의견을 모두 듣기 전에는 아무런 결정을 내리지 마라.
  [Phokylides]
- 우리가 내린 취소할 수 없는 결정은 대부분이 견딜 수 없는 마음의 상태에서 어쩔 수 없이 저질러진 것이다.
  [Marcel Proust]
- '일을 어떻게 시작할까?' 하고 생각하다 보면, 그 일의 시작은 너무 늦어지고 만다. [Quindulianus]
- 평범함의 특징은 결정할 줄 모른다는 것이다. [J. B. Say]

| 결점缺點 / 단점短點 |

- 가장 나쁜 단점은, 자신의 단점을 모른다는 것이다. [publius Syrus]
- 결함이 나의 출발의 바탕이다. 무능이 나의 근원이다. [Paul Valery]
- 남의 결점이 눈에 띄게 되는 것은 자기 자신을 잊었을 때에 일어나는 현상이다. [Lev N. Tolstoy]
- 남의 사소한 결점을 드러내어 그 사람의 큰 미덕을 덮는다면, 온 천하에 성왕聖王이나 현명한 재상이 한 사람도 있을 수 없을 것이다.
  [회남자淮南子]
- 남의 허물을 듣거든 부모의 이름을 듣는 것과 같이하여, 귀로는 들을지언정 입으로는 말하지 말라.
  [마원馬援]

- 내 단점을 부끄러워해야지, 그것을 고치는 것을 부끄러워하지 말라.

  [Avadana]

- 단점에 대한 두려움이 더 나쁜 단점에 빠트린다. [Horatius]

- 우리가 우리의 단점을 인정한다면, 이는 우리의 말을 사람들이 반박하게 하려고 그러는 것이다.

  [J. P. C. de Florian]

- 저마다 단점이 있고, 이를 늘 되풀이한다. [J de La Fontaine]

| 결혼婚姻 |

→ 혼인婚姻

| 겸손謙遜 |

- 강물이 모든 골짜기의 물을 포용할 수 있음은 아래로 흐르기 때문이다. 오로지 아래로 낮출 수 있으면 결국 위로도 오를 수 있게 된다.

  [회남자淮南子]

- 겸손은 교만의 포기가 아니요 어떤 이에게는 다른 형태의 또 다른 교만의 가면이기도 하다. [Eric Hoffer]

- 겸손은 남의 칭찬을 싫어하는 듯이 보이지만, 사실은 좀 더 넌지시 칭찬받고 싶다는 욕망에 불과하다.

  [Francois de La Rochefoucauld]

- 겸손은 모든 미덕의 근원이다.

  [Peter J. Bailey]

- 겸손은 오만의 해독제이다.

  [F. M. A. Voltaire]

- 겸손이 대단한 것은 아니다. 도저히 겸손할 수 없도록 만드는 무엇인가를 갖고 있어야 한다. [Voltaire]

- 겸손이란, 신이 우리가 희생양을 바치기를 원하는 제단이다.

  [Francois de La Rochefoucauld]

- 겸양謙讓은 아름다운 행실이다. 그러나 겸양이 지나치면 공손하고 삼가함을 지나 비굴卑屈이 됨으로, 본래의 마음을 의심하게 된다.

  [채근담菜根譚]

- 고결한 덕을 갖춘 자는 계곡과 같다.

  [노자老子]

- 기고만장하게 구는 것보다 허리를 굽히는 편이 더 슬기로운 행동이다. [William Wordsworth]

- 산이 높을수록 골은 낮다.

  [Thomas Fuller]

- 손윗사람에게 겸손하고 동등한 사람에게는 예의 바르며 아랫사람에게는 고결해야 한다. [B. Franklin]

- 쓰러진 자 망할까 두렵지 않고, 낮춘 자 거만할까 두렵지 않다.

  [J. Vernon]

- 용맹이 여자를 꺾듯이, 겸손도 여자를 사로잡는다. [Alfred Tennyson]

- 우선 겸손을 배우지 않는 자는 아무 것도 배우지 못한다.   [O. 메러디드]
- 인간은 교만을 통해 자기 자신을 하락시킨다. 겸손만이 진정으로 위대한 것이다.   [카를 아이히호론]
- 자리가 높아질수록 겸손을 보여야 한다.   [Marcus Jullius Cicero]
- 자신이 의식한 겸손은 죽은 것이다.
                              [W. Eschenbach]
- 절대로 가난한 자들 앞에서는 겸손하면 안 되고, 겸손한 자들 앞에서 거만해서는 안 된다. [D. Jefferson]
- 좋은 군대는 도전적이 아니다. 숙련된 투사는 성급하지 않다. 사람을 부리는 것이 능란한 사람은 언제나 겸손하다. 겸손은 무저항의 덕이라고 할 수 있는 것이며, 천명天命과 일치함을 의미하는 것이다. [노자老子]
- 진정한 겸손은 모든 덕의 어머니이다.   [William T. Denison]
- 참으로 위대한 인간의 시련은 그의 겸손이라고 생각한다.   [J. Ruskin]
- 하느님에게 겸손하고, 친구에게 상냥하며, 이웃과는 상부상조하라. 오늘 밤 이웃이 누리는 행복이 내일 그대에게 생길 수도 있다. [W. Denver]
- 하는 일이 잘되고 못됨에 따라, 사람들은 오만해지기도 하고 겸손해지기도 한다.   [P. Terentius]
- 한 자를 굽혀 여덟 자를 편다.

[맹자孟子]

- 항상 겸손한 사람은 남에게서 칭찬을 들었을 때나 험담을 들었을 때나 변함이 없다.   [Jean Paul]

경계警戒 / 조심

- 까마귀 싸우는 곳에 백로야 가지 마라, 성낸 까마귀 흰빛을 새울세라 청강淸江에 이것 씻은 몸을 더럽힐까 하노라.(백로가)   [정몽주의 어머니]
- 무조건 좋다고 따르는 자를 경계하라.   [공자孔子]
- 빈 그릇을 들더라도 물이 가득 찬 것을 들 때처럼 하고, 빈방에 들어갈지라도 사람 있는 방에 들어가듯 하라.   [소학小學]
- 사람은 크게 노하면 음기陰氣를 망치고, 크게 기뻐하면 양기陽氣를 떨어뜨린다. 또한 크게 걱정하면 속이 붕괴되고, 크게 겁을 먹으면 광기狂氣가 생긴다. 더럽고 번거로운 잡기를 없애는 가장 좋은 방법은, 근원인 바탕에서 애당초 벗어나지 않는 것이 제일이다. 즉 대통大通하는 것이다.   [회남자淮南子]
- 세상일은 처음에는 너그러우나 끝에는 으레 인색해지기 마련이다. 그러나 처음에 대수롭지 않다 하여 경계하지 않으면, 마침내는 수습할

수 없게 된다. [공자孔子]

● 안정할 때도 경계하는 자는 위험으로부터도 안전하다. [Publius Syrus]

● 어두운 밤이라 아는 자가 없다. 하나, 하늘이 알고 신神이 알며, 내가 알고 그대가 알거늘, 어찌 아는 이가 없다 하는가? [양운楊雲]

● 오, 경계해야 한다. 걱정이 없을 때 경계하여 법도를 잃지 않고, 편안히 놀지 말며, 즐기는 일에 빠지지 말라. [서경書經]

● 오늘 밤은 달이 몹시 밝다. 왜적倭賊은 잔꾀가 많아 달이 없는 밤에도 아군을 습격해 오겠지만, 이같이 달 밝은 밤에는 틀림없이 습격해 올 것이니 경비를 게을리해서는 안 된다. [이순신]

● 저 아름다운 가죽을 지닌 여우나 표범이 깊은 숲속에 살면서 바위굴에 엎드려 있는 것은 고요함을 택하기 때문이요, 밤에 돌아다니고 낮에 숨어 있는 것은 경계하기 때문이며, 굶주림에 시달려도 인가에서 떨어진 강호江湖에서 먹이를 구함은 안전을 도모하기 때문이다. 이렇게 조심하는 데도 그물이나 덫에 걸림을 면치 못함이 어찌 그들에게 죄가 있어서이겠는가. 오로지 그 가죽이 아름답기 때문이다. [장자莊子]

● 조심하는 일에는 실패가 거의 따르지 않는다. [논어論語]

● 천 리나 되는 제방도 땅강아지와 개미가 뚫은 작은 구멍에서 물이 새어 나오고, 백 척이나 되는 거옥巨屋도 조그만 굴뚝에서 새어 나오는 연기로 불이 난다. [회남자淮南子]

● 천하에 큰 경계 둘이 있으니, 그 하나는 천명天命이고, 다른 하나는 정의正義이다. 자녀가 부모를 섬김은 천명이니, 마음에서 우러나는 것이요, 국민이 국가를 섬김은 정의이니, 세상에서 피할 수 없는 것이다. [공자孔子]

| 경륜經綸 |

● 늙은 개가 있어야 사냥이 된다. [솔라에르]

● 늙은 원숭이는 올가미로 잡지 않는다. [L. Diogenes]

● 사과는 늙은 원숭이를 위한 것이다. [Gruyter]

● 악마가 많은 것을 아는 것은 늙었기 때문이다. [Brantome]

● 하루하루보다 해가 거듭될수록 더 많은 것을 배운다. [R. W. Emerson]

| 경멸輕蔑 / 경시輕視 |

● 경멸은 가장 교묘한 형태의 복수다.

[Baltasar Gracian]

- 작은 구멍이 배를 침몰시키고, 한 가지의 죄가 죄인을 파멸시킨다.

[John Vernon]

- 천하를 가볍게 본다면 정신도 얽매이지 않을 것이며, 만물을 사소하게 여긴다면 마음도 헷갈리지 않을 것이다. 삶과 죽음을 같게 생각하면 두려운 생각도 없게 될 것이며, 변화 하나 하지 않나 같게 여긴다면 총명한 판단력이 흐려지지 않을 것이다.

[회남자淮南子]

- 태산에 부딪혀 넘어지는 사람은 없다. 사람을 넘어지게 하는 것은 작은 흙더미이다. [한비자韓非子]

- 현자에게는 나쁜 대우보다 경멸이 더 견디기 힘들다. [Publius Syrus]

| 경솔輕率함 |

- 경솔하게 말하는 것은, 과녁을 조준하지 않고 쏘는 것이다.

[Oxenstierna]

- 경솔한 자는 이성이 아니라 그들이 입은 피해에서 배운다. [Democritos]

- 귀한 손님 앞에서는 개를 꾸짖지 말고, 음식을 사양할 때는 침을 뱉지 말아야 한다. [소학小學]

- 생각할 머리가 있는가? 핀도 머리는 있다. [John Swift]

| 경영經營 |

- 경영에서 요구되는 것은 단순한 정보 수집력이 아니라 정보의 가공력, 조합력, 독해력이다. 그런 의식이 없다면 인간이 컴퓨터의 사고 형식에 맞추어 생각하게 되는 어처구니 없는 이야기가 되고 만다.

[호리고이치堀幸一]

- 경영이란 성공의 사다리를 오르는데 효율적이다. 리더십은 그 사다리가 있는 벽이 튼튼한지를 가려낸다.

[Stephen Covey]

- 경영자는 사원이나 하청 업체에 대해 절대 '내가 너를 먹여 살리고 있다.'는 태도를 보여서는 안 된다. 그러한 태도를 보이는 순간, 경영자로서의 자격을 잃고 하찮은 인간으로 전락하고 만다.

[마쯔시다고노스케松下幸之助]

- 고객은 대면을 하든, 전화를 통해서든 직원들과 접촉하는 시점인 최초 15~30초가 서로의 참된 '진실의 순간'이다. 이 순간에 고객이 만족을 느끼지 못하면 고객은 떠나간다.

[Ann Calzone]

- 나는 회사가 결코 내 것이라고 생각하지 않는다. 나무가 모여서 하나의 숲을 이루는 것처럼, 사원 한 사람 한 사람이 모여서 회사를 이룬

다. 그러므로 회사는 경영자의 것이 아니라 사원들의 것이다.
[요시다 다다오吉田忠雄]

• 당신이 할 수 있는 가장 최고의 투자는 바로 자신에게 투자하는 것이다. 내가 더 많이 배울수록, 너는 더 많이 벌 것이다. [Warren E. Buffett]

• 대중은 최고의 기술이 아니라 최고로 홍보된 기술을 수용한다.
[Blaine McComick]

• 뭔가를 이루었다고 생각한 바로 그날, 우리는 실패에 대한 걱정을 시작해야 한다. [Rich Teerlink]

• 비즈니스의 세계에서는 정지된 상태는 존재하지 않는다. 그것은 항상 변하는 세계이다. [Jean Paul Getty]

• 사람들이 정말로 원하는 콘텐츠를 가지고 자기 분야에서 최고의 사이트가 되는 것이 링크 인기도를 높이는 확실한 방법이자, 사이버 공간에서 매일같이 일어나는 보이지 않는 전투에서 살아남는 길이기도 하다.
[Simon Angelo]

• 삼성 경영의 15계명 ① 행하는 자 이루고, 가는 자 닿는다. ② 신용을 금쪽같이 지켜라. ③ 사람을 온전히 믿고 맡겨라. ④ 업의 개념을 알아라. ⑤ 판단은 신중하게, 결정은 신속하게. ⑥ 근검절약을 솔선수범하라. ⑦ 메모광이 돼라. ⑧ 세심하게

일하라. ⑨ 신상필벌을 정확하게 지켜라. ⑩ 전문가의 말을 경청하라. ⑪ 사원들을 일류로 대접하라. ⑫ 부정부패를 엄히 다스려라. ⑬ 사원 교육은 회사의 힘을 기르는 것이다. ⑭ 목계의 마음을 가져라.(목계: 박공搏栱 위에 부연附椽처럼 얹어서 기와를 받도록 한나무) ⑮ 정상에 올랐을 때 변신하라. [이병철]

• 새 옷을 요구하는 모든 사업을 주의하라. [Henry Thoreau]

• 수없이 많은 사람이 인터넷 창업에 뛰어들었다가 실패하는 것은 통하지 않을 상품, 즉 터무니없는 상품을 판매하려 하기 때문이다.
[Simon Angelo]

• 위대한 일을 할 수 있는 유일한 방법은 자신이 하고 있는 일을 사랑하는 것이다. [Tinothy D. Timm Cook]

• 창의적인 방식을 택하건 택하지 않건, 그것은 당신에게 달렸다. 특이하고 창의적인 방식으로 일할 수 있는 가능성은 항상 열려있다.
[토드 미초버]

• 틀린 방법이 항상 더 타당해 보인다.
[G. E. Moore]

• 훌륭한 회사는 훌륭한 제품에 세워진다. [Elon Reeve Musk]

| 경쟁競争 |

- 경쟁 속에서는 아름답게 이루어지는 것이 없고, 자만 속에서는 고상하게 이루어지는 것이 없다.
  [John Ruskin]
- 경쟁심은 재능의 양식이고, 질투는 마음의 독극물이다. [Voltaire]
- 경쟁심은 천부적 재능의 양분이고, 시기심은 마음의 독이다. [Voltaire]
- 경쟁은 인생의 법칙이다.
  [Robert Burton]
- 경쟁의 세계는 단 두 마디 말밖에는 없다? 이기느냐, 지느냐. [이어령]
- 나는 연습에서든 실전에서든 이기기 위해 농구를 한다. 그 어떤 것도 승리를 향한 나의 경쟁적 열정에 방해가 되도록 하지 않겠다.
  [Michael Jordan]
- 나무는 다른 나무와 섞여 있을 때 더 잘 탄다. [A. Saidi]
- 나무 한 그루가 울새 두 마리를 감당할 수 없다. [Erasmus]
- 너에게는 경쟁자가 있기도 하고 없기도 할 것이다. 너에게 경쟁자가 있다면, 그에게 우선권이 돌아가도록 하기 위해 노력해야 한다. 만약 경쟁자가 없다면, 경쟁자를 갖지 않도록 하기 위해 노력해야 한다.
  [Pierre Laclos]
- 덤불 하나가 도둑 두 명을 먹여 살린다. [Aristophanes]
- 두 마리 참새는 한 톨의 이삭 앞에서 사이가 나빠진다. [Cervantes]
- 많은 사람이 자기들의 계급을 경멸하는 얼굴을 하고 있으면서도, 자기들의 계급에서 두각을 나타낼 기회만 노린다. [Romain Rolland]
- 불행한 경쟁자는 증오를 받을 자격이 없다. [F. M. A. Voltaire]
- 선망과 경쟁심의 차이는 악덕과 미덕의 차이와 같다. [La Bruyere]
- 슬기로운 자의 가치 있는 경쟁은 자신과의 경쟁뿐이다. [A. James 부인]
- 오늘날 컴퓨터 프로그래밍은 더 크고 바보들도 쉽게 쓸 수 있는 프로그램을 만들려 애쓰는 소프트웨어 기술자들과 더 크고 더 심각한 바보들을 만들어 내려는 세계와의 경쟁이다. 지금까지는 세계가 이기고 있다. [Rick Cook]
- 인류의 역사는 점점 더 교육과 재앙 사이의 경쟁이 되고 있다.
  [Herbert George Wells]
- 질투와 경쟁심 사이의 간극은 덕행과 악행의 간극만큼 거리가 멀다.
  [La Bruyere]

| 경청傾聽 |

- 가장 진실한 존중의 형태 중 하나는 실제로 다른 사람의 말을 경청하는 것이다. [Brian]
- 경청은 단순히 조용히 있는 것이 아니라 존재하는 것이다. [Krista Tippett]
- 경청은 마음의 태도이며 다른 사람을 끌어들이고 치유하는 진정한 열망이다. [L. J. Issham]
- 경청은 재능보다는 정신, 자아보다는 타인에 대한 관심이 필요한 기술이다. [Dean Jackson]
- 경청은 종종 누군가를 돕는데 필요한 유일한 것이다. [작자 미상]
- 경청은 친절의 가장 큰 형태 중 하나이다. [작자 미상]
- 경청하는 법을 배우라. 기회는 때로 아주 부드럽게 두드린다. [작자 미상]
- 깊은 경청은 다른 사람의 고통을 덜어 줄 수 있는 경청이다. 자비로운 경청이라고 할 수 있다. 당신은 그 사람의 마음을 비우도록 돕는 단 하나의 목적으로 귀를 기울인다. [Thich Naht Hahn]
- 다른 사람의 의견을 경청하면 목표를 완수하는데 필요한 한 가지가 드러날 수 있다. [D. Wrigley]
- 듣는 것만으로도 상상 그 이상을 의미한다. [Bob Nelson]

- 사람들이 말할 때 대부분의 사람들은 결코 듣지 않는다. [Hemingway]
- 사랑의 첫 번째 의무는 경청하는 것이다. [Paul Joannes Tilich]
- 일어서서 말하는데 필요한 것은 용기입니다. 용기는 앉아서 경청하는데 필요한 것이기도 합니다. [Winston Churchill]
- 지혜는 말을 하고 싶었을 때 평생 경청함으로써 얻는 보상이다. [Mark Twain]

| 경향傾向 / 성향性向 |

- 몸을 기울이는 쪽으로 넘어지기 마련이다. [Guizot]
- 우리 모두는 자기 성향에 따른다. [Vergilius]
- 인간은 우리를 즐겁게 할 줄 아는 색깔만 보려고 한다. [Florian]

| 경험經驗 |

- 가득 찬 것은 순진이고, 텅 빈 것은 경험이다. 이기는 것은 순진이고, 지는 것은 경험이다. [Charles Peguy]
- 강을 거슬러 헤엄치는 자가 강물의 세기를 안다. [W. 연설]
- 같은 덫으로 여우를 두 번 잡지 못

한다.   [Aristoteles]

- 경험 없는 기백은 위험하고, 기백 없는 경험은 불완전하다.
         [Chesterfield 경]

- 경험은 가장 훌륭한 스승이다. 다만 학비가 비쌀 따름이다.
         [Thomas Carlyle]

- 경험은 값진 학교를 경영하나 어리석은 자는 그 이외의 학교에서는 배우지 못한다.   [Benjamin Franklin]

- 경험은 그대가 배운 것을 잊게 만드는 이상한 스승이다.
         [Martin F. Tupper]

- 경험은 모든 것의 교과서이다.
         [G, J. Caesar]

- 경험은 사람에게 아무것도 가르쳐 주지 않는다. 그 증거로 하나의 연애가 끝나도 다른 연애를 시작하는 것이 인간이다.   [Bourget]

- 경험은 사상의 지식이요, 사상은 행동의 지식이다. 우리는 책에서는 인간을 배울 수 없다.
         [Benjamin Disraeli]

- 경험은 최고의 교사이다. 다만 수업료가 지나치게 비싸다고나 할까.
         [Thomas Carlyle]

- 경험은 훌륭한 치유제이나 병이 나은 뒤에야 비로소 그것을 얻게 된다.
         [Jean Paul]

- 경험이 너무 많으면 오히려 일에 방해가 될 수 있다. 필요 이상으로 조심스러워지기 때문이다.   [R. Gats]

- 경험이란 단지 실수에 그럴듯한 이유를 붙인 것일 뿐이다.
         [Oscar Wilde]

- 경험자가 점쟁이보다 훨씬 더 잘 안다.   [Phaedrus]

- 경험하여 알기 전에는 그 무엇도 진짜가 아니다.   [John Keats]

- 덤불 속에 걸려본 새는 온갖 덤불을 조심한다.   [Shakespeare]

- 똑똑하지만 한 번도 사람이나 조직을 이끌어본 경험이 없는 25살짜리가 2년 과정의 MBA 코스에 다닌다고 해서 금방 유능한 경영자가 될 것이라고 생각하는가? 그렇게 생각한다면 그것이야말로 세상에서 가장 웃기는 일이다.   [Henry Mintzberg]

- 뱀에게 물린 자는 끈만 봐도 두려워한다.   [John Ray]

- 붉은 망토로 달궈진 열기는 잘 느껴진다.   [Cesar Houdin]

- 양질의 판단은 경험에서 나온다. 그리고 경험은 형편없는 판단에서 나온다.   [Rita Mae Brown]

- 이튿날은 전날의 교훈을 배운다.
         [Publius Syrus]

- 인간의 본성에 관하여 가르치는 두 가지는, 본능과 경험이다.   [Pascal]

- 조난을 당한 자는 파도를 봐도 두려

위한다.　　　　　　　　　[Ovidius]

● 지식의 유일한 근원은 경험이다.
　　　　　　　　　　　　[Albert]

● 처세하는데 경험이 얕은 자는, 세상의 악습에 물들지 않아 천진난만하다. 이와 반대로 세상 풍파에 시달린 자는, 다소 영리하나 권모술수權謀術數에 능하여 순진한 맛이 없다. 이러므로 순자는 세상일에 밝아 영리한 자보다 노둔老鈍한 편이 많지만 질박한 멋이 있다.　[채근담菜根譚]

● 파선破船의 고통을 당해본 사람은 비록 잔잔한 바다일지라도 바다 위의 항해를 두려워한다. [R. Herrick]

| 계략計略 / 계책計策 |

● 다섯 이랑 택지에 뽕나무를 심게 하면 50년 자기 비단옷을 입을 수 있고, 닭·개·돼지 같은 가축일 때를 잃지 않고 번식시키면 70년 된 자가 고기를 먹을 수 있으며, 백 이랑 농토에 농사지을 시기를 빼앗지 않는다면 몇 식구의 굶주림이 없을 것이고, 학교 교육에 힘을 기울여 효제孝悌의 도덕이 절로 실행되면 백발노인이 길에서 무거운 짐을 지고 다니는 일은 없을 것이다. 70세 된 노인이 비단옷을 입고 고기를 먹으며, 일반 백성들이 굶주리지 않고 추위에

떨지 않게 하고서도 왕 노릇을 못한 예는 지금까지 없었다.　[맹자孟子]

● 사자의 가죽으로 충분하지 않으면 늑대의 가죽으로 기워 넣어야 한다.
　　　　　　　　　[Lysandros]

● 여우는 자신의 꼬리를 감추고 있다.
　　　　　　　　[A. Henderson]

● 여우는 절대로 여우 소굴 옆에서 사냥하지 않는다.　[Jim Clark]

● 일생의 계책은 어릴 때에 있고, 일년의 계책은 봄에 있으며, 하루의 계책은 새벽녘에 있다. 어려서 배우지 않으면 늙어서 아는 바가 없고, 봄에 갈지 않으면 가을에 바랄 것이 없으며, 새벽녘에 일어나지 않으면 그날의 할 일이 없다.　[공자孔子]

● 큰 계략을 지닌 사람에게는 잔일을 약삭빠르게 시키지 말아야 하고, 작은 꾀밖에 없는 자에게는 큰 임무를 맡기지 말아야 한다. 사람은 저마다의 재능이 있고, 물건은 제 나름대로의 형태가 있다. 사람에 따라선 하나를 맡겨도 무겁다고 할 사람이 있고, 백을 맡겨도 가볍다고 할 사람이 있다.　　　[회남자淮南子]

| 계부와 계모 |

● 계모는 무덤도 파내 가야 한다.
　　　　　　　　[Kallimachos]

- 계모를 조심하라. 계모는 이름만으로 족하다. [George Herbert]

| 계산 / 셈 |

- 예를 들어, 거울에 45도 각도로 바쳐진 광선은 45도 각도로 반사한다. 사람의 마음도 마찬가지다. 내가 계산을 하고 있으면 상대방도 계산을 하고 있고, 내가 그러지 않으면 상대방도 그러지 않는다. 이 교훈은 나의 인생에 정말로 많은 도움을 주었다. [미시마가이운三島海雲]
- 혼자 계산하는 자는 두 번 계산한다. [Antoin Louisel]
- 훌륭한 계산이, 훌륭한 친구를 만든다. [Aristoteles]

| 계승繼承 |

- 고추는 고추나무에서 나고, 무화과는 무화과에서 난다. [Aristoteles]
- 독수리가 비둘기를 낳지는 않는다. [Horatius]
- 못된 까마귀가 보기 흉한 알을 낳는다. [Zenobius]
- 무릇(야자고)에서 장미나 히아신스가 나지 않는다. [Theognis]
- 사자의 새끼도 사자이다. [Talmud]
- 암탉에서 태어나면 긁기를 좋아한다. [Henry Estienne]
- 좋은 핏줄은 거짓말을 하지 못한다. [Jean le Bon]

| 계절季節 |

- 가을은 과실의 아버지이다. [Horatius]
- 겨울은 남자와 여자, 그리고 짐승을 길들인다. [Shakespeare]
- 겨울은 영원히 계속되지 않으며, 봄은 자기 차례를 건너뛰지 않는다. 4월은 5월이 지켜야 하는 약속이란 것을 우리는 알고 있다. [H. Boland]
- 가을 장미는 다른 계절의 장미보다 더욱 우아하다. [Agripa]
- 나는 여름을 좋아한다. 따사로운 계절과 해가 긴 나날들, 비록 내 아이들은 기겁하겠지만, 나는 여전히 태양 아래에 눕는 것을 즐기는 사람들 중 하나이다. [Danielle Steel]
- 달아나는 여름은 떠나는 친구와 같다. [Vitor Hugo]
- 달콤하고도 달콤한 태양의 그을음과 여름날의 바람, 그리고 나의 벗이여! 그대는 나의 즐거움이요, 나의 여름을 태워주는 유희로다. [K. D. Lang]
- 봄에 가당치 않은 겨울은 지금껏 없었으니, 이 길의 끝에 봄이 기다리

고 있음을 믿으며 굳게 믿으며.

[정연복]

- 봄은 처녀, 여름은 어머니, 가을은 미망인, 겨울은 계모와 같다.

[폴란드 속담]

- 4월은 가장 잔인한 달, 죽은 땅에서 라일락을 싹트게 하며, 추억과 욕망을 뒤섞고, 무기력한 뿌리를 봄비로 약동시킨다. [Thomas S. Eliot]

- 태양은 눈 부시고 날은 달콤하다. 너의 발을 멈추게 하는구나.

[Bob Marlley]

- 한 계절이 포도를 익게 하는 동안에 목초를 말리기도 한다. [Montaigne]

| 계획計劃 |

- 만약 당신이 지금 어디 가고 있는지 알지 못한다면, 결국 이상한 곳에 도착하고 말 것이다. [Yogi Berra]

- 무릇 천하의 모든 일은, 무엇보다도 먼저 계획을 세우지 않으면 만사에 실패하는 원인이 된다. [양성지]

- 어진 사람을 임명하는 데 있어서 이 간질을 못 하게 하고, 나쁜 일을 내치는 데 주저하지 않으면서 의심스러운 계획을 세우지 않으면 모든 뜻이 다 이루어질 것이다. [서경書經]

- 인생의 계책은 어린 시절에 있고, 1년의 계책은 봄에 있으며, 하루의 계책은 새벽녘에 있다. 어려서 배우지 않으면 늙어서 아는 바가 없고, 봄에 갈지 않으면 가을에 바랄 것이 없으며, 새벽녘에 일어나지 않으면 그날의 할 일이 없다. [공자孔子]

- 일을 계획할 때는 강유剛柔를 겸하고, 경중輕重을 저울질하며, 대소大小를 분간하고, 허실虛實을 분간하며, 원근遠近을 잘 측정하고, 다소多少를 헤아려야 한다. 이러한 계책을 일컬어 계수計數라고 한다. [관자管子]

- 일을 할 때는 반드시 계획을 짜야 하고, 말을 할 때는 반드시 실천할 수 있는 것인지 생각해야 한다.

[소학小學]

- 전투를 준비함에 있어서 계획은 쓸모없는 것이라는 것을 항상 알게 된다. 그러나 계획을 세우는 것은 피할 수 없는 의무와도 같다.

[Dwight D. Eisenhower]

| 고객顧客 |

- 가장 불만에 찬 고객은 가장 위대한 배움의 원천이다. [Bill Gates]

- 고객들은 대면을 하건, 전화를 통해서건, 직원들과 접촉하는 시점인 최초 15~30초가 서로의 참된 '진실의 순간' 이다. 이 순간에 고객이 만족을 느끼지 못하면 고객은 떠난다.

[An Calzone]

- 어떤 산업 분야에서나 일정한 시점에 이르면 전환점을 맞이하게 되며, 궁극적으로 고객을 이해하는 사람은 번창하고, 그렇지 못한 사람은 뒤지게 된다. 독점적인 위치에 있지 않는 한, 특정 고객의 요구와 필요를 만족시키기 위해 철저하게 헌신해야 하는 것이 비즈니스이다.

  [Simon Angelo]

- 우리의 시장市場은 단 하나뿐이다. 바로 고객이다. 고객들은 이 세상 어딘가에서 우리의 물건을 구매할 이들로, 최고 경영자를 비롯한 모든 사람을 해고할 수 있다.

  [Samuel M. Walton]

| 고난苦難 |

- 가시에 찔리지 않고는 장미를 모을 수 없다. [Philpey]
- 고난과 눈물이 나를 높은 예지로 이끌어 올렸다. 보석과 즐거움은 이것을 이루지 못했을 것이다.

  [Johann Henrich Pestalozzi]

- 고난이 없으면 성공도 없다.

  [Sophokles]

- 고난이 있을 때마다 그것이 참된 인간이 되어 가는 과정임을 기억해야 한다. [Goethe]

- 고난은 사람의 참된 값어치를 시험하는 시금석이다.

  [Francis Beaumont]

- 고뇌를 거치지 않고는 행복을 파악할 수 없다. 황금이 불에 의해 전제되는 것처럼 이상도 고뇌를 거침으로써 순화된다. 천상의 왕국은 노력에 의해 이루어지는 것이다.

  [Dostoevsky]

- 군자는 곤궁한 처지에 빠져도 마음이 흔들리지 않지만, 소인은 곤궁해지면 난폭한 생각을 하기 마련이다.

  [공자孔子]

- 군주는 고난의 절정에서 가장 훌륭한 병사를 얻는다. [Charles Spurgeon]
- 날이 밝기 직전이 가장 어둡다.

  [Thomas Fuller]

- 땅에서 별로 가는 쉬운 길은 없다.

  [L. A. Seneca]

- 때때로 고난을 맛보지 않으면 성공이 그리 반갑지는 않을 것이다.

  [Anne Bradstreet]

- 비가 올 때는 어디나 다 같이 온다.

  [Venom]

- 우리는 고난을 겪음으로써 행복의 소중함을 깨닫는다. [J. Dryden]
- 우리의 삶에서 모든 고난이 자취를 감추었을 때를 생각해 보라. 참으로 을씨년스럽기 짝이 없지 않겠는가.

  [Friedrich Wilhelm Nietzsche]

- 큰일을 목적으로 삼는 자는 고통 또한 크게 당해야 한다. [Plutarchos]

| 고독孤獨 |

- 강자强者란 보다 훌륭하게 고독을 견디어낸 사람이다. [F. Shiller]
- 강해지기 위해서는 고독해야 한다. [윤태림]
- 고귀한 사상을 몸에 지니고 있는 사람은 결코 고독하지 않다. [Philip Sidney]
- 고독과 정신의 관계는 절식과 몸의 관계와 같다. [Vauvenargues]
- 고독, 그것만이 자기 모독에서 자기를 가장 보호해 줄 수 있는 방법이다. [전혜린]
- 고독, 그것 자신으로 모든 생활을 유지해 가는 영예를 갖는 자는 없다. [Victor Hugo]
- 고독, 방문하기엔 좋은 장소지만, 머무르기엔 쓸쓸한 장소다. [George Bernard Shaw]
- 고독으로써 고독을 이기는 것이 얼마나 불안하고, 허무하고, 고식적이며, 지난한 길인가를 우리는 알고 있다. [박두진]
- 고독은 뛰어난 정신을 지닌 자의 운명이다. [Shopenhauer]
- 고독은 악마의 놀이터다. [Vladimir Navokov]
- 고독은 오직 신과 함께 있을 때에만 견딜 수 있다. [Andre Gide]
- 고독은 이 세상에서 가장 무섭고 괴로운 것이다. 어떠한 무서운 일이 닥쳐와도 고독하지 않으면 능이 견디어 낼 수 있다. 하지만 고독한 사람은 죽음과 같을 것이다. [Georghiu]
- 고독을 사랑하는 자는 야수가 아니면 신이다. [Aristoteles]
- 고독의 비밀은 고독이란 없다는 사실이다. [James Cook]
- 고독이 두려우면 혼인하지 말라. [Anton Chekhov]
- 고독이 정신에 미치는 영향은 음식이 육체에 미치는 영향과 같다. [Vauvenargues]
- 고독이란 우리들의 마음속에서 죽어버린 것들이 사는 무덤이다. [Henry Regnier]
- 고독하게 살라. 이는 말하기는 쉽고 실제로 해보면 극히 어렵다. [Friedrich Ruckert]
- 고독한 인간은 이 세상에서 가장 강하다. [Ibsen]
- 고약한 사람만이 혼자다. [Diderot]
- 나는 고독처럼 다정한 친구를 이제껏 발견하지 못했다. [Henry David Thoreau]
- 나는 고독할 때 여행을 즐긴다. 여

행을 즐긴다는 것은 여행 자체가 고독이기 때문이다. [김성식]

● 나는 혼자 울 때 제일 외롭게 느껴지지 않는다. [P. C. Scipio]

● 나에게 있어서는 고독만큼 벗 삼기에 족한 벗은 없다.[Joseph Joubert]

● 나이는 고독의 신장身長이며, 고독은 그 연륜이다. [이어령]

● 내가 가장 덜 외로울 때는 고독할 때이다. [Scipio Africicanus]

● 내가 홀로 있을 때가 내게는 가장 고독하지 않은 때이다. [M. T. Cicero]

● 너무 홀로 지내는 사람은, 끝내는 병이 나는 법이다. [John Steinbeck]

● 늙었다는 가장 확실한 징후는 고독이다. [Louisa May Alcott]

● 달은 고독한 사람의 오직 하나의 벗이다. [Carl Sandberg]

● 독수리는 혼자 날지만 까마귀나 갈까마귀, 찌르레기들은 떼로 다닌다. [J. Webster]

● 모두, 모두 갔다. 옛날의 정든 얼굴들. [Charles Lamb]

● 사람들은 고독을 견디어낼 수 없기에 자아를 상실하는 길을 택한다. [Erich Fromm]

● 사람은 혼자서 죽을 것이다. 그러니까 혼자인 것처럼 행동할 일이다. [Blaise Pascal]

● 사람이 산다는 것은 고독 속에 있는 것과 같다. 그러므로 이 세상에서 가장 강한 사람은 오직 혼자 서서 나아가는 사람이라 할 것이다. [H. J. Ibsen]

● 사회가 성격에 대하여 유익한 것처럼, 고독은 상상력에 대하여 유익한 것이다. [John Ronald Royal]

● 시를 외우면 마음의 부자가 되고, 고독을 벗 삼으면 마음은 저절로 아름다워진다. [여몽呂蒙]

● 왜 고독해야 합니까? 우리 이 혹성은 은하수 속에 있는 것이 아닙니까? [Henry David Thoreau]

● 외로운 나무는 어쨌든 자라기만 하면 강하게 커진다. [Winston Churchill]

● 외로움을 통해 기꺼이 목숨도 바칠 수 있을 만큼 위대한 삶의 목적을 찾게 해 달라고 기도하시오. [Dag Hammarskjold]

● 우리는 죽은 친구를 화장할 때 더욱 자신의 고독감을 느낀다. [Walter Scott]

● 우리는 홀로 세상을 살아가고 있다. 우리가 바라는 친구들은 꿈이요, 우화이다. [Ralph Waldo Emerson]

● 우리들은 혼자서 세상에 나와 혼자서 떠난다. [Sigmund Freud]

● 우리들의 모든 고뇌는 우리들이 고독하게 존재할 수 없는 데서 생겨난다. [La Bruyere]

- 음악을 듣는 사람은 한자리에 모인 가운데에서의 자기 고독을 느낀다.
  [Robert Browning]
- 인간은 남을 도울 때를 제외하고는 완전히 고독하다. [Erich Fromm]
- 인간의 고독감은 생의 공포일뿐이다.
  [Eugene Gladstone O'neill]
- 인생이란 고독하다는 것이다. 아무도 타인을 모른다. 모두가 외톨이다.
  [Hermann Hesse]
- 재능은 고독 속에서 이루어지며, 인격은 세파 속에서 이루어진다.
  [Goethe]
- 절대의 고독, 그것이 그대의 운명이다. [Anton Chekhov]
- 정신에 있어서의 고독은 신체에 있어서의 절제와 같다. [Vauvenargues]
- 책임지는 자는 고독하다. 그러나 책임을 회피해서는 안 된다. [김남조]
- 천국에서 조차 혼자 사는 것은 견디기 힘들 것이다. [R. Pilet]
- 최악의 고독은 한 사람의 벗도 없는 것을 말한다. [Francis Bacon]
- 회화는 서로의 이해를 깊게 하지만, 고독은 천재의 학교다.
  [Edward Gibbon]

| 고령자高齡者의 마음가짐 |

- ① 혼자 지내는 습관을 들이자. ② 무슨 일이나 자기 힘으로 하자. ③ 죽는 날까지 움직일 일감을 만들자. ④ 매일 자기에게 알맞은 운동을 하자. ⑤ 당황하지 말고 뛰지 말자. ⑥ 일찍 자고 일찍 일어나자. ⑦ 나의 괴로움이 가장 크다고 생각하지 말자. ⑧ 취미생활과 봉사활동을 찾아보자. ⑨ 할 수 없는 일은 시작도 하지 말자. ⑩ 남의 일에 간섭하지 말자. ⑪ 도와줄 수 없으면 그 자리를 피하자. ⑫ 몸에 좋다는 약과 음식을 과용하지 말자. ⑬ 방문을 열고 매일 1회 환기하자. ⑭ 기념패, 감사패 등을 정리해 두자. ⑮ 옷차림은 밝게, 속옷은 깨끗하게 입자. ⑯ 구취, 체취가 나지 않도록 가꾸자. ⑰ 돈은 낭비하지도 말고 가급적 베풀고 가자. ⑱ 필요 없는 생활용품을 모두 정리 처분하자. ⑲ 유언장을 준비해 두자. ⑳ 살아있음을 항상 감사하자. [미상]

| 고르다 |

- 고르기를 원하는 자는, 대개 가장 나쁜 것을 취한다. [M. Regnier]
- 썩은 사과들 속에서 고를 것은 별로 없다. [Shakespeare]
- 어딘가 멀리 가버리고 싶을 때, 방앗간으로 가지는 않는다. [Epiktetos]

| 고리대금高利貸金 |

- 고리대금업자는 모두가 귀머거리다.
  [Thomas W. Wilson]
- 담보를 잡고 빌려주는 것이 아무것도 담보로 하지 않고 빌려주는 것보다 낫다.
  [A. R. Lesage]

| 고민苦悶 |

- 고민은 어떤 일을 시작하였기 때문에 생기기보다는 일을 할까 말까 망설이는 데에서 더 많이 생긴다. 실패를 미리 두려워할 필요는 없다. 성공하고 못하고는 하늘에 맡겨 두는 게 좋다.
  [Bertlant Russell]
- 남들보다 더 잘하려고 고민하지 마라. 지금의 나보다 잘하려고 있는 게 더 중요하다. [William Faulkner]
- 너무 소심하고 까다롭게 자신의 행동을 고민하지 말라. 모든 인생은 실험이다. 더 많이 실험할수록 더 나아진다. [Ralf Waldo Emerson]
- 밤은 우리의 고민을 쫓아내기는커녕 오히려 분명하게 만든다.
  [Lucius Annaeus Seneca]
- 밭에 난 잡초를 뽑아서 그것으로 거름을 만들 듯이, 사람의 고민도 그 잡초와 같은 존재이다. 뽑지 않고 내버려 두면 무성하여 곡식을 해치지만, 일찍 서둘러서 뽑아버리면 곡식은 잘 자란다. 그리고 뽑은 잡초는 따로 거름 될 수 있다. 논이나 밭에 잡초가 나는 것을 막을 수는 없으나 우리가 뽑아버릴 정도의 힘은 있지 않은가. [채근담菜根譚]
- 우리는 실제로 벌어진 일보다는 앞으로의 일을 걱정하면서 마음의 고통을 겪는다. [Thomas Jefferson]
- 우리의 가슴속에 고뇌가 없다면 우리의 입술에 노래도 없을 것이다.
  [Karl Barth]

| 고백告白 |

- 고결하고 자유로운 고백은 비난을 덜어내고 누그러뜨린다.
  [Montaigne]
- 고백한 죄는 반은 용서받은 것이다.
  [미상]
- 나는 너의 모습뿐만 아니라 너와 함께 있을 때의 나의 모습도 사랑한다.
  [Roy Croft]
- 나는 당신을 무조건 사랑할 거예요.
  [Katy Perry]
- 너에 대한 내 사랑의 힘을 다른 사람들은 결코 모를 거야. 내 마음의 소리를 아는 사람은 너밖에 없어.
  [Kristin Proby]
- 마음에 남는 얼룩보다, 얼굴에 남는

모욕이 낫다. [Cervantes]

- 많이 좋아해. 당신 그대로.
[Helen Fielding]
- 세상 끝까지 따라갈 것이요.
[Khaled Hosseini]
- 세상에 당신처럼 나를 사랑하는 마음은 없어요. 세상에 나만큼 너를 사랑하는 사람은 없어요.
[Mays Angelou]
- 자기가 잘못했다고 고백하는 것을 부끄러워해서는 안 된다. 다시 말하면, 그것은 오늘의 자기는 어제의 자기보다 더 현명하다는 것을 말하는 것이나 다를 바 없으니 말이다.
[Alexander Pope]
- 잘못을 고백하는 것은 무죄와 같다.
[Publius Syrus]
- 죄를 고백하고 목을 매어 죽어라.
[Christopher Marlowe]

| 고요함 |

- 고요함은 노년에 마시는 우유이다.
[Thomas Jefferspn]
- 고요함 자체는 아름다운 것이지만, 그것과 사귀고 그 가족이 되는 것은 지루하다. [F. A. Voltaire]

| 고집固執 |

- 고집과 거부감은 서로 맞닿아 있다.
[Jean de La Bruyere]
- 고집쟁이를 꺾을 수는 있으나 굽히게 만들 수는 없다. [L. A. Seneca]
- 기질이 사랑을 대표하는 고집은 성격을 어느 정도 대표한다.
[Nichora Sangfor]
- 눈에는 눈을 고집한다면 모든 세상의 눈이 멀어진다.
[Mahatma Gandih]

| 고통苦痛 / 번민煩悶 |

- 가벼운 고통은 표현되나, 큰 고통은 말로 표현할 수 없다. [Seneca]
- 고통 뒤에 기쁨이 따르지 않는다면, 누가 고통을 참겠는가?
[Samuel Johnson]
- 고통 뒤의 즐거움은 달콤하다.
[John Dryden]
- 고통, 게으름, 빈곤, 그리고 끝없는 권태일지라도 당신이 훌륭한 인간이라면 그것들을 통해 큰 것을 배울 수 있다. [Emerson]
- 고통과 고뇌는 위대한 지각과 깊은 심정의 소유자에게 있어서 항상 필연적인 것이다. [Dostoevsky]
- 고통과 죽음은 인생의 한 부분이다.

따라서 그것을 거부하는 것은 곧 인생 자체를 거부하는 것이다.

[Havelok]

- 고통스러운 삶보다 죽음을 택하겠다. 태어나 불행한 것보다는 태어나지 않는 것이 낫다. [Aeschylus]
- 고통은 성장에서 태어난 부산물, 그냥 끝나지 않는다. [Iris Hurdoch]
- 고통은, 고통의 치유제이다.

[Dionysios Cato]

- 고통은 인간을 생각하게 만들고, 생각은 인간을 지혜롭게 만든다. 또한 지혜는 인생을 견딜 만한 것으로 만든다. [Patrick]
- 고통은 인간의 위대한 교사이다. 고통의 숨결 속에서 영혼은 발육된다.

[W. Eschenbach]

- 고통은 자연의 법칙이다.

[Euripides]

- 고통은 죽음만큼 반드시 필요하다.

[Voltaire]

- 고통은 죽지 않고 다한 듯 보일 뿐이다. [Shakespeare]
- 고통을 겪어보지 못한 사람만큼 불행한 사람은 없다.

[Joseb de Maestre]

- 고통을 잊어버리는 것이 그것을 치료하는 길이다. [Publinius Syrus]
- 고통을 주지 않는 것은 쾌락도 주지 않는다. [Montaaaigne]

- 고통의 냄비에서 저마다 자기 몫의 밥을 그릇에 퍼담는다.

[Henry Estiene]

- 고통이 없으면, 얻는 것도 없다.(No pains, no gains.)

[Harvard Univ. 도서관 30훈]

- 괴로움을 겪은 다음에 즐거움을 깨닫고, 바쁜 시간을 보낸 다음에 비로소 한가함을 즐기게 된다. 이것이 인간 생활에 있어서는 꼭 있어야 할 보약이다. [백낙천]
- 나는 오늘 모든 괴로움에서 벗어났다. 아니, 오히려 내가 모든 괴로움을 내몰아버렸다. 왜냐하면 그것은 외부에 있는 것이 아니라 나의 내부에, 그리고 나의 생각 속에 있기 때문이다. [Aurelius]
- 당신의 가슴이 찢어지는 듯한 일을 당한다 해도 사람들은 같은 일을 여전히 되풀이한다는 것을 생각하라.

[Aurelius]

- 동시에 일어난 두 가지 고통 가운데 가장 큰 고통이 다른 고통을 흐린다.

[Hippocrates]

- 말이 없는 고통은 그만큼 더욱 불길하다. [J. Racine]
- 배우기 위해 고통을 겪는다는 것은 이론의 여지가 없는 사실이다.

[Aeschylos]

- 비가 내리는 소리는 들리지만, 눈이

내리는 소리는 들리지 않는다. 이렇듯 가벼운 아픔은 크게 말하지만, 큰 고통은 말이 없다.

[Berthold Auerbach]

- 사람은 견습공일 뿐이고, 고통이 장인匠人이다. [Alfred de Musset]
- 상처는 네게 있지만, 그 고통은 내게 있다. [Charles IX]
- 스스로 진 십자가의 고통을 딴 데로 밀어버리려고 하면 할수록 그것은 더욱더 무거운 짐이 된다.

[H. F. Amiel]

- 악이 우리에게 선을 깨닫게 하듯이 고통은 우리에게 기쁨을 느끼게 한다. [Bernd H. W. von Kleist]
- 영혼의 고통은 육신의 아픔보다 더 무겁다. [Publius Syrus]
- 인생은 고통이다. [Schiller]
- 자기 고통에 오만을 가르쳐야 한다.

[Shakespeare]

- 장미에 찔리는 것보다는 쐐기풀에 찔리는 것이 낫다. [J. Lily]
- 죽는 것보다는 고통받는 것이 더 낫다. 이것이 인간의 모토이다.

[La Fontaine]

- 짖지 않는 개가 더 아프게 운다.

[미상]

- 큰 고통만큼 우리를 크게 만들어 주는 것은 없다. [A. Musset]

| 고행자苦行者 |

- 거친 밥을 먹고 물을 마시며 팔을 굽혀 베개로 삼을지라도 즐거움이 또한 그 안에 있다. [논어論語]
- 그만두어서는 안 되는 것을 그만두는 사람은 그만두지 않는 일이 없을 것이다. [맹자孟子]
- 끊임없는 고행 속에서 살아가도록 하라. 또한 세속적인 안락이나 쾌락은 결코 기대하지 말며, 원하지도 마라. [John Edwards]
- 네 배를 비우고, 네 간을 마르게 하고, 몸에 옷을 걸치지 않으면, 이 세상에서 네 마음은 하느님을 볼 수 있다. [수퍼족 우언]

| 고향故鄕 |

- 가시밭길은 무익한 것이 아니다. 고향에 돌아온 자는 고향에만 있었던 자와는 다르다. [Hermann Hesse]
- 고향에 대한 집념이란, 사람에게 숙명과 같은 것일까? [백철]
- 고향에서 떠나는 인간이란, 미국 사회에 있어서 예외가 아니다. 아니, 그것은 미국 사회를 푸는 열쇠다.

[William Henry White]

- 고향으로 돌아가리. 전원에 잡초가 점점 무성하게 자랐으려니 어이 돌

아가지 않으리.　　[귀거래사歸去來辭]
- 고향을 그리는 인지상정은 다 같거니, 어찌 궁핍과 영달에 따라 마음이 다르랴.　　[왕찬王粲]
- 고향을 등지고 뿌리를 잊는 인물은 정치인으로 결코 성공할 수 없는 비겁자다.　　[J. William Fulbright]
- 고향을 한 번도 떠나본 일이 없는 사람은 편견 덩어리다.　　[C. Goldoni]
- 고향의 산천은 어떠한 이름난 명승지보다도 아름다운 곳이다. [조지훈]
- 고향이여, 아름다운 땅이여, 내가 이 세상의 빛을 처음으로 본 그 나라는 나의 눈앞에 떠올라 항상 아름답고 선명히 보여온다. 내가 그곳을 떠나온 그날의 모습 그대로!

　　[Ludwig van Beethoven]
- 구름은 무심히 산골짜기를 돌아 나오고, 나는 데 지친 새들은 둥지로 돌아올 줄 안다. 젊어서 한때 벼슬길에 있었으나 늙어서 세상이 싫어지고 고향이 그리워서 돌아오는 것이다.　　[귀거래사歸去來辭]
- 귀향이란, 근원으로 가까이 돌아가는 일이다.　　[Martin Heidegger]
- 나를 고향으로 데려가 줘. 나는 남부에서 나고, 남부에서 살고, 남부에서 일했다. 나는 남부에서 죽고 싶으며, 거기에 매장되고 싶다.

　　[George Washington]

- 너희는 혼자 가는 것이 아니고 남편과 함께 간다. 너희는 그에게 따르게 되어 있다. 그가 멈추는 곳을 고향이라 생각하라.　　[John Milton]
- 부귀를 하고 고향에 돌아가지 않으면, 비단옷을 입고 밤길을 가는 것과 같다. 누가 알아줄 사람이 있겠는가.　　[한서漢書]
- 사람은 항상 고향에 애착이 있다.

　　[Hans Christian Andersen]
- 산다는 것은 이 세상에 몸을 기탁하는 것이고, 죽음이란 고향으로 돌아가는 것이다.　　[십팔사략十八史略]
- 시골에서는 누구나 착할 수 있다. 그곳에서는 유혹이 없다.

　　[Oscar Wilde]
- 언덕진 내 고향으로 가고 싶다. 누가 아프면 앓고 있다는 것도 사람들이 알고, 죽으면 섭섭히 여기고, 살아있는 동안에는 사랑도 해주는 그런 사람들이 있는 고향이다.

　　[Samuel Johnson]
- 여우도 죽을 때는 언덕 쪽에 머리 돌리거늘, 고향이야 어이하면 잊을 수 있을쏜가?　　[조조曹操]
- 원류源流에 대한 동경, 영원의 고향에 대한 거리감에 잃는 것, 그리고 그곳으로 귀향하려는 노력, 그것이 향수다.　　[Platon]
- 이제는 다시 못 갈 고향이건만, 그

리고 다시 갈 수도 없는 고향이건
만, 역시 고향은 우리 실향민의 영
원한 종교다.   [신일철]

- 인간 도처到處에 청산이 있다 하되,
고국산천 그리움이 그칠 줄이 있을
까.   [Plutarchos 영웅전]

- 자기 자신 때문에 너무나 고뇌한 사
람들에게 있어서 고향이란, 그들을
부정하는 고장이다. [Albert Camus]

- 한밤중 오솔길 헤쳐 돌아오니, 고향
은 오로지 텅 빈 마을이어라.
                      [두보杜甫]

- 한번 고향을 가진 사람에게는 지을
수 없는 흔적이 남아 있어 피를 따
라 그것이 되살아 나온다. [지명관]

| 곤궁困窮 |

- 많은 사람들은 곤궁으로 고민하고
있다. 나는 여러 차례 과거에 낙방하
여, 곤궁함 속에서 편안함을 알게 되
었다. 내가 이 곤궁함을 어찌 세상
사람의 부귀영화와 바꿀 수 있으랴.
                      [조식曺植]

| 공격攻擊 / 방어防禦 |

- 공격자들이 천국에서는 잘못이겠
지만, 지상에서는 옳다.
                   [Napoleon 1세]

- 공격적인 개의 귀는 항상 찢어져 있
다.   [Jean de La Fontaine]

- 공격적인 말에는 별도의 박차가 필
요하다.   [P. J. Leroux]

- 나는 이길 수 없는 자를 이길 수 있
는 자처럼 본다.   [맹자孟子]

- 선제공격이 절반의 싸움이다.
                [Oliver Goldsmith]

- 좋은 고양이에 좋은 쥐.   [솔리에르]

| 공경恭敬 / 공손恭遜 |

- 공경이 없으면 참다운 사랑은 성립
하지 않는다.   [Johann G. Fichte]

- 공손하면 남에게 모욕을 당하지 않
고, 관대하면 많은 사람으로부터 지
지를 얻는다. 신의가 있으면 사람
들이 믿고 맡기고, 민첩하면 공을
이루며, 은혜를 베풀면 능히 사람을
부릴 수 있다.   [공자孔子]

- 사람이란 진심으로 사랑하고 아끼
는 사람과 마찬가지로 두려운 사람
도 역시 공경하여 뵌다.
                    [Plutarchos]

- 여성을 공경하라. 여성들은 하늘나
라의 장미를 지상의 인생에 엮어 넣
는다.   [Johann C. F. Schiller]

- 연애는 공경과 감동의 결과임으로,
품성을 숭고 정화시키는 힘이 있다.
                      [A. Smiles]

- 옷을 존경해서 사람을 공경하는 것은 아니다.　　　　　　　[장자莊子]
- 참으로 공경하여야 할 것은 그 명성이 아니라, 그에 필적하는 바의 진가이다.　　　　　　[Schopenhauer]
- 친구의 기세가 당당할 때 그를 질투하지 않고 자연스러운 마음으로 공경하는 사람은 거의 없다.

　　　　　　　　　　　[Aeschilos]
- 현명한 사람은 귀하게 여겨 그를 공경하고, 못난 사람은 두려워하여 그를 공경한다. 현명한 사람은 친하여 그를 공경하고, 못난 사람은 멀리하여 그를 공경한다. 그런고로 그들이 공경하는 점에서는 한 가지이지만, 감정에 있어서는 두 가지다.

　　　　　　　　　　　[순자荀子]

| 공公과 사私 |

- 대개 한때 한 가지 일에 있어서의 사私는 힘쓰면 버리기가 어렵지 않지만, 평소 모든 일에 있어 사私를 깨끗이 제거해 버리는 것은 쉽지 않다.

　　　　　　　　　　　　[이황]
- 진실로 능히 의義와 이利를 분별하고 공과 사를 망설임 없이 구분할 줄 안다면, 몸이 닦이고 마음이 맑아 시비의 판단이나 좋아하고 싫어함이 두루 올바를 것이다. 그리하

여 일을 처리함에 있어 부당함이 없을 것이다.　　　　　　　[조광조]

| 공로功勞 / 공명功名 |

- 가까운 것을 버리고 먼 것을 꾀하는 자는 수고롭기만 하고 공적을 이룰 수 없다. 먼 것을 버리고 가까운 것을 꾀하는 자는 편안하면서도 좋은 결과를 얻을 수 있다.　[삼략三略]
- 공로와 과실을 조금도 혼동하지 마라. 혼동하면 사람들이 태만한 마음을 품는다. 은의恩意와 구원仇怨은 크게 밝히지 마라. 밝히면 사람들이 배반의 뜻을 일으킨다.

　　　　　　　　　　[홍자성洪自誠]
- 공功 없는 자가 상을 받으면 공 있는 자가 떠날 것이요, 악惡을 행한 자를 용서하면 선을 행한 자가 해를 받는다.　　　　　　　[이황]
- 공功을 세운 자에게 존귀한 지위를 부여하고 후한 상을 내리는 것은, 명령에 복종할 것을 권하기 위해서이다.　　　　　　[강태공姜太公]
- 물을 그릇에 가득 담아 들고 엎지르지 않으려고 애쓰느니, 처음부터 그런 일을 하지 않는 것이 상책이다. 칼을 갈아 날카롭게 해두어도, 그 상태로 오래 보전하는 것은 쉽지 않다. 금옥金玉이 집에 가득할 만큼 많

더라도 끝까지 지킬 수 없고, 부귀가 대단해도 교만해져서 스스로 불행을 초래할 것이다. 그러므로 공을 이루어 이름이 나면, 이룬 자가 물러나는 것이 하늘의 도리이다.

[노자老子]

● 세상에 처함에 반드시 공功만을 찾지 마라. 허물이 없는 것, 이것이 곧 공이다. 사람에게 베풀되 그 덕에 감동할 것을 바라지 마라. 원망 듣지 않는 것, 이것이 곧 덕이다.

[채근담菜根譚]

● 세상을 알면서 공명功名을 갖지 않는 것은 존경받을 만한 덕목이지만, 세상을 모르면서 공명을 갖자 않는 것은 그다지 칭찬할 만한 것이 아니다.

[W. R. Merchant]

● 한 장수가 공을 세우면 만 명의 병사가 뼈를 묻어야만 한다. [조송趙宋]

| 공모共謀 |

● 고양이와 쥐는 고깃덩어리 위에서 화해한다. [John Ray]
● 발을 잡은 사람은 충분히 상처를 준 것이다. [프랑스 격언]
● 범인을 돕는 자는 제 잘못으로 공법이 된다. [Publius Syrus]
● 악을 막지 않는 자는 악을 돕는 자이다. [Marcus Jullius Cicero]

● 자루를 든 자는 그것을 가득 채운 자만큼 죄를 짓는 것이다. [Ch. Cailler]

| 공부 |

● 개같이 공부해서 정승같이 놀자.

[Harvard Univ. 도서관 30훈]

● 공부가 인생의 전부는 아니다. 그러나 인생의 전부도 아닌 공부 하나도 정복하지 못한다면, 과연 무슨 일을 할 수 있겠는가!

[Harvard Univ. 도서관 30훈]

● 공부에 싫증은 존재하지 않는다.

[D. Erasmus]

● 공부의 보상은 이해한다는 것이다.

[Talmud]

● 공부하는 방법을 아는 사람은, 그로써 이미 많은 것을 아는 셈이다.

[Henry Adams]

● 군자는 학문으로 벗을 모으고, 벗을 통해 인仁의 성장을 돕는다. [논어論語]
● 배우지 않은 슬픔이여, 이것은 게으름뱅이의 자기변명이다. 그렇다면 공부하라! 공부한 일이 있으니까 이제는 공부하지 않는다는 말도 우스운 말이다. 과거에 기대를 건다는 것은 과거를 한탄함과 마찬가지로 어리석은 일이다. 이미 진행된 일에 대해서는 그 진행된 사실 속에 묻어버리는 것이 상책이다. [Alain]

- 삶이 죽음의 모양이 아니게 만드는 것이 바로 공부이다. [Dionisios Cato]
- 소년들의 공부를 강제와 엄격함으로 훈련시키지 말고 그들이 흥미를 느낄 수 있도록 인도한다면, 그들은 마음으로 긴장할 것이다. [Platon]
- 식욕 없는 식사가 건강에 해롭듯이, 의욕이 동반되지 않은 공부는 기억을 해친다. [Leonardo da vinci]
- 조금 알기 위해서라도 공부는 많이 해야 한다. [Montesquieu]
- 책보다 인간을 공부하는 것이 더 필요하다. [La Rochefoucauld]

| 공산주의 |

- 공산주의는 사유재산의 철폐와 생산수단의 공공 소유에 기반을 둔 경제·사회·정치 공동체 형성에 관한 사상 또는 이러한 사회적 형성을 목표로 삼는 형식적, 실질적 정치 운동에 관한 사상이다. [Platon]

| 공상空想 |

- 꿈을 오랫동안 바라보는 자는, 제 그림자를 닮게 된다. [Andre G. Malraux]
- 우리의 공상은 우리를 가장 닮아 있다. [Victor M. Hugo]
- 인간에게서 공상을 없앤다면, 과연 무슨 즐거움이 남아 있겠는가? [B. B. S. Fontenelle]
- 희망할 수 없는 것을 희망하지 말라. [Pythagoras]

| 공익公益 |

- 공공의 안녕이 최고의 법이다. [Marus Jullius Cicero]
- 국가를 지키는 가장 확실한 방법은, 사적 이익을 위해서는 아무것도 하지 않는 것이다. [Archimedes]
- 국가의 안녕을 위한 법은, 특정 개인들의 것이 아니다. [Napoleon 1]
- 법률은 공익을 사익 위에 둔다. [Marcus Jullius Cicero]

| 공정公正 / 공평公平 |

- 감옥에 갇혀 있는 죄수에게는 하루가 길게 여겨지지만, 거리로 끌려가 처형당할 사형수에게는 하루가 무척 짧게 느껴질 것이다. 원래 하루의 시간적 길이는 일정하다. 그러므로 경우마다 짧게도 길게도 느껴지는 것은, 하루의 시간을 대하는 사람의 마음속이 평정을 잃고 있기 때문이다. 그러므로 공평하지 못한

마음으로 공평하다고 주장해 보았
자, 그 공평은 진짜로 공평한 것이
아니다.　　　　　　　[회남자淮南子]
- 공공연한 공정함은 꾸며진 불공정
이다.　　　　　[Constant, Benjamin]
- 공정은 법이 명령하는 것을 벗어난
곳의 정의이다.　　　　[Aristoteles]
- 공정하라. 그러면 모두가 의심할
것이다.　　　　　　[Girardin 부인]
- 공정한 수단으로 벌 수 있다면, 돈
을 벌어라. 공정한 수단으로 돈을
벌 수 없다면, 그래도 어떻게든 벌
어라.　　　　　　　　[Horatius]
- 나는 솔직할 것을 약속할 수 있으
나, 공정할 것을 약속할 수는 없다.
　　　　[Johann Wolfgang von Goethe]
- 너그럽지 못한 사람이 공정하기란
불가능하다.　　　　　　　[Loo]
- 인생이란 결코 공정하지 않다. 이
사실에 익숙해져라.　　[Bill Gates]
- 정직한 사람들에게는 법이 없는 공
정보다는 공정이 없는 법이 더욱 바
람직하다.　　[William Blackstone]

| 공직자公職者 / 벼슬아치 |

- 가장 높이 올라가는 자가 자기의 추
락을 가장 많이 겁낸다.
　　　　　　　　　[John Lydgate]
- 공무원은 국민이 만든 법률을 집행

하는 국민의 하인이며, 대리인이다.
　　　　　　　　[G. Cleveland]
- 공복公僕이란 자신의 이익을 위해
공중에게 봉사하는 자이다.
　　　　　　　[Bernard Baruch]
- 관리로써 공평하고 결백하고 백성
을 사랑하지 않는 자는 참된 관리가
아니다.　　　　　[강태공姜太公]
- 관직에 있는 이를 위한 두 마디 말
이 있으니, 오직 공정하면 밝음이
생기고, 오직 청렴하면 위엄이 생긴
다 함이 그것이다. 집에 있는 이를
위한 두 마디 말이 있으니, 오직 너
그러우면 불평이 없으며, 오직 검소
하면 모자람이 없다 함이 그것이다.
　　　　　　　　[홍자성洪自誠]
- 나라의 녹을 먹으면 환란을 피하지
않는 것이 신하된 자의 도리이다. 이
제 나라의 일이 이같이 위급하니, 비
록 끓는 물이나 불속에 뛰어드는 일
이라도 피하지 말아야겠거늘, 이 한
번 감을 어렵게 생각하랴.　[유성룡]
- 남의 윗자리에 앉았다고 교만하면
망하고, 남의 밑에 있다고 해서 어
지러운 일을 일으키면 형벌을 받게
되고, 더러운 자리에 있다고 해서
다투면 난리를 일으키게 된다. 이
세 가지 일을 없애지 않으면 비록
날마다 소·양·돼지 같은 세 가지
고기로 봉양한다 해도 오히려 불효

가 되는 것이다. [공자孔子]

- 대개 훌륭한 선비는 벼슬길에 나아 가는 것을 어렵게 여기고, 물러나는 것을 쉽게 여긴다. 그다음의 보통 선 비는 쉽게 나아가고, 쉽게 물러난다. 하등 선비는 나아가는 것을 쉽게 하 고, 물러나는 것을 어렵게 한다. [안자晏子]

- 벼슬에 임하는 법도는 오직 세 가지 가 있으니, 청렴淸廉과 신중愼重과 권면勸勉이다. 이 세 가지를 알면 몸 가질 바를 알리라. [여본중呂本中]

- 벼슬자리에 있는 이는 반드시 성냄 을 경계하라. 일에 옳지 못한 점이 있을지라도 마땅히 자상하게 처리 하노라면 반드시 맞아들일 것이다. 만일 성내기부터 먼저 한다면 오직 자기 자신에게만 해로울 뿐, 어찌 남에게 해로우랴. [명심보감明心寶鑑]

- 사람이 공공의 신탁을 받았을 때는, 자신을 공공의 재산으로 생각해야 한다. [Thomas Jefferson]

- 어진 사람이 높은 지위에 있어야 한 다. 만일 어질지 못한 사람이 높은 지위에 있으면 그 악을 모든 백성에 게 부리게 되느니라. [맹자孟子]

- 옛날 사람들도 벼슬하기를 몹시 바 랐다. 그러나 정당한 절차를 밟지 않고 벼슬하는 것은 몹시 싫어했다. 정당한 절차를 거치지 않고 벼슬길

에 나아감은, 마치 남녀가 담에 구멍 을 뚫고 서로 엿봄과 같은 것이다. [맹자孟子]

- 옛날에 소위 뜻을 얻었다고 함은, 고관대작이 되었음을 말한 것이 아 니라 마음의 즐거움에 만족해서 더 바랄 것이 없음을 말한 것이다. 그 런데 지금의 소위 뜻을 얻었다고 함 은, 고관대작이 되었음을 말한다. 그러나 높은 자리에 벼슬함은 타고 난 본성과는 관계가 없다. 다만 밖 에서 우연히 찾아와 붙은 것에 지나 지 않는다. 따라서 설사 고관대작 같은 것이야 오는 것을 굳이 막을 필요도 없지만 가는 것도 막을 것이 못된다. [장자莊子]

- 오직 임금의 신임만 얻고 백성의 신 임을 얻지 못하면, 지위와 녹은 넉 넉할지라도 백성의 원망을 면치 못 하고, 지금에는 기림을 받아도 후세 에는 기림을 받지 못하며, 공과 이 룬 일이 많을지라도 후세의 비방을 면치 못한다. [이곡]

- 원망받고 있는 자로 하여금 원망하 고 있는 사람을 다스리게 하면, 하 늘의 이치를 거역하는 것이라고 한 다. 원수로 여겨지고 있는 관리로 하여금 원수로 여기고 있는 백성을 다스리게 하면, 그 화는 구할 수 없 게 된다. 백성을 다스리려면 백성을

편안케 해야 된다. 백성을 편안케
하려면 위에 있는 자가 청백하여 한
점의 사심도 없어야 한다. [삼략三略]

- 위에 있으면서 남에게 교만하지 않
  는다면 지위가 높아도 위태롭지 않
  으며, 모든 일을 법도에 맞게 하고
  삼간다면 세력이 차도 넘치지 않는
  다. 지위가 높아도 위태롭지 않으
  면 길이 귀한 자리를 지킬 것이요,
  세력이 차도 넘치지 않으면 길이 그
  부富를 지키게 된다. 이렇듯 부와
  귀를 몸에서 떠나지 않게 한 연후에
  능히 그 사직社稷을 보존하고 그 백
  성을 화하게 할 수 있는 것이다. 이
  것은 대개 제후의 효도이다.

  [공자孔子]

- 자기보다 슬기로운 사람을 보고도
  양보할 줄 모르는 자에게는 높은 지
  위를 주어서는 안 된다. [관자管子]

| 공포恐怖 / 두려움 |

- 겁 많은 개는 물지 않고 짖는다.

  [William II]

- 겁을 먹는 것과 까닭 없이 불안하게
  하는 두려움은 확실히 구별되는 것
  이지만, 이것들은 대부분 단지 상상
  력의 기능을 할 때 중단시키는 능력
  의 결여로 보면 된다. [Hemingway]

- 고통에는 한도가 있지만, 공포에는

한도가 없다. [Plinius II]

- 공포가 있는 곳에 치욕이 있다.

  [Erasmus]

- 공포가 있는 곳에는 행복이 없다.

  [L. A. Seneca]

- 공포는 늘 무지에서 생긴다.

  [Ralph Waldo Emerson]

- 공포는 뒤꿈치에 날개가 돋는다.

  [Vergilius Maro]

- 공포는 미신의 주요 원천이며, 잔인
  성의 주요 원천 중의 하나이다.

  [Bertrant Russel]

- 공포는 사랑보다도 강한 감정이다.

  [Plinius II]

- 공포는 새로운 무기가 아니다.

  [John F. Kennedy]

- 공포는 언제나 실제보다 무서운 것
  이다. [유달영]

- 공포는 언젠가는 죽음과 손잡는다.

  [Ralf Emerson]

- 공포는 우리로 하여금 인간성을 느
  끼게 한다. [Benjamin Disraeli]

- 공포는 잔학의 어머니이다.

  [Montaigne]

- 공포는 큰 눈을 가지고 있다.

  [Cervantes]

- 공포란 시간의 진리이다. [R Everhart]

- 공포란 우리 의제에 있지도 않습니
  다. [Lyndon B. Johnson]

- 공포에 사로잡혀 얼굴빛이 여러 가

지로 변한다. [회남자淮南子]
- 공포의 매력에 취한 자는 강한 자뿐! [Baudelaire]
- 공포처럼 우리가 두려워해야 할 것은 달리 없다. [Henry D. Thoreau]
- 군자는 재앙이 와도 두려워하지 않으며, 복이 와도 기뻐하지 않는다. [공자가어孔子家語]
- 그도 장부이고 나도 장부인데, 내 어찌 그를 두려워하랴. [맹자孟子]
- 나는 죽음을 두려워하는 최후의 인간이 아니다. [Charles Darwin]
- 남에게 공포감을 주는 사람은, 자신이 공포감에 싸이지 않을 수 없다. [Epicurus]
- 두려움은 마음의 무신론이다. [Rabindranath Tagore]
- 두려워하고 삼갈 줄 알면 망하지 않는다. [춘추좌씨전春秋左氏傳]
- 멀리 있으면 공포를 느끼지만, 가까이 올수록 그렇지 않다. [La Fontaine]
- 무지는 공포의 어머니다. [Oliver Holmes]
- 사람들은 언짢은 죽음을 두려워한다. 그러나 언짢은 삶은 두려워하지 않는다. [Augustinus]
- 사람을 두려워하는 것은 인생을 두려워하는 것이다. 그리고 인생을 두려워하는 사람은 이미 대부분이 죽은 사람이다. [Bertlant Russell]

- 사람이 소유한 감정 중 두려움만큼 판단력을 흐리게 하는 것은 없다. [Rets]
- 선부宣父도 후배를 두려워했거늘, 대장부 어이 소년을 업신여기랴. [이백李白]
- 성인은 미미하여 드러나지 않는 것을 두려워하지만, 미련한 자는 밝게 드러난 것을 두려워한다. [장자莊子]
- 숲을 두려워하는 자는, 둥지에서 새를 잡지 못한다. [John Miller]
- 쉬운 일도 신중히 하고, 곤란한 일도 겁내지 말고 해보아야 한다. 첫 고지를 두려워하기 때문에 능히 할 만한 일을 어렵다고 해서 하지 않는다. [채근담菜根譚]
- 영예에 유혹되지 않고 비방에 두려움이 없다. [순자荀子]
- 온갖 힘을 가진 자는, 모든 것을 두려워한다. [Pierre Corneille]
- 우리가 두려워해야 할 유일한 것은, 두려움 그 자체다. [F. Roosevelt]
- 우리 독일인은 신 이외에는 아무것도 두려워하지 않는다. [Bismarck]
- 위험에 대한 공포는 위험 그 자체보다 천 배나 더 무섭다. [D. Defoe]
- 인간을 움직이는 두 개의 지레는 공포와 이익이다. [Napoleon I]
- 인仁을 행하는 데는 두려워하거나 꺼릴 것이 없다. [논어論語]

- 절망과 확신은 둘 다 공포를 몰아낸다.　　[William Alexander Stirling]
- 총애가 지나치면 놀라게 되고, 기쁨이 깊으면 두려움이 생긴다.
　　[유우석劉禹錫]
- 크게 어려운 일을 당해도 두려워하지 않는 것은 성인聖人의 용기이다.
　　[장자莊子]
- 하루 사이에 지옥의 공포를 맛볼 수 있다.　　[Wittgenstein]
- 후배가 두려운 것은 정녕 그러하지만, 연세 많은 이는 더욱이 존중받아야 한다.　　[유학경림幼學瓊林]

| 공화국共和國 |

- 공화국에서는 모두가 군주이며, 각자가 타인에게 폭정을 휘두른다.
　　[Stirner, Max]
- 공화국은 우리를 가장 덜 분열시키는 정치체제이다.　　[L. A. Thiers]
- 공화국의 악덕은 욕망이다.
　　[Henry Wordsworth Longfellow]
- 공화제는 권력 복권이다.
　　[Louis de Bonal]
- 공화제의 가장 큰 결함은 결단성이 없다는 것이다.　　[Machiavelli]

| 과거過去와 미래未來 |

- 가을이 오면, 봄도 멀지 않으리.
　　[Percy Bysshe Sheley]
- 가장 뛰어난 예언자는 과거이다.
　　[Byron]
- 과거가 가진 매력은, 그것이 과거라는 것이다.　　[Oscar Wilde]
- 과거가 없어도 현재만을 생각하면 된다는 생각은 퍽 현실적이고 잽싸게 보이지만, 어쩐지 모르게 불안해지는 심정과도 통한다.　　[차범석]
- 과거가 이미 하나의 역사를 던지기 시작하지 않았던들, 현재는 여러 가지 미래로 넘쳐 있을 것을.
　　[Andre Gide]
- 과거가 현재보다 좋았다는 환상은 어떤 시대에도 충만되어 있었을 것이다.　　[Horace Greeley]
- 과거는 동이에 담은 재다.
　　[Carl Sandburg]
- 과거는 서문이다.　　[Shakespeare]
- 과거는 시작에 지나지 않으며, 있는 것과 있었던 모든 것은 새벽의 여명에 지나지 않는다.　　[H. G. Wells]
- 과거는 이미 지나가버린 사실이며, 이미 경험한 기지旣知의 세계며, 그러므로 해서 하나의 종결된 세계다. 미래는 장래에 실현될 사실이며, 아직 경험하지 못한 미지의 세

계이며, 그러므로 해서 하나의 새로이 시작될 세계다.　　　[조연현]

● 과거는 장례식처럼 지나가버리고, 미래는 달갑잖은 손님처럼 온다.
　　　　　　　　　[Edmund Gosse]

● 과거는 정적이 되어버린다. 그것은 역사이며, 역사의 사실은 변할 수 없다. 사람은 과거에서 배울 수 있고, 과거를 귀중히 여길 수 있지만, 그것을 변경시킬 수는 없다.
　　　　　　　　　[Pearl S. Buck]

● 과거는 한때 인생으로 가득 찬 넓은 텅 빈 방을 거니는 불안하게 하는 유령이나 무섭게 빨리 지껄이는 망령이 아니고, 착한 일의 가능성을 상기시키며 빈정거림과 잔인성을 비난하는 하나의 얌전하고 위안을 주는 벗임을 알아야 한다.　[B. Russell]

● 과거는 현재다. 그렇지 않은가? 그것은 또한 미래다. 우리는 모두 그렇게 거짓말하려고 시도하지만, 인생이 우리에게 그렇게 하도록 하지 않는다.　　　[Eugene O'Neill]

● 과거는 환영으로서 자격刺激을 가지면서, 그 생명의 빛과 움직임을 되찾아 현재로 된다.　[Baudelaire]

● 과거란 소유자의 사치다. 과거를 정돈해 주기 위해서는 한 채의 집을 지닐 필요가 있다. 나는 자신의 육체밖에 갖지 못한다.

　　　　　　　　　[Jean Paul Sartre]

● 과거로써 미래를 계획할 수는 없다.　　　　　[Edmond Burke]

● 과거를 변명하면 그 과거를 드러나게 한다.　　　[Shakespeare]

● 과거를 지배하는 자는 미래를 지배하고, 현재를 지배하는 자는 과거를 지배했으리라.　[George Orwell]

● 과거를 취소시키는 권력, 이것만은 신神에게도 거부된다.　[Aristoteles]

● 과거를 환기시키려고 한 것은 무익한 노고였다. 우리들의 지성의 노력은 모두가 소용이 없다. 과거는 지상 고유의 영역 이외에 지성의 힘이 미치지 않는 곳에 우리들은 생각지도 못하는 뜻밖의 무슨 물질적 대상 가운데 숨어 있다. [Marcel Proust]

● 과거 앞에서는 모자를 벗고, 미래 앞에서는 웃옷을 벗어라.
　　　　　　　　　[H.L. Mencken]

● 과거를 회상하면 후회가 찾아오고 미래를 생각하면 걱정이 찾아온다. 그러나 오늘을 행동한다면 후회와 걱정은 사라질 것이다.[Kimdansun]

● 과거에 대해서 슬퍼하고 아쉬워하는 이유 중의 하나는, 기록되지 않은 수많은 암시적인 소음이 과거에는 있었으나 아무런 흔적도 남기지 않고 사라졌다는 것을 인식하는 데서 오는 것입니다. [Lionel Trilling]

- 과거에 사로잡히는 것은 허세에 가깝고 비생산적이다. [오소백]
- 과거에 의거하는 이외에 미래를 판단하는 방법을 나는 모른다. [Pierre Henry]
- 과거에 일어났던 고생을 상기하는 것은 얼마나 유쾌한 일인가. [Euripides]
- 과거와 미래는 존재하는 것이 아니고 존재했던 것이며, 현재만이 존재한다. [Chrysippos]
- 과거와 와야 할 미래는 베스트로 생각된다. 현재의 상황은 나쁘다. [William Shakespeare]
- 과거와의 역사적 연속성은 의무가 아니고, 필요성에 지나지 않는다. [Oliver Holmes]
- 과거와 현재와 미래는 신의 눈으로 볼 때는 하나의 순간에 지나지 않는다. [Oscar Wilde]
- 과거 외에 확실한 것은 없다. [Marcus Tullius Cicero]
- 과거의 기록에 갇히지 마라. 일류 대학을 나왔거나 높은 지위에 있었다는 것은 과거의 기록이다. 자랑하지 마라. 왕년의 성공 역시 과거의 기록이다. 과거밖에 내세울 것이 없는 사람은 이미 늙어버린 사람이다. [구본형]
- 과거의 기억이 너에게 기쁨을 줄 때에만 과거에 대해서 생각하라. [Jane Austen]
- 과거의 일은 과거의 일이라고 처리해 치우면, 그것으로써 우리들은 미래도 포기해 버리는 것이 된다. [Winston Churchill]
- 과거의 향기는 라일락 꽃밭보다 향기가 진하다. [Franz Toussaint]
- 과거·현재·미래는 떨어져 있지 않고 연결되어 있다. [Walter Whitman]
- 그 어느 사람에게 있어서도 과거는 역사에 맡기는 것이 훨씬 좋을 것같이 생각됩니다. [Winston Churchill]
- 나는 과거에 의하지 않고 장래를 판단하는 것을 모른다. [Patric Henry]
- 내 마음은 잃어버린 것을 생각하며, 공상에 잠겨 온전히 과거 속에 뛰어든다. [G. A. Petronius]
- 만약 우리가 과거와 현재 사이에서 시비를 벌이면, 우리는 미래를 잃어버렸음을 알게 될 것이다. [Winston Churchill]
- 모든 과거와 장래가 이 현재에 머물고 있다면, 그러한 현재를 영원으로 끌어올릴 수 있는 일, 그것만이 참으로 생을 영구히 즐기는 것이 아닐까. [김형석]
- 모든 어제란 날은, 바보들이 죽어서 흙이 되어가는 길을 비춘 것이다.

● 미래는 재미있게 놀 궁리를 하면서 시간을 보낸 젊은이들보다는 재미있게 살 궁리를 하며 시간을 보낸 젊은이들을 위한 무대이다. [이외수]

● 미래를 두려워하고 실패를 두려워하는 사람은 그 활동을 제약받아 움직일 수 없게 된다. 과거의 실패라는 것은 별로 두려울 것은 아니다. 오히려 먼저보다 더 풍부한 지식으로써 다시 일을 시작할 좋은 기회이다.

[John Ford]

● 미래를 향해 사는 사람들은 현재를 사는 사람들에게 항상 자기 본위적으로 보인다. [Ralph W. Emerson]

● 미래의 불확실한 사건들로부터 오는 것을 아무것도 희망하거나 두려워하지 않는 사람이야말로 신중하다.

[Anatol France]

● 사람의 어제는 결코 내일과 같을 수 없다. 변하기 쉬운 것 이외에는 꾸준한 것은 없다. [Percy Shelley]

● 사려思慮 있는 사람은 과거의 일로써 현재를 판단한다. [Sophocles]

● 상의할 때에는 과거를, 향수享受할 때에는 현재를, 무언가 할 때에는 그것이 무엇이든 간에 미래를 생각한다. [Joseph Joubert]

● 시간이라는 강물이 흘러가는 둑에 인간 세대의 슬픈 행렬이 천천히 무덤을 향해 나아간다. 그러나 과거라는 고요한 고장에서는 피로한 방랑자가 휴식을 취하고 그들의 울음은 들리지 않는다. [Bertrant Russell]

● 신神조차도 과거를 개혁할 수는 없다. [Aristotelrs]

● 실상 길을 잃은 지 얼마 안 되니, 오늘이 옳고 어제가 글렀음을 깨닫게 되네. [도연명陶淵明]

● 어떤 사람은 과거의 기억을 되살려서 자기와 자기 몸을 학대한다. 어떤 자는 아직도 보지 못한 죄가 두려워서 자기 자신에게 상처를 입힌다. 어느 쪽도 어리석기 짝이 없는 것이다. 과거는 이미 관계가 없어졌고, 미래는 아직 오지 않았으니까.

[L. A. Seneca]

● 어제는 돌이킬 수 없는 우리의 것이 아니지만, 내일은 이기거나 질 수 있는 우리의 것이다.

[Lindon B. Johnson]

● 옛날의 어리석은 사람은 고지식했는데, 오늘날의 어리석은 사람은 속임수로 그리할 뿐이다. 옛날 어리석은 자는 어리석어도 그래도 정직했다. 지금의 어리석은 자는 어리석고, 또 그 위에 남과 자기를 속이는 악을 지니고 있다. [논어論語]

● 옛사랑, 옛날에 품었던 희망, 옛적의 꿈, 오래전의 이야기, 지난날의

이야기가 한결 더 아름답다.

[John Ronald Royal]

- 오래된 죄는 긴 그림자처럼 늘 따라다닌다. [Agatha Christie]
- 우리에게 있어 확실한 것은 과거밖에 없다. [L. A. Seneca]
- 우리의 행동이 우리를 따라다닌다.

[Paul Bourget]
- 인간이 어떠한 태도를 취할 것인가에 대해서 과거의 것은 인간에게 가르칠 힘이 없다. 이것은 인간이 스스로 회상하는 과거의 것의 빛 속에서 눈을 떠 스스로 결단하지 않으면 안 되는 것을 의미한다.

[Karl Theodor Jaspers]
- 지금의 나를 과거의 나로 독단하지 말라. [Shakespeare]
- 지나가 버리는 것은 지나가 버리는 것이 되지만, 지나가 버린 것으로서 그대로 둘 수는 없다. [Homeros]
- 지나간 것에 집착하지 말고, 앞으로 나아가는 것에 집중하세요.

[Michelle Obama]
- 지나간 것은 현재를 알게 하는 길이다. [논어論語]
- 지나간 어제 일은 쫓을 수 없고, 오늘이란 이날도 순식간이네. [노동盧仝]
- 지나간 일은 바보도 알고 있다.

[Homeros]
- 지나간 일은 밝은 거울과 같이 알 수

있는 것이다. 그러나 미래의 일은 옻칠한 것과 같이 어두울 것이다.

[명심보감明心寶鑑]
- 지난날 장난삼아 뒤에 올일 말하더니, 오늘은 죄다가 눈앞 일로 되었구려. [원진元稹]
- 지난 일을 잊지 않는 것은 앞으로 올 일의 스승이 된다. [전국책戰國策]
- 침묵한 과거의 독단론은 폭풍과 같은 현재에 적당하지 못합니다.

[Abraham Lincoln]
- 커다란 성공을 하였든, 혹은 치명적인 실패를 하였든, 과거는 중요하지 않다. 선택의 순간에 항상 현재를 중심으로 두고 미래를 생각하는 마음가짐이 필요하다. 나 자신이 발전할 수 있는지, 재미있게 일할 수 있는지, 사회에 도움이 되는 일인지를 생각해야 한다. [안철수]
- 현시대가 조상들의 시대보다 못하다. [Horatius]
- 현재는 과거 이외에 아무것도 내포하는 것이 없다. 그리하여 그 결과 속에 나타나는 것은 이미 원인 속에 있었던 것이다. [Velgson]
- 화려했던 지난날, 피투성이의 그 웃음, 그것이 나의 시간이었다.

[Endre Ady]
- 확실한 것은 과거에 관한 것이고, 미래에 관해서는 죽음만이 확실할

뿐이다.　　　　　　　　[Erich Fromm]

| 과부寡婦 |

- 과부와 혼인한 자는 오래되어 낡아
  버린 구두를 고치는 구두 수선공과
  같다.　　　　　[A. de Montreux]
- 과부의 환심을 살 수 있는 가장 좋은
  시기는 남편을 묻고 돌아온 때이다.
  　　　　　　　　　[Thomas Fuller]
- 미망인은 잘 익은 과일처럼 쉽게 떨
  어진다.　　　　　　[La Bruyere]
- 배우자가 교수형으로 죽은 과부가 아
  닌 이상 절대로 혼인해서는 안 된다.
  　　　　　　　　　　　[J. Kelly]
- 죽은 배우자의 아이를 잉태하는 것
  은 버거운 짐이다. [Thomas Fuller]
- 처녀의 마음에 들려고 애쓰는 자는
  절대로 처녀 가까이 가서는 안 되고,
  과부의 마음에 들려고 하는 자는 절
  대로 과부를 떠나서는 안 된다.
  　　　　　　　　[Jeremiah Clarke]

| 과실果實 |

- 열매가 달린 나무에만 사람들은 돌
  을 던진다.　　　　　　　[Venam]

| 과오過誤 / 과실過失 |

- 가장 훌륭한 사람도 발을 헛디디며,

가장 조심스러운 사람도 넘어진다.
한 번도 잘못을 범한 일이 없는 사람
은 인간 이상의 존재다. [J. Pamfreat]
- 과실을 부끄러워하라. 그러나 과실을
  회개하는 것을 부끄러워하지 마라.
  　　　　　　[Jean-Jack Rousseau]
- 과오는 인간에게만 있다. 인간에게
  있어서 과오는 자기 자신이나 타인,
  사물과의 올바른 관계를 찾아내지
  않은 데서 비롯된다. 과오나 허물
  은 일식이나 월식과 같아서 평소에
  도 그 모습을 나타내고 있으나 보이
  지 않다가, 비로소 그것을 고치면
  모두가 우러러보는 하나의 신비한
  현상이 된다.　　　　　　[Goethe]
- 과오를 범하지 않는 것보다 저지른
  과오를 인정하는 것이 더 중요하다.
  　　　　　　　[La Rochefoucadld]
- 과오를 범하지 않는 것이 귀한 것이
  아니라, 과오를 능히 고치는 것이
  귀하다.　　　　　　[왕수인王守仁]
- 과오를 범할 때에 대신도 피할 수
  없으며, 선행을 상 줄 때에 필부도
  빠뜨리지 않는다.　　[한비자韓非子]
- 과오와 고슴도치는 태어날 때는 침
  이 없다. 우리는 나중에서야 침이
  낸 상처를 느끼게 된다. [Jean Paul]
- 과오의 크기는 과오를 범한 사람의
  크기와 같다.　　　[Cesar Houdin]
- 나는 교활함도 실수함도 있음을 보

고 웃었다. [Ovidius]

- 나쁜 짓, 어리석은 짓을 해서는 안 된다고 잘 알면서도, 그래도 또 저지르는 것이 인간이다.
[Edgar Allan Poe]
- 남의 말 하기는 식은 죽 먹기다.
[한국 격언]
- 남의 허물은 잘 찾아내지만, 자기의 허물은 드러내지 않는다. 남의 잘못은 가벼운 먼지처럼 날리나, 자기의 잘못은 없는 듯이 말한다.
[법구경法句經]
- 남의 흉이 한 가지면, 제 흉이 열 가지다. [한국 격언]
- 대개 정직하지 못한 사람들은 자기의 잘못을 남들과 자기 자신에게 감춘다. 그에 비해 진실한 사람들은 자기의 잘못을 완전히 깨닫고, 그것을 고백한다. [La Rochefoucauld]
- 때로는 사람의 덕행보다 그 사람이 저지른 잘못에 더 많이 배울 때가 있다. [Henry W. Longfellow]
- 똑같은 돌에 두 번씩 걸려 넘어지는 것은 세상의 웃음거리가 되는 치욕적인 것이다. [Marcus T. Cicero]
- 불상사不祥事는 자기의 잘못을 충고하는 소리에 귀를 기울이지 않은 데서 비롯된다. [위조자尉繰子]
- 비틀거리면서 쓰러지지 않는 자는 제 걸음을 늘인다. [Cervantes]

- 사람은 자기의 과오를 목격한 사람을 그다지 좋아하지 않는다. [Voltaire]
- 사람들이 잘못을 예상할 수 있는 이는 큰 인물이다. [Talmud]
- 사람의 잘못은 각기 그 부류에 따라 다른 것이다. 잘못을 살펴보면 인仁한가를 알게 된다. [논어論語]
- 어떠한 과오일지라도 그것을 돈처럼 사용하라. [Wittgenstein]
- 우리가 젊었을 때의 오류는 무관하다. 다만 그것을 늙을 때까지 끌고 가서는 안 된다. [Goethe]
- 우리들에게 젊은 때가 두 번, 노년이 두 번 있다면 우리들의 과실을 고치리라. [Euripides]
- 인간은 모두 잘못된 것이다. 다만 자기 과실을 굳이 지키는 것은 바보다.
[M. T. Cicero]
- 인간은 조물주의 유일한 과오다.
[William Gilbert]
- 자고로 허물이 없는 성인聖人은 없다.
[소철蘇轍]
- 잘못은 인간의 특성이고, 도리를 모르는 자만이 자기 잘못에 집착한다.
[M. T. Cicereo]
- 잘못은 인간적이고, 잘못에 집착하는 것은 악마이다. [Augustinus]
- 잘못은 죄악이 아니다.
[L. A. Seneca]
- 잘못은 항상 서두르는 일에서 생긴

다. [Thomas Fuller]
- 잘못을 저지르고 고치지 않는다는 것, 그것을 잘못이라고 일컫는다. [논어論語]
- 잘못이 있으면 고치기를 주저하지 말라. [논어論語]
- 주인을 위해서 저지른 과실은 훌륭한 행위다. [Publius Syrus]
- 지성인이라고 과오를 저지르지 않는 것은 아니다. 그러나 그들은 저지른 과오를 좋게 만드는 방법을 재빨리 발견한다. [B. Brecht]
- 최대의 과실은 전연 그 과실을 깨닫지 못하고 있다는 그것이다. [Thomas Carlyle]
- 큰 공을 논하는 자는 작은 과실을 기록하지 않는다. [한서漢書]
- 한 번 용서받은 잘못은 두 번 저지른다. [G. 하비]
- 항상 지난 잘못을 생각하고, 또 언제나 앞날의 허물을 염두에 두라. [명심보감明心寶鑑]
- 허물없는 사람이 없으니 모든 것을 다 용서하라. [안창호]
- 현명한 것은 남의 과오에서 이점을 찾아내는 데 있다. [Terentius]
- 현자들에게 과오가 없었다면 우자愚者들은 온통 절망할 수밖에 없을 것이다. [Goethe]
- 훌륭한 사람도 발을 헛디디고, 조심스러운 사람도 넘어진다. 한 번도 잘못을 범한 일이 없는 사람은 인간 이상의 존재다. [J. Pamfreat]
- 흔히 과오는 최선의 교사라고 한다. [J. A. Prute]

| 과장誇張 |

- 과장된 모든 것은 중요하지 않다. [Le Brun, Vigee]
- 과장은 거짓말의 잔가지다. [Balthasar Grasian]
- 과장은 인간 생리에서 보복을 당할 것이다. [Thomas Carlyle]
- 과장은 정직한 사람들의 거짓말이다. [Maistre, Joseph de]
- 과장해서 말하면 언제나 그 가치는 떨어진다. [J. F. La Harpe]
- 우리가 즐거움을 추구하는 데는 어떤 한계가 있어야 한다. 마찬가지로 매사에 너무 지나치지 않도록 조심해야 한다. 그리고 정열에 휩쓸려서 수치스러울 만큼 정도를 지나쳐서도 안 된다. [Marcus Tullius Cicero]

| 과찬過讚 |

- 꿀 같은 입, 담즙 같은 마음. [T. M. Platius]

- 아첨꾼의 혀는 살인자의 손보다 더 가치 없다.　　　　　[Augustinus]
- 아첨이 증오보다 더 위험하다.
　　　　　　　[Balthasar Grasian]
- 향은 자신의 영광을 위해 타면서 우상을 검게 그을린다.
　　　　[Louis-Sebastien Mercier]

| 과학科學 |

- 신과 부처는 증명할 수 없다. 증명하면 과학이 된다. 과학은 종교의 송장이다.　　　　[Oscar Wilde]
- 오늘날의 과학 문화는 인간의 가장 하등한 의식을 토대로 해서 발달하고 있음에 불과하다는 사실을 잊어서는 안 된다.　[사와키고도澤木興道]
- 인간의 불안은 과학의 발전에서 온다. 앞으로 나아가 멈출 줄을 모르는 과학은, 일찍이 우리에게 멈추는 것을 허용해 준 일이 없다.
　　　　　[나쓰메 소세키夏目漱石]

| 관대寬大 |

- 공격을 부드럽게 참아내는 것이 관대함이다.　　　　[Democritos]
- 관대함은 사람에게 가장 좋은 결과를 가져다준다.　　　[Terentius]
- 관대함은 신중함에 그 동기를 보고해야 할 의무가 있다.　[Vouvenargues]
- 관대함은 죄를 면하게 해주는 덕목이다.　　　　[Francis Bacon]
- 관대함이 정의보다 낫다.
　　　　　　　[Vouvenargues]
- 너그러운 사람은 자기가 받은 것만큼 많이 지불하지 않는다.
　　　　　　　[Thomas Fuller]
- 사람들은 자기들이 사랑하는 사람보다 자기들이 두려워하는 사람들을 더 너그럽게 다룬다.　[E. W. Howe]
- 솔직함과 관대함은 그 정도를 적당하게 유지하지 않으면 파멸로 인도하게 된다.　　　　[P. C. Tacitus]

| 관례慣例 |

- 관례가 법보다 더 확실하다.
　　　　　　　[Euripides]
- 관례는 세상을 지배하는 여왕이다.
　　　　　　　[Pindaros]

| 관습慣習 / 관행慣行 |

- 개인의 덕이 모여 공동의 관습이 된다.　　　　　　[Phokion]
- 관습은 모든 법률에 앞서며, 자연은 예술에 앞선다.　[Samuel Daniel]
- 관습은 불문율이지만, 국민은 그것으로 국왕까지 두렵게 한다.

[Charls Davenant]

- 관행은 난폭하고 위험한 학교 선생이다. [Montaigne]
- 관행은 사람들에게서 그렇듯이 신神들 사이에서도 세상을 지배하는 여왕이다. [Pindaros]
- 관습은 현자를 경멸하기 위해 만들어졌다. [Voltaire]
- 관행을 따르기보다 그것을 어기는 것이 더욱 영예롭다. [Shakespeare]
- 나쁜 습관을 가지고 행복하게 사는 것은 불가능하다. [Manandros]
- 법을 바꾸어서 관습과 품행을 바꾸려 해서는 안 된다. [Montesquieu]
- 우리는 성품에 따라 생각하고, 법규에 따라 말하고, 관습에 따라 행동한다. [Francis Bacon]
- 인간은 관습의 묶음이다. [David Hume]
- 좋은 품행은 좋은 결실을 맺는다. [Manandros]
- 편견과 관습의 도움 없이는 방을 가로질러 내 길을 찾아갈 수 없다. [William Hazlitt]

| 관심關心 |

- 무관심은 일종의 태만이다. [Aldous Huxley]
- 옛사람의 이야기는 폭풍의 이야기이고, 농부의 이야기는 자기 황소에 관한 것이며, 병정은 자기의 상사에 관해 이야기하고, 목동은 자기의 양 떼에 관해 이야기한다. [Sextus Propertius]

| 관용寬容 |

- 공평한 진리란 세상에 오직 백발뿐이니, 귀한 사람 머리에도 너그럽지 않았다. [두목杜牧]
- 관대는 왕권의 최후의 수단이다. 그러나 나는 엄격한 복종에 의해서 그 고귀한 망토를 벗겨준다. [Alain]
- 관용과 너그러움은 인생의 덕목 가운데서도 으뜸가는 덕목일 것이다. 관용과 너그러움은 또한 겸허의 덕을 불러 내준다. [신동집]
- 관용에 대해서 이야기함은 불관용이다. 이 말을 사전에서 없애버려라. [H. Mirabeau]
- 관용은 덕의 몸치장이다. [Florian]
- 관용은 모두에게 좋을 수 있지만, 혹은 아무에게도 좋지 않을 수 있다. [Edmond Burke]
- 관용은 미덕이다. 군자에 필요불가결한 미덕이다. 어린아이가 무슨 가구를 깨뜨린 때에 어른이 눈을 붉혀 욕하고 때리는 것처럼 천해 보이는 것이 없으니, 대개 어린아이를 저

와 같이 여김이 지극히 미숙한 표적입니다.　　　　　　　　[이광수]

- 관용은 영수증이 아니다.
　　　　　　　　[John Heywood]
- 관용은 유일한 문명의 테스트다.
　　　　　　　　[Arthur Helps]
- 관용은 정의의 꽃이다.　[Hawthone]
- 관용은 정의의 일부이다.
　　　　　　　　[Joseph Joubert]
- 관용하는 자는 가장 성급한 인간이며, 잘 견디는 자는 제일 관용하지 않는 인간이다.　[Simeon-F. Berneux]
- 교육의 최고의 성과는 관용이다.
　　　　　　　　[Helen Adams Keller]
- 군자가 자기 자신을 바로 잡기에는 묵승墨繩과 같은 엄격한 기준으로 행하지만, 타인에게는 활의 굽은 것을 바로 잡는 설을 사용함과 같은 관용을 가지고 접하는 것이다.　[순자荀子]
- 나는 자기를 제외한 모든 인간의 과실을 관용할 수 있다.　　[M. Cato]
- 남을 너그럽게 받아들이는 사람은 항상 사람들의 마음을 얻게 되고, 위엄과 무력으로 엄하게 다스리는 자는 항상 사람들의 노여움을 사게 된다.　　　　　　　　[세종대왕]
- 남의 잘못에 대해서 관용하라! 오늘 저지른 남의 잘못은 어제의 내 잘못이었던 것을 생각하라! 잘못이 없는 사람은 하나도 없다. 완전하

지 못한 것이 사람이라는 점을 생각하고 진정으로 대해 주지 않으면 안 된다. 우리는 언제나 정의를 받들어야 하지만 정의만으로 재판한다면 우리 중에 단 한 사람도 구함을 받지 못할 것이다.　[Shakespeare]
- 너그러움으로 준열함을 보충하고, 준열함으로 너그러움을 보충하면 정사가 조화롭게 펴진다.
　　　　　　　　[춘추좌씨전春秋左氏傳]
- 너그럽지 못한 자에게만 너그럽게 대하지 마십시오.　[Hippolyte Tain]
- 당신이 살기 위해서는 다른 사람들이 자신의 방식대로 살도록 내버려 두시오.　　　　[Balthasar Grasian]
- 땅속 깊이 뿌리 뻗은 나무가 아니면 구름에 닿을 줄기나 가지를 기다려도 소용없고, 수원水源이 넓고 깊지 않으면 만 리에 이르는 흐름이 도도해도 훌륭한 물고기가 있을 까닭이 없다.　　　　　　[포박자抱朴子]
- 마음이 후하다는 것은 대체로 베풀어 주는 데 대한 허영에 지나지 않는다.
　　　　　　[Francois de la Rochefoucauld]
- 마음이 후한 사람은 충고보다는 구원의 손길을 내민다.　[Vauvenargues]
- 마음이 후한 사람은 항상 자기가 부자인 것처럼 생각하고 있다.
　　　　　　　　[Publius Syrus]
- 만일 그대가 너그럽게 용서한다면

그대는 그의 은인이 된다.

[Georg Simmel]

- 모든 것을 이해하는 것은 너그럽게 만든다. [Stael 부인]
- 생각이 너그럽고 두터운 사람은 봄바람이 만물을 따뜻하게 기르는 것과 같으니, 모든 것이 이를 만나면 살아난다. 생각이 각박하고 냉혹한 사람은 삭북朔北의 한설寒雪이 모든 것을 얼게 함과 같아서 만물이 이를 만나면 곧 죽게 된다. [채근담菜根譚]
- 온갖 종교 중에서 기독교는 의심할 것 없이 관용을 가르친 종교인 셈이다. 그러나 현재까지 기독교도는 모든 이단 중에서 가장 관용하지 않은 사람들이었다. [Voltaire]
- 왕후王侯의 관용은 국민의 충성을 빼앗는 하나의 정략에 지나지 않는다.

[La Rochefoucauld]

- 용기를 시험받는 것은 우리가 소수에 속할 때이다. 관용을 시험받는 것은 우리가 다수에 속할 때이다.

[랄프 속맨]

- 용서는 좋은 일이다. 그러나 잊어주는 것은 더욱 좋은 일이다.

[Robert Brawning]

- 우리의 지혜가 깊어짐에 따라 한층 관대해진다. [Germaine de Stael]
- 위엄은 처음 엄격하게 시작하여 관대하게 해야 한다. 먼저 너그럽고 나중에 엄격하면 사람들은 혹독함을 원망한다. [채근담菜根譚]
- 자기에 대한 요구는 엄격하고 빈틈이 없어야 하지만, 남에 대한 요구는 너그럽고 간단해야 한다. [한유韓愈]
- 전쟁할 때 과감하고, 패배했을 때 도전하고, 승리했을 때 관용을 베풀고, 평화 시에 신의를 가져라.

[Winston Churchill]

- 정치에 있어서 관용은 최고의 지혜는 아니다. [Edmund Burke]
- 청렴결백한 사람은 남을 용납하는 도량度量이 부족하다. 또 관인대도寬仁大度한 사람은 결단력이 부족하다. 총명한 사람은 지나치게 총명을 남용한다. 정직한 이는 곧잘 교만에 흐르기 쉽다. 그러나 청렴결백하고도 능히 사람을 용납하는 도량이 있고, 관인대도하면서도 결단을 잘하고, 총명하면서도 그 총명으로 욕먹지 않고, 정직하면서도 교만하지 않는다면, 참으로 훌륭한 덕망가이다. [채근담菜根譚]
- 화해와 일치는 남을 받아주고 용서하는 마음에서 비롯됩니다. 용서는 피해자가 가해자에게 할 수 있는 가장 아름다운 것입니다. [김수환]

| 관점 觀點 |

- 높은 벼랑에 가보지 않으면 어찌 굴

러떨어지는 환난을 알겠는가. 깊은 못에 임하지 않으면 어찌 빠져 죽는 환난을 알겠는가. 큰 바다에 가보지 않으면 어찌 풍파의 환난을 알겠는가. [명심보감明心寶鑑]

- 성 베드로 성당을 보기 위해서는 멀리 떨어져 서야 한다. [Philips]

- 신하의 의향이 임금과 같으면 신하가 올리는 말이 더욱 충성스럽게 여겨져서 더욱 사랑을 받지만, 임금이 꺼리는 신하의 말이면 계책에 맞는다 해도 도리어 의심을 받게 된다. 친어머니가 자식의 머리통 부스럼을 치료하다가 귀 언저리까지 피가 흘러내리면, 남들이 보고 자식을 무척 사랑해서 생긴 일이라고 생각한다. 그러나 만약 계모가 이런 일을 했다고 하면, 지나가던 사람이 보고 자식을 미워하는 소행이라고 여기며 비난한다. 같은 일을 하지만 관점에 따라 이처럼 다르게 여기는 것이 세상인심이다. [회남자淮南子]

- 아주 작은 것에서 아주 큰 것을 보면 그 전체의 크기를 볼 수 없고, 아주 큰 것에서 아주 작은 것을 보면 분명하게 볼 수 없는 법이다. [장자莊子]

- 어떤 사람이 도끼를 잃어버리고는 이웃집 아들을 의심했다. 그의 걸음걸이를 보아도 도끼를 훔친 것 같고, 안색을 보아도 도끼를 훔친 것 같고, 말씨를 들어도 도끼를 훔친 것 같았다. 어디를 보나 훔친 것 같지 않은 데가 없었다. 얼마 후에 골짜기에서 잃었던 도끼를 찾았다. 다음날 다시 그 이웃집 아들을 보니 동작과 태도가 도끼를 훔친 것 같지 않았다. [열자列子]

| 광고廣告 |

- 광고 없이 사업하는 것은 어둠 속에서 소녀에게 윙크하는 것과 같다. 당신은 당신이 하는 것을 알아도 당신 이외의 사람은 아무도 모른다. [S. H. Brite]

- 광고는 최종적 분석에서 뉴스이어야 한다. 그것이 뉴스가 아니면 가치가 없다. [A. S. Oaks]

- 당신의 시를 다듬기보다는 인기를 관리하시오. [Dora]

- 당신이 아무것도 못 팔았더라도 나팔을 부시오. [H. L. Mencken]

- 멋진 일은 '고객 만족'에 만족하지 않는다. 모든 고객을 '움직이는 광고탑', 즉 열광적인 팬으로 만들어야 한다. 불평을 말하지 않는 고객보다는 불평을 얘기할 줄 알고 적극적으로 좋은 점을 광고할 수 있는 고객을 획득하는 것이 정말 멋진 일

이다.   [Tom Peters]

- 피알PR에는 다른 사람들에게 봉사한다는 진실된 마음이 있어야 한다. 그저 상품만 선전해서는 잘 팔리지도 않고 광고효과도 나타나지 않는다. 파는 사람의 인간적인 성의와 진실이 가득 담겨 있는 광고가 아니면 아무리 선전해도 팔리지 않는다.   [스즈키 사부로스케鈴木三郎助]

| 광기狂氣 / 광란狂亂 |

- 광기가 조금이라도 없는 자는 그보다 더 안 좋은 무엇인가를 1파운드라도 갖고 있다.   [Charles Lamb]
- 당신과 나를 제외한 모두가 어느 정도의 광기를 갖고 있다. 그리고 때로는 당신에게도 광기가 없는지 생각해 본다.   [Thomas Fuller]
- 들뜬 광란은 그 자신을 적대한다.
                    [Claudianus]
- 미친 것처럼 보이는 자들은 미쳤다. 그리고 미치지 않은 것처럼 보이는 자들의 절반도 미쳤다.
                [Balthasar Grasian]
- 미친 사람들 속에서 미치는 것을 두려워한다.   [Horatius]
- 미친 자는 뇌에 가짜 주름이 있다.
                    [Cervantes]
- 샐러드에 맛을 내개 하는 것은 마늘, 예술에 맛을 내개 하는 것은 광기이다.   [H. Augustinus]
- 올해 최악의 질병은 광기이다.
                [George Herbert]
- 저마다 자기 소매 안에 광인을 숨기고 있다.   [George Herbert]
- 제우스는 읽기 원하는 자를 미치게 만든다.   [Euripides]

| 광신狂信 |

- 광신에서 야만까지의 거리는 한 발짝밖에 되지 않는다.   [Denis Diderot]
- 광신은 자신이 종교의 아들이라고 서슴지 않고 말하는 괴물과 같다.
                    [Voltaire]
- 광신을 뿌리째 뽑아버리기 위해서는 광신을 잠재워야 한다.
                    [Napoleon I]
- 제대로 이해하지 못한 종교는 적으로 변해버리는 열의와 같다.
                    [Voltaire]
- 지상에서 광신도였던 자들이 하늘에서 성인이 될 때가 너무 많다.
                [Elizabeth Browning]

| 괴로움과 즐거움 |

- 고통은 잠시요, 즐거움은 영원하다.
                [Friedrich Schiller]

- 괴로운 한 시간은 즐거운 하루만큼 길다.　　　　　　[Thomas Fuller]
- 괴로움과 즐거움을 함께 맛보면서 연마하여, 연마 끝에 복을 이룬 사람은 그 복이 바로 오래가게 된다. 의심과 믿음이 서로 참조된 다음에 지식을 이룬 이는 그 지식이 참된 법이다.　　　　　　[홍자성洪自誠]
- 괴로움은 괴로워하는 자만의 것이오, 다른 어떤 누구의 알아야 할 것도 못 되는 것이라 봅니다.　[유치환]
- 괴로움은 물질의 선망羨望에서 오는 그림자다.　　　　[팔만대장경八萬大藏經]
- 괴로움은 무한한 것이어서 여러 형태로 나타난다.　[Romain Rolland]
- 괴로움은 생리적으로나 정신적으로나 인간이 발전하여 가는 데 없어서는 안 될 조건이다.　[Lev Tolstoy]
- 괴로움을 함께 하는 것이 아니고, 즐거움을 함께하는 것이 친구를 만든다.　　　　　[Friedrich Nietzsche]
- 괴로움이 남기고 간 것을 음미하라. 고난도 지나쳐 버리면 달콤하다.　　　　　　　　　　[Goethe]
- 나의 고초苦楚를 내가 견디고, 나의 낙樂을 내가 누리리라.　　　[미상]
- 더 깊은 인간이 되었다고 하는 것은 괴로움을 겪은 이들만이 가질 수 있는 특권이다.　　　[Oscar Wilde]
- 몸에 즐거움이 있기보다 그 마음에 근심 없는 편이 낫다.
　　　　　　　[문장궤범文章軌範]
- 물은 물결을 멈추면 저절로 고요하고, 거울은 흐리지 않으면 스스로 맑게 된다. 마음도 이와 같으니, 그 흐린 것을 버리면 밝음이 저절로 나타날 것이요, 즐거움도 구태여 찾지 말 것이니, 그 괴로움을 버리면 즐거움이 저절로 있으리라.　[채근담菜根譚]
- 생명의 비밀은 바로 괴로움이다.
　　　　　　　　[Oscar Wilde]
- 세상은 고통으로 가득 차있지만 그것을 이겨 내는 일로도 가득 차있다.
　　　　　　　[Hellen A. Keller]
- 애써 즐거움을 찾지 않아도 괴로움만 버리면 즐거움은 저절로 생긴다.
　　　　　　　　[채근담菜根譚]
- 우리 생활에는 많은 괴로움이 있다. 하지만 모든 괴로움에도 불구하고 그 근본에 '선' 이라는 행복한 기초가 있어야 한다.　[Jean F. Millet]
- 인간의 본질은 괴로움이며, 자기 숙명에 대한 의식이다. 그 결과 모든 공포, 죽음의 공포까지 거기에서 생겨난다.　　　　　[A. Malraux]
- 인간의 운명은 항상 괴로워하는 데 있다. 자기를 지키려고 생각하는 그것이 고통에 접하는 것이다. 어린 시절 육체에 대한 재난밖에 모르는 사람은 행복하다. 그것은 마음

의 괴로움에 비한다면 그다지 참혹한 것이 아니며, 그만큼 또 고통스럽지도 않고, 그 때문에 자살까지 하는 일은 극히 드물다.

[J.-Jacques Rousseau]

● 즐거움은 괴로움 밖에 있는 것이 아니요, 도리어 그 괴로움 자체가 즐거움이기 때문이다. [조지훈]

● 즐거움은 너희가 만족하고 있는 경우에는 고통의 기억이다. [Euripides]

● 즐거움이란 다른 사람의 고통에서 생기는 쾌락이다. [Ovidius]

| 교만驕慢 |

● 거만은 거울 속의 영상에 의해서 자란다. [Ovidius]

● 교만은 교만이라는 거울 외에 자신을 비춰볼 수 있는 다른 거울을 지니고 있지 않다. 교만한 자들은 스스로 오만함과 건방짐에 사로잡혀 있기 때문이다. [Shakespeare]

● 교만은 패망의 선봉이고 거만한 마음은 넘어짐의 앞잡이다.[Solomon]

● 교만이 앞장서면 망신과 손해가 곧장 뒤따른다. [프랑스 속담]

● 교만한 사람의 마음속에는 항상 시기와 질투가 가득할 뿐이다. 그러나 참되고 영원한 평화는 겸손한 사람의 마음속에 함께 있다.

[Thomas A. Kempis]

● 교만한 자는 감사할 줄 모른다. 자기가 받을 만한 것을 받는다고 생각할 뿐이다. [Hery Ward Beecher]

● 번영할 때의 교만은 역경에 처했을 때의 비탄이 된다. [Thomas Fuller]

● 복수의 신들은 교만한 자들을 곁에서 따라다닌다. [L. A. Seneca]

● 사람의 성품 중에서 가장 뿌리 깊은 것은 교만이다. 나는 지금 누구에게나 겸손할 수 있다고 자랑하고 있는데, 이것도 하나의 교만이다. 자기가 겸손을 의식하는 동안에는 아직 교만의 뿌리가 남아 있는 증거이다.

[Benjamin Franklin]

● 산은 산과 어울리지않는다. [Erasmus]

● 스스로 자기를 높이는 교만은 곧 지옥으로 인도하는 문이요, 지옥의 시작이며, 동시에 저주가 된다.

[Andrew Murray]

● 실패한 사람이 다시 일어나지 못하는 것은 그 마음이 교만한 까닭이다. 성공한 사람이 그 성공을 유지 못하는 것도 교만한 까닭이다.

[석가모니釋迦牟尼]

● 여러 가지를 알고 있는 사람은 부드럽다. 그러나 대강밖에 알지 못하는 자는 교만하다. [Von Hippel]

● 요즘 세상 사람들은 하급 관리라도 임명되면 교만해지고, 대부大夫가

되면 수레 위에서 춤추며, 정승이 되면 숙부叔父 이름까지 부르려 든다.

[장자莊子]

- 인간은 교만한 생각을 품지 말아야 한다. 교만은 꽃을 피우고 파멸의 이삭을 열게 한다. 그리하여 열매 맺는 가을이 오면 그칠 길 없는 눈물을 거둔다. [Aeschilos]
- 인간이 교만하면 교만할수록 그의 지반은 추악해지고 만다. [Tolstoy]
- 탐욕스러운 자는 재산이 쌓이지 않으면 근심하고, 교만한 자는 권세가 늘어나지 않으면 슬퍼한다.[장자莊子]

| 교양教養 |

- 교양은 배운 이들에게도 또 다른 태양이다. [Heraclitus]
- 교양은 사람이 모든 것을 잊을 때에도 그 안에 남아 있는 것이다.

[에두아르 에리오카]

- 교양은 용기를 결코 방해하지 않는다. [Voltaire]
- 남자에게는 덕보다 지식이 먼저다. 여자에게는 지식보다 덕이 먼저다.

[George C. Lichtenberg]

- 무녀와 창녀, 라틴어를 하는 여자를 경계하시오. [Herbert, George]
- 여자는 학식이 풍부하기보다는 교양이 있어야 한다. [Julie de Lespinasse]

- 여자에게 교양은 사치다. 여자에게 필요한 것은 유혹이다. [Girardin 부인]

| 교우交友 |

- 군자의 사귐은 담담하기가 물 같고, 소인의 사귐은 달콤하기가 감주 같다. 군자는 단단하기 때문에 더욱 친해지고, 소인은 달콤하기 때문에 절교絶交 된다. [회재집晦齋集]
- 나만 같지 못한 사람을 친구로 하지 말라. [공자孔子]
- 나에게 진실이 있다면, 모든 사람이 다 형제이다. 내가 진실을 잃으면 형제, 부모, 자식 간도 원수가 된다.

[소강절昭康節]

- 나이가 자기의 배가 되면 아버지처럼 섬기고, 열 살이 위이면 형님처럼 섬기며, 다섯 살이 위면 친구로 사귀어도 된다. [예기禮記]
- 나이 많음을, 지위가 높음을, 형제의 세력을 개의치 말고 벗을 사귀라. 벗이란 상대방의 덕을 가려 사귀는 것이다. 여기에 무엇을 개재시켜서는 안 되느니라. [맹자孟子]
- 남을 귀히 여기며, 나를 업신여긴다.

[예기禮記]

- 너의 이웃을 사랑하라. 하지만 울타리를 없애지는 말라. [독일 우언]
- 너의 친구를 그가 지닌 모든 결점과

함께 사랑하라.　　　[이탈리아 우언]
● 누구나 친구라면, 아무도 친구가 없다.　　　[독일 우언]
● 대체로 아주 친하면서도 오히려 소원한 듯이 한다면 더할 수 없는 친함이 되고, 아주 믿는 사이면서도 오히려 의심스러운 듯이 하면 더할 수 없는 믿음이 된다.　　　[박지원]
● 만일 자기보다 못한 사람을 벗으로 사귀면, 이로움이 없을 뿐 아니라 도리어 해가 된다. 그러므로 옛사람들은 간혹 천고千古 이전의 옛사람 가운데서 벗을 골라 사귀었다.
　　　[회재집晦齋集]
● 매사에 호의를 표하는 자를 경계하라. 또 매사에 악의를 품은 자를 경계하라. 그리고 더욱 매사에 냉담한 자를 경계하라.　　　[프랑스 우언]
● 먼 것은 잘 보이고, 가까운 것이 잘 안 보인다.　　　[회남자淮南子]
● 벗을 사귈진대 유신有信케 사귀어라. 믿음 없이 사귀며, 공경 없이 지낼 손가? 일생에 구이경지久而敬之를 시종 있게 하오리라.　　　[박인로朴仁老]
● 벗이 먼 곳에서 찾아오니, 이 아니 즐거운가!(有朋自遠方來 不亦樂乎!)
　　　[논어論語]
● 보통 사람들의 정情은 자기만 못한 사람들과 사귀기를 좋아하고, 자기보다 나은 사람과 사귀기를 싫어한다.

　　　[이황]
● 사람은 헌것이 좋고, 옷은 새것이 좋다.　　　[안자춘추晏子春秋]
● 사람을 사귀는 데에는 그 사람의 장점을 취할 것이며, 그 단점은 취하지 말라. 그러면 장구하게 사귈 수 있느니라.　　　[공자가어孔子家語]
● 사람을 사귀는 데에 있어서 특별히 친절해지지 아니하면 도리어 원망을 초래할 수 있다.　　　[초사楚辭]
● 사람을 사귐에 있어서, 우리들의 뛰어난 특성에 의해서 보다 우리들의 결점에 의해서 남의 눈에 드는 경우가 도리어 많다. [La Rochefoucauld]
● 사은私恩을 파는 것은 공의公儀를 돕는 것보다 못하며, 새로이 지우知友를 만드는 것은 옛 친구와 정을 두터이 하는 것보다 못하다. 드날리는 명성을 세우기보다는 숨은 공덕을 심는 것이 더 나으며, 어려운 절의節義를 숭상하느니보다는 행동에 더러운 허물이 없도록 삼가는 것이 더 낫다.　　　[채근담菜根譚]
● 성실과 신의를 존중하되, 자기만 못한 사람과 사귀지 마라. 그리고 잘못이 있으면 거리낌 없이 고쳐야 한다.
　　　[공자孔子]
● 세력으로 사귄 사람은 세력이 기울면 끊어지고, 이익으로 사귄 사람은 이익이 다하면 흩어진다.

[문중자文中子]

- 얼굴 아는 이야 천하에 가득하지만, 마음 아는 이는 과연 몇이나 될까?

[명심보감明心寶鑑]

- 옷은 새 옷이 좋으나 사람은 오래 사귄 사람이 좋다. [안자晏子]

- 우리가 살아가는 동안 새로운 교우 관계를 맺지 않으면, 얼마 안 가서 외톨이가 되어 있음을 발견할 것이다. 때문에 사람은 교우관계를 개선하기 위해 항상 노력해야 한다.

[S. J. Bozwell]

- 의리 없는 친구는 피하고, 어리석은 사람과는 사귀지 말라. 현명한 벗을 사귀고, 나보다 훌륭한 사람을 따르라. [법구경法句經]

- 이웃을 가려 어울리고, 벗을 가려 사귀어라. [신종神宗]

- 중용中庸의 덕德을 갖춘 사람을 사귈 수 없을 때에는 적어도 열성 있는 사람이나 결벽 있는 사람과 사귀라. 열성 있는 사람은 진취적이고, 결벽 있는 사람은 마구 타협하기 때문이다. [공자孔子]

- 집안에서 기뻐하지 않거든 남과 사귀지 말고, 가까이 있는 사람과 친해지지 않거든 멀리서 구하지 말며, 작은 일을 살필 수 없으면 큰일을 말하지 말라. [증자曾子]

- 착한 사람과 함께 지내면 마치 지란芝蘭의 방에 든 듯하여, 오래되면 그 향기를 맡지 못할지라도 곧 그와 더불어 감화될 것이요, 착하지 못한 사람과 함께 지내면 마치 생선가게에 든 듯이 오래되면 그 냄새를 맡지 못할지라도 역시 그와 더불어 감염될 것이다. [공자孔子]

- 친구를 사귐에 있어 방법이 있으니, 장차 그를 칭찬하고자 할 때는 먼저 잘못을 책망할 것이요, 기쁨을 보여 주려면 먼저 성냄으로써 밝혀 보여야 한다. 또한 남이 나를 믿게 하려면 먼저 의심나는 일을 베풀고 기다려봐야 한다. [박지원]

- 친구와 교제하는 목적은 우의友誼를 돈독케 하고 오가며 간담을 하는 것이다. 요컨대 얼의 단련이며 그 밖의 것은 아무것도 기대해서는 안 된다. [Montaigne]

- 학문을 좋아하는 사람과 함께 가면 마치 안갯속을 가는 것 같아서, 옷이 비록 젖지는 않더라도 때때로 물가의 배어듦이 있다. 무식한 사람과 함께 가면 마치 뒷간에 앉은 것 같아서, 옷이 비록 더럽혀지지 않더라도 때때로 그 냄새가 맡아진다. [공자孔子]

- 함께 놀면서도 사랑받지 못하는 것은 반드시 내가 어질지 않기 때문이며, 사귀면서도 존경받지 못하는 것은 반드시 내가 뛰어나지 못하기 때

문이다. [회자會子]

| 교육教育 / 가르침 |

- 가르치기 좋아하는 사람이 잘 배운다.
  [Socrates]
- 가르치는 것은 두 번 배우는 것이다.
  [Joseph Joubert]
- 가르치면서 배운다. [L. A. Seneca]
- 가르침도 없고 스스로 배우는 것도 없으면 자기의 결점도 보이지 않는다. [Talmud]
- 가르침에는 차별이 있을 수 없다.
  [논어論語]
- 가정은 도덕의 학교다. 가정에서의 인성교육은 매우 중요하다.
  [Pestalozzi]
- 강제로 주입된 지식은 결코 뿌리를 내릴 수 없다. [Benjamin Jowett]
- 강제로 주입된 지식은 결코 뿌리를 내릴 수 없다. [Benjamin Jowett]
- 경건한 교육은 가정을 이끌어 나가는 가장 훌륭한 방법이고 가정의 번영을 꾀하는 가장 확실한 방법이다.
  [Talmud]
- 경험에서 얻는 교육이 가장 좋은 교육이다. [John Ronald Royal]
- 고생보다 더 중요한 교육은 없다.
  [지스레지]
- 공부, 공부, 공부만이 기적을 낳는다.
  [무샤노지 사례야]
- 공부는 평상시에 하는 것이다. 자리에 앉아서는 마음을 비워라.
  [호크에]
- 공자는 네 가지를 가르쳤으니, 학문과 덕행과 성실과 신의였다. [논어]
- 교사가 너무 엄격하면 학생은 자립정신을 잃는다. [Samuel Smiles]
- 교사가 미치는 감화는 영원하다. 교사는 자기의 감화가 어디에 가서 정지할지 알 수가 없다. [Henry Adams]
- 교수하는 자의 권위는 흔히 교육받고자 원하는 자를 해친다.
  [M. T. Cicero]
- 교양은 호기심에서 비롯되는 것이 아니라, 완전에 대한 사랑에서 비롯된다. 그것이 바로 완전의 연구이다.
  [Matthew Arnold]
- 교육 또는 교양의 목적은 지식 가운데서 견식을 키우는 것이고, 행실 가운데서 훌륭한 덕을 쌓는 데 있다. 교양 있는 사람이나 또는 이상적으로 교육을 받은 사람이란, 반드시 독서를 많이 한 사람이나 박식한 사람을 가리키는 것이 아니다. 사물을 옳게 받아들여서 사랑하고, 올바로 혐오하는 사람을 뜻한다.
  [임어당林語堂]
- 교육만 하고 놀지 않으면 바보가 된다. [James Howell]

- 교육 없는 재능은 한탄스럽고, 재능 없는 교육은 무익하다.　　[M. Sadi]
- 교육에는 천성과 훈련을 필요로 한다. 사람은 젊을 때부터 배우기를 시작할 일이다.　　[Protagoras]
- 교육에서는 이성적인 삶이 과학적인 실천으로부터 이지적인 이론으로, 그리고 정신적인 느낌으로, 다시 신에게로 서서히 나아가게 한다.
　　[Kahlil Jibran]
- 교육열은 이 겨레의 체질이다. 이 체질은 바로 이 겨레의 잠재력이다.
　　[손우성]
- 교육은 국가를 만들지는 못하지만, 교육 없는 국가는 멸망을 면치 못한다.　　[Franklin D. Roosevelt]
- 교육은 국민을 이끌기 쉽게 만들고, 강요하기 어렵게 만든다. 즉 통치하기 쉽게 만들며, 억압하기 불가능하게 만든다.　　[브룸 경]
- 교육은 기계를 만드는 것이 아니라 사람을 만드는 데 있다.
　　[Jean-Jacques Rousseau]
- 교육은 노년의 최상의 양식이다.
　　[Aristoteles]
- 교육은 능력을 키울 뿐 새로 만들어 내지는 않는다.　　[Voltaire]
- 교육은 많은 책을 필요로 하고 지혜는 많은 시간을 필요로 한다.
　　[Lev Tolstoy]
- 교육은 번영할 때는 더욱 빛을 더해주는 장식품이요, 역경 속에서는 몸을 의탁할 수 있는 피난처이다.
　　[Aristoteles]
- 교육은 불완전한 것이 보통이다. 그 각각의 작용에 따라 두 개의 대립하는 경향, 즉 해방과 속박에 봉사해야 하기 때문이다.　　[Georg Simmel]
- 교육은 사람에게 독립자존의 길을 가르치고 그것을 몸소 행하고 실천하는 방법을 보여주는 것이다.
　　[후쿠자와유기치福澤論吉]
- 교육은 사람의 타고난 가치에 윤기를 더해준다.　　[Horatius]
- 교육은 삶을 준비하는 것이 아니라 삶 그 자체이다.　　[John Dewey]
- 교육은 신사를 창조하고, 독서는 좋은 친구를 창조하며, 완성은 완벽한 인간을 창조한다.　　[John Rock]
- 교육은 우리를 야수보다도 어리석게 만들어 놓았다. 여기저기서 수천의 목소리가 우리에게 들려오고 있는 데도 우리들의 귀는 잡다한 지식으로 완전히 막혀버렸기 때문이다.
　　[Jean Giraudeau]
- 교육은 원래 가정에서 해야 한다. 부모님같이 자연스럽고 적합한 교육자는 없을 것이다.　　[George Herbert]
- 교육은 유산이 아니라 취득이다.
　　[Talmud]

- 교육은 이 세대가 오는 세대에게 진 빚이다.　　　　　　　　[파이보디]
- 교육은 인간에게 부과할 수 있는 가장 크고, 가장 어려운 문제이다.
　　　　　　　　[Immanuel Kant]
- 교육은 인간의 성질을 변경하는 것이 아니다. 다만 이를 잘 보수하는 것이다.　　　　　　[Aristoteles]
- 교육은 인간 형성이다. 인간을 옳게 만들려는 것이 교육의 목적이다. 교육에는 방법이 필요하고 본보기가 요구된다.　　　　　　[안병욱]
- 교육은 젊은이에게는 억제하는 효력이 있고, 노인에게는 위안이 되어주며, 가난한 사람에게는 재산, 부자에게는 장식품이 되어준다.
　　　　　　　　[Diogenes]
- 교육은 좋은 점은 개선하고, 나쁜 점은 못쓰게 만든다.　[Thomas Fuller]
- 교육은 타고난 가치를 높인다.
　　　　　　　　[Horatius]
- 교육은 하늘이 내린 가치를 높이고, 올바른 수련은 마음을 굳세게 한다.
　　　　　　　　[Horatius]
- 교육은 훌륭한 것이다. 그러나 항상 잊어서는 안 된다. 알아야 할 가치가 있는 것은 모두 가르칠 수 있는 것이라는 점을…　[Oscar Wilde]
- 교육을 경멸하는 자가 유일한 무학자다.　　　　　[Publius Syrus]

- 교육을 받지 않는 것은 태어나지 않음만 못하다. 왜냐하면 무식은 불행의 근원이기 때문이다.　[Platon]
- 교육의 가장 놀라운 일은 교사나 학생이나 그것으로 말미암아 잘못된 사람이 없다는 것이다.
　　　　　　　　[Henry Adams]
- 교육의 기본은 학생을 존중하는 데 있다.　[Ralph Waldo Emerson]
- 교육의 목적은 각자가 자기의 교육을 계속할 수 있게 하는 데 있다.
　　　　　　　　[John Dewey]
- 교육의 목적은 기계를 만드는 데 있지 않고, 사람을 만드는 데 있다.
　　　　　[Jean-Jacques Rousseau]
- 교육의 목적은 성격 형성에 있다.
　　　　　　　[Edmund Spencer]
- 교육의 목적은 학생들로 하여금 자주·자치적인 인물이 되게 하는 데 있다.　　　　[Edmund Spencer]
- 교육의 목표는 지식의 증진과 진리의 씨 뿌리기이다. [John F. Kennedy]
- 교육의 뿌리는 쓰지만, 그 열매는 달다.　　　　　　[Aristoteles]
- 교육의 진정한 목표는 어린이의 내적 독립과 개성, 즉 그 성장과 완전성을 촉진시키는 데 있다.
　　　　　　　　[Erich Fromm]
- 교육의 최대 목표는 지식이 아니고 행동이다.　[Herbert Spencer]

- 교육이 거둘 수 있는 최고의 성과는 관용이다. [Arthur Helen Keller]
- 교육이 경이롭게 적절한 것은 사람과의 교제와 여행이다. [Montaigne]
- 교육이 국가를 만들 수는 없으나 교육이 없는 국가는 마침내 멸망을 면치 못한다. [Franklin D. Roosevelt]
- 교육이란 어린아이가 자기의 잠재 능력 실현에 도움을 주는 것을 뜻한다. [Erich Fromm]
- 교육이 어느 방향으로 인간을 출발시키느냐에 따라 그 사람의 장래가 결정된다. [Platon]
- 교육이란 젊은 시절에 익혀두는 습관이다. [Francis Bacon]
- 교육이 하는 일이 무엇일까? 그것은 멋대로 굽어 흐르는 개울을 반듯한 수로로 변화시키는 것이다. [Henry Thoreau]
- 국가의 기초는 그 소년을 교육하는 데 있다. [Diogenes]
- 국가의 운명은 청년의 교육에 달려 있다. [Aristoteles]
- 그 누구도 태어날 때부터 알고 배운 것은 아니다. [A. de Montreux]
- 그에게는 선생의 자리가 옥좌였다. [Henry Longfellow]
- 나는 가르치지 않고 이야기한다. [M. E. Montaigne]
- 나라의 기초는 소년을 교육하는 데

에 있다. [Diogenes]
- 남을 가르치는 일은 스스로 배우는 일이다. [영국 격언]
- 다만 우리들의 애매하고 산만한 교육이 인간을 불확실한 것으로 만든다. [Goethe]
- 말을 재갈과 박차로 이끌듯이 아이들은 조심성과 야심으로 이끌어야 한다. [Diogenes Laertios]
- 맹자의 어머니는 맹자의 교육을 위해 세 번이나 거처를 옮겼다. [십팔사략十八史略]
- 명료성은 교사의 예절이다. [Geruzez]
- 모든 올바른 교육은 전 생애의 주요 사업인 자기 교육에 사람을 끌어들이는 것이어야 한다. [Carl Hilty]
- 무지無知를 두려워 말라. 거짓 지식을 두려워하라. [Pascal]
- 민중을 계몽하라. 포악한 마음과 억압은 아침햇살에 쓰러지는 악령처럼 사라진다. [Thomas Jefferson]
- 배우되 사색하지 않으면 외곬으로 빠지고, 생각하기만 하고 배우지 않으면 위태롭다. [논어論語]
- 배운 연후에 모자람을 알고, 가르친 연후에 고구考究하지 않았음을 안다. [공자가어孔子家語]
- 백성을 배불리 살게 한 뒤에야 교화할 수 있으며, 교화하는 방법으로는 학교가 제일이다. [이이]

- 본성은 서로 비슷하지만 익히는 것에 따라 서로 멀어진다. [공자孔子]
- 빵 다음에는 교육이 국민에게는 가장 중요한 것이다. [Georges Danton]
- 사람에게 가장 필요한 교육은 지배와 복종이다. [Plutarchos]
- 사람으로서 지켜야 할 도가 있나니, 배불리 먹고, 따뜻하게 입고, 편안히 산다고 할지라도 교육이 없으면 새나 짐승에 가까우니라. [맹자孟子]
- 사람은 사람에 의해서만이 사람이 될 수 있다. 사람에게서 교육의 결과를 기대하지 않는다면, 아무것도 남는 것이 없을 것이다. [I. Kant]
- 사람의 어버이만큼 가장 자연스럽고 가장 적절한 교육자는 없다. [Johann Frederich Herbart]
- 사랑은 가르치면서 배운다. [L. A. Seneca]
- 서당 개가 맹자 왈 한다. [한국 격언]
- 선善으로써 남보다 앞서는 것을 교육이라고 이른다. [순자荀子]
- 소년은 반항하는 일 없이 불의를 참아가도록 교육되어야 한다. [Adolf Hitler]
- 소년은 쉽게 늙고 학문은 이루기 어렵다. 순간의 세월을 헛되이 보내지 마라. 연못가의 봄풀이 채 꿈도 깨기 전에 계단 앞 오동나무 잎이 가을을 알린다. [주희朱熹]
- 소년의 공부를 강제와 엄격함으로 가르치지 말고, 그들이 흥미를 느낄 수 있도록 인도한다면, 그들은 마음으로 긴장할 것이다. [Platon]
- 스승의 가르침을 직접 받지 못하면, 마침내 저절로 깨달을 리가 없다. [이황]
- 시골에서 태어나 시골서 자랐다는 것은 교육의 가장 좋은 부분이라고 생각한다. [Amos Bronson Alcott]
- 아이는 비평가보다 본보기를 더 필요로 한다. [Joseph Joubert]
- 아이들 중에 총명하고 기억력이 강한 자는 따로 뽑아서 교육하게 하라. [정약용]
- 어떻게 시사示唆하는지를 아는 것은 교육의 위대한 기술이다. [Henry F. Amiel]
- 어려운 것을 쉽게 만드는 것이 교육이다. [Ralph Waldo Emerson]
- 어릴 때의 교육을 즐거움으로 알라. 그러면 너의 타고난 성벽을 더 쉽게 찾아낼 수 있으리라. [Platon]
- 여자는 교육이 있어야 한다. 그러나 학자여서는 안 된다. [Julie de Laspinasse]
- 영화를 전멸시키는 데는 칼 따위는 필요 없다. 교육이 있으면 족하다. [William Penn Rogers]
- 우리는 우리가 어린이들에게 가르

치고 있는 것을 우리 자신이 확신하고 있어야 한다. [Woodrow Wilson]
- 우리는 학교에서 배우는 것이 아니고 인생에서 배운다. [L. A. Seneca]
- 우리를 신뢰하는 자가 우리를 교육한다. [Thomas Elliot]
- 유일하고 참된 교육자는 스스로를 교육하는 사람이다. [James Bennett]
- 이상이 없고, 노력이 없고, 학식이 없고, 철학의 연속성이 없다면, 교육은 존재하지 않는다. [A. Flexner]
- 이 세상에서 교육 중 가장 위대한 교육은 자신이 스스로 하는 자기 교육이다. [신일철]
- 인간은 가르치는 동안에 배운다. [L. A. Seneca]
- 인간이 주교主敎를 만든다. [Cervantes]
- 인내심을 갖지 않고서는 교육자로서는 낙제다. 애정과 기쁨을 갖지 않으면 안 된다. [Pestalozzi]
- 1년의 학습이 20년의 경험보다 더 많은 것을 가르쳐준다. [Roger Ascham]
- 자기 아들에게 직업을 물려주지 않는 자는 도둑이라는 직업을 물려주는 것이다. [Talmud]
- 잘 만들어진 머리가 꽉 찬 머리보다 낫다. [Montaigne]
- 제자의 가르침은 규중처녀를 가르치는 것과 같다. 출입을 엄하게 하고 교우를 삼가게 하려 하나니, 만일 한번 나쁜 사람과 가까이 접하게 되면, 이는 곧 청정한 논밭에 부정한 종자를 뿌리는 격이어서, 종신토록 좋은 곡식 심기가 어렵게 된다. [홍자성洪自誠]
- 좋은 교육을 자손에게 남기는 것은 최대의 유산이다. [Thomas Scott]
- 지극한 즐거움 중 책 읽는 것에 비할 것이 없고, 지극히 필요한 것 중 자식을 가르치는 일만 한 것이 없다. [명심보감明心寶鑑]
- 지각 있는 사람들이 깊이 전념하여 걱정할 값어치가 있는 것은 교육뿐이다. [William Philips]
- 지나치게 많은 교육과 지나치게 적은 교육은 지성知性을 방해한다. [Pascal]
- 창조적 표현과 지식으로 기쁨을 깨닫게 하는 것이 교사의 으뜸가는 기술이다. [Einstein]
- 책보다는 견문, 지위보다는 경험이 바람직한 교육자다. [Aimers Olcott]
- 최초의 교육자란 공복空腹이다. [Max Weber]
- 학교나 대학의 교사는 개인을 교육할 수 없다. 다만 품종을 교육할 뿐이다. [Lichtenberg]
- 학교란 학생 자신의 두뇌이다.

[Thomas Carlyle]

- 학문에는 왕도가 없다.　　　[Euclid]
- 행할 수 있는 자는 행하고, 행할 수 없는 자는 가르친다.

　　　　　[George Bernard Shaw]

- 훌륭한 새는 스스로 만들어진다.

　　　　　　[Pilippe, Garnier]

| 교정矯正 / 개선改善 |

- 죄를 짓고 행실을 고친 사람은 하느님께 자신을 의탁한다.

　　　　　　[Fernando de Rojas]

| 교제交際 / 외교外交 |

- 가까운 사람들과 친하지 않으면서 멀리 있는 사람들과 가까이하려 애써서는 안 된다. 친척들이 따르지 않는다면 밖의 사람들과 사귀려고 애써서는 안 된다. 그러므로 옛 임금들은 천하를 다스림에 있어서 반드시 가까운 것을 잘 살핀 다음 먼 것을 가까이했던 것이다.　[묵자墨子]
- 개와 함께 자면 아침에 이와 함께 일어난다.　　　　[Jean A. de Baif]
- 늑대와 있으면 늑대처럼 우는 법을 배우게 된다.　　　[J. B. Racine]
- 당신이 누구와 교제하는지 말해주면, 당신이 어떤 사람인지 말해주겠다.

[Cervantes]

- 마른 숲이 푸른 숲에 불을 붙인다.

　　　　　　　　　[Talmud]

- 불량한 단지에서 익은 포도주는 고약하다.　　　　　[프랑스 속담]
- 비슷한 사람끼리 모이기 마련이다.

　　　　　　　　[Homeros]

- 사람들과 교제할 때는 다소나마 상대방을 이롭게 해주는 것이 좋다.

　　　　　　[Baltasar Gracian]

- 세상에 태어난 이상, 사람들은 사귀는 법을 알아야 한다.

　　　　[Jean-Jacques Rousseau]

- 여자와의 접촉은 생동감이 있어야 하고 고정된 것이어서는 안 된다. 그것은 상대방 여인과 혼인해 버리면 그만이라는 간단한 문제가 아니다. 그런 것은 접촉을 회피하고, 접촉을 말살하는 어리석은 처방에 불과하다.　　　　　[D. H. Lawrence]
- 오래 머물면 남에게 업신여김을 받고, 자주 오면 친분도 엷어진다. 단 사흘이나 닷새 사이로 대하는 것이 처음과 같지 않음과 같다.

　　　　　　[명심보감明心寶鑑]

- 절름발이와 어울리면, 다리를 절면서 걷는 것을 배우게 된다.　[Plutarchos]
- 제집에 있을 때 손님을 맞아들일 줄 모르면, 밖에 나갔을 때에야 비로소 자기를 환대해 줄 주인이 적음을 알

게 된다.   [명심보감明心寶鑑]

| 교활狡猾함 |

- 가장 교활한 계략은, 계략을 꾸민 자에게도 해를 끼칠 수 있다.
      [La Fontaine]
- 늑대의 교활함은 사자의 머리에 들어가지 못한다.   [J. Lily]
- 유세와 당파 싸움에는 유능하지만 다른 면에 있어서는 무능한 사람도 있다. 자신이 전면에 나서고 싶지 않은 일에 대해서는 세상의 이름을 빌리는 것도 한 방법이다. '세상 사람들이 이렇게 말하고 있다.' 라든가, '이러이러한 이야기가 퍼져 있다.'고 말하는 것이다.   [Francis Bacon]

| 교훈을 주는 역경逆境 |

- 고통을 겪어보지 못한 사람만큼 불행한 사람은 없다.
      [Joseb de Maestre]
- 다른 사람의 위험에서 자신에게 이익이 되는 교훈을 끌어내라.
      [Terentius]
- 바람은 길을 깨끗하게 만든다.
      [Purana]
- 배우기 위해 고통을 겪는다는 것은 이론異論의 여지가 없는 사실이다.
      [Aeschylos]
- 불운은 재능의 산파이다.
      [Napoleon I]
- 사람은 견습공일 뿐이고, 고통이 장인匠人이다.   [Alfred de Musset]
- 얼굴에 맞는 바람은 사람을 현명하게 해준다.   [M. Gabriel]
- 진흙은 먼저 반죽이 된 후에야 비로소 빚어질 흙이 된다.   [Erasmus]
- 훌륭한 말이 되게 하는 것은 고삐와 박차다.   [Thomas Fuller]

| 구걸求乞 |

- 구걸하는 자는 실패를 두려워하지 않는다.   [Bharthari]
- 구걸하는 자의 주머니는 결코 채워지지 않는다.   [Callimachos]

| 구금拘禁 |

- 설령 금으로 만들었다 하더라도 사슬을 좋아하는 사람은 아무도 없다.
      [John Heywood]
- 야생 동물도 갇혀 지내면 그 야생성을 잃는다.   [Tacitus]
- 죽음은 포로도 아니고, 친구나 친척은 더더욱 아니다.   [Richard I]

| 구매購買와 판매販賣 |

- 구매자는 백 개의 눈이 필요하지만,

판매자는 하나도 필요 없다.

[George Herbert]

- 훌륭한 세일즈맨이란, 더 많이 사도록 강요하는 것이 아니라 고객이 다시 찾도록 하는 사람이다.

[Feargal Quinn]

| 구조救助 / 구원救援 |

- 구원에 필요한 모든 것은 두 덕에 달려 있다. 그리스도를 믿음과 율법에의 순종이다.　　　[Thomas Harvey]
- 구원의 가장 좋은 방법은 임기응변이다.　　　[Johann W. Goethe]
- 구원의 길은 어디에도 없다. 오직 자기 자신의 마음에 이르는 길뿐이다. 거기에만이 하느님이 있고 평화가 있다.　　　[Hermann Hesse]
- 도와줄 마음을 가지고 있는 사람은 책망할 권리를 갖는다.

[William Penn]

- 복병이 숨은 곳은 수도 없이 많으며 구원은 하나밖에 없다. 그러나 구원의 가능성은 복병이 숨은 장소의 수만큼 된다.　　　[Franz Kafka]
- 사람들에게 정신적 원조를 주는 인간이야말로 인류 최대의 은인이다.

[Vivekananda]

- 일이란, 남을 원조함으로 하여 자기 자신을 이익되게 한다. [Sophocles]

- 절망의 심연에서 동료를 벗어나게 해 주는 데에서 오는 기쁨을 이해하기 위해서는 스스로 절망을 겪어보아야 한다.　　[La Rochefoucauld]
- 한 사람을 그 사람의 뜻에 반하여 살려주는 것은, 그를 죽이는 것과 마찬가지다.　　　[Horatius]

| 구求하다 |

- 구하는 자는 이익을 얻을 것이요, 버리는 자는 이익을 잃을 것이다. 이는 스스로 구하여 얻기 때문에 가치가 있는 것이다. 그러나 이익을 구함에는 도리가 있다. 이익을 얻음에는 천리天理가 있다. 때문에 이익을 얻기 위하여 다만 이익에만 눈이 어두우면 참다운 이익을 못 얻게 된다.　　　[맹자孟子]
- 구하려고 애써도 구하지 못한다면 이는 천명天命이니, 내 다시 무슨 말을 하랴.　　　[이곡]
- 구한다고 얻어지는 것이라면 마부 노릇이라도 하리라. 그러나 구한다고 얻어지는 것이 아니라면 내가 좋아하는 바를 따라 살리라. [공자孔子]
- 죽음은 일종의 구제일지도 몰라요.

[Marilyn Monroe]

- 청하는 곳에 얻음이 있고, 구하는 곳에 찾음이 있으며, 두드리는 곳에

활짝 열림이 있다.　　　[C. Smart]

| 국가國家 |

- 가장 두려운 악의 소굴은 국가주의
  인 것이다.　　　[Andrew Johnson]
- 갈라진 국가는 늘 불행하다.
  　　　[M. E. Montaigne]
- 개인이 너무 지나치게 자유를 얻어
  도 안 되지만, 국가는 완전한 자유
  를 얻지 않으면 안 된다. 국가가 자
  유로 행동하게 되면 중국은 강국이
  되는 것이다. 그같이 되기 위해서는
  모두가 자유를 희생할 필요가 있다.
  　　　[손문孫文]
- 국가가 강하려면 국민 각자가 강해
  야 한다.　　　[손우성]
- 국가가 부패할수록 법률의 수효는
  많아진다.　　　[Tachitus]
- 국가는 그 국민이 봉착하고 극복해 나
  가는 시련에 의해서 형성 되어 간다.
  　　　[Lyndon B. Johnson]
- 국가는 너 자신이다.　　[Aeschilos]
- 국가는 사람을 위해 만들어졌지, 사
  람이 국가를 위해 만들어지지 않았
  다.　　　[Albert Einstein]
- 국가는 시민의 하인이지 주인이 아
  니다.　　　[John F. Kenedy]
- 국가는 우리의 운명을 쥐고 있는 배
  이다.　　　[Sophocles]

- 국가는 죽은 충신의 재로써 건설된다.
  　　　[프랑스 격언]
- 국가는 철이다, 피다.　　[Bismark]
- 국가는 최고의 도덕적 존재이다.
  　　　[Heinrich Treitscke]
- 국가는 한 계급에 의해서 다른 계급
  을 압박하는 기계와 다름없다. 이것
  은 군주정체에 의해서나 민주정체
  에 의해서나 마찬가지다.
  　　　[Friedrich Engels]
- 국가도 인간도 다를 것이 없다. 국
  가도 인간의 가지가지 성격에서 만
  들어진다.　　　[Platon]
- 국가도 인간과 마찬가지로 성장기와
  성년기, 노쇠기와 쇠망기를 거친다.
  　　　[W. S. Lander]
- 국가란 개인의 서로에 대하여 개인
  을 보호하기 위한 현명한 제도다. 국
  가의 품종개량을 지나치게 하면 결
  국 개인은 국가에 의해서 약해지고,
  그리고 와해되고, 따라서 국가의 본
  질적 목적이 근본적으로 무無로 돌
  아가고 만다. [Friedrich Nietzsche]
- 국가란 공동의 권리와 이익을 향수
  享受하기 위하여 맺어진 자유로운
  인간들로부터 이루어진 완전한 단
  체이다.　　　[Grotius, Hugo]
- 국가란 우리의 재산을 나르는 배이다.
  　　　[Sophocles]
- 국가를 구하는 자는 법을 어기지 않

는다. [Napoleon I]

- 국가에도 인간과 같이 성장·장년·노쇠·사멸이 있다. [Walter Landor]
- 국가에 있어서의 일체는 허위다. 씹는 것을 좋아하는 자는 훔친 이를 가지고 씹는다. 그의 장膓조차 가짜인 것이다. [Friedrich Nietzsche]
- 국가의 가치는 결국에 가서 그것을 구성하고 있는 개개인의 가치다. [John Stuart Mill]
- 국가의 구성원들에게 자유를 주는 것은 국가의 힘밖에 없다. [Jean-Jacques Rousseau]
- 국가의 안녕과 재산의 부유함은 매년 세율을 변경하지 않는 국가에서만 구할 수 있다. [Napoleon I]
- 국가의 안전보장은 국가의 부富보다 더 중요하다. [Will Durant]
- 국가의 자유에 대해서는 신문은 위대한 수호신이다. [John Gray]
- 국가주의의 정신은 종족주의라는 낡은 항아리 속에서 민주주의라는 새로운 술을 만들기 위한 효모이다. [Arnold Toynbee]
- 군주는 국가를 위해서 존재하고, 국가는 군주를 위해서 존재하지 않는다. [Erasmus]
- 나라에 3년 동안 쓸 재정이 저축되어 있지 않으면, 그 나라는 나라답지 못하다. [정도전]
- 나라에 이로운 것은 사랑하고, 나라에 해로운 것은 미워한다. [안자춘추晏子春秋]
- 내일을 위한 계획을 가지고 있다는 사실에 의해, 국가는 형성되고 생명이 유지되는 것이다. [Jose Ortega y Gasset]
- 대저 국가라는 것은 인민의 집적이니, 그 인민의 문명은 그 국가의 문명이요, 그 인민의 부강은 그 국가의 부강이다. [박은식]
- 덕에 따라 등용하면 나라가 안정하다. [관자管子]
- 말과 글자와 돈 이 세 가지는 독립 국가임을 상징하는 좋은 자료이다. [정인보]
- 모든 국가가 가져야 할 중요한 기초는 그 나라의 새로운 것, 밝은 것, 혹은 그 두 가지의 혼합한 것을 묻지 않고 선법善法과 양병良兵에 의한다. [Niccolo Machiavelli]
- 민주국가란 사람들이 자유로이 의견을 발표할 수 있는 곳이다. 그렇지 않으면 민주국가라고 할 수 없지 않은가? [Charles Chaplin]
- 민주국가의 기본은 자유다. [Aristoteles]
- 법을 필요에 종종 굴복시켜야 국가가 멸망하지 않는다. [Pascal]
- 분할된 국가는 어쨌든 불행하다.

- 사람들과 교제할 때는 다소나마 상
대방을 이롭게 해주는 것이 좋다.

[Baltasar Gracian]

- 사람들은 항용 모두 '천하국가天下
國家'라고 말한다. 천하의 근본은
나라에 있고, 나라의 근본은 가정에
있으며, 가정의 근본은 수신修身에
있다. [맹자孟子]

- 소비에트 사회주의가 기업 자본주
의와 공통으로 갖고 있는 것은 그
체제의 차이점이 갖고 있는 특징보
다도 더 중요하다. 두 체제는 관료
적, 기계적 방법을 갖고 있다는 점
에서 공통되며, 두 체제는 모두 전
면적 파괴를 준비하고 있다.

[Erich Fromm]

- 어느 국가든 그 기초는 젊은이들의
교육이다. [Diogenes Laertios]

- 오래된 국가는 물론 신생국가 혹은
복합국가까지 모든 국가의 가장 중
요한 기초는 좋은 법률과 충분한 무
력이다. [Machiavelli]

- 오직 백성이 나라의 근본이다. 근
본이 튼튼해야 나라가 안녕하다.

[상서尙書]

- 온갖 국가는, 마르크스에 의해서 고
안된 자칭 인민국가라지만, 본질적
으로 위에서 밑으로 지식인에 의한
다. 즉 인민 자신보다도 인민의 참

된 이익을 잘 알고 있다고 자칭하는
특권적 소수자에 의한 대중의 지배
이외의 아무것도 아니다. 우리는
모든 국가가 국가 자체의 이익에 따
라 국가 정책을 결정한다는 사실을
인식해야 한다. [John F. Kennedy]

- 음악에 있어서의 조화라고 불리는
것은, 국가에 있어서는 일치라고 불
려진다. [M. T. Cicero]

- 자연이나 국가의 크기는 그에 상응
하는 시민정신의 크기와 관대함이
없으면 괴물과 같다. [Walt Whitman]

- 자유국가에는 여러 가지 불평이 있
지만, 고통은 거의 없다. 독재국가
엔 불평은 적지만 재난이 많다.

[Lazare N. M. Carnot]

- 전제국의 장식은 보통의 공화국에
서도 만들어질 터이다.

[Samuel Johnson]

- 지상의 모든 국가를 한 가족으로 보
는 우주 국가의 한 시민의 입장에서
생각하라. [Marcus Aurelius]

- 최악의 국가란 민중의 국가다.

[Pierre Corneille]

- 한 국가가 슬픔을 당하는 것보다는
한 개인이 고통을 당하는 것이 낫다.

[John Dryden]

- 한 국가의 정치적인 신조가 어떻든
간에 스스로를 중히 여기고 스스로
를 진지하게 생각하는 국가라면, 어

떠한 국가라도 계획이 없이는 어떤 일도 할 수 없다. [Elias Canetti]
- 한 치의 산천은 한 치의 금이다. [금사金史]

| 국가의 멸망滅亡 |

- 공화국은 사치奢侈에 의해서 멸망하고, 전제국가는 빈곤貧困에 의해서 멸망한다. [Montesquieu]
- 국가는 불가피할 경우에는 법을 억지로라도 왜곡하지 않으면 멸망하게 될 것이다. [Pascal]
- 국가는 폐지되는 것이 아니고, 그것은 자멸하는 것이다. [Friedrich Engels]
- 국가의 멸망은 많은 경우 도덕의 퇴폐와 종교의 경모輕侮로부터 이루어진다. [Jonathan Swift]
- 국가의 불의는 국가를 몰락으로 이끄는 가장 빠른 길이다. [W. E. Gladsrown]
- 국가의 흥망은 필부에게도 책임이 있다. [오건인吳跰人]
- 국고國庫는 텅 비었는데 대신大臣의 창고는 충실해지고, 대대로 살아온 집들은 가난해지는데 떠돌이와 사는 자들은 부해지며, 농사지으며 전쟁하는 사람들은 곤궁해지는데 사업이나 공업에 종사하는 사람들은 이득을 크게 올리는 나라라면, 그 나라는 망하는 것이 당연하다. [한비자韓非子]
- 근본되는 군주가 악하고, 가지나 잎에 해당하는 신하가 강대하며, 신하가 도당을 짜고 세도가 당당한 관직에 있으며, 비천한 자가 귀한 자를 짓밟고, 시일이 지날수록 그 위세가 더욱 커짐에도 위에 있는 자가 이를 바로잡지 못하며, 폐지하는 데 강력한 힘을 쓰지 못하면 국가는 반드시 패망한다. [삼략三略]
- 나라가 망하면 근본이 먼저 넘어지고, 가지와 잎이 그 뒤를 따른다. [춘추좌씨전春秋左氏傳]
- 나라가 망할 때 나타나는 사회악은 다음과 같다. ① 원칙 없는 정치, ② 노동 없는 부富, ③ 양심 없는 쾌락, ④ 인격 없는 교육, ⑤ 도덕 없는 상업, ⑥ 인간성 없는 과학, ⑦ 희생 없는 종교. [Mahatma Gandhi]
- 대제국은 작은 담력에 의해서 유지되지 않는다. [Tachitus]
- 몸을 망치고 나라를 멸망케 함은 임금 된 사람이 사私라는 한 글자를 버리지 못하는 데서 연유한다. [이황]
- 병들어 죽는 자의 병을 옮아 앓는다면 그 의사를 양의라 할 수 없듯이, 나라가 망하는 데도 그 길을 걸어간다면 경세가라 할 수 없다.

[회남자淮南子]

- 본부인은 천해지고 비첩婢妾들이 존귀해지며, 태자는 낮아지고 서자庶子들이 높아지며, 대신들은 경시되고 내시內侍들이 중시되는 것을 안팎이 서로 어긋났다고 한다. 이렇듯 안팎이 서로 어긋나는 나라는 망할 것이다.　　　　[한비자韓非子]
- 안으로 법도가 있는 집안과 보필하는 선비가 없고, 밖으로 적국과 외환이 없으면 그런 나라는 반드시 망한다.　　　　　　　　[맹자孟子]
- 예로부터 간사한 사람이 세력을 잡고서, 그 나라를 그르치지 않은 예는 거의 드물다.　　　　　[이곡]
- 의義가 지켜지지 않으면, 그 나라가 비록 클지라도 반드시 망할 것이다. 사람에게 착한 뜻이 없다면, 아무리 힘이 있다 해도 반드시 상하고 말 것이다.　　　　[회남자淮南子]
- 임금의 영예와 욕됨은 돌아보지도 않고, 나라가 잘되고 못 되는 것도 돌아보지 않고서, 오로지 간사하게 영합하여 구차히 받아들이고, 감투를 지탱하기 위하여 교제를 널리 하고자 애쓸 뿐인 신하, 이를 일컬어 국적國賊이라 한다.　　　[순자荀子]
- 자고로 죽음이라는 것은 누구에게나 있는 것이지만, 백성이 믿어주지 않으면 국가는 일어설 수가 없다.

[논어論語]

- 자기의 국토를 파괴하는 국가는 국가 자체를 멸망시킨다.

[Franklin D. Roosevelt]

- 지혜로써 법 어기기를 좋아하고, 때때로 공사公事에 사사로운 이해관계를 섞어 처리하며, 금령禁令을 변경하고, 명령을 자주 바꾸는 나라는 망할 것이다.　　　　[한비자韓非子]
- 큰 이익을 보고도 나아가지 않고, 환난의 발단을 알고도 이에 대비하지 않고, 전쟁과 수비에 관한 일을 천박하게 여기면서 인의人義로써 스스로를 장식하기에 힘쓰는 나라는 망할 것이다.　　[한비자韓非子]
- 한 나라를 세우는 데는 일천 년도 부족하지만, 그것을 무너뜨리는 데는 단 한 시간도 족하다.　[Byron]

| 국가의 발전發展 |

- 만일 왕께서 말씀하시기를, '어떻게 하면 나라를 이롭게 할까?' 하시면 대부大夫들은 '어떻게 하면 내 집을 이롭게 할까?' 하고, 관리나 서민들은 '어떻게 하면 내 몸을 이롭게 할까?' 라고 합니다. 이렇듯 상하가 모두 이익만을 추구한다면, 나라는 위태롭게 될 것입니다.　[맹자孟子]
- 왕업을 이룬 나라에서는 백성을 부

유하게 하고, 패업을 이룬 나라에서는 관리를 부유하게 하며, 간신히 명맥을 유지하는 나라에서는 겨우 위정자를 부유하게 하고, 망해 가는 나라에서는 오직 군주의 창고만 넉넉하다. 이른바 권세 있는 사람은 가득 차지만, 아랫사람은 물독 밑에 빠진 것처럼 되어, 그러한 나라는 환난이 생겨도 건질 길이 없다.

[위조자尉繚子]

● 우리는 모든 국가가 국가 자체의 이익에 따라 국가 정책을 결정한다는 사실을 인식해야 한다.

[John F. Kennedy]

● 우리들이 나라를 구출하고, 나라를 세우는 것은 흡사 목수가 집을 짓는 것과 같은 것이니, 다만 응용할 수 있는 재료만을 구하기만 하면 될 뿐 그것이 어디에서 왔는지는 상관없는 것이다.   [호적胡適]

● 잘 다스려진 나라는 부유하지만, 어지러운 나라는 반드시 빈궁하다.

[관자管子]

| 국가의 변화變化 |

● 나라에는 네 줄기가 있어 나라를 받들고 있으니, 한 줄기가 끊어지면 나라가 기울고, 두 줄기가 끊어지면 나라가 위태롭게 되며, 세 줄기가 끊어지면 나라가 엎어지고, 네 줄기가 끊어지면 나라는 멸망한다. 네 줄기란, 첫째 예禮를 말하고, 둘째 의義를 말하며, 셋째 염廉을 말하고, 넷째 치恥를 말한다. 예란 절도를 넘나지 않음이고, 의란 스스로 나서지 않음이며, 염이란 악을 감싸지 않음이고, 치란 사악함을 따르지 않음이다. 그러므로 사람들이 예를 지켜 절도를 넘나지 않으면 윗사람이 안존할 것이며, 자기만을 내세우는 일 없이 의를 지키면 백성들이 교사巧詐롭지 않을 것이며, 염직하여 자기 죄악을 감싸지 않으면 모든 행실이 저절로 온전하게 되며, 수치를 알아 사악함을 따르지 않으면 간사한 일이 일어나지 않을 것이다.

[관자管子]

● 한 나라의 청년기에는 군사軍事가 융성하고, 장년기에는 학문이 융성한다. 그런 다음 얼마간은 국사와 학문이 더불어 융성한다. 그러나 한 나라의 쇠퇴기衰退期에 들어가면 공예와 상업이 성하게 된다. 무기력한 평화平和 시대에 정신은 허약해지고 도덕은 퇴폐하게 된다.

[Francis Bacon]

| 국민國民 |

● 국민은 각기 자기 천직에 전력을 다

125

하는 것이 좋다. 이것이 조국에 보답하는 길이다. [Goethe]
- 국민은 좀처럼 두 번 용서하지 않는다. [J. K. Lavater]
- 국민을 신뢰하는 것은 진흙에 연못 만드는 것이나 마찬가지다.
  [Niccolo Machiavelli]
- 국민의 소리는 강력한 힘이다.
  [Aeschilus]
- 국민이 성에 차지 않더라도 국민을 지켜야 한다. [Napoleon 1]
- 그 나라는 혀를 가지고 있는 모든 국민에 의해서 지배된다. 거기에 진정한 민주주의는 존재한다.
  [Thomas Carlyle]
- 다루기 까다로운 짐승 셋이 있다. 부엉이와 뱀, 그리고 백성이다.
  [Demosthenes]
- 독일은 여행하기 위해, 이탈리아는 머무르기 위해, 영국은 사색하기 위해, 그리고 프랑스는 살기 위해 만들어졌다. [J. le R. D'Alenbert]
- 백성과 동물 무리는 벼랑 끝에서 두려움을 느끼지 않지만, 인간은 두려움을 느낀다. [Jean Paul]
- 백성, 불, 물은 결코 복종시킬 수 없는 불굴의 힘이다. [Phokylides]
- 백성은 따르게 할 수는 있지만 알게 할 수는 없다. [논어論語]
- 백성은 호의를 나타낼 뿐, 신뢰를

주는 일은 절대로 없다. [Rivarol]
- 백성이 진실은 거의 모르고 지어낸 것만 믿어야 할 때도 있다. [Montaigne]
- 영국 여자는 사랑에 미친다. 프랑스 여자는 사랑에 어리석다. 이탈리아 여자는 애인이 자신의 사랑을 증명하기 위해 범죄라도 저지르기 전까지 애인의 사랑을 믿지 못한다.
  [N. S. Chamfort]
- 영국인은 결코 행복하지 않고 늘 비참하며, 스코틀랜드인은 결코 늘 고향 없이 타향살이를 하며, 아일랜드인은 결코 평화롭지 않고 늘 전쟁터에 있다. [R. Waitley]
- 영국인은 사랑으로 사랑하고, 프랑스인은 사랑을 만든다. [S. G. Champion]
- 이탈리아인은 무사태평으로, 프랑스인은 상송으로, 독일인은 술로 근심을 달랜다. [G. Cahier]
- 정부가 국민보다 힘이 있고 국민보다 의지가 강할 수는 없습니다. 정부가 국민보다 더 끈질기게 일에 달라붙지는 못합니다. [Adlai Stevenson]
- 프랑스인은 보기보다 지혜롭고, 스페인은 실제보다 지혜로워 보인다.
  [Francis Bacon]
- 프랑스인은 잘못 노래하고도 제대로 했다고 생각하고, 영국인은 제대로 부르고도 잘못 불렀다고 생각한다. 이탈리아인은 아무 생각 없이

그저 노래할 뿐이다.

[Andre de Renier]

- 훌륭한 독일인은 프랑스인을 참을 수 없지만, 프랑스 포도주는 기꺼이 마신다. [Goethe]

| 국방 |

- 강력한 방어가 평화로 가는 가장 확실한 방법이다. [John F. Kenndy]
- 국방은 국가의 필수품이다.

[Thomas Woodrow Wilson]

- 국방은 궁극적인 공익이다.

[James R. Schlesinger]

- 국방은 도덕적 의무이다.

[Harry S. Truman]

- 국방은 연방정부의 첫 번째 의무이다. [John F. Kenndy]
- 국방은 정치가의 기본적인 의무 중 하나이다. [John Adams]
- 우리나라의 국방은 공동의 책임이다. [Barak Hussein Obama]
- 전장에서 이기는 유일한 방법은 전쟁을 막는 것이다. [George Marshall]

| 국시國是 |

- 무릇 나라에 국시國是가 있음은 배에 키가 있고 나침반에 지침이 있는 것 같아서, 열국의 진로를 결정한다.

[강유위康有爲]

- 아아, 슬프다. 국시國是가 정해지지 않으면 백성들의 마음이 흔들리기 쉽고, 대의병분大義名分이 바로잡히지 않으면 선정善政이 이루어지지 못한다. [이이]
- 정의는 국가의 덕목이 아니다.

[Corneille, Pierre]

- 정치가의 마음은 그의 머릿속에 있어야 한다. [Napoleon I]

| 군대軍隊 |

- 군대가 머문 땅에는 가시덤불만 자라난다. [노자老子]
- 군대는 뱀처럼 기어다닌다.

[Friedrich 대왕]

- 사자 한 마리가 있는 사슴 군대가 사슴 한 마리가 이끄는 사자 군대보다 훨씬 무섭다. [Gaburiasu]
- 지체들이 일단 휘어지면 몸이 무너지는 것은 시간문제다.

[Quintus Custius Rutus]

| 군인軍人 |

- 군인에게는 머스크향보다 화약 냄새가 더 잘 어울린다. [Cervantes]
- 군인은 사냥개처럼 공격하고, 늑대처럼 도망치며, 멧돼지처럼 빨리 해

야 한다.   [A. de Montreux]

- 군인은 죽음이 손에 맡겨졌다. 살기 위해 죽음으로 뛰어들어야 한다.
  [Menandros]
- 군인이라는 직업으로는 군인이 파괴하는 만큼의 재산도 모을 수 없다.
  [Vauvenargues]
- 무기를 든 남자만이 진정한 남자이다.   [Henrik Ibsen]
- 손으로 잡은 것은 목이 달아나게 한다.   [Bayard]
- 야심 없는 군인의 말(馬)에는 박차拍車가 없다.   [Francis Bacon]
- 어떤 것들은 병사들이 알아야 하지만, 어떤 것들은 병사들이 모르는 것이 적절하다.   [Tacitus]
- 자신의 정신을 수양하는 군인이 자신의 칼을 다듬는다.
  [Chevalier de Bouffler]
- 천국은 검의 그림자 아래에 있다.
  [Caliph Omar I]
- 평화로운 시기의 군인은 여름날의 굴뚝과 같다.   [William Cecil]

| 군자君子 |

- 군자가 가난하여 물질로서는 사람을 구할 수 없을지라도, 어리석게 방황하는 사람을 만나 일언으로서 끌어 올려 깨어나게 하고, 위급하고 곤란한 사람을 만나 일언으로써 풀어 구해준다면, 이 또한 무량의 공덕이다.   [채근담菜根譚]
- 군자가 경계해야 할 것이 세 가지 있느니라. 젊어서 혈기가 잡히지 않았을 때에는 여색女色을 삼가야 하고, 나이 들어 혈기가 왕성할 때에는 싸움을 삼가야 하며, 늙어서 혈기가 쇠했을 때에는 물욕을 삼가야 하느니라.   [공자孔子]
- 군자는 근본에 힘쓰니, 근본이 서면 도道가 생겨날 것이다.   [공자孔子]
- 군자는 나를 아는 사람을 위해 죽는다.   [사기史記]
- 군자는 의로 이해하고, 소인은 이익으로 이해한다.   [논어論語]
- 군자는 입이 무겁고, 실천에는 민첩敏捷하려 애쓴다.   [공자孔子]
- 군자는 자신에게서 구하고, 소인은 남에게서 구한다.   [논어論語]
- 군자는 작은 지식을 알지 못해도 큰일을 줄 수 있고, 소인은 큰일을 줄 수 없으나 작은 지식에는 밝을 수 있다.   [논어論語]
- 군자는 하늘을 원망하지 않고 사람을 탓하지 않는다.   [맹자孟子]
- 군자는 환난에 처해도 근심하지 않고, 즐거울 때를 당해도 근심하며, 권세 있는 사람을 만나도 두려워하지 않고, 의지 없는 사람을 대하면

안타까워한다. [채근담菜根譚]

- 군자의 마음은 항상 청천백일靑天白日처럼 한 점의 구름도 가려지지 않아야 한다. 누가 보아도 공명정대公明正大한 것이다. [채근담菜根譚]

- 군자의 사귐은 맑기가 물 같고, 소인의 사귐은 달기가 꿀 같으니라. [명심보감明心寶鑑]

- 덕이 높은 자는 덕을 행한다는 생각 없이도 덕을 행하고, 비천한 자는 일부러 덕을 행한다. [노자老子]

- 마땅히 굳세어야 할 것에 굳셈은 군자의 굳셈이요, 굳세지 말아야 할 것에 굳셈은 강자의 굳셈이다. [정여창]

- 말만 갖고 있는 자는 보리를 팔 수 없다. [Diogenes]

- 산이 높고 험한 곳에는 나무가 없으나 골짜기 감도는 곳에는 초목이 무성하다. 물살이 급한 곳에는 고기가 없으니, 못물이 고이면 어별魚鼈이 모여든다. 이로써 보면 너무 고상한 행동과 급격한 마음이란 군자가 깊이 경계할 바이다. [홍자성洪自誠]

- 선비가 세력을 의지하여 출세하면 끝이 있기 어렵고, 글과 행실로써 출세해야 경사가 있다. [최충]

- 소인을 대함에 있어 엄하기는 어렵지 않으나 미워하지 않기는 어려우며, 군자를 대함에 있어 공손하기는 어렵지 않으나 예禮를 지니기는 어려운 것이다. [홍자성洪自誠]

- 어떤 일을 할 때 소인은 반드시 이득을 얻으려 하지만, 군자는 의를 얻으려 한다. 얻으려 한다는 점은 같으나, 그 기대하는 바가 서로 다르다. [회남자淮南子]

- 자기 행동에 대해 염치를 알고, 외국에 사신으로 가서 임금의 명령을 욕되게 하지 않는다면 가히 선비라 할 수 있다. [논어論語]

- 잘 다스리는 임금과 뜻이 있는 선비는 군자 대접하기를 난초와 지초 사랑하듯 하며, 소인 피하기를 호랑이나 뱀을 피하듯 한다. [김시습]

- 정의를 바탕으로 삼고, 예의로써 행동하며, 겸손한 말로써 뜻을 나타내고, 신의信義로써 이利를 달성하는 사람이야말로 군자라 하겠다. [공자孔子]

- 탁월한 사람 중에는 대중이 이해하지 못하는 사람이 있다. 너무 높아서 범인凡人의 귀로는 들을 수 없는 음音과 같다. [Ralph Waldo Emerson]

| 군주君主 / 임금 |

- 구름은 용을 따르고, 바람은 범을 따른다. 진실로 훌륭한 임금이라

면, 반드시 훌륭한 신하가 있기 마련이다. [이이]

• 군주가 법 아래에 있는 것이 아니라 법이 군주아래에 있다. [C. S. Plinius]

• 군주는 덕이 없어서는 안 된다. 덕이 없으면 신하가 배반한다. 또 위엄이 없어서는 안 된다. 위엄이 없으면 군주로서의 권세를 잃을 것이다.

[삼략三略]

• 군주들은 도움받기를 원하면서도 자신을 능가하는 것은 원치 않는다.

[Balthasar Grasian]

• 군주들은 자신들이 하는 모든 것을 권장할 만한 것처럼 보이게 한다.

[Quintilianus]

• 군주를 가볍게 여기는 것은 사자를 가볍게 보는 것과 같다. 익살 하나가 되돌아와 난처하게 만든다.

[A. G. Oxenstjerna]

• 군주 아래에서 생기는 불이익은 군주와 거리를 두는 데에서 오는 이익과 상쇄된다. [Nichoras Sangfor]

• 군주에게 있지도 않은 덕을 칭찬하는 것은, 벌 잡을 짓도 하지 않았는데 모욕하는 것과 마찬가지다.

[La Rochefoucauld]

• 군주의 신뢰는 절대로 호의가 아니다. 책무다. [Balthasar Grasian]

• 군주제는 통치에 있어서 최악이 아니면 최선이다. [Voltaire]

• 대개 그 병에 따라 고치는 것이 훌륭한 의원이니, 병들지 않은 자는 고칠 필요가 없는 법이다. 어진 임금이 백성의 처지에 따라 다스려야 하는 것도 이와 같은 이치이다.

[김정국]

• 도리道理에 밝은 군주가 그 백성을 부릴 때는 먼저 친화親和를 도모한 다음에 대사大事를 시작한다.

[오자吳子]

• 독서라는 것이 가장 유익하며, 혹 글씨를 쓴다든지 글을 짓는 것은 임금으로서 유의할 필요가 없는 것이다.

[세종대왕]

• 만일 백성을 보호하려 한다면, 임금은 백성의 부모가 된 마음으로 그들을 사랑해야 한다. 대저 어린아이가 우물에 빠지면 비록 원수인 사람이라 할지라도 그 집을 멸망시켜 버리려는 의도가 아니라면 반드시 놀라 일어나 그를 구할 것이니, 하물며 그 부모의 마음은 어떻겠는가. 지금은 어린아이가 우물에 빠진 지 오래되었다. 쓸쓸히 여러 해가 지나도 이를 구해내려는 정치가 실시되지 못함은 임금에게 백성의 부모된 마음이 아직 지극하지 못하기 때문이다. [이이]

• 많은 군주들이 회개보다는 죄의 차원에서 다윗을 닮았다.

[Benjamin Franklin]

- 무릇 임금은 백성의 지지를 받지 못하는데, 신하가 백성의 지지를 얻거나 제왕의 세력은 작은데 제후의 세력이 크면 반드시 반역을 일으키게 된다. [관자管子]

- 밝은 임금이 위에 있으면 신하들은 사심을 버리고 공의公議를 행하게 된다. 반면, 어지러운 임금이 위에 있으면 신하들은 공의를 버리고 사심을 행사하게 된다. [한비자韓非子]

- 백성을 다스리는 임금은 마치 활 쏘는 사람과 같다. 내 손에서 털끝만큼만 빗나가도 자칫 몇 길이나 어긋나게 마련이다. [회남자淮南子]

- 선출이 아닌 세습으로 좋은 통치자를 만나는 것은 불가능에 가깝다. [Napoleon I]

- 스스로 나라 다스리는 수고로움을 싫어하여 여러 신하들을 부리고, 많은 정사政事들이 몰려 닥치는 것을 꺼린 나머지 권리를 신하들에게 옮겨주며, 사람을 죽이고 살리는 기틀과 벼슬이나 재물을 주고 뺏는 권리까지 모두 대신들에게 주게 되면, 이런 임금은 침해를 당하기 십상이다. [한비자韓非子]

- 예로부터 나라를 잘 다스리는 임금은 현재賢才를 가까이함은 물론이고, 선비의 기풍氣風을 바르게 함을

근본으로 삼지 않은 이가 없었다. [김인후]

- 옛날의 어진 임금들은 공적功績은 백성에게 돌리고, 실전失政은 자기에게 돌렸으며, 바른 것은 백성에게 돌리고, 그릇된 것은 자기에게 돌렸다. [장자莊子]

- 옛 성왕聖王들은 나라를 다스림에 있어서 하늘의 도에 순응하고 자연의 이치에 따랐으며, 백성 가운데 덕이 있는 자를 적재적소의 관직에 배치하여 대의명분을 세워 직무를 수행하게 하였다. [사마양저司馬穰苴]

- 오로지 두려운 일은 임금이 사욕私慾을 가지고 있는 것일 뿐이다. 진실로 임금에게 사욕이 없다면, 소인이 어찌 스스로 그 품속을 뚫고 들어갈 수 있으랴. [이이]

- 왕의 정교正敎가 밝으면 비록 풀 언덕에 땅을 그어 성城이라 해도 백성이 감히 넘지 못하고, 재앙을 씻어 복福이 될 것이다. 그러나 정교가 밝지 못하면 비록 장성長城이 있을지라도 재해災害를 없애지 못할 것이다. [삼국유사三國遺事]

- 왕이 백성을 다스릴 때 백성은 행복하다. [Homeros]

- 임금은 나라에 의지하고, 나라는 국민에게 의지한다. 그러므로 국민은 나라의 근본이요, 임금은 하늘이다.

[정도전]

- 임금은 배요, 백성은 물이다. 물은 배를 뜨게도 하지만, 또한 배를 엎어버리기도 한다. [순자荀子]

- 임금은 뿌리이고, 신하는 지엽枝葉이다. 뿌리가 좋지 못한데 지엽이 무성했다는 것은 들어보지 못했다.

[회남자淮南子]

- 임금은 위엄이 없음을 걱정 말고, 공정하지 않음을 걱정해야 한다. 공정하면 밝고, 밝으면 위엄이 그 가운데 있기 마련이다. [이이]

- 임금을 알려거든 먼저 그 신하를 보고, 그 사람을 알려거든 먼저 그 벗을 보며, 그 아버지를 알려거든 먼저 그 아들을 보라. 임금이 현성賢聖하면 그 신하가 충량하고, 아버지가 인자하면 그 아들이 효성스러운 법이다. [명심보감明心寶鑑]

- 임금의 지위는 지극히 존귀하고 지극히 높다. 존귀하기 때문에 그 책임이 몹시 중하여 가볍지 않고, 높기 때문에 그 형세가 몹시 위태하여 보전하기 어렵다. [정도전]

- 임금이 덕을 밝게 펴지 않고서 나라가 다스려지기를 원함은, 마치 배 없이 바다를 건너려 함과 같다. [조식]

- 임금이 되거든 오직 굽어볼 따름이요, 신하가 되거든 오직 침착할 따름이다. 굽어보되 멀리함이 없으며, 침착하되 숨김이 없어야 한다.

[강태공姜太公]

- 임금이 똑똑하지 못하면 나라는 위태롭고, 백성은 혼란하다. 임금이 어질고 훌륭하면 나라는 편안하고, 백성은 잘 다스려진다. 화와 복은 임금에게 달려 있지만, 하늘의 시운時運 또한 따라야 한다. [강태공姜太公]

- 임금이 백성들을 안락하게 해주지 않으면 백성들도 임금을 사랑하지 않고, 임금이 백성들을 잘 살게 해주지 않으면 백성도 나라를 위해 목숨을 내놓지 않는다. 갈 것이 가지 않으면 올 것도 오지 않는 법이다.

[관자管子]

- 임금이 백성을 다스리는 길에는 두 가지가 있다. 몸소 인의仁義의 도를 실천하고 백성을 사랑하는 어진 정치를 베풀어 천리天理의 정도를 다함을 왕도라 하며, 인의仁義의 이름을 빌려 권모의 정치를 베풀어 공리적公利的 사욕을 채움을 패도覇道라 한다. [이이]

- 임금이 백성을 안락하게 해 주지 않으면 백성도 임금을 사랑하지 않고, 임금이 백성을 잘 살게 해 주지 않으면 백성도 나라를 위해 목숨을 내놓지 않는다. 갈 것이 가지 않으면 올 것도 오지 않는 법이다. [관자管子]

- 임금이란 백성들의 선창자先唱者이

며, 윗사람은 아랫사람들의 표본이
다. 그들은 선창하는 것을 보고서
호응하며, 표본을 보고서 움직인다.
[순자荀子]

- 임금이 자신의 지위를 공공公共의
그릇으로 삼으면, 그 마음 씀이 두
루 미쳐 능히 그 혜택이 백성에게
미치게 된다. 그러나 만일 임금이
자신의 지위를 사유물로 삼으면 깨
닫지 못하는 가운데 저절로 사사로
운 욕심이 생겨, 스스로를 받들어
그 욕심 채움을 일삼게 된다. [권발]

- 정도正道로 다스리는 임금은 백성
을 부하게 하고, 나라를 망칠 임금
은 국고國庫만을 부하게 채운다.
[회남자淮南子]

- 정치를 어지럽히는 임금에는 세 가
지 유형이 있다. 안으로는 욕심이
일어나고, 밖으로는 유혹을 받아 백
성을 짜내어 자신을 받들게 하며, 충
신의 말을 물리치고 스스로 성군聖
君인 체하여 멸망의 구렁이로 빠지
는 자는 폭군暴君이다. 정치를 잘하
려는 뜻은 있으나 간신을 분간하는
총명이 없어 믿는 신하가 어질지 못
하고, 맡기는 자가 무능하여 패란을
자초하는 자는 혼군昏君이다. 나약
하고 주견이 없고 우유부단하여 하
루하루를 인습대로 꾸려나가 날이
갈수록 기울어져 가는 자는 용군庸

君이다. [이이]

- 제 명에 죽은 폭군은 행복한 폭군이
다. [Chilon]

- 제왕의 대청에는 사람들로 가득 찼
지만, 친구는 하나도 없다.
[LUcius Ammaeus Seneca]

- 제왕이란 사람들이 자신들의 평화
를 위해서 만든 것이다. 마치 한 가
정에서 누군가가 고기를 사 오라고
심부름시키는 것과 같다.
[John Selden]

- 조상들 중에 노예가 없었던 군주는
없고, 조상들 중에 군주가 없었던
노예는 없다. [Hellen A. Keller]

- 조정은 잘 꾸며져 있는데 논밭은 황
폐하고 창고는 텅 비었으며, 위정자
는 아름다운 옷을 입고 날카로운 칼
을 차며 음식에 배부르고 쓰고도 남
을 재물을 가지고 있다면, 이런 것
을 '도둑놈의 호강'이라고 한다.
도에 벗어난 일이 아니겠는가.
[노자老子]

- 진정한 군주의 가장 명백한 기준은
무엇일까? 그것은, 그의 생전은 물론
사후까지도 선량한 만백성이 양심
의 가책을 받지 않고 찬양할 수 있는
자라는 것이다. [D. Christodum]

- 천하는 군주 한 사람의 천하가 아니
라, 천하에 삶을 이어받은 만민의
천하이다. 그러한 천하의 이득을 천

하 만민과 함께 나누려는 마음을 가진 군주라야 천하를 얻을 수 있다.

[강태공姜太公]

● 최상의 제왕이 되면 백성은 그가 있는 것조차 의식하지 못한다. 그다음의 인물인 경우는 친근감을 느껴 칭송한다. 또 그다음의 인물인 경우는 이를 두려워하고, 다시 그다음 인물인 경우는 이를 업신여긴다.

[노자老子]

● 큰 원칙이 바르고 작은 원칙도 바르면 우수한 임금이요, 큰 원칙은 바르나 작은 원칙에 있어서는 한 가지가 옳고 한 가지가 그르다면 중간치 임금이다. 큰 원칙이 옳지 않다면, 작은 원칙들이 비록 옳다 하더라도 나는 그 밖의 것은 거들떠보지도 않겠다.

[공자孔子]

● 하늘이 만물을 다스림에 있어서 비와 이슬로 살리고, 서리와 눈으로써 이를 죽이되 인仁이 아닌 것이 없다. 어진 임금이 백성을 다스림에 있어서 덕과 예로써 이들을 기르고, 형벌로써 이들을 위협하되 교화 아닌 것이 없다.

[이언적]

| 군중群衆 |

● 군중은 무시해도 되는 판사와 같다.

[Goethe]

● 군중은 자신들의 판단에 비추어 좋아하는 것이 아니라, 단지 눈으로 좋아 보여서 좋아한다. [Shakespeare]

● 눈먼 대중보다 더 이해력 없으면서 자랑스러워하는 자들은 없다.

[Herodotos]

● 모두가 비슷한 생각을 한다는 것은, 아무도 생각하고 있지 않다는 것이다.

[Albert Einstein]

● 사람이 몰려다니는 곳으로 같이 다니면 먹을 것은 없고 발만 밟혀 아프다.

[Peter Lynch]

● 어떤 것이 그 자체로 수치스럽지 않다 해도 군중이 칭찬하면 수치스러워 보인다. [Marcus Tullius Cicero]

● 여러 사람의 마음은 속이지 못하고 공론公論은 막기 어렵다. 허위를 꾸민 자취는 어쩌다 한 사람의 마음을 기릴 수 있을지는 모르나, 뱃속이 들여다보여지는 것은 열 눈이 보는 바여서 도망하기가 어렵다. [이언적]

● 인간은 한 사람 한 사람 떼어 보면 모두 영리하고 분별이 있지만, 집단을 이루면 모두가 바보가 되고 만다.

[Friedrich Schiller]

● 인간은 혼자일 때는 교양 있는 개인일지 모르나 군중 속에서는 본능에 따라 행동하는 야만인일 뿐이다.

[Gustave Le Bon]

● 인생을 쉽게, 그리고 안락하게 보내

고 싶은가? 그렇다면 무리 짓지 않고서는 한시도 견디지 못하는 사람들 속에 섞여 있으면 된다. 언제나 군중과 함께 있으면서 끝내 자신이라는 존재를 잊고 살아가면 된다.

[Friedrich Nietzsche]

| 굴욕屈辱 |

● 굴욕을 원하는 자에게 굴욕을 주지 말라.　　　　[A. R. J. Turgot]
● 남이 당신에게 창피를 주도록 해서는 안 된다. 그러나 당신이 스스로에게 창피를 주는 겸손함은 칭찬받아 마땅한 일이다. [La Rochefoucauld]
● 커다란 굴욕은 가라앉히지 못한다. 잊을 뿐이다.　　　[Vauvenargues]

| 굶주림 / 궁핍窮乏 |

● 궁핍은 영혼과 정신의 힘을 낳는다. 불행은 위대한 인물의 좋은 유모가 된다.　　　　[Victor M. Hugo]
● 굶주린 자가 가는 길 위에 서 있지 말라.　　　　[Theokritos]
● 굶주린 자는 달게 먹고, 목마른 자는 달게 마신다. 이것은 음식의 정당한 맛을 안 것이 아니라 굶주림과 목마름이 그를 해친 것이다. 그러나 어찌 입이나 배에만 굶주림과 목마름

의 해가 있으랴. 사람의 마음에도 그러한 해는 있느니라.　　[맹자孟子]
● 굶주림은 굶주림을 제외한 모든 것을 맛있게 만든다.　　[Menandros]
● 굶주림이 군림하면 힘은 추방당한다.
[F. Rabelais]
● 기아飢餓와 맞싸울 수 있는 공포는 없다. 기아를 참아낼 수 있는 인내도 없다. 무엇을 바라는 간절함도 기아가 있는 곳에서는 존재하지 못한다. 그 속에서는 미신, 신앙, 그리고 원리라고 부를 수 있는 모든 것이 바람에 날리는 쓰레기에 지나지 않기 때문이다.　　　[J. Conrad]
● 나는 굶주림만 아니라면 무엇과도 싸울 준비가 되어 있다.　[Plautus]
● 배고픈 사람은 소스의 간을 맛보지 못한다.　　　　[Socrates]
● 배고픈 상태로 일에 몰두해서는 안 된다.　　　　[Hipocrates]
● 배고픔은 친구도 못 알아본다.
[Daniel Defoe]
● 배고픔은 훌륭한 저녁 식사에 나오는 첫 번째 요리이다. [P. J. Leroux]
● 배와 말을 하는 것은 어렵다. 배에는 귀가 없기 때문이다. 배에는 아무것도 들리지 않는다.　　[M. P. Cato]

| 권고勸告 / 권면勸勉 |

● 어드바이스를 하게 될 때 나는 가능

하면 짧게 하라고 어드바이스한다.

[Horatius]

| 권력權力 |

- 가장 높은 지위에 있는 사람들과 가장 큰 권력을 쥔 사람들이 가장 자유가 없다. 가장 많이 관찰되기 때문이다. [J. Tillertson]
- 강자란 자기 자신에게 권력을 휘두르는 사람이다. [L. A. Seneca]
- 국민이 권력자의 도구가 되지 않으려거든 국민의 항거는 계속되어야 한다. [이태영]
- 권력, 그 밖에 무엇이든 그런 것에 대한 욕망은 채우는 것이 좋다. 욕망을 채워버리면, 그것이 모두 하잘 것없는 것임을 알 것이다.

[Vivekananda]

- 권력에 대한 갈증은 모든 야망 중에서도 가장 흉악한 야망이다. [Tacitus]
- 권력으로 사귀는 자는 권리가 없어지면 멀어지기 마련이다. [사기史記]
- 권력은 결코 뒷걸음질을 하지 않는다. 오직 더 큰 권력으로 향할 뿐이다.

[Malcolm X.]

- 권력은 권력자의 검劍이고, 의무는 약자의 방패다. [Henri Lacordaire]
- 권력은 누가 행사하든 그 자체가 악이다. [Jacob C. Burkhardt]

- 권력은 독이다. [Henry Adams]
- 권력은 부패하는 경향이 있고 절대 권력은 반드시 부패한다.

[John Dalberg Acton]

- 권력은 언제나 위험하다. 권력은 죄악을 끌어들이고 최고를 타락시킨다. [Edward Paul Abbey]
- 권력은 항상 많은 사람에게서 훔쳐서 몇 사람에게 갖다 준다.

[William Phillips]

- 권력을 다 행사해서는 안 되며, 둘째는 복을 다 누려서는 안 되며, 셋째는 규율을 다 시행해서는 안 되며, 넷째는 좋은 말을 다 해서는 안 된다.

[경세통언警世通言]

- 권력을 잡고 있는 자는 혐의를 받기 쉽고, 물러난 자는 명성을 얻기 쉽다.

[유우석劉禹錫]

- 권력의 본래의 뜻은 보호하는 데 있다. [Pascal]
- 권력의 본질적 내용은 가능한 한 많은 숫자의 사람들보다 더 오래 살아남으려는 욕망인 것이다.

[Elias Canetti]

- 권력의 불평등이 있는 곳에서는 어디서나, 자존심은 타인의 지배에 굴복하고 있는 사람들 사이에는 찾아질 것 같지 않다. [Bertrant Russell]
- 권력의 정상에 올라간 사람은 더 위를 우러러보지 않으며 주변을 살펴

기 시작한다. [John Ronald Royal]

- 권력의 증가는 재화의 증가를 낳는다. [William Cowper]
- 권력이나 모략을 얻은 부귀나 명예라면 꽃병에 꽂아놓은 꽃과 같다. 뿌리가 없으니 얼마 가지 않아 시들어버린다. [채근담菜根譚]
- 권력이란 그것을 어떻게 무책임하게 남용하지 않고 책임감 있게 사용할 수 있는지―권력자가 대중을 이용하기보다는 대중을 위하여 살게 할 것인가의 문제이다.
  [John F. Kennedy]
- 권력이란 일시 남에게서 빌려 입은 옷과 같은 것이고, 주인은 어디까지나 자기 자신이어야 할 것이지만, 그는 자기를 상실한 채 순전히 권력의 허깨비로만 살다가 세상을 떠난 것이다. [정비석]
- 권력이 커지면 커질수록 그 남용은 더욱 위험해진다. [Edmund Burke]
- 권력자에게 불평을 늘어놓는 것보다 멀리 떨어져 있는 편이 이익일 때가 있다. [La Bruyere]
- 권위주의의 권력이 그 권위를 주장할 때, 그것은 대체로 통제력을 잃었다는 것을 권력 자체가 느끼고 있다는 표시다. [Arnold Toynbee]
- 나는 권력과 지위가 탐난다. 행동이 전부며 영광은 아무것도 아니다.
  [Goethe]
- 나는 의연히 진리, 사랑, 관용, 온후, 친절이 온갖 권력에게 승리하는 권력이라고 확신하고 있다.
  [Albert Schweitzer]
- 남성과 여성이 정치권력을 함께 담당했던 적은 한 번도 없었다. 따라서 여자는 남자의 동등한 권리를 갖지 못하며, 여자가 남자보다 열등하다는 것은 당연하다고 주저 없이 주장할 수 있게 된다. 결론적으로 남자가 여성에 의해 지배된다는 것은 불가능한 일이다.
  [Friedrich Nietzsche]
- 모든 권력은 인민에게 속한다.
  [Thomas Jefferson]
- 모든 사람이 모두 똑같이 권력을 가지고 있다고는 할 수 없다. 그러나 그들은 모두 똑같이 자유로워야 한다.
  [Voltaire]
- 무제한의 권력은 지배자를 타락시킨다. [William Pitt]
- 문명국의 첫 번째 원칙은, 권력은 계약에 의해서만 정당하다는 것입니다. 그랬을 때 비로소 우리는 권력이 정식으로 성립되었다고 합니다.
  [Walter Lippmann]
- 부와 권력을 쫓다 실패하는 자는 정직도 용기도 오래가지 못한다.
  [Samuel Johnson]

- 사랑이 없는 권력은 나라의 쇠운을 재촉한다.   [Byron]
- 산봉우리는 바람에 불리어 없어진다.   [Oviddius]
- 생물이 존재하는 곳에 모든 권력에 대한 욕구가 있다.
                    [Friedrich Nietzsche]
- 소년은 모든 권력을 적으로 간주한다.   [Henry Adams]
- 왕관을 쓴 머리는 언제나 편안히 잠드는 법이 없다.   [Shakespeare]
- 이성적인 인간이 어떻게 타인에게 권력을 행사함으로써 자신이 행복할 수 있다고 생각하는지, 나는 도저히 이해할 수가 없습니다.
                    [Thomas Jefferson]
- 인간은 자기 자신을 사랑한다. 권력을 구하는 것도 쾌락에 대한 사랑으로부터이다.   [Claud A. Helvetius]
- 인간을 부패하게 하는 것은 권력과 돈과 그리고 명성이다.   [이어령]
- 일부의 위선적인 대신大臣들이 무어라 말하든 권력은 쾌락 중에서 제일가는 것이다.   [Stendahl]
- 자비가 정의를 완화할 때 지상의 권력은 나의 권력과 비슷해지게 된다.
                    [Shakespeare]
- 재능에 따라 사람을 등용함은 나라의 큰 권력이며, 치적을 따져서 승진시킴은 관리를 취급하는 법도이다.

[소철蘇轍]
- 재산을 얻기 위하여 덕을 팔지 말고, 권력을 얻기 위하여 자유를 팔지 말라.   [Benjamin Franllin]
- 정치 권력을 결정하는 것은 경제 권력이다. 그리고 정부는 경제 권력의 정부 관료가 되는 것이다.
                    [Jose de Saramago]
- 죄를 지으며 빼앗은 권력이 선한 목적으로 사용된 적은 한 번도 없다.
                    [Tacitus]
- 최강자의 이유는 항상 최선의 이유이다.   [La Fontaine]
- 큰 권력을 가진 자는 그 권력을 가볍게 사용해야만 한다.   [Seneca]
- 혁명에 있어서 최고의 권력은 많은 무뢰한의 수중에 맡겨져 있다.
                    [Georges Danton]
- 힘에 의해서만 유지되는 권력은, 때로 공포에 떨 것이다.   [L. Kossuth]

| 권리權利 |

- 권리는 그것을 지킬 용기가 있는 자에게만 주어진다.
                    [Roger Nash Baldwin]
- 권리를 용감하게 주장하는 자가 권리를 갖는다.   [John Ronald Royal]
- 권리의 진정한 연원은 의무이다.
                    [Gandhi]

- 나는 모든 권리에는 의무가, 모든 기회에는 부담이, 모든 소유에는 책무가 따른다고 믿는다.

  [John D. Rockefeller]
- 시민의 불복종은 시민의 타고난 권리이다. [Gandhi]

| 권세權勢 |

- 권세 표시는 신과 인간을 굴복시킨다. [Herakleitos]
- 권세가 본디 흉한 것은 아니지만 고관들의 재앙은 이 권세에서 많이 나온다. 보옥寶玉이 본디 나쁜 것은 아니건만 일반 사람들의 재앙은 보옥에서 많이 나온다. [이지함]
- 권세가 있으면 비록 작은 관리라도 부富하게 되는데, 이것은 뇌물 때문이다. 권세가 없으면 비록 대신이라도 다만 규정된 녹봉만 바랄 뿐이므로, 이것으로는 애초부터 처자를 부양하기에도 부족하다. [박제가]
- 권세에는 세 가지 이점이 있다. 선행을 할 수 있고, 위대한 자와 가까이할 수 있고, 재산을 올릴 수 있다.

  [Francis Bacon]
- 권세와 공명은 누구라도 탐내는 것이며 영화는 모두가 부러워한다. 그러니 이런 것에 마음을 두지 않는 사람은 결백한 사람이다. 또 권모술수는 세상을 속이고 사람을 농락하는 것으로, 이것을 알면서도 마음속에 두지 않는 사람은 고상한 사람이다. 그러므로 이런 사람들은 진흙 속에서도 진흙물에 물들지 않는 아름다운 연꽃과 같다. [채근담菜根譚]
- 권세와 명리의 시끄러움은 애당초 이를 가까이하지 않은 자가 깨끗하지만, 이를 가까이하고서도 물들지 않는 이가 더욱 깨끗하다. 권모의 술수는 애당초 이를 모르는 이가 높다고 하겠으나, 이를 알고서도 쓰지 않는 이가 더욱 높다 하겠다.

  [홍자성洪自誠]
- 권세와 안락함은 한 침대에서 자지 않는다. [Jeremiah Clarke]
- 도덕을 지키며 사는 사람은 일시적으로 적막할 따름이지만, 권세에 의지하고 아부하는 자는 만고에 처량하다. [채근담菜根譚]
- 명예와 권세를 맞바꾸는 자들이 있다. [Alphonse Karr]
- 복록福祿이 있다고 다 누리지 마라. 복록이 다하면 몸이 빈궁해지리라. 세력을 지녔다고 마구 부리지 마라. 세력이 다하면 원한에 찬 사람과 만난다. 복록이 있거든 항상 스스로 공손 하라. 인생에 있어 교만과 사치는, 처음은 있으나 나중은 없다.

  [명심보감明心寶鑑]

- 부귀는 날개가 달렸고 권세는 어느 날 밤의 꿈이다. [W. Cooper]
- 세상 사람들은 세력에는 몰려들고, 명예와 이익은 함께 도모한다. 그러나 모여드는 사람이 많으면 세력이 갈라지고, 함께 도모하는 자가 많으면 명예와 이익도 헛수고가 된다. [박지원]
- 일이 성사되는 것은 도리에 달린 것이지 권세에 달린 것이 아니다. [소식蘇軾]

| 권위權威 |

- 국가가 그 권위에 대한 비판을 어느 정도 허용하느냐가 그 국가가 사회의 충성심을 어느 정도 장악하고 있느냐 하는 가장 확실한 지표이다. [Harold Joseph Laski]
- 권위란 어떤 사람이 다른 사람을 좀 더 우월한 자로 보는 인간관계와 관련이 있다. [Erich Fromm]
- 권위 없이는 인간은 존재할 수 없다. 그러나 권위는 진리와 마찬가지로 오류를 수반한다. [Goethe]
- 우리들은 권위를 믿는 것이지, 그것에 의해서 이해하는 것은 아니다. [Francis Bacon]
- 우리의 국가는 방종 없는 자유와 전제 없는 권위를 가지고 있다. [James Gabons]
- 이성理性만이 문제가 되는 곳에서 권위를 절대 사용하지 말라. [Voltaire]
- 촉력이 촉군을 만들고, 부드러운 권위는 대왕을 만든다. [Buffon]

| 권태倦怠 |

- 권태는 게으름을 통하여 세상에 들어왔다. [La Bruyere]
- 권태는 게으름의 결과이기 때문에 사람이 지루해하는 것은 허용되지 않는다. [A. G. Oxenstjerna]
- 권태는 단조로운 일상을 만든다. [Antoine H. de La Motte]
- 권태는 도덕가의 가장 큰 문젯거리. 인류가 저지르는 범죄의 적어도 절반 이상이 권태에 대한 두려움에서 빚어지기 때문이다. [B. Russell]
- 권태는 잡초이나 상황을 잘 받아들이게 해 주는 향신료이기도 하다. [Goethe]
- 권태는 탐욕보다 더 많은 노름꾼을 만들고, 갈증보다 많은 술꾼을 만들며, 절망보다 더 많은 자살을 낳는다. [C. C. Colton]
- 권태라는 병의 치료 약은 일이다. [G. de Ravy]
- 우리는 사랑에 싫증이 나면 상대방이 불성실해지기를 기다린다. 이편

에서도 절조에서 해방되고 싶기 때문이다. [La Rochefoucauld]

- 우리를 지루하게 만드는 이들은 곧잘 용서하지만, 우리가 싫증난 이들은 용서할 수 없다. [La Rochefoucauld]
- 인간에게 권태보다 더 견디기 힘든 것은 없다. [Pascal]
- 자기 자신과 살아가는 법을 아는 자는 지루함을 모른다. [Erasmus]
- 즐거움이 아니라 권태로움이 방탕의 어머니이다. [Nietzsche]

| 귀족貴族 |

- 가장 고결한 한 사람이 만 명의 값어치를 한다. [Heracleitos]
- 고결한 사람이란 덕이 높은 사람이다. [Antisthenes]
- 귀족들은 책과도 같다. 이 세상에는 제목만 번듯한 책들이 넘쳐난다. [쇼보 드 보쉘]
- 귀족이 뿌리보다 잔가지를 더 돌아보았으면 지금까지 잔존하고 있을지 모른다. [Napoleon I]
- 노블레스 오블리제Noblesse Oblige. (고귀한 신분을 가진 자는 책임이 있다.) [G. de Ravy]
- 대단한 명성을 얻은 사람이 그것을 유지할 줄 모르면, 그의 신망은 올라가기는커녕 오히려 낮아진다.

[La Rochefoucauld]

- 덕이 없으면 귀족도 아무것도 아니다. [J. B. P. Molier]
- 사람의 배(음경)가 귀족을 만든다. [J. B. P. Molier]
- 인간을 고상하게 만드는 것은 선행이다. 각자가 선행을 베푼 만큼 고결한 사람이 된다. [Cesar Hudin]
- 진정한 고결함은 태어날 때 주어지는 것이 아니라 살아가면서 얻게 되는 것이다. [Busse, Guilaume]

| 귀중한 것 |

- 노고勞苦 없이 살 수 있는 귀중한 것이란 하나도 없다. [J. Adison]

| 귀함과 천함 |

- 귀한 자는 그 자체로써 귀한 것이 아니라 천한 자가 그 근본이 되어 있는 것이며, 높은 사람은 그 자체로서 높은 것이 아니라 낮은 자가 그 근본이 되어 있는 것이다. 그러기에 고위한 왕후가 스스로를 고孤 · 과寡 · 불곡不穀이라 부르는 것은, 자기가 천한 것으로써 근본으로 삼고 있다는 증거가 아닌가. [노자老子]
- 나를 귀하게 여김으로 인해서 남을 천하게 여기지 말고, 자기가 크다고

하여 남이 작다고 업신여기지 마라.

[명심보감明心寶鑑]

● 무릇 명경明鏡은 모습을 비추어 보기에는 편리하지만 밥을 담기에는 도시락만 못하고, 한 털 한색의 순수한 소는 묘당에 제물로 올리기에는 좋으나 기우제에서 비를 내리게 하는 데는 검은 뱀만 못하다. 이렇게 볼 때 모든 물건에는 귀천의 차이가 있을 수 없다. 무엇이건 귀한 점을 따라 귀하게 여기면 귀하지 않은 것이 없으며, 천한 점을 따서 천하게 여기면 천하지 않은 것이 없다.

[회남자淮南子]

| 규칙規則 |

● 규칙과 교훈은 자연적인 포용력이 없으면 무가치하다.　　[Quintilianus]
● 너무 엄격한 규칙에 따라 건강을 지키는 것은 심각한 병이다.

[La Lochefoucauld]

● 약간의 예외도 허용되지 않는 규칙은 일반적일 수 없다.　　[R. Burton]
● 인간은 인생의 방향을 결정할 규칙을 가지고 있어야 한다.

[John Wayne]

● 행동에는 결과가 따른다. 이것이 삶의 첫 번째 규칙이다. 두 번째 규칙은 이렇다. 자신의 행동에 책임이

있는 유일한 사람은 바로 자기 자신이다.　　　　　　　　[Holly Lisle]
● 행동할 때는 규칙에 맞게 해야 하고, 판단할 때는 예외를 고려해야 한다.　　　　　　[Joseph Joubert]

| 균형 |

● 내가 꿈꾸는 것은 바로 균형의 예술이다.　　　　　　[Henry Matisse]
● 우리 스스로를 자세히 들여다보면 완벽한 균형을 찾을 수 있다. 탄생과 삶, 그리고 죽음의 사이클을 두려워할 필요는 없다. 현실을 살고 있는 지금, 이 순간 당신은 영원이므로.　　　　　　[Rodney Yee]
● 음식은 균형 잡힌 식단의 중요한 부분을 차지한다. [Frencis Rebowitz]
● 인생은 자전거를 타는 것과 같다. 균형을 잡으려면 움직여야 한다.

[Albert Eistein]

| 그릇 / 용기容器 |

● 그릇이 크고 작음에 따라 받아들임이 많기도 하고 적기도 하며, 그릇이 깨끗하고 더러움에 따라 받아들임이 맑기도 하고 더럽기도 하다.

[유숭조]

| 그리움 / 사모思慕 |

- '그다지 고통스럽지도 않아. 저 노랫소리가 아름다워…. 들린다, 들린다, 그 많은 노랫소리 가운데 어머니 목소리가 들린다.'　[Louis ⅩⅦ]
- 그리움, 그건 떠나있어야 더욱 절실해지는 법이다.　[오소백]
- 그리움을 지닌다는 것은 옷자락에 배어있는 땟자국 같은 것은 아닐는지, 아무리 빨고 헹구어도 말끔히 지워지지 않는 땟자국, 어려서부터 알게 모르게 몸과 마음에 배어 있는 생활의 자취들이 불현듯 그리움으로 나타날 때 그를 가리켜 향수鄕愁의 조각이라 할까.　[송지영]
- 사람을 떠나보낸 지 오래될수록 그 사람과 그리운 정은 점점 깊어지게 된다.　[장자莊子]
- 사람을 만난다는 것처럼 반가운 일은 없다. 누군가를 만나고 싶은 그리움을 간직하고 살아간다면 그 사람은 행복한 사람이다.　[오화섭]
- 상봉은 그릴 때마다 짧고 짧아서, 한 번 만남은 한 번의 괴로움이네.　[주자지周紫芝]
- 우리가 쫓겨나지 않을 유일한 낙원은 그리움이다.　[Jean Paul]
- 우선 자태에 즐거움을 느끼지 않으면 어떤 사람이든 간에 연애는 하지 못한다. 그렇지만 다른 사람의 모습을 보고 기쁨을 느낀다고 해서 꼭 그가 연애를 하고 있다는 것은 아니다. 다만 혼자 있을 때에도 상대를 그리워하여, 그 사람이 자기 옆에 앉아 있을 때를 그리워해서 못 견디는 경우에만 연애를 하고 있는 것이다.　[Aristoteles]
- 원컨대 백조라도 되어서 고향으로 날아가고 싶구나.　[고시원古詩源]
- 임 그리는 마음 꽃과 다투어 피지를 말라. 한 가닥 그리움은 한 줌의 재가 되리니.　[이상은李商隱]
- 집식구 그리워 이른 새벽 달빛 밝은데 서있고, 동생을 그리며 한낮에도 구름 보며 잠을 잔다.　[두보杜甫]
- 천애지각天涯地角도 끝이 있으련만 상상相思의 정만은 끝이 없다.　[안수晏殊]
- 향수는 현실에서 멀리 떨어져 있을수록 아름답게 보인다. 먼 데서 쳐다봐야 한층 더 붉게 보이는 단풍과도 같다.　[이어령]

| 그림 |

- 그림에 있어서는 먼저 밑그림을 잘 그려야 하고, 색을 입히는 것은 그 뒤에 하는 일이다. 밑그림을 그리는 것은 눈에 띄지 않는 작업이다.

그러나 단단한 밑그림 없이는 훌륭한 그림을 그릴 수 없다. 그와 마찬가지로 몸을 장식하는 것보다는 수양에 힘써서 마음의 진실을 근본으로 삼아야 한다.　　[논어論語]

● 그림은 무언無言의 시이다.
　　[Simonides]

● 그림을 그리고 있으면 늙는 것을 잊게 된다. 부富와 귀貴 같은 것은 내게 있어서는 뜬구름 같은 것이다.
　　[고문진보古文眞寶]

● 그림이란 얼마나 허무한가! 그림은 우리가 조금도 찬양하지 않는 것들을 모사하여 우리의 감탄을 자아낸다.
　　[Pascal]

● 화가와 시인은 무엇이든지 시도할 수 있는 특권이 있다.　　[Horatius]

● 회화를 비난하는 것은 자연을 비난하는 것이다.　　[Leonard da vinci]

● 훌륭한 그림은 훌륭한 요리와도 같아서, 맛볼 수는 있어도 설명할 수는 없다.　　[M. D. Vlamink]

| 극단極端 |

● 견줄만한 것을 지닌 것은 결코 극단적이지 않다.　　[Montaigne]

● 극단은 또 다른 극단을 낳는다.
　　[Samuel Richardson]

● 극단을 피하라. 그리고 너무 즐거워하지 않거나 지나치게 즐거워하는 자들이 가진 결점을 피하라.
　　[Alexander Pope]

● 극단적인 것은 늘 난감하지만 필요할 때는 현명한 수단이 된다.
　　[Cardinal de Retz]

● 극단적인 모든 것은, 극단적인 해결책을 요구한다.　　[레어널 신부]

● 동쪽에서 너무 멀어지면 서쪽이 된다.　　[노자老子]

● 양극은 서로 닿아있다.　　[Pascal]

● 원의 시작과 끝은 동일하다.
　　[Herakleitos]

| 근로勤勞 |

● 인간의 근로에는 일정한 조건이 있다. 그 하나는 다음과 같은 것으로 성립된다. 우리들의 목적이 먼 곳에 있으면 있을수록 그리고 우리들의, 자기의 근로의 결과를 보고 싶다는 생각이 적으면 적을수록 우리들의 성공의 정도는 더욱더 크고 넓은 것으로 성립되고 있는 것이다.
　　[J. Ruskin]

| 근면勤勉 |

● 근면은 덕과 의로운 일을 부지런히 한다는 말인데, 어떤 사람은 다만 근

면을 가리켜 빈곤을 구제하고 재물을 모으는 수단으로 아는 수가 있다.

[채근담菜根譚]

- 근면은 사업의 정수이며, 번영의 열쇠다. [Charles Dickins]
- 근면은 행운의 어머니이다. 반대로 게으름은, 인간을 그가 바라는 어떤 목표에도 결코 데려다 주지 않는다. [Cervantes]
- 근면함은 값을 따질 수 없는 보배요, 신중함은 자신을 지키는 부적符籍이다. [명심보감明心寶鑑]
- 나의 성공은 나의 근면함에 있었다. 나는 평생 동안 단 한 조각의 빵도 결코 앉아서 먹지 않았다. [Webster]
- 너희들이 큰 재주를 가졌다면, 근면은 너희들의 재주를 더 낫게 해줄 것이다. 그러나 보통 능력밖에 없다면, 근면은 너희들의 부족함을 보충해 줄 것이다. [J. Reynolds]
- 모든 것은 부지런함의 노예다. [Menandros]
- 부지런한 사람의 손은 모든 것을 주물러 황금으로 변하게 하는 재주를 가지고 있다. 그것은 마치 자애로운 어머니의 손이 상처의 아픔을 덜어 주는 것과 같은 위대한 힘과 같다. [Longfeed]
- 부지런함에도 의義와 이利의 구별이 있다. 닭이 울 때 부지런하기로

는 순임금이나 도적이나 한 가지이기 때문이다. [이곡]
- 부지런함은 행운의 어머니이다. [Cervantes]
- 사람은 부지런하면 생각하고, 생각하면 착한 마음이 일어난다. 놀면 음탕하고, 음탕하면 착함을 잊으며, 착함을 잊으면 악한 마음이 생긴다. [소학小學]
- 세상은 잡화 상점과 같아서 물건을 산더미처럼 가지고 있으나, 그것은 노동과 교환하여 팔고 근면에 의해서만 살 수 있다. [Logau]
- 세상의 일이 부지런하면 다스려지고, 부지런하지 못하면 버려지는 것은 필연의 이치이다. [정도전]
- 예민한 두뇌와 근면한 손을 가진 사람은 도처에 금화가 있다. [Cecil John Rhodes]
- 일이 뜻대로 되지 않을 때는, 나보다 못한 사람을 생각하라. 원망하고 탓하는 마음이 저절로 사라진다. 마음이 게을러지거든, 나보다 나은 사람을 생각하라. 저절로 분발해진다. [홍자성洪自誠]
- 일찍 일어나는 새가 벌레를 많이 잡는다. [W. Camden]
- 정성 들여 부지런히 땅에 씨 뿌리는 자가 수천 번 기도하여 얻은 것보다 더 풍성한 종교적 결실을 얻는다.

145

- 조석반朝夕飯의 이르고 늦음을 보아, 그 집의 흥하고 쇠함을 점칠 수 있다. [명심보감明心寶鑑]
- 큰 부자는 하늘에 달려 있고, 작은 부자는 부지런함에 달려 있다. [명심보감明心寶鑑]
- 큰 재주를 가졌다면 근면은 그 재주를 더 낫게 해 줄 것이며 보통의 능력 밖에 없다면 근면은 그 부족함을 보충해 줄 것이다. [J. Reynolds]
- 한갓 임금이 부지런한 줄만 알고 부지런해야 할 바를 알지 못하면, 그 부지런함은 번거롭고 자질구레한 것을 심하게 살피는 데로 흘러서 보잘것없게 된다. [정도전]

| 근본根本 |

- 군자는 전쟁을 함에 있어서 포진법布陣法이 있다고는 하지만, 용기를 가장 근본으로 삼는다. 상喪을 치름에는 예가 있다고는 하지만, 슬픔을 가장 근본으로 삼는다. 선비에게는 학문이 있다고는 하지만, 실천을 가장 근본으로 삼는다. 그러므로 근본이 안정되게 놓이지 않은 자는 말단적인 결과를 풍성히 하려 들어서는 안 된다. [묵자墨子]
- 근본을 찾지 않고 그 상相에 집착하여 바깥만을 구한다면, 지혜 있는 사람들의 비웃음을 살 것이다. [지눌]
- 근본이 견고하지 못한 자는 종말에는 반드시 위태로워질 것이다. 용감하면서도 몸을 닦지 않는 자는 그 뒤에는 반드시 태만해질 것이다. 근원이 흐리면 그 흐름이 맑지 않다. [묵자墨子]
- 근원이 깊어야 강물이 흐르고, 물이 흘러야 물고기가 생기며, 뿌리가 깊어야 나무가 잘 자라고, 나무가 자라야 열매를 맺는다. [강태공姜太公]
- 만 가지 이치, 하나의 근원은 단번에 깨쳐지는 것이 아니므로 참마음, 진실한 본체는 애써 연구하는 데 있다. [이황]
- 뿌리 깊은 나무는 바람에 아니 움직일세. 꽃 좋고 열매도 많네. 샘이 깊은 물은 가뭄에 아니 그칠세. 내가 되어 바다에 이르네. [용비어천가龍飛御天歌]
- 사물에는 근본과 말단이 있고, 일에는 끝과 처음이 있다. 선후를 가려 행할 줄 알면, 도道에 가까워지느니라. [공자孔子]
- 입신立身함에 의義가 있으니 효도가 근본이요, 상제喪祭에 예禮가 있으니 슬퍼함이 근본이다. 전진戰陣에 질서가 있으니 용기가 근본이요, 왕위에 도道가 있으니 계승이 근본이다.

재물을 생산함에도 시기가 있으니 노력이 그 근본이 된다. [공자孔子]

- 천하는 국가의 근본이고, 국가는 고을의 근본이며, 고을은 집의 근본이고, 집은 사람의 근본이며, 사람은 몸의 근본이고, 몸은 다스림의 근본이다. [관자管子]
- 푯대가 바르면 그림자가 곧고, 물의 근원이 탁하면 흐름이 더럽다. [이언적]
- 푸른 물감은 쪽 풀에서 취한 것이지만 쪽보다 더 푸르고, 얼음은 물에서 이루어진 것이지만 물보다 더 차다. [순자荀子]

| 근심 |

- 군자는 마음이 편안하고 차분하나, 소인은 항상 근심하고 걱정한다. [공자孔子]
- 근심 걱정을 치료하는 데는 위스키보다 일이 낫다. [Thomas Edison]
- 근심을 감추시오. 누군가에게 근심을 털어놓는다면, 그 사람은 근심을 더욱 키우기만 할 것이오. [Benjamin Franklin]
- 돼지의 일생은 짧고 즐겁다. [Socrates]
- 멀리 내다보지 않으면 가까운 곳에 반드시 근심이 있다. [공자孔子]

- 불길한 걱정은 말에 올라탄 기사의 뒤에 있다. [Horatius]
- 사람은 날 때부터 근심이 뒤따르기 마련이다. 그러므로 사람은 항상 멀리서부터 조심하지 않으면 가까이에서 근심이 닥치는 법이다. [기어]
- 소우小雨가 늘 때마다 근심도 늘어간다. [John Ruskin]
- 자기의 빵을 눈물 흘리며 먹어보지 않은 사람, 근심으로 가득한 밤에 자기 잠자리에서 울어보지 않은 사람은 너를 모른다. 너, 하늘의 힘을…. [Goethe]

| 근엄謹嚴 |

- 근엄함은 경박함의 뿌리이다. [노자老子]
- 근엄함이란 내면의 결함들을 숨기기 위해 외모를 신비하게 꾸미는 것이다. [La Rochfoucauld]
- 근엄함이란 어리석은 자들의 방패다. [Montesquieu]
- 금의 무게는 금을 귀하게 만들고, 정신의 무게는 사람을 귀하게 만든다. [Balthasar Grasian]

| 글 |

- 글로 쓰인 단어는 진주와 같다. [Goethe]

- 글이란 약간 무모해야 한다. 생각으로 생각 없는 사람들을 공격하기 위한 것이니까.　[John M. Keynes]
- 종이가 말을 하고, 혀는 침묵해야 한다.　[Cervantes]

| 금金 |

- 그리스의 도시국가들은 손에 넣은 것은 필립이 아니라 필립의 황금이다.
　[Lucius Aemilius Paullus]
- 금가루만큼 눈을 멀게 하는 먼지도 없다.　[M. G. Blessington]
- 금은 국가의 피와도 같다. [Voltaire]
- 금은 금 값어치를 한다.
　[Antoin Loisel]
- 금은 보이지 않는 폭군이다.
　[Gregorius]
- 금을 실은 나귀가 접근할 수 없는 곳만을 요새라 할 수 있다.
　[Plutarchos]
- 금이 말을 하면, 그 어떠한 웅변술도 힘을 잃는다.　[Erasmus]
- 금이 있으면 못난 자도 아름다운 자의 안색을 갖게 된다.　[Boileau]
- 불은 금을 사랑하며, 금은 인간 성격을 시험에 들게 한다.　[Chelen]

| 금단禁斷의 열매 |

- 금단의 열매는 절대로 굶주린 자들

의 열매가 아니다.　[Girardin 부인]
- 담 너머에 있는 사과가 가장 달콤하다.　[George Herbert]

| 금전적 가치價値 |

- 값싼 사자 가죽이란 있을 수 없다.
　[George Herbert]
- 노루고기 한 조각이 고양이 두 마리의 가치가 있다.　[J. Heywood]
- 사물事物은 구매하는 자가 지불하는 만큼의 가치를 갖는다.
　[Publius Syrus]

| 금지禁止 |

- 마음에 두고 있는 것은 엄격하게 금지될수록 더 원하게 된다.
　[Marguerite de Navarre]
- 우리는 금지된 것을 갈망하게 된다.
　[Montaigne]
- 허용된 것은 매력이 없다. 우리를 흥분시키는 것은 금지된 것이다.
　[Ovidius]

| 기녀妓女 |

- 돈을 요구하는 여자는 돈의 가치가 없다.　[J. Vanbrough]
- 모든 사람이 다 코린트(그리스 운

하)로 갈 수 있는 것은 아니다.

[Horatius]

| 기다림 |

● 감나무 밑에 누워 감 떨어지기만 기다린다. [한국 격언]
● 가까운 곳에서 먼 길을 오는 적을 기다리고, 편안한 자세로 적이 피로해지기를 기다리며, 배불리 먹고 나서 적이 배고프기를 기다리니, 이것이 힘을 다스리는 방법이다. [손자孫子]
● 구슬은 궤 속에서 제값을 기다리고, 비녀는 함 속에서 날기를 기다리네. [홍루몽紅樓夢]
● 군자가 먼 것을 얻으려 하면 기회를 기다려야 하고, 큰 것을 얻으려면 반드시 참을성이 있어야 한다. [소식蘇軾]
● 그대의 마음속에서 기다림은 욕망이라기보다는 다만 무엇이든지 받아들이기 위한 온갖 마음의 준비여야 할 것이다. [Andre Gide]
● 그릇(포부)을 숨기고 때를 기다리면서 스스로 나타냄을 부끄러이 여긴다. [소식蘇軾]
● 그리고 보면 인생이란 출발에서부터 그 종말의 날까지 기다리며 다하는 것이 아닐까. [손소희]
● 기다릴 수 있는 사람에게 모든 것은

제때에 온다. [F. Rabelais]
● 기회를 기다려라. 그러나 결코 때를 기다리지는 마라. [Friedrich Muller]
● 나무는 고요히 서있고자 하나 바람이 멈추질 않고, 자식이 어버이를 봉양하고자 하나 부모는 기다려주지 않는다. [공자가어孔子家語]
● 다시 기다림으로 지새는 이 생활, 나는 저녁 식사를 기다리고 잠자기를 기다린다. 막연히 희망을 안고 깨어날 때를 생각해 본다. 무엇에 대한 희망인지 모르겠다. 아침잠에서 깨어나면 또 점심식사를 기다린다.

[Albert Camus]

● 다시 한번 우리는 파선破船한 사람이 아님을 깨닫는다. 파선한 사람들은 기다리는 그 사람들이다! 우리 침묵으로 위험을 느끼는 그 사람들이다. 벌써 지겨운 착각으로 가슴이 발기발기 찢어지는 그들이다.

[Saint Exupery]

● 따분한 기다림에도 지치는 일이 없는 점에서 낚시에는 절망이 없다. 비록 오늘 공쳤어도 내일이 있고, 언젠가는 고무신짝 같은 붕어가 와주리라는 기대를 끝내 버리지 않는 점에서 낚시는 '희망의 예술'이라 부를 수 있으리라. [신일철]
● 사람은 자기를 기다리게 하는 사람의 결점을 계산한다. [프랑스 격언]

- 생명은 기다려주지 않는다. 생명은 되돌아오지도 않는다.
  [Gaston Bachelard]
- 일에는 일시 밝히기 어려워 후세를 기다려야 할 것이 있다. [구양수歐陽脩]
- 재능을 몸에 감추고 때를 기다려 움직인다.
  [주역周易]
- 조용히 누워서 느긋하게 기다리는 것, 참는 것, 그러나 그것이야말로 생각하는 것이 아니고 무엇인가.
  [Friedrich Nietzsche]
- 좀 더 빨리 끝나기 위해 조금 기다립시다.
  [Francis Bacon]
- 천천히 해도 된다. 그러나 시간은 기다리지 않는다. [Benjamin Franklin]
- 풀이 자라는 동안 말은 굶어 죽는다.
  [Shakespeare]
- 한창때가 영원하다 말들을 마라. 주름지고 머리 흴 날 기다린다.
  [이하李賀]
- 행운은 끈기 있게 기다리는 자에게 온다.
  [H. W. Longffellow]
- 현명하고 재능 있는 사람은 차례를 기다리지 말고 승직시키고, 재능 없는 자는 한시도 기다리지 말고 폐출시켜야 한다.
  [순자荀子]
- 희망이 다른 기다림은 진정한 기다림이 아니다.
  [에드워드 벤로우]

| 기대期待 |

- 곰을 죽이기도 전에 곰의 가죽을 팔지 말라.
  [Aesop]
- 부화되기도 전에 병아리 수를 세지 말라.
  [Aesop]
- 사슴의 가죽을 벗기려면 먼저 사슴을 잡아야 한다.
  [헨리 드 블랙턴]
- 손꼽아 기다리는 일은 좀처럼 일어나지 않고, 거의 기대하지 않은 일은 잘 생긴다.
  [Benjamin Disraeli]

| 기도祈禱 |

- 기도는 어떤 목적을 위한 수단이 될 수가 없다. 기도는 그 자체가 하나의 목적이다.
  [Osho Rajneesh]
- 기도란, 자신을 산 에테르(승리의 여신) 속에 활짝 펴는 것.
  [Kahlil Gibran]
- 그리고 내가 기도할 때 나의 온 정성은 기도에 들어 있다.
  [Henry Wordsworth Longfellow]
- 기도는 아침의 열쇠다. 저녁의 자물쇠와 같아야 한다.
  [Owen Feltham]
- 기도는 영혼을 지키는 성채城寨이다.
  [H. Augustinus]
- 기도는 영혼이 숨을 쉬는 것이다.
  [St. Martin]
- 기도는 영혼의 피다.

[George Herbert]

- 기도는 혼을 지키는 성채이다.

[Augustinus]

- 기도란 그것을 통하여 우리가 어둠에서 하나님을 보는 거울이다.

[Christian Friedrich Hebbel]

- 기도를 습관으로 하는 사람의 기도는 진실하지 않다. [Talmud]

- 기도의 가치를 모르고 기도하는 것은 용기 있는 행동이 아니다.

[Mahatma Gandhi]

- 기도의 능력은 일면으로 해독제요, 일면은 방독제이다.

[Edward M. Bounds]

- 기도의 실패자는 생활의 실패자이다.

[Edward M. Bounds]

- 기도하는 사람은 언제나 새롭다.

[조향록]

- 기도하지 않고 성공했으면 성공한 그것 때문에 망한다.

[Charles Haddon Spurgeon]

- 남을 도와주는 손은 기도하는 입술보다 성스럽다. [R. G. Ingersoll]

- 남을 위해 기도해 달라. 나를 위해 하나님께 기도해 달라. [A. V. 비니]

- 백 년을 살 것처럼 일하고, 내일 죽을 것처럼 기도하라. [B. Franklin]

- 사랑이 지나친 법이 없듯, 기도가 지나친 법은 없다. [Victor Hugo]

- 아침의 기도는 하루를 열고, 저녁의

기도는 하루를 끝내야 한다.

[올리버 펠섬]

- 열심히 기도해서 아무것도 배우지 못할 일은 없다. [Ralph W. Emerson]

- 인간은 어떤 기도를 할 때든지 기적이 일어나기를 빈다. 기도는 모름지기 다음과 같은 것으로 요약된다. '위대한 하나님이시여, 둘에 둘을 보태면 넷이 안 된다는 것을 들어주십시오.' [Turgenev]

- 자선은 기도의 자매이다.

[Victor Hugo]

- 저주란 악마에게 기도드림이다.

[Lichtenberg]

- 침묵은 기도이다. [Osho Rajneesh]

- 한 마리의 돼지로 제사를 지내면서 귀신에게 백 가지 복을 빈다.

[묵자墨子]

- 향기가 인간의 정신을 상쾌하게 하듯, 기도는 인간의 마음에 희망을 북돋아 준다. [Goethe]

| 기만欺瞞 |

- 결코 선의로 남을 속이는 경우는 없다. [La Bruyere]

- 교활한 자가 다른 자의 교활한 것을 막는다. [Cesar Hudin]

- 눈썹과 눈, 그리고 안색은 우리를 자주 속인다. 그러나 가장 우리를 잘

속이는 것은 말이다.   [M. T. Cicero]
- 다른 사람에게 속는 진정한 방법은, 자신이 다른 사람보다 명민하다고 믿는 것이다.   [La Rochefoucauld]
- 사기꾼을 속이면 속이는 기쁨은 배가 된다.   [La Fontaine]
- 여우는 많은 것을 알고 있다. 그러나 여우를 잡는 자는 더 많은 것을 알고 있다.   [Cervantes]
- 여우와 있으면, 여우같이 교활해진다.   [J. A. de Baif]
- 우리는 절대로 타인에게 속지 않는다. 자기 자신에게 속을 뿐이다.   [Goethe]
- 잘 잡는다고 생각하는 자가 잘 붙들린다.   [La Fontaine]
- 한 명의 사기꾼에는 한 명 반의 사기꾼으로 맞서야 한다.   [Noel de Pie]

| 기벽奇癖 |

- 각 시대마다 고정관념이 있다.   [Voltaire]
- 광인狂人들에게는 그들만의 기벽이 있고, 우리에게는 우리만의 기벽이 있다.   [P. N. Destouches]

| 기분 / 기질 |

- 미친 자들과 어리석은 자들은 자신의 기분만을 통해 사물을 본다.   [La Rochefoucauld]
- 인간 기질의 기복은 운명의 기복보다 더욱 기이하다.   [La Rochefoucauld]
- 인생이 당신에게 웃어주기를 바란다면, 당신이 먼저 인생에 당신의 좋은 기분을 전해주시오. [Spinoza]
- 자기 자신이 아닌 타인에게서 기분을 찾는다.   [사니알 뒤베이]

| 기쁨 |

- 가령 부富를 쌓아서 영광되고 행복하더라도, 그대 자신과 한께 그것을 마음으로부터 기뻐해 주는 사람이 없다고 한다면 어떻게 그곳에 기쁨이 있겠는가. 또 역경에 처해서 싸울 때에도, 그대보다 더욱 그것을 무거운 짐으로 생각해 주는 사람이 없다면 더욱더 참고 견디기가 어려울 것이다.   [Kierkegaard]
- 가장 우아한 기쁨은 다른 사람을 기쁘게 하는 것이다.   [La Bruyere]
- 기대하지 않던 기쁨이 더욱 큰 기쁨이다.   [Theophile de Viau]
- 기뻐할 줄 아는 것이야말로 영혼의 가장 완벽한 상태이다.   [Vauvenargues]
- 기쁨에 들떠 가벼이 승낙하지 말고, 술 취한 기분에 성내지 말라. 유쾌

함에 들떠 일을 많이 벌리지 말고, 고달프다 하여 끝나기 전에 그치지 말지니라.　　　　　[채근담菜根譚]

- 기쁨은 머물러 있지 않고 날개를 펴쳐 날아가 버린다.　　[M. Martialis]
- 기쁨은 우리를 두렵게 한다.
　　　　　　　　　　[Girardin 부인]
- 기쁨은 우리가 우리 자신이 된다는 목표에 점점 접근해 가는 과정에서 경험하는 것이다.　　[Erich Fromm]
- 기쁨은 인생의 요소이며, 인생의 욕구이며, 인생의 힘이며, 인생의 가치이다. 인간은 누구나 기쁨에 대한 욕구를 갖고 기쁨을 요구할 권리를 갖고 있다.　[Johannes Kepler]
- 기쁨은 자연을 움직이게 하는 강한 용수철, 기쁨이야말로 대우주大宇宙의 시계장치 수레바퀴를 돌릴 수 있다.　　[Friedrich Schiller]
- 기쁨을 주는 사람만이 더 많은 기쁨을 즐길 수 있다. [Alexandre Duma]
- 기쁨을 추구해서는 안 된다. 그것은 생활만 바르고 옳으면 자연히 생기는 것이다. 가장 단순한, 비용이 들지 않는, 필요에 의해서 얻어지는 기쁨이 가장 좋은 기쁨이다.
　　　　　　　　　　　[Carl Hilty]
- 기쁨을 타인과 나누면 기쁨은 두 재가 되고, 고뇌를 타인과 나누면 고뇌는 절반이 된다.　[C. A. 티트게]

- 기쁨의 전조가 되는 슬픔이 차라리 슬픔에 딸려 오는 기쁨보다도 훨씬 반가운 것이다.　　　　　[Sadi]
- 기쁨이 무엇인가는 원래 많은 괴로움을 참아낸 사람들만이 알고 있는 것이다. 그 밖의 사람들은 진정한 기쁨과는 닮지도 않은 단순한 쾌락을 알고 있는데 불과하다.　[Carl Hilty]
- 기쁨이 없는 인생은 기름 없는 등잔이다.　　　　　　[Walter Scott]
- 나는 뭔가 선을 행하려는 희망을 갖고, 거기에 기쁨을 느낄 수도 있다. 그러나 동시에 악을 행하고 싶다고 생각하고, 거기에도 기쁨을 느낄 수가 있다.　　　[Dostoevsky]
- 나는 속지 않으련다. 나는 순간의 기쁨을 위해 오랜 세월을 뉘우치며 보내지도 않으련다.　　　[골리어]
- 남자가 여자의 일생에서 기쁨을 느끼는 날이 이틀 있다. 하루는 그녀와 혼인하는 날이요, 또 하루는 그녀의 장례식 날이다.　[Hipponax]
- 남자인 나는 어머니의 기쁨을 경험할 수는 없다. 그러나 모든 기쁨 중에서 가장 큰 기쁨이 주는 데서, 저를 잊어버리는 데서 나오는 줄을 믿는 나는 이 일을 가장 단적으로, 가장 계속적으로, 가장 철저하게 하는 어머니의 기쁨이야말로 인류가 맛보는 모든 기쁨 중에 가장 큰 기쁨

인 것을 믿는다. [이광수]

• 내가 알고 있는 가장 큰 기쁨은 선행을 몰래 하고, 그것이 우연히 드러나는 일이다. [C. 램]

• 노동은 흔히 기쁨의 아버지가 된다. [Voltaire]

• 늦게 오는 기쁨은 늦게 떠난다. [Herbert E. Bates]

• 늦게 찾아오는 기쁨은 기분 좋은 현기증을 일으킨다. [Publius Syrus]

• 마음의 기쁨은 사람에게 생기를 주고, 쾌활함은 그의 수명을 연장시킨다. [집회서集會書]

• 무엇이든지 풍부하다고 반드시 좋은 것은 아니다. 더 바랄 것이 없이 풍족하다고 그만큼 기쁨이 더 큰 것은 아니다. 모자라는 듯한 여백餘白! 그 여백이 오히려 기쁨의 샘이다. [Pasal]

• 불안에 떨면서 즐기는 기쁨은 이제 그만! [La Fontaine]

• 사람이 지나치게 기뻐하면 양陽이 상하고, 지나치게 성내면 음陰이 상한다. 양과 음이 아울러 상하면 사지四肢에 계절季節도 옮아가지 않고, 한서寒暑의 조화도 깨어질 뿐만 아니라 사람의 몸도 해친다. [장자莊子]

• 순수한 기쁨의 하나는, 근로 뒤의 휴식이다. [Immanuel Kant]

• 스스로 기쁨을 찾지 않는 자는 기쁨

을 누릴 수 없다. [Passera]

• 쌍방이 다 기뻐하면 찬사가 오고가고, 쌍방이 다 노하면 욕설이 오고간다. [장자莊子]

• 여자들은 자기가 사랑을 받고 있음을 느끼면 백발이 될 때까지도 어린애 같은 기쁨을 느끼는 법이다. [Montherlant]

• 여자의 자만심을 만족시켜 주는 것이 남자의 지상의 기쁨인데 반해서, 여자의 지상의 기쁨은 남자의 자만심을 상처 나게 하는 것이다. [George Bernard Shaw]

• 온전한 기쁨은 명예와 함께 온다. 얻는 바 있는 하루를 보내는 사람에게 있어서는. [Pierre Corneille]

• 용기 있는 그만큼밖에 기쁨은 더 오지 않는다. [방정환]

• 이 지상에서 기쁨의 술잔을 기울인 자는 저 천상에서 숙취를 맛본다. [Heinrich Heine]

• 인생에 있어서 가장 큰 기쁨은, 그대는 할 수 없다고 세상이 말하는 일을 해내는 것이다. [Walter Bagehot]

• 즐거움이나 기쁨이나 정도가 있다. 정도를 넘으면 인간을 노하게 하고, 추행이라 불리어져 제군은 복수 당하게 된다. [Charles Sainte Beave]

• 천상의 기쁨은 소박하다. 거기에는 평화가 넘치고 있기 때문이다.

[Thomas A. Kempis]

- 최고의 기쁨은 가장 높은 곳에, 최고의 포도주는 중간에, 최고의 꿀은 가장 낮은 곳에 있다.

[A. T. Macrobius]

- 쾌락이 없는 인생도 견딜 만한 것이다. [Palma Stone]
- 큰 기쁨도 큰 고통처럼 말이 없다.

[S. 마미온]

- 행복은 다이아몬드와 같고, 기쁨은 물 한 방울과 같다.

[Chevalier de Baufflers]

- 현자는 기쁨을 즐길 줄도 알고, 겨울에 과일 없이 지내듯 기쁨 없이도 지낼 줄 안다. [C. A. Helvetius]
- 환희는 짧고 무상한 것이며, 쾌활은 전착되어 항구적인 것이다.

[Jonadan Swift]

| 기쁨과 괴로움 |

- 가난한 기쁨은 커다란 고통과 마찬가지로 말이 없다.

[William M. Thackeray]

- 가장 훌륭한 사람들은 괴로움을 극복하고 기쁨을 획득한다. [Beethoven]
- 고통은 짧고, 기쁨은 영원하다.

[Johann C. Friedrich Schiller]

- 기쁨에는 괴로움이, 괴로움에는 기쁨이 없으면 안 된다. [Goethe]

- 기쁨의 샘에서도 이유를 알 수 없는 쓴맛이 나기도 한다.

[Lucretius Carus]

- 기쁨이 있는 곳에 사람과 사람 사이의 결합이 이루어진다. 사람과 사람 사이의 결합이 있는 곳에 또한 기쁨이 있다. [Goethe]
- 땀 없이 투사가 될 수 없다. [Epiktetos]
- 모든 기쁨은 고통을 동반한다. 이것이 신이 원하시는 것이다. [Plautus]
- 반죽하지 않는 자는 맛 좋은 빵을 먹을 수 없다. [Baif]
- 우리의 기쁨이 오래가지 못한다는 것이 사실이라면, 우리의 고뇌도 오래가지 않는다. [Vauvenargues]
- 인간은 무한한 정신을 지니고 있는 유한한 존재이다. 고로 인간은 고뇌와 기쁨을 똑같이 맛보기 마련이다. 그러나 그러한 인간 가운데 몇 사람은 고뇌를 통해서 기쁨에 이를 수 있다고 말할 것이다. [Beethoven]
- 조금이라도 일을 하지 않으면, 기쁨은 없다. [J. P. C. Florian]
- 천 가지 기쁨도 한 가지 괴로움에 값하지 않는다. [Michelangero]
- 쾌락은 악이 던진 미끼이다. [Platon]
- 쾌락 자체로는 악이 아니나, 기쁨보다는 고통을 더 많이 주는 쾌락도 있다. [Epikouros]
- 하나의 기쁨에 천 개의 고통이 따른

다.   [Francois Villon]

| 기쁨과 슬픔 |

- 기쁨과 슬픔은 모두 다 허망한 꿈, 욕심과 사랑은 언제나 어리석은 것.
  [홍루몽紅樓夢]
- 기쁨과 즐거움이 절정에 이르니 오히려 슬픈 정이 많더라. [고시원古詩源]
- 기쁨은 친구를 갖게 하지만, 슬픔은 고독만을 남겨준다.   [B. Nathan]
- 기쁨의 추억은 이미 기쁨이 아니다. 그러나 슬픔의 추억은 여전히 슬픔인 것이다.   [George Byron]
- 기쁨의 하루는 슬픔의 이틀보다는 훨씬 낫다.   [서양 격언]
- 기쁨이든 슬픔이든 시는 항상 그 자체 속에 이상을 좇는 신과 같은 성격을 갖고 있다.   [Baudelaire]
- 기쁨이란 얻었을 때의 감정이요, 슬픔이란 잃었을 때의 감정이다.
  [윤오영]
- 기쁨이 어떻게 찾아오고, 슬픔이 어느새 사라지는지 우리는 알지를 못한다.   [John Ronald Royal]
- 기쁨이 없는 노동은 비천하다. 슬픔이 없는 노동도 그렇다. 노동이 없는 슬픔은 비천하다. 노동이 없는 기쁨도 그렇다.   [John Ruskin]
- 기쁨이 짧다면 슬픔도 길지는 못할

것이다.   [Vauvenargues]
- 많은 사람들은 자기의 만족을 잃게 되는 것을 아주 슬픈 일이라고 생각한다. 그러나 기쁨을 아는 동시에 그 기쁨의 이유가 없어질 때 슬퍼하지 않는 사람만이 옳은 사람이다.
  [Pascal]
- 사람의 마음속에는 두 개의 침실이 있어 기쁨과 슬픔이 살고 있다. 한 방에서 기쁨이 깼을 때 다른 방에서 슬픔이 잔다. 기쁨아! 조심하여라. 슬픔이 깨지 않도록 조용히 말하려무나.   [John Henry Newman]
- 살아가다 보면 기쁨이 아롱지는 날이 있고, 또 슬픔이 아롱지는 날이 있다. 다 좋은 날이다.   [정연복]
- 순수하고 완전한 슬픔은 순수하고 완전한 기쁨과 마찬가지로 불가능한 것이다.   [Lev Tolstoy]
- 슬픈 자는 기쁜 자를 미워하고, 기쁜 자는 슬픈 자를 미워한다. 빠른 자는 느린 자를 미워하고, 게으른 자는 민첩한 자를 미워한다.   [Horatius]
- 슬픔에는 말이 필요 없다. 기쁨처럼.
  [Henry Jakson]
- 슬픔은 가장 좋은 친구이며, 때로는 엉뚱한 기쁨을 준다.   [Romain Rolland]
- 슬픔은 나누면 반으로 줄어들지만, 기쁨은 나누면 배로 늘어난다.

[John Ray]

- 슬픔은 혼자서도 견디지만, 기쁨은 함께해야 한다.　[Elbert Hubbard]
- 시들해 가는 물건도 기쁘고 따뜻하고 화사한 웃음 속에 담그면 이맛살을 찌푸리고 보았던 싱싱한 것에서 보다 일이 잘 되어간다.
　　　　　　[Nathaniel Hawthorn]
- 아들이 태어날 때 어머니가 위태롭고, 전대에 돈이 쌓이면 도둑이 엿보나니, 어느 근심이 기쁨 아닌 것이 있으랴. 그러므로 달인은 마땅히 순順과 역을 같이 보며, 기쁨과 슬픔을 둘 다 잊는다.　[홍자성洪自誠]
- 얻었다고 기뻐하고, 잃었다고 슬퍼하랴.　　　　[삼국지연의三國志演義]
- 인생이란 단지 기쁨도 아니고 슬픔도 아니며, 그 두 가지를 지양하고 종합해 나가는 과정에서 파악되어야 할 것이다. 커다란 기쁨도 커다란 슬픔을 불러올 것이며, 또 깊은 슬픔은 깊은 기쁨으로 통하고 있다. 자기의 할 일을 발견하고 자기의 하는 일에 신념을 가진 자는 행복하다.　　　　[Thomas Carlyle]
- 인仁이란 마음속으로부터 기뻐하며 사람을 사랑하는 것이다.
　　　　　　　　　[회남자淮南子]
- 인정이란 꾀꼬리 우는 소리를 들으면 기뻐하고, 개구리 우는 소리를 들으면 싫어한다. 꾀꼬리가 신의로써 울고 개구리가 악의가 있어서 우는 것이 아니다. 다만 이는 형체와 기질로써 사물을 구분함인 것이다. 만약 본바탕으로써 본다면 무엇이든지 스스로 천기天機의 울림이 아닌 것이 없고, 저 스스로 그 삶의 뜻을 꾀하지 않은 것이 없다. 자기의 감정대로 세상 전반의 시비를 판단해서는 안 되는 것이다.　[채근담菜根譚]
- 지나간 기쁨은 지금의 고뇌를 깊게 하고, 슬픔은 후회와 뒤엉킨다. 후회도 그리움도 다 같이 보람이 없다면 내가 바라는 것은 다만 망각뿐.
　　　　　　　　[George Byron]
- 한없는 기쁨과 슬픔이 닥친 순간에는 자기 혼자만이 연주하는 '말 없는 생각' 이라는 곡曲이 누구에게나 있는 법이다.　[Friedrich Schiller]
- 환경 때문에 기뻐할 것도 없고, 자기 자신 때문에 슬퍼할 것도 없다.
　　　　　　　　[문장궤범文章軌範]
- 희로애락喜怒哀樂의 격렬함은 그 감정과 함께 실행력까지도 멸망케 한다. 기쁨에 빠지는 자는 슬픔에도 빠지는 것이 그 버릇, 까딱하면 슬픔이 기뻐하고, 기쁨이 슬퍼한다.
　　　　　　　　[Shakespeare]

| 기술技術 |

- 가장 훌륭한 기술, 배우기 어려운

기술은 살아가는 기술이다. [Macy]
- 기술은 하나의 도구에 불과하다. 어린아이들의 협동심을 고취하고 의욕을 불어넣는 데는 교사가 가장 중요하다. [Bill Gates]
- 일의 기량技倆을 닦기 위해서 가장 중요한 것은 실행과 경험이다.

  [Columella]

| 기억記憶 |

- 가장 놀라운 기억력은 사랑하는 여자의 기억력이다. [Andre Maurois]
- 기억력은 판단력의 불구대천의 원수이다. [Fontenelle]
- 기억은 시적 영감의 어머니이다.

  [Voltaigne]
- 기억은 언제나 판단을 따른다.

  [P. C. Rivarol]
- 기억은 영혼을 지키는 자라고 할 수 있다. [Shakespeare]
- 말을 잘하는 사람이란, 기억력이 좋고 더욱이 남에게 그런 기억력이 없기를 바라는 사람을 말한다.

  [어빙 S. 코브]
- 무엇이 기억을 가장 잘 살려주는가 하면, 그것은 냄새이다.

  [William Mcfee]
- 판단력이 형편없는 자가 뛰어난 기억력을 갖고 있는 경우도 있다.

[Montaigne]
- 현실에 대해 눈을 감을 수는 있어도, 기억에 대해 눈을 감을 수는 없다.

  [J. Lec Stanislaw]

| 기이奇異함 |

- 너의 독특함은 쉽게 달아나지 않는다. 그러한 너의 자질을 잘 키워야 한다. [Goethe]
- 유달리 눈에 띄게 행동하는 것은 아무 데에도 쓸모없다. 무례한 괴짜로 보이게 될 뿐이다.

  [Balthasar Grasian]

| 기자記者 |

- 가장 능력 있는 기자는 불에 덴다.

  [Girardin 부인]
- 기자란 갈 길을 잘못 든 사람이다.

  [Bismarck]
- 보았노라, 알았노라, 알리노라!

  [Gaston Leroux]
- 신문을 만드는 사람은 모두 악마에게 조공을 빚지고 있다.

  [La Fontaine]
- 저널리즘을 그만둘 수만 있다면, 저널리즘으로 무엇이든 될 수 있다.

  [Jules Janin]
- 펜은 검보다 강하다. [Bulwer Lytton]

- 해석은 자유롭지만 사실은 불변한다. [Ch, Scott]

| 기적奇蹟 |

- 기적은 법의 사랑스러운 아들과도 같다. [Goethe]
- 기적은 철저하게 계산된 곳이 아니라, 기적이 일어날 만한 곳에서 일어난다. [Ralph Waldo Emerson]
- 기적은 하늘을 날거나 바다 위를 걷는 것이 아니라, 땅에서 걸어 다니는 것이다. [중국 격언]
- 기적을 바라는 것은 좋다. 그러나 기적을 믿어서는 안 된다. [유대 격언]
- 기적이 일어나기 전까지는 절대 포기하지 마라. [Fannie Flagg]
- 기적이란 기적을 믿는 사람들에게 일어나는 것이다. [Bernard Berenson]
- 당신에게 기적이 일어나지 않는다면 당신 자신이 기적이 돼라. [Nick Vijicic]
- 당신 주변에서 일어나는 모든 기적 같은 일을 감사하는 방법을 배울 때 얻을 수 있는 긍정적인 에너지의 힘을 절대 과소평가하지 마라. [Henry Good]
- 아이가 태어나는 것을 보라. 그것을 보고도 어떻게 기적을 믿지 않을 수가 있는가? [Catherine Pulsifer]
- 우리의 삶에서 우리가 할 수 있는 한 최선을 다할 때, 우리의 삶에도 다른 이의 삶에도 기적 같은 일이 일어날 수 있는 것이다. [Hellen Keller]

| 기정사실既定事實 |

- 이미 일어난 일에 괴로워하는 것은 아무 소용이 없다. 일을 더욱 악화시킬 뿐이다. [데 페라에]
- 이미 일어난 일이 일어나지 않은 일이 되는 것은 불가능하다. [Phokylides]

| 기지機智 |

- 갖고 싶어하는 기지는 가진 것을 망친다. [Graisser]
- 기지가 많은 사람들은 그것을 만들어낼 필요가 없다. [Girardin 부인]
- 기지는 깊은 생각 없이 부주의로 가져야 한다. [Fenelon, Francois]
- 기지를 갖는 것으로 충분하지 않고, 적당히 지니고 지나치지 않게 해야 한다. [Andre G. Malraux]
- 기지를 좇으면 어리석음을 붙잡게 된다. [Montesquieu]
- 기지 있는 사람들이 추한 적이 있던가? [Pyrrhon]

- 아름다운 기지를 제대로 정의내리면 빛나는 양식良識이다.

  [Bouhours, Dominique]
- 어리석은 자들은 조롱을 당하고, 기지가 넘치는 자들은 미움을 산다.

  [Alexander Pope]
- 예리한 기지는 예리한 칼날과 같다. 자신의 손을 베기도 한다.

  [아로스미드]
- 즉흥적인 것이 기지의 시금석이다.

  [Moliere]
- 추시계의 장점은 빨리 가는 데 있지 않고 규칙적인 데에 있다.

  [Vauvenargues]

| 기회機會 |

- 그물이 벌어져 망가지고, 기회는 한 번 잃으면 만사가 뒤틀어진다.

  [왕통王通]
- 급히 서두르는 것도 나쁘고, 더디 하는 것도 또한 나쁘다. 만사가 꼭 알맞을 때 행하는 사람이 현명하다.

  [Ovidius]
- 기업의 성과는 '문제'를 해결함으로써가 아니라 '기회'를 개발함으로써 얻어진다.   [Peter Drucker]
- 기회가 눈앞에 나타났을 때 이것을 붙잡는 사람은 십중팔구 성공한다. 뜻하지 않은 사고를 극복해서 자신

의 힘으로 기회를 만들어내는 사람은 100퍼센트 성공한다.

  [Dale Carnegie]
- 기회가 도적을 만든다. [Cervantes]
- 기회가 두 번 다시 그대의 문을 두드리라고는 생각지 말라.

  [Nichora Sangfor]
- 기회가 미치지 않으면 기세도 스스로 없어진다.   [한유]
- 기회가 없음을 한탄하기는 쉬우나 한탄하는 때가 바로 기회라고 깨닫기는 어렵다. 이것은 마치 고기 생각에 낚싯밥을 챙기지 못하는 것과 다름이 없다.   [채근담菜根譚]
- 기회는 도적을 만들 뿐만 아니라, 위대한 인간도 만든다.   [Lichtenberg]
- 기회는 도처에서 그대를 부른다. 다만 강한 얼굴로서 그에게 접근하고자 아니할 뿐이다.   [Goethe]
- 기회는 모든 사람에게 찾아오지만, 그것을 잘 활용하는 자는 소수이다.

  [Bulwer-Lytton]
- 기회는 새와 같은 것, 날아가기 전에 꼭 잡아라.   [Schiller]
- 기회는 아마도 사인할 것을 바라지 않았던 때의 신의 익명일 것이다.

  [Anatol France]
- 기회는 앞머리에만 털이 있지 뒤통수는 대머리다. 당신이 만약 기회와 만나거든 그 앞머리를 꼭 잡도록

하라. [Francois Rabelais]

- 기회는 어디에도 있는 것이다. 낚 싯대를 던져 놓고 항상 준비 태세를 취하라. 없을 것 같이 보이는 곳에 언제나 고기는 있으니까. [Ovidius]
- 기회는 인간에게 있어서 만사를 관 장하는 최고의 우두머리다. [Sophocles]
- 기회는 찾아오는 것이 아니라 발견 하는 것이다. [Lawrence Gould]
- 기회는 항아리의 손잡이에, 그다음에 항아리의 볼록한 부분에 나타난다. [Francis Bacon]
- 기회란 고비를 넘길 때마다 언덕을 굴러 내리는 눈덩이 모양 밑으로 갈수록 남의 것을 앗아서 부풀어 오 르기만 한다. [선우휘]
- 기회란 위대한 투쟁이다. [Benjamin Franklin]
- 기회란 포착하면 많은 열매를 맺고, 소홀히 하면 사라져 버린다. [Zig Ziglar]
- 기회의 영토는 도처에 있다. 당신의 갈고리는 늘 늘어뜨려 둘 것이다. 당신이 예기하지 않은 소용돌이에 고기가 있다. [Ovidius]
- 나는 기회를 놓칠까 걱정된다. 기회 를 틀어쥐지 않으면 눈앞에 보이는 기회를 잃게 되며, 시간도 눈 깜짝 할 사이에 지나가게 된다. [등소평]

- 누구든지 좋은 기회가 없는 것은 아 니다. 다만 그것을 적시에 포착할 수 없었을 뿐이다. [Carnegie]
- 늑대는 조금만 기회가 생기면 양을 잡아먹는다. [Aesop]
- 늦지 말진저! 황금의 순간은 날아 가 버린다. [Henry Longfellow]
- 당신에게 있어서 중대한 기회는 어 쩌면 지금 바로 옆에 있는 것일 수도 있어요. [Napoleon Hill]
- 대부분의 사람들은 기회를 놓치기 일쑤이다. 왜냐하면 기회란 것이 작 업복을 입고있는 듯이 보여서 꼭 일 처럼 보이기 때문이다. [T. Edison]
- 때는 슬픔과 싸움을 어루만져 준다. 그것은 우리가 변화하기 때문이다. 우리들은 이미 같은 사람이 아니기 때문이다. 해한 사람이나 해를 받는 사람이나, 이미 이전의 사람들이 아 닌 것이다. [Pascal]
- 때는 우리들의 위를 날아가지만, 그 그림자를 뒤에다 남긴다. [Nathaniel Hawthone]
- 때는 흐르는 강이다. 흐르는 물에 거슬리지 않고 운반되는 자는 행복 하다. [Morey]
- 때를 잃지 말라, 쓸데없는 행동을 생략하라. [Benjamin Franklin]
- 만일 기회가 오지 않으면 스스로 기 회를 만들어 내라. [Samuel Smiles]

- 바람에 맞춰서 돛대를 올려라.
  [Mathurin Regnier]
- 사람은 기회를 발견함과 동시에 또 스스로 이를 만들지 않으면 안 된다.
  [Francois Rabelais]
- 사소한 기회는 흔히 위대한 일의 시작이다. [Demosthenes]
- 새가 날아가 버린 후에 꼬리를 잡으려 해도 무리한 노릇이다. [Dostoevsky]
- 새로운 기회는 새로운 의무를 가르쳐주고, 시간은 고대의 선善을 황량한 것으로 만든다. 진리에 뒤떨어지지 않으려는 자는 끊임없이 위로, 그리고 앞으로 나아가야 한다.
  [Jean R. Lowell]
- 수많은 사람들이 인생에서 절대 출세하지 못하는 이유는 기회가 문을 두드릴 때, 뒤뜰에 나가 네 잎 클로버를 찾기 때문이다.
  [Walter Percy Chrysler]
- 스스로 돕지 않는 자는 기회도 힘을 빌려주지 않는다. [Sophocles]
- 승진할 때는 아무리 빨리 승진해도 지나치지 않는다. [Kino]
- 아무리 뛰어난 천재의 능력이라도 기회가 없으면 아무 소용이 없다.
  [Bonaparte Napoleon]
- 알맞은 때의 한 바늘은 아홉 바늘을 절약한다. [Thomas Fuller]
- 약자는 앉아서 좋은 기회가 오기를 기다리고, 강자는 기회를 창조한다.
  [Marie Curie]
- 어떠한 재산도, 행복도 하찮은 기회로 손에 넣은 것이다. [Schopenhauer]
- 오, 우주여! 너에게 조화하는 것은 모두 나에게도 어울린다. 너에게 알맞은 때는 나에게도 너무 이르거나 늦는 법이 없다. [Marcus Aurelius]
- 우리는 기회의 문을 열어 놓아야 합니다. 그러나 동시에 우리 국민들로 하여금 그 기회의 문을 통과해 나갈 수 있도록 갖출 것을 갖춰주어야 합니다. [Lyndon B. Johnson]
- 위인은 결코 기회가 없다는 불평을 하지 않는다. [Ralph W. Emerson]
- 이 지구상에 안전이라는 것은 없습니다. 오로지 기회가 있을 뿐입니다.
  [Douglas MacArthur]
- 인간의 생활이나 일생의 운명을 결정하는 것, 어떤 한순간이다. [Goethe]
- 인생에 있어서 기회가 적은 것은 아니다. 그것을 볼 줄 아는 눈과 붙잡을 수 있는 의지를 가진 사람이 나타나기까지 기회는 잠자코 있는 것이다. 재난이라 할지라도 그것을 휘어잡는 의지 있는 사람 앞에서는 도리어 건설적인 귀중한 가능성을 품고 있는 것이다. 부모의 유산도 자식의 행복을 약속해 주지는 않는다. 우리는 우리가 상상하는 이상으로

우리 자신의 힘 속에 자기의 운명의 열쇠를 가지고 있는 것이다.

[R. Gould]

- 자기에게 유리한 기회를 가릴 줄 알라. [Pythagoras]
- 적절한 시기의 선택은 시간의 절약이 된다. [Francis Bacon]
- 절호의 기회란, 무엇을 받아들이거나 무엇을 해야 할 유일한 일순간을 말한다. [Platon]
- 좋은 기회는 언제나 충분한 준비가 있고, 머리를 쓰는 사람만 편애한다. [Louis Pasteur]
- 좋은 기회를 만나지 못했던 사람은 하나도 없다. 그것을 포착하지 못했을 뿐이다. [Dale Carnegie]
- 주어진 기회를 주저하면 많은 경우이를 잃는다. [Publius Syrus]
- 주피터도 한번 놓친 기회는 되찾지 못한다. [Phedre]
- 죽어야 할 때를 모르는 사람은 또 살아야 할 때도 모른다. [John Ruskin]
- 준비가 안 된 상황에서 다가온 기회는 오히려 불행이다. [안철수]
- 진로를 개척하려는 모든 사람이 첫째로 요구하는 것은 내게 기회를 달라는 것이다. [John Wanamaker]
- 찾아왔을 때 놓치지 말아야 할 것은 시기이고, 밟았을 때 놓치지 말아야 할 것은 기회이다. [소식蘇軾]

- 천하를 얻는 것도 천하를 지키는 것도 기회가 없이는 안 된다. [소순蘇洵]
- 큰일을 기도할 때는 기회를 만들어내기보다 기회를 이용하도록 노력해야 한다. [La Rochefoucauld]
- 태양을 놓쳐버린 것으로 하여 눈물을 흘릴 때 당신은 뭇별마저 놓쳐버리고 만다. [R. Tagore]
- 현명한 자는 그가 발견하는 이상의 많은 기회를 만든다.

[Francis Bacon]

- 훌륭한 능력도 기회가 없으면 소용이 없다. [Napoleon I]
- 흔히 사람들은 기회를 기다리고 있지만, 기회는 기다리는 사람에게 잡히지 않는 법이다. 우리는 기회를 기다리기 전에 기회를 얻을 수 있는 실력을 갖추어야 한다. [안창호]

| 기회주의機會主義 |

- 다른 신이 아닌, 우리 자신을 기호하는 신을 숭배해야 한다.

[Lichtenberg]

- 시대에 부합하는 것이 신중한 것이다. [Balthasar Grasian]
- 여우가 군림하면, 여우에게 경의를 표하라. [Talmud]
- 현자들이 말한다. '왕 만세! 동맹 만세!' [Jean de La Fontaine]

| 길 |

- 강은 우리가 가고 싶어 하는 곳으로 우리를 데려다주는 길이다. [Pascal]
- 길이 이끄는 곳을 가지 말라. 대신 길이 없는 곳을 가서 자취를 남겨라.
  [Ralf Waldo Emerson]
- 나중에라는 길을 통해서는 이르고 자 하는 곳에 결코 이를 수 없다.
  [스페인 격언]
- 내가 가는 길이 다른 사람과 다르다 고 해서 내가 길을 잃은 것은 아니다.
  [Gerald Abrams]
- 다정한 길동무 하나가 한 무리에 비길 만하다. [Publius Syrus]
- 당신에게는 당신만의 길이 있다. 나에게는 나만의 길이 있다. 그리 고 옳은 길, 정확한 길, 유일한 길이 란 이 세상에 존재하지 않는다.
  [Friedrich Wilherm Nietzsche]
- 복숭아와 참외는 말이 없지만, 그 나무 밑에 많이 오기 때문에 자연 길이 생긴다. [사기史記]
- 앞으로는 진로가 없고, 뒤쪽으로는 퇴로가 없다. 길은 밀고 나가는 그 순간에만 있다. [김훈]
- 좋은 길동무는 길을 짧게 만든다.
  [Oliver Goldsmith]

| 길들이기 / 조련操鍊 |

- 개를 채찍으로 때릴 때, 사자를 길 들이게 된다. [Jakobus Dieterich]

| 깨끗함과 불순不純 |

- 깨끗함이 몸에 배듯, 순수함이 영혼 에 배어야 한다. [Phokilides]
- 손이 깨끗한 것으로는 부족하다. 영혼까지 맑아야 한다. [Thales]
- 진주는 진흙탕 속에서도 녹아 없어 지지지 않는다. [Victor Hugo]

| 꾸밈 / 위장僞裝 |

- 꾸민 태도는 아름다운 얼굴에 천연두 보다 더 큰 적이다. [Richard Steel]
- 꾸밈은 오만의 첫걸음이다.
  [Oxenstjerna, Axel]
- 미덕 없는 꾸밈은 저속한 속임수에 불과하다. [Balthasar Grasian]
- 자연스럽게 보이려는 욕심만큼 가 장 부자연스러운 것은 없다.
  [La Rochefoucauld]

| 꿈 |

- 가장 많은 것을 이루는 자들은 아마 가장 많은 꿈을 꾸는 자들이다.

[Stephen Leacock]

- 공화국은 하나의 꿈이다. 꿈이 없으면 아무것도 성취할 수 없다.

[Karl Sandburg]

- 그들의 꿈이 되풀이하여 그들을 속이기까지는 그들은 그 꿈들을 믿는다.

[Hans Freyer]

- 기꺼이 불편함을 택하라. 불편함을 편하게 생각하라. 그것이 아마 힘들지도 모르지만, 그것이 꿈을 꾸며 살아가는 것에 대한 작은 대가이다.

[Peter McWilliams]

- 꿈 이야기에는 독특한 매력이 있다. 그것은 우리를 매혹시키고 우리에게 영감을 불어넣어 주는 한 폭의 그림과도 같다. 꿈을 일컬어 우리는 분명히 '우리는 틀림없이 영감을 받았다.'라고 말할 수 있겠다. 그러나 꿈 이야기를 남에게 할 때 우리는 보통 자신의 꿈의 이미지로서 남에게까지 그 영감을 옮겨주지는 못한다. 꿈은 전개의 가능성을 안은 사상이 되어 우리의 마음을 스쳐간다.

[Wittgenstein]

- 꿈, 그것은 그림자에 지나지 않는다.

[Shakespeare]

- 꿈꾸는 여자는 향기가 난다.

[Andre Maurois]

- 꿈꾸는 힘이 없는 자는 사는 힘도 없다.

[Ernst Toller]

- 꿈들은 우리가 누구인지를 보여주는 기준이다.

[David Thoreau]

- 꿈속에서 또한 그 꿈을 점친다.

[장자莊子]

- 꿈에 백일몽과 같은 기능이 있다면, 모든 가능성에 대하여 각오하는 것도 꿈이 맡아야 하는 역할의 일부가 될 것이다.

[Wittgenstein]

- 꿈은 그 사람의 성향性向의 진정한 설명자이다. 그러나 그것을 가려내고 이해하는 데에는 기술이 필요하다.

[H. Montaigne]

- 꿈은 병적인 상태에 있을 때는 유달리 두드러진 인상과 선명함과 지극히 현실과 흡사한 특색을 지니는 법이다.

[Dostoevsky]

- 꿈은 불만족에서 나온다. 만족한 인간은 꿈을 꾸지 않는다. [Montherlant]

- 꿈은 영혼의 가장 깊고 가장 친밀한 개인의 방 안에 있는 작은 숨겨진 문이다. 그리고 그 문은 의식意識상의 자아가 있기 오래전에 있었던, 그리고 의식 자아가 도달할 수 없이 먼 곳에 있게 될 영혼인 태곳적 우주의 밤으로 열려져 있다.

[Carl G. Jung]

- 꿈은 항상 인간의 정신을 새롭게 불러내 준다. 꿈은 정신의 건강을 위한 사찰자司察者이며 안전판安全辦이다.

[신동집]

- 꿈은 회의나 허무의 수풀을 헤치고 나온 사람만이 투명하게 생을 정시할 수가 있고, 생의 새로운 국면을 타개해 나갈 수 있는 것이다.　[김태길]
- 꿈을 계속 간직하고 있으면 반드시 실현될 때가 온다.　[Goethe]
- 꿈을 깨서 생각하면 꿈은 잠간 동안의 허망이었던 것이다.　[윤오영]
- 꿈을 알아보는 것도 하나의 꿈이다.　[George Savile]
- 꿈을 이루는 것을 불가능하게 만드는 유일한 한 가지가 있다. 바로 실패에 대한 두려움이다.　[Paulo Coelho]
- 꿈이 많을수록 믿는 것이 적다.　[Henry L. Menken]
- 꿈이 바로 앞에 있는데 당신은 왜 팔을 뻗지 않는가.　[Harvard Univ. 도서관 30훈]
- 꿈이 항상 사건으로 확인되는 것은 아니다.　[Homeros]
- 꿈이란 놈은 끈질기게도 내 잠자리를 헤치고 들어와 밤새껏 나를 시달리게 하고, 새벽 네 시 지나 참새들이 귀찮게 지저귀는 그때서야 나를 내버려 두고 저 혼자 어디론지 사라지고 만다.　[이한구]
- 나는 밤에 꿈을 꾸지 않는다. 나는 하루 종일 꿈을 꾼다. 나는 생계를 위해 꿈을 꾼다. [Steven Spielberg]

- 남자란 청혼하고 있는 동안은 꿈을 꾸고 있지만, 일단 혼인하고 나면 깬다.　[Alexander Pope]
- 내가 가난한 소년 시절 습기 찬 지하실에서 살았을 때 나에게 친구도 장난감도 없었다. 그러나 알라딘의 램프가 곁에 있었다.　[John Ronald Royal]
- 너는 우리의 어스름 속 대낮의 빛이었고, 네 젊음은 우리에게 꿈을 주어 꿈꾸게 했네.　[Kahlil Gibran]
- 대부분의 인간은 끈기를 갖고 노력하기보다는 한 번의 큰 노력을 들여 목표를 달성하는 데에 능하다.　[La Bruyere]
- 독일은 꿈을 선線에 의해서, 영국은 원근遠近에 의해서 나타낸다.　[Baudelaire]
- 만약 당신이 꿈을 꿀 수 있다면, 그것을 이룰 수 있다. 언제나 기억하라. 이 모든 것들이 하나의 꿈과 한 마리의 쥐로 시작되는 것을.　[Walt Disney]
- 모두가 힘닿는 데까지 자신의 꿈을 현실로 돌리려고 한다.　[Jean de La Fontaine]
- 몽고족의 한 황제가 13세기에 하나의 궁전을 꿈속에서 보고 그 꿈을 따라 궁전을 짓는다. 그리고 18세기에는 한 영국 시인이 그것이 꿈에

서 비롯된 궁전이라는 것도 모르고 그 궁전에 대한 시를 꿈꾼다. 이상의 일치점을 대조해 볼 때, 내 생각은 자는 사람들의 영혼 속에 작용하는, 혹은 대륙을 뛰어넘고, 혹은 세기를 질러 올 수 있는 조화의 힘이 있는 것이 아닌가 하는 의혹을 품게 된다. [Jorge Luis Borges]

- 미래는 꿈의 아름다움을 믿는 사람들에게 주어진다.

  [Anna Eleanor Roosevelt]

- 밤마다 겪는 불길한 모험.

  [Charles-Pierre Baudelaire]

- 생활하는 가운데서 사색하며 생의 신비를 더듬어가는 일은 비단 철학자들에게만 맡겨진 일이 아니다. 그것은 착잡한 현 사회로부터의 도피를 뜻하는 것이 아니다. 그것은 마음의 도전이다. 꿈은 회의나 허무의 수풀을 헤치고 나온 사람만이 투명하게 생을 정시할 수가 있고, 생의 새로운 국면을 타개해 나갈 수 있는 것이다. [김태길]

- 세계의 절반은 나머지 절반이 꿈을 꿀 수 있도록 땀을 흘리고 신음해야 한다. [Henry Longfellow]

- 슬픈 사연으로 내게 말하지 말라. 인생은 한낱 허황된 꿈에 지나지 않는다고. [Henry Longfellow]

- 야망의 실체는 꿈의 그림자에 지나지 않는다. …야망이란 사실 공기 같이 허망한 것이어서, 그것은 결국 그림자의 그림자에 지나지 않는다.

  [Shakespeare]

- 어느 곳은 놀라울 만큼 명백하고 보석세공처럼 소상하게 나타나는가 하면, 어느 곳은 마치 공간도 시간도 무시한 것처럼 마구 뛰어넘는다. 꿈을 밀고 나가는 힘은 이성理性이 아니라 희망이며, 두뇌가 아니라 심장인 것 같다. [Dostoevsky]

- 어느 날 밤, 나는 나의 네 어린 자식들이 피부색으로 차별을 받지 않고, 그 성격에 따라 구별되는 나라에 살고 있는 꿈을 꾸었다.

  [Martin Luther King]

- 어차피 불가능할 것이라면 꿈이라도 찬란하게 꾸자. [이어령]

- 역사 이래 꿈 시장은 불경기가 없었다. [차동엽]

- 오서서는 봄꿈마냥 잠깐이더니, 가신 뒤엔 아침구름인 양 찾을 길 없네.

  [백거이白居易]

- 인간세상 일장 꿈과 같으나 순식간에 천변만화가 생긴대도 이상할 바 없다. [소식蘇軾]

- 인간은 꿈에 의해서 ― 즉, 그 꿈의 짙은 농도, 상관관계, 다양함에 의해서, 또는 인간의 본성과 자연환경마저도 변경시키려는 꿈의 놀라운

167

효과에 의해서 다른 모든 것과 대립 관계를 갖고, 다른 모든 것보다 우위에 서있는 야릇한 생물, 고립된 동물이다. 그리고 지칠 줄 모르고 그 꿈을 좇으려 하는 존재이다.　　[Paul Valery]

- 인생에는 사랑의 젊은 꿈만큼 달콤한 것은 없다.　　[Thomas More]
- 인생은 꿈같아 아무 가치 없는 물방울에 지나지 않는다. 여러분이 매일 보듯이, 순간에 지나가고 머무는 일이 없다.　　[미하일 네안더]
- 자기의 꿈을 쓰려고 하는 자는 도리어 깨어있지 않으면 안 된다.
　　[Pole Valery]
- 자면서 꾼 꿈에 대해서 생각하는 것은, 깨어 있으면서도 꿈꾸는 것과 마찬가지다.　　[Oxenstjerna]
- 잠자고 꿈꾸었더니 인생은 아름다움이었다. 잠 깨어 세상을 보니 인생은 책임이었다.　　[E. Hooper]
- 잠자는 동안 정신은 선명한 비전을 갖는다.　　[Aeschilos]
- 죄수는 사면을 꿈꾸고, 목마른 자는 마실 것을 꿈꾼다.　　[홍편洪楩]
- 지금 잠을 자면 꿈을 꾸지만, 지금 공부하면 꿈을 이룬다.
　　[Harvard Univ. 도서관 30훈]
- 지난밤의 꿈을 나한테 말하지 말라. 내가 요사이 프로이드를 읽고 있으니까.　　[Henry Adams]
- 청춘의 꿈에 충실하라.
　　[J. C. F. Schiller]
- 현실이 꿈과 일치할 경우는 드물다. 그러나 오로지 꿈만이 목적을 고귀하게 만든다.　[Lyndon B. Johnson]

| 끈기 |

- 거사는 힘이 아닌 끈기로 이루어진다.　　[Samuel Johnson]
- 강을 따라가야 바다에 이르게 된다.
　　[Plautus]
- 기운과 끈기는 모든 것을 이겨낸다.　　[Benjamin Franklin]
- 꼬리 가죽만 벗기는 것보다 어려운 일은 없다.　　[Gabriel M.]
- 사모라(멕시코의 권투선수)의 의자는 하루 만에 앉을 수 없다.
　　[Cervantes]
- 승리는 가장 끈기 있게 노력하는 사람에게 간다.　　[Napoleon I]
- 전나무는 한 방에 쓰러뜨릴 수 없다.
　　[Diogenianus]
- 토끼가 아무리 빨라도 결국에는 사냥개에게 잡히고 만다.
　　[Cesar Houdin]
- 헤라클레스는 하루 만에 탄생하지 않았다.　　[Menandros]

{ ㄴ }

| 나라 |

- 공업을 이룬 나라에서는 백성을 부유하게 하고, 패권霸權을 이룬 나라에서는 관리를 부유하게 하며, 간신히 명맥을 유지하는 나라에서는 겨우 위정자를 부유하게 하고, 망해가는 나라에서는 오직 군주의 창고만 넉넉하다. 이른바 권세 있는 사람은 가득 차지만, 아랫사람은 물독 밑에 빠진 것처럼 되어, 그러한 나라는 환난이 생겨도 건질 길이 없다.

  [위조자尉繚子]

- 나라가 끝까지 망한 뒤에야 망하는 것을 알고, 다 죽은 뒤에야 죽는 줄을 안다. [순자荀子]

- 나라가 작더라도 업신여길 수 없고, 사람이 많더라도 방비가 없으면 믿을 수 없다. [춘추좌씨전春秋左氏傳]

- 나라가 흥성하도록 하는 것은 농사와 전쟁이다. [상군서商君書]

- 나라는 존속할 수 있고, 사람은 삶을 누릴 수 있다. 그러나 나라는 인의로써만 존속할 수 있고, 사람은 선행으로써만 삶을 누릴 수 있다.

  [회남자淮南子]

- 나라를 관리하는 중요한 도리는 공평하고 정직한 데 있다.

  [정관정요貞觀政要]

- 나라를 다스리는 데는, 만년의 계책, 한때의 계책, 달을 넘기지 않는 계책, 이 세 가지 계책이 있다.

  [소식蘇軾]

- 나라를 다스림에서 사단을 만들어 낼 수 없고, 또한 사단을 무서워할 수도 없다. [소식蘇軾]

- 나라를 철상鐵床에 비교하자. 해머는 지배자, 두드려지는 철판은 민중, 제멋대로 마구 두드리는데, 언제까지 지나도 금金이 안 된다면 철판이야말로 쩔쩔맨다. [Goethe]

- 나라마다 양식도 가지각색이다.

  [Zenobius]

- 나라 안에 우환이 있는 것이 근본적인 것이고, 나라 밖에 우환이 있는 것은 지엽적인 것이다. [소순蘇洵]

- 나라의 불운은 궁극적으로 보아, 인민의 강건함과 그렇지 않음에 의하여 정해진다. [Cervantes]

- 내 나라는 칼의 나라도 아니고 창의 나라도 아니다. 오만은 팬과 지혜의 나라이다. [카부스 빈 사이달 사이드]

- 백성이 나라를 먹여살리는 것이지, 나라가 백성을 먹여살린다는 말은 들어보지 못했다. [왕안석王安石]

- 어느 나라에서든 태양이 뜨고 진다.

169

[George Herbert]

- 어지러우면 나라가 위험하고, 다스려지면 나라가 안전하다. [순자荀子]
- 위대한 나라란, 곧 위대한 인물을 낳는 나라이다. [Benjamin Disraeli]
- 진보적인 나라에서는 변혁은 불가피하다. 변혁은 끝이 없다.

[Benjamin Disraeli]

- 친애하는 동포 여러분! 여러분의 나라가 여러분을 위해 무엇을 해줄 수 있는가를 묻지 말고, 여러분이 여러분의 나라에 무엇을 할 수 있는가를 물어야 합니다. [John F. Kenedy]
- 프랑스는 무드의 나라, 영국은 멋대로의 나라, 스페인은 조상 숭배의 나라, 이탈리아는 빛나는 나라, 그리고 도이치는 칭호의 나라다. [칸호]
- 한 나라는 속담의 질로 판단할 수 있다. [독일 속담]
- 한 나라의 문화는 그 나라 사람들의 마음과 영혼에 있다.

[Mahatma Gandhi]

| 나이 |

- 그 나이의 지혜를 가지지 않은 자는, 그 나이의 모든 어려움을 가진다.

[Voltaire]

- 그 사람한테 그것밖에는 헤아릴 것이 남아 있지 않는 한 우리는 남의 나이를 헤아리지 못한다.

[Ralph Wldo Emerson]

- 금년의 꽃도 지난해와 같이 아름다운데, 지난해 사람은 금년 들어 늙었구나. [잠삼岑參]
- 나이가 들수록 사람들은 보다 더 분수에 만족한다. 생에 훨씬 덜 의존한다. [Robert Musil]
- 나이가 들어도 사랑을 막을 수는 없어요. 하지만 사랑은 노화를 어느 정도 막을 수 있지요.

[Jeanne Moreau]

- 나이가 성숙을 보장하지는 않는다.

[Lawana Blackwell]

- 나이는 거역할 수 없다.

[Francis Bacon]

- 나이는 모든 것을 훔친다. 그 마음까지도. [Vergilius]
- 나이는 사랑과 같이 숨길 수 없다.

[Thomas Dekker]

- 나이는 소득세와 같아서 사람에 따라 계산의 방법이나 기준이 다른 법이다. [여석기]
- 나이를 먹어 감에 따라 과거는 점점 늘어나고, 미래는 점점 더 줄어든다.

[Osho Rajneesh]

- 나이를 먹으면 경험이 많아 책에 쓰인 것보다 속세의 지식이 풍부함으로 나이 먹은 사람의 충고를 듣는 것이 좋다. [미상]

- 나이를 먹을수록 현명해지는 것이 아니라 어리석은 짓을 바꿔야 할 뿐이다. [La Chaussee]
- 나이를 먹음에 따라 때는 많은 교훈을 가르친다. [Aeschilos]
- 나이를 의식하지 못하는 사람은 그 때문에 온갖 불행을 겪는다. [Voltaire]
- 나이마다 나름의 기쁨과 정신, 풍속이 있다. [Boileau Nicolas]
- 나이 마흔을 지난 남자는 누구나 악당이다. [George Bernard Shaw]
- 나이 50이 된 후에, 비로소 마흔아홉 때의 부족함을 알게 된다. [장자莊子]
- 나이 60세가 될 때까지 60번이나 삶의 변화를 추구하였다. [장자莊子]
- 내 나이 이미 지는 해 같아, 그 그림자의 소리 따라잡을 수가 없구나. [조식曹植]
- 누구나 오래 살기 바란다. 그러나 누구를 막론하고 나이는 먹기 싫어한다. [Jonathan Swift]
- 모든 연령에는 신체와 마찬가지로 그 연령마다의 독특한 병폐가 있다. [Ralph Waldo Emerson]
- 모든 사람은 40에 생의 고비를 느끼며, 50에 인생의 저녁때를 자각하게 된다. [김형석]
- 바보만이 죽음을 겁내는 나머지 나이를 먹는다. [Democritos]
- 사람은 나이를 먹는 것이 아니라 좋은 포도주처럼 익어가는 것이다. [Philips]
- 수치數値는 청년에게는 장식, 노년에게는 면목 없음이다. [Aristoteles]
- 스물다섯까지 배우고, 마흔까지 연구하고, 예순까지는 성취하라. [William Osler]
- 어느 나이가 지나면 독서할수록 마음은 창의성으로부터 멀어진다. 너무 많이 읽고 자기 뇌를 너무 적게 쓰면 누구나 생각을 게을리 하게 된다. [Albert Einstein]
- 여자가 30이 넘어 가장 잘 잊는 것은 자기 나이이며, 40이 되면 나이 따위는 완전히 잊고 만다. [랑그론]
- 여자는 항상 남자보다 젊다. 같은 나이 또래에서는. [Elizabeth Browning]
- 연령은 사랑과 같은 것으로써, 덮어 감출 수는 없다. [Thomas Dekker]
- 50세까지는 세계란 우리가 자신의 초상을 그려가는 액자이다. [Henry F. Amiel]
- 20세에는 의지가 지배하고, 30세에는 기지가, 40세에는 판단이 지배한다. [Benjamin Franklin]
- 인생의 처음 40년은 본문本文이고, 나머지 30년은 주석註釋이다. [Arthur Schopenhauer]

- 인생 70은 예로부터 드물다.

  [두보杜甫]
- 자신의 인생이 중년기에 왔다는 것을 남자는 먼저 자기 아내의 용모에서 깨닫게 된다. [Richard Armour]
- 젊어선 사람에 취해 있게 되고, 나이를 먹으면 자연에 취해야 한다.

  [최정희]
- 젊은 나이는 일생에 두 번 오지 않으며, 하루 동안에 아침이 두 번 오지 않는다. [도연명陶淵明]
- 중년中年이란 가는 허리와 넓은 마음이 교대를 시작하는 시대이다. ― 굵은 허리와 좁은 마음으로 ―

  [Joy Adams]
- 중년이란 좀 더 천천히 달리라고 경찰이 아닌 의사에게 충고를 받게 되는 연대이다. [Joy Adams]
- 지금 생각해 보면 인생은 40부터도 아니요 40까지도 아니다. 어느 나이고 다 살만하다. [피천득]
- 청년기란 실패, 중년기는 고투苦鬪, 노년기는 후회. [Disraeli]
- 70세에 젊은 기분으로 산 사람은 40세에 늙음을 자칭하는 사람보다 훨씬 유쾌하고 희망에 차 있다.

  [Oliver Wendel Holmes]

| 나체裸體 |

- 다 벗은 것보다는 걷어올린 것이 더 욱 정숙하지 못하다. [Diderot]
- 정신이나 몸이나 나체는 불편하다.

  [Francis Bacon]
- 낙관주의자라는 것은, 봄이 인간으로 태어난 것을 말한다.

  [Susan Bissonette]

| 낙관주의와 비관주의非觀主義 |

- 낙천가란 글라스에 아직은 받은 술이 남았다고 말하는 사람, 비관주의자는 벌서 술잔의 반이 비었다고 한다.

  [플로크나우]
- 낙천가란 자신의 비서와 혼인하는 사나이, 혼인 후에도 그녀가 고분고분하리라고 믿고 있다. [플로크나우]
- 낙천주의자는 모든 장소에서 청신호밖에는 보지 않는 사람, 비관주의자는 붉은 정지신호밖에는 보지 않는 사람, 그러나 정말 현명한 사람이란 색맹色盲을 말한다.

  [Schweitzer]
- 낙천주의자란 도넛의 바깥 둘레를 살피고, 비관주의자는 도넛의 구멍을 살핀다. [Willson]
- 다 잘 될 것이다. 그리고 하늘이 무너져도 종달새 한 마리는 무사히 살아날 것이다. [Goethe]
- 당신이 비관주의자가 되려고 할 때는 장미를 보시오. [A. Samain]

- 사자를 만들었다고 신을 비난하지 말라. 오히려 사자에게 날개를 달아주지 않았음에 감사해야 한다.

  [J. Petrobich]
- 최고의 세계에서도 무엇이든 더 나아질 여지가 있다.　　　　[Voltaire]

| 낙담落膽 / 낙심 |

- 낙심은 인내보다 훨씬 고통스럽다.

  [Hafiz]
- 낙심은 정신의 죽음이다.

  [La Rochefoucauld]
- 낙심만큼 오만을 닮은 것은 아무것도 없다.　　　　[Amiel]
- 돈을 잃는 것은 가벼운 상실이고, 명예를 잃은 것은 심한 상실이며, 용기를 잃은 것은 돌이킬 수 없는 상실이다.　　　　[Goethe]
- 작별 인사에 낙담하지 말자. 재회에 앞서 작별은 필요하다. 그리고 친구라면 잠시 혹은 오랜 뒤라도 꼭 재회하게 될 터이니.

  [Richard D. Bach]

| 난관 |

- 난관은 낙담이 아닌 분발을 위한 것이다. 이 난관의 정신은 투쟁을 통해 강해진다.

[William Ellery Channing]
- 나는 영웅이란 낙심케 하는 난관에도 불구하고 인내하고 견뎌낼 힘을 찾아내는 평범한 개인이라고 생각한다.　　　　[Christopher Reeve]

| 날씨 |

- 날씨가 어떤 때는 어머니 같고, 어떤 때는 계모 같다.　　[Hesiodos]
- 날씨의 변화는 도무지 종잡을 수 없는 어리석은 자들의 대화와 같다.

  [John Heywood]
- 마님의 날씨는 비도, 바람도, 햇살도 없는 날씨이다.　　[앙투안 우댕]
- 세상에 나쁜 날씨란 없다. 햇살은 달콤하고, 비는 상쾌하고, 바람은 시원하며, 눈은 기분을 들뜨게 한다.

  [John Ruskin]

| 낡은 것과 새것 |

- 노인들이여! 집과 가구와 아내는 낡은 것을 써도 도구道具는 최신 것으로 바꿔야 몸에 좋다.

  [Early Adapter]

| 남녀의 사랑 |

- 교양 있는 가정환경, 진실로 재산과

고상한 취미, 꾸준히 탐구하는 학문, 이런 점에 있어서 잘 어울리는 남녀 간의 사랑은 잘 꼬아진 끈과 같이 여물다.   [G. E. Lessing]

• 남녀 간에 비판하는 것이 많으면 많을수록 사랑하는 것이 적어지게 된다.

[Balzac]

• 남녀 간의 사랑이야말로 이 세상에서 가장 위대하고 완벽한 정열이다. 남녀 간의 사랑은 이원적이고 상반적인 양성兩性의 사람이 만나 이루는 것이기 때문이다. 남녀 간의 사랑은 수축과 이완을 거듭하는 생명의 고동이다. [David H. Lawrence]

• 남녀 사이의 애정에는 반드시 사랑의 감정이 그 정점에 도달하는 한순간이 있다. 그 순간의 애정에는 의식적인 것, 비판적인 것이 모두 자취를 감추어 버리며, 심지어 육욕적인 감정조차도 어디론지 사라지고 만다.   [Lev Tolstoy]

• 남자가 여자를 사랑하려거든 그 여자의 연약한 점, 불완전한 점을 다 알고 난 뒤에 사랑하라.

[Oscar Wilde]

• 남자는 언제나 여자의 첫사랑이 되고 싶어 한다. 그러나 그것은 어리석은 허영심에 불과하다. 우리 여성들은 일에 있어서 심사숙고하는 본능을 가지고 있다. 즉, 우리들이 바라는 것은 그 남자의 마지막 사랑이 되고 싶은 것이다.   [Oscar Wilde]

• 남자는 여자를 사랑하는데서 시작하여 여자를 사랑함으로써 끝난다. 여자는 남자를 사랑하는 데서 시작하여 사랑을 사랑함으로써 끝난다.

[Remy de Gourmont]

• 남자는 여자를 사랑함에 따라 더욱 여자를 미워하는 마음으로 다가선다.

[La Rochefoucauld]

• 남자들은 사랑 때문에 죽고, 여자들은 사랑 때문에 산다.   [데 페라에]

• 남자란 일단 여자를 사랑하게 되는 날엔 그 여자를 위해서라면 무엇이든지 해주지만, 단 한 가지 해주지 않는 것은 언제까지나 계속해서 사랑해 주는 일이다. 세상에는 이런 일이 흔히 있는 것을 우리는 볼 수 있다.   [Oscar Wilde]

• 남자의 사랑은 인생의 부속품, 여자의 사랑은 인생의 징검다리이다.

[오소백吳蘇白]

• 남자의 사랑은 자신의 생명과는 별개의 것이지만, 여자에게는 그것이 전부이다.   [Byron]

• 사람은 사랑을 하게 되면 먼저 자신을 기만하게 되고 나아가서는 상대방을 기만하는 것으로 끝난다.

[Oscar Wilde]

• 사랑은 남자한테는 눈으로 스며들

고, 여자에게는 귀로 스며든다.

[폴란드 격언]

● 사랑은 여자의 수줍음을 줄여주고 남자의 수줍음은 키워준다.

[Jean Paul]

● 사랑을 하다가 사랑을 잃은 편이 한 번도 사랑하지 않는 편이 낫다.

[Tenison]

● 여자는 사랑에는 한계가 없다고 강력히 주장한다. 남자는 사랑에 한계가 있다고 간주한다.　[Montheriant]

● 여자는 사랑의 증거로 남자에게 애착을 느끼지만, 남자는 그와 같은 사랑의 증거로 열이 식는다.

[La Bruyere]

● 여자는 자신이 준 애정 때문에 남자에게 집착하고, 남자는 그 애정으로 치유된다.　[La Bruyere]

● 여자에게 사랑은 일생의 이야기이나, 남자에게는 하나의 에피소드에 불과하다.　[Stael 부인]

● 연애란 자신이라는 고독한 지옥에서 탈출해야겠다는 욕망의 억제가 불가능한 욕구이다.　[Baudelaire]

● 연애란 프랑스에서는 희극, 영국에서는 비극, 이탈리아에서는 가극, 독일에서는 멜로드라마이다.

[말그리드 프레시턴]

● 이성 간의 사랑은 정도의 차이는 있을지라도 누구나 감정이 피어오르는 불꽃에 그들 자신을 사르게 한다.

[박목월]

● 인생에서 가장 아름다운 순간은 아무도 알아듣지 못하는 두 사람의 말로 두 사람만의 비밀이나 즐거움을 함께 이야기하고 있을 때이다.　[Goethe]

● 진정으로 사랑을 하는 사나이는 여인 앞에서는 어쩔 줄 모르고 졸렬하여 애교도 제대로 보이지 못하는 것이다.　[R. Browning]

● 한 번의 눈짓, 한 번의 악수, 그리고 얼마쯤 가망이 있을 듯이 회답 따위에 의해서, 곧 원기를 회복하는 것이 연애를 하고 있는 남녀.

[Andre Maurois]

| 남녀의 우정友情 |

● 가장 완전한 사교술을 익히기 위해서는 모든 여성에 대해서 당신은 그녀를 사랑하고 있는 것처럼 얘기하라. 그리고 모든 남성에 대해서는 그에게 당신이 진저리가 나는 것처럼 얘기하라.　[Oscar Wilde]

● 남녀 사이의 우정에 있어 그것이 본원적인 감정이란 불가능하다.

[David H. Lawrence]

● 남자는 어느 여인의 애인으로 있는 한 그 여인의 친구일 수는 없다.

[Balzac]

- 사랑에서는 여성들이 남성들보다 멀리 나아가지만, 우정에서는 남성들이 우세하다. [La Bruyere]

| 남녀의 정교情交 |

- 강간에 의하든, 혼인에 의하든, 신의 눈으로 보면 아이를 낳는다는 것은 같은 코스에 불과하다.

  [Schopenhauer]
- 기호嗜好는 성性의 물을 흐리게 하고, 욕심은 마음의 연못을 출렁이나니, 이는 만인에게 다 같으나 절제하는 이라야 현자賢者라 이른다.

  [동문선東文選]
- 꿈속에서는 모든 복잡한 기구와 가구류는 십중팔구 남성의 성기이다.

  [David H. Lawrence]
- 남녀관계란, 두 사람만이 저녁 식사를 세 번이나 가지고도 아무 일이 없을 때에는 단념하는 것이 좋다.

  [고즈 야스지로小津安二郎]
- 남자는 그 눈짓으로 그 욕정을 일으키며, 여자는 그 눈짓으로 몸을 맡긴다. [Karl Alphons]
- 남자는 내버려 두어도 남자가 되지만, 여자는 남자로부터 포옹을 당하고 키스를 받음으로써 점점 여자가 되어간다. [Henry Havelock Ellis]
- 놀이를 겸해서 사랑의 교합을 할 수 있다는 것은, 인간이 동물과 다르다는 증거이다. [H. Brown]
- 밤마다 각기 다른 메뉴가 있어야 한다. [Balzac]
- 사나이의 애정은 자신이 육체적 만족을 취한 순간부터 급속히 떨어진다. 다른 여자라면 누구를 막론하고 그가 소유한 여인보다 매력을 가진 듯이 생각하며 그는 변화를 추구한다. 그것과는 반대로 여인의 애정은 이 순간부터 증대한다.

  [Schopenhower]
- 사랑과 육욕은 같지 않다. 한쪽은 내적內的이고 깊으며, 다른 한쪽은 피상적이며 얕다. 사랑은 영속적이고, 육욕은 일시적이다.

  [William penn]
- 색욕이 불길처럼 타오를지라도 병든 때를 생각하면, 흥은 문득 차가운 재 같으리라. 명리名利는 엿같이 달지라도 생각이 사지死地에 이르면 맛은 문득 납을 씹는 것과 같으리라. 그러므로 사람이 죽음을 근심하고 병을 생각한다면, 환업幻業을 끄고 진심을 오래 기르리라.

  [홍자성洪自誠]
- 성과 미美는 생명과 의식처럼 하나의 것이다. 성을 미워하는 것은 미를 미워하는 것이다. 살아있는 미를 사랑하는 자는 성을 존중한다.

[David H. Lawrence]

- 성관계는 본래 모든 행동이 눈에 보이지 않는 중심적이고, 이것을 감추는 여러 가지 베일이 있는 데도 도처에서 얼굴을 내민다. 성관계는 전쟁의 원인도 되고, 평화의 목적도 되며, 자살의 기초도 되고, 타락의 목표도 되며, 해학의 무진장한 원천도 되고, 모든 풍자의 열쇠도 되고, 모든 비밀의 눈짓의 의미도 된다.

[Schopenhauer]

- 성교는 장애물에 의해서 오히려 그 자극이 강화된다. [Sigmund Freud]
- 성교육은 미적분이나 그리스 문화처럼 취급할 수 있는 것이 아니다.

[Montaigne]

- 성애性愛는 별개의 성으로 시작하여 동일성으로 끝나고, 모성애는 동일성으로 시작하여 별개의 성으로 인도된다. [Erich Fromm]
- 성은 거짓된 수치를 태워버리고, 우리 몸의 가장 무거운 광물을 순수하게 제련하기 위하여 필요하다.

[David H. Lawrence]

- 성적 본능을, 교양 있는 여성은 그 소유를 인정치 않는다. 여성의 임무는 남성의 성적 본능을 수치로 여기게 하는데 있었다. [Cyril Tourner]
- 성적이라는 개념과 성기적(생식기)이라는 개념은 분명히 구별할 필요

가 있다. [Sigmund Freud]

- 성적 포옹은 오직 음악이다. 기도에만 비교될 수 있다. [Henry Ellis]
- 섹스는 역사상 가장 아무것도 아니다. [Swetchin]
- 신체적 접촉 없이는 절대로 여자를 소유할 수 없다. [Augustinus]
- 어떤 남자는 여자의 이상한 아름다움에는 저항할 수 없다. [Talmud]
- 어머니의 젖을 빤다는 행위가 모든 성생활의 시발점이 된다.

[Sigmund Freud]

- 여성에게 남성의 수면은 자기만족을 취한 후의 배신으로 비치는 것이다.

[Simone de Beauvoir]

- 여인상을 그림에 있어서 진정한 색정적 감각은 그녀의 옷 입히기를 빼놓지 않는다. 입히는 것과 벗기는 것, 그것은 사랑의 진정한 거래다.

[Antonio Machado]

- 여자는 남자보다 상사병을 더 앓지만, 이를 감출 줄 안다. [Euripides]
- 여자는 성적일 뿐이며, 남자는 성적이기도 하다. [Otto Weininger]
- 여자는 유혹하지만 배부르게 한다. 여자는 자극하지만 진정시킨다. … 성이란 개체가 짝을 만나 비로소 교정矯正되는 불완전한 것이다.

[Henry F. Amiel]

- 여자의 욕망을 불러일으킬만한 말

을 갖지 않은 남자는 성생활을 즐길
자격이 없다.　　　　　[Balzac]
- 오르가즘은 갈망의 집점集點과 달
성하려는 상상想像의 교차점에서
생긴다.　　[Melcom Merggeridge]
- 욕정은 두 개의 피부의 우연한 접촉
에서 생긴다.　　　[Andre Maurois]
- 우리는 교접하기 위해 태어났다. 교
접 인간은 자연의 법칙을 달성한다.
　　　　　　　　　[Muslah Sadi]
- 육욕을 모르는 동물은 없지만, 이것
을 순화하는 것은 인간뿐이다.
　　　　　　　　　　　[Goethe]
- 육체적 교섭이 사람을 결코 이롭게
하지는 않는다. 해를 주지 않았으면
그것으로 만족할 일이다. [Epicurus]
- 야다YADA는 창조 행위다. 이것 없
이는 자기완성을 얻을 수 없다. 말
은 헤브라이어로 섹스라는 뜻으로,
상대를 잘 안다는 뜻이기도 하다.
　　　　　　　　　　　[Talmud]
- 적당한 쾌락은 전신의 긴장을 풀리
게 하고 진정시킨다.
　　　　　　　[Nixon de Lenclos]
- 젊었을 때는 혈기가 정해지지 않았
기 때문에 색을 삼가해야 한다.
　　　　　　　　　　[논어論語]
- 정사의 경험이 단 한 번도 없다는 여
인은 많지만, 한 번밖에 없다는 여인
은 드물다.　　[La Rochefoucauld]

- 프랑스인이 말하듯이 세 가지 성이
있다. 남성, 여성, 그리고 목사가 그
것이다.　　[William-Sidney Smith]

| 남용濫用 |

- 달리는 말에 항상 박차拍車를 가한다.
　　　　　　　　　[G. Plinius, C. S.]
- 마땅하지 않은 사람을 받아주면, 그
이상을 바란다.　　[Publius Syrus]
- 염소가 땅을 너무 긁으면, 잠자리가
불편하다.　　　　　　[F. Villon]

| 남의 결점缺點 |

- 까마귀가 검은색을 나무란다.
　　　　　　　　　[Shakespeare]
- 남의 벼룩은 보면서 정작 자기 진드
기는 보지 못한다.　　[Petronius]
- 냄비가 팬을 더럽히거나 팬이 너무
검다고 생각한다. 또는 삽이 부지
깽이를 비웃는다.　　[Montaigne]
- 비슷한 이들에게는 스라소니(고양
이과의 동물) 같고, 우리 자신에게
는 두더지 같다.　　[La Fontaine]
- 우리는 눈에는 남의 흉을, 등에는
우리의 흉을 달고 있다.　[Seneca]
- 자기 흉은 뒤쪽 자루에, 남의 흉은
앞쪽 자루에.　　　　　　[Aesop]

| 남의 고통苦痛 |

● 남의 아픔은 배를 채워주지 않는다.
　　　　　　　　　　　　　　　　[이란 속담]

● 남의 밥그릇을 기다리는 자는 종종
　늦은 저녁을 먹는다.　　[프랑스 속담]

● 내 손가락의 상처가 내 동료의 파멸
　보다 더 고통스럽다.　　　[Hazilitt]

| 남의 불선不善 |

● 남의 불선을 말하지 말라. 그 후환
　은 내게 돌아온다.　　　　[맹자孟子]

| 남의 불행不幸 |

● 건강한 사람이 아픈 이들에게 조언
　하기는 쉽다.　　　[Terentius Afer]

● 남의 아픔으로 빚어진 슬픔은 금세
　지나가버린다.　　　　　[Theognis]

● 남의 아픔은 머리카락 한 올의 무게
　다.　　　　　　　　　[Cervantes]

● 사람들은 대개 남의 불행 앞에서 평
　온하다.　　　　[Oliver Goldsmith]

● 사람은 자기도 예외라고 생각하지
　못하고, 남의 불행을 결코 동정하지
　않는다.　　[Jean Jack Rousseau]

● 우리 모두는 남의 불행을 견딜만한
　힘은 충분히 가지고 있다.

　　　　　　　[La Rochefoucauld]

| 남의 일 |

● 남을 아는 사람은 지혜 있는 자이지
　만, 자기를 아는 사람은 더욱 명철
　한 자이다.　　　　　　[노자老子]

● 당신과 무관한 남의 일에 끼어들지
　말라.　　　　　[Publius Syrus]

● 사람들의 병폐는 마치 자신의 밭을
　버리고 남의 밭을 김매는 것처럼, 남
　에게 요구하는 것은 육중하면서 스
　스로 책임지는 것은 가벼운 데 있다.

　　　　　　　　　　　　[맹자孟子]

● 자기 일에 아무 걱정 없을 때 비로소
　남의 일에 관심을 갖는 법이다.

　　　　　　[P. A. C. Beaumarchais]

● 처지를 바꾸어서 생각해 보라.(역지
　사지易地思之)　　　　[맹자孟子]

| 남의 재산 |

● 남의 가죽으로 큰 허리띠를 만든다.
　　　　　　　　　　　　[F. Helinand]

● 남의 밭에서 거둔 수확이 항상 더
　훌륭하다.　　　　　　[Ovidius]

● 이웃의 말이 내 말보다 더 나은데,
　그것은 내 것이 아니기 때문이다.

　　　　　　　　　　　[Montaigne]

| 남자男子 |

● 겸양한 사나이는 자기 자신에 관해서

결코 말하지 않는다.　[La Bruyere]
- 곤란과 시련을 이겨내는 것이야말로 남성이 무엇인가를 보여주는 좋은 기회이다.　[E. Epitetus]
- 나는 천국에서 사나이끼리 살기보다는 이 세상에서 사랑하는 여자와 괴로워하며 살겠다.　[R. G. Ingersoll]
- 남성의 성격 형성은 그 반이 여성의 영향력에 의해서다.
　[Gustave Flaubert]
- 남자가 만들어내지 않는 한, 이 세상에는 선도 악도 존재치 않을 것이다.
　[Jean Paul Sartre]
- 남자가 밤만큼 더 간절하게 생각하는 일이란 드물다.
　[Samuel Johnson]
- 남자가 20대에 잘나지도, 30대에 건장하지도, 또 40대에 치부하지도, 50대에 현명하지도 못하다면, 그는 결코 잘난 용모도, 건강도, 재산도, 지혜도 가져볼 수 없다.
　[George Herbert]
- 남자는 미덕보다는 영광에 굶주리고 있다.　[Jubenalis]
- 남자는 어떤 여자와도 행복하게 살아갈 수 있다. 다만 상대방을 사랑하지 않는 한.　[Oscar Wilde]
- 남자는 연애로부터 시작하여 야심으로 끝난다.　[Francois Rabelais]
- 남자다움이란 친절과 자애이지, 육

체적인 의지에 있지 않다.
　[Muslah Sadi]
- 남자란, 말하며 접근할 때는 봄이지만 혼인해버리면 겨울이다.
　[Shakespeare]
- 남자란 위胃와 같은 것이며, 여자는 음식물이다. 사나이들은 여자를 탐식하고 배가 불러오면 이번에는 토해버린단 말이야.　[Shakespeare]
- 남자의 얼굴이 덕을 지닌다.
　[Ch de vaubel]
- 말이 적은 남자는 가장 훌륭한 남자이다.　[Shakespeare]
- 멋을 부리는 남자는 대개 추잡한 생각을 가진 남자이다.　[John Swift]
- 사나이 중에 사나이다.
　[십팔사략十八史略]
- 40세에서 50세까지 남자는 마음속에서 금욕주의자가 아니면 호색가이다.　[A. Finer]
- 40세 이상의 사나이는 모두가 악당이다.　[Bernard Shaw]
- 아내와 자식을 가진 남자는 운명에 저당잡힌 격이다.　[F. Bacom]
- 용감한 남자는 자기 자신의 일을 최후에 생각한다.　[Friedrich Schiller]

| 남자와 노년 |

- 그루터기를 보면 싹이 어떠할지 알

수 있다. [Homeros]

- 노년의 남자는 상점 진열장에 진열된 검과 같다. [H. W. Beach]
- 조물주는 세상에서 가장 아름다운 피조물을 흙으로 만들었다. 그것이 남자다. [C. V. Georghiu]
- 지친 소가 깊은 밭고랑을 낸다. [Hieronymus, Jerome]
- 집안의 노인 한 명은 좋은 간판이 되어준다. [John Ray]

| 남자와 사랑 |

- 군대를 이끌 때보다 사랑할 때 더 많은 지략이 필요하다. [나농 드 랑클로]
- 나를 사랑하는 여자가 나를 울린다. [Cervantes]
- 나중에 고마워해줄 여자하고만 교제해야 한다. [Antisthenes]
- 남자가 모든 정열을 쏟고 사랑하는 여인이, 반드시 가장 사랑하고 싶다고 생각했던 여인은 아니다. [Regnier]
- 남자가 여자를 사랑하는 동안 남자는 어미의 젖을 짜는 어린 소처럼 여자의 포로가 되어버린다. [법구경法句經]
- 남자가 하는 말에는 사랑이 잘 스며들지 않는다. 그래서 남자는 사랑한다는 말을 자주 한다. 그러나 여자의 말에는 몇 마디 속에 남자의 가슴이 저릴 만큼 사랑이 스며든다. [Oliver Holmes]
- 남자는 건설해야 할 일이나 파괴해야 할 일이 없어지면 몹시 불행을 느낀다. [Alain]
- 남자는 계단에서 발을 헛디디듯이 실수로 사랑에 빠진다. [Robert Southey]
- 남자는 미친 사람처럼 사랑할지는 몰라도 어리석은 사람처럼 사랑하지는 않는다. [La Rochefoucauld]
- 남자들이 가장 속기 쉬운 것은 다음 세 가지다. 경마競馬, 가발, 그리고 아내. [Benjamin Franklin]
- 남자란 언제나 자기 집을 떠나서 지낼 때가 가장 명랑하다. [Shkespeare]
- 남자란 청혼하고 있을 동안은 꿈을 꾸지만, 일단 혼인하고 나면 깬다. [Alexander Pope]
- 남자란 최초의 키스는 완력으로 빼앗게 되고, 다음 키스는 달래며 얻어내고, 세 번째 키스는 으스대며 요구하고, 네 번째 키스는 태연히 받아들인다. 그리하여 다섯 번째의 키스는 마지못해 응해주고, 그다음부터는 모든 키스를 귀찮게 받아들이는 변덕쟁이다. [Helen Rowland]

- 남자에게 있어 사랑은 남자의 인생의 일부이며, 여자의 그것은 여자의 생애 전부이다.　　　　[Byron]
- 델릴라(삼손의 애인)의 품에서 천국까지의 거리는 멀지 않다.
　　　　[B. J. Whiting]
- 사랑에 관한 한 자신을 속이려고 해도 헛일이다. 사람이 사랑한다는 것이 어째서 천박하다는 말인가. 손을 더럽히지 않으면 불가능한 일이다. 체력도 필요하고 배짱도 필요하다.
　　　　[John Osbourme]
- 사냥에 성공했을 때 뿔 나팔을 불려하지 않는 사냥꾼은 없다.
　　　　[Marguerite de Navarre]
- 사랑받는 남자는 따지고 보면 여인에게 사랑을 걸어두는 못과 같은 가치밖에 없다.　　　　[Andre gide]
- 사랑에 있어서 남자의 승리란 도망치는 것이다.　　　　[Napoleon I]
- 이상적인 남성이란, 남자의 힘과 여자의 상냥함을 겸비한 자이다.
　　　　[유대 격언]
- 잔소리가 적은 남자가 가장 좋은 남자다.　　　　[Shakespeare]
- 준수함이 남자의 유일한 아름다움이다.　　　　[Montaigne]

| 남자와 여자 |

- 강압에 의해서건, 기교에 의해서건, 자신이 여자의 의지를 바꾸어 놓을 수 있다고 생각하는 남자는 바보이다.
　　　　[Sammuel Dark]
- 길에서 갑자기 변을 당했을 때, 남자는 지갑을 들여다보지만, 여자는 거울을 들여다본다.　　　[M. 턴블]
- 나는 기대하고 있다. 여자란 남자에 의해 문명화될 마지막 존재가 되리라는 것을.　　[Gerage Meradith]
- 나는 남자 세계에 사는 것을 마다하지 않는다. 그 세계에서 여자로 남아 있는 한.　　　[Marilyn Monroe]
- 나는 남자를 보면 볼수록 남자에 대한 사랑이 식어간다. 만약 내가 여자에 대해서도 이런 식으로 말할 수 있다면 모든 것이 나아질 것이다.
　　　　[Schopenhauer]
- 나는 여자를 안다고 말할 때, 그것은 자신이 여자를 모른다는 사실을 알고 있다는 뜻이다.
　　　　[W. M. Sakare]
- 남녀란 인류의 근본이며 만세의 시작이다.　　　　[정도전]
- 남성들이 여자를 사랑할 때는 여자의 연약함과 불완전함을 알고 난 뒤에 사랑한다. 아니, 그렇기 때문에 더욱 사랑하는지도 모른다. 사랑이

필요한 사람은 완전한 인간이 아니며 불완전한 인간이기에 더욱 사랑이 필요하다.　　　[Oscar Wilde]

● 남성 사이에서는 어리석고 무지한 자가, 여성 사이에서는 추한 여자가 일반적으로 사랑을 받는다.
　　　　　　[Schopenhauer]

● 남성에게 가장 동경의 대상은 여성이 아니다.　　　[D. H. Lawrence]

● 남성은 모두가 거짓말쟁이고, 바람둥이고, 가짜이고, 말이 많고, 오만하고, 비겁자이고, 남을 형편없이 깔보는 자로써 정욕의 노예다. 여성은 모두가 배반자이고, 교활하고, 허영심이 강하고, 실속 없고, 본 마음씨가 썩어 있다.　　[Friedrich Nietzsche]

● 남성은 여성보다 몸집이 우람하다는 것 외에는 여성보다 선천적으로 뛰어난 이유가 하나도 없다고 나는 단언한다.　　[Bertrant Russell]

● 남성은 작품을 지어낸다. 그러나 여성은 그 남성을 지어낸다.
　　　　　　[Romain Rolland]

● 남성이란 말을 잘 듣고 얌전한 여자가 좋다고 생각하는 모양인데, 그런 여자일수록 언제나 상대방에게 칼을 휘두르게 되는 기질을 가졌다.
　　　　　　[이치게 요시에市毛良枝]

● 남성이 할 수 있는 일은 그가 성심껏 일함으로써 성취시키는 데 있고, 여성이 이룩할 수 있는 훌륭한 일은 그녀의 성격에 있는 것이다. [Cheston]

● 남자가 마음속의 진정한 여자만을 사랑한다면, 세상의 여자는 그에게 무의미한 것이 된다. [Oscar Wilde]

● 남자가 언제까지나 진심으로 깊은 애정을 가질 수 있는 여자는, 함께 있으면 전기에 감전된 것처럼 짜릿하거나 가슴이 설레는 그런 여자가 아니라 함께 있으면 사르르 부드러운 분위기에 취하게 되는 그런 여자이다.　　　[George Nathan]

● 남자가 없는 여자는 울타리 없는 정원과 같다.　　　[Yarn Gruter]

● 남자가 여자를 사랑하는 첫째 조건은, 그 여자가 자기 마음에 드느냐 안 드느냐 하는 것이다. 그러나 여자에게 있어서는 한 가지 조건이 더 필요하다. 그것은 자기의 선택이 다른 사람의 마음에 드느냐 어떠냐는 것이다.　　[Norman Vincent Peale]

● 남자가 여자보다 웅변에는 더 능하지만, 설득력은 여자가 남자보다 더 강하다.　　　[T. Randolph]

● 남자가 여자에게 끌리는 것은, 남자로부터 늑골을 빼앗아 여자를 만들었으므로, 남자는 자기가 잃은 것을 되찾으려고 하기 때문이다.
　　　　　　[Talmud]

● 남자가 여자에게 모든 것을 바치라

고 요구한다. 여자가 시키는 대로 모든 것을 바치고 헌신적으로 나오면 남자는 그 부담감에 시달린다. [Simon de Beauvoir]

- 남자가 죽을 때 움직이는 최후의 것은 마음이고, 여자에게 있어서는 혀이다. [George Chapman]
- 남자끼리는 원래 서로가 무관심한 것이지만, 여자란 태어나면서부터 적이다. [Schopenhower]
- 남자나 여자의 교양의 시금석은 싸울 때 어떻게 행동하느냐 하는 것이다. [George Bernard Shaw]
- 남자는 개개의 여자에 대하여 여자이기 때문에 사랑하지만, 여자는 개인으로서의 남자, 즉 유일하고 특별한 사람밖에는 사랑하지 않는다. [Henry F. Amiel]
- 남자는 ‘거짓말하는 나라’의 서민이지만, 여자는 그 나라의 확실한 귀족이다. [Richard Elmen]
- 남자는 권력을, 여자는 아름다움을 무기로 하고 있다. [F. Alberoni]
- 남자는 그 눈길로 욕정을 느끼고, 여자는 그 눈길로 몸을 맡긴다. [Alphonse Karl]
- 남자는 그 여자의 말 때문에 그 여자를 사랑하는 것은 아니다. 여자를 사랑하기 때문에 그 여자의 말을 사랑하는 것이다. [Andre Maurois]

- 남자는 기분으로 나이를 먹고, 여자는 용모로 나이를 먹는다. [M. Collins]
- 남자는 많이 알면 알수록, 또 여행을 하면 할수록 시골 소녀와 혼인하고자 한다. [George Bernard Shaw]
- 남자는 망각에 의해 살아가고, 여자는 기억을 양식糧食으로 살아간다. [T. S. Eliot]
- 남자는 명성을 꿈꾸지만 그동안 여인은 사랑을 위하여 잠을 깬다. [Tennyson]
- 남자는 미워하는 것을 알고 있다. 여자는 싫어하는 것밖에 모른다. [Christina Rossetti]
- 남자는 배짱, 여자는 절개. [한국 격언]
- 남자는 법률을 만들고, 여자는 예절을 만든다. [Guibert de N.]
- 남자는 불이고, 여자는 삼麻 부스러기다. 악마가 나타나서 그것을 태워 올린다. [Cervantes]
- 남자는 사냥꾼이요, 여자는 그의 사냥감이다. [Alfred Tennyson]
- 남자는 사랑을 받고 있는 줄 알면 기뻐하지만, 그렇다고 번번이 ‘나는 당신을 사랑합니다.’라는 말을 듣는 날에는 진저리를 내고 만다. 여자는 날마다 ‘당신을 사랑합니다.’라는 말을 듣지 못하면, 혹 남자

가 변심하지나 않았는지 의심을 품는다. [W. Story]

- 남자는 사랑을 사랑하는 데서 시작하여 여자를 사랑하는 것으로 끝난다. 그러나 대개의 여자는 남자를 사랑하는 데서부터 시작하여 사랑을 사랑하는 것으로 끝난다.

  [Remy de Gourmont]

- 남자는 사색과 용기를 위해서, 여자는 유화柔和와 우아함을 위해서 만들어진다. [John Milton]

- 남자는 세계가 자신이지만, 여자는 자신이 세계다. [Goethe]

- 남자는 수치에 목숨을 버리며, 여자는 남자를 위해 목숨을 버린다.

  [일련日蓮]

- 남자는 아무 생각 없이 어리석게 행동한다. 그러나 까닭 없이 행동하는 여자는 없다. [G. Bages]

- 남자는 악마 같은 여자에게도 아름다운 천사의 옷을 입힌다.

  [Marguerite de Navarre]

- 남자는 안에서 하는 일을 말하지 않으며, 여자는 밖에서 하는 일을 말하지 않는다. [예기禮記]

- 남자는 아내나 애인이 싫어지면 도망가려고 한다. 그러나 여자는 미워하는 남자를 보복하려고 가까이에 억압하여 두고 싶어 한다.

  [Simone de Beauvoir]

- 남자는 야생 동물이며, 여자는 이 야생 동물을 길들인다. [Polish Byon]

- 남자는 언제나 여인의 첫사랑이 되고 싶어 한다. 여자는 남자의 마지막 낭만이 되려고 한다. [Oscar Wilde]

- 남자는 여성을 통틀어도 여성의 감성 하나만 못하다. [Voltaire]

- 남자는 여자가 있기 때문에 고결하고, 여자는 필요에 따라 정숙하다.

  [E. W. Howe]

- 남자는 여자보다 힘이 세고, 나이가 많고 못생기고, 그리고 야단스러워야 한다. 남자의 최상은 남편이라는 위치뿐이다. 남자가 여자에 대하여 말하는 것은 대부분 거짓말이거나 허풍이다. [Gustave Flaubert]

- 남자는 여자의 마음을 모르는 동안에는 얼굴에 대해 생각할 틈이 없다.

  [Stendahl]

- 남자는 의견에 도전하는 법을 알아야 하며, 여자는 의견에 순종하는 법을 알아야 한다. [Stael 부인]

- 남자는 의지고, 여자는 정서다. 인생을 배라고 하면 의지는 키(舵)요, 정서는 돛(帆)이다. [Ralph Emerson]

- 남자는 인생을 너무 일찍 알고, 여자는 너무 늦게 안다. [Oscar Wilde]

- 남자는 일하고 생각하지만, 여자는 느낀다. [Christina Rossetti]

- 남자는 일하지 않으면 안 되고, 여

자는 울지 않으면 안 된다. 그래서 그것이 끝나자마자 잠을 자게 되는 것이다. [Charles Kingsley]

● 남자는 자기가 느끼는 만큼 늙고, 여자는 자기가 보는 만큼 늙는 것이다. [M. Collins]

● 남자는 자기가 알고 있는 것을 말하고, 여자는 상대가 기뻐하는 것을 말한다. [Jean-Jacques Rousseau]

● 남자는 자기가 알고 있는 오직 한 사람인 그의 아내를 통해서 여자의 세계 전체를 멋대로 판단하고 있다. [Peal S. Buck]

● 남자는 자기의 정열을 죽이고, 자신을 죽이지 않는다. [Alfred Musset]

● 남자는 자신의 능력을 선을 위해 쓰고, 여자는 악을 위해 쓴다. [Richelieu 추기경]

● 남자는 종달새처럼 밖에서 노래하고, 여자는 나이팅게일처럼 어둠에서 노래한다. [Jean Paul]

● 남자는 죽고 싶지 않아서 살을 빼자고 하는데, 여자는 죽어도 좋으니 살을 빼야겠다고 한다. [이와키히로유키岩木廣行]

● 남자는 증거에 의하여 판단한다. 여자는 정情에 따라서 판단한다. 여자가 사랑하고자 하지 않을 때 그녀는 비로소 야무진 판단을 내리고 있는 것이다. [Schiller]

● 남자는 해부학을 배워 적어도 한 여자를 해부한 후가 아니면 혼인할 수가 없다. [Balzac]

● 남자들끼리 서로 다른 것은 하늘과 땅 같지만, 여자들끼리 서로 다른 것은 하늘과 지옥 같다. [Alfred Tennyson]

● 남자들에게 중요한 것은 오직 마음뿐이다. 얼굴이야 어떠하든, 무슨 옷을 입었건 누가 상관하는가! 그러나 여자는 육체가 전부이니, 오, 내 사랑 머물러 떠나지 마오! 다만 옛 성인의 말씀을 잊지 마오. 잊어진 여인은 죽은 여인이라는 것을. [R. A. Beers]

● 남자들의 맹세는 여인들을 꾀는 미끼가 되었다가 여인을 배반한다. [Shakespeare]

● 남자를 낙원에서 끌어낸 것이 여자라면, 남자를 다시 낙원으로 인도할 수 있는 자도 여자요, 여자뿐이다. [F. Herbert]

● 남자에게는 남자 나름의 의지가 있으나, 여자는 여자 나름의 방식이 있다. [O. W. Holmes]

● 남자에게는 하루만의 방랑에 지나지 않는 일이, 여자에게는 일생을 좌우한다. [Francois Mauriac]

● 남자에게 여자는 남자를 기분 좋게 하는 악이다. [Menandros]

- 남자에게 여자는 여신이 아니면 암늑대이다. [J. Webster]
- 남자에게 있어서는 지식이 미덕보다 낫고, 여자에게 있어서는 미덕이 지식보다 낫다. [G. C. Lichtenberg]
- 남자에게 있어서 소중한 것은 사랑하는 여자다. 남자는 온갖 행복과 괴로움을 여자에게서 끌어낸다. 이에 대하여 여자는 온갖 것에 싱거운 맛, 매운맛, 단맛을 친다. [쟈크 사르돈느]
- 남자에 대한 일은 타인도 알 수가 있다. 그러나 여자에 대해서는 타인은 짐작조차 못한다. [Henry Reignier]
- 남자, 여자, 악마, 바로 비교의 3단계다. [Thomas Fuller]
- 남자와 사귀지 않는 여자는 갈수록 퇴색한다. 여자와 사귀지 않는 남자는 서서히 바보가 된다. [Anton Chekhov]
- 남자와 여자는 두 개의 악보樂譜다. 그것 없이는 인류 영혼의 악기는 바르고 충분한 곡을 표현할 수 없다. [마드지니]
- 남자와 여자의 관계는 한편이 상대방을 억압하는 상태보다 서로가 물어뜯는 듯한 상태의 연속이 사실은 더 오래 간다. [다무라야스지로田村泰次郎]
- 남자의 마음은 대리석과 같고, 여자의 마음은 밀림과 같다. [Shakespeare]
- 남자의 문제인 동시에 여자의 문제인 근본적인 문제를 잘못 이해하고, 남자와 여자를 구별해 주는 본질적인 대립성과 팽팽한 긴장의 필연성을 부인하면서 평등한 권리와 동등한 교육, 그리고 평등한 특권 및 의무를 꿈꾸는 행위, 이런 행위야말로 여자의 단순함을 보여주는 전형적인 증거다. [Friedrich Nietzsche]
- 남자의 사랑은 생의 일부이지만, 여자의 사랑은 생의 전부이다. [Thomas Hobbes]
- 남자의 사명은 넓고 다양하며, 여자의 사명은 일률적이고 좁다. 그러나 여자의 사명은 더 깊은 데가 있다. [Lev N. Tolstoy]
- 남자의 생명은 야망이고, 여자의 생명은 남자이다. [Mahabahrata]
- 남자의 생활은 명예이지만, 여자의 생활이란 연애 그것이다. [H. Balzac]
- 남자의 약점은 여자의 힘이 된다. [Voltaire]
- 남자의 얼굴은 자연의 작품, 여자의 얼굴은 예술작품이다. [Andre Prevost]
- 남자의 으뜸가는 기쁨은 여자의 자존심을 만족시키는 것이지만, 여자의 으뜸가는 기쁨은 남자의 자존심

을 해치는 것이다.

[G. Bernard Shaw]

- 남자의 이성을 통틀어도 여자의 감성 하나만 못하다.　[F. A. Voltaire]
- 남자의 절약은 미래의 투자이며, 여자의 절약은 구상構想이다. [I. Kant]
- 남자의 정신은 태양이 빛나는 낮과 같다. 반대로 여자의 정신은 달빛이 밝은 밤과 같다. 그래서 남자는 태양이 비치는 낮이 아무리 어둡다 해도 가장 밝은 밤보다는 밝다고 자부한다.　[Werne]
- 남자의 집은 여자다.　[Talmud]
- 남자의 침대는 그의 요람이지만, 여자의 침대는 종종 그녀의 고문대이다.　[James Thurber]
- 내가 남성을 사랑할 때는 그가 미래를 앞에 가지고 있는 사람이다. 그리고 여자를 사랑할 때는 그 여자가 과거를 뒤에 가지고 있는 사람이다.

[Oscar Wilde]

- 내가 여자를 안다고 말할 땐 여자를 모른다는 것을 안다는 뜻이다. 내가 아는 모든 독신 여인은 내게는 모두 수수께끼이다. 틀림없이 그 여자도 자신에게 수수께끼일 것이다.

[William M. Thackeray]

- 내가 여자보다 남자를 좋아하는 것은 그들이 남자이기 때문이 아니다. 그들이 여자가 아니기 때문이다.

[Christina]

- 놀이의 감각을 가진 남자는 여자들이 모인 자리에서는 언제나 행복하게 지낼 수 있다. 여자는 선량한 대중이다.　[Albert Camus]
- 달갑지 않게도 우리는 여자와 함께 살아갈 수도 없고, 여자가 없어도 살아갈 수가 없다.　[Byron]
- 대체 여자의 사랑이란 무엇인가? 남자의 사랑입니다.

[Johan August Stridberg]

- 마음에도 없는 것을 말하는 것은 여자에게 있어서는 그다지 힘든 일이 아니다. 마음먹은 것을 말하는 것은 남자에게 있어서 그다지 힘든 일이 아니다.　[La Bruyere]
- 만약에 신이 여성을 남자의 노예로 삼으려 했다면, 아담의 발에서 그녀를 만들었을 것이다. 또한 신이 여성을 남성의 지배자로 삼으려고 했다면, 신은 아담의 머리에서 여성을 만들었을 것이다.　[Augustinus]
- 모든 여자는 자기 어머니처럼 된다. 그것이 그들의 비극이다. 남자는 그렇지 않다. 그것이 남자의 비극이다.　[Oscar Wilde]
- 부드러운 흙으로 만들어진 남자를 기쁘게 하는 편이 딱딱한 뼈로 만들어진 여자를 기쁘게 하는 것보다 훨씬 쉽다.　[유태 격언]

- 분별이 있는 남자는 여자를 가볍게 다루며 함께 농담도 하고 노래하는 데 그친다. 중대한 것에 대해 여자와 상의하거나 맡기는 일은 전혀 없다.
  [Chesterfield]

- 사랑의 대화에서는 남자가 얼간이 고 여자는 재치 있게 마련이다. 남자가 성실하고 여자가 교활하다는 말일까, 남자는 계산하고 여자는 믿는다는 의미일까? [최인훈]

- 순결은 여성이요, 진실은 남성이며, 다 명예롭다. [A. W. 해어]

- 신은 남자를 위해 있고, 종교는 여자를 위해 있다. [Joseph Conrad]

- 싫어하는 사나이의 명백한 말보다는 좋아하는 남자의 매우 애매한 말이 더더욱 여자의 마음을 뒤흔들어 놓는다. [Lafayette 부인]

- 암송아지는 황소의 노래를 부른다.
  [Suidas: 고대 백과사전]

- 양성 중에서 남성은 변화를, 여성은 지속을 역사적으로 담당해 왔다. 그리고 변화를 대표하는 남성에게 방황이 있음은 너무나 당연한 내적 요구이며, 그것이 오히려 그 남성의 순수나 낭만을 나타내는 바로미터가 아닐까. [전혜린]

- 어떤 남자는 일을, 어떤 남자는 향락을 선택한다. 그러나 여자는 모두가 마음속으로는 방탕자다. 어떤 남자는 정적靜寂을, 어떤 남자는 정쟁政爭을 즐긴다. 그러나 숙녀는 모두 생의 여왕이 되고 싶어 한다.
  [Alexander Pope]

- 어머니는 20년 걸러서 소년을 한 사람의 사나이로 만든다. 그러면 다른 여자가 20분 걸러서 그 사나이를 바보로 만들어 버린다.
  [Robert Lee Frost]

- 여성은 과거 수백 년 동안, 남성의 모습을 실물의 두 배가량의 크기로 확대해서 자랑삼았다. 그런 만큼 훌륭한 마력을 갖춘 거울과 같은 역할을 충분히 해낸 것이다.
  [Virginia Woolf]

- 여성은 남성을 위하여 만들어졌다. 남성은 여성을 위하여, 그리고 나아가 전 여성을 위하여 만들어졌다.
  [Montherlant]

- 여성은 실체實體이고, 남성은 반성反省이다. [Kierkegaard]

- 여성을 소중히 지킬 수 없는 남자는 여성의 사랑을 받을 자격이 없다.
  [Goethe]

- 여성의 참다운 미가 갖는 힘이란, 지성의 어떤 것도 상대가 되지 않는다.
  [Nikolaus Lenau]

- 여성이 없었더라면 남자들은 거칠고 고독했으리라. 그리고 우아한 것을 몰랐으리라. [Chateaubriand]

- 여자가 남자를 사랑한다고 말할 때는, 남자는 설사 그녀를 사랑하지 않더라도 들어주지 않으면 안 된다.
  [Robert Browning]
- 여자가 남자보다 아이들의 심성을 곧잘 이해하고 있는데도 남자가 여자보다 훨씬 더 어린이 같다.
  [Friedrich W. Nietzsche]
- 여자가 남자에 관해서 잘 안다고 말하는 경우, 그녀가 알고 있는 것은 남자의 악한 면이다. 남자에 대한 지식이란 대다수 여자의 경우 어느 악한에 대한 지식이다.
  [Thomas More]
- 여자가 바보라는 것은 부인하지 않는다. 어쨌든 신은 어리석은 사나이들에게 어울리도록 여자를 만드셨다. [Adam Bede]
- 여자가 보아 남자의 최대의 장점은 그들이 남자라는 것이다. 남자가 보아 여자의 유일한 가치는 대개 그들이 여자라는 것이다. [H. Regnier]
- 여자가 없었다면 남자는 신神처럼 살아갈 것이다. [Thomas Dekker]
- 여자는 깊게 보고, 남자는 멀리 본다.
  [Gustave Courbet]
- 여자는 남자가 짐을 지우기만 한다면 짐을 질 수 있다. [Aristophsnes]
- 여자는 남자보다 고귀한 행위에는 덜 자극받고, 수치스러운 행위에는 더 자극받는다. [Euripides]
- 여자는 남자에 의해서 문명화되는 최후의 것이 되려고 한다.
  [George Meredith]
- 여자는 말과 같아서, 말굴레를 쓰러뜨리기 전에 말을 해 주어야 한다.
  [Andre Malraux]
- 여자는 무한을 설명하려 하고, 남자는 무한을 얻으려 한다. 그것이 여자와 남자가 각기 가진 운명이다. 그리고 그 어느 쪽에도 고통은 있다. 여자는 고통을 참으며, 남자는 고민하면서 사상을 만들기 때문이다.
  [Kierkegaard]
- 여자는 모두가 자신의 어머니와 꼭 같은 여인으로 변신한다. 이것이 여자의 비극이다. 남자는 그렇게 되지 않는다. 이것이 남자의 비극이다. [Oscar Wilde]
- 여자는 자기를 웃긴 사나이밖에는 상기하지 않지만, 남자는 자기를 울린 여자밖에는 상기하지 않는다.
  [Henry Regnier]
- 여자는 자기 운명을 받아들이지만, 남자는 자기 운명을 만들어 간다.
  [E. Gabrio]
- 여자는 정열을 남자와 함께 나누는 것보다도 정열을 남자로 하여금 불태우게 하는 편을 선택한다. 그녀들은 즐겨 애정 속에서 외딴집을 찾

는다.　　　　　　　[Henry Regnier]
- 여자들과 잘 지내는 자는 여자들 없이 지낼 줄 아는 자이다.
　　　　　　　[Ambrose G. Bierce]
- 여자들이 없다면 남자들은 신神들처럼 살 수 있으련만.　[Th. Dekker]
- 여자란, 사소한 일은 남자가 여자에게 양보하고, 큰일에 대하여는 남자가 억세기를 바란다.
　　　　[Henry Millon de Montherlant]
- 여자란 자신의 생활에 관한 모든 것을 팔에 안고 있으며, 남자란 그것을 머리 안에 간직한다. [Steinbeck]
- 여자로서, 선량한 여자로서도 자신의 육체의 유혹에 저항할 수 있는 사나이가 있다는 것을 깨닫는다는 것은 매우 다행한 일이다.　[R. Chandler]
- 여자를 믿는 남자는 도둑을 믿는 무리와 같다.　　　　　[Hesiodos]
- 여자를 사랑하는 남자의 혼은 여자의 육체 안에서 산다.　[M. Cato]
- 여자를 사랑하든 이해하든, 둘 중에 하나를 선택해야 한다.
　　　　　　[Nichora Sangfor]
- 여자를 설득시키려고 하지 않는 남자는 남자를 설득시키려는 여자의 피해자가 되기 쉽다.　[W. Bagehot]
- 여자를 지배하는 수고를 기꺼이 떠맡는 자가 남자일 경우, 여자는 지배하기 수월하다.　　[D. Philip]

- 여자에게 구애하지 못하는 남자는 자기에게 구애해 오는 여자의 제물이 되기 쉽다.　[Walter Bagehot]
- 여자에 대항하는 용기는 타고난 재능이 아니라 애써 얻은 힘이다.
　　　　　　　[Jean Paul]
- 여자와 함께 하루를 보내는 남자가 하루를 기쁨 안에서 보내는 것은 불가능하다.　　[Semonides]
- 여자의 몸은 신전이지 선술집이 아니다.　　　　[Vance Tomson]
- 여자의 인격은 언제나 두 명에게 달려 있지만, 남자의 인격은 오직 자기 자신만을 원칙으로 한다.
　　　　　　　[Stael 부인]
- 연애를 희극으로 볼 수 있는 것은 여러 신神들과 남자들뿐이다. 여자는 그들에게 희극을 연출시키려는 유혹인 것이다.　[Kierkegaard]
- 위대한 정신은 남녀 양성兩性을 구비하고 있다.　[Samuel Coleridge]
- 일반적인 남성은 자신에게 흥미를 갖는 여성에게 마음이 끌린다. 따라서 미끈한 다리를 가졌다고 해서 그것만으로 흥미를 끌 수는 없는 것이다.　　[Dietrich Bonhoeffer]
- 자신의 연애의 승리를 결코 자랑하지 않는 남자는 꽤 많이 있다. 그러나 모든 여성은 사랑에 패배한 것을 누구에게 말하지 않고는 못 배긴다.

[J. Bernard]

- 정열가보다는 냉담한 남자 쪽이 간단히 여자에게 홀린다. [Ivan Turgenev]
- 제가 남자로 태어나지 않았다는 것을 기뻐합니다. 만일 남자로 태어났다면 여자와 혼인하게 되었을 테니까. [Stael 부인]
- 종종 기질이 남자를 용감하게 하고, 여자를 정숙하게 한다.
  [La Rochefoucauld]
- 지푸라기 같은 남자가 황금 같은 여자보다 낫다. [Gabriel Morie]
- 진리는 남자에 반대하여 말하는 만큼 여자에 반대하여 말한다.
  [Marguerite de Navarre]
- 처녀들은 자기 앞에서 뽐내는 남자들에게는 결코 허리를 굽히지 않는다.
  [John G. Whittier]
- 총명한 여성은 나면서부터 수백만의 적을 갖고 있지만, 그것은 모두 바보 같은 남자들이다. [W. Eschenbach]
- 탁월한 영감을 불러일으키는 여자가 한 명 있다면, 우리가 어리석은 짓을 하도록 만드는 여자는 백 명 있다. [Napoleon 1]
- 토론은 남성적이며, 회화는 여성적이다. [Aimers Broson Alcutt]
- 현명한 남자는 냉정한 여자가 다룰 수 있지만, 어리석은 남자는 현명한 여자라야 다룰 수 있다. [R. Kipling]

- 현명한 남자는 성城을 세우고, 현명한 여자는 성을 기울인다. [서경書經]

| 남자와 우정友情 |

- 나의 친구는 또 다른 나이다.
  [Marcus Tullius Cicero]
- 내 친구의 잘못을 마치 내가 저지른 것처럼 여기는 것이 맞다.
  [Publius syrus]
- 마음의 가시를 뽑아줄 수 있는 것은 친구의 손뿐이다. [Helvetius]
- 만약 내 친구의 반대편 증인으로 서게 되면, 명예를 저버리지 않는 선에서 친구의 과오를 덮어주려고 애써야 한다. [Dionysios Cato]
- 신중하고 헌신적인 친구가 가장 귀한 보배다. [Herodotos]
- 우리 성격과 잘 어울리는 성격을 가진 남자 한 명이 천 명의 친족보다 낫다. [Euripides]
- 우정은 생명의 술이다.
  [Edward Young]
- 친구가 부탁할 때 내 일은 없다.
  [George Herbert]
- 친구가 없는 자는 오른손 없는 왼손과 같다. [Ibn Gabirol]
- 친구를 가지는 것, 이것은 제2의 삶이다. [Balthasar Grasian]
- 친구를 위해서라면 신을 제외한 모

든 것을 희생해야 한다. [Perikles]
- 친구 없이 사는 것보다 끔찍한 사막
  은 없다. [Balthasar Grasian]

| 남자의 마음 |

- 남아男兒가 실수하면 용납할 땅이
  없지만, 지사志士가 구차히 살려 하
  는 것은 다시 때를 기다림일세.
  [김좌진]
- 남자들은 자신이 믿고 싶은 것이면
  쉽게 믿어 버린다. [G. L. Caesar]
- 남자의 마음을 움직이는 단 하나의
  영약, 그것은 알뜰하고 진실에서 오
  는 배려. 남자는 언제나 여기에
  굴복한다. [Menandros]
- 삼군三軍을 상대하여 그 장수를 뺏
  을 수는 있어도, 한 사나이의 뜻은
  빼앗기 어렵다. [공자孔子]

| 남편과 아내 / 부부夫婦 |

- 가벼운 여자는 무거운 남편을 맞는
  다. [Shakespeare]
- 가장 과묵한 남편은 가장 사나운 아
  내를 만든다. 남편이 너무 조용하
  면 아내는 사나워진다. [B. Disraeli]
- 가장 이상적인 여자와 무난히 살아
  가는 방법은, 그 여자에 관한 일에
  결코 간섭하지 않는 것이다.

[Stendhal]
- 가정에서 아내에게 기를 펴지 못하
  고 지내는 남편은 밖에서도 굽실거
  리고 쩔쩔맨다. [Washington Irving]
- 같은 식구가 되어 이해하고, 긴 세
  월 함께 살아오며 한결같이 동거동
  락해 왔을 때는, 사람이란 으레 깊
  은 감정, 이를테면 내면적이고 무의
  식적이고, 다른 어느 것과도 비슷한
  데가 없는 도저히 설명할 길이 없는
  일종의 공감 같은 것으로 맺어져 있
  음을 느끼는 법이 아니겠어요? 이
  것이 부부생활을 성립시켜 주는 것
  입니다. [Roger Martin du Gard]
- 과거가 아무리 불모不毛의 상태였
  다 하더라도 지금 잎이 푸르르면 우리
  로서는 그것으로 충분하다.
  [J. R. Royal]
- 교활한 아내는 남편을 자기 행주치
  마로 여긴다. [John Ray]
- 군신君臣 · 부자父子 · 부부夫婦 · 붕
  우朋友 · 장유長幼, 이 다섯 가지의
  인륜은 천하에 지켜야 할 길이다.
  [중용中庸]
- 그 얼마나 많은 부부가 혼인으로 인
  해 서로 멀어지게 되었던가!
  [Alfred Cafu]
- 그대가 양처를 가지면 행복한 자가
  되고, 악처를 가지면 철학자가 된다.
  [Socrates]

- 금실 좋은 부부는 서로 즐기며 음淫하지 않는다. [공자孔子]
- 기지 있는 남편에게는 딱 한 명의 센스 있는 아내면 족하다. 집안에 두 명의 재사才士는 지나치다. [Louis de Bonal]
- 꿈속에 있는 것이 연인들이고, 꿈에서 깨어난 것이 부부이다. [Alexander Pope]
- 남의 취향에 맞는 남편 또는 아내가 아니라 자신의 취향에 맞는 남편 또는 아내를 구하라. [J. J. Rousseau]
- 남자가 가지고 있는 최고의 재산 또는 최악의 재산은 바로 그의 아내다. [Thomas Fuller]
- 남자가 아무리 신경을 써도 그의 아내는 반드시 그의 허점을 찾아낸다. [James Barry]
- 남자는 대체로 자기 아내가 특별한 재주가 있는 것보다 맛있는 음식을 만들어 상 위에 올려놔 주는 것을 기쁘게 여긴다. [Samuel Johnson]
- 남자는 아내의 허락 없이는 부자가 될 수 없다. [John Heywood]
- 남자는 여자에게 속삭일 때만 봄이고, 부부가 되어버리면 이미 겨울이다. 여자는 딸로 있을 때는 5월 꽃필 때 같지만, 남편을 맞고 난 뒤에는 금세 행동이 달라진다. [Shakespeare]
- 남자라면 친구로 삼았을 만한 여자만 배우자로 선택해야 한다. [Joseph Joubert]
- 남자란 일반적으로 자기 아내가 잔소리를 늘어놓는 것보다 식탁에 맛있는 음식을 차리는 것을 좋아한다. [Samuel Johnson]
- 남자로서 가장 다루기 힘든 아내란 어떤 유형인가. 거리 사람들에게는 애교가 있고, 교회에서는 정말로 믿음이 깊으나 집에서는 악귀처럼 날뛰는 여자다. [C. H. 스파존]
- 남자에게 있어 최고의 재산은 마음씨 고운 아내이다. [Euripides]
- 남자의 아내가 현처라면 그보다 좋은 만남은 없을 것이고, 악처라면 그보다 더 나쁜 만남은 없을 것이다. [Hesiodos]
- 남편과 아내는 빵 껍질과 빵 속살처럼 꼭 들어맞는다. [베르알드 드 베르빌]
- 남편과 아내는 최후엔 비슷한 자가 된다. [O. W. Holmes]
- 남편과 아내의 도리가 바르지 않으면 위로는 족히 부모를 섬길 수 없고, 가운데로는 족히 친척을 화목하게 할 수 없고, 아래로는 족히 자손을 편안하게 할 수 없다. [주자朱子]
- 남편 된 사람은 아내의 행복이 자신의 전부라는 것을 행동으로 보여주어야 한다. [Immanuel Kant]

- 남편 밥은 누워서 먹고, 아들 밥은 앉아서 먹고, 딸 밥은 서서 먹는다. [한국 격언]
- 남편 속에는 한 사람의 사나이가 있을 뿐이다. 아내 속에는 한 사람의 남자, 한 사람의 아버지, 한 사람의 어머니가 있으며, 다시 한 사람의 여인이 있다. [Balzac]
- 남편에게는 영지英智, 아내에게는 온화함. [George Herbert]
- 남편은 아내보다 키가 크고, 나이 많고, 못생기고, 야단스러워야 한다. [Edgar Allan Poe]
- 남편은 하늘보다 높다. 지아비 부夫자는 하늘 천天 자 위에 점을 찍었다. [동양 격언]
- 남편은 화和하되 의義로써 제제制하고, 아내는 순하되 바르게 받들어서 부부간에 예경禮敬을 잃지 않은 연후에 가사家事를 다스릴 수 있다. [이이]
- 남편을 주인으로 섬기되, 배신자처럼 경계하라. [Montaigne]
- 남편의 사랑이 지극할 때 아내의 소망은 조그마하다. 남편은 그저 다정스런 눈으로 보아주기만 해도 아내는 그것으로 만족하다. [Anton Chekhov]
- 남편의 집은 아내다. [Talmud]
- 남편이 된다는 것은 하루 종일 일하는 직업을 얻는 것이다. [Enoch Arnold Bennett]
- 남편이 아내에게 귀중한 것은 오직 남편이 출타 중인 때뿐이다. [Dostoevsky]
- 남편이란 능숙해질 뿐이지 나아지는 일이 없다. [Henry L. Mencken]
- 남편이란 우러러보면서 평생을 살아야 한다. [맹자孟子]
- 너의 아내가 자거든, 아내 쪽으로 몸을 기울여 주어라. [Talmud]
- 너희들 둘은 한 손바닥의 두 손가락이다. 죽을 때까지 떨어져서는 안 된다. [Francois Mauriac]
- 눈이 보이지 않는 아내와 귀가 들리지 않는 남편이 이상적인 부부이다. [Montaigne]
- 눈이 아닌 귀로 아내를 선택하시오. [H. de Vivre]
- 덕망 있는 아내는 남편에게 복종함으로써 남편을 지배한다. [Publius Syrus]
- 많은 부부들은 서로 사랑하는 대신에 그들이 가지고 있는 것, 즉 돈·사회적 지위·가정·지식 등을 함께 소유하는 것에 안주한다. 따라서 어떤 경우에는 사랑을 기초로 하여 시작된 혼인이 다정한 소유로써 두 이기주의가 하나로 뭉쳐진 조합, 즉 가정이라는 조합으로 변형된다. [Erich Pinchas Fromm]

- 말 위에 두 명이 타면, 한 명은 쭈그리고 앉아야 한다.   [Shakespeare]
- 모든 것은 공평하다는 사실을 모른 채 모두가 머릿속으로 자신의 아내는 칭찬하고, 남의 아내는 비난한다.   [Simonides]
- 못난 사나이는 아내를 두려워하고, 현숙한 여인은 남편을 공경한다.   [명심보감明心寶鑑]
- 물레의 가락은 괭이를 따라나서야 한다.   [Gabriel Moerie]
- 밤에는 가장 먼저 자리에 드러눕고, 아침에는 맨 나중에 일어나는 남편, 그 사람은 결코 좋은 남편이라고는 할 수 없다.   [H. Balzac]
- 배우자에게 욕하는 동물은 인간뿐이다.   [Ludovico Ariosto]
- 법은 남편에게는 아내를 사랑하고, 아내에게는 남편이 원하는 바를 하라고 한다.   [Euripides]
- 부부가 서로 이해를 못 한다는 것은 그들이 이성 간이므로 그렇다.   [Dorothea Lynde Dix]
- 부부가 싸우는 것은 서로가 말할 것이 아무것도 없기 때문이다. 싸움은 두 사람에게 시간을 없애는 한 가지 방법이다.   [Montherlant]
- 부부가 있은 뒤에 부자父子가 있고, 부자가 있은 뒤에 군신 상하가 있어서 예의란 것을 가질 수 있는 것이다. 부부는 인류의 근본으로 국가의 다스리고 어지러운 것이 관계되지 않음이 없다.   [이제현]
- 부부가 진정으로 사랑하고 있으면 칼날만 한 침대에 누워도 잘 수 있지만, 서로 미워하면 여섯 자나 되는 넓은 침대에서도 비좁기만 하다.   [Talmud]
- 부부가 화목하여야 집안이 번창해진다.   [유학경림幼學瓊林]
- 부부간의 대화는 마치 외과수술과 같아서 신중하게 하지 않으면 안 된다. 어떤 부부는 너무 정직하여 건강한 애정까지 수술함으로써 마침내 죽어버리는 수가 있다.   [Andre Maurois]
- 부부간이란 서로 너무 자주 얼굴을 맞댈 것이 아니다.   [T. S. Elliot]
- 부부는 원래 같은 숲에 깃든 새와 같다.   [고금소설古今小說]
- 부부는 서로 매력을 잃어서는 아니 된다.   [피천득]
- 부부는 인류의 지극히 친밀한 관계를 가지고 있다. 사람이 그 하는 일에 대개 그 부모에게 알려서는 안 될 것이 있으나 그 아내에게는 다 알리는 것이다.   [주자朱子]
- 부부된 자는 의義로써 화친하고, 은恩으로서 화합한다. 남편이 아내를 때리면 무슨 의義가 있겠으며, 또

꾸짖으면 무슨 은恩이 있겠는가.

[후한서後漢書]

● 부부라는 사회에서는 일에 따라 각자가 상대를 돕고, 혹은 상대를 지배한다. 따라서 부부는 대등하지만 또한 다르다. 그들은 다르므로 대등한 것이다.　　　　[Alan]

● 부부란 그것을 구성하는 두 인간 중 낮은 쪽의 수준에 따라 생활하게 된다.　　　[Andre Maurois]

● 부부란, 두 개의 절반이 되는 것이 아니라 전체가 되는 것이다.

[Vincent van Gough]

● 부부를 붙들어 매는 끈이 오래 가려면, 그 끈이 탄력성이 있어야 한다.

[Andre Prevost]

● 부부 사이는 내내 함께 있으면 도리어 냉각된다.　　　[Montaigne]

● 부부싸움은 밤을 넘기지 않는다.

[유림외사儒林外史]

● 부부싸움은 칼로 물 베기다.

[한국 격언]

● 사랑은 주름 사이에 둥지를 튼다.

[K. Stobaeus]

● 사랑하는 자와 사는 데에는 하나의 비결이 있다. 상대를 달라지게 하려고 해서는 안 된다는 것이 바로 그것이다.　　　[자크 사르돈느]

● 사회에 해충이라는 존재에 대해서는 그것이 제아무리 억센 것이라도

우리는 대항수단을 발견해 왔다. 그러나 악처惡妻에 대항하는 수단만은 발견할 수가 없었다.　[La Bruyere]

● 3주간 서로 연구하고, 3개월간 서로 사랑하고, 3년간 싸움을 하고, 30년간은 참고 견딘다. 그리고 자식들이 또 같은 짓을 시작한다.

[H. A. Tenn]

● 선량한 남편은 귀머거리가 되지 않으면 안 되고, 착한 아내는 장님이 아니면 안 된다.　　　[서양 격언]

● 성공으로 통하는 길은 자신의 남편을 믿고 있는 여자들로 혼잡을 이루고 있다.　　　[Bernard Shaw]

● 성공적인 혼인을 위해서는 남편은 귀머거리가, 아내는 장님이 되어야 한다.　　[Richard Tavener]

● 세상에는 정처正妻를 박대하는 사람이 있는데, 내외간의 정의가 어찌 이래서야 되겠는가. 모름지기 서로 도로써 대하여 부부의 예를 잃지 않는 것이 옳으니라.　　　[이황]

● 수레를 끄는 소가 죽으면 부부夫婦가 운다. 그러나 그것은 육친의 사랑 때문이 아니라, 그 이로움이 크기 때문이다.　　[안자晏子]

● 신이 인간을 만들었다. 그런데 고독이 부족하다고 생각되어 더욱 고독을 느끼게 하기 위하여 반려伴侶를 만들어 주었다.　[Paul Valery]

- 아내가 꾸짖지 않는 남편은 천국에 있다. [John Heywood]
- 아내가 없는 남자는 육체가 없는 머리이고, 남편이 없는 여자는 머리가 없는 몸체이다. [Jean Paul]
- 아내는 군림할 뿐 통치하지 않는다. [Girardin 부인]
- 아내는 끊임없이 남편을 섬기는 것으로써 그를 지배한다. [Th. Fuller]
- 아내는 남편에게 남편은 아내에게 성인聖人과 같이 어질기만을 바라서는 안 된다. 만약 당신의 아내나 남편이 성인이었다면 당신과 혼인하지 않았을 것이다. [Dale Carnegie]
- 아내는 남편의 권력을 소유하고, 남편은 아내를 소유한다. [Guillaume Boucher]
- 아내는 밭이고 남편은 종자다. 밭을 소유하지 않고 남의 밭에 씨 뿌리는 자는 그 밭의 소유자에게 이익을 줄 뿐만 아니라 자기는 아무런 수확조차 못 얻는다. [마누법전法典]
- 아내는 죽었다. 나는 자유다! [Baudelaire]
- 아내는 청년에게는 정부情婦, 중년에게는 동반자, 노년에게는 간호인과 같다. [F.rancis Bacon]
- 아내란 두 종류밖에 없다. 양보하는 아내와 양보를 시키는 아내이다. [Karl Beck]
- 아내를 까닭 없이 괴롭히지 마라. 그녀의 눈물방울을 하느님께서 세고 계신다. [Talmud]
- 아내를 택한다는 것은 전쟁계획과 비슷하다. 일단 실패를 하면 모든 것이 돌이킬 수 없게 된다. [Thomas Middleton]
- 아내 없는 남자는 몸이 없는 머리이고, 남편 없는 여자는 머리 없는 몸이다. [독일 우언]
- 아내에게 하루에 있었던 일을 이야기하는 남편은 혼인한 지 얼마 안 된 남편이다. [George Herbert]
- 아아, 진실로 남편을 사랑하기 때문에 남편이 사랑스러운 것이 아니다. 진실로 아내를 사랑하기 때문에 아내가 사랑스러운 것이 아니다. 나를 사랑하기 때문에 아내가 사랑스러운 것이다. [Yajnavalkya]
- 암탉은 수탉보다 먼저 울어서는 안 된다. [Moliere]
- 암탉이 울고 수탉이 침묵을 지키는 집은 가련한 집안이다. [John Florio]
- 어느 쪽이나 상대를 통해서 무엇인가 자기 개인의 목표를 달성코자 하는 부부의 관계는 오래 지속된다. 가령 아내가 남편으로 말미암아 유명해지려고 하고, 남편이 아내를 통해서 사랑을 받고자 하는 것 같은 경우이다. [Friedrich Nietzsche]

- 어진 아내는 그 남편을 귀하게 만들고, 악한 아내는 그 남편을 천하게 만든다. [명심보감明心寶鑑]
- 여기에 나의 아내 잠들다. 여기에 잠든 그녀는 이제 편안히 쉬고 있다. 그러므로 나도 쉬게 된다.

  [John Dryden]
- 여자는 남편과 혼인하는 것이지 남자와 혼인하는 것이 아니다. [전혜린]
- 여자는 전쟁에는 겁을 내고 칼날을 보고는 새파랗게 질려버릴 정도로 마음이 약하다. 그러나 부부 사이의 진실이 짓밟히면 그토록 잔학하고도 비정한 마음이 될 수가 없다.

  [Euripides]
- 여자는 집안에서 머리를 써서는 안된다. [Le Les de Reims]
- 여자의 지혜는 아내를 따를 수 없고, 남자의 지혜는 남편을 따를 수 없다. [논어論語]
- 연애를 할 때는 노비奴婢. 혼인을 하면 영주領主. [Geoffrey Chaucer]
- 우연히 정숙한 아내를 맞은 자는 하나의 재앙과 행복하게 사는 것이다.

  [Euripides]
- 위에서 화和하면 아래에서도 화목하고, 남편은 선창하고 부인은 따른다.

  [천자문千字文]
- 유순한 아내란, 남편에게 복종함으로써 남편을 지배한다.

- 이 세상에서 가장 행복한 남자는 좋은 아내를 얻은 사람이다. [Talmud]
- 이해심이 있는 남편은 절대로 성을 내는 법이 없다. 폭풍에 휩쓸린 뱃사람처럼 이해성이 있는 남편은 돛줄을 늦춘다. 그리고는 형편을 살핀다. 조만간 잠잠해질 때가 있을 것이라고. [A. Maurois]
- 인생의 고난은 신혼여행과 동시에 시작됩니다. 그때 서로가 거의 잘 모르는 두 사람이 부부라는 이중의 고독 속으로 별안간 내동댕이쳐지는 것입니다. [Andre Maurois]
- 재산 중에 가장 귀한 재산은 정숙한 아내를 갖는 것이다. [Euripides]
- 절조를 지키는 여자는 남편에게 순종하면서 명령한다. [Publius Syrus]
- 정직한 남자인 동시에 아주 악한 남편이 될 수 있다. [Colin d' Harellville]
- 조용한 남편은 아내를 사납게 만든다. 남편이 조용하면 아내는 절로 사나워질 수밖에 없는 것이다.

  [B. Disraeli]
- 좋은 남편은 남자의 의무를 조금 수행하고 있는데 비하여, 좋은 아내는 여자의 의무를 완전히 수행하고 있다. [Henry James]
- 좋은 남편이란 밤에는 제일 먼저 잠자고 아침에는 제일 늦게 일어나는

남편이다. [Balzac]
- 좋은 남편이 좋은 아내를 만든다.
 [John Florio]
- 좋은 아내는 남편이 비밀에 부치고 싶어하는 사소한 일을 언제나 모르는 척한다. 그것은 혼인생활의 기본예절이다. [Somerset Maugham]
- 좋은 아내는 좋은 남편을 만든다.
 [영국 우언]
- 지혜로운 아내는 좋은 남편은 만족시키고, 나쁜 남편은 침묵시킨다.
 [George Swinnock]
- 집에서 아내에게 기를 펴지 못하는 남편은 밖에서도 굽실거린다.
 [Washington Irving]
- 집에 어진 아내가 있으면 남편이 뜻하지 않은 화禍를 당하지 아니한다.
 [명심보감明心寶鑑]
- 착한 아내와 건강한 남자는 가장 훌륭한 재산이다. [C. H. Spurgeon]
- 처자를 거느린 남자는 운명을 인질로 잡아둔 것과 같다. [F. Bacon]
- 최고의 장인匠人도 남편으로는 최악이 될 수 있다. [Th. Drax]
- 추한 아내의 남편은 한평생 맹목盲目인 편이 낫다. [Muslah Sadi]
- 타인의 관찰대로 자기 아내를 평가하는 남편은 본 적이 없다.
 [Dostoevsky]
- 행복하게 살려거든 남편은 벙어리,

아내는 소경이 돼라. [프랑스 우언]
- 행실이 나쁜 여자의 남편은 아내의 죄상을 알고 있는 사람들로부터 동정은커녕 심한 멸시를 받게 된다.
 [Cervantes]
- 헌 짚신도 짝이 있다. [한국 격언]
- 혼인 중에 밴 자식의 아버지는 남편이다. [Napoleon I]
- 황제도 아내의 눈에는 남편에 지나지 않는다. [O. W. Holmes]
- 훌륭한 남편은 훌륭한 아내를 만든다. [R. 버튼]

| 낭만浪漫 |

- 객수客愁란 말이 있듯이 동양인의 여행은, 곧 고향을 못 잊어 하는 시름이며 생활에서의 추방을 뜻하는 외로움이다. 하물며 유랑의 몸은 말할 것도 없다. 그것은 비극의 운명 김삿갓처럼 패자의 낭만일 따름이다. [이어령]
- 낭만주의 문학은 특히 주먹질과 모험의 문학이라고 할 수 있는데, 그것은 그 나름의 가치와 공로, 그리고 화려한 역할을 갖고 있기도 합니다.
 [Charles A. Sainte-Beuve]
- 사람의 일생은 참다운 낭만이라 하겠다. 용감하게 그 낭만을 살 때 그것은 어느 소설보다도 깊은 즐거움

을 창출한다.　　[R. W. Emerson]
- 진정 낭만적인 인간에게는 배경이 야말로 전부이거나 거의 전부다.
　　　　　　　　[Oscar Wilde]

| 낭비浪費와 인색吝嗇 |

- 낭비는 바닥없는 구렁과 같다.
　　　　　[Marcus Tullius Cicero]
- 낭비하는 자들은 사탄의 형제이다.
　　　　　　　　　　[Koran]
- 모든 낭비 중에서도 가장 책망받아 야 할 것은 시간 낭비이다.
　　　　　[Marie Leszczynska]
- 비싼 것은 사지 말고, 낭비하지 마라. 즉 자타에 이익이 없는 일에는 돈을 쓰지 마라.　　[Benjamin Franklin]
- 인색한 자는 자신의 재산을 훔치는 자이고, 낭비하는 자는 후손의 재산 을 훔치는 자이다. [Thomas Fuller]
- 인색함은 사람들에 대하여 비인도 적인 일이지만, 낭비도 그에 못지않 은 비인도적인 일이다. 금전의 낭 비, 이것이야말로 인간의 일을 파멸 시키는 것이다.　　　　[N. Gogol]
- 창고가 뚫려 있음에도 가리지 않아, 쥐와 새들이 어지러이 먹어대는 것 이 첫째의 소모消耗다. 거두고 씨 뿌림에 때를 놓치는 것이 둘째의 소 모다. 곡식을 퍼뜨리어 더럽고 천

하게 다루는 것이 셋째의 소모다.
　　　　　　　　[강태공姜太公]

| 낮과 밤 |

- 낮은 짧고, 일은 길다.　　[Talmud]
- 밤에는 모든 밀 이삭이 밀가루처럼 보인다.　　　　　[프랑스 속담]
- 밤은 공부를 위해 만들어졌다.
　　　　　　　　　　[Talmud]
- 밤은 마녀이다.　[Andre Copans]
- 밤은 수치를 모른다.　[Ovidius]
- 밤이 조언을 가져온다. [Menandros]
- 신은 활동을 위해 낮을 세우고, 활 동 후에 쉬라고 저녁이라는 웃옷으 로 우리를 덮는다.　　　[Koran]
- 영혼은 밤의 고요함에서 영양분을 얻는다.　　　　[G. C. Plinius]
- 좋은 밤을 찾다가 좋은 낮을 잃어버 리는 사람들이 많다. [네덜란드 격언]
- 촛불 아래에서는 염소도 아가씨 같 다.　　　　　[Gabriel Moerie]
- 캄캄해지면 모든 여자가 아름답다.
　　　　　　　　　[Ovidius]

| 내기 |

- 내기는 바보들의 논법이다.
　　　　　　　　[Samuel Butler]

| 내전內戰 |

● 내전과 외전의 상관관계는 전쟁과 평화의 상관관계와 같다.

[Herodotos]

● 내전은 범죄의 여왕이다.

[P. Corneille]

● 내전은 적국에게는 행운이다.

[Publius Syrus]

● 내전의 불행은 선행으로 과오를 범하는 데에 있다.　　[Retz, C de]

● 외부와의 전쟁은 극도의 훈련이고, 내전은 고약한 열병이다.

[Francis Bacon]

| 냄새 |

● 꽃은 그릴 수 있지만, 꽃의 향기는 어떻게 표현한단 말인가?

[Ch. 가이에]

● 냄새가 나지 않는 것이 좋은 냄새가 나는 것과 같다.　　[M. T. Cicero]

| 냉소주의冷笑主義 |

● 냉소주의는 부끄러운 일을 하거나 그런 것을 말할 때 갖는 확신이다.

[Theophrastos]

● 냉소주의는 대포 속에서 터져서 포수를 죽이는 작은 파편이다.

[Henry Aldrich]

● 냉소주의는 모든 것의 값은 알고 있지만 그 어떤 것의 가치도 전혀 모르는 것이다.　　[Oscar Wilde]

| 냉정 / 냉혹함 |

● 경험은 자신에 대한 너그러움, 그리고 타인에 대한 냉혹함이 같은 단하나의 악덕함을 확인해 준다.

[La Bruyere]

● 냉정한 눈으로 사람을 보고, 냉정한 귀로 말을 듣고, 냉정한 마음으로 도리를 생각하라.　　[홍자성洪自誠]

● 냉혹한 성격을 가진 자는, 자신 안에서 자신만의 벌을 찾는다. [Socrates]

| 너 자신을 알라 |

● 너 자신을 아는 것을 너의 일로 삼으라. 그것은 세상에서 가장 어려운 교훈이다.　　[Cervantes]

● 네가 네 자신을 알려거든, 다른 사람들이 어떻게 하나 보기만 하라. 내가 다른 사람을 이해하려거든, 너 자신의 마음속을 들여다보라.

[J. C. F. Schiller]

● 자기 자신을 알기가 가장 어려운 일

이라고 옛날 그리스인은 생각했다.

[아폴로 신전 문턱의 명구]

● 자기보다 어리석은 사람을 만났을 때 그들을 경멸해서는 안 된다. 유전된 재능도 유산보다 더 자랑할 만한 것은 아니다. 두 가지를 다 잘 사용해야만 영예스러울 것이다. 온 힘을 다해 자기 자신을 충실히 하는데 힘쓰라! 우리는 다른 사람의 마음과 성격을 바뀌게 할 수는 없지만, 자기 자신을 고칠 수는 있다. 진실로 자기 자신에 복종시킬 수 있는 것은 자기 자신뿐이다. 그런데 어찌하여 다른 사람이 내 비위를 맞추지 않는 것은 탓하면서, 자신의 마음과 몸을 자기 뜻대로 복종시키려는 하지 않는가?   [A. Augustinus]

| 노년老年 |

● 개를 벌주고, 늑대를 호되게 때려도 된다. 원하는 대로 하라. 다만 회색 머리가 나도록 해서는 안 된다.
[Goethe]

● 나와 함께 늙는 것이 좋다. 가장 좋은 것은 아직도 미래가 있으니까.
[Browning]

● 나이가 들면 성격은 관대해지지만 정신은 까다로워진다. [Necker 부인]

● 나이가 들어감에 따라 우리는 더 무분별해지는 동시에, 더 지혜로워진다.   [La Rochefoucauld]

● 나이 드는 것은 그 자체로 하나의 병이다.   [Terentius Afer]

● 나이 든 사람의 조언은, 겨울날의 태양처럼 환히 밝혀주지만 따뜻하게 하지는 않는다. [Vauvenargues]

● 나이 든 자들은 더 이상 나쁜 본보기가 되어줄 수 없는 자신의 처지를 위로하기 위해 좋은 교훈만을 주려고 한다.   [La Rochefoucauld]

● 나이를 먹는 것은 아무런 비술祕術도 아니다. 사람이 나이를 먹고서도 간직해야 할 비술은 노령에도 몸과 마음이 젊은 날의 그것에 견디는 일이다.   [Goethe]

● 낡은 집에는 항상 빗물받이가 있다.
[Guilaume Busse]

● 노년은 남녀 간의 우정에는 가장 적합한 시기다. 그것은, 그들은 그때에는 남자하고 여자인 것이 중지되었기 때문이다.   [Andre Maurois]

● '노년은 지혜를 가져온다.' 는 말은 흔히 쓰이지만, 나이를 먹어갈수록 그 말은 거짓이라는 생각이 들기 시작한다.   [Mencken]

● 노년은 청춘에 못지않은 좋은 기회다. [Henry Wordsworth Longfellow]

● 노년의 서글픔은 그들이 늙었다는 데에 있는 것이 아니고, 아직 젊다고

생각하는 데에 있다. [Oscar Wilde]

- 노쇠하여 아름다움을 보여주는 사람도 있는 것이다. 신축인데도 꼴불견의 가옥이 있는 것과 마찬가지로.
  [Logan P. Smith]
- 노인과 혼인한 젊은 여자는 조종타도 먹히지 않고, 밤이면 다른 항구를 찾아 떠나는 배와 같다. [Theognis]
- 노인들을 사랑하고 존경하자. 노인의 경험을 활용하면 즐거움이 가득해진다. 가장 맛있는 찻잎 한 조각이 마지막을 위해서 남겨지는 것처럼.
  [L. A. Seneca]
- 노인들이여! 집과 가구와 아내는 낡은 것을 써도 도구道具는 최신 것으로 바꿔야 몸에 좋다.
  [Early Adapter]
- 노인으로서 품위를 지킬 줄 아는 사람은 드물다. [La Rochefoucauld]
- 노인은 젊은이들보다 병은 적지만, 그들의 병은 그들로부터 떠나지 않는다. [Hippocrates]
- 노인의 비극은 그가 늙었기 때문이 아니라 그가 아직 젊다는 데에 있다.
  [Oscar Wilde]
- 노인이란 얼굴보다 마음에 보다 많은 주름을 잡게 한다. [Montaigne]
- 노인이 빠져드는 그 병은 탐욕이다.
  [John Milton]
- 노화는 몸보다는 영혼을 먼저 흉하게 만든다. [Francis Bacon]
- 늙어가는 것은 서글픈 일이다. 그러나 늙어가는 것이 우리가 오래 살기 위해 찾은 유일한 방법이다.
  [Charls A. Sainte-Beuve]
- 늙었다고 비난해서는 안 된다. 우리 모두 늙기를 바라고 있기 때문이다. [Diogenes Laertios]
- 늙었다는 것은 큰 고통이다. 그러나 늙기를 바라는 자에게는 고통이 아니다. [Gabriel Moerie]
- 늙으면 얼굴보다 마음에 더 많은 주름이 생긴다. [Montaigne]
- 늙은 원숭이는 절대로 입을 비죽거리지 않는다. [F. Rabelais]
- 늙은이를 견딜 수 없게 하는 것은 정신과 육체가 쇠락해가기 때문이 아니라 추억이라는 무거운 짐 때문이다. [Somerset Maugham]
- 늙음은 그 자체로도, 또 다른 사람에게도 짐이다. [Erasmus]
- 늙음을 슬프게 만드는 것은 즐거움이 없어지기 때문이 아니라, 희망이 없어지기 때문이다. [Jean Paul]
- 미친 노인은 미친 젊은이보다 더 미쳤다. [La Rochefoucauld]
- 백발이란 나이를 먹었다는 표시이지, 지혜를 나타내는 것은 아니다.
  [서양 격언]
- 백조는 나이 들수록 더욱 아름다워

진다.　　　　[배로알드 드 베르빌]
- 40세는 청춘의 노년이며, 50세는 노년의 청춘이다.　　　[서양 속담]
- 세월은 사람을 현자보다는 노인을 만든다.　　　[E. P. 레이날]
- 아름다운 젊음은 우연한 자연 현상이지만, 아름다운 노년은 어느 누구도 쉽게 빚을 수 없는 예술 작품이다.
　　　[Roosevelt 부인 Elena 여사]
- 아직 노령기가 되려면 멀었는데도 그것을 두려워한다. 오래 살길 바라면서 노령기를 두려워하기 때문이다. 말하자면, 우리는 인생을 사랑하면서 죽음을 피해 달아나고 있는 것이다.　　　[La Bruyere]
- 앞으로 1년도 못 살 것이라고 믿는 사람은 없다.　[Marcus T. Cicero]
- 어떻게 노년으로 성장할 것인가를 아는 것이 영지英知의 중요한 과제이며, 생활의 위대한 기술에서 가장 어려운 대목의 하나이다.
　　　[Thomas Dekker]
- 어떻게 늙어야 하는지 아는 사람은 거의 없다.　[La Rochefoucauld]
- 연애에 있어서 늘그막에 어쩌다가 사랑을 하게 되면, 그것은 젊은이들의 사랑과는 달리 미칠 지경이 되는 것이다.　[La Rochefoucauld]
- 우리 인생은 포도주와 비슷하다. 남아 있는 포도주가 시어지듯 살아남

아 있는 자들은 서서히 말라간다.
　　　[Menandros]
- '이제 나이도 그만하니 욕심을 내지 말고 체념하는 것이 상책입니다.' 하고 많은 사람들은 말하고 있다. 그러나 나는 욕심을 부리지 않고 체념하기 때문에 사람은 늙는 것이라고 생각한다.　[T. F. Green]
- 젊게 보인다고 하는 말은 늙었다는 증거이다.　　　[Sakare]
- 젊은 여자와 혼인하는 노인은 독毒과 혼인하는 것이다.　[Hitopadesa]
- 청년기의 자존심은 혈기와 아름다움에 있지만, 노년기의 자존심은 분별력에 있다.　　　[Democritus]
- 평온함은 노년에 마시는 우유와 같다.　　　[Thomas Jefferson]
- 훌륭한 말은 결코 쓸모없는 늙다리 말이 되지 않는다. [Henri Estienne]

| 노동勞動 |

- 게으름은 쇠붙이의 녹과 같다. 노동보다도 더 심신을 소모시킨다.
　　　[Benjamin Franklin]
- 그대의 경우와 계급이 어떻든 노동을 사랑하라. 일하는 것은 인간에게 부과된 운명이라고 생각하라.
　　　[Lev Tolstoy]
- 노고는 인생의 율법이며, 인생의 최

선의 열매이다. [Maurice]

- 노동 없이 사람은 휴식에 이를 수 없고, 전투 없이 승리에 이를 수 없다. [Thomas A. kempis]
- 노동으로 말미암아 인간이 죽는 일은 없다. 그러니 빈둥거리며 놀고 지내면 신체의 생명이 망쳐지고 만다. 왜냐하면, 새는 날게 태어난 것처럼, 사람은 노동을 하도록 태어났기 때문이다. [Martin Luther]
- 노동은 생명이요, 사상이요, 광명이다. [V-M. Hugo]
- 노동은 세 개의 큰 악, 즉 지루함, 부도덕, 그리고 가난을 제거한다. [Goethe]
- 노동은 인생을 감미롭게 해주기는 하지만, 힘겨운 짐이 되게 하는 것은 결코 아니다. 걱정거리를 가지고 있는 자만이 노동을 싫어한다. [Burmann]
- 노동을 사랑하라. 먹을 것을 얻기 위해 노동을 할 필요가 없는 사람일지라도 건강을 위해서 노동을 할 필요가 있을 것이다. 신체와 정신에 다 같이 유익하다. 노동을 하면 태만과 타성에 빠지는 것을 막을 수 있다. [William Penn]
- 노동을 하지 않는 사람은, 부유한 자이거나 가난한 자이거나 간에 모두 쓸모없는 존재들이다.

[Lev N. Tolstoy]

- 노동이 있음으로써 비로소 안락도 있고 휴식도 있다. [Thomas Carlyle]
- 다만 노동만이 거룩하다. [Thomas Carlyle]
- 사람을 위대하게 만드는 것은 노동에 의해서 얻어진다. 문명이란 것은 노동의 산물이다. [S. Smiles]
- 세금은 노동하는 사람의 땀에서 지불된다. [Roosevelt]
- 수고와 노동 없이 구해질 수 있는 것치고 진정 가치 있는 것은 없다. [Thomas Edison]
- 인간은 자기 자신의 이마에 땀을 흘려서 자기 자신의 빵을 얻어야만 한다. [Lev N. Tolstoy]

| 노래하다 |

- 그림과 태생의 관계는 노래와 말의 관계와 같다. [G. de Levi]
- 노래가 어두운 근심을 덜어준다. [Horatius]
- 노래를 부르는 사람은 자기 불행에 마법을 건다. [Cervantes]
- 승리로 유명해지기보다 노래로 유명해지는 것을 더 좋아한다. [Alexander Smith]
- 읽을 가치가 없는 것은 노래로 부른다. [Pierre Beaumarchais]

| 노력努力 |

- 가만히 앉아서 의심하지 말고 끊임 없이 시도하라. 겸손한 자만이 다스릴 것이오, 애써 일하는 자만이 가질 것이다.   [P. A. Manzolli]
- 게으르게 사는 자의 백 년은, 노력 하면서 사는 이의 하루만도 못하다.   [법구경法句經]
- 게으르고 나태한 사람은 죽음에 이르고, 애써 노력하는 사람은 죽는 법이 없다.   [법구경法句經]
- 겸손한 자만이 다스릴 것이요, 애써 일하는 자만이 가질 것이다.   [Ralph Waldo Emerson]
- 괴로움이 다하면, 달콤한 것이 온다.(고진감래苦盡甘來)   [논어論語]
- 그 어떤 것도 수고 없이 주어지지 않는다. 다만 가난은 예외다.   [스코틀랜드 속담]
- 끊임없이 노력하라. 지능이 아니라 노력이야말로 잠재력의 자물쇠를 푸는 열쇠다.   [Winston Churchill]
- 나는 실패한 적이 없다. 그저 작동 하지 않는 10,000개의 방법을 발견했을 뿐이다.   [Thomas Edison]
- 나는 중요한 일을 이루려 노력할 때 사람들의 말에 너무 신경 쓰지 않는 것이 바람직하다는 사실을 깨달았다. 예외 없이 이들은 안 된다고 공

언한다. 하지만 바로 이때가 노력 할 절호의 시기이다.   [Calvin Coolidge]
- 노고 없이 사들일 수 있는 것 중 귀중 한 것은 하나도 없다.   [J. Addison]
- 노력은 수단이 아니라 그 자체가 목적이다. 노력하는 것 자체에 보람을 느낀다면 누구든지 인생의 마지막 시점에서 미소를 지을 수 있다.   [Lev Tolstoy]
- 노력은 실패하지 않는다. 포기할 때 실패한다.   [Albert Einstein]
- 노력이 적으면 얻는 것이 적다. 인간의 재산은 그 노고에 달려 있다.   [Robert Herrick]
- 노력했는데도 해결되지 않을 만큼 어려운 일은 없다. [Publius Terentius]
- 로마는 하루아침에 이루어지지 않았다.(Rome was not built in a day.)   [서양 격언]
- 부지런히 노력하는 사람은 좋은 때도 놓치지 않고 잘 잡아 쓰며, 나쁠 때는 더더욱 부지런히 노력해서 수습하면서 비껴가기 때문에 나쁜 운이 크게 작용을 못한다. 반대로 게으르며 노력하지 않는 사람은 좋은 때가 와도 손이 늦어 붙잡지 못해 좋은 때를 나쁠 때로 만들고 나쁜 때는 운 탓만 하며 좌절 속에 허우적거리기 때문에 항상 불운의 연속으로 일

생을 보내는 것이다.　　　　[정주영]
- 사람들은 잡기보다 뒤쫓기를 더 좋아한다.　　　　　　　　　[Pascal]
- 사람은 자기 손에 쥔 것보다 얻기 바라는 것을 더 좋아한다.
　　　　　　[Jean-Jacques Rousseau]
- 사람이 위대하게 되는 것은 노력에 의하여 얻어진다. 문명이란 참다운 노력의 산물인 것이다.　[S. Smiles]
- 세상에서 가장 중요한 일들 대부분은 아무도 도와주지 않을 때에도 계속 노력한 사람들에 의해 이루어졌다.　[Dale Breckenridge Carnegie]
- 소유의 기쁨은 얻으려는 수고만 못하다.　　　　　　　　[John Swift]
- 스스로가 자신을 돕는다면 하늘도 그 사람을 도와줄 것이다.
　　　　　　　　　[La Fontaine]
- 스스로 노력했지만 뜻대로 되지 않는 것은 하나님의 뜻인 것이다. 스스로 게을리해서 일을 성취시키지 못한 것은 자기 자신의 죄인 것이다.
　　　　　　　　　　[피프테]
- 승리는 노력을 좋아한다.
　　　　　　[Caius V. Catullus]
- 신은 우리가 성공할 것을 요구하지 않는다. 우리가 노력할 것을 요구할 뿐이다.　[Mother Teresa Bojaxhiu]
- 신은 힘써 일하는 자에게 그의 노고의 소산인 영광을 돌려준다.

　　　　　　　　　[Aeschylus]
- 아몬드를 얻으려면 단단한 껍질을 깨야 한다.　　　　　[Plautus]
- 우리가 노력하는 것은 반드시 성공하고자 하는 데 있는 것이 아니다. 실패해도 실망하지 않고, 오히려 한 걸음 더 나아가는 데 있다.　[G. Stevens]
- 우리가 살아남기 위해서는, 한 분야를 한눈팔지 않고 꾸준히 노력하는 길밖에 없다.　　　　　[안철수]
- 위업을 시작하는 것은 천재지만, 그 일을 끝내는 것은 노력이다.
　　　　　　[Joseph Joubert]
- 인내와 끈기와 노력은 성공을 안겨주는 무적불패의 조합이다.
　　　　　　[Napoleon Hill]
- 자신에게 최선을 다하는 사람은 사사로운 감정에 매달릴 여유가 없다.
　　　　　　[Abraham Lincoln]
- 자신이 원하는 꿈의 방향으로 자신 있게 전진하면서 자기가 상상하는 생활을 하기 위해 노력하면, 언젠가는 성공을 이룰 것이다. 비록 공중에 누각을 지었을지라도 나의 노력은 헛되지 않을 것이다. 이제 그 밑에 기초를 쌓으라.　[H. D. Dorrough]
- 재주가 비상하고 뛰어나더라도 노력하지 않으면 쓸모없는 것이다.
　　　　　　　[Montaigne]
- 찾으라, 그러면 얻을 것이다.

[Sophocles]

- 탁월하다는 것을 아는 것만으로는 충분치 않으며, 탁월해지기 위해, 이를 발견하기 위해 노력해야 한다.
[Aristoteles]
- 하늘은 스스로 돕는 자를 돕는다.
[맹자孟子]
- 하늘이 나에게 복을 박하게 준다면, 나는 나의 덕을 두터이 함으로써 이를 맞을 것이다. 하늘이 나의 몸을 수고롭게 한다면, 나는 나의 마음을 편안하게 함으로써 이를 도울 것이다. 하늘이 나에게 곤궁한 길을 준다면, 나는 나의 도道를 형통케 함으로써 그 길을 열 것이다. 이와 같으면 하늘인들 나를 어찌하랴.
[홍자성洪自誠]
- 한 번 뛰어서 하늘에 도달할 수는 없다. 때문에 낮은 땅에서 둥근 하늘로 올라가는 사다리를 만들고, 돌고 돌아서 마침내 그 꼭대기에 이른다.
[Josiah G. Holland]
- 훌륭한 평판을 받는 법은 자신이 드러내고자 하는 모습이 되도록 노력하는 것이다.
[Socrates]

| 노쇠老衰 |

- 노쇠는 자연히 자기도 모르는 새에 기어드는 병이다. 그러나 우리는 노쇠가 우리에게 끼치는 결함을 피하기 위해서, 또는 조금이라도 그런 것을 방지하기 위해서는 많은 수양을 쌓아야만 하고, 많은 조심이 필요하다. 하지만 노쇠는 한 발짝씩 우리를 정복해 오고, 또 우리를 끝없는 곳으로 데리고 가려고 애를 쓴다.
[M. Montaigne]
- 늙어가는 것을 불평하지 말라. 가엾어 보인다.
[Shakespeare]

| 노예奴隷 |

- 노예가 기회를 잡으면 폭군이 된다.
[Victor M. Hugo]
- 노예가 많은 만큼 적들도 많다.
[M. P. Cato]
- 신은 자유를 만들고, 인간은 노예제를 만든다.
[Andre Chenier]
- 인간은 다른 인간의 주인이 아니다.
[Epictetus]

| 노인생활 |

- 노인 독립생활 10계명 : ① 남이 나를 보살펴주고 도와줄 것을 기대하지 마라. ② 형편 되는 대로 가벼운 운동을 하자. ③ 가급적 일찍 일어나는 버릇을 기르자. ④ 늙은이라고

푸대접해도 화내지 말자. ⑤ 일을 만들고 취미와 봉사 생활로 고독을 이기자. ⑥ 남의 일에 참견하지 말자. ⑦ 즐거우면 능력 범위 내에서 베풀라. ⑧ 외출할 때는 항상 긴장하자. ⑨ 음식은 소식하고 반찬은 고르게 먹자. ⑩ 옷차림은 항상 단정하고 깨끗하게 입자.　　[미상]

● 노인 처세법 : ① 부르는 데가 있으면 무조건 달려가라. ② 아내와의 전투에서는 무조건 항복하라. ③ 일어설 수 있을 때 하루에 30분 이상 걸어라. ④ 남의 경조사에 갈 때는 가급적 정장을 하라. ⑤ 아내가 말리는 것 말고는 뭐든지 하라. ⑥ 좋은 것부터 먼저 먹고, 좋은 일부터 먼저 하라. ⑦ 도움을 요청받으면 무조건 도우라. ⑧ 범사를 긍정으로 생각하고 감사하라. ⑨ 일은 생각이 났을 때 바로 하라. ⑩ 일과표와 월간 행사계획을 써 놓고 살라. [미상]

| 노처녀老處女 |

● 남자의 셔츠가 없는 곳에 있는 비누는 슬프다.　　[아일랜드 속담]
● 절대로 익지 않는 과일보다 나쁜 과일은 없다.　　[이탈리아 속담]
● 젊은 처녀는 신선한 과일이고, 노처녀는 건포도이다.　　[독일 속담]

| 노총각老總角 |

● 노총각은 진심으로 웃지만, 혼인한 남자들은 눈물을 참으면서 웃는다.
　　[George Herbert]
● 독신자의 침대가 가장 편하다.
　　[Cicero]
● 불완전한 남자에게 혼인이란 지나치게 완벽한 것이다.　[N. Sangfor]

| 노후준비 7원칙 |

● ① 평생 현역으로 일하겠다는 마음의 자세가 필요하다. ② 노후에도 작은 일이라도 해서 돈을 벌겠다는 생각을 버리지 말아야 한다. ③ 평소 규칙적인 운동을 통해 건강을 지킨다. ④ 매사에 젊은이와 같이 도전정신을 유지한다. ⑤ 정기적으로 만날 수 있는 사람을 최소 6명은 만들어야 한다. ⑥ 자신의 일은 물론이고 다양한 분야에 관심을 가지고 끊임없이 공부한다. ⑦ 일상에서 부닥치는 스트레스를 다스리는 마음공부나 종교 생활이 필요하다.　　[미상]

| 논리論理 |

● 노새들이 있는 곳에 당나귀가 없는 것을 누가 상상할 수 있겠는가?
　　[Epiktetos]

- 논리는 위스키처럼 너무 많이 취하면 그 좋은 덕목을 잃게 된다.

  [Lord Dunsany]
- 어떤 것이 검지 않다고 해서, 그것이 희다고 단정 지어서는 안 된다.

  [Fernando de Rojas]

| 논의論議하다 |

- 사군토Sagunto(스페인 동부 북쪽의 도시)가 사라지는 동안 로마는 논의했다. [Titus Livius]
- 시작해야 하는 자를 알고자 논의하나 그때는 이미 시도하기에는 너무 늦다. [Quintilianus]
- 적들이 문밖에 있을 때 논의한다는 것은 너무 때늦은 일이다. [Vergilius]

| 논쟁論爭 |

- 그것들은 여전히 귀를 간질이는 개살구 같은 논쟁이기 때문이다.

  [William Shakespeare]
- 논쟁에서 먼저 입을 다문 자가 가장 칭찬받을 만한 자이다. [Talmud]
- 다른 사람의 입을 다물게 하려거든 내 입부터 다물어라. [Seneca]
- 사람들이 오랫동안 입씨름을 하고 있는 경우는 대체로 그들이 거론하고 있는 일이 그들 자신에게도 알 수

없게 되었다는 증거이다. [Voltaire]
- 선인은 누구와도 다투지 않고, 할수 있는 한 다른 사람들의 다툼도막는다. [Epiktetus]
- 우리는 무엇인가를 믿으려 들면 거기에 부합되는 모든 논제가 갑자기 눈에 띄게 되고, 그것에 반대되는 논제에는 눈을 감게 되는 것이다.

  [Bernard Shaw]

| 놀림/조롱 |

- 그 무엇에도 놀라지 않는 것, 이것이 행복을 가져다주고, 또 간직하는 것의 유일한 수단이다. [Horatius]
- 놀란 자는 이미 절반은 걸려든 것이나 마찬가지다. [Thomas Fuller]
- 놀림은 기품 있는 모욕이다.

  [Aristoteles]
- 놀림은 자존심이 겪는 시련이다.

  [Vauvenargues]
- 뜻밖의 사건으로 진정한 용기를 시험하게 된다. [Aristoteles]
- 세련된 놀림은 꽃향기가 조금 나는 가시이다. [A. 두데토]
- 여전히 놀랄 수 있다는 것에 놀라야 한다. [La Rochefoucauld]
- 조롱은 소금과 같아서 절제하며 사용해야 한다. [Demophilius]
- 조롱을 참아 견디기, 그러나 결코

조롱하지 않기.　　　[G. Balthasar]

| 농담弄談 |

- 나쁜 쪽으로 받아들여진 농담만큼 사람의 성격을 잘 드러내는 것은 없다.
　　　　　[G. C. Lichtenberg]
- 내가 하는 농담은 사실은 진실을 얘기하고 있는 것이다. 진실이야말로 이 세상에서 가장 재미있는 농담인 것이다.　　　　　[Bernard Shaw]
- 농담에는 기준이 없다. 무엇이 좋은 농담이고 나쁜 농담인지 누구나 말하려 든다는 점은 확실하지만, 그 누구도 무엇이 좋은 농담이고 나쁜 농담인지 단언할 수 있는 사람은 없다.
　　　　　[John Kenneth Galbreith]
- 농담에는 반드시 절제가 있어야 한다.　　　　　[M. T. Cicero]
- 농담은 개가 아닌 양이 무는 것처럼 상대방을 물어야 한다.
　　　　　[G. Boccaccio]
- 농담은 피를 뿌리지 않는 결투이다.
　　　　　[Nichora Sangfor]
- 농담이란 진지한 것이다.
　　　　　[Ch. Churchil]
- 농담이 진실을 전달하는 역할을 할 때가 있다.　　　[Francis Bacon]
- 늘 격언을 들먹이는 자는, 성격이 나쁘다.　　　　　[Pascal]

- 비통한 자를 괴롭히는 온갖 슬픔 중에서 가장 뼈아픈 것은 모욕적인 농담이다.　　　[Samuel Johnson]
- 상식을 넘어서는 농담을 하지 않도록 조심해야 한다.　　　[N. Boileau]
- 애써 농담을 찾아 재미있게 하는 것과, 재미있는 사람이 되는 것은 별개의 일이다.　　　　　[Voltaire]
- 우리는 농담에 박수를 보내는 척하면서 농담을 분쇄시켜버린다.
　　　　　[La Rochefoucauld]
- 절대로 심각하게 받아들여서는 안 되는 것이 농담이다.　　[Plautus]
- 정중한 사람이나 지성이 뛰어난 사람에게 함부로 농담을 해서는 안 된다.
　　　　　[La Bruyere]
- 좋은 농담이란, 애써 기분 좋게 만들려고 애쓰지 않는 데에 있다. 당신을 감동시킬 생각이 없는 사람이 당신을 감동시키는 것과 마찬가지다.
　　　　　[Voltatre]
- 친구를 잃는 것보다 재치 있는 말을 할 기회를 놓치는 것이 낫다.
　　　　　[Quintilianus]
- 훌륭한 농담은 비판될 수 없는 하나의 궁극적이고 신성한 것이다.
　　　　　[Gilbert Keith Chesterton]

| 농부農夫 |

- 농민은 국가의 주인공이다. [손문孫文]

- 농부는 늘 다음 해에 부자가 되리라 믿는다. [Menandros]
- 농부는 자신의 결점을 헤아릴 정도로 지혜롭지 못하다. [Montesquieu]
- 농부의 모자에서는 늘 왕자의 조언이 나온다. [A. Gellius]
- 밭을 가는 데도 시를 쓰는 것만큼 존엄성이 있다는 것을 알기 전에는 어느 민족도 번영할 수 없다. [George Washington]
- 서있는 농부는 앉아있는 신사보다 높다. [Benjamin Franklin]

| 농업農業 |

- 농업이야말로 이성理性의 자유를 희생시키지 않고 독립생활을 할 수 있는 직업職業이라고 생각하게 된 것이다. [미상]
- 모든 기술 가운데 으뜸가고 존경할 만한 것은 바로 농사이다. [Jean-Jacques Rousseau]
- 모든 노동 중에서 가장 기쁨이 많은 노동은 농업이다. [Lev Tolstoy]
- 밭의 신성함을 아는 자는 행복하다. [M. P. Vergilius]

| 높은 지위地位 |

- 가장 높고 우뚝 솟은 나무들이 번개를 무서워할 가장 큰 이유를 가졌다. [Romin Rolland]
- 관직은 태도를 변화시킨다. [Cervantes]
- 높은 바람은 높은 산에 분다. [Thomas Fuller]
- 높은 지위에 있는 사람은 3중의 노복奴僕이다. 군주는 국가의 하인이고, 명성에 따른 하인이며, 일을 해야만 되는 하인이다. 그러므로 그들은 몸에도, 행동에도, 시간적으로 자유가 없다. [Francis Bacon]
- 원숭이가 높이 오를수록, 자기 꼬리를 더 많이 보여준다. [Herbert]

| 뇌노화방지법腦老化防止法 |

- 뇌의 기능이 노화하는 것을 방지하려면, 다음과 같이 뇌의 활동을 촉진시켜야 한다. ①술을 마시지 않는다. ②눈, 코, 입이 즐거우면 뇌도 즐거움으로 시력, 청력, 치아의 훼손을 방치하지 않는다. ③호기심을 작동시키기 위하여 관찰, 산책, 관광 등을 참여하고 새로운 기계, 물건에 대하여 관심을 갖는다. ④다양한 책 읽기, 음악, 그림에도 관심을 갖는다. ⑤카드놀이, 고스톱, 게임은 최고다. ⑥여러 사람과 지속적인 교류를 계속한다. 먼 친구

보다 가까운 이웃을 자주 만난다.

[김과운]

| 뇌물賂物 |

- 나는 어떤 정치가를 뇌물로 매수하고 싶을 때 늘 반독점자들이 가장 매수하기 쉽다는 것을 발견한다.

[William Vanderbilt]

- 뇌물을 받는 버릇은, 일단 시작되기가 무섭게 정의를 수호하는 법원도, 나라를 지키는 군부도 휩쓸어 결국 나라를 제왕의 독재에 넘겨주었다. 왜냐하면 무력도 금력을 당할 수 없기 때문이다.

[Plutarchos]

- 뇌물을 주고받는 일을 누군들 비밀히 하지 않는 이가 있을까마는 밤중에 한 일이 아침이면 이미 널리 퍼지기 마련이다.

[정약용]

- 뇌물을 주지 않는 것은 쉽다. 그런 뇌물을 주지 않으면서 동시에 사업을 운영하는 것은 그렇게 쉽지 않다.

[Wang Shi]

- 법은 문서로는 훌륭하나, 뇌물이 통하지 않으면 뼈아프다.

[Paolo Bacigalapi]

- 작은 뇌물일지라도, 여전히 큰 잘못이다.

[Edward Coke]

- 전직은 문 앞에서 문을 두드리는 것이고, 뇌물은 그 문을 들어가는 것

이다.

[Barnabe Rich]

- 죽음의 뱃사공은 뇌물을 받지 않는다.

[Horatius]

- 현금으로 먹이는 뇌물의 효과를 결코 과소평가하지 말라.

[Claud Cockburn]

| 눈(目) |

- 눈 관리 10훈 : ① 쉴 때는 눈을 푹 쉬게 하라. ② 하루 1회 이상 따뜻한 물로 눈 주위를 씻는다. ③ 손바닥으로 눈을 가리고 안구 운동을 한다. ④ 균형 잡힌 식생활을 한다. ⑤ 근거리 작업을 할 때는 정기적인 휴식을 취한다. ⑥ 조명은 400~700 룩스를 유지한다. ⑦ 많이 웃는다. ⑧ 정기적인 안과 검진을 받는다. ⑨ 눈 영양제는 담당 의사의 지도를 받는다. ⑩ 실내 습도를 적절히 유지하여 안구 건조를 방지한다. [유한양행]
- 눈은 도처에서 말을 한다.

[George Herbert]

- 눈은 마음의 거울이다. 눈동자는 악을 보지 못한다. 마음속이 바르면 눈동자가 맑다. 마음이 바르지 못하면 눈동자가 어둡다. [맹자孟子]

| 눈물 |

- 감옥 속에 있는 사람들에게 있어서

눈물은 매일의 경험의 일부분에 지나지 않는다. 감옥 속에 있으면서 울지 않는 하루가 있다면, 그러한 날은 그 사람의 미음이 굳어져 있었다는 것이지, 그의 마음이 즐거웠던 날은 아니다. [Oscar Wilde]

- 고난과 눈물이 나를 높은 예지로 이끌었다. 보복과 즐거움은 이것을 만들지 못했을 것이다. [Pestalozzi]
- 나는 두 개의 얼굴을 가진 야누스이다. 한 얼굴로 웃고, 다른 얼굴로 울고 있다. [Kierkegaad]
- 남의 눈에 눈물 내면, 제 눈에는 피가 난다. [한국 격언]
- 남자가 별의별 이유를 다 갖다 대도, 여자의 한 방울의 눈물을 당할 수 없다. [Voltaire]
- 남자의 눈물은 상대방에게 고통을 주었다고 생각하고 흘리지만, 여자의 눈물은 상대를 충분히 괴롭히지 않았다고 생각하고 흘린다. [F. Nietzsche]
- 너를 사랑함이 적은 자에게는 미소를 주고, 내게는 눈물을 두었다가 주어라. [Thomas More]
- 눈물과 더불어 빵을 먹어본 사람이 아니면 인생의 참맛을 모른다. [Goethe]
- 눈물로 씻어지지 않는 슬픔은 없다. 땀으로써 낫지 않는 번민은 없다. 눈물은 인생을 위로하고, 땀은 인생에게 보수를 준다. [미상]
- 눈물만큼 빨리 마르는 것은 없다. [Marcus Tullius Cicero]
- 눈물 속에서는 갈 길을 보지 못한다. [William Venom]
- 눈물에는 선한 눈물과 악한 눈물이 있다. 선한 눈물이라는 것은 오랫동안 그의 마음속에서 잠들고 있었던 정신적 존재의 각성을 기뻐하는 눈물이고, 악한 눈물이란 자기 자신과 자기 선행善行에 아첨하는 눈물이다. [Lev N. Tolstoy]
- 눈물에도 나름의 쾌감이 있다. [Ovidius]
- 눈물은 말 없는 슬픔의 언어이다. [F-M. A. Voltaire]
- 눈물은 이 세상에서 가장 아름다운 액체입니다. 비가 와야 무지개가 생겨나듯이, 눈물을 흘려야 그 영혼에도 아름다운 무지개가 돋는다는 말도 있습니다. [이어령]
- 눈물은 탄식이며 동시에 위안이다. 그리고 열熱이며, 동시에 진정하는 서늘함이다. 눈물은 최고의 도피다. [Simone de Beauvoir]
- 눈물을 흘려보지 못한 청년은 야만스럽고, 웃어보지 못한 노인은 바보스럽다. [George Santayana]
- 눈물을 흘리는 것은 어떤 절망에서

가 아니라 오히려 자기가 흘린 눈물에 의하여 자기가 행복하다는 것을 느끼려는 것이다.　　　[Dostoevsky]

● 눈물의 불공佛供은 내가 갈망하는 모든 것이다.　　　　　[Homeros]

● 눈물의 소리는 추한 여자의 도피처이지만, 아름다운 여자의 영락零落이다.　　　　　[Oscar Wilde]

● 눈물이 없다는 것은, 그에게 마음이 없다는 것을 의미한다.　　[김진섭]

● 땀을 흘려 자기를 위하고, 눈물을 흘려 이웃을 위하고, 피를 흘려 조국을 위하라.　　　　[김병철]

● 마음이 먼저 더워졌기 때문에 얼굴이 더워지고 눈물이 터진 것이다.
　　　　　　　　　　[함석헌]

● 모든 사람의 눈에서 온갖 눈물을 닦아내는 것이 나의 소원이다.
　　　　　　[Mahatma Gandhi]

● 미인이 흘리는 눈물은 그녀의 미소보다도 사랑스럽다.
　　　　　[Thomas Campbell]

● 바다와 같은 피를 흘리는 것보다, 한 방울의 눈물을 마르게 하는 것이 더욱 존귀한 일이다.　　[Byron]

● 봄누에는 죽을 때까지 실을 토하고, 촛불은 재가 될 때야 눈물을 거둔다.
　　　　　　　　[이상은李商隱]

● 새(鳥)로써 봄을 울고, 우레(천둥)로써 여름을 울고, 벌레로써 가을을 울며, 바람으로써 겨울을 운다.
　　　　　　　　[한유韓愈]

● 숙녀의 눈물은 무언의 웅변이다.
　　　　[Beaumont & Fletcher]

● 슬픔이 많으면 웃음을 부른다. 기쁨이 많아도 눈물을 부른다.
　　　　　　[William Blake]

● 아내는 세 가지 눈물을 가지고 있다. 괴로움의 눈물, 초조의 눈물, 거짓의 눈물.　　　[네덜란드 속담]

● 여자는 명령만 내리면 어떠한 방법으로든 넘쳐흐를 수 있는 풍부한 눈물을 언제나 준비하고 있다.
　　　　　　　　[Juvenalis]

● 여자의 눈물에 감동하지 말라. 여자들은 눈이 울도록 가르쳤다.
　　　　　　　　[Ovidius]

● 여자의 눈물에는 덫이 숨겨져 있다.
　　　　　　　[Dionysios]

● 여자의 눈물은 눈이 가장 품위 있는 말이다.　　　[Robert Herrick]

● 여자의 눈물은 여자의 심술궂음에 대한 향신료이다. 그리고 잔인한 사람은 눈물에 감동하지 않고 눈물을 즐긴다.　　[Publius Syrus]

● 여자의 눈물이란, 꿈에 취한 남자에게는 암모니아수와 같은 효과를 나타내는 물건이다.　[Maxim Gorky]

● 오늘 아침 학숙의 눈물은 그것을 꼭 인간의 고귀한 영혼이나 혹은 생명

의 발로라고 생각한다면 문제는 절로 다르겠으나, 그러나 그것 역시 다만 총명한 인습과 변동에 대한 불안일 따름이지, 그 무슨 절대의 선善이라고만 일컬을 까 보냐.　[김동리]

- 우는 것도 일종의 쾌락이다.
　　　　　　　　　　　　[Montaigne]

- 우는 것을 부끄러워하는 거만한 자를 경멸하라.　[Edward J. Young]

- 우리가 흘리는 눈물보다 더 나쁜 표정이 있는데, 그것은 '글로 쓰인 눈물' 이다.　[Gaston Bachelard]

- 우리는 우니까 슬퍼지고, 도망가니까 무서워지고, 웃으니까 즐거워지는 것이다.　[James Lange]

- 우리는 우리의 귀중한 사람의 죽음에 눈물을 흘리고 있다고 말하면서, 실제로는 우리 자신을 위해서 눈물을 흘리고 있다.　[La Rochefoucauld]

- 웃어라, 그러면 이 세상도 함께 웃을 것이다. 울어라, 그러면 너 혼자 울게 되리라.　[Wilcox]

- 인간은 눈물을 흘림으로서 세상의 죄악을 씻어낸다.　[Dostoevsky]

- 인간이여, 너는 미소와 눈물 사이를 왕복하는 시계추다.
　　　　　　[George Gordon Byron]

- 인생이 눈물의 골짜기라면 무지개로 다리가 놓일 때까지 힘껏 웃어라.
　　　　　　　　　　[L. Larcombe]

- 일하는 물은 눈물뿐이다. 젊었을 때 울지 않는 자는 야만인이요, 늙어서 웃지 않는 자는 얼간이다.
　　　　　　　　　　[Santayana]

- 자기 갈 길을 떠나는 자식의 눈물은 하루밖에 안 가지만, 뒤에 남는 부모의 슬픔은 한이 없다.　[Trowbridge]

- 장부에게 눈물이 없는 것은 아니다. 이별할 때는 눈물을 흘리지 마라.
　　　　　　　　　　[육구몽陸龜蒙]

- 지상의 모든 언어 중에서 최고 발언자는 눈물이다. 눈물은 위대한 통역관이다.　[David H. Lawrence]

- 진정한 눈물은 슬픈 첫 페이지에서 나오는 것이 아니라 적절한 말의 기적에서 나온다.　[Jean Cocteau]

- 천국의 문은 기도에 대해선 닫혀 있더라도 눈물에 대해선 열려 있다.
　　　　　　　　　　　[Talmud]

| 느림 |

- 멀리 여행하고자 하는 자가 말을 이긴다.　[Jean-Baptiste Racine]

- 부드러운 엿기름을 만드는 것은 느리게 타는 불이다.　[V. S. Rin]

- 오래 남는 모든 것은 느리게 자란다.
　　　　　　　　　　[Louis de Bonal]

- 절름발이가 결국에는 날쌘 자를 따라잡는다.　[Plutarchos]

- 현인은 느린 듯하지만, 능숙하게 계획을 짤 줄 안다. [노자老子]

| 능력과 무능력無能力 |

- 내가 모르는 일에 대해서는 침묵한다. [Socrates]
- 네 힘에 부치는 짐을 지지 말라. [Horatius]
- 다른 사람의 의견이나 비난, 혹은 거짓된 말로 인해 자기의 진로를 변경하는 것은, 스스로가 어떤 직책을 감당하기에 적합지 않다는 것을 나타낸다. [Plutarchos]
- 담요의 길이에 따라 네 발을 뻗어라. [Talmud]
- 뜻을 세워 공부하는 것은 마치 나무를 심는 일과 같다. 뿌리와 싹이 날 때에는 아직 줄기가 없고, 줄기가 생길 때에는 아직 가지가 없다. 가지가 자란 다음에야 잎이 달리고, 잎이 달린 다음에야 꽃과 열매가 달린다. 오직 북돋아 기르는 노력을 잊지 않는다면, 어찌 가지와 잎과 꽃과 열매가 자라나지 않을까를 걱정하겠는가. [왕양명王陽明]
- 모기는 산을 짊어질 수 없고, 작대기는 큰 짐을 버틸 수 없다. [이황]
- 사람들이 알아주지 않을 것을 근심 말고, 자기의 능력이 모자람을 걱정하라. [공자孔子]
- 세상에서 말을 타거나 소를 부리거나 할 때는 짐이나 일에 한도가 있으므로 짐의 경중에 따라 행정行程이 정해지고, 행로의 원근도 숫자로 나타난다. 짐이 무겁다고 나중에 짐을 던다면, 이는 애초에 부담 능력을 모르는 소행이고, 짐이 가볍다고 나중에 다시 더하면, 이것은 애초에 그릇의 크기를 몰랐던 것이다. [관자管子]
- 수레를 뒤집는 사나운 말도 길들이면 능히 부릴 수 있고, 다루기 힘든 금金도 잘 다루면 마침내 좋은 기물器物을 만들 수 있다. 사람이 하는 일 없이 놀기만 하고 분발함이 없으면, 평생에 아무런 진보도 없으리라. [채근담菜根譚]
- 양탄자 직조공이 천을 잘 짤 줄 안다 해도 그를 비단 공방으로 데려가진 않는다. [Saidi]
- 우리는 정규 교육을 통해 많은 것을 배운다. 하지만 인생에서 꼭 필요한 능력은 대부분 혼자서 터득해야 하는 것들이다. [Lee Iacocca]
- 옛날 이윤伊尹이 요리사가 되고, 백리해白里奚가 노예가 되었던 것은, 모두 그의 임금이 뜻을 펴게 하기 위함이었다. 이 두 사람은 모두 성인聖人이다. 그런데도 나아가 벼슬을 하고, 자기 몸을 수고롭게 해가면서 이

처럼 몸을 더럽혀야 했다. 지금 내가 한 말 때문에 요리사나 노예가 된다 해도, 그의 의견이 받아들여져 세상을 뒤흔들 수 있다면, 이것은 벼슬할 능력을 가진 사람이 수치로 여길 일은 아니다. [한비자韓非子]

- 이륜 전차에는 말을, 쟁기에는 소를. [Pindaros]
- 짧은 두레박으로 깊은 물을 푸지 못하고, 작은 그릇으로 많이 담지 못함은 제힘에 겹기 때문이다. [회남자淮南子]
- 하느님은 짐에 맞는 어깨를 준다. [독일 격언]
- 할 수 있는 자는 실행을 한다. 할 수 없는 자가 가르친다. [Bernard Shaw]
- 해동청海東靑은 천하의 좋은 매이지만 새벽을 알리는 일을 맡기면 닭만 못하고, 한혈구汗血駒는 천하의 명마이지만 쥐 잡는 일을 맡기면 늙은 고양이만 못하다. 하물며 닭이 어찌 사냥을 하겠으며, 고양이가 어찌 수레를 끌 수 있겠는가. [이지함]

{ ㄷ }

| 다시하다 |

- 같은 강물에 몸을 두 번 담글 수는 없다. [Herakleitos]
- 우리가 같은 것을 두 번 할 수 있다면, 모든 것이 완벽하게 해결될 것이다. [Goethe]

| 다양성多樣性 |

- 다양성이 나의 좌우명이다. [La Fontaine]
- 다채로움은 인생에 가미하는 향신료와 같다. [William Cowper]
- 빛을 퍼뜨리는 두 가지 방법이 있다. 촛불이 되거나 그것을 비추는 거울이 되는 것이다. [Edith Wharton]
- 소수의 다채로움이 다수의 단조로움보다 가치 있다. [Jean Paul]
- 시시각각 변화하며 쇄신하는 것만큼 기분 좋은 것은 없다. [Publius Syrus]
- 우리는 모든 사람을 죽인다. 몇 사람은 총알로, 몇 사람은 말로, 모든 사람은 그들의 행위로 무덤으로 몰아넣고도 그것을 보지도 않고 느끼지도 않는다. [Maxim Gorky]

- 정신들의 가장 보편된 특징이 바로 다양성이다. [Montaigne]

| 단 것과 쓴 것 |

- 단것은 쓴 것과 뒤섞여 있을 때에만 용인된다. [Ovidius]
- 쓰라림과 뒤섞여있지 않은 부드러움은 결코 없다. [Petronius]
- 입에서 단것이 위에서는 쓰다. [미상]

| 단결團結 |

- 분열시켜 지배하라. 좋은 구호다. 단결시켜 이끌어라. 더 나은 구호다.
  [Johann Wolfgang von Goethe]
- 우리가 무슨 목적을 표방하고 단체를 조직하였으나 실제에 있어서는 힘 있는 운동이 되지 못하고 간판만 남는 것이 한탄이다. 그 원인이 어디 있는가를 깨달아야 할 것이다. 조직에 합당한 지식, 조직에 합당한 신의 - 이것을 갖춘 그 인격이 없는 것이 큰 원인이다. 단결의 신의를 굳게 지키면서 조직적 지식을 가진 사람이 없고서는, 간판 운동이 아닌 실제적으로 힘 있는 운동을 할 만한 결합을 이루기는 절대 불가능한 것이다. [안창호]
- 인간들은 서로 협조함으로써 자기들이 필요로 하는 것을 훨씬 더 쉽게 마련할 수 있으며, 단결된 힘으로 사방에서 그를 포위하고 있는 위험을 훨씬 더 쉽게 모면할 수 있다는 것을 깨닫게 될 것이다.
  [Barush Spinoza]
- 작은 개울이 큰 강을 만든다.
  [Ovidius]
- 흩어지면 죽고, 뭉치면 산다. [이승만]

| 단순單純함 |

- 단순하게 자기 길을 가다 보면 이중성을 이길 때가 있다. [Gresser]
- 단순한 생활은 긴장과 불안에서 벗어나고 무엇이든지 쓸모 있는 일을 할 기회가 생긴다. 그리고 조화롭게 살아갈 기회를 얻는다.
  [Scott Nearing]
- 단순함은 원래 타고난 성품이어야 하지만, 종종 이를 얻기 위한 공부가 필요하다. [La Rochefoucauld]
- 인생의 만남들 가운데 진실과 단순함이 가장 훌륭한 처세가 되는 만남이 된다. [J. La Bruyere]
- 진정한 단순함은 선의와 아름다움을 겸비한다. [Platon]
- 짐짓 꾸민 단순함은 교묘한 사기와 같다. [La Rochefoucauld]

| 단언斷言하다 |

- 단언과 완고함은 어리석음을 드러 내는 표시다. [Montaigne]
- 단정은 기하학에서나 가능하다. [Voltaire]

| 단행斷行하다 |

- 대담한 자가 불운을 겪는 경우는 드 물다. [Henry de Regnier]
- 모든 것을 참고 견딜 줄 아는 자는 모든 것을 감행할 수 있다. [Vauvenargues]
- 원하라, 당장 시작하라, 그리고 침 묵하라. [Cagliostro]
- 주먹을 쥐고 고슴도치를 죽일 수 있 지만, 손바닥을 펴면 가까이도 못 간다. [H. Gaden]

| 단호斷乎함 |

- 단호함만으로 신을 너그럽게 만들 수 있다. [Voltaire]
- 단호함이 필요할 때는 산과 같이 되 시오. [손자孫子]
- 단호함은 용기를 단련하는 것이다. [Voltaire]
- 오직 단호한 사람만이 진정으로 온 화한 사람이 될 수 있다.

[La Rochefoucauld]

| 달변 / 능변能辯 |

- 능변은 불로 된 논리이다. [H. L. Mencken]
- 능변은 불이 전쟁터에서 힘을 가지 듯, 사람들을 다스릴 때 힘을 갖게 된다. [Diogenes Laertios]
- 달변은 지성을 빛나게 해주는 빛이 다. [Marcus Tullius Cicero]
- 말을 유창하게 하는 것은 마음이다. [Quintilianus]
- 말을 잘할 줄 아는 것은 폭정에 가 까워지는 것이다. [Menandros]
- 선한 사람은 말이 많지 않고, 말이 많은 사람은 선하지 않다. [노자老子]
- 진실을 말하는 자는 꾀나 달변가이 다. [Publius Syrus]
- 진짜 능변은 능변을 비웃는다.

[Pascal]

| 담보擔保 / 보증保證 |

- 보증인에게 건네주었는데 보증인 이 없다 하면, 소송에서 진 것이나 다름없다. [Antoine Louiselle]
- 절대로 타인의 보증이나 보호를 가 볍게 여겨서는 안 된다. [프랑스 격언]
- 지불하라고 하는 자에게는 마땅히

지불하는 만큼의 의무를 부과해야
한다.　　　　　　　　[프랑스 격언]

| 대담大膽함 / 과감果敢함 |

- 대담한 자는 위험을 물리친 뒤에야
  그것이 위험임을 안다.
  　　　　　　　　[Publius Syrus]
- 대담함에는 큰 두려움이 감춰져 있
  다.　　　　　　　　　[Lucinus]
- 대담함은 왕관 없는 왕권이다.
  　　　　　　　　　　[Talmud]
- 모든 것에 대담함의 씨앗을 심어라.
  　　　　　　　[Balthasar Grasian]
- 무모한 행운은 무모한 자를 따른다.
  　　　　　　　　[La Fontaine]
- 성공은 언제나 대담함이 낳은 아이
  였다.　　　　　　　　[Crebillon]
- 수줍어하는 자는 지고, 무뢰한이 이
  긴다.　　　　　　　[J. Dejardin]
- 약간의 대담함이 상당한 수완을 대
  신한다.　　　　　[Balthasar Grasian]
- 운명의 신은 대담한 자들을 애호한
  다.　　　　　　　　[Terentius]
- 처음 굴을 먹은 인간은 대담한 인간
  이었다.　　　　　[Jonathan Swift]
- 행운은 대담한 자에게 손을 내민다.
  　　　　　　　　[Cesar Houdin]

| 대비對備 / 예방 |

- 갑자기 급한 일이라도 일어나면, 비
  록 백배의 힘을 소비할지라도 위태
  함을 알고, 험함을 알면 내내 덫은
  없을 것이요, 착한 이를 천거하고
  어진 사람을 추천하면 저절로 안신
  安身의 길이 있으리라.　　[진종眞宗]
- 곤경에 빠지지 않으려면, 평소에 충
  분한 대비를 해야 한다.
  　　　　　　　　[위조자尉繰子]
- 나간다 나간다 하기를 10년을 하지
  아니하였느냐. 그러하건마는 10년
  후의 오늘날까지도 나갈 힘이 없지
  아니하느냐. 나갈 준비하기를 10년
  을 하였던들 지금은 나갈 힘이 생겼
  으리라. 지금부터 나갈 준비를 아니
  하고 여전히 나간다 하기만 하면,
  금후 10년 후에도 여전히 나갈 힘이
  없으리라. 그러므로 지금은 나갈 때
  가 아니요, 나갈 준비를 할 때다.
  　　　　　　　　　　[안창호]
- 양의 수를 세어두어도, 늑대는 양을
  잡아먹는다.　　　　　[Vergilius]
- 일 년을 위한 대비책으로는 곡식을
  심는 것보다 더 좋은 것이 없고, 십
  년을 위한 대비책으로는 나무를 심
  는 것보다 좋은 것이 없으며, 평생
  을 위한 대비책으로는 인간을 심는
  것보다 더 좋은 것이 없다.
  　　　　　　　　　　[관자管子]

- 졸졸 흐를 때 막지 않으면 장차 강을 이루고, 반짝반짝할 때 구하지 않으면 활활 타오를 때 어찌하랴. 떡잎 때 따내지 않으면 장차는 도끼를 써야 한다.　　[강태공姜太公]
- 평상시에 미리 조치하지 못하고 졸지에 경변警變을 당하고서야 당황하여 청원請援의 손을 벌리니, 이는 미봉책이라고 하기보다는 백성과 국토의 할양割讓만 증대할 뿐이다.
　　[강유위康有爲]

| 대사大使 / 사절使節 |

- 대사란, 자국의 이익을 위하여 외국에서 거짓말을 하라고 파견한 정직한 사람이다.　　[Henry Whitten]
- 대사의 지위는 존중받아야 한다.
　　[Corneille Pierre]

| 대식 / 폭식暴食 |

- 굶어 죽는 것보다 소화불량으로 죽는 것이 낫다.　[Marcus T. Cicero]
- 기근보다 폭식이 더 많은 사람을 죽였다.　　[Talmud]
- 뚱뚱한 배는 명민한 정신을 낳지 못한다.　　[Aostelius]
- 많이 먹고 잠을 많이 자는 사람은 큰 업적을 이룰 수 없다.　[Henri Ⅳ]
- 많이 먹는 자가 주는 손은 작다.
　　[프랑스 격언]
- 폭식은 짐승의 특성이다. [Kagemni]

| 대장부大丈夫 |

- 장부가 세상에 나서 쓰일진대 목숨을 다해 충성을 바칠 것이오, 만일 쓰이지 않는다면 물러나 밭 가는 농부가 된대도 또한 족하리라. [이순신]

| 대중大衆 |

- 대중 앞에서는 반복해서 말하는 것이 입증하는 것과 같은 효과를 갖는다.
　　[Anatole France]
- 대중은 나이 든 여자와 같다.
　　[Thomas Carlyle]
- 대중은 늙은 여자다. 그 여자가 주절대도 주절거리게 하라.
　　[Thomas Carlyle]
- 대중은 저속한 착상에만 항의할 뿐이다.　　[Nichora Sangfor]
- 자유와 정의 다음으로 중요한 것은 대중 교육인데, 대중 교육 없이는 자유도 정의도 영원히 유지될 수 없다.
　　[James Abram Garfield]

| 대학大學 |

- 나는 대학 졸업장을 대수롭지 않게

생각한다. 대학 졸업장은 실무와 별로 상관이 없다. 나는 다른 사람들만큼 성적도 좋지 못했고, 졸업시험도 치르지 않았다. 학과장이 하루는 나를 불러 학교를 떠나라고 말했다. 그 자리에서 극장 입장권만도 못한 학위는 나도 원하지 않는다고 대답했다. 입장권은 최소한 안으로 들어 보내주기도 하지만, 대학 졸업장은 아무것도 보장해 주지 못한다. [혼다소이치로本田宗一郎]

● 대학은 빛과 자유와 학문의 장소여야 한다. [Benjamin Disraeli]

● 버디샵을 창립할 당시에 내가 가졌던 큰 결점 중 하나는, 대학에서 경영학을 공부해 본 적이 없다는 것이었다. 만약 경영학을 공부했더라면, 아마 나는 사업이 왜 제대로 굴러가지 않느냐며 고민만 하고 있었을 것이다. [미상]

● 하버드 비즈니스 스쿨 졸업자를 절대 고용하지 마라. 내 생각에 이 엘리트들에게는 성공에 필요한 몇 가지 기본 조건들이 결여되어 있다. 즉 겸손, 윗사람들에 대한 존경심, 기업 경영의 본질에 대한 이해, 기업의 성공을 진심으로 기뻐하며 일하는 직원들의 심리에 대한 이해, 부하 직원의 입장에 대한 고려, 현장에서의 성취 능력, 근면성, 부하 직원에 대한 신의, 판단력, 공정성, 성실성 등이 그것이다. [Robert Townsend]

| 대화對話 / 회화會話 |

● 가장 중요하면서도 가장 소홀히 하기 쉬운 대화는 바로 자기 자신과의 대화이다. [Oxenstjerna]

● 공교로운 것이 없다면 이야기가 되지 않는다. [성세항언醒世恒言]

● 내가 아는 가장 성공적인 사람들의 대부분은 말하기보다는 더 많이 듣는 이들이다. [Bernard Baruch]

● 논쟁은 남성적인 양식이고, 대화는 여성적인 것이다. [B. A. Amos]

● 다른 사람에게 자기의 이야기를 하지 마라. 그 대신에 그들로 하여금 그들 자신에 관해 이야기하게 하라. 거기에 기쁘게 하는 모든 기술이 있다. 그러나 사람들은 저마다 이것을 알고 있으면서도 잊는 경우가 많다. [Goncourt 형제]

● 대화는 감미로운 정신의 잔치다. [Homeros]

● 대화는 당신이 배울 수 있는 기술이다. 그건 자전거 타는 법을 배우거나 타이핑을 배우는 것과 같다. 만약 당신이 그것을 연습하려는 의지가 있다면, 당신은 삶의 모든 부분의 질을 급격하게 향상시킬 수 있다.

[Brian Tracy]

- 대화는 명상보다 더 많은 것을 가르친다. [서양 격언]
- 대화는 은화 5프랑에 맞서려고 20프랑 금화를 내놓아서는 안 되는 노름과 같다. [Balzac]
- 대화는 정신의 형상이다. [Publius Syrus]
- 대화는 정情의 표시다. 사랑하는 사람에 대한 최초의 충동은 말을 걸고 싶은 욕망이고, 반면에 미운 사람에 대한 최대의 복수는 말을 하지 않는 것이다. [이창배]
- 대화에서는 발재주보다 신뢰가 더 많은 것을 준다. [La Rochefoucauld]
- 대화의 가장 훌륭한 부분은 말하는 기회를 제공해 주는데 있다. 그리고 이야기를 잘 조절해서 다른 화제로 넘기는 데 있다. [Francis Bacon]
- 대화의 기술은 리더십의 언어이다. [James Humes]
- 대화의 상대방에게 상대방의 이야기만을 해보라. 그 사람은 몇 시간이고 귀를 기울일 테니까. [Benjamin Disraeli]
- 독백은 자음自淫이요, 대화는 사랑이다. [최인훈]
- 두 독백이 대화를 만드는 것은 아니다. [Jeff Daly]

- 미치광이가 우리를 가장 두렵게 하는 것은 그의 논리적 대화다. [Anatol France]
- 사람들 사이에서 대화가 없이는 생활을 영위해 나갈 수 없다. [Albert Camus]
- 서투른 의사소통은 훌륭한 예절을 망쳐버린다. [Menandros]
- 소년이여! 박차拍車를 삼가라. 그리고 말고삐를 힘차게 당겨라. [로마의 Lovidius]
- 소통의 가장 큰 장애물은 권위주의이다. [한근태]
- 어떤 사람과 대화를 하게 되었을 때 가장 먼저 생각해야 될 것은, 그가 당신의 말을 몹시 듣고 싶어 하는가, 아니면 당신이 그의 말을 들어야 하는가 하는 것이다. [R. 스딜 경]
- 이야기꾼들은 말을 하는 바로 그 행위로 삶과 세상을 바꿀 수 있는 급진적인 배움을 전달한다. 이야기를 말하는 것은 사람들이 의미를 만들어 내는 보편적인 수단이다. [Chris Cavanaugh]
- 이야기는 통속적이어야 멀리 전해질 수 있고, 언어는 세상 물정에 관계되어야 사람의 심금을 움직일 수 있다. [경본통속소설京本通俗小說]
- 잡담하는 자는 너에게 다른 사람에 관한 이야기를 하는 것이며, 지루하

게 하는 자는 너에게 자기 이야기를 하는 자이다. 훌륭한 대화자는 너에게 너에 관한 이야기를 하는 자이다.
[C. Kirk]

- 집이 화염에 싸여 있지 않는 한, 서로가 큰소리로 이야기하지 마라.
[Francis Tompson]

- 최고의 소통 방법은 웃음이다.
[김영식]

- 친구와의 자유스런 회화는 어떤 위안보다도 나를 기쁘게 한다.
[Thomas Hulme]

- 침묵은 회화의 위대한 화술이다. 자기의 입을 닫을 때를 아는 자는 바보가 아니다.　[William Hazlitt]

- 편지는 종이에 적은 대화이다.
[Gracian y Morales]

- 한 시간의 대화가 오십 통의 편지보다 훨씬 낫다.　[Sevigne 부인]

- 현명하고 세련되고 온화한 대화는 문화인의 최고의 꽃이다. 대화는 우리가 자신을 나타내는 것이다.
[Ralph Waldo Emerson]

- 현명한 자와 책상을 마주 보고 하는 1대 1의 회화는 10년간에 걸친 독서보다 낫다.　[Henry Longfellow]

- 회화는 명상 이상의 것을 가르친다.
[Henry Vaugham]

- 훌륭한 의사소통은 블랙커피처럼 자극적이며 잠들기도 어렵다.

[A. M. Lindberg]

| 덕성德性 |

- 가슴속에 꾸미고 조작하는 간교한 마음을 지니고 있으면, 새하얀 도가 깨끗할 수 없고, 덕성이 온전할 수 없다. 내 몸에 깃든 사악한 마음을 알지 못한 채 이를 쫓아내지 못하면서, 어찌 남들이 먼 곳에서 자기에게 덕을 베풀거나 사모하여 주기를 바랄 수 있겠는가.　[회남자淮南子]

- 가장 위대한 덕은 모든 것에 이로운 불과 같은 덕이다.　[노자老子]

- 기질이 온전한 것은 하나의 덕이지만, 주의主義가 온전한 것은 항상 악덕이다.　[Thomas paine]

- 높은 덕성을 갖는다는 것은 자유로운 정신을 갖는다는 것을 의미한다. 끊임없이 불쾌한 마음에 빠지고, 언제나 사물에 불안감을 가지고, 또 욕심에 사로잡히는 사람은 자유롭고 편안한 정신을 갖지 못한다. 이같이 자기 자신에게 대해서 평온을 유지하지 못하고, 자기가 하는 일에 골몰하지 못하는 사람은 보아도 보지 못하는 사람이며, 들어도 듣지 못하는 사람이며, 먹어도 맛을 모르는 사람이다.　[논어論語]

- 당신이 건강하지 않고도 생기발랄

할 수 있다면, 덕 없어도 행복할 수 있다.　　　　　　[Thomas Fuller]
- 대부분의 악은 덕이라는 가면을 쓰고 기어든다.　　　　　[G. Hubby]
- 덕보다 더 강한 무기는 없다.
　　　　　　　　　　[Menandros]
- 덕성의 완성은 정열을 앗아가지 않고 단지 조절할 뿐이다.
　　　　　　　[Thomas Aquinas]
- 덕에도 한계가 필요하다.
　　　　　　　　[Montesquieau]
- 덕은 덕 자체의 보상이다. [Plautus]
- 덕은 도량을 따라 늘어가고, 도량은 식견으로 말미암아 커간다. 그러므로 그 덕을 두텁게 하려면 그 도량을 넓혀야 하고, 그 도량을 넓히려면 그 식견을 키워야 한다.
　　　　　　　[홍자성洪自誠]
- 덕은 사업의 기간基幹이다.
　　　　　　　　[채근담菜根譚]
- 덕은 스스로에게 만족할 수 있는 행복을 갖고 있다.　　[J. La Bruyere]
- 덕은 어떤 목표를 달성하기 위한 수단이라고 생각한다. 하지만 그 수단은 그 목적이 가치 있는 것일 때만 의미를 갖는다.　　[D. 흄]
- 덕은 외롭지 않다. 반드시 친구가 있다.　　　　　　[논어論語]
- 덕은 으깨거나 태울 때 더욱 감미로운 향을 내는 귀한 향료와 같다.

　　　　　　　[Francis Bacon]
- 덕은 일종의 건강이며, 영혼을 살찌게 하는 존재 형식이다. 거기에 반해서 악덕은 병이며, 영혼의 허약함이다.　　　　　　　[Platon]
- 덕은 재주의 주인이요, 재주는 덕의 종이다. 재주는 있어도 덕이 없으면 주인 없는 집에서 종이 살림을 함과 같으니, 어찌 도깨비가 놀아나지 않겠는가. 　[홍자성洪自誠]
- 덕은 정신의 건강이다.
　　　　　　　[Joseph Joubert]
- 덕은 지키되 크지 못하고, 도道를 믿되 두렵지 못하다면, 살되 어찌 살아 있다 하겠으며 죽되 어찌 죽었다 할 수 있겠는가. 　[자장子張]
- 덕은 착한 사람의 지지보다 악인들의 박해를 더 많이 받는다. [Cervantes]
- 덕은 천재만큼 스스로 깨우치지 못한다.　　　　　[Shopenhower]
- 덕은 횃불과 같다. 이 횃불은 들고 있는 사람뿐만 아니라 횃불을 보는 사람도 비춘다.　[Mere Chevalier]
- 덕을 위한 자리가 모자랄 때는 결코 없다.　　　　　[L. A. Seneca]
- 덕의 유용성은 명백하여 악한자 조차 득을 보려고 덕을 행한다.
　　　　　　　[Vauvenargues]
- 덕의 향기는 백단향이나 연꽃향보다 더욱 감미롭다. 　[법구경法句經]

- 덕이라는 길은 멀고도 가파르다. 그러나 우리가 오르기 시작하면, 아무리 어려운 길도 쉬운 길이 된다.

  [Hesiodos]
- 덕이 없는 아름다움은 향기 없는 꽃이다. [프랑스 격언]
- 덕이 있는 사람은 말도 훌륭하지만, 훌륭한 사람이라 하여 반드시 덕이 있지는 않다. 인仁한 사람은 용기가 있지만, 용기 있는 사람이라 하여 반드시 인한 것은 아니다. [공자孔子]
- 덕이 있는 사람은 외롭지 않고 반드시 이웃이 있다. [논어論語]
- 돈 없이는 덕도 쓸모없는 건물과 같다. [Boileau, Nicolas]
- 많은 경우, 사람의 덕은 개선보다는 후회하는 데에 있다. [Lichtenberg]
- 명석한 지혜를 가지고 있으면서도 어리석음의 덕을 지켜간다면 천하의 사표師表가 될 것이다. 천하의 사표가 되면 영구한 덕으로 어긋남이 없어짐으로, 결국은 끝없는 자연의 도에 복귀할 것이다. [노자老子]
- 모든 사람은 동등하다. 하지만 그것은 타고난 것이 아니라 덕에 의해 달라지는 것이다. [F-M. A. Voltaire]
- 복은 청렴하고 검소한 것에서 나오고, 덕은 자신을 낮추고 물러서는 것에서 나온다. [한비자韓非子]
- 사람의 마음속에 있는 덕성은 보석과 같다. 왜냐하면 사람의 덕성은 어떠한 일이 생기든, 그것은 천연天然의 미美를 언제까지나 보존하기 때문이다. [P. Ovidius]
- 새끼도 톱 삼아 쓰면 나무가 끊어지고, 물방울도 오래도록 떨어지면 돌을 뚫나니, 도道를 배우는 이는 모름지기 힘써 참음을 더하라. 물이 모이면 내가 되고, 참외가 익으면 꼭지가 빠지나니, 도를 얻으려는 자는 모두 하늘에 맡겨야 한다. [홍자성洪自誠]
- 악에 다다르는 길에는 군중이 넘쳐나고, 그 길은 평탄하며, 또한 매우 가깝다. 그러나 덕의 정상에 다다르려면 땀과 괴로움이 동반되지 않으면 안 된다. [Hesiodos]
- 여자를 교만케 하는 것은 그 미모이며, 찬양받게 하는 것은 그 덕성이다. 그러나 덕성과 미모를 겸비하면, 그것은 신성神性이다. [Shakespeare]
- 우리를 고결하게 하는 것은 덕성이지 가문이 아니다. 위대한 행동은 위대한 정신을 말하고, 그와 같이 지배할 것이다. [John Fletcher]
- 유순함과 겸손함에서 모든 덕이 생긴다. [H. Montaigne]
- 은보다 금이 더 가치 있고, 금보다 덕이 더 가치가 있다. [Horatius]
- 자기가 살고 있는 나라에 아무것도 빚지지 않은 사람이 어디 있는가.

그 나라가 어떤 나라이든 간에 인간이 소유하고 있는 가장 귀한 것, 즉 자기 행동이 도덕과 덕성의 사랑을 그는 나라에서 빚지고 있는 것이다.

[Jean-Jacques Rousseau]

● 자신의 덕으로 오만해지는 자는 해독제로 음독자살하는 것과 마찬가지다.　　　[Benjamin Franklin]

● 진정한 덕은 칼보다 더욱 두렵다.

[Fernando de Rojas]

● 최고의 인격과 가장 숭고한 재주를 갖춘 사람에게서 찾을 수 있는 덕성은 명예, 지식, 힘, 영예에 대한 채워지지 않는 열망이다.　　[Cicero]

● 한 사람에게서 모든 덕을 구하지 말라.　　　　　　　　[공자孔子]

● 허영이 곁에 이어주지 않으면 덕은 멀리 가지 않는다.

[La Rochefoucauld]

| 덕행德行 |

● 당신이 가난하거든 덕행에 의하여 이름을 얻어라. 당신이 부유하거든 자선을 베풀어 이름을 얻어라.

[B. Fletcher]

● 덕을 설교하는 자는 많지만, 덕을 위해 순교하는 자는 거의 없다.

[Helvetius]

● 덕행과 진리는 아름다울 뿐 아니라, 사랑할 만한 두 사람의 천사에 버금간다.　　　　　[Francis Bacon]

● 덕행은 인간을 인간 이상으로 높여 줄 수 있고, 사악한 행동은 인간을 인간으로서의 조건과 가치 이하로 떨어뜨린다.　　　[Boethius]

● 덕행이 인仁에 미치면 나라를 통치함에 있어 백성의 지지를 얻을 것이요, 슬기로운 자를 보고 양보할 줄 알면 대신들이 화친·협동할 것이요, 형벌을 내림에 측근이나 고귀한 자를 피하지 않으면 위신이나 권위가 이웃 적국에까지 서게 될 것이요, 농사를 애호하고 진작시키며 세금의 부과와 징수를 신중히 하면, 백성이 저마다 산업에 애쓰게 될 것이다.　　　　　　[관자管子]

● 비밀스런 계책, 괴상한 습속習俗, 이상한 행동, 괴이한 재주…, 이 모든 것은 세상을 살아감에 있어 재앙의 씨가 된다. 다만 하나의 평범한 덕행만이 혼돈을 완전히 하여 화평을 부르리라.　　　　[홍자성洪自誠]

● 사람에게 큰 덕행이 있으면 그의 잘못은 묻지 않고, 그에게 큰 공이 있으면 작은 실수는 탓하지 마라.

[회남자淮南子]

● 악은 즐거움 속에서도 괴로움을 주지만, 덕은 고통 속에서도 우리를 위로해 준다.　　　[C. C. Colton]

- 우리들의 덕행은 때때로 위장된 부덕에 지나지 않을 때가 있다.

  [Francois de La Rochefoucauld]
- 용기 없이는 행복도 없고, 투쟁 없이는 덕도 없다.   [J.-J. Rousseau]
- 우리를 고결하게 하는 것은 덕행이지 가문이 아니다.   [F. Beaumont]

| 도덕道德 / 윤리倫理 |

- 공리功利는 모든 도덕 문제에 대한 궁극적 결의 기준이다.

  [John Stuart Mill]
- 기독교 도덕은 노예의 도덕, 약자의 도덕이다. 생의 확대를 막고, 본능의 발휘를 억제하고, 인간을 위축시키고 퇴화시키는 도덕이다.

  [Friedrich Nietzsche]
- 다섯 가지 가르침의 조목은, 아버지와 자식 사이엔 친애親愛가 있어야 하고, 임금과 신하 사이엔 의리義理가 있어야 하며, 남편과 아내 사이엔 분별分別이 있어야 하고, 나이 많은 이와 작은 이 사이엔 차례가 있어야 하며, 벗과 벗 사이에는 신의信義가 있어야 하는 것이다. 즉 오륜五倫을 일컫는다.   [명심보감明心寶鑑]
- 대저 도리道理란 근본과 원칙으로 돌아감이며, 정의란 마땅히 해야 할 일을 행하여 공을 세움이고, 예의란

해로움을 피하고 이로움을 얻기 위한 것이며, 인仁이란 조상의 업적을 보존하고 그 성과를 지키기 위한 것이다.   [오자吳子]
- 덕은 근본이요, 재물은 말단이다. 그런데 근본과 말단은 그 어느 한쪽을 폐하면 안 된다. 근본으로써 말단을 통제하고, 말단으로서 근본을 통제한 다음에야 인도人道가 궁하지 않기 때문이다.   [이지함]
- 덕행과 지혜, 학술과 재주가 있는 사람은 언제나 환난 속에 있게 된다.

  [맹자孟子]
- 도가 확립된 사회라면 나타나고, 도가 없는 사회라면 은신한다.

  [논어論語]
- 도, 그것은 기술보다 앞선 것이다.

  [장자莊子]
- 도는 가까이 있는데 멀리서 찾으려 한다. 일은 쉬운데 어려운 것에서 찾으려 한다.   [맹자孟子]
- 도道는 길이다. 길은 자연스러운 흐름이며, 질서며, 미래를 예측할 수 있는 법칙이다.   [김용옥]
- 도는 남을 위함이며, 자기를 위하면 잃게 된다.   [묵자墨子]
- 도는 만물의 근본이니 착한 사람의 보배요, 착하지 않은 사람은 이로써 보존되는 것이다.   [노자老子]
- 도는 만물의 시초이며, 옳고 그름의

기준이다. [한비자韓非子]

- 도는 모든 것을 하나로 통하게 한다.
  [장자莊子]
- 도는 볼 수 없는 데 있고, 작용은 알 수 없는 데 있다. [한비자韓非子]
- 도는 사람들의 생활에서 먼 것이 아니니, 사람이 도를 행한다고 하면서 사람들의 삶을 멀리한다면, 도라 이를 수 없는 것이다. [중용中庸]
- 도는 잔재주에 가려지고, 말은 화려함에 가려진다. [장자莊子]
- 도덕과 문학은 서로 표리와 본말이 된다. 도덕은 문학의 근본이요, 문학은 도덕의 지말枝末이다. [권상로]
- 도덕과 진보와 개선이란, 항상 분리 불가분의 관계에 있다.
  [Mahatma Gandhi]
- 도덕에서 절대적인 것은 없으며, 도덕적으로 절대적인 것도 없다.
  [Madam Necker]
- 도덕에의 복종은 노예적이며, 허영이며, 이기적이고, 체념이고, 음울한 광열이며, 절망의 행위다.
  [Friedrich Nietzsche]
- 도덕은 갱인 안에 있는 집단적 본능이다. [Friedrich Nietzsche]
- 도덕은 개인적인 사치다.
  [Henry Adams]
- 도덕은 개인 안에 있는 집단적 본능이다. [Friedrich Nietzsche]

- 도덕은 그 자체로 좋을 뿐만 아니라 어떤 것에도 좋은 것이다.
  [H. D. Thoreau]
- 도덕은 우리들이 개인적으로 좋아하지 않는 사람들에게 대해서 취하는 태도다. [Oscar Wilde]
- 도덕은 우리들이 선이 무엇인지를 알고, 그럼으로써 선을 행하고, 그리고 선을 의혹(의심하여 수상히 여김)하는 일에 있어서 이루어진다.
  [Pestalozzi]
- 도덕은 종교에서 독립하지 못한다. 왜냐하면 도덕은 종교의 결과이기 때문이다. 도덕이란 언제나 앞으로만 나아가는 것이다. 그리고 그것은 언제나 새로 다시 출발하는 것이다.
  [Immanuel Kant]
- 도덕은 종교의 현관에 불과하다.
  [Steven Shapin]
- 도덕은 지리상 경계나 종족의 구별을 알지 못한다. [Herbert Spencer]
- 도덕은 투쟁 속에 크게 성장한다.
  [Lucius Annaeus Seneca]
- 도덕은 항상 공포의 산물이다.
  [Aldous Huxley]
- 도덕의 시기는 사계四季와 같이 변한다. [Goethe]
- 도덕의 시초는 상의와 숙고에 있고, 목표와 완성은 지조에 있다.
  [Demosthenes]

- 도덕의 율법은 또 예술의 율법이기도 하다. [Robert A. Schuman]
- 도덕의 의지는 한번 법칙으로 되면 자유의 질곡이 된다. [Karl Theodor Jaspers]
- 도덕의 창고를 열어 놓으면 아무리 가난해지려고 해도 부자가 되지 않을 수 없고, 도덕이 창고를 닫아놓으면 아무리 부자가 되려고 해도 가난해지지 않을 수 없다. [이지함]
- 도덕이 두텁지 못한 자는 백성을 부릴 수 없다. [전국책戰國策]
- 도덕이야말로 최선의 신체 위생이었다. [Erich Kastner]
- 도덕적 기초는 다른 모든 기초와 같아, 그 주변을 너무 많이 파헤친 위에 세운 건물이 굴러떨어질 것이다. [Samuel Butler]
- 도덕적으로 나쁜 것은 모두 정치적으로도 옳지 못하다. [Daniel O'Connell]
- 도둑에게도 도둑의 도리가 있다. [장자莊子]
- 도를 도라고 말할 수 있으면 이미 영원한 도가 아니다. [노자老子]
- 도를 배우는데 가장 귀한 것은 책이다. [장자莊子]
- 도를 좇되 임금을 좇지 않고, 의를 좇되 아비를 좇지 않는다. [순자荀子]
- 도의는 전쟁에서는 금지물이다. [Mahatma Gandhi]
- 독실하게 믿고 배우기를 좋아하며, 죽음으로써 지켜 도를 높여라. [공자孔子]
- 만물에 대해 널리 잘 알아도 인도人道를 잘 알지 못하면 지혜롭다 할 수 없고, 중생을 널리 사랑할지라도 인류애가 없으면 인仁이라 할 수 없다. [회남자淮南子]
- 모든 종교에 있어서 기초적인 전체는 바로 도덕이다. [I. Kant]
- 문득 일어난 생각이 사욕私慾의 길로 감을 깨닫거든, 곧 도리道理의 길로 좇아오도록 이끌어라. 일어남에 이어 깨닫고, 깨달음에 이어 돌려라. 그리하여 곧 재앙을 돌려서 복을 삼으면, 죽음에서 일어나 삶으로 돌아가는 관두關頭가 되리라. 진실로 안이하게 방심하지 마라. [홍자성洪自誠]
- 백성의 삶이 넉넉해져야 도덕이 올바르게 된다. [춘추좌씨전春秋左氏傳]
- 새와 까마귀는 서로 엉키어 있기는 하나 서로 친화親和하지 않으며, 무게가 없는 결의結義는 비록 굳게 맺었다 해도 반드시 풀리고 만다. 천도天道를 구현하는 길도 무게 있고 정중한 태도로 나아가야 한다. [관자管子]
- 선비가 도에 뜻을 두면서, 나쁜 옷,

나쁜 음식을 부끄러워하는 자와는 더불어 의논할 수 없다.   [논어論語]

- 성실은 도덕의 핵심이다.
  [Thomas H. Huxley]
- 성인聖人은 당한 운명에 역행하지 않고, 가버리는 운명에 집착하지 않는다. 만물과 조화하여 이에 순응하는 것이 덕이요, 당한 운명에 순응하는 것이 도道이다.   [장자莊子]
- 실제 도덕의 세계는, 태반이 악의와 질투에서 성립하고 있다.   [Goethe]
- 아침에 도를 들어 깨달으면 저녁에 죽어도 좋으리라.   [노자老子]
- 어떠한 사업을 하는 데에 그 토대가 되는 것은 도덕이다. 도덕이 단단한 토대가 되지 않고 성공한 사람이 세상에 있다면, 그것은 어디까지나 한때의 성공일 뿐 곧 무너진다. 그것은 마치 단단하지 못한 주춧돌 위에 세워진 기둥과 서까래가 오래 부지할 수 없는 것과 같다. [채근담菜根譚]
- 오늘날 도덕은 부富를 숭배함으로써 부패되었다. [Marcus T. Cicero]
- 완전무결한 도의란, 남에게 고통을 주지 않도록 방법을 강구하는 행위의 조절이다.   [H. Spencer]
- 윤리가 없는 문화는 망한다.
  [Albert Schweitzer]
- 윤리적 향상심에는 결코 오만이 없다.   [Henry F. Amiel]

- 이른바 도덕이라고 하는 것은 인과 의를 합해서 말하는 것이다.
  [한유韓愈]
- 인간은 윤리적인 갈등 속에서 주체적인 결단을 파괴하는 일밖에 할 수 없다.   [Albert Schweitzer]
- 인간의 도덕이란 무엇입니까? 그것은 얌전한 체하는 녀석이 생산을 하지 않고 소비만 하는 하나의 구실입니다.   [George Bernard Shaw]
- 인생은 결국 도에 돌아가지만, 우선은 먹고 입는 일이 삶의 시작이다.
  [고시원古詩源]
- 절대적인 것은 존재하지 않는다. 도덕률은 언제나 변하고 있다.
  [Bertrant Russell]
- 정직·친절·우정 등 평범한 도덕을 굳게 지키는 사람이야말로 위대한 사람이다.   [Anatol France]
- 정직한 귀가 음악에서 타협을 인정하지 않듯이, 올바른 자는 윤리적인 문제에 있어서는 결코 타협을 인정하지 않는다.   [G. de Levi]
- 종교는 많이 있지만 도덕은 하나뿐이다.   [John Ruskin]
- 지극한 도는 감정으로써 구할 수가 없다.   [열자列子]
- 지성이면 도가 되고 지인至仁이면 덕이 된다.   [소식蘇軾]
- 진리는 학설도 지식도 아니며, 도이

며 생명이다. [Carl Hilty]

- 진실로 거룩한 말이 인간을 성스럽고 공정하게 만드는 것이 아니라, 도덕적인 생활이 그를 하느님의 사랑을 받도록 만든다.
[Thomas A. Kempis]
- 진정한 도덕은 훈계를 비웃는다.
[Pascal]
- 천도天道를 터득하면 만사가 부지불식不知不識 중에 이루어지므로 아무도 의식하지 못하고 공덕功德이 이루어져 백성에게 혜택을 주되 아무도 의식하지 못한다. 이렇듯 모든 공덕이나 소위所爲를 속에 숨기고 드러내 보이지 않는 태도가 바로 천도天道라 하겠다. [관자管子]
- 큰 나무는 과일나무보다 더 큰 그늘을 준다. [이탈리아 격언]
- 큰 도는 지극히 평탄하지만, 백성들은 지름길만을 좋아한다. [노자老子]
- 탐하지 않으면 죽지 않고, 도를 잃으면 스스로 죽는다. [법구경法句經]
- 평상시의 마음이 곧 도道요 진리다. 진리를 특별한 곳에서 찾지 말자. 매일의 평범한 생활 속에서 우리는 진리를 찾아야 한다. [안병욱]
- 하늘과 통하는 것이 도이고, 땅에 순응하는 것이 덕이다. [장자莊子]
- 희생 행위에 의해서 계획되는 도덕은 반야만적 계급의 도덕이다.

[Friedrich Nietzsche]

| 도둑 |

- 늑대는 늑대를 알아보고, 도둑은 도둑을 알아본다. [Aristoteles]
- 도둑에게 밧줄을 주시오. 스스로 목을 매게 될 것이오. [J. Ray]
- 도둑은 교수형에 처해지는 것은 한탄하지만, 자신이 도둑이라고 한탄하지는 않는다. [Thomas Fuller]
- 도둑은 모든 덤불 뒤에서 병사를 본다. [Willim Shakespeare]
- 도둑을 한 명 잡으려면, 우선 다른 도둑 한 명을 잡아야 한다.
[Richard Howard]
- 도둑이 도리어 매를 든다.(적반하장賊反荷杖) [순오지旬五志]
- 도둑질할 기회를 아직 찾지 못한 도둑은 자신이 정직하다고 생각한다.
[Talmud]
- 모든 불한당이 도둑은 아니지만, 모든 도둑은 불한당이다. [Aristoteles]
- 바늘도둑이 소도둑 된다(침도도우針盜盜牛). [고금석림古今釋林]
- 산중의 도적을 쳐부수는 것은 쉽지만, 심중心中의 도적을 쳐부수는 것은 어렵다. [왕양명王陽明]
- 소심한 도둑은 교수형에 처해지지만, 대담한 도둑은 환대받는다.

[Wilherm Binder]

- 한 번 도둑이면 끝까지 도둑이다.

  [William Langland]

| 도망逃亡치다 |

- 도망치는 자에게 길은 하나이지만, 쫓는 자에게 길은 백 가지이다.

  [P. J. Leroi]
- 발뒤꿈치 한 짝이 손 두 짝보다 낫다.

  [Thomas Fuller]

| 도박賭博 |

- 도박꾼은 혹 떼러 왔다가 혹 붙여 간다. [Cervantes]
- 도박에서 행복을 찾는 자는 사랑에 서 불행하다. [John Swift]
- 도박에 의하여 행복을 붙잡으려고 하는 것은 신의 법칙을 무시하는 일 이다. [Aurelius]
- 도박은 모두가 불확실한 것을 얻기 위해 확실한 것을 건다. [Pascal]
- 도박은 탐욕의 자식이요, 부정不正 의 형제이며, 불행의 아버지다.

  [George Washington]
- 도박을 즐기는 모든 인간은, 불확실 한 것을 얻기 위해서 확실한 것을 걸고 내기를 한다. [Pascal]
- 시작할 때 쉽게 속았던 사람도 끝날 때는 사기꾼이 되어 있다.

  [데줄리에르 부인]
- 최고의 주사위 던지기는 주사위를 통에 그냥 넣어두는 것이다.

  [Henry Smith]

| 도시와 농촌 |

- 도시는 얼굴을 갖고, 시골은 영혼을 갖는다. [J. D. 리크르텔]
- 시골에 사는 쥐와 도시에 사는 쥐를 생각해 보라. 그리고 도시에 사는 쥐의 놀람과 두려움을. [Aurelius]

| 도전挑戰 |

- 당장 도전해 보지 못한 사람들은 아 무것도 하지 못한다. [Zig Ziglar]
- 도전은 우리로 하여금 새로운 무게 중심을 찾게 하는 선물이다.

  [Oprah Gaile Winfrey]
- 도전은 인생을 흥미롭게 만들며, 도 전의 극복이 인생을 의미 있게 한다.

  [Joshua J. Marine]
- 도전을 받아들여라. 그러면 승리의 쾌감을 맛볼지도 모른다.

  [George Smith Patton]
- 믿음이 부족하기 때문에 도전하길 두 려워하는 바, 나는 스스로를 믿는다.

  [Muhammad Ali]
- 사람을 판단하는 최고의 척도는 도

전하며 논란에 휩싸일 때 보여주는 모습이다.　　[Martin Luther King]

- 하지 못할 일을 하라. 실패하라. 그리고 또 재도전하라. 이번에는 더 잘해보라.　　[Oprah Winfrey]
- 행복은 도전에 직면해서 온몸으로 도전에 맞서고 위험을 감수하는 데서 온다.　　[Diane Frolov]

| 독毒 |

- 독도 두 개를 섞으면 몸에 좋다.　　[Ausonius]
- 소량의 독약은 때에 따라서 유쾌한 몸을 가져다주지만, 다량의 독약은 마침내 안락사의 원인이 된다.　　[Nietzsche]

| 독립獨立 |

- 네 배의 노를 저어라.　　[Euripides]
- 독립을 향한 큰 계단은 거친 음식도 견딜 수 있는 위장, 즉 비위 좋은 위장이다.　　[L. A. Seneca]
- 자연이 인간을 독립적으로 만든 것처럼 보이지는 않는다.　　[Vauvenargues]

| 독서讀書 |

- 가장 좋은 독서법은 침대 옆에서의

독서다.　　[임어당林語堂]
- 과학에 관해서는 최신간最新刊을 읽으라. 문학에 관해서는 고전古典을 읽으라, 고전문학은 항상 근대적으로.　　[E. B. Litton]
- 그는 자신의 독창성을 크게 비약시키기 위하여 독서를 완전히 중단하고 말았다.　　[Charles Lamb]
- 글 읽어야 되는 줄을 오늘에야 알게 되니, 협객 길에 나섰던 전날을 후회하게 되겠구려.　　[이기李頎]
- 남의 책을 읽는데 시간을 보내라. 남이 고생한 것에 의해 쉽게 자기를 개선할 수가 있다.　　[Socrates]
- 너무 빨리 읽거나, 너무 천천히 읽을 때는 아무것도 이해할 수 없다.　　[Pascal]
- 단지 도착하기 위한 여행이 불쌍한 여행이라면, 책의 결론만을 알고자 할 때 그것이 바로 가련한 독서이다.　　[Charles Caleb Colton]
- 단 한 권의 책밖에 다른 책은 읽은 적이 없는 인간을 경계하라.　　[Benjamin Disraeli]
- 대체로 독서하고 학문하는 까닭은, 본래 마음을 열고 눈을 밝게 하고 행실을 이롭게 하려 할 따름이다.　　[안씨가훈顔氏家訓]
- 독서가 정신에 미치는 영향은 운동이 육체에 미치는 영향과 다름없다.

[Thomas Edison]

- 독서는 다만 지식의 재료를 공급할 뿐, 그것을 자기 것이 되게 하는 것은 사색思索의 힘이다.　[J. Locke]
- 독서는 완성된 인간을 만들고, 담론(허물없이 이야기하고 논의함)은 기지機智 있는 사람을 만들며 작문은 정확한 사람을 만든다.

[Francis Bacon]

- 독서는 완전한 인간을 만든다.

[Francis Bacon]

- 독서는 자신이 생각하지 않기 위한 교묘한 방법이 되기도 한다.

[Arthur Helps]

- 독서는 풍부한 사람을, 대화는 재치 있는 사람을, 글을 쓰는 것은 정확한 사람을 만든다. [Francis Bacon]
- 독서는 흥미가 이끄는 대로 해야 한다. 과제로서 읽는 것은 별로 유익하지 못하기 때문이다.

[Samuel Johnson]

- 독서란 자기의 머리가 남의 머리로 생각하는 일이다. [Schopenhauer]
- 독서를 모르는 도시인은 문맹이나 다름없다. 문명 속의 미아일 뿐이다.

[김광림]

- 독서만큼 싸면서도 오랫동안 즐거움을 누릴 수 있는 것은 없다.

[Michel Ede Montaigne]

- 독서하고 있을 때에는, 우리들의 뇌는 이미 자기의 활동 장소는 아니다. 그것은 남의 사상의 싸움터다.

[Schopenhauer]

- 독서하는 것과 같이 영속적인 쾌락은 없다.　[Montaigne]
- 독서하는 습관은 인생의 여러 가지 불행 가운데 상당 부분으로부터 우리 자신을 보호하는 피난처가 되기도 한다.　[W. S. Maugham]
- 두 번 읽을 가치가 없는 책은 한번 읽을 가치도 없다. [Max Weber]
- 때때로 독서는 생각하지 않기 위한 기발한 수단이다.　[Arthur Helps]
- 부귀는 정녕 수고에서 오거늘, 남아 장부는 마땅히 책 다섯 수레는 읽어야 하리.　[두보杜甫]
- 사대부士大夫는 3일을 책을 읽지 않으면 스스로 깨달은 어언語言이 무미하고, 거울에 비친 자기 얼굴을 바라보기가 또한 가증하다.

[황정견黃庭堅]

- 생각하지 않고 독서하는 것은 씹지 않고 식사하는 것과 같다.

[Edmund Burke]

- 악서를 읽지 않는 것은 양서를 읽기 위한 조건이다.　[Schopenhauer]
- 어떤 책은 맛만 볼 것이고, 어떤 책은 통째로 삼켜버릴 것이며, 또 어떤 책은 씹어서 소화시켜야 할 것이다.

[Francis Bacon]

● 오늘의 나를 있게 한 것은 우리 마을의 도서관이다. 하버드 졸업장보다 소중한 것은 독서하는 습관이다.
　　　　　　　　　　　[Bill Gates]

● 우리들은 독서에 의해서 형상화되었지만, 동시에 우리들에게 있어서 크게 의의가 있었던 책에 우리들의 각인을 눌러 찍고 있다.
　　　　　　　　　[Francois Mautiac]

● 우선 제1급의 책을 읽어라. 그렇지 않으면 그것을 읽을 기회를 놓치고 말지도 모른다.　[H. D. Dorrough]

● 운동으로 몸을 단련하듯 독서로 정신을 단련한다.　　　[J. Edison]

● 인도의 보물을 가지고도 독서의 사랑은 바꾸기가 어렵다.
　　　　　　　　　[Edward Gibbon]

● 인생은 아주 짧다. 더욱이 그중에 조용한 시간은 드물다. 우리는 쓸데없는 책을 읽음으로써 그 한 시간을 낭비해서는 안 된다.
　　　　　　　　　[Arnold Bennett]

● 읽어봤다고 말하기 위해서 우리는 읽는다.　　　　　[Charles Lamb]

● 재능 많은 선비의 재주는 여덟 말이 되고, 박식한 유학자의 학문은 다섯 수레를 넘는다.　[유학경림幼學瓊林]

● 재물을 천만금이나 모아도 글 읽기보다 못하다.　　[안씨가훈顔氏家訓]

● 좋은 책을 읽는 것은 과거의 가장 뛰어난 사람들과 대화를 나누는 것과 같다.　　　　[Rene Descartes]

● 좋은 책을 읽는 좋은 독자란, 좋은 작가와 같이 드물다.
　　　　　[William Shakespeare]

● 책을 너무 많이 읽다 보면 옳은 것은 옳고, 그른 것은 그르다는 것을 모르게 된다. …나는 철학을 읽지 않고 직접 인생을 읽는다.　[임어당林語堂]

● 책을 많이 읽는 것보다는 그 요점을 파악하는 것이 중요하다.
　　　　　　　　　[근사록近思錄]

| 독신자獨身者 |

● 독신자는 혼인한 사람들이 가지는 가치를 거의 갖지 못한다. 왜냐하면 그는 한 개의 불완전한 동물이며, 가위의 한쪽 날과 같기 때문이다.
　　　　　[Benjamin Franklin]

● 독신자란 아침마다 다른 방향에서 출근하는 남자이다.　　　[미상]

● 아내도 없고 자식도 없는 사나이는 책에서나 아니면 세상을 살아가면서 가정의 신비성을 몇천 년 연구를 하더라도 그 신비성에 관해서는 무엇 한 가지 알아낼 수 없으리라.
　　　　　　　　　　[미슈레이]

● 아내 없는 남편은 몸 없는 머리이고, 남편 없는 아내는 머리 없는 몸

이다. [Jean Paul]
- 혼인과 독신 다 불편함이 있다. 따라서 개선의 여지가 있는 쪽을 택해야 한다. [Nichora Sangfor]
- 혼인 생활은 많은 고통을 겪게 하지만, 독신 생활에는 기쁨이 있을 수 없다. [Samuel Johnson]

| 독자적獨自的 행복 |

- 전적으로 자립하며 모든 자기 욕구를 자기 자신에게만 집중시키는 사람이 가장 행복하다.
[Marcus T. Cicero]

| 독재와 민주 |

- 깃털 침대에 편히 누워서 독재가 민주로 바뀌기를 바랄 수는 없다.
[Davis Jefferson]
- 독재자들은 감히 내릴 수 없는 호랑이를 타고 왔다 갔다 한다. 그리고 호랑이는 계속 배고파지고 있다.
[Winston Churchill]
- 혁명을 수호하기 위해 독재를 펼치는 것이 아니라 독재를 확립하기 위해 혁명을 하는 것이다.
[George Orwell]

| 독창성獨創性 |

- 독창적인 사람들은 자기도 모르게 자신을 대담하게 만드는 힘을 자연스럽게 여긴다. [Fonteneile]
- 사람들이여 일을 어떻게 처리해야 하는지 일러주지 마라. 무엇을 해야 하는지만 알려주면 그들은 깜짝 놀랄 독창성을 발휘할 것이다.
[George Smith Patton]
- 이 세상에 존재하는 모든 이로운 것들은 독창성의 열매이다.
[John Stuart Mill]

| 독학獨學 |

- 독학자는 바보도 기꺼이 스승으로 삼는 법이다. [St. Bernar]

| 돈 |

- 나는 임금이 되어 내 돈을 거지처럼 쓰기보다는 차라리 거지가 되어 내 마지막 1달러를 임금처럼 써보련다.
[R. G. Ingersoll]
- 나의 주머니에 푼돈이 타인의 주머니에 있는 목돈보다 낫다.
[Cervantes]
- 내가 돈이라는 칼을 들고 싸운다면 늘 승리할 것이다. [Erasmus]

- 다른 사람이 보기에 행복해 보이는 것들을 주는 것이 돈이다.
  [Henry de Regnier]
- 돈 없이 혼인하면 즐거운 밤과 슬픈 낮을 갖게 된다. [영국 속담]
- 돈에 너무 집착하면 지키기 어렵기 때문에 마음을 편하게 갖고 거북하다면 소유하지 않는 것이 좋다.
  [Andrew Mathews]
- 돈에 대한 사랑은 돈이 자랄수록 자란다. [Juvenalis]
- 돈으로 받은 상처는 치명적이지 않다. [P. M. Qatar]
- 돈으로 살 수 있는 것 중에 행복이라 불리는 행복은 없다.
  [Henry Van Dyke]
- 돈으로 행복해지는 것은 한계가 있다. 가난한 사람에게 돈을 주는 잔인한 일은 하지 마라.
  [Immanuel Jerome]
- 돈은 그 자체로서, 돈을 얻고, 소유한다는 의미에서 비도덕적인 면을 담고 있다. [Lev N. Tolstoy]
- 돈은 냄새가 나지 않는다.
  [Suetonius]
- 돈은 누군지 묻지도 않고 그에게 자신의 소유권을 위탁한다. [Ruskin]
- 돈은 돈을 숭배崇拜하는 사람에게로 가는 것이다. 부자가 되려고 생각했는데 되지 못한 사람이 있으면 나에게 데리고 오라. 나는 그가 정말로 부자가 되려고 했는지 아닌지를 말해주리라. 희망한다는 것이, 진실로 바라는 것은 아니다. 때문에 가령 시인이 백만 원을 희망한다고 해서 백만 원이 생기는 것은 아닐 것이다. 그는 다만 악어가 가죽을 남기고, 새가 깃을 남기듯, 자기 본성대로 아름다운 시를 남길 뿐이다.
  [Alain]
- 돈은 또 다른 피.[Antoine de Butrio]
- 돈은 말을 달리게 한다. [Ford]
- 돈은 모든 것을 깨끗하게 만든다.
  [Talmud]
- 돈은 바닷물과 같다. 그것은 마시면 마실수록 목이 말라진다.
  [Shopenhower]
- 돈은 빌려 주지도 말고 빌리지도 마라. 빌린 사람은 기가 죽고, 빌려준 사람도 자칫하면 그 본전은 물론 그 친구까지도 잃게 된다.
  [Shakespeare]
- 돈은 선량한 일꾼이기도 하고, 사악한 주인이기도 하다. [B. Franklin]
- 돈은 세상에 존재하는 모든 불평등을 평등하게 만듭니다. [Dostoevsky]
- 돈은 신이 허락해 주신 선물을 살 수 있는 기회의 수단이다. [Talmud]
- 돈은 악한 것이 아니며 사람을 축복함에 필요한 수단입니다. [Talmud]

- 돈은 양이 중요할 뿐 그 자체의 질은 중요하지 않다. [Georg Simmel]
- 돈은 언제나 잘 익은 과일이다. [John Heywood]
- 돈은 인간에 대해, 의복이 인간에게 할 수 있는 것과 같은 것밖에는 하지 못한다. [Talmud]
- 돈은 인간에 있어서 피요, 생명이다. [Antiphanes]
- 돈은 있으나 불성실한 자보다는, 돈은 없지만 성실한 자를 나는 택한다. [Marcus Tullius Cicero]
- 돈은 잡으려 하면 달아나고 멀리하면 가까워진다. [서양 속담]
- 돈은 정말 중요합니다. 건전하고 성공적인 개인과 국가의 도덕은 이 명제를 근간에 둬야 한다. [George Bernard Shaw]
- 돈은 종이거나 주인이다. [Horatius]
- 돈은 좋은 사람에게는 좋은 것을 가져오게 하고, 나쁜 사람에게는 나쁜 것을 가져오게 한다. [유대 격언]
- 돈은 퇴비와 비슷하다. 뿌리지 않는 한 아무 소용도 없다. [F. Bacon]
- 돈은 훌륭한 종이 되기도 하지만 나쁜 주인이 되기도 한다. [F. Bacon]
- 돈을 가진 사람은 자기 주머니에 돈이 없는 사람들을 주머니에 넣는다. [Lev N. Tolstoy]
- 돈을 벌고 감당할 수 있는 능력이 당신의 돈 그릇을 결정한다. [Andrew Matthews]
- 돈의 가치를 알고 싶으면 돈을 꾸러 가보라. [Benjamin Franklin]
- 돈의 결핍은 범죄의 뿌리이다. [George Bernard Shaw]
- 돈의 몸은 하나이지만 네 가지 뜻을 포함하고 있다. 첫째, 돈의 바탕은 둥글고 모났으니, 둥근 것은 하늘의 모양을 본뜨고 모난 것은 땅을 본뜬 것으로, 덮고 실어서 구름이 끝없다는 뜻이다. 둘째, 돈은 셈이니, 가고 흐름이 샘물 같아 끝이 없다는 뜻이다. 셋째, 돈은 퍼짐이니, 돈은 국민 상하 사이에 두루 퍼져 영원히 막힘이 없다는 뜻이다. 넷째, 돈은 칼이니, 빈부貧富를 옳고 날카롭게 쪼개어 날마다 써도 무너지지 않는다는 뜻이다. [대각국사大覺國師]
- 돈이란 끝판에 가서는 항상 사람을 우울하게 한단 말이야. [Jerome David Salinger]
- 돈이 말을 할 때는 진리는 침묵을 지킨다. [러시아 격언]
- 돈이 앞장설 때 모든 문은 열린다. [Shakespear]
- 돈이 어디서 오는지 아무도 모르지만 일단 가져야 한다. [Juvenalius]
- 돈이 없는 자는 화살 없는 활과 마찬가지다. [Thomas Fuller]

- 돈이 있는 것은 돈이 없는 것만큼 나쁘다.   [L. A. Florus]
- 돈이란 것은 누구에게도 무한하지 않다.   [손자병법]
- 돈지갑의 밑바닥이 드러났을 때의 절약은 이미 늦은 행위다. [Seneca]
- 로마에 있는 모든 것은 각기 가격이 있다.   [Juvenalis]
- 무엇이든 돈으로 만든다. 사람만 빼고.   [Auguste Deteuf]
- 부자를 칭찬하는 자는, 부자를 칭찬하고 있는 것이 아니라 돈을 칭찬하고 있는 것이다.   [유대 격언]
- 사람들은 모든 것에 싫증을 낸다. 다만, 돈은 예외다.   [Theognis]
- 세상에서 가장 훌륭한 기초는 돈이다.   [Cervantes]
- 의義가 끊어지고 친분이 없어지는 것은 오직 돈 때문이다.   [명심보감明心寶鑑]
- 한 푼을 웃는 자는 한 푼에 운다.   [한국 속담]
- 흔히 돈이 불행을 만든다는 말을 한다. 그러나 그것은 다른 사람의 경우를 말하는 것이다.   [Guitry]

| 돈 벌기 |

- 돈 벌기를 잘하는 사람은, 돈 한 푼 없이 되어도 자기 자신이라는 재산을 갖고 있다.   [Alain]
- 돈을 버는 것보다 가지고 있는 것이 더욱 고통스럽다.   [Montaigne]
- 돈을 벌려고 일하는 자는, 돈을 쓰면서도 기쁘지 못한 자보다 더 많은 괴로움을 겪는다.   [Adam de la Halle]
- 돈을 벌려면 써야 한다.   [Plautus]
- 수확한 것으로 살아야 한다.   [F. A. Persius]
- 우리는 돈을 벌기 위한 머리를 가지고 있고, 돈을 쓰기 위한 마음을 가지고 있다.   [R. Parker]
- 우선 돈을 벌어라. 그러면 덕이 뒤따를 것이다.   [Horatius]

| 돈 빌리기 |

- 가난한 사람으로부터 돈을 빌리는 것은 못생긴 여자에게 키스하는 것과 같다.   [유대 격언]
- 돈 빌려달라는 것을 거절함으로써 친구를 잃는 일은 적지만, 반대로 돈을 빌려줌으로써 도리어 친구를 잃기 쉽다.   [Shopenhauer]
- 돈 빌려주는 것을 좋아하는 사람은 돈을 그냥 주는 사람이나 마찬가지다.   [George Herbert]
- 돈은 빌려주지도 빌리지도 마세요. 빌리면 기세를 잃고 빌려주면 친구

를 잃는다.   [Shakespeare]
- 돈을 빌리고 갚을 생각을 하지 않는 자는, 계약 조건을 전혀 신경 쓰지 않는 자이다.   [Cervantes]
- 돈을 빌리는 것보다 차라리 구걸하는 것이 낫다.   [E. L. Gothold]
- 돈을 빌리는 자는 후회하게 된다.
          [Thomas Tucer]
- 빚을 얻으러 가기보다는 차라리 저녁을 굶고 자거라.   [B. Franklin]
- 잘 갚는 사람은 다른 사람 주머니의 주인이다.   [Antoin Louiselle]
- 조금 빌린 자는 채무자가 되지만, 많이 빌린 자는 적이 되어버린다.
          [Decimus Liberius]

| 돈 쓰기 |

- 돈은 필요한 사업에 활용되야 하며 쾌락을 위해 낭비되지 말아야 한다.
          [Talmud]
- 왕이 되어 돈을 거지처럼 쓰는 것보다는 거지가 되어 왕처럼 1달러를 쓰겠다.   [Robert Green Ingersoll]

| 돈의 위력威力 |

- 금전은 무자비한 주인이지만 유익한 종이 되기도 한다.   [유대 격언]
- 금전이란 밑바닥이 없는 바다와 같

다. 양심도 명예도 빠지면 떠오르지 않으며, 부채를 지는 것은 자유를 팔아버리는 것과 같다.   [B. Franklin]
- 돈은 나의 힘을 나타낸다.
          [Jean paul Sartre]
- 돈은 절대적인 힘을 가진다. 그와 동시에 평등의 극치이기도 하다. 돈이 가지는 위대한 힘은, 바로 그것이다. 돈은 모든 불평등을 평등하게 만든다. 돈, 그것은 아무리 되지 못한 인간이라도 최고급의 지위로 이끌어주는 단 하나의 길이다.
          [F. Dostoevsky]
- 돈이 공략할 수 없을 만큼 강한 요새는 없다.   [Marcus T. Cicero]
- 돈이 세상의 전부는 아니다. 그렇지만 적어도 산소만큼은 중요하다.
          [Lita Davenport]
- 돈이라는 것은 남에게는 행복하게 보이는 모든 것을 부여해 준다.
          [Henry Regnier]
- 돌과 같은 마음은 황금의 끌로서만 열 수가 있다.   [유대 격언]
- 말로 되지 않는 것이라도 황금으로는 될 수 있다.   [E. Ward]
- 오늘날은 황금만능시대이다. 우리 모두가 복종하니, 황금은 폭군이다.
          [Choli]
- 황금은 모든 자물쇠를 연다. 그렇듯이, 황금의 힘에 열리지 않는 자

물쇠는 없을 것이다. [G. Herbert]

- 황금은 하느님의 대문 외엔 어느 대문이나 들어간다. [J. Ray]
- 황금은 형제들 사이에 증오를 낳게 하고, 가족들 사이에 알력을 낳게 한다. 황금은 우정을 끊고 내란을 일으킨다. [A. Cowley]
- 황금의 힘은 스무 명의 웅변가와 맞먹는다. [Shakespeare]
- 황금이 말문을 열면, 혀는 힘을 잃는다. [M. 구앗조]

| 돕다 |

- 스스로 도와라. 그러면 하느님도 너를 도와주실 것이다. [프랑스 속담]
- 신들은 게으른 자의 소원은 들어주지 않는다. [Avianus Fables]
- 신들은 행하는 이들을 돕는다. [Marcus Terentius Varro]
- 약간의 도움이 큰 도움이 된다. [L. C. Carmontelle]

| 동류同類 / 동족同族 |

- 당나귀에게는 당나귀가 예뻐 보이고, 돼지에게는 돼지가 예뻐 보인다. [John Ray]
- 한 고을의 선비일 때는 한 고을의 선비를 사귀고, 한 나라의 선비일 때는 한 나라의 선비를 사귀며, 천하의 선비일 때는 천하의 선비를 사귀라. 천하의 선비를 사귀어도 마음에 차지 않거든, 다시 옛사람을 숭상하여 논하라. [맹자孟子]

| 동양과 서양 |

- 공정성을 추구하는 것은 동양적이고, 지식을 추구하는 것은 서양적이다. [오슬리 장서]
- 동양인은 그들이 동의하지 않는다는 사실에 동의한다. [al-Afgani]

| 동의同意 |

- 자신의 의지에 반하여 동의할 수 있다. [Homeros]
- 침묵 속의 거절은 절반의 동의다. [J. Dryden]

| 동정同情 |

- 같은 병病에 서로 가엾게 여기며, 근심을 같이하고 서로 구한다. [오월춘추吳越春秋]
- 그대의 비애가 아무리 크더라도 세상의 동정을 구해서는 안 된다. 동정 속에는 경멸의 염念이 내포되어 있기 때문이다. [Platon]

- 남의 괴로움에 동정하는 것은 인간적인 것임에 지나지 않는다. 그러나 그것을 구원하는 것은 신적神的이다. [Heinrich Mann]
- 동정만큼 죄악을 장려하는 것은 없다. [Shakespeare]
- 동정은 이 세상 모든 재앙의 치유책이다. [Voltaire]
- 동정은 최고의 모욕이다. [Friedrich W. Nietzsche]
- 동정을 받고 싶어 하는 갈망은 자기도취, 그것도 이웃의 심정을 다친 다음의 자기도취인 갈망인 것이다. [Friedrich W. Nietzsche]
- 동정의 달걀에서 가끔 사랑의 암탉이 기어 나왔다. [러시아 격언]
- 말 없는 거지는 두 배의 동정을 얻을 것이다. [Guillaume de Lorris]
- 범인凡人에는 동정이 없음이 아니로되, 그 범위가 극히 좁고 얕으며 또 일시적이다. 위인偉人의 동정은 넓고 일국과 세계와 우주 만물에 미치되, 범인은 겨우 제게 밀접한 관계가 있는 이에게만 한하는지라. [이광수]
- 생활에 있어서 동정은 과연 미덕일지 모른다. 그러나 예술에 있어서 동정이란 미적美的 고역에 지나지 않는다. [Clark Wissler]
- 여자가 불행에 대해서 남자보다도 깊은 동정을 나타내는 것은 추리 능력이 약하기 때문이다. [Schopenhauer]
- 연민이 있는 자는 자기 자신을 잊지 않는다. [Publius Syrus]
- 자기도 고생했던 병에 누가 동정을 하지 않을 것인가. [Voltaire]
- 자연은 언제든지 동정과 선심으로써 사람에게 대한다. 그러나 그 동정, 그 선심을 동정과 선심답게 받을 만한 준비와 기력이 흔히 사람에게 핍절乏絶(죄다 없어져 더 이상 생기지 않음)하다. [최남선]
- 적의 약점을 동정해서는 안 된다. 강해지면 그대를 용서하지 않는다. [Muslah Sadi]
- 지나치게 타인의 동정을 구하면 경멸이라는 경품이 붙어온다. [George Bernard Shaw]
- 친구의 고난을 동정하는 것은 누구나 할 수 있다. 그러나 친구의 성공을 찬양하려면 남다른 성품이 있어야 한다. [Oscar Wilde]
- 타인을 딱하게 여기는 자는 자기를 생각하는 자다. [영국 격언]
- 후회하는 인간같이 어리석은 사람은 없으며, 남에게 동정받는 사람같이 가련한 인간은 없다. [이영준]

| 동지同志의 정도程度 |

- 뜻과 행실이 같아 어울리면 천 리를

떨어져 있어도 서로 어울릴 것이다. 그러나 뜻과 행실이 같지 않으면 대문을 마주하는 사이라도 통하지 않는다.　　　　　[회남자淮南子]

- 배움은 같아도 일은 다를 수 있고, 일은 같아도 길은 다를 수 있고, 길은 같아도 이상理想은 다를 수 있다.
　　　　　[공자孔子]
- 얼굴을 아는 이는 천하에 기득하되, 마음을 아는 이는 과연 몇이나 될까.
　　　　　[명심보감明心寶鑑]
- 자네 동료들의 이야기를 나에게 말하라. 그러면 자네가 어떤 인간인가를 자네에게 말하겠다.
　　　　　[Cervantes]

| 동행同行 |

- 나쁜 친구들과 함께하면 좋은 풍속을 해친다.　　　　[Menandros]
- 악마는 밖으로 내쫓기보다 아예 들여놓지 않는 편이 낫다.
　　　　　[스코틀랜드 격언]
- 좋은 동행은 대화로 얻게 되고 침묵으로 형성된다.　　　[Goethe]
- 혼자 사는 사람은 금방 출발할 수 있지만, 다른 사람과 함께 여행하는 사람은 다른 사람이 준비될 때까지 기다려야 한다.　　　[Gorrough]

| 두려움 |

- 고통받기를 두려워하는 자는 두려워하는 것으로 이미 고통을 겪게 된다.
　　　　　[Montaigne]
- 그들이 나를 두려워하도록 나를 증오하게 하라.　　　[Accius]
- 두려움에는 대책이 없다. 도움을 받게 될 것을 알면서도 걱정을 한다.
　　　　　[Quintus, Curtius Rufus]
- 두려움에는 약이 없다.
　　　　　[D. Ferguson]
- 두려움은 큰 눈을 가지고 있다.
　　　　　[Cervantes]
- 두려움을 느끼면 발뒤꿈치에 날개가 돋는다.　　　　[Vergilius]
- 두려움을 불러일으킬 때 두려워하지 않을 수 없다.　　　[Epikouros]
- 두려움을 향해 걷자. 그리고 두려움은 사라질 것이다.　[John Wooden]
- 백성이 두려워하는 것을 두려워하지 않는다면 큰 두려움에 이를 것이다.
　　　　　[노자老子]
- 소심한 자는 위험이 닥치기 전에 두려워하고, 비겁한 자는 위험이 닥쳤을 때 두려워하고, 용감한 자는 위험이 지나가면 두려워한다.
　　　　　[Jean Paul]
- 악에 두려움을 양보하면, 두려운 데에서 먼저 악을 보게 된다.

[P-A. C. Beaumarchais]

- 우리는 늑대를 맞닥뜨리면 곰을 맞닥뜨린 듯 소리를 지른다.

[J. de La 베프리]

- 하느님 이외에는 그 누구도, 그 무엇도 두려워할 필요는 없다.

[Mahatma Gandhi]

| 듣기 |

- 공부보다 듣기를 많이 해서 지식과 능력이 조금씩 발전했다.

[Franz Joseph Haydn]

- 듣지 못하는 자에게는 눈이 귀와 같다. [Ch. Callier]

- 들을 때 배운다. 당신은 돈뿐만 아니라 존경심을 들을 때 돈을 번다.

[Harvey Mackay]

- 들을 줄 아는 것은 기술이다.

[Epictetus]

- 말하는 이의 마음은 한결같건만, 듣는 이의 귀들은 서로 다르다.

[지눌知訥]

- 우리는 귀머거리를 위해 미사를 한 번 더 반복하지는 않는다.

[A. de Montreux]

- 조용할수록 더 많이 들을 수 있다.

[작자 미상]

| 등산登山 |

- 등산의 기쁨은 상봉을 정복했을 때 가장 크다. 그러나 나의 최상의 기쁨은 험악한 산을 오르는 순간에 있다. 길이 험하면 험할수록 가슴이 뛴다. 인생에 있어서 모든 고난이 자취를 감추었을 때를 생각해 보라! 그 이상 삭막한 것이 없으리라.

[F. W. Nietzsche]

| 딸 |

- 딸은 성가시고 어려운 존재이다.

[Menandros]

- 딸이 부모 곁을 떠나지 않고 남아 있으면 아버지는 잠을 이루지 못한다.

[St. John Chrysostomos]

| 땅 |

- 기름진 땅이 메마른 영혼을 낳는다.

[Montaigne]

- 나는 토지를 소유하고 그것을 망치지 않는 것이 모두가 소유하고 싶어하는 가장 아름다운 예술이라고 생각한다. [Andy Warhol]

- 땅과 여자는 힘 있는 자에게 굴복한다. 그러나 무능한 자를 만나면 다른 자에게 헌신한다. [인도 격언]

- 땅은 자신이 받은 것을 절대로 무이 자로 돌려주지 않는다.　　[Cicero]
- 비옥한 땅도 갈지 않으면 무성한 잡 초를 길러낸다.　　[Plutarchos]
- 어느 나라에서든 부자는 땅을 기어 다니는 벌레다.　[G. K. Chesterton]
- 인간이 가치 있는 만큼 땅도 가치 있다.　　[프랑스 격언]

| 때와 때늦음 |

- 가야 할 곳이 확실히 정해져 있지 않은데도, 떠나야 할 때가 있다.
　　[Tennessee Williams]
- 딸이 혼기가 차야 사위들이 찾아온 다.　　[Cesar Houdin]
- 말이 도망친 뒤 외양간을 닫아 보았 자 아무 소용이 없다.　[프랑스 격언]
- 머리가 잘리면 절대로 항복하지 못 한다.　　[D. Ferguson]
- 뿌리 깊지 않은 나무는 뒤늦게 살리 려 해도 소용이 없다.
　　[Gagriel Morier]
- 사냥감을 놓친 뒤에야 어떻게 잡 었어야 했는지를 깨닫는다.
　　[Ch. Cailler]
- 상처 입고 방패를 휘둘러 보았자 아 무 소용없다.　　[Ovidius]
- 새가 잡히고 나면 소용이 없다.
　　[프랑스 속담]

- 새매가 먹이를 잡은 후에야 새매를 쳐다본다.　　[W. Crisp]
- 소 잃고 외양간 고친다.(실우치구失 牛治廐)　　[송남잡지松南雜識]
- 쇠가 달아있는 동안에 쳐라.
　　[앗다에우스]
- 아이가 세례를 받을 때 대부, 대모 는 절대로 늦지 않는다.
　　[James Freeman Clarke]
- 얻기 어려운 것은 시기요, 놓치기 쉬운 것은 기회이다.　　[조광조]
- 이성으로는 난파를 막지 못하고, 난 파를 당한 뒤에야 이를 해명할 때가 있다.　　[Helvetius]
- 인정받게 되면 속박에서 벗어나기 에는 이미 늦어버린 것이다.
　　[L. A. Seneca]
- 전쟁이 끝나자 지원병이 온다.
　　[Suidas 백과사전]
- 제때가 아닌데 꽃피는 나무의 열매 는 먹을 수가 없다.　[회남자淮南子]
- 족쇄가 채워지면 반항해도 소용없다.
　　[Montaigne]
- 포도주에 찌꺼기가 생기기 시작할 때는 이미 통에 넣어 보관하기에 너 무 늦어버린 것이다.　[Hesiodos]
- 흘러간 물은 방아를 돌게 할 수 없다.
　　[Drex]
- 힘은 산을 뽑고, 기운은 천하를 덮도 다. 때가 불리하다. 추雛(항우의 천리

마)가 가지 않는구나. 추가 나아가지
아니하니, 이를 어찌하랴. [항우項羽]

| 뚱뚱한 사람 |

● 뚱뚱한 사람이 마른 사람보다 급사
할 위험이 높다. [Hippocrates]
● 살찌는 것은 늙는 것이다.

[프랑스 격언]

| 뜻과 뜻밖의 일 |

● 기다리던 것은 절대로 오지 않고,
나타나는 것은 기다리지 않았던 것
이다. [Euripides]
● 뜻이 넓으나 굳세지 않으면 기준이
없고, 굳세나 넓지 않으면 좁아서
고루해진다. [주자朱子]
● 바라지 않던 일이 바라던 일보다 훨
씬 자주 생긴다. [T. M. Plautus]
● 우리는 절대로 모든 것을 알아차릴
수 없다. [Ph. de Boulogne]
● 일어난 일이 생각지도 못한 일이었
을 때 그 기쁨은 더 커진다.

[데오필 드 비오]
● 토끼는 가장 예상치 못한 순간에 펄
쩍 뛴다. [Cervantes]

{ ㄹ }

| 로맨스Romance |

● 로맨스는 우리에게 실연을 안겨주
고 우정도 실망시킨다. 그러나 부
모 자식 관계는 다른 모든 관계보다
덜 시끄러우면서도 세상을 사는 동
안 지속되는, 끊을 수 없는 가장 강
력한 관계이다. [T. 레이크]

| 리스크Risk |
(잠재적인 위험성 또는 유해성)

● 싫든 좋든 간에 분명히 당신이 맞서
야 한다는 사실 이외에는 리스크에
대해서 더 이상 할 말이 없다. 당신
개인이나 당신의 회사나 얼마간의
리스크가 없이는 무엇도 할 수 없
다. 리스크가 전혀 없다고 하는 것
은 스스로 바보라고 하는 것과도 같
다. 그러므로 대담해지되 신중해져
야 한다. 그것이 최선이다.

[Terry Kelly]

{ ㅁ }

| 마른 |

- 마른 개는 울타리를 뛰어넘고, 마른 사람은 질병을 뛰어넘는다.
  [V. S. Line]
- 털이 적으면 상처는 더욱 고통스럽다.
  [프랑스 격언]
- 항상 마른 수탉이 건강하다.
  [J. de La 베프리]

| 마모磨耗 |

- 녹슬어 못 쓰게 되는 것보다는 써서 닳아 없어지는 것이 낫다.
  [Richard Cuberland]
- 쟁기의 날은 땅의 무게로 마모된다.
  [Ovidius]
- 흔들린다고 다 쓰러지는 것은 아니다.
  [Montaigne]

| 마술魔術 / 주술呪術 |

- 마술사는 초자연적인 것을 약속하지만 정작 지신은 평범한 것도 할 줄 모르는 무능함을 내보인다. [Aesop]

| 마시다 |

- 교황님의 암 노새는 정해진 시간에만 마신다.
  [Rabelais]
- 따뜻한 음료수는 옷과 같다.
  [Petronius]
- 마실수록 목마르다.
  [Ovidius]
- 빨리 마시는 사람은 돈을 천천히 낸다.
  [Benjamin Franklin]
- 음주는 근심을 잊게 한다.
  [Simonides]

| 마음 |

- 가장 위험한 적은 마음속을 좀먹는 정욕이다.
  [H. W. Longfellow]
- 가지면 살고 버리면 죽는다. 출입할 때 언제나 그 있는 데를 알고 있지 않아서 안 되는 것이 오직 마음을 두고 하는 말이다.
  [논어論語]
- 공평한 마음은 밝음을 낳고, 편협한 마음은 어둠을 낳는다.
  [순자荀子]
- 교만한 마음이 천사를 타락시켰다.
  [Ralph Waldo Emerson]
- 군자는 마음으로 이목을 이끌고 의리를 수립하는 것을 용맹이라 하지만, 소인은 이목으로 마음을 이끌며 불손한 것을 용맹이라 한다.
  [공자가어孔子家語]
- 군자는 마음이 평안하고 차분하나,

소인은 항상 근심하고 걱정한다.

[공자孔子]

- 군자의 마음속 일은 푸른 하늘의 햇빛 같아서 남으로 하여금 알지 못하게 할 수 없다. [채근담菜根譚]
- 군자의 마음은 늘 평정하면서도 넓고, 소인의 마음은 항시 근심에 차서 초조하다. [논어論語]
- 군자의 행실은 마음을 조용하게 하여 몸가짐을 잘 닦고, 생활을 검소하게 하여 덕행을 잘 길러야 할 것이다. 사람은 마음이 깨끗하지 않으면 뜻을 밝게 지닐 수가 없고, 마음이 편안하고 고요하지 않으면 원대한 뜻을 잘 이룰 수가 없다.

[제갈량諸葛亮]

- 군주를 섬기는 신하로서 군주의 뜻을 따르기는 쉬워도 그 마음을 거스르기는 어려운 것이다.

[정관정요貞觀政要]

- 굳어진 마음이 피를 흘리는 손보다 더 나쁘다. [Cellar]
- 귀로 듣지 말고 마음으로 듣고, 마음으로 듣지 말고 기氣로 들으라. 들리는 것은 귀에 그치고, 마음은 아는 것에 그친다. 그러나 기는 공허한 상태에서 사물을 받아들인다.

[공자孔子]

- 귀와 머리에는 불필요한 반복이 있지만, 마음에는 결코 반복이 없다.

[Nichora Sangfor]

- 그대가 마음에 지배된다면 그때는 왕이다. 그러나 육체에 지배된다면 노예이다. [Cato]
- 그대의 것이 아니거든 보지를 말라! 그대의 마음을 흔드는 것이라면 보지를 말라! 그래도 강하게 덤비거든, 그 마음을 힘차게 불러일으켜라! 사랑은 사랑하는 자에게 찾아갈 것이다. [Goethe]
- 기쁘고 · 노엽고 · 슬프고 · 즐겁고 · 좋고 · 나쁘고 · 욕심이 밖으로 나오지 않고 마음속에 있으면 정이요, 이 모든 것들이 밖에 나와 행동에 드러나면 성질이다. [왕안석王安石]
- 꽃같이 고운 그대 얼굴은 그려내기 쉽지만, 가슴 아픈 이내 마음은 그릴 수가 없구나! [탕현조湯顯祖]
- 꿀을 바른 입, 쓸개즙과도 같은 마음이다. [Plautus]
- 나무를 기르는 자는 그 뿌리를 북돋아 주고, 덕을 기르는 자는 그 마음을 수양한다. [전습록傳習錄]
- 나의 마음은 저울과 같다. 그러나 사람 때문에 높낮이를 잴 수 없다.

[제갈량諸葛亮]

- 나의 지위가 높을수록 나는 뜻을 낮게 가지고, 나의 벼슬이 클수록 나는 마음을 작게 가지며, 나의 봉록이 두터울수록 나는 시사施舍(은덕

을 베풀고, 노역勞役을 면해 줌)를 더 넓게 한다. [한시외전韓詩外傳]

● 남에게 경사가 있으면 질투하는 마음을 가져서는 안 되며, 남에게 재화가 있으면 좋아하는 마음이 생겨서는 안 된다. [주백려朱栢廬]

● 남을 가르치는 사람은 그 자신이 착한 마음을 가지고서야 악한 마음이 자연 없어지고, 백성을 다스리는 사람은 공경하고 사양하는 마음으로 인도해야 사람들의 다투는 마음이 그쳐질 것이다. [정호程顥]

● 남의 잘못을 책망하는 마음으로 자기 자신을 책망하고, 자기 잘못을 용서하는 마음으로 남을 용서하라. [범순인範純仁]

● 너그러운 마음씨는 사나운 혀를 고쳐준다. [Homeros]

● 노령은 얼굴보다 마음에 더 주름살을 심는다. [Montaigne]

● 누가 말하는가? 한 치 풀의 마음이 석 달 봄볕에 보답할 수 있다고. [맹교孟郊]

● 누구도 마음에 들지 않는 사람은 누구에게도 마음에 들어 있지 않는 사람보다 훨씬 더 불행하다. [La Rochefoucauld]

● 눈은 밝게 보는 것이 중요하고, 귀는 똑똑히 듣는 것이 중요하며, 마음은 공정한 것이 중요하다. [등석자鄧析子]

● 다른 사람의 속마음으로 들어가라. 그리고 다른 사람으로 하여금 당신의 속마음으로 들어오도록 하라. [Aurelius]

● 당신의 눈은 살그머니 내 마음을 훔친다. 도적아! 도적아! 도적아! [Moliere]

● 대개 마음이란 만 가지 변화하는 근본이요, 경敬은 한마음의 주장이니, 정치를 하면서 그 마음을 바로잡지 않으면 어찌 좋은 정치가 될 것이며, 마음을 구하면서 경함을 모르면, 어찌 마음이 바르게 될 수 있으리까. 아아! 한마음의 경함이 실로 지극한 도의 근원이요, 백대 임금의 마음 구하는 법칙이다. [윤상]

● 대저 마음은 둘로 쓸 수 없는 것이니, 착함에 향하면 악함을 배반하는 것이다. [조광조]

● 대체로 책을 읽고 학문하는 까닭은, 그 근본이 마음을 열리게 하고 앎을 밝게 해서 행실에 이롭게 하고자 할 따름이다. [안씨가훈顏氏家訓]

● 대해大海보다 큰 것은 대공大空이요, 대공보다 큰 것은 인간의 마음이다. [Victor Hugo]

● 덕이 있는 군주는 백성의 마음으로 마음을 삼는다. [정관정요貞觀政要]

● 두 사람이 마음을 합하면 그 예리함

이 쇠라도 끊게 되고, 하나의 마음에서 나온 말은 난초의 향기와 같다.

[주역周易]

● 뜻을 바르게 하면 마음이 고요해지고, 마음이 고요해지면 사리가 분명해지고, 사리가 분명해지면 무심의 경지에 이르게 되어, 비로소 자기의 마음이 허심탄회한 상태로 된다.

[장자莊子]

● 마술은 내 마음에 있다. 네 마음이 지옥을 천국으로 만들 수도 있으며, 천국을 지옥으로 만들 수도 있다. 그러므로 자연의 비밀을 풀어 인류의 행복에 기여하라.

[Thomas Edison]

● 마음보다 더 잔인한 것은 없다.

[장자莊子]

● 마음보다 부드럽고도 답답한 것은 아무것도 없다. [Lichtenberg]

● 마음 비우기를 극진히 하고, 평온함 지키기를 철저하게 한다. [노자老子]

● 마음속에 악함을 지닌 채 말을 하거나 행동하면 죄와 괴로움이 저절로 따라온다. 마치 수레바퀴 뒤에 자국이 따르는 것처럼. [법구경法句經]

● 마음속에 의심이 생기면 밖으로 보고 듣는 데서 의혹스럽게 여긴다.

[구양수歐陽修]

● 마음속의 감정을 감추는 일은 마음에 없는 감정을 가장하는 것 이상으로 어렵다. [La Rochefoucauld]

● 마음에는 주름살이 없다.

[세미니에 부인]

● 마음에 오점이 남는 것보다는 얼굴에 수치스러움이 떠오르는 쪽이 낫다. [Cervantes]

● 마음에 평화를 가진 자는, 자기 자신도, 타인도 귀찮게 하지 않는다.

[Epikouros]

● 마음으로 잊지 말며, 조장하지도 말라. [맹자孟子]

● 마음은 나를 장소로 한다.

[John Milton]

● 마음은 눈이 볼 수 없는 것을 꿰뚫어본다. [Ghazali]

● 마음은 다이아몬드와 같이 순수할수록 무게가 더 나간다.

[C. V. Georguis]

● 마음은 단순한 감수성의 영역이 아니다. 그것을 나는 내면생활의 넓은 왕국으로 생각한다. 그 왕국을 자유로이 지배할 수가 있으며, 또 자기의 근원적인 힘에 의한 영웅은 무수한 적과도 대항할 수 있는 힘을 가지는 법이다. [Romain Rolland]

● 마음은 머리에 유용한 교훈을 줄 수 있다. 그리고 그 가르침은 책이 없어도 자랄 수 있다.

[Germaine de Stael]

● 마음은 모든 것의 위대한 지렛대입

니다.   [Daniel Webster]
- 마음은 모든 일의 근본이 된다. 마음은 주主가 되어 모든 일을 시키나니, 마음속에 악한 일을 생각하면 그 말과 행동도 또한 그러하리라. 그 때문에 괴로움은 그를 따라 마치 수레를 따르는 수레바퀴처럼 된다.
                         [법구경法句經]
- 마음은 법에 대해서는 언제나 문맹과 같았다.   [C. V. Georguis]
- 마음은 부서지거나 무정해져야 한다.   [Nichora Sangfor]
- 마음은 생각나는 대로 몸을 잡아 끈다. 마치 임자 없는 여자가 남자를 잡아끌 듯이.   [Edward FitzGerald]
- 마음은 여러 곡을 연주하는 기계 같지만, 그러나 하나씩 차례로 연주한다. 한 생각이 딴 생각을 부르지만, 동시에 나머지 생각들을 모두 지워버리고 만다.   [William Hazlitt]
- 마음은 영원한 눈이며, 힘의 본원은 아니다.   [Vauvenargues]
- 마음은 이성이 알지 못하는 스스로의 이유를 가진다.   [Pascal]
- 마음은 일종의 극장이다. 거기서는 온갖 지각知覺이 차례차례로 나타난다. 사라져서는 되돌아와 춤추고 어느새 꺼지고, 뒤섞여져서는 끝없이 여러 가지 정세나 상황을 만들어낸다.   [David Hume]

- 마음은 측정도 안 되고, 길도 나 있지 않으며, 지도도 그려놓지 않았다. 오직 그곳에는 엄청난 두려움이 존재하리라.   [Osho Rajneesh]
- 마음은 팔고 사지는 못하지만, 줄 수는 있는 재산이다.   [G. Flaubert]
- 마음은 하나의 물건처럼 진실로 형체 있는 것이 아니므로 옮길 수가 없을 듯하지만, 그러나 마음은 활동하는 것으로서 광명통철光明洞徹하고 만 가지 이理가 모두 갖추어져 있으니, 전이轉移의 기기機가 나에게 있으면 그만이지 무엇이 못할 이유가 있겠는가.   [기대승]
- 마음을 달래는 것은 정열의 휴식이다.   [Joseph Joubert]
- 마음을 불사르는 세 가지 불꽃이 있는데, 자만심과 질투와 인색함이다.
                       [Alighieri Dante]
- 마음을 수양하는 데는 욕심을 적게 함보다 더 좋은 방법은 없다.
                         [맹자孟子]
- 마음을 안정하고 일을 처리하면, 비록 책을 읽지 않았더라도 가히 덕망이 있는 군자라고 할 수 있다.
                       [경행록景行錄]
- 마음을 잘 가꾸는 사람은 육체에 대해 생각하지 않고, 몸을 잘 가꾸는 사람은 물질의 득실을 돌보지 않으며, 도道를 체득한 사람은 마음까지

잃는다. [장자莊子]

● 마음을 향상시키기 위해서는 학문보다도 명상冥想이 더 필요하다.
[Rene Decartes]

● 마음의 괴로움은 육체의 고통보다 견디기 힘들다. [Publius Syrus]

● 마음의 기쁨에 들떠서 일을 가벼이 맡지 말고, 취함을 인연하여 화를 내지 말라. 마음의 즐거움에 딸려서 일을 많이 하지 말고, 곤함을 핑계하여 끝마침을 적게 말라.
[채근담菜根譚]

● 마음의 목마름은 물을 마셨다고 해결되지는 않는다. [Muslah Sadi]

● 마음의 병은 돌침으로도 치유하지 못한다. [한유韓愈]

● 마음의 본체는 넓고, 크고, 비었고, 밝아 만 가지 이치를 다 갖추고 있다. 그러므로 이를 잘 길러 해침이 없다면 천지와 같이 크고, 일월과 같이 밝으며, 크기는 만물을 능히 담을 수 있다. [이언적]

● 마음의 초조함을 달래려면 아름다운 경치를 보거나 산을 오르라.
[Ralph Waldo Emerson]

● 마음의 평온함을 얻은 자는 자기 자신에게나 타인에게도 문제를 일으키지 않는다. [Epicurus]

● 마음이 거절하는 곳에 손이 닿지 못한다. [Thomas Fuller]

● 마음이 고요해진 후에 만물을 보면, 자연히 만물이 모두 봄의 생기를 가지고 있다. [근사록近思錄]

● 마음이 곧 인간이다. 지식은, 곧 마음이다. 인간의 모두는 그의 지성뿐이다. [Francis Bacon]

● 마음이 끌리는 남자는 호감이 가지만, 마음을 끌려 하는 남자는 싫다.
[Ninon de Lenclos]

● 마음이 딴 곳에 가 있으면 눈은 소경이다. [Publius Syrus]

● 마음이 불화하면 자연히 몸이 따라서 궤도를 잃어버리고 행동과 사물처리가 모두 다 그 절차를 잃어버리게 된다. [정약용]

● 마음이라는 것도 위장과 마찬가지로 여러 가지 자양물이 필요하다.
[Gustave Flaubert]

● 마음이란 것은 사용하지 않고 두면 말라버리는 것이다. 전체가 잘 되면, 혹은 잘 되기 위해서 부분이 못해지는 것도 있다. [Andre Gide]

● 마음이 밝으면 어두운 방 안에도 푸른 하늘이 있고, 생각이 어두우면 환한 햇빛 아래서도 도깨비가 나타난다. [홍자성洪自誠]

● 마음이 삐뚤면 나라를 패망시키지만, 얼굴이 삐뚤어서는 해롭지 않다.
[국어國語]

● 마음이 서로 맞는 생활의 비결은 목

표를 함께 조화시켜 나가는 것이며, 처음부터 의견이 같은 데에 있는 것은 아니다. [Ralph Waldo Emerson]

- 마음이야말로 정신의 인덱스인 것이다. [이어령]
- 마음이 어둡고 산란할 때엔 가다듬을 줄 알아야 하고, 마음이 긴장하고 딱딱할 때엔 놓아버릴 줄 알아야 한다. 그렇지 못하면 어두운 마음을 고칠지라도 흔들리는 마음이 다시 병들기 쉽다. [채근담菜根譚]
- 마음, 즉 진명眞命의 마음은 신체의 주인이요, 형形은 마음의 심부름꾼이다. 선악 등 여러 가지 일을 임금 격인 마음이 명하면 신하 격인 형形이 행동을 갖는다. 이것이 응보에 있어서는 생명이 있을 때엔 마음과 형이 다 받고, 죽어서는 형은 물러가고 마음만이 홀로 받는다. [기화]
- 마음처럼 부드럽고도 엄한 것은 없다. [George C. Lichtenberg]
- 마흔에, 마음이 외부의 충동에도 흔들리거나 움직이지 아니한다. [맹자孟子]
- 만사의 주체인 마음의 움직임에서 절도가 없으면 난이 생긴다. [정관정요貞觀精要]
- 말이 통하지 않는 인간보다는 마음을 알 수 있는 개와 동반하는 것이 더 낫다. [Augustinus]
- 망령된 마음이 없으면 망동妄動이 있을 수 없다. [주희朱熹]
- 모든 것을 하는 것은 마음이다. [J. B. P. Moliere]
- 모든 사람의 마음엔 인정이 깃들어 있다. [Henry Longfellow]
- 모든 혁명은 한 사람의 인간의 마음에서 우러난 하나의 사상이다. [Ralph Waldo Emerson]
- 몸과 마음을 다 바쳐 일하다가 죽으면 그뿐이다. [제갈량諸葛亮]
- 몸은 빈 병과 같다고 보고 이 마음 성처럼 든든히 있게 하여, 지혜로써 악마와 싸워 다시는 그들을 날뛰게 하지 마라. [법구경法句經]
- 무위無爲는 마음의 적이다. [Saint Benedictus]
- 문門은 저자와 같고 마음은 물과 같다. 유숭劉崇의 말로서 문전에 손님은 저자처럼 모이지만, 마음은 물같이 냉정해서 아무것에도 동요되지 않는다. [한서漢書]
- 바람 부는 곳에 촛불을 내놓으면 불길은 흔들리고 광명이 고르지 못하다. 우리의 마음도 바람 앞의 촛불과 같은 것이다. 외부의 방해와 유혹에 흔들리기 쉬운 한 개의 촛불이다. 빛이 흔들리지 않으려면 바람을 막아야 한다. [라마 구리시나]
- 바람이 자고 물결 고요한 가운데 인

생의 참 경계를 보고, 맛이 담담하고 소리 드문 곳에서 마음자리의 본연을 안다. [채근담菜根譚]

- 변치 않는 재산이 있으면, 변치 않는 마음도 있는 법이다. [맹자孟子]
- 부동의 마음가짐이란 기력을 발휘함이다. [Voltaire]
- 부디 사람의 마음에 간섭하지 않도록 조심하라. 사람의 마음이란 깎아내릴 수도 있고 추켜올릴 수도 있는 것이다. 유화柔和로써 강함을 부드럽게 할 수도 있고, 강함으로써 이를 깎아내릴 수도 있다. 달구어지면 불길처럼 뜨거워지고, 식으면 얼음처럼 차가워진다. 가만있으면 연못처럼 고요해지고, 움직이면 하늘까지 뛰어오른다. 사나운 말처럼 가만히 매어 있지 않는 것, 이것이 곧 사람의 마음이다. [장자莊子]
- 분한 마음을 징계하는 것을 다정한 친구를 충고하는 것 같이 하고, 욕심스러운 마음을 막는 것을 물을 막는 것 같이 하라. [근사록近思錄]
- 사람들의 마음은 염색이 되어 있다. 어떤 마음은 진하게, 그리고 또 다른 마음은 덜 진하게… [이기영]
- 사람은 누구나 그 마음속에 미치광이를 가지고 있다. 그렇기 때문에 그 미치광이가 날뛰지 않게 조심해야 한다. [Ralph Waldo Emerson]

- 사람은 사랑하는 만큼 고뇌가 많아진다. 각자의 마음에 가능한 슬픔의 총량은 그 마음의 완전성을 도와 비례한다. [Henry F. Amiel]
- 사람은 자기 마음의 주인이 아니다. [Pierre de Mirabeau]
- 사람은 제 혀와 성욕과 마음을 제어할 줄 알아야 한다. [Anacharsis]
- 사람을 가르치는데 그 착한 마음씨를 길러주면, 그 악한 마음은 저절로 사라져 간다. [근사록近思錄]
- 사람을 알아보는 데는 눈동자보다도 좋은 것이 없다. 눈동자는 마음 속의 악을 감추지 못한다. 마음이 올바르면 그 눈동자가 밝고, 마음이 올바르지 못하면 눈동자가 어둡다. [맹자孟子]
- 사람의 마음에 욕심이 있으므로 그 마음의 본체가 영묘한 것이 잠겨서 사사로운 정에 구속되었음은 능히 유통하지 못하여서 천 리가 어두워지고, 기운도 또한 막혀서 인류이 폐하여지고, 천지만물이 생을 이루지 못하는 것입니다. [조광조]
- 사람의 마음은 거칠고 격렬한 충격을 가하지 않더라도 쉽게 감동할 수 있다. [William Wordsworth]
- 사람의 마음은 얼굴에 나타난다. 그러므로 ABC를 읽을 수 없는 사람이라도 얼굴을 보면 성격을 읽을 수

있다.　　　　　　　[Thomas Brown]
- 사람의 마음은 일정한 음정을 가진 악기와 비견할 수 있을 게다. 아래위로 그 음정을 넘어서면 영원한 침묵이 있는 악기이다.　[John Tyndall]
- 사람의 마음은 마치 대야의 물과 같다.　　　　　　　　[순자荀子]
- 사람의 마음을 공략하는 게 최고의 용병이다.　　　　[상군서商君書]
- 사람의 마음이라는 것은 변화가 무궁한 것이어서 자칫 방심하게 되면 벌써 마음속에선 무서운 구더기들이 자라나 제멋대로 생명의 수액을 뽑아 먹는다.　[Nikolai V. Gogol]
- 사람의 마음이란 실뭉당이와 같은 것, 얽히려 들면 아무리 애를 써도 얽히기만 하는 것이고, 풀리려 들면 슬슬 저절로 풀리게 마련인 것이다.
　　　　　　　　　　[미상]
- 사람의 얼굴을 하고 있으나 마음은 짐승과 같다.　　　　[한서漢書]
- 사람의 입을 굴복시키기는 쉬워도, 그의 마음을 굴복시키기는 어렵다.
　　　　　　　　　[장자莊子]
- 사람의 마음이란 지극히 미묘한 것이어서 말로써 이해할 수도 없고, 생각으로써 깨달을 수도 없으며, 침묵으로도 통할 수 없다.　[보우普愚]
- 산속의 적은 무찌르기 쉬워도 마음속의 적을 무찌르기는 어렵다.

　　　　　　　　[왕양명王陽明]
- 살무사 입안의 풀도, 전갈 꼬리의 침도 독이 있다고 할 수 없다. 가장 독한 것은 배신한 사람의 마음이다.
　　　　　　　[경세통언警世通言]
- 상상력에서 시가 나오듯 마음에서 경건함이 나온다.　[B. C. Joubert]
- 서로 마음과 뜻이 맞아 벗이 되었다.
　　　　　　　　　[장자莊子]
- 서로 마음을 터놓은 당신과 나 사이에는 마음에 멀고 가까운 구별은 없다.　　　　　　　[고시원古詩源]
- 세계에는 두 개의 힘―칼과 마음―밖에 없다. 결국은 칼은 항상 마음에 의해서 일임한다.　[Napoleon I]
- 세상 괴로움에 얽매임과 벗어남이 오직 제 마음에 있나니, 마음에 깨달음이 있으면 고깃간과 술집도 정토淨土가 된다.　　[채근담菜根譚]
- 세상 모든 사람과 부모를 만족시키는 것은 바보나 하는 짓이다.
　　　　　　　　[La Fontaine]
- 세상에 마음대로 못한 것은 여자의 마음이다.　　　　　[이광수]
- 손은 마음이 거절한 것에 닿지 않는다.　　　　　[Thomas Fuller]
- 쇠의 녹은 쇠에서 생긴 것이지만 차차 쇠를 먹어버린다. 이와 마찬가지로, 그 마음이 옳지 못하면 무엇보다도 그 옳지 못한 마음은 그 사람

자신을 먹어버리게 된다.

[법화경法華經]

● 신과 악마가 싸우고 있다. 그 전장이야말로 인간의 마음이다.

[Dostoevsky]

● 아, 상처 입은 마음, 그러나 마음은 아무 흔적을 보이지 않는다. 새하얘진 입술, 바랜 머리칼, 그저 그것뿐이다.

[Oliver Holmes]

● 아직 느끼기 쉬울 때에 마음을 수양하기는 어렵지 않다. [L. A. Seneca]

● 악한 마음으로 말하거나 행동하면 죄와 괴로움이 따른다. 마치 수레 뒤에는 바퀴자국이 따르듯이.

[법구경法句經]

● 어느 곳에 돈이 떨어져 있다면 길이 멀어도 주우러 가면서, 제 발밑에 있는 일거리는 발로 차버리고 지나치는 사람이 있다. 눈을 떠라. 행복의 열쇠는 어디에나 떨어져 있다. 기웃거리고 다니기 전에 먼저 마음의 눈을 닦아라. [Dale Carnegie]

● 어떤 마음으로는 나라를 망하게 할 수 있고, 또 어떤 마음으로는 흥성하게도 한다. 그것은 마음을 쓰는 데 공公과 사私의 차이에서 오는 것이다. [근사록近思錄]

● 어리석은 자의 마음은 그 입속에 있다. 그러나 착한 사람의 입은 그 마음속에 있다. [Benjamin Fraklin]

● 어지럽혀지지 않은 마음은 재앙에 대한 최상의 원천이다. [Plautus]

● 어짊은 사람이 지닐 마음이고, 의로움은 사람이 갈 길이다. 그런데 그 길을 버리고 따르지 않으면, 그 마음을 놓아버리고 찾을 줄 모르니, 슬프다. [맹자孟子]

● 어째서 마음은 허무한 생각에 동요될까? 어떠한 각도에서 허무한 생각은 동요 받게 되는 것일까? 어쨌거나 마음은 허무한 생각에 흔들리고 있는 것은 사실이다.

[Wittgenstein]

● 얼굴을 비추는 거울은 있지만, 마음을 비춰주는 거울은 없다.

[Gracian y Marales]

● 여러분이 마음 잃고 부르는 물건은 조끼의 네 번째 단추보다 훨씬 아래쪽에 있다. [Lichtenberg]

● 여러 사람의 마음이 하나로 뭉치면 성을 이루고, 여러 사람의 입에 오르면 쇠도 녹는다. [국어國語]

● 여유가 있으면 양보하는 마음이 생기고, 부족하면 다투려는 마음이 일어난다. [논형論衡]

● 연애 ─ 그것은 마음의 중병이다.

[Platon]

● 오로지 마음만을 기르는 사람은 나날이 자기의 부족함을 알게 되지만, 오로지 지식과 견문만을 추구하는

사람은 나날이 자기가 늘어가고 있음을 알게 된다. 그러나 나날이 부족함을 아는 사람은 넉넉해지지만, 나날이 늘어감을 아는 사람은 부족해질 것이다. [왕양명王陽明]

- 오! 모든 것이 마음이로구나! 오직 마음 하나로다. 괴롭다 하는 것도 이 마음이요, 즐겁다 하는 것도 이 마음이요, 죽는다, 산다 하는 것도 필경은 이 마음 하나로구나! 극락과 지옥이 어디 따로 있는 것이 아니라 필경은 이 마음자리 하나로구나! [이광수]

- 온건은 마음의 권태와 태만이며, 대망은 마음의 행동과 작열이다. [La Rochefoucauld]

- 왜소한 마음은 비상한 곳에, 위대한 마음은 평범한 것에 흥미를 느낀다. [E. G. Herbert]

- 우리가 매일 수염을 깎아야 하듯 그 마음도 매일 다듬지 않으면 안 된다. 한번 청소했다고 언제까지나 방안이 깨끗한 것은 아니다. 우리의 마음도 한번 반성하고 좋은 뜻을 가졌다고 해서 그것이 늘 우리 마음속에 있는 것은 아니다. 어제 먹은 뜻을 오늘 새롭게 하지 않으면, 그것은 곧 우리를 떠나고 만다. 그렇기 때문에 어제의 좋은 뜻을 매일 마음속에 새기며 되씹어야 한다. [Martin Luther]

- 우리는 남에게 내 마음속을 보이고 싶지 않다. 인간의 마음이란 결코 아름답게만 보이지 않기 때문이다. [Wittgenstein]

- 우리들은 사람을 사랑하는 마음이 엷은 것이 아니고 자연을 사랑하는 마음이 깊은 것이다. [George Byron]

- 우리들의 마음은 마치 한 알의 투명하고 광채가 나는 붉은 진주와 같아서 맑고 깨끗하며, 그림자도 없고 모양도 없으며, 안과 밖이 없다. [장기윤]

- 우리에게 가장 나쁜 적은 우리 마음 안에 있다. [Publius Syrus]

- 위대한 생각은 마음에서 온다. [Vauvenargues]

- 은밀한 방안에 있어도 네거리에 있는 것 같이하고, 마음을 다잡기를 여섯 필의 말을 부리듯 하면, 가히 허물을 면할 수 있을 것이다. [경행록景行錄]

- 이른바 몸을 닦음이 그 마음을 바르게 함에 있다는 것은, 마음에 노여워하는 바를 두면 그 바른 마음을 얻지 못하고, 마음에 두려워하는 바를 두면 그 마음을 얻지 못하고, 기뻐하는 바를 두면 그 바른 마음을 얻지 못하고, 마음에 걱정하는 바를 두면 그 바른 마음을 얻지 못한다. [대학大學]

- 인간에게 있어서 참된 적은 마음속

의 적이다. [L. A. Seneca]

- 일흔이 되어서 마음이 원하는 대로 언동을 해도 결코 그 정해진 규범을 벗어나는 일이 없었다. [논어論語]
- 입은 곤륜산과 같이 무거워야 하고, 마음은 황하수와 같이 깊어야 한다. [오수덕]
- 자기 마음으로 남의 마음을 짐작한다. [주희朱熹]
- 자기 마음을 들여다보는 자, 자기 피부 안에서 불편하다. [Goethe]
- 자기 마음을 스승으로 삼아라. 남을 따라서 스승으로 하지 말라. 자기를 잘 닦아 스승으로 삼으면, 능히 얻기 어려운 스승을 얻게 된다. [법구경法句經]
- 자기의 마음을 감추지 못하는 사람은 무슨 일이든 대성할 수 없으며 성공할 수 없다. [Thomas Carlyle]
- 자기의 마음을 진정시키는 일―바로 이것이 어쩌면 내가 일기를 쓰는 중요한 이유인지도 모르겠다. [Elias Canetti]
- 자기의 마음이 밝은 뒤에야 군자와 소인을 능히 구별할 수 있다. [조광조]
- 자기의 잘못을 의식하는 것처럼 마음이 가벼워지는 일은 없다. 또한 자기가 옳다는 것을 인정하려고 하는 것처럼 마음이 무거운 것은 없다. [Talmud]

- 잔생莊生은 '마음이란 뜨겁기는 타는 불이요, 차기는 얼음이며, 빠르기는 구부리고 우러르는 동안에 사해 밖을 두 번 어루만진다. 가만히 있을 때는 고요하며, 움직일 때는 하늘까지 멀리 가는 것은 오직 사람의 마음이구나.' 라고 하였다. 이것은 장생이 먼저 범부의 마음은 이처럼 다스리기 어려움을 말한 것이다. [지눌知訥]
- 전쟁은 우연히 이길 수 있다. 그러나 마음은 덕행으로만 얻을 수 있다. [Florian]
- 젊었을 때 더러워진 마음은 후일 제아무리 씻어도 깨끗해지는 것은 아니다. [Mark Twain]
- 전직한 마음의 단 하나의 단점은 쉽게 믿는 것이다. [Philip Sidney]
- 종이에 쓰지 말고 마음에 새겨 두라. [Antisthenes]
- 좋은 얼굴이 추천장이라면, 좋은 마음은 신용장이다. [Bulwer-Lytton]
- 중상이란 악의에 가득 찬 마음의 말로 나타난 것이다. [Theophrastos]
- 증오는 마음속에서부터 나오고, 경멸은 머릿속에서 나온다. [Schopenhauer]
- 착한 마음씨는 이 세상의 모든 두뇌보다 낫다. [Bulwer-Lytton]
- 참다운 마음의 평화는 최악의 사태

를 감수하는 데서 얻어지며, 이는 또 심리학적으로 에너지의 해방을 의미한다. [임어당林語堂]

• 참된 뜻을 가지고 남을 불쌍히 여기는 마음이 어짊의 시초이고, 자기의 착하지 않은 것을 부끄러워하고 남의 악한 점을 미워하는 마음이 옳음의 시초이고, 자기에게 이로운 점을 사양하여 남에게 미루어주는 마음이 예절의 시초이고, 그 착한 점을 알아 옳게 여기고, 그 악한 점을 알아 그르게 여기는 마음이 지혜의 시초다. [맹자孟子]

• 책임감이 마음을 괴롭힐지는 몰라도, 그 마음은 또 비범한 일을 가능케 한다. [Henry Louis Mencken]

• 천지가 물을 낳음으로써 마음을 얻어 세상에 태어났다. 그러므로 사람은 모두가 차마 하지 못하는 마음이 있으니, 이것이 바로 이른바 인仁이다. [정도전]

• 천지 사이에 바람과 달이 가장 맑으나 사람 마음의 묘한 것도 또한 그것과 다름이 없다. 다만 형기形氣에 얽매이고 물욕으로 더럽혀져서 능히 그 전체를 온전히 하는 자가 적다. [박팽년]

• 총명하고 지혜롭더라도 어리석은 마음을 지키고, 공로가 세상을 뒤덮더라도 사양하는 마음가짐을 지키고, 용맹과 힘이 세상을 떨치더라도 겁내는 마음가짐을 지키고, 부유함이 세상에 넘치더라도 겸손한 마음가짐을 지켜라. [공자孔子]

• 쾌락의 유혹으로부터 자신을 지키고 외부 대상에 대한 관심의 문을 닫아버린다. 마음을 즐겁게, 들뜨게 하여 유혹하는 쾌락으로부터 자신을 지킨다. 외부로 향하는 마음의 문을 닫아 외부 대상에 대한 관심을 없애버린다. [노자老子]

• 쾌활한 마음을 갖는 것이 육체와 정신이 최상의 위생법이다.
[George Sand]

• 큰 인물이란, 어린애의 마음을 잃지 않는 자이다. [맹자孟子]

• 편안한 거처가 없는 것이 아니라 나에게 편안한 마음이 없는 것이요, 만족할 재산이 없는 것이 아니라 나에게 만족할 마음이 없는 것이다.
[묵자墨子]

• 편하지 않은 마음에는 의구疑懼가 따르기 쉽다. [Shakespeare]

• 피로한 눈으로 허공을 보면 허공의 별꽃이 어지럽고, 어지러운 마음으로 잠에 들면 꿈자리가 뒤숭숭하다. 어지러운 별꽃을 꺼리지 말고, 눈을 먼저 바르게 하라. 꿈자리가 뒤숭숭함을 괴이하다 말고, 마음을 먼저 깨끗이 하라. [지눌知訥]

- 현자와 우자를 가리지 못하는 것은 눈이 흐린 것이고, 시서詩書를 읽지 않으니 입이 흐린 것이고, 뭇사람들의 말을 가납하지 않았으니 귀가 흐린 것이고, 고금을 통달하지 못하였으니 몸 행실이 흐린 것이고, 제후들을 용납 못하였으니 뱃속이 흐린 것이며, 늘 찬역(왕위를 빼앗으려고 음모를 꾸미는 반역)할 뜻을 품고 있으니 마음이 흐린 것이다.

  [삼국지연의三國志演義]

- 혈기 있는 사람에게는 누구에게나 다투려는 마음이 있다.

  [춘추좌씨전春秋左氏傳]

- 호랑이는 그리되 뼈는 그리지 못하고, 사람은 알되 마음은 알지 못한다.

  [명심보감明心寶鑑]

- 흐르는 것은 액체. 마음은 끊임없이 흐른다. 그러므로 마음은 액체다.

  [조지훈]

- 힘으로 남을 복종시키면 마음속으로 복종하는 것이 아니라 힘이 모자라서 복종할 뿐이며, 덕으로 남을 복종시키면 마음속으로 기뻐하며 진정으로 복종한다.

  [맹자孟子]

- 힘으로 천하를 얻을 수는 있지만, 한 사나이나 한 아낙네의 마음은 얻지 못한다.

  [소식蘇軾]

- 힘으로 타인의 마음을 다스리는 자는 폭군이고, 타인에게 마음을 예속시키는 자는 노예이다.

  [Ingersol]

| 마음에 들다 / 환심을 사다 |

- 다른 사람의 마음에 들려고 하는 데에는 이유가 있는 것은 아니다.

  [Ligne, prince]

- 당신이 얼마만큼 다른 사람의 마음에 드는 지가 아니라 누구의 마음에 드는 지가 중요하다. [Publius Syrus]

- 두루 만족시킬수록 충분히 만족시키기 어렵다.

  [Stendhal]

- 마음에 있지 않으면 보아도 보이지 않고, 들어도 들리지 않으며, 먹어도 그 맛을 모른다.

  [대학大學]

- 매력이라는 도움이 없으면 장점도 아무 소용이 없다.

  [Balthasar Grasian]

- 모든 사람의 마음에 들고 싶은 자는 아침 일찍 일어나야 한다.

  [Jeremiah Clarke]

- 상대방의 마음에 들 수 있는 방법은 두 가지가 있다. 기쁘게 하는 것과 흥미를 자아내는 것이다.

  [Chevalier de Vueple]

- 좋아하는 사람이 없는 자는 모두가 싫어하는 자보다 불행하다.

  [Francois de La, Rochefoucauld]

| 만남 |

- 만나는 사람마다 스승으로 알라.
  [Goethe]
- 모든 만남은 우연偶然이 아니라 필연이다.
  [Elie Wiesel]

| 만족滿足 |

- 가난뱅이도 만족하면 부자가 되고, 부자도 만족하지 못하면 가난뱅이가 된다.
  [Benjamin Franklin]
- 가장 부유한 자는 최소한의 것을 바라는 자이다.
  [Publius Syrus]
- 가장 적은 것으로도 만족하는 사람이 가장 부유하다.
  [Socrates]
- 나의 왕관은 만족이라 불린다. 그것은 제왕들이 좀처럼 즐기지 않는 왕관이다.
  [Shakespeare]
- 노동에서 건강이, 건강에서 만족이 샘솟는다. 만족은 모든 기쁨의 구원을 열어준다.
  [J. Beaty]
- 달은 차면 기울고, 번성하면 쇠잔해진다.
  [사기史記]
- 만족은 가난한 자들을 부자로 만들고, 불만족은 부자를 가난한 자로 만든다.
  [Benjamin Franklin]
- 만족은 먹고 잠자는 것만 중요하게 여기는 사람들의 따뜻한 돼지우리이다.
  [E. 오닐]

- 만족은 부富요, 마음의 풍요이다. 그런 풍요를 찾을 수 있는 자는 행복하다.
  [John Dryden]
- 만족은 연료를 더 넣는 데 있지 않고, 불을 좀 덜 때는 데 있다. 만족은 재산을 늘리는 데 있지 않고, 인간의 욕망을 줄이는 데 있다.
  [Thomas. Fuller]
- 만족함을 알면 즐거운 것이고, 탐내기를 힘쓰면 근심이 생긴다.
  [명심보감明心寶鑑]
- 사람들은 오렌지 없이도 자고새(닭목 꿩과의 새) 고기를 많이 먹는다.
  [Antoin Hudin]
- 우리는 모두 우리 가진 것에 만족하지 않는다.
  [Terenyius Afer]
- 인간의 대부분은 자기만족에 지나치게 집착하는 결과 만족을 잃으면 비탄에 빠지고 마는 것이다. 그러나 기쁨을 알고 동시에 그 기쁨의 원인이 사라지더라도 한탄을 하지 않는 사람만이 옳은 사람이다. [B. Pascal]
- 인생은 만족보다 실망을 더 많이 지니고 있다.
  [Diogenes]
- 자기를 만족시킨다는 것은 극히 드물다. 하물며 남을 만족시킨다는 것은 한층 더 어려운 일이다. [Goethe]
- 자기를 만족시킬 일을 못하는 사람은 자기가 할 수 있는 일로써 만족할 수밖에 없다. 그러므로 남을 만

족시킨다는 것은 일생을 통해서도 몇 번이 될지 의문이다.　　[가리니]

- 자기 몫에 만족하는 자가 가장 크고, 가장 안전한 부富를 누릴 수 있다.
　　　　　　　[Publius Syrus]
- 자기 운명에 만족하는 자는 실패를 모른다.　　　　　　　[노자老子]
- 자기의 행동에 만족할 수 있고, 또 많은 일을 하고서도 하나도 후회하는 일이 없는 사람은 진실로 고결한 사람이다.　　　　　[서양 격언]
- 작은 것에 만족할 줄 모르는 자는, 그 어떤 것에도 결코 만족할 줄 모른다.　　　　　[Epikouros]
- 절대로 자기 자신에게 만족하지 않는 것이 덕이 있는 자의 특징이다.
　　　　　　　　[Plautus]
- 절대적인 사람은 자기가 좋아하는 것을 할 수 있다. 자기가 좋아하는 것을 할 수 있는 사람은 쾌락을 즐길 수 있고, 쾌락을 즐길 수 있는 사람은 만족할 수 있다. 만족할 수 있는 사람은 갈망하는 것이 없으며, 갈망하는 것이 없을 때에 문제는 끝난다.　　　　　[Cervantes]
- 하루를 끝내고 그것으로 족해라, 오늘 당신이 할 수 있는 것은 이미 다했기 때문이다.　[Ralph W. Emerson]
- 행복하니까 만족하는 것이지, 만족하니까 행복한 것은 아니다.

[W. S. Landor]

| 말 / 언어言語 |

- 가는 말이 고우면 오는 말이 곱고, 가는 말이 악하면 오는 말이 악하다.
　　　　　　　　[열자列子]
- 개는 잘 짖는다고 개가 아니요, 사람은 말을 잘한다고 현인賢人이 아니다.　　　　　　　[장자莊子]
- 격렬한 말은 이유가 박약하다는 것을 증명하고 있는 것이다.　[Hugo]
- 공교로운 말과 좋은 얼굴을 하는 사람은 착한 사람이 드물다.　[논어]
- 교묘한 언변言辯과 풍부한 표정에서는 진실성을 찾기 힘들다.　[공자]
- 군자는 말을 아끼고, 소인은 말을 앞세운다.　　　　　[예기禮記]
- 그대가 하고 싶은 말을 강조하지 말고, 그냥 말하라. 그리고 다른 사람들이 그대가 말한 바가 무엇인가를 발견하도록 내버려 둬라. 그들의 정신이 둔하기 때문에 그대는 제때 도망칠 수 있을 것이다.

[Schopenhauer]

- 그대에게 수다스럽지 말기를 경계하나니, 말이 많으면 사람들이 싫어한다. 중요한 때 말을 삼가지 않으면, 재액災厄이 이로부터 시작된다. 옳다 그르다 헐뜯고 칭찬하는 사이에,

일신에 욕을 당하게 된다. [범질范質]

- 그런데 사람이 말을 참는다는 일은 밥을 굶는 것 이상으로 고역스런 일이다. [천이두]
- 나는 맛있는 스프로 살지, 훌륭한 말로 사는 것은 아니다. [Moliere]
- 나는 인간이 사용하는 말에서 가장 아름다운 것은, 남을 위로하는 말이라고 생각한다.

  [가메이 가쓰이치로龜井勝一郎]
- 나무는 벽 줄을 좇음으로써 곧게 되고, 사람은 간하는 말을 받아들임으로써 거룩해진다. [공자孔子]
- 나의 부적은 말이다.

  [Gaston Bachelard]
- 남에게, 또 남의 일에 대해서 말을 삼가라. [Henry Fielding]
- 남으로부터 좋은 말을 듣고 싶으면, 자기의 장점을 너무 많이 나열하지 말아라. [Pascal]
- 남의 조언을 듣지 않는 자는 도움을 받을 수 없다. 옳은 말을 듣지 않으면 비난받을 것이다. [B. Franklin]
- 내가 소라고 말하면 그것은 소가 되고, 내가 말이라고 하면 그것은 말이 된다. [장자莊子]
- 노인은 할 말이 없으면 '요즘의 젊은이는…' 하고 말하곤 한다.

  [Anton Chehov]
- 노한 김에 하는 말에는 꼭 실수가 있기 마련이다. [동주열국지東周列國志]
- 누구라도 뜻이 있는 말만 하는 것은 아니다. 또한 자기가 뜻하는 바를 모두 말하는 사람도 거의 없다. 말은 매끄럽고, 생각은 끈적끈적하기 때문이다. [H. B. Edums]
- 다변도, 무언도, 슬기로운 아내는 피한다. [유주현]
- 다정스러운 말은 시원한 물보다 목마름을 축여준다. [George Herbert]
- 단 한마디일지라도 잘못 받아들여지면 10년 닦은 공로도 잊어진다.

  [Montaigne]
- 당신의 친구는 친구를 가지고 있으며, 그 친구에게는 또 친구가 있고, 그 친구는 또 자기 친구가 있다. 그러므로 친구에게 말을 할 때는 조심해서 해야 한다. [유대 격언]
- 대저 귀로 듣는 것도 말이요, 마음으로 듣는 것도 같은 말이다. 그러나 귀로 듣는 자는 말을 밖으로 들을 뿐이고, 마음으로 듣는 자는 그 말을 안에 간직한다. [정황丁熿]
- 덕이 있는 사람이 하는 말은 반드시 도리에 맞지만, 말을 앞세우는 사람에게는 반드시 덕이 있는 것이 아니다. [논어論語]
- 도리가 있으면 말이 당당하고, 억울하면 소리가 꼭 높다. [경세통언]
- 듣기 좋은 말은 아직도 무료다.

● 때는 흘러 없어지지만, 한번 튀어나 온 말은 영구히 뒤에 남는다.

[Lev Tolstoy]

● 말, 그것으로 인해 죽은 이를 무덤에서 불러내기도 하고, 산 자를 묻을 수도 있다. 말, 그것으로 인해 소인을 거인으로 만들기도 하고, 거인을 철저하게 두드려 없앨 수도 있다.

[Heinrich Heine]

● 말다툼은 누구라도 할 수 있는 '게임'이지만 쌍방이 결코 이길 수 없는 기묘한 '게임'인 것이다.

[Benjamin Franklin]

● 말도 아름다운 꽃처럼 그 색깔을 지니고 있다. [E. Riss]

● 말로 공격하는 것은 칼로 공격하는 것보다 강하다. [Robert Burton]

● 말문이 터지고 나면 그것을 중지하기란 어려운 일이다. [Montaigne]

● 말에는 순서가 있어야 한다. [주역周易]

● 말은 날개를 가지고 있으나 마음대로 날 수는 없다. [George Eliot]

● 말은 다듬지 않으면 오래 가지 못한다. [춘추좌씨전春秋左氏傳]

● 말은 돈처럼 써야 한다.

[G. C. Lichtenberg]

● 말은 배열을 달리하면 딴 의미를 갖게 되고, 의미는 배열을 달리하면 다른 효과가 나타나기도 한다.

[Blaise Pascal]

● 말은 벽을 쌓지 않는다. [Kritinos]

● 말은 분노를 고치는 마음의 의사이다. [Aeschylos]

● 말은 사상의 옷이다. [Samuel Johnson]

● 말은 새벽일 수도 있으며 확실한 피난처일 수도 있다. [E. Bandekamen]

● 말은 생각보다 앞서지 않도록 하라.

[Diogenes Laertios]

● 말은 성벽을 쌓지 못한다.

[Plutarchos]

● 말은 실행의 그림자이다.

[Democritos]

● 말은 여자와 달라 배신하는 일도, 사람을 속이는 일도 없다.

[Michail Lermontov]

● 말은 영혼의 숨결이다. [Pitagoras]

● 말은 영혼의 얼굴이다. [Seneca]

● 말은 웅변의 재능과 함께 신으로부터의 직접적인 선물이다.

[Noah Webster]

● 말은 인간을 숨 쉬게 하기 위해서가 아니라 터놓게 하기 위해서 만들어졌고, 배반하기 위해서가 아니라 교제를 진행시키기 위해 만들어졌다.

[Whitworth]

● 말은 인류가 사용한 가장 효력 있는 약이다. [Joseph R. Kipling]

● 말은 짧아야 좋고, 그중에서도 오래된 말이 짧을 때 가장 좋다.

- 말은 짧으면서도 의미심장하게 사용하도록 훈련시키려면, 침묵의 시간을 가진 후 요소를 찌르는 말을 해야 한다. [Plutarchos]
- 말은 행동의 거울이다. [Solon]
- 말은 화석이 된 시다. [Hugo]
- 말을 가려들을 줄 모르면, 사람을 가려볼 줄 모른다. [논어論語]
- 말을 고상하게 만드는 것은 사상이다. [Helen Keller]
- 말을 많이 한다는 것과 잘한다는 것은 별개의 문제이다. [Sophocles]
- 말을 부드럽게 하면 사람을 살리고, 악하게 하면 사람을 죽인다. [Talmud]
- 말을 착하고 부드럽게 하라. 악기를 치면 아름다운 소리가 나듯이, 그렇게 하면 몸에 시비가 붙지 않고 세상을 편안히 살다 가리라. [법구경法句經]
- 말을 하고도 실천이 없으면 말에 신용이 없다. [정관정요貞觀政要]
- 말을 하는 것은 혀가 아니고 두뇌의 운동이어야 한다. [존 아베브리]
- 말을 하듯 문장을 만들어야 한다. [Voltaire]
- 말을 할 때는 자신이 이미 알고 있는 것만 말하고 들을 때는 다른 사람이 알고 있는 것을 배우도록 한다.

[Louis Mann]

- 말을 해버리면 무거운 짐을 짊어졌던 가슴이 가벼워진다. [Schiller]
- 말의 새장 속에 갇히면 날갯짓을 하지만 날 수는 없다. [Kahlil Gibran]
- 말의 진정한 사용은, 우리의 욕망을 표현하기보다는 숨기는 것이다.

[Oliver Goldsmith]

- 말이 나오지 않는 고뇌가 가장 애통하다. [Jean-Baptiste Racine]
- 말이 느려도 결백한 사람에게는 웅변의 길이 트인다. [Euripides]
- 말이란 것이 감정을 배제하면, 그것은 무의미한 소리에 지나지 않는다.

[John E. Steinbeck]

- 말이 많은 것이 재기才氣의 지표는 아니다. [Thales of Miletus]
- 말이 쉬운 것은, 결국은 그 말에 대한 책임을 생각하지 않기 때문이다.

[맹자孟子]

- 말 잘했다는 것보다는 일 잘했다는 것이 낫다. [Benjamin Franklin]
- 말하는 자가 씨를 뿌리면, 침묵을 지키는 사람이 거둬들인다. [J. Ray]
- 말 한마디로 나라를 부흥시킨다.

[논어論語]

- 말 한마디로 재산을 쌓을 수도 있고, 재산을 잃을 수도 있다.

[Sophocles]

- 말해야 알 때를 아는 사람은 침묵해

야 할 때를 안다.　　　　[Archimedes]

● 맹세는 말에 불과하고, 말은 단지 바람일 뿐이다.　　　　[Samuel Butler]

● 명분이 바르지 않으면 말이 안 선다.
　　　　[논어論語]

● 모든 말소리는 침묵 속에 사라지지만, 침묵은 결코 사라지지 않는다.
　　　　[S. M. Hasmon]

● 무릇 눈으로 마구 보면 눈이 흐려지고, 귀로 마구 들으면 귀가 어지러워지며, 입으로 마구 말하면 입이 난잡해진다. 이들을 잘 꾸미고자 애를 쓰면 도리어 망치고 말 것임으로, 이들을 잘 간직하기 위해서는 이들을 멀리 떨어진 듯 쓰지 말아야 한다.　　　　[회남자淮南子]

● 물통의 물보다도 친절한 말을 하는 쪽이 불을 잘 끈다.　　　　[Cervantes]

● 미친 사람의 말도 성인은 가려서 듣는다.　　　　[사기史記]

● 믿음직한 말은 꾸밀 필요가 없고, 꾸민 말은 미덥지가 않다. [노자老子]

● 바른 말을 하면 벼슬을 잃는다.
　　　　[한유韓愈]

● 발 없는 말이 천 리 간다. [한국 격언]

● 법에 어긋나는 말은 뱉지를 말고, 도에 어긋나는 말은 먹지를 말라.
　　　　[양형楊炯]

● 비록 신통한 약이라도 병이 뜨거운 환자가 먹으면 죽고, 비록 지저분한 것이라도 병이 뜨거운 환자가 먹으면 살아나기도 한다. 언어言語를 사용하는 것도 꼭 이 이치와 같다.
　　　　[이지함]

● 사람들에게 말하는 것이 적으면 적을수록 기쁨은 더 많아진다.
　　　　[Lev Tolstoy]

● 사람에게 좋은 말을 친절하게 한다는 것은 솜옷보다 따뜻하다.
　　　　[순자荀子]

● 사람은 남한테서 백만 마디 말을 들어가며 중상 당하는 것보다, 친구한테서 들은 무심한 한마디 말에 더 크게 마음을 상한다.　　　　[유대 격언]

● 사람은 누구나 그가 하는 말을 가지고 그 자신을 비판한다. 원하든, 원치 아니하든 간에 말 한마디는 타인 앞에 자기의 초상을 그려놓는 것이다.
　　　　[Ralph Waldo Emerson]

● 사람은 비수를 손에 들지 않고도 가시 돋친 말속에 그것을 숨겨둘 수 있다.　　　　[Shakespeare]

● 사람의 마음에 움직임은 말로 인하여 베풀어지나니, 길흉吉凶과 영욕榮辱은 다 말이 불러들이는 것이다.
　　　　[소학小學]

● 사람의 말씨는 그 사람의 마음이 반영된 소리이다. [Ralph W. Emerson]

● 사랑을 빨리 성취하려면 붓을 드는 것보다 입으로 말하라.　　　　[Lageulo]

- 사자死者는 말이 없다.

  [John Dryden]
- 살아 있는 유일한 언어는, 그 속에서 우리가 생각하고, 그 속에서 우리의 생존을 지키는 그런 언어이다.

  [A. Machado]
- 새는 조롱에서 날려 보내도 또다시 잡을 수가 있지만, 말은 잡을 수가 없다.

  [Talmud]
- 생각은 정직한 아들과 나누고, 말은 저속한 아들과 나누어야 한다.

  [Balthasar Grasian]
- 서로 뜻이 잘 맞으면 말을 늘 잘하게 된다.

  [Moliere]
- 선비들의 말은 텅 빈말이 많고, 실용 가치가 적은 것이 흠이다. [소식蘇軾]
- 세 사람이 말하면, 현실에 있지도 않은 호랑이도 있는 것이 된다.

  [한비자韓非子]
- 신용이 없는 말도 말이라고 할까?

  [춘추곡량전春秋穀梁傳]
- 신의信義 있는 말은 아름답지 않고, 아름다운 말엔 신의가 없다. 착한 사람은 말에 능하지 않고, 말에 능한 사람은 착하지 않다. [노자老子]
- 아는 것을 안다고 하고 모르는 것을 모른다고 하는 것 이것이 말의 근본이다.

  [순자荀子]
- 아름다운 말씨는 혀를 할퀴지 않는다.

  [Jean le Bon II]
- 아름다운 말(言)이 굶주린 배를 위로한 예는 없다. [Stefan Zweig]
- 아무리 좋아하는 남자라도 그 말이 멋대로 하는 것이라면, 싫어하는 남자가 던지는 분명한 사랑의 말보다 더 마음을 어지럽힌다.

  [Raphael 부인]
- 아첨하는 말은 고양이와 같이 남을 핥는다. 그러나 언젠가 할퀴게 마련이다.

  [유대 격언]
- 악의를 가지고 슬쩍 말 한마디 한 것이 10년 공덕을 허사로 만든다.

  [H. Montaigne]
- 아는 거을 안다고 하고 모르는 것으루모른다고 하는 것 이것이 말의 근본이다.

  [순자荀子]
- 어른과 더불어 말할 때엔 처음에는 그 낯빛을 살피고, 다음에는 그 가슴을 살피며, 나중에는 다시 낯빛을 살피되, 공경하는 마음을 고치지 말아야 한다. [사상견례士相見禮]
- 어진 사람은 그 말이 어눌하다.

  [공자孔子]
- 언사가 격하지 않으면 듣는 사람의 마음을 움직이지 못한다.

  [구양수歐陽脩]
- 언어는 사람과 동시에 태어나며, 우리가 사회에서 사람의 힘을 느끼게 되는 것도 언어를 통해서이다.

  [Alain]

- 언어는 사상의 의상이다.
  [Samuel Johnson]
- 언어는 인류의 기억이다. 언어는 모든 시대를 관통하여 각 시대를 하나의 공동 선상에 묶어준다. 또한 전진하는 존재로 연결하는 생명의 실오라기나 신경과도 같다.　[W. Smith]
- 언어는 정신의 호흡이다.
  [Pythagoras]
- 언어는 존재의 집이다. [Heidegger]
- 언어에 있어서의 모든 중대한 발전은 훌륭한 감정의 발달을 아울러 가져온다.　[T. S. Eliot]
- 여성은 말을 발견하고, 남성은 문법을 발견한다.　[Gilbert Stuart]
- 여자가 남자에게 마음에도 없는 말을 하는 것은 별로 힘든 일이 아니다. 남자가 여자에 대해 생각하고 있는 것을 말하는 것은 전혀 힘들지 않은 것이다.　[La Bruyere]
- 연단에서 하는 말은 사상을 변형시킨다.　[Romain Rolland]
- 옷감은 염색으로 판단하고, 잔치는 포도주로, 꽃은 향기로, 사람은 말로 판단한다.　[Ch. Callier]
- 우리가 말한 것보다 갑절로 남의 말을 들으라고, 자연은 우리에게 혀는 하나지만 귀는 둘을 주었다.
  [Epictetus]
- 인간은 눈을 두 개 갖고 있지만 혀는 하나다. 그것은 말하는 것보다 두 배나 관찰하기 위해서다.
  [C. C. Colton]
- 인간이란 생각하는 것이 적으면 적을수록 말을 많이 지껄인다.
  [Montesquieu]
- 인仁을 갖춘 사람은 말이 거침없이 나오지 않는다. 인을 실천하기 어려우니, 어찌 말이 거침없이 나올 수 있으랴.　[공자孔子]
- 입은 화를 불러오는 문이요, 혀는 목을 베는 칼이다. 입을 닫고 혀를 깊이 감추면, 몸이 어느 곳에서나 편안하리라.　[연산군]
- 입이 차갑고 말이 따뜻한 자는 오래 산다.　[George Herbert]
- 재산을 모으거나 잃는 것은 한마디 말로 충분하다.　[Sophocles]
- 정말 말처럼 무서운 무기는 없다.
  [이병도]
- 좋은 말은 방패이다.　[Jean Paul]
- 좋은 말은 선행의 일종이지만, 그러나 말은 결코 행위가 아니다.
  [Shakespeare]
- 좋은 말 한마디는 악서 한 권보다 낫다.　[Jules Renard]
- 진절머리 나는 사람이 되는 비결은 말하고 싶은 모든 것을 말하는 것이다.　[F-M. A. Voltaire]
- 질문에 용감해라! 즉 자기의 무식을

폭로하는데 용감해지라는 말이다.
[Ralph Waldo Emerson]

● 짧은 말속에 오히려 많은 지혜가 담겨 있다. [Sophocles]

● 착실한 한마디는 웅변과 같은 가치가 있다. [Charls Dickins]

● 처세를 잘하려면 말을 삼가라. 말을 많이 하다 보면 실수를 하게 된다.
[주백려朱柏廬]

● 처음에 말로 양보하면, 그다음에는 점차 사실에 대해서도 양보하고 만다. [Sigmund Freud]

● 충언은 귀에 거슬리고, 달콤한 말은 쉽게 귀에 들어온다. [장구령張九齡]

● 편파적인 말에서는 마음을 가리고 있음을 알 수 있고, 늘어놓는 말에서는 함정이 있음을 알 수 있으며, 간사한 말에서는 이간시키려 함을 알 수 있고, 변명하는 말에서는 궁지에 몰려있음을 알 수 있느니라.
[맹자孟子]

● 한 발을 헛디디면 금방 일어설 수 있지만, 한 번 헛나온 말은, 결코 되찾을 수 없다. [Thomas Fuller]

● 한 입에서 나오는 것이 백인의 귀로 들어간다. [E. Bramer]

● 한마디 말로 입히는 상처가 칼로 한 번 휘두르는 상처보다 더 깊다.
[Robert Burton]

● 한번 내뱉은 말은 쏴버린 화살과 같

다. [Thomas Fuller]

● 행동하기 전에 잘 생각하고, 입을 열기 전에 말을 잘 가려야 한다.
[왕안석王安石]

● 혀는 인간이라는 배의 키잡이다.
[Amenemhat I]

● 혀는 한 번 놀리면 네 마리 말이 끄는 수레도 따라가지 못한다. [논어論語]

● 혀를 지닌 자는 로마로 간다.
[프랑스 격언]

● 혀에는 인간이 갖고 있는 최선의 것인 동시에 최악의 것이다. [Aesop]

● 현자의 입은 마음속에 있고, 어리석은 자의 마음은 입안에 있다.
[Widebill]

| 말과 행동行動 |

● 군자는 말함이 행함보다 지나침을 부끄러워한다. [논어論語]

● 말과 행동 사이에는 엄청난 거리가 있다. [Cervantes]

● 말과 행동은 서로 다투어서 헤어졌다. [Benjamin Franklin]

● 말과 행동이 함께할 때 아름다운 조화를 이룬다. [Montaigne]

● 말 그것은 사자死者를 무덤에서 끌어내고 생자生者를 묻을 수도 있다.
[Heinrich Heine]

● 말은 어눌하되 행동은 민첩하고자

한다. [논어論語]

● 말은 여성형이고 행동은 남성형이다.
[Gabriel Morier]

● 말은 자유, 행위는 침묵, 순종은 맹목이다. [Friedrich Schiller]

● 말은 항상 행동보다 과감하다.
[Friedrich Shiller]

● 말은 행동의 그림자이다. [Democritos]

● 말의 악행을 버리고 선행을 거두어라. [법구경法句經]

● 말이 번드르르 한 사람치고 일 제대로 하는 사람 별로 없다. [L. Mattel]

● 물고기는 언제고 입에 낚시가 걸린다. 사람도 역시 입으로 걸리게 된다.
[유대 격언]

● 사람은 언제나 행동할 때보다는 입으로 말할 때 더 대담해진다.
[Friedrich Schiller]

● 유익한 말은 꾸밈이 없는 입에서 나올 때가 많다. [Schiller]

● 좋은 말은 웃게 만들고, 좋은 행동은 침묵하게 만든다. [E. 다시에]

● 함부로 뱉은 말은 비수가 되지만, 슬기로운 사람의 혀는 남의 아픔을 낫게 한다. [서양 격언]

● 행동을 말로 옮기는 것보다도 말을 행동으로 옮기는 편이 훨씬 어렵다.
[Maxim Gorky]

● 행동이 말을 믿게 한다.
[Terentius Afer]

| **말하다** |

● 군자는 행동으로 말하고, 소인은 혀로 말한다. [공자가어孔子家語]

● 길에서 듣고, 길에서 말하는 것은, 덕 있는 사람이 취할 바가 아니다.
[논어論語]

● 내가 당신이 어떤 사람인지 알 수 있도록 한번 말을 해보시오.
[G. C. Lichtenberg]

● 내가 어떤 사람과 말할 때는 그의 눈을 보고, 그가 너에게 말을 할 때는 그의 입을 보라. [B. Franklin]

● 되는 대로 말하는 자보다 고삐 없는 말(馬)을 신뢰하는 것이 낫다.
[Theophrastos]

● 마음이 불타면 입에서 불꽃이 터져 나온다. [John Ray]

● 많이 말하는 것과 적절하게 말하는 것은 엄연히 다르다. [Sophocles]

● 말을 많이 하는 자는 종종 침묵에 복종하게 된다. [노자老子]

● 말하는 것은 지식의 영역이고, 듣는 것은 지혜의 특권이다.
[O. W. Holmes]

● 말하는 것을 들으면 그 사람됨을 알 수 있다. [P. A. 만졸리]

● 말할 줄 아는 자는 해야 할 말도 알고 있다. [Archimedes]

● 말해야 할 때에 가만있고, 가만있어야 할 때에 말하지 말라. [M. Sadi]

- 무엇이든 말할 수 있는 사람은 무엇이든 할 수 있는 사람이다.

  [Napoleon I]
- 생각보다 한발 앞서 말하는 자들이 있다. [La Bruyere]
- 생각 없이 말하는 것은 과녁 없이 총을 쏘는 것과 같다. [Cervantes]
- 알면 다 말해야 하고, 말을 시작했으면 끝까지 해야 한다. [소식蘇軾]
- 알면서도 말하지 않음은 무위無爲의 경지에 들어가는 길이다. [장자莊子]
- 음침하고 말 없는 선비를 만나면, 마음속을 털어놓고 말하지 마라. 발끈하여 성 잘 내는 사람이 스스로 좋아함을 보이거든, 모름지기 입을 막으라. [홍자성洪自誠]
- 자신이 있는 것을 말하는 자는, 자신이 모르는 것도 말한다.

  [Francis Bacon]
- 자신이 좋아하는 말만 하는 자는, 자신이 맘에 들지 않는 말만 듣게 된다.

  [Alkaeos]
- 저속한 자들은 생각을 표현하기 위해 말하고, 현자들은 생각을 감추기 위해 말한다. [Robert South]
- 적절한 어조는 연설과 대화에서 드러나는 센스이다. [Sangfor]
- 지나치게 말을 많이 하는 것은 지성을 드러내는 것이 아니다. [Thales]
- 할 말이 없을 때에는 말하지 말아야 한다. [Voltaire]
- 현자는 듣고, 우자는 말한다.

  [Solomon]
- 현자는 심장에 입이 있고, 어리석은 자는 입에 심장이 있다.

  [A. Woodville]

| 망각忘却 |

- 가끔은 우리가 알고 있는 것을 잊어버리는 것이 필요할 때도 있다.

  [Publius Syrus]
- 고기를 잡고 나면, 고기를 잡던 통발은 잊는다. [장자莊子]
- 기억해 내는 힘이 아닌 잊는 힘이야말로 우리들이 살아가는데 더 필요한 것이다. [쇼렘아쉬]
- 나랏일에 가정을 잊고 공적인 일에 사적인 일을 잊어야 한다. [한서漢書]
- 남이 나에게 덕을 베푼 것은 잊을 수 없으며, 내가 남에게 베푼 것은 잊어야 한다. [전국책戰國策]
- 노년은 소음을 피한다. 그리고 침묵과 망각에 봉사한다.

  [Auguste Rodin]
- 당장 잊고 싶다면, 기억할 수 있게 적어 두어라. [Edgar Allan Poe]
- 도를 지키며 군세를 잊고, 의를 행하며 사리를 잊고, 덕을 닦으며 명성을 잊는다. [소식蘇軾]

- 때로는 아는 일도 잊어버리는 게 좋다. [Publius Syrus]
- 많은 망각 없이는 인생은 살아갈 수 없다. [Balzac]
- 망각 없이 행복은 있을 수 없다. [Andre Malraux]
- 망각은 고상한 것이다. 상처를 기억하지 않는 것 말이다. [Charles James Simmons]
- 망각은 만사를 고쳐주고, 그리고 노래는 망각을 위한 가장 아름다운 방법이다. [Ivo Andric]
- 망각은 미덕일 수도 있고 악덕일 수도 있다. [이건호]
- 망각의 방법을 알고 있다면 차라리 행복하다 할 것이다. [Gracian y Morales]
- 망각이야말로 삶 속의 죽음이며 생명의 배덕背德(도덕에 어그러짐)일 것이리라. [김남조]
- 망각하는 자는 복이 있나니, 자신의 실수조차 잊기 때문이다. [Friedrich Wilhelm Nietzsche]
- 망각할 줄 아는 것은 기술이기보다는 행복이다. [Balthasar Grasian]
- 명성의 뒤에는 망각이 있을 뿐이다. [Marcus Aurelius]
- 물고기는 서로 강과 호수에 물이 있다는 것을 잊고 산다. [장자莊子]
- 받은 것을 잊어라. 그러나 결코 받은 친절은 잊지 말라. [Abry]
- 바쁘면 슬픔이 잊힌다. [George Gordon Byron]
- 부모를 잊기는 쉽지만, 부모로 하여금 나를 잊게 하기는 어렵다. [장자莊子]
- 사람은 무엇이나 다 잊을 수가 있으나, 자기 자신만은, 자기의 본질만은 결코 잊을 수가 없다. [Schopenhauer]
- 사람은 불쾌한 기억을 잊음으로써 방위한다. [Sigmund Freud]
- 아름다운 추억은 바람직한 것이다. 그러나 잊을 수 있는 능력은 위대성의 진짜 상징이다. [Albert Heuberd]
- 아무것도 배우지 않은 사람들에게는 잊어야 할 것은 아무것도 없다. [Andre Malraux]
- 아쉬움이 남지 않는 것은 잊힌다. [J. Heywood]
- 어제는 어제 밤에 끝났다. 오늘은 새로운 시작이다. 잊는 기술을 배워라. 그리고 앞으로 나아가라. [Norman Vincent Peale]
- 우리가 생생하게 기억하고 있는 나쁜 추억은 빨리 잊어버리는 것이 상책이다. [Baltasar Gracian]
- 우리들이 가장 잘 기억하고 있는 것들은 어쩌면 차라리 잊어버리는 편이 나을 수 있는 것들이다. [Gracian]

- 인간은 망각하는 동물이다.

  [Friedrich Nietzsche]
- 잊으려고 원하는 것만큼 기억에 강하게 남는 것은 없다.　[Montaigne]
- 잊으려고 하는 것은 결국 다시 생각난다.　[Montaigne]
- 자기만 알고 있는 죄는 쉽게 잊어버린다.　[La Rochefoucauld]
- 좋은 기억력은 놀랍지만, 망각하는 능력은 더욱 위대하다.

  [Elbert Hubbard]
- 지난 일을 잊지 않으면 뒷일의 거울이 된다.　[전국책戰國策]
- 추억은 기억으로부터 망각으로 옮기는 도중에 잔존한 것이다.

  [Henry Regnier]

| 매력魅力 |

- 가장 자극적인 매력은 결코 만나지 않는 양극 간에 존재한다.

  [Andy Warhole]
- 과거라는 매력은 그것이 과거라는 점이다.　[Oscar Wilde]
- 꽃의 매력 가운데 하나는 그에게 있는 아름다운 침묵이다.

  [Henry David Thoreau]
- 남자를 매혹시키는 것은 미모가 아니라 기품이다.　[Eurupides]
- 매력과 유혹은 다르다. 어떤 일을 결정할 때, 둘 중의 무엇 때문에 마음이 움직였느냐에 따라 결과는 전혀 달라진다. 매력에 이끌려 선택했다면 성취감과 일체감을 얻을 수 있지만, 유혹에 이끌려 일을 결정했다면, 결국 후회와 뒤죽박죽이 된 현실에 부딪히게 된다. [Thomas Leona]
- 매력은 사람의 눈을 놀라게 하지만, 재능은 사람의 마음을 사로잡는다.

  [Alexander Pope]
- 매력은 시선을 끌어당기고, 장점은 영혼을 휘어잡는다.　[A. Pope]
- 매력은 여인에게 있어서 불가결한 것이다. 매력이란 것은, 힘이 남자의 매력인 것처럼 여자의 힘이다.

  [Harlan J. Ellison]
- 매력이란, 미묘한 센스 있는 남자라면 누구나 빠지고 싶은 함정이다.

  [Oscar Wilde]
- 매력이란, 오랑캐꽃은 가지고 있고 동백꽃은 가지고 있지 않는 것이다.

  [M. Crawford]
- 안타까운 것은, 매력은 천재의 체질과 같아서 단명한다.　[이동주]
- 어차피 여자의 매력은 절반이 속임수다.　[William Carlos Williams]
- 여성의 매력을 위협하는 것은 미美의 큰 파괴자인 연령이다.

  [Immanuel Kant]
- 여자를 아름답게 만드는 것은 신이

요, 여자를 매혹적으로 만드는 것은
악마다. [Victor Hugo]

- 우아는 미모와 달리 무지러질 수 없
다. [Jean-Jaques Rousseau]
- 인생에는 참된 매력이라고는 하나
밖에 없다. 그것은 도박의 매력이
다. 그러나 만일 우리가 지든 이기
든 태연하다면 어떨까. [Voltaire]
- 정말 매력 있는 인간은, 무엇이든지
아는 인간과 아무것도 모르는 인간
이다. [Oscar Wilde]
- 지성인이 매력을 유지하는 길은, 정
서를 퇴색시키지 않고 늘 새로운 지
식을 탐구하며 인격의 도야를 늦추
지 않는 데 있다고 생각한다. [피천득]

| 매매賣買 |

- 궁핍해서 또는 불운으로 팔 수밖에
없는 사람은 가장 값진 것을 준 셈
이다. [프랑스 속담]
- 악마를 사는 자는 악마를 팔아야 한
다. [프랑스 속담]
- 정신 나간 상인보다 정신 나간 구매
자가 더 많다. [Antoin Louiselle]

| 맹서盟誓 |

- 거짓말쟁이는 늘 맹세를 난발한다.
[Pierre Corneille]

- 나는 여인의 맹세는 물에 적어놓는
다. [Sophocles]
- 맹세는 무서운 것, 그것은 죄를 짓게
되는 함정이다. [Samuel Johnson]
- 맹세로 약속하지 말라. 진리로 약속
해서도 안 된다. [Menandros]
- 맹세하면서 자신도 의심하게 만든다.
[Marguerite de navarre]
- 사랑의 맹세는 당국의 인가가 필요
치 않다. [Publius Syrus]
- 아이들은 오슬로 놀이로 속이고, 성
인은 맹세로 속여야 한다. [Lasindros]
- 하지 않아도 되는 맹세는 지키지 않
아도 된다. [G. Herbert]
- 한갓 맹세보다는 고매한 인격을 믿
어라. [Solon]
- 혀는 맹세하지만, 마음은 맹세하지
않는다. [Euripides]

| 맹신盲信과 불신不信 |

- 믿는 것과 안 믿는 것, 둘 다 위험하
다. [G. J. Phaedrus]
- 보이는 것을 모두 믿어서는 안 된다.
[Cicero]
- 불신은 때로 바보의 악덕이고, 맹신
은 재치 있는 사람의 단점이다.
[Denis Diderot]

| 먹고 마시는 것 |

- 당신이 먹는 것을 말해주시오. 그러면 당신이 어떠한 사람인지 말해주겠소. [Brillat Savarin]
- 마음껏 먹고 절제하여 마실 것. [Randle Cotgrave]
- 먹는 것을 수치스러워하는 자는 사는 것이 수치스럽다. [프랑스 속담]
- 먹는 데에 오래 걸리면, 다른 일을 하는 것도 오래 걸린다. [J. Kelly]
- 먹을 때에는 어느 누구에게도 수치심을 주어서는 안 된다. [Plautus]
- 사람이 먹는 것이, 바로 그 사람이다. [Ludwig A. Feuerbach]
- 살기 위해 먹어야지, 먹기 위해 살아서는 안 된다. [Socrates]
- 시계는 식사 시간을 알려주는 훌륭한 발명품이다. [Diogenes of Sinope]
- 음식은 많이, 유언은 짧게. [Miguel de Cervantes]
- 음식을 먹는 자는 그릇을 다치지 말고, 열매를 먹는 자는 나뭇가지를 꺾지 말아야 한다. [회남자淮南子]
- 적게 먹는 자가 많이 마시는 법이다. [Rabelais Francois]
- 진수성찬이란, 비싸기만 하고 기억에는 별로 남지 않는다. [프랑스 속담]

| 멸시蔑視 |

- 나귀가 발길질을 하거든, 앙갚음을 하지 말라. [Socrates]

| 명령命令과 복종服從 |

- 강력한 설득은 듣기 좋은 친절한 명령 뒤에 숨어 있다. [G. Herbert]
- 명령보다는 부탁에 복종하라. [Publiua Syrus]
- 명령을 배우기 위해서는 복종을 배워야 한다. [Diogenes Laertios]
- 냉정함은 명령하는 운명을 타고난 사람의 가장 큰 자질이다. [Napoleon I]
- 명령은 사람을 드러낸다. [Aristoteles]
- 명령하는 법을 배운 자만이 복종할 줄 안다. [Girardin 부인]
- 명령하는 사람의 처지는 천상 존재들의 처지와 같다. 곧 많은 존경을 받지만 휴식은 거의 없다. [F. Bacon]
- 복종시키기만 하는 자는 명령할 줄 모른다. [Corneille, Pierre]
- 복종하는 자가 결국 복종하게 만든다. [Kagemni]
- 사람들을 탁월하게 부리는 자는, 자신을 그들 밑에 둔다. [노자老子]
- 수도승을 지낸 수도원장이 가장 지혜롭다. [Jean Antonic de Baif]

- 주인이 되려면 종으로 행동해야 한다. [Tacitus]
- 현자에게 복종하는 자가 가장 잘 명령하게 된다. [George Herbert]

| 명명命名하다 |

- 반죽 통은 반죽 통이라 불려야 한다. [Aristoteles]
- 여러 종류의 풀이 있어도 모든 풀이 샐러드라는 이름으로 한데 섞여버린다. [Montaigne]

| 명분名分 / 분수分手 |

- 대장부는 선善을 분명하게 알기 때문에 명분과 절의節義를 태산보다 무겁게 여기고, 마음 씀이 엄밀하기 때문에 생사生死를 홍모鴻毛(매우 가벼운 사물)보다 가볍게 여긴다. [명심보감明心寶鑑]
- 만물은 기氣가 있으면 살고, 기가 없으면 죽는다. 그러므로 살았다고 하는 것은 바로 기가 있다는 것이다. 정치에 있어서도 명분이 있으면 잘 다스려지고, 명분을 잃으면 흐트러진다. 그러므로 잘 다스려진다는 것은 명분이 있음을 말하는 것이다. [관자管子]
- 명분이 바로 서지 않으면 명령이 이치에 맞지 않고, 명령이 이치에 맞지 않으면 일이 이루어지지 않으며, 일이 이루어지지 않으면 형벌이 공정치 못하고, 형벌이 공정치 못하면 백성들이 손발 둘 곳이 없다. [논어論語]
- 명분이 정당하면, 약자가 강자를 제압한다. [Sophocles]
- 분수 안에서 사는 자는 도道를 행하고, 분수 밖의 것을 탐내는 자는 재물을 모으려 한다. 도를 행하는 자에게는 광명光明이 따르지만, 재물을 모으려고 애쓰는 자는 남의 물건을 빌려 파는 장사꾼과 다름없다. [장자莊子]
- 올바른 명분을 가지고 목적에 집착하는 사람의 결심은 잘못되었다고 아우성치는 동료 시민들의 광기에도, 혹은 독재자의 위협적인 표정에도 결단코 흔들리지 않는다. [Horatius]
- 정치에 있어서도 명분이 있으면 잘 다스려지고, 명분을 잃으면 흐트러진다. 그러므로 잘 다스려진다는 뜻은 명분이 있음을 말하는 것이다. [관자管子]

| 명성名聲 / 명망名望 |

- 가장 어려운 일은 명성을 획득하는

279

것이고, 다음으로 어려운 것은 명성을 생존 중에 유지하는 것이고, 또 그다음으로 어려운 일은 명성을 사후에도 유지하는 것이다.　[Haydn]

● 거기엔 숱한 명성이 따랐지만 돈은 없었다.　[Mark Twain]

● 금金과 옥玉은 숭상할수록 도둑들이 많이 모이고, 명성과 지위가 높아질수록 걱정과 책임이 많이 모인다.
　[포박자抱朴子]

● 나는 화려한 칭호를 사랑하는 사람이 아니다. 다만 나의 이름이 한 줄 혹은 두 줄로 기록되어서, 그것이 나의 이름과, 나의 처녀성과, 나의 통치 기간과, 그 기간에서의 종교 개혁과, 그리고 내가 평화를 보존했던 사실을 짤막하게 설명해 주기를 바란다.　[Elizabeth I]

● 내가 죽은 후 공명만 남을 바에야 차라리 지금 한 잔의 술을 마시고 싶다.　[세설신어世說新語]

● 만일 네가 알려고 하지 않으면서 알려지려 한다면, 시골에서 초목처럼 생활하라. 만일 알려고 하면서 알려지지 않으려면, 도시에서 생활하라.
　[C. C. Colton]

● 명문이나 명성은 악을 나타내는 거룩한 장식이다.　[Diogenes]

● 명성과 영광에는 차이점이 있다. 후자는 많은 사람들의 판단에 달리겠지만, 전자는 좋은 사람들의 판단에 달린 것이다.　[L. A. Seneca]

● 명성 높은 자의 거만함이 그의 명성을 더욱 높인다.　[P. C. Tacitus]

● 명성에 대한 모든 상처는 본인이 입힌 것이다.　[Andrew Carnegie]

● 명성에의 야망은, 현명한 사람에게 있어서도 단념하는 것이 최선의 길이다.　[Tacitus]

● 명성은 가치의 분명한 증거는 아니고, 그 가능성에 지나지 않는다. 명성은 인간의 우발적인 성사로서, 재산은 아니다.　[Thomas Carlyle]

● 명성은 강물과 같다. 가볍고 속이 빈 것은 뜨게 하고, 무겁고 실한 것은 가라앉힌다.　[Francis Bacon]

● 명성은 공허한 산울림에 지나지 않는다.　[Walter Raleigh]

● 명성은 그가 어떤 인물인가를 보여주는 등불에 불과하고, 결코 그를 보다 더 훌륭한 인물이나, 특별한 인물이 되게 하는 것은 아니다.
　[Thomas Carlyle]

● 명성은 그것을 구하는 자로부터 도망가고, 그것을 무시하는 자를 쫓는다. 왜냐하면 전자는 그 동시대의 취미에 안주하고, 후자는 그것에 반항하기 때문이다.　[Orosius]

● 명성은 널리 퍼짐에 따라서 흔들리지 않는다.　[Vergilius]

- 명성은 달리면서 더욱 강해진다.
  [Vergilius]
- 명성은 당신을 알지 못하는 사람들에게 인정을 받았다는 기쁨이다.
  [Nichora Sangfor]
- 명성은 덕을 알리는 데보다는 재산을 버리는 데에 더 자주 쓰인다.
  [Oxenstjerna]
- 명성은 또 다른 재산이다.
  [Publius Syrus]
- 명성은 모두 위험하다. 좋은 명성은 시샘을 가져오고, 나쁜 명성은 치욕을 가져온다. [Thomas Fuller]
- 명성은 사람들의 밀어에 불과하지만, 그것은 때로 썩어빠진 숨결이다.
  [Jean-Jacques Rousseau]
- 명성은 실속 없는 이름일 뿐 아무것도 아니다. [Winston Churchill]
- 명성은 얻는 것이오, 인격은 주는 것이다. [Bayard Taylor]
- 명성은 영웅적 행동의 향기다.
  [Socrates]
- 명성은 좋은 사람들이, 좋은 사람에게 베푸는 칭찬이다. [L. A. Seneca]
- 명성은 죽은 사람이 먹는 음식이다. 나는 이런 맛있는 음식을 넣어 둘 위를 갖고 있지 않다.
  [Henry Austin Dobson]
- 명성은 청춘의 갈증이다.
  [Goerge Gordon Byron]

- 명성은 행동의 결과이다.
  [Aristoteles]
- 명성은 화려한 금관을 쓰고 있지만 향기 없는 해바라기다. 그러나 우정은 꽃잎 하나하나마다 향기를 풍기고 있는 장미꽃이다.
  [Oliver Wendell Holmes]
- 명성은 획득되어지는 것이며, 명예는 잃어서는 안 되는 유일한 것이다.
  [Shopenhauer]
- 명성을 낮춰보는 사람은 미덕을 낮춰보는 것이다. [P. C. Tacitus]
- 명성을 대수롭지 않게 취급하면 평판이 올라간다. [Tacitus]
- 명성을 무시하는 것은 덕을 무시하는 것이다. [Tacitus]
- 명성을 얻은 예술가들은 그 때문에 괴로워한다. 따라서 그들의 처녀작이 때로는 최고다. [Beethoven]
- 명성의 맛이 어떤지 결코 모르는 자가 행복하다. 명성을 얻는 것은 연옥이요, 명성을 원하는 것은 지옥이다.
  [E. Bulwer Lytton]
- 명성이란, 생존한 사람에게는 거의 관심을 돌리지 않는다. 하지만 죽은 사람은 화려하게 장식해 주고, 그의 장례식을 준비해 주며, 마침내 무덤까지 따라가 주는 장의사이다.
  [Charles C. Colton]
- 명성이란 차라리 한 사람의 성장하

는 인간을 세상 사람들이 모여서 두들겨 부수는 것이요, 유상무상의 화살이 그 파괴 뒤에 운집하여 모처럼 쌓아 올린 공사를 짓밟는 것이다.

[Rainer Maria Rilke]

- 명성이란 청춘의 갈망이다.

[George Gardon Byron]

- 명성이 사후에 찾아오는 것이라면, 나는 그것을 얻기 위해 서두를 필요가 없다. [Marcus Martialis]

- 명성 중에서, 아직 큰 성공을 바라지도 않고, 질투당하지도 않고, 고립하지도 않은 명성이 가장 감미한 것이다. [Hermann Hesse]

- 범은 죽어 가죽을 남기고, 사람은 죽어 이름을 남긴다. [구양수]

- 부富나 미美가 주는 명성은 덧없고 부서지기 쉽다. 그러나 정신적인 우수성은 찬란하게 빛나는 영원한 재산이다. [G. Sallustius]

- 불멸의 명성을 구하는 젊은이에게 보내는 나의 충고는 인기 없는 대의大義를 택하여 인생을 거기에 바치라는 것이다. [G. W. Curtis]

- 비록 인명人命은 짧다 하더라도 좋은 평판은 그 인간을 오래오래 살게 한다. [R. Wittkins]

- 사람들이 당신 등 뒤에서 하는 말이 그 사회에서의 당신의 명망이다.

[Edgar W. Howe]

- 사람의 명성이란, 그 사람을 따라다니는 그림자와 같은 것이다. 명성이 그 사람보다 선행하면 커지는 것이고, 수행하면 작아지는 것이다.

[Francis Bacon]

- 사후의 명성에 대해서 강한 집착을 갖는 사람은, 곧 죽게 된다는 것을 생각하지 못하는 사람이다.

[Aurelius]

- 생애는 짧아도 명성은 불멸하다.

[Homeros]

- 선한 자나 악한 자나 한결같이 명성을 좋아한다. [Alexander Pope]

- 세월이 흐르면 모든 것이 과장된다. 땅에 묻힌 후, 그 사람의 명성이 입에서 입으로 전해지는 동안 더욱 커진다. [Propertius]

- 아무런 이득도 가져다주지 못하는 명성은 작은 동전 하나의 가치도 없다.

[Cervantes]

- 얼마나 많은 사람들이, 그들이 만든 명성을 위한 명성으로 살고 있는가.

[Oliver Wendell Holmes]

- 유리와 도자기와 명성은 쉽게 깨진다. 그리고 다시 고치지도 못한다.

[Benjamin Franklin]

- 유명한 사람들뿐 아니라 명성도 모두 하루살이 목숨이다.

[Marcus Aurelius]

- 유명한 사람의 그림자는 오래 남는

다. [M. A. Lucanus]

- 이익을 수반하지 않는 명성은 한 푼의 가치도 없다. [Cervantes]
- 일단 명성을 얻은 사람은 더 이상 자유롭지 못하다. 그러나 명성은 존중해야 한다. [Ralph Waldo Emerson]
- 자기의 명성이 자기의 진실보다 더 빛나지 않는 자는 복이 있다.
  [R. Tagore]
- 재산을 잃는 것은 조금 잃는 것이고, 건강을 잃는 것은 많이 잃는 것이며, 명성을 잃는 것은 모든 것을 잃는 것이다.
  [독일 어느 학교에 걸려있는 표어]
- 정복자의 명성, 그것은 인류의 멸망에서 생기는 잔인한 명성이다.
  [Philip Chesterfield]
- 죽음만이 인간의 명성에 종말을 고해 주며, 그 명성이 훌륭한지 아닌지를 결정해 준다. [Joseph Addison]
- 지나치게 유명해진 이름은 무거운 짐일 뿐이다. [Voltaire]
- 참되고 영원한 명성은 인류의 행복을 증진시키는 노력에서만 얻을 수 있다. [Charles Sumner]
- 포상은 자랑스럽다. 그러나 명성은 더욱 자랑스럽다. [Vergilius]
- 현자는 명성을 불명예만큼 두려워한다. [노자老子]
- 호흡이 육체의 생명이듯이, 명성은

정신의 생명이다.
  [Gracian y. Morales]
- 훌륭한 명성은 어둠 속에서도 빛을 발한다. [John Ray]
- 훌륭한 명성은 큰 재산보다 낫다.
  [Cervantes]

| 명예名譽와 불명예不名譽 |

- 가시적 명예는 교만과 광포의 자식이다. [Schopenhauer]
- 가장 훌륭한 사람은 모든 것을 버리고, 그중에서 다만 하나를 선택한다. 영원한 명예를 취하고 사멸해 버릴 것은 미리부터 버린다.
  [Herakleitos]
- 강물이 대양으로 흘러가는 동안, 그들이 산골짜기에서 움직이는 동안, 하늘이 별에게 먹이를 주는 동안, 너의 명예, 너의 이름, 너의 영광은 남을 것이다. [P. M. Vergilius]
- 견고한 탑은 무너지지만, 위대한 이름은 사라지지 않는다.
  [P. Benjamin]
- 고통 없는 영예 없고, 가시 없는 왕좌 없다. [W. Penn]
- 국가의 명예는 가장 숭고한 가치가 있는 국가의 재산이다.
  [James Monroe]
- 국가의 명예는 국가의 안녕보다도,

그리고 국민의 생활 그 자체보다도 중요하다. [Woodrow Wilson]

- 국가의 명예를 지키는 데 모든 것을 기꺼이 걸지 않는 나라는 존재 가치가 없다. [Schiller]
- 국왕의 명예와 안전은, 그 자신의 재보라기보다는 먼저 인민의 행복이다. [Thomas More]
- 군자는 명예를 바라지 않으므로 그에 의해 격려되지는 않는다. [근사록近思錄]
- 군자는 세상을 떠난 후에 이름이 남지 않을 것을 부끄러워한다. [논어論語]
- 군자는 인을 행하는 이외의 것으로 명성을 얻으려고 생각하지 않는다. [논어論語]
- 그대들은 명예가 뭔지 통 모르고 살아왔어. 그 이유는 그대들의 불명예가 뭔지 모르기 때문이다. [Heinrich Boll]
- 그녀가 아까운 건 아니다. 여자는 얼마든지 있다. 그러나 명예는 단 하나다. [Pierre Corneille]
- 나는 명예 따위는 바라지 않는다. 명예는 장례식의 상장에 지나지 않는다. [Shakespeare]
- 남몰래 노력할 뜻이 없으면 밝은 명예를 얻을 수 없고, 남몰래 업적을 쌓지 않으면 혁혁한 공을 쌓을 수

없다. [순자荀子]
- 너에게 명예가 찾아오면 기꺼이 받으라. 그러나 가까이 있기 전에는 붙잡으려고 손을 내밀지 말라. [J. B. O' Rilly]
- 먹고 입는 것이 풍족해야 명예도 부끄러움도 알게 된다. [사기史記]
- 명성은 변장한 사람이다. [Percy Sheley]
- 명성은 회복하기보다 유지하는 것이 훨씬 쉽다. [Thomas Paine]
- 명예가 값진 기름보다 좋고, 죽는 날이 태어난 날보다 좋다. [Plutarchos]
- 명예가 금지하는 것을 종종 법은 허용한다. [B. J. Saurin]
- 명예가 덕을 따름은 마치 그림자가 물체를 따름과 같다. [Cicero]
- 명예가 덕을 위한 박차가 되어야지, 오만을 위한 둥지가 되어서는 안 된다. [Ch. Cahier]
- 명예나 실리 앞에는 성인이라도 이기기 어려운 것이다. 이 명성 두 개는 인간이 바라는 자연적인 욕망이다. [장자莊子]
- 명예는 그 누구도 당신에게 줄 수 없고 빼앗을 수도 없는 것이다. [Rob-Roy Macgregor]
- 명예는 눈을 닮아서 아주 작은 불순물이 들어와도 상태가 나빠지기 전까지는 아픈 줄을 모른다.

- 명예는 단순히 군자의 도덕이다.

[Henry Louis Mencken]

- 명예는 덕이 손가락에 끼고 있는 다이아몬드다. [Volaire]

- 명예는 모래사장도 없는 울퉁불퉁한 섬과도 같다. 일단 그곳을 떠나면 결코 돌아갈 수 없다.

[Nicolas Boileau]

- 명예는 미덕의 보상이다. [Cicero]

- 명예는 법이 용인하는 행위들을 지킨다. [L. A. Seneca]

- 명예는 어떤 정당이나 사회 계층의 전유물이 아니다. 그것은 모든 개인의 것이다.

[Ronald Wilson Reagan]

- 명예는 의무가 지은 시이다.

[Alfred de Vigny]

- 명예는 자기 스스로가 얻을 수 있는 것이 아니라 남이 씌워주는 월계관인 것이다. [한흑구]

- 명예는 제2의 유산과도 같은 것이다.

[Publius Syrus]

- 명예는 조정에서 다투고, 이익은 시장에서 따진다. [전국책戰國策]

- 명예는 죽지 않는다. [Homeros]

- 명예는 해안이 없는 가파른 섬과 같다. 한번 발을 디딘 후에는 돌아갈 수 없다. [Andre Gide]

- 명예란 심히 나쁜 것이다. 조물造物이 다 해하려 한다. [이언적]

- 명예란 양심이며, 그중에서도 열렬한 양심이다. [A. V. Vinnie]

- 명예란 올바른 선택을 하는 것이 아니다. 그것은 결과에 대처하는 것이다. [고토 미도리五嶋綠]

- 명예란 허무한 군더더기예요. 공로가 없어도 때로는 수중에 들어오지만, 죄를 안 지어도 수중에서 없어질 때가 있거든요. 명예란 생각하기에 달린 거지, 그렇게 송두리째 없어지는 법은 없습니다. [Shakespeare]

- 명예로운 죽음은 불명예스러운 삶보다 낫다. [Tacitus]

- '명예를 가볍게 여겨라' 라고 책에 쓰는 사람도, 자기 이름을 그 책에 쓴다. [Marcus Tullius Cicero]

- 명예를 바라는 마음이 없으면 무엇 때문에 이욕의 향기로운 미끼를 근심할 것인가. [채근담菜根譚]

- 명예를 잃은 자는 더 이상 잃을 것이 없다. [Publius Syrus]

- 명예를 존중하는 사람에게만 모욕이 통한다. [William Cowper]

- 명예를 좋아하는 것은 이익을 좋아하는 것과 다를 바가 없으므로 바람직하지 못하다. [채근담菜根譚]

- 명예를 훼손하는 말은 들어서는 안되며, 시비는 끝끝내 스스로 분명해진다. [경세통언警世通言]

- 명예심이나 양심 따위는 권력이나 세력을 갖고 있는 사람들에게만 소용 있는 거야. [Maxim Gorky]
- 명예와 영화, 그리고 세인의 허영심을 소리 높여 비난하는 사람일수록 명예와 영광을 동경한다.
  [Spinoza Baruch]
- 명예와 이욕이 엿과 같이 달다 해도, 문득 죽음을 생각하면 그 맛은 납을 씹는 것과 같다. [채근담菜根譚]
- 명예욕보다 덜 이기적인 것은 없다. 그것을 얻는 유일한 방법은 남을 위해 땀 흘리는 것이기 때문이다.
  [W. S. Landor]
- 명예욕은 허영과 자만을 유발하기가 쉽다. [홍승면]
- 명예 있는 죽음은 불명예의 삶보다 낫다. [Socrates]
- 백성은 이득 있는 곳에 모이고, 선비는 명분 있는 곳에 죽는다.
  [한비자韓非子]
- 부귀와 명예가 도덕으로부터 온 것은 수풀 속의 꽃과 같으니 절로 잎이 피고 뿌리가 뻗을 것이요, 공업으로부터 온 것은 화단 속의 꽃과 같으니 이리저리 옮기면 흥폐가 있을 것이다. 만일 권력으로써 얻은 것이면 화병 속의 꽃과 같으니, 그 뿌리를 심지 않은지라 시듦을 가히 서서 기다릴 수 있으리라. [홍자성洪自誠]

- 부귀와 명예는 그것을 어떻게 얻었느냐가 문제다. 도덕에 근거를 두고 얻은 부귀와 명예라면 산골에 피는 꽃과 같다. 즉 충분한 햇빛과 바람을 받고 필 수 있다. 행복을 사치한 생활 속에서 구하는 것은 마치 태양을 그림에 그려 놓고 빛이 비추기를 기다리는 거나 다름없다.
  [Napoleon I]
- 부끄러운 마음으로 사는 것보다 명예롭게 죽는 것이 낫다.
  [엔도슈사쿠遠藤周作]
- 부끄러운 재산보다 명예가 낫다.
  [E. Dessin]
- 부에는 명예가 수반된다. 부는 인간의 영혼에 커다란 지배력을 미친다.
  [Friedrich Schiller]
- 부유하게 죽는 사람은 불명예스럽게 죽는 사람이다. [Andrew Carnegie]
- 부정한 일을 하면서 명예를 얻을 수는 없습니다. [Thomas Jefferson]
- 빚진 돈은 죽은 뒤에 후손에게 갚을 길도 있지만, 명예를 존중하는 사람은 은인의 생전에 은혜를 갚지 못하면 상심하는 것이다.
  [Plutarchos 영웅전]
- 사람의 명성은 그의 방패이며, 그의 명예는 그의 검이다.
  [Marie von Ebner-Esch]
- 사람이 명예로운 목적을 향해서 전

진할 때는, 조소嘲笑 그 자체를 멸시해야 한다.　[L. A. Seneca]

● 삶에 있어서 첫 번째로 어려운 일은 명성을 얻는 것이고, 다음은 생전에 그것을 유지하는 것이다. 그리고 그다음은 죽은 후에 그것을 보존하는 것이다.　[B. R. Hayden]

● 상대편이 명예욕에 마음이 쏠려 있을 때, 재물의 이익을 가지고 이야기하면 속물이라고 깔보며 경원당한다. 상대편이 재물의 이익을 바라고 있을 때, 명예를 가지고 이야기하면 몰상식하고 세상일에 어둡다고 하여 소용없는 자로 인정받기가 첩경이다. 상대편이 내심으로는 이익을 바라면서 겉으로 명예를 바라는 때, 이런 자리에 명예를 이야기하면 겉으로는 받아들이는 체해도 내심으로는 은밀히 성글어진다. 만약 이런 자에게 이익을 가지고 이야기하면 내심으로는 은근히 그것을 받아들이면서도 겉으로는 그것을 경원한다. 그러한 기미를 잘 파악하지 않으면 안 되는 것이다.

[한비자韓非子]

● 상업이 오래 번창하는 곳에 명예는 땅에 떨어진다.　[Oliver Goldsmith]

● 세상을 살면서 공명을 갖지 않은 것은 존경받을 만한 덕목이지만, 세상을 모르면서 공명을 갖지 않은 것은 그다지 칭찬할 만한 것이 아니다.

[W. R. Merchant]

● 소절小節을 꾀하는 자는 영명榮名을 이룰 수 없고, 소치小恥를 미워하는 자는 대공大功을 세울 수 없다.

[사기史記]

● 신앙심이 있는 자는 나쁜 짓을 저지를까 걱정하지만 명예로운 자는 그러한 나쁜 짓을 저지르는 것을 경멸한다.　[J. Edison]

● 신용을 잃고 명예를 잃었을 때 그 사람은 이미 죽은 것입니다.

[John Whittier]

● 아무리 천추만세에 이름이 남을지라도 죽고 나면 적막하다. [두보杜甫]

● 여자의 명예는 숨겨진 과오보다 남들 앞에서의 경솔로 멍이 든다.

[Cervantes]

● 여자의 명예란, 남들에게서 좋은 말을 듣는 일이다.　[Cervantes]

● 열심히 일한 결과로 세상에 알려지자, 그것을 피하기 위해 검은 안경을 쓰는 사람이야말로 진정한 명사이다.　[F. Allen]

● 오래 살았다는 것밖에는 남긴 것이 없는 늙은이보다 더 불명예스러운 것은 없다.　[L. A. Seneca]

● 오랫동안 높은 지위와 명예를 받고 있는 것은 상서롭지 못하다.

[십팔사략十八史略]

- 옷은 새것일 때부터, 명예는 젊을 때부터 소중히 하라.

  [Alexander Pushkin]
- 욕심이 많은 사람은 재물을 위하여 목숨을 걸고, 열사는 명예를 위하여 목숨을 버린다. [사기史記]
- 우리가 성취할 수 있는 최고의 명예는 우리 자신에게 충실하는 것이다.

  [Leonardo da Vinci]
- 우리들로 하여금 자기의 성실함을 사게 하는 사람들은, 단지 자기의 명예를 우리들에게 팔 따름인 것이다.

  [Vauvenagues]
- 우리들이 명예를 사랑하는 것은 명예 그 자체 때문이 아니고, 그것이 가져다주는 이익 때문이다. [Helvetius]
- 의로운 선비는 천승千乘을 사양하고, 탐욕한 사람은 한 푼의 돈으로 다툰다. 인품이야 하늘과 땅의 사이로되, 명예를 좋아함은 재리財利를 좋아함과 다르지 않다. 천자는 나라를 다스림에 생각을 괴롭히고, 거지는 음식을 얻으려고 부르짖는다. 신분은 하늘과 땅 사이지만, 초조한 생각의 애타는 소리와 무엇이 다른가. [홍자성洪自誠]
- 의로움을 행한다는 것은, 남의 비방을 피하고 명예를 얻기 위한 것이 아니다. [묵자墨子]
- 이미 얻은 명예는 지금부터 얻지 않으면 안 될 명예의 담보다.

  [La Rochefoucauld]
- 인간 최대의 우열함은 명예를 추구하는 것이지만, 그것이야말로 또한 진정으로 인간의 우수함을 보이는 최고의 표적이다. [Pascal]
- 인류의 가장 큰 비극이 쾌락욕에 근원을 두고 있듯이, 인류의 가장 큰 노력은 항상 명예욕에 근원을 두고 있다. [John Ruskin]
- 자기가 얻은 명예 속에 안주하는 것은 눈 속에서 휴식을 취하는 것만큼 위험하다. 그것은 잠든 채 죽게 되기 때문이다. [Wittgenstein]
- 자살은 명예를 빛내기 위하여 할 일이지, 해야 할 일을 회피하기 위한 수치스러운 수단이 되어서는 안 된다. 자기 혼자만을 위해 살거나 죽는 것은 수치스러운 일이다.

  [Plutarchos]
- 자신이 더 이상 명예롭게 살 수 없을 때, 명예롭게 죽는 것이 명예를 지키는 길이다. [W. B. Common]
- 정부가 명예심이 희박하면 전 국민의 도덕심이 손상을 입는다.

  [Herbert Clark Hoover]
- 좋은 명성은 제2의 생명이며, 영원한 생존의 기초 공사이다.

  [Bascara Akaria]
- 지극한 즐거움에는 즐거움이 없고,

지극한 명예에는 명예가 없다.

[장자莊子]

- 지나치지 않은 불명예는 금방 잊는다. [Ch. Cailler]
- 진정 위대한 인물은 사적이나 명성 따위를 남기지 않는다. [장자莊子]
- 초대받은 자가 자신의 명예에 대해 말하면, 주인은 자신의 찻숟가락 수를 센다. [Emerson, R. W.]
- 커다란 명예는, 커다란 부담이다.

[Samuel Johnson]

- 타인의 명예를 빼앗은 자는 자신의 명예를 잃게 된다. [Publius Syrus]
- 항상 야비한 사람이 가장 유명해진다. 유명해지려는 욕망이 바로 야비함이기 때문이다. [G. K. Chesterton]

| 모독冒瀆 |

- 가장 심한 욕설이, 가장 사무치는 모욕을 초래하는 것은 아니다.

[Terentius Afer]

- 고통스러운 모독은, 곧 새로운 모독을 낳는다. [Publius Syrus]
- 모독을 잊는 것보다 복수하는 데에 더 많은 비용이 든다.

[Thomas Wilson]

- 새로운 은혜가, 새로운 모독을 없애지 못한다. [Machiavelli]
- 우리가 가하는 모독과 당하는 모독

의 무게가 같을 때는 거의 없다.

[Aesop]

| 모방模倣 |

- 개의 꼬리를 자른다고 말이 되지는 않는다. [Avadana]
- 모방으로 위대해지는 사람은 없다.

[Samuel Johnson]

- 사람을 닮으려고 하면 좋은 점을 닮아야 한다. [Moliere]
- 실로 우리의 존재란, 반 이상의 모방에 의한 것이다. 중요한 것은 본보기를 골라 세심하게 연구하는 것이다. [Chesterfield]
- 악을 모방하는 자는 본보기를 능가하나, 선을 모방하는 자는 항상 본보기보다 못하다.

[Francesco Guicciardini]

- 우리는 하고 있는 것이 아니라 해야 하는 것을 해야 한다.

[P. C. N. La Chausee]

- 훌륭한 본보기 없이, 훌륭한 모사는 없다. [Alexandrus Philon]

| 모범模範 |

- 교훈을 통한 길은 같지만 모범을 통한 길은 짧고 쉽다. [Seneca]
- 그 누구도 개미만큼 연설을 잘하지

못한다. 개미는 말이 없기 때문이다.
[B. Franklin]

● 모범만큼 파급력이 있는 것도 없다.
[La Rochefoucauld]

● 모범은 가장 좋은 교수법이다.
[Stanford University]

● 모범은 내려가지, 올라가지 않는다.
[Joseph Joubert]

● 모범은 모든 사람이 읽을 수 있는 교훈이다.
[Aeschyles]

● 모범은 모든 유혹자들 가운데 가장 위대한 유혹자이다.
[Colin d Harieleville]

● 모범은 위험한 덫이다. 빠른 말벌은 그냥 지나가지만, 각다귀는 그 안에 머물기 때문이다.
[La Fontaine]

● 모범은 종종 착각을 불러일으키는 거울일 뿐이다.
[Corneille, P.]

● 모범을 보이는 것이 으르대는 것보다 더 효과적이다.
[P. Corneille]

● 선행을 하도록 북돋우는 자는 선행을 하는 자보다 더 위대하다.
[Talmud]

● 설교는 건물을 짓는 것이고, 모범은 건물을 무너뜨리는 것이다.
[Pierre de Villier]

● 우리에게 훌륭한 교훈은 많지만 스승은 별로 없다.
[Vauvenargues]

● 종鍾은 시간경時間經을 비칠 시간을 알려주나, 결코 기도하러 가지는 않

는다.
[Martin Luther]

● 훌륭한 삶이 최상의 설교이다.
[Thomas Fuller]

| 모범가정模範家庭 |

● 집안 식구에 과실過失이 있을지라도 거칠게 노해서는 안 된다. 그러나 가벼이 보아 내버려둬도 안 된다. 직접 말하기 곤란한 일이 있거든 다른 일을 끌어 은근히 비유하여 알아듣도록 일러주는 게 좋다. 그렇게 하여도 알아듣지 못하거든 다시 또 말해주어야 한다. 이래야만 모범적 가정이라 할 수 있다. [채근담菜根譚]

| 모순矛盾 |

● 나는 톨스토이의 생애보다 더 큰 감동을 주는 예를 알지 못한다. 열흘 전부터 나를 그토록 거기에 집착하도록 강요한 것은 무엇일까? 그것은 최후의 순간까지 계속된 하나의 완벽한 삶이다. 거기에는 하나의 삶에 속하는 것이 죽는 순간까지 모두 존재하고 있다. 거기에는 생략되거나 속이거나 날조된 것이 하나도 없다. 한 인간이 가질 수 있는 모든 모순이 그의 삶 속에 들어 있다. 거기에는 어린 시절부터 최후의 순간에 이

르기까지의 모든 것이 세부적인 일들이 하나도 빠짐없이 어떤 형식으로든 간에 기록되어 있다.

[Elias Canetti]

- 사람이 호랑이를 죽이는 것은 스포츠라 부르면서, 호랑이가 사람을 죽이는 것은 잔인성이라 부른다. 그것이 사람이다. [G. Bernard Shaw]
- 인생은 무한한 모순으로 가득하다. 그러나 이상하게도 그 모순들은 진실임으로, 그럴싸하게 보여야 할 필요까지는 없다. [L. Pirandello]

| 모욕侮辱 |

- 남에게 진흙을 던지는 자는 누구보다도 자기 자신을 더럽힌다.

[Thomas Fuller]

- 너를 모욕하는 자는, 너에 대해 갖고 있는 생각을 모욕하는 것이다. 즉 자기 자신을 모욕하는 것이다.

[Villiers de L'Isle Adam]

- 눈으로 본 모욕이 귀로 들은 모욕보다 참기 힘들다. [Publius Syrus]
- 당신이 모욕을 준 사람은, 당신을 용서하지 않을 것이다. [J. Kelly]
- 등을 몽둥이로 맞으면 불쾌하기만 하지만, 정면으로 맞으면 모욕이 된다.

[Cervantes]

- 명예로운 사람에게나 모욕이 있는

것이다. [William Cowper]

- 모욕감은 당신을 모욕한 자에게서 오는 것이 아니라, 당신이 모욕을 당했다고 믿게 만드는 자에게서 온다.

[Epiktetos]

- 모욕에 조롱을 더하는 것보다 더 심한 모욕은 없다. [Napoleon I]
- 모욕은 위조화폐와 같다. 누군가 우리에게 주는 것을 막을 수는 없지만, 거절할 수는 있다. [C. H. Spergeon]
- 모욕한 자가 소중한 사람일수록, 모욕은 더욱 커진다. [P. Corneille]
- 쇠똥구리를 모욕한 날에는 독수리도 주피터 품에서조차 안전하지 못하다. [Balthasar Grasian]
- 어떠한 신성 법률도 모욕을 용인하라고 강제하지 않는다. [Goethe]
- 얼굴이 화끈거릴 정도로 창피를 준 사람은 용서가 안 된다.

[J. F. La Harpe]

- 자신을 모욕하도록 내버려 두는 자는 모욕을 당해도 싸다. [Corneille P.]
- 해를 끼친 자를 증오하는 것은 인간의 본성이다. [P. C. Tacitus]
- 화살은 몸을 찌르지만, 모욕은 정신을 관통한다. [Balthasar Grasian]

| 모험冒險 |

- 군자는 쉬운 것에 처하면서 명을 기

다리고, 소인은 위험한 일을 행하며 요행을 바란다. [중용中庸]

- 그림자를 보고 먹이를 떨어뜨리는 개는, 그림자도 고기도 모두 잃는다. [Aesop]
- 기회를 바라고 모험을 하느니 확실한 것을 붙잡는 것이 낫다. [Aesop]
- 나는 곧 내 운명을 향해서 나서련다. 모험! 그 얼마나 아름다운 말인가! 내게 다가오려는 것들, 나를 기다리고 있는 모든 희한한 것들…. [Andre Gide]
- 너무 멀리 갈 위험을 감수하는 자만이 얼마나 멀리 갈 수 있는지 알 수 있다. [Thomas S. Eliot]
- 모든 것을 한 배에 싣는 모험을 삼가라. [서양 격언]
- 모험 없이 신앙은 없다. [Kierkegaard]
- 모험은 개인 및 사회, 역사의 활력소다. [Bolitho]
- 모험은 모험가들의 것이다. [Bejamin Disraeli]
- 모험을 두려워하는 마음은 우리가 손에 넣을지도 모르는 무한한 부를 잃게 하는 것이다. [Shakespeare]
- 모험을 쫓는 사람은 늘 모험이 잘 무르익지 않음을 깨닫는다. [Cervantes]
- 모험을 찾는 사람은 반드시 때가 되었다고 생각해서 시작하는 것은 아니다. [Cervantes]
- 모험을 하지 않는 자는 말도 노새도 얻지 못한다. [Rabelais]
- 모험이 없으면 이득도 없다. [프랑스 격언]
- 문명은 모험이 없으면 사멸한다. [김용옥]
- 물질의 모험은 있어도 정신의 모험은 있을 수 없다. [이어령]
- 손안에 든 까치가 멀리 날아가 버린 두루미보다 훨씬 낫다. [Cervantes]
- 손에 든 한 마리 새가 숲속에 있는 두 마리 새보다 낫다. [J. Ray]
- 실패는 유한이지만, 모험은 무한이다. [Emily Dickinson]
- 어디로 가야 할지 모르면 결코 멀리 가지 못한다. [Oliver Cromwell]
- 어떤 위험을 감수하냐를 보면, 당신이 무엇을 가치 있게 여기는지 알 수 있다. [Jeanette Winterson]
- 여러 가능성을 먼저 타진해 보라. 그런 후 모험을 하라. [Helmuth Bernahard von Moltke]
- 여러분이 할 수 있는 가장 큰 모험은 바로 여러분이 꿈꿔오던 삶을 사는 것이다. [Oprah Gail Winfrey]
- 위인은 없다. 평범한 사람들이 일어나 맞서는 위대한 도전이 있을 뿐이다. [William Frederick Halsey]

- 위험을 무릅쓰지 않고는 아무것도 얻지 못한다. [Geoffrey Chaucer]
- 이 세상 모험 중에 가장 엄청난 모험은 어떤 선택된 한 사람에게 생명을 걸고 땅재주를 넘어보겠다는 어리석은 사람이다. [김태길]
- 20년 후 당신은 했던 일보다 안했던 일로 더 실망할 것이다. 탐험하라, 꿈꾸라, 발견하라. [Mark Twain]
- 인간은 다섯 가지의 감각으로 무장하고 자기 주변의 세계를 탐험하면서 그 모험을 과학이라고 부른다. [Edwin Hubble]
- 인생에서 최대의 성과와 기쁨을 수확하는 비결은 위험한 삶을 사는 데 있다. [Friedrich Nietzsche]
- 인생은 영혼을 살찌울 고귀한 모험을 하고자 하는 욕구의 투쟁이어야 한다. [Rebecca West]
- 정말 중요한 것을 위해 위험을 무릅쓸 각오가 없다면, 당신은 죽은 거나 다름없다. [Diane Frolov]
- 정신만 바짝 차리고 좋은 충고를 해주는 사람만 있으면, 반드시 잃어버리란 법도 없지. 모험은 손실이 아니야. 우리 국민은 언제나 계산이 뒷받침하는 모험을 해왔기 때문에 손해를 보지 않았던 거네. [John SteinBeck]
- 지구상의 어느 종족보다도, 특히 영국인들은 무슨 일이든 모험적 정신을 가지고 하기 때문에 낭만의 미점을 획득한다. [Joseph Conrad]
- 지금 소유한 오두막이 나중에 상속받을 왕국보다 훨씬 낫다. [John Clarke]
- 창작은 항상 모험이다. 결국 인력을 다하고 다시 천명에 맡기는 수밖에 없다. [아쿠다가와류노스케芥川龍之介]
- 천명을 아는 사람은 담장 아래 서지 않는다. [맹자孟子]
- 한 온스의 모험심은 한 파운드의 특권보다 낫다. [P. R. Marvin]
- 한 작품을 시작할 때마다 그것은 나에게는 새로운 또 하나의 모험이요, 투쟁이다. [오지호]
- 호랑이 굴에 들어가지 않고는 호랑이 새끼를 잡을 수 없다. [십팔사략十八史略]

| 목소리 / 음성音聲 |

- 가장 감미로운 하모니는 우리가 사랑하는 여인의 목소리에 있다. [La Bruyere]
- 목소리는 성격을 가장 잘 보여주는 지표이다. [B. Disraeli]
- 목소리는 아름다움의 꽃이다. [Zeno of Elea]

| 목적과 수단手段 |

● 결과가 행동을 정당화한다. [Ovidius]
● 도달할 수 없는 목적을 추구하는 것은, 영구한 불만 상태에 의해 벌을 받을 것이다.   [Emile Durkheim]
● 동기가 정당하면 범죄도 정당하다.
　　　　　　　　　[Publius Syrus]
● 많은 사람들은 진정한 행복이 무엇으로 이루어지는가에 대해 잘못된 생각을 갖고 있다. 그것은 자기만족을 통해서 획득되는 것이 아니라, 가치 있는 목적을 향한 성실성을 통해 얻어지는 것이다. [Helen Keller]
● 목적이 수단을 희생시킨다. [Goethe]
● 무엇이라도 하려고 하는 사람은 방법을 찾는다. 아무것도 하지 않으려고 하는 자는 구실을 찾는다.
　　　　　　　　　　[아랍 격언]
● 빨래하기 좋아하는 여자는 언제, 어디서든 물을 찾는다.   [스위스 격언]
● 우리가 세운 목적이 그른 것이라면 언제든지 실패할 것이요, 우리가 세운 목적이 옳은 것이면 언제든지 성공할 것이다.   [안창호]

| 목표目標 |

● 계획을 세움에 목표가 없으면 어려움만 있을 것이고, 일에 준비가 없으면 실패하고 만다.   [관자管子]
● 그르게 되는 길은 여러 가지가 있으나, 바르게 되는 길은 단 하나가 있을 뿐이다. 이것이 비록 실패하기는 쉽고 성공하기는 어려운, 즉 목표를 빗나가기는 쉬우나 목표를 맞추기는 어려운 이유이다.   [Aristoteles]
● 목표를 달성하는 방법에 대해 비결이라고 할 만한 것 하나를 소개한다면, 그것은 집중하는 것이다. 목표를 달성하는 사람들은 중요한 것부터 먼저 하고, 한 번에 한 가지만 수행한다.   [Peter Drucker]
● 목표를 세우고 그 목표를 향해 나아가면 인생은 더욱 의미 있어진다.
　　　　　　　[Dale B. Carnegie]
● 어떤 목표도 좌절과 방해를 겪지 않고 이루어지는 법은 없다.
　　　　　　　[Andrew Matthews]
● 있는 것은 오직 목표뿐이다. 길은 없다. 우리가 길이라고 부르는 것은 망설임에 불과하다.   [F. Kafka]
● 자기가 어느 항구로 가고 있는지를 모른다면, 어떤 바람도 순풍이 되지 못한다.   [L. A. Seneca]
● 작은 일도 목표를 세워라. 그러면 반드시 성공할 것이다.
　　　　　　[Robert Harold Schuller]
● 태산泰山이 높다 하되 하늘 아래 뫼로다. 오르고 오르면 못 오를 리 없

건만, 사람이 저 아니 오르고 뫼만
높다 하노라. [양사언楊士彦]

| 몫 |

- 각자의 몫만 챙기면 지나치게 챙기
  는 일은 없다. [Moliere]
- 곰과 꿀을 나누는 자가 가장 적은
  꿀을 갖게 된다. [Thomas Fuller]
- 목소리 크다고 더 큰 몫을 갖는 것
  은 아니다. [Antoin Louiselle]
- 사자에게는 사자의 몫이 있다.
  [Aesop]
- 전체가 절반보다 더 값어치 있는 것
  은 아니다. [Florian]

| 몸 |

- 건장한 몸 안에 건전한 정신이 있
  다. [Alkidamas]
- 건강한 몸은 영혼의 훌륭한 거처이
  지만, 아픈 몸은 영혼의 감옥이다.
  [Francis Bacon]
- 몸은 약하면 약할수록 더욱 명령하
  고, 강하면 강할수록 더욱 순종한다.
  [Jean-Jacques Rousseau]
- 자기 몸을 잘 지키는 자가 성城도 잘
  지킨다. [프랑스 속담]
- 정신의 활기를 간직하기 위해서는,
  몸의 활력을 유지해야 한다.

[Vauvenargues]

| 몸가짐 |

- 남의 외밭 가에서 신을 고쳐 신지 말
  아야 하고, 오얏나무 아래서는 갓을
  고쳐 쓰지 말아야 한다. [강태공姜太公]
- 몸가짐은 각자가 자기의 모습을 비
  추는 거울이다. [Goethe]
- 몸가짐은 옷과도 같아서 너무 팽팽해
  도 안 되고, 너무 느슨해도 안 된다.
  [Francis Bacon]
- 사람은 자리에 앉고 모자를 쓰면서
  자신의 신분을 드러낸다.
  [스페인 속담]

| 몽상夢想 |

- 공상은 생각이 쉬는 일요일이다.
  [Henry F. Amiel]
- 꿈은 아버지와 어머니보다 더욱 다
  정하고 상냥하다. [R. 필레]
- 몽상가들의 왕은 병원에 있다.
  [W. 반더]
- 몽상가와 우유부단한 사람은 재산을
  많이 모으지 못한다. [J. Heywood]

| 무無 |

- 무는 눈에는 좋지만, 입에는 나쁘다.

[S. Ditlevsen]

- 무는 무에서 나온다.   [Alkaeos]
- 무는 어떠한 맛도 없다.

[J. Heywood]

| 무관심無關心 |

- 내 말에 귀를 기울이고 있지만 아무 것도 듣지 않는다.   [J. A. Baif]
- 도덕적 무관심은 수준 높은 교양인의 방이다.   [H. F. Amiel]
- 때로는 무관심하라.

[Baltasar Gracian]
- 무관심으로 원하는 것을 가져라.

[Baltasar Gracian]
- 무관심은 영혼이 잠들어 있는 상태다.   [Ch. S. Pavard]
- 인간에 대한 최악의 죄는 그를 미워하는 것이 아니라 무관심인 것이다.

[George Bernard Shaw]
- 평온한 무관심이 덕 가운데 가장 현명한 덕이다.   [Parny, Evariste]

| 무기武器 |

- 무기 속에는 이성이 없다. [Vergilius]
- 무릇 훌륭하다는 무기는 상서롭지 못한 도구이다.   [노자老子]

| 무덤 |

- 모든 행로는 묘지에서 끝난다. 무덤은 무無의 입구이다.

[George Bernard Shaw]
- 무덤이란 천사들의 발자국이라고 어느 누가 말하였는데, 그 말은 참으로 옳다.   [Henry Longfellow]
- 바깥사람의 어림 눈으로 보건대, 무덤이란 여섯 자 깊이에 석 자 넓이 밖에 되지 않으리라. 그러나 저 신비로운 잠을 위해 싸늘한 흙 속에 굳이 갇혀있을 때, 그 영역이 얼마나 넓은지를 누가 알며, 그 깊이가 얼마나 깊은지를 누가 알겠는가.

[J. R. 모런드]
- 예술은 길고, 세월은 덧없다. 우리가 비록 강하고 용기 있을지라도, 우리의 심장은 약음기弱音器를 낀 북처럼 언제나 묘지로 향하는 장송행진곡을 울린다.   [H. W. Longellow]

| 무례無禮 |

- 무례함은 도가 지나치게 건방진 사람이다.   [La Bruyere]
- 무례함이란, 약한 인간이 강한 인간을 모방할 때 나타난다.

[Elly Hopper]
- 용납할 수 없는 것은 무지가 아니라

무례함이다.   [Helvetius]

| 무모無謀함 |

- 무모한 능력은 용기보다는 광기에 가깝다고 할 수 있다.   [Cervantes]
- 무모함은 쓸데없이 위험을 무릅쓰는 과장된 용기이다.   [Platon]
- 무모함이 이룬 업적의 공로는 용기보다는 운에 돌아가기 마련이다.
    [Cervantes]
- 위기의 상황에서는 무모함이 신중을 대신한다.   [Publius Syrus]

| 무사무욕無事無欲 |

- 돈을 위해서는 어떤 일도 하지 말라. 산 것은 반드시 그 값을 치르게 마련이기 때문이다.   [Periandros]
- 무사무욕은 으뜸 되는 미덕은 아니지만, 적어도 매우 희귀한 미덕이다.
    [시니얼 뒤베이]
- 무사무욕은 종종 가장 좋은 이득을 거두는 투자이다.   [A. d'Houdetot]

| 무사태평無事泰平 |

- 내가 잠들고 있는 한, 나에게 공포도, 희망도, 근심도, 영광도 없다.
    [Miguel de Cervantes]
- 무사태평으로 보이는 사람도 마음속 깊은 곳을 두드려 보면 어딘가 슬픈 소리가 난다.   [나쓰메소세키夏目]
- 물고기는 연못에서 미끄러지듯 헤엄치고, 지나가는 작은 배를 걱정하지 않는다.   [Goethe]
- 아무것도 모르고 사는 것은 기분이 좋다.   [A. de Montreux]
- 앞에 있는 소가 하게 내버려 두어라.
    [Noel de Pie]
- 태평한 사람이 오래 산다.
    [Shakespear]

| 무시無視 |

- 어떤 것을 얻을 수 없을 때는 그것을 멸시할 때가 된 것이다.
    [Balthasar Grasian]
- 여우는 포도에 앞발이 닿지 않자, '저건 신 포도야.' 라고 말했다.
    [Aesop]

| 무신론無神論 |

- 무신론은 인간의 마음보다는 입술에 있다.   [Francis Bacon]
- 무신론자는 신과 종교를 부인하는 것이 아니라, 그것을 전혀 생각하지 않는 사람이다.   [La Bruyere]

- 좋은 시절에는 무신론자들이 많다.
  [Edward Young]
- 철학을 조금 맛보게 되면 인간 심리는 무신론 쪽으로 기울게 되지만, 심오한 철학을 연구하게 되면 다시 종교 쪽으로 이끌어들인다. 성경에 '어리석은 자는 그 마음에 이르기를 하나님이 없다 하도다.' 라고 기록되어 있을 뿐, '어리석은 자는 마음속으로 그렇게 확신한다.' 라고는 쓰여 있지 않다.   [Francis Bacon]

| 무위도식 無爲徒食 |

- 노인이라서 죽는 것이 아니라, 하는 일이 없어서 죽는 것이다.
  [러시아 속담]
- 녹이 철을 부식시킨다.
  [Quintus Custius Rutus]
- 무위도식은 모든 악덕의 어머니이다.
  [Dionysios Cato]
- 무위도식은 영혼의 적이다.
  [St. Benedictus]
- 우리는 일하는 것보다 아무것도 하지 않는 것을 더 어려워한다.
  [Ennius, Quintus]

| 무의식 無意識 |

- 무의식적인 행동을 처벌하는 것은

정당하지 않다.   [J. Martino]
- 지각없는 자는 형벌을 받을 때에야 자신의 잘못을 알아차린다.
  [Avadana]

| 무지 無知 |

- 가난한 나라는 더 이상 존재하지 않을 것이며, 단지 무지한 나라만이 있게 될 것이다. 이와 같은 상황은 기업, 사업, 그리고 어떤 형태의 기관에도 해당될 것이다. 뿐만 아니라, 개인들에게도 역시 마찬가지 상황이 벌어지게 될 것이다.
  [Peter F. Drucker]
- 개들은 낯선 사람을 보면 짖는다.
  [Herakleitos]
- 극도로 무지하면 독단적으로 말하게 된다.   [La Bruyer]
- 낱알 없는 이삭이 고개를 높이 든다.
  [Lichtenberg]
- 무지는 눈이 멀어 자신을 공격하는 자도 보지 못한다.   [Menandros]
- 무지는 모든 악의 어머니이다.
  [F. Rabelais]
- 무지는 자아의 죽음이다.
  [Osho Rajneesh]
- 무지는 틈만 나면 자화자찬한다.
  [Nicolas G. Boileau]
- 무지만 한 가난은 없다.   [Talmud]

- 무지와 호기심 없음은 푹신한 베개가 되어준다. [Montaigne]
- 무지의 가장 큰 기쁨은 질문하는 기쁨이다. 이 기쁨을 잃었거나 그것을 독단의 기쁨, 즉 대답의 기쁨으로 바꾼 사람은 벌써 완고해지기 시작한 것이다. [Robert Lind]
- 무지한 자는 독수리의 날개와 올빼미의 눈을 가지고 있다. [George Herbert]
- 무지한 자는 지혜는 그대로이고, 지방만 늘어가는 물소처럼 늙어간다. [법구경法句經]
- 무지함을 두려워 말라. 거짓 자식을 두려워하라. [Pascal]
- 우리가 모르는 모든 것은 그저 아름답기만 하다. [Tacitus]
- 자신이 모르는 것을 욕망할 수 없다. [Ovidius]
- 활개 치는 무지만큼 무서운 것은 없다. [G. W. Goethe]

| 무질서無秩序 |

- 무질서가 지배하는 곳에는 아름다움이 없다. [Alexandria Philon]
- 아름다운 무질서는 예술의 효과이다. [Nicolas G. Boileau]

| 문명文明 |

- 가난한 사람을 위한 많은 저축은 문명의 진정한 첫걸음이다. [Johnson]
- 거죽의 비순수함과 위선을 벗어던지고 본래의 순수한 모습으로 돌아가기 전에는, 그리고 더없이 단순한 생각과 소박한 삶으로 되돌아가기 전에는 그 문명(똑똑함)은 아직 완성된 것이라고 말할 수 없다. [임어당林語堂]
- 문명은 거의가 먹이를 찾는데 이바지하지만, 진보進步는 먹이를 얻는 일이 더욱 어려워지게 한다. [임어당林語堂]
- 부유함이 문명을 낳지는 못한다. 문명은 부유함을 낳는다. [Lyman Beacher]
- 어떠한 문명도 그 최후의 가치는 그 문명이 어떤 남편을, 아내를, 아버지를, 어머니를 만들어내느냐에 있다. 이 간단한 것을 생각하지 않고는 모든 문명이 이룩한 공적, 즉 예술·철학·문학·물질적 생활은 아무런 의미도 없는 것이다. [임어당林語堂]
- 한 시대의 문명은 다음 시대의 밑거름이 된다. [코늘리]

| 문법文法 |

- 가이사르도 문법 위에 서지 못한다.

[Gaius Suetonius]

- 문법은 한 언어의 난해함을 덜어내는 기술이다. 문법이라는 지렛대가 난해함이라는 짐보다 더 무거워서는 안 된다. [Rivarol, Antoine]
- 문법학자 수만큼의 문법이 있고 더 많을 때도 있다. [Erasmus]
- 문법학자와 작가의 관계는, 현악기 제조공과 음악가의 관계와 같다. [Voltaire]

| 문자文字 |

- 글은 사람이다. [Buffon]
- 글은 사유思惟의 힘을 표현하기에 부족하지만, 말도 사유를 완벽하게 재현하는 것은 아니다. [Ferdinand, 드니]
- 글자를 멀리하는 판사가 입법자가 된다. [Francis Bacon]
- 법은 단지 하나의 경해서일 뿐이다. [Ralph Waldo Emerson]
- 사람은 글자를 쓰는 동물이다. [Homeros]
- 코란은 어떤 때는 동물의 얼굴을, 또 어떤 때에는 사람의 얼굴을 한다. [터키 격언]
- 펜으로 쓰인 것은 도끼로 찍어도 망가지지 않는다. [러시아 격언]
- 펜은 칼보다 세다. [영국 격언]

| 문제問題 |

- 어떤 문제도 올바르게 해결되기 전에는 결코 해결되지 않는다. [Wilcox]

| 문체文體 |

- 글의 문체가 아무것도 아니지만, 문체가 없으면 아무것도 아니다. [Antoine de Rivarol]
- 말하듯 써야 한다. [Voltaire]
- 문체는 바로 그 사람이다. [Dionysios Cato]
- 문체는 사유가 있는 옷이다. [L. A. Seneca]
- 문체에서 가장 중요한 것은 명료성이다. [Aristotelrs]
- 코의 생김새가 사람마다 다르듯, 문체도 사람마다 다르다. [Gotthold Ephraim Lessing]

| 문학文學 |

- 가장 아름다운 작품은 광기가 발동시켜 이성이 쓰는 것이다. [Andre Gide]
- 그 어떤 것도 진실만큼 아름답지 않다. 오직 진실만이 사랑스럽다. [Nicolas Boileau]
- 말이 사람을 표현하듯, 문학은 사회

를 표현한다.   [Louis de Bonal]

- 먼저 인도주의자가 아닌 사람은 글을 쓸 수가 없다.   [Faulkner]
- 모든 좋은 시는 피와 땀과 눈물로써 고리가 이어지듯 천천히, 그리고 끈질기게 만들어진다.   [Douglas]
- 문학과 소설은 두 개가 전혀 다른 것이다. 문학은 사치요, 소설은 필요이다. [Gilbert Keith Chesterton]
- 문학에는 황소밖에 없다. 가장 큰 황소가 천재들이다. 즉 지치지 않고 하루에 열여덟 시간을 애쓰는 자들이다.   [Jules Renard]
- 문학은 경험의 분석이며, 발견한 것을 하나로 종합한 것이어야 한다.   [Rebecca West]
- 문학은 나의 유토피아다. 나는 여기서는 권리의 침해를 당하지 않는다. 어떠한 감각의 장벽도 내 책 동무들의 향기롭고 우아한 이야기를 가로막지 못한다. 그들은 아무런 거리낌이나 어색함이 없이 나에게 이야기를 건넨다.   [Hellen Keller]
- 문학은 반은 상업이고, 반은 예술일 때 가장 융성한다.   [William Ing]
- 문학은 의미로 채워진 언어이다.   [Ezra Pound]
- 문학은 주로 감정의 여러 상태를 표현하는 것이다. 나는 문학이 그런 상태의 통제라고 말하고 싶다. 그러나 감정은 모든 미적 형태의 근본 사물이라 하겠으니, 지적 형태라 할지라도 감정적으로 파악되기 전까지는 예술로서의 가치를 가질 수 없기 때문이다.   [Herbert Read]
- 문학은 항상 인생을 예측한다. 문학은 인생을 복제하지는 않지만 그 목적에 인생을 주조한다.

    [Oscar Wilde]
- 문학의 목적은, 인생의 목적과 마찬가지로 부정不定이다.

    [A.-Paul Balery]
- 문학의 진보, 즉 사고와 표현의 기술의 완성은 자유의 건설과 그 보존에 필요하다.   [Stael 부인]
- 문학이 타락했다고 말하지만, 그것은 인간이 타락한 만큼 타락된 것에 불과하다.   [G. W. Goethe]
- 문학자의 가장 중요한 역할은 자기의 예술에 대한 책임이다.

    [T. S. Eliot]
- 시는 선禪과 같다. 그것은 깨달음에 있기 때문이다.   [히로세 단소]
- 시는 정신의 가장 큰 선물은 평화이다.   [John C. Powys]
- 열쇠가 상자를 열듯이, 문학은 마음을 연다.   [J. Howell]
- 은유隱喩는 인간이 소유하고 있는 능력 중 가장 창조력이 풍부한 것이 아닐까 싶다.   [J. Ortega]

- 위대한 시인은 자신을 쓰면서, 자기 시대를 그린다. [Eliot]
- 인간이 타락했을 때에만 문학이 타락한다. [G. W. Goethe]
- 일단 문학의 가려움 병이 사람에게 생기면, 펜으로 긁어주는 것 이외에는 치료할 수 있는 것이 없다. [러버]
- 지루한 장르만 제외하고 모든 장르가 훌륭하다. [Voltaire]

| 문화 |

- 문화는 기관, 조직 또는 그룹을 특정 짓는 공유된 태도, 가치, 목표 및 관행이다. [Edgar Shein]
- 문화는 마음과 정신의 확장이다. [Jawaharlal Nehru]
- 문화는 사람과 삶의 교차점이다. 우리가 삶, 사랑, 죽음, 탄생, 실망을 다루는 방법이다. 그 모든 것이 문화 속에 표현되어 있다. [Wendell Pierce]
- 문화는 사람들을 있는 그대로 만드는 모든 것들의 종합이다. [Carl Jung]
- 문화는 사람들이 관심을 갖는 것, 그들의 생각, 그들의 모델, 그들이 읽는 책, 그리고 그들이 듣는 연설의 이름이다. [Walter Lippmann]
- 문화는 사치가 아니라 생존을 위한 필수품이다. [Binyavanga Wainaina]
- 문화는 삶의 한 방식이다. 사회 구성원들이 그들의 세계와 서로 대처하기 위해 사용하는 공유된 믿음, 가치, 관급, 행동, 그리고 인공물이다. [James P. Spradley]
- 문화는 세상을 자세히 정의함으로써 세상에 대처하는 방법이다. [Malcolm Bradbury]
- 문화는 예술, 사랑, 그리고 생각의 모든 형태의 총합이며, 수 세기 동안 인간은 덜 노예가 될 수 있게 되었다. [Andre Malraux]
- 문화는 우리가 어떻게 살고 우리 자신을 대표하는지에 대한 우리의 본성의 표현이다. [이케다다이사쿠池田大作]
- 문화는 인간의 집단적인 지적 성취의 예술이다. [Walter Lippmann]
- 문화는 일련의 믿음으로 격상된 예술이다. [Thomas Wolfe]
- 문화는 최고에 만족하고 그 이유를 아는 습관이다. [Henry Jacson van Dyke]
- 문화는 한 무리의 사람들의 삶의 방식이다. [Edward B. Taylor]

| 물 |

- 강물이 모든 골짜기의 물을 흡수할

수 있는 것은 아래로 흐르기 때문이
다. 오로지 아래로 처질 수 있으면,
결국 위로 오를 수 있게 된다.

[회남자淮南子]

- 물은 가장 깊은 곳에서 가장 잔잔하 게 흐른다. [John Lyly]
- 물은 부드럽게 모든 것을 피해서 흘 러갈 수도 있고, 강하게 부딪혀서 무 언가를 부술 수도 있다. 그러므로 물 같은 사람이 되라. [Stephen king]
- 물을 마시는 자는 결코 예술가가 되 지 못한다. [Kritanos]
- 뼁은 아버지이고, 물은 어머니이다. [러시아 격언]
- 악인들은 물만 마시는 자들이다. 대홍수가 이를 입증해 준다.

[Lois-Philippe Segur]

- 흐르는 물은 결코 썩지 않는다. 그 러므로 계속 흘러가야 하는 것이다.

[Bruce Lee]

| 물의 효능效能 |

- 깨끗한 물을 길어 올릴 때까지 더러 운 물을 버리지 말라. [영국 속담]
- 수많은 임상과정을 통해 만성질환 의 빌미가 질병환자의 체내에 물이 부족한 점을 발견했다. 약을 쓰지 않고 물로 3천여 명의 환자를 치유 했다. 치료한 증상은 심장병과 중풍, 골다공증, 백혈병과 림프종, 고 혈압, 당뇨병, 실면失眠, 우울증 등 이다. 물을 1일 2, 3리터를 끓어서 일어나서 300cc, 자기 전 200cc, 9회 로 나누어 마신다.

[F. Batmanghelidj]

| 물욕物慾 |

- 물질만능과 배금사상拜金思想이 득 세하면 작위와 권위가 아래로 떨어 진다. [관자管子]
- 사람은 마음속에 망상妄想과 번뇌煩 惱가 가득함은, 즉 물욕으로 인한 것 이다. 만일 마음속에 물욕이 없다 면, 마치 가을 하늘과 같고, 날씨 좋 은 날의 바다와 같다. [채근담菜根譚]
- 세우지 않을 수 없는 것은 뜻이지 만, 뜻을 세웠다 해도 군세게 세우 지 않으면 물욕에 흔들려 빼앗기거 나 여러 사람의 입으로 말미암아 변 동될 수밖에 없다. [정여창鄭汝昌]

| 미국美國 |

- 나는 미국인으로 태어났다. 때문에 미국인으로 살 것이며, 미국인으로 죽을 것이다. [D. Webster]
- 미국은 서양이 아니라 극서極西이다.

[Duhamel, George]

- 미국의 힘은 포트 녹스 기지의 금괴나 대량 살상 무기가 아니라, 미국 국민의 교육과 인성의 총합이다.

  [Claiborne Pell]
- 미국인은 반半 이민의 상태에 다시 떨어진 앵글로색슨족이다.

  [Bayard Taylor]

| 미남美男 |

- 남자에게 잘 생겼다는 것은 불행이다.　　　　　　　[T. M. Plautus]
- 풍채의 아름다움이 남자의 유일한 아름다움이다.　　　[Montagne]

| 미덕美德 |

- 나는 미덕을 타락시키는 사람들보다는 악덕마저도 사랑할 수 있는 것으로 만드는 사람들을 더욱더 좋아한다.　　　　　　　[H. Juvel]
- 모든 미덕은 자기를 버리는 데서 완성된다. 과일의 달콤한 맛은 싹을 내포하고 있기 때문이다.

  [Andre Gide]
- 물질은 어느 때고 미덕에 대한 우리의 마음을 파괴할 수 있다.

  [Bertrant Russell]
- 미덕만이 영원한 명성이다.

  [Francesco Petrarca]

- 미덕에서는 사람마다 차이가 없지만, 악덕에서는 크게 차이가 난다.

  [Harbert]
- 미덕은 결코 공포의 대상이 되지 않는 대담함과 강함이다.

  [Shakespeare]
- 미덕은 악덕을 삼가는 것이 아니라, 악덕을 바라지 않는 데서부터 비롯되는 것이다.

  [George bernard Shaw]
- 미덕은 우정 이외에 칭찬에 값하는 것은 없으며, 우정 그 자체는 미덕의 일부에 지나지 않는다.

  [Alexander Pope]
- 미덕은 자신을 정당화하는 데 의해서 자신의 품위를 떨어뜨린다.

  [H. Montaigne]
- 소극적인 미덕이란 존재할 수 없다. 설사 내가 동포를 위해 보람된 일을 했다 하더라도, 그것은 결코 자기 제한制限에 의해서가 아니고 자기표현에서 비롯된 것이다.

  [Winstn L. S. Churchill]
- 여성의 미덕이라는 것은, 거개가 남자들이 만들어낸 발명품에 지나지 않는다.　　　　　[상트베에브]
- 인간으로서의 최대 미덕은 수완 있게 돈을 벌어 모으는 것이지만, 어떤 일이 있더라도 타인에게 폐를 끼쳐서는 안 된다는 말이다.

[F. Dostoevsky]

- 작은 일에 충실한 것이야말로 위대 하고 영웅적인 미덕이다. [보나뷰처]
- 지혜는 다음에 해야 할 일을 알게 하지만, 미덕은 다음에 해야 할 일을 미리 행하게 한다. [J. Jordan]

| 미래未來 |

- 과거는 잊어버렸다. 나는 미래만을 보고 있다. [Edison]
- 나는 미래에 대한 확신을 가지고 있다. 그래서 현재는 완성된 과거처럼 나에게 나타나는 것이다.

  [Heinrich Theodor Boll]
- 나는 미래에 대해서는 생각하지 않는다. 눈 깜짝할 사이에 닥쳐오기 때문이다. [Albert Einstein]
- 내세來世를 소홀히 여기는 자는 현세에 죄를 짓는다. [Owen Young]
- 내일이 또 있으리라, 생각하는 마음의 허망함이여, 밤중에 거센 바람이 불면 어찌할 건가? [신란親鸞]
- 내일 일어날 일을 아는 사람은 비합법적이다. [Publius Statius]
- 너에게는 웅장하고 위대한 미래가 있다. 시간에게 맡기는 진리의 항소抗訴가 있다. [John Whittier]
- 다가올 미래는 이전의 어떤 것과도 다른 양상을 띠고 있다. 그것은 매우 빨리 다가오고 있고, 또 의도적으로 야기되고 있다. 다가올 미래의 위험들은 우리들이 해야 할 가장 본질적인 일이다. 그러나 미래의 희망들도 역시 마찬가지다. 다가올 미래의 현실은 분열되고 있다. 한편으로는 절대적 파괴가 있고, 한편으로는 행복한 삶이 있다. [Elias Canetti]
- 만일 사람들이 미래에 관심을 두지 않는다면, 그들은 곧 현재를 슬퍼해야 할 것이다. [William Venom]
- 무한의 가능성을 잉태한 미래의 관념이, 미래 그것보다도 풍요한 것으로써, 소유보다도 희망에, 현실보다도 꿈에 한층 더 많은 매력이 발견되는 것은 그 까닭이다. [Henri Bergson]
- 미래가 어떻게 되는가, 이것저것 살피는 것을 그만두라. 그리하여 시간이 가져다주는 것은 무엇이든 선물로 받으라. [Horatius]
- 미래는 결코 우리 곁에 있지 않는다. 늘 그 저편에 있다. 위구危懼, 욕망, 희망은 우리로 하여금 미래를 향해 달려가게 하며, 우리에게서 현재 있는 것에 대해서 감각과 고찰을 빼앗아 장차 있을 상황에, 아니 우리의 죽음 다음의 일까지 관여하게 한다. [M. E. Montaigne]
- 미래는 꿈에서 가장 소중한 장소다. [Anatol France]

- 미래는 내일이면 더 나을 것이다.
  [Dan Quayle]
- 미래는 아무에게도 속해 있지 않고, 신에게 속해 있다.   [V. M. Hugo]
- 미래는 아직 정복될 국가처럼, 그리고 금괴가 매장되어 있는 미지의 땅덩어리처럼, 단지 약간의 전술학을 연구한 사람이라면 누구나 파낼 수 있도록 마련되어 있다.
  [Heinrich Moll]
- 미래는 여기 있다. 아직 널리 퍼지지 않았을 뿐이다. [William Gibson]
- 미래는 우리들 자신에 의해 제한된 세계이다. 그 속에서 우리는 단지 우리에게 관심이 있는 것만을, 그리고 때때로 우연히 우리가 사랑하는 사람들에게 흥미가 있는 일들만을 발견하게 된다. [Maurice Maeterlinck]
- 미래는 운명의 손이 아니라 우리의 손에 달려 있다. 그것을 명심하고, 그것이 진리임을 확신하라.
  [J. 쥐스랑]
- 미래는 이미 다가왔다. 모두에게 공평하게 나눠지지 않았을 뿐.
  [William Gibson]
- 미래는 인간의 수중에 있다.
  [Marie Curie]
- 미래는 일하는 사람의 것이다. 권력과 명예도 일하는 사람에게 주어진다. 게으름뱅이의 손에 누가 권력이나 명예를 안겨줄까.   [Hilti]
- 미래는 천국과 같다. 즉 모두가 칭송하지만, 아무도 당장 그곳에 가기를 바라지 않는다.   [James Baldwin]
- 미래라는 것이 처음으로 숙명의 자리를 빼앗은 것은, 그리스에서의 일이었다.   [Andre Marlraux]
- 미래라는 역사적 시간은 모든 가능성을 현실화할 수 있는 시간이다.
  [조동필]
- 미래란, 그가 무엇을 하는 사람이건, 어떤 사람이건 간에, 누구에게나 시간당 60분의 속도로 닿게 되는 어떤 것이다.   [Clive Staples Lewis]
- 미래란 '아마' 라고 불린다. 그것은 미래를 부를 수 있는 유일한 것이다. 그리고 중요한 일은 그것이 당신을 놀래도록 허락하지 않는 것이다.
  [Tennessee Williams]
- 미래를 눈치채는 마음은 비참하다.
  [L. A. Seneca]
- 미래를 상기想起할 수 없는 사람은, 과거를 되풀이하도록 운명 지어져 있다.   [George Santayana]
- 미래를 생각하며 괴로워하지 말라. 필요하다면 현재의 쓸모 있는 지성知性의 칼로서 충분히 미래를 향해서라.   [Marcus Aurelius]
- 미래를 신뢰하지 말라. 과거는 땅속에 묻어버려라. 다만 현재에 살

고, 현재에서 행동하라.

[Henry W. Longfellow]

- 미래를 안다는 것은 아무 효용이 없다. 결국 그것은 소득 없이 자기를 괴롭히는 불행이다. [M. T. Cicero]
- 미래를 예견하는 유일한 길은, 미래를 모양 지을 힘을 갖는 일이다.

[Eric Hoffer]

- 미래를 우리는 기다려서는 안 되며, 우리 스스로 만들어야 하는 것이다.

[Simone Weil]

- 미래 생활은 신앙이나 가정假定의 문제다. 그것은 불가지不可知의 존재에 관한 가정이다. [George Santayana]
- 미래에 관한 한, 그대의 과업은 예견할 수는 없지만, 그것을 수행할 수는 있다. [Saint Exupery]
- 미래에 대한 걱정이 없는 사람은 둘 중 하나다. 생각이 없거나 이미 그 문제를 해결했거나. [Kimdansun]
- 미래에 대한 무지는, 신이 정한 영역을 메우기 위한 고마운 선물인 것이다. [Alexander Pope]
- 미래에 대한 최상의 준비는, 현재를 똑똑히 노려볼 것, 해야 할 의무를 완수하는 것에 있다.

[George Macdonald]

- 미래에 대해 생각하려고 과거에 등을 돌리는 것은 헛일이다. 이와 같은 태도가 가능하다고 생각하는 것은 위험스러운 생각이며, 미래와 과거와의 대립은 어리석은 생각이다. 미래는 우리에게 아무것도 가져다주지 않는다. 미래를 건설하고 미래에 일체를 맡겨 생명 그 자체를 바쳐야 하는 것은 바로 우리 자신이다.

[Simone Weil]

- 미래에 사로잡혀 있으면 현재를 있는 그대로 볼 수 없을 뿐만 아니라 과거까지 재구성하려 들게 된다.

[Eric Hoffer]

- 미래 역사는 장래의 흥망과, 장래의 성쇠와, 장래의 인물 우월이 역력소소歷歷昭昭(분명하다, 또렷하다)히 우리의 장래 일들을 예선豫先(미리 앞서서) 지도하여 실지 준비에 용력케 하나니, 그 효과가 어찌 과거사에 비할까. [이상재]
- 미래와 가장 밀접하게 접근해서 행동하려는 사람을, 나는 정당한 사람이라고 하였다. [H. Ibsen]
- 미래와 현재는 늘 공존한다. 미래라는 단어에 속지 마라. 현재 노력하지 않고 미래가 있을 거라고 생각하는가? [김태원]
- 미래의 가장 좋은 예언은 과거이다.

[George Gordon Byron]

- 미래의 물결은 단 하나의 독단적 신조信條의 승리가 아니라, 자유국가와 자유인들의 다양한 힘에 의한 해

방이 되리라는 것을 의심할 사람은
아무도 없다.　　[John F. Kennedy]

- 미래의 생활이라면 모든 사람이 서
로 상충되는 막연한 개연성들 사이
에서 자기 힘으로 판단해야 한다.
　　　　　　　[Charles Darwin]

- 미래의 일은 암흑에 가려 있다.
　　　　　　　　　[Theognis]

- 미래의 일을 알고자 하면, 먼저 이미
그렇게 된 일을 살펴라.
　　　　　　[명심보감明心寶鑑]

- 미래의 제국은 마음의 제국이다.
　　　　　　[Winston Churchill]

- 불확실한 미래도 내가 만든 결과이
고 빛나는 미래도 내가 만든 결과이
다. 결국엔 내가 어떻게 하느냐에
딸린 것이다.　　　　[Kimdansun]

- 살아남은 자가 보게 될라.
　　　　　　　[J. de La 베프리]

- 세상은 그들이 생각하는 만족스러
운 미래가 사실은 이상화된 과거로
의 회귀인 사람들로 가득하다.
　　　[William Robertson Davies]

- 슬기로운 자는 미래를 현재인 양 대
비한다.　　　　[Publius Syrus]

- 아무리 기분이 명쾌하더라도 미래
를 믿지 말라. 죽은 과거는 죽어버
린 것이니, 그대로 포기하라. 살아
있는 현재에만 행동하라. 의기충천
해서 위로 하나님을 받들어라.

　　　　　[Henry W. Longfellow]

- 앞일에 관하여 이야기하고 생각하
는 것은 부질없는 일이다. 대개의
경우 앞일은 우리가 어찌할 수 없는
일이다.　　　　[I. S. Turgenev]

- 어리석은 자는 말한다. '나는 내일
에 살리라.'고. 현재도 너무 늦은 것
이다. 현명한 자는 과거에 산다.
　　　　　　[Marcus Martialis]

- 옛날 요堯와 같은 성인도 능히 미래
를 예측할 수 없었기 때문에 단주에
게 정치를 맡겼다가 실패를 하였고,
순舜 같은 성인도 미래를 예측할 수
없었기 때문에 남방에 순시하러 가
다가 창오산에서 죽었고, 주공도 능
히 미래를 예측할 수 없었기 때문에
관숙으로 하여금 은나라를 감시하
도록 하였고, 공자도 미래를 예측할
수 없었기 때문에 광匡지방에서 살
해를 당할 뻔하였다. 그런데 지금
사람들은 미래를 예측하지 못하는
것을 크게 근심하고, 어떻게나마 미
래를 예측한다는 사람을 만나서 같
이 가려고 하니, 이것이 미혹이 아니고
무엇이겠는가.　　　　[정약용]

- 오늘날 우리들은 미래에 대해서 관
심을 기울이지 않으면 안 된다. 그
것은 세계가 갈수록 변화하기 때문
이다. 낡은 세대는 종식을 고하고
있다. 그 낡은 방법이란 이미 통용

되지 않는다. [John F. Kennedy]
- 우리는 과거에 사는 자가 아니라 미래에 살 자이외다. [안창호]
- 우리들은 언제나 현재 그때에 있은 일이 없다. 다가오는 것이 얼마나 기다려지는지 그 발걸음을 빠르게 하려는 것처럼 미래를 손꼽아 기다리든지, 그렇지 않으면 너무 재빨리 지나가 버리므로 그 발걸음을 묶어 두려는 것처럼 되풀이해서 과거를 부른다. [Pascal]
- 우리는 다른 미래를 택할 수 있다. 그러나 우리는 과거를 묶어둘 수는 없다. 현대사회는 결코 기술의 과잉으로 해서 괴로워하지 않으며 그것이 두루 미치는데 괴로워하고 있다. [Alvin Toffler]
- 인간은 행복하지 않다. 그러나 항상 미래에 행복을 기대하는 존재다. 혼은 고향을 떠나 불안에 떨고, 미래의 생활에 생각을 달리며 쉬는 것이다. [Alexander Pope]
- 인간이 자기의 미래에 대해서 너무 알아버리고 나면, 그 사람의 일생은 항상 끝없는 기쁨과 공포가 뒤섞여 한순간인들 평화스러울 때가 없어질 것이다. [Nathaniel Hawthone]
- 장래에 대한 최상의 예견은 과거를 되돌아보는 데에 있다. [Jpohn Sherman]

- 저는 미래가 어떻게 전개될지는 모르지만 누가 그 미래를 결정하는지는 압니다. [Oprah Gail Winfrey]
- 젊은 후배가 두렵다. 앞날의 그들이 어찌 오늘보다 못하리라고 알겠는가. [논어論語]
- 지난날 우리에게는 깜박이는 불빛이 있었으며, 오늘날 우리에게는 타오르는 불빛이 있다. 그리고 미래에는 온 땅 위의 바다 위를 비춰주는 불빛이 있을 것이다. [W. Churchill]
- 현명한 신神은 미래의 문제들을 밤의 어둠으로 덮는다. [Horatius]
- 현재나 과거의 파악에 있어서 미래에 대한 태도 여하가 다시 없이 중요한 몫을 하는 것임을 우리는 알아야 한다. [박종홍]
- 혼자 힘으로 미래를 끌어올릴 권리를 가진 사람은 없다. [L. A. Seneca]
- 확실한 과거보다는 불확실한 미래가 더 낫다. [Jorma Ollila]

| 미루다 |

- 곳간 채우는 일을 내일로 미루지 말라. [Hesiodos]
- '내일이면', '내일만은' 하며 사람은 그것을 달랜다. 이 '내일'이 그를 묘지로 보내는 그날까지. [Turgenev]
- 다른 날 할 수 있는 일이라면 오늘도

할 수 있다. [Montaigne]

- 미루는 일은 미움을 사지만 현명한 처신이다. [Publius Syrus]
- 오늘 밤에 할 수 있는 일을 내일로 미루지 말라. [M. 코피테일]
- 오늘 일을 내일로 미루지 말라. [Chesterfield]

| 미소微笑 |

- 미소는 사회적 의무이다. [Stepan 그세이]
- 미소 속에 비수가 들어 있다. [Shakespear]

| 미신迷信 |

- 미신과 종교의 관계는 원숭이와 인간의 관계와 같다. [F. Bacon]
- 미신은 미신을 믿는 자의 소심함을 반영한다. [Montaigne]
- 미신은 비열한 자들이 믿을 수 있는 유일한 종교이다. [Josep Jouber]
- 미신은 아주 사소한 것에도 신을 개입시킨다. [Tatus Livius]
- 미신은 엄청난 진실의 그림자이다. [Jonathan Edwards]
- 미신은 오만을 따르고, 자기 아버지에게 복종하듯이 오만에 복종한다.

[Socrates]

- 미신은 온 세상을 불길에 싸이게 하고, 철학은 그 불을 끈다. [Voltaire]

| 미인美人 / 미녀美女 |

- 거울 앞에서 기묘한 표정을 해보지 않는 미인은 없다. [Shakespeare]
- 군대 3년 동안에는, 돼지 같은 여자도 초선이 같은 미인으로 보인다. [중국 격언]
- 마음을 사로잡는 것은 여인의 미모가 아니라 고상함이다. [Euripides]
- 모든 장미에는 가시가 있다. [영국 격언]
- 무엇 때문에 미인은 언제나 하찮은 남자와 혼인하게 될까. 현명한 사나이는 미인과 혼인하고 싶어하지 않기 때문이다. [S. Mom]
- 미녀는 밖에 나돌아다니지 않아도 사람들이 다투어 그녀를 찾는다. 미인은 비록 문밖에 나오지 않으나 많은 사람이 만나기를 원한다. 사람도 스스로 이름을 드러내기를 힘쓰는 것보다는 그 實을 기르는 것이 좋다. [묵자墨子]
- 미녀는 추부醜婦의 원수다. [세원說苑]
- 미녀도, 추녀도 죽으면 모두 해골이 된다. [이어령]
- 미녀에게 사모하는 정이 있지 않다

니 참으로 가엾다.   [F. Rabelais]

- 미녀와 추녀는 지성을 인정받는 것을 바라고, 아름답지도 추하지도 않은 여성은 미모를 인정받기를 바라는 법이다.   [Philip Chesterfield]
- 미녀의 머리는 영국 사람이고, 몸통은 네덜란드 사람이며, 허리는 프랑스 사람이다.   [영국 격언]
- 미모는 말 없는 속임수이다.   [Theophrastus]
- 미모는 모든 추천장보다 훨씬 나은 보증서이다.   [Aristoteles]
- 미인은 남자가 발견하는 여자이고, 매력적인 여자는 남자를 발견하는 여자이다. [Adlai Ewing Stevenson]
- 미인은 눈에는 극락, 마음에는 지옥, 돈주머니에는 연옥을 가진다.   [B. B. Fontenelle]
- 미인은 눈을 즐겁게 하고, 착한 여인은 마음을 즐겁게 한다. 전자는 보석이고, 후자는 보물이다.   [Napoleon I]
- 미인은 명이 짧다.   [소식蘇軾]
- 미인은 스스로 아름답다고 여기므로, 나에게는 아름답게 보이지 않는다. 추한 사람은 스스로 추하다는 것을 알고 있기 때문에 나에게는 추하게 보이지 않는다. 스스로의 장점을 장점이라고 생각하는 사람은 진정한 장점을 지니고 있지 않고, 스스로의 단점을 단점이라는 것을 아는 자는 결코 단점이 될 수 없다.   [장자莊子]
- 미인은 언제나 스스로 아름답다는 의식을 지니고 있다.   [Theophile Gautier]
- 미인은, 처음 보았을 때는 좋다. 그러나 그것이 사흘 계속 집에 머문다면 누가 또 보려들 것인가.   [George Bernard Shaw]
- 미인을 기다려 장가들려면 평생 장가 못 간다.   [회남자淮南子]
- 미인이라는 존재, 눈에는 극락, 마음에는 지옥, 재산면에서는 연옥이다.   [Fontenelle]
- 살아있는 동안에 정말 곤란한 것은 예쁜 여자가 너무 많다는 것, 거기다가 시간이 없다는 것이다.   [John Baltimore]
- 속을 시원하게 해주고 슬픔을 덜어주는 것 세 가지, 물과 꽃과 미인.   [Kalidasa]
- 미인의 얼굴은 모든 볼거리 가운데 최고다.   [La Bruyere]
- 아름다운 얼굴이 추천장이라면, 아름다운 마음은 신용장이다.   [E. B. Litton]
- 아름다운 여인은 실용적인 시인이다. 거친 남자를 길들이고, 그녀가 가까이하는 모든 사람에게 온유함과 희망

을 심어준다.　　[Ralf W. Emerson]
- 아름다운 여자는 언젠가 싫증이 나지만, 선량한 여자는 결코 싫증이 나지 않는다.　　[Montaigne]
- 아름다운 이상異性을 보는 것은 즐거운 일이다. 만일 그 얼굴을 보고 싶거든 정면으로 당당하게 보라. 옆으로 엿보지 마라. 그리고 보고 싶다는 생각을 마음에 담아두지 마라.　　[안창호]
- 아름다움은 눈을 즐겁게 하고, 부드러움은 영혼을 사로잡는다.　　[Montaigne]
- 아름다움은 덕을 사랑스럽게 만든다.　　[Vergilius]
- 아름다움은 아름다운 몸이 아니라 아름다운 행동에서 나온다.　　[Theles of Miletus]
- 아름답지 않으면서 젊은 것도, 젊지 않으면서 아름다운 것도 모두 소용이 없다.　　[La Rochefoucauld]
- 여인에게서 아름다움보다 오래 가는 장점은 거의 없다.　　[La Rochefoucauld]
- 영혼의 아름다움이 없는 몸의 아름다움은 동물용 장식이다.　[Democritos]
- 처음으로 미인을 꽃에 비유한 사람은 천재이지만, 두 번째로 같은 말을 한 사람은 바보다.　　[Voltaire]
- 향기 없는 꽃은 재치 없는 미인만큼

오랜 찬사를 받지 못한다.
　　[Appellee V. Arno]
- 허영은 경박한 미인에게 가장 어울린다.　　[G. W. Goethe]
- 황금은 미인 아닌 사람을 미인으로 만든다.　　[Boalo]

| 민족民族 |

- 모든 거사는 작은 민족이 이루었다.　　[B. Disraeli]
- 법이 강하면, 그 법의 지배를 받는 민족도 강하다.　[Publius Syrus]
- 보호자를 원하는 민족은 주인을 찾게 된다.　　[Fisher Ames]
- 한 사람을 출신 국가로 가늠할 수 있지만, 한 국가를 국민 한 사람으로 판단할 수는 없다.　[Stanisfaw I]

| 민주적 공무원 |

- 나는 너를 해할 수 있는 막대한 권력을 장악하고 있지만, 나 개인의 이권利權 추구를 위해 이를 사용하지 않고, 오직 공익의 증진을 위해서만 행사하려 한다. 나는 이 권력을 나 개인의 의사意思나 감정에 따라 행사하지 않고, 오직 규칙과 공중 여론에 따라서만 행사하려 한다.
　　[Herman Finer]

| 민주주의 |

- 그들의 선택을 표현하는 사람들이 현명하게 선택할 준비가 되어 있지 않으면 민주주의는 성공할 수 없다.

  [Franklin D. Roosevelt]

- 내가 노예가 되려고 하지 않듯, 나는 주인이 되려고도 하지 않는다. 이는 민주주의에 대한 나의 이념이다. 이것이 달라지면, 그 달라진 정도만큼 민주주의가 아니다.

  [Abraham Lincoln]

- 다수의 횡포는 증폭된 폭정이다.

  [Edmond Burke]

- 독재정치는 국가를 단 한 명의 군주에게 복종시키는 것이고, 민주주의는 국가를 여러 명에게 복속시키는 것이다.   [Blessington 백작부인]

- 민주주의는 국가가 아니다. 그것은 행위이며, 각 세대는 우리가 사랑하는 공동체라고 부르는 것, 스스로와 평화로운 국가와 세계 사회를 건설하는 것을 돕기 위해 자신의 역할을 해야 한다.   [John Lewis]

- 민주주의는 국민의, 국민을 위한, 국민에 의한 정부이다.

  [Theodore Parker]

- 민주주의는 다른 모든 것을 제외하고 최악의 형태의 정부이다.

  [Winston Churchill]

- 민주주의는 단순히 사람들이 사람들을 위해 사람들을 때리는 것을 의미한다.   [Oscar Wilde]

- 민주주의는 단지 법, 제도, 견제와 균형의 문제가 아니다. 그것은 문화이자 삶의 방식이다.   [Kofi Annan]

- 민주주의는 두 마리의 늑대와 한 마리의 양이 점심으로 무엇을 먹을지 투표하는 것이다. 자유는 투표에 이의를 제기하는 잘 무장된 양이다.

  [Benjamin Franklin]

- 민주주의는 저절로 되는 것이 아니라 다양한 사회의 탄력 속에서 화합이 이루어질 때 창조되어지는 것이다.

  [김수환]

- 민주주의는 정지된 것이 아니다. 그것은 영원히 계속되는 행진이다.

  [Franklin D. Roosevelt]

- 민주주의는 지금까지 시도된 다른 통치 체제를 제외하면 최악의 통치 체제이다.   [Winston Churchill]

- 민주주의란, 국민의 의사意思를 알아보는 한 절차 또는 방식이지, 그 내용은 아니다. 즉 언론의 자유, 투표의 자유, 다수결에 복종, 이 세 가지가, 곧 민주주의다.   [김구]

- 민주주의란 자유인이 통치자가 되는 통치 형태이다.   [Aristoteles]

- 민주주의에 대한 나의 개념은 가장 악한 자가 가장 강한 자와 똑같은 기회

를 가질 수 있는 것이다.

[Mahatma Gandhi]

● 민주주의에 반대하는 가장 좋은 주
장은 일반 유권자들과 5분간의 대
화이다. [Winston Churchill]

● 민주주의와 독재의 차이점은 민주
주의에서는 먼저 투표하고 나중에
명령을 받는다는 것이다. 독재 정권
에서는 투표하는데 시간을 낭비할
필요가 없다. [Charles Bukowski]

● 민주주의의 악이 만연한 것은 무력
이나 사기로 선거에 성공하는 다수
또는 그 정당의 폭정이다.

[John Dalberg Acton]

● 우리는 민주주의를 환호한다. 다양성
을 인정하고, 비판을 허용하기 때문
이다. 이 두 가지면 충분하다.

[Edward Forster]

● 이 나라 민주 시민으로서의 당신들
은, 통치자인 동시에 피통치자이며,
입법자인 동시에 준법자이며, 시작
인 동시에 끝이다. [A. Stevenson]

● 인간이 공기를 호흡하지 못하면 질
식하여 죽는 것과 마찬가지로, 현재
자유민에게 있어서 민주주의가 아
니면 사회생활을 영위할 수가 없다.
즉 오늘의 민주주의의 위치는 우리
에게 있어서 공기와 같은 것이다.

[조병옥]

● 최악의 정치 체제는 대중적 정치 체

제이다. [Cornelius]

| 민중民衆 |

● 가장 보잘것없는 사람이 군중 앞에
서는 최고의 웅변가가 된다.

[Euripides]

● 군중은 많은 머리를 갖고 있지만 정
작 뇌는 없다. [Thomas Fuller]

● 군중은 천 개의 머리를 한 괴물이다.

[Horatious]

● 군중은 폭군의 어머니이다.

[Dionysios]

● 군중이 커질수록, 그 심장은 더욱
맹목적으로 변한다. [Pindaros]

● 나라를 망치는 가장 확실한 방법은,
민중 선동가들에게 권리를 주는 것
이다. [Dionysios]

● 마을 광장과 의회에는 어릿광대들
이 있다. [Francis Bacon]

● 민중만큼 불확실하고 여론만큼 우
매하며 선거인 전체의 의견만큼 거
짓된 것은 없다. [M. T. Cicero]

● 민중을 집결시키는 자가 민중의 마
음을 움직인다. [Retz 추기경]

● 민중을 좋아하지도 않으면서 민중
에게 아첨했던 이들이 많다.

[Shakespear]

| 믿음 |

- 가볍게 믿는 것은 어른의 약점이지만, 아이에게 있어서는 힘이다.　　　[Charles Lamb]
- 건전한 판단은 지성의 승리이고, 믿음은 마음의 승리이다.　[J. 솔더]
- 경험보다는 믿음이 진리를 더 빨리 파악한다.　　　[Kahlil Gibran]
- 군자는 사람을 지나치게 믿지 않으며, 지나치게 의심하지 않는다. 또설사 사람과 교제를 끊어도 악담을 입에 담지 않는다.　[사마천司馬遷]
- 그릇된 믿음이 우리의 모든 불행을 자초한다.　　[Lev N. Tolstoy]
- 나는 신학의 기원을 믿음의 부족에서 찾았다.　[Karl Raimund Popper]
- 나는 이해하기 위해서 믿는다.　　　[Augustinus]
- 나에게도 신념을 가지기 위한 거점이 없다.　　　　[Voltaire]
- 눈에 보인다고 모든 것을 믿지 말라.　　　[Marcus Tullius Cicero]
- 다른 사람을 믿지 못하는 사람은 그자신이 신용을 못 받는다는 것을 알고 있다.　　　[아웨르바하]
- 덕을 믿는 자는 창성하고, 힘을 믿는 자는 망한다.　　　[사기史記]
- 만일 당신이 무엇인가를 믿게 되면 그것은 당신이 의식하고 있건 없건 간에 마음속에서 크게 자라게 된다. 믿기만 하면 나는 그것을 볼 수 있다.　　　[Robert Schuller]
- 믿기 전에 시험하라. 뛰기 전에 앞을 보라.　　　[J. Trap]
- 믿는 것도, 믿지 않는 것도 마찬가지로 다 위험하다.　[Phaedrus]
- 믿는 것은 의심하는 것보다 낫다. 그러나 의심하지 않고서는 깊이 믿을 수가 없다. 회의懷疑는 신앙信仰을 위해 필요하다.　　　[우치무라 간조內村鑑三]
- 믿는 데는 세 가지 방법이 있다. 곧 이성과 습관과 영감이다.　[Pascal]
- 믿는다는 것은 이 세상에서 가장 큰 힘이다. 네가 그것을 말할 때, 어떤 사람도 비웃지 못하도록 하라.　　　[Theodore Isaac Rubin]
- 믿음은 사람들 사이를 갈라놓는다. 의심은 사람들을 뭉치게 한다.　　　[Peter Ustinov]
- 믿음이란 마음속의 앎이요, 증거의 테두리를 넘어서는 말이다.　　　[Kahlil Gibran]
- 믿음이란 온 힘을 다해 노력하는 것이며 과감한 모험이며, 어떤 상황에서도 봉사할 수 있는 힘이다.　　　[Samuel E. Kiser]
- 믿음이야말로 삶의 의미를 깨닫게 하는 것이며 삶과 관련된 의무의 책

임을 받아들이게 하는 것이다.

[Lev N. Tolstoy]

- 믿음이란, 큰 뜻을 이루어 보려는 마음이 깃들어 있는 사랑이다.

[William Ellery Channing]

- 사람은 믿고 싶은 것을 믿는다.

[Demosthenes]

- 사람은 이해하지 못하는 것을 훨씬 쉽게 믿는다.

[Tacitus]

- 사람은 잘 이해하지 못하는 것을 그만큼 굳게 믿는다.

[Montaigne]

- 사람은 증거가 아니라 암묵적 동의로 믿는 경향이 있다.

[Pascal]

- 사람을 믿는다는 것은 사람이 반드시 모두 성실하지 못하더라도 자기만은 홀로 성실하기 때문이며 사람을 의심하는 것은 사람이 반드시 모두 속이지 않더라도 자기가 먼저 스스로를 속이기 때문이다.

[채근담]

- 사람을 믿지 않으면 속아도 속은 것이 옳다는 얘기가 된다.

[La Rochefoucauld]

- 사람이 꿈을 꾸면 꿀수록, 믿는 것이 적어진다.

[Henry L. Mencken]

- 사랑과 신뢰는 만인의 마음에 있어 유일한 모유母乳이다.

[John Ruskin]

- 사랑은 만인에게, 신뢰는 소수에게.

[Shakespeare]

- 사랑하는 것은 전부를 믿는 것이다.

[Victor Hugo]

- 스스로를 믿는 이는 남도 또한 믿어서 원수끼리도 모두 형제일 수 있고, 스스로를 의심하는 자는 남도 또한 의심하여 제 몸 외에는 모두 적국이 된다.

[명심보감明心寶鑑]

- 식인종의 신은 식인종이고, 십자군의 신은 십자군이며, 상인의 신은 상인이다.

[Ralph Waldo Emerson]

- 신뢰는 거울의 유리 같은 것이다. 금이 가면 원래대로 하나로는 안 된다.

[Henry F. Amiel]

- 아무나 믿는 것은 위험한 짓이지만 아무도 믿지 못하는 것은 더욱 위험한 짓이다.

[Abraham Lincoln]

- 알지 못하는 것처럼 굳게 믿어지는 것도 없다.

[Montaigne]

- 인간은 믿도록 태어났다. 나무가 과일을 만들듯이 인간은 믿음을 지닌다.

[Thomas Carlyle]

- 인간은 속기 쉬운 동물이므로 무엇인가를 믿어야 한다. 선善한 믿음의 기반이 없을 때, 인간은 악한 믿음에 만족한다.

[Bertrant Russell]

- 일단 시민들의 신임을 상실하면, 두 번 다시 그들의 존경을 받지 못하게 됩니다.

[Abraham Lincoln]

- 자기 자신을 신뢰하는 자는 군중을 지도하고, 그리고 지배한다.

[Horatius]

- 저마다 자기가 두려워하는 것과 바

라는 것을 쉽게 믿는다.

[La Fontaine]

- 지나치게 믿으면 기만당할 수 있지만, 충분히 믿지 않으면 고뇌 속에 살게 된다. [Frank Crane]
- 참 믿음은 제 속에서 일어나는 것이지, 남에게서 가르침을 받아 얻는 것이 아니다. [함석헌]

| 밀고자密告者 |

- 남의 잘못을 드러내는 것은 자신을 깎아먹는 것이다. [석가모니]
- 밀고자는 가장 심하게 무는 짐승이다. [Diogenes of Sinope]
- 밀고자에 대한 가장 훌륭한 정의는 악마의 보초병이라는 것이다.

[Oxenstjerna]

{ ㅂ }

| 바보 |

- 바보는 언제나 자기 이외의 사람을 바보라고 믿고 있다.

[아쿠다가와류노스케芥川龍之介]

- 바보들 사이에서 현명해 보이려는 자는, 현명한 사람들 사이에선 어리석어 보인다.

[Marcus F. Quintilianus]

- 학문을 이수한 바보는 무식한 바보보다 더욱 바보다. [Moliere]

| 박애심博愛心 |

- 나는 인간이다. 인간적인 것이라면 그 어떤 것도 나에게 낯설지 않다.

[Terentius Afer]

- 박애를 실천하는 데는 가장 큰 용기가 필요하다. [Mahatma Gandih]
- 박애심博愛心은 인간들에 의해 충분히 인정받는, 거의 하나밖에 없는 덕성이다. [Henry D. Dorrough]
- 박애주의는 연민의 쌍둥이 자매다.

[Alexandria Philon]

| 박학博學 / 박식博識 |

- 꿀벌과 박식한 자들은 이따금 온종일 모은 꿀 속에서 소진된다.

[Nathaniel Hawthorne]

- 위대한 박식함은 기지機智를 발휘하지 않는다. [Helaclathus]
- 철학을 하여 박식함을 경멸하게 되는 경우는 드물다. 많은 철학이 박학을

존중하게 된다.　　[Nichora Sangfor]

| 반격反擊 / 반발反撥 |

- 가시를 뿌린 자는 맨발로 가지 못하리라.　　[Gabriel Morie]
- 다른 사람에게 함정을 파면서 제 자신에게 덫을 놓는다.　　[Aesop]
- 다른 사람을 장님으로 만들려고 스스로 애꾸눈이 되어서는 안 된다.
　　[Cervantes]
- 때리는 자가 매를 맞는 것, 이것이 규칙이다.　　[Pandaros]
- 매질은 준 자가 다시 받게 된다.
　　[Cervantes]
- 악한 계획은 그것을 품은 자에게 특히 나쁘다.　　[Hesiodos]
- 자기가 잡은 몽둥이로 맞는 일이 흔하다.　　[J. A. Baif]
- 진창은 파랗게 될수록 악취가 난다.
　　[프랑스 격언]

| 반대反對 / 모순矛盾 |

- 가장된 의심은 좋은 기질의 거짓 열쇠이다.　　[Balthasar Grasian]
- 반대자의 장점을 인정하는 것보다 더 큰 이로움을 나는 알지 못한다.
　　[Goethe]
- 반대한다는 것, 그것은 집안에 사람

이 있는지 알고자 문을 두드리는 것과 같다.　　[Girardin 부인]
- 서로 반대되는 것들이 서로 어울리고 불일치가 가장 아름다운 조화를 만든다.　　[Helaclathus]

| 반란反亂 |

- 반란을 미리 막을 수 있는 가장 확실한 방법은 반란의 목적을 없애버리는 것이다.　　[Francis Bacon]
- 반란을 일으키게 만드는 모든 것이 반란을 키운다.　　[Retz 추기경]
- 칼로 불을 뒤적거려서는 안 된다.
　　[Phythagoras]

| 반복反復 |

- 귀머거리를 위해 미사를 두 번 되풀이하지 않는다.　　[Antoin Hudin]
- 되풀이하는 것은 구체적으로 설득하는 것이다.　　[G. de Levi]
- 바늘로 백 번 찌를지언정, 한 번 베는 것을 삼가라. 한바탕 무거운 것을 당기는 것보다, 항상 가벼운 것을 들고 있기가 더 어렵다.　[회남자淮南子]
- 반복이야말로 수사법 가운데 가장 강력한 문체이다.　　[Napoleon I]

| 반성反省 |

● 과실過失을 범하는 것은 인간적이요, 용서하는 것은 신적神的이다.

[Alexander Pope]

● 극복하면서도 반성하고, 그릇된 도중에서 '내가 잘못이었다.' 라고 자기의 과실을 찾아내고, 자신을 아끼면서 자신을 꾸짖는 사람을 나는 좋아한다.

[Herakleitos]

● 나 자신의 삶이 바르지 않은지를 항상 반성하라.

[김태길]

● 남을 사랑하는데도 친해지지 않거든 인仁함이 부족한지를 반성하고, 남을 예禮로써 대하는데도 응답이 없거든 공경심이 없었는지를 반성하라. 행했는데도 기대한 바를 얻지 못하거든 돌이켜보아 자신에게서 그 원인을 찾아라.

[맹자孟子]

● 반성하지 않는 삶은 살 가치가 없다. 무지를 아는 것이, 곧 삶의 시작이다.

[Socrates]

● 반성하지 않는 삶은 가치가 없다.

[Socrates]

● 50세가 되어야 40년 동안의 잘못을 깨닫게 된다.

[장자莊子]

● 자기에 대한 존경, 자기에 대한 지식, 자기에 대한 억제抑制, 이 세 가지만이 생활에 절대적인 힘을 가져온다.

[A. Tennyson]

● 회오에 찬 마음으로 긴 밤에는 흔히 더욱 악한 욕망이 무성하다.

[F. Mauriac]

● 후회는 해봐야 소용이 없다는 말이 있지만, 후회한다고 이미 늦은 것은 아니다.

[Tolstoy]

| 반역反逆 |

● 때때로 일어나는 작은 반란은 좋은 현상이다.

[Thomas Jefferson]

● 성공만이 반란을 정당화할 수 있다.

[T. B. Reed]

● 자신의 군주를 상대로 칼을 뽑은 자는 칼집은 던져버려야 한다.

[J. Heywood]

| 발명發明 |

● 나는 어떤 사람이든, 심지어 아주 능력이 부족한 사람조차도 오직 노력에 의해서만 발명가가 될 수 있다고 믿는다. 충분히 오랫동안 열심히 한다면 어떤 일이든지 할 수 있다. 물론 재능이 있는 사람은 목적하는 바를 좀 더 빨리 이룰 수 있겠지만 재능이 없어도 꾸준히 하는 사람은 궁극적으로 목표에 도달할 수 있다. 한 가지 일에 지속적으로 피나는 노력을 하는 것은 분명히 그것에 관한

새로운 아이디어를 발견시키는 것이고, 그것은 또 다른 아이디어를 내고, 이것이 반복되면 어느새 완벽한 아이디어가 당신 앞에 완성하게 된다. 무엇보다도 일단 행동계획을 세웠다면 절대 포기해서는 안 된다.

[Thomas A. Edison]

- 발명가로서 성공할 수 있는 비법에 관해서 내가 해줄 수 있는 말은 아주 조금밖에 없다. 그리고 이 말은 발명 외에도 사람들이 하고자 하는 다른 사업 분야에서도 통하는 것이다. 첫째, 당신이 발명하고자 하는 것이 진짜 필요한 것인지 알아보라. 그리고 그것에 관해 생각을 시작하라. 아침 여섯 시에 일어나고, 다음날 새벽 두 시까지 일하라. 그리고 당신의 마음속에서 어떤 것이 저절로 발전할 때까지 이 일을 계속하라. 그래도 되지 않는다면, 잠을 더 줄이고 깨어 있는 동안 더 열심히 일해야 한다. 이 원칙을 따른다면 발명가로서 또는 다른 무엇이든지 원하는 분야에서 성공할 수 있을 것이다. 전기와 축음기, 그리고 영사기를 발견할 수 있었던 것은 바로 이 원칙을 철저히 지켰기 때문이다. [Thomas A. Edison]
- 발명은 천재성의 유일한 증거이다.

[Vauvenargues]

- 발명이 발명을 낳는다. [Emerson]

- 어떤 발명을 달성하기 위하여 때로는 100% 높이의 딱딱한 벽을 향해 똑바로 달려가는 듯한 느낌이 든다. 아무리 시도해도 그것을 넘지 못하면 나는 다른 일로 방향을 전환한다. 그러면 몇 달 또는 몇 년 후 언젠가는 내 스스로 또는 다른 사람이 발명한 것, 아니면 이 세상의 다른 분야에서 일어난 무엇인가가 적어도 그 벽의 부분이나마 알도록 해준다. 나는 어떤 상황에서도 나 자신이 실망하는 것을 용납하지 않는다. 어떤 프로젝트에서 문제를 해결하기 위해 수천 번의 실험 끝에 마지막으로 실시한 실험이 실패로 돌아가자, 조수 중의 한 사람은 그 실패에 대해 극도로 실망했다. 나는 그에게 우리는 그래도 무언가를 배웠다는 것을 확인시켜주고 격려해 주었다. 그 실패에서 우리가 분명히 배운 것은 그 일을 할 수 없는 수천 가지 방법이었고, 따라서 다른 방법을 사용해야 한다는 것이었다. 우리가 할 수 있는 최선의 생각과 작업을 투입한다면 때로는 실패에서도 많은 것을 배울 수 있다. [Thomas A. Edison]
- 종종 발명을 우연으로 돌리는 식의 말도 안 되는 이야기가 인구에 회자膾炙되는 경우가 있다. 내 경우에, 아무리 사소한 발명이라도 우연히

이루어진 것은 없다. 대부분은 오랫동안의 고통스러운 작업 끝에 이루어진 것이며, 목표를 달성하기 위해 계획된 수없이 많은 실험을 거친 결과물이다.　　　[Thomas A. Edison]

| 발전 / 진보 |

● 발전은 발전으로 대체되는 모든 옛것을 존중할 필요가 있다.
　　　　　　　　　　　　[D. Nazar]
● 발전하려면 우둔할 정도로 매달려라.　　　　　　　　[Epiktetos]
● 세상의 모든 일은 발전이 없으면 반드시 퇴보한다.　　　　[조광조]
● 진보로 개선되는 모든 것은, 진보로 소멸되기 마련이다.　　[Pascal]
● 천 개가 진보하면 999개가 후퇴한다. 이것이 바로 발전이다.
　　　　　　　　　　　[H. F. Amiel]

| 방관자傍觀者 |

● 봄철의 새소리, 여름의 매미소리, 가을의 벌레소리, 겨울의 눈(雪)에 귀를 기울여라. 낮에는 장기의 말소리에, 달빛 아래서는 피리 소리에, 산에서는 솔방울 소리에, 물가에서는 물결 소리에 귀를 기울여라. 그렇게 해야만 참으로 이 세상에 태어

난 보람이 있을 것이다. 다만 젊은 무뢰한들이 길거리에서 싸움질을 하거나, 마누라가 시끄럽게 바가지를 긁을 때에는 귀머거리가 되는 것이 상책이다.　　　[임어당林語堂]
● 악이 승리하는데 필요한 유일한 조건은 선한 사람들이 아무 행동도 하지 않는 것이다.　[Edmund Burke]
● 이 세상에서 방관자보다 더 보기 싫고, 얄밉고, 비열한 자는 없다.
　　　　　　　　　[양계초梁啓超]

| 방문訪問 |

● 아주 가끔 방문해야 항상 환영받는다.　　　　　　　[Jean Paul]
● 환영받지 못한 자가 떠나면 모두 기뻐한다.　　　　[Destouches]

| 방법 / 방식 |

● 뱀장어 가죽을 꼬리부터 벗기지는 않는다.　　[Antoin Houdin]
● 불길이 무섭게 타올라도 끄는 방법이 있고, 물결이 하늘을 뒤덮어도 막는 방법이 있으니, 화는 위험한 때 있는 것이 아니고 편안한 때 있으며, 복은 경사 때 있는 것이 아니고 근심할 때 있는 것이다.　[김시습]
● 사물을 연구하는 데에 한 가지 방법

만 있는 것은 아니다.　[Aristoteles]

| 방심放心 |

- 누군가를 위해 잔치를 열고는 그를 초대하지 않는다면 그보다 더 어리석은 부주의가 무엇일까! [Goethe]
- 마음이 다른 곳에 있을 때 장님이 된다.　[Publius Syrus]
- 방심한 자는 마음에 떠오르는 생각에 말문이 터져 제 생각에 대답을 한다.　[La Bruyere]
- 새 사냥꾼이 티티새를 너무 가까이서 보려다 우물에 빠진다. [Horatius]

| 방종放縱과 절제節制 |

- 덕을 좋아하고, 방탕을 피하며, 항상 스스로 마음을 보호하라. 이것이 코끼리가 진창에서 벗어나는 것처럼 괴로움에서 벗어나는 길이다.　[법구경法句經]
- 바탕이 성실한 사람은 항상 편안하고 이익을 얻지만, 바탕이 방탕하고 사나운 자는 언제나 위태롭고 해를 입는다.　[순자荀子]
- 젊었을 때 너무 방종하면 마음의 윤기가 없어지고, 너무 절제하면 머리의 융통성이 없어 잘 돌아가지 않게 된다.　[Jean de La Fontaine]

| 방탕放蕩 |

- 바탕이 성실한 사람은 항상 편안하고 이익을 얻지만, 바탕이 방탕하고 사나운 자는 언제나 위태롭고 해를 입는다.　[순자荀子]
- 방탕한 놀이와 맑고 향기로운 술은 정신을 어지럽히고, 고운 얼굴과 애교 있는 태도와 분 치장한 살갗은 목숨을 치는 도끼다.　[포박자抱朴子]

| 방황彷徨 |

- 경이로운 곳에 도착하기 전까지는 절대 방황을 멈추지 마라.
　　　　　　　　[Suzy Kassem]
- 나는 내가 어디로 가는지 몰랐지만, 어딘가에 도착할 것을 알았고, 길고 막연한 길에 끝이 있을 것이라는 것을 알고 있었다.　[Samuel Beckett]
- 바보는 방황하고, 현명한 사람은 여행한다.　[Thomas Fuller]
- 방황과 변화를 사랑한다는 것은 살아있다는 증거이다.　[R. Wagner]
- 이 세상 속에서 방황할 때 사람은 가장 많은 것을 배울 수 있게 되는 것이다.　[Tamuna Tsertvadge]

| 배 / 복부腹部 |

- 배가 일으키는 반란이 최악의 반란

이다.   [Francis Bacon]

- 배는 모든 신들 가운데 가장 크다.
    [Euripides]
- 배는 양심이 없다.   [F. Sailer]
- 배보다는 명예가 더욱 가치 있다.
    [프랑스 격언]

| 배신背信 / 배반背反 |

- 누구에게나 등을 돌리지 말라. 만약 그리하면 한쪽 면만 채색하게 될 것이다.   [S. 레크]
- 당신이 누군가를 배반한다면, 당신은 또한 자기 자신을 배반하는 것이다.
    [Peter Singer]
- 만약 모든 배반자들이 주피터에게 도움을 청한다면, 주피터 신전에는 자리가 모자를 것이다.   [Plautus]
- 배반자는 자기가 이득을 베풀어준 사람에게까지 미움을 받는다.
    [Tacitus]
- 배신으로 번영을 누릴 때 그 누구도 감히 그것을 배신이라 부르지 못한다.   [J. Harrington]
- 배신은 전인적全人的 거짓말이다.
    [La Bruyere]
- 배신자는 죄인의 기생충이다.
    [Jean Paul Sartre]
- 우리는 배신을 좋아한다. 그러나 배신자는 가증스럽다 한다. [Augustus]

- 제우스가 배반자들을 벌주는 날을 특별히 정하지는 않았다.   [Aesop]

| 배신당한 남편 |

- 남자 둘이 하나의 몫밖에 하지 못하기에 남편이 오쟁이를 진 것이다. (자기 아내가 다른 남자와 사통私通하다)   [Cesar Houdin]
- 뿔을 지닌 사람들이 모두 머리 말고 다른 데에 모자를 쓰지는 않는다.
    [Margueritie de Navarre]
- 사건의 중심에 있는 자가 가장 늦게 알아차린다.   [D. J. Juvenalis]
- 여자를 만나보지 못한 풋내기가 오쟁이를 진(자기 아내가 다른 남자와 사통私通하다) 남편보다 낫다.
    [La Ferriere]
- 오쟁이를 지는 것이 죽는 것보다 낫다.   [J. B. P. Moliere]
- 왕과 부정을 저지른 여자의 남편만이 용서할 권리가 있다.
    [Talleyrand Perigord]

| 배신당한 여자 |

- 사람들은 부정한 행동을 용서는 하지만 결코 잊지는 않는다.
    [Madame de La Fayette]
- 아내가 인내와 사랑으로 끝까지 사

로잡을 수 없는 남편은 거의 없다.

[Marguerite de Navarre]

| 배은망덕背恩忘德 |

- 내가 마신 샘물에 돌을 던지지 말라.

[Talmud]

- 누군가를 배은망덕한이라고 부를 때, 그 사람에게 할 수 있는 가장 심한 악담을 한 것이다. [Publius Syrus]
- 배은망덕함은, 거만함의 딸이다.

[Cervantes]

- 배은망덕이란, 은혜도 모르는 자가 그 잘못을 자신보다는 오히려 은혜를 베푼 자에게 돌릴 때 이를 두고 하는 말이다. [La Rochefoucauld]
- 사람은 모든 신세를 진 사람을 만나고 싶어 하지 않는다. [Corneille]
- 오렌지 즙을 짜고 나면 껍질은 버린다. [F. M. A. Voltaire]
- 우리가 생각하는 것보다 배은망덕한 자들은 적다. 우리가 생각하는 것보다 관대한 사람이 적기 때문이다.

[St. Evremond, Charls de]

- 위기가 일단 지나가면 성인은 이내 홀대받는다. [F. Rabelais]

| 백성百姓 |

- 농토가 개발되지 않고 백성의 지지를 얻지 못하면, 밖으로는 적과 대응할 수 없고, 안으로는 굳게 나라를 지킬 수 없다. [관자管子]
- 대저 백성이란, 여기에 붙지 않으면 저기에 붙는다. [관자管子]
- 도道에 어긋남으로써 백성의 관용을 구하지 말며, 백성의 뜻을 어기어 자신의 욕심을 좇지 말라. [서경書經]
- 무릇 패왕의 시발점은 백성이 근본이다. 근본인 백성을 잘 다스리면 나라가 굳게 되고, 근본이 흩어지면 나라가 위태롭게 된다. [관자管子]
- 백성들이 어진 정치에 따라가는 것은 물이 높은 곳에서 낮은 곳으로 흐름과 같으니라. [맹자孟子]
- 백성의 네 가지 소원 ― 일락佚樂·부귀富貴·존안存安·생육生育을 충족시켜 주도록 잘 다스리면 먼 곳의 사람들도 스스로 친근하게 찾아들 것이며, 백성들이 싫어하는 바 네 가지 ― 우로憂勞·빈천貧賤·위추危墜·멸절滅絶을 초래하도록 잘못 다스리면 친근하던 자들까지 반역자가 된다. 그러므로 '주는 것이 취取하는 것이 된다.'는 것이, 바로 정치의 보배로운 비결이다. [관자管子]
- 아무리 국토가 커도 경작하지 않으면 국토가 아니요, 아무리 고관대작이라 할지라도 충성스럽게 임금을 섬기지 않으면 고관이 아니요, 아무리 백성이 많아도 친화親和하지 않

으면 백성이 아니다.　　　[관자管子]

- 옛날 백성을 다스리는 이는 자기의 권세가 높아지지 않음을 근심하지 않고, 백성과 친해지지 않음을 근심한다. 또한 백성이 복종하지 않음을 근심하지 않고, 자기의 힘을 다하지 못함을 근심한다. 뿐만 아니라, 백성은 악의 흐름을 탓하지 않고, 항상 자기가 악에 흐르지 않도록 전념했다.　　　[김인후]

- 위에서 백성 속이는 일이 많아지면, 백성이 어찌 거짓을 취하지 않을 수 있으랴. 대저 힘이 모자라면 꾸며 대고, 지혜가 모자라면 속이며, 재물이 모자라면 도둑질하게 되나니, 백성이 속이고 도둑질함은 대체 누구에게 그 책임이 있는 것인가.
　　　[장자莊子]

- 임금은 배요, 백성은 물이다.
　　　[순자荀子]

- 지금 임금이 밭을 갈고 김을 매라고 족치는 것은 백성들의 재산을 두터이 해주기 위해서이다. 그런데도 백성들은 임금을 가혹하다고 생각한다. 형법을 닦고 형벌을 중히 하는 것은 사악함을 금하기 위한 것이다. 그런데도 백성들은 임금을 엄하다고 생각한다. 돈과 양곡을 세금으로 거두어 창고에 재어 두는 것은 기근을 구하고 군량에 대비하기

위한 것이다. 그런데도 백성들은 임금을 탐욕스럽다고 생각한다. 나라 안에서 형벌과 시상을 분별할 줄 알면서도 사사로이 죄를 풀어주지 않고 힘을 합쳐 싸우게 하는 것은 적을 항복시키기 위한 것이다. 그런데도 백성은 임금을 사납다고 생각한다. 이상 네 가지 일은 편안하게 다스리는 방법인데도 백성은 기뻐할 줄 모른다.　　　[한비자韓非子]

- 추위에 떠는 백성 구할 길 없거니, 나 혼자 따뜻한들 기쁠 리 있으랴.
　　　[백거이白居易]

- 편안히 살게 하는 길로 백성을 부린다면, 비록 힘들다 할지라도 원망하지 않으며, 살리기 위한 길로 백성을 죽인다면, 비록 죽는다 할지라도 죽이는 사람을 원망하지 않으리라.
　　　[맹자孟子]

- 풍년이 든 때에는 백성들이 어질고 착하지만, 흉년이 든 때에는 백성들이 인색하고 악해진다. 이럴진대, 어찌 백성들이 일정한 성격을 지니길 바라는가.　　　[묵자墨子]

| 번역翻譯 |

- 번역은 벽지의 뒷면일 뿐이다.
　　　[J. Howell]

- 번역은 아무리 잘해도 원문의 메아

리일 뿐이다.　　　　　　[G. Bourou]
- 번역은 작품의 오류를 더욱 가중시키고 고유의 아름다움을 망가뜨린다.
　　　　　　　　　　[F. M. A. Voltaire]

| 번영繁榮 |

- 번영을 누릴 때에는 자신이 있는 그대로 사랑받고 있다고 결코 확신할 수 없다.　　[Marcus A. Lucanus]
- 하루하루를 순조롭게 보내기 위해서는 다리가 튼튼해야 한다. [독일 격언]

| 범죄犯罪 |

- 고백된 죄는 반쪽 용서를 받는다.
　　　　　　　　　　　　[John Ray]
- 기아와 무지는 근대 범죄의 어버이다.　　　　　　　[Oscar Wilde]
- 남의 죄를 말할 때마다 너 자신의 양심을 반성하라.
　　　　　　　　　[Benjamin Franklin]
- 누구나 유죄라고 인정될 때까지는 무죄로 간주된다.
　　　　　　　[William Blackstone]
- 만일 하느님이 존재하지 않는다면, 범죄 역시 존재하지 않는다.
　　　　　　　　　　　[Dostoevsky]
- 많은 법이 논해지는 곳에 많은 범죄가 있다.　　　　　[John Milton]

- 몇몇 범죄가 큰 범죄에 늘 앞서서 행해진다.　　　　　[J. B. Racine]
- 무지無知가 고의일 경우는 범죄이다.
　　　　　　　　　[Samuel Johnson]
- 미덕과 마찬가지로, 범죄도 정도의 차이가 있다.　　[J. B. Racine]
- 범죄가 또 다른 범죄로 가려진다.
　　　　　　　　　　[L. A. Seneca]
- 범죄는 가난으로부터 온다는 고웅적 논리는 가난한 사람들에 대한 일종의 모독이다.　[Henry L. Mencken]
- 범죄는 수치심을 만들지, 단두대를 만들지 않는다. [Thomas Corneille]
- 범죄를 법적인 것과 도덕적인 것으로 나누어 생각할 수 있다.　[박이문]
- 범죄에 대한 최대의 동기는, 벌을 회피하려는 희망이다.　[M. T. Cicero]
- 범죄와 문명과의 사이에는 본질적으로 상응하지 않는 것이 없다.
　　　　　　　　　　[Oscar Wilde]
- 비밀스런 범죄는 신들이 그 증인이다.　　　　　　　[Voltaire]
- 빈곤이 범죄를 낳는 어머니라면, 지성의 결여는 그 아버지이다.
　　　　　　　　　　[La Bruyere]
- 숨겨진 죄에는 하느님이 증인으로 계신다.　　　　　[Voltaire]
- 십계명을 어기고 나면, 나머지 죄는 대단한 것이 아니다.　[Mark Twain]
- 역사는 범죄와 재난의 기록에 지나

지 않는다. [Voltaire]
- 인간은 그 누구를 막론하고 자기 자신의 범죄를 즐긴다. [L. A. Seneca]
- 자비만큼 죄를 장려하는 것은 없다. [Shakespeare]
- 잘 맞아떨어지고 운이 좋게 지은 범죄는 미덕이라 불린다. [Seneca]
- 조직화된 범죄는 반사회적인 게릴라 전쟁과 다를 바 없다. [Lyndon B. Johnson]
- 죄가 너무 커서 목을 베어도 오히려 부족하다. [한서漢書]
- 죄는 소극적인 것이 아니고 적극적인 것이다. [Kierkegaad]
- 죄는 지을 수 없는 상처다. [장자莊子]
- 죄는 처음에는 손님이다. 그러나 그대로 두면 손님이 그 주인이 되어 버린다. [Talmud]
- 죄는 처음에는 여자처럼 약하나, 내버려 두면 남자처럼 강해진다. [Talmud]
- 죄란 범행하는 데에 있는 것이 아니라 발각되는 데에 있다. [G. W. Venom]
- 죄를 짓고 얻은 권력이 선한 목적으로 사용된 적은 없다. [Tachitus]
- 죄를 짓지 않고 사는 사람은 아무도 없다. [D. Cato]
- 죄에서 나온 소업所業은, 다만 죄에 의해서만 강력해진다.

[Shakespeare]
- 최대의 범죄는 욕망에 의하지 않고 포만에 의해서 야기된다. [Aristoteles]
- 큰 죄를 범하기 이전에 반드시 몇 개의 죄가 있다.

[Jean Baptiste Racine]
- 하늘에 죄를 지으면 용서를 빌 곳이 없다. [논어論語]

| 법률法律 |

- 가장 엄격한 법률은 가장 나쁜 해악이다. [Marcus Tullius Cicero]
- 국가가 부패할수록 법이 많아진다.

[Tacitus]
- 국민이 지지하지 않는 법률을 집행하려면, 우리는 구치소도 부족하고, 경찰력도 부족하며, 법정도 부족할 것입니다. [Herbert H. Humphrey]
- 국법은 시대에 따라 변한다.

[Aeschilos]
- 군주는 법 위에 있지 않고, 법이 군주 위에 있다. [Caecilius G. Plinius]
- 나는 설혹 나 자신을 보호하겠다는 이유뿐일지라도 법을 옹호하겠다.

[Thomas More]
- 나라가 부패하면 부패할수록 이에 비례하여 법률이 늘어난다. [Tachitus]
- 나쁜 풍속이 훌륭한 법을 만든다.

[Macrobius]

- 대량살육 시대의 세계대전이 아니라 민족자결 시대의 세계의 법질서를 우리는 갈망합니다.

  [John F. Kennedy]

- 도둑이 없으면 법도 쓸데없다.

  [한국 격언]

- 때때로 나는 사람들이 법의 집행보다 준수에 좀 더 주력하여 주었으면 하고 생각한다.

  [John Calvin Coolidge]

- 명령은 신의 최초의 법이다.

  [Alexander Pope]

- 모든 법률은 노인과 남자에 의해서 만들어지고 있다. 젊은 사람과 여자는 예외이기를 바라고, 늙은 사람은 규칙을 바란다. [J. W. Goethe]

- 무릇 법이 오래되면 반드시 폐단이 생기고, 폐단이 있으면 바로잡는 것이 국가의 당연한 일입니다. [신숙주]

- 법령은 점점 많아지고, 도적은 많다.

  [노자老子]

- 법률 제일주의하에서는 도덕은 땅에 떨어지고 만다. 백성은 법에 저촉되지만 않으면 어떤 짓을 해도 좋다고 생각하게 된다. [공자孔子]

- 법률은 거미줄과 같다. 약자는 걸려서 꼼짝을 못하지만 강자와 부자는 뚫고 나간다. [Anacharsis]

- 법률은 자기 보존의 본능에서 생긴다. [R. G. Ingersoll]

- 법률은 주인이 아니라 하인이다. 법을 지키는 자만이 법을 지배한다.

  [Henry Ward Beecher]

- 법률은 집들처럼 서로 의지한다.

  [Edmund Burke]

- 법률의 역사는 논리가 아니라 경험이었다.   [Oliver Wendell Holmes]

- 법률이 없으면 형벌이 없다.

  [Feuerbach]

- 법률 제일주의 하에서는 도덕은 땅에 떨어지고 만다. 백성은 법에 저촉되지만 않으면 어떤 짓을 해도 좋다고 생각하게 된다.   [공자孔子]

- 법 위에 사람 없고, 법 아래 사람 없다. 우리가 사람을 법 앞에 복종하기를 요구할 때, 우리는 그의 허가도 청하지 않는다. 법에 대한 복종은 권리로서 요구되는 것이지, 특혜로서 부탁되는 것이 아니기 때문이다.

  [Theodore Roosevelt]

- 법으로 다스리는 법정은 있어도, 양심을 물을 수 있는 법정이 없는 게 오늘의 비극이다.   [안병무]

- 법은 가난한 자를 학대하고, 부자는 법을 지배한다. [Oliver Goldsmith]

- 법은 관습의 노예이다.   [Plautus]

- 법은 국가의 시민이 서로 재판을 행하는 하나의 공약이다. [Aristoteles]

- 법은 깨어지기 위해서 제정되었다.

  [노스]

- 법은 변화하여도 그 위신은 남는다.
  [Simone de Beauvoir]
- 법은 사람들을 지배하는 전제군주로서, 자연에 반할 것을 여러 가지로 강제한다.　　　　[Hipponax]
- 법은 사회의 관습과 사상의 결정結晶입니다.　　　[Woodrow Wilson]
- 법은 언제나 가진 자들에게는 유용하고, 가진 것이 없는 자들에게는 해롭다. [Jean-Jacques Rousseau]
- 법은 윤리의 최저한이다.
  [Georg Jellinek]
- 법은 의복과 같아야 한다. 그들이 봉사해야 할 사람 몸에 꼭 맞게 만들어져야 한다.　　[John Locke]
- 법은 재산가에게는 도움이 되어도 무일푼인 자에게는 항상 괴로움이다.
  [Jean-Jaques Rousseau]
- 법은 천하의 저울과 말이며, 군주가 좇아야 할 먹줄이다.　[회남자淮南子]
- 법을 만드는 자들은 그 법을 준수해야 한다.　　　[D. M. Ausonius]
- 법을 잘 지키고 행하는 사람은 반드시 강하고 굳세며, 또한 곧고 바르다.
  [한비자韓非子]
- 법의 견제를 느끼는 것은 악당들뿐이다.　　　[Josiah G. Holland]
- 법의 살인보다 더 중한 대죄는 없다.
  [Rudolf von Jhering]
- 법의 외치는 소리는 너무나 약해서

무기의 대음향을 제압하지 못한다.
  [Gaius Marius]
- 법의 정신을 위배했다고 처형된 사람은 없다.　　[S. G. Cleveland]
- 법의 집행은 법을 제정하는 것보다도 중요하다.　[Thomas Jefferson]
- 법이 끝나는 곳에서 폭정이 시작된다.　　　　　[William Pitt]
- 법이 너무 많아서 한 가지라도 어기지 않고는 숨을 쉴 수가 없다.
  [John ERnest Steinbeck]
- 법이 많으면 많을수록 도둑들도 많다.　　　　　[노자老子]
- 법이 무시되는 곳에 전제專制가 생긴다.　　　　[William Pitt]
- 법이 없는 곳에 불의는 없다.
  [Thomas Hobbes]
- 법이 외치는 소리는 너무나 약해서 무기의 대음향을 제압하지 못한다.
  [Gaius Marius]
- 법이 인간에게 권위를 가져야지, 인간이 법에 대한 권위를 지녀서는 안된다.　　　　　[Pausanias]
- 법이 힘을 지니는 것은 풀 속 덕분이다.　　　[C. A. Helvetius]
- 법이 힘이 있을 때, 백성은 강해진다.
  [Publius Syrus]
- 법 그 자체에는 눈물이 있을 수 없다. 그러나 법을 운영하는 사람에게는 눈물이 있게 마련이어서 법도 눈

물을 지닐 수 있는 것이다. [방순원]

- 사람들은 너무 무른 법은 따르지 않고, 너무 가혹한 법은 집행하지 않는다. [Benjamin Franklin]
- 사람들은 법이 외치지 않으면 법을 어긴다. [Talleyrand Pergord]
- 새로운 법률이 나오면 새로운 범죄가 생긴다. [서양 격언]
- 선택된 자는 범인凡人 사회의 법을 무시할 권리가 있다. [Dostoevsky]
- 시간은 모든 의심스러운 법에 대한 훌륭한 해석자이다. [Dionysios]
- 악법의 폐지를 확보하는 가장 좋은 방법으로 그 엄격한 집행만큼 효율적인 것은 달리 없다. [U. S. Grant]
- 악법이라도 실제로 적용이 된다면, 해석이 구구한 좋은 법보다 소용에 닿는다. [Napoleon I]
- 여론을 구현시키지 못한 법률은 절대 집행되지 못한다. [E. Herbert]
- 옛적 법률은 사람에게 부수되어 있었는데, 지금은 도리어 사람이 법률에 부수되어 있다. [김동인]
- 우리는 질병처럼 법을 물려받았다. [Johann Wolfgang von Goethe]
- 의복과 같은 법이 있는가 하면, 협약 같은 법이 있다. [Voltaire]
- 의인과 악인은 자연에서 생겨나는 것이 아니라, 법에서 생겨난다. [Archelaus]

- 의회에서 법령으로 정하더라도 사람들에게 절도를 갖추게 하지는 못한다. [D. C. Browning]
- 있고도 시행되지 않는 법은 차라리 없는 것만 못한 것입니다. [정약용]
- 자연법 하에서는 모두가 자유를 가지고 태어났다. [Thomas Jefferson]
- 자연에 존재하는 만물은 법과 함께 존재한다. [Immanuel Kant]
- 적용된 악법이 해석뿐인 좋은 법보다 더 쓸모가 있다. [Napoleon I]
- 최선의 법률은 관습으로부터 생긴다. [Joseph Joubert]
- 최악의 폭군은 법을 고문대 위에 놓는 폭군이다. [Francis Bacon]
- 한 나라의 법률은 시대에 따라 변천한다. [Aeschilos]

| 법적 정의正義 |

- 권력 없는 정의는 무력하다. 정의 없는 권력은 포악하다. [Pascal]
- 극단적 정의는 극도의 부당함이다. [Terentius Afer]
- 범죄는 저질러진 곳에서 처벌받는다. [Antoine Louiselle]
- 법으로 강제된 것은 성의誠意로 이루어지지 못한다. [Terentius]
- 법은 오랜 것을 쓰고, 안주는 새것을 쓸 일이다. [Periandros]

- 법정은 판결을 내는 곳이지, 도움을 주는 곳이 아니다. [Pierre Seguier]
- 악법도 법이다. [Socrates]

| 벗 |

- 가장 훌륭한 벗은 가장 좋은 책이다. [Philip Chesterfield]
- 만약 사람이 타인의 기분을 대국적 大局的 견지에서 보지 못한다면, 영속할 수 있는 벗이란 거의 없을 것이다. [George C. Lichtenberg]
- 벗들에게서 손을 거두지 말고 손을 내밀어야 한다. [Diogenes]
- 벗들은 모든 것을 공유한다. [Pythagoras]
- 벗은 기쁨을 두 배, 슬픔을 반으로 한다. [Friedrich Schiller]
- 벗은 동거하지 않는 아내요, 동기同氣(형제자매) 아닌 아우이다. [박지원]
- 벗을 믿지 않음은 벗에게 속아 넘어가는 것보다 더 수치스러운 일이다. 벗은 제2의 자신이기 때문이다. [Francois de La Rochefoucauld]
- 벗을 사귐에는 모름지기 세 푼分의 협기俠氣를 띠어야 하고, 사람이 되기 위해서는 한 점의 본마음을 지녀야 한다. [채근담菜根譚]
- 벗을 선택함에 있어 반드시 배움을 좋아하고, 선을 좋아하며, 방종하고, 엄숙하며, 곧고 밝은 사람을 취하여, 함께 있으면서 규계規戒를 허심虛心으로 받아들여 나의 결함을 다스리고, 만일 게을러서 장난을 좋아하고 유연하고 망령되이 정직하지 못한 사람이면 사귀지 말아야 한다. [이이]
- 벗이 있어 먼 곳으로부터 찾아오면 또한 즐겁지 아니한가. [논어]
- 벗이 화내고 있을 때에는 달래려고 하지 말라. 그가 슬퍼하고 있을 때에도 위로하지 말라. [Talmud]
- 설령 마음에 들지 않는 행동을 하더라도 벗은 여전히 벗인 것이다. [Chigiz Kahn]
- 세상에는 세 가지 종류의 벗이 있다. 너를 사랑하는 벗, 너를 잊어버리는 벗, 너를 미워하는 벗이 그것이다. [St. Paul]
- 어떤 벗이 참된 벗인지 아닌지를 알아보려면, 진지한 원조와 막대한 희생을 필요로 하는 경우가 가장 좋지만, 그다음으로도 좋은 기회는 방금 닥친 불행을 벗에게 알리는 순간이다. [Shopenhauer]
- 유익한 벗이 셋 있고, 해로운 벗이 셋 있느니라. 곧은 사람과, 신용 있는 사람과, 견문이 많은 사람을 벗으로 사귀면 유익하다. 반면 편벽한 사람과, 아첨하는 사람과, 말이

간사한 사람을 벗으로 사귀면 해로
우니라. [공자孔子]

- 좋은 벗을 삼는다는 것은 큰 자본을
얻는 것과 같다. [W. Lehmann]
- 참다운 벗은 좋은 때는 초대해야만
나타나고 어려울 때는 부르지 않아
도 나타난다. [Pierre Bonnard]
- 확실한 벗은 불확실한 처지에 있을
때 알려진다. [M. T. Cicero]

| 베푸는 자 |

- 내 죽은 손에 담을 수 있는 모든 것
은 내가 베풀 수 있는 것이다.
[Abadana]
- 빵 한 조각이 아무 것도 없는 것보
다는 낫다. [Heywood]
- 주는 손이 모은다. [John Ray]
- 현자는 다른 사람에게 베푸는 만큼,
자기 자신도 많이 갖게 된다.
[노자老子]

| 벼락부자富者 |

- 금빛 휘장 아래에 있어도 원숭이는
원숭이다. [Erasmus]
- 금을 가지고 있는 것이, 지성을 가지
고 있는 것보다 마음이 더 편하다.
[Ant. Rondelet]
- 금을 싣고 가는 당나귀는 울지 않는

다. [Antonio Perez]
- 원숭이는 높이 올라갈수록 엉덩이
가 더 잘 보인다. [Olivier 총리]
- 한껏 꾸민 바보만큼 오만한 자도 없
다. [Gabriel Morie]
- 한 인간을 덮고 있는 것들이 결국에
는 드러난다. [Cervantes]

| 변덕 / 변심變心 |

- 너무 가볍고 변덕스럽다 보니 탄탄
한 장점뿐 아니라 진정한 결점도 갖
지 못하는 자들이 있다.
[La Rochefoucauld]
- 변덕은 경솔한 사람들의 눈에는 심
각한 일이다. [Etienne Rue]
- 불안정한 세계에서 변하지 않는 것
은 아무것도 없다. [John Swift]
- 새가 변덕스러운 것처럼, 인간도 변
하기 쉽다. [Aristoteles]
- 악의 없는 변덕은 골치 아프지 않다.
[Etienne Rue]
- 우리와 우리 자신 사이에는 우리와
남들만큼이나 차이가 있다.
[Montaigne]
- 자연은 우리의 비참함을 말해주고
자 우리를 변덕스럽게 만들었다.
[Voltaire]
- 진리를 추구하다 보면, 참으로 현명
한 이들이 변덕스러운 자들임을 인

정할 수밖에 없다. [Ernest Renan]

| 변론辯論 |

● 남의 약점을 변론함에 있어 먼저 그 입장을 이해하여야 한다. 그 근본 자체를 파악하지 못하고 어구에 얽매이거나 문자에 구애되어서는 안 된다. 그 이론 자체가 드러나지 않고, 기리어 보이지 않는 것이 있기 때문이다.   [정재두]

| 변명辨明 |

● 다른 사람이나 사실에서 변명을 찾지 말고, 모든 원인을 자기 자신으로 환원시켜라. 사물의 궁극적인 목표는 바로 자신이기 때문이다.
            [Albert Schweitzer]
● 때때로 남을 위한 변명은 해도 좋지만, 결코 자신을 위한 변명은 하지 마라.   [Publius syrus]
● 변명 중에서도 가장 어리석고 못난 변명은 '시간이 없어서'라는 변명이다.   [Edison]
● 변명거리가 많을수록 결과는 나빠진다.   [Andrew Matthews]
● 변명은 승부의 세계에서 절대 통하지 않는다. 결과가 전부이기 때문이다.   [사이토 다카시齋藤 孝]

● 변명은 포장한 거짓말일 뿐이다.
            [Alexander Pope]
● 솔직하고 장부다운 인격에는 변명이 필요 없다. [Ralph W. Emerson]
● 일을 제대로 하는 것이 잘못 해놓고 변명하는 것보다 시간을 덜 잡아먹는다.   [Henry W. Longfellow]
● 잘못에 대해 변명하면 할수록, 그 잘못은 더욱 크게 눈에 띄는 법이다.
            [Shakespeare]
● 지성이 풍부한 사람은 결코 변명 같은 것은 하지 않는다.
            [Ralph Waldo Emerson]
● 패배한 변명을 나에게서 찾으면 패배한 이유가 되지만, 남에게서 찾으면 변명일 뿐이다.   [Roy Keane]

| 변호사辯護士 |

● 고해사제와, 의사와 변호사에게 당신 사건의 진실을 감추지 말라.
            [Gabriel Morie]
● 나쁜 사건에는 오랜 변론을.
            [Nicola Caterino]
● 변호사가 소송에 들어간 것은 요리사가 음식 안에 들어간 것과 같다.
            [Diogenes Laertios]
● 악인들이 없다면, 훌륭한 변호사들도 없었을 것이다. [Charles Dickens]
● 욕설을 퍼붓고 돈을 받은 변호사들

이 있다고 속담은 말한다.

[La Bruyere J.]

* 좋은 변호사는 나쁜 이웃이다.

[Jahn Greuther]

| 변화變化 |

* 궁하면 변하고, 변하면 통하고, 통하면 오래 간다.　　　　[주역周易]
* 나는 유별나게 머리가 똑똑하지 않다. 특별한 지혜가 많은 것도 아니다. 다만 나는 변화하고자 하는 마음을 생각으로 옮겼을 뿐이다. [Bill Gates]
* 모두들 세상을 바꾸려 들지만 스스로를 바꾸려는 생각은 하지 않는다.

[Lev Tolstoy]

* 모든 것이 너무 빨리 변하여, 요즘 젊은이들에게 적응하는 것은 쉬운 일이 아니다. A에 적응하기도 전에 B가 C를 이끌고 나타나고, 좀 떨어져서 D가 따라온다. [L. 크로넌버거]
* 모든 것은 변하고, 아무것도 사라지지 않는다.　　　　[P. N. Ovidius]
* 모든 사람들이 세상을 변화시키는 것을 생각한다. 하지만 누구도 그 자신을 변화시키는 것을 생각하지 않는다.　　　　　[Lev Tolstoy]
* 변화가 필요할 때, 변화하지 않는 것도 필요하다.　　　[Lucius Cary]
* 변화는 또 다른 변화를 예비한다.

[Machiavelli]

* 변화는 인간의 정신에 막대한 영향을 미친다. 두려워하는 자는 상황이 악화될까봐 걱정하므로 위협적으로 느낀다. 희망에 찬 자는 상황이 나아질 것으로 기대하므로 용기를 낸다. 자신 있는 사람에게 도전이란 더 나은 것을 만들기 위한 과정이기에, 분발의 계기가 된다.

[King Whitney Junior]

* 빵 바구니를 바꾸면 좋은 빵을 가지게 된다.　　　[A. de Montreux]
* 새로운 견해는 이미 보편화되어 있는 견해가 아니라는 단 한 가지 이유 때문에 언제나 의심받고 적대시된다.　　　　　[John Locke]
* 세상 사람들은 자기가 좋아하는 것은 신기하다 하고, 싫어하는 것은 썩었다 한다. 그러나 썩은 것이 변하여 신기한 것이 되고, 신기한 것이 변하여 썩은 것이 된다.　[장자莊子]
* 시간은 변하고 그와 함께 우리도 변한다.　　　　　　[Lothar I]
* 얕은 개울을 건너가면서 말을 바꿔 타지는 않는다. [Abraham Lincoln]
* 영원한 변화 이외에는 세상에서 아무것도 계속되지 않는다.

[Jaques Lacan]

* 우주에 변하지 않는 유일한 것은 '변한다'는 사실 뿐이다. [Helaclathus]

- 인생의 즐거움은 변화이다. 다할 수 없이 다정한 사람과의 관계도, 간혹 이별에 의해 다시 새롭게 할 필요가 있다.　　　　　[Samuel Johnson]
- 침대를 바꾸면 열병이 낫는다.
　　　　　　　　[Thomas Fuller]

| 별명別名 |

- 별명은 하나의 칭호다. 그리고 모든 칭호는 별명에 불과하다.
　　　　　　　　[Thomas Paine]
- 별명이야말로 반론의 여지가 없는 논증이다.　　[William Hazlitt]
- 한 사람의 별명을 알면 그 사람의 됨됨이를 알 수 있다.　[프랑스 속담]

| 병病에 관하여 |

- 고양이 잡으려고 호랑이를 부르면 안 된다.　　　　　　　[F. 드니]
- 당신의 병에, 병보다 고약한 약을 쓰지 마시오.　　　　　[Socrates]
- 병은 느껴지나, 건강은 전혀 느껴지지 않는 법이다.　[Thomas Fuller]
- 병은 따로 생각하는 것이 아니라 생명의 한 부분으로서 생명과 같이 사는 것이다. 생명이 강하면 병은 약하고, 생명이 약하면 병은 강한 것, 이것이 싸움이다.　　　　[김진섭]

- 병은 신체의 장애이더라도, 나음에 두지 않는 한, 의지의 장애는 아니다.
　　　　　　　　[Epiktetus]
- 병은 우리에게 우리의 우정을 잴 수 있게 하며, 병이야말로 건강의 가치와 쾌락을 알게 하여 위생과 보건에 기여할 수 있는 동기를 만들어 준다.
　　　　　　　[Anatole France]
- 병은 우리의 악덕과 미덕을 동시에 정지시킨다.　　[Vauvenargues]
- 병은 이른바 인간 필멸의 마음의 경험이다. 병은 신체에 나타난 공포다.
　　　　　　　　[Eddie 대인]
- 병은 정신적 행복의 한 형식이다. 병은 우리들의 욕망, 우리들의 불안에 확실한 한계를 설정하기 때문이다.
　　　　　　　　[A. Maurois]
- 병은 죽음을 준비해 주고 있는 것이다. 병은 죽음에 대한 수련인데, 그 수련의 첫 단계는 자기 자신에 대한 마음 약한 연민의 감정이다. 사람이란 송두리째 죽어버리기 마련이라는 확신을 기피하려는 인간의 그 엄청난 노력을 병은 도와준다.
　　　　　　　[Albert Camus]
- 병을 두 가지로 본다면, 하나는 육체적인 것이고 다른 하나는 정신적인 것이다. 옛날엔 병이라면 육체적인 고통을 말하는 것이고, 지금처럼 정신적인 병은 드물었던 것이다.　[김진섭]

- 병이 난 것을 너무 늦게 말해도 안 되고, 병이 나은 것을 너무 일찍 말해도 안 된다.　[Benjamin Franklin]
- 병이 났으면 그 병은 육체의 병이지 마음의 병은 아니다. 성한 다리가 절룩거리면 그것은 어디까지나 다리에 생긴 고장이지 내 마음에 생긴 고장은 아닌 것이다. 이 한계를 분명히 한다면 언제나 그 마음을 온전히 보장할 수 있다.　[Carl Hilty]
- 병이나 이웃이나 그것은 어느 것이나 어떤 조직체를 가진 장애에 의해서만 자기의 실체를 나타내는 것이다.　[Raine Maria Rilke]
- 병이라는 것은 한 아름다운 꿈이외다. 아편과 같고 공상과 같은 한 즐거운 환각이다. 그런 즐거움을 맛보지 못한 사람은 불행하고 가련한 사람이랄 수도 있습니다.　[김동인]
- 병이란 대수롭지 않은 데에서 옮거나 걸리는 수가 많은데, 우리가 안타깝게 생각하는 것은 걸린 편보다도 걸리게 하는 편이 더 나쁘건만 다들 예사로 넘기는 일이 많은 사실이다.　[윤석중]
- 어떤 종류의 사람이 그 병에 걸렸는지 아는 것이 어떤 종류의 병에 그 사람이 걸렸는지를 아는 것보다 훨씬 중요하다.　[William Osler]
- 유능한 의사란 특별한 처방을 지닌 사람, 또는 그 자신에게 처방이 없을 경우 이를 지닌 사람이 그 병을 고치도록 해주는 사람이다.　[La Bruyere]
- 의사는 환자를 죽게 내버려 두고, 돌팔이 의사는 환자를 죽인다.　[La Bruyere]
- 코 흘리는 아이의 코를 잡아 빼는 것보다 콧물을 흘리게 하는 것이 낫다.　[Montaigne]

| 보답報答 / 보상補償 |

- 가시밭 속에 핥아먹는 꿀을 너무 비싸게 주고 샀다.　[프랑스 격언]
- 내 희망이 작을수록, 내 사랑은 크다.　[Terentius Afer]
- 보답 없는 사랑은 대답 없는 질문이다.　[G. C. Lichtenberg]
- 보상으로 주는 것을 호의인 척해서는 안 된다.　[Terentius Afer]
- 보상은 우리를 좋은 사람으로 만들기도 하고, 나쁜 사람으로 만들기도 한다.　[Robert Herrick]
- 사람들은 사랑받고자 사랑하는 이에게 화를 낸다.　[Publius Syrus]
- 선행에 대한 보상은 그것을 했다는 데에 있다.　[Robert Herrick]
- 수고란, 아랫사람이 윗사람을 섬기는 것이고, 은혜란, 윗사람이 아랫

사람을 어루만지는 것이다. 무릇 사람이란, 이처럼 서로 보답하기 마련이다. [정도전]

- 여정은 보상이다. [Steve Jobs]
- 언제까지나 제자로서만 머물러 있음은 스승에 대한 좋은 보답이 아니다. [Friedrich Nietzsche]

| 보살핌 / 세심함 |

- 세심함의 결핍이 지식의 결핍보다 더 큰 피해를 낸다. [B. Franklin]
- 세심함이 없는 수고는 헛수고일 뿐이다. [프랑스 아르망 출판사의 표어]
- 자신의 일에 전념하는 보잘것없는 사람이 전념하지 않는 탁월한 사람보다 더 성공한다. [Balthasar Grasian]
- 작품을 빛내는 것은 세심함이다. [Hesiodos]

| 보수주의保守主義 |

- 나는 미국의 보수주의가 결코 단순한 기질의 집합이 아니고, 프런티어를 성공적으로 개척해 나간 그들의 성과를 증거로써 다짐한 신념의 소산이라고 본다. [이병주]

| 보증保證 |

- 누군가의 보증을 서는 자는 걱정을 떠맡을 각오를 하는 것이다. [Diogenes]
- 다른 사람의 보증을 서면, 곧 손해를 본다. [R. Tabbiner]

| 보호保護 |

- 낮의 태양의 빛으로 밝아지듯이, 우리는 우리를 보호하는 자의 빛으로 밝아진다. [Chevalier de Mere]
- 신들의 위엄도 필멸하는 인간을 죽음으로부터 보호할 수 없다. [Homeros]
- 우리가 가장 믿을 수 있는 보호자는 자신의 재능이다. [Vauvenargues]
- 위인의 우정은 신의 가호와도 같다. [Voltaire]

| 복수復讐 |

- 결행하지 않는 복수보다 더 명예로운 복수는 없다. [스페인 격언]
- 경멸輕蔑은 가장 정교한 형태의 복수이다. [Balthasar Grasian]
- 공공연히 드러나는 증오는 복수하는 방법을 잃게 한다. [L. A. Seneca]
- 뒤늦은 복수는 더욱 잔인하다. [John Ford]

- 모욕을 주는 것보다 받은 모욕을 앙갚음하는 데에 더 많은 대가를 치른다. [Thomas W. Wilson]
- 무시가 복수보다 더 빨리 모욕을 잊게 한다. [Thomas Fuller]
- 보복이란 벌을 주는 것이지 그 죄 자체를 없애지는 못한다. [Cervantes]
- 복수가 능욕을 없애지는 못한다. [Calderon, Pedro de la Barca]
- 복수는 백 살이 되어도 젖니가 빠지지 않는다. [이탈리아 속담]
- 복수는 비천한 인간들의 기쁨이다. [Juvenalis]
- 복수는 야만적인 정의이다. 인간의 성질이 그쪽으로 기울수록 법은 그것을 더욱 많이 제거해야 한다. [Francis Bacon]
- 복수는 차갑게 식어버린 음식이다. [W. Wander]
- 복수를 주저하는 것은 복수를 위험하게 만드는 것이다. [Moliere]
- 복수를 하기 위해서는 온갖 어려움을 참고 견뎌야 한다.(와신상담臥薪嘗膽) [사기史記]
- 복수를 하려는 생각으로 타인에게 나쁜 행동을 하면 자신도 벌을 받게 되어 있다. [C. de Swed]
- 복수심은 생명의 일부로서 죽음의 문턱에 이르면 대개는 우리 몸에서 떠나고 만다. [Marcel Proust]
- 복수에서 또 사랑에서 여자는 남자보다 더 야만적이다. [Nietzsche]
- 복수와 사랑에 있어서는 여자가 남자보다 훨씬 잔인하다. [Frierich nietzsche]
- 복수의 신들은 말없이 행동한다. [Jean Paul]
- 복수하기에 이미 늦어버렸을 때에는 신이 복수한다. [프랑스 속담]
- 복수하는 법을 알기 위해서는 고통받는 법을 알아야 한다. [Voltaire]
- 복수하는 최선의 방법은, 악행을 범한 사람과 같은 사람이 되지 않는 것이다. [Aurelius]
- 복수할 궁리를 하는 것은 자신의 상처를 계속 품고 있는 것이다. [Francis Bacon]
- 복수할 때 인간은 그 원수와 같은 수준이 된다. 그러나 용서할 때 그는 그 원수보다 우월해진다. [F. Bacon]
- 어중간하게 복수하는 자는 스스로 파멸을 초래하게 된다. [Pierre Corneille]
- 여자보다 더 복수에서 기쁨을 얻는 사람은 없다. [D. J. Juvenalis]
- 원수에게 복수하는 것은 다시 태어나는 것이다. [Publius Syrus]
- 지상에서 원한에 사무친 열정보다 사람을 더 빨리 소모시키는 것은 없다.

[Friedrich Wilherm Nietzsche]

- 피는 피를 취할 것이요, 복수는 복수를 낳을 것이다.　　　　[R. 사우디]
- 현자는 받은 모욕은 선행으로 갚는다.　　　　　　　　　　[노자老子]

| 복종服從 |

- 느리게 복종하는 것은 복종하는 것이 아니다.　　　　[Corneille]
- 복종은 고된 일이다.　　　[Corneille]
- 복종하는 태도에 따라 복종의 미덕도 달라진다.　[Chevalier de Mere]
- 소가 소 모는 사람의 막대를 따르지 않으면 위험한 길을 가게 된다.

　　　　　　　　　　[Pandaros]
- 조종타를 따르지 않는 배는 암초에 부딪히기 마련이다.　　[G. Toriano]

| 본능本能 / 본성本性 |

- 겨울 내 반쯤 잠들어 있으려는 본능이 이렇게 강한 것을 보면 나는 아마도 곰이나 그 비슷한 동면 동물인지 모르겠다.

　　　　[Anne Morrow Lindberg]
- 물오리의 다리는 비록 짧으나 이를 늘려준다면 슬퍼할 것이고, 학의 다리는 비록 길지만 이를 잘라준다면 슬퍼할 것이다. 그러므로 길게 타고난 것은 자를 것이 못되며, 짧게 타고난 것은 길게 해줄 것이 못된다. 그렇다고 근심을 없애주지 못하기 때문이다.　　　　[장자莊子]
- 본능이란 배우지 않은 능력이다.

　　　　　　　　　　[A. 배인]
- 본능이란 사고思考에 알리는 모든 감정과 행위이다.　　　[Voltaire]
- 양려梁麗라는 매는 성城을 부술 수는 있으나, 쥐구멍을 막을 수는 없다. 이는 기구器具의 용도가 다르기 때문이다. 준마駿馬는 하루에 천 리를 달릴 수는 있으나, 쥐를 잡는 데는 고양이나 족제비만 못하다. 이는 사물에 따라 재주가 다르기 때문이다. 올빼미는 밤이라면 벼룩을 집고 털을 볼 수 있으나, 낮에 나오면 눈을 뜨고도 산조차 보지 못한다. 이는 사물에 따라 그 본성이 다르기 때문이다.　　　[장자莊子]
- 타고난 미인은 사람이 준 거울을 보거나, 사람이 말해주지 않는다면 자기가 남보다 아름답다는 사실을 알 수 없다. 그러나 스스로 그 사실을 알거나 알지 못하거나, 또는 남에게서 듣거나 듣지 않거나, 본인이 기뻐하거나 말거나, 또 남이 칭찬하거나 말거나, 그 아름다움에는 변함이 없다. 그 미인의 아름다움은 천성天性으로 타고났기 때문이다.　[장자莊子]

| 본보기 |

- 교수형은 목이 매달린 사람을 교정하는 것이 아니라, 그 사람을 통해 다른 사람들을 교정하는 것이다.

  [Montaigne]

- 사람들은 말을 훔쳤다고 처형당한 것이 아니라, 더 이상 훔치지 말라는 본을 보여주고자 처형당한 것이다.

  [George Seville]

- 여러 죄인들을 교정하기 위하여 그 가운데 한 명을 죽이는 것이 관례이다.

  [Publius Syrus]

| 봄 |

- 귀 기울여봐, 들리는가? 봄의 달콤한 칸타타가. 눈을 뚫고 나오는 풀의 선율이. 덩굴 위에 부풀어 오르는 꽃봉오리의 노래가. 어린 개똥지빠귀 심장이 내는 부드러운 팀파니의 울림이. 봄이 왔다네.

  [Diane Frolov]

- 누구에게 다가가 봄이 되려면 내가 먼저 봄이 되어야지.   [이해인]

- 모든 것들이 숨을 죽이지만 봄만은 예외이다. 봄은 그 어느 때보다도 더 힘차게 치솟아 오른다.

  [B. M. Bauer]

- 봄은 계획, 그리고 시작의 계절이다.

  [Leo Tolstoy]

- 봄 그것은 창의적인 선물.

  [Ferguson Murger]

- 봄은 자연의 언어로 말하면 '파티하자' 라는 뜻이다. [Robin Williams]

- 봄이란 설사 눈 녹은 진탕 물에 발이 빠졌다 하더라도, 휘파람을 불고 싶을 때이다.   [The Glisten]

| 봉사奉仕 |

- 그 어떤 친절한 행동도, 아무리 적은 것이라도, 결코 낭비되지 않는다.   [Aesop]

- 남성이든, 여성이든, 모든 인간의 사명은 남을 위해서 봉사한다는 것이다.   [Lev Tolstoy]

- 남에 대한 봉사는 적절히 하고 자신의 시간을 소중히 써라.

  [Gracian y Morales]

- 남을 위해 봉사하는 것으로써 자기 역량을 알 수 있다.   [Henrik Ibsen]

- 봉사를 위주로 하는 사업은 번영할 것이며, 이익을 위주로 하는 사업은 쇠퇴할 것이다.   [Henry Ford]

- 생명이 있는 모든 것에 봉사함으로써, 나는 세계에 대하여 뜻있고 목적 있는 행동을 다하는 것이다.

  [Albert Schweitzer]

- 예술의 가치와 과학의 가치는 만인

의 이익에 대한 사욕이 없는 봉사에
있다.　　　　　　　　[John Ruskin]
- 우리 중에 참으로 행복하게 될 이는,
봉사의 방법을 찾아 봉사한 이들이
다.　　　　　　[Albert Schweitzer]
- 우리는 우리가 얻은 것으로 생계를
꾸리지만, 우리가 준 것으로 삶을
만든다.　　　　[Winston Churchill]
- 이 세상에서 찾아볼 수 있는 유일한
만족의 길은 봉사하는 것이다.
　　　　　　　　　[Charles Eliot]
- 자신을 찾는 가장 좋은 방법은 다른
사람들을 위해 봉사하면서 자신을
잃는 것이다.　　[Mahatma Gandhi]
- 자원봉사자들은 돈을 받지 않는다.
그들이 가치가 없어서가 아니라, 그
들이 값을 매길 수 없기 때문이다.
　　　　　　　　[Serry Anderson]
- 집권력이 크면 클수록 봉사는 점점
극심해진다.　　　[Herman Hesse]
- 최고의 도덕이란, 끊임없이 남을 위
한 봉사, 인류를 위한 사랑으로 일하
는 것이다.　　　[Mahatma Gandhi]
- 한없는 봉사를 언제나 제공할 수 있
는 국민은 무한히 존귀하게 될 것이
다. 봉사가 순수할수록 발달은 신
속하다.　　　　[Mahatma Gandhi]

| **부富** |

- 거친 밥을 먹고 물을 마시고, 팔을 굽

혀 베게 삼아 누웠어도 즐거움은 그
가운데 있다. 불의不義로써 부유하게
되고, 귀하게 되는 것은 나에게 있어
서는 하늘에 뜬구름과 같다.
　　　　　　　　　　[공자孔子]
- 건강과 잠과 부는 잃었다가 되찾아
봐야 비로소 제대로 누릴 수 있다.
　　　　　　　　　　[Jean Paul]
- 구하면 얻게 되고 버리면 잃게 되니,
이는 구하는 행위가 얻는 일에 유익
한 것이고, 구하는 대상이 내 안에
있는 것이다.　　　　　[맹자孟子]
- 귀가 있는 자는 듣고, 돈이 있는 자
는 돈을 쓴다.　　　[J. W. Goethe]
- 남아도는 부는 소유자에게 맡겨진
성스러운 신탁이며, 그가 살아 있을
때 사회를 위하여 쓰이게 되어 있는
것이다.　　　　　　[A. Carnegie]
- 네가 가진 재산만큼 너의 값어치가
나간다.　　　　　　[Cervantes]
- 모두가 '그 사람 부자야?' 하고 묻지
만, '그 사람 바른 사람이야?' 하고
묻는 사람은 아무도 없다.
　　　　　　　　[Publius Syrus]
- 부는 망나니이거나, 망나니의 아들
이다.　　　　　　[Hieronymus]
- 부는 보물의 소유에 있는 것이 아니
고, 그 보물을 사용하는 데 있다.
　　　　　　　　　[Napoleon I]
- 부는 사람에게 모든 편리를 제공해

준다. 남의 용력勇力을 끼고 위세를
부리고, 남의 지모智謀를 빌어 자기
의 지혜로 삼으며, 남의 덕을 끌어
다 자기의 현량賢良으로 삼을 수 있
게 한다.　　　　　　　[장자莊子]
- 부는 사용하기 위한 도구에 불과하
며, 숭배하기 위한 신이 아니다.
　　　　　　　　　[Calvin Coolidge]
- 부는 소유보다 사용에 달려 있다.
　　　　　　　　　　[Aristoteles]
- 부는 포만감을 낳고, 포만감은 기상
천외함을 낳는다.　　　　[Diogenes]
- 부를 필요로 하지 않는 자가 부를
가장 잘 누린다.　　　　[Epikouros]
- 부유에도 나름의 비참함이 있어 추
하고 생에 집착한다.　　[Euripides]
- 부자는 누가 자신의 친구인지 모른
다.　　　　　　　　　[프랑스 격언]
- 부자라도 늙어서 주는 특권을 살 수
는 없다.　　　　　　　[Euripides]
- 부자들은 착하지 못하고, 착하지 못
하면 행복하지 않다.　　　[Platon]
- 부자들을 비난하는 이유는 부자가
되기를 단념했기 때문이다.
　　　　　　　　　[Francis Bacon]
- 부자의 욕심은 격언이 된다.
　　　　　　　　　　[Cervantes]
- 부자의 집에서는 상식을 찾아보기
힘들다.　　　　　　　[Juvenalis]
- 부자인 것이 행복한 것이 아니라,

부자가 되는 것이 행복한 것이다.
　　　　　　　　　　[Standhal]
- 부자인 사람은 그 값어치만큼의 가
치는 있다.　　　[Boileau, Nicolas]
- 비너스와 유창함은 부유한 사람이
라면 누구나 편애한다.　[Horatius]
- 신은 인간에게 부를 주었다. 부에
인간을 준 것이 아니다.
　　　　　　　　　[Noel de Pie]
- 신이 부를 준 아들을 통하여 부를
만드는 경우는 드물게 볼 수 있다.
　　　　　　　　　[Alexander Pope]
- 영혼 속에 들어 있지 않은 부는 우
리에게 속한 부가 아니다.
　　　　　　　　　[Demophillius]
- 참 행복 앞에서 부는 연기의 그림자
에 지나지 않는다.　　　[Socrates]
- 최고의 부자도 죽을 때 수의만 가져
간다.　　　　　　[Pierre Gringore]
- 축적된 부는 악취 나는 오물이고,
널리 퍼진 부는 비옥한 퇴비이다.
　　　　　　　　　　[John Ray]
- 행복은 부가 아니라 우리가 어떻게
부를 이용하는가에 달렸다.
　　　　　　　　　　[Cervantes]

| 부끄러움 |

- 남자는 수치羞恥에 목숨을 버리며
여자는 남자를 위해 목숨을 버린다.

[Nichiren]

- 부끄러움은 눈에서 드러난다.

[Aristoteles]

- 부끄러움은 배우는 것이 아니라 타고나는 것이다.　[Publius Syrus]
- 사람에게는 수치스러워하는 마음이 없을 수 없다. 수치스러워하는 마음이 없는 것을 치욕으로 여긴다면 치욕은 없게 될 것이다.　[맹자孟子]
- 사랑하는 사람들은 수치스런 것을 모른다.　[Balzac]
- 수줍음에는 두 개의 적이 있다. 사랑과 질병이다.　[Collins]
- 수치심은 언제나 거짓말로 빠져들 약점을 가졌다.　[Stendhal]
- 수치심이 없는 것은 수치스러운 일이다.　[Augustinus]
- 아름다움과 부끄러움은 어울리지 않는다.　[Juvenalis]
- 적절한 수치심은 위험에서 벗어나게 한다.　[Baif]

| 부당이득不當利得 |

- 나쁘게 얻은 재산은 나쁘게 끝난다.

[Plautus]

- 부당이득은 결코 득이 되지 못한다.

[F. Villon]

- 부당이득은 손실과 같다. [Hesiodos]
- 부당하게 얻은 것은 잃어버리기 마련이고 그 주인도 마찬가지다.

[Cervantes]

- 옳지 못한 부귀는 나에게는 뜬구름 같은 것이다.　[논어論語]
- 잘못 취한 것은 잘못 나간다.

[Gnaeus Naevius]

| 부드러움 |

- 마음은 부드러워야 하고, 의지는 굽혀지지 않아야 한다.

[H. W. Longfellow]

- 모세의 온유함이 삼손의 힘보다 낫다.　[Thomas Fuller]
- 부드러움과 굳음을 때에 따라 적당히 쓸 때 그 나라는 점차 빛나고, 약함과 강함을 때에 따라 적당히 쓸 때 그 나라는 더욱 이름을 떨친다. 오로지 부드러움과 약함에 치우칠 때 그 나라는 반드시 멸망한다.　[삼략三略]
- 사타르는 부드럽게 누르면 말을 잘 들으나 거칠게 다루는 자에게는 불협화음으로 답한다.　[Homeros]
- 세상에서 물보다 유약柔弱한 것은 없으나 굳고 강한 것을 공격하는 데 있어서 이보다 나은 것이 없는 것은, 물의 유약함을 대신할 것이 없는 까닭이다. 부드러움이 강함을 이기고, 약한 것이 강한 것을 이긴다는 사실을 모르는 사람이 세상에 없지만, 실

행하는 사람이 없을 뿐이다.

[노자老子]

● 온유한 성격은 인정을 주지만 독립은 앗아간다.　　　　[Publius Syrus]
● 폭력보다는 부드러움이 더 많은 일을 한다.　　　　　　[La Fontaine]

| 부러움 |

● 동정을 받기보다는 부러움을 사는 편이 낫다.　　　　　[Pandaros]
● 동정을 받을만한 자는 그렇게 부러움을 산다.　　　[La Rochefoucauld]
● 발이 하나밖에 없는 기夔는 발 많은 지네를 부러워하고, 지네는 발 없이도 가는 뱀을 부러워한다. 뱀은 형태 없이도 잘 가는 바람을 부러워하고, 바람은 가지도 않고 볼 수 있는 눈을 부러워한다. 눈은 보지 않고도 알 수 있는 마음을 부러워한다.

[장자莊子]

● 부러움은 빈 곳간으로 결코 스며들지 않는다.　　　　[J. W. Goethe]
● 부러움은 언제나 장점에 달라붙는 것으로, 보잘것없는 것을 두고 다투려하지 않는다.　　　[Pindaros]
● 부러워하는 자는 장점을 결코 용인하지 않는다.　　　　[Corneille]
● 선망羨望은 영광을 호위한다.

[Nepos Cornellius]

● 줄칼은 뱀에 의해 부식되지 않는다.

[G. J. Phaedrus]

● 큰 자질을 갖고 태어났음을 보여주는 진정한 표지는 바로 부러움 없이 태어난 것이다. [La Rochefoucauld]

| 부모父母 |

● 가장 안전한 피난처는 어머니의 품속이다.　　　　　[J. P. C. Florian]
● 길은 가까운데 있거늘, 사람들은 먼 데서 찾는다. 일은 쉬운 데서 해결할 수 있거늘, 사람들은 어려운 데서 그 방법을 찾는다. 사람마다 부모를 부모로 섬기고, 어른을 어른으로 섬기면 온 천하가 화평해지거늘….

[맹자孟子]

● 미국인의 아버지, 영국인의 남편, 프랑스인의 연인, 이것이 가장 이상적이다.　　　　　　　　[미상]
● 부모가 살아 계시면 멀리 떠나지 말 것이며, 떠나더라도 반드시 가는 방향을 알려야 한다.　　[논어論語]
● 부모를 사랑하는 사람은 남으로부터 미움을 받지 아니하고, 부모를 공경하는 사람은 남으로부터 업신여김을 받지 아니한다.　[소학小學]
● 부모에게 잘못이 있거든, 기운을 낮추고 웃는 낯으로 말을 부드럽게 하며 간한다. 만일 간하는 말을 받아

들이지 않으시거든 공경하는 마음으로 효도를 표하여 기뻐하시거든 다시 간하라. [소학小學]

- 부모의 나이는 반드시 기억하고 있어야 한다. 한편으로는 오래 사신 것을 기뻐하고, 또 한편으로는 연세 많은 것을 걱정해야 한다. [논어論語]
- 사람의 사회에 있어서도 어미처럼 강하고 따뜻하고 거룩한 것은 없다. [유달영]
- 슬프도다! 부모는 나를 낳았기 때문에 평생 고생만 하셨다. [시경詩經]
- 신神은 도처에 가 있을 수 없기 때문에 어머니들을 만들었다. [유대 격언]
- 아버지가 되는 것은 힘들지 않다. 그러나 아버지답게 되기는 힘들다. [George W. Bush]
- 아버지의 의의는 인간의 문명 속에 자라난 하나의 배양된 감정이지만, 어머니로서의 의의는 천성불멸天性不滅의 것이다. [임어당林語堂]
- 어떤 사람은 수레를 끌고 장사를 하여 부모를 섬길 시간이 없기도 하고, 어떤 사람은 부모의 갑작스런 사망으로 부모에 대한 보은의 기회를 잃기도 한다. 그러나 중요한 문제가 여기에 나타난다. 그것은 부모에 대한 보은의 감정이 부모가 세상을 떠난 후에야 고개를 든다는 사

실이다. [강유위康有爲]
- 어머니는 우리들의 마음에 열을 주며, 아버지는 빛을 준다. [Jean Paul]
- 어머니란 스승이자 나를 키워준 사람이며, 사회라는 거센 파도로 나가기에 앞서 그 모든 풍파를 막아주는 방패막과 같은 존재이다. [Stendhal]
- 어머니란 알을 낳은 새가 아니라, 일을 부화시킨 새를 말한다. [Antoine Arnauit(대)]
- 어머니란 어린 자식의 입과 마음에서는 하느님과 같은 이름이다. [William M. Thackeray]
- 어머니를 사랑하는 사람치고 마음씨 고약한 사람은 없다. [Alfred de Musset]
- 어머니와 아버지 빼고 다 살 수 있다. [인도 우화]
- 어머니의 축복은 자식에게 짐이 될 수 있다. [James Clark]
- 어머니! 이렇게 부르면 지체 없이 격렬한 전류가 온다. 아픈 전기이다. 아프고 뜨겁고 견딜 수 없는 전기이다. [김남조]
- 여자는 약하다. 그러나 어머니는 강하다. [Victor Hugo]
- 요즘은 부모에게 물질로써 봉양하는 것을 효도라 한다. 그러나 개나 말도 입에 두고 먹이지 않는가. 여기에 공경하는 마음이 따르지 않는다면, 무

엇으로써 구별하겠는가.　　[논어論語]
- 위대한 모성은 자비로운 어머니인 동시에 무서운 어머니며, 창조와 보존의 여신인 동시에 파괴의 여신이었다.　　[Aldous Huxley]
- 한 분의 아버지가 백 명의 스승보다 더 낫다.　　[George Herbert]
- 한 사람의 양모良母는 백 사람의 교사에 필적한다.　　[Johann Herbart]

| 부모와 자녀 |

- 그 아버지에 그 아들, 모든 좋은 나무는 좋은 열매를 맺는다.

　　[William Langland]
- 딸의 사랑은 어머니에게 죽음이다.

　　[Dostoevsky]
- 모성애의 진실한 성취는, 어린아이에 대한 어머니의 사랑에서가 아니라 성장하는 아이에 대한 어머니의 사랑으로 이루어진다.　　[Erich Fromm]
- 모친은 자식의 친구들이 어떤 특별한 성공을 하면 그 친구들을 시기하기 쉽다. 모친은 대개 자기의 자식을 사랑한다기보다 자식 속의 자기를 사랑하고 있다.　　[Friedrich Nietzsche]
- 부모가 사랑하면 기뻐하며 그것을 잊지 말고, 부모가 미워하시더라도 송구스럽게 생각하며 원망하지 마라. 부모에게 잘못이 있거든 부드럽

게 간하고, 거역하지 말아야 한다.

　　[증자曾子]
- 부모가 혼자 자랐으면, 그 자식들도 스스로 커간다.　　[J. W. Goethe]
- 부모는 그 자식의 나쁜 점을 모른다.

　　[대학大學]
- 부모는 오직 자식이 병들까 걱정한다.　　[논어論語]
- 부모의 공로를 모르는 자녀는 살무사의 날카로운 이빨보다도 못하다.

　　[Shakespeare]
- 부모의 사랑은 내려가고 다시 올라오지 않는다.　　[Helvetius]
- 설사 자식에게 업신여김을 받아도 부모는 자식을 미워하지 못한다.

　　[Sophocles]
- 세월은 물과 같이 흘러 부모를 섬기는 시간도 결코 길지 아니하다. 그러기 때문에 사람의 자식 된 자는 모름지기 정성을 다하고 힘을 다하면서도, 자기가 할 일을 다하지 못할까 두려워해야 한다.　[격몽요결擊蒙要訣]
- 송아지가 얌전하면 어미 소도 위험하지 않다.　　[Talmud]
- 아들은 장가들 때까지 자식이다. 그러나 딸은 어머니에게 있어서 한평생 딸이다.　　[Thomas Fuller]
- 아들이 자기보다 더 나무랄 데 없기를 바란다면, 먼저 아버지인 자신부터 나무랄 데가 없어야 한다.

[Plautus]

- 아버지가 누더기를 걸치면 자식은 모르는 척하지만, 아비가 돈주머니를 차고 있으면 자식들은 모두 효자가 된다.　　　　[Shakespeare]
- 아버지는 딸을 자랑하고, 어머니는 아들을 자랑한다.　　[Menandros]
- 아버지는 아들을 완전히 이해할 수 없다. 두 개의 다른 세대에 속해 있기 때문이다.　　　　[Turgenev]
- 아버지는 아들의 덕을 말하지 않고, 아들은 아버지의 허물을 말하지 않는다.　　　[명심보감明心寶鑑]
- 아버지들의 근본적인 결함은 자녀들이 자기들의 자랑거리가 되길 바라는 것이다.　[Bertrant Russell]
- 아버지보다 어머니가 자식을 더 사랑한다. 어머니는 자식을 자기 자식으로 알지만, 아버지는 자기 자식이라고 생각할 뿐이기 때문이다.

[Menandros]

- 아버지에게 손찌검을 하는 아들을 둔 아버지는 누구나 죄인이다. 자기에게 손찌검을 하는 아들을 만들었기 때문이다.　[Charles Peggy]
- 아비가 좀도둑이면, 아들은 살인강도가 된다.　　　[여득승呂得勝]
- 아이들은 부모의 사랑으로 시작하여 얼마 후엔 부모를 심판한다. 부모를 용서하는 일이 있다고 하더라도

그것은 드문 일이다. [Oscar Wilde]

- 어린아이는 어머니를 그 웃는 얼굴로 분간한다.　　　　[Vergilius]
- 어린이의 미래를 구축하는 것은 어머니의 일이다.　　[Napoleon I]
- 어머니는 아들의 친구가 성공하면 질투한다. 어머니는 아들보다도 아들 속의 자기를 사랑하고 있는 것이다.

[Friedrich Nietzsche]

- 어머니는 자식 사랑함의 괴로움이 극에 달했을 때 더욱 어머니다움을 느끼게 한다.　　　　　[이주홍]
- 어머니의 눈물은 자식의 불평을 씻어내린다.　　[Alexander 대왕]
- 어버이를 공경함은 으뜸가는 자연의 법칙이다.　[Valerius Maximus]
- 어진 임금이 있다 해도 공 없는 신하를 사랑하지 않고, 자비로운 아버지가 있다 해도 이익 없는 자식을 사랑하지 않는다.　　　[묵자墨子]
- 열 명의 자식이 아버지를 돌볼 때보다, 한 명의 아버지가 열 명의 자식을 돌볼 때 더욱 공을 들인다.

[Jean Paul]

- 열 아들을 양육하는 아버지가 있는가 하면, 아버지 한 분마저 봉양하지 않는 아들이 있다. [법구경法句經]
- 우리들은 항상 자손들을 위해 무엇인가를 하고 있다고 말한다. 그러나 나는 자손들이 우리들을 위해 무엇인가

를 해주는 것을 보고 싶다. [Edison]
- 우리들을 부자지간으로 맺어주는 것은 혈육이 아니라 애정이다.
[Johann. Schiller]
- 우리들의 양친이 우리들에게서 그들 자신을 사랑함과 같이, 우리들도 또한 우리들의 자식에게서 우리들 자신을 사랑한다. [Burg]
- 은혜를 모르는 자식을 가진 부모의 고통은 살무사에게 물린 아픔보다 더 심한 것이다. [Shakespeare]
- 자기 아버지만한 명성을 얻기 위해서는 아버지보다 능력이 더 뛰어나야 한다. [Denis Diderot]
- 자기 자식을 아는 아비가 현명한 아버지이다. [Shakespeare]
- 자녀는 어머니를 삶에 동여매는 닻(무거운 물건)이다. [Sophocles]
- 자녀들을 너희들 자신의 모형대로 만드는 것은 큰 죄악이다. 너희들의 모형은 반복할 가치가 없기 때문이다. 이것은 아이들도 알고, 너희들도 다 안다. 크게 달라지지 않으면, 결과적으로 너희들은 서로 미워하게 된다. [K. Zafiro]
- 자녀들의 취미까지 일일이 간섭하는 어버이는 폭군이다. [오소백吳蘇白]
- 자식 된 도리로서 외출할 때는 반드시 고해야 하며, 돌아와서도 반드시 뵙고, 노는 곳이 있으면 반드시 떳

떳함이 있어야 한다. 익히는 것이 있으면 반드시 끝을 마쳐야 하고, 부모가 살아계실 때는 언제나 자기 스스로를 늙었다 하지 않아야 한다.
[소학小學]
- 자식들은 아버지에게 항거하고, 할아버지하고 친구가 된다는 말은 널리 알려진 사실이다. [Lewis Mumford]
- 자식들의 운명은 언제나 그 어미가 만든다. [Napoleon I]
- 자식을 알아보는 데는 아비보다 나은 이가 없다. [한비자韓非子]
- 자식이 부친을 존경하지 않는 것은 혹 경우에 따라 용서될 수 있는 것이지만, 모친에게도 그렇다면 그 자식은 세상에 살아 있을 가치가 없는 못된 괴물이라고 말하지 않을 수가 없다. [Jean Jacques Rousseau]
- 자신에게 손찌검하는 아들을 둔 아버지는 누구나 죄인이다. 그런 아들을 만들었기 때문이다.
[Charles Peguy]
- 장난감과 먹을 것이 많은 데도 더럽고 단정치 못한 어린이는 어쩔 수 없는 장난꾸러기이거나, 아니면 그의 아비가 부족하기 때문일 것이다.
[R. L. Stevenson]
- 제 부모를 사랑하는 자는 감히 남을 미워하지 못하고, 제 부모를 공경하는 자는 감히 남을 업신여기지 못한

다. 사랑하고 공경하는 마음을 제 부모에게 다하고 보면, 덕스러운 가르침이 백성들에게까지 미쳐서 천하가 본받게 될 것이다. 이것은 대개 천자로서의 효도이다. [공자孔子]

● 지혜 있는 자식은 아버지를 기쁘게 하고, 어리석은 자식은 어머니의 걱정거리다. [Solomon]

● 현명한 아버지는 자식을 올바르게 알 수 있다는 것이다. [Shakespeare]

| 부모의 사랑 |

● 부모가 자식을 사랑한다면 자식을 위한 계책은 심원해야 한다.

[전국책戰國策]

● 아버지가 사랑하고 아들이 효도하며, 형이 우애하고 아우가 공경하여 비록 극진한 경지에 이르렀다고 할지라도, 그것은 모두 마땅히 그렇게 해야 하는 것일 뿐인지라, 털끝만큼도 감격스러운 생각으로 볼 것이 못되느니라. 만약 베푸는 쪽에서 덕으로 자임하고, 받는 쪽에서 은혜로 생각한다면, 이는 곧 길에서 오다가다 만난 사람이니 문득 장사꾼의 관계가 되고 만다. [홍자성洪自誠]

● 어린 자식의 오줌과 똥 같은 더러운 것도 그대 마음에 거리낌이 없고, 늙은 어버이의 눈물과 침이 떨어지면 도리어 미워하고 싫어하는 뜻이 있다. 여섯 자나 되는 몸이 어디서 왔던가. 아버지의 정기와 어머니의 피로 그대의 몸이 이루어졌네. 그대에게 권하노니, 늙어가는 어버이를 공경하여 모셔라. 젊었을 때 그대를 위하여 힘줄과 뼈가 닳도록 애쓰셨느니라. [명심보감明心寶鑑]

● 이 세상에는 먹이를 사랑하는 것만큼 진지한 사랑은 없다. 그녀가 자녀를 사랑하는 것도 바로 그것이다.

[George Bernard Shaw]

● 자기 일생을 걸고 있는 자기의 아이, 즉 자기에게는 유일한 아이를 길러 보호해 나가는 어머니와 같이 모든 사람이 자기 마음속에 있는 모든 것에 대한 친애親愛의 감정을 길러 보호하지 않으면 안 된다. [메나산타]

● 자비로운 어버이가 자식을 사랑함은 보답을 받고자 함이 아니다. 사랑하지 않고는 마음이 풀리지 않기 때문이다. 성인聖人이 백성을 보양하는 것도 이들을 이용하고자 함이 아니다. 성인의 덕성으로 스스로 행하는 것이다. 이들은 마치 불이 스스로 뜨겁고, 얼음이 스스로 찬 것처럼 본질적인 것이다. [회남자淮南子]

● 자식을 길러본 후에야 부모의 마음을 알게 된다. [왕양명王陽明]

● 자애로움이 지나친 어머니 밑에서는

몹쓸 자식이 나온다.　　[한비자韓非子]

| 부모의 상속相續 |

- 나는 부모의 재산을 상속한 사람들을 많이 보았다. 하지만 그 가운데는 똑똑한 사람도 있고 어리석은 사람은 있어도, 부모의 장점과 미덕을 상속했다는 사람은 하나도 없다.
　　[Epicurus]

| 부모의 은혜 |

- 아버지 나를 낳으시고 어머니 나를 기르시니, 슬프다, 부모님이여, 나를 낳아 기르시느라 애쓰고 수고하셨도다. 그 은혜 갚고자 한다면 그 은혜가 넓은 하늘과 같이 끝이 없다.
　　[시경詩經]
- 부모의 은혜는 결코 갚을 수 없다.
　　[Aristoteles]

| 부부생활夫婦生活 |

- 가정의 주부가 맡은 일처럼 '시지프스'의 형벌(바위를 계속 산위로 올리는 형벌)을 닮은 것도 없으리라.
　　[Beauvoir]
- 강물은 굽이치지 않으면 물이 흐르지 않고, 부부가 싸우지 않으면 해

로할 수 없다.　　[중국 격언]
- 결코 죽느냐 사느냐 하는 아슬아슬한 지경까지 이르지 않도록 하라. 그것이 부부생활의 첫째 비결이다.
　　[F. Dostoevsky]
- 교처巧妻는 항상 졸부拙夫와 함께 잔다.　　[오잡조五雜粗]
- 넘어진 말은 수레를 파손하고, 악처는 가정을 파괴한다.　　[고시원]
- 무엇이건 부부간의 대화는 외과수술처럼 신중을 기해야 한다. 어떤 부류의 부부는 정직한 탓으로 건강한 애정까지도 수술하여 그것 때문에 죽음을 초래하게 된다.
　　[Andre Maurois]
- 부부관계를 지속시키는 비결이란? 그것은 함께 있는 시간을 가능한 한 줄이는 것이야.　　[Paul Newman]
- 부부 사이에는 구별이 있다.(부부유별夫婦有別)　　[논어論語]
- 부부생활은 길고 긴 대화와 같은 것이다. 혼인생활에서는 다른 모든 것은 변화해 가지만, 함께 있는 시간의 대부분은 대화에 속하는 것이다.
　　[Friegrich Nietzsche]
- 부부 십계명 : ① 몸이 튼튼하고 행복한 상태를 유지한다. ② 자신의 삶에 충실한다. ③ 섹시하게 자신을 가꾸며 아름다운 몸매를 유지한다. ④ 기회가 닿는 대로 서로 접촉하도록

힘쓴다. ⑤ 자신감을 가지고 살아간다. ⑥ 서로 존중하며 예의를 지킨다. ⑦ 상대방의 기분을 북돋우어준다. ⑧ 서로의 생각이 일치하도록 노력한다. ⑨ 처음 만났을 때를 항상 기억한다. ⑩ 문제가 생기면 한 번에 한 가지씩 해결해 나간다.　　　[미상]
- 쉽게 말하면, 부부란 사슬 매인 유형수流刑囚다. 그러므로 부부는 보조를 맞추어 걷지 않으면 안 된다.
　　　　　　　　[Maksim Gorky]
- 식탁에서 함께 식사를 하고 있는 부부의 모양을 보라, 그들이 식사를 하고 있는 다정하고 흐뭇한 시간은 부부생활의 시간의 길이와 곧잘 비례한다.　　　　[Andre Maurois]
- 어느 부부나 적어도 한쪽은 바보이다.　　　　　[Henry Fielding]
- 여자는 복종하는 척하면 할수록 주권을 장악할 수 있다는 것을 충분히 알고 있다.　　　　　[Musset]
- 한 몸 둘에 나눠 부부를 만드시니, 있을 제 함께 늙고 죽으면 한데 간다. 어디서 망년의 것이 눈 흘기려 하느뇨.　　　　　　[정철]

| 부부의 다툼 |

- 나무와 나무껍질 사이에는 손가락을 넣는 것이 아니다.　　[Moliere]
- 남편에게 아내는 집안에 들이치는

폭풍우와도 같다.　　[Menandros]
- 비가 오는 만큼 바람이 분다.
　　　　　　　　[Socrates]

| 부부의 사랑 |

- 남편이 그 아내를 의심하지 않으면 아내는 반드시 정숙하고, 아내가 남편을 의심하지 않으면 남편은 반드시 순종한다.　　　[중국 격언]
- 부부는 서로 사랑하는 동시에 미워하는 것이 당연하며 이러한 미움을 두려워해서는 안 된다. 올바르게 미워하는 것이 매섭게 대립하는 것보다 낫다.　[사카구지 안고坂口安吾]
- 부부의 정은 제3자가 억지로 할 수 없다.　　　　[한시외전韓詩外傳]
- 서로 사랑한다 말할 필요가 없어졌을 때, 더는 사랑할 수 없게 된다.
　　　　　　　　[Ch. Kaie]
- 아내란 무엇인가? 정확하게 말하자면, 그것은 벗이다. 다시 말하면, 부부는 사슬로 결합된 벗이다. 그러기 때문에 부부는 발을 맞추어 걷도록 해야 한다. 그렇지 않으면 사슬에 마음이 쏠려 걸을 수 없게 된다.
　　　　　　　　[Maxim Goriki]
- 아내는 젊은 남자에게 있어서는 여주인이고, 중년 남자에게 있어서는 친구이고, 노인 남편에게는 유모이다.
　　　　　　　　[Francis Bacon]

| 부임자의 마음가짐 |

- 어느 교회에 부임하든 영원히 있을 것처럼 뜨겁게 일하고, 떠나야 할 일이 있을 땐 어느 순간이든 당장 떠날 수 있도록 준비하며 살자는 것이다.　　　　　　　　[임영수]

| 부자富者와 빈자貧者 |

- 가난과 지혜가 서로 가까운 친척이 듯이 형편없는 정신은 부와 자연스럽다.　　　　　　　[Euripides]
- 가난은 가난한 자를 좇아가고, 부는 부자를 좇아간다.　　　[Talmud]
- 가난이 강건한 영혼의 품위를 떨어뜨릴 수 없고, 부가 비열한 인간을 고양시킬 수 없다. [Vauvenargues]
- 가난하게 살면 사람 많은 시끄러운 저자에서도 아는 사람이 없으며, 부자는 깊은 산속에 살아도 친구가 있느니라.　　　　　[명심보감明心寶鑑]
- 가난하면서 원망하지 않기는 어렵고, 부자이면서 교만하지 않기는 쉬운 일이다.　　　　　[공자孔子]
- 가난한 사람은 덕행으로, 부자는 선행으로 이름을 떨쳐라.　　[Joubert]
- 가난한 자는 부자에게 두 손을 내밀지만, 부자는 가난한 자에게 두 손가락만 내민다.　　　[C. Collins]

- 가난한 자는 부자의 류머티즘도 쉽게 받아들일 것이다.　　[Juvenalis]
- 가령 큰 재산이 있다면 반드시 큰 불평등이 있다. 한 사람의 부자가 있기 위해서는 500명의 가난한 자가 있지 않으면 안 된다. [Adam Smith]
- 가장 부유한 사람은 절약가이고, 가장 가난한 사람은 수전노이다.　　　　　　　[Nichora Sangfor]
- 가진 것이 없는 자는 가볍게 몸을 옮기나, 부는 그보다도 더 가벼운 짐이다.　　　　　　　[Talmud]
- 그 누구도 개보다 가난하지 않고, 그 누구도 돼지보다 부자는 아니다.　　　　　　　　[Talmud]
- 기업가들은 저마다 비전을 가지고 있다. 그들은 다른 사람들이 보지 못하는 것을 본다. [Anita Roddick]
- 당신이 가난하다면 계속 가난할 것이며, 부는 부자들에게만 돌아갈 뿐이다.　　　　　[M. V. Martialis]
- 만족함을 알고 있는 자는 진정한 부자이고, 탐욕스러운 자는 진실로 가난한 자이다.　　　　　[Solon]
- 많은 사람은 곤궁으로 고민하고 있다. 나는 여러 차례 과거에 낙제하여, 곤궁함 속에서 편안함을 얻게 되었다. 내가 이 곤궁함을 어찌 세상 사람의 부귀영화와 바꿀 수 있으랴.　　　　　　　　　[조식]

- 명아주 먹는 입, 비를 먹는 창자엔 얼음같이 맑고 구슬처럼 조촐한 사람이 많지만, 비단옷 입고 쌀밥 먹는 사람은 종노릇 시늉도 달게 여긴다. 대저 뜻은 담백함으로써 밝아지고, 절조節操는 기름지며, 달콤한 맛 때문에 잃어진다.   [채근담菜根譚]
- 모든 것을 혼자 할 수는 없다. 남들에게 당신의 목표 달성을 돕도록 의존하는 것을 겁내지 말라.
    [Oprah Winfrey]
- 부富는 사람에게 모든 편리를 제공해 준다. 남의 용력勇力을 끼고 위세를 부리고, 남의 지모智謀를 빌어 자기의 지혜로 삼으며, 남의 덕德을 끌어다 자기의 현량賢良으로 삼을 수 있게 한다.   [장자莊子]
- 부富는 보물의 소유에 있는 것이 아니고, 그 보물을 사용하는 데 있다.
    [Napoleon I]
- 부유하면 어질지 못하고, 어질면 부유해지지 못한다.   [맹자孟子]
- 부자가 되기 위해서는 가난한 집에서 태어나야 한다.   [Andrew Carnegi]
- 부자는 결코 천국에 들어가지 못하겠지만, 빈자는 이미 지옥에서의 형기에 복무하고 있다.   [Chase]
- 부자는 결코 친척을 좋아하지 않는다.   [서양 격언]
- 부자는 선량할 수가 없다. 선량하지 못하면 행복하다고 할 수 없다.
    [Platon]
- 부자는 세계의 구석구석에까지 4촌이나 아주머니를 갖고 있다. 가난한 자가 갖고 있는 친척은 불행뿐이다.
    [August F. F. Kotzebue]
- 부자로 죽기 위해서 궁하게 사는 것은 미친 짓임에 분명하다.
    [Juvenalis]
- 부자의 거만함이 가난한 자의 부를 만든다.   [Nicolas Bratton]
- 비열한 부자가 가난한 귀족보다 행세를 한다.   [Mathurin Regnier]
- 사람의 정의情意는 다 가난한 데서 끊어지고, 세속의 인정은 곧잘 돈 있는 집으로 쏠린다.
    [명심보감明心寶鑑]
- 사업계획서에는 향후 10년간의 모든 계획을 담아야 한다. 계획을 세우지 못하는 것은 실패를 계획하는 것이다.   [Robert Harold Schuller]
- 세상에는 두 개의 신분과 가족이 있다. 가진 자와 갖지 못한 자이다.
    [Cervantes]
- 악은 부에, 덕은 가난에 숨겨져 있다.
    [Theognis]
- 어떤 자들은 지나치게 많이 갖고 있으면서도 여전히 탐한다. 나는 적게 가지고 있지만 더 많이 구하지 않는다. 그들은 많이 가지고 있으나 가

난하며, 나는 적은 것을 가지고도 부유하다. 그들은 가난하지만 부유하며, 그들은 구걸하지만 나는 나누어준다. 그들은 부족하지만 나는 만족하고, 그들은 애태우지만 나는 기꺼이 살아간다. [Edward Dyer 경]

- 영지英智를 가미한 부는 본래 최상의 선물이다. [Pandaros]
- 진정한 의미에 있어 부자가 되고자 하면, 가진 것이 많기를 힘쓸 것이 아니라 욕심을 줄이기에 힘쓰라. 사람이란 욕심을 억제하지 않으면 언제까지라도 부족과 불만을 면할 수 없다. [Plutarchos]

| 부재不在와 존재存在 |

- 겨울이나 여름이나 자리를 비운 사람은 자리를 잃는다. [Desaugiers]
- 눈에서 멀어지면 마음에서도 멀어진다. [Propertius, Sextus]
- 바람에 촛불은 꺼지나 횃불은 더욱 피어나듯이, 부재로 작은 열정은 줄어드나 큰 열정은 커진다.
  [La Rochefoucauld]
- 부재는 가장 큰 악이다.
  [J. de La Fontain]
- 부재자들은 늘 틀렸다.
  [P-N. Destouches]
- 사냥하러 간 사람은 자리를 잃는다.
  [요하일 뒤폴로]
- 자기 혼인식이라도 불참하면 좋은 몫은 가지지 못한다. [Jean de Noyers]
- 자리에 없는 사람들에 대한 칭찬에는 아첨이 없다. [그레제]
- 자리에 없는 자들은 혀로 살해를 당한다. [Paul Scarron]
- 존재는 망각의 힘을 지닌 여신이다.
  [Johann Wolfgng Goethe]
- 해가 저물 때 비로소 사람들은 그 위대함을 안다. [L. A. Seneca]

| 부정不貞한 남자 |

- 남자에게는 병에서 벗어나는 것보다 의연함을 유지하는 것이 더 힘들다.
  [Nichora Sangfor]
- 사랑의 모든 기쁨은 변한다는 데에 있다. [Moliere]

| 부정不貞한 여자 |

- 여자는 남편과 닿으면 곧바로 깨끗해진다. 다른 남자와 닿아서는 결코 깨끗해질 수 없다. [Teano]
- 여자는 한 남자에게 말하면서 다른 남자를 쳐다보고, 머리로는 또 다른 남자를 생각한다. [Bhartrihari]
- 젊은 여자의 명예는 그 여자 자신에게 있어 이를 두 번 생각한다. 그러

나 혼인한 여자의 명예는 남편에게 있어 이를 그다지 중요하게 생각하지 않는다. [L. S. Mercier]
- 친구 하나 없는 남편은 반쪽짜리 남편이다. [A. de Montreux]

| 부주의不注意 |

- 부주의가 실수를 부른다. [Horatius]
- 작은 실수 하나가 대재앙을 낳는다. [V. Respi]
- 찾으려 애쓰는 것은 찾게 된다. 그러나 소홀히 하는 것은 우리에게서 도망친다. [Sophocles]

| 부채負債 / 빚 |

- 누구에게도 빚을 지지 아니한 자야말로 세상을 떳떳이 볼 자격이 있다. [Henry W. Longfellow]
- 빚을 갚는 데는 두 가지 방법뿐이다. 하나는 보다 부지런히 일해서 수입을 늘이는 것이고, 또 하나는 보다 검약하게 생활하여 지출을 줄이는 것이다. [Thomas Carlyle]
- 빚을 얻는 것은 가려운 데를 긁는 것과 같은 것이다. [Talmud]
- 빚을 얻으러 가는 사람은 슬픔을 얻으러 가는 것과 다름없다. [T. 터서]
- 피차 사랑의 빚 이외에는 아무에게

도 아무 빚도 지지 말라. [Rome]
- 한 사람이 당신에게 돈을 갚아야 하는데 그가 이행하지 못한다면, 그 사람 앞을 지나가지 말라.
[Henry W. Longfellow]

| 부침浮沈 |

- 나의 건강이 너무 안 좋아서 오히려 더 잘 지내게 될 것이다.
[P. J. Leroux]
- 두 개의 푸른 잎 사이에 산딸기가 있다. [J. A. Baif]
- 두 산 사이에는 계곡이 흐른다.
[프랑스 격언]
- 비가 온 뒤에는 밝은 날이 온다.
[Alain de Lille]
- 악마가 항상 가난한 자의 문 앞에만 있는 것은 아니다.
[L. C. Carmontelle]
- 어머니 같은 날이 있고, 계모 같은 날이 있다. [Hesiodos]
- 여명이 밝아오기 전이 가장 어둡다.
[Thomas Fuller]
- 인생의 부침이라는 잔은 수시로 변하는 술로 채어진다. [Shakespear]

| 부패腐敗 |

- 가장 뛰어난 자들의 부패가 최악의

부패이다.　　　[Thomas Aquinas]

- 뇌물은 인기척도 없이 안으로 들어온다.　　　[J. Clarke]
- 백합 썩은 냄새가 잡초 썩은 냄새보다 고약하다.　　　[Shakespear]
- 부패는 그 자체가 모든 낭비와 혼란의 근원이 되며, 우리에게 수천만 원의 빚보다도 더욱 무거운 짐이 된다. 우리의 군대로부터는 힘을, 우리의 의회로부터는 지혜를, 우리 헌법의 가장 존엄한 부분으로부터는 모든 권위와 신용을 빼앗아간다.
　　　[Edmond Burke]
- 사람이 관직에 눈독을 들인다는 것은, 행위에 이미 부패가 시작되었다는 뜻이다.　　　[Thomas Jefferson]
- 생선은 머리부터 냄새가 나기 시작한다.　　　[M. Apostelius]
- 선물은 신들을 진정시키고 폭군들을 설득시킨다.　　　[Hesiodos]
- 아직도 살아있는 사회의 부패 중 으뜸가는 징조는 목적이 수단을 정당화시키는 것이다.　　　[G. Bernanos]

| 부패한 사회 / 국가 |

- 가슴속의 사소한 부정은 술로 씻을 수 있으나, 천하의 부정은 칼이 아니고서는 제거할 수 없다. [임어당林語堂]

- 관리에게 널리 퍼져 있는 주구誅求(관청에서 백성의 재물을 강제로 마구 빼앗아감)의 폐단이란 과연 무엇인가? 권력 있고 간사한 무리들이 질서를 어지럽힌 뒤로 상하가 모두 뇌물을 이름이니, 벼슬도 뇌물이 아니면 승진되지 못하고, 쟁송도 뇌물이 아니면 판결 나지 않으며, 죄인도 뇌물이 아니면 방면되지 못하고, 백관들은 법도에 어긋나는 일만 한다. 그뿐인가. 관리들은 법률의 조문을 농간하기에 이르러 옥송獄訟의 중대한 사건마저도 교활한 관리의 손에 맡겨져 그 뇌물의 많고 적음을 보아 옳고 그름을 판결하게 되었으니, 이는 진실로 정치를 어지럽히고 나라를 쇠망하게 하는 고질병이 아니고 무엇이겠는가.　　　[이이]
- 나라가 부패하면 할수록 법률은 불어간다.　　　[Tacitus]
- 부패한 사회에는 많은 법률이 있다.
　　　[Samuel Johnson]

| 분노忿怒 |

- 가장 멋진 승리는 자기 마음을 이기는 것이다.　　　[La Fontaine]
- 격분한 이성은 과오를 범하기 마련이다.　　　[C. Delavigne]

- 노여움은 헛되고 도움이 안 된다.
  [Gabriel Morie]
- 부서지기 쉬운 얼음처럼, 분노는 시간이 흘러감에 따라 사라진다.
  [D. N. Ovidius]
- 분노가 조언을 잘해준 적은 결코 없다.
  [Menandros]
- 분노는 문밖에 재워야 한다.
  [La Fontaine]
- 분노는 영혼을 활기차게 하는 원동력 중 하나이다. 그래서 분노가 없는 사람의 마음은 불구이다.
  [Thomas Fuller]
- 분노는 짧은 광기이다. [Horatius]
- 분노로 저지른 일은 실패하기 마련이다. [Chingiz Kahn成吉思汗]
- 분노를 억누르지 못하는 것은 수양이 부족하고 무절제하다는 표시다. 그러나 항상 그것을 억누르는 것은 쉽지 않다. 그것이 불가능한 상황이 반드시 있기 때문이다.
  [Plutarchus 영웅전]
- 분노를 이겨내는 것, 그것은 자신의 가장 큰 적을 물리치는 것이다.
  [Publius Syrus]
- 분노 속에 행동하는 것은 폭풍 속에서 항해하는 것이다. [독일 격언]
- 분노에 대한 기억마저 짧은 분노이다. [Publius Syrus]

- 분노의 결과가 그 원인보다 훨씬 더 심각하다. [Marcus Aurelius]
- 지체해서 이득이 될 것은 아무것도 없다. 그러나 분노는 그렇지 않다.
  [Publius Syrus]
- 참을성이 있는 사람의 분노의 폭발에 조심하라. [John Dryden]
- 칼을 들고 불을 들쑤시지 말라.
  [Pythagoras]
- 해가 두 번 솟아오른 것을 본 분노는 참을 수 없다. [Thomas Fuller]
- 현자가 화를 내면 더 이상 현자가 아니다. [Talmud]
- 화가 난 사람은 야생마를 타고 있다.
  [Benjamin Franklin]
- 화가 난 사람은 자신에게 쐐기풀 침대가 되는 것이다.
  [Samuel Richardson]

| 불 |

- 불은 예술의 위대한 스승이다.
  [Francois Rabelais]
- 작은 불은 더 큰불로 꺼진다.
  [Aristoteles]

| 불가피不可避한 일 |

- 모든 것은 끝을 향하여 움직인다.
  [Rabelais]

- 배는 익으면 떨어져야 한다.
  [Carmontelle]
- 일어나야 하는 일이라면 겨울에 비라도 내린다. [Gabriel Morie]
- 일어날 일은 일어난다. [Aeschilos]

| 불공평不公平 |

- 아버지는 자식의 단점을 알지 못하고, 농부는 제 땅의 비옥함을 알지 못한다. [공자孔子]
- 적과 우리 사이 한가운데에 있는 자는 우리보다 적에게 더 가까워 보인다. [Nichora Sangfor]

| 불만不滿 |

- 꿈은 만족하지 못한 데서 생긴다. 만족하고 있는 사람은 꿈을 꾸지 않는다. 결국 꿈은 답답한 곳이든가, 병원 같은 곳이 아니면 편치 않은 잠자리에서 꾸기 마련이다.
  [Montherlant]
- 대부분의 사람들이 매사에 불만을 품고 있지만, 그것은 하나와 무와의 차이가 하나와 천千과의 차이보다 더 크다는 것을 모르기 때문이다.
  [Vernet]
- 부는 사치와 게으름의 어머니이고, 가난은 비열함과 악함의 어머니이며, 부와 가난 모두 불만의 어머니이다. [Platon]
- 불만은 개인이나 국가가 발전하는 첫걸음이다. [Oscar Wilde]
- 불만은 자기 의존의 결핍이요, 의지의 허약이다. [Ralph W. Emerson]
- 자기가 가진 것으로 만족하지 않는 사람은 자기가 바라던 것을 가지게 되어도 역시 만족하지 않는다.
  [L. Feuerbach]
- 한 곳에서 불만인 사람이 다른 곳에서 행복하지는 않다. [Aesop]

| 불명예不名譽 |

- 명예에 난 상처는 그 자체로 고역을 치른다. [Thomas Fuller]
- 불명예가 공개적일 때 보복도 그러하다. [Beaumarchais]
- 불명예스러운 자가 죽은 자보다 나쁘다. [Cervantes]

| 불운不運 |

- 불운 속에서 용감해지는 것은 성인으로서의 가치가 있는 것이며, 불운 속에서 현명해지는 것은 운명을 정복하는 것이다. [A. Lefler]
- 불운은 올 때는 날아오지만, 떠날 때는 걸어서 간다. [H. G. Bon]

- 불운을 참는 것은 쉬운 일이지만, 그것을 끝까지 견디는 것은 어려운 일이다. [L. A. Seneca]
- 인생은 운이 좋은 자에게는 짧으나, 불운한 자에게는 길다. [Apollonius]
- 좋은 파수꾼이 불운한 일을 쫓는다. [Gabriel Morie]

| 불의不義 |

- 내가 당한 불의를 경계하는 자는 아무도 없다. [J. W. Goethe]
- 말해서 안 되는 것에는 침묵하고 불의를 견딜 줄 아는 것이야말로 어려운 일이다. [Diogenes Laertios]
- 백주에 드러나는 불의는, 독이든 물을 퍼뜨린다. [타라파 알바크리]
- 불의는 신성모독이다. [Marcus Aurelius]
- 불의를 저지르는 자조차도 불의를 혐오한다. [Publius Syrus]
- 불의를 찾으려고 하는 자에게는 등불이 필요 없다. [Lichtenberg]
- 불의에 고통당하는 것보다 불의를 저지르는 것이 더욱 불행하다. [Socrates]
- 불의 위에 세워진 왕권은 지속되지 못한다. [L. A. Seneca]
- 불의의 눈에도 불의는 혐오스럽다.

[Nicolas Boileau]
- 우리에게 직접적으로 이익이 되지 않는 모든 불의는 우리에게 상처를 준다. [Vauvenargues]
- 이 세상에 오래 가는 불의는 없다. [Sevigne 부인]
- 참을 수 없는 인생이 되지 않기 위해서 반드시 익숙해져야 할 두 가지가 있다. 시대의 모욕과 사람들의 불의이다. [Nichora Sangfor]
- 한 명에게 가한 불의는 모두에 대한 위협이다. [Publius Syrus]

| 불평不平 |

- 그만둘 수 있으면 그만둬요. 그만둘 수 없다면 불평을 멈추십시오. 이것이 당신이 선택한 것이오. [John Cornrath]
- 마음에 들지 않는 것이 있을 때 불평만 하는 것 이상을 하는 것이 중요하다는 것을 압니다. 당신은 그것에 대해 뭔가를 시도해야 합니다. 그렇지 않으면 당신은 우는 소리에 불과합니다. [장 페리스]
- 불평은 우리를 위로하려는 동정보다, 우리를 공격하려는 불안을 불러일으킨다. [Balthasar Grasian]
- 불평을 전혀 하지 않는 자는 복수를

계획한다.　　　　　　　[John Dryden]

- 불평하지 마시오. 그냥 더 열심히 하세요.　　　　　[Randy Pausch]
- 사회에 대해 큰소리로 불평하는 자가 그 사회의 복지를 위해서 가장 많이 심려하는 자라고 생각하는 것은 일반적인 잘못이다.　　[E. 버트]
- 소크라테스의 말대로, 만일 세상의 모든 사람이 자기들의 육신과 마음과 운명에 대한 불평거리를 가져와서 산더미로 쌓아놓고 그것을 똑같이 나누어 갖자고 한다면, 당신은 똑같이 분배하여 당신의 몫을 받겠는가? 의심할 바 없이 당신은 오늘 처한 상황을 택할 것이다.

　　　　　　　　　　　[R. Burton]

| 불행不幸 |

- 가장 당해내기 어려운 불행은 올 듯 올 듯 하면서도 결국은 오지 않는 것들이다.　　[John Ronald Royal]
- 가장 불행한 여자는 가장 불행한 국가처럼 역사도 가지고 있지 않다.

　　　　　　　　　　[George Eliot]
- 교수형을 받으러 갈 때 동행이 있으면 기분이 좋다.　　[Thomas Fuller]
- 극단적인 불행은 법 위에 존재한다.

　　　　　　　　　　　[Voltaire]
- 나무는 바람 아래서 굳세어진다.

　　　　　　　　　　[L. A. Seneca]
- 나에게 말하라면, 이 세상에 불행은 다음의 세 가지밖에 없다. 겨울에 추운 집에서 지내는 것, 여름에 꼭 끼는 장화를 신고 다니는 것, 그리고 살충제로 죽일 수도 없는 갓난아이의 빽빽거리며 우는 방에 머무는 일이다.　　　　　[Turgenev]
- 나의 가장 험한 불행이란, 그 자체가 불행이기 때문에 그런 것이 아니다. 내가 자신과 자신의 생애 사이에 그 같은 불행이 있다고 생각하기 때문이다.　[Mikhail Artsybashev]
- 남의 불행을 보는 것은 나의 불행을 견딜 수 있게 해준다.　[Sophocles]
- 누군가를 해하는 것이, 누군가에게는 도움이 된다.　　[D. Erasmus]
- 듬성한 머리에 파리가 날아든다.

　　　　　　　　　　[J. A. Baif]
- 만약 인생이 불행하다면, 우리는 그 괴로운 짐을 벗어버리려고 애쓴다. 반대로 만약 인생이 행복하다면, 그것을 잃어버릴까 겁을 낸다. 깊이 생각하면, 행복이고 불행이고 마음에 부담이 되는 점은 마찬가지다.

　　　　　　　　　　[La Bruyere]
- 만일 그대에게 불행이 닥쳐오거든, 그 원인을 당신의 행위에서보다도 그 행위를 하게 한 사상에서 찾아라. 그와 같이 어떤 사건이 그대를

슬프게 하여 괴롭게 할 때, 그 원인을 사람들의 행위에서보다도 그 사건을 일으킨 사람들의 사상에서 찾아야 한다.　　　　[Lev N. Tolstoy]

● 매우 불행한 사람만이 남을 가엾게 여길 자격이 있다.　　[Wittgenstein]

● 모든 불행은 미래에의 발판에 지나지 않는다.　　　[Henry Thoreau]

● 모든 비운 중에서도 가장 큰 불행은 옛날에 행복했다는 것이다.
　　　　　　　　　　[Horatius]

● 물정을 모르는 것이 불행한 것이다.
　　　　　　　　　[La Fontaine]

● 불행, 그것은 인간의 생활에 있어서의 시금석이다.　[John Fletcher]

● 불행, 그것의 관조觀照, 우리들의 혼에 내적인 기쁨을 준다. 그것도 그 기쁨은 불행을 관찰하는 일의 노력에서 생긴다.　[Alfred de Vigny]

● 불행도 쓸모 있을 때가 있다.
　　　　　　　　[Noel de Pale]

● 불행만 계속되면 사람은 모두 이리가 된다.　　[Johan A. Strindberg]

● 불행에 굴복하는 일이 없어라. 아니, 그보다도 대담하게, 적극 과감하게 불행에 도전할 일이다.
　　　　[Publius Vergilius Maro]

● 불행에는 여러 가지 형태가 있는데, 사람에 따라 그 경우가 천차만별이다. 그러나 그중에도 가장 불행한

것은 마음이 사방으로 흩어져서 스스로 마음을 잡지 못하는 것이다. 마음을 조용히 한데 모으고 있는 사람은 적어도 행복한 사람이다.
　　　　　　[채근담菜根譚]

● 불행에 대한 특효약은 없습니다. 다만 옛날부터의 권태라든지, 인내라든지, 포기라든지 하는 미덕이 있을 뿐입니다.　　[Aldous Huxley]

● 불행에서 자유롭다고 하는 것은 커다란 행복이다.　[Wilheim Schafer]

● 불행은 부엉이처럼 빛을 피한다.
　　　　　[Winston L. S. Churchill]

● 불행은 결국 진저리 치게 된다. 바람이 늘 똑같이 거칠게 부는 것은 아니기 때문이다.　　[Euripides]

● 불행은 사람을 가리지 않고 이리저리 떠돌며 오늘은 이 사람에게, 내일은 저 사람에게 가서 쉰다.
　　　　　　　　[Aeschilos]

● 불행은 오래된 우리의 친구였다. 그러나 이 친구가 가진 누더기와 쓰레기 같은 악취를 더 친근할 수는 없다. 불행은 결속된 인간의 용기보다는 훨씬 약한 것이다.　[모윤숙]

● 불행은 친구를 갖지 못한다.
　　　　　　　　[Euripides]

● 불행은 태반이 인생에 대한 그릇된 해석 때문이다.　　[Montaigne]

● 불행을 갖지 않음이 행복을 가짐이

다.　　　　　　　　　[Quintus Ennius]
- 불행을 견디지 못하는 것도 불행의 하나다.　　　　[Diogenes Laertios]
- 불행을 고치는 약은 오직 희망 밖에 없다.　　　　　　　[Shakespeare]
- 불행을 극복하는 것은 행복을 누리기보다는 쉽다. 인간에게는 행복 이외에 그것과 같은 정도의 불행이 항상 필요하다.　　[F. Dostoevsky]
- 불행을 불행으로써 끝맺는 사람은 지혜 없는 사람이다. 불행 앞에 우는 사람이 되지 말고, 불행을 하나의 출발점으로 이용할 수 있는 사람이 되어라. 불행은 예고 없이 도처에서 우리를 기다리고 있다. 어떠한 총명도 미리부터 불행을 막을 길은 없다. 그러나 불행을 밟고 그 속에서 새로운 길을 발견할 힘은 우리에게 있는 것이다. 불행은 때때로 유익한 자극제가 될 수 있다. 우리는 불행을 자신을 위하여 이용할 수 있는 것이다.　　　　　　[Balzac]
- 불행의 원인은 늘 나 자신이다. 몸이 굽으니 그림자도 굽다. 어찌 그림자 굽은 것을 한탄할 것인가. 나 외에는 아무도 나의 불행을 치료해 줄 사람은 없다. 불행은 내 마음이 만드는 것과 같이 불행은 나 자신이 만들 뿐이요, 또 치료할 수 있을 뿐이다. 내 마음을 평화롭게 가져라!

그러면 그대의 표정도 평화롭고 자애로워질 것이다.　　　[Pascal]
- 불행이란 여자들에게는 받아들여질 만한 성질의 것이다. 그것이 자기 아닌 다른 여인들에게 일어날 때는 더욱 그렇다.　[John Steinbeck]
- 불행이란 이상한 것이다. 우리들이 그것에 대하여 말하면, 그것은 점점 더 커진다. 그 원인과 그것이 미치는 범위를 바르게 이해하는 것만이 우리들에게 그것을 이겨낼 수 있도록 해준다.　　　　　[Beethoven]
- 불행이란 인생의 기괴한 동반자이다.
　　　　　　　　　[Henry James]
- 불행이 클수록 삶은 위대해진다.
　　　　　　[Prosper J. Crebillon]
- 불행처럼 난해한 것은 없다. 불행은 하나의 미스터리다. 그리스 격언에 있는 불행은 아무것도 이야기해 주지 않는다. 불행의 진짜 뉘앙스나 원인을 파악하려면 무엇보다도 내면분석을 할 수 있어야 한다. 하지만 일반적으로 불행한 사람들에게는 이런 준비가 되어 있지 않다.
　　　　　　　　　[Simone Weil]
- 불행한 것은 바람직하지 않지만, 불행해 본 것은 바람직하다.
　　　　　　[Chevalier de Mere]
- 불행한 것처럼 보이게 함으로써 어떤 즐거움이 얻어진다면, 그렇게 함

으로써 흔히 자신의 불행도 체념할
수 있다.　　　　[La Rochefoucauld]
- 불행한 사람들은 그들의 진정한 불
행에 대해서는 언급함이 없이 거의
언제나 거짓 불행에 대해서만 한탄
한다. 게다가 그 불행이 뿌리 깊고
지속적일 경우에는 심한 수치심 때
문에 탄식조차 할 수 없다. 이렇게
되면 각각의 불행한 조건은 인간들
사이에 침묵의 지대를 조성하며, 이
곳에서는 인간존재가 마치 고도孤
島에서처럼 갇히게 되는 것이다. 이
섬에서 빠져나가는 자는 뒤도 돌아
보지 않는다.　　　　[Simone Weil]
- 불행한 사람의 특징은 그것이 불행
한 것인 줄 알면서도 그쪽으로 가는
점에 있다. 우리 앞에는 불행과 행복
의 두 가닥 갈림길이 언제나 있다.
우리 자신이 둘 중의 하나를 선택하
도록 되어 있다. [Abraham Lincoln]
- 불행한 인간이란 것은, 잠자는 것이
서투른 사람이 불편을 자랑거리로 삼
는 것과 같이 항상 자기가 불행하다
는 사실을 자랑삼고 있다.
　　　　[George Bertrant Russel]
- 불행한 자는 또 다른 불행한 자를
찾는다.　　[Marguerite de Navarre]
- 불행한 자는 타고난다.　　[Seneca]
- 불행한 자들은 어리석기로 유명하다.
　　　　[Thomas Fuller]

- 불행한 자들은 자신들보다 더 불행
한 자들을 보면서 마음을 달랜다.
　　　　[Aesop]
- 불행한 자들은 항상 그르다.
　　　　[F. J. 데스비용]
- 불행한 자들이 똑같이 저지르는 실
수는 자신들에게 호의적인 것을 절
대로 믿으려 하지 않는 탓이다.
　　　　[L. A. Seneca]
- 불행한 자에게 웃음도 모욕이다.
　　　　[Publius Syrus]
- 비참함은 비참함을 견딜 수 있도록
도와준다.　　　　[Sophocles]
- 사람에게 세 가지 불행 있으니, 어
린 시절에 높은 벼슬에 오름이 첫째
불행이요, 부형의 세력을 업고 고관
이 됨이 둘째 불행이며, 뛰어난 재
주가 있고 문장에 능함이 셋째 불행
이다.　　　　[정신程頤]
- 사람의 불행은 거의 반성에 의해서
만 생긴다.　　　　[Joseph Joubert]
- 사람의 불행은 그 사람의 위대함을
증명하려는 것이다.　　　　[Pascal]
- 사람이란 남이 겪고 있는 불행이나
괴로움에 대하여 적지 않은 기쁨을
느끼는 법이다.　　[Edmund Burke]
- 사소한 것들이 인간사人間事의 합
계를 이루기 때문에 불행의 절반은
우리의 자만하는 버릇에서 온다.
　　　　[H. More]

- 살다 보니, 이 세상엔 너무나 불행이 많아서 우리는 그만 웃지 않을 수가 없다. 그러나 그 웃음은 보조개를 만들지 않고 주름살을 만든다. [Oliver Holmes]
- 어째서 인간은 죽을 만큼 불행해지지는 말아야 하는가. '죽을 만큼의 불행'도 인간의 가능성 가운데 하나이다. [Wittgenstein]
- 언제까지나 계속되는 불행은 없다. 그러므로 꼭 참거나 용기를 내어 내쫓던가, 어느 하나를 택할 수밖에 없다. [Romain Rolland]
- 온갖 불행이 이르는 것은 오직 천명天命일 뿐, 사람의 힘으로 막을 수 없다. 그러므로 천명을 알면 불행이 마음을 어지럽히지 못한다. 근심이 마음에 침입하도록 버려두어서는 안 된다. [장자莊子]
- 우리는 불행한 자들에게는 불평할 수 없음에 화를 낸다. [Vauvenargues]
- 우리는 불행한 자들을 동정하다가도, 그들이 더 많은 동정을 요구하면 거두어버린다. [J. 시니알 뒤베이]
- 우리는 이따금 불행하게 보이는 데서 오는 어떤 기쁨으로 불행한 자신을 스스로 위로한다. [La Rochefoucauld]
- 인간은 자기가 나쁘지 않으면 결코 불행해지지 않는다. [Francois Mauriac]
- 인간은 행복보다도 불행 쪽이 두 배나 많다. [Homeros]
- 인간의 모든 불행은, 한방에 들어앉아 아무것도 하지 않고 지낼 수가 있다는 단 한 가지 일에서 일어난다는 것을 발견했다. [Pascal]
- 인간의 생활에는 불행이 필연적으로 따르기 마련이다. 그뿐 아니라 좀 역설적으로 말하면, 불행은 행복에 속해 있는 것이다. [Carl Hilty]
- 인간이 불행을 모면할 유일한 길은 하느님의 은총에 의지하며, 학문이 왕의 전제와 결합하여 선으로 악을 이김이라. [Plutarchos]
- 인생의 작은 불행은 우리들이 큰 불행을 이겨내는 것을 도와준다. [M. E. Eschenbach]
- 인생의 최고 불행은 인간이면서 인간을 모르는 것이다. [B. Pascal]
- 장차 있을지도 모를 불행을 미리 염려하기보다 눈앞에 닥친 불행을 견디어 나가는 데 정신을 쏟는 편이 낫다. 우리는 모두 남의 불행을 잠자코 보고 있을 수 있을 만큼 마음이 꿋꿋하다. [La Rochefoucauld]
- 태양은 서쪽으로 그 모습을 감추지만, 불행은 그 모습을 가리는 일이 없다. [Paul Heyse]
- 하나의 불행에 또 다른 불행이 따른다. [Terentius Afer]

- 한 사람의 이익이 다른 한 사람에게는 피해가 된다. [Montaigne]
- 함께 난파되면 모든 사람의 고통이 덜어진다. [Erasmus]
- 항상 우리의 불행은 거리 조준의 착오에서 유래하는 것임을 내 자신의 앎에서다. [유치환]
- 행복이나 불행의 원인은 실상 따지고 보면 아무것도 아니다. 일체는 우리들의 육체와 의지와 노력에 따라서 좌우될 수 있기 때문이다. [Alain]
- 혼자 고통 받는 친구는 다른 친구를 모욕한다. [Jean de Rotrou]
- 황금은 불에 의해서 제련되고, 사람은 불행의 도가니에서 시련을 받는다. [Theognis]

| 불화不和 |

- 돌은 던지지 않았다 해도, 길은 충분히 나쁘다. [J. P. C. Florian]
- 세상은 불화의 신에게 바쳐진 거대한 신전이다. [Voltaire]
- 화합은 작은 행운을 키우고, 불화는 큰 행운을 무너뜨린다. [Marcus V. Agrippa]

| 비겁卑怯함 |

- 개는 물기보다는 짖는다. [C. R. Quintus]
- 비겁한 자는 도망할 수 있는 상황일 때만 싸운다. [Shakespear]
- 비겁한 자는 자신의 실수를 변명하고 용감한 사람은 반드시 그것을 고백한다. [A. G. C. Mere]
- 비겁한 자는 죽음을 두려워하고, 그것이 그가 두려워하는 전부이다. [Jean B. Racine]
- 비겁함은 잔인함의 어머니이다. [Montaigne]
- 용기 다음으로, 자신이 겁이 많다고 인정하는 것보다 아름다운 것은 없다. [Helvetius]
- 이 땅에서 자기가 가장 비겁하다고 생각하는 자는 생각만큼 비겁하지 않다. [La Fontaine]
- 인색한 자는 자신이 검소하다고 말하고, 비겁한 자는 자신이 신중하다고 말한다. [Publius Syrus]
- 지나치게 대담한 자보다 겁쟁이가 낫다. [Pierre Gringore]

| 비관悲觀 |

- 비관주의자란, 낙관주의자와 친밀한 관계에 있던 사람을 말한다. [Elbert Hubbard]
- 비관론자는 모든 기회에서 어려움을 찾아내고, 낙관론자는 모든 어려움에

서 기회를 찾아낸다. [W. Churchill]
- 어떤 비관론자도 별의 비밀을 발견하거나, 미지의 섬으로 항해하거나, 인간 정신의 새로운 낙원을 연 적이 없다. [Helen Adams Keller]

| 비교比較 |

- 모기를 코끼리와 비교하지 않는다. [Diogenianus]
- 모든 비유에는 결함이 있다. [Montaigne]
- 비교는 이유가 아니다. [A. Gruyter]
- 자홍색을 자홍색과 비교하지 말라. [Erasmus]

| 비극과 희극 |

- 나도 비극적인 것을 갖고 있다. 내가 기지機智를 번뜩이면 사람들은 웃는다. 나는 울고 있다. [Kierkegaad]
- 모든 여성은 그녀의 어머니를 닮게 된다. 그것이 여자의 비극이다. 남자는 그의 어머니대로는 되지 않는다. 이것이 남자의 비극이다. [Oscar Wilde]
- 모든 천재는 그의 동료들과 다른 각도에서 세상을 본다. 바로 여기에 비극이 있다. [Henry Ellis]

- 비극에서는 모든 순간이 영원이고, 희극에서는 영원히 순간이다. [Christopher Fry]
- 비극은 연민과 공포를 불러일으키는 사건들을 갖고, 그것으로 그러한 정서와 비극의 카타르시스(승화, 일종의 공감)를 성취한다. [Aristoteles]
- 비극은 진실의 극치다. 진실은 비극을 각오해야 한다. [김성식]
- 온갖 절묘한 것의 배후에는 어떤 비극적인 요소가 따르는 법이다. [Oscar Wilde]
- 온 세상은 희극을 연기한다. [Petrous]
- 인생에는 두 가지 비극이 있다. 하나는 자기 마음의 욕망대로 하지 못하는 것이요, 또 하나는 그것을 하는 것이다. [George Bernard Shaw]
- 인생을 비극이라고 생각했을 때 우리는 살기 시작한다. [William Butler Yeats]
- 진짜 비극 시인은 동시에 또 진짜 희극작가이다. [Socrstes]
- 차라리 비극은 인간의 정신사를 찬연히 장식하는 가장 고귀한 보물이 아닐 수 없다. [신석정]
- 최후의 순간에 이르기까지 우리는 우리 자신을 상대로 희극을 연출하고 있다. [Heinrich Heine]

| 비난非難 |

- 남들의 비난에 화를 내면, 자신이 비난받을 만하다는 것을 인정하는 것이다.　[Tacitus]
- 다른 사람들의 의견이나 비난, 혹은 거짓된 말로 인해 자기의 진로를 변경하는 것은, 스스로가 어떤 직책을 감당하기에 적합지 않다는 것을 나타낸다.　[Plutarchos]
- 모욕을 줄 수 있는 것은 진실밖에 없다.　[Napoleon I]
- 비난받기 전까지 자신을 변호하지 말라.　[Charles I]
- 비난은 설탕 한 알갱이나 소금 한 알갱이 무게보다 더 나가서는 안 된다.　[J. Lilly]
- 비난할 자유가 없다면, 입에 발린 칭찬도 없다.　[Beaumarchais]
- 비판, 비난하거나 불평하는 것은 어떤 바보라도 할 수 있고, 대다수의 바보들이 그렇게 한다.　[Benjamin Franklin]
- 사랑하는 자만이 남을 비난하고 교정할 권리가 있다.　[Turgenev]
- 아무도 자책할 의무는 없다.　[라틴 격언]
- 우리는 우리가 높게 평가하는 사람만 비난한다.　[Florian]
- 이미 끝난 일을 말하여 무엇 하며 이미 지난 일을 비난하여 무엇 하리.　[공자孔子]
- 칭찬인 질책이 있는가 하면 비방인 칭찬도 있다.　[La Rochefoucauld]

| 비밀秘密 |

- 가장 충실한 친구는 자신이 모르는 것에 대해서 침묵한다. [A. Musset]
- 남의 비밀을 캐지 마라.　[Homeros]
- 남이 당신의 비밀을 지켜주기를 원하면, 우선 당신 자신이 비밀을 지켜라.　[L. A. Seneca]
- 남자는 자기 자신의 비밀보다는 타인의 비밀을 한층 굳게 지킨다. 여자는 그와는 반대로 타인의 비밀보다는 자기 자신의 비밀을 더욱 잘 지킨다.　[La Bruyere]
- 너의 비밀은 너의 노예이지만 일단 밖으로 도망가면 주인이 된다.　[John Ray]
- 너의 비밀은 너의 피다. 흘러나가면 목숨이 위태롭다.　[August Bebel]
- 누구에겐가 너의 비밀을 말하는 것은, 그 사람에게 너의 자유를 맡기는 것이다.　[스페인 격언]
- 다른 사람이 당신의 비밀을 지켜주기를 바란다면, 가장 안전한 방법은 아무한테도 알려주지 않는 것이요.　[L. A. Seneca]

- 담장에 귀가 있고, 엎드린 도둑이 옆에 있다. [관자管子]
- 두 사람 사이의 비밀은 신神의 비밀이요, 세 사람 사이의 비밀은 모든 사람의 비밀이다. [프랑스 격언]
- 때로는 우리의 비밀들이 우리를 규정하기도 한다. [Briteny Spears]
- 미래야말로 모든 비밀 중에서 가장 큰 비밀이다. [F. Tripet]
- 비밀은 무기이며 벗이다. 인간은 신의 비밀이며, 힘은 인간의 비밀이요, 성性은 여자의 비밀이다.
[Joseph Stephans]
- 비밀을 지키는 가장 좋은 방법은 비밀이 없는 척하는 것이다.
[Margaret Atwood]
- 비밀을 지키면 당신의 노예가 되지만, 지키지 않으면 당신의 주인이 된다. [아라비아 격언]
- 비밀이란 대부분 추한 것이다. 아름다운 것은 숨지 않는다. 오직 추한 것과 어그러진 것만 숨을 뿐이다.
[Lucy Maud Montgomery]
- 비밀이란, 밝은 곳에 나오기를 싫어한다. [Hermann Hesse]
- 사람들은 언제나 자기 마음속에 비밀을 이야기하고자 한다. 이야기하고 싶어서 이야기하는 사람이 있는가 하면, 이야기하고 싶지 않은데도 이야기하는 사람이 있다. 유심有心

과 무심無心의 차이는 있으나, 마음속의 비밀은 오래 숨겨둘 수 없는 법이다. [양계초梁啓超]
- 사람의 얼굴이 다른 것과 같이 사람이 가지고 있는 비밀도 제각기 다르다. [Talmud]
- 사랑의 마음을 여는 열쇠, 그것은 비밀이다. [J. C. Florian]
- 사소한 비밀은 보통 누설되지만, 큰 비밀은 일반적으로 지켜진다.
[Piliph Chesterfield]
- 세 사람은 비밀을 지킬 수 있다. 두 사람이 죽으면….
[Benjamin Franklin]
- 세상 사람 중에는 남의 비밀을 알고 나면, 마치 보물이나 주운 듯이 신기하게 여기는 사람이 있다. 이런 사람일수록 남의 비밀을 퍼뜨리기 좋아한다. [Piliph Chesterfield]
- 수치스러운 집안의 비밀을 없앨 수 없다면, 차라리 그것을 활용하는 편이 낫다. [George Bernard Shaw]
- 스스로 지키는 비밀 외에는 비밀이 없다. [George Bernard Shaw]
- 어두운 밤이라 아는 자가 없다 하나, 하늘이 알고 신神이 알며, 내가 알고 그대가 알거늘 어찌 아는 이가 없다 하는가. [양운楊雲]
- 어떤 비밀들은 너무 흥미로운 나머지 공유하지 않을 수 없다.

[Suzanne Collins]

● 여자가 지키는 유일한 비밀은 모르는 비밀이다.   [L. A. Seneca]

● 여자 · 비밀이 없는 스핑크스.

[Oscar Wilde]

● 우리는 자신의 비밀도 지키지 못하는데, 어떻게 다른 사람이 우리의 비밀을 지키기를 바랄 수 있단 말인가?

[La Rochefoucauld]

● 인생의 비밀은 자기 자신을 속이는 감정을 절대로 갖지 않는다.

[Oscar Wilde]

● 일은 비밀을 지켜야 성사되고, 언약은 누설됨으로써 깨진다.

[회남자淮南子]

● 자신이 지키지 못하는 비밀을 어떻게 남보고 지키게 할 수 있겠는가?

[La Rochefoucauld]

● 자연의 무한한 비밀의 책을 나는 약간 읽을 수 있다.   [Shakespeare]

● 죽음은 생의 비밀, 누구나 간직하고 있으면서도 서로들 제각기 숨기고 있는 아이러니다.   [이어령]

● 창의성의 비밀은 그 원천을 숨길 줄 아는 것이다.   [Albert Einstein]

● 천성적으로 정직하게 태어났거나 좋은 교육을 받은 사람만이 비밀을 지킬 수 있다.   [La Bruyer]

● 타인의 비밀을 말하는 것은 배신이고, 자신의 비밀을 말하는 것은 어리석은 짓이다.   [Voltaire]

| 비방誹謗 |

● 교활함이 안도할 때 중상모략으로 나타난다.   [Joseph Joubert]

● 남을 비방하면 나에 대해서 더 나쁜 비방을 들을 위험이 있다.

[Hesiodos]

● 모든 사람이 서로를 두고 하는 말을 안다면, 이 세상에 네 명의 친구도 없을 것이다.   [Pascal]

● 무능한 사람이 아니면 굽신거리지도 않는다.   [J. B. P. Moliere]

● 비방은 말에서 드러나는 악의에 찬 영혼의 태도이다.   [Theophrastos]

● 비방은 자기애와 한가함의 딸이다.

[Voltaire]

● 비방일 수 있으나 거짓말은 아니다.

[John Heywood]

● 사랑과 비방이 차를 달콤하게 한다.

[Henry Fielding]

● 새의 부리는 가장 맛있는 과일만 공격하며, 가장 정직한 자들이 비방의 대상이다.   [John Clarke]

● 예나 지금이나 사람들은 서로 헐뜯는다. 말이 많으면 많다고 헐뜯고, 말이 없으면 없다고 헐뜯으며, 적당히 말해도 역시 헐뜯는다. 헐뜯지 않고 살 수 없는 것이 이 세상이다.

- 우리를 두고 말하는 사람들 가운데 열의 아홉은 우리를 나쁘게 말하며, 좋게 말하는 단 한 사람은 말을 잘못하는 사람이다.   [Antoine Rivarol]
- 타인의 명예를 훼손하는 자는, 스스로 자신의 결함을 드러낸다.

[Sadi Muslah]

| 비열卑劣 / 비천한 인간 |

- 부자가 된 비열한 자는 부모도, 친구도 모른다.   [Gabriel Morie]
- 비열한 언행을 하지 않는 자는, 비열하지 않다.   [J. A. Baif]
- 비열한 인간은 약속을 지켜서 자기에게 이득이 돌아오지 않는 한 절대로 약속을 지키지 않는다.   [Cervantes]
- 비열한 자를 멀리하면, 그자는 당신을 괴롭힐 것이다. 비열한 자를 괴롭히면, 그자는 당신에게 기름칠을 할 것이다.   [La Bruyere]
- 비열한 자만큼 위험한 자도 없다.

[Pierre Gringore]

- 비열한 자에게 수건을 주면, 그자는 수건으로 채찍을 만들 것이다.

[Noel de Pie]

- 비열한 자의 구두에 광을 내주면, 그는 당신이 구두를 태우려 했다고 할 것이다.   [A de Montreux]

- 비열한 자의 멱살을 잡으면, 비열한 자가 된다.   [A. 오이헤나르트]
- 비천한 사람이 높은 지위에 올랐을 때보다 더 지독한 고통은 없다.

[Claudianus]

- 일단 비열한 협잡꾼으로 이름난 사람은, 그가 비록 진리를 말한다 해도 아무도 믿지 않는다.   [Paedrus]
- 저열한 인간은 성격도 저열하다. 만약 네가 그들을 좋아한다면, 그들은 심한 반감을 느끼게 될 것이다.

[타라파 알바크리]

- 타락한 자를 빗질할 때는 감사를 기대해서는 안 된다.   [Boccaccio]

| 비참悲慘함 |

- 가장 비참하고 보잘것없어 보이는 사람들이 대개 가장 야심 차고 질투가 많다.   [Baruch Spinoza]
- 비참하다고 생각하지 않는다면, 비참한 것은 아무것도 없다. 어떠한 상태라도 그것을 지니는 사람이 만족하면 행복하다. [A. M. Boethius]
- 비참한 자들이 보기에, 행복은 수치羞恥와도 같은 것이다. [La Bruyere]
- 비참함이 사람을 죽이지는 않는다. 그러나 비참함이 주는 모욕은 결코 사라지지 않는다.   [자마카리]
- 우리는 그렇게 비참하지 않다. 우

리가 비참한 존재이기 때문이다.

[Montaine]

- 지금이 가장 비참하다고 할 수 있는 동안은 아직 가장 비참한 게 아니다.

[William Shakespeare]

| 비판批判 / 비평批評 |

- 가장 칭송을 받을만한 이들이 비난을 받아도 가장 잘 견디어 낸다.

[Alexander Pope]

- 다른 사람을 헤아려 비평하려거든, 먼저 모름지기 자신부터 헤아려 비평하라. [명심보감明心寶鑑]
- 동물은 정말 유쾌한 친구다. 질문도 비판도 하지 않음으로. [G. Eliot]
- 무슨 문제든지 그것을 연구하는 최선의 방법은, 우선 그 문제에 대해 반대의 입장을 취하는 책부터 읽을 일이다. 이렇게 하면 얼른 속아 넘어가지 않으며, 마음의 준비가 정돈되는 것이다. 이것은 비평 정신을 기르는 방법의 하나이다.

[임어당林語堂]

- 비판은 나무에서 송충이와 함께 꽃도 떼어낸다. [Jean Paul]
- 비판은 쉽지만 예술은 어렵다.

[Destouches]

- 비평가는 달리기를 가르치는 다리 없는 자이다. [플로크]

- 비평가란, 문학이나 예술 면에서 실패한 무리들이다.

[Benjamin Disraeli]

- 사람들은 비평해 주기를 요구하지만, 그들은 칭찬해 주기를 바랄 뿐이다. [S. 몸]
- 사람들은 솔직한 비판보다 거짓된 칭찬을 더 좋아한다. [Plautus]
- 사람들은 자신이 이해할 수 없는 것은 낮추어 본다. [J. W. Goethe]
- 쓰려고 하는데도 쓸 수 없는 자는 틀림없이 비평할 수 있다.

[James R. Lowell]

- 아무것도 하지 않은 것은 대단한 이점이기는 하나 그것을 남용해서는 안 된다. [Rivarol, A.]
- 우리는 스무 번의 찬가로 기뻐하기보다, 단 한 번의 비난으로 심한 상처를 받는다. [A. V. Arnaut]

| 비폭력非暴力 |

- 비폭력은 우리들 시대의 모든 정치적, 도덕적 어려운 문제의 해답입니다. 즉, 인간은 억압과 폭력을 극복해야 할 필요가 있습니다. 인간은 모든 인간의 갈등을 해결하기 위해 보복과 침략과 복수를 거부하는 방법을 발전시켜야 합니다. 이러한 방법의 기초는 사랑입니다.

● 비폭력이란 무기는 상처를 내는 아
픔 없이 상대를 제압하고, 그 무기
를 사용하는 이를 나쁘게 만들지 않
는, 지금까지의 역사에서 나타난 가
장 독특한 무기이다.　[M. L. King]

| 빈곤貧困 |

● 고통 없는 빈곤이 부富보다 낫다.
　　　　　　　　　　[Menandros]
● 남자라면 결코 궁핍하다는 것을 내
색해서는 안 된다. 바람아 불어라.
파도야 넘쳐라. 희망은 다가오고
있나니.　　　　[Martin Luther]
● 당신이 가난하게 되면 형제는 당신
을 증오하고, 당신의 모든 친구들은
당신에게서 도망친다.　[초서楚書]
● 부귀를 누리는 사람들 주변에는 남
들도 모여들고, 빈궁한 사람들 곁에
는 친척들도 거들떠보지 않는다.
　　　　　　　　　[문선文選]
● 빈곤은 모든 인권의 부재이다. 비
참한 가난으로 인한 좌절, 적대감,
분노는 어떤 사회에서도 평화를 유
지할 수 없다.　[Kofi Atta Annan]
● 빈곤은 인격의 부족이 아니다. 그
것은 현금의 부족이다.
　　　　　　　[Rutger Bregman]

● 빈곤은 재앙이 아니라 불편이다.
　　　　　　　　　[John Florio]
● 빈곤은 혁명과 범죄의 부모다.
　　　　　　　　　[Aristoteles]
● 빈곤을 극복하는 것은 자선의 표시
가 아니다. 그것은 정의의 행위이다.
　　　　　　　[Nelson Mandela]
● 빈곤의 짐은 끈기 있게 참아야 하는
것임을 기억하라.　　　　[Cato]
● 빈곤이란, 그다지 괴로운 것이 아님
을 깨달았을 때 사람은 비로소 자기
의 부富를 마음껏 즐길 수 있다.
　　　　　[Lucius Annaeus Seneca]
● 빈궁이란, 가난하다고 느끼는 것에
있는 것이다.
　　　　　[Ralph Waldo Emerson]
● 자기의 빈곤을 수치로 여김은 부끄
러워할 것이다. 그러나 자신의 빈곤
을 극복하려고 노력하지 않음은 불
명예스러운 일이다.　[Thukydides]
● 진실을 말한다 해도, 가난한 사람의
말은 아무도 믿어주지 않는다.
　　　　　　　　　[Menandros]

| 빈부의 영향影響 |

● 어진 사람이 재물이 많으면 그 뜻을
잃기 쉽고, 어리석은 사람이 재물이
많으면 과오를 저지르기 쉽다. 왜냐
하면, 재물에는 명예가 따르기 마련

이고, 지배력이 따르기 때문이다.

[한서漢書]

- 오늘의 부자도 어제 그가 가난했을 때는 자유롭게 돈을 써보자는 희망을 가졌던 것이다. 그들은 돈이 축나는 것을 몹시 겁을 내며 불안해한다. 결국 부자가 된다는 것은 가난할 때의 상상대로 만사가 편안한 것이 아니고, 다만 느끼는 고통의 성질을 바꿔놓는데 지나지 않는다. 빈부 어느 쪽이고 한 개의 고통을 짊어질 점은 일반이다. [H. Montaigne]
- 족足할 줄 모르는 자는 부유하더라도 가난하다. [유교경遺敎經]
- 팔베개에도 즐거움이 있다. [논어論語]
- 필부匹夫 죄 없더니, 옥을 안고 죄가 생기더라. [춘추좌씨전春秋左氏傳]
- 항산恒産 없으면 항심恒心 없다.

[맹자孟子]

- 황금을 지당하게 쓰는 사람은 그 주인이고, 이를 모으기만 하는 사람은 우상숭배자이고, 이를 멸시하는 사람은 지혜로운 자이다. [Petrarca]
- 황금의 사슬은 쇠사슬보다 강하다.

[영국 우언]

- 황금의 열쇠로 안 열리는 문 없다.

[영국 우언]

| 뻔뻔함 |

- 뻔뻔함은 가장 형편없는 사람임을 드러내는 표시이다. [Oxenstjerna]
- 뻔뻔함은 덜 자란 대담함이다.

[A. Rivarol]

{ㅅ}

| 사건事件 |

- 모든 사건은 머리카락 한 올에 달려 있다. [Napoleon I]
- 사건들에 화를 내서는 안 된다.

[Marcus Aurelius A.]

- 사건들은 바보들의 주인이다.

[Titus Livius]

- 사건들은 신들의 손안에 있다.

[Titus Maccius Plautus]

- 사건이 인간을 지배하는 것이지, 인간이 사건을 지배하는 것이 아니다.

[Herodotos]

- 사건이 행위를 판단한다.

[P. N. Ovidius]

- 사람들은 과거에도, 현재도, 미래도

사건들에 끌려다닌다.　　[Voltaire]

- 우리가 예측하는 일이 일어나는 일
은 별로 없고, 우리가 별로 생각지
도 않은 사태가 혼히 벌어진다.

　　　　　　[Benjamin Disraeli]

- 이 세상에서의 사건은 발생하는 것
이 아니라 불러일으키는 것이다.

　　　　　　　　　　[Heize]

- 큰 사건의 가장 주된 원인은, 큰 강
의 원천처럼 대개는 시시한 일에
있다.　　　　　　　　[Swift]

| 사고事故 |

- 수단 좋은 사람들은 나쁜 일에서도
이득을 챙긴다. [La Rochefoucauld]
- 아몬드를 먹으려다 이만 부러진다.

　　　　　　[G. C. Lichtenberg]

| 사과謝過 / 변명辨明 |

- 검은색 둘이 흰색 하나를 만들지 못
한다.　　　　　　　[J. Kelly]
- 나쁜 변명을 하는 것이 변명하지 않
는 것보다 낫다.　　[Nicolas Udall]
- 변명은 변장한 거짓말이다.

　　　　　　　　[John Swift]

- 변명하는 자는, 자기 잘못을 인정하
는 것이다.　　　　[A. Hieronimus]

| 사교성社交性 |

- 남을 웃게 하려면 우선 용기를 가져
야 한다. 가장 큰 적은 침묵이다.

　　　　　　　　　　[인산]

- 머리보다 마음으로 교제하는 것이
더욱 사교에 적합하고, 더욱 원만한
사교를 가능케 한다.　[La Bruyere]
- 사교의 비결은 진실을 말하지 않는
것이 아니다. 진실을 말하여 상대
방의 화를 유발하지 않는 기술을 말
한다.　　[오기와라사쿠다로荻原坂太郎]
- 사귀는 것은 자유다. 사귀지 않는
것도 자유다.　　[Barry Goldwater]
- 사교성이 없는 사람에게 사회는 불
편한 곳이다.　　　　[Shakespear]
- 열려 있는 마음을 가지고 사람들과
자주 만나라. 인간에게 으르렁거리
는 개처럼 되어서는 안 된다.

　　　　　　　　[타라파 알바크리]

- 우리는 모두를 위해서 살 수 없다.
특히 함께 살고 싶지 않은 사람들을
위해 살 수 없다.　　　[Goethe]
- 인간은 사회적 존재이다. 자연은
인간이 자신과 비슷한 인간들과 함
께 살도록 만들었다.　[Aristoteles]

| 사기詐欺 / 부정행위 |

- 나는 가격을 속이는 것은 용납할 수

있으나, 질을 속이는 것은 용납할
수 없다.　　　　　[Thomas Fuller]

| 사내아이 |

- 거친 망아지가 종마가 된다.
　　　　　　　　[Themistocles]
- 사내아이야말로 모든 짐승 중에서
길들이기 가장 어려운 짐승이다.
　　　　　　　　　[Platon]
- 소년은 장난삼아 개구리에게 돌을
던지지만, 개구리는 장난이 아닌 실
제로 다치거나 죽는다.　[Plutarcus]

| 사냥 / 낚시 |

- 사냥은 몸만큼이나 마음도 굳세게
해준다. [Jean-Jacques Rousseau]
- 토끼를 다 잡고 나면 사냥개를 죽이
고, 나는 새를 다 잡고 나면 좋은 활
도 내버린다.　　　　[회남자淮南子]

| 사람 |

- 돈이든, 기술이든, 그것이 사람 위
에 존재해서는 안 된다.　　[안철수]
- 말을 타려면 바싹 붙어 앉고, 사람
을 타려면 느슨하게 가볍게 앉으라.
　　　　　　[Benjamin Franklin]
- 모든 사람은 자기만을 위하고, 하나

님은 우리 모두를 위한다.
　　　　　　　[John Heywood]
- 발전하지 않는 사람은 퇴보한다.
　　　　　　　　　[Goethe]
- 사람들은 모두 일종의 사회 기강을
하고 있는 나그네들이다.
　　　　　　　　[오소백吳蘇白]
- 사람들은 잔인해도, 인간은 친절하
다.　　　　　　[R. Tagore]
- 사람들을 선인·악인으로 구분하
는 것은 불합리하다. 사람들은 매
력자이거나 그렇지 않으면 귀찮은
것일 뿐이다.　　　[Oscar Wilde]
- 사람들 중에는 아직 피를 보지 않은
살인자들과, 아무것도 훔치지 않은
도둑들과, 지금까지 진실만 얘기해
온 거짓말쟁이들이 존재한다.
　　　　　　　[Kahlil Gibran]
- 사람은 같은 흐름 속에 다시 들어갈
수 없다.　　　　[Heraclathus]
- 사람은 궁극적으로 위대한 것, 지나
친 평가란 있을 수 없다.
　　　　　　　[Kahlil Gibran]
- 사람은 그 제목과 같은 사람이 된다.
　　　　　　　　[Napoleon I]
- 사람은 누구나 자기 한 사람의 생애
를 홀로 살며, 자기 한 사람의 죽음
을 죽는다.　　　[J. P. Jacobsen]
- 사람은 덕보다는 악으로 더 쉽게 지
배된다.　　　　[B. Napoleon]

- 사람은 던져진 존재일 뿐이다.
  [Martin Heidegger]
- 사람은 먹기 위해서 사는 것이 아니다. 살기 위해서 먹는다. [Socrates]
- 사람은 모두 모방된 기쁨을 느낀다.
  [Aristoteles]
- 사람은 목석이 아니다. [백거이白居易]
- 사람은 반바지를 입은 두 발 달린 잡식성 동물이다. [Thomas Carlyle]
- 사람은 사람의 주인이 아니다.
  [Epictetos]
- 사람은 사람이기에 완전하지도 못하고 절대적이지도 못하다. [전봉건]
- 사람은 산 정상에 오를 수는 있지만, 거기에 오랫동안 살 수는 없다.
  [George Bernard Shaw]
- 사람은 생각하는 한 자유롭다.
  [Ralph Waldo Emerson]
- 사람은 어떻게 죽느냐가 문제가 아니라, 어떻게 사느냐가 문제다.
  [Samuel Johnson]
- 사람은 어쩌면 우주를 알고 있을지도 모른다. 그러나 자기는 모른다. 자기는 어떤 별보다도 멀다.
  [Gilbert Chesterton]
- 사람은 언뜻 보아 미래에 의해서 움직이고 있는 것 같으나 사실은 과거에 의해서 움직이고 있다.
  [Arthur Schopenhauer]
- 사람은 여러 사람에게 호감을 사면

살수록 더 깊게는 사랑받지 못한다.
  [Stendahl]
- 사람은 여자로 태어나지 않는다. 여자가 되는 것이다.
  [Simon de Beauvoir]
- 사람은 위대한 것보다는 새로운 것을 찬양한다. [L. A. Seneca]
- 사람은 자기가 사랑하는 만큼 용서한다. [La Rochefoucauld]
- 사람은 자기가 택한 액운을 짊어진다. [Pythagoras]
- 사람은 자기를 좋아하는 사람을 좋아한다. [Joe Girard]
- 사람은 자기 자신을 위해서 사는 것보다, 남을 위하여 살 때에 더 큰 만족을 느낀다. [Herman Hesse]
- 사람은 자라나면서 자율적이고 진정한 욕망과 관심, 의지를 포기하고, 자발적이 아닌 감정과 사고의 사회적 유형에 의해 첨삭된 의지와 욕망과 감정을 취하도록 강요한다.
  [Erich Fromm]
- 사람은 자신이 평가하는 그 정도의 인간밖에 되지 못한다.
  [Fracois Rabelais]
- 사람은 태어나면서 자유롭고 평등하다. [인권선언문]
- 사람은 태어나서 괴로워하고, 그리고 죽는다.
  [W. Somerset Maugham]

- 사람은 황금의 잔으로 독을 마신다.　　　[L. A. Seneca]
- 사람을 알려면 생각보다 행동을 보라.　　　[Anatol France]
- 사람의 가치는 그가 받을 수 있는 것이 아니라 그가 주는 것에 있다.　　　[Albert Einstein]
- 사람의 가치는 타인과의 관련으로써만 측정될 수 있다.　　　[F. Nietzsche]
- 사람의 가치를 직접적으로 나타내는 것은 재산도 아니고, 그의 행적도 아니고, 그 사람됨이다.　　　[H. F. Amiel]
- 사람의 마음은 낙하산과 같은 것이다. 퍼지 않으면 쓸 수가 없다.　　　[A. Osbourne]
- 사람의 본성은 선하다.　　　[맹자孟子]
- 사람의 성격은 본디 악하다.　　　[순자荀子]
- 사람의 피부 아래 수많은 짐승이 그림자처럼 드리워져 있다.　　　[Charles de Vovelle]
- 사람이 동물처럼 생활한다면, 반드시 동물보다 더 나빠질 것이다. 사람의 생활이 동물과 구별되는 점은 어떻게 생활할 것인가를 생각하는 데에 있다.　　　[Tagore]
- 사람이란, 몹시 똑똑한 체하는 동물이다. 또한 몹시 어리석은 일을 하는 동물이다.　　　[나도향]
- 사람이란? 무한한 관용, 자세한 것에서 오는 법열, 무의식적인 선의, 완전한 자기 망각.　　　[J. Shardonne]
- 사람이란, 입에 음식을 집어넣고 생각이라는 것을 생각하는 기계이다.　　　[R. G. Ingersoll]
- 사람이란, 자기가 총애하고 자기가 사랑하는 것을 닮아지기보다 자기가 싫어하고 미워하는 것을 닮아가기 쉽다.　　　[선우휘]
- 사람은 사람에게 늑대이다.　　　[Plautus]
- 사람이 세상에 사는 것은 단 한 번뿐이다.　　　[Goethe]
- 사람이 이리저리 분주하여도 그를 인도하심은 하느님이시다.　　　[Pesron]
- 사람이 지상에서 즐기려면, 근소한 땅덩어리로써 족하다. 지하에서 잠들기 위해서는 더 작은 흙덩이만으로도 충분하다.　　　[Goethe]
- 어떤 사람을 싫어한다는 것은 그 사람에 대해 줄 시간이 없었다는 것이다.　　　[Abraham Lincoln]
- 이 세상에서 사람은 모루(대장간에서 받침으로 쓰는 쇳덩이)가 되든지, 쇠망치가 되든지 둘 중 하나이다.　　　[Henry Lomgfelow]
- 천자는 만물의 어버이이고, 사람은 만물의 영물이다.　　　[상서尙書]
- 호랑이는 죽어서 가죽을 남기고, 사람은 죽어서 이름을 남긴다.

| 사람의 얼굴 |

- 사람의 얼굴은 하나의 풍경이다. 한 권의 책이다. 용모는 결코 거짓말을 하지 않는다.　　　[H. Balzac]
- 인간은 내용보다도 외견으로 판단하기 쉽다. 누구든지 눈을 가지고 있으나 통찰할 수 있는 재간이 있는 사람은 드물다.　　[N. Machiavelli]
- 초기의 인상印象을 마음속에서 지워버리기는 쉽지 않다. 양털이 일단 자줏빛으로 물들면, 누가 그것을 처음의 흰빛으로 돌이킬 수 있단 말인가?　　　　　　[St. Jerom]

| 사랑 / 자애慈愛 |

- 가장 깊이 감춰진 불이 가장 뜨겁다.　　　　　　　　　　[Ovidius]
- 강가에 조가비가 많듯이 사랑에는 많은 고통이 있다.　　[Ovidius]
- 강한 인간만이 사랑을 알고 있다. 사랑만이 미美를 파악한다. 미美만이 예술을 만든다.　[Richard Wagner]
- 거저 주어지는 사랑을 하늘은 모른다.　　　　　　　　[H. Balzac]
- 고백하지 못하고 죽는 사랑만큼 진실한 사랑은 없다.　[Oliver Holmes]

- 고통이 없는 사랑에는 삶이 없다.　　　　　　　　[Thomas A. Kempis]
- 구하여 얻은 사랑은 좋다. 구하지 않았는데 받게 되는 사랑은 더욱 좋다.　　　　　　　[Shakespeare]
- 귀여운 아이에겐 매를 많이 주고, 미운 아이에게는 밥을 많이 준다.　　　　　　　[명심보감明心寶鑑]
- 극히 훌륭한 사랑은 격렬한 욕망 속에 있는 것이 아니라 일상생활의 완전하고도 영속적인 조화에 의해서만 인정된다.　　[Andre Maurois]
- 근엄함과 사랑은 한집에 살지 않는다.　　　　　　　　[Ovidius]
- 깊이 사랑할 수 있는 사람만이 위대한 고뇌를 맛볼 수 있다.　[Tolstoy]
- 나는 자신을 사랑하고, 나의 아내를 사랑하고, 내 아이들을 사랑하고, 그리고 나라를 사랑한다.　[Eisenhower]
- 나의 마지막 페이지까지 당신과 같이하고 싶다.　　[A. R. Asher]
- 나 없이는 당신도 없고, 당신 없이는 나도 없다.　　[Marie de France]
- 나이가 들도록 사랑을 하지 않은 이들은 큰 대가를 치르게 된다.　　　　　　　　[Menandros]
- 남으로부터 사랑을 받지 않으면서 자신을 사랑하는 일도 없습니다.　　　　　[Germaine de Stael 부인]
- 남을 사랑하는 자는 다른 사람 또한

그를 사랑하고, 남을 존경하는 자는 다른 사람 또한 그를 존경한다.

[맹자孟子]

- 남이 자기를 사랑할 것을 바라면 먼저 남을 사랑해야 하고, 남이 자기를 따를 것을 바라면 먼저 남을 따라야 한다. [국어國語]
- 낭떠러지에서 떨어지는 것보다 사랑에 빠지는 것이 훨씬 위험하다.

[Plautus]

- 내가 나를 사랑하기 시작하면, 세상도 나를 사랑하기 시작한다. [혜민]
- 너를 울게 만드는 남자가 너를 마음속으로부터 사랑한다. [Cervantes]
- 넘어진 자에게 손을 내밀어라.

[Phokylides]

- 당신을 사랑하지 않는 자에게는 주인이 되고, 당신을 사랑하는 자에게는 노예가 되어라. [터키 격언]
- 당신이 누구의 사랑을 받고 있다면, 어떠한 희생을 치른다 해도 당신은 그 사랑에 해당하는 값을 치르지는 못한다. 그렇지만 사랑을 사려고 하는 것이라면 작은 희생도 치를 가치가 없다. [Wittgenstein]
- 당신이 누구이든, 여기 당신의 주인이 있다. [Voltaire]
- 대부분의 사람들은 사랑의 문제를 사랑한다는 문제, 즉 사랑할 수 있는 능력의 문제로 보기보다는 주로

사랑받는 문제로 파악하고 있다. 그래서 이러한 사람들에게 있어서는 어떻게 사랑받을 수 있는지, 또 사랑스러워질 수 있는지가 문제가 된다. [Erich Fromm]

- 돈과 쾌락과 명예를 사랑하는 자는 인간을 사랑할 수 없다. [Epiktetus]
- 마음에 두는 것만으로는 사랑을 다할 수가 없다. [묵자墨子]
- 마차를 힘으로 끌어당기지 않듯이, 사랑도 억지로 시킬 수 없다.

[Theognis]

- 만나 알고, 사랑하다가, 그리고 헤어지는 것이 수많은 인간의 슬픈 이야기다. [Samuel T. Coleridge]
- 만약 한 사람의 인간이 최고의 사랑을 성취한다면, 그것은 수백만 사람들의 미움을 해소시키는 데 충분할 것이다. [Mahatma Gandhi]
- 미쳐버린 사랑은 사람들을 짐승으로 만든다. [Francois Villon]
- 백성을 사랑한다 해서 법률을 어기지 않는다. [관자管子]
- 부끄러움을 타는 이들은 사랑에서 꼭 손해를 본다. [Moliere]
- 사람들은 사랑에 의하여 살고 있다. 그러나 자기에 대한 사랑은 죽음의 시초이며, 신神과 만남에 대한 사랑은 삶의 시초이다. [Lev Tolstoy]
- 사람들은 사랑의 신을 눈이 멀게 만

들었다. 그가 우리보다 눈이 좋았기 때문이다. [Jean-J. Rousseau]
- 사람들이 자진하여 추한 것을 사랑한다면, 그것은 바로 그때 추한 것 자체가 아름다운 것이기 때문이다.
  [Stendhal]
- 사람은 사랑을 하면 현명할 수가 있지만, 현명하면 사랑을 하지 못한다.
  [Publius Syrus]
- 사람이 진심으로 사랑하게 되는 것은 단 한번뿐이다. 그것이 첫사랑이다. 그 후에 겪는 여러 사랑은 첫사랑만큼 무의식적인 것은 아니다.
  [La Bruyere]
- 사람이 참다운 사랑을 마음속으로 갈구하고 있을 때 사랑도 또한 그를 위해서 기다리고 있을 것이다.
  [Oscar Wilde]
- 사랑과 기침은 감출 수 없다.
  [Ovidius]
- 사랑과 웃음이 없으면 즐거움이 없다. 사랑과 웃음 속에서 살자.
  [Horatius]
- 사랑도 배워야만 한다.
  [Friedrich Nietzsche]
- 사랑! 그것은 두 마음이 하나 되게 하며, 또 하나의 뜻이 되게 한다.
  [Herbert Spencer]
- 사랑 ― 그 수단에 있어서는 양성兩性의 싸움이고, 그 근저에 있어서는 양

성의 목숨을 건 증오이다.
  [Friedrich Nietzsche]
- 사랑보다도 허영심 쪽이 더 많이 여자를 타락시킨다. [Deffand 부인]
- 사랑 ― 사랑만이 남자가 여인을 위해 죽음을 감행하게 만든다. 여인도 또한 남자와 같다. [Platon]
- 사랑 속에는 언제나 환상이 있다. 왜냐하면 거기에는 이상理想이 있기 때문이다. [Henry F. Amiel]
- 사랑 없는 이야기는 겨자 없이 먹는 고기처럼 맛이 없다. [Anatol France]
- 사랑에 기회보다 더 좋은 신하는 없다. [Cervantes]
- 사랑에는 눈물이 있고, 행운에는 기쁨이 있고, 용맹에는 명예가 있으며, 야망에는 죽음이 있다.
  [William Shakespeare]
- 사랑에는 두 가지 악이 있는데, 바로 전쟁과 평화이다. [Horatius]
- 사랑에 미치면 누구나 장님이 된다.
  [Sextus Propertius]
- 사랑에 미치면 사람이 멍청이가 된다. [Villon]
- 사랑에 빠져 있다는 것은 감각적인 마취상태에 있는 것이다. 평범한 남자를 그리스 신이나 되는 것처럼 오해하고 있거나, 평범한 여자를 여신으로 오해하고 있는 것이다.
  [Henry Louis Mencken]

- 사랑은 가난과 부富 사이에서 태어난 자식이다. [Platon]
- 사랑은 가장 달콤하면서도 가장 쓰디쓰다. [Euripides]
- 사랑은 걸을 수 없으면 기어서라도 간다. [Shakespear]
- 사랑은 게으른 자에겐 일이지만, 바쁜 사람에게는 게으름이다. [Bulwer-Lytton]
- 사랑은 교전交戰의 일종이다. [Ovidius]
- 사랑은 그 기쁨을 쓰라림과 뒤섞는 버릇이 있다. [Clement Marot]
- 사랑은 그 누구에게나 가치 없는 폭군이다. [Pierre Corneille]
- 사랑은 기다림이다. [Louis Mistry]
- 사랑은 꿀과 담즙이 섞여 있다. [Plautus]
- 사랑은 남자에게는 생애의 한 일화이지만, 여자에게는 일생의 전부이다. [Stowe 부인]
- 사랑은 내 인생에 가장 중요한 일이었으며, 유일한 것이었다. [Stendal]
- 사랑은 넋이 있는 사람에게선 넋을 빼앗고, 넋이 없는 사람에겐 넋을 준다. [D. Diderot]
- 사랑은 눈먼 장님이다. [Platon]
- 사랑은 눈으로 보지 않고 마음으로 보는 것이다. [W. Shakespeare]
- 사랑은 늦게 올수록 격렬하다. [Ovidius]
- 사랑은 단 하나뿐이나 그 복제품들은 무수히 많다. [La Rochefoucauld]
- 사랑은 단순한 윤리만이 아닙니다. 하나의 도덕만도 아닙니다. [김수환]
- 사랑은 달가운 희사, 주면 줄수록 더욱 줄거리를 만들어내는 마법의 용량임을 놀라 바라보리라. 사랑하면 황제라도 지극한 겸양의 간망懇望을 배우고, 반면에 걸식녀도 여왕의 부를 넘어설 수가 있다. 사랑은 가난한 마음의 축제, 이 가려진 잔치의 소박한 축복은 아는 이만이 안다. [김남조]
- 사랑은 두 사람이 마주 쳐다보는 것이 아니라 함께 같은 곳을 향하는 것이다. [Saint Exupery]
- 사랑은 둘이서 할 수 있고 둘 다 이기는 게임이다. [Eva Gabor]
- 사랑은 땅덩어리를, 동이는 끈이다. [Pestalozzi]
- 사랑은 마음의 소설이고, 그 주된 줄거리는 즐거움이다. [Beaumarchais]
- 사랑은 만남이다. 진리와의 만남, 사람과의 만남, 만남을 소중히 여기자. [임옥인]
- 사랑은 맞붙어 싸워 이길 수 있는 상대가 아니다. 줄행랑칠 수밖에 없다. [Cervantes]

- 사랑은 명령해서 되는 것이 아니다. 폭력으로 되는 사랑도 없다.
  [Constantin V. Gheorghiu]
- 사랑은 명성보다 더 낫다.
  [Brook Taylor]
- 사랑은 모든 계명(도덕상 또는 종교상 지켜야 하는 규정〔기독교의 십계명 따위〕)을 합친 것과 같다.
  [Augustinus]
- 사랑은 모든 계층이 만나는 플랫폼(공간)이다.   [William Gilbert]
- 사랑은 모든 고기에 맛을 내주는 양념이라 칭할 수 있다.
  [Benigne Poissenot]
- 사랑은 모든 시간을 재구성하고, 모든 것을 새롭게 만든다.
  [Gracian y Morales]
- 사랑은 몸으로 맞서 싸워 이길 수 있는 적이 아니라 피해야만 이길 수 있는 적이다.   [Cervantes]
- 사랑은 방해가 생기면 더 강해진다.
  [Byron]
- 사랑은 벌거숭이나 얼굴을 가리고 있다.   [Moschos]
- 사랑은 법을 모른다.   [Boethius]
- 사랑은 벗을수록 추위를 타지 않는다.   [John Owen]
- 사랑은 사랑을 통해서만 보상을 받고, 작품은 작품을 통해서만 보상을 받는다.   [Fernando de Rojas]

- 사랑은 상상력이 수를 놓은 자연의 천이다.   [Voltaire]
- 사랑은 상실이며 단념이다. 사랑은 모든 것을 남에게 주어버렸을 때 가장 풍요하다.   [K. F. Buco]
- 사랑은 손가락으로 만질 수 없지만, 심장으로 느낄 수 있다.
  [Helen Kweller]
- 사랑은 손에 잡히는 불이 아니다.
  [Marguerite de navarre]
- 사랑은 신들 가운데 가장 오래되고, 가장 고귀하며, 가장 강력한 존재이며, 생존 시와 사후의 행복에서 가장 중요한 창조자이자 네 덕을 주는 존재다.   [Platon]
- 사랑은 아무런 무기도 지니지 않은 것처럼 꾸미고 있지만, 실은 언제나 화살과 전통箭筒으로 몰래 몸을 단속하고 있다.   [Torquato Tasso]
- 사랑은 아킬레스의 창과 같아서, 상처를 주면서 치유해 준다.
  [Richelieu 원수]
- 사랑은 어느 누구에게도 폭군이다.
  [Pierre Corneille]
- 사랑은 어떤 것조다도 참된 것이다.
  [Henry Van Dyke]
- 사랑은 여자에게 생활의 전부이다.
  [Byron]
- 사랑은 여자에겐 일생의 역사요, 남자에겐 일생의 일화에 지나지 않는

다.   [Germaine de Stael]

- 사랑은 연령 제한이 없다. 그것은 어느 때든지 생길 수 있는 것이다.
  [Blaise Pascal]
- 사랑은 영원히 미완성인 것을 완성으로 만들려 한다.   [김형석]
- 사랑은 욕망의 강에 사는 악어이다.
  [Bahrtrhari]
- 사랑은 외투보다도 추위를 잘 막아준다. 사랑은 음식과 옷의 역할도 한다.   [Henry Longfellow]
- 사랑은 유령들의 출현과 같다. 진정한 사랑들이 있다고 말하지만, 실제 그것을 본 사람은 거의 없다.
  [La Rochefoucauld]
- 사랑은 이중적인 이기심이다.
  [Stael 부인]
- 사랑은 인간에게 가장 중요한 것 중 하나이다.   [Oscar Wilde]
- 사랑은 인생에 있어서 가장 소중한 것이다. 할 수 있는 한 크게 사랑하라. 사랑에 인색해서는 안 된다.
  [Baba Hari Dass]
- 사랑은 인생의 종은 될지언정, 주인이 되어서는 안 된다.   [B. Russel]
- 사랑은 자신이 원하는 모든 것을 게걸스럽게 키운다.   [J. B. Racine]
- 사랑은 장난으로 하지 마오.
  [Alfred de Musset]
- 사랑은 장님이기에, 사랑하는 자들

은 스스로가 범하는 유치한 바보짓을 보지 못한다.   [Shakespeare]
- 사랑은 종종 혼인의 과일이다.
  [Moliere]
- 사랑은 지성 있는 사람에게서 지성을 빼앗고, 지성 없는 사람에게 지성을 준다.   [Charles Didelot]
- 사랑은 지식의 어머니이다.
  [Leonardo da Vinci]
- 사랑은 치료할 수 없는 병이다.
  [John Dryden]
- 사랑은 파수를 맡아줄 친구를 가지려는 열망이다.   [Halifax]
- 사랑은 프랑스에서는 희극, 영국에서는 비극, 이탈리아에서는 비가극, 독일에서는 멜로드라마다.
  [Blessington 백작부인]
- 사랑은 하나뿐인데, 사랑의 사본은 갖가지다.   [La Rochefoucauld]
- 사랑은 하나뿐인 생각 없이는 두 개의 마음이다.   [Philip J. Q. Barry]
- 사랑은 홍역과 같아서 늦게 잡을수록 그 해악이 심하다. [D. W. Gerald]
- 사랑은 환상의 자식이요, 환멸의 어버이다.   [Miguel de Unamuno]
- 사랑은 흘러 바다를 이루고, 정은 쌓여 산을 만든다. [두타사비頭陀寺碑]
- 사랑을 겪었기 때문에 슬픔을 겪게 되는 것이다.   [Albert Camus]
- 사랑을 받기 위하여 사랑하는 것은

인간이지만, 사랑하기 위하여 사랑
하는 것은 천사다.

[Alphonse de Lamartin]

- 사랑을 알기까지는 여자도 아직 여
자가 아니고, 남자도 아직 남자가 아
니다. 따라서 사랑은 남녀 모두가
성숙하기 위해 필요한 것이다.

[Samuel Smiles]

- 사랑을 올바로 알기 위해서는 많은
세월이 필요하다. 인생이 주는 상
처와 피로가 해를 거듭함에 따라 사
랑의 지혜를 두텁게 만들어 준다.

[자크 사르돈느]

- 사랑을 하는 자는 죽은 자와 같이
날개 없이 하늘로 날아간다.

[Michelangelo]

- 사랑의 관계가 최고조에 달할 때는
주위 환경의 어느 것에도 관심을 둘
여유가 없다. 한 쌍의 연인은 그들
만으로 족하다. [Sigmund Freud]

- 사랑의 마음만큼 격렬한 것은 없다.

[Propertius]

- 사랑의 병을 고치는 약은 몇 가지나
있다. 그러나 틀림없이 낫는다는
약은 없다. [La Rochefoucauld]

- 사랑의 부추김을 받으면 달변가가
된다. [Christopher Marlowe]

- 사랑의 불길은 그것을 알아차리기
전에 이미 마음을 태우고 있다.

[Marguerite de Navarre]

- 사랑의 불은 때로 우정의 재를 남긴
다. [Henry Regnier]

- 사랑의 절대적 가치는 인생을 가치
있게 만든다. 그리하여 인간의 생소
하고 어려운 처지를 바람직하게 만
든다. 사랑은 인생을 죽음에서 구원
할 수는 없다. 그러나 인생의 목적
을 충족시킬 수는 있다.

[A. Toynbee]

- 사랑의 첫 한숨은 지혜의 마지막 숨
이다. [Antoine Vrai]

- 사랑의 비극이라는 것은 없다. 사
랑이 없다는 사실 속에서만 비극이
있는 것이다. [Tesca]

- 사랑의 비밀을 지킬 필요가 없어졌
을 때 기쁨도 사라지고 만다.

[Aphra Behn]

- 사랑의 한恨이 어설픈 혼인상대를
선택한다. [Pierre La Chausee]

- 사랑이 많은 기적을 낳지 않았다면
사람들은 사랑을 신성하게 여기지
않았을 것이다. [Andre Prevost]

- 사랑이 무어냐고 그대는 묻는다.
자욱하게 낀 안개로 싸인 하나의 별
이다. [Heinrich Heine]

- 사랑이 부끄러움을 알았다면, 그것을
누드화로 그리지도 않았을 것이다.

[Tirso de Molina]

- 사랑이 없는 아름다움은 먹이가 없
는 낚싯바늘이다. [R. W. Emerson]

- 사랑이 종종 기적을 일으키지 않았다면, 사람들은 사랑을 신령시 하지 않았을 것이다.   [Abbe Prevost]
- 사랑이 집에 들어오면 지혜는 나간다.   [Friedrich von Logau]
- 사랑이 충족되면 그 매력은 모두 사라진다.   [Pierre Corneille]
- 사랑이라는 것은, 말하자면 섹스가 일으키는 트러블이고, 일종의 하찮은 시정詩情이었다. 모든 시가 그러하듯이 그것은 과장을 일삼고 우상을 만들기에 곁눈도 안 판다. '완전한 인생'을 꿈꾸는 것이다.   [강신재]
- 사랑이란 남성에게 있어서는 하나의 소나기에 불과하지만, 여자에게 있어서는 '죽음'이나 '삶' 둘 중에 하나다.   [Ella Wilcox]
- 사랑이란 받는 것이 아니라 주는 것이다. 그것은 향락의 거친 꿈도 아니며 정욕의 광기도 아니다. 또한 사랑이란 선하고 명예이며 정확하고 깨끗한 삶이다.   [Henry van Dyke]
- 사랑이란 아주 차분하고도 친밀한 싸움이다.   [Osho Razneesh]
- 사랑이란 여자의 환상에 입각한다. 그녀들이 가슴에 안는 환상은, 여자와 조금이라도 사귀어 본 사람이라면 누구나 알고 있듯이, 도저히 있을 수 없는 일들이다.   [Henry I]
- 사랑이란 연인의 눈동자에 반짝이는 불도 되고 흩어지는 연인의 눈물에 넘치는 데 해도 된다. 그뿐 아니라 아주 분별하기 어려운 광기, 숨구멍도 막히는 고집인가 하면, 또 생명을 기르는 감로이기도 하다.   [Shakesperre]
- 사랑이란 영혼의 궁극적인 진리입니다.   [R. Tagore]
- 사랑이란 온실의 꽃이 아니라, 야생식물로서 습한 밤에도 생겨나고 햇빛이 비치는 낮에도 생겨난다. 야생의 씨앗에서 발생하여 사나운 바람에 불려 거리로 돌아다닌다. 어떤 야생식물이 우연히 우리들 정원의 울타리 안에서 활짝 피게 되면 우리는 그것을 꽃이라 부른다. 그러나 꽃이든 잡초든 그 향기와 빛깔은 여전히 야생적이다.   [John Galsworthy]
- 사랑이란 우리들을 행복하게 하기 위해서만 존재하는 것이 아니라, 우리들이 고뇌와 인내 속에서 얼마만큼 강할 수 있는가 하는 것을 스스로에게 보이기 위해서 존재하는 것이다.   [Hermann Hesse]
- 사랑이란 우리들의 혼의 가장 순수한 부분이 미지의 것에 향하여 갖는 성스러운 그리움이다.   [George Sand]
- 사랑이란 자기희생이다. 이것은 우연에 의존하지 않는 유일한 행복이다.

- 사랑이란 하나를 주고 하나를 바라는 것이 아니며, 하나를 주고 둘을 바라는 것도 아니다. 아홉을 주고도 미처 주지 못한 하나를 안타까워하는 것이다. [Thomas Brown]
- 사랑이란 한없는 관용, 조그만 것에서부터 오는 법열法悅, 무의식의 선의, 완전한 자기 망각이다.

[자크 샤르돈느]

- 사랑하고 있는데도 사랑받지 못한다는 것은 분명히 괴로운 것이다. 그러나 이미 사랑하지 않는데도 사랑의 대상이 되어 있는 것에 비하면 약과이다. [쿠르트리느]
- 사랑하는 애인끼리는 우주 전체가 조국이 아닌가? [Andre Prevost]
- 사랑하는 여인이 하는 일은 모두 옳다고 여겨진다. [Wise]
- 사랑하는 인간은 자신의 넋을 팔아넘긴 것이다. [J. Green]
- 사랑하면 서로 믿는다.

[이탈리아 우언]

- 사랑하면 현명할 수 없고, 현명하면 사랑할 수 없다. [Publius Syrus]
- 사랑한 후에 사랑을 잃는 것은 전혀 사랑하지 않은 것보다 낫다.

[Alfred Tennyson]

- 사물을 있는 상태와 가장 다르게 보는 것이 사랑이다. 사랑에 빠지면 모든 것을 달콤하게 느끼면서 환상적으로 보기 마련이다. 사랑의 힘은 매우 강렬하여, 다른 때보다 더 잘 참고 만사에 순응하게 만든다.

[Friedrich Nietzsche]

- 생각하는 데에 기억이 필요하듯이, 사랑하는 데에는 눈이 필요하다.

[Necker 부인]

- 세레스와 바쿠스가 없으면 비너스는 추위에 떤다. [Terentius Afer]
- 세상에서 숨길 수 없는 두 가지, 바로 취기와 사랑이다. [Antiphanes]
- 신의 본질은 사랑과 예지이다.

[Swedemborg]

- 아무도 사랑을 가르쳐 주는 사람은 없다. 사랑이란 우리의 생명과 같이 알 때부터 가지고 태어나는 것이다.

[Friedrich Muller]

- 안녕! 사랑하는 사람들아, 다시 만날 수 있다면…. [Mark Twain]
- 애정을 받아들이는 인간은 일반적으로 말하면, 애정을 부여하는 사람이다. [George Bertrant Russell]
- 애정이 있으면 주먹밥일지라도 맛있고, 애정이 없으면 산해진미도 맛이 없다. [Solomon]
- 영원히 사랑하지 않는 자는 사랑하는 자가 아니다. [Euripides]
- 온몸을 던져 사랑하라. 마치 내일이 없는 것처럼 사랑하라. [김난도]

- 우리는 3주 동안 자신들에 관해 공부하고, 3개월간 서로 사랑하며, 3년간을 싸우고, 30년간 관대하게 봐준다. 그러면 자녀들이 다시 시작한다. [H. 테인]
- 위대한 사상은 마음에서 나오고, 위대한 사랑은 이성에서 나온다. [Louis de Bonal]
- 이 세상에 사랑보다 즐거운 것은 없다. 사랑 다음으로 즐거운 것은 증오다. [Henry Longfellow]
- 이성이 사랑을 해결해 주는 것은 아니다. [Moliere]
- 이해하기 위해선 서로 닮지 않으면 안 된다. 그러나 사랑하기 위해서는 약간은 다르지 않으면 안 된다. [Paul Geraldy]
- 인간이 사랑을 시작했을 때 비로소 삶이 시작된 것이다. [스큐테리앙]
- 인정이 많은 것은 좋다. 그런데 대상이 누구란 말인가? 그것이 문제로다. [La Fontaine]
- 장년에 이를 때까지 사랑을 미루어 온 사람은 비싼 이자를 지불해야 한다. [Menandros]
- 재산이나 보물, 지위 같은 것은 사랑에 비교한다면 쓰레기와 같다. [Brackstone]
- 적당히 사랑해야 오래 갑니다. [Shakespeare]
- 전에 한 사람도 사랑해 본 일이 없었던 사람은 전 인류를 사랑하기란 불가능하다. [Henrik Ibsen]
- 전쟁과 사랑에는 모든 수단이 훌륭하다. [J. Fletcher]
- 죽음보다 강한 것은 이성理性이 아니라 사랑이다. [Thomas Mann]
- 지독하게 밉다고 생각하고 있는 한 아직은 어느 정도 사랑하고 있는 것이다. [Disraeli 부인]
- 지상의 모든 생물 — 인간 · 맹수 · 물고기 · 가축 · 조류 — 모두가 사랑의 불길에 쇄도한다. 사랑은 모든 것의 왕이다. [Vergilius]
- 진실 된 사랑은 오로지 사람에게만 신이 준 선물이다. [Walter Sott]
- 진정한 사랑은 인격을 높이고, 심정을 진실케 하고, 또 생활을 정화한다. [Henry E. Amiel]
- 참다운 사랑은 유령의 출현과도 같다. 모두가 그 얘기를 하지만 그걸 본 사람은 없다. [La Rochefoucauld]
- 참으로 사랑은 그것을 위하여 우리의 모든 것을 포기하거나 연소시키는 맹목적인 것이 아니다. 인간이 인간으로서 주어진 사명을 다하고 우리들의 삶을 보람찬 것으로 이룩하기 위하여 그것이 소중할 뿐이다. [박목월]
- 참으로 사랑하는 마음속에서는, 질

투가 애정을 죽이든가, 애정이 질투를 죽이든가 어느 한쪽이다.

[Paul Bourget]

- 천도天道는 사람을 사랑하는 것을 마름으로 삼는다. [고금소설古今小說]
- 총애寵愛를 받거든 욕됨을 생각하고, 편안함에 처하거든 위태함을 생각하라. [명심보감明心寶鑑]
- 최고의 사랑은 어머니의 사랑, 다음은 개의 사랑, 그다음이 연인의 사랑이다. [폴란드 격언]
- 하늘이 장차 누군가를 구하려 한다면 자애로 그를 지켜줄 것이다.

[노자老子]

- 하루만 못 봐도 3년을 못 본듯하다.

[시경詩經]

- 한 번의 기쁨과 천 번의 고통.

[Villon]

- 허리띠 밑으로는 지혜가 없다.

[Matthew Hale]

- 현명한 사람은 그의 사랑하는 사람의 선물보다도, 선물을 보내주는 사람의 사랑을 귀중하게 생각한다.

[Thomas A. kempis]

| 사랑과 돈 |

- 거지들은 결코 연인이 될 수 없다.

[Menandros]

- 반지로 받아들여진 사랑은 칼로 종지부를 찍는다. [Branton]
- 번영은 사랑을 이어주는 끈이다.

[Shakespear]

- 사람들은 지식보다는 그가 가진 재산을 살핀다. [Cervantes]
- 사랑은 많은 일을 할 수 있으나, 돈이 더 많은 일을 한다. [질 드 누아에르]
- 사랑의 사슬은 그 고리가 금으로 되었을 때 가장 단단하다. [R. Tailor]
- 재산 없는 연인은 사랑할 수는 있으나 행복할 수는 없다. [Florian]

| 사랑과 미움 |

- 너를 사랑하는 자는 너를 눈물 짓게 하고, 너를 미워하는 자는 너를 웃게 만든다. [J. B. P. Moliere]
- 많은 사람들이 미워하더라도 반드시 살펴보아야 하고, 많은 사람들이 좋아하더라도 반드시 살펴보아야 한다. [공자孔子]
- 모를 때는 별것 아니고, 알고 나면 대단하지도 않은 사랑이다.

[La Fontaine]

- 미워하는 사람의 집 옆 정원에서 자유롭게 살기보다는 사랑하는 사람 곁에서 사슬에 묶인 채 사는 편이 낫다. [Saidy]
- 미워하는 자를 조심해서 방비하지만, 화는 사랑하는 데 있다.

- 사람은 사랑하는 한 용서한다.

[La Rochefocauld]

- 사람은 이유 없이 사랑하고, 이유 없이 미워한다. [Regnard]

- 사랑과 미움은 늘 도를 넘는다.

[Talmud]

- 사랑과 증오는 전적으로 같은 것이다. 다만 전자는 적극적이며 후자는 소극적인 것에 불과하다.

[한스 그로즈]

- 사랑의 감정이 절대적인 것과 같이 증오의 감정이 때때로 절대적인 경우도 있다. [이효석]

- 사랑하면서도 그의 악한 점을 알아내고, 미워하면서도 그의 착한 점을 알아준다. [예기禮記]

- 언젠가 미워하게 될 것처럼 사랑하라. 그리고 언젠가 사랑하게 될 것처럼 미워하라. [L. Diogenes]

- 지나치게 사랑하는 사람은 지나치게 미워할 줄도 안다. [Aristoteles]

- 진심으로 사랑한 사람을 미워하기는 힘들다. [Pierre Corneille]

- 천하가 서로 사랑하면 다스려지고, 서로 미워하면 어지러워진다.

[묵자墨子]

| 사랑과 우정 |

- 사랑과 우정은 서로 상반된다.

[La Bruyere]

- 사랑은 누구나 손을 뻗으면 닿지만, 우정은 마음의 시련을 통해 비로소 닿을 수 있다. [A. 두데토]

- 우정은 늘 유익하지만, 사랑은 때때로 유해하다. [Seneca, L. A.]

- 우정은 때때로 사랑이 되지만, 사랑이 우정이 되는 경우는 매우 드물다.

[C. C. Colton]

| 사랑과 질투嫉妬 |

- 악마가 천사의 형제인 것처럼 질투는 사랑의 자매이다.

[슈발리에 드 부플레]

- 양편에 나란히 선 두 여인에게서 냉기가 흐른다. [Shakespeare]

- 재가 불을 꺼뜨리듯, 질투는 사랑을 깨뜨린다. [Ninon de Lenclos]

- 질투는 사랑이란 나라의 폭군이다.

[Cervantes]

- 평화로이 지내던 두 수탉에게 어느 날 암탉 한 마리가 나타났다.

[La Fontaine]

| 사랑과 충실 |

- 사랑을 할 줄 아는 사람은 자기의 정열을 지배할 줄 아는 사람이다. 이와 반대로 사랑을 할 줄 모르는

사람은 자기의 정열에 지배를 받는 사람이다. [F. Q. Horatius]

- 사랑이 깊은 자는 미움 또한 깊다. [Homeros]
- 사랑이 항구할 것이라는 생각은 망상이다. [Vauvenargues]
- 사랑하는 이에게 충실하려고 자제하는 것은 부정不貞함만 못하다. [La Rochefoucauld]
- 세상에는 반드시 완전무결한 사랑이 있는 것이 아니요, 때를 따라서 흠을 깁고 이지러진 것을 더하여 없는 것에서 있는 것을 만들려고 애쓰는 창조의 도덕이 없는 사랑은, 또한 안가安價의 매음賣淫과 같은 사랑일 것이다. [나도향]

| 사랑에 빠진 노인 |

- 노인의 치아는 큰 짐승의 고기를 먹기에는 너무너무 약하다. [Marguerite de Navarre]
- 사랑에 빠진 노인은 늙은 병사를 닮았다. [Ovidius]
- 사랑에 빠진 노인은 자연의 심각한 결함이다. [La Bruyere]
- 산 위에 눈이 있으면, 계곡에 추위가 오기만을 기다린다. [숄리에르]
- 파 머리는 하얀색이지만, 줄기는 그보다 더 푸를 수 없을 정도로 푸른 색이다. [Boccaccio]

| 사랑의 감정感情 |

- 사랑은 가장 변하기 쉬움과 동시에 가장 파괴하기 어려운 불가사의한 감정이다. 그것은 변형되며, 풍화하고 산화한다. 그러나 마음속을 분석하든가, 또 추억하든가 하면, 그것은 또다시 완전한 형태로 조립되고 구성하게 된다. [Henry Regnier]
- 사랑은 감정적인 지식이다. [John Grey]
- 사상의 관계가 최고조에 달할 때는 주위 환경의 어느 것에도 관심 둘 이유가 없다. 한 쌍의 연인은 그들만으로 족하기 때문이다. [Sigmund Freud]
- 상대가 눈앞에 없어지면 보통 사랑은 멀어지고, 큰 사랑은 가중된다. 바람이 불면 촛불은 꺼지고, 화재는 더 불길이 세지는 것처럼. [La Rochefoucauld]

| 사랑의 결말 |

- 사랑은 마음으로 이루어진 계약이다. [Natalie Daya]
- 사랑은 배고픔으로 살고, 양식으로 죽는다. [A. Musset]

- 사랑은 숨길 수 없다. 그런데 더 이상 사랑하지 않을 때에는 더더욱 그렇다.   [Jean-Pierre C. de Florian]
- 사랑은 일에 굴복한다. 만일 사랑으로부터 빠져나오길 원한다면 바쁘게 돼라.   [D. N. Ovidius]
- 사랑은 질려서 죽는다. [Jean Paul]
- 사랑은 행복과 괴로움의 조화이다.   [Thomas Chalmers]
- 새 못이 낡은 못을 대신하듯, 새 사랑이 헌 사랑을 대신한다.   [Publius Syrus]
- 연인들이 더 이상 서로 사랑하지 않는 이유는, 지나치게 서로 사랑했던 것 말고 달리 없다.   [La bruyere]

| 사랑의 고백告白 |

- 급작스레 태어난 사랑은 치유되는데 오래 걸린다.   [La Bruyere]
- 불타오르는 것 같다고 말할 수 있는 자는, 아직은 작은 불속에 있는 것이다.   [Francesco Petrarca]
- 사랑의 말은 눈에 있다.   [John Fletcher]
- 사랑의 불은 오히려 그것을 알아차리지 못한 마음에 불을 놓는다.   [Marguerite de Navarre]
- 사랑해야 될 사람은 첫눈에 반한다.   [Shakespeare]

- 세상이 생긴 이래 한 여인에게 사랑을 고백했다고 해서 목 졸려 죽은 사람은 없다.   [J. P. C. de Florian]

| 사랑의 괴로움 |

- 가시에 찔리지 않고 장미를 딸 수 없다는 그 비극, 죄를 짓지 않고는 사랑을 느낄 수 없다는 인간의 그 형벌.   [이어령]
- 더욱더 사랑하는 것밖에는 사랑의 치료법이 없다.   [H. D. Dorrough]
- 사랑도 거절당하고 반대당합니다. 우리의 내면에서도 외면에서도.   [Johan Paul II]
- 사랑의 괴로움은, 사랑과 마찬가지로 누구에게도 나누어줄 수 없는 끝없는 것이 있다.   [Goethe]
- 사랑의 고뇌처럼 달콤한 것은 없고, 사랑의 슬픔처럼 즐거운 것은 없으며, 사랑의 괴로움처럼 기쁜 것은 없고, 사랑에 죽는 것처럼 행복한 것은 없다.   [E. Moridz Arndt]
- 사랑의 의지란 무섭게 외로운 것이란다.   [김남조]
- 책을 읽어보아도, 이야기나 역사에서 들어보아도, 참다운 사랑이란 결코 순조롭게 진행된 예가 없는 것 같다.   [Shakespeare]

| 사랑의 능력能力 |

- 그대가 없다면, … 나는 깊은 밤, 달도 없는 바다를 표류하는 일엽편주 一葉片舟요, 줄 끊어진 로프요, 한쪽 날개만 가진, 그나마도 불완전하여 날 수 없는 상처 입은 작은 새와도 같으리. [Thomas More]
- 사람은 사랑 없이는 강해질 수 없다. 사랑은 부적절한 감정이 아니기 때문이다. 그것은 인생의 피요, 분리된 것을 재결합시키는 힘이다. [Paul Tilich]
- 사랑스러운 사람의 입에서 나는 양파 냄새가, 보기 흉한 사람의 손에 있는 장미 냄새보다 더 향기롭다. [Sadi]
- 사랑은 강한 것이다. [Victor-Marie Hugo]
- 사랑은 눈으로 보지 않고 마음으로 본다. 그러므로 그림에 그린 큐피드는 날개는 가지고 있지만 맹목으로서 사랑의 신의 마음에는 분별이 전연 없고, 날개가 있으나 눈이 없는 것은 성급하고 저돌적인 증거다. 그리고 선택이 언제나 틀리기 쉬우므로 사랑의 신은 아니라고 한다. [Shakespeare]
- 사랑은 다른 사람들을 알게 한다. [Arthur Schinikov]

- 사랑은 두려움을 없애 준다. [Mother Teresa]
- 사랑은 모든 것을 가능케 한다. [Platon]
- 사랑은 모든 것을 극복한다. [Carl Hilty]
- 사랑은 어느 점에서는 야수를 인간으로 만들고, 다른 점에서는 인간을 야수로 만든다. [Shakespeare]
- 사랑을 고치는 약은 없다. 만약 있다면 더 사랑할 수밖에 없다. [Henry David Thoreau]
- 사랑한다는 것은 생산적인 능동성이다. 그것은 사람·나무·그림·사상 등에 대한 돌봄, 앎·반응·긍정·즐거움 등을 뜻한다. 그것은 그의 생명력을 증대시키고 소생시키는 것을 뜻한다. 그것은 자기를 재생시키고 자기를 증대시키는 하나의 과정이다. [Erich Pinchas Fromm]
- 사랑한다는 것은 자기를 초월하는 것이다. [Oscar Wilde]
- 사랑은 무기 없이도 그 왕국을 지배한다. [G. Herbert]
- 사랑은 병영과 법정과 숲을 지배한다. 사랑은 천국이고, 천국이 곧 사랑이기 때문이다. [Byron]
- 사랑은 사람을 치료한다. 사랑을 받는 사람, 사랑하는 사람 할 것 없이. [Karl Menninger]

- 사랑은 살아남는 유일한 힘이다.
  [Leo Buscaglia]
- 사랑은 상처를 남기지만, 치유도 한
  다. [William Shakespeare]
- 사랑은 서로 다른 것들을 하나로 만
  드는 힘이다. [Martin Luther King]
- 사랑은 시간과 공간을 초월한다.
  [Newton Dismore]
- 사랑은 아무것도 겁내지 않는다. 까
  딱하면 사신死神이란 천하무적의 강
  자한테로 달려가 그것을 자기편으
  로 할 용의가 있다. 사신을 자기편
  으로 한 사람만큼 강한 것은 없다.
  [Heinrich Heine]
- 사랑은 영리한 많은 사람을 바보로
  바꾸어놓기도 하지만, 바보를 영리
  하게 만드는 경우도 있다. [G. 비타유]
- 사랑은 자기 자신을 존재하게 하는
  힘이다. 그것은 그 자체의 가치다.
  [Thomas Wilder]
- 사랑은 죽음보다도 죽음의 공포보
  다도 강하다. 사랑은 단지 그것에
  의해서만 인생은 주어지고 계속 진
  보한다. [I. S. Turgenev]
- 사랑을 방해하는 것은 아무것도 없
  다. 사랑은 제아무리 이를 막아도
  모든 속으로 뚫고 들어간다. 사랑은
  영원히 그 날개를 펄럭이고 있다.
  [Matthias Claudius]
- 사랑이 있는 곳에는 부족함이 없다.
  [R. Broom]
- 사랑하면 굶어도 배고프지 않다.
  [T. M. Plautus]
- 사랑할 수 있다는 것은 모든 것을 할
  수 있다는 것이다. [A. Chekhov]
- 신은 미친 아들과, 술 취한 아들과,
  사랑에 빠진 아들을 도우신다.
  [Marguerite de Navarre]
- 어떤 밧줄이나 철사도 사랑처럼 꼬
  인 실로 힘차게 당기고 단단히 붙잡
  아 매지 못한다. [Robert Burton]
- 연인들은 언제나 한 눈은 밭에, 한
  눈은 도시로 향해 있다.
  [A de Montreux]
- 연인들의 불화는 사랑이 재생한다.
  [Terentius Afer]
- 오! 사랑은 우리를 행복하게 만든다.
  오! 사랑은 우리를 풍요하게 만든다.
  [Heine Heinrich]

| 사랑의 맹세 |

- 사랑의 맹세는 선원들의 소원과 같
  아서 폭풍이 지나면 잊는다.
  [J. Webster]
- 사랑의 맹세에는 처벌 조항이 없다.
  [Publius Syrus]
- 사랑하지 말아야 되겠다고 결심해
  도 뜻대로 되지 않는 것처럼, 영원한
  사랑도 뜻대로 되는 것이 아니다.

[J. La Bruyere]

- 연인들의 맹세는 신들의 귀에까지 들리지 않는다.　　[Kallimachos]
- 오늘 사랑한다고 내일도 사랑하리라고는 아무도 단언할 수 없다.

　　　　　[Jean-Jacques Rousseau]

- 한 사람의 상대자를 평생 동안 사랑할 수 있다고 단언하는 것은 한 자루의 초가 평생 동안 탈 수 있다고 단언하는 것과 마찬가지다.

　　　　　　　　[Lev N. Tolstoy]

| 사랑의 본질本質 |

- 사람들을 사랑하되, 자기 자신을 위해서가 아니라 그들을 위해서 사랑해야 한다.　　[Colin d'Harelivile]
- 사랑은 모든 것을 믿으며 속지 않는다. 사랑은 모든 것을 바라며 멸망하지 않는다. 사랑은 자기 이익을 추구하지 않는다.　　[S. Kierkegaard]
- 사랑은 무엇보다도 인내심을 필요로 한다.　　　　　　[Tolstoy]
- 사랑은 불과 같다. 불의 상처는 참기 힘들지만, 사랑의 상처는 더욱 참기 힘들다.　　　　　　[보이에센]
- 사랑은 잼과 같이 달콤하지만 빵이 없으면 그것만으로는 살아갈 수가 없다.　　　　　　　[유태 격언]
- 사랑은 아낌없이 뺏는 것이다.

[아리시마 다께로有島竹郎]

- 사랑은 어떤 것보다도 참된 것이다.

[Henry van Dyke]

- 사랑은 어렵다.　　[비포니 스튜어트]
- 사랑은 인간의 주성분이다. 인간의 존재와 같이 사랑은 완전무결하게 존재하고 있으며, 무엇 하나 더 보탤 필요가 없는 것이다.　[J. G. Fichte]
- 사랑은 희생이다.　[A. Schweitzer]
- 사랑을 좇으면 사랑이 도망가지만, 사랑을 자유롭게 두면 그 사랑은 그대를 좇을 것이다.　　　[영국격언]
- 사랑의 마음 없이는 어떠한 본질도 진리도 파악하지 못한다. 사람은 오직 사랑의 따뜻한 정으로만 우주의 전지전능에 접근하게 된다. 사랑의 마음에는 모든 것이 포근히 안길 수 있는 힘이 있다. 사랑은 인간 생활의 최후의 진리이며, 최후의 본질이다.　　　[Gustav B. Schwab]
- 사랑의 본질은 개인을 보편화하는 것이다.　　　　[Auguste Comte]
- 사랑의 본질은 정신의 불이다.

[E. Swedenborg]

- 사랑한다는 것은 즐기는 것이나, 사랑받는다는 것은 즐기는 것이 아니다.　　　　　　[Aristoteles]

| 사랑의 속성屬性 |

- '나는 너에게 지극한 사랑을 가지고 있다.' 라고 말하는 것은 아무 의미가 없다. 사랑은 소유할 수 있는 물건이 아니라 하나의 과정, 사람이 그 주체가 되는 내적 행동이다. 나는 사랑할 수 있고 사랑에 빠질 수 있다. 그러나 사랑에 있어서 무엇을 '가진다' 는 것은 있을 수 없다. 실상 더욱 적게 가질수록 더욱 사랑할 수 있는 것이다.   [Erich Fromm]
- 나를 사랑하는 자는, 내 개도 사랑한다.   [St. Beranrd]
- 나무를 사랑하는 자는, 그 가지도 사랑한다.   [Moliere]
- 독이 종종 다른 곳으로 밀려나듯, 사랑은 다른 사랑으로 치유될 수 있다.   [John Dryden]
- 못이 다른 못을 밀쳐내듯 새로운 사랑이 옛사랑을 대신한다.   [Cicero]
- 무조건적 사랑은 어린아이만이 아니라 모든 인간의 진실한 열망 중 하나다. 어떤 장점 때문에 사랑받는다든가, 사랑받을 만해서 받는다는 것은 항상 의문의 여지를 남긴다.   [Erich Fromm]
- 사람들은 사랑하는 사람에게 쉽게 속아 넘어간다.   [Moliere]
- 사람은 사랑할 때 고통을 전혀 느끼지 않거나, 고통마저도 사랑한다.   [Augustinus]
- 사랑은 고결한 마음을 이어주는 수문이오, 신앙은 사랑의 샘을 닫는 마개이다.   [Robert Green]
- 사랑은 규칙을 알지 못한다.   [H. Montsigne]
- 사랑은 늘 돌아온다.   [Edmund Spencer]
- 사랑은 모든 것을 이해한다.   [Leo Buscaglia]
- 사랑은 어디서나 문을 열어준다.   [Mary Ann Longstaff]
- 사랑은 여자의 수치심을 둔화시키고, 남자의 수치심을 예리하게 만든다.   [Jean Paul]
- 사랑은 인간을 위해 죽는 것이다.   [이광수]
- 사랑은 혼자가 아니라 함께할 때 더 아름답다.   [Richard David Bach]
- 사랑을 하면 상처 주는 말을 하지 않는다.   [J. P. C. Florian]
- 사랑하는 동안은 누구나 시인詩人이다.   [Platon]
- 사랑하게 되어 인생이 훌륭하게 되었다면, 그리고 사랑을 하게 되어 비로소 자기가 살아있다는 것을 깨닫게 되면, 그것은 정말 진정한 사랑이다.   [서양 격언]
- 사랑에는 연령이 없다. 그것은 어느

때든지 생길 수 있는 것이다. [Pascal]

● 안정된 심정은 사랑을 싸늘하게 죽이고, 불안을 느끼면 사랑은 불이 붙는다.　　　　　[M. Proust]

| 사랑의 슬픔 |

● 사랑 때문에 죽을 지경이라면 지나치게 사랑하는 것이다.
　　　　　[질 드 누아에르]

● 사랑의 기쁨은 한순간밖에 지속되지 않으나, 사랑의 슬픔은 평생 계속된다.　　　[J. P. C. Florian]

● 상사병은 그해에 죽어야 할 사람들만 죽인다. [Marguerite de Navarre]

| 사랑의 신비神秘 |

● 사랑에 대하여 가르쳐주는 사람은 아무도 없다. 사랑이란, 우리의 생명처럼 날 때부터 가지고 태어나는 것이다.　　　[F. Max Muller]

● 사랑은 끝없는 신비다. 그것을 설명할 수 있는 것이 전혀 없기 때문이다.　　　　　[R. Tagore]

● 사랑은 영혼을 만나는 것이다.
　　　　　[Julius Glober]

● 사랑은 화관花冠에 머무는 이슬방울과 같이 청순한 얼의 그윽한 곳에 머문다.　[Felicite R. de Lammenais]

● 희망이 없는 사랑을 하고 있는 자만이 사랑을 알고 있다.　　　[Schiller]

| 사랑의 유혹誘惑 |

● 남자들은 찾을 수 있는 가장 아름다운 천사에게서 악마를 발견한다.
　　　　[Marguerite de navarre]

● 보석은 사랑의 연사演士이다.
　　　　　[Samuel Daniel]

● 아프로디테는 미소를 사랑한다.
　　　　　[Homeros]

● 청혼 받고 싶어 하지 않는 여인은 거의 없다. [Marguerite de Navarre]

● 환심을 사려면 너의 자신을 잊어라.
　　　　　[P. N. Ovidius]

| 사랑의 종류種類 |

● 사랑에는 세 종류가 있다. 첫째는 아름다운 사랑, 둘째는 헌신적인 사랑, 셋째는 활동적인 사랑이다.
　　　　　[Lev N. Tolstoy]

● 사랑에는 실로 수많은 종류가 있어서 무엇부터 정의를 내려야만 좋을지 알 수 없을 정도이다. 사랑이라는 명칭은 대담하게도 며칠밖에 계속되지 않는 변덕에 대해서도 쓰이고 있다. 애착 없는 친밀성, 판단 없는 감상感傷, 탕아의 교태, 냉담한

습관이나 낭만적 공상, 또는 곧바로 싫증이 나는 어떠한 미각까지도 사랑이라고 불린다. 사람들은 수많은 공상까지도 사랑이라고 부른다.
[Voltaire]

- 20대의 사랑은 환상이다. 30대의 사랑은 외도이다. 사람은 40대에 와서야 처음으로 참된 사랑을 알게 된다. [Johann Wolfgang Goethe]

| 사리사욕私利私慾 |

- 천하고금天下古今에 해서는 안 될 것을 억지로 하는 것이 있다. 그것은 일시의 사리사욕으로, 이것을 하면 쉽게 무너진다. 또 해야 할 자연스러운 것이 있다. 그것은 길이 변함없는 정의正義로, 이를 능히 행하지 못함은 사리사욕이 방해하기 때문이다. [김시습]

| 사명使命 |

- 각자의 사명 안에서 일하시오.
[La Bruyere]
- 사명감의 부재는 존재를 퇴색시킨다.
[Honore de Balzac]
- 자신의 사명을 따른 죄는 죄가 아니다. [Shakespear]

| 사상思想 |

- 가장 간단하고, 가장 명백한 사상이야말로 가장 이해하기 어려운 사상이다. [Dostoevsky]
- 간소한 생활, 고결한 사상.
[Alfred Tennyson]
- 결국 세계는 사상가에 의해 지배될 것이다. [Macdonaldo 총리]
- 경험은 사상의 아이다.
[Benjamin Disraeli]
- 궁핍은 사상에의 자극이 되고, 사상은 행동에의 자극이 된다.
[John E. Steinbeck]
- 깊이 생각하라. 그리고 먼저 그대의 사상을 풍부히 하라. 천하 만물 모두가 다 인간의 사상에서 생긴 것이다. 저 큰 건축물이라 할지라도 먼저 인간의 두뇌 속에 그 형체를 이룩하고 그런 다음에 그것이 건축으로 되어 나타난 것이다. 현실이란 사상의 그림자에 지나지 않는다.
[Thomas Carlyle]
- 나의 사상은 나 자신이 확인한 것이 아니면 어떤 것도 진실로 인정하지 않는다. [Andre Gide]
- 내용이 없는 사상은 공허하고, 개념이 없는 직관은 맹목이다.
[Immanuel Kant]
- 당신의 사상을 깨끗하게 하는 데에

힘을 기울여라. 당신이 악한 사상을 가지고 있지 않는 한 아무리 악한 행위를 하려고 해도 해치지 않을 것이다. [공자孔子]
- 대사상은 심장으로부터 온다. [Schopenhauer]
- 모든 위대한 사상은 위험한 것이다. [Oscar Wilde]
- 문장은 사상의 옷이다. [L. A. Seneca]
- 병든 사상은 병든 신체보다도 처리하기가 한층 곤란하다. [Marcus Tullius Cicero]
- 비틀거리면서 오는 사상이 세계를 이끌어간다. [Friedrich Nietzsche]
- 비평가는 타인의 사상에 관해서 사고하는 인간이다. [Jean Paul Sartre]
- 사람은 사상을 붙잡는 것 같지만, 사상은 항상 인간보다도 현실적이다. [F. Dostoevsky]
- 사람은 죽일 수 있다. 그러나 사상은 죽일 수는 없다. [J. Morgan]
- 사상과 언어는 예술가에게 있어서는 예술의 도구이다. [Oscar Wilde]
- 사상에는 욕망이 갖는 바와 같은 열이 있어야 하고, 욕망에는 사상이 갖는 바와 같은 빛이 있어야 한다. [Barush de Spinoza]
- 사상엔 우리를 불보다 뜨겁게 만들어 주는 일이 자주 있다. [Henry W. Longfellow]
- 사상은 인간을 노예 상태로부터 자유롭게 하는 것이다. [Ralph Emerson]
- 사상은 눈에 보이지 않는 자연, 자연은 눈에 보이는 사상이다. [Heinrich Heine]
- 사상은 생각하는 인간의 모습을 따르는 것이다. [Andre Suares]
- 사상은 생각하는 한 자유롭다. [Ralph Waldo Emerson]
- 사상은 생활의 결과이면서 또 동기가 된다. [함석헌]
- 사상은 언어보다 깊고, 감정은 사상보다 깊다. [Francis Bacon]
- 사상은 자연 속에 있다. [Auguste Rodin]
- 사상은 행동이 되려고 하고, 말은 육체가 되려고 한다. [Heinrich Heine]
- 사상의 생명은 전적으로 개인의 생명에서 나오는 것이다. 사상에 생명이 깃드는 것은 오직 정열 때문이다. [Henrik Ibsen]
- 사상의 자유는 생명이다. [Voltaire]
- 사상의 평화, 이것이야말로 철학하는 사람이 마음속으로부터 바라고 있는 목표다. [Wittgenstein]
- 사상이 끝나는 곳, 거기서 신앙이 시작된다. [Kierkegaard]
- 사상이라고 하여도 익지 않으면 나무에서 떨어지는 설익은 과일과 같다.

● 사상이란 타버린 생각의 가스와 같은 잿더미이고, 마음의 호흡의 배설물이다.   [Oliver Wendell Holmes]

● 사상이 문학에 들어 있는 것은 두뇌가 사람의 몸에 있는 것과 같다.
[호적胡適]

● 생활은 간소하게, 사상은 높게.
[Ralph Waldo Emerson]

● 신문은 사상의 무덤이다.
[Pierre-Joseph Proudohn]

● 어느 사상치고 그 유래를 따지면, 다른 사상의 영향을 받지 않은 것이 하나라도 있을 것인가?   [박종홍]

● 언어는 외적 사상이며, 사상은 내적인 언어이다.   [Rivarol]

● 여러 가지 위대한 사상은 마음으로부터 온다.   [Vauvenargues]

● 위대한 사상들은 모든 노동을 신성시하고 있다.   [Henry Thoreau]

● 위대한 사상은 위대한 지혜에서가 아니라, 위대한 사랑에서 생긴다.
[Dostoevsky]

● 으뜸가는 사상가들은 모두 옛사람들에게 도둑맞았다. [Ralf Emerson]

● 인간의 사상은 주피터가 그들에게 보내는 풍부한 태양광선과 함께 변한다.   [Homeros]

● 인류사는 본질적으로는 사상사이다.
[H. G. Wells]

[Wittgenstein]

● 인생과 대결시키면 시체처럼 넘어지고 마는 사상이 적지 않다.
[C. Morgenstern]

● 좋은 사상도, 그것을 행하지 않으면 좋은 꿈과 다를 것이 없다.
[Ralph Waldo Emerson]

● 좋은 사상은 결코 인간 독자의 것은 아니다. 그것은 인간을 통해서 흘러나올 뿐인 것이다.   [Carl Hilty]

● 중요한 사상을 누구에게나 알 수 있게 표현하는 것처럼 어려운 일은 없다.   [Schopenhauer]

● 한 사람의 사상가의 진보는 자신의 결론을 유보함에 있는 것이다.
[Albert Camus]

● 항상 새로운 사상이 있고, 우리들의 마음은 날씨와 함께 변한다.
[Montaigne]

● 현명한 자들만이 사상을 지배하고, 인류의 대다수는 그들 사상의 지배를 받는다.   [Samuel Coleridge]

| 사색思索 |

● 가장 유쾌한 인생은 사색하지 않음에 있다.   [Sophocles]

● 감흥은 남에게서 오는 것이요, 명상은 내 속만 파먹는 것이다.   [함석헌]

● 고귀한 생각과 함께 있는 자는 결코 고독한 것이 아니다.   [Philip Sidney]

- 고요히 명상하는 시간을 가지지 못하는 정신은 병들 수밖에 없다.

  [지명관]
- 그가 하루 종일 생각하고 있는 것 자체가 사람이다. [Ralph Emerson]
- 그대가 만일 생각하지 않는 인간이라면, 대체 그대는 무엇을 위한 인간인가? [Samuel Coleridge]
- 나는 물체이다. 그리고 나는 생각한다. 그 이상의 것을 나는 모른다.

  [Voltaire]
- 나는 항상 생각한다. 이 세계는 나의 천재보다 훨씬 천재적이라고.

  [Johann Wolfgang von Goethe]
- 남을 받들고 자기를 낮추고, 남을 먼저 생각하고 자기를 뒤에 생각해야 한다. [예기禮記]
- 내 머리에 내 모자를 쓸 수 있는 것은 나뿐이다. 마찬가지로 나 대신 생각할 수 있는 사람은 아무도 없다.

  [Wittgenstein]
- 내 생각이 맑지 않으면 사물의 옳고 그름을 분별할 수가 없다. [순자荀子]
- 대개의 사람들에 있어서 모름지기 생각한다는 것만큼 귀찮은 것은 없다.

  [J. Bride]
- 독서를 하고 생각하지 않는 것은 식사를 하고 소화되지 않은 것과 같다.

  [Edmund Burke]
- 마음속의 생각 때문에 처벌받는 사람은 없다. [Ulpianus]
- 명상에 대한 집념이 강하면 명상이 불가능해진다. [Osho Rajneesh]
- 명상으로 밤을 새우는 자는 밤이 없는 날을 미워한다. [George Herbert]
- 배우기만 하고 생각지를 않으면 이해할 수 없고, 생각만 하고 배우지를 않으면 곧 위태롭다. [논어論語]
- 사고는 수염과 같은 것이다. 성장할 때까지는 생기지 않는다. [Voltaire]
- 사고思考는 행동의 씨앗이다.

  [Ralph Waldo Emerson]
- 사람은 자기 생각을 사용하는 것밖에 자기 고유의 것이란 가진 것이 없다. [Epiktetus]
- 사람이 살아갈 궁리만 할 때는 고상한 생각을 하기는 어렵다.

  [Jean-Jaques Rousseau]
- 사색에 있어서만 인간은 신이 됩니다. 활동과 욕망에서는 환경의 노예일 따름입니다. [Bertrant Russell]
- 사색은 지성인의 노고요, 몽상은 지성인의 낙이다. [Victor Hugo]
- 사색하는 것은 자신과 이야기를 나누는 것이다. [Miguel de Unamuno]
- 사색하는 사람으로서 행동하고, 행동하는 사람으로서 사색하지 않으면 안 된다. [Henri-Louis Bergson]
- 사색하여 나온 것이 이해인데, 이해

는 이理로 해석했다는 말이다.

[함석헌]

● 산다는 것은 생각하는 것이다.

[Marcus Tullius Cicero]

● 생각과 생각은 전쟁에 나가는 날처럼 하고, 마음과 마음은 늘 다리를 건너는 것과 같이 하라.

[명심보감明心寶鑑]

● 생각에 부끄럽지 않은 것을 말하기를 부끄러워하지 말라. [Monaigne]

● 생각을 깊이하고 잘 살펴 도모하면, 힘은 줄어들고 공은 배로 늘어난다.

[구양수歐陽修]

● 생각이란 것은 지나간 감정의 전형이다. [William Wordsworth]

● 생각이란 사물에 대한 방향의 게시 또는 지시다. [L. A. Richez]

● 생각이란 원래 양심이 없는 분비작용이다. [장용학]

● 생각이 옳으면 이를 행동으로 옮기되, 그 옮기는 것을 시기에 맞게 하라.

[상서商書]

● 생각하려면 하는 것과, 생각하는 재능이 있다는 것과는 별개의 것이다.

[Wittgenstein]

● 세 가지 길에 의해서 우리는 성지聖地에 도달할 수가 있다. 그 하나는 사색에 의함이다. 이것은 가장 높은 길이다. 둘째는 모방에 의함이다. 이것은 가장 쉬운 길이다. 그리고 셋째는 경험에 의함이다. 이것은 가장 괴로운 길이다. [공자孔子]

● 세 번 생각한 끝에 행하라.[논어論語]

● 우리는 너무 많이 생각하고, 너무 적게 느낀다. [Charlie Chaplin]

● 이 세상은 생각하는 사람들에게는 희극이요, 느끼는 사람들에게는 비극이다. [월포르]

● 인간은 생각하는 것이 적으면 적을수록 말이 더 많아진다.

[Montesquieu]

● 인간은 자신이 생각하는 그러한 인간이 아니며, 생각 그 자체가 그 인간이다. [Norman Vincent Peale]

● 인간의 사색은 인간의 목적이 궁극적으로 보답되어가는 과정이다.

[Daniel Webster]

● 일에 부딪쳐 먼저 세 번 생각하지 않으면 후회할 일이 생기게 된다.

[고금소설古今小說]

● 일은 생각 끝에 생겨나고, 노력 끝에 성사되며, 거만 끝에 잃는다.

[관자管子]

● 있을 때 언제나 없을 때를 생각해야지, 없게 되어 있을 때를 생각하지 말라. [경세통언警世通言]

● 좋은 플레이어는 먼저 생각하고, 서툰 플레이어는 뒤에 생각한다.

[Tom Morris]

● 철학이란 죽음에 관한 명상이다.

[Erasmus]

- 하나의 생각이 무한한 공간을 채운다. [William Blake]
- 한 시간 동안의 사색은 착한 행위가 없는 1주일 동안의 기도회보다 귀중한 것이다. [Harrison]
- 항상 생각하는 사람은 좋은 날씨에 궂은 날씨를 생각해서 대비한다. [Thomas Fuller]
- 행동은 생각을 깊이 하면 이루어지고, 되는 대로 하면 이지러진다. [한유韓愈]
- 훌륭한 생각이란 좀처럼 여자의 머리에 떠오르는 것이 아니다. [Maxim Gorky]

| 사악邪惡함 |

- 아무도 단번에 사악해지지는 않는다. [D. J. Juvenalis]
- 아무리 수치심을 느끼게 해도 사악함은 변하지 않는다. [Aesop]

| 사업事業 |

- 나의 사업 목적은 언제나 부끄럽지 않게 돈을 버는 일이라고 알고 있었습니다. 또한 인생의 목표는 선을 행하는 일임을 기억하도록 노력해 왔습니다. [Paul Cooper]

- 무릇 사업에는 세 개의 부분이 있다. 준비 · 실행 · 완성이 그것이다. [Francis Bacon]
- 사업, 그것은 매우 간단하다. 그것은 다른 사람의 돈이다. [Dumas]
- 사업 목적에 대한 올바른 정의는 하나밖에 없다. 그것은 고객의 창조이다. [Peter Drucker]
- 사업에는 공적 사업과 사적 사업이 있습니다. 자기의 몸이나 집을 위하여 하는 사업은 이것이 사적 사업이요, 국가나 민족이나 인류를 위하여 하는 사업은 공적 사업이다. [안창호]
- 사용되는 가게 열쇠는 항상 빛난다. [Benjmin Franklin]
- 세월의 감은 빠르고, 사업의 이룸은 더디도다. [이윤재]
- 어른들의 장난감을 사업이라고 한다. [Augustinus]
- 우리가 실패한 기업에서 성공하는 멍청이를 보는 것보다 굴욕적인 것은 없다. [Gustave Flaubert]
- 우리는 수입의 일부를 자선사업에 희사할 의무가 있다고 나는 생각한다. 뿐만 아니라 가장 적절하고 유효하게 쓰이도록 보살펴줄 의무가 있다. [Thomas Jefferson]
- 우리들이 만약 사업을 하려고 한다면, 반드시 먼저 일을 위해서 죽을

만한 결심을 하지 않으면 안 된다.

[니시지마 히도루新島襄]

- 자기 신뢰는 위대한 사업의 제일의 필요조건이다. [Johnson]
- 재주는 곰이 넘고, 돈은 되놈이 번다.

[한국 격언]

| 사업의 능력 |

- 당신은 당신이 해결하는 문제의 난이도에 비례하여 급여를 받는다.

[Elon Reeve Musk]

- 바디샵을 창립할 당시에 내가 가졌던 큰 장점 중 하나는 대학에서 경영학을 공부해 본 적이 없다는 것이었다. 만약 경영학을 공부했다면, 아마 나는 사업이 왜 제대로 굴러가지 않느냐며 고민만 하고 있었을 것이다. [Anita Roddick]
- 자기가 가지고 있는 것을 필요로 하는 사람에게 파는 것은 비즈니스가 아니다. 자기가 가지고 있지 않은 것을 필요로 하지 않는 사람에게 파는 것이 비즈니스이다. [유대 격언]
- 젊은이들이여, 독립하라. 대기업이나 큰 회사를 동경하지 마라. 사업은 얼마든지 할 수 있다. 일은 어디에나 있다. [고바야시 이치조小林一三]
- 크기보다는 속도를, 진보보다는 혁명을. [Thomas Middelhoff]

| 사업의 비결 |

- 당신이 하는 일을 사랑하라. 그러면 성공의 기회가 찾아온다. 다른 사람들이 정말로 원하는 것이 무엇인지 이해하고 적절한 시기와 적절한 장소, 그리고 적절한 가격으로 그들에게 공급하라. 그러면 성공은 당신의 몫이다. 정보화 시대에는 혁신적인 것만이 미래를 바라볼 수 있다. [Simon Angelo]
- 미소와 악수에는 돈도 시간도 들지 않는다. 그리고 사업을 번창시킨다.

[John Wanamaker]

- 사업을 좌우하라. 사업에 좌우되어서는 안 된다. [Franklin]
- 사업의 비결은 다른 사람들이 아무도 모르고 있는 무엇인가를 아는 것에 있다. [Aristotle S. Onassis]
- 성공적인 사업 교섭에는 별다른 비결이 없다. …당신에게 이야기하고 있는 사람에게 전적으로 귀를 기울이는 것이 가장 좋은 방법이다. 이것보다 더 효과적인 아첨 방법은 없다.

[Thomas S. Eliot]

- 잠자는 동안에도 돈을 벌 방법을 찾지 못하면 죽을 때까지 일할 것이다.

[Warren Edward Buffett]

| 사업의 성공 |

- 당신이 몇 번이나 실패하는지는 중요하지 않다. 아무도 당신의 실패를 알거나 신경 쓰지 않을 것이고, 당신도 마찬가지다. 사업에서는 딱 한 번 터지면 된다. 당신은 그들과 당신 주변 사람들로부터 배우기만 하면 된다. [Mark Cubn]
- 아무리 돈을 많이 번다고 해도 그 돈에 자신의 노력과 땀이 들어 있지 않으면, 그 돈은 희한하게도 언제 없어졌는지 모르게 사라져버린다. 그러나 반대로 완전히 무일푼이 되어 벼랑 끝에 서게 된 사람은 '내가 여기서 열심히 하지 않으면 그땐 정말 끝장이다.'라는 생각에 새로운 결심을 하기 마련이다. 그렇게 새로 시작한 사람은 '피맺힌 돈'을 벌게 되기 때문에 그 앞에는 성공이 기다리고 있다. [오타니 요네타로大谷俊太郎]
- 어떤 비즈니스든 경쟁이 없다면 훌륭한 성과 달성은 꿈꾸기 어렵다. 길게 봤을 때 사업의 성공을 위해서는 둘 이상의 동종업계 경쟁자가 반드시 필요하다. [Terry Kelly]
- 우리는 경영진을 대중적인 스타로 보지 않는다. 그들의 삶이 멋지게 보일 수도 있겠지만, 그것은 대부분이 스트레스를 무시하고 가족과 함께하는 삶을 희생한 결과일 것이다. [앤디 와플]
- 위대한 도덕적 사업의 성공 여하는 숫자에 의해 좌우되지 않는다. [Wendell Garrison]
- 훔치지 말라. 훔친다고 사업에 성공하는 것이 아니다. 차라리 속여라. [Ambrose Bierce]

| 사업의 완성 |

- 계획은 일의 근본적 요소이다. 그것은 많은 사업을 원만하게 성취시킨다. [Samuel Smiles]
- 사업은 개인의 야심이나 자기만족으로는 완성될 수 없다. 사업이 가지고 있는 공공성이라는 측면에서 볼 때 사업의 궁극적인 목표는 보다 높은 곳에 있다. 그것은 곧 사회에 봉사하고 사회 구성원들에게 감사의 마음을 표시하는 것이다. [하야가와 도쿠지루川德次]
- 사업은 처음 시작할 무렵과 목적이 거의 달성되어 갈 때가 실패의 위험이 가장 크다. 배는 해변에서 곧잘 난파한다. [Karl Verner]
- 사업을 할 때에는 어떠한 결과를 얻게 될지를 생각하라. [Publius Syrus]
- 사업이 큰 자는 교만하기 쉽고, 시

작을 잘하는 자는 마치기 어렵다.

[정관정요貞觀政要]

● 위험을 무릅쓰고 대담한 일을 해라. 그것에 대해 후회하지 않을 것이다. [Elon Reeve Musk]

● 정체된 기업을 재건하기 위해서는 먼저 대규모 파괴를 단행하지 않으면 안 된다. 또한 그 후에 바로 재건에 착수하지 않으면 파괴의 고통은 아무런 소용이 없다. [Tom Peters]

● 천재는 위업을 시작하나 노력만이 그 일을 끝낸다. [Joseph Joubert]

| 사용使用 |

● 금속은 사용할수록 빛을 발한다.

[Ovidius]

● 자주 물을 긷는 우물의 물은 깨끗하다. [J. Clarke]

● 평소에 젖을 짜지 않으면 소의 젖은 말라버린다. [Noel de Pie]

| 사위와 며느리 |

● 딸이 죽으면 사위도 끝이다. [Baif]

● 사위가 무던하면 개 구유(먹이를 담아주는 그릇)를 씻는다. [한국 속담]

● 수캐가 짖으면 들어오고, 암캐가 짖으면 나가라. [Talmud]

● 열 사위는 밉지 아니하여도 한 며느리가 밉다. [한국 속담]

● 장인은 사위도 좋아하고 며느리도 좋아하나, 장모는 사위는 좋아해도 며느리는 절대 좋아하지 않는다.

[La Bruyere]

● 제 딸이 고와야 사위를 고른다.

[한국 속담]

● 좋은 사위를 둔 사람은 아들을 얻고, 나쁜 사위를 둔 사람은 딸을 잃은 셈이다. [Epiktetus]

| 사익私益 |

● 나는 내 빵이 어느 면에 버터가 발라져 있는지 알고 있다.

[John Heywood]

● 모두 타인의 이득보다는 자신의 이득을 우선시한다. [Terentius Afer]

● 방앗간 주인은 모두 자신의 물방앗간에 물을 댄다. [James J. Florio]

● 사익은 모든 진실된 감정에 독이 된다. [P. C. Tacitus]

● 세계는 사익이 지배한다.

[Friedrich Shiller]

● 우리가 아무리 아름다운 행동을 했어도 모든 사람들이 그 행동의 동기를 안다면, 수치스러워하게 될 것이다.

[La Rochefoucauld]

● 우리는 오로지 사리사욕 때문에 악덕을 비난하고 미덕을 칭찬한다.

[Francois de La Rochefoucauld]

- 이익은 사랑보다 더 맹목적이다.
  [Voltaire]
- 저 사람은 내 방앗간에 곡식을 빻으러 온 내 친구이다. [Th. Drax]

| 사치奢侈 |

- 고기보다 생선이 더 비싸게 팔리는 도시를 구제하는 것은 어렵다.
  [Plutarchos]
- 사치는 로마를 쓰러뜨렸다. 추위를 막기 위해서는 한 벌의 외투면 만족한다. 만약 이 경계선을 넘어서 의복의 색깔이나 모양에 관심이 쏠린다면, 색다른 열 벌의 외투도 부족하게 될 것이다. 이것이 사치의 큰 위험이다. [Carl Hilty]
- 사치는 애정을 수반한다. [장자莊子]
- 사치는 유혹적인 쾌락이요, 비정상적인 환락이다. 그 입에는 꿀이, 그 마음에는 쓸개즙이, 그 꼬리에는 바늘 가시가 있다. [F. 퀼즈]
- 사치로서 여자를 떠받치는 것은 그 여자를 사랑하기 때문이지만, 그렇게 사랑하는 것이 마침내는 그 여자를 해롭게 하는 원인이 됨을 잊지 말아야 한다. [이언적]
- 사치를 누리다가 검소하게 돌아오기는 어렵다. [소학小學]
- 사치를 즐기는 자는 부유해도 낭비

가 많음으로 언제든지 부족함을 느낀다. 그보다도 차라리 검박儉朴을 근본으로 삼는 자는 빈곤하지만 조금씩이라도 남겨둠으로 나중에는 아무 부족을 느끼지 않는다.
  [채근담菜根譚]
- 사치스런 향락과 영웅은 같은 땅에서 나지 않는다. [Cyrus]
- 사치하는 자는 부자가 되어도 부족하다. 어찌 검소한 자의 가난하나마 여유 있음만 하리요. [채근담菜根譚]
- 어려서는 모피코트나 긴 드레스, 혹은 바닷가에 있는 주택 같은 것, 조금 자라서는 지성적인 삶을 사는 것, 지금은 한 남자, 혹은 한 여자에게 사랑의 열정을 느끼며 사는 것이 아닐까. [Annie Ernaux]
- 하늘은 중국의 사치와 오만에 넌더리가 났다. 나는 북쪽에서 온 오랑캐다. 나는 소몰이꾼과 목동과 같은 옷을 입고 같은 음식을 먹는다. 우리는 동등한 희생을 치르고 재산을 나누어 갖는다. 나는 국가를 갓난아기로 보며 나의 병사들을 형제처럼 아끼고 돌본다.
  [Genghis Kahn成吉思汗]

| 사회社會 |

- 경쟁적 요인이 많은 사회일수록 좋

은 사회요, 탄력성이 있는 사회다.

[신일철]

- 무질서를 가지고 질서를 만들어야
한다. [Kosidier]
- 부정이 번식하면 사회는 붕괴한다.

[Adam Smith]
- 사회가 인간의 이익을 위해 존재하
는 것이지, 인간이 사회의 이익을 위
해 존재하는 것이 아니다.

[Herbert Spencer]
- 사회는 두 가지의 명료한 인간으로
부터 이루어졌다. 빌리는 사람들과
빌려주는 사람들. [Charles Lamb]
- 사회는 불치병자들의 병원이다.

[Ralph Waldo Emerson]
- 사회는 양심 위에 서는 것이요, 과
학 위에 서는 것은 아니다. 문명은
최초의 도덕적 산물이다.

[Jean-Jacques Rousseau]
- 사회는 어떠한 시대에 있어서도 사람
의 실력의 발휘를 방해하지 않는다.

[Thomas Carlyle]
- 사회는 영웅숭배에 기초를 두고 있
다. [Thomas Carlyle]
- 사회는 조합운동에 대해서 임금 인
상 요구를 공공의 복지에 종속시킬
것을 요구해야 한다. [Peter Drucker]
- 사회는 하나의 배 같은 것이다. 누구
나가 키를 잡을 준비를 하지 않으면
안 된다. [Henrik Ibsen]

- 사회를 비난하는 자는 사회에 의해
서 비난받는다. [Rudyard Kipling]
- 사회 속에 사회 일원으로서의 개인
을 완성하자. [John Dewey]
- 사회에서는 피차 양보 없이는 생활
을 유지할 수 없다.

[Samuel Johnson]
- 어떠한 공동사회에 있어서도, 갓난
아기에게 젖을 먹이는 것과 같은 좋
은 투자는 없다. [Winston Churchill]
- 우리가 서로에게 관심을 갖는다면
사회는 매력적일 것이다. [Sangfor]
- 위대한 사회란, 사람들이 소유물의
양보다 목표의 질에 더 관심을 갖는
곳이다. [Ben Johnson]
- 이상理想 사회란 오로지 상상의 세
계에서 연기된 드라마에 불과하다.

[George Santayana]
- 인간은 사회적 동물이다.

[Aristoteles]
- 자기가 무엇을 알고 있는지를 깨우
쳐주는 것은 사회이다. [Euripides]
- 진리의 정신과 자유의 정신 — 이들
양자는 사회의 지주이다.

[Henrik Ibsen]
- 질서가 돌아오기를 기다릴 때마다
그 날짜를 헛갈려서는 안 된다.

[Rouis de Bonal]
- 질서가 있는 곳에 빵이 있고, 무질
서가 있는 곳에 굶주림이 있다.

[G. S. 기바우도]

● 타인이라는 사회가 인간에게는 아
는 것을 가르친다.　　[Euripides]

| 사회개혁社會改革 |

● 개혁은 밖에서가 아니라 안에서 일
어나지 않으면 안 된다. 여러분은
도덕을 입법화할 수는 없다.
　　[James Gadinal Givens]
● 굽은 막대기를 똑바로 하기 위해서
는 막대기를 반대쪽으로 굽힌다.
　　[H. Montaigne]
● 정치적 변혁은 큰 저항의 진압 뒤가
아니면 결코 해서는 안 된다.
　　[Herbert Spencer]

| 사회주의社會主義 |

● 사회주의란 단순히 무언가를 퍼주
는 복지福祉라는 개념이 아니다. 사
회주의는 개개인의 권리를 실현하
기 위해 연대하여 정책적, 경제적으
로 더 나은 사회로 나가는 목표를
가진 이념이다. 사회주의는 오히려
지나치게 자유방임自由放任하는 자
유주의에 제동을 걸어 사회의 공동
체 형성에 균형점을 제시하고 있다.
　　[E. Bernstein]
● 사회주의의 태생적 미덕은 가난의 평

등한 분배이다.　[Winston Churchill]

| 삶 |

● 가장 이로운 기술은 삶의 기술이다.
　　[Marus Tullius Cicero]
● 감추는 것 없이 사는 것 하나로 살
아가라.　　[Auguste Comte]
● 그저 존재하는 데에 그칠 것이 아니
라 살아야 한다.　　[Plutarchos]
● 근본으로 볼 때, 삶이란 기운이 모여
서 이루어진 것이다. 오랜 삶과 죽음
이 그 사이 얼마나 되랴. 결국은 잠
깐 동안 사는 데 지나지 않는다.
　　[장자莊子]
● 깨어 있는 것이 살아 있는 것이다.
　　[Henry David Thoreau]
● 나는 아무래도 이 세상에 있어서 한
사람의 여행하는 사람, 한 개의 편
도片道에 지나지 않는 것 같다. 그대
들인들 그 이상이겠는가? [Goethe]
● 나는 존재한다. 그러나 나는 존재 이
유를 발견하고 싶다. 왜 내가 살고
있는지를 알고 싶다.　[Andre Gide]
● 나의 삶에는 두 가지 체험이 그늘을
드리우고 있다. 하나는 이 세상에
는 헤아릴 수 없는 신비와 고뇌가
넘쳐흐르고 있다는 생각과, 다른 하
나는 정신적 퇴폐기에 내가 살게 되
었다는 사실에 자리하고 있다.

[Albert Schweitzer]
- 나의 삶은 감추어라.　　　[Suidas]
- 나의 지친 마음이여, 산다는 것은 얼마나 어려운 일인가.

　　　　　　　　[Henry F. Amiel]
- 남의 삶과 비교하지 말고 네 자신의 삶을 즐겨라.　　　[Condorset]
- 내가 아직 살아있는 동안에는 나로 하여금 헛되이 살지 않게 하라.

　　　　[Ralph Waldo Emerson]
- 당신의 삶은 당신이 무엇을 하고 있는지에 따라 가치가 결정된다.

　　　　　　[Benjamin Disraeli]
- 대저 의식衣食이 모자라면 살지 못할 것이고, 사기士氣가 사그라지면 살 수 없는 것이며, 무력武力이 승하면 살 수 없는 것이고, 사치하는 풍습이 많으면 살지 못할 것이며, 시기와 의심이 많으면 살 수 없는 것이다. 이러한 것들을 가리면, 취하고 버릴 바를 알게 될 것이다.　　[이중환]
- 딸기가 딸기 맛을 지니고 있듯이, 삶은 행복이란 맛을 지니고 있다.

　　　　　　　　　　　[Alain]
- 매일의 삶을 한결같이 살자.

　　　　　　　　[L. A. Seneca]
- 매장된 황제皇帝보다도 살아있는 거지가 좋다.　　　[La Fontaine]
- 먹기 위해 살지 말고, 살기 위해 먹어라.　　　[Benjamin Franklin]

- 목숨을 버릴 각오가 되어있지 않는 한, 그것이 삶의 목표라는 어떤 확신도 가질 수 없다.　[Che Guevara]
- 복을 아끼고, 날마다 새로운 삶을 마련하도록 힘써라.　　　[이병도]
- 부자로 죽느니보다 가난하게 사는 것이 낫다.　　[Samuel Johnson]
- 사느냐 죽느냐, 그것이 문제로다.

　　　　　　　　[Shakespeare]
- 사는 것은 생각하는 것이다.

　　　　[Marcus Tullius Cicero]
- 사는 것이 내 일이요, 내 기술이다.

　　　　　　　　[Montaigne]
- 사는 것이 중요한 문제가 아니고, 올바로 사는 것이 중요한 문제다.

　　　　　　　　[Socrates]
- 사람들이 지상의 삶의 고달픔을 쉬기 위해 죽는다. [C. V. Gheorghius]
- 사람은 단지 빵으로 사는 것이 아니다. 사람은 여러 가지 충격이 필요하다.　　　　[Jean Prevost]
- 사실 사람의 삶이란 긴 안목에서 보면 역사의 한 점이요, 한순간일 따름이다.　　　　　[안병무]
- 산다는 것은 곧 소모한다는 것이며, 더럽혀져 간다는 것입니다. [이어령]
- 산다는 것은 날마다 쾌유하고, 새로워지는 것인 동시에 다시 한번 자신을 발견하고 되찾는 일이다.

　　　　　　　[Henry F. Amiel]

- 산다는 것은 뭐라 해도 인생의 최고 목표이다. [Franz Grillparzer]
- 산다는 것은 어딘가를 가는 일, 느린 목선을 타고 시간의 물이랑을 타고 시간 동안만 흐르는 일이다. 영원을 향해 가고 있듯이 더 멀리 더 오랫동안 흐르고 싶어 한다. [김남조]
- 산다는 것은 정신이라는 이상한 방에 들어가는 것이다. [Martin Buber]
- 산다는 것은 호흡이 아니라 행동이다. [Jean-Jacques Rousseau]
- 산다는 말은 막연히 사는 사람의 생을 의미하고, 생활한다는 말은 그저 막연히 살아 있는 사람이 아니라 그 어떤 난관이라도 돌파하면서까지 살려고 노력하는 사람의 생을 의미한다. [이무영]
- 산을 칭찬하되 낮게 살고, 바다를 칭찬하되 육지에서 살라. [G. Herbert]
- 살고 싶다고 생각하지 않으면 안 된다. 그리고 죽을 것을 생각하지 않으면 안 된다. [Napoleon I]
- 살기 위하여, 살게 내버려 두기. [Balthasar Grasian]
- 살다가 산다는 힘에 부치면 수포水泡처럼 사라지겠지요. 인생은 누구나 다 결국은 한 개의 사라지는 수포니까요. [김말봉]
- 살려고 하는 의지의 가장 완전한 현상은 인간의 유기체라는 실로 신비하리만큼 정교하고 복잡한 장치 속에 나타나 있지만, 이것 역시 티끌이 되어 사라지고 만다는 것, 따라서 또 이 현상의 모든 존재와 모든 노력은 무無로 돌아가 버리고 만다는 것, 요컨대 살려는 이 의지의 모든 노력은 본질적으로 허무하다는 것, 이것이 시간을 초월해서 진실하고 솔직한 대자연의 소박한 고백이다. [Schopenhauer]
- 살았다. 썼다. 사랑했다. [Stendhal]
- 삶에 관해서 생각하는 것을 제외하면, 삶에는 아무것도 있지 않다. [Wallas Stevens]
- 삶에 대한 나의 탐구는 깊은 숲속에서 길을 잃은 사람이 경험한 것과 똑같은 경험이다. [Lev N. Tolstoy]
- 삶에 대한 절망 없이 삶에 대한 사랑은 있을 수 없다. [Albert Camus]
- 삶은 고통이다. 삶은 공포이다. 그래서 사람은 불쾌해지는 것이다. 현재의 모든 것은 고통이며 공포이다. 사람은 지금 고통과 공포를 좋아하기 때문에 삶을 사랑하고 있는 것이다. [Dostoevsky]
- 삶은 구조적인 현상이고, 그 본성으로 보아 엄격한 통제나 예측이 불가능한 것이다. [Erich Fromm]
- 삶은 길섶마다 행운을 숨겨두었다. [Friedrich Nietzsche]

- 삶은 내가 바라는 바이고, 의도 내가 바라는 바이다. 양자를 겸해서 얻지 못할 때는 삶을 버리고 의를 취할 것이다. [맹자孟子]
- 삶은 두 개의 영원永遠 사이에 있는 섬광이다. [Thomas Carlyle]
- 삶은 용기 있는 사람들에 의해 형성된다. [Aristoteles]
- 삶은 우주의 영광이요, 또한 우주의 모욕이다. [Pascal]
- 삶은 이 세상의 모든 개념 중에서 가장 깊이 박혀 있는 뿌리다. [Wilhelm Dilthey]
- 삶은 죽음의 출발이다. 삶은 죽음을 위해서 있다. 죽음은 종말이자 출발이며, 분리인 동시에 한층 밀접한 자기 결합이다. 죽음에 의해서 환원은 완성된다. [F. von H. Novalis]
- 삶은 짐이다. 충실한 삶은 그만큼 더 무거운 짐임을 말한다. [이주홍]
- 삶은 피어오르고 꺼지는 불꽃, 때로는 깜빡이고 때로는 타오르며, 그것을 꺼지지 않게 하는 기름의 원천은 보이지 않는다. 그러나 그 원천은 항상 상상력과 연관되어 있고, 그리고 상상력의 삶을 끊임없이 거부하는 문명은 야만 속으로 점점 더 깊이 침몰해 갈 수밖에 없을 것이다. [Herbert Read]
- 삶은 하나의 실험이다. 실험이 많아질수록 당신은 더 좋은 삶을 살 수가 있다. [Ralph Waldo Emerson]
- 삶은 한갓된 인식이 아니요, 보다 근원적인 행위인 것이다. [박종홍]
- 삶은 항상 현금이나 마찬가지로, 그대에게 약속을 하는 어음이 아니다. 삶이란, 여기서 지금 당장 쓰는 현금이고, 액면 그대로의 가치를 그대에게 제공한다. [Osho Rajneesh]
- 삶은 호흡하는 것이 아니라 행위를 하는 것이다. [Jean-J. Rousseau]
- 삶을 가져다주는 죽음만큼 놀라운 것은 없고, 죽음으로부터 나온 삶만큼 고귀한 것은 없다. [앙겔루스 질레쥬스]
- 삶을 고양시키는 것이라면 무엇이나 동시에 삶의 부조리 또한 증대시키기 마련이다. [Albert Camus]
- 삶을 배우려면 일생이 걸린다. [L. A. Seneca]
- 삶을 사랑하면서도 삶과 심각한 관계를 맺지 않으려는 것은 죄일지도 모른다. [Erich Kastner]
- 삶을 위해서 삶의 목적을 포기한다. [Juvenalis]
- 삶을 진실하게 살려고 원하는 자는 오래 살도록 행동할 것이며, 동시에 언제든 죽을 각오를 지니고 살아야 한다. [Emile Littre]
- 삶을 철학으로 대체하지 말라.

- 삶의 가장 짧은 순간이라 할지라도 죽음보다 강하며, 죽음은 모든 것이 끊임없이 새로워지도록 하기 위한 다른 삶의 허용에 지나지 않는다.

  [Andre Gide]
- 삶의 기쁨은 크지만, 지각 있는 삶의 기쁨은 더욱 크다. [Goethe]
- 삶의 기술은 우리가 익히는 데에 오래 걸리는 전략이다.

  [Chevalier de Mere]
- 삶의 마음은 선의를 베풀 때도 냉혹하다. 삶은 동정심에 빠지는 일이 없다. 그것은 고민과 욕망의 소리 따위는 들은 체도 않고 다만 제 갈 길을 헤쳐 나갈 따름이다.

  [David H. Lawrence]
- 삶의 무거운 짐에서 우리를 해방시키는 것은 몽상의 여러 기능 가운데 하나다. [Gaston Bachelard]
- 삶의 문제는 표면에서는 해결되지 않는다. 그것은 깊은 곳에서가 아니면 해결할 수가 없다. [Wittgenstein]
- 삶의 위대한 목표는 지식이 아니라 행동이다. [Aldous Huxley]
- 삶의 의미는 당신의 재능을 찾는 것이다. 삶의 목적은 삶을 주는 것이다. [Pablo Ruiz Picasso]
- 삶의 이상은 오직 미적인 것이다. 우리의 상상과 이해를 가능하게 해주는 능력, 그것은 다만 미적 직관 뿐이다. [John Michael Murray]
- 삶이란 근심 속에 존재하는 것이며, 죽음이란 편하고 즐거운 가운데 있는 것이다. 근심이 있다는 것은 살아 움직이는 것이고, 편한 날이 계속된다면 서서히 죽어가고 있는 것이다. [맹자孟子]
- 삶이란 너무 시시하고, 너무 너그럽지 않나요? 마지막으로 남은 하나의 아름답고 자비로운 모험은 죽음인 것 같아요. [David H. Lawrence]
- 삶이란 만남과 헤어짐의 연속 드라마다. 이 드라마 속에 삶의 진실이 있는 듯하다. [양명문]
- 삶이란 멀리서 보면 희극인데, 가까이서 보면 비극이다.

  [Charles Chaplin]
- 삶이란 변화를 의미하는 것이다.

  [신지식]
- 삶이란 역사보다 옛날이야기에 훨씬 더 가깝다. [Osho Rajneesh]
- 삶이 만든 최고의 발명품은 죽음이다. [Steve Jobs]
- 삶이란 한 줄기 바람이 불어오는 것이고, 죽음이란 고요한 못에 달이 가서 잠기는 것이다. [정완영]
- 삶 이외의 재산은 없다. [J. Ruskin]
- 생生은 오는 것을 물리칠 수도 없고, 가는 것을 막을 수도 없다. 그러

니 슬픈 일이다. 세상 사람들은 육체만 유지하면 생명이 보존되는 줄로만 알고 있으니…. [포박자抱朴子]

- 시작이 있으면 끝이 있고, 삶이 있으면 죽음이 있다. [예기禮記]
- 아무도 그가 사는 삶 이상의 삶을 잃지 않으며, 그가 잃은 삶 이상을 살지 않는다는 것을 명심하라.
  [Marcus Aurelius Antonius]
- 아침 버섯은 한 달을 알지 못하고, 쓰르라미는 봄과 가을을 알지 못한다. 이것이 짧은 삶이다. [장자莊子]
- 어떻게 사는가를 배우는 데는 전 생애를 요한다. [L. A. Seneca]
- 열기 있게 생활하고, 많이 사랑하고, 아무튼 뜨겁게 사는 것, 그 외에는 방법이 없다. 산다는 일은 그렇게도 끔찍한 일, 어려운 일이다. 그러나 그만큼 더 나는 생을 사랑한다. 집착한다. [전혜린]
- 예루살렘에 갔다 온 것이 장한 일이 아니라 훌륭히 살았다는 것이 장한 일이다. [Desiderius Erasnus]
- 올바른 삶은 이제 윤리적·종교적 욕구의 충족만이 아니라 역사상 최초로 인류의 육체적 생존이 인간심성의 극단적 변화에 의존하게 되었다.
  [Erich Fromm]
- 요일별로 삶을 생각해 본다. ― 월요일은 달처럼 살자. 달은 컴컴한 어두운 밤을 비춰주는 역할을 한다. 화요일은 불을 조심한다. 수많은 공덕이라도 마음에 불을 한번 일으키게 되면 그동안 쌓아온 공덕이 모두 타버린다. 수요일은 물처럼 살자. 물은 갈 길을 찾아서 쉬지 않고 흘러가지만 낮은 곳을 향해 가지 높은 곳으로 가는 법이 없다. 목요일은 나무처럼 살자. 한 그루 나무가 커서 그늘이 되고 기둥이 되듯이, 그 집안의 기둥이 되고, 그 나라의 기둥이 되고 대들보가 될 수 있는 사람이 되도록 노력하자. 금요일은 천금같이 말을 하도록 노력하자. 똑같은 말을 하더라도 남에게 상처주고 섭섭하고 괴로운 말, 죄짓는 말은 하지 말고, 가치 있고 진솔하고 정직한 말을 하자. 토요일은 흙과 같이 마음을 쓰자. 아무리 더러운 똥오줌이라도 덮어주고 용서해 주는 흙과 같은 마음으로 살자. 일요일은 태양과 같이 살자. 저 밝은 태양은 찬물을 성숙시켜 주고 있다. 여름에 태양이 없으면 곡식이 익지 않는다. 특히 냉혈동물이 되어서는 안 된다. 태양처럼 항상 우리도 따뜻한 마음가짐과 밝은 표정으로 살도록 하자.
  [법정 스님]
- 우리가 산다는 것은 죽는다는 것과 별 차이가 없다. 왜냐하면 우리는

죽음과 삶의 갈림길에서 살고 있기 때문이다.　　　　　　　[김성식]

● 우리는 감탄과 희망과 사랑으로 산다.　　　　[George Bernard Shaw]

● 우리는 오래 살기 위해서가 아니라, 옳게 살기 위해 노력해야 한다.
　　　　　　　[L. A. Seneca]

● 우리는 항상 살려는 채비를 한다. 그러면서도 정말로 사는 일은 없다.
　　　　[Ralph Waldo Emerson]

● 우리들의 삶은 삶의 한복판에 있으며, 죽음에 둘러싸여 있다.
　　　　　　　[Martin Luther]

● 우리들의 현재의 삶은 죽음이며, 육체는 우리들에게 있어 무덤이다.
　　　　　　　　[Platon]

● 우리 속에 존재하는 모든 것은 동일하다. 삶과 죽음, 깨어 있음과 잠, 젊음과 늙음.　　　　[Herakleitos]

● 우리의 삶은 이성의 그림자조차도 싫어하는 신묘한 것이다. 생은 신비로운 것에 이끌려 이성을 멀리하고, 외면적 법칙의 명령에 거역함으로써 더욱 무르익어 간다.
　　　　[Gabriele D'Annunzio]

● 우리의 삶이 밝을 때도 어두울 때도, 나는 결코 인생을 욕하지 않겠다.
　　　　　　[Hermann Hesse]

● 음미吟味되지 않은 인생은 살 보람이 없다.　　　　[Socrates]

● 이 세상을 알고, 세상을 견디는 법을 알아야 한다. 그리고 세상을 즐기기 위해서는 세상을 살짝만 건드려야 한다.　　　　[Voltaire]

● 인간을 삶으로부터 유리시키는 자들은 모두 나의 개인적인 적이다.
　　　　　　　[Andre Gide]

● 인간의 삶은 죽음으로 가는 나그네 길에 지나지 않는다. [L. A. Seneca]

● 인생은 낯선 땅에서의 권투이다. 그리고 뒤따르는 명성은 망각되기 쉬운 것이다.
　　　[Marcus Aurelius Antonius]

● 자연의 언어와 지혜가 일치하지 않는 경우는 결코 없다.　[Juvenalis]

● 전 생애에 걸쳐 사는 법을 배워야 한다.　　　　[L. A. Seneca]

● 죽고 사는 것은 천명天命에 있고, 부귀富貴는 하늘에 달려 있다. [공자孔子]

● 지상에 사는 모든 것은 무엇보다도 그 삶을 사랑하지 않으면 안 된다.
　　　　　　[Dostoevsky]

● 진실 없는 삶이란 있을 수 없다. 진실이란 삶 그 자체인 것이다.
　　　　　　[Franz Kafka]

● 참된 삶에 발을 들여놓는다는 것은 ― 보편적 인생에 살면서 스스로의 개인적인 삶을 죽음으로부터 건져낸다는 것이다. [Friedrich Nietzsche]

● '철학자 같이 살고, 크리스천처럼

죽는다.' 라고 말한 자도 있으나, 리느 공公은 삶을 연애에 비기고 있었다. '삶이란 사람들이 고루 사랑하는 한 정부情婦요, 그녀가 우리를 떠나가지 않는 한, 이 세상 모든 것을 바치고 싶은 그런 정부다.'

[G. G. Casanova]

- 필사적으로 살아야 그 생애는 빛을 발한다. [오다 노부나가織田信長]
- 하느님은 누구에게도 삶을 받겠느냐고 묻지 않는다. 그것은 선택이 허락되지 않기 때문이다. 살아갈 수밖에 없는 것이다. 선택이 가능한 것은 오로지 그 삶을 어떻게 사느냐 하는 것뿐이다. [Henry Beecher]
- 현대의 인간은 누구나 삶을 사랑한다. 왜냐하면 현대인은 고통과 공포를 사랑하고 있기 때문이다.

[Dostoevsky]

- 훌륭히 죽기를 원한다면, 훌륭히 살기를 배워라. 살고 죽는 것이 우리가 해야 할 전부다. [B. Disraeli]

| 상극相剋 |

- 갑에게는 약이 되는 것이 을에게는 독이 될 수 있다. [J. Taylor]
- 물과 불은 상극이다. 그러나 중간에 냄비를 놓고 반찬을 만들면 물과 불의 조화로 맛있는 반찬이 만들어진다. 골육지간은 더없이 친애하기 마련이다. 그러나 참언이나 악의로써 서로 사이가 멀어지게 되면 부자지간이라도 위험시하게 된다.

[회남자淮南子]

- 얼음은 쇠와 용접될 수 없다.

[R. L. Stevenson]

| 상급자와 하급자 |

- 상급자는 하급자가 경쟁하려 들면 격분한다. [Aristotekes]
- 상사를 과대평가하는 것은 구제받을 수 있다. 왜냐하면 과대평가의 결과는 실망 정도이기 때문이다. 하지만 상사를 과소평가하면 어떤 보복을 당할지 알 수 없다. 아직 속마음을 알지 못할 때 상사를 과소평가하는 것은 절대 금물이다.

[Peter F. Drucker]

- 아랫사람에게 조금도 신경을 쓰지 않는 사람이 손윗사람에게는 몹시 신경을 쓰는 법이다. [S. Turgenev]
- 어떤 사람들은 머리를 쓰고 어떤 사람들은 힘을 쓰며, 머리를 쓰는 사람은 타인을 다스리고, 힘을 쓰는 사람은 타인에 의해 다스려지며, 타인에 의해 다스려지는 사람이 타인을 먹이고, 타인을 다스리는 사람이 타인에 의해 먹게 되는 것은 천하에

통용되는 이치라고 말합니다.

[맹자孟子]

- 윗자리에 있다 하여 부하를 업신여기지 말고, 아랫자리에 있다 하여 상사에게 기어오르지 마라.

[자사子思]

- 자신보다 낮은 자에게서 피신처를 찾는 것은 스스로 항복하는 것이다.

[Publius Syrus]

| 상대성원리相對性原理 |

- 고움이 있으면 반드시 추함이 있어 대對가 되지만, 내가 고움을 자랑하지 않으면 누구도 나를 추하다 하지 않는다. 깨끗함이 있으면 반드시 더러움이 있어 서로 대對가 되지만, 내가 깨끗함을 좋아하지 않으면 누구도 나를 더럽다 하지 않는다.

[홍자성洪自誠]

- 상대가 비록 불쾌한 말을 하더라도 오히려 적극적으로 그 이야기를 들어주어서 조금이라도 상대의 의견을 존중하는 태도를 가져라. 그렇게 되면 상대도 당신의 의견을 존중하게 된다. [Benjamin Franklin]
- 신임信任하라. 그러면 그는 너에게 진실할 것이다. 위대한 사람으로 대우하라. 그러면 그는 스스로 위대하게 행동할 것이다.

[R. W. Emerson]

- 천한 사람이 미美를 미美라 의식하는 것은 추醜가 있는 까닭이며, 누구나 선善을 선善이라 의식하는 것은 선하지 않은 것이 있는 까닭이다. 유有와 무無도 상대가 있어야 생기며, 어려움과 쉬움도 상대가 있어야 성립되고, 길고 짧다는 개념도 서로 비교할 때 이루어지며, 높고 낮음도 서로 상대를 예상하는 것이고, 악기의 음과 성聲은 서로가 있어야 조화를 이루며, 앞과 뒤도 서로 따르기 마련이다. 그러기에 성인聖人은 작위作爲함이 없이 일을 처리하거나 말하지 않고 가르침을 행하는 것이다. [열자列子]

| 상벌賞罰 |

- 공이 없는 자가 상을 받으면 공 있는 자가 떠날 것이요, 악을 행한 자를 용서하면 선을 행한 자가 해를 받는다. [이황]
- 나라를 다스리는데 법술法術과 상벌을 쓴다는 것은 마치 육로를 갈 때 튼튼한 수레와 좋은 사용함과 같다. 이런 것을 이용하는 사람은 마침내 성공하게 될 것이다. [한비자韓非子]
- 만일 병사와 노동자들이 고되다고 불평한다면 아무 일도 시키지 않는

벌을 주어라. [B. Pascal]

- 상벌의 공정성을 잃은 지도자는 발톱과 이빨을 버린 호랑이와 같아서 뜻대로 움직일 수 없다. [한비자]
- 좋은 일을 한 자에게 상을 주면 목표한 일을 달성할 수 있고, 나쁜 짓을 한 자에게 벌을 내리면 역모를 방지한다. 상과 벌의 요체는 엄정함과 공정성이다. 상을 타게 되는 이유를 아는 병사들은 자신의 목숨을 바쳐야 할 때를 안다. 벌을 내리는 이유를 아는 악인들은 무엇을 해서는 안 된다는 것을 깨닫는다. 따라서 아무런 이유 없이 상을 주어도 안 되고, 원칙 없이 즉흥적으로 벌을 내려서도 안 된다. 이유 없이 상을 주면 공익에 헌신하는 사람이 불만을 갖게 되고, 즉흥적으로 벌을 내리면 올곧은 사람이 원한을 가지게 된다. [제갈공명諸葛孔明]

| 상부상조相扶相助 |

- 불행의 무게는 불행으로 훨씬 가벼워질 것이다. [J-P. C. de Florian]
- 서로 도와야 한다는 것, 이것이 바로 자연법이다. [La Fontaine]
- 하나님에게 겸손하고, 친구에게 상냥하며, 이웃과는 상부상조하라. 오늘 밤 이웃이 누리는 행복이 내일 그대에게 생길 수도 있다. [W. 던버]

- 한 손이 다른 손을 씻어 준다. [Platon]

| 상상 / 상상력想像力 |

- 상상력은 영원한 봄이다. [Friedrich shiller]
- 상상은 감정을 닮기도 하고, 감정과 완전히 반대가 될 때도 있다. [Pascal]
- 상상은 공상이다. [Malebrenche]
- 상상은 이성의 힘이 약한 것에 비례하여 강해진다. [G. Vico]
- 상상은 지식보다 더 중요하다. [Albert Einstein]
- 이성이 아무리 큰소리를 내도, 인간 내부에 제2의 본성을 만드는 것은 상상력이다. [Pascal]
- 인간을 이끄는 것은 상상력이다. [Napoleon I]
- 천 개의 상상을 가진 자는 단 하나의 의견도 낼 수 없다. [Necker 부인]

| 상속相續 / 유산遺産 |

- 나무에 밑동이 남아 있는 한, 나무는 스스로 가지치기를 하지 않는다. [Antoin Louiselle]
- 땀 흘려 얻는 것이 상속받은 것보다 귀하다. [Jean le Bon II]
- 상속자라는 명의가 없다면, 자식은

부모에게 더욱더 소중한 존재가 되고 부모도 자식에게 더욱 소중한 존재가 될 수 있었을 것이다.

[La Bruyere]

- 상속자의 온화함에서 물리칠 수 없는 위안을 발견한다. [Kino]
- 새로운 후계자를 찾는 것보다 지금 있는 후계자를 참고 견디는 것이 낫다. [Publius Syrus]
- 우리는 재산을 남기지 않은 자의 죽음을 슬퍼하진 않는다. [Theognis]
- 자식에게는 금보다 양심이라는 아름다운 재산을 물려주어야 한다.

[Platon]

- 죽은 이가 산 이를 사로잡는다.

[Pierre Domo]

| 상식과 양식良識 |

- 건전한 정신으로 인생에 다가가야 한다. 그렇지 않으면 타락하게 된다.

[Diogenes of Sinope]

- 느린 사람일지라도 상식이 있으면 민첩한 자를 따라잡는다. [Theognis]
- 무엇이든지 소량만 있을 때에는 가치가 낮다. 그러나 양식은 예외다.

[L. E. Mackenna]

- 상식은 가르칠 수 있는 것이 아니다.

[Quintilianus]

- 상식은 가장 잘 나누어진 세상의 것이다. [Rene Descartes]
- 상식은 모두에게 필요하다. 그러나 모두가 자신은 상식을 갖고 있다고 믿지만, 상식을 갖고 있는 사람은 거의 없다. [Benjamin Franklin]
- 상식이란, 이를테면 두 지점 사이의 가장 짧은 선을 의미한다.

[Ralph Waldo Emerson]

- 상식이야말로 드문 감각이다.

[Auguste Rodin]

- 양식이 부족하다고 생각하지 않기 때문이다. [J. 시니알 뒤베이]
- 양식이 부족한 것보다 돈이 부족한 것이 낫다. [John Ray]
- 양식 있는 사람들의 옷자락을 잡아야 한다. [Silvestre de Sacy]
- 예리한 감각을 가진 사람은 많은 것을 알고 있다. [Vauvenargues]
- 올바른 양식에 태양의 빛은 없지만, 별의 불변성이 있다.

[Fernan Caballero]

- 우리는 자신과 의견이 같은 사람만 올바른 판단력을 가졌다고 생각한다.

[La Rochefoucauld]

- 인간의 결함 중에 가장 통탄할 결함은 바로 양식의 결핍이다.

[Carlo Goldoni]

| 상업 / 상인商人 |

- 당신은 생선 장수가 고양이가 상한

것 같다고 말하는 것을 들어본 적이
있소?　　　　　　　　[John Wilson]

- 돈을 버는 쪽이 항상 상인은 아니다.
　　　　　　　　[Pierre Gringore]
- 무엇의 가격이 오를지 모르는 자의 상
인 수명은 1년이다. [John Heywood]
- 상업은 그 이익이 목적이라고 생각
되어 왔다. 이것은 잘못이다. 상업
의 목적은 봉사에 있다. 이른바 상
업도덕은 자못 숭고한 직업 정신에
그 기초를 둘 필요가 있다.
　　　　　　　　[Henry Ford]

| 상처傷處 |

- 말이 입힌 상처는 칼이 입힌 상처보
다 깊다.　　　　　　[모로코 격언]
- 상처가 아물더라도 흉터는 남는다.
　　　　　　　　[Publius Syrus]
- 상처는 낫지만 그 흔적은 남는다.
　　　　　　　　[John Ray]
- 새로 난 상처는 쉽게 낫는다.
　　　　　　　[Franciscus de Sales]
- 안으로 난 상처가 가장 위험하다.
　　　　　　　　[J. Lily]

| 상호성相互性 |

- 네가 타인에게.　　[Publius Syrus]
- 네 이웃의 되로 되질하여 같은 되로

되질하여 후하게 갚아라. [Hesiodos]
- 당신이 나를 위해 거짓말을 해준다
면, 나는 당신을 위해 맹세해 줄 것
이다.　　　　　　　[John Kelly]
- 한 명하고도 반이 있어야 이길 수
있다.　　　　　　　[튀에 신부]

| 상황狀況 |

- 상황에 굴복하지 말고 굴복시키려
고 노력해야 한다.　　[Horatius]
- 선과 악을 결정하는 것은 상황이다.
　　　　　　　　[Machiavelli]

| 새로운 것 |

- 마음을 가장 잘 사로잡는 노래는 새
로운 노래이다.　　　[Homeros]
- 새로운 것이 참되기도 드물고, 참된
것이 새롭기도 드물다.
　　　　　　　[G. C. Lichtenberg]
- 새로운 길을 걸어가라.
　　　　　　　　[Reinhard]
- 세상에 새로운 것이 더 이상 없더라
도 우리에게는 새로운 것이 필요하
다.　　　　　　　[La Fontaine]
- 옛것을 익혀서 새것을 안다. [논어]
- 오래된 것만이 새로운 것이다.
　　　　　　　[Revue Retrospective]
- 우리가 하는 말은 모두 이미 누군가

가 했던 말이다.   [Terentius Afer]

- 잊힌 것 이외에는 새로운 것이 없다.
  [Rose Bertin]
- 진실로 하루가 새로웠다면 날마다 새롭게 하고, 또 날로 새롭게 하라.
  [대학大學]

| 새벽 |

- 새벽에 2시간 집중적으로 일하면 낮에 8시간 일하는 것과 같은 효과를 가져 온다. 새벽 시간을 활용하는 사람은 인생을 2배로 늘려서 사는 사람이다.   [김형배]
- 새벽이 일의 3분의 1을 차지한다.
  [Hesiodos]
- 오로라(Aurora : ①로마신화에 나오는 여명黎明의 여신 또는 ②극광極光는 뮤즈(그리스 신화에 나오는 학예의 여신)의 친구이다.   [Erasmus]
- 해가 뜰 때 일어나지 않는 자는 하루를 누리지 못한다.   [Cervantes]

| 생각 / 사유思惟 |

- 그 어느 누구도 자신이 한 생각 때문에 처벌받을 수 없다.
  [Ulpianus, Domitius]
- 나는 생각한다. 그러므로 나는 존재한다.   [R. Descartes]

- 당신이 자신에 대해 생각하는 것은, 다른 사람들이 당신에 대해 생각하는 것보다 훨씬 중요하다.
  [L. A. Seneca]
- 모두가 비슷한 생각을 한다는 것은 아무도 생각하고 있지 않다는 말이다.   [Albert Eimstein]
- 사유는 면세 대상이다. [W. Camden]
- 사유는 모든 괴로움을 달래주고, 모든 병을 고쳐준다.   [N. Sangfor]
- 사유는 자유롭다.   [Cicero]
- 생각은 위대하고 빠르며 자유롭고, 세상의 빛이며, 인간의 가장 큰 영광이다.   [Bertrant Russell]
- 생각은 항상 전장戰場에 나아간 날 같이 하고, 마음은 언제나 다리를 건널 때처럼 지니라. [명심보감明心寶鑑]
- 생각은 현자처럼 하되, 평범한 사람의 언어로 하라.   [William Yeats]
- 생각이 깊지 못한 사람은 항상 입을 놀린다.   [Homeros]
- 생각하라. 개인이나 전체로나 저를 주장하지 아니하고 하나라도 수집된 것이 있느뇨?   [권덕규]
- 생각한다는 것은 자기 자신과 대화하는 것이다.   [Unamuno]
- 어떤 일이건 60분을 계속 생각하면, 결국 도달하는 것은 혼란과 불행이다.   [James G. Thurber]
- 여러분이 일생을 걸고 일을 한다고

해서 순조롭게 일이 풀리는 것은 아니다. 어떻게 하면 좋을지를 생각해 보아야만 한다. 여러분의 생각을 변화시킨다는 것은 쉬운 일이 아니다. 낡은 사고방식을 파괴하지 않으면 안 된다. 경험을 부숴버리지 않으면 안 된다. 지도자가 마음을 비범하게 다잡아야 함은 당연하다.

[스즈키 도시후미鈴木敏文]

- 인간의 모든 존엄은 사유하는 데에 있다. [Pascal]
- 자신은 할 수 없다고 생각하고 있는 동안은 사실은 그것을 하기 싫다고 다짐하고 있는 것이다. 그러므로 그것은 실행되지 않는 것이다. [Spinoza]
- 지나치게 숙고하는 인간은 큰일을 성취시키지 못한다. [Schiller]

| 생生과 사死 |

- 가장 오래 산 사람이나 가장 짧게 산 사람이나 죽을 때는 똑같은 것 하나를 잃는다. [M. Aurelius]
- 고맙게도 나는 의무를 다했다. [Horatio Nelson]
- 그 삶에 그 죽음, 행복한 인생은 행복한 죽음을 부른다. [J. de La 베프리]
- 나는 무無에서 태어났으니, 불원간 다시 무로 돌아가리라. [그리스]
- 나와 함께 이 세상에 태어난 사람 중에 얼마나 많은 사람들이 이 세상을 떠났는가? [M. Aurelius]
- 나의 모든 과업을 끝마쳤을 때는 죽음이 즐거운 여행이 될 것이다. [E. W. Wilcox]
- 태어난다고 기쁠 것은 무언가. 죽는다고 슬픈 것은 무언가. 내 몸과 마음을 잃었던 것은 흩어진대야 이 우주 안 대해에서 한 종지 물을 떴다가 엎질렀기로 아까울 것 있을까. 하물며 생사라는 묘리로 인하여 우주가 늘 새롭거든, 만일 생사가 없다면 진력이 안 날 것인가? 끝없는 새 경치를 보면, 아는 길과 같이 우리 생명은 시시각각으로 새 인생, 새 우주를 창조하며 영원의 길을 걸어가는 것일세. 여기 비로소 영생이 있지 아니한가. [이광수]
- 대개는 죽으려고 하기보다는 살려고 하는 편이 훨씬 용기를 필요로 하는 시험이다. [알페리]
- 막을 내려라. 희극은 끝났다. [La Bruyere]
- 만물萬物이 서로 다른 것은 삶이요, 서로 같은 것은 죽음이다. 살아서는 현명하고 어리석은 것과 귀하고 천한 것이 있으니, 이것이 서로 다른 점이요, 죽어서는 썩어서 냄새나며 소멸되어 버리니, 이것이 서로 같은 점이다. [열자列子]

- 묘는 일체를 심판한다. [W. Irving]
- 묘지 주변의 울타리는 쓸모가 없는 것으로 생각된다. 안에 있는 사람은 나올 수가 없으며, 밖에 있는 사람은 들어가고 싶지 않으니까.
  [아서 브리스배치]
- 미친 사람이 동으로 뛰면 그를 쫓는 사람도 동으로 뛴다. 그러나 동으로 뛰는 것은 같으나 뛰는 동기는 서로 다르다. 물에 사람이 빠지면 이를 구하려는 사람도 물에 뛰어든다. 물속에 들어간 것은 같지만, 서로 그 동기가 다르다. 이와 마찬가지로 성인聖人도 살고 죽으며, 어리석은 자도 살고 죽는다. 그러나 성인의 생사는 도리에 통달하고 있지만, 어리석은 자는 삶과 죽음의 가치를 몰라서 혼동하고 있는 것이다. [회남자淮南子]
- 불을 좀 더 밝혀다오. 나는 어둠 속을 통해서 집에 돌아가고 싶지는 않다.
  [O. Henry]
- 사는 것 자체는 악이 아니다. 제대로 살지 못하는 것이 악이다.
  [Diogenes of Sinope]
- 사는 방법을 모르면, 죽는 방법은 더욱 모를 수밖에 없다.
  [J. 시니얼 뒤베이]
- 사람들이 가장 오래 간직하고 싶은 것도, 또 가장 못 다루는 것도 그들 자신의 삶이다. [La Bruyere]

- 삶에 대해서도 알지 못했는데, 어떻게 죽음에 대해 알겠느냐? [논어論語]
- 삶은 죽음에서 생긴다. 보리가 싹트기 위해서 씨앗이 죽지 않으면 안된다. [Mahatma Gandhi]
- 삶이 죽음이 아닐지, 또 사람들이 삶이라 부르는 것이 죽음이 아닐지 누가 알겠는가? [Euripides]
- 삶으로부터 삶의 고통을 견디는 법을 배워야 한다. [Sangfor]
- 생과 사는 절대의 대립이며, 일점의 공통성이나 한 모퉁이의 일치성도 없다. [김형석]
- 생은 오는 것을 물리칠 수 없고, 가는 것을 막을 수도 없다. 그러니 슬픈 일이다. 세상 사람들은 육체만 유지하면 생명이 보존되는 줄로만 알고 있으니…. [포박자抱朴子]
- 생이란 한 조각의 뜬구름이 일어남이요, 죽음이란 그 한 조각 뜬구름이 사라지는 것이다. [기화]
- 서라! 살아라! 죽지 않으면 안 되거든 선 채로 죽어라! [R. Rolland]
- 십 년 만에 죽어도 역시 죽음이요, 백 년 만에 죽어도 역시 죽음이다. 어진 이와 성인聖人도 역시 죽고, 흉악한 자와 어리석은 자도 역시 죽는다. 썩은 뼈는 한 가지인데, 누가 그 다른 점을 알겠는가. 그러니 현재의 삶을 즐겨야지, 어찌 죽은 뒤를

걱정할 겨를이 있겠는가. [열자列子]

- 아무도 1년을 더 못살 만큼 늙지는 않았으며, 아무도 오늘 죽을 수 없을 만큼 젊지도 않았다. [Roxas]
- 알차게 보낸 하루가 안면安眠을 가져다주듯이 알찬 생애가 평온한 죽음을 가져다준다. [L. da Vinci]
- 영웅적 죽음으로 최후를 장식한 고귀한 인생은 이 세상에서 가장 강력한 제국이 가진 자존심과 허세와 영광보다도 더 오래간다. [J. A. Garfield]
- 옛날에는 오로지 사는 가운데 오로지 죽더니, 지금은 오로지 죽는 가운데 사는구나. [지눌知訥]
- 우리는 단지 소작인에 불과하다. 조만간에 대지주는 계약기간이 만료되었음을 통보할 것이다. [Jefferson]
- 이별의 시간이 왔다. 우리는 각자 자기의 길을 간다. 나는 죽고, 너는 산다. 어느 것이 더 좋은지는 신만이 안다. [Platon]
- 이삭이 익으면 거둬들이듯이 인생도 거둬들여져야 한다. 한 사람은 태어나고, 다른 한 사람은 죽는다. [Marcus Aurelius]
- 인간은 나뭇잎처럼 대지의 은혜인 과일을 먹고 반짝반짝 아름답게 번성할 때도 있고, 때로는 변하여 갑자기 생명을 덧없이 사멸해 버린다. [Homeros]

- 인생은 우리를 죽음으로부터 달래주고, 죽음은 우리를 인생으로부터 달래준다. [Th. 주푸르아]
- 인생은 죽음으로 향한 여정일 뿐이다. [L. A. Seneca]
- 인생은 죽음이 우리를 깨우는 하나의 꿈이다. [훗비리]
- 잘 보낸 하루가 단꿈을 주고, 잘 보낸 인생이 평온한 죽음을 낳는다. [Leonard da Vinci]
- 잠은 좋은 것이다. 그러나 죽음은 한층 더 좋은 것이다. 가장 좋은 것은 아예 태어나지 않는 것이다. 죽음 ― 그것은 결코 싸늘한 밤에 불과하다. 그리고 삶은 무더운 낮에 불과하다. [Heinrich Heine]
- 정상에서 빠져나오는 것은 중요하지 않다. 문제는 살아서 빠져나오는 자가 되는 것이다. [Bretold Brecht]
- 조문객의 많은 숫자는 고인의 남긴 덕을 생각게 한다. 또한 장례비용의 과다 지출은 슬픔의 눈물을 더해준다. [Ambrose G. Bierce]
- 죽기를 원하지 않는 자는 살기를 원했다고 할 수 없다. [L. A. Seneca]
- 죽는다는 것도 삶의 여러 행위들 가운데 하나다. [Marcus Aurelius]
- 죽음, 그것은 길고 싸늘한 밤에 불과하다. 그리고 삶, 그것은 무더운 낮에 불과하다. [Heine]

- 죽음은 사람을 슬프게 한다. 삶의 3분의 1을 잠으로 보내는 주제에.

  [Byron]

- 죽음은 한순간이며, 삶은 많은 순간이다. [Williams]

- 죽음을 두려워하는 나머지 삶은 시작조차 못하는 사람이 많다.

  [Vandyke]

- 죽음이란 없다. 그와 같이 보이는 것은 변화이다. 죽음의 입김이라는 이 생명은, 생명극락의 외각지대에 불과하며, 우리가 그 입구를 사망이라 부를 따름이다. [Longfellow]

- 출생은 남의 의지에 달렸고, 죽음은 우리들의 의지에 달려 있다.

  [Montaigne]

- 충실하게 사는 것을 알고 있는 사람이 아름다운 죽음을 알고 있는 것이다. [Theodore Parker]

- 한때는 자신이 이 세상에 존재하지 않았을 때도 있었다. 이 사실에 고민하는 사람은 없다. 그렇다면 언젠가 자신이 이 세상에서 사라져야 한다는 일에, 무엇 때문에 고민하는가.

  [William Hazlitt]

- 현자는 생과 사를 아침과 저녁이라고 생각한다. [노자老子]

| 생명生命 |

- 경주자들이 횃불을 넘기듯이 사람들은 생명을 다음 세대에 넘겨준다.

  [Carus T. Lucretius]

- 물과 불은 기운은 있되 생명이 없고, 풀과 나무는 생명이 있되 지각知覺이 없으며, 새와 짐승은 지각은 있되 의로움이 없다. 사람은 기운도 있고, 생명도 있고, 지각도 있으며, 또한 의로움까지 지니고 있다. 그리하여 천하에서 가장 존귀하다고 하는 것이다. [순자荀子]

- 생명은 무엇이며 죽음은 무엇이뇨, 생명과 죽음은 한데 매어놓은 빛 다른 노끈과 같으니, 붉은 노끈과 검은 노끈은 원래 다른 것이 아니라 같은 노끈의 한끝을 붉게 물들이고 한끝을 검게 물들였을 뿐이니, 이 빛과 저 빛의 거리는 영奪이로소이다. 우리는 광대 모양으로 두 팔을 벌리고 붉은 끝에서 시작하여 시시각각으로 검은 끝을 향하여 가되 어디까지가 붉은 끝이며 어디까지가 검은 끝인지를 알지 못하나니, 다만 가고 가는 동안에 언제 온지 모르게 검은 끝에 발을 들여놓은 것이로소이다.

  [이광수]

- 생명은 생명을 낳는다. 에너지는 에너지를 창출한다. 사람이 부자가 되는 것은 자신을 소모시킴에 따라 일어난다. [Sarah Bernhardt]

- 생명은 시간과 공간의 코러스(음악

합창의 후렴)이다. [정인섭]

- 생명은 자연의 가장 아름다운 발명이며, 죽음은 더 많은 생명을 얻기 위한 자연의 계교計巧(이리저리 생각하여 짜낸 꾀)이다. [Goethe]
- 생명은 정지된 것이 아니다. 수용소에 있는 무능력자와 공동묘지에 있는 자들만이 자기네의 마음을 바꾸지 않는 유일한 사람들이다. [E. M. Doerksen]
- 생명은 죽음의 그림자에 불과하고, 떨어져 나간 영혼은 삶의 그림자에 불과하다. 모든 것은 이 이름 아래에 떨어진다. 태양은 신의 어두운 환영에 불과하고, 빛은 신의 그림자에 지나지 않는다. [T. Brown]
- 생명을 사랑하지 말라. 그리고 미워하지 말라. 사는 데까지 잘 살아라. 길고 짧음은 하늘에 맡겨라. [John Milton]
- 생명이 있는 한 희망이 있다. [Theokritos]
- 생명 있는 모든 것에 봉사함으로써 나는 세계에 대하여 뜻있고 목적 있는 행동을 다한다. [Albert Schweitzer]
- 우리의 생명은 꿈과 동일한 물질로 되어 있고, 우리의 작은 인생은 밤으로 둘러싸여 있다. [Shakespeare]
- 인간의 생명이란 죽음의 준비인 것

뿐이다. 그림자가 물체를 따르는 것같이 아름다운 죽음은 반드시 아름다운 생활의 뒤를 이어오고, 의미 있는 죽음은 반드시 의미 있는 생활의 뒤를 따르는 것이다. [변영로]

| 생산과 소비 |

- 행복한 사람들이란, 무엇인가를 생산하고 있는 사람들이다. 권태로운 사람들이란, 소비가 많고 생산이 없는 사람들이다. [잉 사제司祭]

| 생존生存 경쟁競爭 |

- 늑대의 삶은 양의 죽음이다. [J. Clark]
- 미래는 투쟁이다. [Herakleitos]
- 사자를 죽이면 사자를 먹지만, 죽이지 못하면 먹히고 만다. [Ch, Callier]
- 생쥐들끼리 치열하게 싸워 승리한들 생쥐는 결국 생쥐일 뿐이다. [Lily Tomlin]
- 우리는 모든 사람의 감정에 상처를 내면서 자신의 생활비를 마련해 나간다. [Aristophanes]
- 인생이라는 학문은 춤추는 기술보다는 투쟁의 기술에 더욱 가깝다. [Marcus Aurelius]

| 생활生活 |

- 개인이나 민족의 생활에는 두 가지의 자세가 있다. 하나는 살려고 하는 개인이나 민족이요, 다른 하나는 살아 있으니까 그냥 살아가는 개인이나 민족이다. 첫째의 살려는 생활태도는 이상理想을 위해 계획을 세우고 분투노력하는 것이요, 살아 있으니까 그냥 사는 태도는 부모가 낳아주었고 숨을 쉬니까 그냥 사는 대로 있다가 죽는다는 것이다. 전자는 서양인의 인생관이요, 후자는 동양 ─ 그중에서는 우리 한민족의 생활관이었다.　　　　[최남선]
- 생활은 모두가 다음 두 가지로 이루어지고 있다. 하고 싶지만 할 수 없다. 할 수 있지만 하고 싶지 않다.
　　　　　　　　　　　　[Goethe]

| 서두름 |

- 급한 자는 문을 찾다가도 문을 보지 못하고 지나친다.　　　　[Goethe]
- 뛰면서 두른 토가(헐렁하고 우아하게 주름잡은 로마시민 특유의 겉옷)는 뛰어가면서 다시 풀린다.
　　　　　　　　　[J. Petrovich]
- 뛰어 보았자 소용없다. 적시에 출발해야 한다.　　　[La Fontaine]

- 물을 마셔도 급히 마시면 탈이 나듯, 모든 일에 급히 서둘거나 말을 서둘러 하면 반드시 후회하게 된다.
　　　　　　　　　　　　　[이언적]
- 서두르는 것은 나쁜 안내자를 만나는 것과 같다.　[Statius, P. P.]
- 서두르지 말고 작은 이익에 눈 팔지 말라. 서두르면 달성하지 못하고, 작은 이익에 눈 팔면 큰일에 성공하지 못한다.　　　　[논어論語]
- 서두를수록 늦게 도착하게 된다.
　　　　　　[P. C. N. La Chaussee]
- 서두름은 실수의 어머니이다.
　　　　　　　　　　[Herodotos]
- 서둘러 주는 자는 두 번 주는 셈이다.
　　　　　　　　[Publius Syrus]
- 우리는 꽤 잘하는 일을 늘 꽤 서둘러 한다.　　　　　[Augustus]
- 운명은 무한한 것을 기다릴 줄 아는 자에게는 거저 주고, 서두르는 자에게는 값을 치르고 판다.　[F. Bacon]
- 장차 눈이 멀게 될 사람이 가는 터럭을 먼저 보고, 장차 귀가 들리지 않게 될 사람이 모기 소리를 먼저 들으며, 장차 넘어질 수도 있는 사람이 먼저 달려간다.　　[열자列子]
- 줄 거면 서둘러 주어라.
　　　　　　　　[Ennius, Quintus]

| 서열序列 |

- 나는 로마에서 2인자가 되기보다 다른 한 도시에서 1인자가 되고 싶다. [G. J. Caesar]
- 농민의 머리가 되는 것이 부르주아의 꼬리가 되는 것보다 낫다. [J. Clark]
- 당신의 자리에 앉아라. 그러면 당신한테 일어나라고 하는 자는 없을 것이다. [Cervantes]
- 모두가 2인자라고 하는 자가 1인자의 자격이 있다. [J. Swift]
- 신분 상승과 공덕의 관계는 몸치장과 아름다운 사람의 관계와 같다. [La Rochefoucauld]
- 여우의 머리보다는 사자의 꼬리를 택하라. [Talmud]
- 2등에서 빛을 발하던 자가 1등에서는 빛을 잃는다. [Voltaire]
- 일류가 아닌 이류의 일로 영광스럽게 수행할 수 있다. [N. Boileau]

| 서원誓願 |

- 맹세를 난발하는 것이 무모한 만큼, 맹세를 지키지 않는 것은 부도덕하다. [Oxenstjerna]
- 제우스가 인간의 소원을 들어주기로 마음먹으면, 인간 모두 사라져버릴 것이다. 모두 자신과 비슷한 사람들에게 해를 끼치는 것을 빌기 때문이다. [Epikouros]
- 폭풍우가 몰아칠 때 빌었던 소원은 고요함 속에 잊힌다. [Th. Fuller]

| 선善 |

- 내가 생각하는바, 선한 인생이야말로 행복한 인생이다. 그것은 당신이 선하다면 행복할 것이라는 뜻이 아니라, 당신이 행복하다면 선할 것이라는 뜻이다. [B. Russell]
- 당신의 내면을 보라. 그 내면에는 선의 샘이 있고, 이 샘을 파기만 하면 언제든지 샘솟을 것이다. [M. Aurelius]
- 모든 선한 자가 다 영리하고, 모든 영리한 자가 다 선하다면, 이 세상은 우리가 생각하는 것보다 훨씬 더 아름다울 것이다. 그러나 거의 혹은 전혀, 이 두 가지는 합쳐질 수 없다. 선한 자는 영리한 자에게 거슬리고, 영리한 자는 선한 자에게 무례하기 때문이다. [E. Wordsworth]
- 몸과 옷 사이에 자신이 행한 선행을 감추어야 한다. [La Fontaine]
- 무한한 선은 무한히 넓은 팔을 갖고 있어서, 그에게 돌아가는 것은 뭐든지 받아들인다. [A. Dante]

- 백색은 흑색을 중화시킬 수 없고, 인간의 선은 악을 보상하지도 용서하지도 못한다. 인간이 할 일은 무서운 선택뿐이다. [R. Browning]
- 사람은 자신이 행한 선행만을 가져간다. [Saint Lambert]
- 사랑하는 사이라도 그 악함을 알아야 하고, 미워하는 사이라도 그 착함을 알아야 한다. [예기禮記]
- 선량한 사람치고 벼락부자가 된 사람은 없다. [Publius Syrus]
- 선은 대수롭지 않은 것과 관계되지만 대수롭지 않은 것이 아니다. [Rhodes of Hekaton]
- 선은 위대함 속에 있지 않으나 위대함은 선 안에 있다. [Diogenes]
- 선은 특수한 종류의 진리요, 아름다움이다. 아울러 선은 인간 행위에 있어서 진리이며 아름다움이다. [H. A. 오우버스트리스]
- 선은 하나밖에 없다. 그것은 자기의 양심에 따라 행동하는 일이다. [S. Beauvoir]
- 선을 쌓은 집에는 반드시 남은 경사가 있다. [주역周易]
- 선을 행하고도 비난을 받는 것은 고귀한 운명이다. [Antisthenes]
- 선을 행하는 것으로 충분하지 않고, 더욱 잘해야 한다. [D. Diderot]
- 선을 행하는 데는 노력이 필요하다. 그러나 악을 억제하려면 보다 더 많은 노력이 필요하다. [Tolstoy]
- 선의善意는 우주에서 가장 강력하면서도 실제적인 힘이다. [C. F. 도울]
- 착한 것보다는 아름다운 것이 좋지만, 악한 것보다는 추한 것이 낫다. [Oscar Wilde]
- 착한 것을 말하고, 착한 것을 행하며, 착한 것을 생각하라. 이와 같이 하고서 군자가 되지 못한 사람은 아직까지 없었다. [소학小學]
- 타인에게 선을 베풀려면 은밀하게 해야 한다. 일반적인 선은 악한의 핑계요, 위선이며 아첨이다. 예술과 과학은 상세하게 조작된 은밀한 것들 속에서 밖에는 존재할 수 없기 때문이다. [William Blake]

| 선견지명先見之明 |

- 배의 닻은 한 개보다 두 개가 좋다. [Pandaros]
- 부딪칠 것을 예상하면 그 충격은 덜하다. [Dionysios Cato]
- 이마가 뒤통수보다 더 가치 있다. [Marcus Porcius Cato]
- 인간의 습관적 실수 가운데 하나는, 맑은 날에는 폭풍우를 예측하지 못한다는 것이다. [Machiavelli]
- 활에는 두 개의 줄을 달아야 한다.

| 선善과 악惡 |

- 갑작스럽게 착한 사람이 되거나 악인이 되는 사람은 없다. [Sidney]
- 나는 정직한 악보다도 완고한 선을 구한다. [Moliere]
- 나쁜 잡초는 빨리 자란다. [David Hume]
- 나에게 착하게 하는 이는 물론이고, 나에게 악하게 하는 이라도 착하게 대하라. 내가 악하게 아니했으면, 남도 나에게 악하게 하는 일이 없을 것이다. [장자莊子]
- 너희가 착해지려고 하면, 먼저 너희의 악한 것을 믿으라. [Epiktetus]
- 당신의 가슴을 좀먹는 한 가지 악을 우선 없애라. 열 가지 악도 그에 따라 없어지고 말 것이다. [로즈]
- 모든 사물은 조물주의 손에서 나올 때는 선하지만, 인간의 손에 들어오면 악해진다. [J. J. Rousseau]
- 백조는 매일 목욕하지 않는데도 희고, 까마귀는 매일 검정 칠을 하지 않건만 검다. 흑백이나 선악의 본질은 변하지 않는 것이니, 이는 논의할 주제도 되지 못한다. [노자老子]
- 보다 큰 악이 닥쳐오지 않게 하려면 현재의 악을 굴복시켜라. [G. J. Paedrus]
- 보통의 은혜는 모든 사람에게 주어지지만, 특별한 은총은 선택된 사람에게만 주어지는 것이다. 타인의 허물을 용서해 주고 화를 내지 않는다면 그의 정신은 남을 해치지 않는 높은 자리에 위치하고 있으며, 언제나 그러한 성스러운 자리에서 떨어지지 않을 것이 확실하다. [Francis Bacon]
- 불과 사람은 이런 점에서 일치한다. 즉 그들은 다 같이 선善한 종이기도 하고, 다 같이 악한 주인이기도 하다. [F. Grevil]
- 사람들이 행하는 악은 그들 뒤에도 살아남고, 그들이 행한 선은 그들의 뼈와 함께 땅속에 묻힌다. [Shakespear]
- 사람은 선보다도 악에 기울어진다. [Machiavelli]
- 사랑의 마음으로 하는 일은 언제나 선과 악의 피안彼岸에 있다. [Friedrich Nietzsche]
- 사랑하더라도 그 사람의 나쁜 점은 알아야 하며, 미워하더라도 그 착한 점은 알아주어야 한다. [논어論語]
- 사랑하여 그 악을 알고, 미워하여 그 선을 안다. [예기禮記]
- 선을 보면 목마른 것과 같이 하고, 악을 보면 귀먹은 것과 같이 한다. [태공망太公望]

- 선을 안다는 것은 악에 저항하는 것이다. 또 악에 무관심한 것은 선한 마음을 상실한 것이다.　[Manners]
- 선을 행하기 위해서는 노력이 필요하다. 그러나 악을 제거하기 위해서는 더 한층 큰 노력이 필요하다.
　[Lev N. Tolstoy]
- 선의 끝은 악이요, 악의 끝은 선이다.
　[La Rochefoucauld]
- 선이든 악이든, 우리에게 쾌락과 고통을 주는 외에 아무것도 아니다.
　[John Locke]
- 선한 것을 보거든 미치지 못하는 것과 같이하고, 선하지 못한 것을 보거든 끓는 물을 만지는 것과 같이하라.
　[논어論語]
- 선한 것이나 악한 것이 따로 있는 것이 아니다. 다만 생각이 그렇게 만들 뿐이다.　[Shakespeare]
- 아마도 세상에는 선인과 악인이 뚜렷하게 존재하지는 않을 것이다. 단지 경우에 따라 선인도 되고 악인도 될 따름이다.　[H. Regnier]
- 아무리 전능한 사람도 자기 운명을 일시 정지시킬 수는 없다. 선한 자는 일찍 죽고, 악한 자는 오래 산다.
　[D. 데포우]
- 악과 선은 신의 오른손과 왼손이다.
　[Bayley]
- 악은 강기슭과 같은 것이다. 강기슭은 강물을 막지만, 그것은 강줄기를 바로잡는다. 이 세상의 악은 인간의 물이 흐르는 선으로 향하게 하기 위해 존재한다.　[Tagore]
- 악은 그 사람이 죽은 후에도 살아남고, 선은 그 사람과 함께 묻힌다.
　[Shakespeare]
- 악은 손쉽고, 얼마든지 있다. 그러나 선은 오직 하나뿐이다.　[Pascal]
- 악은 스승이 없어도 익힌다.
　[Thomas Fuller]
- 악은 싹트고 꽃 피되, 씨는 맺지 못한다.　[Royal]
- 악은 자신이 보기 흉하다는 것을 알고 있다. 그러기에 가면을 쓴다.
　[Benjamin Franklin]
- 악은 처음엔 달콤하고 나중에 쓰며, 선은 처음엔 쓰고 나중에 달다.
　[Talmud]
- 악은 쾌락 속에서도 고통을 주지만, 덕은 고통 속에서 위안을 준다.
　[C. C. Colton]
- 악은 행하기 쉽지만, 선은 많은 노력을 요한다.　[Theognis]
- 악을 악으로 보복하는 것은 악을 보탤 뿐이다.　[영국 우언]
- 악을 피하기 위해 선을 저지름은 선일 수 없다.　[Johann Schiller]
- 악한 것을 모방하는 자는 본보기를 항상 초과하고, 착한 것을 모방하는

자는 항상 이에 미달한다.

　　　　　　　　　[Gucci Adini]

- 우리들은 결코 악을 선택할 수가 없다. 우리들이 선택하는 것은 항상 선이다. 　　　[Jean Paul Sartre]
- 인간은 누구나 조물주의 손에서는 선하지만, 인간의 손에 건너와서 악해진다. 　[Jean-Jaques Rousseau]
- 인간은 아무리 소망해도 절대적 선인이나, 절대적 악인이 되지 않는다.

　　　　　　　　[Pierre Charron]

- 인仁이 불인不仁을 이기는 것은, 물이 불을 이기는 것과 같다. 　　[맹자孟子]
- 착한 것을 보거든 목마를 때 물 본 듯이 하고, 악한 것을 듣거든 귀머거리같이 하라. 또한 착한 일은 모름지기 탐을 내고, 악한 일은 모름지기 즐겨하지 마라. 　　[강태공姜太公]
- 착한 것이란 실질적이며, 그리고 현실적인 문제이기도 하다. 인간에게 착한 마음과 행동이 깃들면 깃들수록 그의 생활이 편안해진다. 그것은 마치 온화한 봄날 화려한 꽃들의 모습과도 같다.

　　　　[Ralph Waldo Emerson]

- 착한 마음이 없으면 남의 착한 일을 보아도 장님과 같다. 사람이 착하지 못하면 언제나 남의 악을 그 음식물로 삼게 된다. 즉 그런 사람은 남의 숨은 악을 찾아내기에 바쁘다.

　　　　　　　　[Francis Bacon]

- 착한 일이라면 작다 해서 망설이지 말 것이며, 악한 일이라면 작더라도 하지 말라. 　　　　[유비劉備]
- 착한 행동이란 나쁜 행동을 삼가는 것이 아니라 나쁜 행동을 바라지 않는 것이다. [George Bernard Shaw]
- 참으로 선한 것은 모두 염가(싼 값) 이며, 유해한 것은 모두 고가(비싼 값)이다. 　[Henry David Thoreau]
- 천 개의 길은 표적에서 벗어나지만, 단 한 길은 표적에 넣는다.

　　　　　　　　[Montaigne]

- 최고의 선은 쾌락, 최대의 악은 고통이다. 　　　　　[Epicurus]
- 태양은 더러운 곳을 뚫고 지나가도, 그 자신은 이전처럼 순수한 채로 남는다. 　　　[Francis Bacon]

| 선구자先驅者 |

- 공로는 첫 발명자에게 돌아가기 마련이다. 　　　　[Pandaros]

| 선례先例 |

- 선례는 원칙을 더욱 공고히 한다.

　　　　　　　　[B. Disraeli]

| 선물膳物 |

- 가난뱅이들은 즐겨 선물을 한다.
  [Wolfram Eschenbach]
- 거저 얻은 선물보다 비싼 것은 없다.
  [Montaigne]
- 고귀한 마음을 가진 사람에게는 값진 선물도 보내온 사람이 친절치 못하다는 것을 알면 하잘것없는 것이 되고 만다. [Shakespeare]
- 곤들매기(연어과의 민물고기 맛이 좋음)는 추천장 이상의 역할을 한다.
  [Jean le Bon II]
- 군자는 사람에게 착하고 좋은 말을 선물하고, 서민은 재보를 선물한다.
  [안영晏嬰]
- 금을 실은 나귀는 산을 가볍게 오른다. [Cervantes]
- 나는 선물의 가치를 보지 않고 그것에 담긴 마음을 본다.
  [Marguerite de Navarre]
- 너무 가난해서 뇌물도 들어오지 않고, 또 남에게 성가시게 부탁함은 너무나 자존심이 강해서 그는 돈을 벌 재주가 없었다. [Thomas Gray]
- 네가 가진 것을 선물하라. 어떤 사람에겐 그것이 네가 상상하지도 못할 만큼 훌륭한 것이 될지도 모른다.
  [Henry Longfellow]
- 마음에서 우러나오는 선물은 곱절

로 유쾌하다. [Publius Syrus]
- 물건을 선사받는 상대방의 눈을 대함은 즐거운 일이다. [La Bruyere]
- 물품은 소박해도 정은 두텁다.
  [사마광司馬光]
- 반지나 보석은 선물이 아니다. 선물 없는 핑계에 지나지 않는다. 유일한 선물은 너 자신의 한 부분이다. 그래서 시인은 자기 시를 가져오고, 양치기는 어린 양을, 농부는 곡식을, 광부는 보석을, 사공은 산호와 조가비를, 화가는 자기 그림을, 그리고 처녀는 바느질한 손수건을 선물한다. [Ralph Waldo Emerson]
- 선물로 받은 것보다 비싼 것은 없다.
  [Montaine]
- 선물로 받은 말(馬)의 입안은 들여다보지 않는다. [St. Hieronymus]
- 선물에는 바위도 부서진다.
  [Cervantes]
- 선물은 미끼와 같다. [Martialis]
- 선물은 보낸 사람이 경멸당할 경우에는 오히려 큰 웃음거리다.
  [John Dryden]
- 선물은 신을 달래고 폭군마저 설득시킨다. [Hesiodos]
- 선물은 종종 물건으로 오해하기 쉽다. 하지만 가장 소중한 선물은 우리의 시간, 친절, 때로는 필요한 사람에게 위안을 주는 것이다. 우리는

이런 것들을 별로 중요하지 않게 생각한다. 우리에게 그것들이 필요하게 되기 전까지는. [Joyce Hippler]

• 선물을 준 사람의 지위가 선물의 가치를 만든다. [Ovidius]

• 선물이 가장 아름다운 것은 대신해서 기대하는 것이 없고 받지도 않는다는 점에 있다고 생각한다.
[Henry Longfellow]

• 선물이라는 것은 상대의 관심을 사는 것이다. 그러므로 여러 사람에게 선물을 준다는 것은 가능하면 많은 사람에게 주목받고 싶은, 자신을 좋아해 주기를 바라는 심리에서 비롯된다고 볼 수 있다.
[우에니시 아키라上西]

• 선물이란 아무리 사소한 것일지라도 애정으로부터 우러나온 것이라면, 그 진가는 큰 것이다. [Pindaros]

• 선물하는 물건보다 선물하는 방법이 중요하다. [Pier Corneille]

• 신神은 갖가지 고귀한 선물을 우리 인간에게 베푼다. 그 귀한 선물 중에서도 으뜸가는 선물은 음악이라고 하겠다. 이 선물은 조용히 받기만 하면 되는 선물이다. [양명문]

• 여자가 채점할 때, 사랑의 선물은 크고 작음에 관계없이 같은 점수로 처리된다. 어떤 선물이든 똑같은 가치를 지닌다. [John Gray]

• 여자는 남자의 선물에 마음을 허용해서는 안 된다. 요즘 세상에 아무런 목적 없이 물건을 주는 남자는 없기 때문이다. [Moliere]

• 여행에는 선물이 따르는 법이다. 여행이 아닌 나들이에도 때에 따라 알맞은 선물이 필요한 것은 우리의 상식이요, 아름다운 습관이다. [이하윤]

• 연애를 할 때에는, 그녀에게 선물 보낼 날을 자기가 미리 정하였더라도, 그날이 되기 전에 주지 않고는 못 배긴다. [Jules Renard]

• 예물이 무겁고 말이 달콤하니, 나를 유혹하는 것이다.
[춘추좌씨전春秋左氏傳]

• 이렇게 생각하고 살라. 즉 그대는 지금 일도, 곧 인생을 하직하지 않으면 안 된다고. 이렇게 생각하고 살라. 즉 당신에게 남겨져 있는 시간은 생각지 않은 선물이라고.
[Marcus Aurelius]

• 이성은 신이 준 가장 잘 선택된 선물이다. [Sophocles]

• 이 세상의 참다운 행복은 물건을 받는 것이 아니라 물건을 주는 데에 있다. [Anatole France]

• 자연은 우리에게 두 가지 귀중한 선물을 주셨다. 언제 어느 때나 바라는 대로 잠들 수 있는 능력과 과식할 수 없는 육체의 조건이다. [Napoleon II]

- 작은 선물에도 고마움을 모르는 여자는 대화할 가치가 없다. 값싼 선물에도 크게 기뻐하는 여자는 그것만으로도 남자에게 대단한 선물을 한 셈이 된다.　　　　[김승용]
- 적이 보낸 선물은 불길한 선물이다.　　　　[Sophocles]
- 점치는 법은 하느님의 선물이다. 그 때문에 속임수를 쓰는 것은 처벌받을 사기詐欺인 것이다.　[Montaigne]
- 주는 태도는 선물 그 자체보다 더 많이 주는 자의 인격을 보여주는 것이다.　　　　[Johan Paskarabatel]
- 준 사람의 정이 변하면, 아무리 값진 선물도 초라해진다. [Shakespeare]
- 진실한 사랑은, 오로지 사람에게만 신神이 준 선물이다.　[Walter Scott]
- 진정 감사하는 마음으로 선물을 받는 것은 당례로 줄 수 있는 선물이 없다고 하더라도 그 자체가 바로 훌륭한 답례가 된다.　　[Leah Hunt]
- 친구 사이에 재물을 통하는 의가 있는데, 주는 것은 받아야 하겠으나, 내가 부족하지 않으면 쌀이나 옷감을 주어도 받지 말고, 그 밖의 아는 사이에는 명목이 있는 선사만을 받고, 명목 없는 선사는 받지 말아야 한다.　　　　[이이]
- 칭찬은 보내주고 감사받는 유일한 선물이다.　[Blessington 백작부인]

- 호의의 선물을 거절할 때에는 조심스럽게 해야 한다. 우리가 그것을 무시하거나 다음에 갚아야 할 것을 두려워해서 거절하는 것같이 보이지 않도록.　　　　[Spinoza]

| 선비 |

- 말에는 언제나 거짓이 없고 행동은 언제나 과단성이 있다면, 딱딱한 소인일지라도 가히 선비라 할 수 있다.　　　　[공자孔子]
- 봄에 이르러 바람이 화창하면 꽃은 한결 고운 빛을 땅에 피나니, 새가 또한 몇 마디 고운 목청을 굴린다. 선비가 다행히 세상에 두각을 나타내 등이 따습고 배불러도, 좋은 말과 좋은 일 행하기를 생각하지 않으면, 이 세상에서 백 년을 산다 해도 하루를 살지 못함과 같다.　[홍자성洪自誠]
- 선비는 마땅히 세상 근심을 먼저 챙기고, 세상 즐거움을 뒤에 즐긴다.　　　　[소학小學]
- 선비의 뜻은 넓고 굳세야 하나니, 그 임무는 무겁고, 그 길은 멀다. 어짊을 자신의 임무로 삼는데, 어찌 무겁지 아니하며, 그 임무는 죽은 뒤에야 끝이 나니, 어찌 멀지 않으랴.　　　　[증자曾子]
- 성인聖人은 하늘을 바라고, 현인賢

人은 성인을 바라며, 선비는 현인을 바란다. [주돈신周敦頤]

- 소위 참다운 선비는 나아가서는 한 시대에 도道를 행하여 백성들로 하여금 태평성대를 누리게 하고, 물러나서는 만세에 가르침을 전하여 학자들로 하여금 큰 꿈을 깨어나게 한다. [이이]

- 옛날의 소위 은사隱士들은 굳이 자신의 몸을 숨겨 나타내지 않은 것이 아니고, 굳이 자신의 입을 다물어 말하지 않은 것이 아니며, 굳이 자신의 지혜를 숨기어 나타내지 않은 것이 아니다. 다만 시운時運이 맞지 않았기 때문이다. [장자莊子]

| 선의善意와 악의惡意 |

- 빵값을 제대로 지불하지 않은 자가 빵 장수를 도둑 취급한다. [J. Dejardins]

- 선의는 방법과 기회를 갖는다. [Jean A. de Baif]

- 선의는 부족한 능력을 보충해 준다. [Gabriel Morie]

- 선의는 우리의 세기에 넘쳐나는 것이 아니다. [T. M. Plautus]

- 악의가 모든 것을 망친다. [Johann Wolfgang Goethe]

- 악의야말로 격론의 핵심이다. [Nestoro 로크플랑]

- 악의에 찬 노예는 속박이 심하지 않더라도 불행하다. [Publius Syrus]

- 지나친 선의보다 더 위험한 것은 없다. [Corneille]

| 선인善人과 악인惡人 |

- 같은 날 늑대 민족과 양 민족이 태어났다. [F. J. 데스비용]

- 규율이 잘 잡힌 사회에서 선인들은 본보기의 역할을, 악인들은 용례用例의 역할을 해야 한다. [Louis de Bonal]

- 늑대의 죽음은 양들의 건강이다. [Jean A de Baif]

- 모든 열매가 같은 물을 마시고 자라지만 그 좋음에서 서로 다르다. [koran]

- 사람은 모든 이에게 선할 때에 비로소 선하다. [Publius Syrus]

- 선인은 불선인의 스승이고, 불선인은 선인의 자질이다. [노자老子]

- 선인을 악인으로 만드는 것이, 악인을 선인으로 만드는 것보다 훨씬 쉽다. [Theognis]

- 선한 사람은 선하지 않은 사람의 스승이고, 선하지 않은 사람은 선한 사람의 자본이다. [노자老子]

- 신의 분노는 느리게 오지만 가혹하

다.   [Juvenalis]
- 악인은 등에 자신의 짐을 지고 있다.   [Koran]
- 악인이 선인에게서 교묘함을 발견할 때 놀랄 수밖에 없다.   [Vauvenargues]
- 어리석은 자는 착한 사람이 되기 위한 자질이 부족하다.   [La Rochefoucauld]
- 이 세상에서 제법 착한 사람이 되려면 조금은 지나치게 착해야 한다.   [P. C. C. Marivaux]
- 좋은 사람이란 자기의 과오를 인정하고, 자기의 선을 잊어버리는 사람이다. 그러나 악인은 그와 반대다. 그러므로 착한 사람이 되려면 자기를 용서하지 말라. 그때 당신은 남을 용서할 수가 있을 것이다.   [서양 격언]
- 착하게 태어났다는 것은 행복이며 큰 재산이다.   [Joseph Joubert]
- 착한 사람은 반드시 착한 일을 즐거이 하고, 착하지 않은 사람은 간악한 말로 그 더러운 행실을 드러내는 것이니, 이것은 곧 선과 악이 확연히 다른 점을 나타내는 것이다.   [격몽요결擊蒙要訣]
- 착한 인간이 되고 싶으면 먼저 자신이 나쁜 인간이라는 것을 잘 알아야 한다.   [Epiktetus]

- 타고난 선인들보다 노력으로 된 선인들이 훨씬 더 많다.   [Kritias]

| 선전宣傳 / 광고廣告 |

- 간판이 단골을 만든다.[La Fontaine]
- 사물은 우리가 사용하는 만큼의 값어치를 한다.   [Jean le Bon II]
- 제공된 상품은 절반은 팔린 것과 마찬가지다.   [Noel de Pie]
- 훌륭한 포도주는 송악(잎과 줄기는 약으로 씀)이 필요 없다.   [Lucius J. M. Columella]

| 선정善政과 실정失政 |

- 국민이 신하면 전부가 나쁠 수 없다.   [William Penn]
- 나라에 도道가 있을 때에는 가난하고 편한 것이 부끄러운 일이요, 나라에 도道가 없을 때에는 부유하고 귀한 것이 부끄러운 일이다.   [논어論語]
- 모두가 왕에게만 복종하는 정부가 최고의 정부다.   [Voltaire]
- 모든 국가는 그 국가에 걸맞은 정부를 갖는다.   [Joseph de Maistre]
- 왕이 법관보다 먼저 말하는 정부는 바람직한 정부이다.   [La Fayette 바이른]

- 철학자가 왕이고, 왕이 철학자인 왕
국은 행복하다. [Platon]

| 선택選擇 / 고르다 |

- 물에서 가는 데는 배만큼 편리한 것
이 없고, 육지에서 가는 데는 수레만
큼 편리한 것이 없다. 그러나 물에서
가도록 되어 있는 배를 육지에서 믿
고 가려고 한다면, 평생을 애써도 몇
길을 가지 못할 것이다. [장자莊子]

| 선행善行과 악행惡行 |

- 구차하게 탐하고 시기하여 남에게
손해를 끼친다면 필경의 편안함도
없을 것이요, 선을 쌓고 인을 보존
해 간다면 반드시 영화로운 자손이
있게 될 것이다. [고종]
- 남모르게 한 선행은 가장 영예로운
값을 지닌다. [B. Pascal]
- 마음속에 선함을 지니고 행동하면,
복과 즐거움이 저절로 따라온다.
마치 그림자가 물체를 따르듯이.
[법구경法句經]
- 몸에 해로운 악한 행위는 누구나 행
하기 수월하나, 어리석은 자가 몸에
이로운 착한 행위를 행하는 것은 결
코 쉽지 않다. [법구경法句經]
- 사람들이 선을 자주 행하는 것은, 악

을 행하여도 벌 받지 않기 위함이다.
[La Rochefoucauld]
- 선을 쌓은 집에는 반드시 남은 경사
가 있게 마련이고, 불선을 쌓은 집
에는 반드시 남은 재앙이 있게 마련
이다. [주역周易]
- 선을 행하는 데는 고려가 필요하다.
[Goethe]
- 선을 행하면서 이름을 위해 신경 쓰
지 않아도 이름은 자연히 따라온
다. 이름은 이익을 기약하지 않아
도 자연히 돌아오고, 다툼을 기약하
지 않아도 자연히 미치게 된다. 그
러므로 군자는 반드시 조심하여 선
을 행해야 한다. [양주楊朱]
- 선한 사람이 해야 할 일이 어떤 것인
가 하고 토론할 때는 이미 지났다.
이제 선한 사람이 되어야 할 때이다.
[Aurelius]
- 선행에 대한 보상은 그것을 완수했
다는 것이다. [L. A. Seneca]
- 선행은 악행을 몰아낸다. [Koran]
- 선행을 부추기는 사람은 그것을 실
행하는 사람보다 더 위대하다.
[Talmud]
- 소리는 아무리 작아도 들리지 않는
것이 없고, 행동은 아무리 숨겨도 드
러나지 않는 것이 없다. 옥이 산에
있으면 초목이 윤택해지고, 못에 진
주가 나면 언덕이 마르지 않는다. 선

을 행하고 사악함을 쌓지 않는다면, 어찌 명성이 드러나지 않겠는가.

[순자荀子]

● 숲이 깊으면 새들이 깃들이고, 물이 넓으면 물고기들이 논다. 인의仁義를 쌓으면 만물이 절로 귀의한다.

[정관정요貞觀政要]

● 쑥이 삼밭 가운데서 자라면 붙들어 주지 않아도 스스로 곧아지고, 흰 모래가 진흙 속에 있으면 물들이지 않아도 모두 절로 검게 된다.

[소학小學]

● 악이 쌓여서 재앙이 된 것은 성인聖人도 이를 구원하기 어렵다. [김시습]

● 악한 일을 행한 다음 남이 아는 것을 두려워함은, 아직 그 악 가운데 선으로 향하는 마음이 있음이요, 선을 행하고 나서 남이 빨리 알아주기를 바라는 마음은, 그 선 속에 아직도 악의 뿌리가 있는 까닭이다.

[홍자성洪自誠]

● 우리를 매료시키고 있는 유일한 재산은 선행을 했다는 기쁨이다.

[Antisthenes]

● 이름 모를 착한 사람이 해놓은 일은, 땅속에 숨어 흐르면서 남몰래 땅을 푸르게 해주는 수맥水脈과도 같다. [Thomas Carlyle]

● 착한 일은 언제나 노력에 의해 이루어진다. 그러나 그 노력이 자주 반복되는 동안에 한 작은 일은 나중에 습관이 되어 버린다.

[Lev N. Tolstoy]

● 착한 일을 쌓지 아니하면 이름을 이루지 못하고, 악한 일을 쌓지 아니하면 몸을 멸하지 아니하거늘, 소인은 착한 일의 보답이 적다해서 행하지 않는다. [주역周易]

● 착한 일을 할지라도 아무 보답이 없는 수가 있다. 그러나 그것은 단 호박과 같이 남모르게 풀 속에서 점점 자라는 것이니 언젠가는 보답이 있을 것이다. 반대로 악한 일을 할지라도 아무 죄과를 받지 않는 것 같으나, 그것은 마치 뜰 앞에 쌓인 봄눈과 같아서 어느 때에는 세상에 드러나기 마련이다. [채근담菜根譚]

● 최고의 선은 물과 같다. 물은 만물에 혜택을 주지만 남과 다투는 일이 없어서, 모든 사람이 싫어하는 낮은 곳에 즐겨 머문다. 그러므로 도道에 가깝다 할 수 있다. 사는 데는 땅이 좋고, 마음은 깊은 곳이 좋다. 사는 데는 인仁이 좋고, 말은 신의 있는 것이 좋다. 행동은 시기에 맞는 것이 좋지만, 물처럼 겸허하여 다투지 않을 때 비로소 허물이 없을 수 있다.

[노자老子]

● 하루 착한 일을 행하면, 복은 나타나지 아니하나 화는 스스로 멀어질 것

이다. 하루 악한 일을 행하면, 화는 곧 나타나지 않으나 복이 스스로 멀어질 것이다. 착한 일을 행하는 사람은 봄 동산의 풀과 같아서, 그 자라나는 것은 보이지 않으나 날마다 더하는 바가 있다. 악한 일을 하는 사람은 칼을 가는 숫돌과 같아서, 닳아 없어지는 것은 보이지 않으나 날이 갈수록 마모되어지는 것과 같다.

[동악성제東岳聖帝]

| 선호選好 |

● 선택한다는 것은 배제한다는 것이 아니며, 선호한다는 것은 희생시키는 것이 아니다.　　[Ch. Maurice]
● 선호의 긍정적인 점은, 자신을 선호하게끔 만들려는 욕망을 불어넣는다는 것이다.　　[Girardin 부인]

| 설교說敎 |

● 개미처럼 멋진 설교를 하는 것은 없다. 그러면서도 한마디도 말을 하지 않는다.　　[Benjamin Franklin]
● 경건하게 사는 사람이 훌륭한 설교자이다.　　[Cervantes]
● 많은 사람들이 저녁 예배를 듣듯이 설교를 듣는다. .　　[Pascal]
● 설교에서 우리가 지켜야 할 것은, 단

하나의 단어뿐이다.

[Jean-Jacques Rousseau]

● 하루 중 가장 긴 시간은 설교 듣는 시간이다.　　[베로알드 베르빌]

| 설득說得 |

● 나의 논리로 상대방이 인정하게끔 할 수 있지만, 오직 상대방의 논리로만 상대방을 설득할 수 있다.

[Joseph Joubert]

● 논쟁은 회피해야 한다. 언제나 천박하고 종종 설득당하기도 하기 때문이다.　　[Oscar Wilde]
● 상대방을 설득하는 것은 말이 아닌 말하는 자의 품행이다. [Menandros]
● 설득은 믿을 수 있는 친구의 입에 달려 있다.　　[Homeros]
● 완벽하게 설득하는 기술은 납득시키는 기술뿐만 아니라 동의하는 기술에도 달려 있다.　　[Pascal]
● 절대 화내지 말라. 절대 협박하지 말라. 논리적으로 설득하라.

[Mario Puzo]

● 진리는 가르침으로써 설득하지만, 설득함으로써 가르치지 않는다.

[Q. S. F. Tertullianus]

| 설명說明 |

● 똑똑한 사람들에게는 말하지 말라.

사자들을 위해 도끼를 베는 꼴이기 때문이다. [C. 몽동 비달레트]

- 설명하지 말라. 친구들은 당신을 이해하지만, 적들은 당신의 말을 믿지 않기 때문이다. [Elbert Hubbard]

| 섬세纖細함 |

- 까다로운 이들은 불행하다. 그 어떤 것도 그들을 만족시킬 수 없기 때문이다. [La Fontaine]
- 우아함은 자신의 선물이지, 예술로 얻는 것이 아니다. [Pascal]
- 일을 세심하게 판별하지 못하는 자는 그 일에 제대로 개입하지 못하지만, 지나치게 세세하게 분석하는 자는 그 일에서 절대로 헤어나지 못한다. [Francis Bacon]
- 지나치게 가늘어지다가는 결국에 꺾이고 만다. [F. Petrarca]
- 지나친 섬세함은 거짓 세련됨이다. 적절한 세심함이 진정한 세련됨이다. [La Rochefoucauld]
- 호의가 몸의 일인 것처럼 우아함은 정신의 일이다. [Chevalier de Mere]

| 섭리攝理 |

- 나에게 치아를 주는 분이 나에게 빵을 줄 것이다. [Saidy]

- 문 하나가 닫히면 다른 하나가 열리기 마련이다. [Cervantes]
- 신은 계절에 따라 옷을 준다. [Fenelon, Francois]
- 신은 멀리서도 남자를 여자와 구분할 수 있도록 남자의 턱에 수염을 달았다. [Epiktetus]
- 신은 털 깎은 양에게는 바람도 조금 불게 한다. [Henri Estienne]
- 신의 섭리란, 우연의 세례명일 뿐이다. [크레키 후작 부인]

| 성性 |

- 배꼽 아래에는 종교도 없고 진리도 없다. [Nichora Sangfor]
- 우리가 남자도 아니고 여자도 아니었더라면, 모두가 완벽했을 것이다. [Nichora Sangfor]
- 자신의 혀와 마음, 성을 제대로 다스릴 줄 알아야 한다. [Anacharsis]
- 절제는 아름다움을 능가한다. 성性에는 절제가 반드시 필요하다. [Pilippe le Duc]
- 창을 든 남자와 방패를 든 여자는 서로 빈정대서는 안 된다. [Pierre de Brantome]

| 성격性格 / 성질性質 |

- 나의 성격은 나의 행위의 결과이다.

[Aristoteles]

- 넘어진 자를 또다시 차버리는 것이 인간의 타고난 성질이다.

[Aeschilos]

- 누구도 자신의 성격이 가진 한계 이상으로 발전할 수는 없다.

[Blackburn]

- 모든 행동의 성격은 그 행동이 취해진 상황에 따라 달라진다.

[Oliver Wendell Holme]

- 사람은 다른 사람의 성격에 관해 말할 때 자신의 성격을 잘 알게 된다.

[Jean Paul]

- 사람은 혼자서 모든 것을 습득할 수 있다. 성격은 빼고.

[Marie-Henri Beyle]

- 사람의 성격을 평가하는 가장 정확한 척도는 정권을 바로잡았을 때의 행동이다. [Plutarchos]

- 사람이란, 성질이 너무 근엄하면 적막한 생활을 하기 쉽다. [Plutarchos]

- 선에도 강하지만 악에도 강한 것이, 가장 강력한 성격이다.

[Friedrich Nietzsche]

- 성격은 사람을 안내하는 운명의 지배자이다. [Helacrathus]

- 성격은 우리들의 관념과 감정으로 되어 있다. 아주 분명한 일이지만, 감정이나 관념은 우리의 의지에 의하는 것은 아니다. 만일 성격이 우리

의 의지에 의한 것이라면, 완전하지 않은 것이 없을 것이다. [Voltaire]

- 성격을 위한 증거는, 아무리 자잘한 일에서도 빼낼 수가 있다.

[Ninon de Lenclos]

- 성격이 없는 사람은 사람이 아니라 물건이다. [Nichora Sangfor]

- 성격이란 인간이 선택하거나 회피하는 모든 일을 드러냄으로써 도덕적 의도를 보여준다. [Aristoteles]

- 성격 있는 사람은 좋은 성격을 지니고 있지 않다. [Jules Renard]

- 성性이라는 것은 천리天理이니, 만물이 품하여 받아서 한 이치도 갖추지 않은 것이 없다. 심心이라는 것은 한 몸의 주체요, 의意라는 것은 마음의 말하는 것이요, 정情이라는 것은 마음의 동하는 것이요, 지志라는 것은 마음의 가는 것이요, 기氣라는 것은 나의 혈기로써 몸에 찬 것이다. [주희朱熹]

- 성질이란 태어나면서 함께 생기고, 정이란 물건을 접촉하는 데서 생긴다. [한유韓愈]

- 성품상의 결함이 없는 자가 행복하다. [Felix A. Dupanloup]

- 신들이 자리를 바꾼다고 생각해도 좋다. 그러나 사람들이 성격을 바꿀 수 있다고는 생각하지 말라.

[P. A. Joubert]

- 아주 희미한 성격은 용기가 전혀 없는 성격이다. [J. La Bruyere]
- 어른의 성격은 어려서부터 길들이기에 달려있다. [윤태림]
- 여성적인 성격의 기본적인 결함은 정의감이 없다는 것이다. [Schopenhauer]
- 우정이 계속되지 않는 자는 성격이 나쁜 인간이다. [Democritos]
- 운명과 성격이 세계를 지배한다. [La Rochefoucauld]
- 인간의 진짜 성격은 그의 오락에 의해서 알 수 있다. [Joshua Reynolds]
- 자신의 성격을 극복했을 때 성격이 있다는 것을 입증한다. [Necker 부인]
- 자신의 성격을 잘 알려면, 타인의 성격을 논하는 것밖에 방법이 없다. [Jean Paul]
- 저마다의 운명을 만드는 것은 그 사람의 성격이다. [Corenellius Nepos]
- 조용한 성격을 가진 사람은 자기 자신도 타인도 다 같이 행복하게 만든다. [Alain]
- 좋은 성격은 사람을 보호해 준다. [Amenemope]
- 좋은 성격은 특권과도 같다. [William Hazlitt]
- 천지의 기운은 따뜻하면 낳아서 기르고, 차가우면 시들어 죽게 한다.

그러므로 성질이 맑고 차가운 사랑은 받아서 누리는 것도 또한 박할 것이다. 오직 화기 있고 마음이 따뜻한 사람이라야 그 복이 두터우며, 그 은택이 또한 오래 가는 것이다. [채근담菜根譚]
- 타고난 성격이 각자의 운명을 결정한다. [Cornelius Nepos]

| 성공成功 / 성취成就 |

- 가장 높은 곳에 올라가려면, 가장 낮은 곳부터 시작하라. [Publius Syrus]
- 가장 조소할 만한, 가장 저돌적인 희망이 때로는 이상스럽게도 성공의 원인이 된다. [Vauvanargues]
- 계교가 감추어지면 성공한다. [Ovidius]
- 기죽지 말라. 하늘을 겨냥하는 자는 나무를 맞추려고 하는 자보다 훨씬 더 높이 쏜다. [Herbert]
- 남이 경멸하는 일에 성공하는 것은 훌륭한 일이다. 왜냐하면 남에게는 물론 자신에게도 이기지 않으면 안 되기 때문이다. [Montherlant]
- 내 능력은 평범하다. 내 지원만이 나를 성공으로 이끈다. [Isaac Newton]
- 내가 원하는 것을 전부 얻었을 때에

조심하라. 살찌는 돼지는 운이 나쁘다. [Roy E. Harris]

- 나의 능력은 평범하다. 내 지원만이 나를 성공으로 이끈다.

  [Isaac Newton]

- 내일의 성취에 대한 유일한 방해는 오늘의 의심입니다. 우리는 강하고 적극적인 신념을 가지고 전진합시다.

  [Franklin Roosevelt]

- 너의 성공이나, 친구의 성공만큼 확실하게 친구에 대한 너의 생각을 바꿔주는 것은 없다.

  [Franklin B. Jones]

- 다른 사람들이 성공한 것은 누구나 언제든지 성공할 수 있는 것이다.

  [Saint Exupery]

- 대부분의 사람들이 커다란 야망으로 시달리지만 않는다면 작은 일에 성공하련만. [Henry Longfellow]

- 돈이 돈을 부르듯이, 성공이 성공을 낳는다. [Nichora Sangfor]

- 뜻은 날카롭기보다 견고하게 세워야 하고, 성공은 급하게 이루려 말고 천천히 도모하는 데 있다.

  [장효상張孝祥]

- 만약 여러분이 인생에 있어서 성공하기를 바라거든, 견인불발堅忍不拔 (굳게 참고 버티어 마음을 빼앗기지 않는다)을 벗으로 삼고, 경험을 현명한 조언자로 하며, 주의력을 형으로 삼

고, 희망을 수호신으로 하라.

  [Edison]

- 만족하게 살고, 때때로 웃으며, 많이 사랑한 사람이 성공했다.

  [Stael 부인]

- 머리가 좋지만 개인적인 성공만 추구하는 사람이 정녕 우리 사회에 도움이 되는지를 심각하게 생각해 봐야 한다. [안철수]

- 모반의 유일한 정당성은 성공이다.

  [Charles Reade]

- 배울 때에는 소털같이 많지만, 성공하고 나면 기린의 뿔과 같이 적다.

  [안씨가훈顔氏家訓]

- 불가능한 것을 이루기 위해서는 부조리를 시도해야 한다.

  [Miguel de Cervantes]

- 뻔뻔해지시오. 그러면 성공할 것이오. [La Bruyere]

- 사람은 누구나 성공하고 싶어 한다. 어떤 사람에게는 그것이 하나의 병과 같이 되어 자나 깨나 염두에서 떠나지 않는다. 성공하기란 그렇게 어려운 것은 아니다. 다만 그 방법을 그르치기 때문에 성공을 못하는 것이다. 성공병 환자들은 대개 남의 성공을 시기하는 마음이 강하다. 시기하는 끝에 욕하고 중상을 하게 된다. 이런 방법으로는 절대로 성공하지 못한다. 또 자기 능력이나 실력을 생각

하지 않고 단숨에 2단, 3단 뛰어오르려는 사람도 성공하지 못한다. 일시적인 성공은 모르나 머지않아 떨어지고 말 것이다. [Benjamin Franklin]

- 생활을 위해 투쟁한다는 것은 정확하게 말해서 성공을 위한 투쟁에 불과하다.　　　　　[John Russell]
- 성공에는 어떤 트릭도 없다. 나는 나에게 주어진 일에 전력을 다해 왔을 뿐이다. 그렇다. 보통 사람보다 약간 더 양심적으로 노력해 왔을 뿐이다.　　　　　[Andrew Carnegie]
- 성공에 비결이 있다면, 그것은 남의 입장을 이해하고, 자기 입장과 동시에 남의 입장에 서서 사물을 볼 수 있는 능력이다.　　　　[Henry Ford]
- 성공은 결과이지 목적이 아니다.
　　　　　　　[Gustave Flaubert]
- 성공은 결코 비난받지 않는다.
　　　　　　　[Thomas Fuller]
- 성공은 다음 세 가지 일에 달렸다. 누가 말하는가, 무엇을 말하는가, 어떻게 말하는가, 이 셋 중에서 무엇을 말하는가가 가장 덜 중요하다.
　　　　　　　[J. Blackburn]
- 성공은 대담무쌍의 아이이다.
　　　　　　　[Benjamin Disraeli]
- 성공은 대체로 다른 사람들이 놓아준 후에도 버티는 문제인 것 같다.
　　　　　　　[William Pedder]
- 성공은 매일 반복되는 작은 노력의 합이다.　　　　[Robert Collier]
- 성공은 멋진 그림물감. 모든 보기 흉한 것을 칠해 버린다.
　　　　　　　[Michael Sculin]
- 성공은 목적인 경우보다도 허영의 옷을 입힌 그림자일 때가 많다.
　　　　　　　[김형석]
- 성공은 범죄도 올바른 것으로 보이게 만들 때도 있다. [L. A. Seneca]
- 성공은 사람 눈에 신처럼 비친다.
　　　　　　　[Aeachilos]
- 성공은 사람들이 이겨 얻은 최상의 포상이다. 명성은 제2의 재산이다. 그리고 이 두 가지를 다 이겨 얻어 향수하고 있는 사람은 지고한 왕관을 얻은 사람이라고 말할 수 있다.
　　　　　　　[Pandaros]
- 성공은 그 성공한 날에 이루어진 것이 아니다. 반드시 그에 앞서 그 성공을 가져오게 한 연유가 있기 때문이다.　　　[문장궤범文章軌範]
- 성공은 끝이 아니며 실패는 치명적이지 않다. 중요한 것은 계속하는 용기이다.　　[Winston L. S. Churchill]
- 성공은 수고의 대가라는 것을 기억하라.　　　　[Sophocles]
- 성공은 아무나 하는 것이 아니다. 철저한 자기 관리와 노력에서 비롯된다.　　　　[Harvard Univ]

- 성공은 인생에서 도달한 위치가 아니라 그가 극복한 장애물로 측정되어야 한다. [Booker T. Washington]
- 성공은 일종의 자살이며, 또 다른 성공에 의해 허물어진다.

  [Edward Young]
- 성공은 항상 위대함에 관한 것이 아니다. 일관성에 관한 것이다. 꾸준한 노력이 성공으로 이어진다. 위대함이 올 것이다. [Dwayne Johnson]
- 성공은 행복의 한 요소가 될 수 있다. 그러나 만약 다른 온갖 요소가 그 성공을 획득하기 위하여 희생된다면, 성공의 가치는 지나치게 귀중한 것이 되고 마는 것이다. 일단 성공하는 날, 그 성공으로써 어떻게 하려 한다면, 성공의 달성도 필경은 그 인간의 권태를 제물로 만드는 데 지나지 않게 된다. [Bertrant Russell]
- 성공을 하려거든 남을 밀어젖히지 말고, 또 자기 힘을 측량하여 무리하지 말며, 자기가 뜻한 일에는 한눈을 팔지 말고 묵묵히 해 나가야 한다. 이것이 곧 성공이 튀어나오는 요술 주머니다. [Benjamin Franklin]
- 성공의 덕택으로 약간의 죄는 보이지 않는다. [L. A. Seneca]
- 성공의 비결은 그 지망하는 것이 일정하고 변하지 않는 데에 있다. 사람들이 성공 못하는 것은 처음부터 끝까지 외곬으로 나아가지 않기 때문이지 성공의 길이 험악해서가 아니다. 한마음 한뜻은 쇠를 뚫고 만물을 굴복시킬 수 있다.

  [Benjamin Disraeli]
- 성공의 비결은 남의 험담을 결코 하지 않고 장점을 들추어 주는 데 있다.

  [Benjamin Franklin]
- 성공의 비결은 목표를 향해 멈추지 않고 나아가는 것이다.

  [Benjamin Disraeli]
- 성공의 비결은 시작하느냐 마느냐에 있다. [MarkTwain]
- 성공의 비결은 자신에게 더 많은 가치를 두는 것이다. [A. Schweitzer]
- 성공의 비결을 묻지 말라. 해야 할 일 하나하나에 전력을 다하라.

  [John Wanamaker]
- 성공의 조건 ① 남보다 많은 지식을 가지고 있을 것, ② 남보다 더 열심히 일할 것, ③ 남보다 큰 기대를 갖지 말 것. [William Shakespeare]
- 성공이라는 것은 바람에 흔들리는 이삭의 물결과 같이 그것에 대해서 사람이 몸을 굽혔다가 그 뒤에 다시 몸을 일으키는 그러한 성공이 있을 뿐이다. [Rainer M. Rilke]
- 성공이란 그 결과로 측정하는 것이 아니라, 그것에 소비한 노력의 총계로 따져야 할 것이다.

[Thomas Edison]
- 성공이란 도달할 때까지는 희망으로 가득 차 있다. 그러나 도달하면 새가 날아가 버린 작년의 빈 둥지가 되어 버린다. [Henry Beecher]
- 성공이란 소인들의 명예를 뜻하는 것이다. [W. Eschenbach]
- 성공·자기와 동배자에 대해서는, 단 하나의 용서할 수 없는 죄이다.
[Ambrose Bierce]
- 성공에 대해서 서두르지 않고, 교만하지 않고, 쉬지 않고, 포기하지 않는다. [Robert H. Schuller]
- 성공하기를 바라거든 곤고를 견뎌야 한다. [Menandros]
- 성공하기를 바라는 자는, 마음의 안정, 자기 자신 및 타인에 대한 정신의 평화, 그리고 또 대개는 자존심까지도 포기해야 할 것이다. [Carl Hilty]
- 성공하는 데는 두 갈래의 길이 있다. 하나는 자기 자신의 노력, 다른 하나는 타인의 어리석음이다.
[La Bruyere]
- 성공하려거든, 어리석은 듯이 보이면서도 속으로는 영리해야 한다.
[Montesquieu]
- 성공하려는 본인의 의지가 다른 어떤 것보다 중요하다.
[Abraham Lincoln]
- 성공한 사람이 되려고 하기보다 가치 있는 사람이 되려고 노력하라.
[Albert Einstein]
- 성공할 희망이 가장 큰 사람은 재간이 출중한 사람들이 아니라 하나의 기회를 잘 이용하여 열심히 분투하는 사람들이다. [Socrates]
- 성공해서 만족하는 것이 아니다. 만족하고 있었기 때문에 성공한 것이다. [Alain]
- 성공했다고 욕을 먹는 예는 없다.
[Thomas Fuller]
- 세상에서 가장 많은 뜻을 지니는 것은 성공이다. [F. Dostoevsky]
- 세상에서 가장 위대한 웅변가는 바로 성공이다. [Napoleon I]
- 세상에서 성공을 거두기 위해서는, 타인들에게서 사랑받는 덕과 타인들이 두려워할 만한 뚜렷한 소신이 필요하다. [Joseph Joubert]
- 세상에서 성공하고자 하는 사람은 그의 대명사의 용법에 현명해야 한다. '나'를 한 번만 말할 곳에 '당신'을 스무 번 말하라. 참된 행운은 노름판에서 가장 좋은 카드를 가지는 것이 아니다. 언제 일어나 집으로 갈까를 정확히 아는 사람이야말로 가장 행운이라 할 수 있다.
[John Hay]
- 소심한 자는 성공할 확률이 적다.
[Friedrich Schiller]

- 시도試圖 없는 곳에 성공은 없다.
  [Horatio Nelson]
- 시련 없이 성공은 없다.[Sophocles]
- 신神은 스스로 돕는 자를 돕는다.
  [Aisopos]
- 신을 믿기 위해서는 신이 있어야 한다. 성공을 바라면 우선 목적을 정해야 한다.　　　　[Dostoevsky]
- 아무것도 이루어 보지 못한 사람은 다른 사람의 성취를 평가하기가 어렵고, 따라서 자기도취의 영광 속에서 자신을 더욱 고립시키지 않을 수 없다.　　　　　[Erich Fromm]
- 안으로 훌륭한 부형父兄이 없으며, 밖으로 엄한 사우師友가 없는데, 능히 성수成邃한 사람은 드물다.
  [명심보감明心寶鑑]
- 어려운 환경에서 성공 얻나니, 젊은이여 쉬운 일 고르지 마오.
  [이함용李鹹用]
- 우리는 인간이 밟는 모든 길을 걸어갈 수는 없다. 성공은 한 가지 길에서만 거두어야 한다.
  [Ernest Hemingway]
- 우리의 나태에 대한 벌로서는, 자기 자신의 불성공 이외에 타인의 성공이 있다.　　　　[Jules Renard]
- 윗사람은 당신이 열심히 노력하는 것만 갖고는 박수를 치지 않는다. 물론 열심히 하는 것도 중요하지만,

성공하지 못하면 바보 취급만 당하기 마련이다.　　　[Terry Kiely]
- 이 세상에서 성공하는 것은 비열하고 더럽혀진 인간뿐이다.
  [Lev N. Tolstoy]
- 이 세상에서 성공하려면, 힘이 나도록 격려하고 죽을 때까지 손에서 칼을 놓지 않아야 한다.　[Voltaire]
- 이 세상에서 성공할 수 있는 방법은 두 가지밖에 없다. 한 가지는 자신이 남보다 근면 성실하면 되고, 또한 가지는 타인의 어리석은 점을 이용해서 이익을 취하면 된다.
  [La Bruyere]
- 인간이 보기에 성공은 신과 같다.
  [Aeschylos]
- 인내심은 성공의 중요한 요소이다. 문을 충분히 길고 크게 노크하면 분명히 누군가를 깨울 것이다.
  [Henry Wordsworth Longfellow]
- 인생살이에서 성공하자면, 겉으로는 바보처럼 보이지만 사실은 실속 있고 영리하지 않으면 안 된다는 것을 나는 늘 어디서든지 관찰하고 있다.
  [Montesquieu]
- 인생에 있어서의 성공의 비결은, 성공하지 않은 사람들밖에는 모른다.
  [William Wilkie Collins]
- 인생의 성공은 첫째가 아니라 꼴찌다. 이승과의 작별은 첫째보다 꼴

찌가 낫다. [미상]

- 일곱 번 넘어지고, 여덟 번 일어난다.
[당서唐書]
- 일을 성취시키기는 어려워도 망치는 것은 쉽고, 명성을 세우기는 어려워도 무너뜨리는 것은 쉽다. 천 리 길이의 둑도 개미구멍으로 무너지고, 백 길 뻗은 집도 굴뚝 틈바구니에서 새어 나오는 연기로 불타게 된다. [회남자淮南子]
- 일의 성공을 위하여 필요하다면, 어떠한 조직도 개혁하고, 어떠한 방법도 폐지하고, 어떠한 이론도 포기할 각오가 있어야 한다. [Henry Ford]
- 자기가 하는 일에서 최대한의 기쁨을 얻을 수 있는 사람만이 그 사업에서 성공했다고 할 수 있다.
[Henry David Thoreau]
- 자기 신뢰가 성공의 제1 비결이다.
[Ralph Waldo Emerson]
- 자립 독행獨行하고 적극적이며 낙관적이고, 또 자기가 맡은 바 일을 성공할 것이라는 확신을 가지고 수행하는 사람은 자기의 환경을 향상向上시킬 수 있다. [Piel Norman]
- 자신은 성공의 제1 비결이다.
[Ralph Waldo Emerson]
- 출세의 비결은 유용한 사람이 되기보다 눈치 빠른 사람이 되는 것이다.
[J. P. C. de Florian]

- 출세하기 위해서는 미친 듯이 보이면서 현명해야 한다. [Montesquieu]
- 출세하는 방법은 두 가지가 있다. 자기 자신의 근면에 의해서이거나 다른 사람의 어리석음에 의해서이다.
[La Bruyere]
- 침묵 속에서 열심히 일하고, 당신의 성공이 당신의 소음이 되도록 하십시오. [Frank Oceon]
- 큰 성공은 작은 성공을 거듭한 결과이다. [C. Morley]
- 포기하지 않으면 어떤 상황에서든지 성공할 수 있다. [Nelson Mandela]
- 하나의 장애물은 하나의 경험이고, 하나의 경험은 하나의 지혜. 모든 성공은 언제나 장애물 뒤에서 그대가 오기를 기다리고 있다. [이외수]
- 하면 된다. 되지 않는다는 것은 하지 않기 때문이다. 어떤 일이나 되지 않는 것은 사람이 하지 않기 때문이다. [우에스기오야마上杉鷹山]
- 한 가지 목표를 멈추지 않고 따라가는 것, 그것이 바로 성공의 비결이다. [Anna Pavlova]
- 한 번도 성공한 일이 없는 사람에게 있어 가장 감미롭게 생각되는 것이 성공이다. [Charls Dickins]
- 한 성공에는 반드시 모방이 따라오며, 한 무리에는 그 반작용이 강하게 일어난다. [손우성]

- 한 아름이나 되는 큰 나무도 털끝 같은 작은 싹에서 시작되고, 9층이나 되는 높은 누대도 쌓아 놓은 한 줌의 흙으로 시작된다.　　[노자老子]
- 항상 주옥과 같은 불꽃으로 타면서 그 황홀을 지속하는 것, 그것이 성공한 인생이다.　　[Walter Pater]
- 항상 잘 싸운 자가 이긴다.
　　[George Herbert]
- 행복은 성적순이 아닐지 몰라도, 성공은 성적순이다.
　　[Harvard Univ. 도서관 30훈]
- 호랑이굴에 들어가야 호랑이를 잡는다.　　[한국 격언]
- 흙이 모이면 산을 이룰 수 있고, 물이 모이면 바다를 이룰 수 있고, 행실이 모이면 군자君子가 될 수 있다.
　　[세원說苑]

| 성공과 실패 |

- 거듭되는 실패는 모든 예술에 불가피하게 따르는 필수조건입니다. 연극에서도 그렇습니다. 오로지 부끄러운 것은 여기에 그렇게 많은 돈이 많이 들었다는 사실입니다.
　　[William Gibson]
- 기꺼이 시도했다가 비참하게 실패하고 다시 시도해 보지 않으면 성공은 다가오지 않는다. [Philip Adams]

- 나는 당신에게 성공의 공식을 말해 줄 수는 없지만, 실패의 공식은 가르쳐드릴 수 있습니다. 그것은 바로 모든 사람의 비위를 맞추라는 것입니다.　　[H. B. 스워우프]
- 대개 희망은 있으면서 실제로는 사업이나 일에 손을 대지 못하고 있는 사람이 있다. 왜 실패를 두려워하는가 하면, 그 일을 달성하기까지의 고난이나 난관을 미리 생각하기 때문이다. 나는 이런 실패 병에 걸린 사람에게 말하고 싶다. '당신은 왜 가능한 적극적인 면은 조금도 생각하지 않고 어려운 면만 생각하는 것이오?'　　[Norman Vincent Peale]
- 때때로 우리들은 한 사람의 인간의 덕에서보다도 실패에서 많은 것을 배울 것이다.　[Henry Longfellow]
- 미래를 겁내고 실패를 무섭게 여기는 사람은 그 활동을 제한당하여 손발을 내밀지 못하게 되는 것이다. 실패라는 것은 별로 겁낼 것이 아니다. 그것보다 오히려 이전에 했을 때보다도 더욱 풍부한 지식으로 다시 일을 시작할 좋은 기회인 것이다.
　　[Henry Ford]
- 범상한 자들의 담론은 늘 성공한 자를 찬양하고 실패한 자를 헐뜯으며, 높은 자를 부축하고 낮은 자를 억누른다.　　[삼국지三國志]

- 사람들이 하는 일은 항상 거의 다 이루어질 듯이 하다가 실패하곤 한다. 마무리를 신중하게 하는 것을 늘 처음과 같이 한다면, 실패하는 일이 적을 것이다. [노자老子]
- 사람이 스스로 실패하는 것은, 그가 지닌 장기가 원인이 된다. [손자孫子]
- 성공도 반드시 한 번은 실패로 돌아감을 안다면, 성공을 하려고 그토록 애쓰지는 않으리라. [채근담菜根譚]
- 성공에 허다한 공포와 불쾌함이 없는 바도 아니고, 실패라 해서 만족이나 희망이 없는 것은 아니다. [Francis Bacon]
- 성공은 모든 인간의 나쁜 성질을 유도해 내고, 실패는 좋은 성질을 기른다. [Carl Hilty]
- 성공은 약간의 범죄를 명예롭게 만든다. [Marcus Tullius Cicero]
- 성공은 하늘에 오르기만큼 어렵지만, 실패의 쉬움은 털을 불태우는 것처럼 쉽다. [소학小學]
- 성공을 뽐내는 것은 위험하다. 그러나 실패에 함구하는 것은 더 위험하다. [Francois Quesnay]
- 성공이란 거듭되는 실패와 자기반성을 통해서만 이룰 수 있는 것이다. 사실 자신의 일에서 1퍼센트만이 성공으로 나타나며, 그것은 99퍼센트의 실패에서 나온다. [혼다 소이치로本田 宗一郎]
- 성공하면 제후요, 실패하면 도적이다. [홍루몽]
- 성공한 자는 옳다고 하고, 실패한 자는 그르다고 하는 것이 인지상정이다. [구양수歐陽脩]
- 세상을 살아가면서 꼭 성공만을 바라지 말라. 그르침이 없으면 그것이 바로 성공이다. 남에게 베풀더라도 그 은덕에 감격하기를 바라지 말라. 원망만 없다면, 그것이 바로 은덕이다. [채근담菜根譚]
- 속여서 성공하느니 당당하게 실패하는 것이 낫다. [Sophocles]
- 실패 가운데 가장 큰 것은 무엇 하나 그것을 자각하지 못하는 것이다. [Thomas Carlyle]
- 실패가 무엇을 하고 실패한 것보다 성공자가 무엇을 하여 성공했는지 배우십시오. [Peter F. Drucker]
- 실패는 자본의 결핍보다는 에너지의 결핍에서 때때로 일어난다. [Daniel Webster]
- 실패도 그 이유가 있으려니와 성공도 그 이유가 있다. [이병기]
- 실패란 사람의 마음 나름이야. 그건 마치 개미귀신이 판 모래 함정과도 같은 거지. 한번 빠지면 그냥 미끄러져 들어가기만 하니까. [John Ernest Steinbeck]

- 실패란 하나의 교훈에 다름이 아니고, 호전하는 제일보인 것이다.

  [William Philips]
- 실패에는 달인이란 것이 없다. 사람은 누구나 실패 앞에는 범인이다.

  [Aleksandr Pushkin]
- 실패에 대한 뒷공론은 앞으로의 대책이 강구되지 않는 한 의미가 없다.

  [James B. Reston]
- 실패하는 것은 인간이고, 그것을 관용하는 것은 신이다.

  [Alexander Pope]
- 실패했다고 마음 상해하지 마세요. 최선을 다했다면 말입니다.

  [Mather Teresa]
- 어느 것이 나쁘고, 어느 것이 좋은가? 성공한 자는 우두머리가 되고, 실패한 자는 꼬리가 되게 마련이다.

  [장자莊子]
- 우리의 임무는 성공이 아니다. 실패에도 굴하지 않고 나아가는 일이다.

  [Thomas Stevenson]
- 일에서 준비가 있으면 성공하고, 준비가 없으면 실패한다.   [중용中庸]
- 자기의 어제 실패에 대해서 스스로를 괴롭히지 말라! 한 가지 실패로 자꾸 괴로워하는 것은 다음 일을 실패로 이끄는 원인이 된다. 한 가지의 실패는 그것으로 막을 내릴 것이 중요하다. 모든 자기 학대의 감정은 체념이 부족한 까닭이다. 자기 학대의 감정은 자기만 다칠뿐 아니라 나아가서는 남을 다치게도 한다.

  [Bertrant Russell]
- 자신을 가지라는 것은 인생을 적극적인 면에서 포착하는 것을 의미한다. 실패 없이 걸어가기만을 원하기 때문에 패배감이나 열등감의 노예가 되는 것이다. '이번에는 실패해도, 이다음에는 성공할 수 있다. 두 번째 실패했기로, 세 번째는 일어설 수 있다.' 이와 같은 군은 자신이 인생 항로에 주는 힘은 한없이 큰 것이다.

  [Norman Vincent Peale]
- 틀리는 것과 실패하는 것은 전진하기 위한 훈련이다.

  [William Ellery Channing]
- 한 마리의 개미가 한 알의 보리를 물고 담벼락을 오르다가 예순아홉 번을 떨어지더니, 일흔 번째에 목적을 달성하는 것을 보고 용기를 회복하여, 드디어 적과 싸워 이긴 옛날 영웅의 이야기가 있는데, 이것은 천고에 걸쳐서 변치 않는 성공의 열쇠다.

  [Walter Scott]
- 한 가지 행위의 실패가 있으면, 백 가지 행위가 함께 기울어진다.

  [명심보감明心寶鑑]
- 한 번 실패와 영원한 실패를 혼동하지 말라.   [F. Scott Fitzgerald]

| 성性 불평등不平等 |

- 공통으로 지닌 것으로 보면, 여자와 남자는 평등하다. 그러나 서로 다르게 지닌 것으로 보면, 남자와 여자는 비교조차 할 수 없다.

  [Jean-Jacques Rousseau]
- 네가 술탄의 딸로 태어났어도 결국에는 한 남자의 아래에 있게 될 것이다. [C. Landberg]
- 다른 구실을 찾기보다 남자라고, 혹은 여자라고 비난하는 것이 쉽다.

  [Montaigne]
- 여성이 남성인 우리보다 우월하다는 것으로 여성들이 남녀평등을 그만 수정하게 된다면, 나는 기꺼이 이를 인정할 것이다. [Sacha Guitry]

| 성실誠實 |

- 백 권의 책보다 성실한 마음이 사람을 움직이는 힘이 더 클 것이다.

  [Benjamin Franklin]
- 성실함은 하늘의 도道요, 성실해지려고 노력함은 사람의 도道이니라.

  [중용中庸]
- 아랫자리에 있으면서 윗사람의 신임을 받지 못하면 백성을 다스리지 못한다. 윗사람의 신임을 받는 데는 길이 있다. 친구의 신임을 받지 못하면 윗사람의 신임을 받지 못한다. 친구의 신임을 받는 데는 길이 있다. 부모를 섬겨 기쁘게 해드리지 못하면 친구의 신임을 얻지 못한다. 부모를 기쁘게 해드리는 데는 길이 있다. 스스로 반성하여 성실하지 않으면 부모를 기쁘게 해드릴 수 없다. 자신을 성실하게 하는 데는 길이 있다. 무엇이 선善인지를 밝힐 줄 모르면 성실해질 수 없다. 그러므로 성실이란 하늘의 도道이고, 성실해지려고 노력함은 사람의 도이니라. [맹자孟子]

| 성욕性慾 |

- 남자의 성욕은 저절로 눈뜨고, 여자의 그것은 눈을 뜰 때까지 잠자고 있다. [Bruno Schulz]
- 남성은 성욕을 소유하고 있지만, 여성은 성욕에 소유되어 있다.

  [Otto Weininger]
- 마음에서 일어나는 정욕을 떨쳐내려는 소망과 달리 정욕이 더욱더 자리잡는다고 느낀다 하더라도 절대로 그것을 떨쳐내지 못한다고 생각하면 안 된다. 단지 그것을 헌 번에 떨쳐낼 수 없다고 생각해야 한다.

  [Lev Tolstoy]
- 만일 성욕이라는 것이 이토록 맹목

적이고 조심성 없고 경솔하여 사려
가 없는 성질을 갖지 않았다면 인류
는 사멸하고 말았을 것이다. 원래
성욕의 만족은 전혀 종족의 번식과
는 결부되어 있지 않다. 성교할 때
번식의 의도가 수반된다는 것은 터
무니없는 말이고 극히 드문 일이다.

[Friedrich Nietzsche]

- 맛 좋은 음식에 배가 썩고, 아름다
운 여색에 마음이 현혹된다. 용맹
한 사내는 화를 자초하고, 달변가는
재앙을 가져온다.　　　　[논형論衡]
- 모든 성적 도착 가운데 순결은 가장
위험한 것이다.　　　[Bernard Shaw]
- 보통 여자는 애인의 팔 안에서 흥분
하여 애정에 반응을 나타내는 것이
당연하다. 그러나 여성의 성질이 이
렇게 되어 있는 관계로, 말하자면 우
연히 지나치다가 관계를 맺지 않도
록 경계하지 않으면 안 된다.

[Carl Christian Schurz]

- 성 속에 원래 이 선악들이 있어서
상대하여 생하는 것을 말한 것은 아
니다. 생각하건대, 물이 진흙과 모
래에 섞였다 해도 물이라고 말하지
않을 수 없고, 성이 악에 빠진 바가
되었다 해도 성이라고 말하지 않을
수 없다고 한 것이다.　　[정여창]
- 성욕과의 싸움이 가장 어려운 투쟁
이다.　　　　　[Lev N. Tolstoy]

- 성욕은 대중의 서정시이다.

[Carles-P. Baudelaire]
- 성이란 화폐처럼 중성적일지 모른
다. 거기에 색채를 부여하는 것은 연
습 같다.　　　　　　　[전혜린]
- 섹스가 인생의 가장 중요한 문제임
은 명백하다. 섹스는 인생의 행복
을 좌우한다.　　　[James Watson]
- 식욕과 성욕은 인간이 선천적으로
가지고 있는 고유한 성性이다.

[맹자孟子]
- 오늘날 섹스는 사랑의 종점이 아니
라 정신의 결합에서 육체의 결합을
이루던 사랑의 순서는 19세기에 끝
나고, 이제는 그것이 뒤집혀서 육체
의 결합 끝에 정신이 교통한다.

[이어령]
- 인간은 기계다. 약간이라도 닿으면
욕정이 끓어오르는 기계다.

[Guy de Maupassant]
- 인간의 성욕의 정도와 종류는 인간
정신의 궁극적인 정점으로 치닫는
다.　　　　　[Friedrich Nietzsche]
- 정신적인 사랑이 지배적인 교정交
情에 있어서는 육욕적인 것이 결코
있을 수 없지만, 그러나 정신적인
사랑이 가장 숭고한 결함의 표현으
로 육욕을 찾을지도 모를 일이오.

[Bertrant Russel]
- 키가 작고 어깨가 좁으며 엉덩이만

큰 족속들을 아름답다고 생각하는 것은 남성의 예지가 성욕으로 눈이 가려진 탓이다.　　[Schopenhauer]

| 성인聖人 |

- 성인군자는 자신의 미덕에 집착하지 않는다. 이것이 바로 미덕이 성인군자를 떠나지 않는 이유이다.
　　[노자老子]
- 성인은 당한 운명에 역행하지 않고, 가버리는 운명에 집착하지 않는다. 만물과 조화하여 이에 순응하는 것이 덕이요, 당한 운명에 순응하는 것이 도道이다.　　[장자莊子]
- 성인의 다스림은 언뜻 보기에는 막연하여 슬기롭게 나타나는 것이 없다. 남는 것은 덜고, 모자라는 것은 보충한다. 이와 같이 천도天道는 남는 것을 덜어서 모자라는 것에 보충하는데 비해, 인도人道는 그렇지 않다. 차라리 모자라는 것을 더 덜어서 남아돌아가는 편을 만들고 있다. 남아돌아가는 재물도 능히 천하 사람에게 혜택을 줄 수 있는 일은 도道 있는 사람만이 가능하다. 그렇듯 성인은 훌륭한 일을 하고도 자랑하지 않고, 큰 공을 이루고도 거기에 주저앉지 않으며, 자기의 현명함을 드러내고자 하지 않는다.　　[노자老子]

- 성인의 말은 당장은 틀리는 것 같으나 결국은 옳게 맞아들고, 일반 사람의 말은 당장은 옳은 것 같으나 종국에 가서는 맞지 않는다.
　　[회남자淮南子]
- 성인은 하늘을 바라고, 현인은 성인을 바라며, 선비는 현인을 바란다.
　　[주돈신周敦頤]
- 성인 조각상이 살아 있는 성인보다 세상에서 더 많은 것을 이루어냈다.
　　[G. C. Lichtenberg]
- 슬픈 성인은 형편없는 성인이다.
　　[Jean le Bon II]
- 아는 자는 말하지 않고, 말하는 자는 알지 못하는 것이다. 그러므로 성인聖人은 말하지 아니하고서 가르친다.
　　[장자莊子]
- 죽은 성인을 빌려 살아 있는 자들을 박해하는 것이 관례이다.
　　[Nathaniel Howe]

| 성장成長 |

- 난간가 가시덤불 젖히고 어린 소나무 심으니, 자라서 천 년 뒤 용트림된 줄기 눈에 선하네. 짧은 뿌리 더디 자란다고 업신여기지 마라. 명당의 재목 되는 날이면 많은 공로 새겨지리.　　[서경덕]
- 성장은 지금 자신의 부정으로 시작

된다. '현상에서 무엇을 할 수 있는가'를 생각하는 것이 아니라, '지금 무엇을 해야 하는가'를 생각하는 것이다. [야마다 아츠시山田 篤]

| 성직자聖職者 |

- 사제들과 여자들은 모욕하지 못한다. [Cervantes]
- 우리는 언어에 대해 하는 말을 사제를 두고 할 수 있을 것이다. 곧 최악이거나 최상이다. [Napoleon I]
- 하느님을 섬기는 자는 좋은 스승을 섬기는 것이다. [Henri Estienne]

| 성품性品 |

- 바쁠 때 자기 성품을 어지러이 하지 않으려면, 모름지기 한가할 때에 심신心身을 맑게 길러야 한다. 또한 죽을 때 마음이 흔들리지 않으려면, 모름지기 살아 있을 때에 사물事物의 진상을 간파해야 한다. [채근담茶根譚]
- 복숭아꽃, 오얏꽃이 아무리 고운들 어찌 저 송백松柏의 굳고 곧음만 하랴. 살구가 맛이 달아도 어찌 저 유자와 푸른 귤의 맑은 향기를 당하랴. 진실함이여! 너무 곱고 빨리 지느니 보다 담백하고 오래가는 것이

좋으며, 일찍 마치느니 보다 늦게 이루는 것이 더 나으니라. [홍자성洪自誠]

- 아버지의 성품을 닮는 아들은 참 드문데, 대부분은 더 못나고, 일부만 더 나은 사람이 된다. [Homeros]
- 의무를 즐기고 증오하고는 성품의 뛰어남과 큰 관계가 있다. [Aristoteles]

| 성희롱 |

- 예방수칙 ① 지나친 친절을 이성 간에 베풀지 않는다. ② 남녀 단둘이 한 사무실에서 오래 근무하지 않도록 하며, 불가피한 경우에는 출입문을 열어 놓는다. ③ 야한 몸치장과 복장을 하지 않는다. ④ 상대방이 치근대면 상사에게 건의하여 다른 부서로 자리를 옮긴다. ⑤ 이성에 대한 욕망을 다른 건전한 욕망으로 전환한다. ⑥ 자리가 안정되었을 때와 한가할 때를 위기로 생각한다. ⑦ 성희롱으로 파면된 사람과 사례들을 떠올린다. [Diggle]

| 세금 |

- 돈은 사람에게 특별한 영향을 미친다. 집세를 내고 여가를 즐길 수 있

는 돈을 벌기 위해 열심히 일한다면 그건 단지 돈에 불과할 뿐이다. 그러나 스톡옵션을 팔아서 정부가 세금으로 얼마나 많은 돈을 타인으로부터 빼앗아 가는지 알게 되면, 당신은 정부가 당신이 낸 세금만큼 가치 있는 일을 하고 있는지 관심을 갖게 될 것이다. [Stewart Alsop]

- 무원칙한 통치자는 국민들의 신체적 능력을 고려하지 않고 부역에 동원하며, 재력을 평가하지 않고 세금을 거둬들인다. [회남자淮南子]
- 세금은 문명사회의 대가代價를 지불하는 것이다. [Oliver W. Holmes]
- 여자의 산다는 것은 제도적으로 세금이 오르는 것과 약간 닮았다. 비통해하고 이를 가는 단계를 거친 후에 인상된 세금에 길들여지고 몇 달이 지나면 세금의 나사가 조여와도 아무 문제없이 지낸다. 남자와 여자의 관계도 비슷하다. 비통해하고 이를 갈아대며 함께 사는 것을 회피하려고 하지만 그다음 단계가 따른다. 혼인을 하다니! [Enth Oliver Hass]
- 이 세상에서 죽음과 세금을 제외하면 아무것도 분명한 것은 없다. [Benjamin Franklin]
- 정부가 노동자에게 부과한 세금은 사실 그들이 매일같이 진탕 마셔대

는 술값만큼도 되지 않을 것이다. [Russell]

| 세상世上 / 세계世界 |

- 나 어이 세상 사람 버릴까마는, 세상 사람 스스로 나를 버리네. [이백李白]
- 나와 세상과의 싸움이라면, 세상의 편을 들리라. [Franz Kafka]
- 덧없는 세상이 꿈만 같다. [이백李白]
- 딱정벌레가 박물학을 모르는 것과 같이 인간도 이 세계를 알지 못한다. [S. Sangfor]
- 사회가 그 구성원을 위해 존재하는 것이지, 그 구성원들이 사회의 이익을 위해 존재하는 것은 아니다. [H. Spencer]
- 세계는 하나의 무대. 모든 인간은 남자나 여자나 배우에 불과하다. [Shakespeare]
- 세상에는 우리의 침울한 두 눈으로 발견할 수 있는 이상의 행복이 있는 법이다. [Friedrich Nietzsche]
- 세상에 대한 유일한 방벽은 세상에 대한 철저한 지식의 습득이다. [John Locke]
- 세상은 가면무도회와 같다. [Vauvenargues]
- 세상은 구경거리 쇼이며, 해답을 내야 하는 문젯거리는 아니다.

[T. Gotye]

- 세상은 나누어지지를 않았다. 만일 나누어져 있다면 그 조각이 알려지겠으나, 세상은 하나의 전체이다.
  [Osho Rajneesh]
- 세상은 넓고, 할 일은 많다. [김우중]
- 세상은 둥글다. 따라서 헤엄칠 줄 모르는 자는 깊이 가라앉게 된다.
  [Gabriel Morie]
- 세상은 모두가 가면을 쓴 대무도회다. [Vauvenargues]
- 세상은 모든 것이 묵어가는 여관과 같은 것이고, 세월은 끝없이 뒤를 이어 지나가는 나그네와 같은 것이다.
  [이백李白]
- 세상은 불붙는 집이다. 뱀은 밖에서 노리고, 구더기는 안에서 끓는다.
  [이광수]
- 세상은 생각하는 자들에게는 희극이지만, 느끼는 자들에게는 비극이다.
  [Horace Walpole]
- 세상은 세상에 싫증 내는 사람에게 쉽게 싫증을 낸다.   [Oxenstjerna]
- 세상은 악한 일을 행하는 자들에 의해 멸망하는 것이 아니고, 아무것도 안하며 그들을 지켜보는 사람들에 의해 멸망하는 것이다.
  [Albert Einstein]
- 세상은 올림픽 제전과도 같다. 누군가는 장사를 하고, 누군가는 몸으로 뛰고, 누군가는 그저 지켜보기만 한다.   [Pythagoras]
- 세상은 장기판이다. 장기 알은 우주의 현상이고, 경기 규칙은 우리가 말하는 자연법칙이다. 저편에서 두는 사람은 우리에게 숨겨져 있다. 그러나 우리는 그의 놀이가 항상 공평하고 끈기 있다는 것을 안다. 또한 우리는 그것을 우리의 쓰라린 경험으로 알게 되지만, 그는 실수를 봐주거나 무지無知를 참작해 주는 일이 없다. [Thomas Henry Huxley]
- 세상은 최악의 인간이 최고의 위치를 차지하는 내용의 연극이다.
  [Aristonimos]
- 세상은 풀어야 할 문제가 아니라 봐야 할 공연이다. [Jules de Gautier]
- 세상은 훌륭한 책이지만, 읽는 방법을 모르는 사람들에게는 소용에 닿지 않는다. [Carlo Osvaldo Goldoni]
- 세상을 살아가는 길은 산과 강처럼 험하고, 대궐문은 연기와 안개에 가려 멀리 있네.   [유우석劉禹錫]
- 세상을 이럭저럭 헤쳐갈 수 있다고 생각하는 사람은 무척이나 자신을 속이고 있다. 그러나 자신이 없으면 세상은 막다른 골목에 이를 것이라고 공상하는 인간은 그 이상으로 잘못되어 있다.   [La Rochefoucauld]
- 세상이란 바로 양들의 무리 지음이

다. [La Fontaine]

- 세상이란 제일 나쁜 사람이 제일 좋은 자리를 차지하고 있는 극장이다. [Aristonikos]
- 약속 장소로 가는 순례자와 같이, 현세는 숙박소이며, 죽음은 여행의 끝이다. [John Dryden]
- 오늘의 세계는 이제 겨우 지식의 세계 속에 첫발을 내디뎠을 뿐이다. [Herbert George Wells]
- 우리가 이곳에 오기 전, 세계는 그 어떤 것도 부족함이 없었다. 우리가 떠난 뒤에도 전혀 부족함이 없을 것이다. [Omar Hayan]
- 운명과 기질이 이 세상을 지배한다. [La Rochefoucauld]
- 이 세상에 너를 맞춰라. 세상이 너를 맞추기에는 네 머리가 너무 좁다. [George C. Lichtenberg]
- 이 세상은 네가 생각하고 있는 것보다도 훨씬 더 광휘에 차 있다. [Gilbert Keith Chesterton]
- 이 세상은 천상의 것을 본떠 만든 복제품에 불과하다. [C. V. Gheorgiu]
- 이 세상은 한 권의 아름다운 책이다. 그러나 그것을 읽을 수 없는 인간에게 있어서는 아무런 도움이 되지 못한다. [Carlo Goldoni]
- 이 세상이라는 작품은 필연과 우연에서 만들어진다. [Goethe]

- 인간 세상에 찾아온 봄 초목이 먼저 아누나. [장식張栻]
- 인간 세상 일장 꿈만 같으니 순식간에 천변만화가 생긴대도 이상할 바 없다. [소식蘇軾]
- 인간이 살고 있는 이 세상은 그가 보는 시각에 따라 모양이 달리 보인다. [Schopenhouer]
- 짧은 헛된 세상도, 좋고 아름다운 생활을 하는 데는 충분히 길다. [Marcus Tillius Cicero]
- 천국에서는 모든 것이 기쁨이고, 지옥에서는 모든 것이 고통이다. 이 세상은 그 사이에 있다. [Balthasar Grasian]
- 천지창조 이후로 사랑한다고 고백해서 여자에게 목 졸려 죽은 남자는 없다. [J. C. Florian]

| 세심細心 |

- 세심함은 오만의 가장 섬세한 아들이다. [Francisco de Salle]
- 양심의 가책을 재론하는 것은 용감하게 이를 드러내려는 자들을 안중에도 두지 않는 것이다. [John S. Dewey]

| 세월歲月 |

- 나이는 시간과 함께 달려가고, 세월

과 더불어 사라져 간다. 드디어 말라 떨어진 뒤에 궁한 집 속에서 슬피 탄식한들, 어찌 되돌릴 수 있으랴.
[소학小學]

- 다음의 넷은 돌아오지 않는다. ― 입밖에 낸 말, 쏴버린 화살, 흘러간 세월, 간과해 버린 기회. [Omar Even]
- 먹는 나이는 거절할 수 없고, 흐르는 시간은 멈추게 할 수 없다. 생장生長과 소멸, 성함과 쇠함이 끝나면 다시 시작되어 끝이 없다. [장자莊子]
- 세월은 흐르고, 죽음이 나를 재촉하며, 조종弔鐘이 나를 부르고, 천국이 나를 초대하며, 지옥이 나를 위협한다.
[Edward Young]
- 세월은 흘러가는 사건들의 강이다. 그 물결은 거세다. 한 가지 일이 눈에 띄자마자 그것은 곧 떠내려가고, 다른 것이 그 자리를 차지한다. 머지않아 이것 또한 떠내려 갈 것이다.
[Marcus Aurelius]
- 세월이 어떻게 생각하고 느끼는지 젊은이들이 알 턱이 없다. 그러나 노인이 젊은 시절을 망각하는 것은 죄이다. [Joanne K. Rowling]
- 세월이 인내심을 길러준다는 사실은 알 수 없는 일이다. 살날이 줄어들수록 더 오래 기다릴 수 있게 된다니. [Dame Elizabeth Taylor]
- 순간들을 소중히 여기다 보면, 긴

세월은 저절로 흘러간다.
[Maria Edgeworth]
- 천지天地라는 것은 만물의 여관이요, 세월은 영원한 시간 속의 나그네이다. [고문진보古文眞寶]
- 해와 달이 지남은 번갯불 같으니, 광음을 참으로 아껴야 하네.(일촌광음一寸光陰: 한 마디의 빛과 그늘이라는 말이며 매우 짧은 시간을 말한다) [보우普愚]
- 현명한 자는 허송세월을 가장 슬퍼한다. [William James Durante]

| 소금 |

- 모든 냄새 가운데 빵 냄새가 최고이고, 모든 맛 가운데 짠맛이 최고이다.
[F. Genin]
- 소금물은 달콤한 포도주 위에 떠다닌다. [Aristoteles]
- 소금 없는 음식은 침이 고이지 않는 입과 같다. [Yan Gruter]
- 여섯 가지 맛 중에 짠맛이 최고다.
[Purana 경전]

| 소득所得 |

- 속을 먹으려 하는 자는 껍질을 깨야한다. [T. M. Plautus]
- 어려서 배우지 않으면 늙어서 아는

것이 없고, 봄에 밭을 갈지 않으면 가을에 바랄 것이 없다.

[명심보감明心寶鑑]

- 수고 없으면 소득도 없다. [서양 격언]
- 어부가 못으로 달려가고 나무꾼이 산으로 달려가는 것은 저마다 다급하게 얻고자 하는 바가 있기 때문이다. 그러나 아침 장에는 달려가되 저녁에 파하면 걸음이 느려지는 까닭은 얻고자 하는 바가 없어졌기 때문이다. [회남자淮南子]

| 소문所聞 |

- 나쁜 소문은 좋은 소문보다 더 빨리 퍼진다. [T. Kid]
- 도시에서 말하는 것이 전부 복음은 아니다. [Gabriel Morie]
- 소문이란, 억측과 질투가 불어대는 피리이다. [Shakespeare]
- 입이 거친 사람에게 걸려들면, 미덕을 평생 동안 지켜왔다는 명성도 단숨에 수포로 돌아갈 만한 죄악이 불과 한 시간 이내에 날조되고 만다. [Irving]
- 좋은 말이든 나쁜 말이든, 세상 사람의 입에 가장 적게 오르는 자가 가장 행복하다. [T. Jefferson]

| 소설小說 |

- 소설은 인생의 회화다. [R. 리복크]
- 소설이란 적당한 길이의 산문으로 된 가공적 이야기다. [E. M. Paster]
- 소설이 존재하는 단 하나의 이유는 그것이 인생을 표현하려고 시도한다는 것이다. [Henry James]
- 자연주의 소설가는 사실 실험적 모럴리스트인 것이다. [Emile Zola]

| 소송訴訟 |

- 걸인을 상대로 소송을 걸어봤자 얻는 것은 이 두 마리뿐이다.

[John Clark]

- 귀머거리는 귀머거리와 함께 변론한다. [Jean A. de Baif]
- 동정을 구하는 소송은 나쁜 소송이다. [Publius Syrus]
- 모두가 소송 밖에서는 분별 있는 사람이다. [Jean A. de Baif]
- 소송에서는 자기의 걸음걸이를 세는 자가 자기의 셈을 잊어버리기 마련이다. [솔리에르]
- 소송인은 세 개의 가방이 필요하다. 곧 서류 가방과 돈 가방, 그리고 인내심이라는 가방이다.

[F. M. Qatar]

- 어느 한쪽 편에 서지 않고 변론하는 자가 변론을 잘한다. [Antoin Loisel]

- 자신이 옳을 때에는 순응하고, 틀렸을 때에는 소송을 제기하는 것이 유리하다. [F. M. A. Voltaire]
- 정의로운 소송이 가는 길은 평탄하다. [Claudianus]
- 포도밭을 지키기 위해 소송을 거는 것보다, 차라리 포도밭을 잃는 것이 나을 때가 있다. [Montaigne]
- 훌륭한 소송은 어떠한 재판관도 두려워하지 않는다. [Publius Syrus]

| 소식消息 |

- 소식은 아궁이와 방앗간에서 알게 된다. [질 드 누아에르]
- 좋은 소식은 하루의 어느 때에 전해주어도 괜찮지만, 나쁜 소식은 오전에 전해주는 것이 좋다. [G. W. Herbert]
- 좋은 소식은 항상 늦게 오고, 나쁜 소식은 날아서 온다. [Voltaire]

| 소심小心 |

- 뻔뻔스러운 자는 소심한 척할 수 있으나, 소심한 자는 뻔뻔스러운 자를 흉내 내지 못한다. [Oiver Goldsmith]
- 소심하게 요구하는 자는 거절하는 법을 가르쳐주는 것과 마찬가지다. [L. A. Seneca]
- 소심한 고양이가 뻔뻔한 쥐를 만든다. [D. Ferguson]
- 소심함은 절대로 첫 줄에 설 수 없다. [Publius Syrus]
- 절제는 덕이나 소심함은 결점이다. [Thomas Fuller]

| 소원所願 |

- 나는 절실한 한 가지 소원이 있다. 그것은 내가 살고 있는 이 세상이 조금 더 나아졌다는 것을 확인할 때까지 살고 싶다는 것이다. [Abraham Lincoln]
- 나는 항상 죽기를 소원했고, 지금도 그것을 소원한다. 그러면 모든 것을 끝낼 수 있으니까. [Andy Warhol]
- 나쁜 소원은 그 소원을 받는 자에게 나쁘다. [Hesiodos]
- 사람에게 네 가지 소원이 있으니, 안으로는 신령스러움과 강함을 원하고, 밖으로는 부와 귀를 원한다. 그런데 귀함에는 벼슬하지 않음보다 귀함이 없고, 부함에는 욕심내지 않음보다 더 부함이 없으며, 강함에는 다투지 않음보다 더 강함이 없고, 신령함에는 알지 못함보다 더 신령함이 없다. [이지함李之菡]
- 소원이 진실이라면 목동도 왕이 될

수 있을 것이다. [J. de La 베프리]
- 오래 사는 것은 모든 사람의 소원이지만, 훌륭히 사는 것은 몇몇 사람의 야망이다. [H. R. Huge]

| 소유所有 |

- 각자에게 자기 소유의 재산이 있어야 한다. [Plautus]
- 고통과 익숙해짐이 상속권을 박탈한다. [Antoin Louiselle]
- 내 것이 우리의 것보다 낫다. [Benjamjn Franklin]
- 땅을 가진다는 것은 만물을 소유하는 것이다. 만물을 소유하는 자는 물건을 물건으로 알아서는 안 된다. 물질적 물건이 참된 물건이 아님을 아는 자라야 능히 물건의 주인이 될 수 있다. [장자莊子]
- 소유가 늘 때마다 근심도 늘어간다. [John Ruskin]
- 소유는 법에서 아홉 가지 조항을 차지한다. [D. C. Browning]
- 소유한 것도 이용할 때에만 그 가치를 갖는다. [La Fontaine]
- 아무것도 없는 것보다는 조금이라도 가지고 있는 것이 낫다. [Publius Syrus]
- 열매는 모두의 것이지만, 땅은 그 누구의 것도 아니다.

[Jean-jaques Rousseau]
- 우리가 진정으로 소유하는 것은 시간뿐이다. 가진 것이 달리 아무것도 없는 이에게도 시간은 있다. [Baltasar Gracian y Morales]
- 이 돼지는 내 것이다. 저 금은도 내 것이라고 말하는 것은 어리석은 사람의 생각이다. 자기 자식조차도 자기 것이 아닌데, 어떻게 돼지도, 금은도 내 것이라고 할 수 있겠는가. [석가모니釋迦牟尼]
- 재산을 가진 자는 불행하다. [J. Desardyn]

| 소음騷音 |

- 소음은 선을 만들지 못하고, 선은 소음을 만들지 않는다. [Vincent de Paul]
- 엄청난 소음에는 별것 없다. [William Shakespear]
- 요란한 곳에 결실이 없다. [Francis Bacon]

| 소인배 |

- 소인들에게는 신들도 항상 적은 것을 준다. [칼리마크스]
- 소인은 불행에 억눌려 복종하지만, 위인은 불행을 초월한다.

- 소인은 사소한 일로 중상을 입지만, 위인은 일체를 통찰하니 경상조차 입지 않는다. [F. La Rochefoucauld]
- 소인은 특별한 것에 관심이 있고, 위인은 평범한 것에 관심이 있다.

[Edward Herbert]

- 소인이란 허망한 곳에 힘쓰면서도 남들이 자기를 믿어주기 바라고, 속이는 것에 힘쓰면서도 남들이 자기와 친해지기를 바라며, 금수와 같은 행동을 하면서도 남들이 자기를 착하다고 하기를 바란다. [순자荀子]
- 위인은 사상을 논하고, 범인은 사건을 논하며, 소인은 인간을 논한다.

[미상]

- 작은 일에 지나치게 관심을 갖는 사람들은 대개 큰일에 무능하다.

[F. La Rochefoucauld]

- 차라리 소인에게 끼려고 비방을 당하는 사람이 될지언정, 소인이 아첨하고 좋아하는 사람이 되지 마라.

[채근담菜根譚]

| 소통疏通 |

- 나는 의사소통을 진작시키는 모든 도구가 사람들이 서로 배우는 방식, 누리고자 하는 자유를 얻어내는 방식에 지대한 영향을 미친다고 굳게 믿는다. [William Henry Bill Gates]
- 소통의 법칙 : ① 앞에서 할 수 없는 말은 뒤에서도 하지 말라. 뒷말은 가장 나쁘다. 궁시렁거리지 말라. ② 말을 독점하면 적이 많아진다. 적게 말하고 많이 들어라. 들을수록 내 편이 많아진다. ③ 목소리의 톤이 높아질수록 뜻은 왜곡된다. 흥분하지 마라. 낮은 목소리가 힘이 있다. ④ 귀를 훔치지 말고 가슴을 흔드는 말을 하라. 듣기 좋은 소리보다 마음에 남는 말을 하라. ⑤ 내가 하고 싶은 말보다 상대방이 듣고 싶은 말을 하라. 하기 쉬운 말보다 알아듣기 쉽게 이야기하라. ⑥ 칭찬에 발이 달려 있다면, 험담에는 날개가 달려 있다. 나의 말은 반드시 전달된다. 허물은 덮고 칭찬은 자주 하라. ⑦ 뻔한 이야기보다 편안한 이야기를 하라. 디즈니만큼 재미있게 하라. ⑧ 혀로만 말하지 말고 눈과 표정으로 하라. 비언어적 요소가 언어적 요소보다 힘이 있다. ⑨ 입술의 30초가 가슴의 30년이 된다. 나의 말 한마디가 누군가의 인생을 바꿀 수 있다. ⑩ 혀를 다스리는 것은 나지만, 뱉어진 말이 나를 다스린다. 함부로 말하지 말고 한번 말한 것은 책임져라. [차피득]
- 정보와 커뮤니케이션이라는 두 단

어는 종종 같은 의미로 사용되지만 완전히 다른 것을 의미한다. 정보는 전달되고 커뮤니케이션은 전달한다.　　　　　[Sydney J. Harris]

- 좋은 의사소통은 블랙커피만큼 자극적이고 각성 효과도 뛰어나다.
　　　　　[Anne Morrow Lindbergh]
- 커뮤니케이션에서 가장 큰 문제는 그것이 일어났다는 착각이다.
　　　　　[George Bernard Shaw]
- 커뮤니케이션은 일하는 사람들을 위해 작동한다.　　　[John Powell]
- 커뮤니케이션의 기술은 리더십의 언어입니다.　　[James C. Humes]
- 큰소리로 불러도 고작 백보百步도 넘지 못한다. 그러나 뜻이 있으면 천리千里를 넘어 서로 통한다.
　　　　　[회남자淮南子]

| 속내 이야기 |

- 속내를 조금 비치는 이들을 경계하시오. 그대에게 훨씬 더 많은 속내를 끄집어내고자 그렇게 하는 것이다.
　　　　　[Chevalier de Mere]
- 친구들은 많되 속내를 터놓는 친구는 적어야 한다.
　　　　　[Apollonius of Tyana]

| 속인다는 것 |

- 개개인은 서로 속이고 속을 수도 있을 것이다. 그러나 모든 사람을 속인 사람은 아무도 없었고, 어느 한 사람을 모든 사람이 속인 적도 없다.
　　　　　[C. G. Plinius]
- 두 가지를 선택해야 한다. 곧 속임을 당하느냐, 속이느냐이다.
　　　　　[Jules Renard]
- 모든 사람이 정직하다고 믿고 잘 속는 사람처럼 모두와 함께 사시오.
　　　　　[Le cardinal de Mazarin]
- 사람들은 속이는 자가 되려고 태어난 듯하고, 자신도 잘 속인다.
　　　　　[Vauvenargues]
- 사람들이 서로 속아주지 않는다면 사회 안에서 오래 살아가지 못할 것이다.　　[F. La Rochefoucauld]
- 사람은 자기가 좋아하는 것으로 쉽게 속임을 당한다.　[J. B. Moliere]
- 예언자의 시대는 지나갔고, 잘 속는 이들의 시대는 결코 오지 않으리라.
　　　　　[Grimm, Jakob]
- 원숭이는 고양이의 발로 불에서 밤을 꺼낸다.　　[Jean A. de Baif]
- 일부 국민들을 오랜 세월 속이는 것도 가능하며, 전 국민을 잠시 속이는 것도 가능하긴 하지만, 전 국민을 영원히 속일 수는 없다.

- 한두 사람은 항상 속일 수 있고, 여러 사람을 한두 번 속일 수는 있으나 모든 사람을 항상 속일 수는 없다.

[Abraham Lincoln]

- 한 사람은 씨를 뿌리고, 한 사람은 수확을 한다. [Aristoteles]

| 속담俗談 |

- 말이 단순하면서도 가리키는 바가 심원하면, 그것은 좋은 말이다.

[맹자孟子]

- 속담은 각국의 성전聖典과 마찬가지로 직관으로써 얻어진 지식의 성전이다. [Ralph Waldo Emerson]
- 속담은 나비를 닮았다. 더러는 잡히고, 더러는 날아가 버린다.

[W. Vander]

- 속담은 백성의 목소리, 즉 신의 목소리이다. [R. C. Trench]
- 속담이 근거가 될 수는 없다.

[Voltaire]

- 적절한 때에 다가온 속담은 듣기에 좋다. [Plautus]
- 하나의 속담은 한 사람의 재치인 동시에 모든 사람의 지혜이다.

[John Russell]

| 속박束縛 |

- 개가 개 끈을 물어뜯다가 가죽에 맛을 들이게 된다. [W. Vander]
- 개는 자신에게 상처를 준 칼을 핥는다. [S. G. Champion]
- 굴레를 끌고 다니는 말은 주인에게서 완전히 도망친 말이 아니다.

[Gabriel Morie]

- 나이팅게일(여기서는 새를 말함)은 임금의 창가에서보다 고독한 밤에 더 잘 노래한다. [P. Laurain]
- 속박은 결국에 속박을 좋아하게 될 때까지 인간을 비천하게 만든다.

[Vauvenargues]

- 속박이 수치스러울 때는, 죽음이 오히려 아름답다. [Publius Syrus]
- 쇠로 되어있든, 비단으로 되어있든, 굴레는 굴레다. [Frirdrich shiller]
- 아무것도 소유하지 않는 자는 노동의 속박에 있고, 재산을 가진 자는 마음을 많이 쓰는 속박에 있다.

[William Sumner]

- 아무리 황금으로 된 족쇄라 할지라도 그것을 좋아할 사람은 아무도 없다.

[John Heywood]

- 이미 속박된 자들도 더러 있지만, 더 많은 이들이 속박에 매달린다.

[L. A. Seneca]

| 속임수 |

- 계속되는 행운은 의심해 보아야 한다. [Balthasar Grasian]
- 사기는 거짓말에 교활함을 더한다. [La Bruyere]
- 속임수는 비열한 인간들만이 즐기는 도박이다. [Corneille]
- 속임수를 쓰는 자는 자신의 아버지도 속인다. [John Ray]
- 협잡꾼은 어디에선가는 잡히기 마련이다. [La Fontaigne]

| 손 |

- 내 오른손은 나의 신이다. [P. M. Vergilius]
- 손은 악기 중의 악기이다. [Aristoteles]
- 차디찬 손이지만, 따뜻한 마음이다. [Pierre Gringore]
- 투박한 손은 용감한 영혼의 표현이다. [Shakespear]

| 솔직率直 |

- 네가 말하기도 전에 상대방이 너의 얼굴에서 네가 하려는 말을 읽을 수 있어야 한다. [Marcus Aurelius]
- 당신이 생각하기에 수치스럽지 않은 것을 말한다면, 그에 대해 수치심을 느낄 필요가 없다. [Montaigne]
- 솔직하게 말하는 것이야말로 최고의 기술이다. [Homeros]
- 솔직함은 자신이 생각하는 모든 것을 말하는 것이 아니라, 자신이 말하는 모든 것을 생각해 보는 것이다. [H. de Livry]

| 수단手段 / 방법方法 |

- 괭이 없이 나무딸기밭에 가지 않는다. [Desperier]
- 늑대는 이빨로 공격하고, 황소는 뿔로 공격한다. [Horatius]
- 두 마리 말을 타고 가라. [Talmud]
- 말이 말발굽으로 공격하면, 가재는 집게로 공격한다. [비친스키]
- 모든 것은 로마로 통한다. [Alain de Lille]
- 숲으로 난 오솔길은 하나가 아니다. [John Heywood]
- 쥐는 절대로 구멍 하나에 운명을 걸지 않는다. [Plautus]

| 수양修養 |

- 내 약점을 내가 먼저 털어놓는다는 것은 남의 장점을 내가 먼저 들추어 준만큼 통쾌하다. 반대로, 내 장점을

내가 먼저 자랑하는 것은 남의 약점을 내가 먼저 꼬집는 만큼 불쾌하다.

[주자朱子]

- 들은 이야기라고 해서 다할 것이 아니다. 눈으로 본 일이라 해서 본 것을 다 말할 것은 아니다. 사람은 그 자신의 귀와 눈과 입으로 인해서 자신을 거칠게 만들고 나아가서는 궁지에 빠지고 만다. 현명한 사람은 남의 욕설이나 비평에 귀를 기울이지 않으며, 또 남의 단점을 보려고도 하지 않는다. [채근담菜根譚]
- 이미 이룬 일에 대해서는 말하지 말라. 이미 일을 시작한 것에 대해서는 충고하지 말라. 기왕 저지른 일에 대해서는 나무라지 말라. 왜냐하면, 그들은 이미 결과가 어떻게 되었다는 것을 너보다도 더 잘 알고 있다. [공자孔子]

| 수완手腕 |

- 세상을 지배하는 세 가지가 있으니, 지식과 에티켓, 그리고 수완이다. 그러나 종종 수완이 지식과 에티켓을 대신한다. [Ch. Callier]
- 재산을 만드는 데에는 지식보다는 수완이 더욱 가치 있다.

[Vaumarchais]

| 수입收入 |

- 수입은 줄잡아 써라. 연말에 가서는 언제나 약간의 여유를 남기도록 하라. 수입보다도 지출을 적게 하라. 그렇게 하고 있으면 한평생 그다지 어려움을 당하는 일은 없으리라.

[Samuel Johnson]

| 수줍음 |

- 손해는 거짓 수줍음을 따라다닌다.

[Jean A. de Baif]
- 수줍어하는 자에게는 절대 좋은 여자 친구가 생기지 않는다.

[Isaac de Benserade]
- 수줍음은 필요로 할 때에는 생기지 않는다. [Homeros]

| 수치羞恥 |

- 상냥한 사람은 종종 다른 사람의 수치를 보고 나쁜 생각을 하지 않는다.

[Horatius]
- 수치심이 없는 사람은 양심이 없다고 봐도 무방하다. [Thomas Fuller]

| 수학數學 |

- 기하학을 위한 왕도는 없다. [Euclid]
- 수학 연구는 조촐하게 시작하여 광

대하게 끝나는 나일강과 같다.

[C. C. Colton]

- 수학은 정신의 운동이며, 철학을 위한 준비 과정이다. [Socrates]
- 수학자가 어느 정도 시인의 기질을 지니지 않으면 완전한 수학자가 될 수 없다. [Karl Weierstrass]
- 수학자들은 태양과 달을 연구하면서 자신의 발아래 있는 것은 잊어버린다. [Diogenes of Sinope]

| 숙고熟考하다 |

- 다시 생각하지 않는 자는 제대로 생각하지 않는 것이다. [Jean le Bon]
- 두 번째 생각이 가장 현명하다. [Euripides]
- 숙고하는 시간을 가지면서 시간을 절약할 수 있다. [Publius Syrus]
- 운동하면서 신체의 힘을 기르듯, 숙고로 정신의 힘을 기른다. [G. de Levi]
- 중요한 결정을 내리기 전에는 하룻밤 더 숙고하는 것이 좋다. [Menandros]

| 숙년인생熟年人生 |

- 10계명: ① 정리 정돈(clean up): 몸과 집안과 환경을 깨끗이 해야 한다. 서책, 골동품, 귀중품도 연고 있는 분에게 선물하면 서로 좋다. ② 몸치장(dress up): 언제나 몸치장을 단정히 하고 체취도 없앤다. 옷이 날개다. 늙으면 추잡하고 구질구질해지기 쉽다. 좋은 것을 아끼지 말고 입는다. ③ 대외 활동(move up): 모임에 부지런히 참가하라. 움직이지 않으면 몸도 마음도 쇠퇴한다. 모임에서 새로운 정보를 얻으면 심신이 신선해진다. ④ 언어 절제(shut up): 입은 닫을수록 좋고, 지갑은 열수록 좋다. 꼭 할 말만 하라. ⑤ 자기 몫(pay up): 돈이건 일이건 제 몫을 다하고 남에게 미루지 말라. ⑥ 포기와 체념(give up): 건강. 출세, 사업, 가족, 자식 문제 등과 감히 포기하고 체념하는 것이 현명하다. ⑦ 평생학습(learning up): 배우는 데는 나이가 없다. ⑧ 낭만과 취미(romans up): 각박한 삶 속에 낭만을 가져라. 감흥과 희망을 가지고 살면 늙어도 청춘이다. ⑨ 봉사(serve up): 얼마 남지 않은 인생, 이제 남을 위해 베풀며 살자. 평생 사회의 혜택 속에 산 빚을 갚자. ⑩ 허심 겸손(mind up): 마음을 비워라. 욕심을 버리면 겸손해지고, 마음을 비우면 세상이 밝게 보인다.

[미상]

| 숙명론宿命論 |

● 콘스탄티노플(현재의 터키가 아닌 튀르키예의 이스탄불)에도 절대적 숙명은 없다.　　　[Frederic Bastiat]

| 순결純潔 |

● 말로만 처녀일 것이 아니라 처녀로 보여야 한다.　[Thomas Middleton]
● 순결은 시프리스(항생제 약)가 시들지 않게 보호해 주는 꽃이다.
　　　　　　　　　[Aeschilos]
● 순결이 아름다움과 결합되는 것은 드문 일이다.　　　[J. Lilly]
● 양초로는 돈도, 옷감도, 처녀도 지키지 못한다.　[J. de La 베프리]
● 어떤 처녀가 순결을 잃어버리는 것은, 다시는 되찾지 못하는 보석을 잃어버린 것과 마찬가지다.
　　　　　　　　　[Cervantes]

| 순교자殉敎者 |

● 순교의 보답은 하나님 안에 있으며, 그 안에서는 밤도 환히 밝다.
　　　　　　　[Agripa d'Aubigne]
● 순교자들의 피는 그리스도인들의 씨앗이다.　[Q. S. F. Tertullianus]

| 순리順理와 역행逆行 |

● 만일 말을 따라 생각을 내고, 글을 맞추어 앎을 나타내며, 가르침에 따라 마음이 흔들리어 손가락과 달을 구분 못하고, 명예와 이익에 대한 마음을 잊지 못하면서 설법說法을 하거나 사람을 제도濟度하려는 자는, 마치 더러운 달팽이가 자신의 더러움으로 남까지 더럽힘과 같다.
　　　　　　　[보조국사普照國師]
● 말은, 다른 말이 따라와 추월할 수 있을 정도로 그렇게 달리지는 않는다.
　　　　　　　　　[Ovidius]
● 바람과 파도는 항상 가장 유능한 항해자의 편에 선다.
　　　　　　　[Edward Gibbon]
● 연은 순풍이 아닌 역풍에 높이 날 수 있다.　[Winston Churchill]
● 천리天理에 따르는 자는 공업功業을 이룩하고, 천리를 거역하는 자는 흉벌凶罰을 받는다.　[관자管子]

| 순응順應 |

● 로마에 가면 로마인들처럼 행동하게.
　　　　　　　[St. Augustinus]
● 모든 사람이 내가 당나귀라고 말하면, 당나귀처럼 울부짖을 때가 된 것이다.　　　　　[Talmud]

- 울부짖고자 한다면, 개들보다는 늑대들과 함께 울부짖는 것이 낫다.
  [P. J. Thule]
- 순응하는 사람에게는 만물이 스스로 돌아온다. 자기 한 몸조차 받아들이지 못하고 만물에 대립하는 자에게는 어떤 것도 용납될 여유가 없다. 다른 사람을 용서하지 못하는 사람에게는 친한 사람이 없고, 친한 사람이 없으면 모두가 남인 법이다.
  [장자莊子]
- 한가한 때에 헛되이 세월을 보내지 않으면, 다음 날 바쁜 일에 그 덕을 받아 누릴 수 있고, 고요할 때 쓸쓸함에 떨어지지 않으면, 활동할 때 그 덕을 받아 누릴 수 있으며, 어두운 가운데 속이고 숨기는 일이 없으면, 밝은 곳에서 그 덕을 받아 누릴 수 있을 것이다.   [홍자성洪自誠]

| 술 |

- 근심을 없애는 데는 술보다 나은 것이 없다.   [동방삭東方朔]
- 두 번 아이가 되는 것은 노인만이 아니고 취한 사람도 마찬가지다.
  [Platon]
- 뜻밖의 재물을 탐내지 말고, 양에 넘치는 술잔을 들지 말라.
  [주백려朱柏盧]

- 마시라.   [La Bruyere]
- 마시면 죽는다. 마시지 않아도 죽는다.   [몽골 격언]
- 사람은 다음과 같은 다섯 가지 이유로 술을 마시게 되는 것이다. 첫째는 축제일을 위해서, 다음은 당장 목이 마르니까, 그리고는 미래를 거부하기 위해서, 그다음은 맛이 있는 술을 칭찬하기 위해서, 맨 끝으로는 무슨 이유가 있겠는가.
  [Felix Ruckert]
- 사람이 술을 마시고, 술이 술을 마시고, 술이 사람을 마신다.
  [법화경法華經]
- 술과 계집은 남자의 돈주머니를 비게 한다.   [John Ray]
- 술과 여자, 노래를 사랑하지 않는 자는 평생을 바보로 보낸다.
  [Martin Luther]
- 술 덤벙 물 덤벙한다.   [한국 격언]
- 술상 앞에 모였던 천여 명 형제, 곤경에 처하니 하나도 없네.
  [풍몽룡馮夢龍]
- 술 속에 진리가 있다.   [Erasmus]
- 술은 몸을 사르는 불이고, 여색은 살을 깎는 칼이다.   [경세통언警世通言]
- 술은 범죄의 아비요, 더러운 것들의 어미다.   [R. G. Ingersoll]
- 술은 비와 같다. 즉 진흙에 내리면 진흙은 더욱 더럽게 되나, 꽃에 내

리면 꽃은 더욱 향기롭게 된다.
[Charles Pierre Baudelaire]
● 술은 백약의 으뜸이다.   [한서漢書]
● 술은 사랑을 기르는 밀크이다.
[Aristoteles]
● 술은 우리에게 자유를 주고, 사랑은 자유를 빼앗아 버린다. 술은 우리를 왕자로 만들고, 사랑은 우리를 거지로 만든다.   [William Wicherly]
● 술은 오히려 병정과 같다. [남사南史]
● 술은 인격을 반사하는 거울이다.
[Arcesius]
● 술은 일종의 마음의 연지이다. 우리들의 사상에 일순간 화장을 해준다.
[Henry de Regnier]
● 술은 차를 대신할 수 있지만, 차는 술을 대신할 수 없다.   [장조張潮]
● 술은 행복한 자에게만 달콤하다.
[John Keats]
● 술을 마시면 말에 날개가 돋쳐서 방약무인하게 뛰논다.   [Herodotos]
● 술을 마시지 않는 인간으로부터는 사려분별을 기대하지 말라.
[Marcus Tullius Cicero]
● 술을 마심에는 즐거움을 주로 한다.
[장자莊子]
● 술을 물처럼 마시는 자는 술에 값하지 않는다.   [F. 보덴슈데트]
● 술의 양이 적으면 적을수록 머리는 말끔하고 피는 식어진다.

[William Penn]
● 술이 나쁜 것이 아니라 폭음이 죄다.
[Benjamin Franklin]
● 술이 들어가면 혀가 나오고, 혀가 나오면 말을 실수하고, 말을 실수하면 몸을 버린다.   [세원說苑]
● 술이 들어오면 지혜가 나간다.
[George Herbert]
● 술이 만들어낸 우정은 술과 같이 하룻밤밖에 효용이 없다.   [F. Logau]
● 술이 사람을 취하게 하는 것이 아니라, 사람이 스스로 취하는 것이다.
[명심보감明心寶鑑]
● 술이 없는 곳에 사랑은 없다.
[Euripides]
● 쌀 천 알곡에서 술 한 방울 나오고, 천 올 누에 실에서 천 한 자 짜인다.
[우수매牛樹梅]
● 억제하기 어려운 순서대로 말하면, 술과 여자, 노래이다.
[Franklin Adama]
● 요즘 같은 시절에 술 없이 어찌 마음을 지탱할 수 있겠느냐, 술은 마음을 바로잡는 약주와도 같은 게다.
[이봉구]
● 음주는 인간을 배고프게 한다. 그렇지 않으면 거짓말을 하게 한다.
[Wilkins]
● 음주는 일시적인 자살이다. 음주가 갖다주는 행복은 단순히 소극적인

것, 불행의 일시적인 중절中絶에 지
나지 않는다.　　　　[B, Russel]
● 인생은 짧다. 그러나 술잔을 비울
시간은 아직도 충분하다.

　　　　　　　[노르웨이 속담]

● 입술과 술잔 사이에는 악마의 손이
넘나든다.　　　　[J. F. Kant]
● 적당하게 마셔라. 술에 취하면 비
밀을 유지하지도, 약속을 지키지도
못하기 때문이다.　　[Cervantes]
● 전쟁·흉년·전염병, 이 세 가지를
합쳐도 술이 끼치는 손해와 비교할
수 없다.　　[William Gladstone]
● 죽은 후 북두성에 닿을 만한 돈을
남기더라도 생전의 한 두루미 술만
못하다.　　　　[백거이白居易]
● 첫째 술잔은 갈증渴症을 낫게 하고,
둘째 술잔은 영양榮養이 되고, 셋째
잔은 유쾌한 기분을 준다. 그러나
넷째 잔에 가서는 사람을 미치광이
로 만든다.　　　　[영국 격언]
● 청동은 모양을 비추는 거울이지만,
술은 마음을 비추는 거울이다.

　　　　　　　[Aeschyos]

● 팔이 바깥쪽으로 굽지 않은 것은 술
잔을 잡기에 편하도록 하기 위해서
이다.　　　　　　[박지원]
● 한잔 술은 건강을 위해서, 두 잔 술
은 쾌락을 위해서, 세 잔 술은 방종
을 위해서, 넉 잔의 술은 광기를 위

해서.　　　　　[Anacharsis]
● 한 잔의 술은 재판관보다 더 빨리
분쟁을 해결해 준다.　[Euripides]
● 호주가好酒家에게 먹힌 술이 호주
가에게 복수한다.

　　　　　[Leonardo da Vinci]

| 숫자數字 |

● 숫자는 우리가 전혀 이해하지 못하
기 때문에 그만큼 더욱 강력하다.

　　　　　[F. M. A. Voltaire]

● 신들은 홀수를 좋아한다.

　　　　　[P. M. Vergilius]

● 좋은 것은 항상 3으로 시작한다.

　　　　　[Thomas 우스크]

| 숭고崇高함 |

● 숭고하다고 해서 이치에 맞지 않아
도 되는 것은 아니다.　[Marmontel]
● 숭고한 것과 우스운 일의 간격은 한
뼘밖에 안 된다.　　[Napoleon I]
● 숭고함과 우수꽝스러움, 우수꽝스러
움과 숭고함은 한 발짝 거리에 있다.

　　　　　[Thomas Paine]

| 숲 |

● 숲은 당신 뒤에 남겨두시오. [손자孫子]

- 신은 위대하다. 그러나 숲은 더욱 위대하다.　　　　　[M. H. Rollon]

| 쉬움 |

- 잔잔한 바다에서는 누구나 물길 안 내인이다.　　　　[Publius Syrus]
- 치우치지 않고 변론하는 자가 변론을 잘하는 사람이다.　[Pierre Gringore]

| 스스로 하다 |

- 대리인을 내세워 행동하는 사람은 스스로 당할 때가 있다.　　[Baif]
- 사람은 자기 자신밖에 믿을 데가 없 다.　　　　　[Ch. G. Etienne]

| 스승과 제자弟子 |

- 가장 초라한 제자는 자기 스승을 뛰 어넘지 못하는 제자이다.
　　　　　[Leonardo da Vinci]
- 나보다 먼저 태어나 도道를 듣기를 나보다 먼저 했다면, 나는 이를 스 승으로 따르고, 나보다 뒤에 태어났 더라도 도를 듣기를 나보다 먼저 했 다면, 또한 이를 스승으로 따른다.
　　　　　　　[한유韓愈]
- 너를 유명하게 만든 자에게 그 공로 를 돌려라.　　　[Publius syrus]

- 무디어진 줄이 철을 반들반들 윤낸 다.　　　　　[Thomas Fuller]
- 부모보다 스승을 존경해야 한다. 부모가 우리를 낳아주었다면, 스승 은 인생을 잘살 수 있게 가르쳐주었 기 때문이다.　　　[Philoxenos]
- 새로운 스승은 늘 엄격하다.
　　　　　　[Aeschylos]
- 세 사람이 행하면, 반드시 내 스승 이 있다.　　　[논어論語]
- 세상 사람들은 스승을 가려 사랑하 는 아들을 가르치게 하면서도, 자신 이 스승 모심은 부끄러이 생각한다. 그러나 이것은 어리석은 것이다.
　　　　　　　[한유韓愈]
- 스승이란 도를 전수하고 지식을 강 술하며, 의혹을 풀어주는 사람이다.
　　　　　　　[한유韓愈]
- 스승이 제자에게 엄격한 것처럼, 약 도 병에게 엄격해야 한다.
　　　　　　[Antisthenes]
- 오늘은 어제의 제자이다.
　　　　　　[Thomas Fuller]
- 우리의 적이 바로 우리의 스승이다.
　　　　　　[La Fontaine]
- 인간은 이런 스승을 원한다. 제자에 게 처음에는 판단을 가르치고, 그다 음에는 지혜를 가르치고, 마지막으 로 학문을 가르치는 스승을.
　　　　　　[Immanuel Kant]

473

| 스위스Swiss |

- 스위스는 소젖을 짜면서 평온하게 살아간다. [Vitor Hugo]
- 스위스의 절반은 지옥이고, 절반은 천국이다. [Voltaire]
- 제네바는 작은 도시 가운데서 가장 큰 도시이다. [Larive, Auguste-Arthur]

| 스코틀랜드Scottland |

- 낙천주의자는 유대인에게서 물건을 사고, 스코틀랜드인에게 팔고 싶어 하는 사람이다. [H. L. Mencken]
- 스코틀랜드는 최악의 잉글랜드이다. [Samuel Johnson]
- 스코틀랜드는 자기의 피를 볼 때에야 싸운다. [Walter Scott]
- 스코틀랜드에 살아본 적이 없는 사람들은 진지하다는 말이 무슨 뜻인지 알지 못한다. [Marx Owell]

| 스토아주의Stoicism |

- 모든 것을 견딜 수 있는 자는 무엇이든 감행할 수 있다. [Vauvenargues]
- 방앗간의 맷돌이 모든 곡식을 빻을 수 있듯이, 건강한 영혼은 모든 일을 받아들일 준비가 되어 있어야 한다. [Marcus Aurelius]

| 스페인Spain |

- 성城을 짓고 싶은 마음이 더 이상 안 들려면 스페인에 가서 살면 된다. [Sevigne 후작부인]
- 스페인 사람이 된다는 것은 세상에서 유일하게 진지한 일이다. [P. de R. Jose Antonio]
- 참을성 없음이 스페인 사람들의 약점이다. [Balthasar Grasian]

| 슬픔 |

- 가벼운 슬픔은 사람을 수다스럽게 만들지만, 큰 슬픔은 벙어리가 되게 한다. [L. A. Seneca]
- 강한 이의 슬픔은 아름답다. [김남조]
- 고립된 개인은 존재하지 않는다. 슬픈 사람은 타인을 슬프게 한다. [Saint Exupery]
- 깊고 깊은 슬픔에는 사랑조차도 아무런 효험이 없다. [로버트 네이손]
- 남 몰래 슬퍼하는 자가 진심으로 슬퍼하는 자다. [Marcus Martialis]
- 노경老境을 그토록 슬프게 만드는 것은 즐거움이 없어지기 때문이 아니라 희망이 없어지기 때문이다. [Jean Paul]
- 눈이 횡횡 돌면, 거꾸로 돌리면 낫는다. 죽고 싶은 슬픔도 다른 슬픔이

겹치면 낫는다.　　[W. Shakespeare]

● 다망한 꿀벌에게는 슬퍼할 여가가
없다.　　　　　　　　[William Blake]

● 독단적인 슬픔은 오래는 계속되지
않는다. 어떤 사람이든지 슬픔에 지
고 말든가, 그것에 익숙해지든가, 어
느 쪽의 하나다. [Pietro Metastasio]

● 마냥 슬픔에 잠겨 있는 것은 위험한
것이다. 용기를 잃어갈 뿐이다. 회
복하려는 의욕마저 잃게 하기 때문
이다.　　　　　　　　　[H. F. Amiel]

● 마음이 슬픈 사람은 모든 일이 의심
스럽고, 애인의 애무조차도 수상하
게 여겨진다.　　　　[Theophrastos]

● 모든 인간에게 있어 공통되는 온갖
많은 화禍 중에 가장 큰 것은 슬픔
이다.　　　　　　　　[Menandros]

● 벌레들도 저렇게 울고 실진대 목숨
이란 본시 저렇듯 슬프다고 망령된
것이리까.　　　　　　　　[유치환]

● 빵만 충분하다면 어떤 슬픔도 견뎌
낼 수 있다.　　　　　　[Cervantes]

● 사사로운 슬픔을 밖으로 내미는 것
은 고상치 못한 감정일 뿐 아니라
어리석기까지도 하다. 따라서 극도
의 슬픔은 밖으로 내밀려고 하여도
내밀어지지도 않는다. 깊은 물이
소리 나지 않는 것처럼. 　　[변영로]

● 새는 죽을 때 그 소리가 슬프고, 사
람은 죽을 때 그 말이 착하다.

[공자孔子]

● 슬프다는 것은 아름답다는 것이다.

[김광섭]

● 슬픈 마음이여, 침착하고 탄식을 멈
추어라. 구름 뒤엔 아직도 햇살이
비치고 있다.　　[Henry Longfellow]

● 슬픈 사람에게는 애달픈 가락이 가
장 달콤한 음악이다. [Philip Sidney]

● 슬플 때 또한 너의 가슴속을 들여다
보라. 그러면 알게 되리라. 너희는
너희에게 즐거움이 되었던 그것을
위해 울고 있음을.　[Kahlil Gibran]

● 슬픔, 그것은 모든 것을 너무나 이
상화理想化하고 있다.

[John Ronald Royal]

● 슬픔 때문에 많은 사람이 죽었고,
슬퍼해서 이로울 것이 없다.

[집회서集會書]

● 슬픔에는 두 가지 종류가 있다는 것
을 깨달았다. 그 하나는 덜 수 있는
슬픔이고, 또 다른 하나는 덜 수 없
는 슬픔이다.　　　[Pearl S. Buck]

● 슬픔에도 어느 정도의 기쁨이 있다.

[Metro Dores]

● 슬픔에서 해방된 인생을 살고 싶으
면, 바야흐로 분주한 벌은 슬퍼할
시간이 없다.　　　　[William Blake]

● 슬픔은 그 자체가 약이다.

[William Cowper]

● 슬픔은 남에게 터놓고 이야기한다

고 완전히 가시지는 않지만 누그러질 수는 있다. [Calderon]

- 슬픔은 마음이 죽는 것보다 크지는 않고, 몸이 죽는 것은 그것에 버금간다. [장자莊子]
- 슬픔은 버릴 것이 아니다. 우리가 살아 있는 한, 그것은 빛나는 기쁨과 같은 정도로 강력한 생활의 일부다. 그것이 없으면 우리들은 지극히 무훈련無訓練한 것이 될 것이다. [Auguste Rodin]
- 슬픔은 어떤 행복도 전혀 내포하지 못하는 그런 깊이를 지닌다. 슬픔은 그 나름대로의 아름다움을, 깊고도 부드러운, 아주 부드러운 아름다움을 지닌다. 어떤 행복도 그런 요소를 지니지 못한다. 행복에서는 얄팍함이, 속된 양상이 드러난다. 슬픔은 어떤 행복도 따라오지 못할 그런 깊이와 보다 위대한 충만함을 지닌다. [Osho Rajneesh]
- 슬픔은 오해된 즐거움인지도 모른다. [Robert Browning]
- 슬픔은 인간이 가질 수 있는 정서 가운데 최고의 것이고, 동시에 모든 예술의 전형이요, 시금석임을 이제야 나는 알았다. [Oscar Wilde]
- 슬픔은 저절로 해결이 된다. 그러나 기쁨이 그 진가를 찾으려면 함께 나눌 사람이 있어야 한다. [Mark Twain]
- 슬픔은 찰나의 고뇌이며, 슬픔에 빠지면 인생을 망친다. [B. Disraeli]
- 슬픔의 길, 그러나 그 길만이 슬픔을 모르는 나라에 통하고 있다. [William Cowper]
- 슬픔의 유일한 치료법은 무슨 일이든지 열심히 하는 것이다. [John Lewis]
- 슬픔이란, 자기 부정에서 오는 표현이다. [장자莊子]
- 슬픔이란, 자기 연민의 표출입니다. 그러나 우리는 계속 싸워 나가야 합니다. [Robert F. Kennedy]
- 슬픔이야말로 인생과 예술, 양자 간에 있어서의 궁극적인 전형인 것이다. [Oscar Wilde]
- 우유부단에는 슬픔이 있다. [Marcus Tillius Cicero]
- 이유 없는 슬픔이란 게 있다. 그것은 탄생 이전 먼 태초에 있었던 인간의 슬픔을 회억回憶하는 것이다. [이어령]
- 조그마한 죄에서 움튼, 조그마한 슬픔이 나에게 있었다. [Edna Millay]
- 중생은 슬픈 존재다. 그중에도 앓고 죽는 양이 차마 볼 수 없도록 슬프다. 나고 죽는 것이 모두 헛것이요, 꿈이라 하더라도 슬프기는 마찬가지다. [이광수]
- 지나간 슬픔에 새 눈물을 낭비하지

마라.　　　　　　　[Euripides]
- 참된 슬픔은 고통의 지팡이다.
　　　　　　　　[Aeschylos]
- 하늘이 고칠 수 없는 슬픔, 그런 것은 이 세상에 없다. [Thomas More]
- 환락과 웃음의 뒤에는 거칠고 단단하고 냉혹한 기분이 숨겨져 있을지도 모른다. 그러나 슬픔 뒤에는 언제나 슬픔이 있을 뿐이다. 고통은 쾌락과는 달라서 가면은 쓰지 않는다.
　　　　　　　　[Oscar Wilde]

| 습관習慣 / 버릇 |

- 개는 줄이 풀려도 목줄을 매고 다닌다.　　　　　　[Persius]
- 나쁜 버릇은 빨리 자란다. [Plautus]
- 남자는 40세가 지나면 자기 습관과 혼인해 버린다. [George Meredith]
- 늘 마시는 자는 맛을 모르고, 늘 지껄이는 자는 결코 생각하는 법을 모른다.　　　　　　　[Hans Freyer]
- 단지 노고하는 습관을 기르기 위할 뿐이다.　　　　[십팔사략十八史略]
- 버릇의 치료법은 반대 버릇이다.
　　　　　　　　[Epiktetus]
- 보통 사람은 풍속, 습관에 안주하고, 학자는 견문에 탐닉한다.
　　　　　　　[사마천司馬遷]
- 부인과의 교제는 좋은 습관의 요소

다.　　[Johann Wolfgang Goethe]
- 세 살 버릇 여든까지 간다.
　　　　　　[이담속찬耳談續纂]
- 습관보다 강한 것은 없다. [Ovidius]
- 습관은 나무껍질에 글자를 새긴 것 같은 것으로서, 그 나무가 커짐에 따라 글자가 확대된다.
　　　　　　　[Samuel Smiles]
- 습관은 단념하기는 쉬우나 회복하기는 어렵다.　　　[Victor Hugo]
- 습관은 모든 것의 지배자이다.
　　　　　　　　[Pandaros]
- 습관은 법률보다도 하는 일이 많다.
　　　　[Johan. Gottfield Herder]
- 습관은 성격을 형성하고, 성격은 운명을 만든다.　　[J. M. Keynes]
- 습관은 습관에 정복된다.
　　　　　　[Thomas A Kempis]
- 습관은 어릴 때 이룬 것이 가장 완전하다.　　　[Francis Bacon]
- 습관은 온갖 것의 가장 힘센 스승이다.　　　　　[Plinius II]
- 습관은 우리들의 우상으로서, 우리들이 복종하기 때문에 강한 것이다.
　　　　　　　　　[Alain]
- 습관은 인간생활의 최대의 길 안내자이다.　　　[David Hume]
- 습관은 인간의 사회적인 의상衣裳이다.　　　　　　[안병욱]
- 습관은 자연과 같다. [공자가어孔子家語]

- 습관은 잔인성도 없고, 마술도 없는, 우리가 가진 제1의 천성을 알 수 없도록 방해하는 제2의 천성이다.

  [Marcel Proust]
- 습관은 제2의 자연이다. 제1의 자연에 비해서 결코 약한 것은 아니다.

  [Montaigne]
- 습관은 제2의 천성이다. [Aristoteles]
- 습관은 창밖으로 던져버릴 수 없는 것이다. 습관은 한 걸음 한 걸음 계단을 오를 때마다 달래져야 하는 것이다. [Mark Twain]
- 습관은 처음에는 거미줄처럼 가볍지만 이내 쇠줄처럼 단단해진다.

  [Talmud]
- 습관은 현명한 사람들의 페스트며, 바보들의 우상이다. [Th. Fuller]
- 습관이 변할 수 있다는 것을 알게 되면, 당신은 새로운 습관을 다시 만들 자유와 의무가 있다.

  [Charles Duhigg]
- 습관이 복을 가져온다.

  [Corenelius Nepos]
- 습관이 운명이 된다. [조만식]
- 습관이 자연(본성)을 속박한다.

  [Pascal]
- 습관이 하지 않는 일이나, 하지 못할 일은 없다. [Montaigne]
- 시내가 강이 되고, 강이 흘러 바다를 이루듯이, 나쁜 습관은 보이지 않는 사이에 착착 쌓여서 자신의 일부처럼 된다. [D. N. Ovidius]
- 아무리 강력한 법이라도 게으름뱅이를 부지런하게, 낭비가 심한 사람을 검약하게, 술꾼을 술을 마시지 않게 할 수는 없다. 이러한 교정은 큰 권력에 의해서라기보다는 보다 좋은 습관에 의해서, 즉 개인의 행동과 경제, 그리고 극기라는 방법에 의해서 성취될 수 있을 뿐이다. [S. Smiles]
- 우유부단한 행동의 습관을 가진 인간처럼 비참한 자는 없다.

  [William James]
- 원한다면 여러 개의 습관이 있어도 좋다. 그러나 단 하나의 습관만 갖고 있어서는 안 된다. [Goethe]
- 이미 휘어진 노목老木은 똑바로 잡기 어렵다. [프랑스 격언]
- 인간은 그 본성에 있어서 서로 비슷하나, 그 습관에 있어서는 서로 소원하다. [논어論語]
- 일단 몸에 붙은 악습은 깨어지기는 하지만 고쳐지지는 않는다.

  [M. F. Quintilianus]
- 일반 영감은 잊어라. 습관에 더 의지하라. 습관이야말로 당신이 영감이 있든 없든, 당신을 유지시켜 줄 것이다. [Octavia Butler]
- 저주받을 세 가지의 습관이 있다. 그 첫째는 육식肉食과 술과 담배, 그

것이다. 이 세 가지는 인생을 행복하게 할 가능성을 없애버리며 자신을 동물과 같게 만드는 것이다. 예를 들어서, 가장 야만적인 미개인은 육식밖에 모른다. 그러므로 야채를 먹는다는 것은 인간 최초의, 그리고 자연적인 교화敎化의 결과다.

[H. F. Amiel]

● 좋은 습관은 법보다 확실하다.

[Euripides]

● 즐거울 때 배운 술은 웃는 버릇을, 슬플 때 배운 술은 울음을, 괜히 마시게 된 술은 그저 마시는 버릇을 갖게 할 뿐이다. 참으로 버릇이란 처음의 것이 거듭 쌓여서 이루어지는 것이다. [H. Montaigne]

● 최악의 폭군은 다름 아닌 습관이다.

[Publius Syrus]

| 승리勝利와 패배敗北 |

● 가장 위험한 순간은 승리의 순간이다. [Napoleon I]

● 군주君主가 능히 현자賢者를 가려 높은 지위에 앉히고 불소不肖한 자를 그 밑에서 일하게 하면, 진陣은 이미 안정된 것이다. 백성들이 생업에 안주하여 위정자와 친근해지면 수비守備는 이미 견고한 것이며, 백성들이 모두 내 군주가 옳고 적국

敵國이 그르다고 하면, 싸움은 이미 승리한 것입니다. [오자吳子]

● 군주君主는 어느 편이 정치를 잘하는가, 장수는 어느 편이 더 유능한가, 천지와 지리地利는 어느 편이 얻고 있는가, 법령은 어느 편이 더 강한가, 병사兵士는 어느 편이 더 훈련이 잘되었는가, 상과 벌은 어느 편이 더 명확한가? 나는 이것으로써 이기고 지는 것을 미리 안다.

[손자孫子]

● 나는 1천 번 실패한 것이 아니다. 단지 실패할 수 있는 1천 가지 방법을 찾아낸 것이다. [Thomas Edison]

● 대패배가 아니라면, 대승리는 대단할 것이 전혀 없다. [Wellington]

● 백전백승은 최선이 아니요, 싸우지 않고 적을 굴복시키는 것이 최선의 방법이다. [손자孫子]

● 별로 즐기지도 못하고, 별로 고통도 느끼지 못하는 의기소침한 사람들과 어깨를 나란히 하기보다는 실패로 뒤얽히더라도 큰일을 감행하고 영광스러운 승리를 얻는 것이 훨씬 낫다. 왜냐하면, 전자는 승리도 패배도 모르는 회색빛 황혼 속에서 살기 때문이다. [Fraklin D. Roosevelt]

● 산속의 적 격파는 쉬우나, 마음속의 적 격파는 어렵다. [노자老子]

● 승리는 아름답지만, 승리를 잘 이용

하는 것은 더욱 아름답다. [Polybios]
- 승리를 지향하는 사람의 눈은, 결단코 곁눈질을 하지 않는다. [D-pyrus]
- 승리엔 우연이란 없다.

  [미야모토 무사시宮本武藏]
- 승리하면 조금은 배울 수 있고, 패배하면 모든 것을 잃게 된다.

  [Christy Matthews]
- 승부를 다투는 경쟁의 세계는 피도 눈물도 없는 비정의 세계다. 그것이 아무리 비정하다고 하더라도, 그렇다고 경쟁이 없는 세계, 승부를 다투는 일이 없는 세계는 얼마나 무미건조할 것인가. [신일철]
- 승자는 꼴찌를 해도 의미를 찾지만, 패자는 오직 1등 했을 때만 의미를 찾는다. [Talmud]
- 승자는 다른 길도 있으리라 생각하지만, 패자는 오직 한길뿐이라고 생각한다. [Talmud]
- 승자는 문제 속에 뛰어들고, 패자는 문제의 변두리에서만 맴돈다.

  [Talmud]
- 승자는 일곱 번 쓰러져도 여덟 번 일어서고, 패자는 쓰러진 일곱 번을 낱낱이 후회한다. [Talmud]
- 승자의 주머니 속에는 꿈이 있고, 패자의 주머니 속에는 욕심이 있다.

  [Talmud]
- 아무런 위험 없이 승리하는 것은 영

광 없는 승리일 뿐이다.

[Pierre Corneille]
- 알고서도 과감히 공격하지 않거나 알지 못하면서도 공격하는 자는 패배한다. [위공병법衛公兵法]
- 운명의 카드를 섞고 우리가 승부를 겨룬다. [Goethe]
- 이겼다고 믿는 자가 진 경우가 종종 있다. [Mathurin Regnier]
- 이기는 것보다 지는 것이 나을 경우가 있다. [Plautus]
- 인간 최대의 승리는 내가 나를 이기는 것이다. [Platon]
- 일등이 꼭 승리를 의미하는 것은 아니다. 전보다 더 잘하는 것이 진정한 승리이다. [Bonnie Blair]
- 전쟁에 종지부를 찍지 못했다면 승리라 할 수 없다. [Montaigne]
- 지나치게 이기려고만 하면 지기 마련이다. [La Fontaine]
- 지는 자가 이긴다. [M. Sdaine]
- 진정한 승리는 피를 흘리지 않고 쟁취한 승리이다. [Diogenes Laertios]
- 한 나라가 다섯 번 크게 승리하면 폐허가 된다. [오기吳起]
- 한니발은 승리하는 방법은 알았으나, 승리를 이용하는 방법을 몰랐다.

[Titus Livius]

| 승자勝者와 패자敗者 |

- 거만한 정복자들은 자기 무덤을 스스로 판다. [La Fontaigne]
- 덕이 높은 자는 결정타를 한 번만 날리고 강한 자인 척하지 않는다. [노자老子]
- 뚜벅뚜벅 걷는 것이 전쟁에 이긴다. [Aesop 우화]
- 승리가 군대를 떠나면, 패자는 증오를 버려야 할 의무가 있다. [L. A. Seneca]
- 승리하고도 자제할 줄 아는 자는 두 번 승리하는 것이다. [Publius Syrus]
- 승자가 즐겨 쓰는 말은 '다시 한 번 해보자.' 이고, 패자가 즐겨 쓰는 말은 '해봐야 별수 없다.' 이다. [Talmud]
- 승자는 과정을 위해 살고, 패자는 결과를 위해 산다. [Talmud]
- 승자는 시간을 관리하며 살고, 패자는 시간에 끌려 산다. [J. Harvie]
- 승자는 '예/아니요'를 확실히 말하고, 패자는 '예/아니요'를 적당히 말한다. [Talmud]
- 승자는 자기보다 우월한 자를 보면 존경하고 배울 점을 찾고, 패자는 질투하고 그 사람의 갑옷에 구멍 난 곳이 없는지 찾으려 한다. [Talmud]
- 승자는 패자의 환대를 기대할 수 없다. [Vergillius]
- 승자의 입에는 솔직히 가득 차고, 패자의 입에는 핑계가 가득 찬다. [Talmud]
- 승자의 하루는 25시간이고, 패자의 하루는 23시간밖에 안 된다. [Talmud]
- 싸울 경우를 아는 자는 이긴다. [손자병법孫子兵法]
- 일시의 강약은 힘에 좌우되지만, 궁극의 승부는 결국 순리에 의해 결정된다. [동주열국지東周列國志]
- 전쟁을 잘한다는 것은 승리를 취하되 쉽게 이기는 것을 일컫는다. [손자병법孫子兵法]
- 정복자 만세. [Cervantes]
- 패자가 당신에게 패배했다는 것을 자축할 수 있게 하시오. [오기吳起]
- 패자가 울면, 승자는 몰락한다. [Desiderius Erasmus]
- 패자가 패배를 인정하게 만드는 자만을 승자라 할 수 있다. [Claudianus]
- 패자를 벌한 자는 승자를 두려워하지 않는다. [Corneille]
- 패자에게 화 있으라. [Titus Livius]

| 시詩 / 시인詩人 |

- 기교로는 시를 지을 수 있을 뿐, 오직 마음만이 시인이 된다. [Andre Chenier]

481

- 나에게 있어서 시는 목적이 아니고, 정열이다.　[Edgar Allan Poe]
- 말과 시인은 영양을 취해야지, 살을 찌워서는 안 된다.　[Charles IX]
- 밤이 별들을 필요로 하듯이, 사회는 시인을 필요로 한다.
　[Chevalier de Baufflers]
- 시는 사람이 생각하는 것처럼 감정은 아니다. 시가 만일 감정이라면 나이 젊어서 이미 남아돌아갈 만큼 가지고 있지 않아서는 안 된다. 시는 정말로 경험인 것이다.
　[Rainer Maria Rilke]
- 시는 악마의 포도주이다.
　[H. Augustinus]
- 시란 감정의 해방이 아니라 감정으로부터의 탈출이며, 인격의 표현이 아니라 인격으로부터의 탈출이다.
　[Thomas S. Eliot]
- 시란 힘찬 감정의 발로이며, 고요함 속에서 회상되는 정서에 그 기원을 둔다.　[William Wordsworth]
- 시와 노래는 지식의 시초이며, 또 그 마지막이며, 사람의 정신과 더불어 영원하다.　[W. Wordsworth]
- 시인과 왕은 해마다 태어나지 않는다.　[Lucius A. Florius]
- 시인에게는 자유가 있다.
　[Democritos]
- 시인은 세계의 마음이다.

　[Joseph F. von Eichedorff]
- 시인은 세상에 알려지지 않은 입법자이다.　[Benjamin Disraell]
- 어느 정도의 광기 없이는 시인이 될 수 없다.　[Democritos]
- 영감靈感에 기대하지 말라.
　[Francis A. Rodin]
- 웅대한 시를 제작하려는 자는 그 생활을 웅대한 시로 만들어야 한다.
　[John Milton]
- 위대한 시인의 작품은 아직도 인류에게 읽힌 적이 없다. 위대한 시인만이 그것을 읽을 수 있기 때문이다.
　[Solo]
- 자기 자신 속에 시가 담겨 있지 않다면, 그 어느 곳에도 시를 찾을 수 없다.　[Josep Joubert]
- 파르니스산에는 금광도, 은광도 없다.　[John Locke]

| 시간時間 / 때 |

- 가라, 달려라. 그리고 세계가 6일 동안에 만들어졌음을 잊지 말라. 그대는 그대가 원하는 것은 무엇이든지 나에게 청구할 수 있지만 시간만은 안 된다.　[Napoleon]
- 가장 바쁜 사람이란, 모든 일을 하는 시간을 어떻게든 찾아내는 사람이다.　[Bertrant Russell]

- 가장 현명한 자는 허송세월을 가장 슬퍼한다. [A. Dante]
- 결코 시계를 보지 마라. 이것은 젊은 사람들이 명심해 주기 바란다. [Ralph Waldo Emerson]
- 곧은 것은 한결같이 속인다. 진리는 하나같이 굽어 있으며, 시간 자체도 둥근 고리다. [Friedrich Nietzsche]
- 나는 결코 시간에 얽매이지 않는다. 시간이 사람을 위해 있는 것이지, 사람이 시간을 위해 존재하는 것이 아니기 때문이다. [F. Rabelais]
- 나는 때를 놓쳤고, 그래서 지금은 시간이 나를 낭비하고 있는 거지. [William Shakespeare]
- 나는 여러 가지 아이디어가 많지만 시간이 부족하다. 그래서 그저 백 살까지만 살려고 한다. [Thomas Edison]
- 나이가 듦에 따라 시간은 우리에게 많은 교훈을 준다. [Aeschylos]
- 낭비한 시간에 대한 후회는 더 큰 시간 낭비이다. [Mason Cooley]
- 내가 헛되이 보낸 오늘 하루는 어제 죽어간 이들이 그토록 바라던 하루이다. 단 하루면 인간적인 모든 것을 멸망시킬 수 있고 다시 소생시킬 수도 있다. [Sophocles]
- 당신은 지체할 수도 있지만 시간은 그러하지 않을 것이다. [Benjamin Franklin]
- 당신이 생명을 사랑한다면 시간을 낭비하지 말라. 시간이야말로 생명을 만드는 재료이다. [Benjamin Franklin]
- 대지자大知者는 시간의 손실을 슬퍼함이 절실하다. [A. Dante]
- 덧없는 시간은 불안한 날개를 달고 날아가 버린다. [L. A. Seneca]
- 때를 얻는 자는 흥하고, 때를 놓치는 자는 망한다. [열자]
- 많은 시간을 소비하게 되는 것이 인간일뿐더러 대부분의 사람은 시간의 낭비가이기도 하다. [Peter F. Drucker]
- 매일매일이 그대에게 마지막 날이라고 생각하라. 그러면 기대하지 않은 시간만큼은 그대가 버는 셈이다. [Horatius]
- 먹는 나이는 거절할 수 없고, 흐르는 시간을 멈출 수 없다. [장자莊子]
- 무화과나무 열매는 한 시간 만에 수확할 수 있을 정도로 익지 않는다. [Epiktetus]
- 물리적 공간과 시간은 우주의 절대적 어리석음이다. [Jose Ortega y Gasset]
- 밀짚과 시간으로 모과와 도토리가 익는다. [Gabriel Morie]
- 바른 질서는 시간을 배로 한다. 그

사람의 시간 쓰는 방법을 도와주고, 활동력을 배가하기 때문이다.

[La Fontaine]

● 벽을 내려치느라 시간을 낭비하지 마라. 그 벽이 문으로 바뀔 수 있도록 노력하라.　　　[Coco Chanel]

● 부싯돌 불 켜는 짧은 시간 같은 인생 속에서 길고 짧음을 다투어본들 그 세월이 얼마나 되며, 달팽이 뿌리 위에서 힘겨루기를 해본들 그 세계가 얼마나 크겠는가.　　[채근담菜根譚]

● 사는 시간이 따로 있고 삶을 증언하는 시간이 따로 있는 법이다. 그리고 창조하는 시간도 따로 있다.

[Albert Camus]

● 소년은 늙기 쉽고 배우기는 어렵다. 한 치의 광음도 가벼이 여기지 말라.

[주희朱熹]

● 시간과 조류潮流는 사람을 기다리지 않는다.　　　[Walter Scott]

● 시간과 환경은 대체로 남자의 생각의 폭을 넓혀두고, 여자의 생각을 밝혀준다.　　[Thomas Hardy]

● 시간만큼 경청 받는 설교자는 없다.

[Jonathan Swift]

● 시간에는 그 경과를 표시하는 구분이 없다. 새 달이나 새해의 시작을 알리는 아무런 뇌우도 나팔소리도 없다. 심지어는 신세기가 시작할 때도 그것을 알리는 것은 우리들 사멸의 존재다. 즉 우리들이 종을 치고 예포를 올리는 것이다.

[Thomas Mann]

● 시간에는 시간을 주어야 한다.

[Cervantes]

● 시간에는 현재가 없고, 영원에는 미래가 없으며, 영원에는 과거가 없다.

[Alfred Tennyson]

● 시간에 속지 말라. 시간을 정복할 수가 없다.　　[Wystan H. Auden]

● 시간에 시간을 주어야 한다.

[Cervantes]

● 시간은 가장 위대한 개혁자이다.

[Francis Bacon]

● 시간은 고통을 잠재우고 다툼을 진정시킨다.　　　　[Pascal]

● 시간은 과오를 마멸시키고 진실을 다듬는다.　　　[G. de Levi]

● 시간은 낚시질하러 가는 시내에 불과하다.　[Henry David Thoreau]

● 시간은 도망치면서 우리의 가장 격렬하고, 가장 흐뭇한 감정을 해치기도 하고 죽이기도 한다.

[Anatol France]

● 시간은 돈이다. …그리고 그것으로써 이익을 계산하는 사람들에게 있어서는 거액의 돈이다.

[Charles Dickins]

● 시간은 돈이라고 한다. 그러나 한 푼의 가치도 없는 1년이 있는가 하

면, 수만 금을 쌓아도 마음대로 할 수 없는 반 시간이 있다. 시간에도 여러 가지 시간이 있는 법이다.

[Lev N. Tolstoy]

- 시간은 두 사람이 마주 처다보는 것이 아니라 함께 같은 방향을 바라보는 것이다. [Saint-Exupery]
- 시간은 두 장소 사이의 가장 먼 거리이다. [Tennessee Williams]
- 시간은 만물을 운반해 간다. 마음까지도. [Publius Vergilius Maro]
- 시간은 모든 것을 데리고 가버린다. 그뿐만 아니라 시간은 사람의 마음마저 가져가 버린다.

[P. M. Vergilius]

- 시간은 모든 것을 밝힌다.

[Thales of Miletus]

- 시간은 모든 것을 성숙시킨다. 시간의 힘은 모든 일을 명령하게 만든다.

[F. Rabelais]

- 시간은 모든 것을 삼켜버린다.

[Ovidius]

- 시간은 모든 것을 아물게 한다. 시간이 흐르면 모든 것이 명백해진다. 시간은 진리의 아버지이다.

[La Bruyere]

- 시간은 모든 것을 폭로한다. 묻지도 않았는데, 말하는 수다쟁이와도 같다. [Euripides]
- 시간은 모든 권세를 침식, 정복한다.

시간은 신중히 기회를 노리고 있다가 포착하는 자의 벗이며, 때가 아닌데 조급히 서두는 자에게는 최대의 적이다. [Plutarchos]

- 시간은 모든 문제를 해결하는 위대한 스승이다. [Corneille]
- 시간은 모럴의 분야에서 조차도 위대한 공중인이다. [Henry Mencken]
- 시간은 무한하다. 그러나 나의 시간은 무한한 것이 아니다. 나의 시간은 내가 태어난 그 시간부터 내가 죽는 그 시간까지를 말한다. 나는 시간이 제한된 유한한 존재다. [강원룡]
- 시간은 미래영겁의 환상이다.

[Platon]

- 시간은 바뀌지만 쉬지 않고 움직이고 있다. [Herbert Spencer]
- 시간은 변화하는 재산이다. 그러나 시간의 모방 속에 있는 시계는 단순히 변화만 시킬 뿐 재산을 만들지 않는다. [R. Tagor]
- 시간은 벗어나기 어려운 모든 화근의 의사다. [Menandros]
- 시간은 사물에 있어서 변화를 의미하고, 인간을 포함한 사물에 있어서는 죽음을 뜻한다. [박이문]
- 시간은 세상의 혼이다. [Pythagoras]
- 시간은 스승이 없는 자의 스승이 되어줄 것이다. [Ch. Cailler]
- 시간은 시시각각 우리를 상처 내고,

마지막 시간에 최후의 일격을 가한
다.　　　　　　[Benjamin Franklin]

- 시간은 영원의 이미지이다.
　　　　　　　[Diogenes Laertios]
- 시간은 영혼의 생명이다.
　　　　　　　[Henry Longfellow]
- 시간은 영혼의 약이다.
　　　　　　　[Alexandria Philon]
- 시간은 오늘날 피압박자의 편에 있
다. 시간은 압박자를 반대한다. 진
실은 오늘날 피압박자에 있다. 진실
은 압박하는 자를 반대한다.
　　　　　　　　　　[Malcolm X]
- 시간은 우리가 갖고 있는 것 중, 가
장 적은 것이다.　[E. Hemingway]
- 시간은 우리가 시간 없이 한 일을
너그럽게 봐주지 않는다.
　　　　　　　　　[Francois Paul]
- 시간은 우리 밖에 있지 않으며 시계
바늘처럼 우리 눈앞을 지나가는 어
떤 것도 아니다. 우리가 바로 시간
이며, 지나가는 것은 시간이 아니라
우리 자신이다. 시간이 방향성, 느
낌을 갖는 것은 시간이 우리 자신이
기 때문이다.　　　　[Octavio Paz]
- 시간은 우리에게 짬을 주기 위해서
멈추지는 않는다.　　[Simone Weil]
- 시간은 우리 위를 날아간다. 그러나
그림자를 뒤에 남긴다.
　　　　　　[Nathaniel Hawthone]

- 시간은 우정을 강하게 하지만, 연애
를 약하게 한다.　　　[La Bruyere]
- 시간은 원칙을 가지고 올바르게 살
아가는 사람들에게는 가장 친한 친
구이자 든든한 지원자다. 그와 반
대로 위선적인 사람들에게는 가장
큰 적이다.　　　　　　　　[안철수]
- 시간은 위대한 스승이기는 하지만 불
행히도 자신의 모든 제자를 죽인다.
　　　　　　　　[Hector Berlioz]
- 시간은 위대한 의사다.
　　　　　　　[Benjamin Disraeli]
- 시간은 위대한 주인이다. 많은 일을
바르게 심판한다.　[Pierre Corneille]
- 시간은 의인의 최고 구원자이다.
　　　　　　　　　　[Pindaros]
- 시간은 인간의 천사天使이다.
　　　　　　　[Frierich Schiller]
- 시간은 일체의 것을 천천히 파괴한
다.　　　　　　[Joseph Joubert]
- 시간은 자신이 세운 것만 지킨다.
　　　　　　　　　[Ch. Cailler]
- 시간은 전연 소비하지 않으면, 나이
가 젊다 해도 시간에 있어서는 늙어
있을 때가 있다.　[Francis Bacon]
- 시간은 젊음을 부수는 기수이다.
　　　　　　　[George Herbert]
- 시간은 정의로운 사람에게는 최선
의 구원자가 된다.　　[Pandaros]
- 시간은 종마 없이도 말을 낳을 수

있다. [아흐메드 스비히]
- 시간은 지나가버린 바로 그 그림자이다. [경외서經外書]
- 시간은 진리를 발견한다. [L. A. Seneca]
- 시간은 진실의 아버지다. [Francois Rabelais]
- 시간은 차갑게 식혀주고, 명확하게 보여준다. 변하지 않은 채 몇 시간이고 지속되는 마음의 상태는 없다. [Mark Twain]
- 시간은 최고의 조언자이다. [Perikies]
- 시간은 허공을 뚫고 자아自我로 날아다니는 날개. [Kahlil Gibran]
- 시간을 만물 중의 가장 귀중한 것이라고 한다면, 이것을 낭비하는 것은 최대의 낭비라고 말하지 않으면 안된다. [Benjamin Franklin]
- 시간을 무용지물로 만들지 않는 것은 우선 시간뿐이다. [Renard, Jules]
- 시간을 얻는 자는 만물을 얻는다. [Benjamin Disraeli]
- 시간을 잘 붙잡는 사람은 모든 것을 얻을 수 있다. [B. Disrael]
- 시간을 잘 선택하는 것은 시간을 절약하는 것이다. [Francis Bacon]
- 시간을 잘 지배할 줄 아는 사람은 인생을 지배할 줄 아는 사람이다. [Wolfram Eschenbach]
- 시간을 주체적으로 관리해야 한다.

거절하지 않으면 그렇게 할 수 없다. 다른 사람이 내 삶을 결정하도록 두지 마라. [Warren E. Buffett]
- 시간을 짧게 하는 것은 활동이요, 시간을 견딜 수 없게 하는 것은 안일이다. [Goethe]
- 시간을 충실하게 만드는 것이 행복이다. [Ralph Waldo Emerson]
- 시간을 탓하는 것은 자신을 변명하는 것에 불과하다. [Thomas Fuller]
- 시간의 걸음에는 세 가지가 있다. 미래는 주저하면서 다가오고, 현재는 화살처럼 날아가고, 과거는 영원히 정지하고 있다. [Friedrich Schiller]
- 시간의 골짜기에서는, 때로 시간의 언덕이 영원의 산을 가로막는다. [Alfred Tennyson]
- 시간의 날개를 달고 슬픔은 날아가 버린다. [La Fontaine]
- 시간의 목발이 헤라클레스의 몽둥이보다 더 많은 것을 한다. [Cesar Houdin]
- 시간의 아까움! 사람이 늙어가면 점점 노탐이 늘어간다더니, 해가 갈수록 내게 시간의 아까움이 더해 감은 노탐의 일종인지도 모른다. [유치환]
- 시간의 참된 가치를 알라. 그것을 붙잡아라. 억류하라. 그리고 그 순간순간을 즐겨라. 게을리하지 말며, 해이해지지 말며, 우물거리지 말라.

오늘 할 수 있는 일을 내일로 미루지 말라. [Philip Chesterfield]

- 시간이 덜어주거나 부드럽게 해주지 않는 슬픔이란 하나도 없다. [Marcus Tillius Cicero]
- 시간이 돈이라는 것을 기억하라. [Benjamin Franklin]
- 시간이라는 것은 가장 큰 위력을 가진 지우개나 마찬가지다. [김우종]
- 시간이란, 그 자체가 하나의 요소要素이다. [Goethe]
- 시간이란 무엇인가? 해시계의 그림자, 벽시계의 종소리, 모래시계의 모래의 흐름, 밤낮이 없고, 여름이고 겨울이고 몇 달, 몇 해, 몇 세기이고 그들은 다름이 없다. 그러나 이것들은 임의적이며 겉보이는 신호이고 시간의 척도이지, 시간 그 자체는 아니다. 시간이란 영혼의 생명이다. [Henry Longfellow]
- 시간이란, 위대한 의사이다. [Benjamin Disraeli]
- 시간이 말하는 것을 잘 들어라. 시간은 가장 현명한 법률고문이다. [Perikles]
- 시간이 모든 것을 말해준다. 시간은 묻지 않았는데도 말을 해주는 수다쟁이다. [Euripides]
- 시간이여, 너희 때문에 운명은 그 소망을 덧없이 한다. 좋은 때여, 너희는 가버리면 또다시 안 돌아오네. [La Fontaine]
- 시간이 지워버리는 세 가지가 있다. 마음의 고통과 빚, 그리고 행동거지의 오점이다. [Purana 성전聖典]
- 시간적 관념에는 두 개의 개념이 있다. 하나는 자연적 시간이요, 다른 하나는 역사적 시간이다. 전자는 과거에도 미래에도 없는 허무의 흐름이며, 후자는 과거와 미래를 가진 유한한 창조적 과정이다. [조연현]
- 시계의 시간성과 음악에서의 시간성, 양자는 결코 같은 개념에 속하지 않는다. [Wittgenstein]
- 시인이나 왕들은 시간의 서기書記에 지나지 않는다. [Edwin Robinson]
- 신은 불행한 사람을 위로하기 위해 시간을 지배했다. [Joseph Jubert]
- 신이 우리들 각자에게 할당하는 시간은, 우리들이 어떻게 짜는지를 잘 알고 있는 값비싼 직물 같은 것이다. [Anatol France]
- 실로 시간은 세상의 모든 본성을 변화시킨다. 만사는 한 상태에서 필연적으로 다른 상태로 바뀌게 되어 있다. [Lucretius]
- 아무도 묻지 않을 때라면, 나는 시간이 무엇인지를 안다. 하지만 누가 시간이 무어냐고 물을 때면, 나는 모른다. [Augustinus]

- 어려운 일은 시간이 해결해 준다.
  [Aesop]
- 어리석게도 우리들은 우리들의 것이 아닌 시간 속에서 헤매면서도 우리들의 소유에 속한 유일한 시간을 생각하지 않는다. 또한 섭섭하게도 우리들은 마침내 존재하지 않을 시간을 생각하고, 현존하는 유일한 시간을 생각하지 않는다. [Pascal]
- 오늘 하루의 시간은 당신의 것이다. 하루를 착한 행위로써 장식하라.
  [Franklin Roosebelt]
- 용감한 자들을 위한 시간은 없다.
  [Baudouin Orbiney]
- 우리는 시간 이외에는 아무것도 가진 것이 없다. [Gracian y Morales]
- 우리 삶에서 가장 큰 손실은 시간의 손실이다. [Plutarchos]
- 우리가 진정으로 소유하는 것은 시간뿐이다. 가진 것이 달리 아무것도 없는 이에게도 시간은 있다.
  [Baltasar y Gracian]
- 우리에게 생명을 주는 그 시간은, 그 생명을 빼앗기 시작한다.
  [L. A. Seneca]
- 우리의 판단은 시계와 같다. 어느 것 하나, 같은 시간을 가리키지 않는데, 누구나 자기 시계를 믿고 있다.
  [Alexander Pope]
- 인간은 항상 시간이 모자란다고 불평을 하면서 마치 시간이 무한정 있는 것처럼 행동한다. [Seneca]
- 인생을 사랑하는가. 그렇다면 시간을 낭비하지 마라. 시간은 인생을 이루는 요소이다.
  [Benjamin Franklin]
- 1분 늦은 것보다 세 시간 빠른 것이 낫다. [Shakespeare]
- 1분 전만큼 먼 시간도 없다.
  [Jim Bishop]
- 잃어버린 시간은 돌아오지 않음을 기억하라. [Thomas A. Kempis]
- 자기의 시간을 잘못 이용하는 사람이 대개는 시간의 짧음을 불평한다.
  [La Bruyere]
- 잘 이용만 하면 시간은 언제나 충분하다. [Johann Wolfgang Goethe]
- 조반 전의 한 시간은 그날 남는 시간의 전부보다 두 배의 가치가 있다.
  [W. Hown]
- 지나가 버리는 시간을 포착하라. 시시각각을 선용하라.
  [Samuel Johnson]
- 짧은 인생은 시간의 낭비에 의해서 한층 짧아진다. [Samuel Johnson]
- 틀림없는 독극물은 시간이다.
  [Ralph Waldo Emerson]
- 촌음을 이용하는 것이 어떤 종류의 전쟁에도 승리를 거두는 비결이다.
  [James Abram Garfield]

- 하루는 영원의 축소판이다.
  [Ralph Waldo Emerson]

| 시간 계획 / 일과 |

- 낭비 중에도 가장 심한 비난을 받아 마땅한 낭비가 시간 낭비이다.
  [Maria Leszczynska]
- 밤을 단축하여 밤의 일부를 낮일을 위해 쓰라.   [L. A. Seneca]
- 보통 사람은 시간을 소비하는 것에 마음을 쓰고, 재능 있는 인간은 시간을 이용하는 데 마음을 쓴다.
  [Schopenhauer]
- 시간 계획을 짜면 항상 시간이 충분하다.   [Johann Wolfgang Goethe]
- 시간과 파도는 아무도 기다려주지 않는다.   [John Lydgate]
- 시간 낭비야말로 가장 큰 희생이 따르는 비용이다.   [Theoprastos]
- 시간 엄수는 시간 도둑이다.
  [Oscar Wilde]
- 시간 엄수는 왕의 예의이다.
  [Louis ⅩⅧ]
- 시간은 돈과 같다. 허비하지 않으면 충분히 갖게 될 것이다.
  [Gabriel de Levi]
- 시간은 돈이다.   [B. Franklin]
- 시간은 명예롭게, 인색하게 쓸 수 있는 유일한 재산이다.

  [Shovo de Vossen]
- 시간을 낭비하지 말라. 이것저것 논의하다 헛수고로 보내지 말라. 아무 것도 아닌 것을 추구하다 허망해 하거나 쓴 과일로 슬퍼하기보다는 주렁주렁한 포도송이를 가지고 즐기는 것이 낫다.   [Edward Pitzgerald]
- 시간을 버는 가장 좋은 방법은 일주일에 6일, 일정한 낮 시간에 규칙바르게 일하는 것이다.   [Carl Hilty]
- 시간의 가치는 모든 사람의 입속에 있으나, 실천하는 사람은 별로 없다.
  [Phillip Chesterfield]
- 시간이 있어 시간을 기다리는 자는 시간을 잃게 된다.   [W. Camden]
- 시기를 잘 택하는 것이 시간을 절약하는 것이다.   [Francis Bacon]
- 우리가 가진 것은 시간밖에 없다.
  [Balthasar Grasian]
- 우리가 시간의 가치를 모른다면, 명예롭게 태어난 것이 아니다.
  [Vauvenargues]
- 평범한 사람들은 단지 '어떻게 시간을 소비할까?' 하고 생각하지만, 지성인은 그 시간을 '어떻게 이용할까?' 하고 노력한다.   [Schopenhauer]
- 하루하루를 마지막이라 생각하라. 그러면 예측할 수 없는 시간은 그대에게 더 많은 시간을 줄 것이다.

  [Horres]

● 훌륭하게 보낸 하루는 잘못을 저지르는 영원보다 낫다. [M. T. Cicero]

| 시간의 엄수 |

● 시간 엄수는 비즈니스의 영혼이다.
[S. Dudene]
● 1분 늦는 것보다 세 시간 빠른 것이 낫다. [Shakespeare]
● 형제여, 기다리는 시간은 모든 것 중에서 가장 힘든 시간이다.
[S. Dudene]

| 시간의 흐름 |

● 내가 말하고 있는 이 순간도 이미 멀리 가버렸다. [Boileau]
● 무릇 해와 달은 두루 돌며, 때는 사람과 같이 어정거리지 않는다. 따라서 성인聖人은 열 자 길이의 구슬을 귀하다 않고, 촌음寸陰을 중하게 여긴다. 때는 얻기 어렵고, 잃기는 쉽다. [회남자淮南子]
● 세월은 흘러가는 사건들의 강이다. 그 물결은 거세다. 한 가지 일이 눈에 띄자마자 그것은 곧 떠내려가고, 다른 것이 그 자리를 차지한다. 머지않아 이것 또한 떠내려갈 것이다.
[Aurelius Antonius Marcus]
● 시간만큼 빨리 가는 것은 없다.
[Publius Naso Ovidius]
● 시간은 한순간도 쉬는 일이 없는 무한의 움직임이다. [Lev N. Tolstoy]
● 시간은 화살 같아, 되돌릴 방법도 없고, 바람에 날리듯이 가버리고 만다.
[Francois Villon]
● 시간은 흐르는 강과 같다. 저항하지 않고 흐름에 실려 떠내려가는 사람은 행복하다. 그의 나날은 수월하게 지나간다. 의문을 품지 않고 그 순간을 살아간다.
[Christopher Morey]
● 시간은 흘러 다시 돌아오지 않는다.
[Publius Vergilius Maro]
● 시간의 흐름은 매끄럽게 미끄러져서, 우리가 알기도 전에 지나가 버린다. [Publius Naso Ovidius]

| 시골과 도시都市 |

● 도시가 크면, 고독도 크다. [Strabon]
● 알지 않고 알려지기만을 원한다면 시골에서 살고, 알려지지 않고 알기만을 원한다면 도시에서 살아라.
[Charles C. Colton]

| 시대時代 |

● 각 시대는 그 시대의 즐거움과 그 시대의 독특한 풍습을 가지고 있다.

[Nicolas G. Boileau]

- 새로운 구제책을 쓰지 않는 자는 새로운 재앙이 올 것을 각오해야 한다. 시간이야말로 위대한 혁신자이기 때문이다.　[Francis Bacon]
- 시대는 변하고, 우리는 시대와 더불어 변한다.　[Lothair I]
- 우리들이 오늘날 거짓이라고 배척하는 것 중에도, 먼 옛날에는 진리였던 것이 있다.　[J. G. Whittier]
- 우리 시대의 문제는 미래가 예전의 미래와 다르다는 것이다.
　[Paul Valery]
- 이 시대는 새로운 문제를 해결하고, 새로운 기회에 대처하기 위하여, 지도력 있는 새 세대를 요구한다. 이룩해야 할 새 시대가 있기 때문이다.
　[John F. Kennedy]
- 한 시대의 이교도는 다음 시대의 성자이다. 낡은 것의 파괴자는 새것의 창조자이다.　[J. G. Ingersoll]
- 한 시대의 자유사상은 다음 세대의 상식이다.　[Matthew Arnold]
- 한 시대의 철학은 다음 시대의 불합리가 되었으며, 어제의 어리석음은 내일의 지혜가 되었다.　[W. Osler]

| 시도試圖 |

- 그리스인들이 트로이를 점령할 수

있었던 것은 시도했기 때문이다.
　[Theokritos]
- 매일 매일 당신이 두려워하는 것을 한 가지씩 해보라.
　[Eleanor Roosevelt]
- 삶은 실험을 하는 것과 같다. 그러므로 당신이 더 많은 실험을 하면 할수록 당신은 더 나은 사람이 될 것이다.
　[Ralf Waldo Emerson]
- 시도해 보지 않으면 할 수 있는 일인지 아닌지를 알 수 있다.
　[Publius Syrus]
- 우리에게는 시도밖에 없다. 그 밖의 것은 우리가 할 일이 아니다.
　[Thomas Eliot]
- 해보지도 않고 의심하지 말고, 일단 시도하라. 연구했는데도 알 수 없을 정도로 까다로운 것은 없다.
　[Robert Herrick]

| 시련試鍊 |

- 시련 속에서의 침착과 용기는 성공을 확보하는 데 있어 군대보다 더 낫다.　[John Dryden]
- 시련은 있어도 실패는 없다.[정주영]
- 혹독한 시련은 관용을 알게 하였습니다.
　[쟈핑와賈平凹]

| 시선視線 |

- 거울을 보라. 우리에게 두 개의 시선을 마련해 준 얼굴은 고통스런 비밀을 드러내고 있다. [Diane Frolov]
- 눈빛에는 정신과 영혼, 멈춤이 있다. [Joseph Joubert]
- 눈빛은 죄의 중개인이다. [J. Ray]
- 모든 나라에서 눈빛은 하나의 언어이다. [George Herbert]

| 시어머니 |

- 10계명: ① 아들과 며느리의 행복을 먼저 생각한다. ② 같은 꾸지람을 반복하지 말고, 며느리 흉을 보지 말라. ③ 며느리의 사생활을 존중하라. ④ 자기 딸 앞에서 며느리의 체면을 세워주라. ⑤ 손자 교육은 며느리에게 일임하라. ⑥ 며느리가 시어머니에게 고마움을 느끼도록 행동하라. ⑦ 젊은 세대를 이해하기 위해 공부하라. ⑧ 며느리의 생일을 챙기고 자주 칭찬하라. ⑨ 가정에서의 역할을 익히도록 도와주라. ⑩ 며느리를 딸처럼 사랑하라. [미상]

| 시작과 결과 |

- 끝내기보다 시작하기가 훨씬 쉽다. [Plautus]
- 담론은 그 끝이 시작보다 훨씬 중요하다. [Francis Bacon]
- 시작에서 끝을 예측할 수 있다. [Quintillianus]
- 시작이 반이다. [Aristoteles]
- 씨를 뿌리는 것이 수확하는 것보다 쉽다. [Johann Wolfgang Goethe]
- 어렵고 큰일은 결심하고 착수만 해도 50%는 달성된 것과 같다. The beginning is half of whole. [미상]
- 어리석은 자는 일의 시작에만 주의를 기울이지만, 현명한 자는 그 결과에 유의한다. [미상]
- 오직 열중하라. 그러면 마음이 달아오를 것이다. 시작하라, 그러면 그 일은 완성될 것이다. [Goethe]
- 일을 시작하는 것은 그것을 끝마치는 것보다는 훨씬 더 쉽다. [P. M. Plautus]
- 좋은 시작은 좋은 결과를 가져온다. [J. W. 워터]

| 시작하다 |

- 새로운 일을 시가하는 용기 속에 당신의 천재성과 능력과 기적이 모두 숨어 있다. [Goethe]
- 시작하는 방법은 말을 멈추고 행동하는 것이다. [Walter Disney]

- 시작은 모든 것의 절반이다. [Platon]
- 시작한 사람은 일의 절반은 한 셈이다. [Horatius]
- 아름드리 큰 나무도 털끝만 한 싹에서 생겨나고, 아홉 층 누대도 한 줌 흙이 쌓여서 된 것이다. [노자老子]
- 여행 중 가장 오래 걸리는 것은 문턱을 넘는 일이다. [Marcus Terentius]
- 종만 잘 치면 새벽 기도는 절반을 한 셈이다. [La Bruyere]
- 중요한 것은 첫걸음이다. [Deffand 후작 부인]
- 천 리 길도 한 걸음부터다. [노자老子]

| 시장市場 |

- 그 누구도 이득을 얻지 못하는 시장은 나쁜 시장이다. [Thomas Fuller]
- 시장에서 살아남으려면, 시장의 욕구에 100% 집중해야 한다. [Jorma Ollila]
- 시장이란 대소大小나 빈부를 막론하고 누구나 물자를 얻는 바인데, 사람마다 마음대로 하되 제한이 없이 값을 올리고 싶은 대로 올려 전날에 비해 세 배나 더하니, 풍속의 피폐함을 어찌 다 말하랴. [양성지梁誠之]

| 시청각視聽覺 |

- 눈이 귀보다 더욱 믿을 만한 증인이다. [Herakleitos]
- 들은 것을 직접 보기 전까지는 두려워하지 마시오. [Aesop]
- 볼 수 있는 사람이 모두 열린 시각을 가지는 것은 아니며, 제대로 보는 사람은 보이는 대로 보는 일이 없다. [Balthasar Grasian]
- 신은 잘 보지만 듣지를 못하는 자를 악으로부터 보호한다. [Rabelais]
- 칼부림을 당하는 것이 무기를 보고 있는 것보다 견디기 쉽다. [L. A. Seneca]

| 시험試驗 |

- 사람들은 실오라기로 실꾸리를 판단한다. [Cervantes]
- 사람들은 통에 든 포도주는 인정하지 않는다. [Pierre Gringore]
- 푸딩 맛이 어떤지는 먹어봐야 안다. [William Camden]

| 식도락食道樂 / 식탐食貪 |

- 새로운 요리는 새로운 식욕을 낳는다. [Thomas Fuller]
- 식도락가들은 자신의 이로 구덩이

를 판다.　　　　　　[Henry Estienne]

● 식도락가만큼 행복한 사람도 없다.
　　　　　　[Jean-Jacques Rousseau]

● 식탐은 좋은 점이라고는 조금도 없
는 관습의 폐해이다.　　　[J. Lilly]

● 식탐은 칼보다 더 많은 사람을 죽인
다.　　　　　　[P. A. Manzolli]

| 식사食事 |

● 가장 좋은 식사는 모든 사람을 화해
시킨다.　　　　　[Samuel Pepys]

● 개미집에서는 식탁 차리는 것이 쉽
다.　　　　　　　[Cervantes]

● 격식 차리지 않고 식사하는 것은 같
이 식사하는 사람을 배신하는 것과
마찬가지다.　　[Joseph Berchoux]

● 단 것이 없으면 식사는 금방 끝나버
린다.　　　　　[John Heywood]

● 때때로 나는 아침 식사 전에 여섯
가지나 되는 불가능한 일을 믿곤
했다.　　　　　　[Lewis Caroll]

● 소박한 식사와 환대가 향연을 만든
다.　　　　　　[Shakespeare]

● 소식小食은 자연을 굴복시킨다.
　　　　　　　　　[Voltaire]

● 시는 절대로 식사만큼의 가치를 갖
지 못한다.　　　[Josep Berchoux]

● 식사 시간이 길어지면 인생은 짧아
진다.　　　　　　[J. L. Avebery]

● 식사할 때는 먹는 것이 법칙이다.
　　　　　　　　　[Petronius]

● 식탁에서는 늙지 않는다.
　　　　　　[P[lippe-Laurent Joubert]

● 식탁을 차리면 싸움은 멈출 것이다.
　　　　　　　　　[John Ray]

● 아이들만 아침을, 변호사만 점심을,
상인만 저녁을, 그리고 하녀들만 밤
참을 먹는다.　　　[La Bruyere]

● 저녁 식사는 사업의 윤활유이다.
　　　　　　　[William Stowell]

● 저녁 식사를 줄이는 것은 인생을 연
장시키는 것이다.　　[B. Franklin]

● 첫 한 조각이 마지막 조각을 맛없게
만든다.　　　　[A. de Montreux]

● 함께 먹고 있는 사람을 바라보아야
지, 먹고 있는 것을 바라보아서는 안
된다.　　　　　　[Epicurus]

| 식사食事 초대招待 |

● 식사가 호의보다 더 많은 친구를 얻
는다.　　　　　[Publius Syrus]

● 식사 접대인은 장군과 같아서 역경
의 때에 그의 재능이 드러난다.
　　　　　　　　　[Horatius]

● 진정으로 자유로운 사람은 변명하
지 않고 저녁 식사 초대를 거절할
수 있는 사람이다.　[Jules Renard]

● 황새를 초대하는 이는 개구리를 장

만해야 한다.   [Jean Paul]

| 식욕食慾 |

● 시장이 반찬이다.   [Xenophon]
● 식욕은 먹으면 돌아온다.
            [La Bruyere]

| 식이요법食餌療法 |

● 과도한 식이요법으로 건강을 지키
는 것은 지긋지긋한 질병을 앓고 있
는 것과 마찬가지다.
            [F. La Rochefoucauld]
● 질병의 아버지가 무엇이든, 나쁜 식
이요법은 질병의 어머니이다.
            [George Herbert]

| 신념信念 |

● 각 사람의 신념이 강하고 약한 것은
그 신념을 세우는데 들인 노력이 많
고 적음에 의해 다른 것이다. [백낙준]
● 강한 신념에 의해서 강한 인간이 태
어난다. 그리고 그것은 한층 더 인
간을 강하게 한다.   [W. Bagehot]
● 고귀한 인류의 역사를 회고해 본다
면, 신념은 그것이 경험에서 배운
것보다 훨씬 많은 것을 경험에 가르
쳐 왔다는 것을 우리는 알게 될 것

이다.   [Robert Lind]
● 그럼에도 우리의 조상들이 이미 싸
워온 혁명적인 신념은 아직도 세계
도처에서 쟁점으로 남아 있습니다.
인간의 권리는 국가의 너그러움에
서 비롯되는 것이 아니라 하느님이
주신 것이라는 믿음입니다.
            [John F. Kennedy]
● 나아가고 물러섬에 시세를 따르지
않는다.   [문장궤범文章軌範]
● 나에게도 신념을 갖기 위한 거점이
없다.   [Charles P. Baudelaire]
● 나의 신념은 어느 정도의 의심은 인
정하는 신념이다. [Barack Obama]
● 나의 신념은 옳은 일을 하고, 그 처
분을 맡은 사람에게 일임한다는 것
이다.   [Thomas Jefferson]
● 난관에 부딪쳤을 때 우선 확신을 가
지고 절대로 굴복하지 않는다는 신
념으로 정면충돌하라. 이 신념이야말
로 패배하지 않는 중요한 재질이다.
            [Winston Churchill]
● 내가 비난을 받을까 두려워서 나의
가장 가깝고 또 친한 사람들이 수난
을 달하고 있을 때, 공개적으로 나의
신념을 천명하지 않는다면, 나는 진
실하지 못하고 비겁한 사람이 되어
버릴 것이다.   [Mahatma Gandhi]
● 너의 신념을 행동으로 옮겨라. 그
리고 일구이언하지 마라.

[Ralph Waldo Emerson]
- 마음은 물건보다 강하다. 마음은 물건의 창조자로써 형성자이다. 이 세상의 왕자는 물력이 아니고, 다만 신념과 신앙이다.   [Thomas Carlyle]
- 사람들은 재주나 수단을 찾지만, 가장 중요한 재주와 수단이 신념이란 것을 모르고 있다. 신념이 강하면 그것으로 충분한 것이다.
[Norman Vincent Peale]
- 살찐 돼지가 되기보다는, 야윈 소크라테스가 돼라.   [John Stuart Mill]
- 신념은 연애와 같은 것이어서 강요할 수는 없는 것이다.
[Arthur Schopenhouer]
- 신념은 우리 정신의 소산이다. 그러나 우리는 우리의 기호에 따라 그것을 자유로이 수정하지 못한다. 신념은 우리가 만들어낸 것이다. 그러면서도 우리는 신을 신봉한다. 또 그것은 우리들의 힘의 소산이지만, 또한 우리들보다 힘센 것이다.
[F. 두쿠랑주]
- 신념은 인간으로서 가장 중요한 것이다. 그러나 아무리 굳은 신념이 있더라도, 다만 침묵으로써 가슴속에 품고만 있으면 아무 소용이 없다. 어떠한 대가를 치르더라도, 죽음을 걸고서라도 반드시 자신의 신념을 발표하고 실행한다는 용기가

필요한 것이다. 여기에 처음으로 그가 지니고 있는 신념이 생명을 띠는 것이다.   [Arturo Toscanini]
- 신념은 정신의 양심이다.
[S. Sangfor]
- 신념을 가지는 데는 용기가 필요하다. 이 용기란 위험을 감수할 수 있는 능력이요, 고통과 실망까지를 받아들일 수 있는 준비를 말한다.
[Erich Fromm]
- 신념을 그대의 밥으로 알라! 배고픈 것보다 신념을 잃었을 때의 인간이 가장 불쌍하다. 실패하고 낙오하는 사람들을 보면 대개 참을성이 부족하거나, 그렇지 않으면 시종일관한 신념을 갖지 못하고 이리저리 흔들렸던 것이다.   [중국 명언]
- 신념을 잃고 명예가 사라질 때 인간은 죽은 것이다.   [J. G. Witter]
- 신념을 형성할 때는 신중해야 하지만 신념이 형성된 후에는 어떤 어려움에서도 지켜야 한다. [M. Gandhi]
- 신념이 강하면 사치한 회의에 빠질 수 있다.   [Friedrich Nietzsche]
- 신념이 고통이 되는 경우에는 여간해 믿지 않으려고 한다.
[Publius Naso Ovidius]
- 신념이 없는 위정자는 머리털을 깎인 삼손처럼 불쌍하다.   [김동명]
- 아무리 여러 사람의 반대가 있어도

너의 양심에 옳다고 느껴지거든, 단연코 하라! 남이 반대한다고 자기의 신념을 꺾지는 말라! 때로는 그와 같은 의지와 용기가 필요한 것이다. 그러나 또 자기 의견과 다르다고 남의 생각을 함부로 물리쳐서는 안 된다. 옳은 말은 누구의 말이고 귀를 기울이며, 그 의견을 채택할 만한 아량이 있어야 한다. 그리고 자기에게 올 이익이나 은혜를 미끼 삼아 대의명분과 커다란 이익을 희생해서는 안 된다. 또 여론을 이용해서 자기의 감정이나 기분을 만족시키는 방향으로 기울어지지 말아야 한다.

[채근담]

- 열정으로부터 견해가 생기고, 정신적 태만이 이를 신념으로 굳어지게 한다. [Friedrich Nietzsche]
- 우리들의 신념은 수의 무게에 압도되어 버리는 경우가 많다. 많은 사람의 반대에 부딪치면 우리들은 확실한 자기의 판단력을 가지고 있으면서도, 자신을 잃든가 아니면 자신감 부족에 떨어진다.

[Dale Carnegie]

- 인생에 대해서는 분명하고 단호한 신념을 가질 것이 필요하다. 모순된 여러 관념에 사로잡히고 지배되어서는 안 된다. 현대인의 하나의 습성은 합리적인 것을 상식적이라고 배격하는 경향에 있는데, 합리적인 생활이 사회와 자기를 조화시키는 길이며, 또 이 조화를 벗어나서는 행복이란 얻기 어려운 것이다. [B. Russell]
- 자기가 확고한 소신을 가졌으면, 그 소신을 위해서 생명을 버려가며 싸워도 좋을 것이다. [손우성]
- 지성이면 쇠와 돌도 녹는다. [유흠]
- 큰일을 성사할 사람에게는 세상에 뛰어난 재능이 있어야 할 뿐만 아니라 반드시 견인불발堅忍不拔(굳게 참고 버티어 마음을 빼앗기지 않는다)의 의지가 있어야 한다. [소식蘇軾]

| 신뢰信賴와 불신不信 |

- 군자는 신뢰를 받고 난 다음에 사람을 부린다. 신뢰를 받기 전에 부리면 심하게 군다고 하기 때문이다. 군자는 신임을 얻고 난 다음에 간한다. 신임을 얻기 전에 간하면 헐뜯는다고 생각하기 때문이다. [자하子夏]
- 당신의 각 언동을 칭찬하는 사람은 신뢰할 자격이 없다. 실수를 지적해 주는 사람이야말로 실뢰할 수 있다.

[Socrates]

- 모두를 불신하는 잘못만큼 모두를 믿는 잘못도 있다. [L. A. Seneca]
- 불신은 안전의 어머니이다.

[La Fontaine]

- 불신하고 경계해야 한다는 것을 기억하라. [Epikahrmos]
- 사람들은 믿어서 속기보다 믿지 않아 속을 때가 많다. [Rets Cardinal]
- 상호 신뢰와 협조로서 위대한 업적이 이루어지며, 위대한 발견도 생긴다. [Homeros]
- 신뢰와 불신은 둘 다 인간의 몰락이다. [Hesiodos]
- 신뢰의 결과가 불신의 결과보다 훨씬 두려운 것이다. [Oxenstjerna]
- 우리의 불신은 다른 이의 속임수를 정당화해준다. [La Rochefoucauld]

| 신뢰信賴의 유지 |

- 모든 것이 달려 있는 서로의 신뢰는 자유로운 토론에 대한 열린 마음과 용감한 신뢰에 의해서만 유지될 수 있다. [Billings Learned Hand]
- 신뢰할 수 있으려면 올바른 일을 해야 한다. [Don Peppers]

| 신비神秘로움 |

- 신비가 시작되는 곳에서 정의는 끝난다. [Edmund Burke]
- 신비로움이 필연적으로 기적은 아니다. [Johann Wolfgang von Goethe]
- 신비를 비웃는 자는 못난이다. [Napoleon I]
- 이미 다 알고 있는 게임을 하는 것은 재미없고, 쓸모도 없다. 그러나 신비를 이용하면 재미있고, 유용한 게임이 된다. [Balthasar Grasian]

| 신사紳士 |

- 무인도에서 신사로 행동할 수 있는 사람은 참된 사람이다. [Emerson]
- 신사가 항상 싸울 준비가 되어 있는 것은 아니다. [Ralph W. Emerson]
- 신사는 신사답지 않은 자를 때리지 않는다. [Cervantes]
- 신사도를 만들자면, 3대가 걸린다. [Robert Peel]
- 신사를 만드는 것은 화려한 코트가 아니다. [John Ray]
- 아버지가 결투장을 팔아버렸다고 해서 신사가 되는 것은 아니다. [Noel de Pie]
- 언제나 신사도를 입에 담는 자는 결코 신사는 아니다. [Shadzi]
- 우리가 알고 있는 틀림없는 법칙 중 하나는, 자신이 항상 신사라고 말하는 자는 결코 신사가 아니라는 것이다. [R. S. Surtess]

| 신속迅速함 |

- 일의 진행에는 세 가지 단계가 있

다. 그것은 즉, 첫째로 준비, 다음이 토론 또는 심의, 셋째는 결의決議의 단계다. 신속을 기하고자 한다면 둘째 단계만 여러 사람이 참여하여 발언토록 하고, 첫 부분과 끝부분은 소수인의 손에 맡기는 방법이 좋다.

[Francis Bacon]

| 신앙信仰 |

- 가짜 용기가 있듯이, 가짜 독신자가 있다. [Moliere]
- 강한 믿음은 강한 사람을 만들고, 강자를 보다 강하게 만든다.

[W. Bagehot]

- 과오過誤보다는 무지無知가 낫다. 그릇된 것을 믿는 자보다는 아무것도 믿지 않는 자가 진리에 가깝다.

[Thomas Jefferson]

- 관습은 신앙심과 양심 사이에 커다란 구분이 있음을 보여준다.

[Montaigne]

- 근거 없이 지적인 원칙들에, 습관에 드는 것을 우리는 신앙이라 부른다.

[Eriedrich Nietzsche]

- 단순한 지식이나 감정이 아니고 감성感性과 이성理性의 결정結晶이라 어떠한 반증反證에도 동하지 않고 추호의 의심도 용납하지 않는 신념이다. [박승하]

- 단 하나의 완전한 기도는 하늘에 고마워하는 마음뿐이다. [G. Lessing]
- 대지가 자신이 키운 아름다운 식물에 의해서 장식되는 것처럼, 세계는 그의 마음속에 신이 살고 있는 사랑에 의해 장식된다. [Prina]
- 독신자는 무신론자인 왕 아래에서는 무신론자가 될 사람이다.

[La Bruyere]

- 무엇이든 말해야겠다는 생각으로 설교하지 말고, 꼭 말할 것이 있을 때 설교하라. [Richard Whately]
- 무지가 과오보다 낫다. 그릇된 것을 믿는 것보다는 아무것도 믿지 아니하는 자가 진리에 가깝다.

[Davis Jefferson]

- 보통 사람들은 기도하지 않고 구걸할 뿐이다. [George Bernard Shaw]
- 사람은 결코 죽음을 생각해서는 안 된다. 오직 삶을 사고하라. 이것이 진정한 신앙이다. [B. Disraeli]
- 사람은 빵만으로 살지 않고, 신앙과 찬양과 동정으로 산다.

[Ralph Waldo Emerson]

- 신앙으로 보는 방법은 이성에 눈을 감아버리는 것이다. [B. Franklin]
- 신앙은 보이지 않는 것에의 사랑, 불가능이 있을 것 같지 않은 것에 대한 신뢰이다. [J. W. Goethe]
- 신앙은 인간의 나약함에 대한 신학

의 승리이다. [Voltaire]

• 신앙은 하나의 영웅적인 힘이다. 그 불꽃은 인간의 몇 개의 봉화를 태운 데 불과하다. 봉화의 불길도 얼마간 진정된다. [Rolain Rolland]

• 신앙을 가진 자에게는 죽음도, 그 자신의 죽음인 한에서는 어떤 종류의 두려움도 갖지 않게 된다. [H. G. Wells]

• 신앙이 산을 움직이지 않으면. 불신은 자기 실존을 부인하기도 한다. 신앙은 그런 무력에는 무기력하기 때문이다. [A. Schoemberg]

• 신은 인간을 창조하고, 인간이 고독한 것을 보고 그 고독감을 한층 알려 주려고 그에게 반려伴侶를 주었다. [Valery]

• 신을 믿는 마음은 권위나 관습이나 법률로 이루어진 것이 아니라, 한결같은 인류의 의견에서 생겨난 것이다. [Marcus Tullius Cicero]

• 신이 우리에게 절망을 주는 것은 우리를 죽이려 하는 것이 아니라 우리에게 새 생명을 불러일으키기 위해서이다. [Hermann Hesse]

• 신이 있다면 죽는 것도 즐겁지만, 신이 없다면 사는 것도 슬프다. [Marcus Aurelius]

• 아무런 열정도 갈등도 불확실한 것도 의심도, 심지어는 좌절도 없이 신을 믿는 사람은 신을 믿는 것이 아니다. 그는 다만 신에 관한 생각을 믿고 있을 뿐이다. [Maguel de Unamuno]

• 어떠한 쇠사슬이나 어떠한 외부의 힘도, 무엇을 믿게 하거나 믿지 않게 하도록 강제할 수는 없다. [Thomas Carlyle]

• 완전한 믿음은 공포를 사라지게 한다. [McDonald's]

• 우리들은 신과 영혼을 믿음으로써 악 속에 선을, 어둠 속에 빛을 볼 수가 있고, 절망을 희망으로 바꿀 수가 있는 것이다. [Erasmus]

• 위대한 신앙은, 곧 위대한 희망이다. 그것은 응원자로부터 멀어짐에 따라 더욱더 분명한 것이 되어간다. [Henry F. Amiel]

• 이것은 정지상태가 아니라 목표를 향하여, 소망을 향하여, 살아 움직이는 전진인 것입니다. [윤석봉]

• 인간은 절대자를 믿도록 태어났다. [미상]

• 인간의 참된 신앙이란, 휴식을 얻기 위한 것이 아니다. 그것은 오로지 삶에 대한 힘을 얻기 위해서이다. [John Ruskin]

• 인생은 신앙만이 그 해결 비법을 가진 슬픈 신비이다. [Lamennais]

• 전혀 행동하지 않는 믿음은 진실한

믿음인가? [Jean B. Racine]

- 절대적이고 완전한 믿음은 그 사람을 공포에서 벗어나게 한다.
[George Macdonald]

- 종교는 회의의 어머니며, 과학은 경신輕信의 어머니다.
[George Bernard Shaw]

- 진정으로 신을 사랑하는 자는 신에 대해서 자기를 사랑해달라고 원하지는 않을 것이다. [Spinaza]

- 하느님의 오른손에서 빠져나온 자는 왼손에 잡힌다.
[Charls E. Markham]

| 신용信用 |

- 신용을 잃은 자는 더 이상 잃을 것이 없다. [Publius Syrus]

- 한번 신용을 얻으면 앞길은 저절로 열린다. [Edmund Burke]

| 신神의 정의定義 |

- 불의가 세워놓은 것을 알라께서 없애시리라. [Tarafa al-Abd]

- 신들의 사랑을 받는 이들을 공격하는 것은 미친 짓이다. [Publius Syrus]

- 신들의 절구는 느리지만 곱게 빻는다. [Sextus Empiricus]

- 신들의 주사위는 언제나 잘 던져진

다. [Sophocles]

- 신은 관장瞽長이 있는 곳만 빼고는 아무 데나 다 있다. [독일 우언]

- 신은 초인종을 울리지 않고 찾아온다. [영국 우언]

- 인간은 슬픔에 찬 생활에서 벗어나기 위해, 오로지 그 하나의 이유로 신을 만들어낸 것이다. [Dostoevsky]

- 인간은 옴벌레를 만들어낼 줄 모르나 신들은 열두 개씩 만들어낸다.
[M. E. Montaigne]

- 제우스는 중죄의 징벌자이다.
[Homeros]

- 조그마한 인간들을 때로는 우쭐하게 하고, 때로는 얌전하게 하는 것은 신으로서는 자유자재다. [Homeros]

- 하느님께서는 악인들을 용서하시나 늘 그러시는 것은 아니다.
[Cervantes]

- 하느님은 주일마다 우리를 셈하지 않으신다. [Goethe]

| 신중愼重함 |

- 가장 훌륭한 선善은 신중성이다. 그것은 철학보다도 귀중하다. 모든 덕은 신중성에서 나온다고 해도 과언이 아니다. [Epikouros]

- 과녁을 펼쳐 놓으면 화살이 날아오고, 나무숲이 무성하면 도끼가 쓰인

다. 나무가 그늘을 이루면 새들이 쉬게 되고, 식초가 시어지면 바구미가 모여든다. 말을 하면 화를 부르는 수가 있고, 행동을 하면 욕됨을 자초하는 일이 있으므로, 군자는 그러한 입장에 대해 신중할 것이다.

[순자荀子]

- 마을 안에 있는 이상 개를 널려서는 안 된다. [Benserade]
- 시각이 다른 감각을 능가하듯이, 신중함은 다른 미덕을 능가한다.

[비옹 드 브리스데스]

- 신중은 인생을 안전하게 한다. 그러나 좀처럼 인생을 행복하게 만들지는 않는다. [Samuel Johnson]
- 신중하지 않으면 찾아온 기회를 놓치기 일쑤이다. [Publius Syrus]
- 신중한 사람은 국가를 감독할 수 있다. 그러나 국가를 재생시키거나 폐허로 만드는 것은 정열가들이다.

[E. R. Bulwer Litton]

- 신중함은 가장 군건한 성벽이다. 절대로 허물어지지 않고, 배신자가 팔아넘길 수도 없기 때문이다.

[Antisthenes]

- 신중함은 그 자체로 덕이지만, 신중함이 지나치면 기만이 된다.

[J. P. C. Florian]

- 신중함은 도자기의 어머니이다.

[W. Bandih]

- 작은 배를 찬양하더라도 당신의 물건은 대형 선박에 실으시오. [Hesiodos]
- 잘못 디딘 한 발자국은 되돌릴 수 없다는 것을 명심하라. 그러므로 대단하게 나아가되, 신중해지라!

[Thomas Gray]

- 잠자는 사자를 깨우지 말라.

[Thomas Fuller]

| 실례實例 |

- 실례는 언제나 교훈보다 더 효과적이다. [Samuel Johnson]
- 하나의 예는 또 하나의 선례가 되고, 그것이 쌓여서 법률을 구성한다. 그리하여 어제는 사실이었던 것이 오늘은 원칙이 된다. [R. J. Junius]

| 실수失手 |

- 가능하면 남의 실수를 통해 내 실수를 예방하는 것이 좋다.

[Warren Edward Buffett]

- 가장 작은 실수가 늘 최고의 실수이다. [Pierre Charron]
- 가장 중대한 실수는 조급함 때문에 일어난다. [Michael D. Murdock]
- 당신의 적을 주시하라. 그들은 항상 당신의 실수를 먼저 찾아낸다.

- 살면서 저지르는 가장 큰 실수는 실수할까봐 계속 걱정하는 것이다.

  [Elbert Hubbard]

- 실수는 늘 다급하게 쫓긴다.

  [Thomas Fuller]

- 실수는 죄가 아니다.   [Seneca]

- 실수를 하는 것이 인간의 고유한 특징이다. 따라서 실수에 얽매이는 사람은 어리석은 자이다.   [Cicero]

- 실수하는 것은 인간적이나, 그 실수에 얽매이는 것은 악마적이다.

  [H. Augustinus]

- 아무도 실수하는 권리를 남에게 주고 싶어 하지 않는다.   [Goethe]

- 우자愚者가 현자에게 배우는 것보다 현자가 우자에게서 배우는 것이 더 많다. 현자는 우자의 실수를 타산지석으로 삼아 피하지만, 우자는 현자의 성공을 따라하지 않기 때문이다.

  [Cato]

- 하루의 실수를 또다시 하면 잘못이 된다.   [Publius Syrus]

- 하루 동안에 일어나는 일이 천만 가지에 이르는데, 혹 한 가지 일만 실수해도 화란禍亂이 생긴다.   [정도전]

- 한번도 실수를 해보지 않은 사람은 한번도 새로운 것이 없는 사람이다.

  [Albert Einstein]

| 실익實益과 유용有用 |

- 실익을 즐거움과 적절히 섞을 줄 아는 자는 모든 표를 얻을 것이다.

  [Horatius]

- 우리는 아름다운 것을 중시하고, 유익한 것을 경멸한다. [La Fontaigne]

- 유용한 것과 마음에 드는 것을 혼동해서는 안 된다.   [Democritos]

| 실천實踐 / 실행實行 |

- 귀로 듣는 것은 눈으로 보는 것만 못하고, 눈으로 보는 것은 몸으로 행하는 것만 못하다.   [정황]

- 말하고자 하는 바를 먼저 실행하라. 그런 다음 말하라.   [공자孔子]

- 빛깔은 아름다우나 향기 없는 꽃처럼, 말이 아무리 훌륭해도 실천이 없으면 결실도 없는 법이다.

  [법구경法句經]

- 서책을 읽고 성현聖賢을 보지 못하면, 한갓 지필紙筆의 용龍이 될 것이요, 벼슬자리에 앉아 백성을 사랑하지 않으면, 다만 의관의 도둑이 될 것이다. 학문을 가르치되 실천궁행을 숭상하지 않으면, 이는 구두口頭의 선禪이 될 것이요, 큰 사업을 세워도 은덕을 베풀 것을 생각하지 않으면, 이는 눈앞에 핀 꽃이 되고 말

것이다. [채근담菜根譚]

- 알기는 어렵지 않으나, 실천하는 것은 쉽지 않다. [사마양저司馬穰苴]
- 옛날 어진 이들이 말을 경솔하게 꺼내지 않았음은 실행이 말을 따르지 못함을 부끄럽게 생각했기 때문이다. [공자孔子]
- 자기의 말을 부끄러워할 줄 모르면, 그 말을 실행하는 것도 어렵다. [논어論語]

| 실패失敗 |

- 가장 큰 영광은 한 번도 실패하지 않는 게 하니라 실패할 때마다 다시 일어서는 데에 있다. [공자孔子]
- 나는 당신들에게 성공의 공식을 말해줄 수는 없지만, 실패의 공식은 가르쳐드릴 수는 있습니다. 그것은 바로, 모든 사람의 비위를 맞추라는 것입니다. [H. B. Swift]
- 나는 실패한 적이 없다. 어떤 어려움을 만났을 때 거기서 멈추면 실패가 되지만, 끝까지 밀고 나가면 그것은 실패가 아니다.
  [마츠시다 고노스케松下幸之助]
- 달성하겠다고 결심한 목표를 단 한 번의 실패로 포기해서는 안 된다.
  [William Shakesperre]
- 바보는 때때로 어려운 것을 쉽게 생

각해서 실패하고, 현명한 자는 때때로 쉬운 것을 어렵게 생각해서 실패한다. [John Collins]

- 부정하게 성공하느니 명예롭게 실패하는 것이 낫다. [Sophocles]
- 사람에게 가장 중요한 일은 실패했다고 해서 낙심하지 않는 일이며, 성공했다고 해서 기뻐 날뛰지 않는 일이다. [F. Dostoevsky]
- 살아 있는 실패작은 죽은 걸작보다 낫다. [George Bernard Shaw]
- 시작하고 실패하는 것을 계속하라. 실패할 때마다 뭔가 가치있는 것을 얻게 될 것이다. [Anne Sulivan]
- 실패는 당신이 아무것도 성취하지 못했음을 의미하지 않는다. 당신이 배倍로 배웠음을 의미한다.
  [Robert Schuller]
- 실패는 성공의 바탕이다. [노자]
- 실패란 말은 좋은 말이다. 실패, 다시 말해서 손실이란 것은 상인에게 붙어 다니는 것이며, 언제나 상인을 전제하는 인력의 역할을 하기 때문이다. [Alain]
- 실패하지 않았다는 것은 노력하지 않았다는 뜻이다. [Og Mandino]
- 앞에 가던 수레가 전복되는 것을 보고, 뒤에 따라가던 수레는 조심해야 하는 것과 같이, 현명한 사람은 먼저 사람의 실패를 귀담아들었다가

앞날에 닥칠 일을 막아내야 한다.

[논어論語]

- 털이 꺾여 되돌아오고서는 양털을 찾으러 가는 그런 자들도 있다.

[Miguel de Cervantes]

| 싸움 / 다툼 |

- 가는 방망이 오는 홍두깨.

[한국 격언]

- 가장 현명한 자는 잠자코 있다.

[Pierre Gringore]

- 고래 싸움에 새우 등 터진다.

[한국 격언]

- 당신과 싸우는 모든 이가 당신의 적도 아니며, 당신을 돕는 모든 이가 당신의 친구도 아니다.

[Mike Tyson]

- 바둑 두는 이가 앞을 다투고 뒤를 겨루어 세고 약한 것을 겨루지만, 문득 판이 끝나 바둑돌을 쓸어 넣으면 세고 약한 것이 어디 있는가.

[채근담菜根譚]

- 식사 끝날 때 도착하는 것이 싸움 시작할 때 도착하는 것보다 낫다.

[John Heywood]

- 싸움을 자제하는 것이 싸움에서 빠져나오는 것보다 쉽다.   [Seneca]

- 어느 한쪽에만 잘못이 있으면 싸움은 오래가지 않는다.

[F. La Rochefoucauld]

- 어떤 전투든지 이기려면, 이미 죽었다고 생각하고 싸워야 한다.

[미야모토 무사시宮本武藏]

- 엉터리 싸움에 진짜 용기는 필요 없다.   [William Shakespeare]

- 인생은 영역 싸움이다. 당신이 원하는 것을 얻기 위해 싸우기를 멈추면, 당신이 원하지 않는 것이 자동으로 당신을 점령한다.   [Les Brown]

- 작은 나라는 큰 나라 틈바구니에서 싸우지 않고, 두 마리의 사슴은 들소 곁에서 싸우지 않는다.

[회남자淮南子]

- 적어도 두 명은 있어야 싸움이 난다.

[Socrstes]

- 정말로 훌륭한 투사는 뽐내지 않는다. 싸움을 잘하는 사람은 화내지 않는다. 싸움에 이기는 자는 칼을 맞대지 않는다. 싸움을 잘할 줄 아는 사람은 상대방의 아래에 선다. 이것을 우리는 부쟁不爭의 덕이라 한다.

[Aurelius]

- 조금의 기회라도 있으면 절대로 포기하지 말고 언제나 계속 싸워야 한다고 생각한다.

[Michael Schumacher]

| 씨앗 |

- 위험성: ① 일부는 부패할 수도 있

다. ② 만일 비가 내리지 않으면 싹이 나지 않을 것이다. ③ 싹을 낸다 해도 잡초 때문에 질식할 수도 있다. ④ 크게 자란다 해도 곤충이 먹어버릴 수 있다. ⑤ 잘 자란다 해도 폭풍우로 인해 넘어질 수도 있다. ⑥ 탈 없이 자라도 여물기 전 기후 변화로 흉작을 면치 못할 수도 있다. ⑦ 그래도 가능성은 남아있다.

[R. H. Shuller]

{ ㅇ }

| 아내 |

● 가난한 사람은 좋은 아내를 얻고 싶어 하고, 나라가 혼란스러우면 좋은 재상이 있기를 바라는 법이다.

[위나라 문후文侯]

● 군주로서 아내를 너무 믿으면 간신이 처를 이용하여 사욕을 이룬다.

[한비자韓非子]

● 그의 아내는 그의 작품뿐만 아니라 그 사람 자신까지도 편집했다.

[Van Brooks]

● 남의 아내는 백조처럼 보이고, 자기 아내는 맛이 변한 술처럼 보인다.

[Lev N. Tolstoy]

● 남의 취향에 맞는 아내가 아니라, 자신의 취향에 맞는 아내를 구하라.

[Jean Jack Rousseau]

● 남자에게 있어서 최고의 재산은 동정심 많은 아내이다. [Euripides]

● 내가 아내를 얻은 데에는 악마에게 도전해 보고자 하는 심사도 있었다.

[Martin Luther]

● 내 아내 된 사람은 모든 점에서 의심을 받아서는 안 된다. [Plutarhos]

● 넘어지지 않는 말이 훌륭한 말이요, 불평하지 않는 아내가 훌륭한 아내이다. [John Ray]

● 늙은 남편을 가진 젊은 아내는 밤에는 다른 항구를 찾아가는 배와 같다.

[Theognis]

● 다변多辯도 무언無言도 슬기로운 아내는 피한다. [유주현]

● 돈 많은 여자와 혼인하면 아내가 아니라 폭군과 함께 살게 된다.

[Chrisostomus]

● 미인은 눈을 즐겁게 하고, 아내는 마음을 즐겁게 한다. [Napoleon]

● 민첩한 아내는 남편을 느림보로 만든다. [W. Shakespeare]

● 부인에게 본보기가 되어 형제에게 영향을 미치고 국가까지 다스린다.

- 선량한 아내는 선량한 남편을 만든다. [John Heywood]
- 세상에서 가장 사랑받는 여자는 누구인가? 바로 정조 있는 아내이다. [Bharthari]
- 아내가 남편에게 반해 있을 때에는 만사가 잘 돼간다. [John Ray]
- 아내가 없는 것 다음으로는, 착한 아내가 최고다. [Thomas Fuller]
- 아내감을 찾아보려고 나설 때는 눈을 집에 남겨두고 두 귀를 가져가라. [Shamer Macmanas]
- 아내는 눈으로만 선택해서는 안 된다. 아내를 선택하기 위해서는 자네의 눈보다 귀에 의존하라. [Thomas Fuller]
- 아내는 행복의 제조자 겸 인도자인 것이다. [피천득]
- 아내라 함은 '같이 오래 사는 사람'이요, 애인이라 함은 '잠깐 함께 지내는 사람' 이다. [이광수]
- 아내란 다루기 힘들다. 그러나 아내가 아닌 여자는 더 다루기 나쁘다. [Lev N. Tolstoy]
- 아내란 함께 있으면 악마요, 떨어져 있으면 천사인가 합니다. [이동주]
- 아내로 인해 부자가 되는 것보다는 가난뱅이가 되는 것이 천 배는 더 낫다. [J. Chrisostom]

- 아내를 괴롭히지 말라. 하느님은 아내의 눈물방울을 세고 계시다. [Talmud]
- 아내를 맞아들이는 일에는 집안의 성쇠盛衰가 달려 있다. 구차스럽게 한때의 부귀를 탐내어 장가들면, 그 부귀를 끼고 있는 아내는 남편을 경멸하고 시부모를 경솔히 하기 마련이다. 그리하여 교만과 질투의 성품이 길러지면, 뒷날 이보다 더 큰 근심거리가 어디 있겠는가. [사마광司馬光]
- 아내를 얻으려거든 자기와 같은 신분의 집에서 얻으라. 만약 자기보다 신분이 높은 사람과 혼인하게 되면, 그 사람이 배우자로 보이는 것이 아니라 집주인같이 보일 것이다. [Creo Bruce]
- 아내와 난로는 집으로부터 옮겨서는 안 된다. [Georg Lichtenberg]
- 아내와 잘 화목하여 비파와 거문고를 연주함과 같다. [시경詩經]
- 아내의 마음이란, 남편이 암고양이를 가까이해도 샘이 난다. [이광수]
- 아내의 의무는 행복한 체하는 일이다. [Pierre La Chaussee]
- 아내의 지참금을 받는 자는 그 값에 자기 자신을 파는 것과 마찬가지다. [Euripides]
- 아내의 키가 작으면 남편 쪽에서 키

를 즐겨라.   [Talmud]

- 아내인 동시에 친구일 수도 있는 여자가 참된 아내이다. 친구가 될 수 없는 여자는 아내로도 마땅하지가 않다.   [William Penn]
- 아름다운 아내를 가진다는 것은 지옥이다.   [W. Shakespeare]
- 아름다운 아내를 얻고 싶으면, 일요일에 여자를 고르지 말고 토요일에 고르도록 하라. 그날은 그녀가 아름다운 옷을 입고 있을 테니 말이다.

[James Howell]

- 암탉은 새벽에 울지 않는다. 암탉이 새벽을 알렸다면, 그 집안은 음양이 바뀌어서 불길하게 되리라.

[사기史記]

- 엉덩이가 가벼운 아내에게는 엉덩이가 무거운 남편이다. [Shakespeare]
- 연인은 밀크, 신부는 버터, 아내는 치즈.   [Karl Ludwig Borne]
- 왜 소경의 아내가 화장을 할까?

[Brnjamin Franklin]

- 인간은 모든 유해한 생물에 대한 치료법은 알아냈으나, 악처에 대한 치료법은 아직까지 발견하지 못했다.

[La Bruyere]

- 정숙한 아내는 순종함으로써 남편을 뜻대로 움직인다.   [Publius Syrus]
- 정이 철철 넘치는 아내를 가진 남자는 늘 행복감에 젖어 있을 수 있다.

[유주현]

- 집이 가난하면 착한 아내 생각이 간절해진다.   [사기史記]
- 친구를 고르려면 한 계단 올라가라, 아내를 고르려면 한 계단 내려가라.

[Talmud]

- 타인의 아내는 백조처럼 보이고, 자기 아내는 맛이 변한 술처럼 보인다.

[Lev N. Tolstoy]

- 타인이 좋아할 아내를 얻지 말고, 자기 취향에 알맞은 아내를 맞이하라.

[Jean-Jacques Rousseau]

| 아들과 딸 |

- 당신의 아들은 당신이 소망할 때, 당신의 딸은 당신이 가능할 때 혼인시키라.   [George Herbert]
- 딸은 지금 있는 모습 그대로 좋아하고, 아들은 앞으로 될 모습을 생각하며 좋아한다.   [Goethe]
- 만약 당신의 아들딸에게 단 하나의 재능을 줄 수 있다면 열정을 주라.

[Bruce Barton]

- 아들은 망치로 다듬는 대리석처럼 자라고, 딸은 피어나는 꽃처럼 자란다.

[John Ruskin]

- 아들은 아내를 맞을 때까지는 자식이다. 그러나 딸은 어머니에게 있어 평생의 딸이다. [Thomas Fuller]

- 아들은 집안의 기둥이다.

  [J. Stobaeus]

- 죽음 안에서 잠드는 것과 아들의 기도 소리를 들으며 잠드는 것은 달콤하다.

  [J. C. F. Schiller]

| 아랍인 |

- 진정한 영예는 유목 생활 속에 있다.

  [Abd al-Qidir]

| 아름다움 / 미美 |

- 귀여움이 없는 아름다움은 미끼가 없는 낚싯바늘이다.

  [Emerson]

- 기품이 없는 아름다움은 낚시 없이 던진 미끼와 같아 유인하기는 하지만 붙잡지는 못한다.

  [Maximus Planudes]

- 나는 비극을 사랑한다. 나는 비극의 밑바닥에는 언제나 어떤 아름다운 것이 있기 때문에 비극을 사랑한다.

  [Charles Chaplin]

- 네가 미남이면, 너의 미에 어울리게 의연한 태도를 취해야 한다. 그러나 만일 네가 추남이면, 너의 지식으로써 추함을 잊게 하라.

  [Socrates]

- 누구나 말했듯이 옷은 날개였다. 변변치 못한 옷을 걸치고 있으므로 보잘것없게 보이던 촌뜨기 아가씨도 인공적인 도움을 받아 유행을 좇는 부인처럼 몸단장을 하면 꽃같은 미인이 되는 것이다. 아름다움을 자랑하는 밤의 여인도 궂은 날씨에 들옷을 입혀서 밭에 내놓으면 처량한 꼴이 되고 만다.

  [Thomas Hardy]

- 눈부실 만큼 아름다운 것이 언제나 좋은 것은 아니다. 그러나 좋은 것은 언제나 아름답다.

  [Lenclos]

- 돈보다 아름다움이 더 빨리 도둑의 마음을 자극시킨다.

  [Shakespeare]

- 마음의 아름다움 잃어버린 육체의 아름다움은 동물들의 장식에 지나지 않는다.

  [Democritos]

- 모든 것에는 아름다움이 있으나 모든 사람이 그 아름다움을 보지 못한다.

  [공자孔子]

- 모든 미美는 모두가 현재지만, 사상의 미는 그중에서도 장자長者이다.

  [Platon]

- 모든 아름다운 것 속에는 무엇인지 모를 균형의 기묘함이 있다.

  [Francis Bacon]

- 미 ─ 그것은 실로 무서운 것이다. 그것이 두렵다는 것은, 그것을 규정할 수가 없기 때문이다.

  [Dostoevsky]

- 미는 감추어진 자연법칙의 표현이다. 자연의 법칙은 미에 의해서 표현되지 않았더라면 영원히 감춰져 있

는 그대로일 것이다. [Goethe]

● 미는 결정적이고, 운명적이고, 따라서 때때로 비극적이다. [이효석]

● 미는 그 진가를 감상하는 사람이 소유한다. [피천득]

● 미는 나와 내 몸을 자각하지 못한다. [Goethe]

● 미는 내부의 생명으로부터 나오는 빛이다. [Hellen Keller]

● 미는 느낌을 얻을 수 있고, 또 만들 수도 있다. 그러나 정의를 내릴 수는 없다. [Ralph Waldo Emerson]

● 미는 도달점이지 출발점이 아니다. 그리고 사물이 아름다운 것은 단지 그것이 진실일 때뿐이고 진실 이외에 미는 없다. 그리고 또한 진실이란 완전한 조화調和를 뜻한다. [Auguste Rodin]

● 미는 사랑의 자식이다. [Henry Havelock Ellis]

● 미는 쉽게 눈에 띈다. 그것을 민중은 경멸하는 것이다. [Jean Cocteau]

● 미는 신과 같다. 미의 한 조각은 미 전체이다. [Auguste Rodin]

● 미는 얼굴에 있는 것이 아니라, 사람과 그 노력의 조화 속에 있다. [John Millet]

● 미는 영원한 환희다. [John Keats]

● 미는 예술에 있어서 가장 필요하다. 그러나 예술상의 숭고에는 도덕이 가장 필요하다. 그것은 심의心意를 높이기 때문이다. [Joseph Jubert]

● 미는 예술의 궁극적 원리이며, 최고의 목적이다. [Goethe]

● 미는 우리들을 절망케 한다. 그것은 순간의, 그러나 우리가 줄곧 잡아 늘려놓고 싶어 하는 순간의 영원이다. [Albert Camus]

● 미는 인간의 경험에 제시된 다른 모든 성질과 마찬가지로 상대적이며, 따라서 그 정의가 추상적이면 추상적일수록 무의미하고 무익한 것이 되어 버린다. [Walter Pater]

● 미는 자연의 동전, 모아 두어서는 안 되며 유통되어야 한다. 그것의 좋은 점은 서로 나누어갖는 기쁨이다. [John Milton]

● 미는 자연이 여자에게 준 최초의 선물이다. [Jean F. Millet]

● 미는 전적으로 보는 사람의 안목에 달려 있다. [Louis Willis]

● 미는 지知를 구하는 마음속에 생명과 뜨거움을 준다. [Goethe]

● '미는 진리요, 진리는 미다.' 이것이 지상에서 내가 아는 전부요, 내가 알아야 할 전부이다. [John Keats]

● 미는 진리가 빛을 냄이다. [Platon]

● 미는 천재의 한 형식이다. ─ 실제로 어떠한 설명도 필요하지 않기 때문에 천재보다도 더욱 높은 것이다.

- 미는 한 문명의 척도이다. 그러나 유일한 척도는 아니고, 단지 하나의 척도이다. [Wallace Stevence]
- 미란, 말 없는 사기詐欺다. [Theophrastus]
- 미란 무엇인가? 열렬하고도 서글픈 것, 무엇인가 어렴풋하여 추측에 내맡기는 것이다. [Baudelaire]
- 미란, 상상 세계에서만 가능한 것이며, 그 본질적인 구조 속에 이 세계의 무화無化를 간직하고 있는 가치이다. [Jean Paul Sartre]
- 미란, 예술가가 자기의 마음의 상처 한복판에서, 세계의 혼돈으로부터 만들어내는, 놀랍고도 신기한 것이다. [William Somerset Maugham]
- 미에는 객관적 원리가 없다. [Immanuel Kant]
- 미에는 두 종류가 있다. 감미와 존엄이 그것이다. 우리는 감미를 여성의, 존엄을 남성의 특정으로 보아야 한다. [Marcus Tullius Cicero]
- 미에는 형식미, 관념미, 표정미의 세 종류가 있다. [Wingerman]
- 미에 있어서 감각적인 것과 정신적인 것과의 완성은 일치한다. [Franz Grillparzer]
- 미에 취하는 마음도, 그것을 사랑하는 마음도 일시였던 것이다. 그 미를 겪음으로써 나의 미에 대한 욕심은 벌써 만족하였던 모양이다. [계용묵]
- 미와 성聖은 하나이며 동질의 것이다. 성스러운 것은 아름답고, 아름다운 것은 성스럽기 때문이다. [Constantin Virgil Georghiu]
- 미와 조화된 정숙貞淑을 발견하는 일은 드물다. [G. A. Petronius]
- 미의 관념은 도덕적이지 않으면 안 된다. [John Ruskin]
- 미의 성聖은 하나이며 동질의 것이다. 성스러운 것은 아름답고, 아름다운 것은 성스럽기 때문이다. [Constantin Virgil Georghiu]
- 미의 슬픔은 언제나 붙어 다닌다. [James Mcdonald]
- 미의 탐구란, 거기서 예술가가 두들겨 맞고 무릎 꿇는 것에 앞서, 공포의 절규를 올리는 하나의 결투다. [Charles-Pierre Baudelaire]
- 미의 특권같이 큰 것은 없다. 미는 미를 인정하지 않는 사람까지 감동시키고야 만다. [이효석]
- 보조개가 볼에 있으면 아름답지만, 이마에 있으면 보기 흉하다. [회남자淮南子]
- 사람들은 미를 구하여 온 세계를 여행한다 하더라도 실로 자신 스스로가 이 미를 몸에 지니고 떠나지 않

으면 안 된다. 그렇지 않으면 결코 미를 발견하지는 못할 것이다.

[Ralph Waldo Emerson]

- 사람은 시적인 미를 이야기하는 것처럼 기하학적인 미나 의학적인 미도 이야기하여야 할 것이다. 그러나 그런 이야기는 하지 않는다. 그 이유는 기하학의 목적이 무엇이라는 것과 증명에 존재한다는 것을 잘 알고 있으며, 또 의학의 목적이 무엇이라는 것과 그것이 치유에 존재한다는 것을 잘 알고 있지만, 시의 목적인 쾌감은 어디에 존재하는지를 모르고 있기 때문이다. [Pascal]
- 사랑이 생길 때까지는 미는 간판으로서 필요하다. [Stendhal]
- 사물의 미를 분별하는 일이야말로 우리들이 도달할 수 있는 정묘精妙의 극점이다. 색채감각 하나라도, 개성의 발달에 있어서는 선악의 관념보다도 더욱 중요한 것이다.

[Oscar Wilde]

- 선善은 증거가 필요하나, 아름다움은 증거가 필요 없다. [Fontenelle]
- 선함이 없다면 아름다움은 소용이 없다. [Gabriel Morier]
- 세상에서 가장 아름다운 것은 언론의 자유이다. [Diogenes]
- 소녀의 마음에 있는 소중한 것은 자신의 아름다움과 매력이다.

[Publius Naso Ovidius]

- 아름다운 것은 결코 완벽한 법이 없다. [이집트 속담]
- 아름다운 것은 그 자체의 힘 때문에 옳게 보이지만, 연약한 것은 약하기 때문에 그르게 생각된다.

[Robert Browning]

- 아름다운 것은 영원한 기쁨이다.

[John Keats]

- 아름다운 것은 항상 고독 속에 있다. 군중은 미를 이해하지 못한다. 그들은 자기를 인도하는 종교를 가지고 있지 않은 것이다. [Auguste Rodin]
- 아름다운 것이 언제나 좋은 것은 아니다. 그러나 좋은 것은 언제나 아름답다. [Nanon de Lenclos]
- 아름다운 속에는 양극단이 하나로 되고 온갖 모순이 함께 어울려 산다.

[Dostoevsky]

- 아름다움 옆에서 정신과 마음은 늘 푸대접을 받는다. [Etienne Rue]
- 아름다움과 광기는 대개 같이 다닌다. [Balthasar Grasian]
- 아름다움에는 뭔가 기이한 면이 있다. [Francis Bacon]
- 아름다움은 머리카락 하나라도 끌어당긴다. [Alexander Pope]
- 아름다움은 모든 자의 눈에 있는 것이다. [그리스 속담]
- 아름다움은 어디에나 있다. 우리의

눈이 그것을 다 못 알아볼 뿐이다.

[Francis Auguste Rodin]

- 아름다움은 여름철의 과실과도 같은 것이다. 썩기 쉽고 오래 가지 않는다. [Francis Bacon]
- 아름다움은 자기 자신을 인정하고, 사랑할 때 생기는 법이다. 그럴 때 당신은 가장 아름답다.[Zoe Kravitz]
- 아름다움은 진리의 광채이다.

[Platon]

- 아름다움은 행복의 약속일뿐이다.

[Stendhal]

- 아름다움은 흔히 유행과 지역에 따라 결정이 된다. [Pascal]
- 아름다움을 발견하고 즐겨라.

[Shakespeare]

- 아름다움을 지니지 못한 여성은 인생의 반밖에 모르는 것이다.

[몽타란 부인]

- 아름다움의 극치는 한 여인에게만 있는 것이 아니다. 모든 여인에게 있다. 그녀들은 그것을 모르지만 모두가 이 아름다움에 도달한다. 마치 과일이 익듯이. [Auguste Rodin]
- 아름다움의 모든 신하는 그들의 군주를 모른다. [Vauvenargues]
- 아름다움이 탁월할 때는 그 어떤 웅변가도 벙어리가 된다.

[Shakespeare]

- 아름다움이란, 육체의 미덕이다. 미

덕이 마음의 아름다움인 것처럼.

[Ralph Waldo Emerson]

- 아무 생각도 하지 않는 물건은 아름다웠다. 아무 의미도 없고, 곱게 생겨 있는 물건에는 위안이 있었다.

[강신재]

- 악마도 젊었을 때는 아름다웠다.

[프랑스 격언]

- 여러분이 잘생겼다면 그에 어울리는 삶을 사시오. 여러분이 못생겼다면 여러분이 쌓는 지식으로 자신의 추함을 잊게 하시오. [Socrates]
- 여자의 참다운 아름다움이 가지는 힘에는 지상의 아무것도 대항하지 못한다. [Nicoras Lenau]
- 예쁜 것이 반드시 아름다운 것은 아니다. [Wittgenstein]
- 오직 미! 실용적인 것과 미적인 것은 대립되는 것이 많다. 그러므로 미적인 것은 흔히 실용적이 못되는 것이다. [조지훈]
- 우리가 경험할 수 있는 가장 아름다운 것은 불가사의한 것이다. 그것은 진정한 예술과 진정한 과학의 요람 앞에 서있는 기본적인 감정이다.

[Albert Einstein]

- 우리는 아름다운 물건으로 집을 장식하기에 앞서 먼저 담을 발가벗기고 우리의 생활을 발가벗겨서 아름다운 가정과 아름다운 생활로 토대

를 삼아야 한다. 그러므로 아름다운 것에 대한 취미는 가옥도 가정도 없는 야외에서 가장 잘 함양되는 것이다.　　　[Henry David Thoreau]

- 우아함은 미의 자연의 옷이다. 예술에 있어서 우아함의 결여는 껍질을 벗긴 인체 표본과 같은 것이다.
　　　　　　[Joseph Joubert]
- 우아함이 결여된 미는 미끼 없는 낚싯바늘과 같다. 표정 없는 미는 사람을 피곤하게 만든다.
　　　　[Ralph Waldo Emerson]
- 유별나게 아름다우면 반드시 유별난 추악이 있다.　[춘추좌씨전春秋左氏傳]
- 유행과 나라들이 대개 아름다움이라 불리는 것을 규정한다.　[Pascal]
- 이 세상에서 가장 아름다운 것 — 이를테면 공작, 백합꽃 같은 것이 가장 쓸데없는 것이라는 사실을 잊어서는 안 된다.　　　[John Ruskin]
- 잘 다듬어진 미를 제외하고는 모두 먼지로 돌아간다. 흉상胸像은 성채城砦보다 생명이 길다.
　　　　　[Theophile Gautier]
- 잡초란 무엇인가? 그 아름다운 것이 아직 발견되지 않은 식물이다.
　　　　[Ralph Waldo Emerson]
- 진정한 아름다움은 지혜와 같이 매우 간단하고 누구나 알기 쉬운 것이다.　　　　　[Maxim Gorky]

- 참다운 미는 지적知的인 표정이 시작되는 곳에서 끝나는 거야. 지성은 그 자체가 과장이 아니니까.
　　　　　　[Oscar Wilde]
- 천하 사람이 아름답다고 하는 것을 아름다운 것으로 알고 있는데, 그것은 추할 수도 있는 것이다. 모든 사람들이 선한 것을 선하다고 하고 있는데, 그것은 불선不善일 수도 있다.
　　　　　　　[노자老子]
- 촛불이 꺼지면 여인은 모두 아름답다.　　　　　[Plutarchos]
- 탁월한 미는 발가벗더라도 음란해 보이지 않는 법이다.
　　　[Constantin Virgil Gheorghiu]
- 흠잡을 데 없이 우아한 아름다움이란, 그것이 그 사람의 성질과 완전히 일치되었을 때, 그리고 당사자가 자기의 아름다움을 의식하고 있지 않을 때 그 진가를 나타내는 법이다.
　　　　　　　[Stendahl]

| 아버지와 딸 |

- 딸을 가진 자는 언제나 목동이다.
　　　　　　　[E. Dacier]
- 한 여자를 사랑하는 남자에게 가장 두려운 경쟁자는 여자의 아버지다.
　　　　　　[Charls Lamb]

| 아버지와 아들 |

- 군자는 자기 자식을 편애하지 않는다. [논어論語]
- 성이 난 아버지는 그 자식에게 매우 가혹하다. [Publius Syrus]
- 아들에게는 아버지의 영광만한 환희가 없고, 아버지에게는 아들의 공적만한 환희가 없다. [Sophocles]
- 아들을 칭찬하는 아버지의 말보다 더 부드러운 말은 없다. [Menandros]
- 아들의 재능을 탐하지 않는 자는 오직 아버지뿐이다. [Goethe]
- 아들이 아버지에게 무언가 묻는 것은 쉽지만, 아버지가 아들에게 묻는 것은 어렵다. [A. 브리죄]
- 아버지가 아들에게 무엇이나 줄 때에는 아들도 웃고, 아버지도 웃지만, 아들이 아버지에게 무엇인가 줄 때에는 아들도 울고, 아버지도 운다. [J. F. Blade]
- 아버지가 인색하면 아들은 낭비벽이 있다. [William Parks]
- 아버지는 사팔뜨기 아들에 대해 시선이 비스듬할 뿐이라고 말한다. [Horatius]
- 아버지는 자식을 위해 숨겨주고, 자식은 아버지를 위해 숨겨준다. [논어論語]
- 아버지와 아들이 함께 노를 젓는 배는 절대로 흠이 나지 않는다. [Brahmanas 경전]
- 아버지의 꾸짖음은 좋은 약이라, 그 약효는 쓴맛도 잊게 한다. [Demophilius]
- 아버지의 마음은 자연이 만든 걸작이다. [Abbe Provost]
- 아버지 한 사람이 스승 백 명보다 낫다. [Edward Herbert]
- 올바른 아버지라면 사랑하라. 올바르지 않은 아버지라면 견뎌내라. [Publius Syrus]
- 자식을 정면에서 정확하게 때리는 아버지는 없다. [La Fontaigne]
- 재주가 있거나 재주가 없거나, 각기 자기 자식이라고 말할 것이다. [논어論語]
- 질책을 할 때 가장 엄한 아버지는, 말은 거칠어도 행동할 때 보면 아버지다. [Menandros]

| 아부阿附 |

- 오히려 소인들로부터 욕을 먹을지라도, 소인들이 기뻐하고 아첨하는 바가 되지 않게 하라! 그것은 소인들이 넘겨다볼 수 있는 틈이 생기기 때문이다. 오히려 군자에게 바른 꾸중을 들을지언정, 군자로부터 관용되어선 안 된다. 즉 그들은 꾸짖

어도 소용이 없다고 생각하기 때문이다.　　　　　　　[채근담菜根譚]

- 자기보다 나은 사람에게 아부하는 사람은 자기만 못한 사람을 경멸하기 쉽다. 그렇다고 해서 자기만 못한 사람을 노상 지나치게 두둔하는 자라고 해서, 그 사람이 정당한 사람이라고는 할 수 없다. 왜냐하면, 그런 사람은 흔히 자기보다 나은 사람을 시기하기 쉽기 때문이다.
　　　　　　　[경행록景行錄]

| 아시아 |

- 아시아가 유럽보다 우세하다.
　　　　　　　[Lafcadio Hearn]
- 아시아는 그것을 먹으면 중독되는 매력 있는 요리이다.
　　　　　　　[J. A. de Gobineau]

| 아이디어 |

- 나는 아이디어에 대한 단 하나의 확실한 무기는 좋은 아이디어뿐이다.
　　　　　　　[Griswold]
- 마음에 간직한 아이디어를 지키려고 할 때 우주는 당신을 돕는다.
　　　　　　　[J. V. Goethe]
- 멋진 아이디어가 떠올랐다면 그것에 몰두하라. 멋지게 실현될 때까지

그것을 끈질기게 물고 늘어져라.
　　　　　　　[Walt Disney]

| 아일랜드 |

- 아일랜드인이 평온할 때에는 서로 싸울 때뿐이다.　[Richard Whately]
- 아일랜드인 하나를 쇠꼬챙이에 매달아 놓으면, 다른 아일랜드인이 와서 그의 목을 축여준다.
　　　　　　　[George Bernard Shaw]

| 아첨阿諂 |

- 가려운 곳을 긁어주어야 한다.
　　　　　　　[Carmontelle]
- 받아 마땅한 칭찬은 빚일 뿐이다. 아첨이야말로 선물이다.
　　　　　　　[Samuel Johnson]
- 분수에 넘치는 일과 아첨함은 군자가 부끄러이 여기는 것이다. 내가 만일 그대를 외람되게 인도한다면, 이는 내가 그대를 속이는 것이요, 그대가 만일 나에게 아첨으로써 구한다면, 이는 그대가 나를 속이는 것이다. 그러나 세상 사람들 중에는 사제師弟의 이름만을 알고 그 진실을 알지 못하는 이가 왕왕 있다.
　　　　　　　[대각국사]
- 새를 잡는 사람은 달콤한 피리 소리

로 새를 속여 잡는다.

[Dionysios Cato]

- 스승된 사람이 도道를 얻고자 그 자리에 있으면, 이는 진실로써 분수에 넘치는 일이 아니다. 그러나 도를 잃고자 그 이름만을 훔치면, 이는 분수에 넘치는 일로서 진실이 아니다. 제자 된 사람이 그 교훈을 받고서 그것을 행하면, 이는 옳음이요 아첨이 아니다. 그러나 그 법만 취하고 그 은혜를 저버리면, 이는 아첨이요 옳음이 아니다.　　　　[대각국사]
- 아첨은 모든 인간관계에서 꿀과 양념의 역할을 한다.　　　　[Platon]
- 아첨은 수치스럽기는 하지만, 아첨꾼에게는 수지맞는 장사이다.

　　　　[Theophrastos]

- 아첨은 우리의 허영심에서만 통용되는 위조화폐이다.

[Francois de La Rochefoucauld]

- 아첨은 폭약이 머리를 파열시키는 것보다 더욱 심각하게 머리에 해를 끼친다.　　　　[Pesseliere]
- 아첨을 잘하는 것은, 그 자신이 남보다 더 고귀한 생각을 가지지 못하고 있으므로 저지르는 비굴한 행동이다.　　　　[La Bruyere]
- 아첨을 잘하는 자는 충성하지 않고, 바른말을 잘하는 사람은 배신하지 않는다.　　　　[정약용]

- 아첨하는 말은 우리들의 허영심 덕택에 통용되는 가짜 금인 것이다.

　　　　[La Rochefoucauld]

- 아첨하는 말을 듣기 좋아하는 사람은 아첨꾼이나 다름없다.

　　　　[Shakespeare]

- 아첨하는 모든 말은 독을 감추고 있다.　　　　[Publius Syrus]
- 아첨하는 신하가 위에 있게 되면, 전 군사가 불평을 호소한다. 때문에 군주가 아첨하는 신하를 중히 쓰면 반드시 큰 화를 받으리라.　[삼략三略]
- 아첨할 줄 아는 자는 중상 모략할 줄도 안다.　　　[Napoleon I]
- 약간의 아첨은 일을 순조롭게 한다.

[Cirano de Bergerac]

- 양어깨를 다소곳이 하고 알랑거리며 웃는 것이 한여름날 밭에서 일하는 것보다 힘들어 보인다.　　[맹자]
- 우리는 자기 자신이 아첨을 증오한다고 믿지만, 단지 아첨하는 방식을 증오하는 것이다.

[Francois de La Rochefoucauld]

- 정직하게 간하여 잘못을 바로잡아 줌은 쓴 것 같지만 실제로는 달고, 등창을 빨고 치질을 핥으며 아첨하여 받들어 줌은 편안한 것 같지만 끝은 위태롭다.　　　　[김시습]
- 참언하고 욕하는 사람은 조각구름이 햇빛을 가림과 같아서 오래지 않

아 절로 밝아진다. 아양 떨고 아첨하는 사람은 틈새 바람이 살갗에 스며듦과 같아서 그 소해를 깨닫지 못한다. [홍자성洪自誠]

| 아침과 저녁 |

- 새날은 영원으로부터 밝아오고, 밤은 영원을 향해 돌아간다.
  [Thomas Carlyle]
- 아침에는 생각하고, 낮에는 일하라. 저녁에는 먹고, 밤에는 자라.
  [William Blake]
- 아침에 일어나 처음 보내는 한 시간이 그날 하루의 방향키이다.
  [Henry Ward Beecher]
- 아침은 밤이라는 어머니에게서 태어난다. [Aeschylos]

| 아프리카 |

- 감정은 흑인이고, 이성은 그리스인이다. [Leopeld Sedar Sengor]
- 리비아에서는 항상 새로운 것이 온다. [Aristoteles]

| 악惡 |

- 감추어진 악이 최악이다.
  [Publius Syrus]

- 신은 뱀의 독을 해독할 수 있는 해독제는 주었지만, 악녀의 악함을 해독할 수 있는 해독제는 주지 않았다.
  [Euripides]
- 악은 인격과 더불어 시작된다.
  [Emmanuel Mounie]
- 악을 행하는 것보다 당하는 것이 낫다. [Samuel Johnson]
- 악의 대가代價는 곧 나타나지 않는다. 새로 짠 우유가 바로 상하지 않듯이, 악의 기운은 재에 덮인 불씨처럼 속으로 그를 애태운다.
  [법구경法句經]
- 악이 눈앞에 있을 때만 악을 믿는다.
  [La Fontaigne]
- 악함이 쌓여서 재앙이 된 것은 성인聖人도 이를 구원하지 못한다.
  [김시습]
- 우리를 고통스럽게 한 나쁜 짓은 가끔 잊히지만, 내가 한 나쁜 짓은 절대 잊히지 않는다. [Abadana]
- 인간에게는 자신의 해로운 악을 알 수 있는 재주가 없다.
  [La Rochefoucauld]
- 작은 마을에는 성당지기가 생각하는 것보다 훨씬 더 많은 악이 있다.
  [Cervantes]
- 잘못 원하는 자에게는 악이 오고, 잘못 찾는 자는 악을 찾게 된다.
  [Gilles de Noailles]

- 지옥으로 가는 길은 쉽다. 눈 감고 도 간다.　　　[비옹 드 브리스테느]
- 한번 저질러진 악에는 약도 없다.
　　　　　　　　　　[Homeros]

| 악당惡黨 |

- 모든 악당은 항상 자기보다 더 악랄한 악당을 만난다.　[Aristophanes]
- 불량배는 걸어가든, 말을 타든, 차를 타든, 늘 불량배이다.　[Goethe]
- 사기꾼은 대개 어리석은 자에 지나지 않는다.　　　　[Voltaire]
- 악당은 바로 다음 악당에 의해 사형당한다.　　　　[Goethe]
- 악에서 달아나는 것이 악을 극복할 수 있는 유일한 방법이다.
　　　　　　　[Francois Fenelon]
- 어리석은 자들은 벌을 받지만, 악한 자들은 벌을 받지 않는다.
　　　　[Marguerite de Navarre]
- 연꽃잎을 닮은 얼굴, 백단향같이 감미로운 목소리, 가윗날처럼 선 심장, 지나친 겸손, 이러한 모습을 한 자가 바로 악인이다.　[Abadana]
- 우리가 단 하나의 악덕에 빠지지 않게 하고자, 우리는 여러 가지 악덕을 지니고 있다.　[La Rochefoucauld]

| 악덕惡德 |

- 선하지 않은 것을 보면 끓는 물에 손을 덴 것처럼 한다.　[논어]
- 아이를 키우는 것보다 악덕을 유지하는 데에 더 많은 수고가 든다.
　　　　　　　[Benjamin Franklin]
- 악덕은 나름의 책벌과 이따금씩 나름의 치유책을 지니고 있다.
　　　　　　　　[Thomas Fuller]
- 악덕의 경사는 완만하다.　[Seneca]
- 악덕의 동반자가 되어 보시오. 곧 그 악덕의 노예가 될 것이오.
　　　　　　　　　[H. G. Bone]
- 언제나 악덕의 수만큼 많은 스승이 있다.　　[Petrarca, Francesco]
- 우리는 인간을 증오하는 것이 아니라 악을 증오한다.　[G. Toriano]
- 이 세상에 악덕보다 기이한 것은 없다.　　　　　[Aristophanes]
- 인간이 있는 한, 악덕은 존재할 것이다.　　　　[P. C. Tacitus]
- 인류의 일부는 자신의 악덕을 자랑스럽게 여긴다.　　[Horatius]

| 악덕과 미덕美德 |

- 그때그때에 알맞은 악이 있고, 덕이 있다.　　　　[Napoleon I]
- 나는 미덕을 실추시키는 자들보다,

악덕을 마음에 들게 만드는 자들을 더 좋아한다. [Joseph Joubert]

- 나는 피곤한 덕보다는 안락한 악을 선호한다. [Moliere]
- 대부분의 경우 덕은 덕을 가장할 뿐이다. [La Rochefoucauld]
- 덕은 두 가지 악 사이의 중용이다. [Aristoteles]
- 덕에 이르는 오솔길은 좁고, 악에 이르는 길은 넓고 공간도 넉넉하다. [Cervantes]
- 덕이 끝나는 경계와 악이 시작하는 경계는 모호하다. [C. C. Colton]
- 덕이 항상 사람을 아름답게 하는 것은 아니지만, 악은 항상 사람을 추하게 만든다. [Jean Paul]
- 덕이 행복을 주는지는 확실하지 않으나, 악은 반드시 불행을 가져다준다. [Sangfor]
- 덕인 척하지 않는 악이 없고, 그 덕을 이용하지 않는 악도 없다. [La Bruyere]
- 뒤집어서는 안 되는 덕이 있다. 이들 덕의 뒷면은 악보다도 더 추하다. [Marie d'Agoult]
- 모든 악이 형제이듯이, 모든 선도 자매라면 좋겠다. [La Fontaigne]
- 미덕은 서로 어울리지만, 악덕은 서로 싸운다. [Thomas Fuller]
- 사람들은 하나의 덕이 다른 덕으로 바뀌면 이따금 기분전환으로 느끼지만, 하나의 악이 또 다른 악으로 바뀌면 혐오감을 느낀다. [La Bruyere]
- 악은 자신을 덕이라는 외투로 감싼다. [Gabriel Harvey]
- 악을 피하는 것이 덕의 시작이다. [Horatius]
- 우리는 악을 가진 사람을 모두 경멸하지는 않지만, 어떠한 덕도 지니지 않는 자는 경멸한다. [La Rochefoucauld]
- 유행하는 모든 악은 덕으로 통한다. [J. R. P. Moliere]
- 인간의 덕보다는 악을 통해 인간을 더욱 잘 통치할 수 있다. [Napoleon I]
- 치료제를 조제하는 데에 독이 필요하듯이, 덕을 만드는 데에는 악이 필요하다. [La Rochefoucauld]

| 악마惡魔 |

- 만약 악마가 사랑을 할 수 있었다면, 악마는 간악하게 되지는 않았을 것이다. [Therese 성녀]
- 십자가 뒤에는 악마가 서있다. [Cevantes]
- 악마의 가장 큰 악의는 자신이 존재하지 않는 것처럼 믿게 만드는 것이

다. [Ch-P. Baudelaire]

● 악마의 힘은 허리에 있다.

[Hieronimus]

● 이따금 악마에게 촛불을 켜야 한다.

[Antoin Houdin]

| 악의惡意 |

● 꼭꼭 숨긴 악마가 최악이다.

[Marguerite de Navarre]

● 무지한 자의 악의는 명미한 자의 술책보다 더 위험하다. [Grimm 남작]

● 악의는 자기 자신의 독을 대부분 들이마시고 그 속에 스스로 중독된다.

[Montaigne]

● 짓궂은 자들은 심성은 나쁘지만 눈빛은 날카롭다. [Platon]

| 악의 근원根源 |

● 당신 자신이 죄를 범하고 악을 개악하고, 당신 자신이 죄를 피하고 깨끗한 생각을 가지는 것이다. 악과 청정淸淨은 당신 자신에 의해서 좌우된다. 남이 당신을 구할 수는 없다.

[잠 파타]

● 모든 사람들이여, 인간 세상에 악이 어디서 나오는가를 알고 싶거든, 누구보다도 먼저 그대 자신을 보라.

왜냐하면, 그대 자신이 먼저 악의 샘이 되기 쉽기 때문이다.

[Jean-jacques Rousseau]

● 악의 근원을 이루는 것은 돈 바로 그것이 아니라 돈에 대한 애착인 것이다. [S. Smiles]

● 우리들의 악의 근원을 우리들의 마음 바깥에서 찾는 것은 위험하다. 그렇게 되면 참회를 할 수도 없게 된다. 우리들의 악의 근원은 우리들의 마음속에서 찾아야 한다. 그렇게 되면 참회도 쉽게 할 수 있다.

[로벨트슨]

| 악의 대처對處 |

● 악은 존재하기 전에 막아야 하며, 폭동은 터지기 전에 진정시켜야 한다.

[노자老子]

● 악의 뿌리를 뽑아라. [Phokilides]

● 악이 사소하게 보이면, 이미 늦은 것이다. [Francis Bacon]

| 악인惡人 |

● 늘 악한 일을 하는 사람은 간간이 착한 일을 하더라도 남이 믿지 않는다.

[잠부론潛夫論]

● 이상한 일이다. 어떤 시대에도 악인은 자신의 비열한 행위에, 종교라

든가 도덕이나 애국심 때문에 봉사
했다고 하는 가면을 입히려고 애쓰
고 있다. [Heinrich Heine]

| 악인의 결속력結束力 |

- 개들끼리는 서로 물어뜯지 않는다.
  [Marcus Terentius Varro]
- 까마귀들끼리는 서로 눈을 쪼지 않
  는다. [Jean A. de Baif]
- 해적끼리 싸우면 남는 건 물통뿐이
  다. [Cervantes]
- 해적 대 해적, 서로 공격해 보았자 득
  되는 것은 아무것도 없다.
  [Mathurin Regnier]

| 악인의 배은망덕背恩忘德 |

- 까마귀를 키워주면, 까마귀는 너의
  눈을 쫄 것이다. [F. Levasseur]
- 나는 너에게 헤엄치는 법을 가르쳐
  주었는데, 지금 너는 나를 익사시키
  려 하는구나. [Thomas Fuller]
- 내가 늑대 새끼를 키워주면, 너를
  잡아먹을 것이다. [Theokritos]
- 매달린 불한당을 내려주면 너를 매
  달아 놓을 것이다. [Gabriel Morie]
- 뱀을 가슴에 품어주면, 그 뱀은 너
  를 물어버릴 것이다. [Aesop]

- 악한에게 호의를 베푸는 것은 바다
  의 파도에 씨를 뿌리는 것과 마찬가
  지다. [Phokylides]
- 악한은 항상 배은망덕背恩忘德한다.
  [Cervantes]
- 악한을 칭찬하고 기대할 수 있는 최
  고의 접대는, 악한이 모든 사람에게
  공평하게 배은망덕背恩忘德하는 것
  이다. [Aesop]
- 악한을 키우는 것은 자신의 불행을
  키우는 것이다. [F. J. 데스비용]

| 악인의 위선僞善 |

- 악어는 먹이를 먹기 전에 눈물을 흘
  린다. [Aelius Spartanius]
- 악의는 친절의 가면을 쓰고 더욱 악
  랄해진다. [Publius Syrus]
- 최악의 악한 자는 늙은 위선자이다.
  [J. P. C. Florian]

| 악착같음 / 옹고집 |

- 고집이 오해를 낳는다. [Sophocles]
- 모든 어리석은 자들은 악착같이 고
  집을 부린다. 그리고 악착같이 고
  집을 부리는 자들은 어리석다.
  [Balthasar Grasian]
- 옹졸한 인간은 악착같이 고집을 부
  리고, 자신이 본 것 이상의 것을 쉽게

믿지 못한다.　　[La Rochefoucauld]

| 악함 / 냉혹冷酷함 |

● 급류가 넘치는데 악한 자들은 행복 하다고 한다.　　[J. B. Racine]
● 늑대는 덫을 비난하지만, 자기 자신 은 비난하지 않는다.　　[W. Blake]
● 덕만으로 행복을 보장할 수 없지만, 악함은 불행을 가져오기에 충분하다.　　[Aristoteles]
● 배가 위험한 항구를 피하는 것처럼 악인을 피하시오.　　[Theognis]
● 손에 상처가 없는 사람은 독을 만져 도 해독害毒이 없다. 상처가 없거늘 독인들 해하랴. 악함이 없거늘 재 앙이 있으랴.　　[법구경法句經]
● 악의는 그 자신의 독 대부분을 마신 다.　　[L. A. Seneca]
● 악인의 지옥은 바로 자기 자신이다.　　[George Herbert]
● 악한 자들의 행복은 신들의 중대한 과오이다.　　[Andre Chenier]
● 악한 자만이 외롭다.　　[Diderot]
● 악함은 스승 없이도 배울 수 있다.　　[Publius Syrus]
● 잡초는 가꾸지 않아도 잘 자란다.　　[Erasus]
● 저주받은 소의 뿔은 짧다.　　[John Harvie]

● 종종 냉혹함이 악한 자들의 안전장 치가 된다.　　[F. J. 데스비용]
● 종종 악한 자들은 악한 자들에게 배 신당한다.　　[Grece]

| 악행惡行 |

● 남이 보는 데서 악을 행하면 사람들 이 벌을 내리고, 남이 모르는 데서 악 을 행하면 신명神明이 벌을 내린다. 그러므로 사람에 대해서나 신명에 대해서나 부끄러울 것이 없는 사람 만이 떳떳이 살아갈 수 있는 것이다.　　[장자莊子]
● 악행은 덕행보다 언제나 더 쉽다. 그것은 모든 것에 지름길로 가기 때 문이다.　　[Samuel Johnson]
● 한 시대에는 열두 가지 악이 있다. ① 훌륭한 업적 없는 현인, ② 신앙 심 없는 노인, ③ 복종하지 않는 젊 은이, ④ 자비심 없는 부자, ⑤ 절제 하지 않는 부녀자, ⑥ 덕망 없는 군 주, ⑦ 시비 걸기 좋아하는 기독교 인, ⑧ 거만한 가난뱅이, ⑨ 불공평 한 임금, ⑩ 태만한 목사, ⑪ 기강이 무너진 서민, ⑫ 법률을 무시하는 국민.　　[미상]

| 안식처 |

● 이 세상 도처에서 쉴 곳을 찾아보았

으되 마침내 찾아낸, 책이 있는 구석방보다 나은 곳은 없더라.

[Thomas A. Kempis]

| 안전安全 |

● 가장 안전한 배는 닻이 있는 배이다.

[Anacharsis]

● 땅바닥에 누워있는 자는 더 이상 떨어질 곳이 없다.　[Alain de Lille]

● 불신과 주의는 안전의 부모이다.

[Benjamin Franklin]

● 안전이란 대개 미신이다. 그것은 사실상 존재하지 않는다. 인생은 대담한 모험가이거나 아니면 아무 것도 아니다.　[Helen Keller]

● 안전하다고 믿지 않는 것이, 무사할 수 있는 방법이다. [Thomas Fuller]

● 안전할 때도 경계하는 자는 위험으로부터도 안전하다. [Publius Syrus]

● 항구에 정박해 있는 배는 안전하다. 그러나 그것이 배가 건조된 목적은 아니다.　[J. A. Shed]

● 확신하는 자는 안전하지 않다.

[Benjamin Franklin]

| 안정 |

● 안정을 추구하는 것은 덧없는 것이다. 인생의 본질은 불안정이다. 불안

정은 세포가 살아있다는 증거다. 세포는 죽어야 안정을 찾을 수 있다. 이 세상에 안정이라는 것은 환상일 뿐이다.　[안철수]

● 인간사에는 안정된 것이 하나도 없음을 기억하라. 그러므로 성공에 들뜨거나 역경에 지나치게 의기소침하지 마라.　[Socrates]

| 알다 |

● 많이 듣고 그중 좋은 것을 택해서 따르고, 많이 보고서 잘 기억하는 것은 태어나면서 아는 사람 다음가기 때문이다.　[논어論語]

● 모든 지식은 기억이다.

[Thomas Hobbes]

| 암시暗示 |

● 가려운 자가 긁는다.

[Antoine Houdin]

● 코가 나오는 사람이 코를 푼다.

[J. B. P. Moliere]

| 애국심愛國心 |

● 그대는 나라를 사랑하는가? 그러면 먼저 그대가 건전한 인격인人格人이 돼라! 백성의 병고를 가엾게 여기거든, 그대가 먼저 의사가 돼라.

의사까지는 못 되더라도 그대의 병
부터 고쳐서 건전한 사람이 돼라.

[회남자淮南子]

- 나는 애국심이 자선과 같다고 생각
한다. 그것은 집에서 시작된다.

[Henry James]

- 나는 우리나라가 옳기를 바란다.
그러나 옳거나 그르거나 간에 어쨌
든 나는 내 나라 편이다.

[John J. Crittenden]

- 남아가 실수하면 용납할 땅이 없지
만, 지사志士가 구차히 살려 하는 것
은 다시 때를 기다림일세. [김좌진]

- 애국주의는 항상 당신의 나라와 당
신의 정부가 그럴 자격이 있을 때
지지한다. [Mark Twain]

- 위장이 비었는데도 애국자가 되는
사람은 없는 것이다. [William Blan]

- 저는 세계 어느 나라보다 미국을 사
랑하며, 바로 이러한 이유로, 저는
그녀를 영원히 비판할 권리를 주장
합니다. [James Arthur Baldwin]

- 진정한 애국심에는 당파가 없다.

[스몰레드]

| 애도哀悼 |

- 가장 과시적으로 상복을 입는 자가
가장 기뻐하는 자이다. [Tacitus]

- 사람은 자기 가족 한 명씩 죽을 때

마다 죽어간다. [Publius Syrus]

| 애인愛人 |

- 사랑하는 여인과 함께 사랑하는 것
보다는, 차라리 사랑하는 여인을 위
하여 죽는 것이 쉽다. [Byron]

- 사랑하는 자와 살기 위해서는 한 가
지 비결이 필요하다. 곧 상대방을
바꾸려고 하지 말 것. [Chardonne]

- 애인의 결점을 장점으로 볼 수 없는
사람에게 진실한 사랑은 없다.

[Goethe]

- 애인이란 도대체 무엇인가. 그 여
자 곁에 있으면 여자가 지니고 있는
모든 결점을 모두 잊어버리는 남성
이다. [Nichora Sangfor]

| 애타심愛他心 |

- 다음 세대를 위하여 나무를 심어야
한다. [Caecilius Statius]

| 야망野望 |

- 갈 까마귀 떼 소리에 시달리지 않으
려면, 종루鐘樓의 머리가 되지 말라.

[Goethe]

- 과감하게 용기를 내는 자는 죽음을
맞는다. [노자老子]

- 나아감이 성급한 자는 물러나는 것도 빠르다. [맹자孟子]
- 노예는 주인이 한 사람뿐이지만, 야망인은 그의 재산에 득이 되는 사람들을 모두 주인으로 삼는다. [La Bruyere]
- 당신은 세계 최대의 야망을 품을 수 있는 사람이다. 달을 정복할 야망을 품어라. 그런 당신의 야망이 실현되지 못하도록 막을 사람은 아무도 없다. [Charles Ross]
- 모든 강이 드디어는 바다에 들어가 보이지 않게 되는 것처럼, 덕은 모든 욕망 속에 흘러 들어가 보이지 않게 된다. [La Rochefoucauld]
- 바다는 바람이 자면 조용하다. 그와 마찬가지로 열망이 더 이상 없으면 우리도 평온하다. [E. Willer]
- 방해가 크면 클수록 욕망은 더 심해진다. [La Fontaine]
- 성취에 이르기 위한 출발점은 욕망이다. 보잘 것 없는 욕망은 보잘것없는 결과를 가져온다. 작은 불씨로는 작은 열을 낼 수밖에 없다는 것과 똑같은 이치이다. [Napoleom Hill]
- 야망도 일종의 노력이다. [Kahlil Gibran]
- 야망에는 결국 단 하나의 보상밖에 없다. 약간의 권력, 약간의 일시적인

- 명예, 그 안에서 쉴 수 있는 무덤, 그리고 사라지는 이름뿐! [W. Winter]
- 야망은 그 주인을 파괴한다. [Talmud]
- 야망은 급류와 같아 뒤를 돌아보지 않는다. [Ben Johnson]
- 야망은 늙지 않는다. [Louis XVIII]
- 야망은 덕을 낳을 수 있는 악덕이다. [Quintilianus]
- 야망은 온갖 풍토에서 자란다. [William Blake]
- 야망은 자기의 소유자를 파멸시킨다. [유대 격언]
- 야망은 휴식이 없다. [E. Bulwer Lytton]
- 야망을 갖고 더 큰 뜻을 이루고자 할 때 비로소 진정한 잠재력을 실현할 수 있다. [Baravk Obama]
- 우뚝 솟은 탑이 무너지기가 가장 쉽다. [Horatius]
- 지나친 권력욕은 천사를 타락시켰고, 지나친 지식욕은 인간을 타락시켰다. [Francis Bacon]
- 현자는 야망을 통해서 야망에서 자유된다. [J. La Bruyere]

| 야심野心 |

- 너의 숙명은 인간의 그것에 지나지 않지만, 너의 야망은 신神의 그것이

다. [Ovidius]

- 마음속에 욕심이 가득 차서 욕심이 그칠 줄 모르는 사람은 깊은 연못에 물결이 끓어오르는 것처럼 마음이 동요되어, 조금도 침착성이 없으므로 언제나 마음이 공허해지지 않을 수 없다. 그러나 이와 같은 욕심이 없는 사람은 타는 것 같은 혹서酷暑에 서늘한 바람이 불어 지나가는 것 같이 평온함으로, 조금도 수고로움을 느끼지 않는다. [채근담菜根譚]

- 만일 야심이 결핍된다면, 인간의 마음에 완전한 활기를 불어넣는 것은 그 무엇이라도 힘들다. [H. Taylor]

- 보잘것없는 사람 중에서 홀로 두드러져 보이고자 하는 사람은 시대時代 전체를 못 쓰게 만든다. [Francis Bacon]

- 분주하게 일하는 사람과 자발적으로 일하는 사람을 분간해야 한다. [Francis Bacon]

- 사람은 왕왕 연애를 버리고 야심을 갖지만, 야심에서 연애로 되돌아오는 법은 거의 없다. [La Rochefoucauld]

- 야심가는 항상 크나큰 행운과 재물이 굴러들 것이라고 믿기 때문에 그 무엇을 뒤쫓아 다니고 있다. 그러나 그 사람에게 돌아오는 것은, 단지 피로와 분주한 나날뿐이다. [Alain]

- 야심은 살아 있는 동안에는 적으로부터 욕 듣고, 죽은 뒤에는 동지로부터 냉소 받고 싶다는 누를 수 없는 욕망이다. [Ambrose Bierce]

- 야심은 그 주인을 멸망케 한다. [Talmud]

- 야심은 담즙과 같다. 그 체액을 방해하는 것만 없으면 사람을 활동적으로 부지런하게, 민첩하게, 바쁘게 한다. 그러나 이것을 방해하는 것이 있어서 자기의 생각대로 되지 않으면 건조하고 악의 있는, 즉 독 있는 것이 된다. [Francis Bacon]

- 야심은 사고의 죽음이다. [George Bernard Shaw]

- 야심은 사랑과 싸우는 유일한 힘이다. [Siva]

- 야심은 실패의 최후의 피난처다. [Oscar Wilde]

- 야심은 하나의 악덕이지만, 그것은 미덕의 아버지도 된다. [Quintilianus]

- 야심이란 살아 있는 동안에 적으로부터 중상重傷을 당하고, 죽은 뒤에는 친구로부터 비웃음을 당하는 폭군적인 욕망이다. [Ambrose Bierce]

- 인간의 야심이란, 지배욕 이외의 아무것도 아니다. [Michail Lermontov]

- 팔려온 노예는 하나의 주인밖에 없지만, 야심이 많은 사람은 자기의 세력 증대에 도움이 될 수 있는 모든 사람의 노예가 되어야 한다.

[J. La Bruyere]

- 현자는 야심 그 자체에 의해서 야심으로부터 치유된다.   [La Bruyere]
- 희망이 한이 없으면 야심을 일으킨다.   [John Milton]

| 약藥 |

- 낫는 동안 서둘러 약을 먹어야 한다.   [Senac de Meihan]
- 모든 사람은 거의가 질병 때문이 아니라 약 때문에 죽는다.   [Moliere]
- 약이 환자를 어질어질하게 하지 못한다면 그 병은 낫지 않는다.
  [맹자孟子]
- 좋은 책과 좋은 약으로 몇 명은 치유할 수 있다.   [Voltaire]

| 약속約束 |

- 가장 나중에 약속하는 자가 가장 충실하게 약속을 지킨다.
  [Jean-jacques Rousseau]
- 강요당하고는 절대로 말하지 말라. 그리고 지킬 수 없는 것은 미워하지 말라.   [J. R. 로우얼]
- 내가 약속을 지키지 않거든, 나를 십자가에 못 박아 죽여도 좋다.
  [Adolf Hitler]
- 누구나 약속하기는 쉽다. 그러나

그 약속을 이행하기는 쉽지 않다.
  [Ralph Waldo Emerson]
- 도리에 어긋나는 약속을 하면 안 된다. 그것은 이행할 수 없기 때문이다.
  [논어論語]
- 만약 약속이 성립된다는 것은 상대방의 신뢰를 얻었다는 증거이다. 만약에 약속을 파기하면 상대방으로부터 도둑질을 한 셈이다. 그렇다고 돈을 훔친 것은 아니다. 상대방으로서는 평생 돌이킬 수 없는 시간을.   [Andrew Carnegie]
- 비통 속에 있는 사람과의 약속은 가볍게 깨진다.   [John Masefield]
- 사람들은 양쪽 다 같이 유리할 때 약속을 지킨다.   [Solon]
- 사람들의 약속은 빵 껍질이다.
  [W. Shakespeare]
- 사람은 자기가 한 약속을 지킬 만한 좋은 기억력을 가져야 한다.
  [Friedrich Nietzsche]
- 쉽게 하는 약속은 믿음성이 적다.
  [노자老子]
- 시간 엄수는 군주의 예절이다.
  [Louis XVIII]
- 약속은 약속 이행의 전야이다.
  [George Herbert]
- 약속은 어리석은 자들이 걸리는 덫이다.   [Balthasar Grasian]
- 약속은 하기는 어려우나, 지키기는

쉽다. [C. Jilius Andrassy]
- 약속을 쉽게 하지 않는 사람은 그 실천에는 가장 충실하다.

  [Jean-Jaques Rousseau]
- 약속을 잘하는 사람은 잊어버리기도 잘한다. [Thomas. Fuller]
- 약속을 지키는 최선의 방법은 약속을 하지 않는 것이다. [Napoleon I]
- 약속이란, 어리석은 자가 뒤집어쓰는 올가미다. [Gracian y Morales]
- 약속하는 것과 약속을 지키는 것은 별개의 일이다. [Antoin Louiselle]
- 약혼하고 절대로 혼인하지 않는 자.

  [Antoin Louiselle]
- 예의로 약속하고 법으로 관리한다.

  [소순蘇洵]
- 우리는 기대하는 것이 있어서 약속하고, 두려워서 그 약속을 지킨다.

  [F. La Rochefoucauld]
- 자신과의 약속을 어기는 자는 남과의 약속도 쉽게 저버릴 수 있다.

  [Andrew Carnegie]
- 장사꾼같이 약속하고 군함같이 갚는다. [Thomas Fuller]
- 적게 주지 않으려고 많이 약속한다.

  [Vauvenargues]
- 적에게도 약속은 지켜야 한다.

  [Publius Syrus]
- 지켜지지 않았다고 하는 약속의 절반은 애당초 약속도 되지 않았던 것

이다. [John Milton Hay]
- 폭풍이 한창일 때의 서약은 바람이 잠잠하면 잊혀진다.

  [Thomas Fuller]
- 함부로 약속을 하는 사람은 그 실행을 무시한다. [Vauvenargues]
- 해놓은 약속은 미지불의 부채다.

  [서비스]
- 혼인을 약속했다면 혼인 날짜 이전에 반드시 딸을 시집보내야 한다.

  [Pierre Gringore]

| 약자弱者 |

- 갈대는 약하지만 다른 나무들을 엮는다. [George Herbert]
- 노하는 것은 확실히 저열한 짓이다. 그것은 그 감정에 지배당한 본인이 약한 경우에 잘 나타나는 것이기 때문이다. [Francis Bacon]
- 무른 것이 단단한 것을 이기고, 약자가 강자를 이긴다. [노자老子]
- 약자들의 증오는 그들의 우정보다 덜 위험하다. [Vauvenargues]
- 약자를 구하러 나서는 사람은 대부분 약자이다. [F. J. 데스비용]
- 약자의 투창은 무디다. [Homeros]
- 약한 것도 합치면 강해진다.

  [Thomas Fuller]

| 약점弱點 |

- 불구자는 남의 약점에 주목하여 사찰하는 데 부지런하여 그로부터 얼마간 보상을 받고자 한다. [F. Bacon]
- 약점은 악덕보다는 덕의 반대 개념이다. [La Rochefoucauld]
- 약점이야말로 고칠 수 없는 결점이다. [La Rochefoucauld]
- 어리석은 자의 특징은 타인의 결점을 들어내고, 자신의 약점은 잊어버리는 것이다. [Marcus T. Cicero]
- 우리가 마음에 들고 싶어 하는 사람의 약점을 안다면, 약점을 모르는 척해야 마음에 드는 데에 성공할 수 있다. [A. R. Lesage]
- 자신의 약점이나 모자라는 점을 숨기고 감추기보다는 있는 그대로 드러낼 수 있는 용기를 가진 자에게는 결국 길이 열리게 될 것이다. [작자 미상]
- 한 명 한 명의 약점을 찾아내는 것은 그 사람의 의지를 조종하는 기술이다. [Balthasar Grasian]

| 약혼約婚 |

- 약혼이란, 실은 젊은 아가씨의 성교육을 점진적으로 행한다는 목적을 갖고 있다. 그런데 가끔 사회의 풍습은 약혼자끼리의 지나친 정결을 강제한다. [Simone de Beauvoir]
- 약혼한 남자 중에는 혼인하지 않은 자도 있기 때문에 약혼한 딸은 혼인했다고 할 수 없다. [Antoine Louiselle]
- 약혼한 딸은 양도된 딸이다. [Cesar Houdin]

| 얌전한 여자 |

- 얌전 빼는 것은 요새에 공격받을 위험이 줄었는데도 더 많은 보초를 세우는 것과 마찬가지다. [Victor Hugo]
- 얌전빼는 것은 인색함과 같다. 그리고 최악의 인색함이다. [Stendhal]
- 얌전이라는 베일이 그렇게 두꺼운 것은 감추어야 할 것이 많기 때문이다. [Girardin 부인]
- 얌전한 체하는 여자는 얼굴 표정과 말로 자신을 드러내고, 정숙한 여자는 행동으로 자신을 드러낸다. [J. La Bruyere]

| 양보讓步 |

- 겸허하게 양보하는 마음은 예의의 근본이다. [맹자孟子]
- 내게 대황(한방에서 대황의 뿌리를 약재로 씀)을 주게. 나는 자네에게

센나(콩과의 화초. 약초에 사용됨)를 주겠네. [Moliere]

● 양보하는 자에겐 반드시 좋은 사람들이 모여든다. [Brumch]

● 좁은 길은 둘이 함께 갈 수 없다. 그럴 때 서로 우긴다면 둘이 다 가지 못한다. 이럴 때는 한 걸음 멈추고 타인을 먼저 가게 할 줄 알아야 한다. 또 맛 좋은 음식은 누구나 다 좋아한다. 비록 그 맛 좋은 음식을 자기 혼자 먹게 된 경우일지라도, 3분쯤 덜어 타인에게 맛보도록 할 줄 알아야 한다. 이같이 세상만사에 대해서 1보를 양보하고 3분을 나눌 줄 안다면, 세상을 안락하게 살아갈 수 있을 것이다. [채근담菜根譚]

● 평생토록 길을 양보해도 백 보에 지나지 않을 것이며, 평생토록 밭두렁을 양보해도 한 마지기를 잃지 않을 것이다. [주인궤朱仁軌]

| 양부모養父母 |

● 나를 낳아준 사람이 아닌, 나를 길러주는 사람과 살아야 한다. [Cervantes]

● 어머니는 알을 낳는 새가 아니다. 그러나 알을 낳으면 품는다. [A. V. Arno]

● 혈연이 아닌 선한 의지가 친족 관계를 만든다. [Phedre]

● 후원자가 아버지보다 낫다. [Florian]

| 양식糧食 |

● 당나귀의 걸음걸이는 먹는 귀리에 따라 달라진다. [Talmud]

● 발이 위장을 옮기는 것이 아니라, 위장이 발을 옮긴다. [Cervantes]

● 부른 배에서 춤이 나온다. [La Bruyre]

| 양심良心 |

● 그 어떤 죄인도 자기 자신의 법정에서는 사면 받지 못한다. [Juvenalis]

● 깨끗한 양심은 끊임없는 크리스마스와 같다. [Benjamin Franklin]

● 남의 죄악을 운운하기 전에 네 양심으로 하여금 네 속을 들여다보게 하라. [Benjamin Franklin]

● 너의 양심은 무엇을 말하고 있는가? '본래의 너 자신이 돼라.' [Friedrich Nietzsche]

● 다른 사람의 죄를 들추면, 자신의 양심에 영원히 지을 수 없는 얼룩을 남기게 된다. [Baltasar Gracian]

● 당신이 한 일이 무엇이나 말썽이 있으면, 그것이 곧 나쁜 행위라고 말해도 좋다. 양심이 주는 결정은 꼿

꼿하며, 그리고 단순하기 때문이다.

[채근담菜根譚]

- 두려움은 양심이 죄에 내는 세금이다.　　　　　[Gorge Sewell]
- 때때로 양심의 역할을 하는 것은 바로 나 자신이다.　　[Elias Canetti]
- 마음속의 재판에서는 죄인 한 사람도 용납이 되지 않는다.　[Juvenalis]
- 명예는 밖으로 나타난 양심이며, 양심은 안에 깃든 명예이다.

[Schopenhauer]

- 모든 것에 비양심적인 사람은 아무것도 신뢰하지 말라.

[Laurence Sterne]

- 바다보다 웅대한 장관이 있으니, 그것은 하늘이다. 하늘보다 웅대한 장관이 있으니, 그것은 양심이다.

[V. M. Hugo]

- 부자에게 양심이 깃드는 것은 지극히 드문 일이다.　　[Juvenalis]
- 사람이 본성을 남김없이 드러낼 수 있으면, 만물의 본성을 남김없이 드러낼 수 있다.　　[공자孔子]
- 선의 영광은 그들의 양심에 있지, 사람들의 말에는 없다.　[Lev Tolstoy]
- 양심과 조심은 진정 같은 것이다. 양심은 회사의 상표이다.

[Oscar Wilde]

- 양심 없는 지식은 인간의 영혼을 멸망시킨다.　[Francois Rabelais]

- 양심에 대한 가책의 시작은, 새 생명의 시작이다.　　[George Eliot]
- 양심에 있어 다수결의 원칙은 설 자리가 없다.　[Mahatma Gandhi]
- 양심은 그 사람의 범죄의 고발자이다.　　　　　　[영국 우언]
- 양심은 누구나 억제할 수 없다. 그것은 위로는 제왕으로부터, 밑으로는 나무꾼에 이르기까지 꺾지 못한다. 왜냐하면 양심은 하느님의 지상명령이기 때문이다.　[V. M. Hugo]
- 양심은 다만 항상 침묵이라는 형태로 말한다.　[Martin Heidegger]
- 양심은 모든 인간에게 신神과 같은 것이다.　　　[Menandros]
- 양심은 불멸이며, 영혼은 진정 내세에 존속한다.　　　[Platon]
- 양심은 선善 생활의 증권이며 또한 보수다.　　　[L. A. Seneca]
- 양심은 성탄절이 계속되는 것과 같다.　　[Benjamin Franklin]
- 양심은 신성한 본능이며, 선악에 대한 심판자이다.　[J. J. Rousseau]
- 양심은, 신이 오직 한 사람의 재판관으로서 들어갈 수 있는 신성한 신전이다.　[Felicite Lamennais]
- 양심은 영혼의 소리이며, 정열은 육신의 소리이다.　[J. J. Rousseau]
- 양심은 우리들의 영혼을 가책하고, 항상 예리한 재난을 떨어버린다.

- 양심은 우리 속에 있는 가장 신성한 것입니다. 더는 양심을 비웃지 마셔요. [Oacar Wilde]
- 양심은 우리 안에 있는 하느님의 목소리이다. [Menandros]
- 양심은 인간의 신성한 본능이다. 그리고 양심은 영원한 하늘의 소리며, 총명하고 자유로운 인간의 믿음직한 안내자다. 그러므로 양심은 인간을 하느님과 함께 닮게 하며, 선과 악에 대해 과오를 범할 수 없게 하는 심판자인 것이다. [J. J. Rousseau]
- 양심은 죄의 고발자이다. [영국 격언]
- 양심은 증인 천 명의 가치를 갖는다. [Quintilianus]
- 양심을 버리는 자는 도끼에 나무가 베이는 것과 같다. [맹자孟子]
- 양심의 상처는 아물지 않는다. [Publius Syrus]
- 양심이란, 안면 신경통 같은 것이며 치통보다도 아프다. [Herman Melville]
- 양심이란, 엄숙한 취미다. [아쿠다가와류노스케芥川龍之介]
- 양심이란, 우리들 몸속에 있는 가장 좋은 것이 그곳에 집중되어 있는 정교한 거울이다. [Fabre]

- 어떠한 용어를 사용하든, 인간은 양심을 속일 수는 없다. [Ralph Waldo Emerson]
- 오직 하나, 인간의 양심만이 모든 난공불락의 요새보다도 안전하다. [Epiktetus]
- 운명은 화강암보다 견고하지만, 인간의 양심은 운명보다도 더 견고하다. [Victor Hugo]
- 의무의 중압감으로부터 우리를 해방시킬 수 있는 것은 양심뿐이다. [Johann Wolfgang von Goethe]
- 인간은 지혜와 양심으로 살아야 한다. 돈이 없다고 해도 결국은 살아갈 수 있지 않았던가. 대체로 황금이라는 것은, 우리에게 양심이 흐려질 때 자취를 드러낸다. [Maksim Goriki]
- 자기 내면으로 내려가기 위해서는 먼저 함양되어야 한다. [Joseph Joubert]
- 자녀에게는 황금보다는 양심이라는 훌륭한 유산을 남겨야 한다. [Platon]
- 자신을 충분히 잘 살핀다면, 각자가 자기 자신에게 훌륭한 규율이 된다. [G. S. Plinius]
- 행동하는 자는 항상 양심이 없다. 관찰하는 자 이외에는 누구에게도 양심이 없다. [Goethe]

| 양심의 가책呵責 |

- 법이 없으면 양심의 가책이라는 형벌이 있다.　　　[L. A. Seneca]
- 양심의 가책에는 필연적인 고백이 따른다. 작품이란 일종의 고백이며, 나를 증언해야 한다.　[Albert Camus]
- 양심의 가책이 매를 맞는 것보다 더 가혹할 수 있다.　　[Demophilius]
- 어떠한 벌도 양심의 가책이라는 형벌보다 더 가혹할 수 없다.
　　　　　　　[L. A. Sensca]
- 여명이 있고 나서 아침이 오듯이, 양심의 가책 뒤에 덕을 얻게 된다.
　　　　　[J. B. H. Lacordaire]

| 양자택일兩者擇一 |

- 모든 것에는 두 개의 손잡이가 있다.
　　　　　　　　[Epiktetus]
- 문은 열려 있거나 닫혀 있거나 해야 한다.　　　　[브뤼이. 필라프라]

| 어둠 |

- 눈에 띄지 않는 둥지가 가장 따뜻한 둥지이다.　　　[Emily Kushe]
- 모든 어둠에는 빛이 있다.
　　　　　　[Helen Adams Keller]
- 어둠은 단순한 자에게는 평화를 준

다.　　　　　　[L. A. Seneca]
- 어둠은 미래의 사건을 감추고 있다.
　　　　　　[J. de La Bepri]
- 행복하기 위해서는 숨어서 살아야 한다.　　　　　　[Florian]

| 어려움 |

- 궁지에 몰린 쥐, 고양이를 문다.
　　　　　　[염철론鹽鐵論]
- 모든 것은 단순해지기 전까지 어렵다.　　　　[Thomas Fuller]
- 모든 것은 쉬워지기 전까지 다 어렵다.　　　　[Antoine Galland]
- 성공의 어려움은 시도試圖의 필연성을 키울 뿐이다. [Beaumarchais]
- 쉬운 것은 어려운 것인 양 시도해야 하고, 어려운 것은 쉬운 것인 양 시도해야 한다.　[Balthasar Grasian]
- 신념을 형성할 때는 신중해야 하지만, 신념이 형성된 후에는 어떤 어려움에서도 지켜야 한다.
　　　　　　[Mahatma Gandhi]
- 쓰고 단것은 외부에서 생기고, 어려운 것은 자기 내부에서 생긴다.
　　　　　　[Albert Einstein]
- 어렵기만 한 것은 결국 아무도 마음에 들어 하지 않는다.　　[Voltaire]
- 용기와 인내가 가진 마법 같은 힘은 어려움과 장애물을 사라지게 한다.

[John Adams]

- 이 사악한 세상에서 영원한 것은 없다. 우리가 겪는 어려움조차도.
[Charlie Chaplin]
- 일이 어려워서 감행하지 못하는 것이 아니라 감행하지 않기 때문에 일이 어려운 것이다. [L. A. Seneca]

| 어리석음 |

- 가난이 범죄의 어머니라면, 어리석음은 범죄의 아버지이다.
[La Bruyere]
- 가장 짧은 어리석음이 최고이다.
[Marguerite de Navarre]
- 가장 큰 위험이 존재하는 것은 반쯤 바보 같은 인간에서의 반쯤 영리한 인간의 경우에서다. [Goethe]
- 기지가 있는 자는 어디에서도 외롭지 않지만, 어리석은 자는 어딜 가나 지루하다고 한다. [Oxenstjerna]
- 나는 무엇을 알고 있단 말인가?
[Montaigne]
- 빈 수레와 어리석은 자가 가장 시끄럽다. [Plutarchos]
- 빈약한 두뇌가 가장 완고한 편견에 의해 결정하는 것, 그것이 프라이드이며, 우매한 자가 반드시 갖추는 악덕이다. [Alexander Pope]
- 사람이 비록 지극히 어리석어도 남을 꾸짖는 데는 밝고, 비록 총명할지라도 자기를 용서하는 데는 어둡다.
[송명신언행록宋名臣言行錄]
- 사람이 어리석으면 하는 일도 어리석다. [Sevigne 부인]
- 사람이 인생에서 가장 후회하는 어리석은 행동은 기회가 있을 때 저지르지 않은 행동이다. [H. Rowland]
- 어리석은 것은 다소의 이성으로 보완해 주려고 하기보다는 그대로 송두리째 내버려 두는 것이 낫다. 이성의 어리석음과 섞여지면 그 힘을 잃고 어리석음도 어리석음 나름으로 왕왕 소용이 되는 성질을 잃게 되는 것이다. [Goethe]
- 어리석은 사람은 당장 눈을 즐겁게 해주거나 마음을 기쁘게 해주는 것을 크게 이득을 본 것이라 여긴다. 그러나 도를 터득한 사람은 그런 것을 물리친다. [회남자淮南子]
- 어리석은 자가 무슨 말을 하더라도 듣지 말고 무슨 생각을 하는지 염두에 두지도 말라. [B. Gracian]
- 어리석은 자가 잘 차려입은 것처럼, 잘 포장된 어리석음이 있다.
[Nichora Sangfor]
- 어리석은 자가 차를 탄 것보다, 지혜로운 자가 걸어가면 더 빨리 간다.
[Girardin 부인]
- 어리석은 자는 어떤 일이 일어나야

만 자신의 어리석음을 깨닫는다.

[Homeros]

- 어리석은 자는 언제나 더 어리석은 자를 찾아내어 찬양한다.

[Boileau, Nicolas]

- 어리석은 자는 의인이 될 만한 소질이 부족하다.   [La Rochefoucauld]
- 어리석은 자는 천사들도 두려워서 들어가지 않는 곳에도 돌진해 들어간다.   [Alexander Pope]
- 어리석은 자들은 과오를 피해 달아나도 반대편의 과오에 빠지게 된다.

[Horatius]

- 어리석은 자들이 최악의 도둑이다. 시간과 좋은 기분 둘 다 훔쳐 간다.

[Goethe]

- 어리석은 자를 비웃고 싶을 때, 나는 멀리서 찾지 않는다. 그저 나를 비웃는다.   [L. A. Seneca]
- 어리석은 자에게는 침묵이 지혜를 대신한다.   [Publius Syrus]
- 어리석은 자의 손은 꽉 차 있다.

[P-A. Lambert Taboo]

- 어리석은 자의 특징은 타인의 결점을 드러내고, 자신의 약점은 잊어버리는 것이라 하겠다.   [Cicero]
- 어리석은 자의 호평은 어리석은 자의 비판보다 더 큰 악을 낳는다.

[J. P. C. de Florian]

- 어리석은 행위의 1단계는 자기 자신의 현명함에 자기도취하는 것이고, 2단계는 그것을 고백하는 것이고, 3단계는 충고를 경멸하는 것이다.

[Benjamin Franklin]

- 어리석음은 자제하는 법이 없다.

[Balthasar Grasian]

- 우리는 악한 자에게는 게으름을 바라고, 어리석은 자에게는 침묵을 바란다.   [Nichora Sangfor]
- 우매한 자에 대해서는 하느님마저도 어쩔 수 없어서 포기한다.   [Schiller]
- 하느님은 언제나 어리석은 자들과, 연인들과, 술 취한 이들을 돕는다.

[Marguerite de Navarre]

- 학식이 있는 어리석은 자가 아무것도 모르는 어리석은 자보다 더욱 어리석다.   [Moliere]
- 한 번도 바보 같은 짓을 하지 않고 살아가는 사람은 자신이 생각하고 있는 것만큼 현명하지 못하다.

[La Rochefoucauld]

| 어린아이 |

- 아이가 없는 집은 무덤이다.

[Purana 성전]

- 아이들은 확실한 근심이며, 불확실한 위안이다.   [Jeremiah Clarke]
- 아이를 사랑하거든 매를 많이 주고, 미워하는 아이에게는 먹을 것을 많

이 준다. [명심보감明心寶鑑]

- 어린아이들의 존재는 이 땅 위에서 가장 빛나는 혜택이다. 죄악에 물들지 않은 어린애들의 생명체는 한없이 고귀한 것이다. 우리는 어린아이들을 사랑하지 않을 수 없다. 우리는 어린아이들 속에 미美를 발견하고 행복을 느낄 수 있다. 어린아이들 틈에서만 우리는 이 지상에서 천국의 그림자를 엿볼 수 있는 것이다. 어린아이들의 생활은 고스란히 하늘에 속한다. [Henry F. Amiel]
- 어린아이에게는 모든 더 큰 가능성이 있다. [Tolstoy]
- 자기 자신의 부족한 점이 자식에게 실현되기를 바라는 것은 모든 부친의 경건한 소망이다. [Goethe]
- 장난감과 먹을 것이 많은데도 더럽고 단정치 못한 어린이는 어쩔 수 없는 장난꾸러기거나, 아니면 그의 아비가 부족하기 때문이다.
  [Robert E. Stevenson]
- 종탑들이 도시를 장식하고 범선들이 바다를 장식하듯, 아이들은 어른들을 장식한다. [Homeros]
- 진실은 아이들 입에서 나온다.
  [Platon]
- 한 아이를 키우려면 온 마을이 필요하다. [아프리카 속담]
- 후사가 없는 것이 가장 큰 불효이다.

[맹자孟子]

| 어머니 |

- 두 팔에 자식을 안고 있는 어머니를 보는 것처럼 매력이 있는 일은 없다. 그리고 여러 자녀에게 둘러싸인 어머니처럼 존귀한 것은 없다.
  [Johann Wolfgang von Goethe]
- 신조차 어머니가 있다. [A. 도종]
- 아이는 엄마의 웃음으로 엄마를 알아본다. [Vergilius]
- 어머니의 마음은 신의 걸작이다.
  [A. Gretry]
- 어머니의 마음은 아이들의 학교이다.
  [H. W. Beecher]
- 어머니의 축복이 아이들에게는 부담이 될 수 있다. [Jeremiah Clarke]
- 어머니의 품이 가장 안전한 안식처이다. [J. P. C. de Flolian]
- 온갖 실패나 불행을 겪어도 인생에 대한 신뢰를 끝까지 간직하고 있는 낙천가는, 흔히 훌륭한 어머니 품에서 자라난 사람들이다. [A. Maurois]
- 친족은 누구인가? 어머니와 자식이 친족이다. [Abadana]

| 어머니와 딸 |

- 딸들은 언제나 자신의 어머니보다

현명하다고 생각한다.　　[Florian]

- 양은 양을 따른다.　　[Talmud]

| 어머니와 아들 |

- 수송아지가 고약하지 않다고 해서 암소가 위험하지 않을 것이라고 여기지 않는다.　　[Talmud]

| 어머니의 교육敎育 |

- 군인은 전술적으로, 시인은 시적으로, 신학자는 경건하게 교육한다. 그러나 어머니만은 하늘같이 크고 바다같이 넓은 사랑으로 교육한다.
  [Jean Paul]
- 자기의 자녀들을 교육하는 어머니의 모습은 하나님이 내려주신 이 땅 위에서 가장 아름다운 사랑의 표상表象이다. 즉 진정한 여신女神이란, 그를 두고 하는 말이다.
  [J. H. Pestalozzi]
- 자식의 미래는 어머니의 작품이다.
  [Napoleon I]

| 어진 사람 |

- 사람이면서 어질지 않으면, 예禮를 무엇 때문에 갖추며, 사람이면서 어질지 않으면, 음악을 무엇 때문에 하리오?　　[논어論語]
- 어진 사람이 되려면 무엇보다도 억제抑制라는 것이 필요하다. 억제는 어릴 때부터 습성이 되어 있지 않으면 안 된다. 만약 억제가 어릴 때부터 습성이 되어 있지 않으면 많은 덕을 갖출 수 없을 것이다.　　[노자老子]

| 언론言論 |

- 검열을 사용하여 요구하는 것은 권력자이며, 언론의 자유를 구하는 것은 신분이 낮은 사람들이다.
  [Johann Wolfgang von Goethe]
- 나는 신문 없는 정부보다 정부 없는 신문을 택하겠다.　　[T. Jefferson]
- 뉴스가 없다는 것은 반가운 뉴스다. 언론인들이 없다는 것은 더욱 반가운 일이다.　　[N. Bentley]
- 대통령은 4년 동안, 언론은 영원히 미국을 지배한다.　　[Oscar Wilde]
- 문학은 두 번 읽어야 알아들을 글을, 언론은 단번에 알아듣는 글을 쓰는 기술이다.　　[C. V. Connolly]
- 바르게 알도록 하고, 바르게 판단하도록 하고, 바르게 행동하도록 하는 무거운 책임이 바로 우리 언론에 있다.　　[박정희]
- 언론은 주로 그 허구적 측면 때문에 인기가 있다. 언론이 보여주는 삶

과 현실의 삶은 전혀 다르다.

[G. K. Chesterton]

- 언론의 자유는 다시 이용될 수 있는 자유를 최대 자극함으로써 인간의 지식에 더 많은 것을 가져다준다.

[Francis Bacon]

- 언론의 자유를 부르짖는 것은 그것을 남용하려는 인간뿐이다. [Goethe]
- 언론의 자유를 죽이는 것은 진리를 죽이는 것이다.   [John Milton]
- 언론의 자유, 투표의 자유, 다수결에 대한 복종, 이 세 가지가 곧 민주주의다.   [김구]
- 언론이란 무엇이냐? 그것은 한 사회의 발전을 표현하는 것이다. 언론은 결코 진공상태에서 생겨지지 않는다.   [김관석]
- 언론이 자유롭고 누구나 글을 읽을 수 있는 곳에서는 모든 사람이 안전하다.   [Thomas Jefferson]
- 언론이 진실을 보도하면 국민들은 빛 속에서 살 것이고, 언론이 권력의 시녀로 전락하면 어둠 속에서 살 것이다.   [김수환]
- 언론인들은 사실이 아니라고 알면서도 사실인 것처럼 말한다. 그들은 그렇게 오랫동안 말하면, 그것이 사실이 될 것이라는 희망을 품고 있다.

[Arnold Bennett]

- 우리에게는 세 가지 보물이 있다.

그것은 언론의 자유, 양심의 자유, 그리고 그 두 가지를 결코 사용하지 않는 현명함이다.   [Mark Twain]
- 이 세상에서 가장 아름다운 것은 언론의 자유이다.   [Diogenes]
- 저널리즘은 빠져나올 수 있다는 보증만 있으면 무엇에든지 앞장서서 목을 디민다.   [쥘 자냉]
- 좋은 신문이란 혼잣말을 지껄이는 것이다.   [Arthur Asher Miller]
- 편집자란, 말과 왕겨를 갈라놓고는 왕겨를 인쇄하는 자다.

[Adlai Stevenson]

- 펜은 칼보다 강하다.   [Lytton]
- 현대 언론의 장점은 교육을 받지 못한 사람들의 의견을 보도하여 우리가 사회의 무지와 계속해서 접촉하도록 해주는 것이다. [Oscar Wilde]

| 얼굴 / 용모容貌 |

- 명민한 사람에게는 표정도 하나의 언어이다.   [Publius Syrus]
- 못난이의 얼굴을 보고 싶으면 먼저 자신의 얼굴을 거울에 비추어보라.

[La Bruyere]

- 사람은 40이 넘으면 자신의 얼굴에 책임을 져야 한다.

[Abraham Lincoln]

- 사람을 외모로 판단하지 않도록 조

심해야 한다.　　　　[La Fontaine]

● 사람의 얼굴을 믿지 마시오.

　　　　　　　　　　[Juvenalis]

● 선한 얼굴은 그 사람을 나타내는 가
　장 좋은 추천서이다.　[Elizaberth I]

● 수백만의 얼굴 중에서 똑같은 얼굴
　이 없다는 것은 모든 사람들의 공통
　된 놀라움이다.　　　[T. Brown 경]

● 아름다운 얼굴은 무언의 추천장을
　겸비라고 있다.　　[Francis Bacon]

● 얼굴로 표현하는 것이 말로 하는 것
　보다 쉽다.　[William Shakespeare]

● 얼굴은 가장 상냥한 사기꾼이 된다.

　　　　　　　　　　[Corneille]

● 얼굴은 그 사람의 영혼을 반영한다.

　　　　　　[Marcus Tullius Cicero]

● 얼굴은 인간 안에 있는 더 비열한
　모습을 드러낸다.　[C. R. Quintus]

● 얼굴이 최고의 보증금이다.

　　　　　　　　[Pierre Charron]

● 외모가 인간을 만들지는 못한다.
　그러나 적어도 눈에 비치는 전부,
　바로 그것으로 형성된다.

　　　　　　　　　[Dale Carnegie]

● 용모가 수려함은 어떠한 추천서에
　못잖은 효능이 있다.　[Aristoteles]

● 용모는 결코 거짓말을 하지 않는다.

　　　　　　　[Honore de Balzak]

● 웃는 얼굴에 복이 온다.　[한국 속담]

● 인간이 손으로 어떤 일을 하든지 간

에 그의 얼굴은 진실을 말한다.

　　　　　　[William Shakespeare]

● 잘생긴 얼굴은 어떠한 추천장보다도
　선호되는 특권이다.　　[Aristoteles]

● 잘생긴 얼굴은 잠긴 문을 여는 열쇠
　이다.　　　　　　　　　[Saidy]

● 전투사의 용모가 승리의 한 조건이
　될 수 있다.　　　[Publius Syrus]

● 표정은 인간을 판단하기 위해 우리
　에게 주어진 것이 아니다. 표정으로
　는 추측만 할 수 있을 뿐이다.

　　　　　　　　　[La Bruyere]

● 하나님께서는 너에게 하나의 얼굴
　을 주셨다. 그런데 너는 그것을 다
　른 모습으로 바꾸어 버렸다.

　　　　　　　　　[Shakespeare]

● 하나하나 뜯어보면 좋게 보이지 않
　는 얼굴일지라도, 모두 합쳐보면 좋
　게 보일 수 있다.　[Francis Bacon]

| 엄격嚴格함 |

● 스스로에게 엄격해야 타인에게 제
　대로 엄격할 수 있다.　[Stael 부인]

● 엄격함은 과오를 처벌하기보다는
　예방한다.　　　　　[Napoleon I]

● 우리는 엄격해야 하며 적어도 그렇
　게 보이기라도 해야 한다.

　　　　　　　　　[Girardin 부인]

| 업적 |

● 위대한 업적은 대개 커다란 위험을
감수한 결과이다.　　　[Herodotos]

| 에너지energy |

● 우리 안에는 에너지가 숨겨져 있다.
우리는 그 에너지를 사용하여 인생
마라톤에서 경쟁할 수 있다.
　　　　　　　　[Roger Dawson]

| 여가餘暇 |

● 나는 여가에 짓눌려 어쩔 줄 모르는
자를 불쌍히 여긴다.　　[Voltaire]
● 여가 시간을 가지려면 시간을 잘 써
라.　　　　[Benjamin Franklin]
● 여가는 철학의 아버지다.
　　　　　　　[Thomas Hobbes]
● 여가는 최고의 재산이다. [Socrstes]
● 여가를 이용하지 못하는 사람은 항
상 여가시간이 없다.　　[서양 격언]
● 인간이 가치 있는 만큼 여가도 가치
가 있다.　　　[Schopenhower]
● 할 일이 전혀 없을 때 가장 바쁘다.
　　　　　　　[Scipio Africanus]

| 여관 주인 |

● 여관 주인은 손님을 웃음거리로 만

든다.　　[Bernard de Le Monuwa]
● 저녁에는 직공을 칭찬하고, 아침에
는 여관 주인을 칭찬하라.
　　　　　　　[Gabriel Morie]

| 여론與論 |

● 결코 아무도 모든 사람을 속일 수
없으며, 모든 사람 또한 아무도 속
일 수 없다.　　[Caecilius Platius]
● 대중의 외침이 증거가 되거나, 적어
도 증거를 공고히 할 때도 있다.
　　　　　　　　　[Voltaire]
● 많은 일을 할 수 있는 여론이야말로
세상을 지배하는 위대한 숙녀다.
　　　　　　　[James Howell]
● 백성의 목소리가 신의 목소리다.
　　　　　　　　[Hesiodos]
● 비록 공기처럼 가볍게 나타난다 해
도, 오늘의 여론은 더 나쁘든, 더 좋
든 내일의 법률이 될 수 있다.
　　　　　　　[E. Newsom]
● 약자는 여론을 겁내고, 어리석은 자
는 거부하고, 현자는 판단하고, 유능
한 자는 그것을 좌우한다.　[Koran]
● 여론은 이 세상의 여왕이다. [Pascal]
● 여론의 흐름에 따르면, 모든 것이
쉬워진다. 여론이야말로 세상의 지
배자이기 때문이다.　[Napoleon I]
● 여론이 이 세상의 여왕이라면, 철학

자들이 이 여왕을 다스린다. [Voltaire]

- 여론은 이 세상의 여왕이다. 어리석음이 어리석은 자들의 여왕이기 때문이다. [Nichora Sangfor]
- 우리가 여론이라 부르는 것은 보통 대중의 감정이다. [B. Disraeli]
- 중구衆口(대중의 입)가 금을 녹인다.

  [사기史記, Maria Lezczynska]

| 여름 |

- 여름밤은 마치 생각의 완성 같다.

  [Wallace Stevens]
- 인생은 여름처럼 사랑과 기쁨으로 넘친다. [Kahlil Gibran]
- 제비 한 마리가 왔다고 여름이 온 것은 아니다. [Aristoteles]
- 한 겨울에야 나는 내 안에 여름이 계속 도사리고 있음을 깨달았다.

  [Albert Camus]

| 여자女子 |

- 고양이와 여자는 매질을 하지 않으면 살이 오른다.

  [야마구찌하도미山口鳩尾]
- 고양이와 여자는 부르지 않을 때 찾아온다. [Voltaire]
- 그대는 가난한 사람을 사랑하는 여자를 본 일이 있는가?

  [Marcel Pagnol]
- 기쁨과 여인은 친구가 될 수 없으나, 수심과 여인은 친구가 될 수 있다.

  [John Ray]
- 나는 당연히 그렇게 해야 한다고 해서 스스로 제공해 주는 여인을 싫어한다. 또한 정사할 때 바느질 생각을 하는, 그런 냉정하고 메마른 여인도 싫어한다. [Ovidius]
- 나쁜 여자보다 더한 악은 없다. 그러나 좋은 여자는 그 무엇과도 비교할 수 없다. [Euripides]
- 누구나 결점을 갖고 있는데, 여자의 결점은 여자의 머리이다. [Pitacos]
- 덜 익었는데 맛있고, 절반만 익었는데 달콤하고, 다 익었을 때 쓴 과일이 있다면 한번 말해 보세요.

  [법구경法句經]
- 두 여인을 화합시키기보다는 유럽 전체를 화합시키는 것이 쉽다.

  [Louis XIV]
- 맷돌과 여자는 항상 무엇인가를 원한다. [M. 구앗조]
- 모든 산업은 원래 여자의 소유였다.

  [쿠르트리느]
- 모든 여인이 악이라 할지라도 아직은 필요악이다. [B. Melbank]
- 무릇 위대한 일의 기원에는 여자가 있다. [Martis]
- 백 가지 잘못을 한 죄인이라도 여자

를 때리지 말라. 꽃으로 때려서도 안 된다. [Abadana]

- 세 가지 일이 강하게 여자를 움직인다. 이해와 쾌락과 허영심이다.
[Denis Diderot]
- 세상에는 귀여운 많은 여성이 있다. 그러나 완전한 여성은 하나도 없다. [Vivtor M. Hugo]
- 시간이 흘러가는 대로, 바람은 부는 대로, 여자는 그 자체를 받아들이시오. [A. Musset]
- 신은 인간에 적합한 것을 알고, 하늘을 멀리, 바로 옆에 여자를 두었다.
[Victor M. Hugo]
- 신이 여자를 창조하였다. 그리고 정말로 그 순간부터 지루함이 끝났으니, 다른 여러 가지도 똑같이 끝났다. [Friedrich Nietzsche]
- 아름다운 여인은 야성적 배우자를 길들이고, 그녀가 만나는 모두에게 상냥한 마음과 소망과 웅변을 심어주는 실제적인 시인이다. [Emerson]
- 아무런 향기를 풍기지 않는 여성이 가장 향기가 있다. [Plautus]
- 약한 자여! 그대 이름은 여자이다.
[Shakespeare]
- 여성에게 우정이란 적대관계의 일시적 중지에 불과한 것이다.
[Antoine de Rivarol]
- 여성은 고와야 한다는 법이 있나 봅

니다. [유치환]
- 여성은 나무그늘 같다. [서정주]
- 여성은 맑은 거울과 같아서 조금만 입김을 쐬어도 흐려져 버린다.
[Christian Friedrich Hebbel]
- 여성은 일반적으로 비경제적 · 비정치적 경향이 있다. [송건호]
- 여성의 직관은 때로 남성의 오만한 지식의 자부심을 능가한다.
[Mahatma Gandhi]
- 여성의 쾌활성은 지성의 대신이다.
[Montesquieu]
- 여성이 관여하지 않은 악이 대체 이 세상에 있단 말인가.
[Thomas Otway]
- 여인은 바람 속의 깃털에 지나지 않는다. [Victor M. Hugo]
- 여인은 지옥의 문이다. [St. Jerome]
- 여인이 없다면 우리 인생의 초기에는 협력자를, 중기에는 기쁨의 일부를, 종말에는 위안을 뺏기게 된다.
[V. J. R. 드 즈위]
- 여자가 몸과 마음을 깨끗이 하고 얼굴을 단정히 매만지는 것은 하늘이 준 의무다. 그러나 몸과 마음을 깨끗이 다루지 못하면서 그 얼굴에 손질만 심하게 한다면, 그 손질이 심할수록 먼저 가정의 일이 버림을 받게 된다. [Ben Jonson]
- 여자가 약간의 창녀 기질이 없다면,

대체로 그 여자는 마른 나무토막이다.   [David H. Lawrence]

- 여자가 인간이라고? 여자는 휴식이요, 여행이다.   [Andre Maurois]
- 여자는 가능할 때 웃고, 원할 때 운다.   [George Herbert]
- 여자는 가장 좋은 것을 지녀야만 좋은 것을 갖고 있다고 말한다.   [Nichora Sangfor]
- 여자는 개체가 아니라 종속이다. 종속의 번식을 위해 존재한다.   [Arthur Schopenhauer]
- 여자는 고양이처럼 목숨이 아홉 개다.   [John Heywood]
- 여자는 기회만 있으면 자신을 희생으로 바치고자 한다. 그것은 자기도취의 하나의 형식이며, 더욱이 여자들이 좋아하는 형식이다.   [W. S. Maugham]
- 여자는 남자의 기쁨이요 또 화근이다.   [Euripides]
- 여자는 남자에게 있어 여신이거나 아니면 암 늑대이다. [John Webster]
- 여자는 남자에게 있어 즐거운 화근이다.   [Menandros]
- 여자는 남자의 약점이나 단점을 너그럽게 분석하려 들지는 않는다. 왜냐하면, 여자는 늘 완전한 남자를 요구하는 습성이 있기 때문이다.   [Anton Chekhov]

- 여자는 누구든지 각각 자기 자신의 복장을 가져야 한다. 그러나 이만한 일도 깨닫지 못하는 여자가 수천, 수만 명이 있는 것이다. 오직 유행에 따른 복장만 하기 때문이다.   [F. Dostoevsky]
- 여자는 대지와 흡사해서 상처받는 남자들은 모두 거기서 안식을 얻는다.   [C. V. Georghieu]
- 여자는 도대체 이해하기 힘든 동물이다.   [Moliere]
- 여자는 마치 대기와 같아서 때로는 유해하고, 때로는 정화시킨다.   [Constantin Virgil Gheorghiu]
- 여자는 바람개비 같아서 녹이 슬어야 비로소 움직이지 않게 된다.   [Voltaire]
- 여자는 백년의 고락苦樂이 남의 손에 달렸다.   [백거이白居易]
- 여자는 불합리한 신앙에 말려들기 쉽다.   [Talmud]
- 여자는 사라지지 않는 고통이다.   [Menandros]
- 여자는 사랑받도록 생겨있고, 이해받도록은 생겨먹지 않았다.   [Oscar Wilde]
- 여자는 사랑하기 때문에 자기를 사랑하는 남자가 그렇다고 여기는 대로 되어간다.   [Nietzsche]
- 여자는 생리적으로 해탈하기에는

부족한 존재이다. [석가모니釋迦牟尼]

- 여자는 서양 모과와 같아서, 일단 익기만 하면 안전하다.
  [Thomas Dekker]
- 여자는 아름다울수록 더 정직해야 한다. 그것은 정직해야만 자기의 아름다움이 파생시키는 해독에 면역을 기를 수 있기 때문이다.
  [G. E. Lessing]
- 여자는 완성에 가까운 악마이다.
  [Vivtor M. Hugo]
- 여자는 잘 행동하기보다는 잘못 행동하기 쉽다. [Plautus]
- 여자는 전신이 온통 생식기라고 생각하면 그만이다. 여자에게 인격 따위는 없는 것이다.
  [미나미 요시치南曜七]
- 여자는 조상으로부터 물려받은 얼굴이 있는데도, 그 얼굴에 연지나 분을 발라서 전혀 다른 얼굴을 만든다.
  [Shakespeare]
- 여자는 지옥의 문이다. [Tertullianus]
- 여자는 풀무요, 용광로다. [함석헌]
- 여자는 필요한 경우가 닥치면 남자 못지않게 교묘히 논리論理를 구상한다. [M. H. B. Stendhal]
- 여자는 항상 다른 속셈이 있다.
  [Destouches]
- 여자는 혀를 쉴 때가 없다.
  [Adelbert von Chamisso]

- 여자는 훌륭한 남자를 만드는 천재여야 한다. [Balzac]
- 여자들과 물고기는 가운데 부분이 가장 좋다. [Philip Garnier]
- 여자들은 극단이다. 남자보다 양질인지, 악질인지 어느 한쪽이다.
  [La Bruyere]
- 여자들은 꾀가 많지만 항상 주관적이기 때문에 진정한 천재는 나올 수 없다. [Schopenhouer]
- 여자들은 서로 꿰뚫어보지만, 자신을 들여다보는 경우는 드물다. [Leek]
- 여자들은 침실의 사랑과 육욕, 분노와 사악함을 나누어 갖고 있다.
  [마누 법전]
- 여자들이 인류 최초의 교사이다.
  [Friedrich Hebbel]
- 여자란, 머리카락은 길어도 사상은 짧은 동물이다. [Schopenhouer]
- 여자란 아무리 연구를 계속해도 항상 완전히 새로운 존재다.
  [Lev N. Tolstoy]
- 여자란 존재하지 않는다. 존재하는 것이란 여러 가지 종류의 여자들뿐이다. [Francois Mauriac]
- 여자란 화롯가에서 일어나는 데도 77번 생각한다. [Lev Tolstoy]
- 여자를 그대와 동등한 위치에 놓지 말라. 왜냐하면 그렇게 되면 그대는 즉각 억압을 당하게 되니까.

[Marcus Porcius Cato]

- 여자를 아름답게 하는 것은 방정한 품행이지, 값비싼 장신구는 아니다. [Menandros]
- 여자를 이해하는 유일한 사람이 있다면, 그것은 여자이다. [Jim Bishop]
- 여자를 정복하기란, 사나운 짐승을 길들이기보다도 어렵다. [Aristophanes]
- 여자를 좋게 말하는 사람은 여자를 충분히 모르는 사람이고, 여자를 항상 나쁘게 말하는 사람은 여자를 전혀 모르는 사람이다. [Leblanc, Maurice]
- 여자—신이 만든 최고의 걸작품, 그러나 때로는 때로는 실패작도 있다. [Andre G. Malraux]
- 여자에 의해 이루어지지 않은 큰 죄악이 도대체 어디에 있었을까? [오트웨이]
- 여자와 군주는 누군가를 신뢰해야 한다. [Sheldon]
- 여자와 함께 할 일은 세 가지뿐이다. 여자를 사랑하고, 여자 때문에 고통받고, 여자를 문학으로 바꾸는 것이다. [Lawrence G. Durrell]
- 여자의 마음에 맞서 싸우는 것은 바닷물을 마시는 것이나 마찬가지다. [Richard de Fournival]
- 여자의 머리는 길다. 그 혓바닥은 더 길다. [에스파냐 우언]
- 여자의 머리칼로 꼰 줄에는 큰 코끼리도 묶이고, 여자가 신던 나막신으로 만든 피리 소리에는 가을 사슴도 반드시 다가온다. [요시다 겐코吉田兼好]
- 여자의 사양 중 하나는 허락이라고 봐도 무방하다. [Vivtor M. Hugo]
- 여자의 운명은 그 사랑받는 양의 여하에 달려 있다. [T. S. Eliot]
- 여자의 육체는 굳게 지켜진 비밀이며, 긴 역사다. [Jacques Chardonne]
- 여자의 의견은 그다지 값어치가 없지만, 그것을 채택하지 않는 사람은 바보다. [Cervantes]
- 여자의 조국은 젊음이다. 젊을 때만 여자는 행복하다. [Constantin Virgil Gheorghiu]
- 여자의 질투심은 하나의 원인밖에 없다. [Talmud]
- 여자의 쾌활함은 여자의 지성을 대신한다. [Montesquieu]
- 여자 하나를 신뢰하는 것은 도둑들을 신뢰하는 것이다. [Hesiodos]
- 욕망과 갈망으로서의 여성, 도구요 자료인 여성, 쾌락과 장식의 기구인 여성. [Paul Valery]
- 우리는 여성을 해방하지만, 여자 쪽은 여전히 주인을 찾고 있는 노예다. [Oscar Wilde]

- 유혹 당한 여자나 패배한 여자나 마찬가지다.　　[Pierre de Marivaux]
- 육체의 접촉이 없으면, 여자는 소유하지 못한다.　　[Augustinus]
- 이지적인 여자는 언제나 바보와 혼인한다.　　[Anatol France]
- 인간사회에는 한 가지도 자연적인 것이 없다. 그중에서도 여자는 문명이 정성을 다하여 만들어낸 것이다.　　[Beauvoir]
- 입 다물고 있는 여자가 지껄이는 여자보다 낫다.　　[Plautus]
- 자기 얼굴을 감추는 것은 몹시 미운 여자든가, 아니면 매우 예쁜 여자이다.　　[Oscar Wilde]
- 절제는 여자에게 아무 의미도 없다.　　[Plautus]
- 죽은 여자보다 가여운 것은 잊혀진 여자이다.　　[Marie Laurencin]
- 지성적인 여자는 감성적인 여자처럼 우리의 흥미를 끌지 못하는데, 흰 장미는 붉은 장미보다 덜 흥미롭기 때문이다.　　[Oliver Holmes]
- 착한 여인은 숨겨진 보물이다. 그런 여인을 발견한 사람은 자랑하지 않는 게 좋을 것이다. [La Rochefoucauld]
- 촛불이 꺼지면 여자는 다 아름다운 법이다.　　[Plutarchus]
- 최상의 남자는 독신자 속에 있지만, 최상의 여자는 기혼자 속에 있다.

　　[R. Stebenson]
- 한 곳에 두 여자를 놓으면 날씨가 차가워진다.　　[Shakespeare]
- 행복한 여자에게는 행복한 나라처럼 역사가 없다.　　[George Eliot]

| 여자와 거짓말 |

- 개가 접시를 핥는 것보다 여자가 더 빨리 거짓말을 한다.　　[Heywood]
- 거짓말로 가득 차지 않았다고 하는 것은 달걀이 텅 비었다고 하는 것과 마찬가지다.　　[John Steel]
- 거짓말쟁이가 아닌 여자도 어딘가에 몇 사람 있을 것이다. [S. Maugham]
- 남자는 거짓말의 평민이지만, 여자는 거짓말의 귀족이다.　　[Leh Etienne]
- 남자란 거짓말 나라의 서민이지만, 여자는 그곳의 귀족이다.

　　[Nicolas Herman]
- 사자는 이빨과 발톱을, 멧돼지는 뿔을, 갑오징어는 주위 물을 흐리는 먹을 가졌다. 자연은 여자에게 거짓말하는 능력을 주었다.

　　[W. Schopenhauer]
- 여자가 거짓말하는 것은, 그것이 진실일지라도 절대로 믿지 말라.

　　[Euripides]
- 여자는 거짓말도 진실로 만들고, 진실도 거짓말로 만든다.　　[자고새]

- 여자는 입을 다물고 있으면서도 거짓말을 한다.　　　[이스라엘 격언]

| 여자와 남자 |

- 만일 여자가 없었더라면 남자는 신처럼 살아갔을 것이다.　　[Decker]
- 반해버리게 하는 여자보다 더 뛰어난 여자는 없다.　[Jean A. de Baif]
- 어머니가 소년을 남자로 만드는 데 20년이 걸리지만, 여자가 남자를 바보로 만드는 데는 20분도 안 걸린다.
　　　　　　[Robert Lee Frost]
- 여자는 나이를 먹어갈수록 더욱 여자의 업무에 복종하게 되고, 남자는 나이를 먹을수록 더욱 여자로부터 이탈하게 되는 것이다.　[Chekhov]
- 여자는 남자 인생에 환희와 재앙의 씨앗을 번갈아 가져다준다.
　　　　　　　　[Euripides]
- 여자들의 승리는 그들의 결점, 나아가 악덕까지 산란하게 만드는 것이다.　　　[Theodore Jouffroy]
- 여자들의 지옥은 노년이다.
　　　　　　[La Rochefoucauld]
- 여자들이 모인 곳에서 올바른 관습이 만들어진다.　　　[Goethe]
- 여자란, 돈을 버는 것은 남자의 일, 쓰는 것은 여자의 일이라고 생각한다.
　　　　　　　[Schopenhauer]

- 여자란 자신의 연애 행각이 세상 사람들의 입에 오르내리는 것을 바라지 않는다. 그러나 한편으로는 사랑받고 있다는 것을 많은 사람들이 알아주기를 바란다.　[Andre Gide]
- 여자를 믿는 남자는 도둑을 믿는 족속이다.　　　　[Hesiodos]
- 여자에게 가장 엄격한 것은 여자이다.　　　[Alfred Tennyson]
- 여자와 와인이 남자의 판단을 끌어낸다.　　　[Cesar Houdin]
- 여자의 머리카락 하나가 열 마리 말보다 더 잘 끈다.　[John Florio]
- 여자의 손에 칼을 쥐여준 남자는 가혹한 시련을 겪는다.　[Semonides]
- 우리가 여자들의 손에 잡히지 않고 그들의 품에 안길 수만 있다면, 여자들은 참으로 매력적일 텐데.
　　　　　　[Ambrose Bierce]
- 제아무리 우둔한 여자라도 현명한 남자를 조송할 수 있다. 그러나 우매한 사나이를 조종하기 위해서는 매우 현명한 여자가 필요하다.
　　　　　　　　[Capling]
- 처음으로 미인을 꽃으로 비유한 남자는 천재였지만 두 번째는 바보였다.
　　　　　　　　[Voltaire]
- 혼자인 여자는 아무것도 아니다.
　　　　　　　[Aeschilos]

| 여자와 노년老年 |

- 깨진 단지의 파편만 보아도 그 단지가 어떤 단지였는지 알 수 있다.
  [Adam de la Halle]
- 나이든 여자를 자극하는 것보다 개를 약 올리는 것이 낫다. [Menandros]
- 늙은 닭으로 최고의 수프를 만들 수 있다. [Branstone]
- 늙은 암소는 자기가 암송아지였던 때가 없다고 생각한다.
  [J. de la Bepri]
- 마흔 살이 지나면 여자는 난해한 마법 책처럼 된다. 노파의 감정을 간파할 수 있는 사람은 노파라야만 한다.
  [Balzac]
- 사과는 주름이 생겨도 좋은 향을 잃지 않는다. [A. Brise]
- 여자는 기질을 세련되게 다듬으면서 잃어버린 매력을 상쇄할 수 있다.
  [Deckel 부인]
- 여자는 늙는 방법을 배워두어야 한다. 더구나 그것은 보통 재능으로 될 수 있는 것은 아니다.
  [Sevinier 부인]
- 여자와 음악은 시대에 뒤떨어져서는 안 된다. [Oliver Goldsmith]
- 여자의 고령高齡은 남자의 그 나이보다 침울하고 고독한 것이다.
  [Jean Paul]

- 열매를 맺지 못하는 장미는 아름답지 않다. [Jeal Menards]
- 오래된 냄비로 맛있는 수프를 만들 수 있다. [Antoine Houdin]
- 젊어서 예뻤던 노파가 범하는 어리석음 가운데 가장 위험한 것은 자신이 더 이상 예쁘지 않다는 것을 망각하는 것이다.
  [La Rochefoucauld]
- 젊은 남자의 노예가 되기보다는 늙은 남자의 애인이 되는 편이 낫다.
  [J. R. Flanchet]

| 여자와 눈물 |

- 가장 약한 고통을 받은 여자가 가장 많이 눈물을 흘린다. [Tachitus]
- 남자의 눈물은 상대방을 괴롭혔다는 후회의 눈물이지만, 여인의 눈물은 상대방을 충분히 괴롭히지 못했다는 생각에서 흘리게 된다.
  [Friedrich Wilhelm Nietzsche]
- 눈물은 여자의 웅변술이다.
  [Saint-Evermond]
- 여자는 남자보다 간단히 울 수 있다. 더욱이 자신들을 울렸다는 사실에 대해 남자보다 오래 기억하고 있다.
  [Henry Regnier]
- 여자는 눈물에 의지하고, 도둑은 거짓말에 의지한다. [유고 격언]

- 여자는 필요한 것이 없을 때에는 웃고, 필요한 것이 있을 때에는 운다.

  [Jean A. de Baif]
- 여자란, 눈물을 흘리는 남자 앞에서는 냉정을 유지하지 못한다.

  [S. D. Choret]
- 여자의 눈물 뒤에는 함정이 있다.

  [Dionisios]
- 여자의 눈물보다 빨리 마르는 것은 없다. [J. Webster]
- 여자의 눈물은 여자의 약함에 가미하는 향신료와 같다. [Publius Syrus]
- 여자의 눈물을 믿지 말라. 마음대로 되지 않을 때에 우는 것은 여자의 천성이기 때문이다. [Socrates]

| 여자와 덕행 |

- 공격당해본 일이 없는 자리는 점령되지 않는다.

  [Marguerite de Navarre]
- 남자는 자신의 서투른 실수가 아닌 여자의 덕으로 사로잡았던 여자를 놓친다. [Ninon de Lenclos]
- 늘 감시받기를 바라는 미덕은 보초를 세우는 비용이 들지 않는다.

  [Oliver Goldsmith]
- 덕은 화려하고 아름다운 얼굴보다 더 큰 매력을 갖고 있다. [솔리에르]
- 덕이 있는 여자는 그 덕을 칭찬해도 조금도 기뻐하지 않는다.

  [리뉴 대공大公]
- 사랑이나 종교가 전초에 있지 않으면, 여자들의 명예는 잘 지켜지지 않는다. [리뉴 대공]
- 아름다운 여인은 야성적 배우자를 길들이고, 그녀가 만나는 모두에게 상냥한 마음과 소망과 웅변을 심어주는 실제적인 시인이다.

  [Ralph Waldo Emerson]
- 여자는 재능이 없는 것이 덕이다.

  [석성금石成金]
- 여자들이 놀라운 헌신을 서로 발휘할 때가 있다. 예를 들면 함께 몸치장을 할 때가 바로 그때이다. [체팩]
- 여자에게는 칭찬받을 네 가지 덕이 있다. 첫째는 부녀로서의 덕성이요, 둘째는 부녀로서의 용의容儀요, 셋째는 부녀로서의 말씨요, 넷째는 부녀로서의 솜씨가 그렇다. 부녀로서의 덕성이란 반드시 재지才智가 뛰어남을 뜻하는 것이 아니요, 부녀로서의 용의란, 반드시 얼굴의 아름다움을 뜻하는 것이 아니요, 부녀로서의 말씨란, 반드시 구변의 능란함을 뜻하는 것이 아니요, 부녀로서의 솜씨란, 반드시 교묘한 재주가 나타남을 뜻하는 것이 아니다. 부녀로서의 덕성이란, 맑고 절개 곧으며 염치 있고 절제 있어 분수를 지켜 마음을 정

연히 가다듬고, 행지行止에 수줍음이 있으며, 동정動靜에 법도가 있는 것을 말한다. 부녀로서의 용의란, 항상 먼지며 때를 빨아 옷차림을 깨끗이 하며, 목욕을 제때 하여 일신에 불결함이 없도록 하는 것을 말한다. 부녀로써의 말씨란, 말을 가려서 하되 그른 말을 하지 않으며, 꼭 해야 할 때에 말을 하여 사람들이 그 말을 싫어하지 않도록 하는 것을 말한다. 부녀로써의 솜씨란, 길쌈을 부지런히 하며 꼭 술 빚는 것만을 능사로 하지 말고, 좋은 맛을 갖추어서 손님을 대접하는 것을 말한다.   [익지서益智書]

- 완벽한 여자에게 약간의 경계심을 품을 수 있다.   [Homeros]
- 일반적으로 여자에게는 허영심에 비해 절제가 부족하고, 절제에 비해 덕이 부족하다.   [Vauvenargues]

| 여자와 돈 |

- 강도는 당신의 돈이나 생명의 어느 하나를 요구하나, 그러나 여자는 그 양쪽을 요구한다.   [Butler]
- 같은 거울이라도 여인숙에 있는 거울에 비춰보면 항상 못나 보인다.
                    [Alfred de Musset]
- 금을 휘감은 여자의 슬픔은 오래가지 않는다.   [Jean A. de Baif]

- 돈 받는 데에 여자만큼 소질 있는 자도 없다.   [Aristophanes]
- 사랑의 웅변가는 행복하다.
                    [Samuel Daniel]
- 여자는 돈과 남자를 필요로 한다. 그러나 돈이 없는 남자보다는, 남자가 없더라도 돈이 있는 상태를 더 선호한다.   [그리스 격언]
- 여자란, 돈을 버는 일은 남자의 일, 쓰는 일은 여자의 일이라 생각한다.
                    [Schopenhauer]
- 재정 감독관에게 매정한 여자는 없다.   [Boileau]

| 여자와 말 / 침묵 |

- 남자의 변설이 제아무리 교묘하여도 사람을 움직이는 데는 잠자코 있는 여자만 못하다.   [Emerson]
- 말수가 적고 친절한 것은 여자의 가장 좋은 장식이다.   [Tolstoy]
- 말 없는 여자가 남편에게 맞은 적은 한 번도 없다.   [J. F. Blade]
- 밧줄을 바늘귀에다 꿰기보다 여자를 침묵시키기가 더 어렵다. [Kotzebue]
- 세상에 열 마디의 말을 털어놓는다면, 아홉 마디는 여자의 것이요, 한 마디가 남자의 것이다.
                    [바빌로니아 율법서]
- 여인들은 죽고 나면 마음대로 할 수

없다고 생각하기 때문에 살아 있는 동안 하고 싶은 대로 다 말하려고 한다. [J. Manningham]

- 여인들이여, 생각한 것을 결코 말하지 말라. 당신의 말은 당신의 생각과 다를 것이고, 당신의 행동은 틀림없이 당신의 말과 어긋날 것이다. [W. Conglev]

- 여인의 편자는 대개가 추신追信 속에 중요한 용건이 기재되어 있다. [William Hazlitt]

- 여인이 말을 하고 있을 때, 그 눈만은 진실을 말해주고 있는 것이다. [Victor M. Hogo]

- 여자가 말이 없는 남자를 좋아하는 것은 자신의 이야기를 들어주기 때문이다. [Marcel Achard]

- 여자 두 명이면 논쟁이 벌어지고, 세 명이면 수다가 시작되고, 네 명이면 시장 한복판이 된다. [Gabriel Morie]

- 여자를 말하게 하는 묘책은 천 가지이지만, 여자를 조용히 시키는 묘책은 단 한 가지도 없다. [Gillaume Busse]

- 여자에게는 침묵하는 것이 몸치장하는 것과 마찬가지다. [Sophocles]

- 여자에게 있어 침묵은 패물이 된다. [Sophocles]

- 여자의 '예스'와 '노우'는 같은 것이다. 거기에 선을 긋는다는 것은 무모한 짓이다. [Cervantes]

- 여자의 입에서 나오는 '아니요'는 부정의 뜻이 아니다. [Sidney]

- 우리는 여자들이 말하도록 만드는 약은 알고 있지만, 그들을 침묵케 하는 것이 무엇인지는 아무도 모른다. [A. Prince]

- 침묵하는 여자가 말하는 여자보다 낫다. [Plautus]

| 여자와 명성名聲 |

- 가능하다면 아름다워라. 원하는 것이 있다면 현명해라. 그러나 어떤 경우에도 존경받는 여자가 되어야 한다. [Beaumarchais]

- 공공연히 드러나는 경박함과 경솔한 언동이 드러나지 않는 과오보다 여자의 신망에 더 큰 해를 끼친다. [Cervantes]

- 남자는 여론에 맞설 수 있지만, 여자는 여론에 복종해야 한다. [Necker 부인]

- 대부분의 역사에서, '무명'이라고 표기돼 있는 것은 여성이었다. [Adeline Virginia Woolf]

- 여자의 명성은 다시 살아날 수 있다. [Maintenon 부인]

- 여자의 모든 명예는 사람들이 그녀

에게 갖는 평판에 달렸다.

[Cervantes]

| 여자와 복수復讐 |

● 사람을 때려눕히고 원한을 품는 것
은 너무나도 여자다운 행동이다.

[Beaumarchais]
● 여자는 반드시 응징하고 난 후에 용
서한다. [Girardin 부인]
● 여자는 앙갚음에서 가장 큰 즐거움
을 느낀다. [Thomas Brown]
● 여자만이 복수에서 기쁨을 찾는다.

[Juvenalis]

| 여자와 부끄러움 |

● 부끄러움은 우리가 핀으로 고정시
켜놓는 덕이다. [d'Epinay 부인]
● 여성은 자기 자신을 위해서뿐만 아
니라 여성 전체를 위해 수치심을 갖
지 않으면 안 된다. [Jubert]
● 여자는 자신이 아무런 두려움 없이
할 수 있는 것들을 다른 사람이 말
하는 것만 들어도 얼굴을 붉힌다.

[Montaigne]
● 여자들은 사랑을 하기보다 사랑한
다는 것을 고백하기를 더 부끄러워
한다. [Marguerite de Navarre]

● 여자의 부끄러움은 여자의 옷과 함
께 떨어진다. [Herodotos]
● 여자의 수줍음은 아주 능숙한 교태
에 불과하다. [Diderot]

| 여자와 분노憤怒 |

● 분노에 찬 여자는 침을 세운 말벌과
같다. [Nocolas Breton]
● 불은 단단하고 무거운 물건보다는 가
볍고 여린 것을 더 빨리 태워버린다.

[Boccaccio]
● 여자와 싸움을 하는 것은 우산을 받
고 샤워를 하는 것과 같다. [유대 격언]
● 화가 난 여자는 탁해진 샘과 같다.

[Shakespeare]

| 여자와 비밀秘密 |

● 남의 비밀보다는 자신의 비밀을 더
잘 지킨다. [La Bruyere]
● 물과 기름, 여자와 비밀은 천성적으
로 양립할 수 없다.

[Edward Bulwer Litton]
● 여자는 비밀을 지킬 줄 모른다고 일
컬어진다. 그것은 잘못이다. 다만 그
것이 대단히 어려운 일이기 때문에
몇 명이서 공동으로 알고 있으려는
것이다. [W. Somerset Maugham]

- 여자들이 지키는 비밀이란, 그들이 모르는 비밀이다.　[L. A. Seneca]

| 여자와 사랑 |

- 기쁨을 원하는 여자는 겸손해야 하고, 사랑을 원하는 여자는 고통받아야 한다.　[M. Freyer]
- 끈 없이 나뭇단을 만들 수 없다.　[Jean A. de Baif]
- 누군가 당신을 사랑하지 않게 되면, 더 이상 자기 자신을 사랑하지 않는다.　[Stael 부인]
- 당신이 원하는가? 그녀는 원하지 않는다. 당신이 원하지 않는다고? 그녀가 원한다.　[Terentius Afer]
- 마음은 몸을 지키고, 마음이 좋아지는 곳으로 몸을 이끈다.　[Richard de Fournival]
- 만약에 모든 여성이 같은 얼굴, 같은 성질, 같은 마음가짐이라면 남자란 결코 부정한 행동을 하지 않았을 것이며, 사랑하는 일도 없어질 것이다.　[G. G. Casanova]
- 밤에 뱀장어를 잡을 때도 있다.　[A. Brise]
- 백 개의 국가에 백 개의 양식, 백 명의 여자에 백 벌의 블라우스.　[L. F. Sobae]

- 불이 꺼지면 모든 여자가 똑같아진다.　[Plutarchos]
- 비너스는 자신이 훔친 것은 감추고 싶어 한다.　[Tabuleros]
- 비너스는 폭력을 행사하는 자들에게 지체 없다.　[Guillaume Boucher]
- 사랑에 빠진 여자는 자신도 모르게 대담해진다.　[Jean Paul]
- 심사숙고하면서 머뭇거리는 여자는 실패한다.　[Joseph Addison]
- 여성을 굳세게 보호할 수 있는 자만이 사랑을 받을 가치가 있다.　[Goethe]
- 여성이란, 사랑을 받기 위해 존재하는 것이며, 이해되기 위해 존재하는 것이 아니다.　[Oscar Wilde]
- 여인은 사랑하거나 증오할 때 무슨 짓이든 감행한다.　[St. Jerome]
- 여인의 사랑은 물 위에 쓰여진 증서이며, 여인의 신의는 모래 위의 발자국이다.　[Ayton]
- 여자가 그대를 사랑한다고 맹서하여도 항상 꼭 믿어서는 안 된다. 그리고 그대들은 사랑하지 않는다고 맹서했을 때도 역시 너무 믿지 않는 것이 좋다.　[Felix Ruckert]
- 여자가 처음으로 사랑할 때는 연인을 사랑하고, 두 번째 사랑을 할 때는 사랑 자체를 사랑한다.　[La Rochefoucauld]

- 여자가 한 번 당신에게 마음을 주면, 당신은 마음을 제외한 그 나머지에서 더 이상 벗어날 수 없다.

  [John Vanbrugh]
- 여자는 사랑하거나 싫어하거나 한다. 제3의 방법은 없다.

  [Publius Syrus]
- 여자는 설사 100번째의 남자에게 기만을 당해도, 101번째의 남자를 사랑하게 될 것이다. [M. T. Cicero]
- 여자는 자기를 사랑해 주는 남자가 바라는 것이면 무엇이든 될 수 있다.

  [J. M. 바리]
- 여자들은 기회를 서두르는 자를 가끔 용서하기도 하지만, 기회를 놓치는 사람은 절대로 용서하지 않는다.

  [Talleyrand-Pergord]
- 여자들은 첫 열정에서는 연인을 사랑하지만, 그다음부터는 사랑을 사랑한다. [La Rochefoucauld]
- 여자들은 하나같이 사랑의 귀중함을 알고 있다. 그러나 거기에 해당하는 대가代價를 치르는 여자는 거의 없다. [Beth Ellis]
- 여자들의 큰 야망은 사랑의 영감을 불어넣는 것이다. [J. B. Moliere]
- 여자들이 몸에 악마를 지니고 있을 때, 여자들을 소유한 악마는 꽤 끈질기다. [J. Renard]
- 여자들이 합리적으로 약속할 수 있는 것은 다른 기회들을 찾지 않겠다는 것이 전부다. [G. Drevy]
- 여자로서 사랑을 받지 못한다는 것은 불행한 일이다. 그러나 다시는 사랑을 받지 못하게 된다는 것은 모욕이다. [Montesquieu]
- 여자에게는 사랑 이외의 인생의 즐거움은 없다. [Elizabeth Browning]
- 여자의 가슴속에 지니고 있는 사랑은, 손님에 지나지 않는다.

  [H. Witten]
- 여자의 사랑이란 대체 무엇인가? 그것은 남자의 사랑이다.

  [Johan August Strindberg]
- 여자의 전 생애는 애정의 역사다.

  [Erving]
- 오래된 화덕이 새 화덕보다 더 쉽게 데워진다. [Brantome]
- 종의 추가 튼튼하면 종에 흠집이 있는 것은 문제가 되지 않는다.

  [Pierre de B. Brantome]
- 타협하는 자리는 반쯤은 얻은 것이다. [Marguerite de Navarre]
- 화분은 화분에 맞는 화초를 찾아낸다. [Catullus Caius]

| 여자와 애교愛嬌 |

- 딸기에도 약간의 후추가 필요하듯이 가장 정숙한 여자에게도 약간의

애교가 필요하다.　　[d'Arc Daniel]

- 애교 부리는 여자가 애인을 두는 것은 군주가 지배권을 포기하는 것과 마찬가지다.　　[Eme de Coigny]
- 애교 부리는 여자는 다른 사람에게도 매력이고, 여자를 차지하고 있는 자에게는 악이다.　　[Voltaire]
- 애교는 돈을 내지 않고도 표를 구한다.　　[Alphonse Karr]
- 애교는 여자들이 지어내는 진정한 시이다.　　[Girardin 부인]

| 여자와 우정友情 |

- 남자와 여자 사이의 우정은 불가능하다. 남자가 친구 이상이 되면, 여자는 친구 이하가 된다.
　　[Blessington 백작부인]
- 대부분의 여자들이 우정에 그다지 감동하지 않는 이유는 그들이 사랑을 찾은 뒤에는 무미건조해지기 때문이다.　　[La Rochefoucauld]
- 여자는 사랑에서 빌린 것만 우정에 준다.　　[Nichora Sangfor]
- 여자는 우정이 가벼운 만큼 무서운 적이 된다.　　[Tancin 후작부인]
- 여자의 연인이 될 수 있다면, 더 이상 친구는 아니다.　　[H. Balzac]

| 여자와 정결貞潔 |

- 가장 덕이 있는 여자는 정결하지 않은 무엇인가를 가지고 있다.
　　[H. Balzac]
- 아무리 정숙한 여자라도 결코 정숙하지 못한 면을 자신 속에 지니고 있다.　　[Denis Diderot]
- 여인의 정절을 믿어서는 안 된다. 그런 것에 마음을 쓰지 않는 인간은 행복하다.　　[Pushkin]
- 여자들의 정결이 덕이라면, 이 덕에 대한 의무는 질투에 있다.
　　[Francis Bacon]
- 여자들이 정결한 것은 늘 정결 때문은 아니다.　　[La Rochefoucauld]
- 여자의 귀가 어느 다른 신체의 부위보다도 순결하다.　　[Moliere]
- 여자의 옷은 길고 안이 잘 보이지 않는 천으로 지어져 그 아래 무엇이 있는지 도무지 알 수 없다.
　　[Marguerite de Navarre]
- 정결한 여자는 단 한 번도 구애를 받지 않은 여자이다.　　[Ovidius]
- 참된 정조는 남편의 소유물이 아니라 신의 소유물이다.
　　[구라다하쿠조倉田百三]

| 여자와 집 |

- 당신이 하늘의 별이 될 수 없다면,

적어도 집안의 등불이라도 되려고 노력하시오. [George Eliot]

- 여자는 인생에서 단 세 번 집을 떠나야 한다. 곧, 자신의 영세식과 혼인식, 그리고 자신의 장례식이다. [Thomas Fuller]
- 여자는 일 년 내내 집안의 귀부인이기를 바란다. [Yarn Gruyter]
- 집은 땅 위에 지어지지 않는다. 여자 위에 지어진다. 여자와 난로가 집을 움직여서는 안 된다. [G. C. Lichtenberg]
- 토요일에 빗자루를 잡았던 손이 일요일에 가장 잘 쓰다듬는다. [Johann Wolfgang von Goethe]

| 여자와 행복幸福 |

- 매우 행복한 여인은 매우 행복한 국가와 마찬가지로 역사를 가지지 못했다. [George Eliot]
- 여자들을 즐겁게 해주기 위해서는 굳이 풍부한 재치를 필요로 하지 않는다. 그녀들이 좋아하는 재치만 가지면 충분하다. [Henry Regnier]
- 여자에게 명예는 행복을 산산조각 내는 복산 기간에 지나지 않는다. [Stael 부인]
- 여자의 행복이란, 다름 아닌 유혹자를 만나는 일이다. [Kierkegaard]

- 칭찬이든, 비난이든, 남자들 사이에서 가장 적게 화제의 대상이 되는 여인이야말로 영광스런 삶을 사는 것이다. [Thukydides]
- 행복한 국가처럼 행복한 여자도 역사가 없다. [George Eliot]
- 화장이 여자들의 치장이듯이, 행복은 여자들의 시이다. [Balzac]

| 여자와 혼인婚姻 |

- 나는 전혀 남자답지 않으면서 돈만 있는 남자보다는 차라리 돈이 없는 남자가 좋다. [Themistocles]
- 나의 엄마와는 해안까지 갈 수 있지만, 남편과는 대양을 건널 수 있다. [A. 도종]
- 남편을 선택할 때 덕이 높은 여자는 자신의 눈보다는 이성의 조언을 따른다. [Publius Syrus]
- 독립이 자유롭게 사는 조건이라면 여자는 혼인해서는 안 된다. [Jamen Grier]
- 맞는 뚜껑 없는 냄비처럼 고약한 냄비도 없다. [Antoine Houdin]
- 여성은 혼인식의 모든 준비를 마친 단계에서 남의 충고를 들으려고 한다. [Joseph Addison]
- 여자가 20년이나 걸려 성인으로 길러놓은 아들을 다른 여자가 불과

20분 만에 바보로 만들어 버린다.

[Helen Rowland]

- 여자가 자신을 묶고 있는 사슬이 마음에 든다면 이중으로 묶인 것과 다름없다. [Ptahhotep]
- 여자는 천사이지만 혼인을 하면 악마가 된다. [George Gordon Byron]
- 여자들이 혼자 있을 때 그녀들이 어떻게 시간을 보내고 있는지를 남자들이 보았다면 남자들은 결코 여자와 혼인하지 않을 것이다. [Henry]

| 여자와 화장化粧 |

- 거울을 자주 보는 부인은 옷을 짓는 일이 거의 없다. [Pierre Gringire]
- 남자는 아내의 얼굴을 살피고, 아내는 자신의 옷을 살핀다.

[E. W. Howe]

- 눈빛은 거짓말이고, 웃음도 믿을 것이 못 된다. 그러나 화장은 절대로 속이지 않는다. [Girardin 부인]
- 몸치장으로 빛날 수는 있지만, 인격을 갖추어야만 타인의 마음을 사로잡을 수 있다. [J. J. Rousseau]
- 어리석은 여자는 짧은 치마로 알아본다. [Yarn Gruyter]
- 여자들을 치장하는 것은 값비싼 장신구가 아니라 미풍양속이다.

[Menandros]

- 옷은 아름다움의 무기이다. 여자는 군인이 승자 앞에서 무기를 버리듯이 옷을 내려놓는다. [Jean Paul]
- 자신을 멋있게 꾸밀 줄 아는 여자는 절대로 감기에 걸리지 않는다.

[Friedrich Wilhelm Nietzsche]

| 여자의 눈물 |

- 여자는 눈물이 인생의 무기라는 것을 잘 알고 있다. 눈물을 갖지 않는 여자는 남성과의 싸움에서는 언제나 패전이라는 고초를 겪어야 한다.

[사토 아이코佐藤愛子]

| 여자의 마음 |

- 대부분 여자들의 허리는 무척이나 가늘지만, 그들의 욕망은 수천 마일이다. [F. J. Turner]
- 바람 속의 깃털처럼 변하기 쉬운 것이 여자의 마음이다.

[Giuseppe F. F. Verdi]

- 세 가지 일이 여자의 마음을 움직인다. 이해관계와 쾌락, 그리고 허영심이다. [Denis Diderot]
- 여자는 어디까지가 천사이고 어디까지가 악마인지 알 수가 없다.

[Heinrich Heine]

- 여자의 마음은 남자의 마음보다 더

맑다. 단지 남자의 마음보다 잘 변할 따름이다. [Tim Harford]

- 여자의 마음은 비밀 장치를 한 서랍과 같다. 그 비밀 장치의 부호符號는 날마다 변하기 때문이다. [Abbe Prevost]
- 여자의 마음은 아무도 그 바닥을 모르는 깊은 연못이다. [리코보니 부인]
- 여자의 마음은 아무리 슬픔에 가득차 있다 하더라도 알랑거리는 말이나 사랑을 받아들일 수 있는 구석이 어딘가에 남아 있다. [Baudelaire]

| 여자의 버릇 |

- 내 마누라는 어머니와 함께하지 않고 아무 데도 나돌아 다니지 않는 그런 여자이지만, 그녀 어머니는 어디에도 나돌아다니는 그런 사람이다. [John Baltimore]
- 여자의 버릇은 꾸짖어서 고칠 수 있는 것이 아니다. 면박 받은 여인은 결코 수긍하는 일이 없기 때문이다. [C. Collins]

| 여자의 변덕 |

- '거의 그렇다' 와 '그렇다' 사이에는 또 하나의 세계가 있다. [Alfred de Musset]

- 숙녀의 상상력은 놀라울 정도로 빨라서, 한순간에 존경에서 사랑으로 비약하고, 사랑에서 혼인으로 비약한다. [J. Osten]
- 여성들에게 성격이 없다고 말하지는 않는다. 다만 매일 새로운 성격이 그녀들에게 있다고 말하는 것이다. [Heinrich Heine]
- 여자가 말하는 것은 바람과 굽이치는 파도 위에 써야 한다. [Catullus]
- 여자가 은이었다면, 동전을 만드는데에 아무 소용이 없었을 것이다. [A de Montreux]
- 여자는 녹이 슬면 멈추는 풍향계를 닮았다. [Voltaire]
- 여자는 남자의 공격을 처음에는 필사적으로 막으려 들고, 그다음부터는 남자의 퇴각을 필사적으로 막으려 든다. [Oscar Wilde]
- 여자는 바다와 같이 변덕스러운 기질을 타고났다. [Simonides]
- 여자는 불안정하고 변하기 쉽고 변덕스럽다. [Vergilius]
- 여자는 자주 변심하기 때문에 여자를 믿는 것은 헛된 일이다. [Brantome]
- 여자를 믿는 자는 눈 위에 글씨를 쓰는 것과 마찬가지다. [Paul Fleming]
- 여자보다 가벼운 것은 아무것도 없다. [Alfred de Musset]
- 여자에게 부채질 받아서 지옥에 떨

어진 남자가 많다. [Simonides]

- 여자의 길잡이는 여성이 아니라 변덕이다. [J. Granville]
- 여자의 눈물보다 더 빨리 마르는 것은 없다. [Thomas Fuller]
- 접근하는 남자는 거절하고, 미워하는 남자를 사랑하는 것이 일반적인 상식이다. [Cervantes]

| 여자의 본성本性 |

- 어쩌면 여자란, 남자가 끝내 문명화시킬 수 없는 존재일지도 모른다. [George Meredith]
- 여자가 지닌 생활력이란, 창조력(아이를 낳을 수 있는 본능)의 맹동萌動인 것이다. 여자는 이것을 위해선 자신을 희생한다. 하물며 남자를 희생시키는 일에 그 어찌 주저할 것인가. [George Bernard Shaw]
- 여자는 교회에서는 성인聖人이요, 밖에서는 천사이고, 집에서는 악마다. [G. Wilkins]
- 여자는 극단이다. 남자에 비하면 좋은 것과 나쁜 것의 어느 하나를 택한다. [La Bruyere]
- 여자는 열 살 때는 천사요, 열다섯 살 때는 성인聖人이고, 마흔 살 때는 악마이며, 여든 살 때는 마녀이다. [미상]

- 여자는 정복하기 좋아할 뿐 아니라, 정복당하기도 좋아한다. [W. M. Thackeray]
- 여자는 티백과 같다. 뜨거운 물에 담그기 전에는 얼마나 강한지 알 수 없다. [Anna Eleanor Roosevelt]
- 여자는 하나같이 어머니를 닮았다. 그것이 여자의 비극이다. [Oscar Wilde]
- 여자라는 족속은 배신자의 본성을 지니고 있다. [Euripides]
- 여자란, 자신이 허락하건 거절하건 간에 상대방이 지근거리는 것을 즐기고 있다. [Ovidius]
- 여자 — 비밀이 없는 스핑크스. [Oscar Wilde]
- 여자에게는 바다와 같이 변하기 쉬운 성질이 있다. [Simonides]
- 여자의 마음은 제아무리 슬픔에 차 있어도 아첨이나 사랑을 받아들일 틈은 어디엔가 반드시 남기고 있다. [Marivaux]
- 여자의 본질은 헌신이며, 그 형식은 저항이다. [S. A. Kierkegaard]
- 우리가 사랑할 때는 사랑하지 않고, 우리가 사랑하고 있지 않을 때는 사랑한다. 이것이 여자의 본성이다. [Cervantes]
- 원래 아첨이란 여자의 몸에 꼭 맞는 의상이다. [Kierkegaard]

- 천사와 악마가 공존하는 완벽한 모순— 이것이 여성이다.　　[이어령]

| 여자의 분노 |

- 여자는 불꽃처럼 스스로 사그라질 때까지는 결단코 꺼지지 않는, 파괴하는 힘을 가지고 있다.
　　　　　　　　　　[W. Conglev]
- 여자란, 자기의 몸에 붙은 불결의 의혹에는 참을 수가 없다.
　　　　　　　[George Bernard Shaw]
- 자신의 체면을 손상시킬만한 위험에 빠지면 여성의 마음은 얼어붙는다. 그러나 여성이 대담하게 음모를 착수하게 되면 그녀의 용기는 절대로 꺾이지 않는다.　　[Juvenalis]

| 여자의 소원所願 |

- 결코 답할 수 없었던 위대한 질문, 30년간 연구했음에도 내가 대답할 수 없었던 그 질문은 '여자는 무엇을 원하는가?' 이다.　[Sigmund Freud]
- 여자는 약한 남자를 지배하기보다 강한 남자에게 지배받기를 원한다.
　　　　　　　　　　[Adolf Hitler]
- 여자는 현실보다도 자신의 소원에 대해 박수를 보낸다.　　[Aeschilos]
- 자신의 삶을 자신이 주도하는 것이

다.(What women really want is to be in charge of her own life.)
　　　　　　　　　　[영국 전설]

| 여자의 얼굴 |

- 30세가 될 때까지 여자의 참된 얼굴을 그려낼 수는 없는 것이다.
　　　　　　　　[Honore de Balzac]
- 어떤 여자가 좋은 남편을 가졌느냐 하는 것은 그 여자의 얼굴을 보면 잘 알 수 있다.　　　　[Goethe]
- 여자는 자기 외모를 가장 중히 여긴다.　　　　　　　　[Talmud]
- 여자들은 자기 얼굴 이외의 일이면 무엇이든 허용한다.
　　　　　　[George Gordon Byron]
- 이 세상에서 가장 빛나는 것이면서도 가장 망가지기 쉬운 것의 하나는 여자의 얼굴이고, 하나는 도자기이다.　　　　　[John Swift]

| 여자의 장단점 |

- 번역은 여자와 비슷한 데가 있다. 아름다우면 충실하지 않고, 충실하면 아름답지 않다.　　　[Goethe]
- 아름다운 여자에게는 곧 권태가 온다. 선량한 여자에게는 결코 권태가 오지 않는다.　　[Montaigne]

- 여성은 남성보다 현명하다. 제대로 배우지 못한 처지에 이해력은 충분히 가졌다. [W. Stevens]
- 여성이란, 표적을 노려서 쏘면 맞추지 못하는 주제에 눈을 감고 무작정 쏘아대면 명중시키는 존재이다. [Kate Bigin]
- 여자가 가장 강해지는 것은 자기의 약점을 인정했을 때이다. [듀 대편]
- 여자는 자신의 장점 때문에 사랑을 받게 되는 경우에는 때로는 동의도 하지만, 언제나 바라는 것은 자신의 결점을 사랑해 주는 사람이다. [Prevost]
- 여자들은 아무도 알려주지 않은 것, 알려줄 필요가 없는 것들을 참으로 많이 알고 있다. [R. M. Montgomery]
- 여자란, 상대방 여자의 성격을 분석하고, 해독할 절차를 생략하고 순간적으로 간파해 버린다. [Ben Johnson]
- 여자보다 더 이기기 힘든 동물은 없다. 불도 그렇지 않고, 어떠한 살쾡이도 그렇게 무자비하지 않다. [Aristophanes]
- 여자의 결점을 알려면 그녀의 여성친구들 앞에서 그녀를 칭찬해 보라. [Benjamin Franklin]
- 여자의 통찰력은 남자의 확신보다 훨씬 정확하다. [Coupling]

- 한 남자가 아내를 맞이했다. 모친과 누이동생은 그녀에게서 수많은 결점을 찾아내고는 형편없는 며느리를 데려왔다고 한탄했다. 몇 년이 지나자 그때에 비로소 그녀도 자기들과 같은 여자라는 것에 납득이 갔다. [Anton Chekhov]

| 여자의 정절貞節 |

- 그 여인의 피부는 많은 남자들이 피부를 알고 있을지도 모른다. 그러나 그 여자의 마음은 나만이 점유하고 있다. 그렇다. 정조는 신체에는 없는 것이다. [아쿠다가와 류노스케芥川龍之介]
- 기녀妓女라도 늘그막에 양인良人을 좇으면 한평생의 분 냄새가 거리낌이 없을 것이요, 정부貞婦라도 머리털 센 다음에 정조貞操를 잃으면 반생의 깨끗한 고절苦節도 아랑곳없으리라. [채근담菜根譚]
- 사랑에서 부정不貞은 죽음과 같아 약간의 낌새도 받아들이지 않는다. [Girardin 부인]

| 여자의 충고忠告 |

- 여자들의 조언은 지나치게 비싸거나 지나치게 저렴하다.

[알베르타노 다 브레시아]

- 여자에게서는 영감靈感을 구하세요. 그들의 조언을 구하지 마세요.

[Gibrardin 부인]

- 여자의 입술에서 지혜로운 의견이 나온다. [Euripides]
- 여자의 조언은 별로 비싸지 않으나, 이를 받아들이지 않는 자는 어리석은 자이다. [Cervantes]
- 여자의 조언을 따를 때에는 두 번째가 아닌 첫 번째 조언을 따라야 한다.

[Gilbertus Cognatus]

- 여자의 충고를 따르는 자는 지옥에 떨어진다. [Talmud]

| 여자의 허영심虛榮心 |

- 남자는 그의 마음에 드는 아첨으로만 사로잡을 수 있고, 여자는 온갖 아첨으로 사로잡을 수 있다.

[Chesterfield]

- 사랑보다 허영이 보다 많은 여자를 타락시킨다. [Madam de Deffand]
- 아아, 프레젠트, 프레젠트! 여자라는 것은 아름다운 옷감을 위해선 무슨 짓이든 한다. [Lemontov]
- 여자들이 절제하지 않고 남자들이 선의를 잃으면, 그 사회는 완전히 전복된다. [Oxenstjerna]
- 여자의 요구는 한이 없다.

[N. G. Boileau]

- 여자의 허영심 — 그것은 여성을 매력적으로 하는 신의 선물이다.

[Benjamin Disraeli]

- 추한 여자를 비추는 거울은 없다.

[Cesar Houdin]

- 허영심은 사랑을 망치기보다는 여자를 파산시킨다. [Deffand 후작부인]

| 여주인과 하녀下女 |

- 암캐는 그 여주인을 닮는다. [Platon]
- 여주인이 발을 헛디디면, 하녀가 두 다리로 절뚝거린다. [Cervantes]

| 여행旅行 |

- 가장 귀여운 자식은 여행을 떠나보내라. [인도 격언]
- 가장 빨리 가는 여행자는 제 발로 걸어가는 사람이란 것을 스스로 알고 있다. [Henry David Thoreau]
- 그동안 자기 나라의 풍습을 잊고 외국물에 젖지 않았음을 보이는 것이 좋다. 다만 외국에서 배운 약간의 귀감은 우리의 풍습에 보탬이 되도록 한다는 태도쯤은 겉으로 드러내도 무방하다. [Francis Bacon]
- 나그넷길은 역시 생각할 일, 즐거운 일들이 많은 것인가 보다. [이원수]

- 나는 여행이랄까, 방랑에서 무엇을 배웠을까. 그것도 나는 모른다. 다만 풀 길 없는 청춘의 조급증과 핏줄 안에 설레는 광증狂症이 가라앉은 것만은 확실했다. 또한 가슴이 무너지는 듯이 장엄한 울림, 그 파도 소리와 또한 쓰러지고 일어나는 것의 너무나 엄청난 세계를 나대로 체험한 것이다. [박목월]
- 나에게 있어서 여행은 정신을 다시 젊어지게 하는 셈이다.
  [H. C. Andersen]
- 늘 계속되는 여행은 하나의 목표를 가지고 있으며, 또 이 목표에 도달하거나, 아니면 어떤 종국과 파국을 맞이하기 전까지는 여행은 결코 중단하는 법이 없다. [Elias Canetti]
- 다시 말하면 여행이란, 이유가 필요하다면 그것이 여행이 아니고 사무事務인 까닭이다. 그러므로 내가 여행을 한다는 것은 여정旅情을 느낄 수 있으면 그만이다. [이육사]
- 때에 따라 여행은 관용寬容을 가르쳐준다. [B. Disraeli]
- 많이 보는 자는 누구나 많은 것을 얻을 수 있다. [La Fontain]
- 모국을 결코 떠날 수 없는 자는 편견에 차 있다. [Carlo Goldoni]
- 바다를 건너가는 사람은 혼이 달라지는 것이 아니라 풍토가 달라진다.
  [Horatius]
- 비 오는 저녁, 하룻밤을 자고 갈 곳이 어디 있는지도 모르는 외로움과 불안을 안고 눈에 선 산길을 걷던 일은 편하고 유쾌한 어느 여행보다도 내게 깊은 인상을 남겨 주었다. 그러나 그러한 나그네가 되는 것은 결코 좋은 일이 아니다. 불행한 일이요, 서러운 일이다. [이원수]
- 사람이 여행하는 것은 도착하기 위해서가 아니라 돌아오기 위해서다.
  [Johann Wolfgang von Goethe]
- 사마천司馬遷의 문장은 글 자체에서 얻어진 것이 아니다. 학자들이 매양 글만 가지고 문장을 구하면 종신토록 애써도 신기함을 발견하지 못하는 것이다. 사마천은 소년시절에 하루도 쉬는 일이 없이 여행을 했다. 그의 여행은 경물景物을 구경하는 데만 있는 것이 아니었다. 장차 천하의 대관大觀을 보아 얻어 자신의 기氣를 조장하려는 데 있었다. 회하淮河의 그 파도를, 만학萬壑의 웅심을, 모든 전지戰地의 회고를 바로 자기 문장으로 옮겼다. [마자재馬子才]
- 상상의 근시近視와 변덕을 여행처럼 잘 드러내는 것은 없으리라. 장소의 변화에 따라 우리의 생각이 바뀐다. 아니, 의견과 감정도 바뀐다.
  [William Hazlitt]

- 세 사람이 여행하면, 곧 한 사람을 잃는다. [주역周易]
- 세상에서 유람의 즐거움을 다하는 자는 반드시 그윽하고 깊은 산수를 찾거나 피로하게 하고 근육을 수고롭게 한 뒤에야 즐거움을 얻는다. [정도전]
- 어린 시절에는 여행이 교육이며, 좀 더 나이가 들어서는 경험의 일부이다. 자기가 가려는 나라의 말을 다소나마 알지 못하고 여행하려는 사람은 여행을 그만두고 학교로 가라. [Francis Bacon]
- 여럿이 몰려다니는 여행에는 반드시 스케줄이라는 것이 있어서 모든 행동이 그에 구속받게 되지만, 혼자 다니는 여행에는 그런 구속이 필요치 않다. [정비석]
- 여정旅情은 연정과 비슷하다. 그날 그날의 생활을 인생의 사업이라고 한다면, 여행은 인생의 즐거운 예술이다. 아름다운 것이다. 아름다운 것에 도취하는 것이요, 아름다움에 도취하여 생의 희열을 느끼는 것이다. 생활이 인생의 산문이라면, 여행은 분명히 시詩다. 여행의 진미는 인생의 무거운 의무에서 잠시 해방되는 자유의 기쁨에 있다. 여행은 우선 떠나고 보아야 한다. 행운유수行雲流水가 곧 여행의 정신이다. [안병욱]

- 여행과 변화를 사랑하는 사람은 생명이 있는 사람이다. [R. Wagner]
- 여행량은 인생량이다. [오소백]
- 여행은 관용을 가르친다. [Benjamin Disraeli]
- 여행은 그대에게 적어도 다음 세 가지의 유익함을 가져다줄 것이다. 첫째로 타향에 대한 지식이고, 둘째로 고향에 대한 애착이며, 셋째로 그대 자신에 대한 발견이다. [브하그완]
- 여행은 나에게 있어서 정신을 회생시키는 셈이다. [H. C. Andersen]
- 여행은 마치 기도 시간과 같은 반성의 기회를 주는 것이다. [김우종]
- 여행은 사람의 마음을 관대하게 한다. [Bebjamin Disraeli]
- 여행은 인간을 겸허하게 합니다. 세상에서 인간이 차지하고 있는 부분이 얼마나 하찮은가를 두고두고 깨닫게 하기 때문입니다. [Gustave Flaubert]
- 여행은 진지한 자들에게는 인생에서 가벼운 부분에 지나지 않겠지만, 경박한 사람들에게는 중요한 부분을 차지한다. [Swetchin]
- 여행의 진수眞髓는 자유에 있다. 마음대로 생각하고, 느끼고, 행동할 수 있는 완전한 자유에 있다. 우리가 여행하는 주된 이유는 모든 장애와 불편에서 풀려나기 위해서다. 자

신을 뒤에 남겨두고, 다른 사람들은 떼어버리기 위해서다.

[William Hazlitt]

- 여행의 참다운 멋은 경치를 찾아서가 아니라 즐거운 기분—아침 출발할 때의 희망과 의욕, 저녁 휴식할 때의 평화와 정신적 충만을 찾아 길을 떠나는 것이다.

[Robert Louis Stevenson]

- 여행의 추억은 끊임없는 휴양입니다.

[Bertrant Russel]

- 여행이라는 말에는 아직도 어떤 뜻이 남아 있었던가? 자유, 이해를 넘어선 태도, 모험, 충실한 삶, …많은 불행한 사람들이 가져볼 수 없었던 그 모든 것들, 그리고 마치 가톨릭의 청년이 여성을 꿈에 그리듯이 오직 몽상을 통해서만 소유할 수 있었던 그 모든 것들.   [Paul Nizan]

- 여행이 아름다운 것은, 오직 돌아올 수 없는 여행으로서 다른 태양이 매일 떠오를 때뿐이다.

[Jacques Audibert]

- 여행이 즐거우려면 돌아오게 될 훌륭한 보금자리가 있어야 한다.

[F. B. Wilcox]

- 여행하는 덕분으로 우리들은 확인할 수가 있다. 가령, 각 민족에 국경 있다 해도 인간의 여행에는 국경이 없다.   [Andre Prevost]

- 여행하는 덕분으로 인간은 겸허해진다. 왜냐하면 세상에서 인간이 차지하는 입장이 얼마나 보잘것없는 것인가를 절실히 깨닫게 되기 때문이다.   [G. Flaubert]

- 여행하는 사람들이 안내원에게 물 깊이가 어느 정도 되느냐고 물으니까 그 안내원이 말하기를, 물이 대답할 것이라고 했다.   [Platon]

- 오늘날 많은 사람들이 갖는 커다란 욕망 가운데 한 가지는 여행을 하는 일이다. 그 가야 하는 목적지가 어디라는 것은 큰 문제가 아니다. 그저 어디고 다니는 것만이 즐겁다는 것이다. 그것도 할 수 있다면 점보제트기를 타고 이 너른 세계를 빨리, 보다 더 멀리 여행하는 것이라면 더할 나위 없는 큰 자랑이 된다.   [장이욱]

- 이 세상에서 가장 어렵고도 긴 여행은 머리에서 가슴으로 가는 여행입니다.   [김수환]

- 이 세상에서 가장 유쾌한 일 중 하나가 여행하는 것이다.

[William Hazlitt]

- 이탈리아 사람의 말에 의하면, 여행하는데 좋은 친구는 여로의 시간을 짧게 한다고 한다.   [Izaak Walton]

- 인간에게 무턱대고 방황하는 것보다 고된 것도 없다.   [Homeros]

- 인생은 여행자요, 세사世事는 기로

岐路기路니라. 세로世路는 대로도 있고 소로도 있고, 직로直路·탄도坦道도 있고, 방혜곡경旁蹊曲徑(길의 지름길과 굽은 길)도 있으며, 양장羊腸의 구곡九曲도, 벽립壁立의 천인千仞도 온갖 길이 다 있으니, 사람은 어느 길로든지 아니 가지는 못하리라. 세로世路는 개인의 사유물이 아니요, 중인의 공로이므로, 아무라도 마음대로 갈 수가 있느니라. 사람 생긴 이후로 하도 여러 사람이 내왕하였으므로 별로 안 가본 길은 적으리라.

[한용운]

● 자기 나라만 보고 산다면, 이 세상은 첫 장만 읽은 것과 같다.

[Fouger de Montbron]

● 자기 생애의 전부를 해외여행으로 보낼 때에는 많은 사람과 알게 된다 해도 친구는 없다. [L. A. Seneca]

● 자기와 다른 사람들을 개선하려고 나라를 떠나는 자는 철학자이지만, 호기심이란 맹목적인 충격에 의해 이 나라에서 저 나라로 옮겨 다니는 자는 방랑자에 지나지 않는다.

[Goldsmith]

● 장소가 바뀌어도 정신이 변함없는 자는 바다 너머까지 도달한다.

[Horatius]

● 정신의 편력은 경험의 편력과 맞먹는다. 여행의 양量이 곧 인생의 양

이다. [이어령]

● 조국을 떠나보지 않은 자는 편견으로 가득 차 있다. [Carlo Goldoni]

● 지금 천 리 길을 가는 사람이 있다면, 반드시 먼저 그 길이 나 있는 곳을 판단하여야 할 것이니, 그런 뒤에야 출발할 곳을 생각할 수 있기 때문이다. 그 문을 나서서 가는데, 진실로 앞길이 아득히 멀어서 어떻게 갈까 하고 생각되면 반드시 길을 아는 사람에게 물어야 한다. [김정희]

● 지식을 얻기 위하여 여러 나라를 그저 돌아다니는 것만으로 충분하지 않다. 여행의 방법을 생각하지 않으면 안 된다. 관찰하기 위해서 우선 준비하지 않으면 안 된다. 자기가 알고 싶은 대상 쪽으로 시선을 두지 않으면 안 된다. 세상에서는 여행에 의하여 베푸는 것이 독서에 의한 것보다 못하는 사람이 많다. 그 이유는 그들이 생각하는 기술을 알지 못하기 때문이며, 독서를 할 경우에는 저자에 의하여 그 정신이 이끌림을 당하지만, 여행에 있어서는 자기 스스로 볼 힘이 없기 때문이다.

[Jean-Jacques Rousseau]

● 참된 여행자에게는 항상 방랑하는 즐거움, 모험심과 탐험에 대한 유혹이 있게 마련이다. 여행한다는 것은 방랑한다는 뜻이고, 방랑이 아닌 것

은 의무도 없고, 일정한 시간도 없고, 소식도 전하지 않고, 호기심 많은 이웃도 없고, 환영회도 없고, 이렇다 할 목적지도 없는 나그넷길인 것이다. 좋은 나그네는 자기가 이제부터 어디로 갈 것인지를 모르는 법이고, 나무랄 데 없이 훌륭한 여행자는 자기가 어디서 왔는지조차도 모르는 사람이라고 할 수 있다. 그는 심지어 자기의 이름이 무엇인지도 모른다. [임어당林語堂]

● 타국을 보면 볼수록 고국을 사랑하게 된다. [Stael 부인]

● 행복하게 여행하려면 가볍게 여행해야 한다. [Saint-Exupery]

● 혼자 여행을 떠나는 사람은 오늘이라도 출발할 수 있지만, 남과 함께 떠나는 사람은 그 사람이 준비할 때까지 기다려야 한다.

[Henry Thoreau]

| 역경逆境과 영화榮華 |

● 거친 땅 위에서 굳어진 발굽을 가진 짐승은 어떠한 길도 걸을 수 있다. [L. A. Seneca]

● 번영은 우리의 악을 드러내주고, 역경은 우리의 덕을 드러내준다.

[Francis Bacon]

● 번영은 행복한 이들을 보여주고, 역경은 위대한 이들을 드러낸다.

[G. C. S. Plinius]

● 불운을 견디는 것보다 행운을 유지하는 데에 훨씬 큰 덕이 필요하다.

[F. La Rochefoucauld]

● 불은 금의 시금석試金石이요, 역경은 강한 인간의 시금석이다.

[L. A. Seneca]

● 비루한 영혼은 잘 나갈 때 오만으로 의기양양하나 역경이 닥치면 이내 무너진다. [Epicurus]

● 역경에 처하면 그 몸의 주위가 모두 약이 되기 때문에 자신도 모르는 사이에 절조와 행실을 닦게 되고, 순경順境에 있을 때는 눈앞이 모두 칼과 창과 같아서, 자신의 기름을 녹이고 뼈를 깎아도 알지 못한다.

[홍자성洪自誠]

● 역경에 처해 있더라도 위안과 희망이 없는 것은 아니다. 우리가 재봉이나 수예에서 어둠컴컴하고 장중한 바탕에 경쾌한 무늬를 넣는 것이 밝은 바탕에 어둡고 침울한 무늬를 수놓는 것보다 훨씬 쾌적감을 느끼게 한다. 그러므로 이러한 눈의 즐거움에 미루어 마음의 즐거움을 판단해 보라. 확실히 향이나 양념은 불에 피우거나 빻을 때에 가장 향기롭다. 미덕美德도 이러한 값진 향기와 같다. 번영繁榮은 미덕을 가장

잘 나타내지만, 역경은 미덕을 가장
높이 드러내는 것이다.
[Francis Bacon]

- 역경에 처해 있을 때는 차분한 마음
을 간직하도록 노력해라. 마찬가지
로 영화를 누릴 때는 거만한 기쁨으
로 인해 마음이 해이해지는 것을 경
계하라. [F. Q. Horatius]
- 역경은 달의 변화만큼 현자를 슬프
게 만들지 못한다. [B. Franklin]
- 역경은 비껴간 자를 끝까지 기다리
곤 한다. [L. A. Seneca]
- 역경은 사람을 부유하게 하지는 않
으나 지혜롭게 한다. [Th. Fuller]
- 폭풍이 지나가면 평온이 온다.
[M. Henry]
- 혹자는 씨도 뿌리지 않고 수확하지
만, 혹자는 열심히 일하고도 얻지
못한다. [M. 케이원]

| 역량力量 |

- 가장 많은 것을 할 수 있는 사람이
가장 작은 것밖에 못한다.
[Aristoteles]
- 불에 맞선 추위가, 태양 앞의 밤이,
달 앞의 어둠이 도대체 무엇을 할
수 있단 말인가. [Abadana]
- 우리는 할 수 있다고 믿기에 할 수

있는 것이다. [Vergilius]

| 역사歷史 |

- 거짓말을 내포하지 않은 역사책은
권태롭다. [Anatol France]
- 과거의 역사로부터 배우지 못하고,
미래를 준비하지 않는 민족은 참혹
한 과거의 비극의 역사를 다시 반복
해 당하게 될 것이다.
[Arnold Toynbee]
- 그 연대기를 읽어서 지겨워지는 사
람은 행복하다. [Montesquieu]
- 나는 역사나 박물관을 싫어한다.
그것들은 무덤과 같기 때문이다.
[Waclaw Nizynski]
- 나는 역사의 신을 믿는다. [김용옥]
- 나라의 자랑은 역사의 자랑이며, 역
사의 자랑은 곧 인물의 자랑이다.
[유달영]
- 나를 처벌하라. 그것은 문제가 아
니다. 역사는 나에게 무죄를 선고
할 것이다. [Fidel Castro]
- 누구나 역사를 만들 수 있지만, 위
대한 자만이 역사를 쓸 수 있다.
[Oscar Wilde]
- 모든 역사는 거짓말이다. [Voltaire]
- 모든 인간의 생활에는 역사가 있다.
[Shakespeare]
- 무지한 자들은 배우고, 아는 자들은

기억하기를 좋아해야 한다.

[Francois Henault]

● 서양사, 서양 예술은 3박자로 춤춘다. 역사는 역사가 치료한다.

[최인훈]

● 세계사는 부단한 투쟁이 낳은 영원한 인간극에 다름 아니다.

[Jules Michelet]

● 세계사는 세계 법정이다.

[Georg Hegel]

● 세계사는 세계 심판이다.

[Friedrich Schiller]

● 세계 역사는 단지 위인들의 전기에 불과하다. [George Gordon Byron]

● 세계 역사는 자유 의식의 진보다.

[Georg Hegel]

● 세계의 역사는 매일매일 빵과 버터를 찾는 인간의 기록이다.

[Hendrik Willem van Loon]

● 세계의 역사는 일반적인 세론에 대한 권력투쟁에 지나지 않는다. 권력이 세론에 따를 때는 강하고, 그것에 거역할 때는 붕괴한다. [A. Vigny]

● 암살이 세계의 역사를 바꾼 적은 없다.

[Disraeli]

● 역사가 가리키고 있는 바에 의하면, 모든 음모는 상류계급이나 왕과 간신들에 의해 계획되고 있다.

[Machiavelli]

● 역사가 기록되는 것은 얘기하기 위해서이지 증명하기 위한 것은 아니다.

[Quintilianus]

● 역사가란, 과거부터 말해 오는 망령의 무리다. [Ernst Hoffmann]

● 역사가 한 과거에 눈을 돌린 예언자이다. [Friedrich von Schlegel]

● 역사가 없는 국가는 행복하다.

[Beccaria]

● 역사는 경험되고 기록될 수 있는 사실의 전달이다. [Samuel Coleridge]

● 역사는 과거의 사람들을 평가함으로써 사람들로 하여금 미래를 판단케 한다. [Thomas Jefferson]

● 역사는 단순한 가십에 지나지 않는다. [Oscar Wilde]

● 역사는 대개 공무公務에 의해서 창작되는 것입니다. [Franz Kafka]

● 역사는 법률로 밝히고, 법률은 역사로 밝혀야 할 것이다. [Montesquieu]

● 역사는 본보기를 통해 배우는 철학이다. [Dionisios]

● 역사는 소중한 인류의 체험이며 시대의 창조이다. 역사는 반드시 의미를 가져야 하며, 의미가 없는 것이 역사가 될 수 없다. [유달영]

● 역사는 승자에 의해 기록된다.

[Winston Churchill]

● 역사는 신의 역사도 아니요, 자연의 역사도 아니요, 인간의 역사다. 역사는 인간에 의해 만들어진 제3의

세계다.　　　　　　　　　　[안병욱]
- 역사는 실로 그 대부분의 인류의 범죄. 우행愚行. 재난의 등기부에 지나지 않는다.　　　[Edward Gibbon]
- 역사는 앞으로의 전망을 별빛으로, 좀 더 나을지라도 이지러지는 달빛 정도를 우리에게 비춰줄 따름이다.
　　　　　　　　　[Rosemary Choate]
- 역사는 언제나 난관을 극복하려는 의지와 용기가 있는 국민에게 발전과 영광을 안겨다 주었다.　[박정희]
- 역사는 언제든지 패자에게 등을 돌리고, 승자를 옳다고 하는 것이란 사실을 잊어서는 안 된다. [Stefan Zweig]
- 역사는 영원히 되풀이된다.
　　　　　　　　　　[Thukydides]
- 역사는 이루어진 소설이며, 소설은 이루어질 수 있는 역사이다.
　　　　　　　　　[Concours 형제]
- 역사는 이야기하고자 쓴 것이지, 증명하기 위해 쓴 것이 아니다.
　　　　　　　　　[Quintilianus]
- 역사는 인생의 방면보다도 악의 방면을 한층 강하게 그려낸다.
　　　　　　[Jean-Jacques Rousseau]
- 역사는 일반적으로 정부가 얼마나 나빴는지를 말해줄 뿐이다.
　　　　　　　　[Thomas Jefferson]
- 역사란, '나고, 괴로워하고, 죽는다.' 란 세 개의 사실의 자각도, 기록

도 아니다.　　　　[Anatol France]
- 역사란, 명확해진 경험이다.
　　　　　　　[John Ronald Royal]
- 역사란, 언제나 동떨어진 원인에서 기묘한 결과를 가져오는 것이다.
　　　　　　　　　　[T. S. Eliot]
- 역사란 예언이 적힌 두루마리 족자를 펴 놓은 것에 지나지 않는다.
　　　　　　[James Abram Garfield]
- 역사란, 전례가 가르치는 철학이다.
　　　　　　　　[Dionysios Cato]
- 역사란, 합의 위에 성립하여 만든 이야기 이외의 무엇이겠는가?
　　　　　　　　　[Napoleon I]
- 역사란, 흘러가 버린 시간이 아니라 괴어 있는 시간, 미래를 향해 도리어 흘러내려오는 그런 시간이다.
　　　　　　　　　　[이어령]
- 역사를 기록하는 것은 과거에서 벗어나는 하나의 방법이다.　[Goethe]
- 역사를 모르는 사람은 그것을 반복하기 마련이다.　　[Edmund Burke]
- 역사를 분석함에 있어 너무 완전하려고 하지 말라. 주어진 원인들이 지극히 피상적인 것이기 때문이다.
　　　　　　[Ralph Waldo Emerson]
- 역사를 읽는 일은 즐거움이다. 그러나 그보다도 더 마음을 끌고 흥미 있는 것은 역사를 만드는 데 참여하는 것이다.　　[Jawaharlal Neruh]

- 역사 없이 자유가 없고, 또 그와 반대로 자유 없이 역사가 없다. [E. H. 카]
- 역사의 과정은 산봉에서 산봉으로 비약하는 것이 아니라 지세를 따라 연면히 흐른다. [김태길]
- 역사의 기록이 공백인 국민은 복될진저. [Thomas Carlyle]
- 역사의 목적은 과거의 실례에 의해서 우리들의 욕망이라든가 행동을 이끄는 것과 같은 지식을 가르치는 데 있다. [Walter Raleigh]
- 역사의 쓰임은 현시점과 그 임무에 가치를 부여하는 데 있다. [Ralph Walddo Emerson]
- 역사의 임무는 인간의 모험에 의미를 부여하는 것입니다. 신들이 그랬던 것처럼. [Andre Malraux]
- 역사 작품을 쓰는 비결은 무시해야 할 사항을 아는 데 달려 있는 기술記述이다. [Ambrose Bierce]
- 오래 전의 역사란, 세월의 경과로써 이루어졌으므로 진실을 알아내기란 어려운 일이 아니다. 그리고 그 시대의 명사들에 대한 아첨으로 흔히 사실이 흐려져 있기 때문이다. [Plutarchos]
- 오직 피만이 역사의 바퀴를 움직인다. [Martin Luther]
- 우리들은 역사의 관찰자이기 전에 우선 역사적 존재이다. [Wilherm Dilthey]
- 위대한 역사학자는 어느 시대에도 어느 국가에도 속하지 않는다. [Fenelon]
- 은殷나라의 거울은 먼 데 있지 않다. 전대인 하夏나라에 있다. [맹자孟子]
- 이제 그(에이브러햄 링컨)는 역사에 속한다. [E. M. Station]
- 인간 그 자체는 끊임없이 계속되는 인간 노력의 가장 중요한 창조체요 완성체인데, 우리는 그런 노력의 기록을 역사라고 부른다. [Erich Fromm]
- 인간은 다만 역사에 의해서만 만들어지는 것이 아니라, 역사 또한 인간에 의해 창조된다. [Erich Fromm]
- 인간은 세계사의 중요한 담당자이며, 세계사는 인류 운명의 집합에서 나온다. [Franz Brentano]
- 인간의 역사는 그 근본에 있어서 창조의 역사이다. [Herbert G. Wells]
- 인간의 역사는 학대받는 자의 승리를 참을성 있게 기다리고 있다. [R. Tagor]
- 인류사가 실패에 돌아간 계획과 실망에 끝난 희망과의 이야기 이상이었던 적은 거의 없다. [Samuel Johnson]
- 인류사는 본질적으로 사상사다. [Herbert George Wells]

- 자신의 나라를 사랑하려거든 역사를 바로 읽을 것이며, 다른 사람에게 나라를 사랑하게 하려거든 역사를 익혀 바로 알게 할 것이다.   [신채호]
- 조그마한 문학작품을 쓰기 위해서도 막대한 역사가 필요하다.
  [Henry James]
- 지금까지의 모든 사회의 역사는 계급투쟁의 역사다.   [Karl Marx]
- 지리학과 연대학은 역사의 두 눈이다.   [Anatole France]
- 진정한 뜻의 역사란 없다. 있는 것은 오로지 전기傳記이다.
  [Ralph Waldo Emerson]
- 초자연적인 것이 나타날 때 역사가는 그것을 거부해서는 안 된다.
  [Anatol France]
- 치욕, 치욕, 치욕, 이것이 인간의 역사이다.   [Friedrich Nietzsche]
- 클레오파트라의 코가 조금만 더 낮았더라면, 세계의 역사는 달라졌으리라.   [Pascal]
- 한비韓非에 의하면, 역사는 정지하는 것도 아니며, 역류하는 것도 아니며 그저 발전하는 것이다.
  [장기윤張其允]

| 역사가歷史家 |

- 붓을 잡고 정직하게 씀은 사관史官

의 직무다.   [이이]
- 역사가는 다만 사물의 경과를 써두고 평가하지 않으면 안 되는 것뿐이며, 스스로 사물의 결정에 참여해서는 안 된다.   [Friefrich Nietzsche]
- 역사가는 뒤돌아보는 예언자다.
  [August Wilhelm Schlegel]
- 역사가는 문학과 철학을 역사적으로 다룬다. 또 철학자는 역사와 문학을 철학으로 다룬다. [H. N. Frye]
- 역사가는 정확하고 충실하며 공평해야 한다. 득실이나 애증愛憎에 의해 역사가가 진실의 길에서 벗어나서는 안 된다.   [Cervantes]
- 역사학자는 과거를 향해 있는 예언자이다.   [F. von Schlegel]
- 훌륭한 역사가는 어느 시대 어느 나라에도 속하지 않는다.
  [Francois de Fenelon]

| 연관성聯關性 |

- 장님의 왕국에서는 애꾸눈이 왕이다.
  [Apostelius]
- 장미의 기억으로는, 이 세상에 정원사는 단 한 명밖에 없다. [Fonteneill]
- 한 집안의 위인도 다른 집에서는 어리석은 자에 지나지 않는다. [Grece]

| 연극演劇 |

● 나막신은 반장화보다 못하다.

[Fenelon]

● 비극은 길 위를 달리기 시작하면서 그 효과가 사라진다.　　[Sangfor]

● 오랜 무대생활에서 내가 아쉽게 생각하는 일이 하나 있다. 그것은 관객석에 앉아서 자신의 무대 연기를 넋을 잃고 바라볼 수가 없었다는 것이다.　　[John Baltimore]

| 연대連帶 |

● 각자는 모두를 위해, 하느님은 당신 자신을 위해.　　[Auguste 드퇴프]

● 꿀벌 통에 쓸모없는 것은 꿀벌에게도 쓸모없다.　　[Marcus Aurelius]

● 우리는 모두 같은 배에서 노를 젓고 있다.　　[Zenobius]

● 위와 팔다리는 결속력이 강하다.

[Aesop]

| 연설演說 |

● 남자가 일어서서 연설을 시작하면, 사람은 먼저 귀로 듣고 나중에 눈으로 살펴본다. 여자가 일어서서 연설하면, 사람은 먼저 눈으로 보고 생김새가 마음에 들면 귀로 듣는다.

[Fourline Fredwric]

● 연설은 마음의 색인索引이다.

[L. A. Seneca]

● 연설이란 정사情事와 같은 것이다. 어떤 바보라도 시작은 가능하지만 끝맺음에는 대단한 기술이 필요하다.

[Mann Croft]

| 연애戀愛 / 연정戀情 |

● 만약에 장님이었다면 죄가 없을 것을, 그런데 나는 눈이 보이는 거예요.

[Andre Gide]

● 모든 경우를 통하여 연애란, 인내를 말한다.　　[오키와라 사쿠다로]

● 사랑을 상냥한 것이라고 오인한 데서 생활의 오류는 시작되는 것이다.

[아리지마다케로有島武郎]

● 소인小人은 우정보다도 연애에서 착각을 일으키기 쉽다.　　[A. Bonnard]

● 스스로가 괴로워하거나 아니면 상대방을 괴롭히거나, 이 어느 하나가 없이는 연애란 존재하지 않는다.

[Regnier]

● 실연의 경험이 있는 사람은 아무것도 잃어본 적이 없는 사람보다 낫다.

[S. Butler]

● 연애가 성가신 것은, 그것이 공범 없이는 해낼 수 없는 죄악이라는 점에 있다.　　[C.-P. Baudelaire]

● 연애가 있기 때문에 세상은 항상 신

선하다. 연애는 인생의 영원한 음악으로 청년에게는 빛을 주고, 노인에게는 후광을 준다. [Samuel Smiles]
- 연애가 줄 수 있는 최대의 행복은 사랑하는 여자의 손을 처음 쥐는 것이다. [M. H. B. Stendhal]
- 연애 과정에서는 방해가 더 열렬한 연정의 동기가 된다. [Shakespeare]
- 연애는 남자에게 있어서는 일시적인 변덕에 지나지 않을지 모르지만, 여자에게 있어서는 삶이 아니면 죽음이다. [Ella W. Wilcox]
- 연애는 늦게 할수록 열렬한 것이다. [Ovidius]
- 연애는 사람을 강하게 하는 동시에 약하게 한다. [Pierre Bonnard]
- 연애는 생명의 고향이요, 정열은 연애의 관冠이다. [Henry Amiel]
- 연애는 스스로 주조된 화폐로써 지불되는 유일한 정열이다. [Stendahl]
- 연애는 열병과 같은 것이어서 의지意志와는 아무런 상관없이 생겨났다가 사라진다. 결국 연애는 연령과는 상관없다. [Stendhal]
- 연애는 전쟁과 같은 것, 시작은 쉽지만 그만두기가 어렵다. [Mencken]
- 연애는 한가한 사람의 일이고, 바쁜 사람의 오락이며, 그리고 군주에게는 파멸이다. [Napoleon I]
- 연애는 혼인보다 인기가 있다. 소설은 역사보다 재미있다는 이유에서다. [Nichora Sangfor]
- 연애란, 남녀가 자기들의 생애를 통하여 가장 이성을 잃고 있는 상태를 말한다. 그러한 상태에 있을 때, 생애에서도 가장 중요한 사업인 혼인의 스타트라인에 서는 것은 어리석은 일이다. [Pearl Buck]
- 연애란, 남자의 생에서는 하나의 삽화揷畵에 불과하지만 여자의 생애에서는 역사 그 자체이다. [Stael 부인]
- 연애란, 매춘과 같은 취향이다. 더욱이 제아무리 고상한 쾌락일지라도 매춘으로 환원시키지 못할 것은 없다. [C.-P. Baudelaire]
- 연애란, 얼마나 무서운 정열인가. 그럼에도 세상 거짓말쟁이들은 연애를 제법 행복의 원천인 것처럼 말하고 있다. [Stendahl]
- 연애란, 프랑스에서는 희극, 영국에서는 비극, 이탈리아에서는 가극, 독일에서는 멜로드라마다. [Malgrid Preston]
- 연애란, 한 사람의 여성이 다른 어느 여성보다 다르다는 망상에 잠기는 일이다. [Marie Menken]
- 연애에는 연령 제한이 없다. 그것은 언제든지 할 수 있는 것이다. [Pascal]
- 연애에서는 믿어주어야 할 필요가

있으며, 우정에서는 통찰洞察해 줄 필요가 있다. [Pierre Bonnard]
- 연애의 비극은 죽음이나 이별이 아니다. 두 사람 중 어느 한 사람이 이미 상대방을 사랑하지 않게 된 날이 왔을 때이다. [Mom]
- 연애의 세계에서는 서로가 지나치게 사랑했다는 것 이외에 서먹서먹해질 이유는 거의 없다. [La Bruyere]
- 연애하는 남녀는 이상한 안경을 쓰기 마련이다. 구리를 황금으로, 가난함을 풍족한 것으로 보이게 한다. 그러기 때문에 상대방의 눈에 난 다래끼조차도 진주알같이 보이게 한다. [Cervantes]
- 연정, 그것은 종족 보존을 위해 자연이 우리에게 마련한 비겁한 음모이다. [W. S. Maugham]
- 연정이란, 서로가 상대방을 오해하는 데서 생겨나는 것이다. [Oscar Wilde]
- 연정이란 아름다운 소녀와의 첫 대면에서 시작되어 보조개가 곰보로 보일 때까지의 꿈과 같은 즐거운 기간을 말한다. [존 발리모어]
- 우리가 이 세상에서 경험하는 모든 연애는 같은 법칙에 따라 나타났다가는 사라진다. [Stendal M. H. B.]
- 우리의 삶에 있어서 정말로 사람을 놀라게 하고 평소의 생각 자체를 송두리째 바꾸어놓는 큰 사건이 있다. 그것이 바로 연애이다. [Robert Louis Stevensom]
- 존경심이 없이는 참된 연애는 성립되지 않는다. [Goethe]
- 죽을 때까지 한 가지 마음에만 깊이 파고들 수가 있다면 그것으로 행복했다고 간주해야 할 것이다. [F. Mauriac]

| 연옥煉獄 |
(카톨릭에서 죄를 범한 사람의 영혼이 천국에 들어가기 전에, 불에 의한 고통을 받음으로서 그 죄가 씻어진다는 곳. 천국과 지옥사이에 있다함.)

- 연옥은 상식의 교리이다. [Joseph de Mestro]
- 연옥을 발명한 자야말로 가장 교활한 자본가이다. [E. 제루제즈]
- 이승이 아니면 저승에서라도 보속補贖(카톨릭에서 지은 죄 때문에 일어난 나쁜 결과를 보상하는 일)해야 한다. [Fenelon]

| 연인戀人 |

- 노새를 타는 자가 편자를 박는다. [솔리에르]
- 사랑받고자 한다면 신중해라. 마음

577

을 여는 열쇠는 비밀 열쇠이기 때문이다. [Florian]

- 사랑을 사랑하고 연인을 경멸할 수 있다. [Parker]

- 사소한 일이라도 연인끼리는 즐겁다. [Goethe]

- 수렵 담당관은 포획물이 잡히면 나팔을 즐겨 불기 마련이다.
[Marguerite de Navarre]

- 연인은 이를테면, 군인이다. [Ovidius]

- 연인은 자신의 욕망만을 알 뿐, 자신이 취한 것을 보지 않는다.
[Publius Syrus]

- 연인의 싸움은 사랑을 새롭개 한다. [Terentius]

- 연인의 영혼은 그를 사랑하는 여인의 몸속에 산다. [M. P. Cato]

- 이 세상에서 가장 무거운 물체는 이제는 사랑하지 않는 여인의 몸이다.
[보브나르게스 후작]

- 이시스(고대 이집트·그리스·로마 등지에서 숭배된 최고의 여신)는 베일을 벗고 모습을 드러내지만 남자는 폭포를 지니고 있다. [Goethe]

- 정부情婦를 사랑할수록 그녀를 증오할 시간이 가까워진다.
[La Rochefoucauld]

- 합리적인 연인을 찾아다오. 그러면 내가 너에게 그의 황금 무게를 알려주겠다. [Plautus]

- 화난 연인은 자신에게 많은 거짓말을 한다. [Publius Syrus]

| 연합聯合 |

- 개미 떼가 모이면 사자도 이길 수 있다. [Saidi]

- 두 마리의 개가 한 마리 사자를 잡을 수 있다. [Talmud]

- 두 명이 원해서 하는 일은 실패하지 않는다. [Ovidius]

- 보잘것없는 인간들도 단결하면 힘을 발휘한다. [Homeros]

- 전체가 개인을 위해야 하며, 저마다 전체를 위해야 한다.
[Alexandre Dumas]

- 하나로 뭉치지 않는 한 모든 권력은 약하다. [La Fontaine]

| 열등劣等 |

- 군자의 덕은 바람이고, 소인의 덕은 풀이어서, 풀 위에 바람이 불면 반드시 옆으로 쓰러지게 되어 있다.
[논어論語]

- 맨눈을 즐겁게 하는 것이 눈곱 낀 눈에는 거슬린다. [M. Regnier]

- 모든 죄악은 열등감, 즉 다른 말로 하면 양심이라는 것에 근원을 두고

있다. [Cesare Pavese]

- 발바리는 낯선 자를 만나면 짖고, 하찮은 사람은 덕을 만나면 얼이 빠진다. [L. A. Seneca]
- 수레의 가장 낡은 바퀴가 가장 크게 삐걱거린다. [Giyo de Provan]
- 이륜마차와 열등한 자가 가장 시끄럽다. [Plutarchos]

| 열망熱望 |

- 바다는 바람이 자면 조용하다. 그와 마찬가지로 열망이 더 이상 없으면 우리도 평온하다. [E. Wheeler]

| 열반涅槃 |

- 모든 인간은 죽음에서 벗어나기를 갈망한다. 그러나 인간은 삶에서 벗어나는 방법도 모른다. [설혜薛惠]
- 한 우물에서 물을 자주 길으면 우물이 탁해진다. 마음이 흔들릴수록 정신은 더욱 탁해진다. [설혜薛惠]

| 열의熱意 / 열정熱情 |

- 가슴에 불을 품은 자의 머리는 연기로 가득 차게 된다. [W. 반디]
- 마음을 위대한 일로 이끄는 것은 오직 열정 위대한 열정뿐이다.

[Denis Diderot]

- 열광하지 않는 것은 진부함의 표징이다. [Balzac]
- 열성적이지만 분별없는 자에게는 모든 것이 정당해 보인다. [Cornille]
- 열의는 지혜로운 자들에게는 좋으나, 대개는 어리석은 자들이 열의를 보인다. [Thomas Fuller]
- 열정에 사로잡힌 현자는 횃불을 든 장님과도 같다. 횃불로 다른 사람들을 인도하지만, 이 횃불은 정작 자신에게는 아무 소용이 없다. [Saidi]
- 열정은 배의 돛에 부는 바람과 같다. 때로는 바람이 배를 휩쓸어버리기도 하지만, 바람 없이는 배가 항해할 수 없다. [Voltaire]
- 열정은 세상을 돌게 한다. 사랑은 세상을 좀 더 안전한 곳으로 만들 뿐이다. [Ice-T]
- 열정은 아름다운 것을 덮어주는 아름다운 이름이다. [G. W. Leibniz]
- 열정은 일종의 마음의 열병으로, 그것은 어김없이 우리에게 있을 때보다 우리를 더 약하게 한 후 떠난다.

[William Penn]

- 열정은 자기 목표를 잃었을 때, 자기 노력을 배가시키는 데서 이루어진다. [George Santayana]
- 열정은 홍수와 같다고도 할 수 있고, 시내와 같다고 할 수도 있다. 얕

은 것은 졸졸 소리를 내지만, 깊은 것은 침묵을 지킨다. [W. 롤리경]
- 열정이 나를 지배하기 전에 너의 열정을 지배하라. [Publius Syrus]
- 위대한 업적치고 열의 없이 이루어진 것은 없다. [Ralph W. Emerson]
- 인간은 무한한 열정을 품고 있는 일에는 거의 성공한다. [Charles M. Schwab]
- 장님보다 더 앞을 못 보는 자는 누구일까? 바로 열광적인 자이다. [법구경法句經]
- 지혜는 세상을 견디게 하고, 열정은 세상을 살게 한다. [N. Sangfor]
- 친구들의 열정이 적의 증오보다 더 해로울 때가 있다. [Friedrich Shiller]
- 큰일은 열정 없이 결코 이루어지지 않는다. [Ralph Waldo Emerson]
- 태양이 종종 구름에 가려져 어두워지듯이, 이성이 열정에 가려져 흐려질 때가 있다. [Demophilius]

| 영감靈感 |

- 신적 영감 없이는 결코 위인이 될 수 없다. [Macus Tullius Cicero]
- 한순간의 영감이 한 생애의 경험보다 낫다. [O. W. Holmes]

| 영광榮光 |

- 기쁨과 영광은 서로 어울리지 않는다. [Publius Syrus]
- 누가 가장 영광스럽게 사는 사람인가? 한 번도 실패함이 없이 나아가는 데 있는 것이 아니라, 실패할 때마다 조용히, 그러나 힘차게 다시 일어나는 데에 인간의 참된 영광이 있다. [Logan Smith]
- 무덤에 판 영광은 때늦은 영광이다. [Martialis]
- 미덕이야말로 영광에 이르는 지름길이다. [Herakleitos]
- 여주인에게 청혼할 수 있는 자가 여종을 달라고 청하는 것은 부끄러운 일이다. 그런데 영광은 덕의 여종일 뿐이다. [Francis Bacon]
- 영광에 이르는 꽃길은 없다. [La Fontaine]
- 영광은 덧없지만 무명은 영원하다. [Napoleon Bonaparte]
- 영광은 무거운 짐이다. 목숨을 앗아가는 독이다. 그 짐을 견디는 능력은 예술과 같아서 그것을 가진 사람은 드물다. [O. Fallaci]
- 영광은 미덕의 그림자이다. [Marcus Tullius Cicero]
- 영광은 아무 데도 쓸데없는 위조화폐이다. [Montaigne]

- 영광은 언제나 새로운 지위를 요구한다. [Publius Syrus]
- 영광은 우리의 환영에 지불해야 하는 소득이다. [George Mackenzie]
- 영광은 죽은 자들의 태양이다. [Balzac]
- 영광이라는 오솔길을 따라가다 보면 무덤에 이르게 된다. [Thomas Gray]
- 영예의 정상은 미끄러운 곳이다. [P. D. Mitchell]
- 오로라의 불빛도 영광의 첫 눈빛처럼 감미롭지 않다. [Vauvenargues]
- 월계수는 벼락을 맞지 않는다. [Cervantes]
- 진정한 영광은 뿌리를 깊게 박고 가지를 널리 펼친다. 그러나 모든 허위는 덧없는 꽃처럼 이내 땅에 떨어진다. 가짜란 영속할 수 없기 때문이다. [Marcus Tullius Cicero]
- 착한 사람들의 영광은 그들의 양심 속에 있는 것이지, 입속에 있는 것이 아니다. [Thomas A. Kempis]
- 큰 업적을 이루고 영광을 얻으면 반드시 그곳에서 멀찌감치 떨어져야 한다. [노자老子]

| 영국英國 |

- 영국 말은 프랑스어가 수놓아진 네덜란드어이다. [James Howell]
- 영국뿐만 아니라 영국인 모두가 하나의 섬이다. [Novalis]
- 영국에는 60개의 종파와 단 하나의 소스(조미료, 원천, 근거)가 있다. [Francisco Caracciolo]
- 영국은 의회제도의 어머니이다. [John Bright]
- 영국이 앞으로 어떻게 되던, 그의 모든 결점에도 불구하고, 그는 여전히 나의 조국이다. [W. Churchill]
- 영국인들은 모든 전투에서 진다. 다만, 마지막 전투는 예외다. [Eleftherios Venizelos]
- 영국인들은 언제 그들이 맞았는지 모른다. [White Melville]
- 영국인들은 좋은 친구들이긴 하지만 냉랭한 관계를 맺는 친구들이다. [R. Cumberland]
- 영국인들의 심심풀이는 돈을 버는 것이다. [J. Ruskin]
- 영국인은 세 가지 특징이 있다. 우선 연적관계를 참지 못하고, 외국인이 자기와 동등하다는 점을 받아들이지 않으며, 도전받는 것을 못 견뎌한다. [J. Lilly]
- 이탈리아인화 된 영국인은 육화한 악마이다. [Roger Ascham]

| 영민英敏함 |

- 가장 위대한 지식인이 가장 영민한 것은 아니다. [M. Renae]
- 네가 아무리 빈틈없을지라도 속지 않게 주의하라. [Corneille]
- 우리는 다른 한 사람보다 섬세할 수 있지만, 다른 모든 사람보다 섬세할 수는 없다. [La Rochefoucauld]
- 자신이 영민하다고 생각하는 자만큼 어리석은 자도 없다.
[Mrguerite de Navarre]
- 최고의 섬세함은 단순함이다.
[Jean le Bon II]

| 영웅英雄 / 호걸豪傑 |

- 가장 위대한 영웅은 누구일까. 자기의 욕망을 지배하는 자다.
[Bahrtrhari]
- 가장 큰 영웅심을 잉태한 사람이 가장 권력을 좋아한다. [이희승]
- 간사한 영웅들은 서로 짜고 칭찬하여 군주의 총명을 가리고, 각각 사사로운 자를 편들어 군주로 하여금 충성을 잃게 한다. [삼략三略]
- 개인의 역량이 탁월한 시대는 이미 사라졌다고 생각한다. 국민이나 당파나 집단 그 자체가 영웅이다.
[Heinrich Heine]

- 권세 있는 사람이 서로 겨루고 영웅호걸이 으르렁거리는 것을 냉정한 눈으로 보면, 버린 음식을 보고 모여든 개미와 같고, 다투어서 피를 빼는 파리와 같다. 벌떼 일듯이 시비를 가리거나 고슴도치 바늘 서듯이 냉정하게 득실을 따지는 것도, 마치 풀무로 금을 녹이고 끓는 물로 눈을 녹임과 같다. [홍자성洪自誠]
- 권세 있는 호걸이 조정 백관의 벼슬을 좌우하게 되면, 국가의 위세가 쇠약해진다. 생살여탈生殺與奪의 권한이 호걸에게 있으면, 국가의 위세가 갈진해 버린다. 호걸이 고개를 숙이고 권력과 세력을 부리지 않아야 국운이 오래 계속될 것이다. [삼략三略]
- 그림 같은 강산이여, 한때 얼마나 많은 영웅호걸을 불렀던가. [소식蘇軾]
- 나는 의리를 위하여 죽는 졸병이 될지언정, 사욕을 위하여 사는 영웅은 되지 않는다. [이광수]
- 당신은 항상 영웅이 될 수 없다. 그러나 항상 사람은 될 수 있다.
[Goethe]
- 당신의 정신을 위대한 사상으로 기르라. 영웅을 믿는 것이 영웅을 만들어낸다. [B. Disraeli]
- 두 영웅은 함께 설 수 없다. [사기史記]
- 때를 만나면 하늘과 땅 모두 힘을 도와주지만, 운수가 없으면 영웅의

계략도 있으나마나다.   [나은羅隱]

- 박해받는 것이 영웅의 운명이다.

          [Volraire]

- 부귀해도 들뜨지 않고 빈천해도 즐기는 자, 이 지경에 이르러야 남아장부 호걸이고 영웅이라네. [정호程顥]

- 사상 또는 힘으로써 이긴 사람들을 나는 영웅이라고 부르지 않는다. 마음으로써 위대했던 사람들을 영웅이라고 부른다.   [Romain Rolland]

- 사치와 영웅은 같은 고장에서 태어나지 않는다.   [Kyros]

- 세상 영웅엔 정한 주인 없다.

          [이하李賀]

- 세상의 넓은 싸움터에서, 생활의 야영장에서 묵묵히 쫓기는 소가 되지 말라. 투쟁의 영웅이 되라.

    [Henry Wadsworth Longfellow]

- 시대에 영웅이 없으니 보잘것없는 것들이 이름을 날린다.   [진서晉書]

- 시무時務를 아는 것을 영걸이라 한다.

       [제갈량諸葛亮]

- 어떠한 영웅도 최후에는 실패하는 인간으로 된다. [Ralph W. Emerson]

- 어떠한 자가 위대한 영웅인가? 자신의 욕망을 제어하는 자이다.

         [Bhartrhari]

- 여자가 강한 남자를 갖고 싶어하는 욕구는 동물과 다를 바가 없다. 영웅은 그래서 생겨난 것이다.

    [Francesco Alberoni]

- 역할이 영웅을 찾고 있다.

    [Gamal Abdel Nasser]

- 영웅도 다른 인간들과 똑같다.

    [La Rochefoucauld]

- 영웅도 용자勇者에게 어울리는 환경이 없이는 영웅이 되지 못한다.

    [Nathaniel Hawthone]

- 영웅 숭배는 인류에게는 어디서나 존재했으며, 존재하고 있으며, 앞으로도 영구히 존재할 것이다.

    [Thomas Carlyle]

- 영웅심이란, 육체에 대한, 즉 공포에 대한 정신의 빛나는 승리이다.

    [Henry Amiel]

- 영웅은 모든 면에서 위대하고 근엄하지 않으면 안 된다. [B. Gracian]

- 영웅은 보통 사람보다 용기가 많은 것이 아니다. 그저 다른 사람보다 5분 정도 더 오래 용기를 지속시킬 수 있을 뿐이다. [Ralph W. Emerson]

- 영웅은 영웅적인 세상에서만 영웅이 될 수 있다. [Nathanirl Hawthorne]

- 영웅은 큰 죄와 큰 덕을 겸하고 있다.

    [Plutarchos]

- 영웅이란, 시종일관 자기를 집중하는 인간이다.   [C.-P. Baudelaire]

- 영웅이란, 자신이 할 수 있는 일을 해낸 사람이다. 범인凡人은 할 수 있는 일을 하지 않고, 할 수 없는 일만

을 바라고 있다. [Romain Rolland]
- 영웅이 아니면 영웅을 알 수 없다.
[Goethe]
- 영웅적인 드라마─즉 충분히 인간적이며, 인간적인 것을 충분히 부여하는 것이다. [Romain Rolland]
- 영웅적인 사람은 자기에게 맞지 않는 관습이나 전례나 권위로부터 편한 마음으로 벗어난다.
[Walt Whitman]
- 영웅적인 행위는 육체에 대한 혼의 승리이다. [Henry F. Amiel]
- 영웅적인 행위란, 느껴서 행동하는 것이지, 이치를 따져가며 행동하는 것은 아니다.
[Ralph Waldo Emerson]
- 영웅 정신에 대한 믿음이 영웅을 만든다. [Benjamin Disraeli]
- 옛 성루 위에 높이, 영웅의 기개 높은 혼은 선다. [Goethe]
- 오늘날에는 행동의 영웅이란 없다. 절망과 고난의 영웅만이 있을 뿐이다. [Thomas Carlyle]
- 오늘의 영웅은 우리들의 기억에서 어제의 영웅을 밀쳐내 버리지만, 곧 내일의 후계자에 의해서 바뀌지고 만다. [Washington Irving]
- 육체에 대한 정신의 승리를 영웅 정신이라 한다. [H. F. Amiel]
- 이 세상 넓은 싸움터에서 인생의 야

영지에서, 어리석고 몰리는 소처럼 되지 말라! 원컨대, 분투하는 영웅이 되어라! [Henry W. Longfellow]
- 인간애 없이 어떻게 영웅일 수가 있을까. [Gotthold Lessing]
- 자기 신뢰는 영웅적 자질의 본질이다. [Ralph Waldo Emerson]
- 자칭 영웅이라 부르는 사람일수록 아무런 성과도 남기지 못한다.
[Baltasar Gracian]
- 작은 일이더라도 허술하지 않으며, 남이 안 보는 데에서라도 속이거나 숨기지 않으며, 실패했더라도 나태하거니 거칠어지지 않는 사람이라면 진정한 영웅이다. [채근담菜根譚]
- 적절한 영웅심은 멋과 관계가 있는 것이다. 그러한 영웅적 허세는 처세상 바람직한 일이기도 하다. [조동화]
- 좋은 영웅이 있듯이, 나쁜 영웅도 있다. [La Rochefoucauld]
- 한 사람의 살해는 암살을 낳고, 백만의 살해는 영웅을 낳는다.
[Charles Chaplin]
- 행위의 영웅이란 것은 없다. 다만 체념과 고뇌의 영웅이 있는 것이다.
[Albert Schweitzer]

| 영원永遠 / 무궁無窮 |

- 세계에서 중심은 어디에나 있지만,

주변부는 그 어디에도 없는 공간이
다.   [Pascal]
- 우리는 파도의 수를 세지 않는다.
                           [Simonides]
- 이 무한한 우주의 영원한 침묵이 나
를 두려움으로 몰아넣는다.
                        [Blaise Pascal]
- 이 사악한 세상에서 영원한 것은 없
다. 우리가 겪는 어려움조차도.
                 [Charles Spencer Chaplin]

| 영향影響 |

- 내가 '아, 덥다.' 하면, 그자는 땀을
흘리기 시작한다.   [Juvenalis]
- 단지는 처음 담았던 포도주의 향을
오랫동안 간직한다.   [Horatius]
- 쉽게 영향을 받는 사람은 무른 점토
일 뿐이다.   [Horatius]
- 외적인 영향에 좌우되고 싶지 않다
면 먼저 자기 자신의 격렬한 감정부
터 초월해야 한다.
                     [Samuel Johnson]

| 영혼靈魂 |

- 공상空想은 영혼의 잠이다.
                      [Joseph Jubert]
- 관능으로써 영혼을 고치고, 영혼으
로써 관능을 고친다. [Oscar Wilde]

- 괴로워하는 영혼을 조소한다는 것
은 무서운 일이다.   [Oscar Wilde]
- 나는 세계에서 두 개의 보화를 갖고
있다. 나의 벗과 나의 영혼이다.
                      [Romain Rolland]
- 나는 영혼이 불멸한 것인지 아닌지
모른다. 그러나 나날이 새로운 생
명이 태어나는 것을 알고 있다.
                     [Thomas Carlyle]
- 내 넋은 목신牧神의 것이며, 처녀의
넋이다.   [Francis Jammes]
- 대부분의 사람은 영혼을 팔고 그 돈
으로 양심과 함께 산다.
                          [R. P. Smith]
- 대지는 변하지만, 영혼과 신은 변하
지 않는다.   [Robert Browning]
- 물질의 세계는 영혼에만 존재한다.
                    [Jonathan Edwards]
- 부끄러움을 낭비하는 데 드는 영혼
의 비용은 행동에 있어서는 사치다.
                        [Shakespeare]
- 불멸의 영혼이여, 만세!
                          [Andre Gide]
- 새가 없는 새장은 가치가 없다.
                              [Saidi]
- 아름다운 육체를 위해서는 쾌락이
있다. 그러나 아름다운 영혼을 위
해 있는 고뇌만큼 가치 있는 것은
없다.   [Oscar Wilde]
- 어린아이와 함께 있으면 영혼이 치

료된다. [Dostoevsky]
- 영혼, 그것은 인간을 지상의 다른 모든 것과 구별하는 영구불변의 불꽃이다. [James Fenimore Cooper]
- 영혼들은 불의 정력을 가지며, 그들의 근원은 하늘에 있다. [Vergilius]
- 영혼은 늙어서 태어나 젊게 성장한다. 그것이 인생의 희극이다. 그리고 육체는 젊어서 태어나 늙어서 성장한다. 그것이 인생의 비극이다.
[Oscar Wilde]
- 영혼은 모포의 무늬와 마찬가지로 우리가 만드는 것이다.
[David Herbert Lawrence]
- 영혼은 물과 같이 자연이다.
[Lucretius]
- 영혼은 육체에서 분리되자마자 연기처럼 사라져 버린다. [Epikouros]
- 영혼은 자기 둥지를 달고 다니는 유일한 새이다. [Victor M. Hugo]
- 영혼은 자기 자신의 영혼을 택하고 문을 닫는다. [Emily Dickinson]
- 영혼을 육체에서 분리시키는 것은 삶이지 죽음은 아니다. [Paul Balery]
- 영혼의 문을 열고 살라.
[Auguste Comte]
- 영혼의 병은 육체의 그것보다도 위험하다. [M. T. Cicero]
- 완전한 육체는 그 자체가 영혼이다.
[George Santayana]

- 우리의 영혼은 작은 거울이다. 그러나 모든 것이 완전히 그림자는 비친다. [Auguste Rodin]
- 우주는 단 하나의 물질과 단 하나의 영혼을 갖고 있다. 하나의 생물로서 생각하라. [Marcus Aurelius]
- 육체보다 영혼을 고치는 편이 훨씬 필요하다. 왜냐하면 죽음은 나쁜 인생보다 좋기 때문이다. [Epiktetus]
- 인간의 영혼은 영원불멸한 것이다.
[Platon]
- 이성은 신이 영혼에다 점화한 빛이다. [Aristoteles]
- 인간의 영혼을 더럽히지 않으려거든, 대지를 더럽히지 마라.
[H. Breaston]
- 자기의 영혼의 자산을 개선하는 시간을 갖는 자는 참된 한가함을 누린다. [Henry David Thoreau]
- 잠자는 영혼은 죽은 것이 아니며, 사물은 눈에 보이는 것과는 다르다.
[Henry Wordsworth Longfellow]
- 재물의 부족은 채울 수 있지만, 영혼의 빈곤은 회복할 수 없다.
[Francois Rabelais]
- 주여! 나의 영혼을 구해 주옵소서.
[Edgar Allan Poe]
- 책에는 모든 과거의 영혼이 가로누워있다. [Thomas Carlyle]
- 천사에게 체중이 없듯이, 영혼에는

무게가 없다.　　[C. V. Gheorghiu]

- 튤립은 영혼이 없는 꽃이지만, 장미와 백합은 영혼을 갖고 있는 것처럼 보인다.　　[Joseph Joubert]
- 향기는 꽃 속에, 기름은 참깨 속에, 불은 나무속에 담겨 있다. 이와 마찬가지로 현인들은 인간의 몸속에 영혼이 깃들어 있음을 안다.　　[Abadana]
- 황제의 영혼도 구두장이의 영혼도 같은 주형鑄型에 부어 만들어진 것이다.　　[Montaigne]

| 예상豫想 |

- 높은 나무의 열매를 바라보면서 그 높이를 헤아려보지 않는 사람은 어리석은 사람이다.　　[Q. C. Rupus]
- 덜 익은 포도는 따지 않는다.
　　[Cervantes]
- 이삭이 패지 않은 밀은 먹지 말라.
　　[Ovidius]

| 예술藝術 |

- 결코 예술이 대중성을 갖도록 노력해서는 안 된다. 대중 자신이 스스로 예술적으로 되도록 노력해야 한다.
　　[Oscar Wilde]
- 고상한 예술은 일개의 위대한 심령의 표현 이외에 다른 것이 아니다. 그러나 위대한 심령은 매우 드물다.

　　[John Ruskin]

- 과학과 예술은 일종의 사치에 지나지 않는다. 허위의 장식에 지나지 않는다.　　[Jean-Jaques Rousseau]
- 과학의 가치와 예술의 가치는 만인의 이익에 대한 사욕 없는 봉사에 있다.　　[John Ruskin]
- 구원久遠의 현대성이 모든 예술작품의 가치의 척도가 된다.
　　[Ralph Waldo Emerson]
- 그리스의 예술작품이 아름다운 국민의 정신을 나타낸 것이라면, 미래의 예술작품은 모든 종족상의 장벽을 넘어서 비약하는 자유로운 인류의 정신을 나타내지 않으면 안 된다.
　　[Wagner]
- 꽃을 주는 것은 자연이지만, 그 꽃을 따서 화환으로 만드는 것은 예술이다.　　[Johann Wolfgang Goethe]
- 나의 예술은 가난한 사람들의 행복을 위해 바쳐져야 한다.
　　[Ludwig van Beethoven]
- 내가 꿈꾸는 것은 바로 균형의 예술이다.　　[Henry Matisse]
- 모든 예술 감각이 사라졌을 때 모든 예술작품은 사멸한다.　　[Goethe]
- 모든 예술은 자연의 모방에 불과하다.　　[L. A. Seneca]
- 모든 예술은 형제이다. 서로가 서로를 비춘다.　　[Voltaire]

- 모든 예술 작품은 그것이 문학이든, 음악이든, 그림이든, 건축이든 항상 그 자신의 초상화이다.　[S. Butler]
- 모든 진정한 예술은 내면의 마음을 표현하는 것이어야 한다.
  [Mahatma Gandhi]
- 미적 감정은 인간을 성적性的 감정의 수용을 좋아하는 상태로 몰아넣는다. 예술은 사랑의 공범자이다. 사랑을 물리치면 예술은 더 이상 없다.
  [R. de Gourmont]
- 반복은 예술의 죽음이다.
  [Robin Green]
- 붓은 마음의 혀이다.　[Cervantes]
- 비어 있는 종이 앞에 서는 것이 예술가의 공포恐怖다.　[도교]
- 비평은 쉽고, 예술은 어렵다.
  [Simone de Beauvoir]
- 비평이란, 비평가가 예술가의 명성에 자기도 함께 참여하려는 예술이다.
  [George Nathan]
- 사람들은 음악과 회화와 조각은 서슴지 않고 전문 장인 匠人에게 위탁하면서도 사는 교양인 행세를 하려고 직접 배운다. [Stephane Mallarme]
- 산중에 악기가 없어도, 산수에는 맑은 소리 들리는구나.　[좌사左思]
- 살기 힘든 세상으로부터, 살기 힘든 우환을 뽑아내며, 고마운 세계를 눈앞에 그려내는 것이 시이고 그림이다. 또는 음악과 조각이다.
  [나츠메소세키夏目漱石]
- 새로운 예술가란, 잠재의식에다 구멍을 뚫어놓고 거기에서 낚시질을 하는 사람이다.　[Robert Beverley Hail]
- 새로운 예술작품은 옛 것을 상실시킨다.　[Ralph Waldo Emerson]
- 세상에서 빠져나가는 데 예술처럼 확실한 길은 없다. 또 세상과 관련짓는 데 예술처럼 적당한 길도 없을 것이다.　[Johann W. Goethe]
- 손과 머리와 마음이 함께 일할 때, 예술은 아름답다.　[John Ruskin]
- 시는 모든 예술의 장녀이며, 대부분의 예술의 어버이다.
  [William Congreve]
- 신의 세계에는 예술이 없다.
  [Andre Gide]
- 아주 세련된 예술이라도 그것이 조금이라도 도덕적 이념理念이나 이상理想에서 이루어진 것이 못 되고, 오직 그 자체의 만족에만 빠져버린다면, 그런 예술은 한 개의 오락에 지나지 않는다.　[Immanuel Kant]
- 역설이 될는지는 모르지만 — 또한 역설은 늘 위험한 것이지만 — 예술이 인생을 모방하는 것이 아니라, 인생이야말로 예술을 모방한다고 하는 것은 역시 진실이다.
  [Oscar Wilde]

- 영화를 만들 경우에는 어린아이들이 아니라 나 자신을 기쁘게 하는 것을 생각한다. [Walter Disney]
- 예술가가 예술을 창조하고 있는 동안은 하나의 종교가이다. [Schopenhouer]
- 예술가는 그 작품에 종속한다. 작품이 작가에게 종속하지는 않는다. [Novalis]
- 예술가는 세론世論을 경시하지 않으면 안 된다. [Paul Cezanne]
- 예술가는 이론가와 실천가의 종합이다. [Novalis]
- 예술가는 자연의 애인이다. 그는 그녀의 노예이며, 주인이다. [Rabindranath Tagore]
- 예술가란, 도작자盜作者가 아니면 혁명가이다. [고간]
- 예술가의 천직은 인심의 심오深奧에 빛을 보내는 데 있다. [R. A. Schuman]
- 예술 － 석수石手가 만드는 것이 아니다. 그 속에 감추어둔 것을 깨뜨려 찾아내는 것이다. [유치환]
- 예술 없이 우리는 살까? [Euripides]
- 예술에 대한 사랑으로 부자가 된 사람은 결코 없다. [Petronius]
- 예술에 대한 사랑은 참된 애정을 잃게 한다. [Vincent van Gogh]
- 예술에서 간결은 언제나 아름답다. [Henry James]
- 예술에 있어서 사람은 아무것도 창조하지 않는다. 자기의 기질에 따라서 자연을 통역한다. 그것뿐이다. [Auguste Rodin]
- 예술은 감독되고, 제한되고, 가공되는 일이 많으면 많을수록 자유로워진다. [Igor Stravinsky]
- 예술은 경험보다도 고상한 형태의 지식이다. [Aristoteles]
- 예술은 기예技藝가 아니라, 그것은 예술가가 체험한 감정의 전달이다. [Lev N. Tolstoy]
- 예술은, 기질의 거울에 비친 한 조각의 세계가 아니고, 의식의 거울에 비친 한 조각의 거울이다. [Morgenstern]
- 예술은 길고, 인생은 짧다. 판단은 어렵고, 기회는 순간적이다. [Johann Wolfgang von Goethe]
- 예술은 끝이 없다. 다만 화가의 붓이 수명을 다할 뿐이다. [Leonardo da Vinci]
- 예술은 당신이 일상을 벗어날 수 있는 모든 것이다. [Andy Warhol]
- 예술은 '나', 과학은 '우리' 다. [Claude Bernard]
- 예술은 대중에 봉사하는 하녀가 아니다. [A. Platen]
- 예술은 때로 아름다운 것을 밉게 만

드는 경우가 있다. 그러나 패설은
미운 것을 예쁘게 해준다.

[Jean Cocteau]

- 예술은 말을 가지지 않은 시다.

[F. Q. Horatius]

- 예술은 모방이 끝나는 곳에서 시작
된다. [Oscar Wilde]
- 예술은 무엇이야? 매음. [Voltaire]
- 예술은 무한한 애정의 표현이요.

[이중섭]

- 예술은 순종은 하겠지만 정복되지는
않는다. [Ralph Waldo Emerson]
- 예술은 무지無智라는 적을 갖고 있다.

[Ben Johnson]

- 예술은 슬픔과 고통에서 생긴다.

[Pablo Ruiz Picasso]

- 예술은 예술로서 우리들의 반성의
의사에 들어올 때부터 이미 예술이
아니다. [W. Richard Wagner]
- 예술은 예술을 숨기는 것이다.

[Quintilianus]

- 예술은 완전히 생활을 비치는 거울
이다. [Heirich Heine]
- 예술은 우리에게 타인의 내면생활
을 알게 함으로써 경험을 넓혀준다.

[Rappman]

- 예술은 이 자연의 대종교의 조화된
의식儀式이다. [Auguste Rodin]
- 예술은 인간성의 그림에 불과하다.

[William James]

- 예술은 인간의 빵이 아니라 할지라
도 적어도 포도주다. [Jean Paul]
- 예술은 인간이 자기를 표현하고자
하는 욕망이며, 자신이 살고 있는
세상에 대한 자신만의 느낌을 기록
하려는 욕망이다. [A. Lawell]
- 예술은 인생보다도 고상하다. 예술
에 파묻혀 다른 모든 것을 피하는
것이 불행으로부터 멀리 떨어지는
유일한 길이다. [Gustave Flaubert]
- 예술은 인생의 빵은 아니라도, 적어
도 그것에 곁들이는 포도주이다.

[John Ball]

- 예술은 자연을 관찰하고 탐구하는
데서 탄생한다. [Cicero]
- 예술은 자연을 모방한다. [Aristoteles]
- 예술은 잘못을 저지르지만, 자연은
잘못을 저지르지 않는다.

[John Dryden]

- 예술은 적당한 위치에 놓일 때만 이
익을 준다. 예술의 문제점은 가르치
는 것이다. 예술이 우리 인간의 오락
에 불과하고, 진리를 보여주는 힘을
갖지 못할 때, 그것은 수치스런 예술
일 뿐, 자랑스러운 것은 아니다.

[John Ruskin]

- 예술은 정복된 인생이다. 생명의
제왕이다. [Romain Rolland]
- 예술은 표절이거나 혁명가이다.

[Eugene Henry Paul Gauguin]

- 예술은 허위다. 나는 이미 아름다운 허위를 사랑할 수 없다.
  [Lev N. Tolstoy]
- 예술은 형식을 추구하면서 미를 얻으려고 한다.   [George Bellows]
- 예술은 힘이 아니라 위로이다.
  [Thomas Mann]
- 예술을 위한 예술도 아름답지만, 발전을 위한 예술은 더욱 가치가 있다.
  [Victor M. Hugo]
- 예술의 가치와 과학의 가치는 만인의 이익에 대한 사욕이 없는 봉사에 있다.   [John Ruskin]
- 예술의 경우, 입을 다물고 있는 것보다 더 나은 얘기를 한다는 것은 어렵다.   [Wittgenstein]
- 예술의 궁극적 역할은, 사람들이 자기가 아는 것을 인식하도록 하는 것이다. 또한 그들로 하여금 하고자 하는 바를 하도록 자극하는 것이다.
  [M. Blondel]
- 예술의 극치는 예술을 감춘다.
  [Quintilianus]
- 예술의 기초는 도덕적 인격에 있다.
  [John Ruskin]
- 예술의 비법은 자연을 수식하는 데 있다.   [Voltaire]
- 예술의 사명은 자연을 모방하는 것이 아니라, 자연을 표현하는 일이다.
  [Honore de Balzac]

- 예술의 위대가 자연의 위대보다 생명이 있고 더 큰 것은 정한 일이 아니냐.   [김동인]
- 예술이 감정을 낳는 데 도움이 된다면, 예술을 감각적으로 지각한다는 것도 태어난 감정 속에 포함되어 있는 것일까.   [Ludwig Wittgenstein]
- 예술이란, 강렬한 민족의 노래인 것이다.   [김환기]
- 예술이란, 원래 신의 뜻을 지니는 무당과 같다.   [최인훈]
- 예술이란 자기가 자신의 경험에 양식을 부여한 것이며, 그 양식을 알아봄으로써 미학적으로 즐기는 것이다.   [A. N. Whitehead]
- 예술작품은 신과 예술가와의 합작품이다. 또한 예술가가 하는 일이 적으면 적을수록 좋은 결과가 나타난다.   [Andre Gide]
- 우연히 이루어진 것은 예술이 아니다.   [L. A. Seneca]
- 위대한 예술이란, 예술적 재능에 의한 순수한 영혼의 표현이다.
  [John Ruskin]
- 의식주와 같이 예술도 인생 생활에 필수품이다. 동시에 의식주에도 사치품은 있다.   [이광수]
- 인생은 매우 멋지지만, 그것으로는 부족하다. 인생에 무엇인가를 주는 것이 예술이다.   [Jean Anouilh]

- 자유주의 예술관으로 보면, 예술에는 객관적 표준은 없는 것이다.
  [이광수]
- 재능이 없는 사람들이 예술을 추구하는 것만큼 비참한 것은 없다.
  [William Summerset Maugham]
- 저급한 예술가들은 항시 남의 안경을 쓴다.　[Auguste Rodin]
- 지혜가 깊을수록 지혜의 모가 드러나지 않는다. 잘된 예술품일수록 기교가 드러나지 않는다.　[Millet]
- 타인을 감동시키려면, 먼저 자기가 감동하지 않으면 안 된다. 그렇지 못하면 제아무리 우수한 작품일지라도 생명이 길지 못하다.
  [Jean F. Millet]
- 태양이 꽃을 물들이듯, 예술은 인생을 물들인다.　[William Lubbuck]
- 회화繪畵는 나의 아내이며, 나의 손에서 된 회화는 내 자식이다.
  [Michelangelo]

| 예의禮儀 / 예절禮節 |

- 가정에 예禮가 있으므로 장유長幼가 분별되고, 집안 간에 예가 있으므로 삼족三族이 화목해지며, 조정에 예가 있으므로 관작官爵에 차서次序가 있게 되고, 사냥에 예가 있으므로 무공武功이 성취된다.　[공자孔子]

- 가치가 있는 곳에 정중함이 있다.
  [Jean A. de Baif]
- 곳간이 차야 예절을 알고, 의식이 족해야 영욕榮辱을 안다.　[관자管子]
- 공손하지 못한 말은 변명을 허용치 않는다. 예절의 부족은 지각의 부족이기 때문이다.　[W. Dillon]
- 군자가 예를 가지지 않으면 서인庶人이고, 서인이 예를 가지지 않으면 이는 금수禽獸이다. 신하가 용기를 많이 가지면 임금을 죽이고, 아랫사람이 힘을 많이 가지면 상관을 죽인다. 그러나 그렇게 못하는 것은 다만 예禮 때문이다. 백성을 제어할 수 있음은 고삐가 있기 때문이다. 그러므로 예가 없으면서 나라를 잘 다스린 자가 있다는 말은 들어보지 못했다.　[안자晏子]
- 군자에게 용맹만 있고, 예가 없으면 세상을 어지럽게 한다. 소인에게 용맹만 있고, 예의가 없으면 도둑이 된다.　[공자孔子]
- 대저 사람이 사람 되는 까닭은 예의에 있다. 예의의 시초는 얼굴과 몸을 바로 가지며, 낯빛을 온화하게 하고, 말소리를 유순히 하는 데 있다.
  [관의冠義]
- 마음에는 예의란 것이 있다. 그것은 애정과 같은 것이어서 그같이 순수한 예의는 밖으로 흘러나와 감동으

로 나타난다. [Goethe]

- 마음에서 우러나는 예의는 애정의 친척이다. [Goethe]
- 무례한 사람의 행위는 내 행실을 바로잡게 해주는 스승이다. [공자]
- 문밖에 나설 때는 큰 손님을 대하듯 하고, 방 안에 들어올 때는 사람이 있는 것처럼 하라. [Elly Hopper]
- 바른 행동이라도 예의가 뒷받침하지 않으면 존경받을 수 없다.
  [명심보감明心寶鑑]
- 세상이 원하는 것은 감정이 아니라 예의이다. [Goethe]
- 소인小人을 대함에 있어 엄하기는 어렵지 않으나 미워하지 않기는 어려우며, 군자를 대함에 있어 공손하기는 어렵지 않으나 예禮를 지니기는 어려운 것이다. [채근담菜根譚]
- 앵무새가 말을 한다 할지라도 날아다니는 새 무리임에 틀림없고, 원숭이가 말을 한다 할지라도 금수의 무리임에 틀림없다. 오늘날 사람이 예禮를 모른다면, 비록 말을 한다 할지라도 금수와 다른 점이 무엇이겠는가? 무릇 금수는 예를 모르기 때문에, 사슴 무리는 부자공처父子共妻한다. 이런고로 성인聖人은 예로써 사람을 가르치고, 사람으로 하여금 예를 알아 스스로 금수와 다름을 알게 한다. [예기禮記]

- 예는 스스로를 낮추어 사람을 존경한다. [예기禮記]
- 예란 항상 오고 가야 하는 것이다. 가고 오지 아니함은 예가 아니요, 오고 가지 아니함도 예가 아니니라.
  [예기禮記]
- 예에는 세 가지 근본이 있다. 하늘과 땅은 생명의 근본이요, 선조先祖는 존족의 근본이요, 임금과 스승은 다스림의 근본이다. 하늘과 땅이 없다면 생명이 어찌 있으며, 선조가 없다면 사람이 어디서 나오고, 임금과 스승이 없다면 어떻게 다스려지겠는가? 세 가지 중 어느 한 편이라도 없을 경우에 안락한 사람은 없을 것이다. 그러므로 위로는 하늘을 섬기고 아래로는 땅을 섬기며, 선조들을 존경하고, 임금과 스승을 존중하는 것이야말로 예의 근본이라 할 수 있다. [순자荀子]
- 예에 어긋난 것은 보지 말고, 예에 어긋난 것은 듣지 말며, 예에 어긋난 것은 말하지 말고, 예에 어긋난 것은 행하지 말라. [논어論語]
- 예의는 남과 화목함을 으뜸으로 삼는다. [공자孔子]
- 예의 바른 가격으로 물건을 팔아야 한다. [Balthasar Grasian]
- 예의범절은 일을 하는 행복한 방식이다. [Socrates]

- 예의 안에는 매력과 이익이 있다.
  [Euripides]
- 예절과 지식이 사람을 만든다.
  [H. Bradshaw]
- 예절은 비용을 들이지 않고 모든 것을 얻는다.　[M. W. Montague]
- 이 세상에서 예의범절은 지켜지기보다 강제된다.　[시니얼 뒤베이]
- 인생은 짧다. 그러나 예의를 지킬 시간이 없을 정도로 짧은 것은 아니다.
  [Ralph Waldo Emerson]
- 임금은 명령하고 신하는 복종하며, 아버지는 사랑하고 아들은 효도하며, 형은 우애를 베풀고 아우는 공경하며, 남편은 온화하고 아내는 유순하며, 시어머니는 인자하고 며느리는 순종하는 것이 예도禮度이다.
  [안자晏子]
- 제집에 있을 때 손님을 맞아들일 줄 모르면, 밖에 나갔을 때에야 비로소 자기를 환대해 줄 주인이 적음을 알게 된다.　[명심보감明心寶鑑]
- 지나친 예절보다 소탈한 것이 낫다.
  [채근담菜根譚]
- 진정한 예의란, 사람들에게 호의를 표시하는 것이다.　[J-J. Rousseau]
- 친절이 얼굴의 소관이듯, 예의는 마음의 소관이다.　[Voltaire]
- 친한 가운데에 예의가 있다.
  [일본 격언]

- 한쪽에서만 차리는 예의는 오래갈 수 없다.　[Henri Estienne]
- 훌륭한 예절과 부드러운 언사는 많은 어려운 일을 해결해 주는 힘이 되어준다.　[J. 벤브루 경]

| 오늘과 내일 |

- 가장 모호한 시대는 오늘이다.
  [Robert Stevenson]
- 그대의 오늘은 영원이다.
  [Argustinus]
- 나는 내일을 두려워하지 않는다. 왜냐하면 나는 어제를 알았고, 오늘을 사랑하고 있기 때문이다.
  [William White]
- 나의 가장 아름다운 날은 나를 환히 비춰주는 날이다.　[Desrosiers]
- 내일로 연기하지 말라. 내일에 결코 완성되지 않기 때문이다.
  [Johannes Chrisostomus]
- 내일 무슨 일이 일어날지 오늘은 알수 없다.　[Simonides]
- 내일은 내일의 새로운 태양이 뜬다.
  [Margaret Mitchell]
- 내일은 시련에 따르는 새로운 힘을 가져올 것이다.　[Carl Hilty]
- 내일은 우리에게 무엇을 가져다줄 것인지를 묻지 말라. 매일매일 운명의 신이 주는 것을 소득으로 간주하

지 말라.　　　　　　　　[Horatius]
- 내일이란 이름의 여자는 입에다 핀을 물고 앉아 천천히 공을 들여 자기 원하는 모양으로 머리를 만진다.
　　　　　　　　[Carl Sandburg]
- 내일 일을 시작하기 전에 오늘 일을 말끔히 끝낸다. 오늘과 내일의 사이에는 벽을 둔다. 그것을 성취하는 데는 절제하는 결심이 필요하다.
　　　　　　　[Ralph Waldo Emerson]
- 달콤함을 모아라. 우리 인생의 시간은 오직 우리에게 달려 있나니.
　　　　　　　　　[Persius]
- 어디서 왔는지 모르니 술을 마시고, 어디로 가는지 모르니 즐겁게 살아라.　　　　　[Omar Khayyam]
- 어제의 사실은 오늘의 교리教理이다.
　　　　　　　　　[Junius]
- 오늘 달걀을 파는 것보다, 내일의 닭을 파는 쪽이 낫다.
　　　　　　　[Thomas Fuller]
- 오늘 아침 술 있으면, 오늘 아침 취하고, 내일 아침 근심 오면, 내일 아침 근심하라.　　　　[권심]
- 오늘에서 내일, 이렇게 사라지는 나날이란, 정말 무의미하고 진정 허망한 것이 아닐까.　　[Turgenev]
- 오늘은 오늘의 일만 생각하는 데 그치고, 무엇이든 한꺼번에 하지 않으려 하는 것, 바로 이것이 현명한 사람의 방법이다.　　　[Cervantes]
- 오늘을 붙들어라. 되도록 내일에 의지하지 말라. 그날그날이 1년 중에서 최선의 날이다.　　[R. W. Emerson]
- 오늘을 사는 사람만이 살아 있다.
　　　　　　[Joachim du Bellay]
- 오늘을 위하여 행복한 말을 입술에 담고, 마시고 즐기자. 우리 뒤에 오는 것은 신들의 소관이다.　[Theognis]
- 오늘을 준비하지 않는 자는 내일은 더욱 그러하리라.　　[Ovidius]
- 오늘을 즐겨라.　　　[Horatius]
- 오늘의 하나는 내일의 둘보다 낫다.
　　　　　　[Benjamin Franklin]
- 오늘이 어제보다 어렵다고 말한다면, 어찌 알리요. 내일이 오늘보다 나을 줄을.　　　[소식蘇軾]
- 오늘 하루가 내일 이틀보다 낫다.
　　　　　　[Francis quarles]
- 오늘 하지 않으면 내일에는 재물을 잃게 된다. 지나간 세월은 한번 가면 돌아오지 않는다.　　[관자管子]
- 오늘 할 수 있는 일은 내일로 미루지 말라. 자기가 할 수 있는 일은 남에게 미루지 말라. 싸다고 해서 필요치 않은 물건을 사지 말라. 지나치지 않고 알맞게 행동하면 후회하는 일이 없다.　[Thomas Jefferson]
- 우리는 오늘은 이러고 있지만, 내일은 어떻게 될지 누가 알아요?

[William Shakespeare]

- 우리의 어제는 모두 오늘에 요약되며, 우리의 내일은 모두 우리가 모양 짓는 것이다. [Harry Bolland]
- 천 년을 보고자 한다면 오늘을 살펴보고, 억만을 알고자 한다면 하나 둘을 살펴야 한다. [순자荀子]
- 항상 오늘을 위해서만이라는 습관을 만드는 것이 좋다. 내일은 저 혼자 찾아오고, 그와 더불어 새로운 힘도 다시 찾아온다. [Carl. Hilty]

| 오락娛樂 |

- 낚시…이렇게 어려운 말을 사용하고 있지만, 결국은 막대기에 실을 달아 한쪽 가장자리에 미끼를 달고, 또 한쪽 가장자리를 바보가 쥐고 있는 바로 그것이 아닌가? [S. Johnson]
- 무엇보다 즐겨 노는 오락의 자리를 절제하라. 향락을 절제하면, 당신은 그만큼 풍성해질 것이다. [Immanuel Kant]
- 오락과 수면은 서로 비슷하다. 그것은 적당히 취하면 정신을 맑게 하고 육체의 힘을 회복한다. 그러나 그것을 무제한으로 계속하면 죽음과 가장 비슷한 상태로 빠진다. [Benjamin Franklin]
- 인간의 참된 성격은 그 사람의 오락

에 의해 보다 잘 알려진다. [미상]

| 오만傲慢 / 거만倨慢 |

- 거만한 자를 이기면 기분이 좋다. [M de Carmontelle]
- 건방짐은 가면을 쓴 오만이다. [Thomas Fuller]
- 공작새가 "오만을 멀리하세요."라고 말한다. [Shakespeare]
- 광대가 극단에 속해 있는 것처럼, 오만은 우리의 감정들과 관련이 있다. [Oxenstjerna]
- 네가 "나는 멋진 말을 가졌지."라고 말하는 것은 그 말의 장점을 네 것인 양 뽐내는 것과 다르지 않다. [Epictetus]
- 말벌 지나간 자리에 날파리만 남는다. [La Fontaine]
- 바늘 끝으로 산을 옮기는 것이 마음에서 추잡한 오만을 빼내는 것보다 훨씬 쉽다. [Zammy]
- 상처받은 오만이 피해 입은 이기심보다 위험하다. [Louis de Bonal]
- 성 프란체스코 수도회 수도사 앞에서는 라틴어를 말하면 안 된다. [Jean le Bon]
- 오만은 겸손이라는 탈을 썼을 때 가장 성공한다. [Chevalier de Mere]

- 오만은 어리석은 자들의 전유물이다.
  [Herodotos]
- 오만은 자아가 없는 자들의 거만함이다. [Theophrastos]
- 오만은 천사들을 잃었다.[Emerson]
- 오만이 앞장서 가면 수치심과 손해가 바짝 뒤를 따른다.
  [Gabriel Morie]
- 오만한 자는 스스로 모습을 드러내지만, 진정한 공로를 쌓은 자는 요청받기를 즐겨한다.
  [Louis de Bonal]
- 오만한 자들은 길을 묻느니, 차라리 길을 잃기를 더 좋아한다.
  [Ch. Churchill]
- 오만함은 텅 빈 머릿속에 편안히 자리 잡는다. [F. J. 데스비용]
- 우리가 결코 오만하지 않다면, 남들의 오만을 불평하지 않을 것이다.
  [La Rochefoucauld]
- 절름발이가 공놀이하려 한다.
  [Marcus Tullius Cicero]
- 지나치게 큰 턱을 하면 아주 작아 보인다. [Destouches]
- 타다 남은 세 가지 불씨가 마음에 불을 놓는다. 바로 오만과, 욕망과, 탐욕이다. [A. Dante]

| 오스트리아 |

- 오스트리아가 존재하지 않았다면,

만들기라도 했어야 했을 것이다.
  [Franz Palacky]
- 오스트리아인은 명랑하고 솔직하며 기쁨을 겉으로 표현한다.
  [F. Grillparzer]

| 옳음과 그름 / 시비是非 |

- 남을 그르다고 하는 사람은 반드시 그것에 대신할 것을 갖추고 있어야 한다. 만일 남을 그르다고 하면서 그것에 대신할 것을 갖추고 있지 않다면, 비유컨대 그것을 물로써 물을 구救하고, 불로써 불을 구하는 것과 같은 것이다. [묵자墨子]
- 내가 어리석으면 사람들은 나의 어리석음을 참아준다. 그런 내가 옳으면 나를 욕한다. [Goethe]
- 너무 일찍 또는 전적으로 옳은 것은 그다지 합리적이지 않을 때가 있다.
  [Marie d'Agoult 부인]
- 맨 처음 잘못한 자에게 잘못한 것은 용서를 받는다. [Publius Syrus]
- 모두가 틀렸을 때는 모두가 옳은 것이다. [La Chaussee]
- 비방을 듣더라도 곧 성내지 말며, 칭찬을 받더라도 곧 기뻐하지 마라. 다른 사람의 나쁨을 듣거든, 이에 부화附和하지 말고, 다른 사람의 착함을 듣거든, 나아가 이에 화응和應하며,

또 따라 기뻐하라. [명심보감明心寶鑑]

- 사람의 장단점 말하기를 좋아하거나, 정치와 법령의 옳고 그름을 망령되이 평하는 것을 나는 가장 미워한다. 차라리 죽을지언정, 내 자손에게 이와 같은 행실이 있음을 듣고 싶지는 않다.   [소학小學]

- 옳다고 하는 방식에서 종종 과오를 범한다.   [Necker 부인]

- 자신의 과오를 인정하는 것을 수치스러워해서는 안 된다. 과오를 인정하는 것은 자신이 어제보다 오늘 더욱 지혜롭다는 것을 드러내는 것이기 때문이다.   [Jonathan Swift]

- 자신이 틀렸다는 것을 못 견뎌하는 자들이 더 자주 틀린다.
              [La Rochefoucauld]

- 잘못을 시인하도록 강요하지 않고, 잘못을 후회하도록 이끄는 것으로도 충분하다.   [La Rochefoucauld]

- 함께 틀린 것은 쉽게 용서받는다.
               [엔티엔 드 주이]

- 행복한 자들은 항상 자신들이 옳다고 믿는다.   [La Rochefoucauld]

| 옷차림 |

- 내가 좋아하는 것은 옷의 다채로움이 아니라 정신의 다채로움이다.
               [La Fontaine]

- 누구라도 좋은 옷을 입었을 때는 착한 마음으로 돌아가는 것이다. 그러나 이것은 끝까지 믿을 것이 못된다.   [Charles Dickins]

- 대저 의복의 미美를 뽐냄은 장부丈夫가 하는 것이다. 제왕帝王이라면 비록 미를 자랑하더라도, 그것은 의복에 관한 것은 아니다. 선한 말을 한 번 하고, 선한 행동을 한번 하면 온 나라가 그 아름다움을 찬미할 터인데, 어찌하여 이 하기 쉬운 말과 행동은 버려두고, 거리의 부랑아도 부러워하지 말아야 할 의복의 미를 뽐내려 드는가.   [구봉집龜峯集]

- 볼록한 배보다는 볼록한 소매가 아름답다.   [Gabriel Morie]

- 비단옷은 정신의 가난을 드러낸다.
               [Saint Bernard]

- 새는 깃털에 많은 빚을 졌다.
               [Du Tremblay]

- 아름다운 깃털이 아름다운 새를 만든다.   [Desperiers]

- 옷은 외양을 바꾸듯 풍속도 바꾼다.
                 [Voltaire]

- 옷을 차려 입는 것은 좋은 아이디어가 없을 때 불가피한 선택이다. 능력 없는 사업가가 정장으로 유명한 것은 우연이 아니다.   [Paul Graham]

- 옷이 사람을 만든다.   [Erasmus]

- 우리가 차려입은 옷이라는 것은 인

간에게 안도와 존엄을 동시에 부여한다. 그러기 때문에 옷에 관한 것은 우리 인간에 대한 일종의 제복이기도 하다. [Alain]

- 자주색 옷을 입더라도 원숭이는 원숭이다. [Erasmus]

| 완고頑固함 |

- 완고하면서도 열에 들뜬 주장은 어리석음의 가장 확실한 증거이다. [Montaigne]
- 완고함은 의지보다는 능력이 부족함에서 기인한다. [La Rochefoucauld]
- 자갈을 깨물려고 고집하는 자는 결국 자기 이만 깨질 것이다. [L. P. Juziers]

| 완성과 미완성 |

- 모든 미완성을 괴롭게 여기지 말라. 미완성에서 완성에 도달하려 하는 노력이 필요하기 때문에 신이 일부러 인간에게 수많은 미완성을 내려주신 것이다. [Matthew Arnold]

| 완전完全 |

- 빛나는 것은 헛되고, 태우는 것은 부족하다. 불꽃과 빛을 하나로 합치는 것이 완성이다. [St. Bernard]
- 시간이 영원에 속해 있듯이, 개선 가능성은 완성에 속해 있다. [Chevalier de Baufflers]
- 완전이란 것은 결코 모든 시대에 걸쳐 가치 있는 것은 아니다. 왜냐하면, 모든 시대는 제각기 다른 완전을 가지고 있는 것이기 때문이다. [류시 Matri]
- 완전한 도道는 이름을 붙일 수 없다. 완전한 논평은 말을 아니 쓴다. 완전한 인자仁慈는 인자의 개별적 행위에 기울어지지 않는다. 완전한 강직剛直은 남을 비평하지 않는다. 완전한 용맹은 앞으로 밀고 나가지 않는다. [장자莊子]
- 완전한 존재, 완전한 의식, 완전한 환희라는 것은 정신과 육체가 하나로 되었을 때 비로소 존재할 수 있는 것으로, 그것은 육체화한 정신이며 정신화한 육체이다. 육체가 없는 정신이 있다손 치면, 그것은 유령에 지나지 않으며, 정신이 없는 육체가 있다손 치면, 그것은 시체에 지나지 않는다. [Friedrich Muller]
- 지상에 완벽한 것이 하나도 없다는 것이 우리에게 행복이다. [Oxenstjerna]
- 참으로 완전한 것은 하늘의 법칙이다. 그러므로 자기완성, 즉 하늘의

법칙을 깨닫기 위하여 항상 끊임없이 자기완성을 위해서 노력하는 사람은 성인이다. 성인은 선과 악을 구별할 줄 안다. 그는 선을 찾아내고, 그 선을 잃지 않으려고 항상 노력한다.　　　　　　　[공자孔子]

| 왕王 |

- 골짜기 좁으면 물이 마르기 쉽고, 흐름이 얕으면 바닥나기 쉽다. 돌이 많은 땅에 식물이 자라지 않으며, 임금의 은택이 궁중을 벗어나지 못하면, 온 나라에 흐를 수가 없을 것이다.　　　　　　　[묵자墨子]
- 군주가 올바르지 않으면, 올바른 사람들은 모략가가 되고, 덕이 있는 자들도 부패한다.　　　[노자老子]
- 군주는 국가의 첫 번째 하인이다.
　　　　　　　[Frederick II]
- 두려움이 신들을 만들고, 대범함이 왕들을 만들었다.　　　[Crebillon]
- 백성을 사랑하지 않는 군주는 위인이 될 수는 있으나, 위대한 왕이 될 수는 없다.　　　　[Voltaire]
- 법은 왕이 원하는 곳으로 간다.
　　　　　　　[Alfonsp VI]
- 숨길 줄 아는 것이야말로 왕의 지식이다.　　　[Richelieu 추기경]
- 왕관을 짜는 일이 왕관을 쓸만한 자

격이 있는 사람을 찾는 일보다 쉽다.
　　　　　　　[Goethe]
- 왕들은 그들에게 저항하는 것을 간신히 참아낸다.
　　　　　　　[Gudin de La Brunellery]
- 왕들은 신들과 마찬가지로 용서하기 위해 만들어졌다.　　[Bruso]
- 왕들은 저항하는 백성들을 간신히 견뎌낸다.　　　[Andrieu]
- 왕보다 더 인간을 닮은 덕은 아무것도 없다.　　　[Charles XII]
- 왕에게는 단호함이라 말하는 것을 당나귀에게서는 고집이라고 부른다.
　　　　　　　[Thomas Erskine H.]
- 왕은 결코 죽지 않는다. 국왕 서거! 신왕 만세!　　　[Francis I]
- 왕은 군림? 군림할 뿐 통치하지 않는다.　　　[Jan Zamoyski]
- 왕은 긴 손을 가졌다.　　[Ovldius]
- 왕을 본보기로 세상이 빚어진다.
　　　　　　　[Claudianus]
- 왕은 조언하는 사람보다는 시중드는 사람을 더 좋아한다.
　　　　　　　[Antonio de Guevara]
- 왕의 거위를 먹는 자는 백 년 뒤에 그 깃털을 갚아야 할 것이다.
　　　　　　　[Martialis]
- 왕의 명령은 받아들여지기는 하나 시행되지는 않는다. [Cesar Houdin]
- 왕의 영혼과 구두 수선공의 영혼은

같은 거푸집에 던져졌다.

[Montaigne]

- 왕의 잠은 개미집 위에 있다.

[Toruburn]

- 왕의 첫 번째 계율은 분노를 참을 줄 아는 것이다. [L. A. Seneca]
- 왕이 원한다면, 법이 원하는 것이다.

[L-G. Suchet]

- 왕이 잘못하면 백성이 대가를 치른다. [Horatius]
- 우리가 왕이라 명명하는 동물들은 천성적으로 육식 동물이다.

[Marcus Porcius Cato]

- 이 세상에서 선의가 쫓겨나면, 왕의 마음에서 은신처를 찾아야 한다.

[Jean le Bon II]

- 자유로운 백성의 왕만이 힘 있는 왕이다. [Vauvenargues]
- 잘 처신하고도 비방을 당하는 것이 왕의 운명이다. [Antisthenes]
- 제국에 대한 사랑 때문에 왕제를 사랑하는 것이다. [Joseph Joubert]
- 즉각적인 복종만큼 왕이 좋아하는 것도 없다. [J. B. P. Moliere]
- 진리는 왕들의 사랑을 받지 못한다.

[Erasmus]

- 통치하는 왕이 항상 위대하다.

[Bruso]

- 한 왕이 다른 왕의 명성을 받쳐준다.

[Clancarty I]

| 왕래往來 |

- 가는 자는 쫓지 말며, 오는 자는 막지 말라.(거자막추去者莫追 왕자부추往者不追) [맹자孟子]

| 외교外交 |

- 외교관이 '네' 라고 말할 때는 '글쎄요' 를 의미하고, '글쎄요' 라고 말할 때는 '아니요' 를 의미하며, 그가 '아니요' 라고 말한다면, 그는 외교관이 아니다. [H. L. Mencken]
- 외교에서 옳은 것만으로는 충분치 않고, 마음에도 들어야 한다.

[Jules Cambon]

| 외국外國 |

- 내 나라에서는 나의 이름이, 외국에서는 내 옷이 나를 드러낸다.

[John Ray]

- 외국에서는 무엇이든 항상 모자라거나 지나치다. 중도中道를 찾을 수 있는 곳은 내 나라밖에 없다. [Goethe]
- 조국의 성인들이여 나를 구해 달라. 이곳의 성인들은 나를 모른다.

[A. Brise]

| 외국어外國語 |

- 사람은 그가 알고 있는 언어 수만큼
  의 값어치를 한다. [Charles Quimt]
- 외국어를 모르는 자는 모국어도 모
  른다. [Goethe]

| 외모外貌 / 외양外樣 |

- 깊은 강은 조용하다.
  [Quintus Crutius Rufus]
- 눈은 거짓된 순수함이다. [Goethe]
- 밀추화密錐花를 든 여인은 많으나,
  바쿠스(로마신화의 포도주의 신이
  다) 신의 여제관은 거의 없다.
  [Platon]
- 보석처럼 반짝이는 것이 다 보석은
  아니다. [Nicolas Brumont]
- 비파琵琶를 가진 사람이 모두 비파
  연주자는 아니다. [Terenyius]
- 사람은 속을 보고 판단해야지, 외양
  을 보고 판단해서는 안 된다.
  [Aesop]
- 사물의 본질이 그대로 보이는 것은
  없다. 단지 보이는 대로 보일 뿐이다.
  [Balthasar Grasian]
- 상점에서는 물건들을 세심하게 살
  피면서 정작 사람의 경우에는 외양
  만 보고 판단한다. [Aristippos]
- 악마라고 늘 검은 것은 아니다.

[A. de Montreux]
- 애써 알아야 하는 것은 바구니 속
  바닥이다. [A. P. de Trembley]
- 옷이 수도자를 만들지는 않는다.
  [Rutebeuf]
- 우리 각자는 자신의 존재를 겉모습
  에 담아버린다. [J. J. Rousseau]
- 우리 자신이 아닌 모습을 보여주려
  고 애쓸 때보다, 우리 자신을 있는 그
  대로 보여줄 때 얻는 것이 더 많다.
  [La Rochefoucauld]
- 턱수염이 철학자를 만들지는 않는다.
  [Plutarchos]
- 황금 잔으로 독을 마신다.
  [L. A. Seneca]

| 요령要領 / 재치 |

- 당신이 내 빚을 갚아줄 것이 아니면,
  내 빚에 대하여 말하지 마시오.
  [George Herbert]
- 보는 사람들이 모두 주의 깊게 보는
  것은 아니다. [Balthasar Grasian]
- 생각이 재치를 대신하지 못한다. 재
  치는 많은 생각을 보완할 수 있다.
  [F. La Rochefoucauld]
- 애꾸눈이 친구들이 있으면, 나는 그
  친구들을 옆에서 바라본다.
  [Joseph Jubert]
- 재치는 몸가짐과 행동으로 드러나

는 센스이다.　　[Nichora Sangfor]

- 절름발이 앞에서 절뚝거려서는 안 된다.　　[Francois Rabelais]
- 집안에 목매달아 죽은 사람이 있다면, 절대로 "자, 이 고기를 잡아."라고 해서는 안 된다.　　[Talmud]

| 욕망慾望 |

- 강한 욕망을 억제하고 싶으면, 그 어머니인 낭비를 버려라.　　[Cicero]
- 검약에 뜻을 두면 물건을 사려는 욕망이 생기지 않음으로 돈이 하찮게 여겨지고, 사치를 일삼으면 물건을 탐내게 되므로 돈이 매우 귀중하게 여겨진다.　　[관자管子]
- 고대하던 부활절은 너무 빨리 지나간다.　　[Antoin Houdin]
- 곤궁이 지나가면 권태가 얼굴을 내민다. 인생은 아무것도 진실의 순수한 내용도 갖추지 않고 있다. 오로지 욕구와 환영, 이것으로 움직이고 있다.　　[Schopenhauer]
- 끝없는 욕망의 추구란, 인류 이익의 충돌을 가져오는 것이며, 따라서 너는 다투고 나는 빼앗는 등 타인에게 손해를 요구하고 자기는 이익만을 추구하는 것이다.　　[장기윤]
- 나는 어떠한 사람으로부터도 지배를 받고 싶지 않다. 그렇게 되면 나

이외에 나를 지배하는 자가 어디 있을까? 그렇게 되면 자기가 하고 싶은 것을 할 수 있다. 하고 싶은 것을 하는 사람은 즐길 수 있다. 즐길 수 있는 사람은 만족한다. 그리고 만족하는 사람은 그 이상 탐나는 것이 없다. 그러므로 어떤 일이 일어나도 내 마음은 아쉬움이 없다.
　　[M. de Cervantes]

- 내가 하나의 욕망을 갖는 한, 나는 산다는 하나의 이성을 갖는다. 만족은 죽음인 것이다.　　[George B. Shaw]
- 도리를 따르면 마음이 여유롭고, 욕망을 따르면 위태롭다.[근사록近思錄]
- 마음먹고 너희의 욕망을 억제하라. 그렇지 않으면 죄와 검은 심부름꾼인 죽음이 너희를 덮칠 것이다.
　　[John Milton]
- 마음을 기르는 데는 욕망을 줄이는 것보다 더 좋은 것은 없다.[맹자孟子]
- 말이 끼어들면 갑자기 욕망이 뒤따르게 되는데, 그 까닭은 어휘가 욕망의 전달체이기 때문이다.
　　[Osho Rajneesh]
- 모든 동물에 있어서 가장 큰 욕망은 육욕과 기아다.　　[Joseph Addison]
- 무언가를 열렬히 원한다면 그것을 얻기 위해 전부를 걸 만큼의 배짱을 가져라.　　[Brendan Francis]
- 바다는 어떠한 강도 거부하지 않는

다.　　　　　　　　　[Shakespeare]

- 비를 지나치게 고대하면, 지겨움이 늘어간다.　　　　[Ch. 부르디네]
- 사람은 유독 가져서는 안 되는 것을 갈망한다.　　　[Publius Syrus]
- 사람의 욕구와 소망은 결코 한 자리에 고정되어 있을 수 없는 것이고, 항상 변해가고 커져 가고 높아져 가는 것이다.　　　　　　[유달영]
- 사람의 욕망으로 제우스(그리스 신화의 주신主神)의 신탁을 얻을 수 없다.　　　　　　[Aeschylos]
- 사람의 욕망을 내버려 두면 한이 없다. 한이 없는 희망은 차라리 희망이 없느니만 못하다. 욕망에 한계를 둔다는 것은 목표를 분명히 가진 것이 된다.

　　　[Johann Wolfgang Goethe]

- 사람의 욕망이 모르는 일에까지 뻗쳐 나가는 일은 없다.　　[Ovidius]
- 사람이 욕망을 좇는 현상이란 말이 질주하는 것과 같다. 뒷발굽이 앞발굽을 좇아 잡으려고 하면 벌써 앞발굽은 땅을 차고 공중을 난다. 그러므로 달리는 말의 네 발굽은 땅에 있을 시간이 없다.　　　　[서경보]
- 사람이 욕망의 절반을 실현하면, 그의 고통은 배가 된다.　[B. Franklin]
- 삶의 원동력은 무엇일까? 첫째도 욕망, 둘째도 욕망, 셋째도 욕망이다.

　　　　　　　　[Stanley Kunitz]

- 샘물도 자신이 목마르다고 한다.

　　　[Marcus Tullius Cicero]

- 성인의 욕망은 민중의 욕망이다.

　　　[춘추좌씨전春秋左氏傳]

- 아, 욕망! 그 욕망의 대상은 한번 소유되었거나 소유되지 않은 것이었다.

　　　　　　[Miguel Asturias]

- 여자의 욕망은 범보다 강하며 절대적이다.　　　[C. V. Gheorghiu]
- 오오, 너무나 진실한 욕망이여! 너는 황혼 속에서 나의 정신의 명령들을 쫓아버릴 것이다.　[Andre Gide]
- 욕구를 절제하는 사람은 욕구가 절제될 수 있을 만큼 악한 것이기 때문에 절제한다.　　[William Blake]
- 욕망과 감정은 내가 그것을 지니고 있지 않을 경우 진실해지는 법이다. 일단 그것을 소유하고 나면, 욕망도 감정도 아침의 이슬과 같이 사라져 버린다.　　　　　　　[미상]
- 욕망과 감정은 인간성의 용수철이다. 이성은 그것을 통제하고 조절하는 브레이크이다.　　[보오링브리크]
- 욕망과 사랑은 위대한 행위를 위한 양쪽 날개다.　　　　[Goethe]
- 욕망에는 이득이 있고, 또 욕망의 만족에도 이득이 있는 법이다. 왜냐하면, 그럼으로써 욕망은 증가되는 것이기 때문이다.　[Andre Gide]

- 욕망은 법도를 망치고, 방종은 예의를 문란케 한다.　　　　[상서尚書]
- 욕망은 알지 못하는 것에 닿을 수 없다.　　　　　　　[Ovidius]
- 욕망은 어떤 사람은 장님으로 만들고, 또 어떤 사람의 눈을 뜨게도 한다.　　　　　　[La Rochefoucauld]
- 욕망은 절대로 기도가 되지 못한다.　　　　　[Osho Rajneesh]
- 욕망은 절제할 줄을 모른다.　　　　　　　[Pythagoras]
- 욕망을 가짐이 적으면 적을수록 그만큼 행복하게 되리라고 하는 말은 예부터 해오고 있으나, 그러나 그것은 대단히 잘못된 말이다.　　　　　　[Lichtenberg]
- 욕망을 넘어선 체하는 것은, 보다 큰 이득을 기대하기 때문이다.　　　　　[La Rochefoucauld]
- 욕망을 버려라. 그리하면 평안을 누리리라.　　[Thomas A. Kempis]
- 욕망을 한정하는 쪽이 그것을 만족시키는 것보다도 훨씬 자랑해서 좋은 것이다.　　　[George Merdith]
- 욕망의 만족보다는 욕망 그 자체가 더욱 큰 쾌락이 아니겠는가?　　　　　　[Jaques Rivierce]
- 욕망의 상대에게 폭력을 가해야 한다. 상대가 굴복하자마자 쾌락은 더욱 커진다.　　[Marquis de Sade]

- 욕망의 절반이 이루어지면, 고통은 두 배가 될 것이다.　　[B. Franklin]
- 욕망이란, '소유'란 코트가 덮어 감출 만큼 크지 않은데도 점점 커지는 거인이다.　[Ralph Waldo Emerson]
- 욕망이란, 우리가 바라는 것이 손에 들어오는 것을 목적으로 하는 것으로서, 혐오란 우리가 싫어하는 것에 빠지지 않으려는 것이다. 욕망에 넘어가는 자는 불행하지만, 보다 불행한 것은 참을 수 없는 것에 빠지는 자임을 깨달으리라.　[Epiktetus]
- 욕망이란 일종의 지향이며, 무엇인가를 향한, 즉 자기가 존재하고 있지 않은 지점을 향한 움직임이다.　　　　　　[Simone Weil]
- 욕망이란, 한계를 넘으려는 강한 본성이 있어서 위험하다.　　[유주현]
- 욕망이 없는 곳에 근면도 없다.　　　　　　　[John Locke]
- 우리는 우리의 욕망에 따라 우리 주위의 사물을 변화시킬 수 있다고 믿는다. 그 까닭은 그렇지 않고서는 유리한 해답을 찾을 수 없기 때문에 이렇게 말하는 것이다. 우리는 대체로 이 우연히 생긴 유리한 해답을 잊고 만다. 왜냐하면 우리는 우리의 욕망에 따라 사물을 변화시키지 못하고 점차로 우리의 욕망이 변화하기 때문이다. 극복하기로 단호히 결

심한 대로 장애물을 극복하지 못하고, 일생은 우리로 하여금 그 장애물을 우회하여 지나쳐 버리게 한다. 그리하여 우리들이 그 소원하여 버린 과거를 응시하여 보아도 그것은 시야에 들어오지 않는다. 그렇게 해서 보이지 않게 되어 버린 것이다.

[Robert Lee Frost]

● 우리를 가장 강하게 붙잡는 욕망은 음욕 그것이다. 이 방면의 욕망은 이것으로 만족하는 법이 없다. 만족되면 만족되는 그만큼 점점 증가한다. [Lev N. Tolstoy]

● 이성은 나침판이요, 욕망은 폭풍이다. [Alexander Pope]

● 인간은 많이 가질수록 더 많이 갖고 싶어 한다. [J. Florio]

● 인간은 필요로 하는 것보다 더 많이 좋은 것을 갖고자 하는 욕구를 타고났다. [Mark Twain]

● 인간은 한 움큼의 선택을 하면서 천 가지를 바란다. [H. W. Beecher]

● 인간이 가져서는 안 될 것만큼 갖고 싶어 하는 것은 없다.

[Publius Syrus]

● 자신이 가지고 있는 것만을 바라는 것, 그것은 자신이 바라는 모든 것을 갖는 것이다. [P. T. Chardin]

● 재물이라는 것은 우리의 커다란 욕망의 대상이다. 그러나 우리의 욕망은 재물보다 더 큰 것이 있다. 그런 까닭에 재물을 버리고 취하지 않는 것이다. [정약용]

● 존재를 휘감는 칡넝쿨은 무엇인가? 그것은 욕망이라네. [법구경法句經]

● 청년들이여! 차라리 욕망의 만족을 거절하라. 그러나 모든 욕망의 만족을 전연 부정해 버리는 스토아학파의 모양으로 하라는 것은 아니다. 모든 욕망 앞에서 한 걸음 물러서고, 인생의 관능적인 방면을 제거할 힘을 가지라는 것이다. 무엇보다도 즐겨 노는 오락의 자리를 절제하라! 향락을 절제하면 그만큼 당신은 풍부해질 것이다. [Immanuel Kant]

● 최소의 노력으로 최대의 욕망을 채우는 것이 인간의 경제적 행위의 기초적 원리이다. [Adam Smith]

● 터부(특정 집단에서 어떤 말이나 행동을 금하거나 꺼리는 것)를 범하려는 욕망은 무의식적인 욕망이라는 형태로 존속한다.

[Sigmund Freud]

● 필요한 것이 있다면 주저하지 말고 먼저 다른 사람에게 물어보라.

[Kurt Cobain]

● 하나의 해악을 벗어나려고 욕망하는 자는 언제나 자기의 욕망하는 바를 알고 있지만, 자기가 가진 것보다 좋은 것을 욕망하는 자는 완전한

맹목이다. [Goethe]

| 욕설辱說 |

- 설령 그대가 얼음처럼 깨끗하거나 눈처럼 결백하더라도, 이 세상 욕설을 면할 길이 없으리라. [Shakespeare]
- 아무도 그 자리에 없는 사람을 욕하려고 마음먹지 못하도록 하라.
  [Propertius]
- 욕설은 한 번에 세 사람에게 상처를 준다. 욕을 먹는 사람, 욕을 전하는 사람이 그것이다. 그러나 가장 심하게 상처를 입는 사람은 바로 욕설을 한 그 자신이다. [Olton]
- 큰 강은 돌을 던져도 흐름을 흩트리지 않는다. 신앙이 있는 사람이라도 욕설을 듣고, 마음을 흩트리는 사람은 대하大河가 아니라 웅덩이에 지나지 않는다. [Sadi]
- 한평생을 타인의 일에 신경을 쓰다가 허비해 버린다. 우리들은 타인을 사랑하다가 반평생을 보내고, 타인의 욕설을 하다가 나머지 반평생을 보낸다. [Joseph Joubert]

| 욕심慾心 |

- 가장 욕심이 적은 사람이 가장 풍부한 사람이다. [Publius Syrus]

- 개울 쥐가 강물을 마셔도 배에 가득한 것뿐이다. [장자莊子]
- 거대한 욕심에서 생기는 것으로 내 형편에 좋도록 모든 것을 강요하는 것이다. [서경보]
- 관 짜는 자는 사람 죽기를 바란다.
  [한비자韓非子]
- 나무에 올라가 물고기를 구함은 그래도 물고기를 얻지 못할 뿐 후환은 없지만, 만일 당신이 하려는 방법으로 당신의 욕구를 추구한다면, 죽도록 애쓴 뒤에 반드시 화가 따를 것이다. [맹자孟子]
- 남의 재산을 탐낼 때 자기 재산도 잃는다. [Phaedrus]
- 두 마리 토끼를 한꺼번에 쫓는 자는 한 마리도 못 잡는다. [Erasmus]
- 마음에 욕심이 일면 차가운 못에 물결이 끓나니, 산림에 있어도 그 고요함을 보지 못한다. 마음이 공허하면 혹서에도 청량한 기운이 생겨나니, 저자에 살아도 그 시끄러움을 모른다. [채근담菜根譚]
- 마음을 기르는 데는 욕심을 적게 하는 것보다 더 나은 것이 없다.
  [이지함]
- 만족하지 못하는 것 이상의 불행은 없다. 욕심과 같이 큰 죄악은 없다. 그러므로 모든 정욕에서 벗어난 사람은 항상 만족할 수 있다. [노자老子]

- 많은 것을 욕심내는 자는 항상 많은 것을 필요로 한다. [Horatius]
- 맹수猛獸는 굴복시키기 쉬우나, 욕심 많은 사람을 굴복시키기는 매우 어려우며, 계곡은 아무리 깊어도 물로 채울 수 있으나, 사람의 욕심은 도저히 만족시킬 수는 없다.

  [사문유취事文類聚]
- 모든 것을 탐하는 자는 모든 것을 잃는다. [외줄레]
- 모든 것이 인간의 욕심 탓이로구나. 풀잎 끝에 잠시 맺혔다 사라지는 그 같은 영화를 탐하는 욕심 탓이었구나. [장덕조]
- 뿌리가 깊이 박힌 나무는 베어내도 움이 다시 돋는다. 욕심을 뿌리째 뽑지 않으면, 다시 자라 괴로움을 받게 된다. [법구경法句經]
- 사람에게 욕심이 있으면 강직하지 못하게 된다. 강직하면 욕심에 굽어들지 않는다. [정자程子]
- 새는 나무에 산다. 낮은 나무를 두려워하여 윗가지에 산다. 그럼에도 먹이에 속아서 그물에 걸리고 만다. 사람도 이와 같다. [일련日蓮]
- 10세에는 과자에, 20세에는 연애에, 30세에는 쾌락에, 40세에는 야심에, 50세에는 탐욕에 움직인다. 인간은 어느 때가 되어야 영지만을 좇게 될까. [Jean-Jaques Rousseau]

- 아담은 사과 그 자체가 먹고 싶어 욕심낸 것이 아니라, 금지되었기에 욕심낸 것이다. [Mark Twain]
- 올바르게 행하는 자는 욕심에서 벗어난다. [한비자韓非子]
- 욕심 없이 얻어지는 즐거움은 얼마든지 추구하는 게 좋다. [유주현]
- 욕심에는 여러 종류가 있다. 가장 비근한 것으로는 식욕·색욕이 있고, 그보다 크다고 할는지 심한 것이라 할는지, 물욕이 있다. 금전이나 재물에 대한 욕심 말이다. 이보다 고도한 것이 명예욕이요, 또 그보다 더욱 큰 것이 권욕이다. 욕심 중에 이 권력에 대한 욕심이야말로 가장 왕성하고, 가장 추잡하고, 가장 위험한 것이다. [이희승]
- 욕심은 법도가 없는데서 생기고, 나쁜 생각은 금령이 없는데서 생긴다.

  [위료자尉繚子]
- 욕심은 우리 인간생활을 추진시켜 나가는 가장 기본적인 원동력으로 우리 인간의 모든 영위는 이 욕심을 중심으로 하고, 돌고, 얽히고, 풀리고 하여 이루어져 나가는 것이다. [이양하]
- 욕심을 갖지 않은 사람은 삶의 가장 중요한 부분 가운데 하나를 잃어버리고 있는 것과 같다. [윤태림]
- 욕심을 같이하는 자는 서로 미워하고, 사랑을 같이하는 자는 서로 친

하다. [전국책戰國策]

● 욕심을 버리고 무위無爲의 심정이 되면, 마음이 태연하고 여유가 생기며, 남과 경쟁하지 않는 처지에 서면, 부귀도 빈천도 모두 같아진다. 순수함을 지니고 소박함을 지키면, 욕심도 없고 시름도 없다. [포박자抱朴子]

● 욕심이 많으면 의리가 적어지고, 근심이 많으면 지혜가 손상받고, 두려움이 많으면 용맹이 못해진다. [회남자淮南子]

● 욕심쟁이가 황금을 갖는 것이 아니라, 황금이 욕심쟁이를 갖고 있는 것이다. [Villon]

● 욕심쟁이는 크게 벌려고 하다가 크게 밑진다. [John Milton]

● 욕심쟁이는 황금의 알을 낳는 닭을 죽인다. [Aesop]

● 의가 욕심을 이기면 창성하고, 욕심이 의를 이기면 망한다. [육도삼략六韜三略]

● 이상적 만족의 생활은 금전의 많은 것에 있지 않고 욕심의 적음에 있다. [Epiktetus]

● 인자仁者는 욕심 때문에 삶을 다치지 아니한다. [회남자淮南子]

● 자기를 위해서 무엇이든 탐내지 말라. 구하지 말고, 마음을 동하지 말고, 부러워하지 말라. 사람들의 장래도, 네 운명도 너로선 항상 미지

의 것이어야 한다. 그러나 무슨 사태가 발생하든 마음만은 단단히 먹고 용감하게 살아야 한다. 그리고 나선 하느님에게 모든 것을 맡겨야 한다. [Lev N. Tolstoy]

● 재물에 임해서는 구차하게 얻지 말며, 어려움에 임해서는 구차하게 면하려 하지 말고, 다툼에는 이기려고만 하지 말며, 나눌 때는 많이 가지려고만 하지 말 것이다. [예기禮記]

● 지주도 다른 사람과 마찬가지로 자기가 씨 뿌리지 않은 곳에서 수확하길 좋아한다. [T. V. Marcus]

● 짐승을 잡고자 뒤쫓는 자는 태산이 앞에 있어도 보지 못한다. 욕심이 밖으로 돌아나오면, 총명한 슬기가 가려져 어둡게 된다. [회남자淮南子]

● 충분한 것을 적다고 생각하는 자에게는 그 무엇도 만족스럽지 않다. [Epicrus]

● 하늘이 칠보七寶를 비처럼 내려도 욕심은 오히려 배부를 줄 모르나니, 즐거움은 잠깐이요 괴로움이 많음을, 어진 이는 이것을 깨달아 안다. [법구경法句經]

● 형벌의 근원은 기호와 욕심, 좋아하는 것과 싫어하는 것을 절제하지 않는 데서 생겼다. [대대례기大戴禮記]

| 욕정欲情 / 애욕愛慾 |

- 애욕은 햇불을 잡고 바람을 거슬러 가는 것과 같이, 반드시 잡고 가는 사람의 손을 데게 할 우려가 있다.

  [장경藏經]

- 욕정에 관한 일은 쉽게 얻을 수 있다 해도, 그 편리함을 조금이라도 즐겨 맛보지 말지니라. 한 번 맛보면, 곧 만길 벼랑으로 떨어지느니라. 도리에 관한한 일은 비록 어렵다 해도 조금이라도 물러서지 말지니라. 한 번 물러서면, 곧 천산千山처럼 멀어지느니라.

  [홍자성洪自誠]

| 용기勇氣 / 용감勇敢 |

- 가장 강력하고 관대하고 당당한 덕은 용기이다.

  [Montaigne]

- 겁쟁이는 여러 번 죽지만, 용감한 자는 단 한 번 죽음을 맛본다.

  [Shakespeare]

- 겁쟁이는 용감한 사람을 망나니라고 하고, 망나니는 용감한 사람을 겁쟁이라고 한다.

  [Aristoteles]

- 겁쟁이는 죽기 전에 여러 번 죽지만, 용감한 자는 단 한 번 죽음을 맛본다.

  [Shakespeare]

- 겁쟁이들은 위험을 피하고, 위험은 용감한 이들을 피한다.

  [A. d'Houdetot]

- 견고한 도읍은 돌담이 아니라 용기로 방비되어야 한다.

  [Plutarchos]

- 그럴 용기가 있었다면, 많은 사람들이 비겁해졌을 것이다.

  [Th. Fuller]

- 금은 불에 의해서 시험되고, 용기 있는 자는 역경에 의해서 시험된다.

  [L. A. Seneca]

- 나에게 사랑할 수 있는 용기를 주소서. 이것이 나의 기도입니다. 말할 수 있는 용기, 행동할 수 있는 용기, 당신의 뜻을 따라 고난을 감수할 수 있는 용기, 일체의 모든 것을 버리고 홀로 남을 수 있는 용기를 주소서.

  [Mahatma Gandhi]

- 난難을 극복하는 데 용기로써 하고, 난亂을 다스리는 데 지智로써 한다.

  [전국책戰國策]

- 남을 때려눕히는 일만이 용기가 아니다. 자신의 치부를 들춰내는 것도 충분한 용기가 있어야 되는 일이다.

  [차범석]

- 내게 가장 필요한 것은, 내가 할 수 있는 일을 하게끔 용기를 불어넣어 주는 바로 그것이다.

  [Ralph Waldo Emerson]

- 노여움은 가끔 도덕과 용기의 무기가 된다.

  [Aristoteles]

- 다른 모든 것들을 두려움에 떨게 하는 것을 정복하는 것이 용기이다.

● 다음 세 가지는, 다음 세 가지 경우에만 알려진다. 용기, 그것은 전쟁터에서만 알아볼 수 있다. 지혜, 그것은 분노에 사로잡혔을 때만 알아볼 수 있다. 우정, 그것은 곤궁할 때만 알아볼 수 있다.

[Ralph W. Emerson]
● 뒤쫓는 자가 있으면 사자 같은 용기가 생기는 법이다. [Miguel Asturias]
● 때때로 용기는 정복자의 마음마저 움직인다. [Vergilius]
● 때로는 살아있는 것조차도 용기가 될 때가 있다. [L. A. Seneca]
● 때로 용기의 시련은 죽는 것이 아니고 사는 것이다. [Abbe Pierre]
● 만약 우리들이 인류가 한층 좋은 미래에 접근할 수 있도록 진심으로 바란다면, 그 제일의 조건은 용기를 갖는 것이다. [Fridtjof Nansen]
● 미덕 중에서 가장 강력하고, 고매하며, 훌륭한 것은 용기다. [Montaigne]
● 비겁한 자는 잔인하지만, 용자勇者는 자비를 사랑하고 구조를 기뻐한다.

[Goethe]
● 사람들은 도망치기를 두려워하는 겁쟁이를 용감한 자로 착각한다.

[Thomas Fuller]
● 사려思慮 분별은 최상의 용기다.

[John Fletcher]

● 성장하고 진정한 자신이 되기 위해서는 용기가 필요하다.

[E. E. Cummings]
● 세상에서 가장 용감한 광경은 불리한 여건과 싸우는 사람이다. [레인]
● 신은 용감한 자를 돕는다.

[Friedrich Schiller]
● 신은 용기 있는 자를 결코 버리지 않는다. [Helen Keller]
● 싸움에 진 장수는 용기를 말하지 않는다. [사기史記]
● 어진 사람에게는 반드시 용기가 있지만, 용기 있는 사람에게 반드시 어짊이 있는 것은 아니다. [논어論語]
● 어차피 죽어야 한다면, 용감히 운명에 따라야 한다. [Tacitus]
● 언제나 국민의 용기는 그 국가의 부강에 정비례하는 것이 아닙니까?

[유치환]
● 용감한 사람은 죽음을 당할 뿐만 아니라, 또한 죽음에 대한 보다 훌륭한 기회를 갖게 된다. [John Steinbeck]
● 용감한 사람은 진실하고 선한 사람들 사이에서 태어난다.

[F. Q. Horatius]
● 용감한 사람이 있는 곳에 치열한 전투가 있고, 명예를 지킨 자리가 있다.

[Henry Thoreau]
● 용감한 자에게 불가능한 것은 없다.

[Charles VII]

- 용감한 행위는 결코 승리를 바라지 않는다. [Thomas Fuller]
- 용기가 있는 곳에 희망이 있다. [P. C. Tacitus]
- 용기 — 공격하는 용기는 최선의 살육자다. 죽음조차도 살육한다. [Friedrich Nietzsche]
- 용기는 과감하게 행동할 때 자라나고, 두려움은 망설일 때 자라난다. [Publius Syrus]
- 용기는 남자의 덕에 적합하며, 자선은 여자의 덕에 적합하다. [Schopenhauer]
- 용기는 두려움이 없는 것이 아니라 두려움을 극복하는 것이다. [Nelson R. Mandela]
- 용기는 모든 것에 우선하며, 용기는 가장 좋은 선물이다. 우리의 자유와 안전과, 생명과, 가정과, 부모와 조국과 자식들을 보호해 주는 것이 용기이며, 그것은 모든 것을 포함한다. 따라서 용기를 가진 사람은 모든 축복을 갖는다. [T. M. Plautus]
- 용기는 모든 미덕중에서도 가장 흔하고 일반적인 것이다. [Herman Melville]
- 용기는 별(星)로 이끌고, 두려움은 죽음으로 이끈다. [L. A. Seneca]
- 용기는 사람을 번영으로 이끌고, 공포는 사람을 죽음으로 이끈다. [L. A. Seneca]
- 용기는 사랑과 같다. 용기는 사랑처럼 희망을 먹고 큰다. [Napoleon I]
- 용기는 역경에 있어서의 빛이다. [Vauvanargues]
- 용기라는 것은 항상 독창적인 것이다. [Wittgenstein]
- 용기란 것은 살아있는 물건이다. 용기는 한 개의 조직체이기도 하다. 그러므로 총포를 손질하는 것과 마찬가지로 용기도 손질해 주어야 한다. [A. Marlow]
- 용기란, 공포에 대한 저항이고 공포의 정복이지, 공포의 결여는 아니다. [Mark Twain]
- 용기란, 다른 사람들 같으면 전율을 느끼는 것을 억제시키는 일이다. [L. A. Seneca]
- 용기란, 우리들 인간이 행복을 누리는 데 있어서 하나의 중요한 구실을 하는 요소이기도 하다. [Shopenhower]
- 용기란, 자진해서 복종하든가, 고뇌를 참고 견디어 가는 일이지, 결코 권리에 반대하여 개성을 극단적으로 주장하는 일은 아니다. [Erich Fromm]
- 용기란, 행하기 두려운 일을 하는 것을 말한다. 겁에 질리지 않는 한 용기라는 것도 없다.

- 용기를 가지되 허세는 부리지 말라.
  [Menandros]
- 용기만 있고 의가 없으면 세상을 어지럽히게 된다. [논어論語]
- 용기야말로 모든 근대 철학자의 미덕 가운데서도 가장 구하기 힘든 것이 아닐까? [임어당]
- 용기에는 호랑이의 용기와 말의 용기가 있다. [Ralph Waldo Emerson]
- 용기에 대한 가장 큰 시련은 비통에 빠지지 않고 패배를 견뎌내는 일이다. [Ingersoll]
- 용기에도 큰 용기와 작은 용기의 구별이 있다. [맹자孟子]
- 용기엔 두 얼굴이 있다고 말하리라. 하나는 서슴없이 부딪쳐 깨어지는 일이요, 다른 하나는 인욕 가운데의 긴 묵상이다. [김남조]
- 용기와 양심의 문제는 이 나라의 모든 관리, 공인 - 지위 고하를 막론하고 - 에게 걸려 있는 문제이다.
  [John F. Kennedy]
- 용기의 감행은 곧 죽음이요, 용기의 절제는 곧 삶이다. [노자老子]
- 용기의 다음가는 훌륭한 일은 자신의 비겁함을 고백하는 일이다.
  [Helvetius]
- 용기의 의미는 정치적 동기와 마찬가지로 때때로 오해를 받는다.
  [John F. Kennedy]

- 용기의 최고 단계는 위험에 처했을 때의 대담성이다. [Vauvenargues]
- 용기 있는 고백은 힐책의 칼날을 무디게 하고, 모욕의 총구를 비켜나게 한다. [Montaigne]
- 용기 있는 사람은 적이라 할지라도 나는 그를 존경한다. [Napoleon I]
- 용기 있는 사람이란 모든 약속을 지키는 사람이다. [Pierre Cornelle]
- 용기 있는 인간은 자기 자신에 대해서는 맨 나중에 생각하는 것이다.
  [Johann C. F. Schiller]
- 용기 있는 자는 두려워하지 않는다.
  [논어論語]
- 용기가 없으면 다른 어떤 덕도 꾸준히 실천할 수 없기 때문에 모든 덕목 중에서 가장 중요하다.
  [Maya Angelou]
- 용맹은 불행 앞에서 굴복하지 않는다. [Publius Syrus]
- 용맹은 유행을 타지 않는다.
  [W. M. Thackeray]
- 용맹은 피에서 생기고, 용기는 생각에서 나온다. [Napoleon I]
- 용맹한 자가 가지 못하는 길은 없다.
  [Ovidius]
- 우리가 바라고 또한 소중히 생각하는 용기는, 떳떳하지 못하게 죽는 용기가 아니라 씩씩하게 살아가는

용기인 것이다.　[Thomas Carlyle]
- 우리들이 선택해야 할 길은 용감한 저항뿐이며, 그렇지 않으면 가장 비천한 굴종밖에 없다.
　　　　　[George Washington]
- 운보다는 자기 용기를 믿는 것이 낫다.　　　　　[Publius Syrus]
- 위험에 빠져본 적이 없으면 자신의 용기를 보증할 수 없다.
　　　　　[F. La Rochefoucauld]
- 의를 보고도 행하지 않는 것은 용기가 없는 것이다.　　[논어論語]
- 이탈리아인의 용기는 분노의 발작이고, 독일인의 용기는 일순의 도취이고, 스페인의 용기는 자존심의 표현이다.　　　　　[Stendahl]
- 인생이 죽음보다 무서운 곳에서는 적어도 산다는 것이 참되고 가장 큰 용기이다.　　　　[Robert Brown]
- 자기의 운명을 짊어질 수 있는 용기를 가진 자만이 영웅이다.
　　　　　[Herman Hesse]
- 장래를 이룩하기 위해서는 용기가 필요하다. 노력을 해야 한다. 그러나 신념도 필요하다.　[Peter Drucker]
- 재산에 기대는 것보다 용기를 믿는 것이 좋다.　　　[Publius Syrus]
- 전 세계가 공정하다면 용기가 필요 없다.　　　　　[Plutarchos]
- 죽는 것보다도 괴로워하는 편이 오히려 용기를 필요로 한다.
　　　　　　[Napoleon I]
- 진정 용감한 자는 무슨 욕을 들어도 현명하게 참아 낸다. [Shakespeare]
- 진정한 용기는 평화를 위하여 활동하는 데 있다.　[John Paul II]
- 진정한 용기란, 모든 세상 사람 앞에서 행할 수 있는 일을 아무도 안 보는 데서 하는 것이다.
　　　　　[F. La Rochefoucauld]
- 진짜의 적으로부터는 한없이 많은 용기가 너에게로 흘러 들어온다.
　　　　　[Franz Kafka]
- 참된 용기는 극단적으로 약한 마음과 저돌성의 중간에 있다.
　　　　　[Miguel de Cervantes]
- 큰 용기를 보게 되는 것은 큰 위험에 빠졌을 때이다.　[Jules Renard]
- 폭풍 속에서만 창해의 예술미를 충분히 맛볼 수 있다. 전쟁에 있어서만 군대의 용감함을 경험한다. 인간의 용기勇氣는 그 사람이 곤란하고 위험한 경우에 빠졌을 때만 알 수가 있는 것이다.　[Daniel Defoe]
- 필요에 몰리면 겁쟁이도 용감해진다.
　　　　　　[Sallustius]
- 행운을 지속하기 위해서는 액운을 견디어 가는 이상의 큰 용기가 필요하다.　　　[La Rochefoucauld]

- 행운의 여신은 용감한 사람들을 돕는다. [P. Terentius]
- 현명하고 용감한 사람은 자신의 행운의 건축가이다. [T. Tasso]
- 흔들림 없는 마음의 용기는 혈기에서 나온 용맹보다 위에 있다. [맹자孟子]

| 용서容恕 |

- 남은 많이 용서하되, 자신은 결코 용서하지 말라. [Publius Syrus]
- 너에게 해를 끼친 자는 대개가 너보다 강하거나 약하다. 그가 너보다 약하면 그를 용서하고, 그가 너보다 강하면 너 자신을 용서하라. [L. A. Seneca]
- 다른 사람은 자주 용서하더라도, 자신은 결코 용서하지 마라. [Publius Syrus]
- 모든 사람을 용서하는 것은 아무도 용서하지 않는 것과 마찬가지로 잔인하다. [L. A. Seneca]
- 상해를 당하고 용서하는 것보다, 상해를 가하고 용서를 구하는 것이 훨씬 더 유쾌하다. 후자는 자신의 힘을 과시하는 것이지만, 전자는 친절한 성품을 나타내기 때문이다. [Friedrich Wilhelm Nietzsche]
- 쉽게 용서하는 자는 스스로를 모욕하라고 권하는 것이다. [Corneille]
- 실수하는 것은 인간의 일이고, 용서하는 것은 하느님의 일이다. [Alexander Pope]
- 용서는 강한 사람의 미덕이다. [Mahatma Gandhi]
- 용서는 과거의 사슬을 끊고 새로운 시작을 허락하는 것이다. [Carter Godwin Woodson]
- 용서는 더 나은 미래를 위한 열쇠이다. [코리 텐 북케]
- 용서는 또래보다 더 위대한 인간성의 표현이다. [Albert Schweitzer]
- 용서는 마음의 평화를 찾는 것이다. [Mahatma Gandhi]
- 용서는 보복보다 낫다. 용서는 온화한 성격의 증거지만, 보복은 야만적인 성격의 신호이기 때문이다. [E. Epiterus]
- 용서는 불가능한 것을 가능케 한다. [Lewis B. Smedes]
- 용서는 상처를 치유하고 미래를 밝게 비추는 등불이다. [Matthew West]
- 용서는 자유의 문을 열어 준다. [Nelson R. Mandela]
- 용서는 지혜의 가장 높은 형태이다. [Brian Tracy]
- '용서는 해도 잊을 수는 없다.'고 말하는 것은 '용서할 수 없다.'는 것을 달리 표현한 것이다.

[H. W. Beecher]

- 용서를 받으려면 먼저 용서하라.
  [L. A. Seneca]
- 용서만큼 완벽한 복수는 없다.
  [Josh Billings]
- 용서하면서도 가혹한 사람이 될 수 있고, 처벌하면서도 인자한 사람이 될 수 있다. [H. Austinus]
- 자비는 정의를 뛰어넘는다.
  [Geoffrey Chaucer]
- 잘못을 저지르는 것은 인간이지만, 용서하는 것은 신이다. [A. Pope]
- 한번 용서받은 잘못은 두 번 저지른다. [G. Hobby]

| 우두머리 |

- 나쁜 목동들이 양 떼 몰락의 원인이다. [Homeros]
- 우두머리가 바뀌면 그 어떤 손도 깨끗하지 않다. [Lucanus, M. A.]
- 자루를 쥔 사람보다 더 난처한 사람은 없다. [Pierre de Larivey]
- 폭풍을 만났을 때 키잡이를 알아본다. [L. A. Seneca]

| 우둔愚鈍함 |

- 우둔한 자는 확신하지도 못하고, 굴복하지도 못한다. [Epikteos]

| 우스꽝스러움 / 어리석음 |

- 결코 어리석지 않기 위해 지성이 얼마나 필요한지를 사람들은 상상도 못한다. [Nichora Sangfor]
- 불명예보다 어리석은 짓이 우리를 더욱 불명예스럽게 만든다.
  [F. La Rochefoucauld]
- 사람들은 아예 격분하기보다 어리석음에 더 충격을 받는다.
  [J. 시니얼 뒤베이]
- 사람들이 무엇을 우스꽝스럽게 여기는지를 알면, 그들의 성격을 확실히 알 수 있다. [Goethe]
- 우스꽝스러움을 우아하게, 사람의 마음에 들고 교훈을 주는 방식으로 끄집어내야 한다. [La Bruyere]
- 원숭이가 갓을 쓰다. [사기史記]

| 우아優雅함 |

- 미인과 부자는 만들어지지만 우아한 여인은 타고난다. [Jean of Arc]
- 양식良識이 정신과 관계되듯이, 우아함은 몸과 관련이 있다.
  [F. La Rochefoucauld]
- 우아함은 아름다움보다 훨씬 아름답다. [La Fontaine]
- 우아함은 적절함과 매력의 결과이다.
  [F. M. A. Voltaire]

| 우연偶然 |

- 우연히 생각을 주고, 우연이 그 생각을 떨치게 한다. [Pascal]
- 우연히 우리 행동의 절반 이상을 지배하고, 우리는 그 나머지를 지휘한다. [Machiavelli, Nicolas]
- 우연 폐하께서 모든 일의 4분의 3을 하신다. [Frederick II]
- 장님이 토끼를 잡을 수도 있다. [Geoffrey Chaucer]

| 우열優劣 |

- 군자는 조화를 추구하되 동일함을 추구하지 않으며, 소인은 동일함을 추구하되 조화를 추구하지 않는다. [논어論語]
- 뱀이 아무리 줄을 물어뜯어도 끊지 못한다. [Phaidros]
- 소인이 높은 산 위에 선다고 더 커지는 것은 아니며, 거인은 발이 진창에 빠져도 작아지지 않는다. [L. A. Seneca]

| 우울憂鬱 |

- 우울은 인간이 자기 자신의 생활이나 이 세상 모든 생활 속에 그 의의를 발견하지 못했을 때에 생기는 마음의 상태이다. [서양 격언]

| 우월감優越感 / 열등감劣等感 |

- 나는 상반되는 두 극을 갖고 있다. 즉 겸손과, 제왕 같은 우월감 사이를 왔다 갔다 한다. [Salvador Dali]
- 덴마크의 얀테Jante의 법칙. ① 스스로 특별한 사람이라고 생각하지 말라. ② 내가 다른 사람보다 좋은 사람이라고 착각하지 말라. ③ 내가 다른 사람보다 더 똑똑하다고 생각하지 말라. ④ 내가 다른 사람보다 우월하다고 자만하지 말라. ⑤ 내가 다른 사람보다 더 많이 알고 있다고 생각하지 말라. ⑥ 내가 다른 사람보다 더 중요한 위치에 있다고 생각하지 말라. ⑦ 내가 무엇을 하든지 더 잘할 것이라고 장담하지 말라. ⑧ 다른 사람을 비웃지 말라. ⑨ 다른 사람이 나에게 신경 쓰고 있다고 생각하지 말라. ⑩ 다른 사람을 가르치려 들지 말라. [Jante Law]
- 열등한 자는 동등해지려고 모반하며 동등한 자들은 우월하게 되려고 반역한다. 이것이 바로 혁명을 일으키는 마음의 상태이다. [Aristoteles]

| 우월優越함 |

- 깊은 계곡에는 물이 결코 마르는 법

617

이 없고, 큰 산은 언제나 길을 내어
준다.　　　　　[Paul Margueritti]
- 모든 우월함은 추방이다.
　　　　　　　　[Girardin 부인]
- 열매가 많이 달린 가지는 휘어지기
마련이다.　　　　[Thomas Fuller]
- 코끼리가 나팔을 운반하며 피곤해
하지는 않는다.　　　　[Purana]
- 태양이 없다면, 다른 별들이 있더라
도 어둔 밤일 것이다. [Herakleitos]

| 우유부단優柔不斷 |

- 많은 이들이 으뜸 패를 내놓지 않으
려고 템스강에 뛰어들었다.
　　　　　　　　[Aeschylos]
- 시작하지 못하고 주저하는 자는 행
동도 느리다.　　[Quintilianus]
- 우유부단한 자는 접시의 수프가 입에
서 식도록 내버려 둔다. [Cervantes]

| 우정友情 |

- 가장 만족스러운 우정에도 계란과
마찬가지로 항상 약간의 위험한 구
석이 있다.　　　　　[Lunaru]
- 가장 충실한 친구는 자기가 모르는
것에는 침묵한다.　[A. Musset]
- 가장 충실한 친구는 충직한 개와 같
으나, 자칫 잘못하면 물리고 만다.

　　　　　　　　[Jean Bernard]
- 거만한 가슴에는 우정이 싹트지 않
는다.　　　　　　　[Goethe]
- 광장과 원로원에서는 절대 친구를
찾지 마라.　　　[L. A. Seneca]
- 궁핍한 벗에 벗 다운 사람은 친구 중
에서 가장 위대한 친구다.
　　　　　　　　[Plutarchos]
- 그들이 만약 우정 때문에 자네에게
복종한다면, 자네는 그들을 배신하
는 셈이다. 자네에게는 개인으로서
남에게 희생을 요구할 권리 따위는
전혀 없기 때문이다.
　　　　　　　[Saint Exupery]
- 그 임금을 알려면, 그 좌우를 보라.
그 아들을 알려면, 그 벗을 보라.
　　　　　　　　　[순자荀子]
- 꿈결 속에 찾아온 그리운 옛 벗, 나
에게 당부하네, 잊지 말자고.
　　　　　　　　　[두보杜甫]
- 남녀 간의 사랑은 아침 그림자와 같
이 점점 작아지지만, 우정은 저녁나
절의 그림자와 같이 인생의 태양이
가라앉을 때까지 계속된다.
　　　　　　　　[James Bevel]
- 남녀 간의 우정은 음악이다. 그것은
음악과 음악을 만들어내는 악기와
의 관계다. 완전히 비물질적이며 천
상적인, 그리고 육감과는 전혀 취향
을 달리하지만, 이 육감이 없이는 있

을 수 없는 음악인 것이다.

[Henry Millon Montherlant]

- 남녀 사이에는 우정은 있을 수 없다. 정열·정의·숭배·연애는 있다. 그러나 우정은 없다. [Oscar Wilde]
- 남녀의 우정은 좋은 것입니다. 그것이 젊은이끼리는 연애가 되고, 노인끼리는 사랑의 추억이 된다면 말입니다. [Ivan A. Goncharov]
- 너와 나 사이의 우정을 나는 고리로 얽혀 있는 사슬에 비유하지 않으렵니다. 고리는 녹이 슬고, 사슬은 넘어지는 나무에 끊어질 수도 있기 때문입니다. [William Penn]
- 네가 아무리 힘이 세고 용감하더라도 친구들 사이에서 평화로운 사람으로 인정받는 것이 중요하다.

[석가모니釋迦牟尼]

- 네 친구가 나에게 친구이듯, 내 친구의 친구 또한 내 친구이다. [Talmud]
- 대도시에서는 우정이 뿔뿔이 흩어진다. 이웃이라는 가까운 교제는 찾아볼 수 없다. [Francois Bacon]
- 대지大地로부터의 선물은 각각의 계절을 기다려야 하지만 우정의 과실은 언제든지 수확할 수 있다.

[Democritus]

- 동물만큼 기분 좋은 벗들은 없다. 그들은 질문도 하지 않으려니와, 또한 비판도 하지 않는다. [George Eliot]

- 땅은 계절마다 그 선물을 기다리게 만들지만, 사람은 순간마다 우정의 열매를 거둔다. [Demophilius]
- 뜬구름은 나그네의 마음이요, 지는 해는 보내는 옛 벗의 정이로구나.

[이백李白]

- 무엇인가 슬픈 일이 있을 때, 따뜻한 자리에 눕는 것도 좋은 일이다. … 그러나 그것보다 더 좋은 자리, 거룩한 향기가 가득히 떠도는 자리가 있다. 그것은 상냥하면서도 깊고 측량할 수 없는 우리들의 우정이다.

[Marcel Proust]

- 무지개처럼 영롱한 소녀 시절의 우정, 그것은 여성들의 보석이 아닐 수 없다. [신지식]
- 미덕과 우정만큼 칭찬할 만한 것은 없으며, 실로 우정 그 자체는 미덕의 일부에 지나지 않는다.

[Alexander Pope]

- 벗과 교제하는 데에도 약자를 돕고 강자를 누르는 남아의 의기가 필요하다. 이로운 점이 있기 때문에 교제를 한다든가, 또는 교제를 하면 손해를 볼 것임으로 절교하는 등, 이해를 생각하는 교제는 건실한 교제라 할 수 없다. [채근담菜根譚]
- 벗을 만들 뿐만 아니라 자기 스스로가 우정을 배양하여야 하며 힘써 오래 돌보아주는, 이를테면 우정에 물

을 주는 것이 필요하다.

[Joseph Joubert]

- 벗을 사귐에는 과하지 말지니, 넘치면 아첨하는 자가 생기리라.

[채근담菜根譚]

- 벗의 우정이 싸늘함을 깨닫지 못하는 것은 자신에게 우정이 없다는 증거다. [La Rochefoucauld]

- 불길처럼 불타오른 우정은 쉽게 꺼져버리는 법이다. [Thomas Fuller]

- 빈곤이 문안으로 들어오면, 가짜 우정은 바로 창을 통해 나가버린다.

[Friedrich Schiller]

- 사랑의 경우, 대부분 여자가 남자보다 깊이 빠지지만, 우정의 경우는 남자가 여자보다 우세하다.

[La Bruyere]

- 새에겐 둥지가 있고, 거미에겐 거미줄이 있듯이 사람에겐 우정이 있다.

[William Blake]

- 서로가 참고 견디자는 기치를 내세우지 않는 우정은 진짜가 아니다.

[Adolf von Hildebrand]

- 선비에게 충고해 주는 벗이 있으면, 영예의 이름을 보장할 수 있다.

[예기禮記]

- 설령 모든 좋은 것을 가졌던들 벗이 없으면 그 누가 살기를 원하리오.

[미상]

- 세계 꿰매면, 세계 찢어진다.

[Jean A. de Baif]

- 세상에는 기묘한 우정이 존재한다. 서로 잡아먹을 듯하면서도 헤어지지도 못한 채 일생을 보내는 인간이 있다. [Dostoevsky]

- 세상에 우정은 별로 없으며, 특히 같은 지위를 가진 사람 사이의 우정은 더욱 희박하다. 실재하는 우정은 한쪽의 운명이 다른 쪽의 그것을 감싸줄 수 있는 관계, 즉 윗사람과 아랫사람 사이에 존재할 뿐이다.

[Francis Bacon]

- 술이 빚은 우정은 술처럼 하룻밤밖에 가지 못한다. [F. V. Logau]

- 신앙을 같이하는 속에서 생기는 우정, 이념을 같이하는 속에서 생기는 우정, 학문의 연구를 같이하는 생활 속에서 생기는 우정, 즉 가치를 같이하는 우정은 때로 혈육의 정보다 더 뜨겁고 짙은 경우를 얼마든지 본다.

[송건호]

- 애매한 벗이기보다는 뚜렷한 적이어라. [Talmud]

- 야수는 야수를 안다. 같은 깃털을 가진 새는 스스로 한 군데로 모인다.

[Aristoteles]

- 어느 누구의 권세도 우정의 권리를 침범할 권한을 갖지 못한다.

[Ovidius]

- 어떠한 인간이라도 접근해 보면 작

아진다. [유대 격언]

- 어떤 목적을 위해 시작한 우정은 그 목적에 이를 때까지만 지속된다. [Marcus Aurelius Carus]
- 여자끼리의 우정은 언제나 제3의 여인에 대한 음모에 불과하다. [Alphonse Karl]
- 여자와 남자 사이의 우정이란 있을 수 없다. 남자가 친구 이상이면 여자는 친구 이하가 된다. [Blessington 백작부인]
- 연애는 진폭이 크고 정열의 파도에 좌우된다. 우정은 고요하고 안정된 흐름에 이른다. [Andre Malraux]
- 연애에서는 우리는 세상을 버리고, 우정에서는 세상을 내려다본다. [Pierre Bonnard]
- 연애와 우정은 상반된다. 열렬한 사랑을 경험한 사람은 우정을 소홀히 하며, 우정에 전력한 사람은 사랑을 위하여 아무 일도 한 일이 없다. [La Bruyere]
- 연정은 맹목일 수 있다. 그러나 우정은 결코 그렇게 되지 않는다. 결코 그렇게 되어서는 안 될 책임이 있다. 친구의 결점을 사랑한 한계까지 발전하는 수가 있다. 그러나 그것은 친구를 도와서 그에게 그것을 알려주기 위해서이다. [Andre Gide]
- 우리는 연애를 꿈꾸는 일은 있어도 우정을 꿈꾸는 일은 없다. 꿈꾸는 것은 육체이기 때문이다. [Pierre Bonnard]
- 우정과 연애는 인생의 행복을 낳는다. 두 입술이 마음을 아주 즐겁게 하는 입맞춤을 만들어내듯이. [Friedrich Hebbel]
- 우정과 연애는 큰 차이가 있다. 전자는 밝은 신전이고, 후자는 영원히 베일에 싸인 신비다. [Karl R. E. Hartmann]
- 우정 관계는 동등의 관계이다. [Immanuel Kant]
- 우정도 사랑과 마찬가지로, 잠시 떨어지면 증진될 수 있어도 오랫동안 떨어져 있으면 깨어진다. [Ben Johnson]
- 우정에는 다른 사물에서처럼 싫증 같은 것이 개재되어서는 안 된다. 오래되면 될수록 오랜 세월 잠재운 포도주처럼 감미로워지는 것이 당연하며, 세상에서 흔히들 말하듯이 우정이 그 소임을 다하기 위해서는 함께 여러 해 동안 소금을 먹어야 한다는 것이 사실이다. [Marcus T. Cicero]
- 우정에 있어서의 최대의 노력은, 벗에게 우리의 결점을 보여주는 것이 아니라, 상대가 자기 결점을 우리에게 보여주게 하는 일이다. [La Rochefoucauld]

- 우정은 가끔 물을 주어야 하는 식물이다. [독일 우언]
- 우정은 기쁨을 두 배로 하고 슬픔을 반으로 한다. [Schiller]
- 우정은 꿰매야지 찢으면 안 된다. [Marcus Porcius Cato]
- 우정은 날개 없는 큐피드이다. [George Byron]
- 우정은 다감한 마음을 지닌 두 사람의 유덕한 인사가 서로 주고받는 암묵의 계약이다. [Voltaire]
- 우정은 다른 사물에서와 같이 싫증이 나는 일이 있어서는 안 된다. 그리고 오래 계속될수록 좋다. 마치 오래 묵힌 포도주처럼 달콤해지는 것이 당연한 이치이며, 세상에서 말하듯이 우정을 다하기 위해서는 함께 여러 말의 소금을 먹어봐야 안다 함은 옳은 말이다. [Marcus T. Cicero]
- 우정은 대등한 인간 동지 사이의 이해를 떠난 거래이고, 연애는 폭군과 노예 간의 천한 거래다. [Oliver Goldsmith]
- 우정은 부부 사이에 있어서의 애정과 흡사하다. 피차의 결점에 대한 비판보다는 이해에, 이해보다는 내용에, 내용보다는 사랑에 입각해 있을 때에 건전하고, 그 사랑은 맹목이라는 바탕에서도 존립한다. [박두진]
- 우정은 사랑을 받는 것보다 사랑하는 데 있다. [Aristoteles]
- 우정은 산길과도 같은 것, 다니지 아니하면 풀이 나서 없어지고 만다. [Tremblay]
- 우정은 순간이 피우는 꽃이며, 시간이 맺어주는 일이다. [August Kotzebue]
- 우정은 씨를 뿌리는 땅과 같다. [Epicurus]
- 우정은 어쩌면 술과도 같은 작용을 하는지도 모른다. 지기知己와의 만남은 긴장을 풀어주고 마음을 푸근하게 해주기 때문이다. [장왕록]
- 우정은 영혼의 혼인이며, 이 혼인은 이혼을 요구한다. [Voltaire]
- 우정은 이성理性의 결속이다. [R. B. Seridon]
- 우정은 인간을 가장 풍부하게 해주는 것임을 저는 알게 되었습니다. [Adlai Ewing Stevenson]
- 우정은 인생의 소중한 가치의 하나다. 참다운 친구와 마주 앉아서 허물없이 대화를 즐기는 시간은 인생의 즐거운 시간이다. 진정한 친구란 그리 흔한 게 아니다. 인생의 지기知己는 참으로 드물다. [안병욱]
- 우정은 존경의 위에, 즉 심정의 특성 위에 구축된다. 그러나 연애는 육체의 특성 위에 구축된다.

[Bernd H. W. Kleist]

- 우정은 천국이며, 우정의 결핍은 지옥이다. 우정은 삶이며, 우정의 결핍은 죽음이다. [Moritz]
- 우정은 항상 유익하지만, 사랑은 때로 해로울 때가 있다.

[Charles-Louis Philippe]

- 우정을 변치 않게 오래 간직하려거든, 다음과 같은 규율을 지켜야 한다. 즉 파렴치한 일을 요구치 않으며, 또 요구를 당해도 행하지 말라.

[Marcus Tullius Cicero]

- 우정은 조화로운 평등이다.

[Pythagoras]

- 우정은 지혜에 바탕을 둔다. 따라서 신만이 진실하고 영원한 우정의 원리이며 기초이다. [Ulrich Zwingli]
- 우정은 풀어야지 끊지 말라.

[Marcus Tullius Cato]

- 우정의 길 위에 잡초가 자라지 않도록 하라. [A. P. Tremblay]
- 우정의 꽃은 가냘프기 때문에 불신의 벌레가 파먹기 쉽다.

[Emanuel Geibel]

- 우정의 대부분은 보이기 위한 것이며, 사랑의 대부분은 어리석음에 지나지 않는다. [Shakespeare]
- 우정이 개인적인 호의나 매력의 기반 위에서 만들어지는 것이 아니다. 어떤 사람의 집이나 아파트가 다른 사람의 집과 얼마나 멀고 가까운가에 따라 결정한다는 것이 소외된 인간관계의 또 다른 하나의 단면이다. [Erich Fromm]
- 우정이란, 대부분 굴종屈從(제 뜻을 굽혀 복종함)에 기반을 두고 있다.

[Dostoevsky]

- 우정이란, 합리적인 것은 아니다. 오히려 조리를 잃고 있기 때문에 우정이라는 것이 성립되는 것이다.

[곤 도코]

- 우정이 연애로 변할 때는, 두 냇물이 합치는 것과 같이 혼합되며, 유명한 편이 다른 쪽의 이름을 흡수한다.

[스퀴테리]

- 우정 — 함께 잘 수 없는 두 인간의 혼인이다. [Jules Renard]
- 이해는 모든 우정의 과일을 낳고 기르는 토양임에 틀림없다.

[Woodrow Wilson]

- 인간을 고독에서 구출해 주는 유일한 것은, 신뢰할 수 있는 우정이다. 운명이 위대한 사람들을 고독으로 쫓아 보낼 때도 그 곁에 한 사람만은 남아 있게 해둔다. [P. Bonnard]
- 인생의 숭고한 쾌락 중에 우정보다 더한 것은 없다. [Johnson]
- 자유가 없는 곳에 우정이 있을 수 없다. 우정은 자유의 공기를 사랑하여 높고 좁은 장소에 갇히기 싫어

한다. [William Penn]

- 적어도 강한 우정은 어떤 불신과 저항에서 비롯되는 것이 자연인 것 같다. [Alain]
- 적을 벗으로 삼을 수 있는 사람은 유위有爲한 인물이다. [영국 우언]
- 존경, 사람, 신뢰, 그것들은 우정을 존재케 하는 요건이다. 성실과 지혜와 용기와 인내의 사랑 그것이 곧 우정이다. [Raphael]
- 주사朱砂를 가까이하면 붉게 되고, 먹을 가까이하면 검게 된다. [부현傅玄]
- 증오로부터 우정까지의 거리는 반감으로부터 우정까지의 거리만큼 멀지 않다. [La Bruyere]
- 진정한 우의友誼는 썩지 않는다. [Pythagoras]
- 진정한 우정은 왕실의 혈통을 이었습니다. 충성심과 자기희생과는 일가친척입니다. 그러면서도 우정은 그들보다 더 높은 원칙을 자랑합니다. 충성심은 맹목적일 수 있으나 우정은 그럴 수 없기 때문입니다. [T. Woodrow Wilson]
- 참다운 사랑이 희귀하지만, 참다운 우정에 비하면 희귀하지 않다. [La Rochefoucauld]
- 참다운 우정은 애정과 마찬가지로 극히 드물다. 만약 일생 동안 변치 않는 우정이 있다면, 그것은 요행이

라 하겠다. [Jacques Chardonne]

- 참된 벗을 갖지 않는다는 것은 참혹한 고독이다. 벗이 없는 이 세상은 황야에 지나지 않는다. [F. Bacon]
- 참된 사람이 아무리 드물다고는 하지만, 참된 우정에 비하면 드물지 않다. [La Rochefoucauld]
- 참된 우정이란, 느리게 자라나는 나무와 같다. [George Washington]
- 참된 우정이란, 뒤에서 보나 앞에서 살펴보나 같은 것이다. 앞에서 보면 장미, 뒤에서 보면 가시와 같은 것이 아니다. [룩카트]
- 청춘의 생활 중에서 오직 행복을 부여해 주는 본질적인 것은 우정의 선물이다. [William Osler]
- 충심과 신용을 위주로 하고, 자기보다 못한 사람과 사귀지 않고, 허물이 있으면 고치기를 피하지 말라. [논어論語]
- 친구라는 이름은 흔하지만 우정 있는 신뢰는 드물다. [Paedrus]
- 하찮은 여러 벗을 갖느니보다는 하나의 훌륭한 벗을 갖는 편이 훨씬 낫다. [Anacharsis]
- 학창에서는 아무리 자별한 사이라도 제복을 벗고 혼인을 하게 되면, 그렇게 정다웠더냐 싶어지는 것이 여동창이요, 여자들의 우정이다. [안수길]
- 혼인을 위한 사랑은 인간을 만들지

만, 우정의 사랑은 인간을 완성한다.

[Francis Bacon]

- 혼인이란 제도의 도움으로 연애가 뿌리 깊게 계속됨이 건전한 것과 같이 자라나는 우정도 일종의 구속이 필요하다. [Andre Maurois]
- 황금으로 산 우정은 돈으로 좌우되는 것으로써 한결같음이 결여된다. 액운이 닥쳤을 때 이런 우정은 아무 소용이 없다. [Machiavelli]
- 황금은 불로 시험하고, 우정은 곤경이 시험한다. [영국 우언]
- 훌륭한 사람은 설사 의견을 서로 달리할 경우는 있어도 결코 그로 인해서 우정을 해치는 일은 없다.

[Vincenzo Monti]

| 우주만물宇宙萬物 |

- 우주는 가장 위대한 책이다.

[Galileo Galilei]

- 우주는 아름답고 신비롭다.

[Stephen William Hawking]

- 우주는 우리에게 끊임없이 새로운 것을 가르쳐준다. [Carl E. Sagan]
- 우주의 만물은 영구하게 존재할 수 없을 뿐만 아니라, 산하山河 대지라도 종래에는 티끌이 되고 만다. 우주는 최초에는 공허空虛였지만, 그 속에서 천지 만물이 이루어진 것이다.

다음에는 사람과 짐승들이 생겼다. 그러나 그중에도 사람은 가장 존귀한 생물이 되었다. [채근담菜根譚]

| 우화寓話 / 우언寓言 |

- 우화는 역사의 맏누이이다.

[Voltaire]

- 우화는 진리로 이끄는 다리이다.

[Silvestre de Sacy]

| 운運과 불운 |

- 그 누구도 날마다 기회를 잡지는 못한다. [Bakkylides]
- 기회는 사냥꾼이 오기를 기다리는 새이다. [Ausonius]
- 두문불출杜門不出하고 책을 읽으며 옛사람을 숭상하고 논함은 때를 만나지 못한 자가 하는 일이다.

[이곡李穀]

- 운과 불운은 칼과 같은 것이다. 그날을 잡느냐, 자루를 잡느냐에 따라 상처를 입거나 유용하게 사용하거나할 수 있는 것이다. [J. R. Lowell]
- 운이 좋은 사람은 잠들었을 때에도 운이 찾아온다. [몰자]

| 운명運命 / 숙명 |

- 고귀한 인물은 좀처럼 자기의 운명

을 탓하지 않는다. [Shopenhower]
- 그럼, 우리 일어나서 어떤 운명이라도 헤쳐 나가도록 힘차게 일하자꾸나. 사뭇 성취하고, 사뭇 추진하며, 일하고 기다리는 것을 배우자꾸나.
  [Henry Worldswoth Longfellow]
- 기어가는 것이 내 운명이라면 기꺼이 기어갈 테고, 날아가는 것이 내 운명이라면 재빨리 날아갈 테다. 그러나 그것을 피할 수 있는 한, 나는 결코 불행하지 않을 것이다.
  [S. Smith]
- 나는 내 운명의 주인이요, 나는 내 마음의 선장이다. [William E. Henry]
- 매달려 죽도록 태어난 자는 물에 빠져 죽지는 않으리라. [W. Camden]
- 바람의 변덕을 불평하는 것은 어리석다. [Ovidius]
- 사람들은 행복과 불행은 모두 운명에 달렸다고 생각하고 있다. 그러나 실제로는, 운명은 우리를 행복하게 만들지도 않거니와 불행에 빠뜨리지도 않는다. 운명이란, 우리들에게 그 기회와 재료와 씨를 제공할 따름이다. [H. Montaigne]
- 사람은 제각기 그 운명을 스스로 만든다. 즉 운명이란 결코 하늘이나 신이 지배하는 것이 아니고, 각자 자신의 손으로 자신의 운명을 만드는 것이다. [Nepos]

- 사람은 종종 피하려고 택한 길에서 제 숙명을 만난다. [La Fontaine]
- 수명, 행동, 재산, 지식, 죽음, 모든 것이 어머니 뱃속에서부터 정해져 있다. [Hitopadesa]
- 시종일관 한결같은 자는 운명을 믿고, 변덕을 부리는 자는 요행을 믿는다. [B. Disraeli]
- 어떠한 역경과 혼란 속에서도 이성으로써 과감하게 일을 처리하는 사람이 위대한 것이다. 운명은 사람을 차별하지 않는다. 사람 자신이 운명을 무겁게 짊어지기도 하고 가볍게 차리기도 할 뿐이다. 운명이 무거운 것이 아니라 나 자신이 약한 것이다. 내가 약하면 운명은 그만큼 강해진다. 비겁한 자는 늘 운명이란 갈퀴에 걸리고 만다.
  [L. A. Seneca]
- 얼굴을 높이 쳐들려고 하지 않는 젊은이는 발밑만 내려다보고 사는 사람이 될 것이다. 하늘 높이 비약하려고 하지 않는 정신 상태를 가진 사람은 땅바닥만 기어다니는 운명을 면치 못할 것이다. [B. Disraeli]
- 오라 하지 않았는데도 오는 것, 그것이 바로 운명이다. [맹자孟子]
- 우리는 운명에 의해 강하게 다듬어지기도 하고, 또 순하게 다듬어지기도 한다. 그러나 그것은 인간의 신

념과 노력과 소질에 따라 좌우된다.

[Wolfram Eschenbach]

- 운명에는 우연偶然이 없다. 인간은 어떤 운명을 만나기 전에 벌써 자기 스스로 그것을 만들고 있는 것이다.

[W. Wilson]

- 운명은 순응하는 자는 인도하나, 저항하는 자는 밀쳐낸다. [Cleantes]
- 운명은 우리에게서 부귀를 빼앗을 수 있어도 용기는 빼앗을 수 없다.

[L. A. Seneca]

- 운명은 치아가 없는 자에게 아몬드를 준다. [Miguel de Cervantes]
- 운명은 춤을 잘 추는 자에게 노래해 준다. [Gabriel Morie]
- 운명의 여신은, 우리 일생에서 우리 손에 한번 좋은 운을 제공해 준다.

[G. Fenton]

- 운명의 바퀴는 방앗간 바퀴보다 빨리 돌아간다. [M. de Cervantes]
- 운명의 여신은 등에 항상 같은 사람을 업고 가는 것을 지겨워한다.

[Balthasar Grasian]

- 운명의 여신은 못된 자들을 더욱 없애려 할 때에만 그들에게 미소를 짓는다. [Cato, Dionisios]
- 운명의 여신은 우리 일생에서 우리 손에 한번 좋은 운을 제공해 준다.

[G. Fenton]

- 운명의 여신은 유리잔과 같아서 가장 빛날 때 깨져버린다.

[Publius Syrus]

- 운명의 여신은 자신이 총애하는 사람들에게 유익이 되도록 모든 것이 돌아가게 만든다.

[F. La Rochefoucauld]

- 운명의 여신을 붙잡고 있는 것보다 찾는 것이 훨씬 쉽다. [Publisu Syrus]
- 운명의 여신의 총애를 받는 동안 실총할 때를 대비해야 한다.

[M. E. Montaigne]

- 운명의 여신이 가장 마땅한 사람들에게 늘 호의적인 것은 아니다.

[Marcus Manilius]

- 운명의 여신이 미소 띤 얼굴과 가슴을 드러낸 채 모습을 보이는 때는 단 한 차례뿐이다. [Boccaccio]
- 운명의 여신이 뻔뻔스럽기는 하지만 미덕을 보면 이따금 얼굴을 붉힌다.

[Oxenstjerna]

- 운명의 여신이 우리에게 거저 준다고 생각하지만, 실은 우리에게 파는 것이다. [La Fontain]
- 인간과 운명의 여신은 항상 서로 다른 계획을 가진다. [Publius Syrus]
- 인간은 운명에 도전한다. 언제든지 한번은 모든 것을 바치고, 몸을 위험에 내맡기지 않고서는 그 대가로서 커다란 행복과 자유를 얻을 수 없다. [H. M. Montheriant]

627

● 인간은 운명이 강요하는 것을 감수해야 한다. 바람과 불살에 역행하는 것은 소용없는 일이기 때문이다.
[Shakespeare]

● 인간은 자기 감옥 문을 열고 달아날 권리가 없는 죄수이다. 인간은 신이 자신을 소환할 때까지 기다려야만 하며, 자기가 자기의 목숨을 거두어서는 안 된다. [Platon]

● 인간의 모든 것은 썩기 마련이다. 따라서 운명이 부르면 제왕도 복종해야 한다. [John Dryden]

● 인생의 가장 쓰라린 비극적 요소는 이성이 없는 운명, 혹은 숙명을 믿는 것이다. [Ralph Waldo Emerson]

● 자기 운명에서 바꿀 수 있는 것은 하나도 없다. [Aesop]

● 자기의 운명에 만족하는 사람도 없고, 자기의 지성에 불만을 느끼는 사람도 없다. [A. Deshoulieres]

● 쟁기를 매지 않은 소가 어디로 가겠는가? [Cervantes]

● 적응하는 힘이 자제自制로워야 사람도 그가 부닥치는 운명에 굳센 것이다. [노자老子]

● 제 운명에 손을 뻗는 것은 운명의 냉혹함을 달래는 가장 확실한 방법이다. [Oxenstjerna]

● 지혜가 아니라 운명이 사람의 일생을 지배한다. [Theophrastus]

● 최후에 웃는 자가 가장 신나게 웃는다. [J. Vanbrough]

● 큰 지혜가 있는 사람은 영고성쇠榮枯盛衰를 알고 있으므로 얻었다 해서 기뻐하지 않고, 잃는다 해서 근심하지 않는다. 그는 운명의 변화 무쌍함을 알고 있기 때문이다. [장자莊子]

● 행운아로 생각되는 사람도 그가 아직 살아 있는 한 부러워하지 말라. 운수란 것은 그날에 한정된 것이기 때문이다. [Euripides]

● 현재의 운명에 너 자신을 맞추고, 옷감에 맞게 너의 옷을 지어라.
[H. Button]

| 울음 |

● 나는 모든 일에서 울게 되지 않을까 두려워 모든 일에서 서둘러 웃으려고 한다. [Beaumarchais]

● 눈물도 나름의 쾌락을 지닌다.
[P. N. Ovidius]

● 눈에 눈물이 없다면, 영혼에 무지개가 없을 것이다.
[John Barnes Cheny]

● 영혼의 힘이 눈물의 아름다움보다 더 낫다. [Euripides]

● 울음이란, 지극한 마음이 터지는 구극의 언어이다. [조지훈]

| 웃음 |

- 가장 헛된 날은 웃지 않은 날이다.
  [Nichola Sangfor]
- 경솔한 웃음은 무례한 짓이다.
  [Miguel de Cervantes]
- 너무 많이 웃는 자는 바보의 기질이
  있거나, 도무지 웃지 않는 사람은 늙
  은 고양이 기질이 있다.   [T. Fuller]
- 당신은 웃을 때 가장 아름답다.
  [Karl Josef Kushel]
- 때를 못 맞추는 웃음은 위험한 악행
  이다.   [Menandros]
- 마지막에 웃는 자가 마음껏 웃는다.
  [A. de Montreux]
- 모든 날들 가운데 우리가 가장 헛되
  이 보낸 날은 바로 우리가 전혀 웃
  지 않은 날이다.   [Sangfor]
- 몸에는 포도주가, 영혼에는 웃음이
  좋다.   [Beraldo de Bervile]
- 미친 자와 우둔한 자는 웃음으로 알
  아본다.   [Gabriel Morie]
- 바보일수록 웃음이 헤프다.
  [Florent C. Dancourt]
- 비웃게 만들 정도로 웃기지는 마시
  오.   [Herakleitos]
- 상놈은 자주 깔깔거리지만 결코 미
  소를 띠지 않는 데 반해, 양반은 미소
  를 자주 띠지만 깔깔거리지 않는다.
  [Chesterfield]
- 아무 때나 웃지 말라. 지혜로운 자
  는 상황에 맞게 웃는다.
  [George Herbert]
- 아침에 웃고, 저녁에 목 매달린다.
  [Voltaire]
- 오늘 가장 환하게 웃는 자가 최후에
  웃을 것이다.   [Nietzsche]
- 웃어라. 온 세상이 너와 함께 웃을
  것이다. 울어라. 너 혼자 울 것이다.
  [E. W. Wilcox]
- 웃음은 만국 공통의 언어다.
  [Joel Goodman]
- 웃음은 전염된다. 웃음은 감염된다.
  이들은 당신의 건강에 좋다.
  [William Fry]
- 웃음이라는 열매를 너무 일찍 따지
  마시오.   [Platon]
- 웃음판 끝에는 으레 허전한 순간이
  오는 법이다. 더욱이 기쁨을 모르고
  사는 사람들의 웃음 끝이란, 가슴
  이 저리도록 쓸쓸해지는 것이 보통
  이다.   [이무영]
- 오늘 웃는 자는 내일 울게 될 것이다.
  [J. B. Racine]
- 요란한 웃음은 생각이 비어있음을
  보여준다.   [Oliver Goldsmith]
- 웃음은 인간의 본성이다.
  [La Bruyere]
- 웃음이 없는 인생은 무미한 공백과
  같다. 웃음은 정서情緖를 낳고 평화

를 가져온다. 그러나 그 웃음을 무
엇에 두고 웃느냐에 따라 그의 인품
을 알 수 있다. [잠부론潛夫論]

- 웃음을 자아내는 것이 비웃음을 자
아내는 것보다 낫다. [Petronius]
- 이 세상에 바보 같은 웃음만큼 바보
같은 것도 없다. [Catullus]
- 인간은 웃는 재주를 가지고 있는 유
일한 생물이다. [Victor Hugo]
- 지각없는 웃음보다 더 바보스런 것
은 없다. [G. V. Carlos]
- 진리는 웃음 속에 있다.
[Girardin 부인]
- 행복해지기 전에 웃어야 한다. 웃
어보기도 전에 죽을지도 모르니.
[La Bruyere]

| 웅변雄辯 |

- 변辯은 비非를 장식한다. [장자莊子]
- 세 치의 혓바닥으로 다섯 자의 몸을
살리기도 하고 죽이기도 한다.
[동양 격언]
- 열정은 언제나 설득시키는 유일한
웅변가이다. [F. La Roxhefoucauld]
- 우리는 시인으로 태어나서 웅변가
가 된다. [Marcus Tullius Cicero]
- 웅변가란, 말을 할 줄 아는 덕이 있
는 사람이다. [M. P. Cato]
- 웅변가란, 어떠한 사람을 말하는 것

인가? 보잘것없는 저급한 문제일지
라도 유쾌하게 아름답게 다루는 사
람이다. 숭고한 사건은 숭고한 대
로 신중히 무게 있게 다루는 사람이
다. 온전한 사건은 그 온전한 대로
적당히 다루는 것이다. [Cicero]

- 웅변은 마음의 영혼을, 노래는 감정
을 달래준다. [John Milton]
- 웅변의 목적은 진리가 아니라 설득
이다. [Makore]
- 웅변의 커다란 비결은 열성에 있다.
[E. Ritten]
- 웅변 자체의 목적은 진실을 말하는
것이 아니라, 설득을 하는 것이다.
[T. B. Macaulay]
- 자기 자신을 확신하는 자가 훌륭한
웅변가이다. [H. G. Bon]
- 진정한 웅변은 웅변을 웃는다.
[Pascal]
- 진정한 웅변은 필요한 것을 전부 말
해 버리지 않고, 필요치 않은 것을
일체 말하지 않는데 있다.
[F. La Rochefoucauld]

| 원망怨望 |

- 가난하며 원망하지 않기 어렵고, 부
자이면서 교만하지 않기 또한 쉬운
일이 아니다. [논어論語]
- 꽃은 지었다 피고, 피었다 또 지는

것, 비단옷, 베옷도 바뀌어 입혀지
는 법, 부유한 집도 항상 부귀한 것
은 아니요, 빈한한 집도 길이 적막
하지 않으리. 사람을 아무리 치켜
올려도 반드시 푸른 저 하늘까지 올
리진 못하고, 사람을 아무리 떨어뜨
려도 반드시 저 구렁에까지 처박지
는 못하리라. 그대에게 권하노니,
모든 일에 하늘을 원망하지 마라.
하늘의 뜻은 본디 사람에게 후박厚
薄의 차별을 두지 안나니.

[명심보감明心寶鑑]

● 내가 남에게 공이 있거든, 그것에 보
수 있기를 바라지 말고, 허물이 있
거든, 그것을 갚도록 생각하라. 누
가 나에게 은혜를 베풀거든, 그것을
잊지 말고, 원망이 있거든, 그것을
잊어버려라. 항상 자기를 다스림에
있어 엄격하고, 남을 대함에는 관대
해야 한다는 말이다. [채근담菜根譚]
● 명성을 좋아하는 자에게는 반드시
원망이 많고, 죽기를 좋아하는 자는
반드시 취하는 것도 많다.

[한시외전韓詩外傳]

● 병이 없다면 몸이 마른 것을 걱정하
지 말고, 몸이 편안하다면 가난을
원망하지 말라. [중국 격언]
● 분노, 원망, 상처를 붙잡고 있으면
근육통과 두통이 생기고, 이를 악물
어 턱이 아프다. 용서는 당신의 삶

에 웃음과 후련함을 돌려준다.

[Joanne Lyndon]

● 비가 그친 뒤에는 우산을 들 필요가
없고, 원망한 뒤에는 은혜를 베풀
필요가 없다. [여곤呂坤]
● 사랑 · 원망 · 삶 · 죽음 · 충실 · 배
반과 같은 그 모든 멋있는 말에는 각
각 반대되는 내용과 여러 가지 애매
한 뉘앙스가 내포되어 있다. 말은
우리의 풍부한 경험을 표현할 수 없
게 되어서, 가령 버스 안에서 들리는
가장 단순한 한 토막의 이야기도 절
벽에 맞부딪치는 말처럼 울릴 따름
이다. [Doris Lessing]
● 사랑은 미움의 시작이요, 은덕은 원
망의 바탕이다. [순자荀子]
● 사마천은 '소아小牙는 원망하고 비
방하면서도 문란하지 않다.' 라 하
고, 맹자는, '어버이의 과실이 큰데
도 원망하지 않는다면, 이는 더욱 소
원해지는 것이다.' 했으니, 원망이
란 것은 성인聖人이 긍정하는 바이
며, 충신과 효자가 스스로 그 충정을
통하는 것이다. 원망의 설을 아는
이에게야 비로소 충효의 정을 말할
수 있는 것이다. [정약용]
● 생리적으로 애정은 강하고 미움은
약하다. 당신이 남에게 원망의 감정
을 품고 있다면, 당신의 피는 매우
나쁜 상태에 있는 것이다. 당신은

음식 맛조차도 잃을 것이다. 당신의 건강을 위해서라도 남을 원망하는 감정에 오래 머물러 있지 말아야 한다. 원활한 혈액순환, 신선한 공기, 적당한 온도, 이것들은 모두 사랑의 표현이다.　　　　[Descartes Rene]

● 쇠망한 후에 받는 원망과 죄악은 모두 홍성할 때 빚어 놓은 것이다.
　　　　　　　　　　[여곤呂坤]

● 어떤 어려운 일을 당하여도 하늘을 원망하지 말고, 남을 탓하지 말라.
　　　　　　　　　　[안중근]

● 오직 여자와 소인은 다루기 어려우니, 가까이하면 교만하고 멀리하면 원망한다.　　　　　[논어論語]

● 원망으로서 원망을 갚으면, 마침내 원망은 쉬지 않는다. 오직 참음으로써 원망은 쉬나니, 이 법은 영원히 변하지 않는다.　[법구경法句經]

● 원망을 막는 것은 마치 물을 막는 것과 같아서 물을 크게 따돌리면 반드시 상하는 사람이 많을 것이니, 이렇게 되면 능히 구원할 수가 없게 된다. 때문에 물을 조금만 따돌려서 순리로 인도하느니만 못하다 했다.
　　　　　　　　　[공자가어孔子家語]

● 이익을 위해서 행동하면 원망이 많다.　　　　　　　　[논어論語]

● 일이 뜻대로 되지 않을 때는 나보다 못한 사람을 생각하라. 원망하고 탓

하는 마음이 저절로 사라지리라. 마음이 게을러지거든 나보다 나은 사람을 생각하라. 저절로 분발하리라.
　　　　　　　　　[홍자성洪自誠]

● 입으로만 은혜롭고 실제가 따르지 않으면, 원망으로 인한 재앙이 몸에 미치게 된다.　　　　[예기禮記]

● 입은 은혜는 비록 깊을지라도 갚지 않고, 원망은 얕을지라도 이를 갚으려 한다. 남의 나쁜 평판을 들으면 비록 명백하지 않아도 믿으려 들고, 좋은 평판은 사실이 뚜렷한데도 믿으려 하지 않고 또한 의심하니, 이는 각박하고 경박함이 가장 심함이라.
　　　　　　　　[채근담菜根譚]

● 자기를 아는 사람은 남을 원망하지 않고, 천명天命을 아는 사람은 하늘을 원망하지 않는다. 남을 원망하는 사람은 곤궁하고, 하늘을 원망하는 사람은 포부가 없다.　[순자荀子]

● 죽을 때까지 남의 원망을 사고 싶은 사람은 남을 신랄하게 비평하는 것을 일삼기만 하면 된다. 그 비평이 정당한 것이면 정당할수록 효과적이다.　　　　[Dale Carnegie]

● 큰 원한은 화해和解해도 반드시 남은 원망이 있다. 남에게 한번 큰 원망을 주게 되면, 그 원망을 풀어주어도 반드시 남은 원망이 뒤를 따르는 법이다.　　　　[노자老子]

- 하늘을 원망하지 않고, 다른 사람을 탓하지 않는다.　　　[논어論語]
- 하늘이 만물을 낳으실 때 제각기 제한된 분수가 있으니, 그 누구에게 원망하리오.　　　[박지원]
- 한 여자가 원망을 품는 것도 하늘은 방심하지 않는 법이다.　　　[허균]

| 원인原因과 결과結果 |

- 메마른 땅에 뿌릴지라도, 씨앗만 좋으면 스스로의 바탕으로 훌륭한 열매를 맺을 수 있다.　　[L. 악키우스]
- 모든 이유는 원인을 갖는다.
　　　　　　　　　[Shakespeare]
- 못이 부족하면 말굽을 잃고, 말굽이 부족하면 말을 잃고, 말이 부족하면 기수를 잃는다.　　　[G. Herbert]
- 무엇이나 이유 없이 이루어지는 것은 없다.　　　[L. A. Seneca]
- 불은 연기를 따라다닌다.
　　　　　　　　　[T. M. Plautus]
- 불이 있는 곳에 연기도 있다.
　　　　　　　　　[Publius Syrus]
- 손가락에 낀 반지는 닳아서 가늘어지지만, 떨어지는 물방울은 바위에 구멍을 뚫는다. [Lucretius Carus]
- 원인과 결과, 수단과 목적, 씨앗과 열매는 분리될 수 없다. 결과는 원인 속에서 이미 꽃을 피운다. 목적

은 수단 속에, 열매는 씨앗 속에 존재하기 때문이다. [R. W. Emerson]
- 작은 불티 하나가 숲을 불태우고도 남는다.　　　[Phokylides]
- 크롬웰이 요도 결석에 걸리지 않았다면, 그리스도인들은 모두 전멸당했을 것이다.　　　[Pascal]
- 하늘에 대고 침을 뱉으면, 그 침은 자기 얼굴에 떨어진다.　[G. Herbert]
- 한마디 말이 일을 그르치기도 하고, 한 사람이 나라를 안정시킨다고 한다.　　　[공자孔子]
- 훌륭한 감각과 좋은 맛 사이에는 원인과 결과 사이의 차이가 있다.
　　　　　　　　　[J. La Bruyere]

| 원칙原則 |

- 나는 자신의 원칙을 고집하는 자를 지금까지 한 번도 본 적이 없다.
　　　　　　　　　[논어論語]
- 원칙은 일반적인 관례 안에, 모든 사람의 눈앞에 있다.　　　[Pascal]
- 이기적인 원칙으로 얻은 영광은 수치요 죄악이다.　[William Cowper]
- 충성과 신의를 첫 번째 원칙으로 지켜라.　　　[공자孔子]

| 원한怨恨 / 원수怨讐 |

- 교황의 노새는 교황의 발길질을 7년

동안 기억한다. [Alphonse Daudet]
- 눈은 돌이 많은 땅에서는 오래 머무나, 잘 경작된 땅에서는 빨리 사라진다. [Petronius]
- 상처는 가라앉으면서 더욱 예민해진다. [Ch. Cailler]
- 오래된 주름은 절대로 사라지지 않는다. [Thomas Fuller]
- 우리의 큰 원수는 방황과 주저이다. 할까 말까 하여, 말까에 머무는 것이 방황이요, 주저이다. [안창호]

| 위기危機 |

- 고통도 나름의 기쁨이 있고, 위기도 나름의 매력이 있다. [Voltaire]
- 구원자라 자칭하는 자는 십자가형을 달게 받을 수 있을 것이다. [John Collins]
- 어떠한 위기도 겪지 않고 이기는 것은 영광 없는 승리이다. [Corneille]
- 위기 없이 위기를 극복할 수 없다. [Publius Syrus]

| 위대偉大한 인물 |

- 대인은 어린아이 때의 마음을 잃지 않는 자이다. [맹자孟子]
- 모든 위대한 것들은 단순하며 많은 것이 한 단어로 표현될 수 있다. 그 덧은 자유, 정의, 명예, 의무, 자비, 희망이다. [Winston Churchill]
- 보통 사람들은 위인을 위해 태어난다. [M. A. Lucanus]
- 세상의 위대한 인물이 흔히 말하는 위대한 학자가 아니었듯이, 위대한 학자가 반드시 위대한 인물도 아니었다. [O. W. Holmes]
- 왕왕 위대한 사람이 비열하고 부정직한 자에게 죽는다. [Shakespeare]
- 위대한 사람은 재난과 혼란의 시기에 배출되었다. 순수한 금속은 뜨거운 용광로에서 만들어지고, 가장 밝은 번개는 캄캄한 밤의 폭풍 속에서 나온다. [C. C. Colton]
- 위대한 자들은 사소한 것에서도 위대할 때가 있다. [Vauvenargues]
- 위대한 포부가 위대한 사람을 만든다. [Thomas Fuller]
- 위대한 행위는 흔히 위험 앞에서 이루어진다. [Herodotus]
- 위인들에게는 온 땅이 그들의 무덤이다. [Thukidides]
- 위인들만이 큰 결점을 가질 수 있다. [F. La Rochefoucauld]
- 위인들을 칭찬하는 것은 위대한 행동이다. [Voltaire]
- 위인들의 결점이 바보들에게 위안이 된다. [이삭 드라이스라엘리]

- 위인들의 계획에 상응하여 따라가는 것은 그들의 수명을 연장시킨다. [Fontenelle]
- 위인들이 우리보다 위대한 이유는, 머리를 더 높은 곳에 두고 있을 뿐만 아니라, 발을 우리의 발보다 더 낮은 곳에 두고 있기 때문이다. [Blaise Pascal]
- 위인은 독수리와 같다. 그러므로 그의 둥지를 높고 고독한 곳에 만든다. [Shakespeare]
- 위인은 세상을 밝히기 위해 타버릴 운명을 지닌 유성이다. [Napoleon Ⅰ]
- 위인이 되기 위해서는 위대한 일을 해야 한다. 그러나 위대한 일을 했다고 해서 모두 위인이 되는 것은 아니다. [Marie d'Agoult]
- 자기 일을 처리하기 위해, 타인의 지혜를 사용할 수 있는 자는 위대하다. [D. Fiat]
- 진정한 위인치고 자신을 위인으로 생각하는 사람은 없다. [William Hazlitt]

| 위로慰勞 |

- 고통은 온전히 체험해야만 치유된다. [Marcel proust]
- 떠나신 분들에 대한 추억이 우리에게 가장 큰 위로가 됩니다. [Anouar Ushad]
- 불행한 이들에게는 은혜받기가 불가능하다는 것이 위로가 된다. [M. de Cervantes]
- 울지 않는 자는 보지 못한다. [Victor Hugo]
- 사소한 것이 우리를 위로한다. 사소한 것이 우리를 괴롭히기 때문이다. [Pascal]
- 슬픔이 당신의 존재에 깊이 새겨질수록 당신은 더 많은 기쁨을 담을 수 있다. [Kahlil Gibran]

| 위선僞善 |

- 가장 악질인 악당은 늙은 위선자이다. [J. P. C. Florian]
- 경솔하게, 아무 신념도 없이 종교를 옹호하는 자는 단식에 나선 늑대와 같다. [석가모니釋迦牟尼]
- 교묘한 위선은 졸렬한 성의만 못하다. [유향劉向]
- 나는 괜찮소. 나에게 안 줘도 되오, 그래도, 두건에 던져 주시오. [M. de Cervantes]
- 나는 철면피한 악보다도 차라리 평화를 위한 위선에 찬성한다. [Winston Churchill]
- 도덕을 조각으로만 지닌 사람이 있

는데, 이는 결코 옷이 되지 않는 옷감과 같다.   [Joseph Joubert]

- 동네에서 신실하다고 인정받는 사람들은 덕을 해치는 적이다.

[맹자孟子]

- 뜻대로 될 때 위선을 부리는 자는 없다.   [S. Johnson Bozwell]
- 말 잘하고 표정을 꾸미는 사람치고 어진 이가 드물다.   [논어論語]
- 모든 악행 중에서 위선자의 악행보다 더 비열한 것은 없다. 그는 가장 위선적인 순간에 가장 고결한 체하려고 조심한다.   [Cicero]
- 보수적 정부는 조직화된 위선이다.

[Benjamin Disraeli]

- 예의 — 두말없이 시인되는 위선.

[Ambrose Bierce]

- 용서받을 수 없는 유일한 악은 위선이다. 위선자의 후회는 그 자체가 위선이다.   [W. Hazlitt]
- 위선은 모든 악의 어머니이고 인종적 편견은 그가 가장 사랑하는 자식이다.   [Don King]
- 위선은 벗겨지지 않는 가면을 쓰고 있다.   [F. La Rochefoucauld]
- 위선은 비겁자의 장기長技이다.

[F. M. A. Voltaire]

- 위선은 악이 덕에 보내는 존경의 표시이다.   [F. La Rochefoucauld]
- 위선은 일반적으로 사회에선 죄가

아니라 미덕으로 통한다.

[Judith Martin]

- 위선은 코미디를 위한 위대한 사료다.   [모 로카]
- 위선은 항상 잔인하다.

[William Philips]

- 위선자라는 직업에는 놀라운 이점이 있다.   [Moliere]
- 이상은 높이 걸고 행하지 못하는 사람을 세상에서는 위선자라 한다.

[조지훈]

- 이 세상에서 범해진 최초의 죄는 위선이다.   [Jean Paul]
- 인간은 자기 자신에게 있어서나, 남에게 있어서나 위장과 허위의 위선뿐이다.   [Pascal]
- 자기 방기放棄는 위선이다.

[Romain Rolland]

- 자기 자식의 한계를 다른 사람에게 숨기는 가장 확실한 방법은, 그 자식의 한도를 벗어나지 않는 일이다.

[G. Leopardi]

- 진실을 말하는데 겸손한 것은 위선이다.   [Kahlil Gibran]
- 허영은 위선의 산물이다.

[Thomas Carlyle]

| 위엄威嚴 |

- 겉으로만 위엄이 있으면서 속으로

약한 사람은 소인小人에게 비유하여 말하면, 벽을 뚫고 담을 넘는 도둑과 같으니라. [공자孔子]

- 위엄을 너무 내세우면 부하가 실력을 내세우지 못하고, 위엄이 너무 적으면 부하를 통솔하지 못한다. [사마법司馬法]

- 존경할만한 인물에게서까지도 존경을 받거나, 혹은 존경할 만하게 만드는 데는 절대적으로 어떤 위엄 있는 태도가 필요하다. [Chesterfield]

| 위장胃腸 |

- 위장과 장과 성욕과 화, 이 네 가지는 다스릴 줄 알아야 한다. [Pitagoras]
- 위장은 발을 지니고 있다. [Talmud]
- 좋은 위장과 나쁜 마음, 이것이 장수의 비결이다. [Fontenelle]

| 위정자爲政者 |

- 무릇 되풀이 못할 말이나 두 번 다시 못할 행동은 국가를 다스리는 사람으로서는 절대로 삼가야 한다. [관자管子]

- 위에 있는 위정자가 꾀를 부리면 백성이 거짓을 많이 하게 된다. 그러기에 몸이 굽었는데 그림자가 바르

다는 것은 들어보지 못했다. [강태공姜太公]

- 위정자가 바르면 명령하지 않아도 행해지며, 위정자가 바르지 않으면 비록 명령해도 따르지 않는다. [공자孔子]

- 위정자는 백성에게 '도둑질하지 마라. 살인하지 마라.' 고 외친다. 그러나 귀천의 제도가 성립되는 데서 괴로움이 생기고, 재물을 모으려 하는 데서 투쟁이 시작된다. 지금의 위정자들은 백성을 괴롭히는 귀천貴賤의 제도를 만들고, 백성들이 다투는 재물을 모아 백성을 핍박하여 쉴 틈을 주지 않는다. 이러고서야 죄짓는 백성을 없애려 한들, 어찌 이것이 가능하랴. [장자莊子]

- 위정자의 행동이 옳으면, 명령을 내리지 않아도 국가는 효율적으로 운영될 것이다. 그러나 위정자의 행동이 옳지 않으면, 명령을 내려도 백성이 따르지 않을 것이다. [Pearl Buck]

- 잘 다스려지고 어지러워짐은 사람이 하기에 달린 것이지, 때에 관계되는 것은 아니다. 때란 위에 있는 사람이 만들면 되는 것이다. [이이]

| 위험危險 |

- 가장 큰 위험은 위험 없는 삶이다.
  [Stephen Covey]
- 가장 큰 위험은 위험을 감수하지 않는 것이다. [Thomas Cruise]
- 낚시꾼은 금으로 된 낚싯바늘을 쓰지 않는다. [Augustus 황제]
- 당신의 원리를 적용하는 데 있어서는 검객처럼 하지 말고 레슬러처럼 해야 한다. 검객은 그가 믿고 있는 칼을 떨어뜨리면 죽게 되지만, 레슬러는 항상 그의 손을 쓸 수가 있으며, 또 손을 쓰는 것 이외에는 아무것도 필요로 하지 않기 때문이다.
  [Aurelius]
- 말을 타고 가다 떨어지느니, 걸어가는 편이 낫다. [Thomas Middleton]
- 무릅써라! 어떤 위험도 무릅써라! 남들의 말, 그들의 목소리에 더 이상 신경 쓰지 마라. 세상에서 가장 어려운 것에 도전하라. 스스로 행동하라. 진실을 대면하라.
  [Katherine Mansfield]
- 미리 예견한 위험은 반은 피한 것이다. [Thomas Fuller]
- 방바닥에 누워있는 자는 더 이상 떨어질 곳이 없다. [Alain de Lille]
- 비비는 곳에서 찔리기 마련이다.
  [Louis XI]
- 아무런 위험을 감수하지 않는다면, 더 큰 위험을 감수하게 될 것이다.
  [Erica Jong]
- 어떠한 위험을 감수하지 않는 자는 가진 게 아무것도 없다. [Chaucer]
- 예감은 있지만 눈에 보지 못하는 위험이 가장 불안하다.
  [Caesar, G. Julius]
- 위험에 도전하는 자는 위험이 닥치기 전에 제압한다. [Publius Syrus]
- 위험은 경멸당할수록 더 빨리 온다.
  [Publius Syrus]
- 위험은 대수롭지 않게 여길 때 더 빨리 온다. [Publius Syrus]
- 위험은 미리 예견할수록 더 빨리 막을 수 있다. [R. Frank]
- 위험은 얕잡아봄으로써 더 커진다.
  [Edmond Berk]
- 위험은 위험을 끌어당긴다. [Bait]
- 위험을 지나치게 조심하면 대개 위험에 빠지게 된다. [La Fontaine]
- 위험의 매력은 모든 격렬한 정열의 터전이다. [Anatole France]
- 잃을 것이 없을 때 어떠한 위험도 잘 감수할 수 있다. [J. A. Raya]
- 천하에는 세 가지 위험이 있다. 덕이 적으면서 임금의 총애를 많이 받는 것이 첫째 위험이요, 재주 없이 높은 자리에 오르는 것이 둘째 위험이며, 큰 공도 없이 후한 녹봉을 받는 것이

셋째 위험이다. [회남자淮南子]

- 항아리가 자주 물에 닿다 보면, 결국에 깨진다. [코티에 드 코앵시]
- 훌륭한 수영선수도 결국엔 물에 빠진다. [Gabriel Morie]

| 위협威脅 |

- 물 수 없으면 이를 드러내지 마시오. [John Ray]
- 위협을 받으면, 결코 따귀를 제대로 때리지 못한다. [Cesar Hudin]
- 천둥은 아이들을 겁에 질리게 하고, 위협은 나약한 영혼을 떨게 한다. [Demophilius]
- 크게 위협하는 자들 가운데 행동에 옮기는 자는 드물다. [Desperiers]
- 행동하기를 두려워하지 않는 자는 말 한마디에 떨지 않는다. [Sophocles]
- 협박은 협박받는 자들의 무기이다. [Boccaccio]
- 화살이 위협하는 표적에 늘 꽂히는 것은 아니다. [Horatius]

| 유년기幼年期 |

- 어린아이는 어른의 아버지이다. [W. Wordsworth]
- 열매를 맺을 나무는 일찍 알아본다. [Demophilius]
- 유년 시절은 이성이 잠든 시기이다. [Jean-Jacques Rousseau]
- 유년시절을 갖는다는 것은 하나의 삶을 살기 전에 무수한 삶을 산다는 것을 말한다. [Rainer Maria Rilke]

| 유능한 사람 |

- 유능한 사람은 행동을 하지만, 무능한 자는 핑계만 늘어놓는다. [George Bernard Shaw]

| 유머humor |

- 겉으로는 몰라도 유머는 슬픔에서 나오는 것이지 기쁨에서 나오는 것이 아니다. [Mark Twain]
- 그것은 실없는 익살이 진담보다 인생을 살찌게 하는 것과 같다. [신일철]
- 기지機智와 해학의 차이점은 기지는 웃음이 목적이지만, 유머에 있어서는 자신과 타인으로부터의 해방감을 주며 인격 보호의 역할을 한다. [T. Meyere]
- 나이를 먹은 사람들에게는 유머, 미소, 세계를 한 폭의 그림으로 변화시키는 것, 사물을 잠시 있는 유희와 같이 바라보는 것들이 어울린다. [Hermann Hesse]

- 농담은 흔히 진실을 전달하는 수단으로 유효하게 쓰인다. [F. Bacon]
- 농담할 기회를 잃는 편이 친구를 잃게 되는 것보다 낫다.

  [M. F. Quintilianus]
- 또한 유머의 미덕은 침착과 겸양에 있기도 하다. 격하기 쉬운 사람이나 자기를 앞세우는 사람에게서 유머를 찾아보기는 힘들다. [박용구]
- 모든 인간적인 것은 수심에 차 있다. 유머 자체의 핵심은 즐거움이 아니라 슬픔이다. 그래서 천당에는 유머가 없다. [Mark Twain]
- 사람에게 농을 하고 덤비는 데에는 완곡하기는 하지만, 그러면서도 상대방에게 아부하게 되는 하나의 방법이 있다. 이 방법을 가지고 실천하면 대화 중의 인물이 즐거이 털어놓으려고 생각하고 있는 결점을 건드리게 되는 수도 있고, 비난하고 있는 것 같지만 사실은 그럴듯하게 상대방을 칭찬하는 것으로도 되고, 상대방이 가지고 있는 붙임성을 인정하기 싫다는 태도를 지으면서 오히려 그것을 인정하는 쪽이 되기도 하는 것이다. [F. La Rochefoucauld]
- 사람의 언행으로 이루어지는 어떠한 특수한 작용에서 웃음은 부풀어 오를 수 있다. 인간의 이 특수한 작용이란, 다름 아닌 '유머'인 것이다.

의미는 꼭 같지 않다고 할는지 모르나 우리말의 '익살'이나 괘사挂辭는 이 유머에 해당한 내용을 가지고 있으며, 중국말의 골계滑稽나 해학도 역시 같은 내용을 지니고 있는 말이라 하겠다. 유머의 속성을 분석하여 보면 언어로 이루어지는 일면이 있으니, 이것이 곧 익살이나 해학이라 할 것이다. 국어의 '우스갯말'이란, 정히 이 면을 가리키는 것이라 하겠다. [이희승]
- 사실 우리 유머의 경지는 지극히 상식적이요, 합리적인 것 같다. 지적知的인 것이 아니요, 인간의 즉각적으로 감지하는 하나의 정감인 것이다. 세속을 달관한 현자의 심중에서 자연발생적으로 자리 잡고 있어서 천의무봉天衣無縫으로 꾸밈새가 없으며 기쁨과 즐거움의 정감으로 직결하게 마련이다. [심연섭]
- '생각하는' 순간보다도 '유머'라는 웃음을 웃는 찰나에 인간은 더욱 강해진다. … '유머'의 바탕은 집착을 넘어서 자아 밖에서 자아를 관망하는 담담한 심정이다. 그 순간에는 걱정도 두려움도 저쪽에 존재하는 객관적 사실이니, 나를 괴롭힐 사유가 못 된다. [김태길]
- 슬픔과 고뇌를 체득한 자의 한바탕 춤이 비로소 멋이 되듯이, 유머의

바닥에는 눈물이 깔려 있는 것이다.

[조지훈]

- 어떤 일이 예의에 합당치 않고, 또한 경우를 벗어났다 하더라도 금방 화를 내서는 안 된다. 사람들은 대개 큰일보다는 작은 일에 화를 내기 쉬운데, 그 순간 약간 방향을 틀어 유머러스한 말로 응한다면, 마음에 깃들였던 불쾌한 감정이 사라질 수 있다. 유머러스한 말로 가볍게 방향을 튼다는 것은 화기애애한 기분을 돋우는데 큰 역할을 한다. 사람은 우스워서 웃음이 나오기도 하지만, 표정을 우습게 가짐으로써 우스운 기분이 생기기도 한다. 내용이 형식을 결정하는 대신 형식이 또한 내용에 영향을 주는 것을 잊어서는 안 된다. 해진 옷을 입고 있으면 불쾌하다. 기분도 그 때문에 침침해진다. 다소 우울하던 기분도 옷을 산뜻하게 갈아입으면 상쾌해지는 것은 그 때문이다.

[Alain]

- 여성의 유머감각만큼 낭만을 망쳐놓는 것은 없다. [Oscar Wilde]
- 운명과 유머가 세계를 지배한다.

[F. La Rochefoucauld]

- 유머 감각은 리더십의 기술, 대인관계의 기술, 일 처리 기술의 일부분이다. [Dwight David Eisenhower]
- 유머가 아예 없다면, 인생을 불가능으로 바꾼다. [Charles Chaplin]
- 유머가 있는 곳에 페이소스가 있다.

[Edward Weevil]

- 유머는 그냥 우스운 것이 아니라 '정신적인 여유', 혹은 '인생을 대하는 너그러운 태도' 까지를 포함한 말이다. 긴박할 때, 절망적일 때, 그리고 분노 속에서도 웃을 수 있는 기질, 그것이 바로 유머이다. [이어령]
- 유머는 기분이 아니라 세계관이다. 그래서 '다시 독일에서 뿌리째 뽑히고 말았다.' 라는 발언이 옳은 말이라면, 그것은 '사람들이 기분이 좋지 못하였다.' 는 것보다 더 심각하고 중요한 의미를 지니고 있다.

[Ludwig J. J. Wittgenstein]

- 유머는 남용의 유행성이 있는 악이다. [William Gilbert]
- 유머는 단연코 두뇌의 가장 중요한 활동이다. [Edward de Bono]
- 유머는 대화의 소금이지, 음식물이 아니다. [William Hazlitt]
- 유머는 세상에 대한 또 다른 방어수단일 뿐이다. [Mel Brooks]
- 유머는 외국어로 옮겨지면 말하는 재능 중에 으뜸가는 것이다.

[A. Virginia Woolf]

- 유머는 위대하고 은혜로운 것이다. 유머가 있으면 이내 우리의 모든 짜증과 분노가 사라지고 대신 명랑한

기운이 생겨난다. [Mark Twain]

- 유머는 지적인 천재의 가장 훌륭한 완성으로 간주되어 왔다.

  [Thomas Carlyle]

- 유머란, 상대자의 마음속으로까지 들어가서 호의와 동정을 느끼면서도 그것을 객관적으로 바라볼 수 있는 마음의 여유를 말한다. [정병조]

- 유머란, 얼마나 힘 있는 것인가. 한 마디의 유머, 그리고 그에 따른 웃음이 얽히고 얽힌 문제를 순식간에 손쉽게 해결하고, 죽을 뻔한 위급도 이로써 타개할 수 있다면, 유머는 일부러 배우기라도 해야 할 것이다. 그러나 유머란 배워서 되는 것이 아니요, 천성으로서 저절로 우러나와야 되는 것이다. [조윤제]

- 유머란, 자기가 사랑하는 것을 웃을 수 있으면서, 그러나 여전히 그것을 사랑할 수 있는 능력이다.

  [Gordon Allport]

- 유머란, 평온 속에서 떠올린 감정의 혼돈이다. [James Turver]

- 유머의 매력은 어디에 있느냐. 우리에게 한 번에 여러 가지 삶을 살도록 하는데 있다. 우리는 슬픈 동시에 기쁘고, 착각을 가지면서 착각을 깨뜨리고, 젊음과 동시에 늙고, 애정이 있으면서 또한 조롱을 한다.

  [Henry Amiel]

- 유머의 중요성은 재론할 필요도 없다. 독일의 카이제르 빌헬름은 웃을 수 없었던 탓으로 한 제국을 잃었다. 그는 공적생활에서 무엇이 마음에 거슬렸던지, 늘 카이제르 수염을 곧추 일으켜 세우고 자못 험상궂은 얼굴을 하고 있었다. [임어당林語堂]

- 유머의 중요성을 잊어서는 안 된다. 유머의 센스는 우리의 문화생활의 내용과 성질을 바꾼다. 현대인은 너무나도 생활을 지나치게 생각한다.

  [임어당林語堂]

- 인간에게는 유머를 이해할 수 있는 힘이 부여되어 있으며, 그것이 있기 때문에 인간의 꿈을 비판하고, 그 꿈을 현실 세계와 접촉시킬 수 있다.

  [임어당林語堂]

- 인간은 악의에서보다는 허영에서 더 풍자諷刺스러워진다.

  [F. La Rocheffoucauld]

- 인생의 밑바닥에 흐르는 심오한 지혜를 뚫고 나와 눈앞에 나타나는 가지가지의 사리를 통찰하고 기쁨과 슬픔을 다 같이 애정으로 자애의 웃음으로 떠오르게 해 줄 수 있다면 높고 밝은 유머가 될 것인가. 유머는 인생의 고명이 아니고 양념이다.

  [윤오영]

- 인생이 엄숙할수록 그만큼 유머가 필요하다. [Victor M. Hugo]

- 재치 있는 농담은 재치를 부릴 생각이 없을 때 튀어나온다. 마찬가지로 우리가 감동하는 것은 그 사람에게 우리를 감동시키려는 생각이 전혀 없을 때이다.　　　[Voltaire]
- 참된 유머는 머리가 아닌 마음으로부터 나온다. 그것은 웃음에서 나오는 것이 아니라 훨씬 깊숙한 곳에 있는 조용한 미소로부터 나온다. 말의 노예가 되지 말라. 남과의 언쟁에 화를 내기 시작하면, 그때는 이미 진리를 위한 언쟁이 아니라 자기 자신을 위한 언쟁이 되고 만다.

　　　[Thomas Carlyle]
- 참된 해학의 유일한 원천은 시치미를 떼는 것이다.　　[Henry Fielding]
- 축제의 개념, 우리는 즐거움을 떠올린다. 그러나 다른 시대에서는 혹시 두려움만이 그 생각이 수반되었던 것은 아닐까. 위트니, 유머니 하고 지금 우리가 부르는 것은 시대에 따라서 정말 존재할지도 모른다. 게다가 위트니, 유머니 하는 개념도 수시로 변화하고 있는 것이다.[Wittgenstein]
- 풍자는 일종의 유리여서, 그걸 들여다보는 사람은 다른 이의 얼굴은 보아도 자기 자신은 보지 못한다.

　　　[Jonadan Swift]
- 한국의 유머는 기발하기보다는 은근하고 슴슴한 숭늉 같으면서도 버리기 어려운 운치가 있고, 눈물이 스며 있고, 달관과 농세弄世가 있어 좋다. 각국의 유머를 비교해 보면, 거기는 제각기의 민족성이 단적으로 발로됨을 볼 수 있거니와 우리 유머의 묘처는 그 결구의 단락을 마지막 한마디에 두는 것, 다시 말하면, 점층법으로 쌓아 올라가다가 클라이맥스에 가서 일격에 무너뜨리는 고대 비극적 수법의 대단원에 있다.　　[조지훈]
- 항상 서투른 농담만 하는 사람은 성격이 나쁜 사람이다.　　　[Pascal]
- 해학은 감정의 충격을 막는 방패고 무의식의 보호자며 공포를 중화함으로써 원초적 과정을 통한 침투를 제거하고 자기 해방적 기능을 갖게 한다.　　　[Sigmund Freud]
- 해학은 하나의 쇼다. 우리는 웃고 나서 유머의 존재를 인식하고 인간의 관대한 점을 발견한다.

　　　[George Bernard Shaw]
- 해학의 가장 심오한 점은 쓰라림과 슬픔이며 내면적으로는 아픔이 작용하며 외적으로는 즐거운 표정을 짓는 것이다.　　[Winston Churchil]
- 해학의 정신이라 해서 늘 자비심을 모르는 것은 아니지만 그것은 드문 일이라 하겠다.　[C. P. Baudelaire]
- 해학 하는 마음이란 여유 있는 마음이요, 윤택한 마음이요, 즐거운 마

음이다. 해학 하는 마음을 흔히 유
머라고 부르고 있다.   [한갑수]

● 훌륭한 유머는 사람이 사회생활에
서 입을 수 있는 가장 훌륭한 의복
의 하나이다.   [W. M. Thackeray]

| 유모乳母 |

● 보모는 아이의 입에는 한 조각, 자
신의 입에는 두 조각 넣는다.
[J. Clarke]

● 어머니의 고통 뒤에 유모의 고통이
온다.   [Publius Syrus]

| 유무有無 / 있음과 없음 |

● 찰흙을 이겨서 그릇을 만드는 경우,
그 빈 곳(無)이 그릇으로서의 구실
을 한다. 문이나 창을 내고 방을 만
드는 경우에도 그 비어있는 부분이
방으로 이용된다. 그러므로 있는 것
이 이롭게 된다는 것은 없는 것(無)
이 작용하는 까닭이다.   [노자老子]

| 유사類似함 |

● 단단한 것에 단단한 것을 맞댄다고
벽이 세워지는 것은 아니다.
[A. Henderson]

● 달걀 하나가 다른 달걀을 꼭 닮은
것은 아니다.   [Quintilianus]

● 닮았다고 해서 똑같은 것은 아니다.
[Shakespeare]

● 독이 독을 치유한다.
[William Langland]

● 두 사람의 비슷하게 닮은 얼굴은 한
사람 한 사람 따로 있을 때에는 그렇
지 않지만, 둘이 함께 있을 때에는
그 닮았다는 것이 웃음을 자아낸다.
[Pascal]

● 모든 것은 자신과 반대되는 것을 따
르고, 비슷한 것을 찾는다.
[A. de Montreux]

● 불은 불을 끄지 못한다.   [Erasmus]

● 얇은 것에 얇은 것을 맞대는 것으로
안감을 만들 수 없다. [Carmontelle]

| 유신維新 |

● 유신이란 무엇인가? 파괴의 자손이
다. 파괴란 무엇인가? 유신의 어머
니다.   [한용운]

| 유연성柔軟性 |

● 기질적으로 단호하되, 생각할 때는
유연한 것이 좋다. [Vauvenargues]

● 올리브 나무는 부러지지만, 갈대는
구부러진다.   [Aesop]

- 잘 휘어진다는 것은 금과 같은 유연성을 지녔다는 것이다. [F. Bacon]
- 태평한 세월을 당해서는 마땅히 방정方正하게 해야 하고, 어지러운 세상을 당해서는 몸가짐을 원만하게 해야 하며, 말세를 당해서는 마땅히 방정함과 원만함을 아울러 써야 한다. 착한 사람을 대함에는 너그럽게 하고, 악한 사람을 대함에는 엄하게 하며, 보통 사람을 대함에는 마땅히 너그러움과 엄함을 아울러 지녀야 한다. [홍자성洪自誠]

| 유용有用과 무용無用 |

- 사람들 가운데 가장 쓸모 있는 사람은 사람들로부터 멀리 떨어져 있는 사람이다. [Kahlil Gibran]
- 센스 있는 사람들에게 쓸모없는 것은 하나도 없다. [La Fontaine]
- 쓸모없는 동전 하나를 사는 것은 너무 비싸게 주고 사는 것이다. [M. P. Cato]
- 유용한 것이 아름답다. [Platon]

| 유행流行 |

- 모두가 하는 것을 할 게 아니라, 해야 할 것을 합시다. [La Chaussee]
- 미친 자들이 유행을 만들고, 현명한 자들은 유행을 따른다. 그것도 멀리서. [A. 카요]
- 요컨대 유행이란 무엇일까? 예술적인 경지에서 본다면, 유행이란 추악의 한 형태에 불과하다. 그것은 너무나도 추악하기 때문에 끝내는 보다 못해 6개월마다 바꾸어 놓아야 직성이 풀리는 것이다. [Oscar Wilde]
- 유행에서 도망치는 것은 우행을 따르는 것만큼 어렵다. [La Bruyere]
- 유행은 어리석은 자들을 위해 있다. [Robert Dodsley]
- 유행은 여자다. 따라서 변덕이 심하다. [K. J. Weber]
- 유행을 따르든가, 아니면 세상을 떠나든가. [Jeremiah Clarke]
- 유행의 변화는 가난한 이의 회사가 부자의 허영에 내는 세금이다. [Nichora Sangfor]
- 유행이란 만들어낸 전염병일 뿐이다. [George Bernard Shaw]

| 유혹誘惑 |

- 가까이 가지 않는 것이 거기서 빠져나오려고 애쓰는 것보다 쉽다. [Mark Twain]
- 가장 위험한 유혹, 그것은 무엇과 닮지 않겠다는 유혹이다. [A. Camus]

- 거부하면서도 받아들이는 것, 이런 행동은 오직 여자들만이 완벽하게 해낼 수 있는 행동이다.

  [다무라야스지로田村泰次郎]

- 공포가 막연할 때, 그것이 가장 크게 느껴지는 것과 똑같이 미끼의 내용이 불분명할 때 유혹의 힘도 가장 크다.　　　[Rabindranath Tagore]

- 너를 유혹한 것은 높은 지위와 명성, 너의 마음을 매혹한 것은 주권主權이다.　　　[James Joyce]

- 다른 것들이 섞인 것이 없는 빵은 아주 좋다. 그러나 유혹이란 것은 버터다.　　　[Douglas Jerolld]

- 단 한 가닥의 머리카락이라도 유혹의 바퀴에 끼면 온몸이 말려든다.

  [Henry F. Amiel]

- 도둑은 쥐가 아니라 구멍이다.

  [Talmud]

- 뒷문이 도둑과 음탕한 여자를 만든다.　　　[W. Camden]

- 매력적인 사람만큼 사랑스러운 것도 없지만, 유혹하는 사람만큼 가증스러운 자도 없다.　[Lenclos]

- 모든 남자는 사랑이 식으면 그만큼 여자로부터 호감을 받는다. 그리하여 유혹의 그물을 점점 넓혀 잔혹하게 여자의 생을 망쳐간다.

  [Alexandr Pushkin]

- 모든 유혹 가운데 가장 강한 유혹은, 요컨대 본래의 자기와는 아주 다른 것이 되고 싶다고 바라고, 또한 자기가 도달할 수 없는, 또 도달해서는 안 되는 모범이나 이상을 좇는 일이다.　　[Hermann Hesse]

- 문이 열려 있으면, 성인聖人도 유혹을 받는다.　　　[Cesar Hudin]

- 민법에서 큰 죄로 다루고 있는 간통도 실제로는 연애 유희에 지나지 않으며, 가장무도회의 한 사건에 불과하다.　　　[Napoleon II]

- 벽에 난 구멍이 도둑을 유혹한다.

  [Talmud]

- 불은 쇠를 시험하고, 유혹은 사람을 시험한다.　[Thomas A. kempis]

- 사람에게는 세 가지 유혹이 있다. 지저분한 육체의 향락과, 잘났다고 뽐내는 교만과, 대단히 불온한 욕심이 그것이다. 모든 불행은 이와 같은 유혹을 물리치지 못하면 과거에서 미래까지 영원히 계속된다.

  [N. Lenau]

- 30세의 남자가 15세의 아가씨를 유혹했다고 하자. 명예를 잃은 것은 아가씨 쪽이다.　　[Stendhal]

- 악덕이 없는 것은 좋지만, 유혹에 빠져본 적이 없는 것은 나쁘다.

  [Walter Bagehot]

- 악마는 우리를 유혹하지 않는다. 우리들이 악마를 유혹하는 것이다.

- 악의 가장 효과적인 유혹 수단의 하나는 투쟁에의 유혹이다. 가령 여자와의 투쟁, 그것은 침대에서 끝난다.
  [Franz Kafka]
- 악이 없는 것은 좋지만 유혹이 없는 것은 좋지 않다. [Walter Bagehot]
- 여인이 주는 꿈, 여인이 제공할 수 있는 현실보다 한층 유혹적이라는 사실은 여러 고행자의 체험을 통해 너무나도 뼈저리게 느껴진 진리다.
  [Anatol France]
- 여자나 금전의 유혹에 이겨내는 일이 없으면 완전한 인물이 아니다.
  [Ralph Waldo Emerson]
- 여자를 꾀는 사람은 악인 중에서도 가장 행복하지 못하다. [Jubenalis]
- 우리가 이겨낸 유혹의 기억보다 더 만족스런 기억은 없다.
  [James Branch Cabell]
- 우리는 소시지로 개를 묶지 않는다.
  [J. Dejardins]
- 유혹에 대한 적당한 방어법은 몇 가지 있지만, 가장 확실한 방법은 소심해져 있는 방법이다. [Mark Twain]
- 유혹에서 벗어나는 유일한 길은 그것에 굴복하는 일이다.[Oscar Wilde]
- 유혹은 논증보다는 빈틈없이 쇄도하므로 이성理性이 아무리 경계의 눈을 부릅떠도 자애自愛의 강한 점에는 미

치지 못한다. [Alexander Pope]
- 유혹을 당해보지 않은 여자는 자기의 정조를 뽐낼 수 없다. [Montaigne]
- 유혹을 두려워하는 자에게는 모든 것이 유혹이다. [La Bruyere]
- 유혹을 물리쳤던 기억만큼 흐뭇한 일은 없다. [James B. Cabell]
- 유혹하는 자는 악인들 가운데 가장 불행한 자이다. [Juvenalis]
- 육체의 욕망 · 교만 · 욕심은 인간이 가지는 세 가지 유혹이다. 그로 인하여 모든 불행이 과거에서 미래까지 인류의 무거운 짐이 되고 있는 것이다. 이 무서운 병을 극복하는 방법은 단 한 가지 수양밖에는 없다.
  [Francis Bacon]
- 이미 유혹 당해본 사람들만 유혹한다. [티루 다르콩 부인]
- 인간을 유혹할 수 없는 자는, 또한 사람을 구제할 수도 없는 것이다.
  [S. A. Kierkegaard]
- 전문적으로 효율적인 것보다 재미있으려고 하는 유혹은 위험하다.
  [Bertrant Russel]
- 최고 입찰자의 유혹을 물리칠 수 있는 사람은 많지 않다.
  [George Washington]
- 포도주 창고에 술을 끊은 술꾼을 들여서는 안 된다. [A. R. Lesage]
- 후한의 시조가 된 광무제가 천하를

통일한 때, 송홍宋弘이라는 대사공 벼슬을 지낸 사람이 있었다. 송홍은 매우 불우하던 시절에 이미 혼인을 했었다. 그러나 송홍이 높은 벼슬에 올랐을 때, 광무제는 과부가 된 자기 누이인 호양공주가 그를 사모하고 있는 눈치를 알았다. 광무제 자신도 공주가 송홍과 혼인하면 좋을 것으로 생각했으나 이미 혼인한 사람에게 그렇게 하라고 권할 처지도 아니었다. 하루는 광무제가 꾀를 내어 옆방에 있는 공주를 부른 다음, 다시 송홍을 가까이 오라고 해 놓고, '어떻소? 부자가 되면 친구를 바꾸고, 지위가 높아지면 아내를 바꾼다고 하거니와, 그대는 이에 대하여 어찌 생각하고 있소?' 라고 물었다. 송홍은 광무제의 뜻을 눈치채고 똑똑하게 다음과 같이 말했다. '아니올시다. 저에게 있어서는 가난할 때의 벗을 잊어버려서도 안 되고, 조강지처를 저버려서도 안 된다고 하는 말이 바른 줄로 압니다.' 송홍이 밖으로 나간 뒤에 광무제는 공주를 보고, '허어, 아무래도 가망이 없어 보이는군.' 남의 남편을 가로채려던 공주도 더 이상 무슨 방도가 없음을 깨닫고 송홍을 단념했다.   [후한서後漢書]

| 으뜸 |

● 장군들이 너무 많은 것이 카리아의 패배를 초래했다.   [Diogenianus]
● 하늘에 두 해가 없는 것처럼 백성에게는 두 왕이 없다.   [맹자孟子]

| 은혜恩惠와 보답報答 |

● 거지에게 침대를 주면, 거지는 보답으로 이를 줄 것이다.   [John Ray]
● 고결한 인물은 은혜 베푸는 것을 좋아하지만, 은혜를 입는 것을 싫어한다.   [Aristoteles]
● 그 음식을 먹은 자는 그 그릇을 깨지 않고, 그 나무 그늘에 있는 자는 그 가지를 분지르지 않는다.   [한영韓嬰]
● 받은 상처는 모래에 기록하고 받은 은혜는 대리석에 새겨라.
    [Benjamin Franklin]
● 부모의 낳은 은혜 갚기를 죽음으로써 다하고, 남에게서 받은 은혜 갚기를 힘껏 하는 것이 사람의 도리이다.
    [소학小學]
● 상처는 잊되, 은혜는 결코 잊지 말라.
    [공자孔子]
● 새로운 은혜를 베풀어서, 그것으로써 옛날의 원한을 잊어버리게 할 수 있다는 생각은 큰 착오이다.
    [N. B. Machiavelli]

- 우리는 남들의 은혜로 동류同類이상이 되지만 몰락하면 동류 이하가 된다. [La Bryere]
- 은덕을 후하게 베푼 자는 선한 보답을 받고, 남에게 원한을 주면 깊은 재화災禍를 받는다. 박하게 주고 후하게 받거나, 원한을 남에게 거듭하고도 환난을 당하지 않은 자는 자고로 없다. [회남자淮南子]
- 은혜는 갚을 수 있는 범위 내에서 받아들여야 한다. 그 한계를 넘어서면 고마운 마음 대신 증오심을 불러일으킬 수 있다. [P. C. Tacitus]
- 은혜는 말을 하면 매력이 사라진다. [Pierre Corneille]
- 은혜를 감사로써 받는 사람은, 그 빚의 처음 1회분을 갚은 셈이다. [L. A. Seneca]
- 은혜를 너무 많이 입으면, 우리는 초조해지고 부채보다 더 많은 것을 갚아주고 싶다. [Pascal]
- 은혜를 되갚는 것보다 더한 의무는 없다. [Cicero]
- 은혜를 모르는 사람은 구멍 난 통과 같다. [로마 우언]
- 은혜를 모르는 자식을 두기란, 독사에 물리는 것보다 더 고통스럽다. [Shakespeare]
- 은혜를 받는 것은 자유를 파는 것이다. [Publius Syrus]
- 은혜를 베푸는 자는 그것을 감추라. 은혜를 받는 자는 그것을 남이 알게 하라. [L. A. Seneca]
- 은혜를 베풀거든 그 보답을 구하지 말고, 남에게 주었거든 뒤돌아보며 뉘우치지 마라. [명심보감明心寶鑑]
- 은혜를 베풀 때는 그것은 결코 기억하지 말고, 은혜를 입었을 때는 그것을 결코 잊지 마라. [D. M. Ausonius]
- 은혜를 베풀어 나간다면, 능히 천하도 보전할 수 있지만, 은혜를 베풀어나가지 않는다면, 자신의 처자도 보전하기 어려우니라. [맹자孟子]
- 은혜만큼 빨리 늙어 버리는 것은 없다. [Menandros]
- 은혜와 원한은 지나치게 밝히지 말지니, 밝히게 되면 사람은 헤어져 떠나갈 마음을 품게 될 것이다. [채근담菜根譚]
- 은혜와 의리를 널리 베풀어라. 인간의 삶이란, 어느 곳에서 서로 만나게 될 줄 아무도 모른다. 그가 누구든 원수 짓거나 원망 사게 하지 마라. 좁은 길에서 만나면 피하기 어렵다. [명심보감明心寶鑑]
- 인간의 성정은 소극적인 은혜에 대해서는 감사할 줄 모른다. [George Bernard Shaw]
- 인仁을 베풀고 덕을 폄은 곧 대대의 영광을 가져옴이요, 질투하는 마음

을 품고 원한을 보복함은 자손에까
지 환난을 끼쳐줌이라.　　[진종眞宗]

- 틈으로 새어든 빛은 한 구석을 밝히
지만, 창문으로 들은 빛은 맞은편
빛을 밝혀주고, 큰 문을 통해 들은
빛은 온 방을 비춰준다. 하물며 우
주의 빛이 비치면, 그 무게가 무엇
인들 온 천하에 밝지 않은 것이 있
겠는가. 이렇듯 받는 빛이 작으면,
알고 보는 것도 천박해지지만, 받는
빛이 크면, 알고 보는 바가 넓고 깊
게 된다.　　　　　　[회남자淮南子]
- 피해는 모래에 써넣되, 은혜는 대리
석에 써넣어라.　　　　[프랑스 격언]
- 한 끼 밥의 신세를 잊지 않는다.
　　　　　　　　　　　[사기史記]

| 음악音樂 |

- 예와 악樂은 나라를 다스리는 데도
필요하고 교육상으로도 중요한 것
이다. 잠시라도 몸에서 떼어낼 수
없는 것이다.　　　　　[예기禮記]
- 음악만은 세계어에서 번역할 필요
가 없다. 거기서는 혼이 혼에게 호
소한다.　　　[Berthold Auerbach]
- 음악에서 가장 중요한 것은 악보에
적혀 있지 않다.　[Gustav Mahler]
- 음악은 감정이며 음향이 아니다.
　　　　　　　　[Robert Stevenson]
- 음악은 마음의 상처를 고쳐주는 약
이다.　　　　　　　[W. Hedden]
- 음악은 맹수라도 달래는 힘이 있다.
　　　　　　　　　　　[영국 격언]
- 음악은 유일하게 익히지 않은 관능
적 기쁨이다.　　[Samuel Johnson]
- 음악은 인간의 마음속에 존재하는 위
대한 가능성을 인간에게 보이는 것이
라고 한다.　[Ralf Waldo Emerson]
- 음악은 듣기만 하고 스스로 노래하
지 않으면 별로 재미가 없다. 그러
므로 어떤 사람은 귀로써가 아니라
목청으로 맛보는 것이라고 말했다.
아름다운 그림도 그 즐거움은 제 손
으로 색칠을 하든가, 수집을 하지
않으면 그다지 재미를 모른다.
　　　　　　　　　　[Aristoteles]
- 음악은 마음의 상처를 고쳐 주는 약
이다.　　　　　　　[W. Heathen]
- 음악은 정신 속에서 일상생활의 먼
지와 때를 씻어준다.　　　[Bach]
- 음악은 정치적 경계를 초월해 사람
들을 하나로 모으는 힘이 있다.
　　　　　　　　　[Ivan Fischer]
- 음악은 풍속을 순화시킨다.
　　　　　　　　[Roger Ascham]
- 음악이 없다면 인상은 잘못된 것이
다.　　　　[Friedrich Nietzsche]
- 음악이 있는 곳에 악마적인 것은 결
코 찾아볼 수 없다.　[Cervantes]

- 음탕한 시나 음악은 사람을 썩게 하고, 나라를 위태롭게 한다. [논어論語]
- 임금이 음악을 매우 좋아한다면, 제 나라는 잘 다스려질 것이다.
  [맹자孟子]
- 종이나 북을 치는 것만이 음악이 아니다. 음악의 본질은 사람의 마음을 즐겁게 해 주는 데 있다. [논어論語]
- 지휘자에게는 청중을 보지 않아도 된다는 이점이 있다.
  [앙드레 스코테라트]
- 침묵 다음으로 표현이 불가능한 것을 표현해 주는 것이 음악이다.
  [Aldous Leonard Huxley]

| 음주벽飮酒癖 |

- 강에 빠져 죽는 자보다 술잔에 빠져 죽는 자가 더 많다.
  [G. C. Richtenberg]
- 늙은 의사보다, 늙은 술꾼이 많다.
  [La Bruyere]
- 바커스(술의 신)는 넵튠(로마신화에 등장하는 해신海神)보다 더 많은 인간을 물에 빠트려 죽였다.
  [Th. Fuller]
- 봇도랑에 빠진 술꾼은 자신이 있어야 할 곳에 있는 것이다.
  [W. G. 심너]
- 불그스름한 얼굴로 술꾼을 알아본다.
  [Gabriel Morie]
- 술꾼은 어리석은 자의 언어와 불한당의 마음을 갖고 있다. [H. G. Bon]
- 술꾼은 항상 약속한 것보다 더 많은 술을 잔에 채운다. [Ch. Cahier]
- 술꾼을 보는 것이 절제를 위한 최고의 교훈이다. [Anacharsis]
- 술에 취한 자는 스스로 넘어지게 내버려 두시오. [John Ray]
- 술에 취한 자를 설득하는 자는 있지도 않은 자에게 갑자기 말을 거는 것과 같다. [Publius Syrus]
- 신은 항상 광인과 연인과 술꾼을 돕는다. [Marguerite de Navarre]
- 이미 마신 자가 더 마실 것이다.
  [A. Gruyter]
- 첫 잔만 비싸다. [V. S. Lynne]

| 의견意見 |

- 거의 모든 것에 대한 최초의 의견은 시간이 지남에 따라 바뀔 수 있는 것들이다. [Daniel Handler]
- 누구의 말에나 귀를 기울이되, 자신의 의견은 삼가라. 즉 남의 의견은 들어주되, 시비의 판단은 삼가라는 말이다. [Shakespeare]
- 다른 사람의 의견이 당신의 현실에 왜곡하도록 내버려 두지 마라. 그리고 당신의 자신에게 진실하고, 당

신의 꿈을 용감하게 쫓아가라.

[Steve Maraboli]

● 다양하지 못한 의견은 좋지 않다.

[Publius Syrus]

● 만인보다 한 사람이 혼자 양식을 지니고 있을 때가 많다.　[Paedrus]

● 사람 수만큼 많은 의견이 있다.

[Terentius Afer]

● 완고한 인간이 의견을 고집하는 것이 아니라, 의견이 그를 사로잡아 놓아주지 않는 것이다.　[A. Pope]

● 우리는 우리와 같은 이견을 지닌 사람들만이 양식을 지녔다고 생각한다.　　　[F. La Rochefoucauld]

● 의견은 궁극적으로 감성에 의해 결정되지, 지성에 의해 결정되지 않는다.

[Herbert Spencer]

● 의견이란 아는 것과 모르는 것의 중간에 위치한 것이다.　　[Plato]

● 의견 일치는 의견의 불일치로 인해 더욱 귀중하게 여겨진다.

[Publius Syrus]

● 자기의 의견을 버리고 다른 사람의 의견을 따를 줄 모르는 것은 학자의 큰 병이다.　　　　　　[이황]

● 저마다 제 의견은 넘치고도 남는다.

[La Bruyere]

● 틀리는 견지에서 볼 때는, 간과 쓸개도 북쪽의 호나라나 남쪽의 월나라같이 멀리 떨어져 있는 것으로 생각되지만, 같은 견지에서 볼 때는 만물이 한 둘레 속에 있는 법이다.

[회남자淮南子]

| 의도意圖 |

● 범죄를 만드는 것은 우연이 아닌 의도인 것이다.　　[Richelieu 추기경]

● 선한 의도를 가지고 잘못 행동하는 것이 악한 의도를 가지고 법을 따르는 것보다 낫다.　　　　[Talmud]

● 의도가 죄의식과 범죄를 낳는다.

[Aristoteles]

● 의지는 일어난 일로 널리 알려진다.

[Antoine Louiselle]

● 지옥은 선의로 포장되어 있다.

[Saint Bernard]

| 의례儀禮 / 의식儀式 |

● 길한 일에서는 왼쪽을 귀하게 여기고, 흉한 일에서는 오른쪽을 귀하게 여긴다. 군대에서는 편장군이 왼쪽에, 상장군이 오른쪽에 있다. 이는 상례喪禮에 따라 좌석 정함을 말하는데, 사람을 많이 죽이게 되므로 슬퍼하여 우는 것이 전쟁이기 때문이다. 이런 까닭에 싸움에 이긴다 해도 상례에 따라 좌석이 정해지는 것이다.　　　　[노자老子]

- 의식은 사치스럽기보다는 검소해야 하고, 장례는 절차보다는 슬퍼하는 마음이 있어야 한다. [공자孔子]

| 의무義務 |

- 그대의 의무를 다하고 신들에게 맡겨라. [Corneille]
- 네 도리를 다하면, 바보들이 말하게 내버려 두어라. [Saint Columbano]
- 만일 당신이 의무를 다하고 있다면, 춥든지 따뜻하든지, 졸리든지 잠을 많이 잤든지, 욕을 얻어먹든지 칭찬을 받든지, 죽어가고 있든지, 다른 일을 하고 있든지 아무 관계가 없다. [Aurelius]
- 모든 사명은 의무의 서약으로 구성된다. 모든 사람들은 사명의 완수를 위해 자기의 모든 재능을 바치도록 되어 있다. 모든 행동의 규범은 의무감의 확신으로부터 비롯되어야 한다. [G. 맛지니]
- 무엇을 할 수도 있다고 생각하지 말고, 무엇을 해야 할 것인가를 생각하라. 그리고 의무에 대한 염려가 마음을 지배하도록 하라. [Claudianus]
- 사람들은 결코 자신의 의무를 다하지 못한다. [투사르 해군 제독]
- 우리의 언어 중에서 가장 신성한 낱말은 '의무'이다. 모든 일에 나의 의무를 더하라. 그것은 그 이상 더할 수도 없거니와 그보다 덜하기를 원해도 안 된다. [R. E. 리]
- 의무가 와서 당신의 문을 두드릴 때 그를 맞아들여라. 그를 기다리라고 하면 다시 오겠다고 하면서 갔다가, 일곱 가지 다른 의무를 가지고 당신 문 앞에 나타날 것이다.

  [Charles Edwin Markham]
- 의무가 있은 다음에 쾌락이 있다.

  [영국 격언]
- 의무는 깃털보다 가볍고, 산보다 무겁다. [무스히도천황睦仁天皇]
- 의무는 무신론자들이 결코 원하지 않는 신이다. [Victor M. Hugo]
- 의무는 자기 자신에게 명령하는 것을 좋아하는 것이다. [Goethe]
- 의무를 아는 것보다는 행하는 것이 훨씬 쉽다. [Louis de Bonal]
- 의무를 즐기고 증오하고는 성품의 뛰어남과 큰 관계가 있다.

  [Aristoteles]
- 의무의 길은 영광의 길이었다.

  [토르리지아노]
- 의무의 보상은 의무 자체이다.

  [Marcus Tullius Cicero]
- 의무적으로 하는 운동은 몸에 큰 해가 되지 않는다. 그러나 강제로 습득한 지식은 마음에 남지 않는다.

  [Platon]

- 인간 최고의 의무는 타인을 기억하는 데 있다. [Victor Hugo]
- 인생은 언제 어디서나, 공적이든 사적이든 의무를 면할 수 없다. [Marcus Tillius Cicero]
- 젊은 날의 의무는 부패에 맞서는 것이다. [Kurt Donald Cobain]
- 해야 할 일을 하는 것은 칭찬받을 이유가 없다. 그것은 우리의 의무이기 때문이다. [A. Augustinus]
- 훌륭하게 이행된 의무로부터 나오지 아니한 권리는 가질 가치가 없다. [M. K. Gandhi]

| 의문疑問 |

- 의문이 많으면 많이 나아가고, 의문이 적으면 적게 나아간다. 그리고 아무 의문도 없으면 전혀 나아가지 못한다. [주희朱熹]

| 의사醫師 |

- 가장 훌륭한 의사는 지옥에 있다. [Talmud]
- 모든 것이 평등하지만, 의사인 친구는 다른 이들보다 선호해야 한다. [Celsus]
- 병세가 악화될 때 불려간 의사는 행복하다. [La Bruyere]

- 보수가 없으면, 학문도 없다. [Aristoteles]
- 사람들이 죽을 수밖에 없으면서도 살고 싶어 하는 한, 의사는 비웃음을 받으면서 높은 급료를 받는다. [La Bruyere]
- 사례금을 받아들이지 않는 의사는 받을 자격이 없다. [Talmud]
- 여러 의사가 오면 죽게 된다. [Menandros]
- 의사가 다른 많은 사람들의 값어치를 한다. [Homeros]
- 의사가 수습 기간에서 벗어날 수 있는 때는 죽고 난 뒤이다. [P. M. Quitar]
- 의사는 병은 치료하고, 환자는 죽인다. [Francis Bacon]
- 의사는 이따금 고치고, 종종 고통을 덜어주고, 항상 위로한다. [앙드레 수비랑]
- 의사는 자신이 아는 게 적은 인체에 자신이 전혀 모르는 약물을 퍼붓는 자이다. [Voltaire]
- 의사들 가운데 명목상 의사는 많지만, 실제 의사는 별로 없다. [Hippocrates]
- 의사들은 왕들과 같아서 그 어떠한 반론도 참지 못한다. [J. Webster]
- 의사를 필요로 하기 전에, 의사를 존경하라. [John Ray]
- 의사마다 선호하는 질병이 있다.

[Henry Fiellding]

- 타인은 고치면서 어떻게 당신 자신
  은 고칠 수 없단 말입니까? [Aesop]
- 태양이 그늘의 성공을 빛내고, 땅이
  그늘의 잘못을 숨겨주니, 의사들은
  복되다. [Nikoclas]
- 피부과 의사야말로 최고의 의사이
  다. 환자는 절대 죽지 않고, 병도 치
  유되지 않는다. [H. L. Mencken]
- 학식이 있는 의사보다는 행복한 의
  사의 손에 맡기는 것이 낫다.

  [Desperiers]

- 환자가 의사를 상속인으로 삼으면,
  그의 재산은 관리하기 어렵다.

  [Publius Syrus]

| 의식주衣食住 |

- 영양이 풍부한 음식은 시장한 사람
  에게는 유익하지만, 배부른 자에게
  는 부담이 된다. [L. A. Seneca]
- 의식주는 사치스럽기보다는 검소해
  야 하고, 장례는 절차보다는 슬퍼하
  는 마음이 있어야 한다. [공자孔子]

| 의심疑心 |

- 가장 확실한 것들 가운데 제일 확실
  한 것은 의심하는 것이다. [Voltaire]

- 머릿속의 의심은 새들 가운데 있는
  박쥐와 같다. [Francis Bacon]
- 모든 사람들은 상황이 어려워지면
  의심이 많아진다. [Terentius]
- 무엇이든 당연한 것으로 생각하지
  말라. [Benjamin Disraeli]
- 바른 정신으로 의심하는 사람보다
  광기狂氣가 있으면서도 의심하지 않
  는 사람이 훨씬 낫다는 생각이 든다.

  [G. B. Virgin]

- 사람은 아는 것이 적을 때 의심이
  쏟아지는 법이다. [Francis Bacon]
- 사람을 의심하지 말고 상냥하게 대
  해 주시오. 그리고 속임을 당하는 것
  을 두려워하지 않음을 보여주시오.

  [Democritos]

- 사람이 나를 의심하면, 그런 일이
  없음을 반드시 밝혀야 한다. 그러
  나 그렇게 해서는 안 될 때도 있으
  니, 대개 급히 서두르면 그 의심이
  더욱 커지기 때문이다. [이곡李穀]
- 약간 아는 것보다 사람을 더 의심하
  도록 만드는 것은 없다.

  [Francis Bacon]

- 어려운 고비를 넘기면 쉬운 일이 생
  긴다. 뜻이 견고하면 이루어지지
  않는 일이 없지만, 의심만 하고 있
  으면 되는 일이 하나도 없다.

  [포박자抱朴子]

- 의심 많은 자는 자신을 배반하도록 초대하는 것이다. [Voltaire]
- 의심스러운 사람은 쓰지 말고, 사람을 썼거든 의심하지 말라.
  [명심보감明心寶鑑]
- 의심스러울 때는 가만히 있어라.
  [Zarathustra]
- 의심은 시험을 이끌고, 시험은 진리로 이끈다. [Pierre Abelard]
- 의심은 원인과 결과에 대한 불신이다. [Ralph Waldo Emerson]
- 의심은 안귀暗鬼를 낳는다. [열자]
- 의심은 지혜가 가르치는 치료제이다.
  [Publius Syrus]
- 의심은 친절한 악마이다.
  [Thomas H. Huxley]
- 의심을 갖는 사람은 좀처럼 실수하지 않는다. [W. G. 베넘]
- 의심이 많은 사람은 모든 사람의 충실함을 의심한다. [Publius Syrus]
- 의심하는 것이 확신하는 것보다 더 안전하다. [P. Messenger]
- 제 자신을 바쳐 일하기로 했거든, 다시 그 일에 의심을 두지 마라. 의심에 거리끼면 이미 버린 이기利己의 마음에 부끄러움이 많아진다. 무엇을 베풀었거든 그 갚음을 재촉하지 마라. 그 갚음을 재촉하면 앞에 베푼 바 그 마음도 아울러 잘못이 된다.
  [홍자성洪自誠]

- 존경받을 만한 사람들에게 의심은 말 없는 모욕이다. [Publius Syrus]
- 카이사르의 아내는 의심조차 받아서는 안 된다. [Caesar]
- 확신을 가지고 믿기 위하여 먼저 의심해야 한다. [Stanisfaw I]

| 의욕意慾 |

- 의욕 있는 사람이 재능 있는 사람보다 많은 것을 해낸다. [Gabriel Morie]

| 의인義人 |

- 덕이 있고 행복한 사람은 공공재산이다. [Menandros]
- 덕이 있는 사람을 친척보다 더 존경해야 한다. [Antisthenes]
- 불의를 범할 줄 모르는 것은 의로운 사람의 특징이다. [Publius Syrus]
- 선한 사람은 물과 같다. [노자老子]
- 영웅과 위인을 저울에 함께 달아도 의인 한 사람의 무게에 미치지 못한다. [La Bruyere]
- 의로운 이의 죽음은 모두의 불행이다. [Publius Syrus]
- 의로운 자와 백단白檀(자작나무)은 그들을 치는 자를 향기롭게 만든다. [Pancatantra 우화집]
- 의인 안에는 신이 있다. [Ceneca]

- 의인은 아주 사소한 일에도 신념에 따라 행동한다. [Pascal]

| 의존依存 |

- 남의 안장 뒤에 앉는 자는 자신이 원할 때 안장에 올라탈 수 없다. [Cesar Houdin]
- 사람이 성城을 의지하면, 성이 사람을 버린다. [오다노부나가織田信長]
- 의존은 사회에서 태어난다. [Vauvenargues]
- 자발적 종속은 가장 아름다운 상태이나 거기에는 애정이 필요하다. [Goethe]

| 의중意中 숨기기 |

- 말로는 맹세했지만, 마음으로는 맹세하지 않았다. [Euripids]
- 의도가 행위를 구한다. [Escobar Mendoza]

| 의지意志 |

- 가령 악마의 수가 많다 하더라도 나는 갈 것이다. [Martin Luther]
- 그대의 길을 가라. 남들은 뭐라고 하든 내버려 두어라. [A. Dante]
- 기둥이 약하면 집이 흔들리듯, 의지가 약하면 생활도 흔들린다. [Ralph Waldo Emerson]
- 나는 의지가 정당하다면, 하고 붙여 말할 생각은 없다. 왜냐하면 만일 의지가 정당하다면, 그것은 항상 하나로 있기가 불가능하기 때문이다. [L. A. Seneca]
- 너의 의지만을 위한 격술이 언제든지, 동시에 일반적인 법칙을 세우기 위한 원리로서 통용되도록 행동하라. [Immanuel Kant]
- 네 발이 네가 가고자 하는 곳으로 너를 이끌 것이다. [Talmud]
- 모든 노력을 경주하여 해내겠다는 의지를 가진 자가 어떤 목적에서도 승리할 수 있다. [Menandros]
- 모든 타락 가운데 가장 경멸해야 할 것은 자기의 의지에 의존하지 않고 타인에게 의존해 사는 것이다. [Dostoevsky]
- 방탕한 길에서 몸을 망치는 것은 육체가 아니라 의지다. [Publius Syrus]
- 비록 모진 바람에도 쓰러지지 않는 굳센 풀은 되지 못할지언정, 겨울에도 시들지 않는 송백松柏이 되리라. [길재]
- 사람에게는 두 가지의 의지가 있다. 하나는 위로 올라가는 의지이고, 하나는 아래로 내려가는 의지이다. 이 두 가지는 우리 내부에서 싸우고 있

다. 한편에서는 모든 향락을 좇으라고 소리치고, 한편에서는 마음껏 향락을 즐기라고 유혹한다. 오른쪽엔 숲이 있고, 왼쪽에는 아름다운 새가 노래하고 있다. 그리고 아름다운 꿈과 미녀의 웃음과 휘황한 불빛이 당신의 주위를 둘러싸고 있다. 당신은 위로 향하는 의지를 물을 것인가, 아래로 떨어지는 의지에 몸을 맡길 것인가? 그것을 결정하는 것은 당신 자신이다.　　　[Henri Bergson]

- 사람을 가장 아름답게 인도하는 힘은 의지력에 달려 있다. 기둥이 약하면 집이 흔들리듯, 의지가 약하면 생활도 흔들린다.
　　　[Ralph W. Emerson]
- 사람의 의지란 무섭게 외로운 것이란다.　　　[김남조]
- 3군을 상대하여 그 장수를 뺏을 수는 있어도, 한 사나이의 뜻은 빼앗기 어렵다.　　　[공자孔子]
- 세계는 지혜보다 의지를 더 잘 따른다.　　　[Henry F. Amiel]
- 세상은 지혜보다는 의지에 달려 있다.　　　[H. F. Amiel]
- 승리하기를 바라는 자는 이미 승리에 가까이 있다.　　　[로투루]
- 우주의 근거가 의지인 이상, 인생을 지배하는 것 또한 의지가 아니면 안 된다.　　　[Schopenhauer]

- 의지가 굳센 사람은 행복할지니, 너희는 고통을 겪겠지만, 그 고통은 오래가지 않을 것이다.　　　[Tennyson]
- 의지가 있는 곳에 길은 통한다.
　　　[Henry Hudson]
- 의지가 있는 자는 힘이 있다.
　　　[Menandros]
- 의지는 기억의 노예에 지나지 않는다. 의좋게 탄생하지만 성장하기가 어렵다.　　　[Shakespeare]
- 의지는 착한 아들인 동시에 말썽꾸러기 아이이다.　　　[John Heywood]
- 의지를 행사할 수 있는 자에게는 불가능한 것이 없다.　　　[Emerson]
- 의지의 억압 중에서 가장 큰 어려움은 아마 성(sex)에 관한 것일 것이다.
　　　[Erich Fromm]
- 이를 어찌하나. 이를 어찌할 것인가. 하지 않는 자는 나도 이를 어찌할 수 없다.　　　[논어論語]
- 인간의 의지는, 말하자면 하느님과 악마 사이에 있는 짐승과 같다.
　　　[Martin Luther]
- 자신의 힘에 의지를 보탤 줄 모르는 자는 결코 힘이 없다.　　　[Sangfor]
- 자유 의지는 도둑의 손이 미칠 수 없는 재보다.　　　[Epictetos]
- 할 수 있는 자보다, 하려고 하는 자가 더 많은 것을 한다.　　[Gabriel Morie]

| 의지依支 |

- 의지할 데가 있는 자는 의지하는 것 때문에 망한다. [오다노부나가織田信長]

| 의학醫學 |

- 규칙에서 벗어나 있으나, 규칙대로 죽는 것이 낫다. [Moliere]
- 모든 병 가운데 치유되지 않는 병도 있다. 그러나 그렇기 때문에 의학 기술이 존재하지 않는다고 할 수는 없다. [Marcus Tullius Cicero]
- 의학은 실수의 안주인이다. [Plotinus]
- 의학은 어떤 규칙도 없고, 상황에 영향을 받는 기술이다. [Celsus]
- 히포크라테스는 '예' 라 하고, 갈레노스는 '아니오' 라 한다. [Renard]

| 이기심利己心 |

- 사람은 누구나 자신을 위하고, 하느님은 모두를 위한다. [J. Heywood]
- 이기를 아는 것이 진眞이고, 사리私利와 싸우는 것이 선善이며, 사심을 극복하는 것이 미美이다. [J. Loo]
- 이기심은 모든 과실과 불행의 원천이다. [Thomas Carlile]
- 이기심은 분리를 낳으며 사랑은 하나로 묶는다. [루돌프 쾨겔]
- 이기심은 사랑을 죽인다. [Friedrich Just]
- 이기주의는 사막의 바람처럼 모든 것을 메마르게 만든다. [La Rochefoucauld]
- 이기주의를 취하면, 자신의 터럭 하나를 뽑아 천하를 이롭게 할 수 있다고 하더라도 하지 않겠다고 한다. [맹자孟子]
- 이기주의자는 타인의 이기주의를 용납하지 못한다. [Joseph Loo]
- 자기애가 우리를 기만한다. [La Bruyere]
- 자기 자신에게만 좋은 사람은 못된 사람이라고 불러야 한다. [Publius Syrus]
- 자기 자신을 사랑하는 자는 악인을 사랑한다. [Thomas Fuller]
- 자신만을 위해 사는 사람은 다른 이들에게는 좋은 사람이다. [Publius Syrus]
- 제 집 두레박줄이 짧은 것은 탓하지 않고, 남의 집 우물 깊은 것만 탓하는구나. [명심보감明心寶鑑]
- 혼자 천국에 가고자 하는 자는 결코 이르지 못하리라. [Thomas Fuller]

이단異端

- 이단은 약간의 과학과 여가가 맺은 열매이다. [Voltaire]
- 이단은 이단자들과 함께 사라지지 않는다. 아레투사의 샘물처럼 다른 곳에서 되살아난다. [Thomas Brown]

이득利得과 손실損失

- 나는 장미에 가시가 있는 것을 불평하는 대신, 장미가 가시를 견뎌내고 떨기나무가 꽃을 피운 것을 축하하고자 한다. [Joseph Joubert]
- 대추야자 두 되에는 돌 한 되가 들어 있다. [Talmud]
- 모든 메달에는 뒷면이 있다. [Montaigne]
- 송어를 잡으려면 바지가 젖을 수밖에 없다. [Miguel de Cervantes]
- 수치스러운 이득은 그 이득으로 구한 사람들보다 더 많은 사람들을 잃는다. [Sophocles]
- 이득은 어디에서 오는지 좋은 향기를 풍긴다. [Jubenalis]
- 이득은 인간의 마음을 기쁘게 한다. [Bias 신화]
- 이득을 얻을 수 있는 기회는 짧다. [Martialis]
- 일반 사람들은 눈앞의 이득만을 좋아하고 눈앞의 손실을 싫어한다. 오직 성인聖人만이 눈앞의 손실이 도리어 이득이 될 수 있고, 눈앞의 이득이, 손실이 될 수 있음을 터득하고 있다. [회남자淮南子]
- 잎을 따지 않는 자는 오디를 먹지 못하리라. [Jean de Bueil]

이론理論과 실천實踐

- 물을 긷는 사람에게 닻줄이 필요하듯이 현자에게는 실천이 필요하다. [Zamakary]
- 이론이라는 것은 표현과 표정의 움직임을 감정에다 연결시켜보는 시도에 불과하다. [Wittgenstein]
- 이론적 지식은 실천이라는 열쇠로 열 수 있는 보물창고이다. [Thomas Fuller]
- 일체의 이론은 회색이지만, 푸른 것은 황금빛으로 반짝이는 생활의 나무이다. [Goethe]

이루다 / 성취하다

- 아예 시도하지 않거나 끝까지 가거나. [Ovidius]
- 일을 한다는 것은 비유컨대 우물을 파는 것과 같아서, 우물을 예닐곱 길 팠으되 샘물에까지 이르지 못했다

면, 여전히 버려진 우물인 것이다.

[맹자孟子]

- 포도주 병을 일단 땄으면, 다 비워야 한다.   [Jean A. de Baif]
- 해야 할 일이 남아 있는 한, 된 것은 아무것도 없다.   [Lucanus]

| 이름 |

- 강은 물이 말라버려도 이름은 간직한다.   [이자 F. 마요]
- 너무 일찍 이름이 알려지면 부담으로 작용한다.   [Voltaire]
- 이름을 없애버리면 걱정할 것이 없다.   [Lunghini Elsa]
- 이름이 무슨 소용이야! 장미꽃은 다른 이름으로 불러도 같은 향기가 나지 않는가.   [Shakespeare]
- 존경받는 이름이야말로 최고의 유산이다.   [Victor M. Hugo]

| 이름과 늦음 |

- 늦게라도 하는 것이 악행보다 낫다. 그리고 이는 어느 일에서나 마찬가지다.   [Voltaire]
- 뒤늦게 원하는 것은 진정으로 원하는 것이 아니다.   [Ceneca]
- 전혀 안 하는 것보다, 늦게라도 하는

것이 낫다.   [Titus Livius]

| 이미지 |

- 이미지는 이성을 미화하고, 감성은 이성을 설득한다.   [Vauvenargues]
- 판화는 문맹자들의 책이다.

[Roland Watkins]

| 이방인異邦人 |

- 나그네는 하느님에게서 온 거지이다.

[Homeros]

- 낯선 이의 눈이 더욱 분명하게 본다.

[Charles Reade]

- 이방 여자들에 대해서는 손쉽게 비방한다.   [Aeschylos]

| 이별離別 |

- 그대여, 저 흐르는 강물에게 물어보게나, 강물과 이별의 정 누가 길고 짧은지.   [이백李白]
- 기쁨의 정 이별의 한, 얼마나 되풀이했던고, 해마다 이 밤이 새도록 함께 있어라.   [백거이白居易]
- 꽃과 달 아끼는 마음 너나없건만, 꽃 피고 달 둥글어도 인간은 또 헤어지는구나.

[장선張先]

- 꽃이 피고 지는 것이 당연한 것처럼 사랑 또한 이별이 있기 마련입니다.

  [작자 미상]

- 나의 혼이여, 너는 장기간 붙잡힌 몸이었으며, 이제야 너의 감옥에서 떠나 이 육체의 장애에서 벗어나는 시기를 만났다. 기쁨과 용기를 가지고 이 이별을 견디라.

  [Rene Descartes]

- 당신을 만나는 모든 사람이 당신과 헤어질 때는 더 나아지고 더 행복해질 수 있도록 하라. [Mather Teresa]

- 모든 이별은 새로운 만남을 위한 기회입니다. [Helen Lowell]

- 문밖에 남북으로 오가는 길 없다면, 인간 세상 이별 수심 없지 않을까.

  [두목杜牧]

- 바람은 소소하게 불고 역수易水의 강물은 찬데, 장사壯士는 한번 가면 다시 돌아오지 못한다.

  [십팔사략十八史略]

- 살아서 내내 이별하더니, 죽어서 영영 안 돌아오누나. [안연지顏延之]

- 서로 닿아 있다고 마음이 가장 가까운 사람들은 아니다. [P. H. Perrie]

- 슬프다, 슬프다 하여도 생이별보다 더 슬픈 것은 없다. [굴원屈原]

- 슬픔은 너무 오래가지 않습니다. 그리고 어느날, 행복을 다시 찾게 됩니다. [Charlie Chaplin]

- 슬픔 중에서도 살아 서로 이별하는 슬픔보다 더 슬픈 것은 없다.

  [고시원古詩源]

- 아름다운 희망을 지닌다면, 작별도 축제와 같다. [Goethe]

- 이별 10년에 흘린 눈물 얼마였더냐. 아서라, 상봉에 흘린 눈물 더욱 많다네. [서통徐熥]

- 이별은 그렇게 끝나는 게 아니라 새로운 시작을 위한 출발점입니다.

  [Carulyn Suits Hildebrand]

- 이별은 향기로운 꽃이 죽는 것과 같습니다. 그러나 꽃이 지는 것은 새로운 꽃이 핀다는 것을 의미합니다.

  [Jerry Beryl]

- 이별의 시간까지는 사랑은 그 깊이를 알지 못한다. [K. Gibran]

- 이별의 시간이 왔다. 우린 자기 길을 간다. 나는 죽고, 너는 산다. 어느 것이 더 좋을지는 신만이 안다.

  [Socrates]

- 이별이란, 사랑해 본 자만의 특권이다. [Socrates]

- 인간 세상에 묻노니, 그 누가 이별의 수심 주제하는가? 잔속의 술이라네. [신기질辛棄疾]

- 인간의 가장 괴로운 일은 이별이요, 이별 중에도 생이별보다 괴로운 것은 없을 것이다. 대체 저 하나는 살고, 또 하나는 죽고 하는 그 순간의

이별이야 구태여 괴로움이라 할 것이 못 된다. [열하일기熱河日記]

- 지나간 슬픔에 눈물을 낭비하지 마라. [Euripides]
- 짧은 헤어짐은 연애에 활기를 띠지만, 긴 헤어짐은 연애를 멸망시킨다. [H. G. R. C. Mirabeau]
- 촛불이 제가 마음 있어 이별을 아쉬워함인가. 사람 대신하여 밤새도록 눈물을 흘리네. [두목杜牧]
- 친구 간의 이별은 우수를 가져오고, 애인 간의 이별은 고민을 가져온다. [Edward Bulwer-Litton]
- 파리를 떠나는 것은 시시하다. 친구들과 헤어지지 않으면 안 되기 때문이다. 그렇다고 해서 시골을 떠나는 것도 괴롭다. 자기 자신과 헤어지지 않으면 안 되기 때문이다. [쥴베일]

| 이상理想 |

- 간디의 비석碑石에 새겨져 있는 글이다. 원칙 없는 정치, 노동 없는 부富, 양심 없는 쾌락, 인격 없는 교육, 도덕 없는 상업, 인간성 없는 과학, 희생 없는 종교. [간디비석문]
- 당신의 마차를 별에 걸어두십시오. [Ralph Waldo Emerson]
- 돈이 있어도 최고의 이상이 없는 사람은 조만간 몰락의 길을 밟는다. [F. Dostoevsky]
- 목표는 달성하기 위해서만 있지 않고, 가늠자로 사용하기 위해서도 있는 것이다. [Joseph Joubert]
- 신은 인간이 고개를 들어 하늘을 볼 수 있도록, 몸의 높은 곳에 얼굴을 두었다. [Ovidius]
- 이상은 우리들 자신 속에 깃들어 있다. 따라서 이상을 이용하려는 데에 나타나는 모든 장애 역시 우리들 자신 속에 있다. [Carlyle Thomas]
- 이상은 태양과 같은 것이다. 그것을 이 땅 위의 먼지를 자기 앞으로 흡수해 버린다. [Gustave Flaubert]

| 이성理性 |

- 모든 일을 자신에게 굴복시키기를 바라거든, 자신을 이성에 복종시켜라. [L. A. Seneca]
- 믿음을 통해 보는 방법은 이성의 눈을 닫는 것이다. [B. Franklin]
- 본능에 의해 수정되지 못하는 이성은 이성에 의해 수정되지 못한 본능과 마찬가지로 좋지 않다. [Butler]
- 신이 창조의 날에 만드신 것들 중에서 최초의 것은 감각의 빛이고, 최후의 것은 이성의 빛이다. [F. Bacon]
- 욕망을 이성 지배하에 두어라.

[Marcus Tallius Cicero]

- 우리에게는 우리의 이성을 따르기 위한 충분한 힘이 없다.
[F. La Rochefoucauld]
- 이성에 굴복하는 것은 패배가 아니다. [Chevalier de Mere]
- 이성은 결코 인기가 없다. 열정과 감정은 대중의 것이라 할 수 있겠지만, 이성은 항상 소수의 뛰어난 자들의 자산으로 남을 것이다. [Goethe]
- 이성은 바깥쪽으로 움직이고, 타인에게로 열린다. 마음은 안쪽으로 열리고, 자신에게로 열린다.
[Osho Rajneesh]
- 이성은 본성보다 더욱 자주 우리를 속인다. [Vauvenargues]
- 이성은 사고함으로써 세상을 파악하는 인간의 능력이다. 지성智性은 사고의 도움을 받아 세상을 조정하는 능력이다. [Erich Pinchas Fromm]
- 이성은 시간의 딸이며, 이 딸은 항상 아버지를 기다린다. [Voltaire]
- 이성은 억제하는 것이요, 자비는 용서하는 것이다. 이성은 법률이지만, 자비는 특권이다. [J. Dryden]
- 이성은 우리가 피해야만 하는 것을 알려줄 수 있고, 마음만이 우리가 해야 할 것을 말해준다.
[Joseph Joubert]
- 이성은 우리에게 무엇을 피해야 할 것인지 주의를 해주지만, 감정은 우리에게 무엇을 하면 좋을지를 가르쳐준다. [Joseph Joubert]
- 이성은 위험한 양날의 칼이다.
[Montaigne]
- 이성은 지성의 승리이며, 신앙은 마음의 승리이다. [J. Schuller]
- 이성은 철보다 날카로운 무기이다.
[Phokylides]
- 이성을 응용하여 자신의 감정을 지배하는 능력이야말로 지능적인 사람이라는 증거다. [M. Manners]
- 이성이 명령하면 놈은 그 명령을 어길 수 없다. [Publius Syrus]
- 이성이 열정보다 앞서야 한다.
[Epicharmos]
- 이성이 있고 그것을 아는 자는, 이성이 없고 모르는 자 열 명을 언제나 당해낼 수 있다.
[George Bernard Shaw]
- 인간을 만드는 것이 이성理性이라면, 인간을 이끄는 것은 감정이다.
[Jean-Jacques Rousseau]
- 인간의 이성과 짐승의 본능 간의 분명한 차이는 이것이다. 즉 짐승은 알지 못하고 행하지만, 인간은 자기가 안다는 사실을 알고 있다는 사실이다. [J. 던]
- 인간이 그른 데서 옳은 것을 가려낼 수 있는 능력은 인간의 이성이 다른

생물보다 우수하다는 것을 증명한다. 그러나 인간이 나쁜 짓을 할 수 있다는 사실은 그런 짓을 할 수 없는 다른 생물보다 도덕심이 열등하다는 것을 증명한다. [Mark Twain]

| 이스라엘 |

- 붉은 말굴레가 백마에 어울리듯, 가난한 유대인에게 어울린다. [Talmud]
- 유대인은 다른 어떠한 나라도 아닌, 그들이 돈을 버는 나라 사람이다. [Voltaire]
- 유대인이 유대인을 속일 수 있다. [W. Bander]

| 이웃 |

- 가까운 이웃이 먼 사촌보다 낫다. [한국 속담]
- 군자가 이웃을 택하여 거居하는 것은 환난을 막고자 하는 데 있다. [논어論語]
- 그 어머니의 말을 믿어서는 안 된다. 이웃의 말을 믿어라. [Talmud]
- 나쁜 이웃은, 좋은 이웃이 큰 축복인 것처럼 큰 불행인 것이다. [Hesiodos]
- 남의 밭의 곡식은 언제나 자기 것보다 훌륭하다. [Ovidius]
- 너의 이웃집이 불타면, 너 자신의 안전도 위태롭다. [Horatius]
- 네 이웃을 알라. 그리고 그에 관한 모든 것을 알라. [Samuel Johnson]
- 먼 사촌보다 이웃이 낫다. [한국 격언]
- 멀리 있는 물은 가까운 불을 끄지 못하고, 멀리 있는 친척은 가까운 이웃만 못하다. [명심보감明心寶鑑]
- 모든 사람은 자기 운명의 건축가이다. 그러나 이웃 사람이 그 건축을 감독한다. [G. Ade]
- 배가 곯아서는 이웃을 사랑하지 못한다. [Thomas Woodrow Wilson]
- 서로 무관심한 이웃들이여! 우리가 서로에게 도움이 되는 존재라는 것을 깨닫고 살아야 한다. 감탄할 만큼 뛰어난 능력을 베풀 수는 없어도 우리는 서로에게 쓸모가 있다. [Henry Thoreau]
- 영주와 거대한 종탑, 큰 강은 안 좋은 이웃들이다. [A de Montrex]
- 우리 이웃보다 취약한 자는 없으며, 그 누구에게도 내일에 대한 보장은 없다. [Ninon de Lenclos]
- 이웃 나라와 친선하는 것은 나라의 보배다. [춘추좌씨전春秋左氏傳]
- 이웃을 돕는 것은 하늘의 도道이다. [춘추좌씨전春秋左氏傳]
- 이웃을 언제나 같은 깊이로 사랑하는 일은 영원을 사랑하는 일이다. [Maurice Maeterlinck]

- 이웃의 파산은 적이나 우리 편이나 기쁘게 한다.   [La Rochefoucauld]
- 이웃집에 불이 나면 당신도 문제가 된다.   [Horatius]
- 자기가 이웃사람의 입장에 서지 않는 한 이웃사람을 비판하지 말라.   [Talmud]
- 전염병에 걸린 사람은 이웃도 감염된 것을 알면 크게 안도한다.   [Abbe Prevost]
- 좋은 담장은 좋은 이웃을 만든다.   [Robert Lee Frost]
- 텅 빈 배로 이웃을 사랑할 수는 없다.   [Woodrow Wilson]

| 이익利益 |

- 강이 바다와 만나 사라지듯이, 덕은 이익을 만나면 사라진다.   [F. La Rochefoucauld]
- 명예와 이윤은 한 침대에서 자지 않는다.   [Miguel de Cervantes]
- 삼 년을 배우고서도 녹봉에 생각이 이르지 않기란 어려운 일이다.   [논어論語]
- 이익으로 분열되고, 범죄로 뭉쳐진다.   [Voltaire]
- 이익은 저속한 행동을 낳을 뿐이다.   [Napoleon I]
- 이익을 위한 신전은 없으나 숭배받는다.   [Voltaire]
- 이익이 사라지는 곳은 기억도 사라진다.   [Goethe]
- 좋은 이익은 말해지지 않는다.   [Beroalde de Verville]
- 천금의 보석은 이익으로 인연이 맺어졌고, 어린 자식은 자연의 힘으로 맺어졌다. 이익으로 맺어진 것은 위급하면 버리지만, 자연의 힘으로 맺어진 것은 위급하면 거두어들인다. 이로써 본다면, 거두어들이는 일과 버리는 일의 거리가 얼마나 먼 것인가.   [장자莊子]
- 타인이 손해를 보아야만 자신에게 이득이 생기는 법이다.   [Montaine]

| 이중성二重性 |

- 너를 칭찬하는 듯 보이는 자는 너를 비웃고 놀리는 자이다.   [Boileau]
- 단 하나의 혀로 이중의 마음을 지닌 자는 친구보다는 적으로 삼는 편이 낫다.   [Theognis]

| 이탈리아 |

- 이탈리아를 제대로 본 사람은 결코 완전히 불행할 수 없다.   [Goethe]
- 이탈리아에서는 남자가 여자보다 가치가 떨어진다. 남자는 여자의

결점도 갖고 있는 데다가 그들 자신의 결점도 지니고 있기 때문이다.
[Stael 부인]

- 이탈리아에 한 번도 가본 적이 없는 자는 항상 자신의 열등함을 의식한다. [Samuel Johnson]
- 이탈리아인들은 모두 도둑이다.
[Napoleon I]
- 이탈리아인들은 큰 영향을 주기보다는 훌륭한 언변을 지닌 사람들이다.
[Marguerite de Navarre]
- 자연에 도움이 되려고 만든 것을 자연보다 더 사랑하는 것이 이탈리아인들의 기질이다.
[Marguerite de Navarre]

| 이해理解와 오해誤解 |

- 그대를 이해하는 벗은 그대를 창조한다. [Romain Rolland]
- 나는 남의 마음을 이해하고, 나를 양보하기를 좋아한다.
[Charles Lamb]
- 때로는 이해하지 않음이 최고의 이해이다. [Gracian y Morales]
- 많은 오해를 하는 것보다는 차라리 거의 이해하지 못하는 것이 낫다.
[Anatol France]
- 많이 이해하는 자는 적게 이해하는 자보다 성격상 더 큰 단순성을 나타낸다. [A. Chase]
- 모든 것에 싫증을 느끼지만 이해하고 아는 것은 예외이다. [Tiberius]
- 모든 전통이 한때는 오해를 면치 못했다. 마찬가지로 모든 아이디어는 한때는 비웃음을 면치 못했다.
[Holbrook Jackson]
- 빠른 이해는, 이해되는 대상이 평범하다는 증거다. [Dostoevsky]
- 사람들은 이해되지 않는 일은 쉽게 평가한다. [Goethe]
- 사람들은 자기들이 이해할 수 없는 것을 경멸한다. [Conan Doyle]
- 사랑에는 신뢰받을 필요가 있고, 우정에는 이해받을 필요가 있다.
[Pierre Bonard]
- 상대의 말을 이해하지 못하면, 그 사람됨을 알 수가 없다. [논어論語]
- 시는 이해하기보다도 짓기가 더 쉽다. [Montaigne]
- 싸움은 오해를 더 크게 만든다.
[Andre Gide]
- 아주 사소한 것을 이해하는 데에도 의외로 오랜 시간이 걸린다.
[Edward Dahlberg]
- 어떤 것이든 그것에 대해 잘 이해하지 않고서는 사랑하거나 미워할 수 없다. [Leonardo da Vinci]
- 여자는 남자보다 영리하다. 그것은 여자는 아는 것이 적고, 이해하는 것

이 보다 더 많음으로 그렇다.

[Joseph Stephans]

- 오해는 뜨개질하는 양말의 한 코를 빠뜨린 것과 같아서 시초에 고치면 단지 한 바늘로 해결된다. [Goethe]
- 우리들의 삶은 우리들이 삶의 문제를 이해하기 시작한 순간에 닫혀 버린다. [Theophrastus]
- 위대해진다는 것은 오해를 받는다는 뜻이다. [Ralph Waldo Emerson]
- 이해가 부족한 사람이 오해가 많은 사람보다 낫다. [Anatole France]
- 이해성이 있는 사람은 자신을 세상에 적응시킨다. 완고한 사람은 자신에게 세상을 적응시키려고 버틴다. 그러므로 모든 발전은 완고한 자들의 덕택이다.

[George Bernard Shaw]

- 이해와 재능만이 양식적良識的이며 명석한 조언자다. [Balzac]
- 이해하지 못한 것은 소유하지 못한다. [Friedrich Nietzsche]
- 이해한다는 것은 인정하는 것의 시작이다. [Spinoza]
- 인간은 자기가 이해하지 못하는 사물은 언제나 부정하고 싶어 한다.

[Pascal]

- 인생의 본질은 남을 이해한다는 점에 있다. [Goethe]
- 인생이란 인생을 이해하기 위해서

가 아니라 살기 위해서 만들어졌다.

[George Santayana]

- 자신을 깨달았을 때 비로소 남의 마음도 이해하게 된다. [Eric Hoffer]
- 젊은이들은 읽고, 어른들은 이해하고, 노인들은 칭찬한다. [Cervantes]
- 죄를 이해하는 사람들은 덕과 기독교를 이해하고, 자기 자신과 세계를 이해한다. [Novalis]
- 칭찬은 이해를 뜻한다.

[Kahlil Gibran]

- 하나를 충분히 이해하기 위해서는 모든 것을 이해하지 않으면 안 된다.

[Herbert Read]

| 이혼離婚 |

- 어느 쪽에 이혼의 책임이 있는가? 양쪽이거나 아니면 어느 쪽에도 책임이 없다. [Perezkovsky]
- 우정은 마음의 혼인이지만, 이 혼인은 이혼하는 버릇이 있다. [Voltaire]
- 이혼은 극히 자연스러운 것이며, 대개의 집에서는 매일 밤 그것이 부부 사이에서 잠들고 있다. [Sangfor]
- 이혼은 불륜의 성사이다.

[Joseph F. Guichard]

- 이혼은 여자에게 명예가 아니다.

[Euripides]

- 이혼은 진보된 문명에 있어서는 필

요하다.　　　　　　[Montesquieu]
- 저마다 신발로 어디가 아픈지를 안
다.　　　　　　　　[Plutarchos]

| 익살 |

- 어리석지 않은 익살꾼은 없다.
　　　　　　　　[Jonathan Swift]
- 익살은 웃음을 자아내는 효과가 가
장 큰 순간 바로 멈추어야 한다.
　　　　　　　　　[Ch. Cailler]

| 익숙해짐 |

- 압생트(높은 도수의 와인)는 시간
이 지나면 꿀보다 더 달다.
　　　　　　　　[Demophilius]

| 익음 |

- 배가 익으면 떨어져야 한다.
　　　　　　　　[Carmonteile]
- 익기 전에 떫지 않은 과일은 없다.
　　　　　　　　[Publius Syrus]

| 인간 / 인간성人間性 |

- 그저 와서 박수만 치는 인간도 목적
에 기여하는 바가 있다.
　　　　　　　　[H. B. Adams]

- 나는 흔히 인간 속에 인간의 모습을
찾지 못한다.　　　　[Wittgenstein]
- 냉정하면서 열기와 성급함이 없는
것은 훌륭한 자질이다. 괴팍한 자는
불행하다. 아무것도 그를 만족시킬
수 없기 때문이다.　　[La Fontaine]
- 동일한 인간이라도 포도주처럼 달
고, 동시에 쓸 수도 있다.
　　　　　　　　[Plutarchos]
- 모든 것이 인간 속에 있다. 모든 것
이 인간을 위하여 있는 것이다.
　　　　　　　　[Auguste Rodin]
- 모든 사람에게는 태양이 있다. 그
들이 빛나도록 내버려 두라.
　　　　　　　　[Socrates]
- 모든 사람은 조물주의 손에서 나올
때는 완전하다. 그러나 인간의 손
에서 타락한다.　　[J. J. Rousseau]
- 모든 사람의 마음속에는 호랑이와
돼지와 나귀와 나이팅게일이 있다.
성격의 차이는 이 넷의 고르지 못한
작용에서 생긴다.　　　[A. Bierce]
- 모든 인간에게는 자기의 값이 있다.
　　　　　　　　[R. 월포올 경]
- 모든 인간은 무엇인가에 대해서 속
물이다.　[Aldous Leonard Huxley]
- 모든 인간은 스스로가 사색하는 세
계관에 의하여 성실한 인격을 지녀
야 할 사명을 가지고 있다.
　　　　　　　[Albert Schweitzwe]

- 모든 인간은 자기 이외의 인간은 모두 죽는다고 생각한다.   [V. Young]
- 바다의 물이 마르면 나중에는 밑이 보인다. 그러나 사람은 죽어도 마음은 알지 못한다. [명심보감明心寶鑑]
- 사람의 성격에 대한 진정한 시험은 아무도 보지 않을 때 그가 무엇을 하는가이다.   [John Wooden]
- 40세가 지나면 인간은 자신의 습관과 혼인해버린다.   [G. Meredith]
- 세상에서 인간보다 약한 것은 아무것도 없다.   [Homeros]
- 신기한 것은 많다. 그러나 인간만큼 신기한 것은 없다.   [Sophocles]
- 신은 이야기를 좋아하기 때문에 인간을 창조했다.   [Elie Wiesel]
- 얼마나 많은 인간이 죄 없는 이들의 피와 목숨으로 살고 있는가!

  [F. La Rochefoucauld]
- 엄격히 말해서 인간은 객체이고 인생은 객관이다.   [유주현]
- 여러분이 만약 읽는 법을 안다면 인간은 모두가 한 권의 책이다.

  [W. E. Channing]
- 우리가 인간성에 대해 정말로 유일한 것은, 그것이 변화한다는 것이다. 우리가 말할 수 있는 유일한 속성은 변화이다.   [Oscar Wilde]
- 우리는 사람을 알려고 할 때, 그 사람의 손이나 발을 보지 않고 머리를 본다.   [Jean Calvin]
- 우리는 영적인 경험을 하는 인간이 아니다. 우리는 인간 경험을 하는 영적인 존재이다.

  [Teilhard de chardin]
- 이 세상에 인간만큼 배반하는 짐승도 없다.   [Montaigne]
- 인간들은 새가 날아다니는 것같이 변덕스럽다.   [Aristophanes]
- 인간만이 부끄러움을 아는 동물이다. 혹은 그럴 필요가 있는 동물이다.

  [Mark Twain]
- 인간만이 인간 자신의 행복을 만들어 낸다.   [Anton P. Chekhov]
- 인간 ― 시간의 한가운데 부패의 회로.   [Pierre Emmanuel]
- 인간에게 가장 많은 재화災禍를 부르는 것은 인간이다.   [Plinius II]
- 인간에게는 증오와 불쾌를 잊어버리게 하는 성질이 있다.   [C. Chaplin]
- 인간에겐 행복 이외에 전혀 똑같은 분량의 불행이 항상 필요하다.

  [Dostoevsky]
- 인간에 관한 참된 학문, 참된 연구소 이것이 인간이다.   [P. Charron]
- 인간은 강하여 하늘을 이길 수 있다.

  [일주서逸周書]
- 인간은 거래를 하는 동물이다. 개는 뼈를 교환하지 않는다.

  [Adam Smith]

- 인간은 그들의 여러 가지 표상, 여러 가지 관념의 생산자이다.

  [Friedrich Engels]
- 인간은 까탈 부리는 타락한 존재이다.

  [Viene]
- 인간은 남과 다른 것처럼 자기와도 때때로 다른 사람이다.

  [La Rochefoucauld]
- 인간은 누구나 몸속에 야수를 숨기고 있다. [Friedrich II]
- 인간은 도구를 사용하는 동물이다.

  [Thomas Carlyle]
- 인간은 때로는 오류를 범하면서도 다리를 떨고, 비틀거리면서도 전진한다. [John Ernest Steinbeck]
- 인간은 만물의 척도이다.[Protagoras]
- 인간은 말하자면, 부단히 배우는 유일한 존재다. [Pascal]
- 인간은 모두 발견의 항해 도상에 있는 탐구자이다. [Ralph W. Emerson]
- 인간은 무한히 잔인할 수 있는 힘을 가지고 있다고 생각한다.

  [Arnold Toynbee]
- 인간은 물적 가치의 세계와 영적 가치의 세계에 살고 있습니다.

  [Pope John Paul II]
- 인간은 미끄러져 넘어지면서도 발을 뻗어 전진한다. [J. Steinbeck]
- 인간은 방랑에 대한 동경과 고향에 대한 동경을 동시에 가지고 있다.

  [Georg Simmel]
- 인간은 삶에 결코 만족해하지 않는다. [Josef von Horvath]
- 인간은 세 가지 벗을 가지고 있다. 아이, 부富, 선행. [Talmud]
- 인간은 신과 같지 않은 것으로, 다만 가장 인간다울 적에 신을 닮는다.

  [Alfred Tennyson]
- 인간은 신과 악마와의 사이에 부유浮游한다. [Pascal]
- 인간은 신이거나 짐승이다.

  [Aristoteles]
- 인간은 어떤 의견을 옳다고 단정하면 모든 상황을 그 의견에 맞추어 그 의견이 정당하다는 것을 주장하기에 편리하도록 끌어모으는 것이다.

  [Francis Bacon]
- 인간은 얼마나 가난하고, 얼마나 풍요하고, 얼마나 비굴하고, 얼마나 당당하고, 얼마나 복잡하고, 얼마나 멋진 존재인가. [Edward Young]
- 인간은 우주의 불량소년이다.

  [Julius Robert Oppenheimer]
- 인간은 이상적 동물이다.

  [L. A. Seneca]
- 인간은 인간성을 초월하지 않으면 비열하기만 하다. [L. A. Seneca]
- 인간은 인간에 대해서 늑대이다.

  [Titus M. Plautus]
- 인간은 인간인 한 신 가까이에 살고

있다. [Herakleitos]

- 인간은 인류를 뛰어넘지 않는 이상, 비천하고 비열한 존재이다.
[L. A. Seneca]
- 인간은 자기 자신에 의해서만이 구제된다. 자기에 의해서, 그리고 자기 속에서. [Karl Emil Franzos]
- 인간은 자유이며, 항상 자기 자신의 선택에 의해서 행동해야 한다.
[Jean Paul Sartre]
- 인간은 조물주의 상像이다.
[Shakespeare]
- 인간은 조상보다 동시대의 사람들을 더 많이 닮는다. [Ralph Emerson]
- 인간은 지구의 질환이다.
[George Bernard Shaw]
- 인간은 진리에 대해서는 얼음이고, 허위에 대해서는 불이다. [H. Amiel]
- 인간은 참된 것보다 그가 원하는 것을 쉽게 믿어버린다. [F. Bacon]
- 인간은 천국을 기억하고 있는 추락한 신이다. [Lamartine]
- 인간은 초극되어야 할 무엇이다.
[Friedrich Nietzsche]
- 인간은 타인을 도울 때를 제외하고는 완전히 고독하다. [E. Fromm]
- 인간은 하느님과 닮았다는 점에서 모두 평등하며 형제와 같다.
[Erich Fromm]
- 인간은 한 오라기의 갈대다. 자연 속에서 가장 약한 것에 불과하다. 그러나 생각하는 갈대다. [Pascal]
- 인간은 항상 방황한다. 방황하고 있는 동안에는 언제나 무엇을 추구하고 있다. [Goethe]
- 인간을 제대로 이해하는 방법은 한 가지밖에 없다. 그것은 그들을 판단하는 데 결코 서둘지 말 것이다.
[Sainte-Beuve]
- 인간의 목숨은 하늘만큼 크다.
[수호전水滸傳]
- 인간의 운명이여, 너는 마치 바람과 같구나. [Dostoevsky]
- 인간의 위대함은 자신이 비참하다는 사실을 안다는 점에 있다. 나무는 스스로 비참한지 모른다. [Pascal]
- 인간의 일은 무엇이건, 큰 심로心勞에 값하지 않는다. [Platon]
- 인간의 참된 작문, 참된 연구는 인간이다. [Pierre Charron]
- 인간이 근원적이면 근원적일수록 불안은 그만큼 깊다. [Kierkegaard]
- 인간이 뜻을 세우는데 시기적으로 너무 늦었다는 것은 있을 수 없다.
[James Baldwin]
- 인간이란, 사실의 백과사전이다.
[Ralph Waldo Emerson]
- 인간이란, 인생을 이해하기 위해서가 아니라 살기 위해서 만들어졌다.
[George Santayana]

- 인간이란 자기의 운명을 지배하는 자유로운 자를 가리킨다.　[Karl Marx]
- 인간이란, 창조하는 것에 의해서만 자기를 방비할 수가 있다.
　　　　　　　　[Andre Malraux]
- 인간이란, 향기보다도 악취를 더 많이 풍기는 일종의 공해 동물이다.
　　　　　　　　　　[김소운]
- 인간이여! 그대 미소와 눈물의 추錘여!　　　　[George Byron]
- 인간이 이 세상에 존재하는 것은 부자가 되기 위함이 아니라 행복하게 살기 위해서이다.　[Stendahl]
- 인간이란, 종족은 지적 생활에서 벌집단처럼 조직된다. 남성적인 화신化身은 일꾼으로, 본질적 비개인적 보편적인 작위에 헌신하게 되어 있다. 반면 여성은 여왕으로, 무한정의 수태 능력이 있어 어디에서나 자녀를 생산할 수 있다. 그러나 수동적이며, 방법 없는 직감력과 정의감 없는 열정이 풍부하다.　[G. Santillana]
- 인간이라는 말은 사물성事物性을 초월했다는 뜻이다.　[Erich Fromm]
- 인간이 할 수 있는 것은 이 대지에 상흔傷痕을 남기는 것이다.
　　　　　　　　[Andre Malraux]
- 인간 일반을 아는 것은, 개개의 인간을 아는 것보다도 용이하다.
　　　　　　[F. La Rochefoucauld]

- 자기가 살고 있는 시대에 대해 불평하고, 현재의 권력자들에 대해 수군거리고 과거를 탄식하며, 미래에 터무니없는 기대를 걸어보는 것 등은 거의 모든 인류가 가지는 공통된 성질이다.　　　　　[E. Berk]
- 자신도 인간이면서, 그 인간이 나를 인간혐오로 삼는다. [Jules Renard]
- 지구는 피부를 가졌다. 또한 그 피부는 갖가지 질병을 가졌다. 그 질병의 하나가 인간이다.　[F. Nietzsche]
- 책보다는 인간에게서 배울 필요가 있다.　　[La Rochefoucauld]
- 하늘은 사람 위에 사람을 만들지 않았고, 사람 밑에 사람을 만들지 않았다.　　[후꾸자와유기찌福澤論吉]
- 학문 있는 사람이란, 책을 읽어서 많은 것을 아는 사람이다. 교양 있는 사람이란, 그 시대에 맞는 지식이나 양식樣式을 몸소 행하는 사람이다. 그리고 유덕한 사람이란 자기 인생의 의의를 알고 있는 사람이다.
　　　　　　　[Lev N. Tolstoy]
- 한가한 인간은 고인 물처럼 끝내 썩어버린다.　　　[프랑스 격언]
- 한 사람 속에 모든 인간이 조금씩 있다.　[G. C. Lichtenberg]
- 황금은 시석으로 시험되고, 인간은 황금으로 시험된다.　[F. Bacon]

| 인간과 덕德 |

- 덕보다는 돈이 먼저다.　　[Horatius]
- 덕이 있는 친구가 용맹한 친구보다 낫다.　　　　　　　　[Boileau]
- 신중한 자는 자신에게 좋은 일을 하고, 덕이 있는 자는 남에게 좋은 일을 한다.　　　　　　　[Voltaire]
- 인간은 덕보다는 명예를 목말라 한다.　　　　　　　[Juvenalis]
- 청백하면서 너그럽고, 어질면서 결단을 잘하며, 총명하면서 지나치게 살피지 않고, 강직하면서 너무 바른 것에 치우침이 없으면, 이는 꿀을 발라도 달지 않고, 바다 물건이라도 짜지 않음과 같다 할 것이다. 이것이 곧 아름다운 덕이다.　[홍자성洪自誠]
- 학문을 닦으면 날로 할 일이 늘고, 도를 닦으면 할 일이 날로 줄어든다. 줄이고 줄이면 무위無爲의 경지에 이르게 되고, 작위하지 않아도 하지 않는 것이 없다. 이와 마찬가지로 천하는 무위의 덕으로써만 취할 수 있을 뿐, 인위적 노력으로는 결코 취할 수 없는 것이다.　　[노자老子]

| 인간과 돈 |

- 나의 최고 이론을 말한다면, 인류는 다른 두 종족으로 구별된다. 빌리는 인간과 빌려주는 인간으로.
　　　　　　　　　　　　[C. Ram]
- 돈은 선한 자들에게는 행복의 원천이고, 악한 자들에게는 불행의 원천이다.　　　[Alexandria Philon]
- 불은 금을 시험에 들게 하고, 금은 인간을 시험에 들게 한다.　[Diogenes]
- 사람이 진정어린 눈물을 흘릴 때는 죽은 이들 앞에서라기보다 돈을 잃어버렸을 때이다.　　[Juvenalis]
- 인간은 돈을 상대로 하여 사는 것이 아니다. 인간의 상대는 항상 인간이다.　　[Alexandr Pushkin]
- 인류는 두 종류의 명확한 인종으로 구분되어 있다. 빌리는 사람들과 빌려주는 사람들로.　　[Ram]

| 인간과 자연自然 |

- 역사는 인간을 현명하게 하고, 시는 영리한 인간을 만든다. 수학은 인간을 고상하게 하고, 자연철학은 인간을 심오하게 하고, 도덕은 인간을 무섭게 만들며, 논리학과 수사학은 인간을 능한 논쟁자가 되게 한다.
　　　　　　　　　[Francis Bacon]
- 우리의 마음에는 두 개의 문이 있다. 인간은 무엇일까? 그는 보람 없이 애쓰고, 싸우고, 안간힘 하는 어린아이다. 모든 것을 요구하지만 아

무엇도 받을 자격이 없는 그, 결국 그가 얻은 것은 자그마한 무덤일 뿐이다. [Callas]

- 인간은 자연 가운데서도 가장 연약한 한 줄기 갈대에 지나지 않는다. 그러나 인간은 생각하는 갈대다. 우주는 인간을 누르고 꺾기 위해 천재지변을 일으킨다. 그래서 인간은 때로 우주의 횡포로 인해서 희생을 당하는 수가 많다. 하지만 인간은 어디까지나 숭고하다. 왜냐하면 인간은 자기가 죽는다는 것과, 또 우주에 대한 자기의 우위를 알고 있기 때문이다. [Blaise Pascal]
- 인간! 이 얼마나 고상한 말인가? 인간은 연민해야 할 것이 아니라 존경해야 할 것이다. [Maxim Gorky]
- 자연 속에서 인간은 무엇인가? 무한한 것과의 관계에서는 무無이며, 무와의 관계에서는 모든 것이니, 무와 모든 것의 중간이다. [B. Pascal]

| 인간관계 |

- 가는 사람 붙잡지 말고, 오는 사람 막지 말자. [맹자孟子]
- 갑자기 친해진 관계는 머지않아 후회하게 된다. [Thomas Fuller]
- 그들이 원하는 공감을 주어라. 그러면 그들은 당신을 사랑할 것이다. [Dale Breckenridge Carnegie]
- 그 유명한 사람들은 그들의 삶의 각주인 가부장적인 짐을 아주 무겁게 가지고 다녔다. [Elizabeth Hardwick]
- 나는 인간이니까 인간에 관한 것으로 나에게 상관없는 일은 없다. [Terentius]
- 남의 인생에 함부로 간섭해서는 안 된다. [Henry James]
- 너로 인해 나은 것들은 분명 너에게로 다시 돌아간다. [맹자]
- 다른 사람의 인생에 함부로 간섭하여서는 안 된다. [Henry James]
- 다른 사람이 우리를 어떻게 생각하는지는 결코 우리가 상관할 문제가 아니다. [Andrew Mattews]
- 당신을 더 나은 사람으로 만들어줄 사람들과 어울려라. [Oprah Winfrey]
- 당신이 행한 봉사에 대해서는 말을 아끼지만, 당신이 받았던 호의들에 대해서는 이야기하라. [L. A. Seneca]
- 모든 사람에게 예절 바르고, 많은 사람에게 붙임성 있고, 몇 사람에게 친밀하고, 한 사람에게 벗이 돼라. 그리고 아무에게도 적이 되지 마라. [Benjamin Franklin]
- 본인과 상대의 입장을 항상 바꿔서 생각해 봐야 한다. [공자孔子]

- 사람과 사람이 접촉에 있어서 가장 큰 신뢰는 충고를 주고받는 것이다. [Francis Bacon]
- 사람은 좋은 것이지만 비용이 너무 많이 든다. 내가 지불해야 하기 때문이다. [Ralf Waldo Emerson]
- 상대를 대할 때 나에게 대하는 것과 같이 소중하게 대하라. [공자]
- 상대방에게 맞추려면 먼저, 상대방이 나와 다르다는 것을 인정해야 한다. [법정法頂 스님]
- 생산적이라는 것이야말로 올바른 인간관계에 대한 단 하나의 정의이다. [Peter F. Drucker]
- 세상과 같이 우리 모드가 친구와 친척이 될 수는 없습니다. 우리 대부분은 낯선 사람이어야 합니다. [Bernard Malamud]
- 옛날 친구를 만나거든 마땅히 의기를 더욱 새롭게 하라. 비밀스런 일에 처하거든, 마땅히 마음자리를 더욱 나타나게 하라. 노쇠한 사람을 대함에는 마땅히 은례恩禮를 더욱 융성하게 하라. [홍자성洪自誠]
- 오래 가지 않을 거면 혼자 가고 오래 가려면 함께 가라. [Napoleon]
- 우리가 모든 관계에 넣는 가장 중요한 요소는 우리가 말하거나 행동하는 것이 아니라 우리 자신이다. [Stephen Richards Covey]
- 원한을 품지 말라. 대단한 것이 아니라면 정정당당하게 자기가 먼저 사과하라. 미소를 띠고 악수를 청하면서 일체를 흘러버리고자 제안하는 사람이 큰 인물이다. [A. Carnegie]
- 이해관계가 있을 때만 남에게 친절하고 어질게 대하지 말라. 이해관계를 떠나서 누구에게나 친절하고 누구에게나 어진 마음으로 대하라. 어진 마음 자체가 따스한 체온이 되기 때문이다. [Blaise Pascal]
- 인간과 인간 사이에는 사랑 이외의 재산은 없다. [Auerbach]
- 인간관계의 분야에 있어 신념이란, 어떤 중요한 우의관계나 애정관계에 있어서 불가결한 특질이다. '남을 신뢰한다는 것'은 자신의 기본적인 태도와 자신의 인격의 핵심과 자신의 사랑의 핵심에 대하여 성실과 불변성을 확인하고 있음을 의미한다. [Erich Fromm]
- 인간은 태어나면서부터 인간관계 속에 던져지게 되고, 인생의 삶은 인간관계 속에서 펼쳐지게 된다. [작지 미상]
- 인간 행복의 90%는 인간관계에 달려 있다. [S. A. Kierkegaard]
- 좋은 청취자가 돼라. 남이 자기 자신에 관하여 말하도록 격려하라. [Dale Breckenridge Carnegie]

- 친절과 지성이 항상 함정과 함정에서 우리를 구해 주는 것은 아니다. 사랑, 의지, 상상력의 실패는 항상 있다. 인간관계에서 위험을 피할 수 있는 방법은 없다.
  [Barbara Grizzuti Harrison]
- 평소에 공손하고, 일을 함에 신중하고, 사람을 대함에 진실하라. 그러면 비록 오랑캐 땅에 간다 할지라도 버림받지 않으리라.　　[공자孔子]

| 인간의 결점缺點과 장점 |

- 결점 중에서 가장 큰 결점은 그것을 전혀 깨닫지 못하는 것이다.
  [Thomas Carlyle]
- 그대가 하고 싶은 대로 어떤 사람의 마음속을 들여다보라. 그대는 누구에게서나, 그가 숨겨두어야 할 점을 적어도 하나는 발견할 것이다.
  [Henrik Ibsen]
- 모든 사람은 하나하나의 달과 같은 것, 남에게는 절대로 보여주지 않는 어두운 면을 가졌다.　[Mark Twain]
- 사람에게는 빠지기 쉬운 여덟 가지 잘못이 있으니, 잘 살피지 않으면 안 된다. 자기가 할 일이 아닌데 하는 것을 주책이라 하고, 상대방이 청하지도 않은 의견을 말하는 것을 망령이라 하며, 남의 비위를 맞추어 말하는 것을 아첨이라 하고, 시비를 가리지 않고 마구 말하는 것을 분수 적다고 하며, 남의 단점을 말하기 좋아하는 것을 참소라 하고, 남의 관계를 갈라놓는 것을 이간이라 하며, 나쁜 짓을 칭찬하여 사람을 타락시킴을 간특하다 하고, 옳고 그름을 가리지 않고 비위를 맞춰 상대방의 속셈을 뽑아보는 것을 음흉하다고 한다. 이 여덟 가지 잘못은 밖으로는 남을 어지럽히고, 안으로는 자기 몸을 해친다. 때문에 군자는 이런 사람을 친구로 사귀지 않고, 명군은 이런 사람을 신하로 삼지 않는다.　[장자莊子]
- 사람은 결점을 그대로 바로잡을 수 없다. 그러기 위해서는 먼저 그 결점을 달갑게 인정할 것이 필요하다.
  [Andre Gide]
- 사람은 모두가 자신에 관해서 말하고 싶어 한다. 때로는 자기의 결점까지도 늘어놓으려고 덤빈다.
  [F. La Rochefoucauld]
- 사람마다 몸에 밴 결점은 파리와 같다. 아무리 쫓아도 반드시 되살아와서는 한층 더 괴롭힌다. 그러나 그 결점을 꺼리지 말고 자신에게 좋은 스승이라고 생각하라.　[J. Renard]
- 세상 사람들은 나보다 나은 사람을 싫어하고, 나에게 아첨하는 자를 좋아한다.　　　　　[소학小學]

- 세상은 사람을 돌아간 사람이라고 말한다. 죽은 사람을 돌아간 사람이라고 하는 말은, 곧 살아있는 사람은 길 가는 사람이라는 뜻이다. 길 가는 사람이 돌아갈 줄 모른다면, 이는 집을 잃고 방황하는 사람이다. 그런데 한 사람만이 집을 잃고 방황한다면, 온 세상이 그를 그르다고 비난하겠지만, 온 세상 사람들이 집을 잃고 방황하고 있으니 아무도 그른 줄을 모르고 있다.　　　　[안자晏子]
- 신은 우리에게 얼마간의 결점을 주어 인간에 그치게 한다. [Shakespeare]
- 실패로 넘어지는 사람보다, 자기가 먼저 항복해버리는 사람이 훨씬 많다. 그들에게 주고 싶은 것은 지혜나 돈이나 재간이 아니라 뼈다. 하늘거리는 몸에 굵은 뼈를 넣어주고 싶다.　　　　　　[Henry Ford]
- 싫어하는 사람을 상대하는 것도 하나의 지혜이다. [Baltasar Gracian]
- 위인의 결점은 바보들의 위안이다.
　　　　　[Ralph Waldo Emerson]
- 인간은 자기가 가지고 있는 것이 총화가 아니라, 아직 가지지 못한 것 혹은 앞으로 가질지도 모르는 것의 총화이다.　　　　[Jean Paul Sartre]
- 인간의 으뜸가는 장점은 자기의 천성의 충동을 억제하는 데 있다.
　　　　　　[Samuel Johnson]

- 인간이라는 것은, 자신의 이기적인 용무에는 철두철미하게 비겁한 주체이지만, 사상을 위해서는 영웅처럼 싸운다.　　[George Bernard Shaw]
- 장점이 명성보다 더 값지다.
　　　　　　　[Francis Bacon]
- 전혀 결점을 보이지 않는 인간은 바보가 아니면 위선자이다.
　　　　　　　[P. L. Joubert]
- 지금 다섯 개의 송곳이 있다면, 이들 중 가장 뾰족한 것이 먼저 무디어질 것이며, 다섯 개의 칼이 있다면, 이들 중 가장 날카로운 것이 먼저 닳을 것이다. 그래서 맛있는 샘물이 먼저 마르고 쭉 뻗은 나무가 먼저 잘리며, 신성한 거북이 먼저 불에 구워지고, 신성한 뱀이 먼저 햇빛에 말려진다. 비간比干이 죽임을 당한 것은 그가 고상했기 때문이고, 맹비孟賁가 죽임을 당한 것은 그가 용감했기 때문이며, 서시西施가 물에 빠져 죽은 것은 그가 아름다웠기 때문이며, 오기吳起가 몸을 찢긴 것은 그가 일을 잘했기 때문이다. 이들은 모두 장점 때문에 죽은 것이다. 그러므로 너무 성한 것은 지키기 어렵다고 했다.　　[묵자墨子]

| 인간의 고락苦樂 |

- 고통은 인간의 위대한 교사이다. 그

입김을 받음으로써 마음이 풀려간다. [W. Eschenbach]

- 돼지가 되어 즐거워하는 것보다 사람이 되어 슬퍼하는 것이 낫다. [Socretes]
- 악이 우리에게 선을 인식시키듯이 고통은 우리에게 기쁨을 느끼게 한다. [Kleist]
- 위대한 사상은 반드시 커다란 고통이라는 밭을 갈아서 이루어진다. 갈지 않고 둔 밭에서는 잡초만 무성할 뿐이다. 사람도 고통을 겪지 않고서는 언제까지나 평범하고 천박함을 면하지 못한다. [Carl Hilty]
- 죽으려 하기보다는 살려고 하는 것이 대개는 훨씬 용기를 필요로 하는 시험이다. [Vittorio Alfieri]
- 천 년 후에도 인간은 '아, 인생이란 괴로운 것이야.' 라고 한탄할 것이 틀림없다. 그리고 또, 지금처럼 죽음을 두려워하고 죽는 것을 싫어할 것임에 틀림없다. [Chekhov]
- 출생이나 죽음을 모면할 수는 없다. 인간은 그 중간의 삶을 즐길 수밖에 없다. [George Santayana]

| 인간의 능력能力 |

- 사람이 올바르게 볼 수 있는 것은 마음으로 하는 것뿐이다. 필수적인 것은 눈에 보이지 않는다. [A. M. R. de Saint-Exupery]
- 손자나 오자吳子에게 창을 들러 메게 하면, 한 사람분의 일밖에 하지 못한다. 그러나 그들의 방법을 사용하면 일만의 병사도 능가한다. [포박자抱朴子]
- 인간들은 그들이 얼마나 고결하게 살 수 있느냐 하는 데는 관심을 두지 않고, 얼마나 오래 살 수 있느냐 하는 문제만을 애써 생각한다. 고결한 삶은 자신들의 능력을 이룰 수 있지만, 오래 사는 것은 사람의 능력으로는 결정될 수 없는 문제임에도 불구하고. [L. A. Seneca]
- 인간은 가능성의 보따리다. 그의 인생이 끝나기 전에 그에게서 인생에서 무엇을 꺼내는가에 따라 그의 가치는 정하여진다. [Harry Emerson Fosdick]
- 인간은 이제껏 나온 모든 컴퓨터 중에서 가장 훌륭한 컴퓨터이다. [John F. Kennedy]
- 인간은 총검으로서 모든 일을 할 수 있는 것이다. 그 위에 있는 것 외에는. [라제란]
- 인간이 현명해지는 것은, 경험에 의한 것이 아니고, 경험에 대처하는 능력에 따르는 것이다. [George Bernard Shaw]

- 인생의 시초는 곤란이다. 그러나 성실한 마음으로 물리칠 수 없는 곤란도 거의 없다. [Socrates]
- 행위, 과학, 예술, 문학에서 이룬 모든 인간의 업적을 합하라. ― 거기에서 40세 이상의 사람이 하는 일을 제거하라. 그러면 커다란 보물들을, 그것도 막대한 가치의 것들을 잃을까 걱정되겠지만 실질적으로는 현재의 상태가 될 것이다. 이 세상에서 일어나는 효과적이고, 감동적이며, 활기를 불어넣는 대부분의 업적은 25세와 40세 사이에서 이루어진다. [Harvey. Cushing]

| 인간의 덕성德性 |

- 덕은 도량을 따라 늘어나고, 도량은 식견으로 말미암아 커진다. 그러므로 그 덕을 두텁게 하려면 그 도량을 넓혀야 하고, 그 도량을 넓히려면 그 식견을 키워야 한다.(덕수량진德隨量進 양유식장量由識長) [채근담菜根譚]
- 우리들은 때때로 인간의 덕성에서보다도 잘못에서 더 많은 것을 배운다. [H. Wordsworth Longfellow]
- 이익에 있어 투철한 사람은 흉년도 그를 죽이지 못하고, 덕에 있어 투철한 사람은 사악한 세상도 그를 혼란시키지 못하느니라. [맹자孟子]
- 인간은 덕보다도 악으로 더 쉽게 지배된다. [B. Napoleon]
- 참으로 사람이라고 부르기에 부끄럽지 않은 사람은 자기의 일신을 돌보지 않고 남을 위해 일하는 사람이다. [Walter Scott]

| 인간의 반성反省 |

- 만족하는 돼지가 되기보다는 불만족한 인간이 되는 편이 낫다. 만족한 바보보다 불만족한 소크라테스가 되는 편이 낫다. [John Stuart Mill]
- 모든 사람은 마음속에 거울을 가지고 있다. 그 거울에 의해서 자기 자신의 죄와 모든 나쁜 점을 뚜렷하게 비춰볼 수 있다. 그러나 우리는 거의 그 거울에 비치는 것은 자기가 아니라 어떤 다른 물체라고 생각한다. [Schopenhouer]

| 인간의 변화變化 |

- 사색을 할 동안 인간은 신과 같이 된다. 그러나 행동과 욕망에서는 환경의 노예일 뿐이다. [William Russell]
- 사람은 태어나서 늙을 때까지, 얼굴과 모습과 지혜와 행동이 하루도 변하지 않는 날이 없다. [죽태粥態]

| 인간의 본성本性 |

- 거울은 모양을 비추고, 술은 마음을 나타낸다. [백거이白居易]
- 넘어진 자를 발로 차는 것이 인간의 본성이다. [Aeschylos]
- 무릇 사람들이 선해지고자 하는 것은 본성이 악하기 때문이다. 대개 세상 사람들은 얇으면 두터워지기를 바라고, 보기 흉하면 아름다워지기를 바라며, 좁으면 넓어지기를 바라고, 가난하면 부해지기를 바라며, 천하면 귀해지기를 바란다. 진실로 자기 가운데 없는 것은 반드시 밖에서 구하게 되는 것이다. [순자荀子]
- 사람은 달이다. 저마다 감추려는 어두운 면이 있다. [Mark Twain]
- 사람을 살피는 데는 눈동자를 보는 것 만한 것이 없다. 눈동자는 그의 악함을 은폐하지 못한다. 가슴속이 바르면 눈동자가 밝고, 밝지 못하면 눈동자가 어둡다. 그러므로 그의 말을 들으면서 그 눈동자를 바라보면 내심을 숨길 수 있으랴. [맹자孟子]
- 사람의 본성은 서로 가까우나, 습관으로 인해 성품이 서로 멀어진다. [논어論語]
- 사람의 본성이 악하다면, 예의는 어떻게 생겨났는가? 성인聖人은 생각을 쌓고 작위作爲를 익혀서, 그것으로써 예의를 만들어내고 법도를 제정한다. 그러나 예의와 법도는 성인의 작위에 의해서 생겨난 것이지, 본시 사람의 본성으로부터 생겨난 것이 아니다. 눈이 색깔을 좋아하고, 귀가 소리를 좋아하며, 입이 맛을 좋아하고, 마음이 이익을 좋아하며, 신체의 피부, 그리고 근육이 상쾌하고 편안함을 좋아하는데, 이것은 모두 사람의 감정과 본성으로부터 생겨나는 것이다. 그러므로 성인이 여러 사람들과 다름없는 것이 본성이고, 여러 사람들과 다르고도 훨씬 뛰어난 것이 작위인 것이다. [순자荀子]
- 사람의 본질은, 잘 살고, 못 살고, 어린이고, 어른이고 간에 아무런 차이가 없다. 사람들이여, 그대의 힘이든, 마음의 모양이든, 모두가 그대 자신의 것이다. 그중에서도 마음의 모양은 인생 교육의 대상이며, 향상의 계기가 되어준다. 순진한 행복을 바라는 인간의 힘은 밖에서 우연한 기회에 얻을 수 있는 것이 아니다. 오직 그 심정에 파묻힌 힘에서 파낼 수 있는 것이다. [Johann H. Pestalozzi]
- 사람의 성품은 물과 같아서 한번 쏟아지면 다시 주워 담을 수가 없다. [경행록景行錄]
- 사람의 타고난 본성은 서로 가까우

나, 습관으로 인해 성품이 서로 멀어진다.　　　　　　　[공자孔子]
- 사람이 어떻게 칭찬을 받아들이는가를 보면, 그 사람의 성격을 알 수 있다.　　　　　　[L. A. Seneca]
- 사랑이 햇빛이면, 마음은 그늘이다. 인생은 그늘과 햇빛으로 짠 바둑판무늬다.　[H. Wordsworth Longfellow]
- 식욕과 색욕은 인간의 본성이다.
　　　　　　　　　　　[고자告子]
- 신神은 작가이고, 인간은 연기자에 불과하다. 지상에서 연기되는 웅대한 작품들은 천상에서 저술된 것이다.
　　　　　　　[Honore de Balzac]
- 어떤 인간의 내부에도 굳게 얽혀진 신과 야수가 살고 있다.
　　　　　　[D. S. MereJkovsky]
- 인간은 갈대, 즉 자연에서 가장 약한 것에 지나지 않는다. 그러나 인간은 생각하는 갈대이다.　[Pascal]
- 인간은 극히 제한된 환경 아래에서 생을 위해 적응하는 피조물이다. 어느 정도의 온도, 대기 성분의 경미한 변화, 식물의 정밀한 적합성이 건강과 질병, 삶과 죽음 간의 차이를 나타낸다.　　　　　[R. S. 볼]
- 인간은 나뭇잎과 같이 대지의 은총으로 과일을 먹고, 반짝반짝 아름답게 번성할 때도 있다. 그러나 어느 순간 변하여 갑자기 덧없이 사멸하는

것이 인간의 생명이다.　[Homeros]
- 인간은 동물 중에서 가장 영리하며 가장 미련하다.　　[Diogenes]
- 인간은 모든 탐험의 항로를 노 저어 가는 발명가들이다.　[Emerson]
- 인간의 마음은 산천山川보다 험하다.
　　　　　　　　　　　[공자孔子]
- 인간은 본래 영원을 향한 끊임없는 갈망이며, 신을 향한 동경이다. 그러기에 우리의 천성이야말로 가장 고귀한 것이다.　[F. Schlegel]
- 인간의 본성은 오랫동안 묻혀 있다가도 기회와 동기가 주어지면 다시 살아나는 법이다.　　　　[미상]
- 인간의 본성에 대한 지식은 정치교육의 시작이고 마지막이다.
　　　　　　　　[Henry Adams]
- 인간의 본성은 약초藥草가 되든가, 잡초雜草가 되든가, 그 어느 한쪽이다. 그러므로 약초라면 물을 주고 잡초라면 제거해 버릴 일이다.
　　　　　　　[Francis Bacon]
- 인간의 본질은 고뇌이다.
　　　　　　　[Andre Malraux]
- 인간이란, 결국은 소화기와 생식기에서 성립되는 것이다.
　　　　　[Remy de Gpourmont]
- 인간이란 종족은 지적 생활에서 벌집단처럼 조직된다. 남성적인 화신은 일꾼으로, 본질적으로 비개인적

보편적인 작위에 헌신하게 되어 있다. 반면 여성은 여왕으로, 무한정의 수태능력이 있어 어디에서나 자녀를 생산할 수 있다. 그러나 수동적이며, 방법 없는 직감력과 정의감 없는 열정이 풍부하다.

[George Santayana]

- 자기가 할 수 있는 모든 것을 하는 것은 인간이 되는 것이요, 자기가 하고 싶은 모든 것을 하는 것은 신이 되는 것이다. [Napoleon Ⅰ]
- 재능은 조용한 곳에서 발달하고, 성격은 인간생활의 격류에서 이루어진다. [Goethe]
- 지금 사람들은 스승과 법도에 교화敎化된다. 학문을 쌓고 예의를 실천하는 사람을 군자라 하고, 본성과 감정을 멋대로 버려둔 채 성나는 대로 행동하며 예의를 어기는 자를 소인이라 한다. 이렇게 본다면, 사람의 본성은 악함이 분명하며, 본성이 선하다는 것은 거짓이다. [순자荀子]
- 하늘이 인간에게 명하는 것을 성性이라 하고, 그 성을 따르는 것을 도道라 하고, 그 도를 닦는 것을 교敎라고 한다. [자사子思]

| 인간의 사랑 |

- 대저 종이란 치면 소리가 난다. 쳐도

소리가 나지 않는 것은 세상에서 버린 종이다. 또 거울이란, 그림자가 나타난다. 비추어도 그림자가 나타나지 않는 것은 세상에서 버린 거울이다. 대저 사람이란, 사랑하면 따라온다. 사랑해도 따라오지 않는 사람은, 또한 세상에서 버린 사람이다.

[정황]

- 인간은 그가 사랑하고 있는 자에게는 쉽게 속는다. [Moriel]
- 인간의 사랑은 인간의 위대한 영혼을 더욱 위대한 것으로 만든다.

[J. C. F. Schiller]

- 인간이 서로 사랑할 때 서로 기다리지 않는 법이다. 젊은 남자나 여자는 그 사랑의 대상이 그들의 호소에 귀를 기울이지 않건, 적대시하건, 무관심하건, 언제나 사랑하는 법이다. 그것은 무조건의 사랑이다.

[C. V. Gheorghiu]

- 일반 대중의 심리 작용은, 사랑은 미움의 시발이 되고, 은덕恩德은 원망의 근원이 된다. [관자管子]

| 인간의 완전성 |

- 가장 무서운 것은 자신을 완전히 받아들이는 것이다. [Carl G. Jung]
- 사람은 날마다 약간의 노래를 듣고, 좋은 시를 읽고, 훌륭한 그림을 보

고, 또 가능하다면 몇 마디의 합당한 말을 해야 한다.　　　　[Goethe]
- 산다는 것은 천천히 태어나는 것이다.　　　　[Saint Exupery]
- 이익이 앞에 있을 때 의리를 생각하고, 위급한 시기에 목숨을 내놓으며, 오랜 약속을 평생토록 잊지 않고 지킨다면 완성된 사람이라 하겠다.

　　　　[채근담菜根譚]

┃ 인간의 위대성偉大性 ┃

- 나는 이 우주의 어느 한 고장만을 위해서 태어난 것이 아니다.

　　　　[L. A. Seneca]
- 만약 사람이 타인의 기분을 대국적인 견지에서 보지 못한다면 영속할 수 있는 벗이란 거의 없을 것이다.

　　　　[Georg Christoph Lichtenberg]
- 사람마다 귀하고자 함은 다 같이 가지고 있는 소원이다. 그러나 사람이 몸에 귀한 것을 두었건만, 그것은 생각지 아니하고 남이 주는 벼슬로써 귀하게 여긴다면, 그는 진실한 귀함을 모르는 사람이다.　[맹자孟子]
- 우리 모두는 불가능한 상황으로 훌륭하게 위장한 일련의 위대한 기회들에 직면해 있다.

　　　　[Charls Rozell Swindoll]

- 우리가 인간성에 대해 정말로 아는 유일한 것은, 그것이 변화한다는 것이다. 우리가 말할 수 있는 속성은 변화이다.　　　　[Oscar Wilde]
- 우리에게는 글보다 인간에 대해 공부하는 것이 더 필요하다.

　　　　[F. La Rochefoucauld]
- 인간은 우주의 다른 어떤 유기체나 무기체와 다른 존재다. 자기의 할 일 이상으로 자라서, 자기 개념의 사다리를 밟아 올라가 자신의 꿈을 성취하는 존재다.　[J. E. Steinbeck]
- 인간은 회灰 속에서도 화려하고, 무덤 속에서도 호화로운 고상한 동물이다.　　　　[T. Brown]
- 인간의 가치는 다이아몬드의 가치와 같은 것으로서, 크기, 순수성, 완벽성 등이 일정한 범위 안에 있을 경우에는 값이 고정되며 또한 표시된다. 그러나 이 범위를 넘어서면 값도 정할 수 없거니와, 또 살 사람이 절대로 나타나지 않는다.　[N. S. Chamfort]
- 인간의 위대함은, 자기 자신이 보잘 것없음을 깨닫는 점에 있다. 그러나 짐승이나 수목은, 자기 자신이 보잘 것 없다든지, 또 자기 자신이 어떠한 위치에 있다는 것을 모르기 때문에 인간과는 커다란 차이가 있다.

　　　　[Blaise Pascal]
- 인간이 위대하다는 것은 그가 자신

이 비참하다는 것을 알고 있다는 점에서 위대한 것이다.   [Pascal]

- 인간이란, 하나의 총합―무한과 유한, 시간적인 것과 영원한 것, 자유와 필연이다.   [Kierkegaard]
- 인류의 위대함은 인간이 되는 것이 아니라 인간적인 것에 있다.   [Mahatma Gandhi]
- 지구상에는 인간 이외에 더 위대한 것이 없다.   [W. Hamilton]

| 인간의 전진前進 |

- 내 비장의 무기는 아직 손안에 있다. 그것은 희망이다.   [Napoleon]
- 몸을 잘 닦지 않는다면, 어찌 인간으로서 기대할 수 있겠으며, 개인을 잘 수양하지 않는다면, 어찌 한 집안으로서 기대할 수 있겠는가. 집안을 잘 다스리지 않는다면, 어찌 고을로서 기대할 수 있겠으며, 고을을 잘 다스리지 않는다면 어찌 국가로서 기대할 수 있겠는가.   [관자管子]
- 사람은 1년 먹을 양식을 광 속에 저장하듯이 행복도 모아 두었다가 소비할 수 있는 것으로 생각하고자 한다. 이것은 잘못된 생각이다. 사람은 앞으로 나아가는 것이지, 한군데 남아 있으라는 것이 아니다. 앞으로 나아가는 사람에게는 행복이 따르고, 멈추는 사람에게는 행복도 멈춘다.   [Ralph Waldo Emerson]

- 인간다운 모든 것은 전진하지 않으면 퇴보해야 한다.   [E. Gibbon]
- 인간은 모두가 자기보다 우수한 인간을 낳기 위해서 살고 있다.   [Maxim Gorky]
- 자연自然은 회전하지만, 인간은 전진한다.   [V. Young]

| 인간의 특성特性 |

- 사람은 누구나 독특한 정신상의 기질을 가지고 있다.   [Paedrus]
- 사람은 자기 일보다 남의 일을 더 잘 알고, 더 잘 판단한다.   [Publius Terentius]
- 사회에서 살 수 없거나, 혹은 혼자 힘으로 충분하기 때문에 사회에서 살 필요가 없는 사람은, 짐승이거나 아니면 신인에 틀림없다. [Aristoteles]
- 인간의 가장 가치 있는 특징은 믿지 않아야 할 것에 대한 분별 있는 감각이다.   [Euripides]
- 인간의 예외를 허용치 않는 규칙은 일반적일 수 없다.   [R. Burton]
- 인간이란, 이상한 것이다. 몇 번을 만나도 덤덤한 사람이 있는가 하면 불과 수 분간을 만나도 평생을 잊지 못하는 사람도 있다. [미우라 유이제로]

- 장점이 명성보다 값지다.　[Bacon]

| 인간혐오人間嫌惡 |

- 내가 인간이었다는 것은 곧 내가 싸움꾼이었다는 것을 의미한다.

　　　　　　　　　　[Goethe]
- 불어라 설한 동풍아, 너는 배은망덕한 인간보다는 사납지 않다.

　　　　　　　　[Shakespeare]
- 사십 대이면서 단 한 번도 사람을 혐오해보지 않은 자는 단 한 번도 사람을 사랑해본 적이 없는 사람이다.

　　　　　　　　[Nichora Sangfor]
- 인간을 혐오하는 자는 정직하다. 그리고 그렇기 때문에 인간혐오자인 것이다.　　　[Girardin 부인]

| 인격人格 |

- 가난은 인격의 스승이다.

　　　　　　　　　[Antiphanes]
- 그 사람의 인격은 그가 나누는 대화를 통해 알 수 있다.　[Menandros]
- 꽃향기가 있듯이 사람에게는 품격이란 것이 있다. 그러나 꽃도 그 생명이 생생할 때는 향기가 신선하듯이 사람도 그 마음이 맑지 못하면 품격을 보존하기 어렵다. 썩은 백합꽃은 잡초보다 오히려 그 냄새가

고약하다.　　　　[Shakespeare]
- 나는 내 인격의 완전한 표현을 위해 자유를 원한다.　[Mahatma Gandhi]
- 무엇을 웃긴다고 생각하는 만큼 사람의 인격을 제대로 드러내는 것은 없다. [Johan Wolfgang von Goethe]
- 사람의 됨됨이는 마음에도 나타나지만, 안색에서도 명확하게 드러난다.

　　　　　　　　[G. Mcdonald]
- 사람의 인격은 그 사람의 말에 의해서 드러난다.　　[Menandros]
- 사랑은 부하를 순종케 하고, 위엄은 상관의 체통을 세워준다. 부하는 상관이 사랑하기 때문에 두 마음을 품지 않고, 대장에게 위엄이 있으므로 그 명령을 어기지 않는다. 그러므로 일국一國의 장수된 자는 사랑과 위엄을 겸비해야 한다.　[위조자尉繰子]
- 설득시키는 것은 사람의 말이 아니라 말하는 사람의 인품이다.

　　　　　　　　[Menadros]
- 성숙한 인격의 특징의 하나는 자신을 남과 구별하는 차이를 확실히 자각하여 그것을 있는 그대로 받아들이며, 혹은 그것을 개선하려고 힘쓰는 데 있다.　　[D. Carnegie]
- 우리의 인격은 우리 운명의 전조이고, 우리가 도덕성을 더욱 기르고 지킬수록 우리 운명은 더 단순하고 고결하게 될 것이다.

- 이 지구 위에서 최고의 행복을 지닌 사람은 인격을 지닌 사람이다.

  [Johann Wolfgang von Goethe]
- 인간의 인격은 말하지 않아도 저절로 드러난다. 순간적인 행위와 말, 그리고 일상의 의도는 인물 됨됨이를 나타내기에 충분하다.

  [Ralph Waldo Emerson]
- 인격은 공상으로 형성되는 것이 아니다. 망치를 들고 틀에 넣어서 다져 만들어지는 것이다. [Wellington]
- 정다운 말로써 상대방을 정복할 수 없는 사람은, 엄한 말로서도 정복할 수 없다. [A. P. Chekhov]
- 지상의 최고의 행복은 인격이다.

  [Johann Wolfgang von Goethe]
- 희생과 기원祈願은 인격 교환의 드높은 형식이요, 상징이다.

  [Charles Baudelaire]

| 인과응보因果應報 |
(불교에서 과거 또는 전생의 선악의 인연에 따라서 뒷날 길흉화복의 갚음을 받게 됨을 이르는 말)

- 나쁘게 얻은 것은 나쁜 응보를 가져온다. [Shakespeare]
- 남에게 덫을 놓으려는 자는 스스로 그 덫에 걸려든다. [Aesop]

- 내 행위의 과보果報는 내 스스로 받는다. 악을 행하면 몸을 망친다. 금강석金剛石이 구슬을 부수듯이….

  [법구경法句經]
- 모든 죄는 반드시 피를 보고야 말고, 죄의 열매는 반드시 죄의 씨를 뿌린 자의 손으로 거두게 된다.

  [이광수]
- 쐐기풀을 뿌려 놓은 자는 맨발로 밖에 나가지 못한다.

  [Emmanuel Mounier]
- 아무리 신묘한 약일지라도 원한의 병은 고치지 못하고, 뜻밖에 생기는 재물도 운수 궁한 사람을 부자가 되게 못한다. 일이 생겨나게 하여 일이 생기는 것을 그대로 원망하지 말고, 남을 해치고서 남이 해치는 것을 그대는 분해하지 마라. 천지간 모든 일에는 자연히 다 과보果報가 있는 법, 멀게는 자손에게 있고, 가까이는 제 몸에 있으리. [명심보감明心寶鑑]
- 어버이의 인과가 자식에게 갚아진다.

  [화엄경華嚴經]
- 이익을 내주는 사람은 실익實益이 돌아오고, 원망을 내보내는 사람은 피해가 돌아온다. 여기서 내보냄에 따라 밖에서 호응하는 것은, 마치 부르면 대답하는 것과 같다. 그러므로 현명한 사람은 내보내는 것을 삼가서 한다. [열자列子]

- 인과는 믿어지나 3년이 아니 믿어진다고 말한다. 우선 금일 명일의 인과를 믿으라. 장차 전생 내생의 인과를 믿게 되리라.　　　　[이광수]
- 인과응보는 반드시 정도로 나타나지 않아 천도天道를 의심한다.
　　　　　　　　　[사마천司馬遷]
- 인과응보는 자연의 반동이다. 그것은 조심하고 있었던 범법자들을 항상 놀라게 하지만, 지켜 있었다고 되는 일이 아니다.　　[Ralph W. Emerson]
- 전쟁은 전쟁을 낳고, 복수는 복수를 가져온다. 이에 반하여 호의는 호의를 낳고, 선행은 선행을 가져온다.
　　　　　　　[Desiderius Erasmus]
- 지금 나는 죽는다. 그리고 사라진다. 이렇게 당신은 말하리라. 그리하여 단숨에 무로 돌아간다. 영혼도 육체와 똑같이 죽어 없어진다. 그러나 인과因果의 결합점은 되살아난다. 나 자신의 그 결합점이 나를 창조해 줄 것이다. 나 자신이 영원히 되돌아오는 인과의 일부다.　　[Nietzsche]
- 한 생명이 세상에 나오기 위하여 한 생명이 사라지다니 업원이 아니고 무엇이랴. 불가에서 말하는 인과였다.
　　　　　　　　　　[장덕조]

| 인내忍耐 |

- 거지의 미덕은 인내다.

　　　　　　　[Philip Massinger]
- 격정에 대한 최상의 대책은 인내와 용기다.　　　　　[Carl Hilty]
- 결코 어리석지 않으며, 지식이 늘어감에 따라 풍성해지는 한 가지 희망이 있다. 우리는 그것을 인내라고 부른다.　[Edward Bulwer-Lytton]
- 고수하여 인내하면 가능한 것의 대부분은 달성된다.　[P. Chestrfield]
- 굳은 인내라는 미덕은 때로 완고함과 혼동된다.　　[A. Kotzebue]
- 그대의 마음의 뜰에다 인내를 심어라. 그 뿌리는 쓰지만 그 열매는 달다.　　　　　[Herbert Austin]
- 그토록 나는 그를 사랑하기에 모든 죽음은 참아낼지언정, 그이 없이는 살지 못하리.　　[John Milton]
- 나는 사람이 어떤 일을 할 수 있으며, 어떠한 인내력을 갖고 있는지를 보여줄 것입니다.　[E. Hemingway]
- 당신의 가장 큰 축복 중 일부는 인내와 함께 옵니다.　[웨렌 W. 위어즈브]
- 당신의 영혼에 인내심을 지녀라.
　　　　　　　　　[John Dryden]
- 떡잎은 쓰되 그 꽃은 향기롭다.
　　　　　　　　　[W. Cooper]
- 만약 우리들이 오직 참고 견디려고 노력만 한다면, 신은 많은 힘을 우리에게 내려주실 것이다.　[Andersen]
- 만일 사람이 참된 마음으로 자기 인

생을 인내하고자 한다면, 인간의 가
장 큰 재산은 적은 것에 만족하며 사
는 것이다. 적은 것은 결코 모자라는
것이 아니기 때문이다.

[Lucretius Carus]

- 망치에 두들겨 맞으며 시뻘겋게 달
구어진 쇠를 벼르는 모루는 신음하
지 않고 묵묵히 견딘다. [Aeschylos]
- 모든 고통을 치료하는 최선의 치료
약은 인내다. [T. M. Plautus]
- 변경할 수 없는 일은 참아야 한다.

[Publius Syrus]

- 부끄러움을 잘 견디는 자는 편안하
다. [세원說苑]
- 사람마다 가정생활을 함에 있어 가
장 중요한 일은 무엇보다도 인내 그
것이다. [A. P. Chekhov]
- 세상에 어떤 것도 참을 수 있다. 그
러나 행복한 날의 연속만은 참을 수
없다. [Goethe]
- 송아지를 들었던 자는 소도 들 수
있다. [Petronius]
- 스스로 직분을 견디어 참고 침묵을
지키고 있는 것은 중상에 대한 최대
의 대답이다. [George Washington]
- 신에게 지팡이로 맞아도 그걸 견뎌
내는 사람에게 명예가 돌아간다.

[Moliere]

- 신은 참는 자와 더불어 있다. [Koran]
- 쓰러지면 일어나고, 좌절이 찾아오

면 더 잘 싸우고, 자고 나면 깨는 것
이 우리다. [R. Browning]
- 아내의 인내만큼 그녀의 명예가 되
는 것은 없고, 남편의 인내만큼 아
내의 명예가 되지 않는 것은 없다.

[Joseph Joubert]

- 어떠한 말을 듣거나 일을 당해도 침
착성을 잃지 말라. 그리고 모든 장
애물에 대해서 인내와 끈기와 부드
러운 말로 대하라.

[Thomas Jefferson]

- 어떠한 일이든지 견딜 수 있는 사람
은 무슨 일이든지 해낼 수 있다. 인
내는 인간이 지닐 수 있는 미덕이기
도 하다. [Martin Luther]
- 인간의 최고의 미덕은 항상 인내다.

[Marcus Cato]

- 인내가 폭력보다 더 강하다. 단번
에 꺾지 못할 것도 꾸준한 노력이면
정복할 수 있다. 인내는 최강의 정
복자다. [Pluterch 영웅전]
- 인내 ─ 그것에 의해서 범인이 불명
예스런 성공을 거두는 형편없는 미
덕이다. [Ambrose G. Bierce]
- 인내 ─ 그것은 육체적인 소심과 도
덕적 용기의 혼합이다.

[Thomas Hardy]

- 인내는 가장 중요한 품성의 하나이
다. 그러면서 반드시 그 보수를 가
져온다. 이에 반하여 성급함은 우리

들에게 손실을 가져다줄 것이다.
[George Marshall]

- 인내는 갖가지 쾌락의 근본이며, 갖가지 권능의 근본이다.
[John Ruskin]

- 인내는 걸인의 덕이다. [J. Clark]

- 인내는 그 값어치가 귀한 사람의 능력이다. [김남조]

- 인내는 모든 정원에서 피지 않는 꽃이다. [Philip Massinger]

- 인내는 쓰다. 그러나 그 열매는 달다.
[Jean-Jacques Rousseau]

- 인내는 어떠한 괴로움에도 듣는 명약이다. [Platous]

- 인내는 영혼에 숨겨진 보석과 같다.
[Publius Syrus]

- 인내는 온갖 고통에 대한 최상의 치료다. [Plautus]

- 인내는 용기와 굉장히 비슷해서 용기의 언니 또는 어머니로 보일 정도다.
[직자 미상]

- 인내는 으뜸가는 성품이고, 인내력은 위대한 모든 사람의 정열이었다.
[John Ronald Royal]

- 인내는 인간의 두 번째 용기이다.
[Antonio de Solis]

- 인내는 일을 떠받치는 일종의 자본이다. [Balzac]

- 인내는 정의의 일종이다.
[Marcus Aurelius]

- 인내는 집결된 끈기다.
[Thomas Carlyle]

- 인내는 최상의 미덕이다.
[Marcus Porcius Cato]

- 인내는 평화를 거두어들이고, 성급함은 후회를 거두어들인다.
[Ibn Gabirol]

- 인내는 희망을 품는 기술이다.
[Friedrich Schleiermacher]

- 인내라는 것은 사람이 희망을 갖기 위한 한 가지 기술이다.
[Luc de C. Vauvenargues]

- 인내라는 것은 참을 수 없는 것을 참는 것을 말한다. 인내는 굴종이나 체념과는 다르다. 인간에게 내일이란 없는 것이지만, 내일을 위해서 참는다는 것, 그것이 인내이다. [유현종]

- 인내란 무거운 짐을 지고 불평 없이 걸어가는 나귀의 미덕이다.
[George Grenville]

- 인내란 천재의 필요 요소다.
[Benjamin Disraeli]

- 인내력은 고통에만 적용되는 것이 아니다. 행복에도 적용되는 것이다.
[한용운]

- 인내심이 강함은 정신의 숨겨진 보배다. [Publius Syrus]

- 인내에 익숙해져 있다면, 당신은 이미 많은 일을 한 것이다. [Goethe]

- 인내와 겸양이 있는 곳에는 분노도,

원한도 없다.　　　[St. Francesco]
- 인내와 신앙은 산도 움직인다.
　　　　　　　[W. W. Ben]
- 인내와 오랜 시간은 힘이나 분노보다 더 많은 것을 할 수 있다.
　　　　　　　[La Fontaine]
- 인내의 기수를 배워라. 목표를 달성할 수 있을지 마음이 불안해질 때, 단련한 대로 마음을 다스려라. 인내하지 못하면 긴장감과 두려움이 생기고 낙담에 실패한다. 인내할 줄 알아야 자신감, 결단력, 합리적 시각이 생겨서 끝내 성공할 수 있다.　　　　[Bryan Adams]
- 인내하고 시간을 두면 힘이나 노여움이 이루는 것 이상의 것을 성취할 수 있다.　　　[La Fontaine]
- 인내하여라. 지금의 슬픔도, 확실히 훗날에는 이익이 될 수도 있을 것이다.　　　　　　　[Ovidius]
- 인내할 수 있는 사람은 그가 바라는 것을 손에 넣을 수 있다.
　　　　　　[Benjamin Franklin]
- 인종忍從이 필요하다는 것은 악이 존재한다는 증거이다.　[B. Russell]
- 자그마한 울화를 참아야 큰일을 할 수 있다.　　　　　[소식蘇軾]
- 정신이 늘 육체의 욕구를 이겨나가야 한다. 많이 참을수록 그대에게 덕이 있을 것이다. 천재라는 것은

보통 이상의 참을성을 가진 사람에 불과하다.　　　　[조르주 뷔퐁]
- 조그만 병을 괴롭다 하며 못 참고, 조금 분한 일을 원통하다고 못 참는 것은 어리석은 일이다. 사람은 어떠한 큰일에 부닥칠지 모르는데, 그 큰일을 당해서 어떻게 감당하려는가?
　　　　　　[경행록景行錄]
- 진보는 참고 견딘 고통의 양으로 측정되어야 한다. 고통이 순수할수록 발전이 크다.　[Mahatma Gandhi]
- 참고 견딘 것을 생각해 내는 것은 유쾌한 일이다.　　　　[R. Herry]
- 참아라. 그리고 단념하라.
　　　　　　[Stoa주의자들의 좌우명]
- 참을성이 강한 사나이의 격정에는 조심하라.　　　[John Dryden]
- 천재는 인내이다. [Georges Buffon]
- 힘보다는 인내심으로 더 많은 것을 얻을 수 있다.　　[Edmund Burke]

| 인문학人文學 |

- 수학은 정신을 수학적으로 올바르게 하지만, 인문학은 윤리적으로 올바르게 만든다.　[Joseph Joubert]
- 수학적 진리는 우리에게 어떠한 기쁨도 희망도 가져다주지 못한다.
　　　　　　[Aristoteles]
- 인문학은 과학 위를 배회한다.

- 자유예술은 덕을 줄 수는 없지만, 영혼이 그것을 받아들이도록 준비시킨다.   [L. A. Seneca]

| 인색吝嗇함 |

- 겁쟁이는 숫소를 신중하다고 말하고, 구두쇠는 절약한다고 말한다.
                                    [Publius Syrus]
- 구두쇠가 재산을 가진 것이 아니라, 재산이 그를 가진 것이다.
                                    [Borysthenes]
- 구두쇠는 손가락에 통풍이 있다.
                                    [Martialis]
- 구두쇠는 죽은 뒤에야 좋은 일을 한다.   [Publius Syrus]
- 구두쇠들은 꽃도 잎사귀도 생산하지 못하는 금광과 같다.   [Voltaire]
- 구두쇠 여자는 모든 것을 가지려다 모든 것을 잃는다.   [La Fontaine]
- 구두쇠의 재산은 지는 해와 같아 살아 있는 이들을 즐겁게 하지 못한다.
                                    [Demophilius]
- 부자로 죽고자 가난하게 사는 것은 가장 미친 짓이다.   [Juvenalis]
- 훌륭한 재주를 가지고 있다 하더라도 교만하고 인색하면 그 나머지는 볼 것도 없다.   [논어論語]

| 인생人生 |

- 가장 최상의 길은 없다. 많은 사람이 가고 있다면, 그 길이 최상이다.
                                    [노신魯迅]
- 가정을 통해 인생을 살지 말고 내가 알고 있는 대로 살아라.
                                    [Marko Zuniga]
- 고개 숙이지 마십시오. 세상을 똑바로 정면으로 바라보시오.
                                    [Helen Keller]
- 기억하는 것이든, 기억되는 것이든, 모두가 순간적이다.   [Aurelius]
- 꺼져라, 꺼져라 초토막이여! 인생은 걸어 다니는 그림자에 불과하다.
                                    [Shakespeare]
- 논리의 체계는 존재할 수 있다. 그러나 인생의 체계는 존재하지 않는다.
                                    [Kierkegaard]
- 누가 한 말인지는 모르지만, 이 세상에서의 이상적인 생활이란 영국의 시골집에 살며, 중국인 요리사를 고용하고, 일본 여인을 아내로 삼으며, 프랑스 여인을 애인으로 삼는다는 것이라고 한다.   [임어당林語堂]
- 다음 것들을 명심하라. 즉 인생에 있어서, 육욕에서 벗어난 그대의 정신은 참으로 강한 것이 될 것이다. 그리고 그 이상으로 신뢰할 만하여 악에서 벗어나는 길 또한 다시는 없을

것이다. 이런 사실을 모르는 자는 장
님이며, 알면서 실행하지 않는 자는
불행한 인간일 뿐이다.

[Marcus Aurelius]

- 만약 생애에 제2판이 있다면, 나는
교정하고 싶다. [John Clare]
- 만일 내가 나의 인생을 또다시 살아
야 한다면, 나는 내가 지내온 생활을
또다시 지내고 싶다. 과거를 후회하
지도 않고 미래를 겁내지도 않을 테
니까. [Montaigne]
- 만족할 줄 아는 사람은 진정한 부자
이고, 탐욕스러운 사람은 진실로 가
난한 사람이다. [Solon]
- 말을 잘 못 타는 기사가 말을 타고
있는 것처럼 나는 인생 위에 걸터앉
아 있다. 지금 이 순간에도 떨어지
지 않고 있는 것은 오로지 말의 친절
때문이다. [Ludwig Wittgenstein]
- 무익한 인생은 미리 찾아가는 죽음
과 다를 바 없다. [Goethe]
- 벌거숭이로 땅 위에 내려앉았다가,
벌거숭이로 땅 밑으로 갈 것이다.

[Paladas]

- 사람은 말한다. '결국 우리는 모두
가 죽어야 한다. 괴로운 일이다.' 하
고. 지금까지 대단히 괴로운 인생을
걸어왔던 사람들의 입에서 이런 말
이 나오다니 정말 이상한 일이다.

[Mark Twain]

- 사람은 열다섯 살쯤에 인생에 대한
많은 것을 생각한다. 그리고 인생의
문제를 거의 남김없이 발견한다. 그
후에는 그것에 익어 점점 그것을 잊
어간다. [Chardonne]
- 사상思想은 책방에 가면 무엇이든지
즉석에서 손에 넣을 수가 있지만,
주름살을 얻기란 괴로운 시간이 필
요하다. [가이코 다케시開高健]
- 산다는 것은 서서히 태어나는 것이
다. [Saint Exupery]
- 아직도 자신의 몇 분의 1도 알지 못
하고 있다. 그러므로 산다는 것에
초조를 느끼고 있다. [James Dean]
- 어디에서 왔는가가 문제가 아니다.
어째서 왔으며, 어디로 가는가가 핵
심적인 문제이다.

[Adolphus Greely]

- 어쨌든 인생이란 고작해야 고집이
센 아이와 같은 것이다. 잠들기 전
까지는 조용히 있게 하려고 놀아주
기도 하고 달래주기도 해야 하지만,
일단 잠들고 나면 걱정은 끝나는 것
이다. [William Temple]
- 연회에서와 마찬가지로, 인생에서
도 과음하지 말고 목마르지 않은 동
안에 사라지는 것이 가장 좋다.

[Aristoteles]

- 오래 산다는 것은 모든 사람의 소원
이지만, 훌륭히 산다는 것은 소수인

의 야망이다. [J. Huge]

- 우리는 이미 죽음에 볼 일이 없다. 볼일이 있는 것은 삶이다.
[George Sand]
- 우리들은 짧은 인생을 받은 것이 아니다. 우리들이 짧게 하고 있는 것이다. [L. A. Seneca]
- 우리들 인생이란, 커다란 연극의 부지런한 공연자다. [Hans Carossa]
- 우리의 인생은 우리가 노력한 만큼 가치가 있다. [Francois Mauriac]
- 이게 인생이었던가! 좋아! 그러면 다시 한번! [Nietzcshe]
- 이론理論 따위는 불속에 던져버려. 이론 같은 것은 인생을 망쳐 놓을 뿐이다. [M. A. Bakunin]
- 이미 살아온 하나의 인생은 초벌이고, 다른 하나가 청서清書라면 얼마나 좋겠는가. [Anton Chehov]
- 인간은 죽게 되면 그 시체를 벌레에게 먹히고 만다. 그러나 살아 있다 하더라도 근심 걱정에게 먹히고 말 때가 있다. [유대 격언]
- 인생, 누가 능히 불사장생不死長生하랴. 불쌍타, 뜬 목숨이 호흡에 달렸거늘! [보우普雨]
- 인생보다 어려운 예술은 없다. 다른 예술이나 학문에는 도처에 스승이 있다. [L. A. Seneca]
- 인생에 너무 늦었거나, 혹은 너무

이른 나이는 없다. [김난도]
- 인생에는 세 가지 변하지 않는 것이 있다. 변화, 선택, 그리고 원칙이다.
[Stephen Covey]
- 인생에는 해결법 같은 것은 없다. 인생에 있는 것은 진행 중의 힘뿐이다. 그 힘을 만들어내야 하는 것이다. 그것만 있으면 해결법 따위는 저절로 알게 되는 것이다.
[Saint Exupery]
- 인생에 있어서 때로는 난파선으로밖에 생각되지 않을 그 파편이 우정이나 영광이나 연애다. 우리의 생존 중에 흐르는 시간이라는 기슭은 이런 유기물로 가득하다.
[Germaine de Stael]
- 인생에 집착할 이유가 없으면 없을수록, 인생은 달라붙는다.
[Desiderius Erasmus]
- 인생은 각 시기에 들어가면서 언제나 초심자로 되돌아간다.
[S. Sangfor]
- 인생은 걸어가는 것이지, 나는 것도 아니고, 굴러가는 것도 아니다.
[김성식]
- 인생은 구경거리나 향연이 아니다. 인생은 역경이다.
[George Santayana]
- 인생은 그 사람의 생각의 소산이다.
[Marcus Aurelius]

- 인생은 까딱 잘못한 기우奇遇이다.
  [Thomas Hardy]
- 인생은 꼬리와 같은 것이다. 얼마나 긴가가 아니라, 어떻게 좋은가가 중요한 것이다.　[L. A. Seneca]
- 인생은 꿈이다.　　　[Hieronimus]
- 인생은 너무나도 복잡하며, 우리가 가진 지식의 현상에서 이해할 수 있는 한도에서는 고정된 학설의 테두리에 가두어 두기에는 너무나도 비논리적이다.　　　　[J. Nehru]
- 인생은 높이가 필요하다. 높이가 필요하기 때문에 계단이 필요하며, 계단과 그것을 올라가는 사람들의 상극相剋이 필요하다! 인생은 올라가려고 한다. 올라가면서 자기를 극복하려고 하는 것이다.
  [F. Nietzsche]
- 인생은 대리석과 진흙으로 이루어져 있다.　　[Nathaniel Hawthorne]
- 인생은 돌이킬 수 없는 실수의 희극이다.　　　　[Alberto Moravia]
- 인생은 두 개의 영달이라는 차가운 봉우리와 황망한 봉우리 둘 사이에 있는 골짜기다. 우리는 그 꼭대기 너머를 보려고 헛되이 노력한다.
  [R, G. Ingersoll]
- 인생은 멀리서 보면 희극이고, 가까이서 보면 비극이다.
  [Charles Chaplin]

- 인생은 몇 번의 죽음과 몇 번의 부활의 연속이다.　[Romain Rolland]
- 인생은 모험, 두 번 다시 할 수 없는 내기이며, 그것은 축복을 받는 것인지, 저주를 받는 것인지의 어느 한쪽이다.　　[Johannes Paulus I]
- 인생은 반복된 생활이다. 좋은 일을 반복하면 좋은 인생을, 나쁜 일을 반복하면 불행한 인생을 보내는 것이다.　　　　[W. N. 영안]
- 인생은 방금 시작된 농담이다.
  [Elizabeth M. Gilbert]
- 인생은 본시 선도 악도 아니다. 어떻게 사느냐에 따라서 선의 무대가 되기도 하고, 악의 무대가 되기도 한다.
  [Montaigne]
- 인생은 사랑이며, 그 생명은 정신이다.　　　　　　　　[Goethe]
- 인생은 석재石材다. 여기에다 신의 형상을 새기든, 악마의 형상을 새기든, 그것은 각자의 자유다.
  [Edmund Spencer]
- 인생은 아무리 부정해 보아도 하나의 나그네임에 틀림이 없다. [유달영]
- 인생은 악기와 같다. 좋은 소리를 내기 위해서 조이거나 풀어주어야 한다.　　　　　[Demophilius]
- 인생은 암실이다.　　　[모윤숙]
- 인생은 연극과 같다. 훌륭한 배우가 걸인도 되고, 3류 배우가 대감이

될 수도 있다. 어쨌든 지나치게 인생을 거북하게 생각하지 말고, 솔직하게 어떤 일이든지 열심히 하라.

[후쿠자와 유기치福澤諭吉]

● 인생은 왕복 차표를 발행하지 않는다. 일단 떠나면 다시는 돌아오지 못한다. [Romain Rolland]

● 인생은 우리의 불사불멸의 유년기이다. [Goethe]

● 인생은 우주의 영광이요, 또한 우주의 모욕이다. [B. Pascal]

● 인생은 유희가 아니다. 그러므로 우리에게는 자기만의 의사로 이것을 포기할 권리는 없다. [Lev N. Tolstoy]

● 인생은 일방통행의 길이다.

[Venus Berenson]

● 인생은 자기와 자연과의 조절이다.

[Rudolf Eugen]

● 인생은 짧다. 그 짧은 인생도 천하게 보내기 위해서는 너무 길다.

[Shakespeare]

● 인생은 하나의 실험이다. 실험이 많아질수록 당신은 더 좋은 사람이 된다. [Ralph Waldo Emerson]

● 인생은 한순간에 지나지 않는다. 죽음 또한 한순간이다.

[J. C. F. Schiller]

● 인생은 환상을 짜는 베틀이다.

[Lindsay]

● 인생을 말하는 말치고 어울리지 않는 소리는 없다. [S. T. Colerige]

● 인생을 사는 이상 인생에 깊이 파고들지 않는 자는 불행하다.

[아라시마 다케오有島武雄]

● 인생을 사랑하느냐? 만일 사랑한다면 시간을 낭비하지 말라. 시간은 인생을 이루는 요소다. [B. Franklin]

● 인생의 가장 큰 결함은, 그것이 항상 불완전하다는 사실이다.

[L. A. Seneca]

● 인생의 기술, 시인의 삶의 기술은 무언가를 하게 되는 것이 아니라, 무엇인가를 스스로 하는 것이다.

[Henry David Thoreau]

● 인생의 목적은 행복이 아니라 인격이다. [H. W. Beacher]

● 인생의 문제를 해결하는 데는 반짇고리부터 정돈하라. [Thomas Carlyle]

● 인생의 본분은 전진이다.

[Samuel Johnson]

● 인생의 샘은 영원을 향한 끊임없는 갈망이며, 신을 향한 동경이다. 따라서 우리들의 천성이 갖는 가장 고귀한 것이다. [August Schlegel]

● 인생의 위대한 목표는 지식이 아니라 행동이다. [Thomas Huxley]

● 인생의 의의는 거짓을 미워하고 진실을 사랑하는 것을 배우는 데에 있다. [Robert Browning]

● 인생의 황금시대는 늙어가는 장래

에 있는 것이지, 지나간 젊을 때의
무지에 있지 않다.   [임어당林語堂]

● 인생의 효용은 그 길이에 있는 것이
아니라 그것을 사랑하기에 달린 것이
다. 짧게 살고도 오래 산 자가 있다.
[Montaigne]

● 인생이라는 것은 환자 한 사람 한
사람이 침대를 바꿔보고 싶다는 욕
망에 빠져있는 하나의 병원이다.
[Baudelaire]

● 인생이란, 결국 매일같이 돈을 치르
는 것이겠죠.   [Romain Rolland]

● 인생이란 만나는 것이며, 그 초대는
두 번 다시 되풀이되지 않는다.
[Hans Carossa]

● 인생이란, 미래를 위한 준비라고 할
수 있다. 미래를 위한 가장 훌륭한
준비는 마치 미래란 없는 것처럼 사
는 것이다.   [Elbert Hubbard]

● 인생이란 불충분한 전제에서 충분
한 결론을 찾아내는 기술이다.
[Samuel Butler]

● 인생이란 3자로 구조되었나니, 왈
유형한 것과 무형한 것과 왈 유형무
형 간에 있는 것이 이것이라. 이 3
자의 하나라도 결하면, 완전한 인생
이 되지 못할 지로다.   [이상재]

● 인생이란 생활과 체험이지, 결코 가
벼운 추상抽象이나 기대에서 오는
것이 아니다.   [김형석]

● 인생이란, 우리의 생각이 만들어내
는 것이다.   [Marcus Aurelius]

● 인생이란, 존재해서는 안 되는 것이
다. 즉 그것은 악이다. 따라서 현실
로부터 무無에로의 전환이 인생의
유일한 선善인 것이다.
[Schopenhauer]

● 일상성日常性이 적어질수록 인생의
충실감은 많아진다.
[Bronson Alcott]

● 1온스의 행동은 1톤의 이론 가치가
있다.   [Ralf Waldo Emerson]

● 젊은이는 희망에 살고, 노인은 추억
에 산다.   [프랑스 격언]

● 즐길 힘이 있는데도 그럴 기회가 좀
처럼 오지 않는 것이 인생의 전반
이며, 후반에는 그럴 기회가 많은데
도 즐길 수 있는 힘이 없다.
[Mark Twain]

● 철학이 그의 회색을 회색으로 그릴
때, 인생의 모습은 이미 늙어버리고
만다. 그리고 회색을 회색으로 그
린다 해도 생명의 모습은 젊어지지
않고 다만 인식될 뿐이다. 미네르
바의 부엉이는 저녁놀이 질 무렵 비
로소 날아간다.   [Friedrich Schiller]

● 청년기는 자신만만하고, 장년기는
조심스러우며, 노경老境에는 다시
자신만만해진다.   [M. F. Tupperer]

● 청년기를 열정으로, 성년기를 투쟁

으로, 노년기를 명상에 잠겨 살지 않는 인생은 완전치 못하다.

[W. S. Blunt]

- 청년은 소득의 시절이요, 중년은 향상의 시절이며, 노년은 소비의 시절이다. 방심한 청춘에는 대개 무지한 중년 시절이 뒤따르고, 이 두 껍데기뿐인 노경이 뒤따른다. 허영심과 거짓말 밖에 먹고 살 것이 없는 자는, 슬픔의 밑바닥에 누워있을 수 밖에 없다. [Anne Bradstreet]

- 친구여, 모든 이론은 회색이지만, 실제 인생의 황금나무는 언제나 푸르다. [Goethe]

- 하나님의 눈에는 큰 것도 작은 것도 없다. 인생에서도 또한 큰 것도 작은 것도 없다. 있는 것이라고는 오직 곧은 것과 굽은 것뿐이다. [Lev N. Tolstoy]

- 행동의 씨앗을 뿌리면 습관의 열매가 열리고, 습관의 씨앗을 뿌리면 성격의 열매가 열리고, 성격의 씨앗을 뿌리면 운명의 열매가 열린다. [Napoleon I]

| 인생의 가치價値 |

- 단 한 번뿐인 인생, 그것을 남을 위해 사는 것이야말로 가치 있는 인생이다. [Albert Einstein]

- 모든 신의 창조물을, 그 속에 있는 한 알 한 알의 모래를 모두 사랑하라. 모든 나뭇잎을, 모든 신의 광선을 사랑하라. 모든 동물을 사랑하고, 모든 식물을 사랑하고, 그리고 그 밖의 모든 걸 사랑하노라면, 너희는 사물에 있어서의 성스러운 신비를 파악할 것이다. 일단 너희가 그것을 파악하면, 너희는 나날이 더 잘 그것을 이해하게 될 것이다. 그리하여 드디어는 모든 것을 포용하는 사랑으로써 전 세계를 사랑하게 되리라. [Dostoevsky]

- 사람의 한평생은 그 어느 것과도 바꿀 수 없는 선물이며 뜻있는 도전이다. 따라서 그것은 다른 어떤 무엇으로도 측정될 수 없는 고유한 것이다. 인생이란 '살 만한 가치가 있는 것이냐?'라는 식의 질문은 무의미하다. 어떤 손익계산서를 가지고 인생을 셈하다 보면, 인생이란 결국 살만한 가치가 없게 될 것이다. [Erich Fromm]

- 사랑의 빛이 없는 인생은 가치가 없다. [Friedrich Schiller]

- 얼마나 오래 사느냐가 아니라, 어떻게 사느냐가 문제이다. [P. J. Baily]

- 연기演技가 얼마나 오래 지속되느냐가 문제가 아니라, 연기가 얼마나 훌륭한가가 중요한 것이다. 인생도

이와 같다.　　　　　[L. A. Seneca]

- 우리가 자연으로부터 받은 수명은 그리 길지 않지만, 잘 소비된 인생의 기억은 영원하다.　　　[Cicero]
- 우리 인생은 우리가 노력한 만큼 가치가 있다.　　[Francois Mauriac]
- 인생 목포를 확립하고 행동하라.

　　　[Stephen Richards Covey]

- 인생은 꿈이 아니고, 연극도 아니다. 다만 하나의 엄중한 사실일 뿐이다. 당신이 곡식의 씨를 뿌리면 누군가가 배를 채울 것이다. 젊은 친구들이여! 그대는 무엇을 심기를 좋아하는가? 그대는 무엇을 심을 수 있는가?

　　　　　　　[호적胡適]

- 인생은 선을 실행하기 위하여 만들어졌다.　　　[Immanuel Kant]
- 인생은 예술 이상의 예술이다. 우리는 저마다 자기의 인생을 조각하는 생의 예술가다. 우리 앞에는 생의 대리석이 놓여 있다. 그것은 하나의 풍성한 가능성의 세계다. 이 가능성은 성실한 빛의 생애로 아로새겨질 수도 있고, 치욕의 어두운 생애로 형성되는 수도 있다. 이 가능성에다가 어떠한 내용의 현실성을 부여하느냐, 그것은 각자가 스스로 결정할 문제다. 우리는 저마다 자기 인생의 주인이다.　　　[안병욱]
- 인생은 활동함으로써 값어치가 있으

며, 빈곤한 휴식은 죽음을 의미한다.

　　　　　　　[Voltaire]

- 인생의 가치는 삶의 길이에 있지 않고, 그 삶을 무엇으로 채웠느냐에 있다. 하지만 아무리 오래 살아도 인생에서 그 가치를 찾지 못할 수도 있다. 우리가 인생에서 가치를 발견하느냐, 못하느냐는 몇 년을 살았다는 데 있지 않고, 그것을 얻기 위해 얼마나 애썼느냐에 달려 있다.

　　　　　　[H. Montaigne]

- 인생이란, 본래부터 구질구질하게 마련된 것이 아닌가 하오. 그래서 슬픔이 있고, 아픔이 있고 한 것이 아니겠소. 그 슬픔과 아픔 속에서 그 슬픔과 아픔에 패하지 않는 자만이 삶의 의의, 삶의 가치, 삶의 보람을 찾아내는 생의 승리자가 아닐까요.

　　　　　　　[최정희]

| 인생의 고난苦難 |

- 눈물 젖은 빵을 먹어보지 못한 사람은 참다운 인생의 맛을 알지 못한다.

　　[Johann Wolfgang von Goethe]

- 산다는 노력은 절망보다 어렵다. 마음과 기백이 젊어 있다는 것은 쉽사리 늙었다고 주저앉는 것보다 훨씬 어려운 것이다.　　　[모윤숙]
- 인생길에는 결코 장미꽃만 뿌려져

있지는 않습니다. [Romain Rolland]
- 인생에 있어서 모든 고난의 자취를 감추었을 때를 생각해 보라. 참으로 을씨년스럽기 짝이 없지 않은가.
  [Friedrich Nietzsche]
- 인생은 개인으로나, 인류 전체로서나 매우 견디기 어려운 것이다.
  [Sigmund Freud]
- 인생은 고통이며, 인생은 공포이다. 그러므로 인간은 불행한 것이다. 그러나 인간은 이제 와서 인생을 사랑한다. 그것은 고통과 공포를 사랑하기 때문이다. [Dostoevsky]
- 인생은 불안정한 항해다.
  [W. Shakespeare]
- 인생의 목적은 끊임없는 전진이다. 평탄한 길만이 있는 것은 아니다. 항해하는 배가 풍파를 만나지 않고 조용히만 갈 수는 없다. 풍파는 언제나 전진하는 자의 벗이다. 고난 속에 인생의 기쁨이 있는 것이다. 풍파 없는 항해, 얼마나 단조로운가! 고난이 심할수록 내 가슴은 뛴다.
  [Friedrich Nietzsche]
- 인생의 어려움은 선택에 있다.
  [Thomas More]
- 인생이란, 산마루를 넘는 길과 같다. 좌우 어느 쪽에도 미끄러운 비탈이 있기 때문이다. 어느 방향을 택해도 미끄러져 떨어진다. 나는

사람들이 그렇게 해서 떨어지는 것을 몇 번씩이나 목격했고, '이런 데에선 도저히 살아날 수가 없다.'고 말하는 것을 보았다.
  [Ludwig Wittgenstein]

| 인생의 기쁨 |

- 겨우 한 인간의 모양으로 태어난 것을 사람들은 기뻐한다. 그러나 만일 이 인간의 형체가 변화무쌍하여 끝이 없음을 안다면, 그 즐거움을 어찌 다 헤아릴 수 있겠는가. 그러므로 성인聖人은 아무것도 잃는 것 없이 언제나 있는 그대로를 즐긴다. 일찍 죽음을 싫다 하지 않고, 오래 삶을 바라지도 않으며, 시작과 끝남을 한결같이 즐겨 한다. 그런데도 사람들은 오히려 이를 스승으로 본받는다. [장자莊子]
- 노고 후의 수면, 풍랑 뒤의 항구 정박, 전쟁 뒤의 평온, 삶 뒤의 죽음 ─ 이것이 인생에 있어서 최대 기쁨이다. [Herbert Spencer]
- 인생은 참다운 낭만이라 하겠다. 용감하게 그 낭만을 살 때, 그것은 어느 소설보다도 더욱 즐거움을 창출한다. [Ralph Waldo Emerson]
- 인생은 황홀한 기쁨이다.
  [Ralph Waldo Emerson]

● 인생의 기쁨은 다른 사람들이 할 수 없는 일을 하는데 있다.

[W. Bagehot]

● 인생의 참다운 기쁨은 가족 등 손아랫사람들과 함께 사는 것이다.

[Sakare]

● 인생이란, 단지 기쁨도 아니고 슬픔도 아니다. 그 두 가지를 종합해 나아가는 과정에서 파악되어야 할 그 무엇이다. 기다란 기쁨은 깊은 슬픔을 불러오고, 깊은 슬픔은 커다란 기쁨을 가져오기도 한다. 자신이 해야 할 일을 하고, 자신이 하는 일에 신념을 갖는 자는 행복하다. 물론 사람의 가치는 진리를 척도로 하지만, 그가 갖고 있는 진리보다는 그 진리를 찾기 위해 경험한 고난에 의해 개량되어야 한다.

[Thomas Carlyle]

| 인생의 낙樂 |

● 그래, 어떻든 간에 인생은 좋은 것이다.   [Johann Wolfgang Goethe]
● 나는 인생에서 어떤 엄숙한 제재題材를 빼내어, 그것에서 내가 찾을 수 있는 모든 희극적 효과를 끌어낸다.

[Charles Chaplin]

● 대문자만으로 인쇄된 책은 읽기가 어렵다. 일요일만인 인생도 그와 마찬가지다.   [Jean Paul]

● 사람은 명예와 지위의 즐거움은 알면서도, 이름 없고 평범하게 지내는 참다운 즐거움은 알지 못한다.

[채근담茶根譚]

● 삶도 시와 같다. 왜 사느냐? 즐겁기 때문이다. 그것 외에 삶의 본질을 설명한다면, 그것은 삶의 속성을 어느 일면에서 풀이한 것이다.   [박목월]

● 인생은 교향악이다. 인생의 각 순간이 합창을 하고 있다.

[Romain Rolland]

● 인생은 낙원이에요. 우리 모두 낙원에서 살고 있는 거예요. 다만 우리가 그걸 알려고 하지 않을 뿐이죠. 만약에 우리가 알려고만 한다면, 이 지상에는 내일이라도 낙원이 이루어질 거예요.   [Dostpevsky]

● 인생의 아침에는 일을 하고, 낮에는 충고하며, 저녁에는 기도한다.

[Hesiodos]

● 인생이란, 즐거운 일만 계속되는 피크닉의 드라이브 같은 것은 아니다. 빛과 그늘과 산과 골짜기의 명암이 엇갈리는 변화에 넘친 도정道程인 것이다. 불행이나 괴로움은 그것과 직접 얼굴을 맞대기가 싫다고 눈을 가리면 언젠가는 없어져 버리는 유령 같은 것은 아니다. 불행도 괴로움도 그것대로 없앨 수는 없는 인생

의 한 부분이므로 우리의 성장과 성
숙은 그것들에 대한 우리의 태도와
밀접하게 맺어져 있는 것이다.

[Andrew Carnegie]

- 자기가 땀 흘려 번 것이 아닌 이상,
맛있는 음식. 값진 옷 입기를 인생
의 낙으로 삼지 말라.

[Ramon Magsaysay]

| 인생의 아름다움 |

- 인생에는 독특한 리듬이 있다. 우
리는 이 리듬의 아름다움을 깨달아
야 한다. 대교향악을 들을 때처럼
그 악상과 난파조難破調, 그 마지막
대협화음大協和音을 음미할 줄 알아
야 한다. 인생의 음악은 각자가 작
곡해 나가지 않으면 안 된다. 사람
에 따라서는 불협화음이 점점 퍼져
서 나중에는 멜로디의 주조主調를
압도하거나 말살해 버리는 수가 있
다. 또 때로는 불협화음이 강해서
멜로디가 중단되어, 권총 자살도 하
고 강물에 뛰어들기도 한다. 이러한
인생은 별도로 치고, 정상적인 인생
은 엄숙한 진행이나 행렬처럼 끝까
지 지속되는 법이다. 그러나 잡음이
나 단음이 지나치게 많은 경우에는
템포가 잘못된 것이므로 불쾌하게
들린다. 주야를 가리지 않고 유유히
흘러서 바다로 들어가는 큰 강물의
저 웅장한 템포야말로 우리가 동경
해 마지않는 바이다. [임어당林語堂]

- 인생은 한 편의 시다. 생물학적 입장
에서 볼 때 유년 시대, 성년시대, 노
년시대의 삼자를 갖추고 있는 이 인
생의 아름다운 배치가 아니라고 누
가 단언할 수 있단 말인가. 하루에
아침, 낮, 일몰이 있고, 1년에 사계절
이 있는 그대로의 모습이야말로 얼
마나 좋은 것인가. [임어당林語堂]

| 인생의 안전安全 |

- 남의 눈에 띄지 않게 산 자가 훌륭
히 살아온 자다. [Ovidius]
- 벼랑길 좁은 곳에서는 한 걸음 멈추
고, 다른 사람이 먼저 가게 하라. 맛
좋은 음식은 3분의 1을 덜어서 다
른 사람에게 양보하라. 이것이 곧
세상을 건너가는 가장 안전한 방법
이다. [채근담菜根譚]
- 수레를 삼킬 만한 큰 짐승도 홀로
산에서 벗어나면 그물에 걸리는 환
난을 면치 못하고, 배를 삼킬 만한
큰 물고기도 물을 떠나 육지로 나오
면 개미에게도 시달림을 당한다.
그러므로 새나 짐승은 높은 데서 살
기를 좋아하고, 물고기나 자라는 깊
은 물에서 살기를 좋아한다. 이와

마찬가지로, 자기의 몸을 보전하려
는 사람은 그 몸을 숨김에 있어 깊
숙한 곳을 택해야 한다.　　[장자莊子]
- 인생은 말판놀이와 같은 것으로서,
기대하던 말이 안 나오더라도 우연
히 나온 말을 기술로써 수정해 나가
는 것이 좋다.　　　　　[Diogenes]
- 정당한 삶을 사는 자에게는 어느 곳
이든 안전하다.　　　　　[Epiktetus]

| 인생의 연약軟弱함 |

- 근사하게 보이는 인생을 더 이상 믿
지 말고 지나간 세월을 보충하라.
그리고 하루하루를 마치 그대의 마
지막 날인 것처럼 살아가라.
　　　　　　[William Drummond]
- 나는 인간이다. 그래서 앞으로 다가
올 날에 의지할 수 없다.　[Socrates]
- 나무는 가을이 되어 잎이 떨어진 뒤
라야 꽃 피던 가지의 무성하던 일이
헛된 영화였음을 알고, 사람은 죽어
서 관 뚜껑을 닫기에 이르러서야 자
손과 재화가 쓸데없음을 안다.
　　　　　　　　　[홍자성洪自誠]
- 연꽃잎 위로 떨어지는 물방울과 같
이 불안한 것이 무엇인가? 바로 인
생이다.　　　　　[법구경法句經]
- 인간은 비눗방울과 같다.
　　　　　　[Marcus Terentius]

| 인생의 영광榮光 |

- 우리 인생의 최대 영광은 한 번도 실
패하지 않는 데 있는 것이 아니라, 넘
어질 때마다 다시 일어서는 데 있다.
　　　　　　[Oliver Goldsmith]

| 인생의 운명運命 |

- 구름 속을 아무리 보아도 그곳에는
인생이 없다. 반듯하게 서서 주위
를 보라! 자기가 인정한 것을 우리
는 그곳에서 볼 수 있다. 귀신이 나
오든 말든 자신의 길을 가야만 하는
것이 우리의 인생인 것이다. 그렇
게 앞으로 나아가는 동안에는 고통
도 있으리라! 행복도 있으리라! 우
리의 인생은 어떠한 경우라도 완전
한 만족이란 없다. 자기가 인정한
것을 힘차게 찾아 헤매는 하루하루
가 바로 인생인 것이다.
　　　[Johann Wolfgang von Goethe]
- 나에게 말하지 마라, 서글픈 가락으
로. '삶은 한낱 허무한 꿈이라고.'
　　　　　　[Henry Longfellow]
- 네 운명을 사랑하라.
　　　　　　[Friedrich Nietzsche]
- 말을 타고 갈 수도 있고, 차를 타고
갈 수도 있고, 세 사람이 갈 수도 있
다. 그러나 최후의 제1보는 자기 혼

자서 걸어야 한다. [Herman Hesse]
- 벌거숭이로 나는 이 세상에 왔다. 벌거숭이로 나는 이 세상에서 떠나야 한다. [Cervantes]
- 산다는 것은 외로운 것이다. [Gerhart Hauptmann]
- 세상 경험을 많이 쌓은 사람들의 이야기를 들으면, 인생에 있어서 정말로 견디기 어려운 나쁜 날씨의 연속이 아니라 오히려 구름이 없는 날씨의 연속이다. [Carl Hilty]
- 아무리 이기적이고, 아무리 탐욕스럽다 하더라도, 모든 인생은 결국 비극이다. 삶이란 죽음으로 끝나는 것이기 때문이다. [Jane Austin]
- 육체가 세월이란 군대에게 공격당하고, 사지가 정력의 탕진으로 약해질 때, 마음은 깨어지고 생각과 말은 빗나간다. [Lucretius Carus]
- 인생 또한 이렇다. 우선 우리는 재화를 모으고, 몇 해를 두고 나무를 심었다. 그러나 시간이 이를 해체해 버리고 나무를 없애버리는 그런 해가 오는 것이다. 동료들은 하나 둘 그늘을 우리에게서 빼앗아 간다. 그리고 우리들의 슬픔에는 늙어간다는 은근한 회한悔恨이 섞이는 것이다. [Saint Exupery]
- 인생은 건축해야 할 대상이 아니라 불태워야 할 대상이다.

[Albert Camus]
- 인생은 고통이며, 인생은 공포이다. 그러므로 인간은 불행하다. 그러나 인간은 지금도 인생을 사랑하고 있다. 그것은 고통과 공포를 사랑하기 때문이다. [Dostoevsky]
- 인생은 미래에 의해서 만들어진다. 마치 육체가 공허에서 만들어지는 것처럼. [Jean Paul Sartre]
- 인생의 매 순간은 무덤으로 향하는 한 걸음이다. [Crebillon]
- 인생의 운명은 물 위에 있는 어부와 같다. 악착스레 살려는 사람들 틈에 미끼 달린 낚싯바늘을 던져 본다. 그러면 사람들은 잘 살피지도 않고 탐욕스런 그 입으로 미끼를 덥석 먹어버린다. 그 순간 운명은 획 낚싯대를 걷어올리는 것이다. 그 낚싯대에 걸린 인간은 땅에 뒹굴며 발버둥친다. [Maxim Gorky]
- 인생이란, 끊임없이 둘로 분열되려는 현상과 한편으로는 끊임없이 하나로 합치려는 현상 사이에서 끊임없이 타협해 나가며, 동시에 끊임없이 투쟁해 나가는 과정 이외에 아무 것도 아니다. [Ivan Turgenev]
- 하늘은 때를 안다. 총에 맞고 안 맞고는 운명에 달려 있다. [W. Scott]

| 인생의 의의義意 |

- 그 누구에게도 쓸모가 없다는 것은 문자 그대로 아무런 가치가 없다는 것이다. [Descartes]
- 꿈을 위해 목숨을 버리는 것, 그것은 삶을 있는 그대로 제대로 평가하는 것이다. [Montaigne]
- 내가 지고 가야 할 짐이 없을 때가 인생에서 가장 위험할 때이다. [Sundar Singh]
- 네가 벌어먹고 살아야 한다. [엄준嚴俊]
- 대부분의 인간은 짐승처럼 배부르게 사는 데에 만족한다. [Herakleitos]
- 불만족한 인간으로 사는 것이 만족하는 돼지로 사는 것보다 낫다. [John Stuart Mill]
- 사랑으로 시작하여 야망으로 끝나는 인생은 행복한 인생이다. [Pascal]
- 삶은 결코 미래에도 과거에도 존재하는 것이 아니라, 바로 지금에 있는 것이다. 우리가 산다는 것보다 더 큰 인간에의 크나큰 의의도 축복도, 심지어 보장도 없을 것이다. 인간에게는 산다는 것이 전부이며, 그것을 어떤 목적에 예속시키게 되면, 이 참되게 빛나고, 싱싱하고, 신선하고, 약동하는 삶의 의의는 그 목적으로 말미암아 일면화一面化되고 굳어버리는 것이다. [박목월]
- 생활한다는 것은 이 세상에서 가장 드문 일이다. 대다수의 사람들은 존재하고 있을 뿐이다. [Oscar Wilde]
- 약간의 허영과 약간의 쾌락, 이는 대부분 사람들의 인생을 이루고 있는 것이다. [Joseph Joubert]
- 의미를 추구한다는 것은 헛수고야. 인생은 욕망이다. 의미 따위는 아무래도 좋은 것이다. [Charlies Chaplin]
- 인생은 그 누구에게도 재산이 주어지지 않고, 모두가 일정 기간 빌려 사용할 수 있을 뿐이다. [Lucretius Carus]
- 인생은 단편소설과 같다. 중요한 것은 길이가 아니라 그 가치이다. [L. A. Seneca]
- 인생은 만나는 것이 아니라 헤어지는 것이다. 쓸쓸한 나그네 길의 우의友誼도 그저 지나치며 인사하는 것으로, 잠시 동안의 우정에 지나지 않는다. [Daglas Mallock]
- 인생은 작게 살기에는 너무도 짧다. [B. Disraeli]
- 인생은 진리의 신에 헌신하는 만큼의 가치를 갖는다. [Ernest Renan]
- 인생은 짧은 유배와 같다. [Platon]
- 인생은 평화와 행복만으로 시종始終할 수는 없다. 괴로움이 필요하다.

그리고 노력이 필요하고 투쟁이 필요하다. 괴로움을 두려워하지 말고 슬퍼하지도 말라! 참고 견디며 이겨 나아가는 것이 인생이다. 인생의 희망은 늘 괴로운 언덕길 너머에 기다리고 있다.   [Paul-Marie Verlaine]

● 인생의 진리에 통달한 사람은 우리 생이 미치지 못하는 것을 위해 힘쓰지 않고, 운명의 진리를 깨달은 사람은 인지仁知가 미치지 못하는 것을 위해 힘쓰지 아니한다.   [장자莊子]

● 인생이 무엇인가를 알기 전에, 우리 인생은 반이 허비된다.

[George Herbert]

● 인생이란 느끼는 자에게는 비극, 생각하는 자에게는 희극이다.

[La Bruyere]

● 인생이란 대단히, 대단히 그리고 대단히 중요한 것이다. 진지한 표정으로 거론할 수 있는 그런 하찮은 것은 아니다.   [Oscar Wilde]

● 인생이란 덧없는 것이 아닌가, 밤낮 노심초사하다가 생명이 가면 무엇이 남는가? 명예인가 부귀인가, 모두가 아쉬운 것이 아닌가. 결국 모든 것이 공空이 되고 무색無色하고 무형無形한 것이 되어버리지 않는가. 인생이란 것이 무엇인지, 그것부터 알고 일하자.   [한용운]

● 인생이란, 정신의 생식 작용이다.

[Ludwig A. Feuerbach]

● 헛된 인생은 미리 맛보는 죽음이다.

[Goethe]

| 인생의 정수精髓 |

● 늦게 일어남으로써 아침을 짧게 만들지 말라. 아침은 어느 정도 신성하기까지 한 인생의 정수로 생각하라.

[Arthur Schopenhauer]

● 명예로운 행동으로 전체가 꽉 차고, 고상한 모함으로 충만한 인생의 한 시간은, 하찮은 예절의 전 생애만큼 가치가 있다.   [W. Scott]

● 어진 사람은 흥하고 쇠하는 것으로 인해 변절하지 않고, 의로운 사람은 존망存亡으로 인해 변심하지 않는다.

[소학小學]

● 타인을 자기 자신처럼 존경할 수 있고, 자기가 하고 싶다고 생각하는 것을 타인에게 할 수 있다면, 그 사람은 참된 사랑을 알고 있는 사람이다. 그리고 세상에는 그 이상 가는 사람은 없다.   [Jean-J. Rousseau]

● 훌륭하게 사는 자가 오래 사는 것이다. 우리들의 나이란, 햇수와 날수와 시간 수로 헤아려서는 안 되기 때문이다.   [Varta의 영주]

| 인생의 짧음 |

● 간단하고 협소한 우리 인생의 짧은 개화는 재빨리 날아간다. 우리가 꽃과 술과 여인을 탐하고 있는 동안, 늙음이 슬그머니 우리 앞에 다가와 있다. [Juvenalis]

● 사람이 하늘과 땅 사이에 사는 것은 마치 흰 말이 달려가는 것을 문틈으로 보는 것처럼 순식간이다. 모든 사물은 물이 솟아나듯 문득 생겼다가 물이 흐르듯 사라져 가는 것이다. 즉 사물은 모두 자연의 변화에 따라 생겨나서 다시 변화에 따라 죽는 것이다. [장자莊子]

● 삶을 중히 여기지 말라. 삶을 중히 여기면, 곧 이를 가벼이 여긴다. [여씨춘추呂氏春秋]

● 세월은 유수와 같아 청춘은 이내 사라지고, 우리가 기다리는 것은 아무것도 없네. 인생은 충실한 친구 같으나 영원하지 않고, 조수처럼 흐를 뿐이네. [Charles G. Leland]

● 우리는 모두 세상에 갓 태어난 것 같은 기분으로 세상을 떠난다. [Epikouros]

● 우리들이 죽지 않는 몸이라고 하면 천천히 한가한 틈을 기다렸다가 서로 복수할 수도 있을 것이다. 그러나 인생은 짧다. 우리는 좀 더 이의

있는 일을 도모해야 한다. [Henry Millon de Monherlant]

● 우리의 이름은 조만간 잊게 될 것이고, 우리가 한 일을 아무도 기억하지 않을 것이다. 우리의 인생은 구름의 자취처럼 사라질 것이고, 안개처럼 흐트러질 것이다. [경외경經外經]

● 인간들은 자신이 얼마나 고약하게 살고 있는지에는 관심을 두지 않으면서, 얼마나 오래 살 것인가 만을 염려한다. 고결하게 사는 것은 모든 사람들의 능력 안에 있지만, 오래 사는 것은 사람의 능력 안에 있지 않은데도 말이다. [L. A. Seneca]

● 인간 세대들은 나무에 달린 나뭇잎과 같다. [Homeros]

● 인생은 순간이며, 모든 것이 순식간에 주검으로 굳어진다는 것을 깨달아야 한다. [Marcus Aurelius]

● 인생은 짧고 근심스럽다. 그것은 철두철미 욕망 속에서 지낸다. [La Bruyere]

● 인생은 짧고 예술은 길며, 기회는 순식간에 사라진다. 또한 경험은 믿을 수 없으며, 판단은 어렵다. [Hippocrates]

● 인생은 짧다. 그러나 불행이 인생을 길게 한다. [Publius Syrus]

● 인생은 짧다. 그러므로 우리들은 애태우고 또 착각에 빠진다. 우리들은

이 세상에 사는 짧은 세월 동안 삶의 열매를 따려고 하지만, 사실은 그 열매가 익는 데는 수천 년이 필요하다.　　　　　　[Hans Carossa]

- 인생은 짧은 이야기와 같다. 중요한 것은 그 길이가 아니라 값어치다.
　　　　　　[L. A. Seneca]

- 인생은 한순간에 지나지 않는다. 그야말로 아주 일순一瞬인 것이다.
　　　　　　[Friedrich Schiller]

- 인생이란 짧은 기간의 망명이다.
　　　　　　[Platon]

- 태어나 한 세상 살다가 떠나감이 아침이슬 사라지듯 하누나!　[조식]

| 인생의 쾌락快樂 |

- 우리들은 우리들의 이빨과 손톱으로 인생의 쾌락을 붙들지 않으면 안 된다. 그런데도 나이는 우리들로부터 쾌락을 하나하나 빼앗아가 버린다.
　　　　　　[M. Monteingne]

- 현명하고 선하고 공정하게 살지 않고서는 즐겁게 사는 것이 불가능하다. 또한 즐겁게 살지 않고서는 현명하고 선하고 정직하게 사는 것이 불가능하다.　　　　[Epicurus]

| 인생의 타성惰性 |

- 세상 사람들은 돼지처럼 먹고, 하루 종일 빈둥거린다. 모두가 학문에 힘을 쓰고, 덕의 향상에 노력할 수는 없다. 다만 흐리멍덩하게 빈둥거리며 세월을 보내면서, 눈빛을 반짝거리며 명예와 이익을 찾고 있다.
　　　　　　[포박자抱朴子]

- 인생을 대하는 가장 졸렬한 태도는 인생을 우습게 여기는 것이다.
　　　　　　[Theodore Roosevelt]

- 인생이란, 아무리 고치고 고쳐도 어딘가가 불편한 옷이다.　[D. 머코드]

| 인생훈人生訓 |

- 괴테의 인생훈 : ① 지나간 일을 쓸데없이 투덜거리지 말 것. ② 좀처럼 성 내지 말 것. ③ 언제나 현재를 즐길 것. ④ 남을 미워하지 말 것. ⑤ 미래를 신에게 맡길 것.　　[Goethe]

- 나는 15세가 되어서 학문에 뜻을 두었고, 30세가 되어서 학문의 기초를 확립하였고, 40세가 되어서는 판단에 혼란을 일으키지 않았고, 50세가 되어서는 천명天命을 알았고, 60세가 되어서 귀로 들으면 그 뜻을 알았고, 70세가 되어서는 마음이 하고자 하는 대로 따라 하여도 법도에서 벗어나지 않았다.　　[공자孔子]

- 당신이 태어났을 때 당신만이 울었고, 당신 주위 모든 사람들은 미소

를 지었습니다. 당신이 이 세상을 떠날 때 당신 혼자 미소 짓고, 당신 주의 모든 사람들이 울도록 그런 인생을 사십시오.　　　　[김수환]

- 인생 문제 해결 10조 : ① 어떤 난문제라도 꼭 해결된다고 믿어라. ② 편안하고 조용한 마음을 가져라. 긴장하면 사고력이 둔해진다. ③ 억지로 해결하려고 해서는 안 된다. 뚜렷한 해결책이 저절로 나올 때까지 마음을 편히 가져라. ④ 공평하게 객관적으로 모든 관련 사항을 수집하라. ⑤ 이 사실들을 종이에 써라. 그렇게 하면 여러 가지 요소가 바르게 정돈되어 당신의 행동 방향이 정해진다. ⑥ 문제의 해결에 관하여 하나님께 기도하라. 그리고 어떤 계시가 있을 것을 확신하라. ⑦ 시편 제23편의 '주의 교훈으로 나를 인도하시고' 의 약속에 따라 하나님의 인도를 믿고 구하라. ⑧ 하나님의 통찰력, 직관력을 믿어라. ⑨ 교회에 나가라. 그리하여 기도를 드리는 경건한 기분에 따라 놀라운 힘을 발휘한다. ⑩ 만일 당신이 이런 단계를 충실하게 지킨다면, 당신의 마음속에 떠오르는 해결책은 반드시 당신의 문제에 관한 옳은 해결책이 될 것이다.　[N. V. Peale]

| 인습因習 / 타성惰性 |

- 모두가 발전에 대해 말하지만, 그 누구도 인습에서 벗어나지 못한다.　　　　[Emile de Girardin]
- 살아 있다는 습관이 붙어버렸기 때문에 우리는 죽음을 싫어한다. 죽음은 모든 고민을 제거시켜 주는데도.　　　　[Thomas Brown]
- 실수에 어머니가 있다면, 그 어머니는 바로 타성이다.　　[자마카리]
- 인간은 언제나 그의 일생이 곧 끝나리라는 것을 알고 있다. 그럼에도 마치 그것을 알지 못하는 듯, 미친 듯이 살고 있다.　[Richard Baxter]

| 인연因緣 |

- 괴로운 생각을 잊으려 하는 사람들은 괴로움을 일으키는 인연과 사물들을 잠시 떠나 있는 것이 좋으리라. 그러나 우리의 운명은 삶을 타고난 곳에서 완성시킬 수밖에 없다.　　　　[William Hazlitt]
- 깊은 물속에 잠기듯이 감정의 밑바닥까지, 인연이 쉬고 있는 밑바닥에 이르기까지 깊은 생각에 잠긴다. 인연을 아는 것은 사고思考요, 사고를 통하여서만 감각은 인식이 되어 소멸되지 않을 뿐 아니라 본질적인

것이 되어 그 속에 있는 것이 빛날 수 있다고 생각되는 것이었다.

[Hermann Hesse]

- 연분이 있다면 몽둥이로 쳐도 좇아내지 못한다. [홍루몽紅樓夢]
- 우리가 자초하지 않은 것은 하나도 없다. [Ralph Waldo Emerson]
- 인연이 있으면 천 리 밖에 있어도 만날 수 있고, 인연이 없으면 코를 맞대고도 만나지 못한다. [수호전水滸傳]
- 즐거움과 절제와 안면安眠은 의사와의 인연의 문을 닫는다.

[Henry Wordsworth Longfellow]

- 하나의 법이 천 가지 이름을 가진 것은 인연을 따라 이름을 지었기 때문이다. [지눌知訥]

| 인자함 / 인의仁義 |

- 널리 사랑하는 것, 이것을 인仁이라 한다. 행하여 마땅한 것, 이것을 의義라 한다. 이로 말미암아 가는 것, 이것을 도道라 한다. 자기에게 만족하고 밖에서 기대하지 않는 것을 덕德이라 한다. 이것이 인의도덕仁義道德이다. [한유韓愈]
- 마음이 어질지 못한 자는 궁한 생활을 오래 견디지 못하며, 안락한 생활도 오래 지속하지 못한다. [공자孔子]
- 사람은 자기 손에 들었던 몽둥이로

자주 얻어맞는다.

[Jean Antoin de Baif]

- 어진 사람은 어려움을 앞서 처리하고, 이익은 뒤에 취한다. [공자孔子]
- 예로부터 임금이 인仁을 실천하며 어진 정치를 베풀려 해도, 그것을 해치는 것이 둘 있다. 형벌이 많으면 백성들의 원한이 많아 인을 해치고, 세금이 무거우면 백성들의 기름과 피가 말라붙어 인을 해친다. [이언적]
- 의로움이 욕심을 이기면 창성하고, 욕심이 이로움을 이기면 망한다.

[강태공姜太公]

- 인을 갖춘 사람은 말이 거침없이 나오지 않는다. 인을 실천하기 어려우니, 어찌 말이 거침없이 나오겠는가.

[공자孔子]

- 인仁이란 마음속에서부터 혼연히 남을 사랑하게 됨을 뜻한다. 이와 같이 남을 좋아하면 복을 받게 되고, 남을 미워하면 화를 당하게 된다. 그것은 마음에서 저절로 우러나오는 데서 생기는 것이며, 그 보답을 바라서 생기는 것이 아니다. 그러므로 '최고인 인을 행하는 데 이유가 있는 것은 아니다.' 라고 한 것이다. [한비자韓非子]
- 지식은 이에 미치더라도 능히 이를 지킬 어짊을 갖추지 못하였다면, 비록 지위를 얻었을지라도 반드시 이

를 잃게 될 것이다.　　　[공자孔子]

- 측은히 여기는 마음은 인仁의 단서이고, 수치스러워하는 마음은 의義의 단서이다. 남에게 사양하는 마음은 예禮의 단서이고, 잘잘못을 가리는 마음은 지智의 단서이다. 사람마다 이 사단四端을 지니고 있음은 마치 그들에게 사지四肢가 있음과 마찬가지다.　　　[맹자孟子]

| 인재人材 |

- 나라에 바치는 보물로는, 어진 이를 추천하고 선비를 추천하는 것보다 더 좋은 것은 없다.　　　[묵자墨子]
- 낚시에는 세 가지 권도權道가 있다. 미끼로 물고기를 취하는 것은 녹봉祿俸을 주어 인재를 취하는 것과 같고, 좋은 미끼로 큰 고기가 잡히는 것은 후한 녹봉을 내리면 목숨을 아끼지 않는 충신이 나오는 것과 같으며, 물고기의 크기에 따라 쓰임이 다른 것은 인품에 따라 벼슬이 다른 것과 같다.　　　[강태공姜太公]
- 네가 아는 인재를 기용하라. 네가 모르는 인재야 남들이 어찌 버려두었겠는가.　　　[공자孔子]
- 말을 수레에 매어 몰고 다니면서 그 결과를 보면, 곧 노예라 할지라도 둔한 말인가 좋은 말인가를 의심 없

이 알게 된다. 그러나 용모를 보고 말을 들어보기만 해서는 공자孔子도 선비들을 판단할 수 없다. 하지만 관직으로 시험해 보고 그 공적을 검토해 보면 범인이라도 그가 얼마나 어리석은지, 지혜로운 지를 의심 없이 알게 된다. 그래서인지 명석한 임금의 인재 등용을 보면, 세상은 반드시 고을 관청에서 기용되고, 날랜 장수는 반드시 병졸 대열에서 나온다.　　　[한비자韓非子]

- 멀리 있는 인재를 불러들일 때 사신만 보내서는 되지 않으며, 가까이 있는 사람과 화친하는 데 좋은 말만 가지고서 되는 것이 아니다. 오로지 밤에 걷는 것처럼 음덕이 있어야 한다.　　　[관자管子]
- 미끼로써 고기를 낚으면 고기를 잡을 수 있고, 녹祿으로 인재를 모으면 천하의 인재를 남김없이 부를 수 있다.　　　[강태공姜太公]
- 사람을 쓸 때 그 덕행은 마땅히 앞세우고, 그 재주는 뒤로 돌려야 한다.
　　　[권발權撥]
- 사람을 잘 보는 자는 그 처음을 보고, 사람을 잘 살피는 사람은 그 평시平時를 살핀다.　　　[김시습]
- 사람이 착한 줄 알면서도 이를 승진시켜 중용하지 않고, 사람이 악한 줄 알면서도 이를 물리치고 멀리하

지 않으면, 어진 이는 숨어 가려져서 쓰이지 못한다. 반면, 못난 사람들이 높은 관직에 등용되면 국가는 반드시 그 해를 입는다. [삼략三略]

- 신하들이 따르고 백성이 통일되기를 바란다면, 정치를 돌이켜 살펴봄이 가장 좋은 방법이다. 정치를 닦고 나라를 아름답게 하려면 합당한 사람을 구하는 것보다 더 좋은 방법은 없을 것이다. [순자荀子]

- 왕이 인재를 등용할 때는 누구에게나 납득이 가도록 공정해야 한다. 아랫자리에 있는 사람을 윗사람 위에 앉히거나, 친분이 먼 사람을 가까운 사람 위에 앉히는 일은 신중愼重을 기해야 한다. [맹자孟子]

- 위태함을 알고 험함을 알면 내내 덫은 없을 것이요, 착한 이를 천거하고 어진 사람을 추천하면 저절로 안신安身의 길이 있으리라. [진종眞宗]

- 의로운 선비는 밝게 살필 수 있기 때문에 벼슬에 임용되면 세가勢家들의 음험陰險한 감정을 밝힌다. 또한 법도에 능한 선비는 강직하기 때문에 벼슬에 임용되면 권세가들의 간사한 행동을 바로잡는다. 그러므로 술법을 알고 법도에 능한 선비를 등용하면, 귀한 자리에 있는 신하들이 반드시 권세를 빼앗기게 된다. 이것이 술법을 알고 법도에 능한 선비와 실권자들이 공존하지 못하고 원수가 되는 이유이다. [한비자韓非子]

- 인재는 국가에 이로운 그릇이요, 학교는 그 인재의 그릇을 만드는 도가니다. [양성지]

- 인재는 국가의 주석柱石이다. 그러므로 나라를 다스림에는 인재 얻는 일을 근본으로 삼고, 교화敎化에 있어서는 인재 기르는 일을 먼저 한다. [김시습]

- 인재의 선택은 등용登用시키기 전에 해야 한다. 등용한 다음에 선택하려 하면 이미 때는 늦다. 비록 문무백관이 많으나 쓸만한 인재가 없는 것은 등용할 당초에 선택을 잘못했기 때문이다. [조광조]

- 자기의 공로를 자랑하지 않는 자야말로 윗자리에 설 수 있는 인재다. 공로를 자랑하지 않는 사람은 남에게 요구함이 없고, 요구하는 것이 없으면 남과 다투지 않기 때문이다. [사마양저司馬穰苴]

- 좋은 활은 잡아당기기는 어려우나 높이 올라갈 수 있고, 깊이 들어갈 수 있다. 좋은 말은 타기는 힘드나 무거운 짐을 싣고 멀리 갈 수 있다. 훌륭한 인재는 부리기는 어려우나 임금을 이끌어 존귀함을 드러내 줄 수 있다. [묵자墨子]

- 지금 세상에는 인재를 씀에 있어서

오로지 그 글과 재주만을 귀히 여기고, 그 덕의德義는 귀히 여기지 않는다. [이이]

- 천하와 국가를 다스리는 요점은 사람을 씀에 있을 따름이다. [정도전]
- 하늘은 인재를 아끼지 않아 세상에는 인재가 끊어지지 않는다. 그러나 때가 적당치 않으면 나가지 않고, 또 때를 만났다 할지라도 스스로 나가기는 어려운 법이다. [김시습]
- 학교는 교화의 근본이다. 이로써 인륜도덕을 밝히고, 이로써 인재를 양성한다. [정도전]
- 한 올의 그물로는 새를 잡지 못하고, 먹이 없는 낚시로는 고기를 낚지 못한다. 그렇듯이, 선비를 보고 예우禮遇할 줄 모르면 현명한 인재를 얻지 못한다. [회남자淮南子]

| 인정人情 |

- 근로하면 착한 마음이 나고, 편안하면 교만한 마음이 일어나는 것이 인정이다. [정도전]
- 급하면 하늘을 부르고, 아프면 부모를 부르는 것은 인간의 진실한 감정이다. [소철蘇轍]
- 대개 보통 인정이란, 위에서 이끌면 노력하고, 놓아두면 게을러지는 것이다. [하위지]

- 드는 정은 몰라도 나는 정은 안다. [한국 격언]
- 마치 두더지가 땅속의 온기를 탐내듯 인간은 한 줌의 친절함과 인정의 필요를 느끼는 생물이었던가. [전혜린]
- 모든 일에 인정人情을 남겨 두어라. 뒷날에도 서로 좋은 낯으로 보게 되리라. [명심보감明心寶鑑]
- 뿌리가 없으면서 굳은 것이 정이다. [관자管子]
- 사단四端의 정과 칠정七情의 정을 고금의 학자들이 뒤섞어 놓아서 분변하기가 어렵게 되었다. 측은과 수오羞惡 같은 것은 상性이 발하여 순수하게 착한 것이고, 색을 좋아하고 맛을 즐기는 등의 일은 이理와 기氣가 아울러 발하여 합한 것이므로 착한 것도 있고 악한 것도 있으니, 칠정이 이것이다. [이황]
- 사람과 사귀는데 좋은 선물은 보내지 못하고 풍성하게 대접은 못하나 정은 두텁다. [순자荀子]
- 사랑은 조화된 하나의 정념이다. [김형석]
- 세상에 인정이란 별수 없는 것이다. 가난해서 굶으면 넉넉한 사람에게서 얻어먹고, 배가 부르면 떠나 버린다. 따뜻하면 모여들고 추우면 헤어져서 돌아보지도 않는다. 이것이 이전이나 지금이나 똑같은 병폐라

하겠다. [채근담茶根譚]

- 셰익스피어Shakespeare의 경우는 인간의 정념이 구경거리로 되어 있다고 하겠다. 그렇지 않았다면 인간의 정념의 댄스를 우리에게 구경시켜 주지 않고, 단지 인간의 정념에 관해서만 장광설을 늘어놓았을 것이다. 그것도 자연주의적으로는 아니게 말이다. [Wittgenstein]

- 인정에 편향이 없을 수는 없지만, 올바르고 기울지 않은 것을 준칙으로 하고, 성질에 괴팍한 것이 없을 수는 없지만, 고르고 평평한 것을 기준으로 한다. [장구령張九齡]

- 인정은 마치 해양의 흐름과 같고, 사상이나 제도는 마치 표면에 이는 물결과 같다. [이광수]

- 인정은 흡사 날리는 버들개지던가, 봄바람 따라 멀리멀리 흩날려 갔구나. [안기도晏幾道]

- 인정을 팔아서 돈을 사는 것은 어리석은 일이니, 네 가진 것을 다 주고라도 벗을 사귀라. 목숨까지 주고라도 좋은 벗을 사고 인정을 사거라. [이광수]

- 인정이라는 것은 너무 신중한 태도를 부려요. 그것이 세상의 원죄랍니다. 혈거인穴居人(굴에서 사는 사람)이 웃을 줄 알았다면 역사는 달라졌을 것입니다. [Oscar Wilde]

- 인정이란, 결코 컵 속에 든 한 모금의 물처럼 누구에게 쓰고 나면 없어지는 것이 아니라 샘처럼 풀면 풀수록 더욱 풍부해지는 것이요, 또 인정이란 어떤 대상에서 우러나오는 게 아니라 스스로의 능력의 육성이라 하겠다. [구상]

- 인정이란, 꾀꼬리 우는 소리를 들으면 기뻐하고, 개구리 우는 소리를 들으면 싫어한다. [채근담茶根譚]

- 인정이 없으면 정의로운 사람이 될 수 없다. [Vauvenargues]

- 정념은 때로 자기와는 반대의 정념을 낳는다. 인색은 때로 낭비를, 낭비는 또한 인색을 낳는다. 사람은 때로 악하기 때문에 강하고, 소심하기 때문에 대담한 것이다.
[F. La Rochefoucauld]

- 정념은 우리가 그것에 명확한 관념을 형성하자마자 금시 정념인 것을 그만둔다. [Spinoza]

- 정념은 지나치지 않으면 이름답지 않다. 사람은 지나친 사랑을 하지 않을 때는 충분히 사랑하고 있는 것이 아니다. [Pascal]

- 정이 꿈을 알면 좋은 일 없건만, 꿈이 아니고야 언제 만나리. [원진元稹]

- 천 사람 만 사람의 정이, 곧 한 사람의 정이다. [순자荀子]

- 천하를 다스리는 데는 반드시 인정

에 따라야 한다.　　　　[한비자韓非子]
- 7정이라 하는 것은 기쁨·노함·슬
픔·두려움·사랑·염오厭惡(싫어하
고 미워함)·욕심이다.　　[한유韓愈]
- 하룻밤에 만리장성을 쌓는다.
　　　　　　　　　　　[한국 격언]
- 한 번 보시면 또다시 대하고 싶은
게 정이올시다. 정은 땅속에서 솟아
오르는 물 같아서 영원히 마르지 않
을 게올시다.　　　　　　　[박종화]
- 한 번 죽고 한 번 사는데, 곧 사귀는
정을 알게 되고, 한 번 가난해지고 한
번 부해지므로 교제하는 참모습을 알
게 되며, 한 번 귀해지고 한 번 천해지
므로 진정을 알게 된다.　　[사기史記]

| 인종人種 |

- 한 번 사힙Sahib이면, 영원한 사힙(인
도의 사회적 신분)이다.
　　　　　　　　[Rudyard Kipling]

| 일 / 일하다 |

- 가장 유쾌하고 가장 보수가 많으며,
게다가 가장 값싼 최상의 시간 소비
방법은 언제나 일이다.　　[C. Hilty]
- 가장 하기 힘든 일은 아무 일도 안
하는 것이다.　　　　　[유대인 격언]
- 굶주림은 열심히 일하는 자의 문을

바라보지만 감히 열고 들어가지 못
한다.　　　　　　[Benjamin Franklin]
- 굶주림은 전혀 일하지 않고 빈둥거
리는 자의 길동무이다.　[Hesiodos]
- 그 사람이 하고 있는 일은 그의 인
격의 현장이다. 일은 곧 성취이며,
그 사람의 가치와 인간성을 판단하
는 방법 중 하나이다.
　　　　　　　　　[Peter F. Drucker]
- 그날의 일은 그날 해치우는 것이 나
의 일상 규칙이다.　　　[Welington]
- 그대들의 일을 사랑하라. 그러나 그
대들의 업적을 사랑하진 마라.
　　　　　　　　[Venko Markovski]
- 나는 한평생 하루도 일한 적이 없었
다. 그것은 모두 위안 삼아 했던 것
에 지나지 않는다.　　　　[Edison]
- 내가 청년 여러분에게 충고하고 싶
은 말은 다음 세 마디다. 일하라. 더
욱 일하라. 끝까지 일하라.
　　　　　　　　　[O. E. Bismarck]
- 너의 노동으로 네 삶의 값을 치러야
한다.　　　　　　　　[Phokylides]
- 노동에는 생활이라는 보수가 있다.
더구나 좋은 일에는 좋은 보수가 따
른다. 창조라는 보수이다. 옛날 사
람들의 말을 빌면, 이것은 하나님이
주시는 보수이다.　　[William Morris]
- 다닐 직장이 없는 사람은 ― 그가 누
구든지 ― 상상도 할 수 없을 만큼 귀

찮게 여겨지기 마련이다.

[George Bernard Shaw]

- 다른 사람보다 더 열심히 일하지 않으면, 다른 사람보다 더 커지지 않는다. [Cervandes]
- 당신이 아무리 열심히 일하더라도, 누군가는 당신보다 더 열심히 일한다. [Elon Musk]
- 당신이 하는 일을 즐기고 그것이 중요하다고 여긴다면, 어느 누가 당신보다 더 즐거울 수 있을까?

[Katharine Graham]

- 땀을 흘려라. 그러면 구원받을 것이다. [Theodore Roosevelt]
- 만약 당신이 일을 하지 않았는데도 보수를 얻었다면, 일을 하고도 보수를 얻지 못한 사람이 어디엔가 있을 것이다. 무엇보다도 일이 그대에게 가장 중요한 것이 되고, 보답이 제2의 의로움이 될 때, 창조주인 신이 그대의 주인이 될 것이다. 그러나 반대로 일이 제2의 의로움이 되고 보답이 중요하게 되면, 그대는 보답의 노예가 될 것이다. 그리하면 그대의 삶은 가장 저열하고 추악한 악마의 소굴이 될 것이다. [Ruskin]
- 모든 사람은 다 같이 일하고, 또 생계를 세울 권리를 지닌다. 법률가도, 이발사도 일의 가치에 있어서는 아무 차이가 없다. [Ruskin]

- 모든 일은 거기 사랑이 있을 때를 제외하고는 공허하다. [Gibran]
- 목표를 말하라. 나는 모호하거나 의심스러운 것을 좋아하지 않는다.

[Robert Scott]

- 바쁜 사람은 눈물을 흘릴 시간이 없다. [George G. Byron]
- 배불리 먹고서 종일 마음 쓰는 일이 없다면 곤란한 일이다. 바둑과 장기가 있지 않느냐. 그것이라도 하는 것이 그래도 나으니라. [공자孔子]
- 부하의 고유한 업무에 대해서 꼬치꼬치 지시하는 것은 별로 바람직하지 않다. 그러나 우둔하게 일하도록 내버려 두는 것은 더 나쁘다.

[Terry Kelly]

- 사람들은 모든 것에 싫증을 내지만, 일은 예외이다. [G. de Levy]
- 사람의 일이 그에게 맞지 않을 때엔 구두의 경우와 흔히 같으니, 너무 크면 비틀거릴 것이요, 너무 작으면 부르틀 것이다. [Horatius]
- 사업은 다른 사업들의 돈이다.

[Beroalde de Verville]

- 사업은 사업이다. [George Coleman]
- 사탄이 문을 두드리거든, 일을 하시오. [Jean Paul]
- 새가 날기 위해 태어났듯이, 인간은 일하기 위해 태어났다. [La Bruyere]
- 생각 없이 일하자. 그것만이 인생

을 견딜 수 있게 해주는 유일한 것
이다. [Voltaire]
- 서서 일하는 농부는 앉아서 노는 신
사보다 한결 거룩한 존재다.
[Benjamin Franklin]
- 세상을 위해서 일하지 않으면 사는
데 의의가 없다. [Edison]
- 수확은 밭보다는 노동에서 온다.
[Ch. Cailler]
- 쉬워 보이는 일도 해보면 어렵다. 못
할 것 같은 일도 시작해놓으면 이루
어진다. 쉽다고 얕볼 것이 아니고,
어렵다고 팔짱을 끼고 있을 것이 아
니다. 쉬운 일도 신중히 하고, 곤란
한 일도 겁내지 말고 해보아야 한다.
[채근담菜根譚]
- 아직 해가 지지 않았다. 일하라, 지
치지 말고. 그동안에 어느 누구도
일할 수 없는 죽음이 온다.
[M. de Cervantes]
- 어떤 신神이 무심중無心中에 와서
돌연 너는 무엇을 하느냐고 물을 때
에, 나는 이것을 하노라고 서슴지
않고 대답할 수 있게 하라. [안창호]
- 열심히 일하는 꿀벌은 슬퍼할 시간
이 없다. [William Blake]
- 오늘은 오늘 일만 생각하고, 한 번
에 모든 것을 하려고 하지 않는 것,
이것이 현명한 사람의 방법이다.
[M. de Cervantes]

- 오늘 할 일을 내일로 미루지 말라.
(Don't postpone Today's work to
tomorrow.) [Harvard Univ.]
- 우리의 가장 좋은 친구는 역시 일이
다. [Colin de d'Harleville]
- 인간에게 일은 보배와 같다. [Aesop]
- 인간은 의욕으로 창조함으로써만
비로소 행복해질 수 있다. [Alain]
- 일에는 규율이 필요하다.
[Andre Maurois]
- 일에 두 다리를 걸치는 것은 금물이
다. 만일 그대가 전자를 욕심내면
후자를 놓칠 것이다. 둘을 다 욕심
내면, 그대는 그중 어느 것 하나도
얻지 못할 것이다. [Epikouros]
- 일에 실패하면 화禍를 당하는 인도
人道의 근심이 생기고, 일에 성공하
면 이해를 따지는 음양의 근심이 생
긴다. 성공하거나 실패하거나 간에
오직 덕 있는 사람만이 후환이 없는
법이다. [공자孔子]
- 일에 열중한다는 것은, 인류 위에 덮
여 있는 모든 병폐와 비슷한 일의 훌
륭한 치료법이 된다. [G. G. Byron]
- 일은 고통을 무뎌지게 한다.
[Marcus Tullius Cicero]
- 일은 우리를 세 가지 큰 악, 곧 권태
와 악덕, 그리고 욕구에서 멀리 떼
어 놓는다. [Voltaire]
- 일은 인간 생활의 피할 수 없는 조건

이며, 인간 복지의 참된 근원이다.
[Lev N. Tolstoy]
- 일은 인생의 소금이다. [T. Fuller]
- 일을 즐겁게 하는 자는 세상이 천국이요, 일을 의무로 하는 자는 세상이 지옥이다. [Leonard da Vinci]
- 일을 하고, 고생을 마다하지 마시오. 일이야말로 부족함이 없는 우리의 재산이오. [La Fontaigne]
- 일을 하면 할수록 할 일이 더 많게 된다. 또한 바쁘면 바쁠수록 그만큼 할 일이 더 많이 생기는 법이다.
[W. Hazlitt]
- 일이 기쁨의 아버지가 될 때가 있다.
[Voltaire]
- 일이 약일 때 인생은 즐겁다. 일이 의무일 때 인생은 노예이다.
[Maxim Gorky]
- 일이 즐거우면, 인생은 낙원이다. 일이 의무이면, 인생은 지옥이다.
[Maxim Gorky]
- 일하는 것이 노는 것보다 피로하지 않은 것이라고 생각한다. 종일 일한 사람은 저녁이 되면 자유롭다는 신선한 느낌을 갖는다. 그러나 종일 놀기만 한 사람은 도리어 지독한 피로를 느낀다. 일주일간의 놀이에서 완전히 회복되려면, 일주일간 열심히 일하지 않으면 안 된다.
[R. 린드]

- 일하지 않고 살아가는 사람이 너무 많지만, 동시에 일만 하고 인생을 살아가지 않는 사람도 또한 너무 많다.
[Charles R. Brown]
- 자기 일을 찾아낸 사람은 행복하다. 그로 하여금 다른 행복을 찾게 하지 마라. 그에게는 일이 있으며, 일생의 목적이 있는 것이다.
[Thomas Carlyle]
- 절대로 절망하지 마라. 그러나 만약 견디다 못해 절망하게 되면, 일을 계속하라. [Edmond Burke]
- 정신노동은 마음의 휴식이다.
[Chevalier de Baufflers]
- 청년들에게 권하고 싶은 것은 단지 세 마디 말이면 족하다. 즉 일하라. 좀 더 일하라. 끝까지 열심히 일하라.
[Bismarck]
- 큰 나무도 가느다란 가지에서 시작되는 것이다. 10층의 탑도 작은 벽돌을 하나씩 쌓아 올리는 데서 시작되는 것이다. 마지막에 이르기까지 처음과 마찬가지로 주의를 기울이면 어떤 일도 해낼 수 있을 것이다. [노자老子]
- 큰일을 먼저 하라. 작은 일은 저절로 처리될 것이다.
[Andrew Carnegie]
- 큰일에 착수할 경우에는 기회를 만들어내는 것보다도 눈앞의 기회를 이용하려고 힘써야 한다.

[F. La Rochefoucauld]

- 태양 아래에서 일어나는 모든 것은 일이다. 잠잘 때까지 땀 흘려서 일해라. [K. G. Buchner]
- 하나님이 해면과 조개를 만들었을 때는, 해면은 바다 위에서 살게 했고, 조개는 진흙 속에서 살게 했다. 그러나 인간을 만들었을 때는 게으른 해면이나 조개처럼 취급하지 않았다. 손과 발, 머리, 심장을 만들었고, 생명의 원천인 혈액을 통하게 했다. 이어서 각 기관에 활동력을 주어서 인간에게 명령했다. "나가서 일하라!" [Henry 위드]
- 하루를 일하지 않으면, 하루를 먹지 않는다. [백장회해百丈懷海]
- 한 번에 한 가지 일만 하면 하루 동안에 여러 일을 할 수 있는 충분한 시간이 있다. 그러나 같은 시간에 두 가지 일을 하려고 하면 1년이라도 시간이 넉넉지 않다. [Chesterfield]
- 힘과 건강이 허락하는 한 일을 피하지 마라. 곧 허리 굽은 노경이 발소리를 죽이고 다가올 것이다. [Ovidius]

| 일반화—般化 |

- 개가 짖어대는 사람 모두가 도둑은 아니다. [Th. Drax]
- 성급한 일반화는 아이들이나 야만인들이 하는 일이다. [H. Spencer]
- 한 마리 제비가 돌아왔다고 봄이 온 것은 아니다. [Aristoteles]

| 일부다처제—夫多妻制 |

- 일부다처제는 궁극의 사랑 표현이 아닌, 여성을 멸시하는 극단적인 표현이다. [Th. Jouffroy]
- 일부다처제는 여러 종교를 전전하는 자와 비슷하다. 이러한 사람의 신앙은 이리저리 떠돌다 사라지고 만다. [E. Swedenborg]
- 한 남자가 두 여자를 품는 것은 좋지 않다. [Euripides]

| 일사부재리—事不再理의 원칙 |

- 한 가지 죄로 두 가지 벌을 줄 수 없다. [질 드 누아에르]
- 한 사람을 두 번 교수형에 처할 수 없다. [W. Vander]

| 일생—生 |

- 모든 사람의 일생은 신의 손으로 쓰인 동화다. [Andersen]
- 모든 사람의 일생은 전쟁이다. 그것은 장기간에 이르는 다사다난多事多難한 전쟁인 것이다. [Epiktetus]

- 모든 사람의 일생은 하나님의 손에 의해서 쓴 동화에 불과한 것이다.
  [H. C. Andersen]

| 일어난 일 |

- 이미 일어난 일로 인한 괴로움을 덜어줄 수 있는 것은 아무것도 없다. 오히려 일을 악화시키기만 할 것이다.
  [Plautus]
- 이 세상에서는 하찮고 사소한 일이 우연한 상황에서 우리들의 생활에 중대한 의미를 끼치는 수가 간혹 있다.
  [Thomas Dekker]
- 진실은 우리가 침묵으로 감추려고 해도 자기 발로 찾아온다.
  [Sophocles]

| 일의 결과結果 |

- 스스로 일해서 얻은 빵만큼 맛있는 것은 없다. [S. Smiles]
- 오늘의 일이 의심쩍거든 옛 역사를 비추어 보라. 미래의 일을 알지 못하겠거든 과거에 비추어 보라. 만사의 발생과 현상은 그 행태나 과정에서는 다르지만, 결국 그 귀결되는 점이 같음은 고금을 통해 일정불변一定不變이다. [관자管子]
- 일을 한다는 것은 마치 우물을 파는 것과 같다. 비록 아홉 길을 팠다 할지라도 샘물이 나오는 데까지 못한다면, 우물을 포기함과 같으니라.
  [맹자孟子]
- 작품을 보면 만든 사람을 알 수 있다.
  [Aristoteles]
- 지저귐으로 새를 알아본다. [Baif]

| 일의 성패成敗 |

- 다스리는 이는 지위가 성취되는 데서 게을러지고, 병은 얼마간 치유되는 데서 더해지며, 화禍는 해이한 데서 생기고, 효도孝道는 처자를 갖는 데서 흐려지는 법이다. 이 네 가지를 살펴서 나중을 삼가고, 처음과 같이 해야 한다. [세원說苑]
- 모든 일은 계획으로 시작되고, 노력으로 성취되며, 오만으로 망친다.
  [관자管子]
- 작은 일이라 하여 허술히 하지 않고, 남이 보지 않는 곳이라 하여 속이고 숨기지 않으며, 실패한 경우에도 자포자기自暴自棄하지 않는 자야말로 진정한 대장부이다. [채근담菜根譚]
- 착안하는 바와 목표하는 바는 멀고도 커야 한다. 그러나 그것을 실행하려면 힘을 헤아려 점진적으로 나아가야 한다. 뜻이 커서 심로心勞하고 역량은 작은데 책임이 무거우면, 마

침내 일을 그르칠까 두려울 뿐이다.

[근사록近思錄]

- 한 가지 일을 반드시 이루고자 생각하면, 다른 일 깨뜨리는 것을 마음 아파하지 말고, 남의 조소도 부끄러워하지 마라. 모든 것을 바꾸지 않고서는 한 가지 큰일도 이어지지 않는다. [요시다겐코오吉田兼好]

| 일의 속성屬性 |

- 당신이 할 일은 당신이 찾아서 하라. 그렇지 않으면 당신이 할 일은 끝내 당신을 찾아다닐 것이다.

[Benjamin Franklin]

- 쉬운 일이라도 어려운 일처럼 달려들고, 어려운 일이라도 쉬운 일처럼 달려들라. [B. Morales]

- 우리가 해야 할 일은, 늘 생각하고 궁리하는 데 따라 생기기 마련이고, 노력함으로써 이루어지기 마련이다. 그러나 한 가지 생각해야 할 것은, 누구나 한 가지 일을 이루고 나면, 만족하고 교만驕慢해지는 까닭에 실패하는 일이다. [관자管子]

- 일이 체면을 손상시키는 것은 없고, 면목이 없는 것은 게으른 것이다.

[Hesiodos]

{ㅈ}

| 자각自覺 |

- 나의 현실을 자각하기 좋은 방법은 통장 잔액이다. [Kimdonsun]

- 나 자신은 나의 친구인 동시에 적이다. [Mahabharata]

- 내려와 보시오. 당신의 집이 얼마나 초라한지 알게 될 것이오.

[F. A. Persius]

- 내 온몸은 바로 기쁨이다. 노래다, 검이다, 불꽃이다. [Heinrich Heine]

- 너 자신을 아는 법을 배워라. 그리고 스스로 내려와라. [Corneille]

- 네 일을 하고, 너 자신을 알라.

[Montaigne]

- 눈은 모든 것을 볼 수 있지만, 정작 자기 자신은 보지 못한다.

[Henry Smith]

- 다른 사람의 마음속에 무슨 일이 일어나고 있는지를 몰라서 불행하게 되는 경우는 거의 없다. 그러나 자신의 마음의 움직임을 간과(깊이 관심을 두지 않고 예사로이 보아 내버려둠)하는 자는 반드시 불행에 빠질 것이다. [Marcus Aurelius]

- 달팽이는 남이 알려주기 전까지는

자신의 껍데기 모습을 모른다.
[Elbert Hubbard]

- 사람에게는 네 가지 유형이 있다.
무식하면서 무식함을 모르는 자는
바보니 — 그는 피하라. 무식하면서
무식함을 아는 자는 단순하니 — 그
는 가르쳐라. 유식하면서 유식함을
모르는 자는 잠을 자니 — 그는 깨
우라. 유식하면서 유식함을 아는
자는 현명하니 — 그는 따르라.
[Burton 여사]

- 여우는 자신의 냄새는 맡지 못한다.
[Jeremiah Clarke]

- 우리는 자기 자신을 조롱하는 자는
조롱하지 않는다. [L. A. Seneca]

- 자기라는 학문에는 스승이 없다.
[G. C. Lichtenberg]

- 자기 자신을 과대평가하는 것도, 과
소평가하는 것도 모두 큰 과오이다.
[Johann Wolfgang von Goethe]

- 자기 자신을 보는 사람이야말로 선
견지명先見之明이 있는 사람이다.
[논어論語]

- 자기 자신을 아는 자만이 자기 자신
의 스승이 될 수 있다.
[Pierre de Ronsard]

- 자신의 가장 나쁜 점을 알 정도로
나쁜 자는 없다. [Thomas Fuller]

- 자신의 얼굴은 거울로 볼 수 있지
만, 자신의 영혼을 볼 수 있는 방법

은 없다. [Balthasar Grasian]

- 자신의 적은 자기 자신이다.
[Anacharsis]

- 자신의 척도로 자신을 평가하고, 자
신의 발에 맞는 신발을 신어야 한다.
[Horatius]

- 정신적 자각의 첫 단계는 몸을 통해
성취해야 한다. [George Sheehan]

| 자격資格 / 적성適性 |

- 각 옷 속에는 사람이 있다.
[Johann Wolfgang von Goethe]

- 모든 것을 잘하지 못하는 사람이 아
무것도 못하는 것은 아니다.
[사마양저司馬穰苴]

- 우리 모두가 모든 것을 할 수는 없다.
[Vergilius]

| 자극제刺戟劑 |

- 당나귀도 세게 때리면 종종걸음이
된다. [Gabriel Morie]

- 머리 안에 있는 박차(말을 빨리 달
리게 하기 위하여 승마용 구두의 뒤
축에 댄 쇠로 만든 톱니모양의 물
건) 하나가 다리 붙은 박차 두 개보
다 더욱 가치 있다. [John Ray]

- 아무리 훌륭한 말(馬)일지라도 박차
가 있어야 한다. [Jeremiah Clarke]

- 지나치게 박차를 가하면, 말은 오히려 난폭해진다. [솔라에르]

| 자긍심自矜心 / 자존심自尊心 |

- 가장 난처한 경우는 가난하게 태어난 자가 오만하기까지 할 때이다. [Vauvenargues]
- 나도 하나의 포도원, 나의 열매도 떨어져서 술틀에 밟히리. 나 또한 새 술처럼 영원한 그릇에 간직되리라. [미상]
- 머리를 치켜드는 오래된 관습을 이제는 버려야 한다. [Goethe]
- 불손함은 오만의 눈부신 광채요, 선언이다. [F. La Rochefoucauld]
- 자애自愛, 자식自識, 자제自制, 이 세 가지만이 인생을 옳은 길로 인도하고 귀한 힘에 이르게 한다. [A. Tennyson]
- 자존심은 중용을 모른다. 항상 넘치거나 부족하다. [Blessington 백작부인]
- 재능이 절제보다 더욱 빛을 발할 수 있는 것은 고결한 자긍심 덕분이다. [Jean Paul]

| 자기기만自己欺瞞 |

- 용기 없는 자가 자기의 영광스런 업적을 자랑하면, 낯선 사람은 속일 수 있을지 몰라도 그를 아는 사람들에게는 비웃음거리가 된다. [Paedrus]
- 자기 기만보다 더 쉬운 것은 없다. 사람은 자기가 소원하는 것을 사실인 것으로 믿기 때문이다. [Demosthenes]
- 자기에 대해서 많이 말하는 것은 자기를 숨기는 하나의 수단이기도 하다. [Friedrich Wilhelm Nietzsche]
- 자신을 기만하는 자가 가장 많이 기만당한다. [덴마크 격언]

| 자기만족自己滿足 |

- 그 누구도 자기 재산에 만족하지 않고, 자기 기질에 불만이 있지도 않다. [Dejulier 부인]
- 스스로를 보지 못하고 남을 보며, 자기 것을 못 가지고 남의 것을 가짐은, 사람의 즐거움을 즐거워할 뿐, 자기 즐거움을 즐거워하지 않는 것이다. [장자莊子]
- 자존심은 모든 아첨꾼들 가운데 가장 위대한 아첨꾼이다. [F. La Rochefoucauld]
- 저마다 자기 아름다움 속에서 스스로 만족한다. [Jean A. de Baif]

- 좋은 가정환경에서 자랐다는 것은 우리가 얼마나 자기 자신만을 생각하고 타인에 관해서는 아예 생각조차 하지 않는가를 남이 깨닫지 못하도록 행동하는 것이다.　[Mark Twain]

| 자기반성自己反省 |

- 다른 사람을 헤아리려거든, 먼저 스스로를 헤아려 보라. 남을 해치는 말은 도리어 스스로를 해침이니, 피를 머금어 남에게 뿜자면, 먼저 제 입이 더러워진다.　[강태공姜太公]
- 동물적인 자아의 부정이야말로 인간생활의 법칙이다.　[Lev N. Tolstoy]
- 무엇보다도 자기 자신에게 위인이 되고 성자가 될 것이다.　[Baudelaire]
- 인仁으로써 남을 안정시키고, 의로써 나를 바로잡는다.　[동중서董仲舒]
- 자기를 반성하는 이는 닥치는 일마다 다 이로운 약이 되지만, 남의 탓을 하는 이는 움직일 때마다 스스로를 해하는 창과 칼이 된다. 앞의 것은 선행의 길을 열고, 뒤의 것은 악한 길의 근원이 된다. 이 두 가지의 차이는 하늘과 땅의 차이와 같다.　[채근담菜根譚]
- 자신의 모자람을 걱정할지언정, 남이 자기를 몰라줌을 걱정할 필요는 없다.　[관자管子]

- 자아를 부인하는 사람에게만 진리의 가르침이 보인다.　[Talmud]

| 자기발견自己發見 |

- 나는 나면서부터 안 사람이 아니라, 옛것을 좋아하여 힘써 알기를 추구한 사람이다.　[논어論語]
- 나는 나 자신이며 나를 둘러싸고 있는 것이다. 만일 내가 그것을 구하지 않는다면, 그것도 나를 구하지 않을 것이다.
　[Jose Ortega y Gasset]
- 나 혼자 잘나기를 바라는 것은 가장 어리석은 일이다. 왜냐하면 보통 대부분의 사람은 자기가 남보다 잘나기를 원하고 있기 때문이다. 그러기 때문에 차라리 한 걸음 물러서는 것이 현명하다. 자기 혼자 잘나기를 원하는 사람은 남을 밀치고 남의 결점을 꼬집고 싶어 한다. 남의 인격을 존중할 줄 모르고, 남의 결점만을 꼬집고자 하는 사람은 좋은 점을 발견하지 못한다. 따라서 그 자신의 발전을 가하지 못한다.
　[Francois de La Rochefoucauid]
- 남을 아는 것은 지知, 스스로를 아는 것은 명明이다.　[노자老子]
- 너 자신을 알라.　[Socrates]
- 우리는 ‘자기가 무엇을 가지고 있는

지'는 볼 수 있지만, '자기가 무엇인
지'는 볼 수가 없다.   [Wittgenstein]
● 이 세상에는 전 세계를 알고 자기
자신을 모르는 자가 있다.
[La Fontaine]
● 자기를 먼저 이 세상에 필요한 사람
이 되도록 하라. 그러면 저절로 빵
은 생기게 된다.   [Ralf Emerson]
● 자기를 아는 것이 최대의 지혜다.
[Talmud]
● 자기의 일을 발견한 사람은 축복받
은 자이다. 그러므로 그 이외의 축
복을 구할 필요가 없다.
[Thmas Carlyle]
● 적을 알고 나를 알면 백 번 싸워도
위태롭지 않다.   [손자孫子]

| 자기방식自己方式 |

● 너의 길을 걸어가라. 사람들이 무
어라 떠들건 내버려 두어라.
[A. Dante]
● 자신이 원하는 것을 하는 자는 자신
이 극도로 싫어하는 것과 맞닥뜨리
게 된다.   [페갈리 추기경]
● 항상 자신이 원하는 것을 하는 자는
자신이 해야 하는 것은 거의 하지 않
는다.   [Oxenstjerna]

| 자기운명自己運命 |

● 각자는 자기 자신에게는 전부이다.
그렇기 때문에 자신이 모든 이에게
도 전부라고 생각한다.   [Pascal]
● 내가 거둔 가시나무는 내가 심은 덤
불에서 나온다.   [Byron]
● 대부분의 고통은 우리가 그 길을 절
반쯤 텄기에 아주 빨리 온다.
[G. de Ray]
● 모든 해악들 가운데 가장 고통스러운
것은 자기 자신에게 가한 해악이다.
[Sophocles]
● 뿌린 대로 거두리라.   [Cicero]
● 술은 빚은 대로 마시는 법이다.
[고위]
● 우리는 자기와 관련이 있는 것만 좋
아한다.   [F. La Rochefoucauld]
● 우리는 자기 자신에 대해 일절 말을
안 하기보다 험담하기를 좋아한다.
[F. La Rochefoucauld]
● 인간은 스스로 택한 악을 지닌다.
[Pitagoras]
● 자기 자신에게만 좋은 사람은 아무
곳에도 쓸모없는 사람이다.
[Voltaire]
● 자기 침대를 만들어 잠들다.
[Phlippe Louis]
● 저마다 자기가 한 일의 아들이다.
[M. de Cervantes]

- 하늘이 보낸 재앙을 면할 수 있으나, 자신이 자초한 재앙은 면할 수 없다.
  [서경書經]
- 화살을 맞은 새는 그 화살이 자신의 깃털로 만든 것임을 알아본다.
  [Aesop]

| 자기自己 자신自身 |

- 가장 나쁜 예속 상태는 바로 자기 자신의 노예가 되는 것이다.
  [L. A. Seneca]
- 가장 마음에 드는 화제, 그것은 자기 자신이다. [James Boswell]
- 나는 인류를 위해서 감미한 술을 드리는 박커스(酒神)이다. 정신이 거룩한 도덕성을 인간에게 맛보게 할 수 있는 것은 바로 나다.
  [Ludwig van Beethoven]
- 나 자신 외에 어느 누구도 나에게 해를 가하는 자는 없다. [J. Bernard]
- 내가 내 편이 아니라면, 누가 내 편이 될 것인가? 그리고 내가 내 편이면, 나는 도대체 누구인가? [Talmud]
- 내 눈에 올바르면 올바른 것이다.
  [Max Stirner]
- 누구에게나 자기 자신은 둘도 없는 소중한 것이다. [F. Rabelais]
- 누구에게 있어서나 자기의 똥은 구리지 않다. [Erasmus]

- 누군가를 이끌려고 하면, 먼저 자기 자신을 다스려야 한다. 자신이 유능하기 때문에 관리자가 되었다고 믿는 순간, 부하들은 당신 없이도 잘할 수 있다고 생각하기 시작할 것이다. [Terry Kelly]
- 눈을 감아라. 그럼 너는 너 자신을 볼 수 있으리라. [S. Butler]
- 모두 자신이 하는 것은 완벽하다고 생각한다. [Marcus Tullius Cicero]
- 모든 사람은 오직 자기의 앞만 본다. 그러나 나는 나의 내부를 본다. 나와 대적할 사람은 오직 나뿐이기 때문이다. 나는 항상 나 자신을 고찰하고, 감사하고, 그리고 음미한다.
  [M. E. Montaigne]
- 사람은 반드시 자신을 위하는 마음이 있어야만 비로소 자기 자신을 이겨낼 수 있고, 자신을 이겨내야만 비로소 자기를 완성할 수 있다.
  [왕양명王陽明]
- 세상에서 가장 중요한 상품은 자기 자신이다. [Johann Schiller]
- 세상에서 가장 중요한 일은, 어떻게 하면 자기가 완전히 자기 자신의 주인이 될 수 있는지를 아는 것이다.
  [M. E. Montaigne]
- 스스로 자신을 돕는다면, 하늘도 그 사람을 도와줄 것이다. [La Fontaine]
- 우리는 자기 자신 속에서 일어나는

순수한 감정과, 그리고 자기 자신은 그렇게 믿고 있다 하더라도 사실은 자기 자신의 것이 아닌 가짜 감정을 구별해야 한다.　　　[Erich Fromm]

- 자기 관리를 충실히 하지 못하는 사람은 부하를 관리할 자격이 없다.
　　　　　　　　　　　[Bill Gates]

- 자기를 아는 것은 다른 사람을 아는 데서 온다.　　　　　　[Goethe]

- 자기 자신보다 어리석은 사람을 만났을 때 그들을 경멸해서는 안 된다. 유전된 재능도 유산보다 더 자랑할 만한 것은 아니다. 두 가지를 다 잘 사용해야만 영예스러운 것이다. 온 힘을 다해 자기 자신을 충실히 하는데 힘쓰라! 우리는 다른 사람의 마음과 성격을 바꾸게 할 수는 없지만, 자기 자신을 고칠 수는 있다. 진실로 자기 의사에 복종시킬 수 있는 것은 자기 자신뿐이다. 그런데 어찌하여 다른 사람이 내 비위를 맞춰주지 않는 것은 탓하면서, 자신의 마음과 몸을 자기 뜻대로 복종시키려고 하지 않는가? [A. Augustinus]

- 자기 자신을 알기 위해서는 우선 남부터 알지 않으면 안 된다.
　　　[Simeon-Francois Berneux]

- 자기 자신을 사랑한다는 것은 일평생 계속되는 로맨스를 시작하는 것이다.　　　　　　　[Oscar Wilde]

- 자기 자신을 아는 것을 너의 일로 삼으라. 그것은 세상에서 가장 어려운 교훈이다.　　[M. de Cervantes]

- 자기 자신을 현명하다고 생각하는 인간은 그야말로 바보이다.　[Voltaire]

- 자신이 가진 능력과 재질을 힘껏 발휘함으로써 자기 자신을 스스로 보호해야 한다. 더불어 변화무쌍한 이 불안정한 세계에서 가장 튼튼한 발 디딤은 오로지 자기 스스로에 대한 믿음뿐임을 깨달아야 한다.
　　　　　　　　[D. H. Lawrence]

- 자신이 누구인지 망각한 자는 매우 미쳤으나, 스스로 매이는 자는 더욱 미쳤다.　　[Nicola Catenino]

- 자아란, 한없고 헤아릴 수 없는 바다.
　　　　　　　　[Kahlil Gibran]

- 전 세계를 알면서도 자기 자신을 모르는 자가 있다.　　[La Fontaine]

- 진실로 다채하고, 착종錯綜하고 심각한 인간의 희·노·애·락의 양상과 문제는, 오직 인간 자신의 책임 속에서 빚어지는 것인 동시에, 어느 누구의 재량에서가 아니라 인간 자신의 손으로써만 해결될 것이다. 이 일은 끝내 인간의 고독한 영광이며 죄스러운 희망이 아닐 수 없는 것이다.　　　　　　　[유치환]

- 타인에게 맞춰주어야 하나, 자기 자신에게만 헌신해야 한다.

[M. E. Montaigne]

| 자기절제自己節制 |

- 별은 강보다 호수에 더 잘 비친다.
  [Theodore Jouffroy]
- 자기 자신을 제어할 줄 알아야 세계 를 다스릴 수 있다. [Charles Quint]
- 자기 제어를 하지 못하는 사람은 자 유로운 인간이라 할 수 없다.
  [Demophilius]
- 자신을 극복하는 힘을 가진 사람이 가장 강하다. [L. A. Seneca]
- 자신을 다스릴 줄 아는 자는 다른 스승이 필요 없다. [P. 수이예]
- 자신을 상대로 한 승리가 가장 위대 한 승리이다. [Platon]
- 자신의 강점을 알고, 약점을 돌보는 자는 왕국의 계곡과도 같다.
  [노자老子]
- 장중함은 가벼움의 뿌리이고, 고요 함이 행동을 제어한다. [노자老子]
- 한 번이라도 자제해 본 자는 항상 자 제할 수 있다. [Corneille]

| 자기존중自己尊重 |

- '나' 란 존재는 전 우주를 주고도 바 꿀 수 없는 존재이다. '나' 의 이름 으로 사는 '나' 가 진정한 '나' 요 가

치 있는 '나' 이다. [강원룡]
- 네 눈에 보이는 네 모습대로 남들도 너를 볼 것이다. [M. T. Cicero]
- 누구를 섬김이 가장 중요한가? 부모 를 섬김이 가장 중요하다. 누구를 지 킴이 가장 중요한가? 자신을 지킴이 가장 중요하다. 자신을 잃지 않고 부 모를 섬겼다는 말은 들었어도, 자신 을 망치고서 부모를 잘 섬겼다는 말 은 아직 듣지 못했도다. [맹자孟子]
- 당신은 지금 자기 가치를 스스로 낮 추고 있지만, 사실은 지금의 몇 배 혹은 몇십 배쯤 훌륭히 될 수 있는 사람인지도 모른다. 분발하라! 분 발하지 않고는 아무도 높이 될 수 없다. [Alain]
- 당신 자신에 대한 존경이 종종 남들 의 존경을 이끌어내기도 한다.
  [Nichora Sangfor]
- 우리가 우리 자신을 평가하는 것에 따라서, 남들도 우리를 평가할 때가 있다. [Vauvenargues]
- 우리 속에 자아를 존중하라. 그 자아 는 곧 우주이다. [Edwin Robinson]
- 인간은 자기 자신을 존중하는 만큼 의 값어치가 있다. [La Bruyere]
- 자기를 존중하는 마음이 없으면, 우 정은 큰 가치를 갖지 못한다.
  [M. I. Glinka]
- 자기 자신을 드러내는 기술이 실제

자신의 가치보다 앞설 때가 있고, 드러나지 않는 공로가 공로 없는 명성에 묻힐 때가 있다.   [Oxenstjerna]

- 자신의 엉터리 약제를 높이 평가받을 줄 아는 것은 강점이다.

    [Balthasar Grasian]

- 큰 칭찬을 들어 마땅한 사람들이 가장 수치심을 느끼는 때는, 하찮은 일로 자신을 내세우게 되는 것은 아닐까 걱정할 때이다.

    [Francois de La Rochefoucauld]

| 자기중심주의自己中心主義 |

- 내 손가락에 찰과상을 입기보다 세상이 파괴되는 것이 낫다.

    [David Hume]

- 방앗간 주인은 자기 방앗간이 돌아가기 위해서만 말이 자란다고 생각한다.   [Goethe]

- 은수자隱修者는 태양이 자기 방만 비춘다고 생각한다.   [Thomas Fuller]

- 자아는 혐오스럽다.   [Pascal]

| 자기희생自己犧牲 |

- 꿀벌은 자기만이 아니라 모두를 위해 일하기 때문에 존경을 받는다.

    [St. Joannes Khrystomos]

- 바늘은 다른 이들의 옷을 만들어주면

서 정작 자신은 벌거숭이로 지낸다.

    [Arnauld de Oihernart]

- 자기희생은 덕의 조건이다.

    [Aristoteles]

- 자기희생을 하면, 얼굴 붉힐 일 없이 타인을 희생시킬 수 있다.

    [George Bernard Shaw]

- 촛불은 자신을 태워 빛을 낸다.

    [H. G. Bon]

- 타인을 위해 얼마큼 애쓰느냐로 자기 능력을 잴 수 있다.   [H. Ibsen]

- 한 번의 큰 희생은 쉬우나, 계속되는 작은 희생이 힘든 것이다. [Goethe]

| 자녀교육 |

- 단조로운 생활을 어느 정도 참아나가는 능력은 어렸을 때 길러야 한다.

    [Goethe]

- 매질을 아끼면 아이를 그르친다.

    [영국 격언]

- 먼저 천국에 드는 자는 소년소녀를 가르친 사람이다.   [이란 격언]

- 물오리는 날 적부터 헤엄을 치듯이, 어린이들은 나면서부터 착한 일을 할 수 있는 천성을 지니고 있다. 어린이들이 하는 일에 일일이 간섭하는 것은 물오리의 헤엄을 금하는 것이나 다름없다. 어린아이들을 가르치려면, 그 천성을 옆에서 도와주는

것이 무엇보다 중요하다.

[Gustave Flaubert]

- 밭이 있어도 갈지 않으면 창고는 비고, 책이 있어도 가르치지 않으면 자손은 어리석어진다. [백거이白居易]
- 속담에 '귀엽게 기른 자식이 어미를 꾸짖는다.' 라는 말이 있다. 대저 집안의 자식은 어릴 때부터 미리 가르치지 않으면 자라서 반드시 방자해지고, 방자함이 지나치면 부모를 꾸짖으려 들기까지 한다. 그러나 자식이 이렇게 된 것은 부모의 잘못으로, 자식으로 하여금 자식 노릇조차 제대로 못하게 한 것이다. [이황]
- 아이들은 부모의 행동이 거울이다.

[Herbert Spencer]

- 어떤 사람은 흔히 자녀들의 몸에 대해서만 걱정하고 정신에 대해서는 소홀히 대한다. 어떤 사람은 아이들을 돌본다고 할 수 없다.

[J. C. F. Shiller]

- 어린아이에게는 항상 올바른 것을 가르치며 속이지 않는다. 왜냐하면 어버이와 자식 사이에는 깊은 유사성이 있으며, 그것은 모방을 쉽게 함으로 자식은 어버이를 모방하여 그 결점을 확대하기 때문이다. [예기禮記]
- 어린이를 불행하게 하는 가장 확실한 방법은 언제든지, 무엇이라도 손에 넣을 수 있게 내버려 두는 것이다.

[Jean-Jacques Rousseau]

- 어린이의 배움은 쓰고 외우는 데 그치지 말고, 그 타고난 지혜와 재능을 길러야 한다. [소학小學]
- 자녀를 정직하게 기르는 것이 교육의 시작이다. [John Ruskin]
- 자녀에게 회초리를 쓰지 않으면 자녀가 아비에게 회초리를 든다.

[Thomas Fuller]

- 자식을 바꾸어 가르친다.(역자이교易子而敎之) [맹자孟子]
- 자식을 불행하게 하는 확실한 방법은 언제나 무엇이든지 손에 넣을 수 있게 해 주는 것이다. [Rousseau]
- 자신의 자유의사에 의하여 정당한 행실을 갖출 수 있도록 자식을 교육하는 것이 아버지의 임무다.

[Cherence]

- 재능이 없어도 인격은 갖추어야 한다. [Heinrich Heine]
- 항상 바르게 하라! 특히 아이들에게 바르게 하라! 아이들과 약속한 것은 반드시 지켜라. 그렇지 못하면, 당신은 아이들에게 허위를 가르치는 것이다. [Talmud]
- 황금이 상자에 가득 차 있다 해도 자손에게 경전經典 하나를 가르침만 못하고, 천금을 불려준다 해도 한 가지 재주를 가르침만 못하다.

[명심보감明心寶鑑]

| 자녀와 부모 |

- 가장 가증스러우나 가장 흔하며, 가장 오래된 배은망덕은 부모에 대한 자식의 배은망덕이다.

  [Vauvenargues]

- 겨울에 무화과를 찾는 사람은 미친 사람이다. 아이를 낳지 못할 나이가 되었는데도, 이를 바라는 사람도 역시 미친 사람이다.

  [Marcus Aurelius]

- 그 순진성과 또 와전한 것에 이룰 수 있는 일체의 가능성을 가지고 아이들이 계속 태어나지 않는다면, 이 세상은 그야말로 무서운 것이 되리라.

  [John Ruskin]

- 네가 부모를 대하는 그대로 네 자녀들도 너를 대할 것이다.

  [Thales of Miletus]

- 딸과 생선은 간직해두어서는 안 되는 상품이다. [Thomas Fuller]

- 모친은 아들을 절반밖에는 보살피지 않는다. 뒤의 절반을 보살피는 것은 아내의 일이다. [R. Rolland]

- 스물다섯 살이 될 때까지 아이들은 부모를 사랑하고, 스물다섯 살이 되면 부모를 판단하고, 그 뒤로는 부모를 용서한다. [Apolit Ten]

- 아버지를 따라 숲속에 놀러 간 소년은, 나무의 이름, 벌레의 이름, 그 밖의 박물학상의 지식은 많이 얻게 되겠지만, 그들 벗들과 자유롭게 뛰고 쫓아다니며 놀 때가 그들 자신의 발전을 훨씬 더 풍부하게 하는 것이다.

  [Lawrence Gould]

- 아이들은 버섯과 같아서 모두 다 똑같이 좋은 것은 아니다.

  [Oxenstjerna]

- 자식의 배은망덕은 살무사의 이빨보다 더 나쁘다. [Shakespeare]

- 후세를 두려워하라. [논어論語]

| 자랑 |

- 과거를 자랑하지 마라. 옛날이야기밖에 가진 것이 없을 때, 당신은 처량해진다. [Shakespeare]

- 남에게 제 자랑하기보다는 남의 마음에 들도록 하는 편이 낫다. 남에게 제 자랑을 하는 사람은 뱃속에 바람을 잔뜩 넣은 풍선과도 같은 사람이다. 그러므로 그런 사람은 찔러도 터지고 마는 정도의 자랑밖에는 없는 사람이다. [Joseph Joubert]

- 세상을 뒤엎을 큰 공로일지라도 자랑을 하면 허사가 되고 만다.

  [채근담菜根譚]

- 자기가 잘났다고 뽐내는 관리나, 보석을 자랑삼는 사교계의 여자나, 대가연大家然하여 간소하고 자연스러

운 생활을 청산한 풋내기 작가들처럼 세상에 불쌍한 소인은 없다.

[임어당林語堂]

- 청산리 벽계수야 수이 감을 자랑 마라. 일도창해一到滄海하면 다시 오기 어려워라. 명월이 만공산하니 쉬어 간들 어떠리. [황진이黃眞伊]

| 자리 / 직위職位 |

- 사람들은 숫자와 같아서 그 자리를 통해서만 가치를 얻는다.

[Napoleon I]

- 사람들이 촛대를 놓으면서 끄는 불이 있다. [Lois de Bonal]
- 아무리 큰 자리라 하더라도 그 자리를 맡은 사람이 훨씬 더 커 보여야 한다. [Balthasar Grasian]
- 우리의 장점으로 높은 자리에 이르는 일은 드물다. 오히려 그 자리를 마련한 이들이 이용하고자 할 때, 우리는 그 자리에 오르게 된다.

[Chevalier de Mere]

- 크고 높은 자리는 커다란 예속이다.

[L. A. Seneca]

- 큰 자리를 맡아 책임을 완수하는 것보다 그에 마땅한 사람으로 보이는 편이 훨씬 쉽다. [Vauvenargues]
- 탁월한 자리는 가파른 바위와 같아서 독수리와 도마뱀이 닿을 수 있다.

[Necker 부인]

- 탁월한 자리는 큰사람은 더욱 크게 만들고, 작은 사람은 더욱 작게 만든다. [La Bruyere]

| 자립自立 / 자조自助 |

- 강국에 의탁하여 도움을 받는다 해도, 반드시 우리가 자립한 다음에 해야 할 것이다. 그렇게 해야만 전후로 상응相應하고, 적에 대항하여 성과를 거두며, 우리를 구원하는 자에게도 구원다운 구원이 될 것이다. 만약 우리가 그들의 곁가지 역할이나 하게 되는 경우라면, 어떻게 침상에 누워 편안한 잠을 잘 수 있겠는가? [강유위康有爲]
- 만일 그대가 높이 오르겠다면, 그대 자신의 다리를 사용하라! 그대 자신이 허공으로 끌려가지 않도록 하고, 다른 사람의 등이나 머리 위에 앉지 마라. [Friedrich W. Nietzsche]
- 스스로 사색하고, 스스로 탐구하고, 제 발로 서라. [Immanuel Kant]
- 전적으로 자립하면서, 자신의 모든 요구를 자기 자신에게만 집중시키는 사람은 행복하다. [M. T. Cicero]
- '하늘은 스스로 돕는 자를 돕는다.'는 말은 오랜 세월을 거쳐 전해져 온 격언으로서, 인류가 대대로 경험한

결과를 간결하게 구상화한 것이다. 자조自助 정신은 개인을 지탱하는 근본으로, 많은 사람의 생활 속에서 발휘될 뿐만 아니라 국가의 활력과 힘의 근원이 된다.　　　[S. Smiles]

| 자만심自慢心 |

- 개구리가 소처럼 커 보이고 싶어 한다.　　　　　　　　　[Phedre]
- 그릇이 차면 넘치고, 사람이 자만하면 이지러진다.　[명심보감明心寶鑑]
- 능력이 부족할수록 자만심이 강하다.　　　　　[Ahad Harman]
- 이 삶에서 우리가 자만심이 없다면 살아야 할 충분한 이유가 없다.
　　　　　　　　　[Lev Tolstoy]
- 암퇘지가 아테네를 가르친다고 우긴다.　　　　　[Plutarchos]
- 자기가 그만한 능력이 없으면서 커다란 존재라고 생각하는 것은 불손이다. 반면, 자기의 가치를 실제보다 적게 생각하는 것은 비굴이다.
　　　　　　　　　[Aristoteles]
- 자기의 지위가 자신의 능력보다 낮다고 생각하는 자는 확실히 자기 지위보다 낮게 될 것이다. [Helifax 경]
- 자만심은 인간이 자기 자신을 너무 높게 생각하는 데서 생기는 쾌락이다.　　　　　　　　　[Spinoza]

- 자만은 만족에 대한 불구대천의 원수이다.　　　　[Thomas Puller]
- 자만은 스스로를 정당화함으로써 얻어지는 기쁨이다.　[B. Spinoza]
- 자신을 현명하다고 생각하고 있는 인간은 정녕 구제할 수 없는 바보이다.
　　　　　　　　　[Voltaire]

| 자본資本 |

- 네가 자본가를 보여주면, 나는 그가 흡혈귀라는 것을 가르쳐 주겠다.
　　　　　　　　　[Malcolm X]
- 미국에서 자본이 발달한 경로를 살펴보면, 첫째는 철도이며, 둘째는 공업이며, 셋째는 광산이었다.
　　　　　　　　　[손문孫文]
- 자본가는 상상력이 풍부한 전당포 주인이다.　　　[A. W. Pinero]
- 자본가의 미덕은 금고 안에 있다.
　　　　　　　　　[Boursault]

| 자본주의와 공산주의 |

- 자본주의의 태생적 결함은 행복을 불평등하게 나누어주는 것이고, 공산주의의 태생적 결함은 불행을 평등하게 나누어주는 것이다.
　　　　　　　[R. W. Reagan 대통령]
- 자본주의의 고질적인 폐해는 풍요

의 불평등한 분배이고, 사회주의 태생적 미덕은 가난의 평등한 분배이다.　　　　[Winston Churchill]

| 자비慈悲 |

- 남을 행복하게 하고 싶으면 자비를 베풀라. 자신이 행복하고 싶으면 자비를 베풀라.　　　　[Dalat Lama]
- 무엇 때문에 인간 세계엔 자비가 필요하냐 하면, 오직 사람의 빛이 없는 인생은 무가치하기 때문이다.
　　　　[Friedrich Schiller]
- 자비심은 인간에게는 즐거움을 주고, 신으로부터는 찬양을 받는 진정 고상하고 아름다운 미덕이다.
　　　　[H. George]

| 자살自殺 |

- 신이 자살을 금하기 때문에 자살이 혐오스러운 것이 아니라, 자살이 혐오스러운 것이기 때문에 신이 이를 금하는 것이다.　[Immanuel Kant]
- 우리를 속박하는 굴레를 끊기보다 닳아 떨어지게 만드는 것이 더욱 의연한 자세이다.　　　[Montaigne]
- 인간을 제외하고는 어떤 생물도 자살을 하지 않으며, 자살의 흉내도 내지 못한다. 왜냐하면 그들은 죽음 그 자체를 모르기 때문이다. 반대로 인간은 인생의 괴로움 속에서 벗어날 수 있다는 것을 하등 동물과는 다른 고상한 상징처럼 생각한다. 그러나 인간은 그 상징이 직접 행동으로 옮아간 경우에 그 행동이 참으로 비겁하다는 것을 모를 때가 있다.　[미상]
- 자살 그것은 신이 인생의 온갖 형벌 중에서 인간에게 부과한 으뜸가는 은혜다.　　　　[Titus Livius]
- 자살은 대체로 비겁한 짓이다.
　　　　[Aristoteles]
- 자살은 살인의 최악의 형태이다. 자살은 참회의 기회를 남겨 놓지 않았기 때문이다.　　[John Colins]
- 자살은 하나의 실험이다.
　　　　[Shopenhouer]
- 자살이라는 생각은 커다란 위안이다. 이로써 사람은 수많은 괴로운 밤을 성공적으로 지낸다.　[Nietzsche]
- 자살 이외에 고백에서 도피할 길은 없다. 더욱이 자살은 고백이다.
　　　　[Daniel Webster]
- 자살하는 모든 사람은 유죄다.
　　　　[Diderot]
- 죽는 것은 용기가 있다는 증거가 아니다. 살아가는 것이야말로 용기가 있음을 증명한다.　[Alfieri]
- 함부로 자살하는 것은 사회에 대해 패배를 의미한다.　[Oscar Wilde]

| 자서전自敍傳 |

- 지서전은 이제 간통만큼 흔해졌으며, 간통 못지않게 비난받는다.
  [Edvard Grieg]

| 자선慈善 |

- 개인이 아니라 인간에게 자선을 베풀어라. [Aristotelrs]
- 비난받은 자선은 언제나 모욕을 대신한다. [J. B. Racine]
- 손을 모으는 것은 좋은 일이다. 그러나 손을 펴는 것은 더 좋은 일이다.
  [Louis Ratisbon]
- 은혜를 베푼 자가 책임을 진다.
  [Nestor 로크플랑]
- 자선가가 오래도록 자선을 행하지 않고 붙잡고만 있으면 매력을 잃는다.
  [L. A. Seneca]
- 자선가는 그가 행한 선행을 감추고, 그 혜택을 받은 자는 그것을 드러낸다. [Chilon of Sparta]
- 자선은 결코 잃는 것이 아니다.
  [Jean le Bon II]
- 자선은 기도의 누이이다.
  [Victor M. Hugo]
- 자선은 너무 떠벌리면 그 매력을 잃는다. [Corneille]
- 자선은 마음의 미덕이지, 손의 미덕이 아니다. [Joseph Addison]
- 자선은 재물의 소금이다. [Talmud]
- 자선을 기대하게 하는 것은 배은망덕한 자의 응석을 받아주는 것이다.
  [Ausonius]
- 자선을 알아볼 줄 아는 사람은 거기에서 이득을 취한다. [Publius Syrus]
- 자선을 할 때에는 입은 다물고, 마음은 열어야 한다.
  [Guillaume Boucher]
- 참다운 자선이란, 보답에 대한 생각 없이 타인에게 유용함을 주려는 욕망이다. [Emanuel Swedenborg]
- 포도나무가 계절마다 새로운 열매를 맺듯이, 진정한 자선가는 묵묵히 새로운 선행을 베풀 뿐이다.
  [Marcus Aurelius]

| 자손子孫 |

- 선조들이 영광을 받을만한지 판단하는 것은 그 후손들이다. [Tacitus]
- 후손은 어떠한 질책도 하지 않는 판사와 같다. [M. Regnier]

| 자신감自信感 |

- 그 어떤 새도 제 날개 없이 높이 날 수 없다. [W. Blake]
- 나에 대한 자신감을 잃으면 온 세상

이 나의 적이 된다.

[Ralf Waldo Emerson]

- 너 자신을 믿어라. 이것이 널리 알려진 속담이다. [La Fontaine]
- 사람들이 자신을 마음에 들어 한다고 믿는 것은 사람들의 미움을 받는 가장 확실한 방법이다.

[Francois de La Rochefoucauld]

- 소신껏 사는 삶이야말로, 단 하나의 성공이다. [C. Morley]
- 용감한 자들의 기도에 기대느니, 울타리를 뛰어넘는 것이 낫다.

[M. de Cervantes]

- 우리는 자기 자신을 믿는 자만 믿는다. [Taleran]
- 우선 무엇이 되어야 하는가를 자신에게 말하라. 그런 다음 해야 할 일을 하라. [E. Epictetus]
- 자기의 능력과 용기에 대한 너무나 큰 자신감이 그의 불행의 주요 원인이 되었다고 우리는 생각한다.

[C. Nepos]

- 자기 자신을 신뢰하는 사람은 다른 사람들도 신뢰하게 된다. [Goethe]
- 자기 희망은 자신에게만 두어야 한다. [Vergilius]
- 자신自信, 그것이야말로 유일하게 값진 친구요, 모든 선한 정신의 후원자이다. [George Chapman]
- 자신감이 있는 자가 다른 사람들을

이끌 수 있다. [Horatius]

- 자신이란, 우리 마음이 확실한 희망과 그 희망에 대한 신뢰를 가지고 명예로운 항로로 출발하는 감정이다.

[Marcus Tullius Cicero]

- 잘 헤엄치는 자가 잘 **빠져** 죽는다.

[An Gruyter]

- 지나친 자신감은 위험을 부른다.

[Corneille]

| 자연自然 |

- 가을은 말없이 사라지기 때문에 너로 하여금 더욱 연민을 느끼게 한다.

[R. Browning]

- 과찬을 받는 예술 작품.

[Ralph Waldo Emerson]

- 꽃이 화분 속에 있으면 생기가 없고, 새가 새장 속에 있으면 천연의 묘취妙趣가 없다. 산속의 꽃과 새는 여러 가지로 어울려 아름다운 문채를 짜내고 마음대로 날아다니므로 한없는 묘미를 깨닫는다. [홍자성洪自誠]
- 나는 자연을 좋아한다. 그 자연은 배신이 없기 때문이다. [이태극]
- 나무를 심는 자는 자기보다 타인을 사랑한다. [Thomas Fuller]
- 나서는 뾰족한 산처럼 우뚝하더니, 자라서는 자연을 밟으며 살았다.

[진서晉書]

- 너는 책에서보다도 숲에서 더 많은 것을 발견할 수 있을 것이다. 숲속의 나무들과 풀들은 네가 학교에서는 결코 배울 수 없는 것들을 너에게 가르쳐 줄 것이다. [St. Bernard]
- 누구나 날씨에 대해서 말들을 많이 한다. 그러나 어느 누구도 날씨는 어떻게 할 수 없는 것이다. [Mark Twain]
- 돌아가리 돌아가. 전원田園에 장차 묵으려 하니, 아니 가고 어이 하리. [도연명陶淵明]
- 동물은 자연의 한 부분이며, 결코 자연을 초월하지 못한다. [E. Fromm]
- 모든 것은 땅에서 생기고, 땅은 모든 것을 도로 찾아간다. [Euripides]
- 모진 비바람이 불 때면 날짐승들도 근심하고 무서워 떤다. 반대로 날씨가 청명하고 바람도 향기로우면, 초목도 생기가 돌고 기뻐한다. 천지에 하루라도 화기和氣가 없으면 생존에 지장이 있거늘, 하물며 하루인들 기쁘고 명랑함이 없어선 안 될 것이다. [채근담菜根譚]
- 사람은 오로지 순종함으로써만 자연을 지배한다. [Francis Bacon]
- 사람은 자연을 유도는 하지만 바꾸지는 못한다. [Voltaire]
- 사랑을 모범으로 삼지 말고, 자연을 너를 인도하는 별로 삼으라. [Wittgenstein]
- 세상이 시작한 이래 태양이 그 빛을 비추지 않은 적은 없다. 하지만 우리는 태양의 모습을 보지 못하면 자주 그의 변덕을 불평한다. 그러나 진실로 비난받아야 할 것은 구름이지 태양이 아니다. 구름 뒤에서 늘 비추고 있으니까. [J. 옥스넘]
- 어떠한 자연도 예술만 못지않다. 예술이 하는 일은 온갖 자연의 것을 흉내 내는 것이다. [Marcus Aurelius]
- 어떤 풍경은 영혼의 상태이다. [H. F. Amiel]
- 우리가 감탄하는 곳이 있는가 하면, 접촉하는 곳이 있고, 살고 싶어 하는 곳이 있다. [La Bruyere]
- 우리가 자연을 기술記述하는 목적은 현상들의 참다운 본질을 폭로하려는 것이 아니라, 우리가 경험한 여러 국면들 사이의 관계들을 가능한 한 추억하려는 것뿐이다. [N. Bohr]
- 우리가 자연의 문을 아무리 세게 두드려도, 자연은 우리에게 알아들을 수 있는 말로 대답해 주지는 않을 것이다. [I. S. Turgenev]
- 우리를 둘러싸고 있는 이 대자연은 생명의 샘이다. [R. Tagore]
- 우리 모두의 소유인 자연의 재산과 아름다움을 우리보다 앞서간 사람

737

들이 우리에게 물려준 그대로 조금
도 손상시킴이 없이, 우리 뒤에 오는
사람들에게 물려줘야 하는 것이 우
리 시대와 우리 세대에 주어진 우리
들의 임무이다. [John F. Kennedy]

- 이 대지大地에서는 나의 기쁨이 샘
솟고 있다. 태양은 나의 모든 고통
을 씻을 듯이 그 자비로운 빛과 함
께 따스하게 감싸준다. 나는 이 두
가지로 만족을 느낀다. [Goethe]

- 자연과 조화를 이루어 나가는 삶이
야말로 으뜸가는 선이다.

[Marcus Tullius Cicero]

- 자연 광경은 언제나 아름답다.

[Aristotelrs]

- 자연에는 보상도 처벌도 없다. 단
지 결과가 있을 뿐이다. [Ingersol]

- 자연에는 상도 벌도 없다. 거기엔 결
과만 있을 뿐이다. [R. G. Ingersoll]

- 자연에는 진정한 의미의 조락(①
초목의 잎이 시들어 떨어짐 ② 세력
따위가 차차 쇠하여 보잘것없이
됨)이란 있을 수 없다. [김소운]

- 자연은 거짓말을 하는 날이 있는가
하면, 참말을 하는 날도 있다.

[Albert Camus]

- 자연은 결코 우리를 속이지 않는다.
우리를 속이는 것은 우리 자신이다.

[Jean-Jacques Rousseau]

- 자연은 공허空虛를 싫어한다.

[Fracois Rabelais]

- 자연은 그 어떠한 것에도 불사不死의
특권은 부여하지 않았다.

[Friedrich von Schiller]

- 자연은 그에 복종하지 않고는 지배
되지 않는다. [Francis Bacon]

- 자연은 그 자체 속에 본질적으로 예
술적 율동과 운명을 포장하고 있음
을 볼 수 있다. [오상순]

- 자연은 끊임없이 건설하고 끊임없
이 파괴한다. 그 공장은 우리의 힘
이 미칠 수 없는 것이다. [Goethe]

- 자연은 되풀이되지 않는다는 풍경,
사실 이것이야말로 이 세상의 묵시
록적인 풍경이다. [Wittgenstein]

- 자연은 모두 신의 영원한 장식이어
라. [J. W. von Goethe]

- 자연은 무한히 갈라진 신이다.

[La Fontaine]

- 자연은 모든 것을 할 수 있고, 모든
것을 한다. [Montaigne]

- 자연은 모든 종류의 생물에게 자기
보존의 본능을 부여했다. [Cicero]

- 자연은 목적 없이 아무것도 하지 않
는다. [Aristoteles]

- 자연은 사방 어느 쪽을 바라보아도
무한히 계속될 뿐이다. [Goethe]

- 자연은 여성을 원리보다는 감정에
좇아 행동하도록 만들었다.

[Georg Lichtenberg]

- 자연은 인류를 두 사람의 군주, 즉 고통과 쾌락의 지배 아래 두어 왔다.
  [Jeremy Bentham]
- 자연은 일체의 철학과 관계없이 실재한다. [C. Laporte]
- 자연은 저항하지만 자기를 옹호하지는 않는다. [Simone Weil]
- 자연은 절대로 우리를 기만하지 않는다. 우리 자신이 언제나 자기를 기만하는 것이다.
  [Jean-Jaques Rousseau]
- 자연은 중립적이다. 인간은 이 세계를 사막으로 만들거나, 혹은 사막을 꽃 피게 하는 능력을 자연에서 캐냈다. 원자 속에는 악이 없으며, 다만 인간들의 정신 속에만 악이 있을 뿐이다. [A. Stevenson]
- 자연을 유도할 뿐, 바꿀 수는 없다.
  [Voltaire]
- 자연의 미덕은 사회나 재산의 산물인 학문과 예술에 의해서 침해된다.
  [Jean-Jack Rousseau]
- 자연의 시詩는 결코 죽지 않고, 자연의 시는 결코 중단되지 않는다.
  [J. Keats]
- 자연의 언어와 철학의 언어는 같다.
  [Juvenaliss]
- 자연의 필름은 지식의 책이다.
  [Oliver Goldsmith]
- 자연이 아닌 것은 모두 불완전하다.
  [Napoleon Ⅰ]
- 전지전능한 신은 먼저 정원을 가꾸었다. [Francis Bacon]
- 천지는 자연으로 인한 것이다.
  [회남자淮南子]
- 천지라는 것은 만물의 여관이요, 세월은 영원한 시간 속의 나그네이다.
  [고문진보古文眞寶]
- 천지만물의 이치는 홀로가 아니요, 반드시 그와 마주 서는 상대가 있다. 그것은 모두 저절로 그러한 것이요, 억지로 안배하여 있는 것이 아니다. [주자朱子]
- 하나님께서는 큰 나라를 보면 싫증을 내지만, 가냘픈 꽃을 보면 조금도 싫어하는 법이 없다. [R. Tagore]
- 한 알의 모래에서 하나의 세계를 보고, 한 포기 들꽃에서 천국을 본다.
  [William Blake]

| 자연의 본성本性 |

- 사물은 성하면 반드시 쇠하고, 흥함이 있으면 바뀌어 기울어지기 마련이다. 빨리 이루면 견고하지 못하고, 급히 달리면 넘어지기 쉽다. 울긋불긋한 화원의 꽃은 일찍 피지만 먼저 시들고, 더디게 자라는 도랑가의 소나무는 늦도록 푸른빛을 띤다.
  [소학小學]

- 예술에는 오류가 있을지 모르지만, 자연에는 오류가 없다.

  [John Dryden]
- 자연은 비약하지 않는다.

  [Carl von Linne]
- 자연은 신이 세계를 지배하는 기술이다. [Thomas Holms]
- 자연은 인간을 싫어한다.

  [Rene Descartes]
- 자연은 인간이 베푸는 교육 이상의 영향력을 그 속에 품고 있다.

  [Voltaire]

| 자연의 질서秩序 |

- 대자연의 질서는 우주의 건축가의 존재를 입증한다. [Immanuel Kant]
- 대저 이 세상 모든 물건에는 각각 주인이 있어 내 것이 아니면 한 터럭일지라도 취하기 어렵도다. 강상江上의 청풍淸風과 산간山間의 명월明月은 귀가 이를 들으면 소리가 되고, 눈이 이를 보면 빛을 이루며, 취해도 금하는 자 없고, 아무리 써도 없어지는 법이 없도다. [소식蘇軾]
- 어린아이가 종일 울어도 목이 쉬지 않는 것은 유화柔和의 극치에 있는 까닭이고, 종일 주먹을 쥐어도 단단하지 않은 것은 덕德이 자연에 이른 까닭이며, 종일 보아도 눈이 껌벅이지 않는 것은 외물外物에 마음이 쏠리지 않기 때문이다. 가도 가는 것을 모르고 앉아있어도 하는 바를 모르며, 만물에 순응해 움직이고, 자연의 물결에 따라 밀려가나니, 이것이 양생법養生法이다. [장자莊子]
- 우리가 학대하는 대지大地와 우리가 죽이는 모든 생물은 결국 우리에게 복수할 것이다. 이들의 생존을 착취함으로써, 우리가 우리의 미래를 감소시키고 있기 때문이다.

  [M. Maners]
- 우리들의 목적은 주지하는 바와 같이 자연에 따라 사는 것이다.

  [L. A. Seneca]
- 자연에 강제성을 가해서는 안 된다. 그보다는 그것에 순종해야 할 것이다. [Epicurus]
- 자연에 있는 모든 것은 법과 함께 행동한다. [Immanuel Kant]
- 자연은 그의 법칙을 파기하지 않는다. [Leonardo da Vinci]
- 천지는 광대하나 만물을 화육化育시킴은 균등하고, 만물은 비록 많으나 자연自然이 이를 다스림은 한결같다. 사람은 비록 많지만 그 주인은 임금이요, 임금은 자연의 덕德을 근본으로 하니, 천도天道에 따라 다스림을 이룬다. [장자莊子]
- 천지 만물의 이치는 홀로가 아니요,

반드시 그와 마주 서는 상대가 있다. 그것은 모두 저절로 그러한 것이요, 억지로 안배하여 있는 것이 아니다.　　　　　　　[주자朱子]

- 하늘이 높고 땅이 낮음은 신명神明의 지위요, 봄여름이 앞서고 가을겨울이 뒤따름은 사시四時의 순서이다. 만물이 화생하여 자기 형상을 갖추어 먼저 성하고 뒤에 쇠하니, 생멸生滅 변화의 흐름이다.
　　　　　　　[장자莊子]

| 자연의 찬미 |

- 강상의 청풍과 산간의 명월은 귀가 이를 들으면 소리가 되고, 눈이 이를 보면 빛을 이루며, 취해도 금하는 자 없고, 아무리 써도 없어지는 법 없도다.　　　　　[소식蘇軾]
- 대자연에 하나의 법이 있나니, 그것은 모든 인간에게 공통이며, 이성적이며, 영원한 것이다.
　　　　[Marcus Tullius Cicero]
- 모든 예술, 모든 교육은 단순히 자연의 부속물에 지나지 않는다.
　　　　　　　[Aristoteles]
- 봄비는 영전榮轉을 알리는 칙서勅書와 같고, 여름비는 죄수에게 내리는 사면장赦免狀과 같으며, 가을비는 만가輓歌와 같다. 그래서 봄비는 독서

하기에 좋고, 여름비는 장기 두기에 좋으며, 가을비는 가방 속이나 다락방 속을 정리하는 데 좋고, 겨울비는 술 마시기에 좋다.　　[임어당林語堂]

- 불을 피우는 것은 바람이고, 꺼뜨리는 것도 바람이다. 산들바람은 불길을 부채질하고, 강한 바람은 불길을 죽여버린다.　　[D. N. Ovidius]
- 자연은 규칙에 맞추어 생산해 갈 수 있는 기술자 같은 불이다.　[Xenon]
- 자연은 상냥한 길의 안내자이다. 현명하고 공정하고 게다가 상냥하다.
　　　　　　　[Montaigne]
- 자연은 신의 묵시默示이며, 예술은 인간의 묵시이다.　[Henry Longfellow]
- 자연은 신의 예술이다.　[A. Dante]
- 자연은 신이 쓴 위대한 책이다. 한 포기의 조그마한 꽃 속에서 신비가 깃들이고, 한 마리의 이름도 없는 벌레 속에 경이가 배어 있다.　[안병욱]
- 자연은 인간에게 소요되는 바를 공급해 준다.　　[L. A. Seneca]
- 자연의 걸음걸이에 맞추어라. 자연의 비밀은 인내이다.　[B. Disraeli]
- 자연의 진실과 단순함은 항상 중요한 예술의 궁극적인 기초였다.
　　　　　　　[Paul Ernst]
- 진흙에서 연꽃이 핀다. 이 점에서 자연은 시인이다.　　　[김상용]

| 자유自由 |

- 가령 신체는 노예일지라도 정신은 자유롭다.   [Sophocles]
- 개인의 자유에 대한 권리는, 인종을 유지하는 의무의 중요성에 비하여 제이의적第二義的인 것이다.

    [Adolf Hitler]
- 공화국의 자유는 그 법률의 통할력統轄力에 근거한다.   [J. Harington]
- 국민의 자유는 국력에 비례한다.

    [Jean-Jaques Rousseau]
- 꿈꾸는 자유 말고, 어떤 다른 심리적 자유가 우리에게 있는가?

    [Gaston Bachelard]
- 나는 고독하다. 나는 자유이다. 나는 나 자신의 왕이다.   [I. Kant]
- 나는 생명의 포도주를 믿듯이 인간의 자유를 믿는다.

    [T. Woodrow Wilson]
- 나는 평화로움을 노예로 사느니, 차라리 위험천만한 자유를 택하겠다.

    [Thomas Jefferson]
- 나에게 자유가 아니면 죽음을 달라.

    [Patrick Henry]
- 내가 아는 유일의 자유는 정신 및 행동의 자유이다.   [Albert Camus]
- 너는 자유가 무엇인가라고 묻는가? 그것은 그 무엇에도, 그 어떠한 필요에도, 그 어떠한 우연에도 예속되

지 않으며 운명을 멀리할 수 있는 것이다.   [L. A. Seneca]
- 누구나 자유를 갖지 않으면 평화로울 수 없다. 그러므로 자유와 평화는 나눌 수 없다.   [Malcolm X]
- 누군가는 자유라고 부르는 것을 누구는 방종이라 부른다. [Quintilianus]
- 다른 사람의 자유를 부정하는 사람들에게는 이 지구 위에서 혹은 어떤 별나라에서도 결코 자유가 주어지지 않는다.   [Edward Herbert]
- 둑이 없고 강이 있겠는가? 오로지 속박 속에서만 자유가 있다.

    [Allen Ginsberg]
- 모두 자유가 되기까지는 누구도 완전히 자유로울 수 없으며, 모두가 행복하기까지는 어느 누구도 완전히 도덕적일 수 없다.   [Herbert Spencer]
- 모든 자유 중에서도 양심에 따라서 자유롭게 알고, 말하고, 논할 자유를 나에게 달라.   [John Milton]
- 모욕을 받지 않을 수 있는 자만이 자유롭다.   [Daniel Webster]
- 목숨을 버릴 수 있는 자유만이 진정한 자유이다.   [강원룡]
- 문명된 사회에 있어서 자유는 법률의 아들이다.   [John Bryce]
- 민주제에 있어서 자유는 국가의 영광이다. 그러므로 자유인이 살고자 하는 곳은 민주주의의 테두리 안에

서 만이다. [Platon]

- 배움이 없는 자유는 언제나 위험하며 자유가 없는 배움은 언제나 헛된 일이다. [작자 미상]
- 사람이 자유롭지 않다면, 자신의 행동에 책임을 지지 않아도 되므로 사람은 자유롭다. [Erich Fromm]
- 서로 자유를 방해하지 않는 범위에서 내 자유를 확장하는 일, 이것이 자유의 법칙이다. [Immanuel Kant]
- 쇠사슬에 묶여 바르게 걷는 것보다는 자유스럽게 잘못 걷는 편이 더 낫다. [Aldous Huxley]
- 쇠사슬을 조롱하는 자가 모두 자유라고는 할 수 없다.
  [Gotthold Lessing]
- 시와 자유는 같은 것이다. [Voltaire]
- 신은 모든 인간을 자유인으로서 놓아준다. 자연은 모든 사람을 누구나 노예로 만들지는 않는다.
  [Archidamos]
- 신은 인간을 자유롭게 창조했다. 인간은 그 자신의 힘을 현명하게 사용하는 방법을 배우기 위해 자유롭지 않으면 안 된다. [Immanuel Kant]
- 어떠한 인간도 자기 자신의 규율에 따라 살고 싶다고 생각한다.
  [Friedrich schiller]
- 여윈 자유인이 살찐 노예보다 낫다.
  [Garrique]

- 오늘날 우리의 자유란, 자유를 위해 싸우는 자유스런 선택 이외에 아무 것도 아니다. [Jean Paul Sartre]
- 오오, 자유여! 얼마나 많은 범죄가 그 이름 밑에서 저질러졌는가!
  [Romain Roland]
- 완전한 자유란, 사나 죽으나 똑같은 상황에 있을 때 비로소 얻을 수 있다.
  [Dostoevsky]
- 우리가 뽐내는 것은 노예가 되기 위한 자유인가, 아니면 자유롭기 위한 자유인가. [Erich Fromm]
- 우리는 다른 이들이 자유를 누리는 만큼 자유롭다. [B. Whichcote]
- 유일하고도 가능한 자유는 죽음에 대한 자유이다. [Albert Camus]
- 육체의 노예인 자는 결코 자유로운 자가 아니다. [Seneca L. A.]
- 이론은 자유의지론에 반대된다. 경험을 더 선호하기 때문이다.
  [Samuel Johnson]
- 이 자유, 이렇게 기다리고 있다는 것, 이렇게 타인으로부터 상처 입지 않고 있다는 것, 그것처럼 무의미하고 절망적인 것은 없으리라.
  [Franz Kafka]
- 인간은 자유다. 인간은 자유 그 자체다. [Jean Paul Sartre]
- 인간의 끊임없는 희생만이 값어치 있는 투쟁입니다. ㅡ 자유이기 위한

투쟁 바로 그것입니다.
[Lyndon B. Johnson]

● 인간의 자유를 빼앗는 것은 폭군이나 악법보다도 실로 사회의 습관이다.
[John Stuart Mill]

● 인민의 힘이 최고 지상인 국가에서 만이 자유는 서식할 수 있다.
[M. T. Cicero]

● 자기 자신을 통치할 수 없는 자는 자유로울 수 없다. [Epiktetus]

● 자신의 자유를 확고부동하게 하려는 자는 자기의 적도 그 압박으로부터 지켜줘야 한다. [Thomas Paine]

● 자유가 서식하는 곳, 이곳이 바로 나의 고향이다. [Benjamin Franklin]

● 자유가 소용돌이치는 바다에 파도가 없을 수 없다. [Thomas Jefferson]

● 자유는 가끔 어떠한 제한도 가할 수 없을 정도로 광폭하고 다루기 어려울 때가 있다. [T. Woodrow Wilson]

● 자유는 건전한 재제심에 정비례해서 존재한다. 우리를 건드리지 않으려는 자제심이 타인에게 있을수록 우리는 더 자유롭다. [Daniel Webster]

● 자유는 결코 정부로부터 나오지 않는다. 자유는 항상 통치의 대상에서 나왔다. 자유의 역사는 저항의 역사이다. 자유의 역사는 통치 권력의 제한의 역사이다. [W. Wilson]

● 자유는 국민이 정부에 관심을 보일 때만 존재한다. [R. G. Ingersoll]

● 자유는 남에게 주면 줄수록 더 많이 얻게 된다. [R. G. Ingersoll]

● 자유는 받는 것이 아니고 스스로 행하는 것이다. [김성식]

● 자유는 발전이 숨 쉬는 호흡이다.
[Robert Green Ingersoll]

● 자유는 법률의 보호를 얻어 처음으로 성립하는 것이다. 천하에 또 법 외의 자유가 있을 까닭이 없다.
[Augustinus]

● 자유는 불멸의 이념으로, 그것은 시대정신과 함께 진부해지거나 사멸하지는 않는다. [Thomas Mann]

● 자유는 사람이 악을 버리고 선을 선택하는 위대한 기회였다. ─ 자유는 각성과 노력을 바탕으로 현실적인 가능성을 선택하는 기회였다.
[Erich Feomm]

● 자유는 싹이 트기만 하면 성장이 빠른 나무다. [George Washington]

● 자유는 새로운 종교이며, 그것이 전 세계에 퍼진 것은 틀림없다.
[Heinrich Heine]

● 자유는 외적인 사실 속에 있는 것은 아니다. 그것은 인간 속에 있는 것으로, 자유이고자 바라는 자가 자유인 것이다. [Paul Ernst]

● 자유는 요정의 선물처럼 우연히 주어지는 것이 아니다. 자유란, 자기

자신에 대해 책임질 의지를 갖는 것
이다.　　　　　　[Max Stirner]
- 자유는 인간으로부터 연유된 것입
니다. 법률이나 제도에서 주어진
것이 아닙니다.　　　　[C. d'Aro]
- 자유는 인간의 권리이지만, 그 시행
을 위해서는 사람은 더 위대해질 필
요가 있다.　　[Luige Antonelli]
- 자유는 잘 구운 빵이다.
　　　　　　　　[P. J. Leroux]
- 자유는 진보의 아들이다.
　　　　[Robert Green Ingersoll]
- 자유는 항상 위험한 것이다. 그러나
우리가 가지고 있는 것 중에선 가장
안전한 것이다. [Harry E. Fosdick]
- 자유는 획득하는 것보다 간직하는
것이 더 어렵다.　[J. C. Calhoun]
- 자유는 힘이다.　　[John Adams]
- 자유라고만 생각하고, 자기를 묶고
있는 줄이 눈에 안 띄는 사람도 적
지 않다.　　　[Friedrich Ruckert]
- 자유라는 것은 우선 첫째로 나 자신
으로부터의 자유이다.
　　　　　　[David H. Lawrence]
- 자유라는 것은 자기가 자기 자신 속
에 지니고 있는 왕국이다.
　　　　　　　[Hugo Grotius]
- 자유란, 우리를 강제하는 의무는 우
리가 정한다는 뜻이다.
　　　　　　[Michael Sandel]

- 자유란, 인민들의 일반적인 식견이
없는 한 보존되기 어려운 것이다.
　　　　　　　[John Adams]
- 자유로운 신체 이외에 아무것도 가
진 것이 없는 자는 상상할 수 없을
정도로 따분해진다.　[Ralf Burton]
- 자유를 달라. 그렇지 않으면 죽음
을 달라.　　　　[Pierre Henry]
- 자유를 사랑하는 국민은 그 꿈을 실
현할 수 있습니다. 자유란, 소중하
면서도 소멸消滅되기 쉬운 것입니
다. 자유를 사랑하는 국민은 그들
의 자유를 수호할 의지意志를 가져
야 합니다. 그들은 군대가 필요하
며, 그 군대는 국민의 뜻에 따라야
하고 전문성과 모범은 시민들로부
터 높은 존경을 받을 수 있어야 합
니다.　　　　　[Van Fleet 장군]
- 자유를 소망하는 자는 남의 힘 속에
있는 것을 원망하거나 겁내지 말일
이다. 왜냐하면 그것은 남의 노예가
되기 때문이다.　　　[Epictetos]
- 자유를 포기하려는 것은 인간으로
서의 자격을 포기하는 것이다. 인
간의 의무까지도 포기하는 것이다.
모든 것을 포기하는 사람에게는 어
떠한 보상도 있을 수 없다.
　　　　　　[J. J. Rousseau]
- 자유를 획득하는 것보다, 간직하는
것이 더 어렵다. [John C. Calhoun]

- 자유보다 우선하는 것은 없으며, 자유를 뒤틀거나 타락시킬 수 있는 것은 아무것도 없다. [Walter Whitman]
- 자유야말로 생명의 근본 바탕인 것이다. [함석헌]
- 자유의 길은 명령하기를 원하는 사람들보다 복종하기를 희망하는 사람들에 의해 더 심하게 가로막혀 있다. [M. D. Peter]
- 자유와 제재制裁, 이 두 가지는 서로 엇갈리는 것이 아닐뿐더러 사실은 서로 필요로 하고, 서로 도와 완성되는 것이다. 따라서 잠시도 따로 떨어질 수 없는 것이다. [양계초梁啓超]
- 자유와 지배자는 쉽게 결합하지 않는다. 자연은 말 못하는 동물에게까지 자유를 준다. [Tachitus]
- 자유와 평등, 두 가지를 왜곡하는 것은 입법자가 아니면 혁명가, 또 공상가가 아니면 사기꾼이다. [Goethe]
- 자유의 나무는 이따금 애국자와 입제자의 피로 신선함을 되찾아야 한다. 그것은 자연의 비료이다. [Thomas Jefferson]
- 자유의 역사는 저항의 역사이다. 자유의 역사는 정부 권한의 축소의 역사이며, 그 증가의 역사는 아니다. [Woodrow Wilson]
- 자유의 영역은 한 치 한 치 넓혀 가야 한다. [Thomas Jefferson]
- 자유의 축복을 받으려고 하는 사람은 남자답게 자유를 지지하는 고생을 겪어야 한다. [Thomas Paine]
- 자유의 회구 속에서 인간은 창조적일 수 있게 됩니다. [김관석]
- 자유, 이것은 상상력의 가장 귀중한 속성의 하나이다. [Ambrose Bierce]
- 자유주의는 사리분별에 길든 사람들의 확신이며, 보수주의는 공포에 길든 사람들의 불신이다. [William Ewart Gladstone]
- 자유, 평등은 나쁜 원리다. 참된 인간의 원리는 정의다. 약자에 대한 정의는 보호 아니면 선의다. [Henry Amiel]
- 자유인이란, 자기 생각을 끝까지 따르기를 두려워하지 않는 사람을 말한다. [Leon Blum]
- 잘 교육된 인간만이 항구적으로 자유민이다. [James Maddison]
- 쟁기도, 돛도, 토지도, 생명도 자유가 없다면 무슨 소용인가? [Ralph Waldo Emerson]
- 저 자유의 불꽃… 그것은 무지와 전제의 모든 힘으로써도 결코 완전히 끌 수 없으리라. [James Garfield]
- 절반은 노예, 그 절반은 자유의 상태에서 이 관계가 영속할 수는 없다고 나는 믿는다. [Abraham Lincoln]
- 정치적 자유는 평화 시에만 존재한

다.　　　　　[T. Woodrow Wilson]
- 제한된 자유는 자유가 아니다.
　　　　　[C. V. Gheorghiu]
- 지나치게 많은 자유를 갖는 것은 좋지 않다. 원하는 것 전부를 갖는 것도 좋지 않다.　　　　　[Pascal]
- 진리는 오류보다 강하고, 자유는 강제보다 영원하기 때문입니다.
　　　　　[John F. Kennedy]
- 진정으로 자유로운 사람은 변명하지 않고 저녁 식사 초대를 거절할 수 있는 사람이다.　[Jules Renard]
- 진정한 개인의 자유는 경제적 보장과 독립 없이 존재하지 않는다. 굶주리고 직업이 없는 국민은 독재의 재료가 될 수 있다.　[F. D. Roosevelt]
- 진정한 자유를 경험한다는 것은 다음과 같다. 세상에서 가장 소중한 것을 소유하지 않은 채 가지는 것이다.
　　　　　[플로크나우]
- 참된 자유는 지성적이다. 진짜 자유는 훈련된 사유思惟 능력 안에 머문다.　　　　　[John Dewey]
- 참으로 중대한 자유는 단지 하나다. 그것은 경제적인 자유이다.
　　　　　[William Somerset Maugham]
- 타락한 자유인이란 것은 최악의 노예다.　[Tomas Garrigue Masaryk]
- 타인의 자유를 부인하는 이들에게는, 지상에도 또는 그 어느 별나라에도 자유란 있을 수 없다.
　　　　　[Alfred E. Herbert]
- 하느님은 자유를 사랑하고, 항상 자유를 수호하고 지킬 줄 아는 사람에게만 자유를 주신다.
　　　　　[Daniel Webster]

ㅣ 자유로운 사람 ㅣ

- 자유로운 사람이란, 죽음보다 인생에 대해서 더 많은 것을 생각하는 사람이다.　　　　　[B. Spinoza]
- 항상 죽을 각오를 하고 있는 사람만이 참으로 자유로울 수 있다.
　　　　　[Diogenes]
- 현명한 자만이 자유인이고, 비열한 인간은 노예다.　　　　　[Diogenes]

ㅣ 자유를 위해 ㅣ

- 미국은 평등과 자유 두 명사를 위하여 두 차례의 전쟁을 치러야 했다.
　　　　　[손문孫文]
- 자유를 위하여 깨끗이 죽는 것은 하나의 승리이다. 그것은 결코 개죽음이 아니다.　[T. Campbell]
- 자유를 위해서라면 명예와 마찬가지로 생명을 걸 수도 있으며, 또 걸어야 한다.　　　　　[Cervantes]
- 자유를 위해 싸우려고 하는가, 그들

은 인류 의지 상의 대의를 위하는 것이다. [William Cowper]

- 자유와 진리를 위해 싸우러 갈 때는 가장 좋은 바지를 입어서는 안 된다. [Henrik Ibsen]

| 자유무역 自由貿易 |

- 자유무역이란, 이론상의 이상에 불과하다. 무역을 하는 국가들은 다소의 차이는 있어도 스스로를 보호한다. [L. 모로]

| 자유의 의미 |

- 내가 뜻하는 자유란, 질서와 결부된 자유로서, 즉 질서 및 도덕과 더불어 존재한다. 그것은 질서나 도덕이 없이는 전혀 존재할 수 없는 자유다. [Edmond Burke]
- 자유, 그것은 우리가 우리 자신을 위에 세운 왕국이다. [Hugo Grotius]
- 자유는 권리가 아니라 의무이다. [Nikolai Verdiev]
- 자유는 그 자신을 자유의 몸으로 이끌어 나갈만한 사람에게 깃든다. 그러므로 자유는 누구나 지닐 수 있고, 누릴 수 있는 사람이면 일생토록 반려자伴侶者가 되어준다. [I. Kant]
- 자유는 새로운 종교이며, 우리들 시

대의 종교이다. [H. Heine]

- 자유는 쟁취하는 것이지, 주어지는 것이 아니다. [Georges Braque]
- 자유는 책임을 뜻한다. 이것이 대부분의 사람이 자유를 두려워하는 이유이다. [George Bernard Shaw]
- 자유라는 것은 내 마음대로 행동하는 것을 의미하는 것은 아니다. 그것은 단지 혼란한 자기 마음을 그대로 내던지는 것밖에 안 된다. 자유라는 것은 우선 자기 내부를 정리하고 질서를 세운 데에서 출발한다. 자기 자신을 정리하지 않은 행동은 임자 없이 멋대로 달리는 말이나 다름없다. 목표가 없는 행동은 하나의 방종이다. 모든 자유로운 행동의 원칙은 그 내부에 질서 있고 목표가 분명한 점에 있다. [Pythagoras]
- 자유란, 다른 재화를 누릴 수 있게 하는 하나의 재화이다. [Montesquieu]
- 자유란 무엇인가? 옳게 이해하며 선하게 되라는 세계적인 면허장이다. [D. H. College]
- 자유란, 법률이 허용하는 한에 있어서 모든 것을 할 수 있는 권리이다. [Immanuel Kant]
- 자유란, 법이 허용하는 모든 일을 할 수 있는 권리이다. [Montesquieu]
- 자유의 본질은 자아의 자기결정이며 자율이다. [신일철]

| 자제自制 |

- 자제自制는 신神이 준 최고의 선물이다.   [Euripides]

| 자존심 / 자부심自負心 |

- 너의 자부심을 조금이라도 잃게 하는 것은 너에게 조금도 도움이 되지 않는다.   [Marcus Aurelius]
- 모든 열정은 나이가 들면 사그라지지만, 자존심은 결코 죽지 않는다.   [Voltaire]
- 모욕 받은 자존심은 용서를 모른다.   [Louis Vigee]
- 오직 바른 데에만 근거를 두었다면, 자부심은 느낄지 모르지만 이익을 얻는 일은 없을 것이다.   [J. Milton]
- 우리는 모든 것을 빼앗겨도 견딜 수 있지만, 자부심만은 빼앗기면 견딜 수 없다.   [W. 래즐리트]
- 자기 자신에게 얼굴을 붉힐 일이 없는 사람이 되어야 한다.   [Balthasar Grasian]
- 자기보다 강한 자에게 졌을 때에는 아직 자존심은 남아 있다.   [Publius Syrus]
- 자부심은 작은 사람들을 위한 신의 선물이다.   [Bruce Barton]
- 자존심 없는 사람처럼 비굴하고 가없은 사람은 없다. 그러나 자존심은 오만한 자세가 아니라, 자신의 인격을 존중하는 마음과 행동이다.   [백낙준]
- 자존심은 그처럼 우리들에게 질투심을 불러일으키지만, 때로는 그 질투심을 녹이는 구실도 한다.   [F. La Rochefoucauld]
- 자존심은 다 떨어진 외투 밑에도 숨어 있을 수 없다.   [Thomas Fuller]
- 자존심은 어리석은 자가 가지고 다니는 물건이다.   [Herodotos]
- 자존심은 자만을 상하게 한다.   [Benjamin Franklin]
- 자존심을 앞세우면 치욕이 뒤따를 것이다.   [G. Chapman]
- 자존심의 나라에서 발견한 몇 가지 가운데 하나는 아직도 미지의 땅이 있다는 것이다.   [F. La Rochefoucauld]
- 전쟁은 자존심의 아들이며, 자존심은 부자富者의 딸이다.   [Jonadan Swift]
- 정열은 나이와 함께 사라져도 자존심은 가시지 않는다.   [Voltaire]
- 크나큰 과실過失의 바탕에는 반드시 자존심이 숨어들어 그 원인을 형성하고 있다.   [Ruskin]

| 자포자기 自暴自棄 |

- 스스로 자신을 해치는 사람과는 함께 말할 것이 못되고, 스스로 자신을 버리는 사람과는 함께 일할 수 없다. 말로써 예의를 비난하는 것을 스스로 자신을 해친다 하고, 스스로를 인仁에 처하고 의에 따를 수 없다고 하는 이를 스스로 자신을 버린다고 하느니라. [맹자孟子]

| 자화자찬 自畵自讚 |

- 까치발을 딛고 있는 자는 오래 서있지 못하고, 가랑이를 쩍 벌린 자는 걸을 수 없다. 스스로 나타내는 자는 분명히 나타나지 않고, 스스로 옳다고 생각하는 자는 남에게 인정받지 못한다. 스스로 칭찬하는 자는 그 공이 없고, 스스로 자랑하는 자는 그 공이 오래가지 못한다. [노자老子]
- 나에 대해 모두 이야기하면, 남는 것은 아무래도 손해가 된다. 자기에 대한 사람들의 비난은 늘 불어가고, 거기에 대한 칭찬은 줄어들기 때문이다. [Montaigne]
- 자신을 옹호해 주는 자가 아무도 없을 때 자화자찬하는 것은 옳은 일이다. [Erasmus]
- 자찬하는 사람은 이내 자기를 비웃는 사람을 발견하게 될 것이다. [Publius Syrus]
- 타인이 당신에게 좋은 점이 있다고 믿기를 원하는가? 그 좋은 점을 절대 말하지 말라. [Pascal]

| 작가 作家 |

- 그대의 작품을 스무 번 거듭 만들어라. 끊임없이 다듬고, 또 다듬어라. [Nicholas G. Boileau]
- 글쓰기를 위한 첫째 조건은 생생하고 강하게 느끼는 방법이다. [Nicholas G. Boileau]
- 글을 쓰고 싶어 몸이 간질거리는 가려움은 펜으로 긁어야만 나을 수 있다. [Samuel Rubber]
- 독서는 완성된 사람을 만들고, 담론은 기지 있는 사람을 만들며, 작문은 정확한 사람을 만든다. [Francis Bacon]
- 작가가 너무 잘 만들려고 하면 모든 것을 망친다. [La Fontaine]
- 작가가 되기 위해서는 재능 이상의 것이 필요하다. [La Bruyere]
- 작가들은 노고의 사람들이다. [Balzac]
- 작가라는 직업은 도망자의 직업이다. [Beaumarchais]
- 작가로 자처한다면, 작가답게 비평

받는 것에 괴로울 것이다.

　　　　　　　　　　　　[A. V. Arno]

● 한 작가가 살아 있을 때, 우리는 그
의 가장 못한 작품으로 평가한다. 그
러나 그가 죽으면 그의 가장 뛰어난
작품으로 그를 평가한다.

　　　　　　　　　　[Samuel Jonson]

● 훌륭한 작가가 되고자 한다면 글을
써라.　　　　　　　　　[Epiktetus]

| 잔인함 |

● 사람은 잔인함에서 호랑이보다 조
금 덜하다.　　　　[Schopenhouer]
● 인간이 짐승이 되면, 짐승보다 더 나
빠진다.　　　　　　　　[R. Tagore]
● 잔인한 사람은 눈물에 감동을 받지
않고, 오히려 그것을 즐긴다.

　　　　　　　　　　[Publius Syrus]

● 잔인한 행동은 악한 마음에서, 때로
는 겁 많은 마음에서 생긴다.

　　　　　　　　　　[J. Harrington]

| 잠 / 취침就寢 |

● 무덤에서는 잠을 잘 시간이 충분히
있을 것이다.　[Benjamin Franklin]
● 수면은 죽음에서 빌린 행위이다. 수
면은 생명을 유지하기 위해 죽음에
서 빌리는 것이다.　[Schopenhauer]
● 우리는 잠자기 위해서가 아니라 활

동하기 위해 잠을 잔다.

　　　　　　　　[G. C. Lichtenberg]

● 잠도 너무 많이 자면 피곤하다.

　　　　　　　　　　　[Homeros]

● 잠은 먹을 것이 없는 자에게 먹을
것을 준다.　　　　　[Menandros]
● 잠은 신들이 인간에게 부여한 유일
한 공짜 선물이다.　　[Plutarchos]
● 잠은 죽음의 쌍둥이 형제이다.

　　　　　　　　　　　[Homeros]

| 잠언箴言 / 금언金言 |

(잠언箴言 : 사람이 살아가는데 교훈이 되
고 경계警戒가 되는 짧은 말)

● 사람들의 잠언은 그들의 마음을 드
러낸다.　　　　　　[Vauvenargues]
● 온갖 좋은 잠언이 세상에 있다. 다
만 적용하기만 하면 된다.　[Pascal]
● 잠언가들은 염세주의자들이다.

　　　　　　　　　　[Joseph Luis]

● 잠언은 인생이라는 나무의 열매여
야 한다.　　　　　　　[D. Nizar]

| 장관長官 / 대신大臣 |

● 술탄의 대재상이 하는 일은 항상 의
심스럽다.　　　　　[J. B. Racine]
● 어리석은 말을 하는 것보다, 어리석
은 일을 하는 것이 더 대신답다.

　　　　　　　　　　[Retz 추기경]

- 재상이 되지 않으면 한낱 바보로 취급받을 수도 있는 위인이 바로 재상이다.　　　　　　　[Helvetius]
- 집정관이 세자누스(티베리우스 황제 때 로마제국의 최고 행정관)이면 황제가 티베리우스이든, 티투스이든 중요하지 않다.　[Nichora Sangfor]

| 장군將軍 |

- 군대를 지휘하는 데에 탁월한 자는 호전적 열정이 없다.　　　[노자老子]
- 군신은 머뭇거리는 자를 증오한다.　　　　　　　　　[Euripides]
- 군인들이 적보다 장군을 더 두려워할 여지가 있다. [Valerius Maximus]
- 남들의 시선으로 보는 장군은 군대를 지휘할 수 없다.　　[Napoleon I]
- 어떻게 하면 승리할지 고민하는 것뿐만 아니라, 언제 전투를 포기해야 하는지도 아는 것이 장군의 의무이다.　　　　　　　　　[Polybius]
- 장군은 상서로운 것은 드러내고, 불길한 것은 감춘다.　　[Sophocles]
- 제대로 보수를 지급하고, 제대로 명령하고, 제대로 목을 매다시오.　　　　　　　　　　　[Stratton]
- 패한 장군이 항상 잘못하는 것처럼, 승리하는 장군은 결코 과오를 저지르지 않았다.　　　　　　[Voltaire]

| 장례식葬禮式 |

- 상사喪事에는 지극한 슬픔으로 마지막 이별의 도를 다할 것이요, 제사의 행사에는 엄숙함으로써 추모의 성의를 다하여야 할 것이니라.　　　　　　[율곡전서栗谷全書]
- 장례식은 그 죽음과 비교될 때가 많다.　　　　[Tennessee Williams]
- 장례식은 죽은 이들을 위한 답례라기보다 산 이들을 위한 위안이다.　　　　　　　[H. Augustinus]
- 장례식의 화려함은 살아 있는 사람의 허영을 위해서이지, 죽은 사람의 명예를 위해서가 아니다.　　　　　[F. La Rochefoucauld]
- 죽은 자에게는 가시덤불도 양탄자의 값어치를 한다.　　　[Theognis]

| 장물아비 |

- 장물아비가 없으면, 도둑도 없다.　　　　　　　[John Heywood]
- 장물아비나 도둑이나, 둘 다 도둑이다.　　　　　　[Phokilides]

| 장사 / 상업商業 |

- 거룩한 길에서는 프로폴리스(꿀벌이 각종 식물로부터 채취한 식물 수지에 타액과 효소를 섞어 만든 천연

물질)가 꿀보다 더 비싸게 팔린다.

[Marcus Terentius Varro]

- 악마에게 촛불을 켜서 비치지 않고 장사할 수는 없다. [V. S. Rin]
- 어떤 장사든 사람들이 싫증을 느끼면, 그것은 끝을 알리는 신호이다. 그러므로 사람들이 자신의 가게를 좋아하고 자주 이용할 수 있도록 하지 않으면 안 된다. 돈을 벌고 싶으면 먼저 상대편의 입장에 서보라. 그리고 그들이 좋아할 만한 행동을 하라.

[오타니요네다로大谷米太郎]

- 장사는 돈 계산을 하는 것이 아니다. 그것은 바로 다른 사람의 마음을 사는 것이다. [미시마가이운三島海雲]
- 장사는 속임수를 배우는 학교이다.

[Vauvenargues]

| 장수長壽 |

- 가장 오래 산 사람은 나이가 많은 사람이 아니고 많은 경험을 한 사람이다. [Jean-Jaques Rousseau]
- 목숨이 길면 창피 당할 일이 많은 것이다. [장자莊子]
- 무릇 사람들이 저마다 자기의 수명만큼 살지 못하고 중도에서 형刑을 받고 죽는 이유는 지나치게 삶을 누리겠다고 안달하고 무리하기 때문이다. 삶에 있어 무위자연無爲自然

할 수 있는 자만이 오래도록 삶을 간직할 수 있다. [회남자淮南子]
- 백 년이란 수명이 한계여서, 백 년을 사는 사람은 천에 하나꼴도 안 된다. 설사 한 사람이 있다 할지라도, 어려서 안겨 있던 때와 늙어서 힘없는 때가 거의 반을 차지할 것이다. 그리고 밤에 잠잘 때와 낮에 깨어 있을 때에 헛되이 잃는 시간이 또 그만큼 차지할 것이다. 아프고 병들고 슬퍼하고 괴로워하며, 자기를 근심하며 두려워하는 시간이 또 반은 될 것이다. 수십 년 동안을 헤아려 보아도, 즐겁게 자득하면서 조그마한 걱정도 없는 때는 잠시 동안도 되지 않는다. [양주楊朱]
- 사람이 세상에 태어나서 보람 있는 일을 하려면 어느 정도의 수壽가 필요함은 말할 것도 없다. 인생 70 고래희古來稀라는 말도 있지만, 인간은 적어도 70세까지 살지 않고선 자아를 충분히 발휘할 수 없을 것 같다. 30세까지는 자라며 배운다 치면, 나머지 40년쯤은 아름다운 일을 할 수 있을 것이다. [조병옥]
- 수명을 연장하는 방법은 말을 삼가고, 음식을 절제하며, 탐욕을 줄이고, 수면을 가벼이 하며, 기뻐하고 성냄을 절도에 맞게 하는 것이다. 대체로 언어에 절도가 없으면 잘못

과 근심이 생기고, 음식에 때를 잃으면 고달프고 수고로우며, 탐욕을 많이 내면 위태롭고 어지러움이 많이 일어나며, 수면을 많이 취하면 몸이 게을러지고, 기쁨과 성냄이 절도에 맞지 않으면, 능히 그 성품을 보전하지 못한다. 이 다섯 가지가 절도를 잃으면, 진기가 소모되어 날로 죽음에 이를 것이다.　[노수신]

● 장수 10계명 : ① 무조건 소식小食하지 말고 젊었을 때보다 적게 먹는다. ② 어떻게 먹느냐가 중요하다. 정해진 시간에 일정한 양만 먹어라. ③ 튀김음식을 피하고, 짠 음식을 멀리하라 ④ 간염, 당뇨병을 조심하라. ⑤ 일하는 사람의 평균 수명은 노는 사람보다 14년 길다. ⑥ 자식에게 의존하지 말라. ⑦ 바쁜 노인은 치매가 없다. ⑧ 시계추처럼 살아라. ⑨ 친구를 많이 사귀어라. ⑩ 등산은 장수 운동이다.
　　　　　　　　[부부생활과 예절]

● 장수에 마음 쓰는 자는 평화로운 삶을 누릴 수 없다.　[L. A. Seneca]

| 장인 / 소경 |

● 금 가방이 비어도, 장인의 주머니는 언제나 두둑하다.　[Saidy]

● 대기근이 7년 동안 계속되더라도 장인의 집에는 아무 영향이 없다.
　　　　　　　　[Talmud]

| 장점長點 |

● 개인의 장점은 숨어 있기 때문에 찾아내야 한다.　[Florian]

● 너의 장점을 누리려거든, 남들에게 너의 장점을 기꺼이 빌려주어야 한다.　[Goethe]

● 덕이 없는 권위는 존경 없는 떠받듬을 받을 뿐이다.　[Nichora Sangfor]

● 돈이 받쳐주지 않는다면, 재능은 무용지물이다.　[Gresset]

● 말(馬)은 이익을 쫓아 달리고, 당나귀는 말을 따라잡는다.　[Louis XII]

● 미덕은 가장 고귀한 조상도 대신할 수 있다.　[Destouches]

● 장점이 클수록 잘 나누려 하지 않는다.　[Balthasar Grasian]

● 타인의 장점을 생생히 느끼기 위해서는 스스로도 많은 결점을 갖고 있어야 한다.　[Joseph de Maestre]

| 장점과 단점 |

● 고란새의 깃털은 아름답지만, 발은 흉측하다. 수많은 장점 중에 단점을 갖고 있을 수 있지만, 단점 중에 장

점을 갖고 있기는 드물다. 모든 장미에는 가시가 있지만, 가시덤불에는 장미가 없다. [Herbert George]

- 내 경험으로 미루어 보건데, 단점이 없는 사람은 장점도 거의 없다.

    [Abraham Lincoln]

- 모진 돌이나 둥근 돌이나 쓰이는 용처가 있는 법이니, 다른 사람의 성격이 나와 같지 않다 하여 나무랄 일이 아니다. [안창호]

- 우리는 단점보다는 장점을 고치려고 한다. [Joseph, Aver]

- 인류는 장점에 의해서보다 단점에 의해서 더 많은 발전을 해왔다.

    [Thomas Lead]

- 인생을 살아가면서 이루어지는 수많은 교제 안에서, 사람들은 우리의 장점이 아닌 단점을 보고 우리를 더욱 좋아한다. [F. La Rochefoucauld]

- 좋은 땅에서 나쁜 나무도 자랄 수 있다. [Plutarchos]

- 좋은 밀에는 독 보리도 많다.

    [Antoine Houdin]

- 지푸라기는 물 위에 뜨고, 보석은 물속에 가라앉는다. [Abadana]

- 큰 덕을 지닌 사람은 모자라는 것 같다. [노자老子]

- 폭군의 대표로 불리는 걸왕桀王에게도 취할만한 업적이 있고, 성군의 으뜸으로 꼽히는 요堯임금에게도

실수가 있었다. 추녀의 대명사로 불리는 모모嫫母에게도 좋은 점이 있었고, 미녀의 으뜸으로 치는 서시西施에게도 나쁜 점이 있었다. 그러므로 멸망한 나라의 법에도 추려 따를 만한 점이 있고, 잘 다스려지는 나라의 기풍 속에도 비난할 만한 점이 있는 것이다. [회남자淮南子]

- 한쪽에 치우침으로써 간사한 사람에게 속지 말고, 제힘을 너무 믿어 객기 부리지 말며, 자신의 장점으로써 남의 단점을 들춰내지 말고, 자신이 무능하다 하여 남의 능함을 미워하지 마라. [채근담菜根譚]

| 재능才能 |

- 가난으로 재능이 좌절된 사람은 출세하기 쉽지 않다. [D. J. Juvenalis]

- 나는 죽고 싶지 않다, 나의 재능을 최대한 발휘하고, 마지막 작은 가지까지 싹 틔울 때까지는.

    [Kathe Kolwitz]

- 뛰어난 재능보다 더 큰 행운이 있다.

    [Vauvenargues]

- 불행은 언제나 재주를 따라다닌다.

    [M. de Cervantes]

- 세상은 종종 재능 자체보다는 재능의 겉모습에 보상을 준다.

    [F. La Rochefoucauld]

- 송곳이 주머니 속에 있다. [사기史記]
- 어떠한 기술이라도 타고난 재능이 없이는 획득할 수 없으며, 타고난 재능도 기술적인 훈련으로 다루지 않으면 못쓰게 된다. 이 두 가지가 서로 돕고 보태어서 하나로 되어 일할 때에 비로소 성공의 결승전에 도달할 수 있다. [F. Q. Horatius]
- 억지로 재능을 짜내려 하지 말라. 어떻게 해도 없던 매력이 생기지 않는다. [La Fontaigne]
- 엄청난 재능이 있다는 것은 엄청난 부담이다. [J. Renard]
- 우리는 자신한테 꼭 필요한 재능이 아닌 재능을 갖고 있다는 사실을 기꺼이 받아들인다. [시니얼 뒤베이]
- 자연이 재능을 만들고, 행운이 이를 사용한다. [F. La Rochefoucauld]
- 재능과 신념은 정복되지 않는 군대이다. [George Herbert]
- 재능과 행운은 어떻게 해서든 서로 피하려고 하는 불구대천의 원수이다. [Oxenstjerna]
- 재능은 신이 인간에게 몰래 준 선물이다. 우리는 우리도 모르는 사이에 이 선물을 타인에게 보여준다. [Montesquieu]
- 재주는 모든 것에 쓸모가 있으나 그 어디에도 이르지 못한다. [Talleyrand−Perigord]

- 중간 정도의 유능인은 지위를 자랑 삼고, 대단한 재능이 있는 사람은 지위가 방해가 되며, 약간의 재능이 있는 사람은 지위를 더럽힌다. [George Bernard Shaw]
- 지성과 재능 간에는 각각에 맞는 비율이 있다. [La Bruyere]
- 출세하지 못한 재능은 있지만, 재능 없이는 결코 출세하지 못한다. [F. La Rochefoucauld]
- 피리를 입으로만 부는 것은 부는 것이 아니다. 손가락을 움직여 소리를 내야 한다. [Goethe]

| 재물財物 |

- 괴상하게 들어온 돈은 괴상하게 나간다. [대학大學]
- 금전은 어느 나라 사람이든 이해하는 하나의 언어로 뜻을 말한다. [Aphra Behn]
- 다만 식구를 헤아려 식량을 대고, 몸을 재어서 베를 마련해 준다면, 인생에 만족할 것이다. 그럴진대, 어찌 재물로써 마음을 괴롭히겠는가.[박지원]
- 대저 재물은 우물과 같다. 퍼 쓸수록 자꾸 가득 차고, 이용하지 않으면 말라 버린다. [박제가]
- 대저 재물을 쌓는 부자는 남에게 인색하다는 욕을 먹는 것쯤은 부끄럽

게 생각하지 않는다. 그들은 이로써 남이 자신에게 무엇을 바라는지조차 생각 못하게 하자는 속셈이 있기 때문이다. [박지원]

● 도박하는 모든 사람은 불확실한 것을 얻기 위해서 확실한 것에 돈을 건다. [Pasal]

● 돈과 사랑은 사람을 철면피로 만든다. [Ovidius]

● 돈에 대한 욕심은 피할 일이다. 부를 사랑하는 것만큼 협량하고, 또한 비천한 정신은 없다. [M. T. Cicero]

● 돈은 관청 일을 이룰 수 있고, 불은 돼지머리를 삶을 수 있다.
[유림외사儒林外史]

● 돈은 바보라도 모을 수 있지만, 쓰는데는 지혜가 필요하다. [영국 우언]

● 돈은 비료 같아서 뿌리지 않으면 아무 소용이 없다. [Francis Bacon]

● 돈은 사업을 위해 쓰여야 할 것이지, 술을 위해 쓰여야 할 것은 아니다.
[Talmud]

● 돈은 스무 사람의 웅변가의 역할을 한다. [Shakespeare]

● 돈은 악이 아니며 저주도 아니다. 돈은 사람을 축복하는 것이다.
[Talmud]

● 돈은 좋은 하인, 혹은 나쁜 주인이다.
[프랑스 우언]

● 돈은 주조鑄造된 자유다. [Dostoevsky]

● 돈은 쫓을 때는 도망가고, 필요 없다고 여기면 따라와 자연히 모인다.
[Talmud]

● 돈은 직접적이고 무한한 가능성이다.
[Anatole France]

● 돈은 최선의 종이요, 최악의 주인이다. [Francis Bacon]

● 돈은 필요악이다. 부유한 채로 죽는 것은 인간의 치욕이다. [Talmud]

● 돈은 필요에 의해서만 돈을 구하는 무리들을 회피한다. [Alain]

● 돈은 하느님으로부터 선물을 살 기회를 준다. [Talmud]

● 돈을 빌려준 사람에 대해서는 화를 참아야 한다. [Talmud]

● 돈을 수중에 넣는 것은 여자보다 더 잘하는 사람이 없다. [Aristoteles]

● 돈이란, 지상의 모든 악의 근원이다.
[Herman Melvile]

● 딸자식이 나쁘면 돈을 모아 소용이 있겠느냐. 딸자식이 좋으면, 왜 돈이 필요하겠느냐. [영국 우언]

● 물건은 항상 이를 좋아하는 곳에 모인다. [구양수歐陽脩]

● 물질로 인하여 자기를 상실하고, 세속으로 말미암아 본성을 잃는 사람은 본말本末을 전도한 사람이라 할 수 있다. [장자莊子]

● 방 안에 빈 곳이 없다면 며느리와 시어머니는 싸움 그칠 날이 없을 것

이며, 마음에 여유가 없으면 오장육부가 서로 부딪쳐 조화를 잃게 된다. 큰 숲이나 높은 산이 사람을 반갑게 함은 사람의 마음이 세속에 쪼들리고 있기 때문이다.　　[장자莊子]

- 보물을 간직하고 있으면 두려운 일이 많고, 가난한 사람은 걱정이 태산 같다.　　[가모 나가아키鴨長明]
- 부유하니 교만하고, 가난하니 아부한다.　　[논어論語]
- 부유하여도 가난을 잊지 말라.　　[실어교]
- 부의 뜻을 이해하지 못하는 자를 부유케 해서는 안 된다.　　[영국 우언]
- 불의不義로 취한 재물은 끓는 물에 뿌려지는 눈(雪)과 같고, 뜻밖에 얻어진 논밭은 물살에 밀리는 모래와 같다. 교활한 꾀로 사는 방법을 취한다면, 그것은 흡사 아침에 피는 구름이나 저녁에 지는 꽃과 같은 것이다.　　[장자莊子]
- 불의의 부귀는 뜬구름과 같다.　　[논어論語]
- 빈貧은 사士의 상도常道이다.　　[열자列子]
- 빈貧하여 원망 없기는 어렵고, 부하여 교만 없기는 쉽다.　　[논어論語]
- 빌려오는 재물은 바닥없는 바다다.　　[M. T. Cicero]
- 빛나는 것이 모두 황금은 아니다.　　[영국 우언]
- 사람들이 재물과 색을 버리지 못함은 칼날 끝에 발린 꿀처럼 한번 핥는 것만으로는 모자라 어린아이가 혀를 베는 줄도 모르고 덤벼드는 것과 같다.　　[장경藏經]
- 사랑은 다능多能하고, 돈은 만능이다.　　[독일 우언]
- 사람이 살아가는 데 덕이 뿌리가 되고 재물은 사소한 부분이다.　　[대학大學]
- 사람이 제물을 모으는 방법에는 세 가지밖에 없다. 즉 일하든가, 걸식을 하고 있거나, 도둑질을 하는 것이다.　　[Henry George]
- 세상에 부자이기 때문에 얻은 불행보다 더 큰 불행은 없다.　　[Cicero]
- 쌀 고방이 차면 영오圈圄가 빈다.　　[관자管子]
- 악의 근원이 되는 것은, 그 자체가 아니라 돈에 대한 애착이다.　　[Samuel Smiles]
- 악화惡貨는 양화를 구축한다.　　[Thomas Gresham]
- 알맞으면 복이 되고 너무 많으면 해가 되나니, 세상에 그렇지 않은 것이 없다. 하물며 재물에 있어서는 더욱 그것이 심하다.　　[장자莊子]
- 어떠한 수단에 의하여 입수된 돈이라도 현금이 되면 좋은 향기가 풍긴다.

[Juvenalis]

- 은銀은 도깨비를 방아 찧게 한다.

[중국 우언]

- 이익에 따라 행하면 원망이 많다.

[논어論語]

- 인간은 그가 내버려 둘 수 있는 물건의 수효에 비례하여 부유하다.

[Henry Thoreau]

- 인간은 이웃이 돈을 쌓는 것을 부러워한다. [Hesiodos]

- 재물과 여자가 주는 재앙은 독사보다 심하다. [지눌]

- 재물은 노고로서 얻고, 근심으로 지키며, 잃을 때 슬픔은 크다.

[스코틀랜드 우언]

- 재물은 몸 밖에 뜬 티끌이요, 목숨은 이 한때의 물거품이다. [기화己和]

- 재물은 소유주를 섬기거나 지배하거나의 어느 한쪽이다. [Horatius]

- 재물은 쓰기 위한 것이다.

[Francis Bacon]

- 재물을 멸시하는 듯이 보이는 사람을 너무 신용하지 말라. [F. Bacon]

- 재물의 빈곤은 손쉽게 가시지만, 정신의 빈곤은 결코 가시지 않는다.

[Montesquieu]

- 재물이 모이면 백성이 흩어지고, 재물이 흩어지면 백성이 모인다.

[대학大學]

- 적은 돈을 빌리면 채무자를 낳고,

많은 돈을 빌리면 적을 낳는다.

[Publius Syrus]

- 정신의 부가 참된 재물이다.

[그리스 격언]

- 천금千金으로는 죽음을 면하고, 백금으로는 형벌을 모면한다. [사기史記]

- 천금을 거래하는 사람은 푼돈을 다루지 않는다. [회남자淮南子]

- 친구에게 금전을 꾸어주는 사람은 벗과 금전 양쪽을 다 잃는다.

[Anatol France]

- 현자가 재물이 많으면 그 뜻을 잃고, 우자가 재물이 많으면 그 과오를 더한다. [한서漢書]

- 화폐는 번식력과 결실력을 갖는 것임을 알라. [Benjamin Franklin]

| 재범再犯 |

- 같은 돌부리에 두 번 걸려 넘어지는 것은 수치스러운 일이다. [Zenobius]

- 두 번 난파당한 자가 애꿎은 포세이돈을 탓한다. [Publius Syrus]

- 실수도 두 번 하면 언젠가 과오가 된다. [PubliusSyrus]

| 재산財産 |

- 근소한 비용을 조심하라. 작은 구멍에서 새는 물이 배를 가라앉게 하

지 않더냐?　　　　[Benjamin Franklin]

- 날(日) 계산에는 모자라고, 해(年) 계산에는 남는다.　　　　　[장자莊子]
- 독점 재산은 자연에 대한 도둑질이다.　　　　　　　　[J. P. Brissot]
- 돈만이 재산이 아니다. 지식도 재산이다. 건강도 재산이다. 재능도 재산이다. 그리고 의지는 어떤 재산보다도 훌륭한 재산이다. 누구든지 굳은 의지를 가지고 있으면 자기 마음대로 사용할 수 있기 때문이다. 쌓아 놓은 재물보다 굳은 의지에서 얻는 행복이 사람에게는 훨씬 크다.　　　[Charles R. Schwab]
- 보다 많은 재산을 갖고 싶다는 욕망은 한층 더 많은 지출을 하고 싶다는 충동에 몰린다.

　　　　　[James S. Duesenberry]
- 부자가 되려고 서두르는 사람은 결코 결백할 수 없고, 부자가 되는 길은 많으나 그 대부분은 추악한 길이다.

　　　　　　　　　[Solomon]
- 사랑 없는 여자가 있듯이, 행복 없는 부가 있다.　　　　[Rivarol]
- 생명 이외에는 재산은 없다. [Ruskin]
- 심리적인 고통을 받고 있을 때는, 재산이란 슬픈 위안물에 지나지 않는다.　　　　　[Henrik Ibsen]
- 인간의 사리사욕이 재산을 여신으로 만들었다.　　　[Publius Syrus]

- 인간의 진정한 재산은 그가 이 세상에서 행하는 선행인 것이다.

　　　　　　　　[Mahomet]
- 자기가 소유하고 있는 것을 가장 풍부한 재산으로 여기지 않는 자는, 그가 비록 이 세상의 주인이라 할지라도 불행하다.　　　[Epicurus]
- 자기 몫의 재산에 자신을 적용시켜라.　　　　[Marcus Aurelius]
- 재산가들 중에는 상식을 가진 자가 드물다.　　　　[Juvenalis]
- 재산에 대한 정신의 힘은 인간의 힘을 배가한다.　　　　[Voltaire]
- 재산은 결코 만족을 주는 것이 아니다. 점점 모여 가는데 따라서 사람의 욕심이 늘어가는 것이다. 재산으로 해서 일어나는 여러 가지 욕심을 억제하고, 적게 탐을 내서 오래도록 지닐 방침을 세워 놓아야 한다. 그것이 처음에 모으던 것보다 더 어려운 일이다.　[채근담菜根譚]
- 재산은 그것을 가지고 있는 것이 아니고, 그것을 즐기는 것이다.

　　　　　　　　[J. Howell]
- 재산은 그 자체의 권리뿐 아니라 의무도 있다.　　[Benjamin Disraeli]
- 재산은 오는 것이지, 만들어지는 것은 아니다.　　　[Henry Ford]
- 재산은 운명의 여신의 짐 가방이다.

　　　　　　　　[J. Howell]

- 재산을 가지고도 그것을 즐기지 못하는 사람은, 황금을 나르고 엉겅퀴를 먹는 당나귀와 같다. [T. Fuller]
- 재산을 많이 가진 자가 그 재산을 자랑하고 있더라도, 그가 그 재산을 어떻게 쓰는지를 알 수 있을 때까지는 그를 칭찬해서는 안 된다.
  [Socrates]
- 재산을 쌓기 위해 필요한 것은 재능이 아니다. 신중함은 필요가 없다.
  [Chevalier de Bruix]
- 재산이 더하면 먹는 자도 더하니, 그 소유주가 눈으로 보는 것 외에 또 무엇이 유익하랴. [Solomon]
- 재산이라는 것은 인간의 도덕적 가치나 지능적 가치를 이룩하는 것이 아니다. 평범한 인간에게는 그것은 단지 타락의 매개물이 될 뿐이다. 그러나 재산이 확고한 인간의 수중에 있으면 유력한 지렛대가 된다.
  [Guy de Maupassant]
- 재산이 없는 곳에는 불의가 없다.
  [John Locke]
- 재산이란 가지고 있는 자의 것이 아니고, 그것을 즐기는 자의 것이다.
  [Jmes Howell]
- 저 부자는 재산을 소유함에 있지 않고, 놈의 재산이 놈을 소유하는 것이다. [Diogenes]
- 지식은 사람을 웃게 하나, 재산은 사람을 우둔하게 한다.
  [George Herbert]
- 큰 재산과 만족은 좀처럼 동거하지 않는다. [Thomas Fuller]
- 큰 재산은 큰 노예 신세이다.
  [L. A. Seneca]

| 재정財政 |

- 나라에 9년간의 비축備蓄이 없으면 이를 부족이라 하고, 6년간의 비축이 없으면, 이를 급박急迫하다 하며, 3년간의 비축이 없으면, 이를 궁핍窮乏이라 한다. [회남자淮南子]

| 재주 |

- 헤엄을 잘 치는 사람은 물에 빠져 죽고, 말을 잘 타는 사람은 말에서 떨어져 죽는다. [회남자淮南子]
- 힘으로는 지배할 수 있으나, 단 하나의 재주로는 그럴 수 없다.
  [Vauvenargues]

| 재판관裁判官 |

- 법관의 아들은 아무런 걱정 없이 법원에 간다. [Cesar Houdin]
- 재판관이 정의의 판결 봉을 꺾는 것은, 뇌물의 중압감이 아닌 자비의

중압감 때문이다.   [Cervantes]
- 죄인이 사면을 받으면, 판사가 유죄 판결을 받는다.   [PubliusSyrus]
- 판사가 고소인인 소송에서는 법이 아닌 힘이 승리한다. [Publius Syrus]
- 훌륭한 판사는 범죄자를 증오하지 않고 죄에 유죄 판결을 한다.
    [L. A. Seneca]
- 훌륭한 판사는 젊은이일 수 없다. 나이를 먹고 불의에 대한 지식을 습득하고 있어야 한다.   [Platon]

| 재혼再婚 |

- 남편은 아내에게 사별의 아픔을 잊게 해주지만, 아내는 남편에게 사별의 아픔을 잊게 해주지 못한다.
    [Antoine Louisel]
- 두 딸을 가진 미망인과 재혼하는 것은, 세 명의 도적과 혼인하는 것이다.
    [Jeremy Bentham]
- 여자가 재혼하는 경우는 그녀의 첫 남편을 증오하기 때문이다. 남자가 재혼하는 경우는 그의 첫 아내를 흠모하기 때문이다. 여인은 그녀의 운명을 시험하는 것이며, 남자는 그것을 내거는 것이다.   [Oscar Wilde]
- 재혼은 경험에 대한 희망의 승리이다.   [Samuel Johnson]
- 첫 신혼여행에 또 다른 신혼여행을

더하지도 말고, 첫 시련에 또 다른 고통을 더하지 말라.   [Phokylides]

| 저속低俗함 |

- 바른 말은 반대처럼 들린다.
    [노자老子]
- 어디에든 저속한 자들이 있다.
    [Voltaire]
- 저속한 사회는 감옥보다 더욱 해롭다.   [Hitopadesa]
- 저속한 자들은 항상 외모에 집착하고 사건을 통해서만 판단한다.
    [Machiavelli]
- 저속한 자들이 말하는 신과 진정한 신은 다르다.   [Moliere]

| 저술著述 / 저작著作 |

- 가장 간단한 저작이 가장 좋은 저서이다.   [La Fontaine]
- 단순한 것이야말로 불변하고도 위대한 수수께끼를 내포하고 있다.
    [Martin Heidegger]
- 저술가가 되려는 자는 먼저 학생이 되어야 한다.   [John Dryden]
- 펜보다 더 깊은 상처를 줄 수 있는 것은 없다. 펜은 산 사람을 죽이고 죽은 사람을 살린다.   [B. Taylor]

| 저주咀呪 |

- 여우는 저주를 받을수록 잘산다.
  [Thomas Fuller]
- 저주하는 것은 악마에게 기도하는 것이다.　　[G. C. Lichtenberg]

| 저축貯蓄과 소비消費 |

- 수입의 1할은 저축해서 밑천을 만들어라. 피맺힌 돈이 성공을 부른다.
  [오타니요네다로大谷米太郞]
- 자기가 버는 것을 전부 쓰는 사람은 거지가 되어가는 도중에 있다.
  [S. Smiles]
- 저축은 개인뿐 아니라 사회를 부유하게 하고, 소비는 개인뿐만 아니라 사회를 가난하게 한다. 또한 돈에 대한 효과적인 사랑이 모든 경제적 행복의 근원이라는 주장도 일반적으로 정의될 수 있는 것이다. [John M. Keynes]

| 적敵 / 원수 |

- 나에게 적들이 없는 때는 그들이 불행한 때이다.　　[Victor Hugo]
- 네 적의 손으로 뱀의 머리를 으깨라.
  [Saidi]
- 싸움에 앞서 적을 얕잡아보는 것은 어리석은 짓이고, 승리한 뒤에 적을

약화시키는 것은 비열한 짓이다.
  [Goethe]
- 여러 사람이 자기 자신에게 해가 되지 않고 적들에게 해를 입히는 법을 모른다.　　[Marie de France]
- 잘 짖는 개가 이따금 짖는 소리에 놀라 서있는 멧돼지를 잡는다.
  [Ovidius]
- 적들 사이의 평화는 기한이 짧다.
  [M. J. Chenier]
- 적들을 잘 살펴야 한다. 그들이 우리의 결점을 제일 먼저 보기 때문이다.
  [Aristoteles]
- 적에게 연민을 가지는 것, 그것은 자기 자신에게는 연민이 없는 것이다.
  [Francis Bacon]
- 적은 그의 머리를 칠 때에만 건드려야 한다.　　[Balzac]
- 적은 문 안에 있다. 그 적은 우리가 극복해야 하는 우리 자신의 사치와 어리석음과 범죄이다.　　[Cicero]
- 적을 만들고 싶다면, 돈을 빌려주고 자주 독촉을 해보라.　　[서양 격언]
- 적의 선물은 불길한 선물이다.
  [Sophocles]
- 적의 시체는 언제나 좋은 냄새가 난다.　　[Vitellius]
- 적을 없애는 가장 좋은 방법은 적을 친구로 만드는 것이다.　　[Henri Ⅳ]
- 적을 이기는 것으로 충분하다. 적을

잃는 것은 지나친 일이기 때문이다.

[Publius Syrus]

● 적의 피가 만드는 얼룩은 기분 좋은 얼룩이다. [Publius Syrus]
● 적이 전혀 없는 자는 남을 불쌍히 여기기를 잘한다. [Publius Syrus]
● 죽은 자들은 물지 않는다.

[Teodoro Chaos]

● 짐승이 죽으면, 독도 죽는다.

[Desperiers]

● 징을 박은 신발을 신으면 가시밭 위를 걸어라. [John Ray]
● 하찮은 적은 결코 없다.

[Pierre Gringore]

| 적응適應 |

● 바람에 따라 돛은 움직인다.

[Mathurin Regnier]

● 우리는 우리가 가진 옷감에 맞추어 외투를 지어야 하며, 변화하는 환경에 자신을 적응시켜야 한다.

[W. R. 잉 사제]

● 저 골짜기에 흐르는 물을 보라. 그의 앞에 있는 모든 장애물에 대해서 스스로 굽히고 적응함으로써 줄기차게 흘러 드디어 바다에 이른다.

[노자老子]

| 적의敵意 |

● 근거 없는 적의가 가장 끈질기다.

[Retz 추기경]

● 아직 돌은 맞지 않았지만 우리에게 길은 충분히 나쁘다. [Florian]
● 적의는 복수할 기회를 노리고 있는 분노이다. [M. T. Cicero]
● 적의는 언제나 선한 행동에서 악한 동기를 찾는다. [Thomas Fuller]
● 적의는 치아를 숨기고 있다.

[Publius Syrus]

| 적합適合 / 적당適當 |

● 당나귀의 입에는 꿀이 맞지 않는다.

[M. de Cervantes]

● 발을 잊는 것은 신발이 맞기 때문이요, 허리를 잊는 것은 허리띠가 맞기 때문이며, 지혜가 세속의 시비是非를 잊는 것은 마음이 맞기 때문이다.

[장자莊子]

● 소인배들에게는 작은 일이 적합하다.

[Horatius]

| 전략戰略 / 전술戰術 |

● 노련한 장군은 적을 사방에서 공격한다. [Oliver Goldsmith]
● 전략은 부득이한 상황에서 쓰는 방

법이다.　　　[Helmut von Moltke]

- 전술이란, 사람들이 주지 못해 안달하는 것을 은총을 청하듯 우리에게 주도록 만드는 것이다.

　　　　　[Daniel d'Arc]

| 전문가專門家 |

- 아무도 전문가들을 신뢰하지 않으나 그들의 말은 모두 믿는다.

　　　　　[오귀스트 드퇴프]

| 전염傳染 |

- 대단한 하품꾼 하나가 두 사람을 하품하게 만든다.　　　[Erasmus]
- 바보 하나가 백 명의 바보를 만든다.

　　　　　[George Herbert]
- 옴에 걸린 양 한 마리면, 무리 전체를 전염시키기에 충분하다. [Juvenalis]
- 잔뜩 쌓인 사과 더미를 망가지게 썩은 사과 하나면 충분하다.

　　　　[Michael of North Gate]
- 희다고 하지 않겠느냐. 물들여도 검어지지 않으니.　　　[논어論語]

| 전쟁戰爭 |

- 군사를 사용하여 전쟁을 벌이는 근

본은, 백성을 하나로 뭉치게 하는 데 있다.　　　　　[순자荀子]
- 군자금은 바로 돈이다.

　　　　　[비옹 드 브리스테느]
- 굶주림이 전쟁을 부르고, 질병이 전쟁을 부르고, 노역이 전쟁을 부르고, 혼란이 전쟁을 부른다.

　　　　　[한비자韓非子]
- 나라가 강대해도 전쟁을 좋아하면 반드시 망하고, 천하가 평안해도 전쟁을 잊으면 반드시 위험에 빠진다.

　　　　　[사기史記]
- 때때로 싸우면 백성이 곧 지치고, 때때로 이기면 곧 임금이 교만해진다.

　　　　　[여씨춘추呂氏春秋]
- 무기 한 가운데서 법은 침묵한다.

　　　　[Marcus Tullius Cicero]
- 신은 대개 작은 부대보다 큰 부대를 편들어주신다. [Bussy-Rabutin]
- 아들이 없는 자는 전쟁이 무엇인지 전혀 알지 못한다.

　　　　　[Josep de Maestre]
- 이기고 지는 것은 병가에서 늘 있는 일이다.(병가지상사兵家之常事)

　　　　　[수호전水滸傳]
- 적국이 잘 통치되고 국민이 하나로 결합된 국가라면, 적국에 대한 승리조차 장례식이 된다.　　　[오기吳起]
- 전쟁과 극빈은 국제國制의 전복을 강제하고, 법률을 개변한다.　[Platon]

- 전쟁과 사랑에는 어떠한 수단도 허용된다. [F. Fletcher & F. Baument]
- 전쟁에 대한 두려움이 전쟁 자체보다 더 나쁘다. [L. A. Seneca]
- 전쟁에서는 신속한 것이 으뜸이다. [삼국지三國志]
- 전쟁은 그 수행에 있어서 악한 사람보다 언제나 선량한 사람만을 학살한다. [Sophocles]
- 전쟁은 나라에 세 가지 무기를 남긴다. 불구자들, 통곡하는 여자들, 그리고 도둑 떼이다. [H. L. Mencken]
- 전쟁은 남자의 일이다. [Homeros]
- 전쟁은 땅이 인육을 먹게 하는 것이다. [맹자孟子]
- 전쟁은 변명을 인정하지 않는다. [Ibykos]
- 전쟁은 오래 끌면 이롭지 않다. 전쟁이란, 불과 같아서 그치지 않으면 스스로를 태운다. [삼국지三國志]
- 전쟁은 전쟁 경험이 없는 자에게나 재미있다. [Pindaros]
- 전쟁은 원할 때에 일으키고 끝낼 수 있을 때에 끝낸다. [Machiavelli]
- 전쟁은 전쟁이 죽이는 강도보다 더 많은 강도를 낳는다. [H. J. Mencken]
- 전쟁을 재미있어하는 것은 무경험자뿐이다. [Pandaros]
- 전쟁의 신은 언제나 다수의 편에 선다. [Napoleon I]
- 전쟁이든, 사랑이든, 끝내기 위해서는 상대방을 잘 알아야 한다. [Napoleon I]
- 전쟁이 전쟁을 기른다. [Friedrich von Schiller]
- 전쟁이 필요할 때 전쟁은 정당하다. [Titus Livius]
- 전쟁 지원을 위해 필요한 세 가지는 첫째도 돈, 둘째도 돈, 셋째도 돈이다. [테오도르 트리빌스]
- 준비가 되어 있으면 후환이 없고, 전쟁을 잊으면 위태로워진다. [장구령張九齡]
- 천하가 태평스러워도 전쟁을 잊어서는 안 된다. [소식蘇軾]
- 평시에 있어서의 현명한 자는 앞으로 있을지 모를 전쟁에 미리 대비한다. [Homeros]
- 한 사람을 죽이면 당신은 살인자이다. 수천 명을 죽이면 당신은 영웅이 된다. [Beilby Porteus]

| 전쟁戰爭과 평화平和 |

- 고약한 평화가 전쟁보다 더 나쁘다. [P. C. Tacitus]
- 국가가 있는 곳에 전쟁은 그치지 않는다. [Edmund Burke]
- 국가는 군대를 억지로 살인자로 만들지 않으면 안 되므로, 억지로 전쟁

을 구하지 않으면 안 된다.

[Thomas More]

- 다툼에는 두 사람이 있어야 한다.

[Socrates]

- 두 호랑이가 다투어 싸우면 작은 것은 반드시 죽고, 큰 것은 반드시 다친다. [전국책戰國策]

- 법은 평화의 원동력이고, 돈은 전쟁의 뒷받침이다. [Francis Bacon]

- 분노는 전쟁의 아들이다.

[L. A. Seneca]

- 세계에 국가의 복잡성이 존재하는 한, 전쟁은 세계 역사가 끝날 때까지 계속된다. [John Dryden]

- 신의는 언제고 변개할 수 없지만, 전쟁에는 고정된 법칙이 없다. [정도전]

- 싸움에는 확실히 도박적인 데가 있다. 싸움을 만들어내는 것은 권태에서도 온다. 그 증거로 싸움을 가장 좋아하는 사람은 할 일이나 걱정거리가 적은 인간들이다. 이런 원인을 똑똑히 알아둔다면, 누가 큰소리쳐도 그리 당황해지지 않을 것이다.

[Alain]

- 싸움은 이겨서 이기는 것이 아니라, 져도 졌다 하지 않으므로 이긴다.

[함석헌]

- 아무리 정당한 전쟁일지라도 나는 불공평한 평화를 더 좋아한다.

[Mucus Tullius Cicero]

- 어떠한 전쟁도 이미 승리자에게 전리품을 갖다주는 일은 없다.

[Robert Anthony Eden]

- 어떤 명분이 있어도 전쟁은 졸렬한 수단이란 평을 면할 길은 없다.

[이병주]

- 영원한 전쟁에서 우리는 위대하게 되었고, 영원한 평화에서 인간은 멸망하게 되었다. [Adolf Hitler]

- 온 세상의 이곳저곳에서 아침저녁으로 전쟁의 위협이 우리들 머리 위에 떠돌고 있다. [John F. Kennedy]

- 우리는 전쟁의 무기가 우리를 파멸시키기 전에 이 무기들을 폐기하지 않으면 안 된다. [John F. Kenndy]

- 우리들은 이제 전쟁을 보지 않기를 원한다. 왜냐하면 나의 의견으로는 좋은 전쟁도 없거니와 나쁜 전쟁도 없기 때문이다. [Benjamin Franklin]

- 인간이 조금만 덜 돌았더라면 전쟁으로부터 생기는 비극에서 벗어났을 것이다. [Andre Gide]

- 장래의 전쟁을 지휘하는 것은 공급일 것이다. [Winston Churchill]

- 전쟁과 도박은 헛되이 정력을 소비하거나 모든 것에 기대를 거는 일 없이 정확한 기회를 포착케 하는 확률의 계산을 가르쳐준다.

[Anatol France]

- 전쟁에는 결단, 승리에는 아량, 패배

에는 다시 도전하는 투혼, 평화에는 선의善意를 가져야 한다.

[Winston Churchill]

- 전쟁에서는 승리에 대신하는 것은 아무것도 없다.　[Douglas MacArthur]
- 전쟁에서는 필요한 것이면 정의에 어긋나지 않는다.　　[Tacitus]
- 전쟁에 의해서 가져오게 된 것은, 또 전쟁에 의해서 가져가게 될 것이다.

[Joseph Joubert]

- 전쟁은 개가 벼룩을 털 듯이, 지구가 인간을 털어내는 자연적 현상이다.

[Jean Cocteau]

- 전쟁은 다만 다른 수단을 갖고 하는 정치의 계속이다.　[Clausewitz]
- 전쟁은 도적을 만들고 평화가 그들을 교수형에 처한다.　[서양 격언]
- 전쟁은 동물이 하는 것이 적합한 일이다. 그런데 어떤 동물이고 인간처럼 전쟁을 하는 것은 없다.

[Thomas More]

- 전쟁은 사회적 동물인 인간의 투쟁 본능의 한 표현이다.　[김정진]
- 전쟁은 심심할 때 하는 가장 좋은 요법이다.　　[Alain]
- 전쟁은 시끄럽고 팽팽한 역사를 만들고, 평화는 빈약한 읽을거리를 만드는 것이 나의 지론이다.

[Thomas Hardy]

- 전쟁은 왕들의 거래다.

[John Dryden]

- 전쟁은 외교의 연장에 지나지 않는다.　　[Carl von Clausewitz]
- 전쟁은 우리의 마음을 가리고 있는 베일을 찢어버렸다.　[R. Tagore]
- 전쟁은 위대한 서사시와 위대한 영웅을 남기는 게 아니라 전쟁은 욕심과 자만에서 탄생되며 남는 것은 눈물과 고통, 피만 남게 되는 비참한 것임을 깨달아야 한다.

[Carl von Clausewitz]

- 전쟁은 유럽에 난 부스럼 자국이다.

[M. 루카이서]

- 전쟁은 유일무이의 진정한 외과外科 학교이다.　　[Hippocrates]
- 전쟁은 이겨야 한다. 왜냐하면 패배는 전쟁에서 일어날 수 있는 어떤 사태보다도 비참한 사태를 초래하기 때문이다.　[Ernest M. Hemingway]
- 전쟁은 인류를 괴롭히는 최대의 질병이다.　　[Martin Luther]
- 전쟁은 전부 훔치는 것을 목적으로 한다.　　[Voltaire]
- 전쟁은 종속만큼 부담이 무겁지 않다.　　[Vauvenargues]
- 전쟁은 짐승을 위해서 있고, 인간을 위해서는 있지 않다.　[D. Erasmus]
- 전쟁은 파괴의 과학이다.

[C. G. Ebert]

- 전쟁은 폭력, 황폐화와 도둑질 ― 전

쟁은 늘 그런 것을 수반한다.

　　　　　[Constantin V. Gheorghiu]

● 전쟁은 활발하고 훌륭한 역사를 만
든다.　　　　　[Thomas Hardy]

● 전쟁을 거부하기 위해서는 그 전쟁
에 대비하는 또 하나의 전쟁을 생각
하지 않으면 안 되는 아이러니가 우
리의 현실이다.　　　　　[이어령]

● 전쟁을 도구로서 기획하는 정치가
들은, 자기의 무능을 자인하고 당파
투쟁의 계산자로서 전쟁을 이용하
는 정당 정치가들은 죄인이다.

　　　　　[William G. Sumner]

● 전쟁을 두려워하는 것은 전쟁 그 자
체보다도 나쁘다.　[L. A. Seneca]

● 전쟁을 방치하는 가장 확실한 길은
전쟁을 겁내지 않는 일이다.

　　　　　[Philip Randolph]

● 전쟁의 목적은 평화이다.

　　　　　[Aristoteles]

● 전쟁의 원인은 명예와 권태 가운데
있다.　　　　　[Alain]

● 전쟁의 진정한 목표는 살인이며, 그
것도 대규모의 살인이다. 적의 시
체더미가 목표인 것이다.

　　　　　[Elias Canetti]

● 전쟁의 활력은 돈뿐이다.

　　　　　[Francois Villon]

● 전쟁이 나쁜 것이라고 생각되는 한,
전쟁은 언제까지나 그 매력을 지닐

것이다. 전쟁이 야비한 것이라고
생각되는 한, 그것은 인기를 얻을
것이다.　　　　　[Osca Wilde]

● 전쟁이란 것은 가장 비천하고 죄과
가 많은 무리들이 권력과 명예를 서
로 빼앗는 상태를 말한다.

　　　　　[Lev N. Tolstoy]

● 전쟁이란, 나라의 대사로서 생사의
땅이고 존망의 갈림길이므로 잘 살
피지 않을 수 없다.　[손자孫子]

● 전쟁이란, 전염병이다.

　　　　　[Franklin D. Roosevelt]

● 전쟁! 일체를 무無에 환원시키는 전
쟁!　　　　　[김동환]

● 전쟁 준비를 하는 것만이 평화의 준
비를 할 수 있다고 하는 것은 통탄
할 사실이다.　[John F. Kennedy]

● 전쟁 ─ 평화의 기술이 내놓는 부산
물. 국제친선의 시기에 정치 정세가
최대의 위험에 직면한다.

　　　　　[Ambrose Bierce]

● 좋은 전쟁도 없고, 나쁜 평화도 없다.

　　　　　[B. Franklin]

● 칼로 사람을 죽이는 것보다 말로 전
쟁을 끝내는 것이 더욱 영광스럽다.

　　　　　[H. Augustinus]

● 평화는 인간의 행복한 자연 상태이
며, 전쟁은 인간의 타락이며, 치욕
이다.　　　　　[Tomson]

● 평화란 아름다운 것이다. 그러나

평화와 예속隷屬은 큰 차이가 있다. 평화란, 무엇에 의하든지 파괴되지 않는 자유다. 한편 예속은 모든 악 중에서도 가장 해로운 것이다. 우리들은 이것에 대해서 죽을 때까지, 힘이 닿는 데까지 싸우지 않으면 안 된다.　　　[Marcus Tullius Cicero]

- 평화를 바라는 자가 전쟁을 준비한다.　　　[Vegetius Renatus]
- 평화보다 권리가 더욱 귀하다.
　　　　　[Wilson, T. Woodrow]
- 평화에도 전쟁의 승리만큼 값진 승리가 있다.　　　[John Milton]
- 한쪽에만 잘못이 있으면 싸움은 오래가지 못할 것이다.
　　　　　[La Rochefoucauld]
- 혼담婚談과 전쟁에 있어서는 온갖 전략이 허용된다.　　[B. Fletcher]
- 확실하게 찾아온 평화가 기다리고 있는 승리보다 낫다.　[Titus Livius]

| 전제정치專制政治 |

- 내가 이것을 원하니, 그렇게 명하노라. 내 의지가 곧 내 이성이다.
　　　　　　　[Juvenalis]
- 전제 군주는 과일을 얻으려고 나무를 자르는 자이다.　[Montesquieu]
- 전제 정치는 상관은 비열하고, 부하는 비천한 상황의 질서이다.

[Nichora Sangfor]

| 전조前兆 / 징조徵兆 |

- 다가올 사건은 자신의 그늘을 드리운다.　　　　[Th. Campbell]
- 어떤 사건에 앞서 어떠한 징조가 있다.　　　[Marcus Tullius Cicero]

| 전체全體 / 전부全部 |

- 가장 작은 사물 안에서 모든 것을 볼 수 있어야 한다.　　　[Goethe]
- 나무를 좋아하는 사람은 나뭇잎도 좋아한다.　　　[G. Herbert]
- 모든 것 안에 모든 것이 있다.
　　　　　　[Anaxagoras]

| 전통傳統 |

- 소위 전통이 오랜 나라란, 사직단社稷壇에 높이 솟은 나무가 있음을 가리킴이 아니라, 대를 이어온 훌륭한 신하가 있음을 이름이니라.　[맹자孟子]
- 전통은 흰 수염을 갖고 있다.
　　　　　　[J. G. Whittier]
- 전통을 사랑하는 마음이 국가를 약하게 만든 적은 없으며 오히려 어려운 시기에는 국가를 강하게 만들었다. 그러나 새로운 시작은 반드시 등장해야 하고, 세계는 진보해야 한다.

- 지성이 없는 전통은 가지고 있을 가
치가 없다.　　　　　　[T. S. Eliot]

| 전투戰鬪 |

- 그 자는 죽임을 당했다고 듣기보다,
'나는 살았다.'고 말하는 것이 낫다.
　　　　　　　　[S. G. Champion]
- 내가 달리는 한 내 아버지는 아들이
있다.　　　　　　　　[M. H. Relon]
- 도망치는 자는 다시 한번 싸울 수
있다.　　　　　　　[Demosthenes]
- 승리의 논리를 따르기보다는 자신
의 안녕을 위해 재빠르게 후퇴하는
것이 낫다.　　　　　　　[Homeros]
- 어두운 곳에서는 도망치는 자가 뒤
쫓는 자의 정복자이다.　[Euripides]
- 전투에서 도망치는 자는 죽음에 붙
잡힌다.　　　　　　　[Simonides]

| 절망絶望 |

- 가장 아름다운 행복 속에도 절망은
둥지를 틀고 있으며, 모든 노력과
수고의 배후에는 정신적인 절망에
의 짐이 더해가고 있을 뿐이다.
　　　　　　　　　[Kierkegaard]
- 걸핏하면 시커먼 아가리를 벌리고
달려들던 절망감도 이렇듯 남을 도

와줄 때만은 태양 앞에 사라지는 도
깨비처럼 자취를 감추는 것이다.
　　　　　　　　　　　[김말봉]
- 그 어떤 것에도 절망해서는 안 되는
때는 바로 더 이상 희망이 없을 때
이다.　　　　　　　[L. A. Seneca]
- 나와 세상에 절망함으로써 우리는
한갓된 일상성에서 벗어나게 된다.
그것 없이는 진정한 나를 발견하고,
나 자신의 발전을 추구할 수 없다.
　　　　　　　　　　　[지명관]
- 낙담落膽은 절망의 어머니다.
　　　　　　　　　　[John Keats]
- 노여움도 경련도 없고 하늘에 대한
비난도 없는 교요한 절망, 이것이야
말로 슬기로움이다.　[A. V. Beanie]
- 머리를 벽에 부딪치면, 혹만 나올
뿐이다.　　　　　　　[G. Muset]
- 모두가 다 잊고 있더라도, 그것을 내
게 알리지 말라. 이 절망이란 시해屍
骸와 같은 신부와 만나게 하지 말라.
　　　　　　　　[Robert Browning]
- 밤은 나의 벗, 우리의 지도자는 절
망이다.　　　　　　　[Vergilius]
- 비록 절망의 종점일망정, 그 어디에
다다랐다는 것은 흐뭇한 일이다.
　　　　　　　　　[Jean Anouilh]
- 어느 시대에도 그 현대인은 절망한
다. 절망이 기교를 낳고, 기교 때문
에 또 절망한다.　　　　　　[이상]

- 우리가 절망적이라는 것, 그것은 뚜렷한 사실이다. 우리에게 두 다리와 두 팔이 있다는 것과 똑같이 뚜렷한 일이다.　[Robert Sabatier]
- 절망, 그것은 헌신의 쌍생아다.
　　　　[Algernon Swinburn]
- 절망도, 기쁨도, 저 하늘과 거기서 내려오는 빛나는 은근한 열기 앞에서는 아무런 근거도 없어 보인다.
　　　　　[Albert Camus]
- 절망 속에서도 타는 듯이 뜨거운 쾌감이 있다. 특히 진퇴양난에 빠진 자신의 궁지를 아프게 의식할 때일수록 더욱 그러하다.　[Dostoevsky]
- 절망은 마약이다. 절망은 생각을 무관심으로 잠재울 뿐이다.
　　　　　[Charlie Chaplin]
- 절망은 마음의 자살이다.
　　　　　　[Jean Paul]
- 절망은 몇 개인가를 파괴하지만, 예상은 많은 것을 파괴한다.
　　　　[Benjamin Franklin]
- 절망은 용서받을 수 없는 죄였다.
　　　　　[Graham Greene]
- 절망은 우리의 비참함뿐만 아니라, 우리의 허약함도 가득 채운다.
　　　　　[Vauvenargues]
- 절망은 유일의 진정한 무신론이다.
　　　　　　[Jean Paul]
- 절망은 죽음에 이르는 병이다. 자기의 집인 이 병은 영원히 죽는 것이며, 죽어야 할 것이면서 죽어지지 않는 것이다. 그것은 죽음을 주는 일이다.　　　[Kierkegaard]
- 절망의 허망함이란, 꼭 희망과 같다.
　　　　　　[노신魯迅]
- 절망이라는 것은 인간의 최후의 감정입니다. 그러나 젊었기 때문에 가질 수 있는 감정이기도 하지요. 우리 젊음은 버리고 살도록 합시다.　[박영준]
- 절망이란 것보다 더한 신에 대한 불신은 없다. 아무리 작은 일이라도, 아무리 큰일이라도 그것은 위대한 신의 계획의 일부이기 때문에 아무리 어려워도 따라가지 않으면 안 되는 것이다.　[Friedrich Max Muller]
- 절망이란 싸워야 할 이유를 모르면서 정말 싸우지 않으면 안 된다는 것이다.　　　[Albert Camus]
- 절망이란, 해결되어야 할 문제가 밀려서 얹힌 체증과 같은 것이다.
　　　　　　[신일철]
- 절망이 순한 것은 단 한 가지 경우밖에 없다. 그것은 사형선고를 받은 경우이다.　　[Albert Camus]
- 절망이 종종 전쟁에서 승리를 가져다주었다.　　　[Voltaire]
- 절망인 것을 모르는 절망, 다시 말하면 남이 자기를, 그것도 영원한 자기를 갖고 있다는 것에 대한 절망

적인 무지이다. [Kierkegaard]

- 체념이란 것은 확인된 절망이다. 여러분은 절망의 도시에서 절망의 시골로 들어와 족제비와 사향뒤쥐의 용기를 내어 자신을 위안할 수밖에 없다. 무의식적이나마 판에 박힌 절망은 소위 인생의 놀이다. 오락이라 하는 것의 밑바닥까지 파고 들어와 있다. 이것들 안에는 기쁨이 없다. 기쁨은 일 뒤에 오는 것이니까.
  [Henry D. Thoreau]
- '회의懷疑의 성'이라고 불리는 성이 있는데, 그 소유자는 절망이라는 이름의 거인이었다. [John Bunyan]

| 절약節約 |

- 검약은 멋진 수익이다. [D. Erasmus]
- 검약의 미덕에 너그러움이 따른다면 두 가지가 좋다. 하나는 불필요한 경비를 절약하는 것이고, 또 하나는 그것을 필요로 하는 사람들을 위해 쓰는 것이다. 후자가 없는 전자는 탐욕을 낳고, 전자가 없는 후자는 낭비를 낳는다. [W. 팬]
- 근면은 부유의 오른손이요, 절약은 그 왼손이다. [John Ray]
- 돈 지갑의 밑바닥이 드러났을 때의 절약은 이미 늦은 행위다.
  [L. A. Seneca]

- 동전을 아끼지 않는 자는 은화를 가질 자격이 없다. [Jean Paul]
- 밀알 하나가 채를 채우지는 않지만, 제 동료는 돕는다. [Cesar Houdin]
- 절약만큼 확실한 이익의 원천은 없다. [Publius Syrus]
- 절약은 빈부를 가릴 것 없이 사람이면 반드시 힘써야 할 것으로써, 만일 절제하는 데 힘쓰지 않을 때에는 자선慈善을 행하고 사랑을 베풀고자 해도 할 수 없을 것이다. 이른바 금전을 물 쓰듯 소비하는 무리들을 보라! 그들은 티끌만큼이라도 남을 구조할 수도 없을뿐더러, 자기 자녀의 교양을 게을리하고 양심을 잃고 그 자신마저 망치고 만다. [S. Smiles]
- 절약은 제일의 수익이다.
  [John Sandford]
- 절약하지 않는 자는 고통 받게 될 것이다. [공자孔子]
- 주머니가 텅텅 비고 나서는 절약하기란 극히 어렵고 늦다. [L. A. Seneca]
- 지갑 속이 텅 빈 연후의 절약은 때가 늦은 절약이다. [L. A. Seneca]
- 핀을 주워 담고자 몸을 굽히지 않는 자는 책을 찾을 자격이 없다.
  [Samuel Pepys]
- 창의성 없는 절약은 결핍이다.
  [Amy Dacyczin]

| 절제節制와 절도節度 |

● 가방은 꽉 차기 전에 닫아야 한다. 절제와 노동이 인간에게 가장 훌륭한 의사이다.   [Jean-J. Rousseau]

● 멈출 줄 아는 자는 절대로 몰락하지 않는다.   [노자老子]

● 왕보다 더 왕족 같아서는 안 된다.   [Chateaubriand]

● 운동과 절제는 노경에 이를 때까지 젊은 시절의 힘을 어느 정도 보존해 준다.   [Marcus Tullius Cicero]

● 절제는 금으로 된 굴레이다.   [Robert Burton]

● 절제는 덕이라는 진주를 꿰는 비단 실이다.   [Joseph Hall]

● 절제는 영혼의 건강이다.   [F. La Rochefoucauld]

● 절제는 최선의 양약良藥이다.   [토르리지아노]

● 절제된 명랑함은 아름다움을 더욱 돋보이게 하고, 지식을 기쁘게 하며, 재치를 온후하게 한다. [Edison]

● 절제란, 작은 것에 대한 만족이라는 뿌리를 내리고, 고요함과 평온이라는 열매를 맺는 나무이다.   [Ferdinand Deny]

● 절제와 노동은 인간에게 있어서 진실한 두 사람의 의사이다.   [Jean-Jaques Rousseau]

● 절제하는 사람이란, 자신의 욕망을 절제하는 사람이다.   [Platon]

● 절제하지 못하는 사람들은 오래가지 못한다.   [Martialis]

● 제우스는 절제하는 자들에게 승리를 안겨준다.   [Aeschylos]

● 크지만 큰 구실을 못하면 작아지고, 강하되 힘을 발휘하지 못하면 약해지며, 많으면서 많은 구실을 못하면 적어진다. 존귀한 신분에 예를 지키지 못하면 천해지고, 점잖은 자리에 있으면서 절도를 어기면, 결국 경박해지며, 부자이면서도 오만과 낭비를 일삼으면 가난해지기 마련이다.   [관자管子]

| 젊음 / 청춘靑春 |

● 공부는 젊음의 보호막이다.   [F. La Rochefoucauld]

● 꽃을 통해 열매의 탁월함을 알아본다.   [A. de Montreux]

● 나날의 모든 기쁨은 그날 아침에 있다.   [Malherbe]

● 덜 익은 열매는 모두 떫은맛이 난다.   [Publius Syrus]

● 젊은이들은 모름지기 집에서는 부모께 효도하고, 밖에서는 어른께 공손해야 한다. 이를 위해 말을 삼가고 신의를 지키며, 널리 사랑으로

사귄 여러 사람과 가까이해야 한다. 이 일들을 실천하고서도 여력이 있거든 글을 배우도록 한다. [공자孔子]

- 젊은이에게 양식良識은 봄날의 얼음과 같다. [George. C. Lichtenberg]
- 젊은 피는 낡은 명령에 복종하지 않는다. [Shakespeare]
- 젊음에 지나치게 어려운 것은 없다. [Socrates]
- 젊음은 계속되는 취기이고, 건강의 열기이며, 이성의 광기이다. [F. La Rochefoucauld]
- 젊음은 광기의 파편이다. [Villon]
- 젊음은 알지 못한 것을 탄식하고, 나이는 하지 못한 것을 탄식한다. [Henri Estienne]
- 젊음은 지나가기에 어렵다. [A. de Montreux]
- 젊음을 유지하려면, ① 삶의 보람을 갖는다. ② 어떠한 일에도 절망하지 않는다. ③ 유머를 잃지 않는다. ④ 스트레스를 해소한다. ⑤ 교제 범위를 넓힌다. ⑥ 젊은이 가운데 들어간다. ⑦ 먹장이가 된다. [가사마키가즈토시笠卷勝利]
- 젊음이 결점이라면, 우리는 그 결점을 빨리 고친다. [Goethe]
- 청소년기는 남용과 무지일 뿐이다. [F. Villon]

| 정당政黨 |

- 두려운 반대당 없이는 정부는 오랫동안 안전할 수는 없다. [Benjamin Disraali]

| 정도正道 |

- 눈 덮인 들판을 밟고 지나갈 때는 함부로 어지러이 걷지 마라. 오늘 내가 남긴 발자국이 뒷사람의 길이 되리니. [서산대사]
- 정도를 행하는 사람은 돕는 사람이 많고, 무도無道를 행하는 사람은 돕는 사람이 적다. 돕는 사람이 몹시 적을 경우에는 친척마다 등을 돌리고, 돕는 사람이 몹시 많을 경우에는 천하가 다 따라오느니라. [맹자孟子]
- 천하에 도가 행해지면, 군마軍馬는 해산되어 농사에 쓰이게 된다. 하지만 천하에 도가 행해지지 않을 때는 군마가 도성의 교외에서 새끼를 낳을 것이다. 재앙은 만족함을 알지 못하는 것보다 더 큰 것이 없고, 허물은 끝없이 얻고자 하는 욕망보다 더 큰 것이 없다. 그러므로 만족할 줄 아는 것이야말로 가장 큰 넉넉함이다. [노자老子]

| 정복자征服者 |

- 가장 위대한 정복자는 싸움 없어도 이길 줄 아는 사람이다. [노자老子]
- 진정한 정복자는 법을 만들 줄 아는 자이다. 그 밖의 다른 이들은 그저 지나치는 급류일 뿐이다. [Voltaire]
- 한 사람을 죽인 자는 살인자요, 수백만 명을 죽인 자는 정복자다. 그러나 모든 사람을 죽일 수 있는 자, 그는 신神이다. [John Rostand]

| 정부政府 / 통치統治 |

- 당신은 정부 없이 당신 어머니의 배에서 나왔다. [Cervantes]
- 모든 정부는 원칙의 남용으로 멸망한다. [Montesquieu]
- 무기가 토가에 굴복하기를. [Marcus Tullius Cicero]
- 아테네 의회에서 현자들이 말하고 어리석은 자들이 결정한다. [Anacharsis]
- 정부는 나머지 사람들에게 폭력을 가하는 사람들의 모임이다. [Tolstoy]
- 정부는 돛대요, 국민은 바람이요, 국가는 배요, 시대는 바다이다. [Karl Ludwig Borne]
- 정부의 임무는 행복을 주는 것이 아니라, 사람들이 스스로 행복을 위해 일할 수 있는 기회를 주는 것이다. [J. Story]
- 정치란 바르게 하는 것이다. 그대가 스스로 바름으로써 통솔한다면 누가 감히 바르지 않겠는가? [논어論語]
- 통치는 사람의 몸과 같아서 가장 심각한 질병은 머리에서 생겨난다. [G. C. Planius]
- 통치할 때는 사람을 있는 그대로 보아야 하고, 사물이나 사건은 마땅히 있어야 하는 모습으로 보아야 한다. [Louis de Bonal]

| 정부政府 형태形態 |

- 공화국들은 사치로, 군주국들은 가난으로 끝난다. [Montesquieu]
- 군주정은 민주주의자들이, 공화정은 귀족주의자들이 통치해야 한다. [Talleyrand-Perigord]
- 군주제는 폭정으로, 귀족정치는 과두제로, 민주제는 무정부주의로 변질된다. [Polybios]
- 어떠한 종류의 정부이든, 인간은 그 안에서 속박당하며 살면서 자신은 자유롭다고 믿도록 만들어졌다. [Stanisfaw I]
- 어리석은 자들이 정부의 형태를 논의하여, 가장 훌륭한 정부가 가장

잘 다스리는 정부임을 확인하게끔
해야 한다.　　　　[Alexander Pope]

| 정숙한 여자 |

- 몸이 정숙한 여자는 자신의 결점을
  잊게 할 수도 있고, 당당하게 어디
  든지 갈 수 있다. [Phillip de Novar]
- 자기 역할에 싫증을 내지 않는 정숙
  한 여자는 거의 없다.
  　　　　　[F. La Rochefoucauld]
- 정숙한 데다 예쁜 여자는 두 배 더
  정숙한 여자이다.　　　[P. J. Stael]
- 정숙한 사람들과는 마음으로만 교
  제한다.　　　　　[Mme Lambert]
- 정숙한 여자는 까투리와 같다. 그
  깃털은 별로 중요하게 여겨지지 않
  고 그 고기만 중요시 여긴다.
  　　　　　　　[John Florio]
- 정숙한 여자들 대부분은 찾는 사람
  이 없어서, 안전한, 숨겨진 보물과
  같다.　　[F. La Rochefoucauld]
- 정숙한 여자들은 우리가 생각하는
  것보다는 많지만, 우리가 정숙하다
  고 말하는 만큼 정숙한 여자는 많지
  않다.　　[Alexandre Duma Fils]
- 정숙한 여자의 역할은 종종 완수되
  기보다 연기演技된다.　[Guarinui]

| 정숙貞淑함 |

- 아름다움과 정숙함은 늘 서로 다툰
  다.　　　　　　　[Ovidius]
- 열렬하라. 그러나 순결하라. 요염妖
  艶스러워라. 그러나 정숙하라.
  　　　　　　　[Byron]
- 정결은 모든 덕 가운데 백합이다.
  　　　　　[St. Francisco de La]
- 정숙하지 않더라도 정숙한 체하라.
  　　　　　[Balthasar Grasian]
- 정숙함이 어떤 이들에게는 미덕이
  나, 다른 이들에게는 악덕이다.
  　　　　　[Charles Caleb Colton]

| 정신精神 |

- 건전한 정신은 건전한 육체에 깃든
  다.　　[Dicius Junius Juvenalis]
- 나쁜 정신, 나쁜 마음.
  　　　　　　[Terenyius Afer]
- 보통 사람은 정신이 아닌 생리적 육
  체로써 파멸한다. 반면, 약자는 육
  체를 도외시하고 지나치게 정신적
  인 것만을 열망함으로써 파멸한다.
  　　　　　[G. C. Lichtenberg]
- 사람은 자기 자신의 마음을 알지 못
  한다.　　　　　[John Swift]
- 사람을 고귀하게 만드는 것은 정신이
  지, 결코 가문이 아니다.　[독일 격언]

- 생명이 없는 시체가 값이 나가지 않는 이유는, 정신이 더할 나위 없이 고귀하기 때문이다.　　[N. hodon]
- 정신은 물질을 움직인다.
　　　　　　　　　[P. M. Vergilius]
- 정신은 정신에 의해 가려지고, 다이아몬드는 다른 다이아몬드에 의해 빛이 가려진다. [William Congreve]
- 정신이 눈을 지배하면, 눈은 잘못된 길을 가지 않는다.　[Publius Syrus]
- 참된 부요함은 마음의 부요함이다.
　　　　　　　　　　[Anacharsis]
- 한 사람의 정신적 기쁨은 정신력의 척도이다.　　[Ninon de Lenclos]
- 훌륭한 정신은 찌꺼기의 겉치레에 굽히지 않는다.　　[Shakespeare]
- 훌륭한 정신을 가진 것만으로는 충분하지 않다. 중요한 것은 그것을 잘 이용하는 것이다.　[R. Descartes]

| 정열情熱 |

- 격렬한 정열은 몸을 태워버린다.
　　　　　　　　　[Shakespeare]
- 냉정해진 다음에 열광했던 때를 생각해 보면 정열에 끌려 분주함의 무익함을 알 것이요, 번거로움에서 한가로움으로 들어가 보면 한중閑中의 재미가 가장 길다는 것을 깨달으리라.　　　　　　[채근담菜根譚]

- 당신에게 정열이 있는 한 천사처럼 선량하게 살아갈 수는 없는 것이다.
　　　　　　　　　[Thomas Dekker]
- 당신의 정열을 지배하시오. 그렇지 않으면 정열이 당신을 지배합니다.
　　　　　　　　　[F. Q. Horatius]
- 대개의 프랑스인의 정열은 주정 때문에 소비된다.　　[Montesquieu]
- 도덕성도 정열의 하나다. 도덕심이 정열이 아니라고 한다면, 다른 정열이 전부 모이고 모여 폭풍 전의 나뭇잎처럼 도덕심을 날려버릴 것이 아니겠는가. [George Bernarg Shaw]
- 바닷가의 모래알처럼 수없이 많은 것이 인간의 정열이어서, 어느 하나를 두고 보더라도 모두가 다른 모습을 하고 있으니, 고상한 것이건 저급한 것이건 모두가 맨 처음에는 인간에 대해 유순하지만, 나중에는 인간을 지배하는 잔인한 폭군으로 변해 버리고 만다. [Nicolai V. Gogol]
- 불붙어 다한 정열의 잔재.　[오상순]
- 사람은 그 마음속에 정열이 불타고 있을 때가 가장 행복하다.
　　　　　　　[F. La Rochefoucauld]
- 세계에서 정열 없이 이루어진 위대한 것은 없었다고 확신한다.
　　　　　　　　　[Georg Hegel]
- 연애라는 것은, 진폭이 크고 정열의 파도에 좌우된다.　[Andre Maurois]

- 우리들의 정열은 물과 불같은 것으로서, 좋은 심부름꾼이기는 하나 나쁜 주인이기도 하다. [Aesop]
- 이성理性을 사용할 줄 모르는 자는 정열을 사용하게 하라.

  [Marcus Tullius Cicero]
- 이 세상의 어떤 위대한 것도 정열 없이는 성취되지 않았다는 사실을 절대적으로 확신해도 된다.

  [G. W. F. Hegel]
- 재 속 깊이 묻힌 정열의 불이 제일 사납다. [Ovidius]
- 젊은 사람의 정열도 노인에게 있어서는 악덕이다. [Joseph Joubert]
- 정신적인 정열은 육욕을 추방한다.

  [Leonardo da Vinci]
- 정열에 쫓기는 사나이는 미친 말을 타고 이리저리 날뛴다.

  [Benjamin Franklin]
- 정열은 결함과 미덕 둘 가운데 하나다. 다만 어느 한쪽이든 도를 넘고 있을 뿐이다. 큰 정열은 희망이 없는 병이다. 그것을 낫게 하는 것이 도리어 그것을 아주 위험하게 한다.

  [Johann Wolfgang von Goethe]
- 정열은 냇물의 흐름과 같다. 얕으면 소리를 내고 깊으면 소리가 없다.

  [Walter Raleigh]
- 정열은 모든 일을 졸렬하게 처리한다. [Publius Statius]
- 정열은 보편적인 인간성이다. 정열이 없이 종교 · 역사 · 로맨스 · 예술은 가치가 없다. [Honore de Balzac]
- 정열은 분별에 의해서 치유되지는 않는다. 다른 정열에 의해서 치유될 뿐이다. [Simoen-Francois Berneux]
- 정열은 불이다. 불과 마찬가지로 없어서는 안 되는 것이지만, 불과 마찬가지로 위험하기도 하다. [유대 격언]
- 정열은 우리들이 거기에 대해서 명확한, 판별된 관념을 가질 때에는 정열이 아니다. [Spinoza]
- 정열은 이성조차도 정복한다.

  [Alexander Pope]
- 정열은 입을 열면 반드시 남을 굴복시키고 마는 최고의 변설가辯舌家이다. [La rochefoucauld]
- 정열은 최초의 타인처럼 보인다. 다음엔 나그네처럼 되고, 마침내는 일가一家의 주인처럼 된다. [Talmud]
- 정열은 혼의 문이다.

  [Balthasar Grasian]
- 정열이란, 관념이 최초로 발견된 것 외에 아무것도 아니다. 그것은 마음의 청춘인 것이다.

  [Michail Lermondov]
- 정열이란, 인생에서의 한 우연에 지나지 않는다. 이 우연은 뛰어난 인간의 마음에서만 일어난다.

  [Stendahl]

- 정열이 지배하는 곳에서는 이성이 얼마나 약한 것인지가 입증된다. [John Dryden]
- 정열적인 연애를 해본 일이 없는 사람에게는, 인생의 반쪽, 그것도 아름다운 쪽을 모른다. [Stendhal]
- 진정한 마음의 평온은 정열에 복종함으로써 얻어지는 것이 아니라, 정열을 억제함으로써 얻어지는 것이다. [Thomas a Kempis]
- 진정한 열정이 느껴질 때, 꼭 해야 할 일이 있을 때 정열을 다해야 한다. [David H. Lawrence]
- 참다운 정열이란 아름다운 꽃과 같다. 그것이 피어나 빨리 메마른 꽃일수록 한층 더 보기에 아름다운 법이다. [H. Balzac]
- 폭군의 노예가 되는 것보다 자기 정열의 노예가 되는 것이 더 모진 운명이다. [Stobaeus]

| 정의定義 |

- 잘못 내려진 정의를 두고 결코 논쟁하지 않는다. [Spinoza]
- 정의는 내리기보다 반박하기가 훨씬 쉽다. [Aristoteles]

| 정의正義와 불의不義 |

- 가령 세계가 소멸할지라도 정의는 이루어라. [Ferdinand I]
- 가장 약한 팔도 정의의 검으로서 치면 강하다. [John Webster]
- 개인의 권리에 바탕을 두고 있을 때에만 사회의 정의는 진짜라는 것을 알 수 있었던 것이다. [John Paul II]
- 결국에 가서 정의는 동정심보다 더욱 자비롭다. 정의는 선량한 시민이 되는 적극적인 품성을 함양시키기 때문이다. [John Ronald Royal]
- 국내에서 가장 쓸모없는 사람까지도 정의의 갑옷을 입고 무장했다면 옳지 못한 대군대의 세력보다도 강하리라. [Brian]
- 극단적인 정의는 극단적인 부정이다. [Terentius Afer]
- 너그럽기에 앞서 올바르게 행동하라. [R. B. Seridon]
- 대부분의 사람에게 정의에 대한 사랑은 자신이 불의를 다하지 않을까 하는 두려움에 지나지 않는다. [F. La Rochefoucauld]
- 덕이 많은 선비는 만세에 소외된다. 정의의 선비는 만세에는 귀찮은 존재다. [유향劉向]
- 법을 소중히 여겨 정의를 버리는 것은, 모자나 신을 귀히 여겨 머리와 발을 잊는 것이다. [회남자淮南子]
- 부자에게는 복수가 있고, 가난한 자에게는 죽음이 있다.

- 부정은 정의를 범하지 못한다.

- 부정은 진실로 누구에게 이익되지 못하며, 정의는 진실로 누구에게 해되는 일이 없다. [Henry George]
- 불의는 비교적 참기 쉽다. 내 가슴을 찌르는 것은 정의다.

- 불의에 대한 의식이 썩어버린 자는 비록 그가 강철 속에 갇혀 있다 하더라도 벌거벗고 있는 것에 불과하다.

- 불의한 자의 먹다 남긴 것은 개돼지도 먹지 않는다. [한서漢書]
- 사는 것 또한 내가 목적하는 것이며, 의義도 또한 내가 목적하는 것이다. 모두 겸하지 못할진대, 사는 것을 버리고 의를 취하리라. [맹자孟子]
- 사람이 서로 해치지 않게 하는 것이 정의의 역할이다. [M. T. Cicero]
- 설령 정의의 움직임은 느리더라도, 나쁜 사람을 타파하는 것은 반드시 한다. [Homeros]
- 세상이 모두 혼탁한데 나 혼자만 깨끗하고, 뭇사람이 모두 취해 있는데 나 혼자만 깨어 있었기 때문에 쫓겨났다. [굴원屈原]
- 스스로 돌아봐서 잘못이 없다면, 천만 인이 가로막아도 나는 가리라.

- 애정이나 마음은 정의의 모습을 바꿔버린다. [Pascal]
- 어느 곳의 불의는 모든 곳의 정의에 대한 위협이다. [Martin Luther King]
- 오, 하느님, 정의가 힘을 지배하게 하소서. [Shakespeare]
- 우리는 언제나 정의를 받들어야 하지만 정의만으로 재판을 한다면, 우리들 중에 단 한 사람도 구원을 받지 못할 것이다. [Shakespeare]
- 울음은 울어야 더 서러워지는 것이요, 정의는 내놓고 부르짖어야 높아가는 법이다. [함석헌]
- 의가 아닌 재물은 집을 채우는 데 그칠 것이요, 의가 아닌 음식은 오장을 채우는 데 그칠 뿐이다. 그러니 이런 것은 더욱 범할 수 없는 것이다. [안응세]
- 의로써 불의를 치는 자는 명분이 뚜렷함으로 남보다 먼저 군사를 일으킬 일이다. 그러나 사사로운 감정으로 다른 나라와 원한을 맺을 경우에는 의병義兵이 나설 일이 아니므로 스스로 군대를 일으키지 말아야 하며, 상대편에서 쳐들어오거든 부득이 이를 맞아 싸워야 한다.

- 의로운 사람만이 마음의 평화를 누린다. [Epicurus]

- 의義를 행하는 한 시간은 기도하는 1백 시간의 가치가 있다.
  [마호메트교 금언]
- 이 시대의 죄악을 없애려면 다른 것이 없다. 정의를 행하고 자유를 주면 된다. [Henry George]
- 인간은 부당하나 신은 공정해, 결국은 정의가 승리한다.
  [Henry W. Longfellow]
- 인간은 불의의 제물이 될 것을 겁내어 그것을 비난하는 것이지, 불의를 저지르기를 싫어해서가 아니다.
  [Platon]
- 인간이 호랑이를 죽일 때는 이것을 스포츠라고 한다. 호랑이가 인간을 죽일 때는 사람들은 이것을 재난이라고 한다. 범죄와 정의와의 차이도 이것과 비슷한 것이다.
  [George Bernard Shaw]
- 인간적이지 않으면 정의로울 수 없다. [Vauvenarues]
- 자기 동족에게 유익한 것은 정의다.
  [Horvath]
- 자위는 하나의 미덕, 온갖 정의의 유일한 보루이다. [Goerge Byron]
- 정의가 갖다주는 최대의 열매는 마음의 평정이다. [Epikouros]
- 정의가 망한다면, 사람이 이 세상에 살 필요가 없다. [Immanuel Kant]
- 정의가 받쳐 주지 않는 힘은 무력이고, 또한 힘없는 정의는 무효하다.
  [Pascal]
- 정의가 없는 곳에 자유는 없다. 자유가 없는 곳에 정의는 없다.
  [Heinrich Suso]
- 정의가 제 집에 있을 때에는 그 누구의 마음에도 들지 않는다.
  [George Herbert]
- 정의가 힘입은 믿음이다. 그 믿음 속에서 우리는 끝까지 우리 소신대로의 임무를 감행해 나갑시다.
  [Abraham Lincoln]
- 정의는 그 자체 안에 모든 덕을 담고 있으며, 의로운 것이기에 선하다.
  [Phokylides]
- 정의는 독점될 성질의 것이 아닙니다. 정의가 독점될 때 독선이 됩니다.
  [지학순]
- 정의는 말이 없고, 보이지도 않지만, 그대가 잠자코 걸어가며 누워있는 모습을 지켜본다. 정의는 그대의 진로를 가로지르기도, 때론 늦추기도 하며 끊임없이 그대를 따라다닌다. [Aeschilos]
- 정의는 모든 것의 위에 있다. 성공, 재산, 명예는 좋은 것이지만, 정의는 그것 모두를 능가한다. [J. Field]
- 정의는 무엇과도 대체할 수 없다. 그래서 비싸게 친다. [Kebede]
- 정의는 사랑보다 먼저 와야 한다.

- 정의는 사회의 질서다. [Aristoteles]
- 정의는 미덕의 최상의 영광이다.
  [M. T. Cicero]
- 정의는 생명과 재산에 대한 보험이다. [William Penn]
- 정의는 신神과 인간과의 예절 바른 관계이다. [소노아야코浦知壽子]
- 정의는 영원의 태양이다. 세계는 그 도래를 낮출 수는 없다.
  [William Philips]
- 정의는 완전무결한 때만 옳다.
  [Grotius Hugo]
- 정의는 자신에게 어울리는 것을 소유하고, 자신에게 어울리도록 행위하는 일이다. [Platon]
- 정의는 정하는 것보다 반론하기가 쉽다. [Areistoteles]
- 정의는 진실의 실현이다.
  [Joseph Joubert]
- 정의는 처녀와 같아서 욕을 당하면 제우스에게로 달려간다. [Hesiodos]
- 정의는 항상 목표이지 않으면 안 되고, 출발점이 필요 없다.
  [Joseph Joubert]
- 정의는 힘이다.(Right is might.)
  [영국 격언]
- 정의는 힘 있는 자의 웅변이다.
  [Plutarchos]
- 정의란, 각자가 당연히 받아야 할 것

을 돌려주는 것이다. [Semonides]
- 정의란, 인간이 국민으로서 거기에 사는 구가의 법률을 범하지 않는 것이다. 그렇기 때문에, 인간은 증인이 있을 때에는 법률을 존중하지만, 증인이 없을 때에는 자연의 법을 존중한다면, 자기의 가장 보람 있는 방법으로서 정의를 사용할 것이다.
  [Antiphon]
- 정의란, 저마다 자기 할 일을 다하고 남을 방해하거나 간섭하지 않는 것이다. [Platon]
- 정의란 행동하는 진리이다.
  [Joseph Joubert]
- 정의로운 사람에게 쏘아진 화살은 자신에게로 돌아온다. [Ahikar]
- 정의로운 자의 찬란한 행위는 육신의 고향인 흙 속에 묻히지 않고 살아남는다. [Pandaros]
- 정의를 제대로 행사하면 사람들을 모욕하게 되지만, 정의를 그릇되게 행사하면 신을 모욕하게 된다.
  [Bossuet]
- 정의를 추구하는 데 있어 온건이란, 절대 미덕이 아니라는 것입니다.
  [Barry M. Goldwater]
- 정의만큼 위대하고 신선한 미덕은 없다. [Joseph Addison]
- 정의심이 없는 용기는 나약하기 짝이 없다. [Platon]

- 정의에 따라 군사를 일으키면 사기 土氣가 오르고, 좋은 기회를 타서 싸움을 시작하면 승리하며, 부하를 은혜로써 다스리면 잘 복종한다.

  [사마양저司馬穰苴]
- 정의와 무관한 모든 지식은 지혜가 아니라 쓸모 있는 지식이다.

  [Benjamin Franklin]
- 정의와 진리는 아주 섬세한 두 개의 끝과 같아서 우리의 무딘 연장으로는 정확하게 닿을 수 없다. [Pascal]
- 정의의 손에는 칼이 있을 수 없다.

  [D. J. Juvenalis]
- 정의의 정신에 입각한 폭력은 인종과 국민성의 장벽을 무너뜨린다.

  [Henry Cain]
- 정의의 지체는 부정이다.

  [Walter Savage Landor]
- 큰 정의를 행하려는 자는 조그만 부정을 저지르지 않으면 안 된다. 큰 일에 있어서 정의를 성취시키려는 자는 작은 일에 있어서 부정을 범하지 않으면 안 된다. [Montaigne]
- 평화의 달성은 신을 두려워하는 인간에게 있어서 고귀한 작업이다. 그것은 정의의 길이며, 그리고 정의는 국민을 높이 선양한다.

  [John F. Kenedy]
- 폭력은 정의의 적이다. 평화만이 참다운 정의를 가져올 수 있다.

  [John Paul II]
- 한 시간 동안 행한 정의가 한 해 동안 사원을 빈번히 드나든 것보다 훨씬 낫다. [Bolingbroke]
- 훌륭한 신앙은 정의의 기초이다.

  [Marcus Tullius Cicero]
- 힘없는 정의는 무능하며, 정의 없는 힘은 압제다. 힘없는 정의는 반항을 받는다. 왜냐하면 항상 악인은 끝없이 나오니까. 정의 없는 힘은 탄핵된다. 그렇기 때문에 정의와 힘을 결합시키지 않으면 안 된다.

  [Pascal]
- 힘은 정의다.(Might is Right.)

  [영국 격언]
- 힘이 정의이며, 재판은 더 강한 자들의 사리라고 나는 선언한다.

  [Platon]

| 정조 / 지조志操 |

- 남자들은 그들의 항구恒久(변함없이 오래 감)함에 지칠 수 있지만, 여자들은 결코 그렇지 않다. [Balzac]
- 남편과 멀리 떨어져 있는 것은 여자에게 가혹하다. [Aeschilos]
- 단 한 사람의 주인이 여자도 원하고, 달걀도 원한다. [Gilles de Noailles]
- 돈으로 못 살 것은 지조이다.

  [한국 격언]

- 문은 자기 자신의 자물쇠로 스스로 지킨다. [Albus Tibullus]
- 미모와 정절은 항상 싸움을 하고 있다. [Ovidius]
- 사랑하는 사람에게 정조를 지키려고 몸부림치는 것은 배반이나 마찬가지다. [La Rochefoucauld]
- 3군의 총수를 빼앗아서 그것을 무너뜨릴 수는 있으나, 필부의 지조를 빼앗을 수는 없다. [Henry Thoreru]
- 여자와 멧비둘기는 목 끈을 두르고 있다. [Jami]
- 유리와 정조는 깨지기 쉬운 것이다. [영국 격언]
- 정조는 고드름과 같다. 한번 녹으면 그만. [영국 격언]
- 정조는 높은 인격의 심장이다. [플로트드]
- 정절은 사랑의 명령이다. [Vauvenargues]
- 지조는 두말할 것 없이 양심의 명령에 철저하고자 하는 인간의 숭고한 인격적 자세를 이름이다. [김동명]
- 지조란 것은 순일純一한 정신을 지키기 위한 불타는 신념이요, 눈물겨운 정신이며 냉철한 확집確執(제 주장을 굳게 고집함)이요, 고루한 투쟁이기까지 하다. [조지훈]
- 지조 없는 생활은 줏대 없는 생활이요, 좀 더 극언한다면 정신적 매춘부의 상태에 지나지 않는다. [이희승]
- 호색가들은 상대가 원할 때에만 귀찮게 따라다닌다. [Moliere]

| 정직正直 |

- 곧은길에서 길을 잃는 사람은 아무도 없다. [Goethe]
- 나는 정직해지겠다고 약속할 수는 있으나, 치우치지 않겠다고는 약속할 수 없다. [Goethe]
- 남이 나를 속인다고 하지 말라! 사람은 늘 자기가 자기를 속이고 있다. 그대의 생각이 일부러 올바른 중심을 벗어나 자기를 괴롭히고 있다.
[Johann Wolfgang von Goethe]
- 당신은 똑바로 서라. 아니면 남의 힘을 빌려서라도 똑바로 서라.
[Aurelius]
- 사람들은 정직함을 칭송하지만, 정직함은 굶어 죽는다. [Juvenalis]
- 사람은 혼자 있을 때 정직하라. 혼자 있을 때 자기를 속이지는 못한다. 그러나 남을 대할 때는 남을 속이려고 한다. 그러나 좀 더 깊이 생각한다면, 그것은 남을 속이는 것이 아니고 자기 자신을 속인다는 것을 알 것이다.
[Ralph Waldo Emerson]
- 사람이 정직할수록, 다른 사람들이 정직하지 않을까 의심하기는 어렵다.

[Marcus Tullius Cicero]

- 신의 섭리는 사람들에게 올바른 것들이 더 많은 이익을 가져다주는 이 호의를 베풀었다. [Quintilianus]
- 정직만큼 값진 유산은 없다.

[William Shakespeare]

- 전직은 가장 확실한 자본이다.

[Ralph Waldo Emerson]

- 정직을 잃은 자는 더 이상 잃을 것이 없다. [J. Lilly]
- 정직한 길을 걸어가는 데는, 너무 늦다는 법이 없다. [L. A. Seneca]
- 정직한 노동자는 즐거운 얼굴을 가진다. [Thomas Decker]
- 정직한 사람은 광명도 암흑도 두려워하지 않는다. [Thomas. Fuller]
- 정직한 사람은 참된 종교와 같이 이해력에 호소하며, 혹은 겸손하게 양심의 내적 증거를 신뢰한다. 협잡꾼은 논쟁 대신에 폭력을 사용하며, 설득할 수 없을 때는 침묵을 강요하거나 칼에 의해 자기의 성격을 과시한다. [Francis Junius]
- 정직한 사람으로 보이려면 실제로 정직해야 한다. [Boileau]
- 정직한 사람이란 수완 좋은 사람과 덕이 있는 사람 사이에 있는 사람이다. 양극단 중에 어느 쪽으로 더 치우쳐졌는지는 중요하지 않다.

[La Bruyere]

- 정직한 마음의 단 하나의 약점은 쉽게 믿는 것이다. [P. Sidney]
- 정직할 수 있는 사람만이 완전한 인간이다. [John Fletcher]
- 지나친 정직이 사람을 해친 적은 없다. [John Clarke]
- 진실로 정직한 사람은 그 어느 것에도 화를 내지 않는 사람이다.

[Francois de La Rochefoucauld]

| 정치政治 |

- 가혹한 정치는 범보다 더 무섭다.

[예기禮記]

- 공화정치는 사치로 끝나고, 군주정치는 빈곤으로 끝난다.

[Montesquieu]

- 과오를 개혁하려는 자에게 순교의 횃불을 들어주는 점에서 정치는 종교와 같다. [Thomas Jefferson]
- 국민은 여론을 만들어 낼 수는 있으나, 직접 정치에 참여하지는 않는다.

[송지영]

- 국민에게 자치를 가르치는 것이 가장 좋은 정치이다. [Goethe]
- 국민의, 국민에 의한, 국민을 위한 정치. [Abraham Lincoln]
- 국회로 가는 정치가가 있는가 하면, 감옥으로 가는 정치가도 있다.

[William Pitt]

- 굶주린 사람은 좋은 정치고문이 될 수 없다. [Albert Einstein]
- 그 나라를 살피고자 하면, 그 임금의 덕행을 보면 알 수 있고, 그 군대를 살피려면, 그 장군을 보면 알 수 있으며, 그 나라의 재력財力을 살피려면, 그 나라 농토農土를 보면 알 수 있다. [관자管子]
- 글을 잘 쓰면 한 몸을 적셔줄 따름이지만, 정치를 잘하면 천하 만물에 혜택을 준다. [송사宋史]
- 나는 정치적 실책을 미워한다. 왜냐하면, 그것은 기백만의 인민을 불행과 참혹에 빠뜨려 괴롭히기 때문이다. [Goethe]
- 나라가 바로 다스려지면 천심도 순해지고, 관청이 청렴하면 백성은 저절로 편안해진다. 아내가 어질면 남편의 화禍가 적어지고, 자식이 효성스러우면 그 아버지의 마음이 너그러워진다. [명심보감明心寶鑑]
- 나라를 다스리는 일이 한두 가지가 아니겠지만, 민심을 얻는 일보다 더 큰 것이 없고, 나라를 다스리는 길이 한두 가지가 아닐 것이지만 민심을 따르는 길보다 더 지나친 것은 없다. [이준경]
- 나라를 다스리자면 반드시 자애로운 어버이처럼 백성을 사랑해야 하고, 엄격한 스승처럼 사람을 가르쳐야 한다. [사마광司馬光]
- 나라를 잘 다스림에는, 인재의 등용보다 더 중요한 것은 없다. [김안국]
- 노름과 세계 정치에는 친구란 없다. [Frank Herbert Dune]
- 누구나 자신의 지적 능력 안에서 정치를 이해한다. [Armand-Jean de Richelieu]
- 다스려도 나아가고, 어지러워도 나아간다.(治進亂進) [맹자孟子]
- 다스리는 사람은 있지만, 다스리는 법은 없다. [순자荀子]
- 다스리지 않는 정부일수록 좋은 정부다. [Henry David Thoreau]
- 당신이 정치에 신경 쓰지 않아도 상관없다. 정치가 당신을 신경 쓰기 때문이다. [Ch. Montelembert]
- 대개 정치는 준비가 필요 없다고 생각되는 유일한 직업일 것이다. [Robert Louis Stevenson]
- 대저 나라를 다스리는 길은 어진 선비와 일반 백성에게 기대야 한다. 어진 선비를 믿고 의심치 않음을 꼭 자기 심복처럼 하고, 백성을 부릴 때는 꼭 자기 손발처럼 아껴 써야 한다. 그래야만 나라 다스리는 계책이 완전무결해져 조금도 빠짐없는 것이 된다. [삼략三略]
- 땅은 정치의 근본이다. 토지 행정을 옳게 하면 반드시 그에 정비례하

는 실적과 수확을 얻을 것이다.

[관자管子]

- 때때로 인간의 반역叛逆은 정부의 건강을 위해서는 필요한 의약醫藥이다. [Jefferson]
- 모든 국민을 잠시 속일 수는 있다. 얼마간의 국민을 언제까지나 속일 수는 없다. 그러나 모든 국민을 언제까지나 속일 수는 없다.

[Abraham Lincoln]

- 모든 일에 대해서 '그럼에도 불구하고'라고 말할 수 있는 확신 있는 인간만이 정치에 대한 '적'을 갖는다.

[Max Wever]

- 모든 자유정체自由政體는 정당정치이다. [James Abram Garfield]
- 모든 정치는 다수의 무관심에 기초하고 있다. [James Barrett Reston]
- 물이 탁하면 물고기가 허덕이고, 정치가 가혹하면 백성들이 흐트러진다.

[회남자淮南子]

- 민심을 따르면 정치가 흥하고, 민심을 거역하면 정치가 패망한다. 그들을 안락하게 해주면 백성들은 근심과 노고를 아끼지 않고, 그들을 부귀하게 해주면 백성들은 가난과 천대도 감수하며, 그들의 안존을 보장해 주면 백성들은 위험이나 재앙속에도 뛰어들고, 그들을 능히 생육시켜 주면 백성들은 멸망과 근절根

絶도 돌보지 않는다. [관자管子]

- 백성을 사랑하고, 백성에게 이득을 주고, 백성을 부유하게 해주고, 백성을 안락하게 해주라. 이 네 가지를 올바른 정치도政治道에서 나온 것이다. 백성과 생산을 앞세우면 잘 다스릴 수 있고, 귀족만을 앞세우거나 교만을 마구 떨면 멸망할 것이다. 그러므로 옛날 현군들은 앞세울 것과 뒤돌릴 것을 잘 분별했다. [관자管子]
- 백성의 입을 막는 것은 냇물을 막는 것보다 어렵다. [십팔사략十八史略]
- 백성이 어진 정치에 따라가는 것은 물이 높은 곳에서 낮은 곳으로 흐름과 같으니라. [맹자孟子]
- 법률에만 복종하는 정치가 최상의 정치다. [Voltaire]
- 부담의 능력과 그릇의 크기를 모른다면, 이는 정치의 도道를 터득한 것이라 할 수 없다. [관자管子]
- 분노는 정치에 걸맞은 정신상태가 못 된다. [Bismarck]
- 사람은 정치에 관련을 갖지 않으려 해도 허사다. 정치 쪽에서 관련해 온다. [Comte de Mentalembert]
- 사람을 쉽게 쓰기 때문에 정치가 날로 어지러워지고, 정치가 어지러워지기 때문에 국가가 위태롭게 쇠망해 간다. [이곡]
- 사람의 도道는 정치에 신속히 작용

하고, 땅의 도는 나무에 신속히 작용한다. 정치란, 창포나 갈대처럼 빨리 자랄 수 있는 것이니라.   [자사子思]

● 사랑과 마찬가지로 정치에도 휴전만 있을 뿐, 평화 조약은 없다.

[G. de Levy]

● 선정善政은 백성의 재물을 얻고, 선교善敎는 백성의 마음을 얻는다.

[맹자孟子]

● 성인聖人이 정치를 하는 근거가 되는 도道에 세 가지가 있다. 첫째는 이익이요, 둘째는 위세요, 셋째는 명분이다. 이익이란 민심을 얻는 근거가 되고, 위세란 법령을 시행하는 근거가 되며, 명분이란 상하가 다 같이 따라야 할 근거가 된다.   [한비자韓非子]

● 세상은 악한 일을 행하는 정치를 외면한 가장 큰 대가代價는 가장 저질스러운 인간들에게 지배당하는 것이다.   [Platon]

● 수령首領이나 인도자가 영웅이요, 호걸이라도 추종자의 정도나 성심誠心이 부족하면 아무것도 할 수 없다. 수령이나 인도자가 나라를 망하게 했다 할지라도 악한 사람으로 수령을 삼은 일이나, 악한 일을 하도록 살피지 못하고 내버려 둔 일은 추종자들이 한 일이다. 그러므로 일반 국민도 책임을 면할 길은 없다.   [안창호]

● 언로言路의 통하는 것과 막히는 것이 가장 국가에 관계되니, 통하면 다스러져서 편안하고, 막히면 어지러워져서 망하는 것입니다. [조광조]

● 예의와 문물제도를 정하고 마련할 때 원칙을 알지 못하면 안 되고, 자료를 분별해 활용할 때 본질을 알지 못하면 안 되고, 백성들을 친화하여 일치단결시킬 때 법을 알지 못하면 안 되고, 기풍과 풍습을 교화 향상시킬 때 덕화의 이치를 알지 못하면 안 된다. 국민 대중을 움직이게 할 때 통함과 막힘에 대하여 알지 못하면 안 되고, 영을 내리어 반드시 따르게 할 때 지도자로서의 마음가짐과 정신 자세를 가질 줄 모르면 안 되고, 대사大事를 반드시 성취시키고자 할 때 계책하는 법을 알지 못하면 안 된다.   [관자管子]

● 오늘날 정치가 효과를 거두지 못하고 있음은 성실함이 없기 때문이다. 우려되는 바가 일곱 가지 있다. 상하가 서로 믿으려는 성실 없음이 그 첫째 우려되는 바이고, 신하들이 자기 일에 책임지려는 성실 없음이 그 둘째 우려되는 바이며, 경연經筵에서 임금의 어진 덕을 성취하려는 성실 없음이 그 셋째 우려되는 바이고, 현명한 인재를 불러도 받아들이려는 성실 없음이 그 넷째 우려되는 바이며, 재변災變이 일어나도 천도

天道에 응하려는 성실 없음이 그 다섯째 우려되는 바이고, 관리들이 백성을 구제하려는 성실 없음이 그 여섯째 우려되는 바이며, 백성의 마음이 선善으로 향하려는 성실 없음이 그 일곱째 우려되는 바이다. [이이]

● 오늘날 정치를 하는 것은 이미 학식이 있는 사람이나 성품이 바른 사람은 아니다. 불학무식한 깡패들에게나 알맞은 직업이 정치다.

[Aristophanes]

● 위에는 두려운 하늘이 있고, 아래에는 두려운 백성이 있어, 정치를 편안히 하면 태산이 움직이지 않음과 같고, 위태로이 하면 달걀을 포개놓아 무너지기 쉬움과 같다. [김정국]

● 위에서 정치를 펌에 있어서, 아래의 실정을 얻으면 다스려지고, 아래의 실정을 얻지 못하면 혼란해진다.

[묵자墨子]

● 의심이 쌓이면 도모할 바를 그르치고, 태만과 소홀은 정사를 황폐케 한다. [상서尙書]

● 임금의 세 가지 정책 수단은 다음과 같다. 첫째, 명령을 바로 내리지 않고서는 신하를 부리지 마라. 둘째, 형벌이 아니고서는 민중을 위압하지 마라. 셋째, 녹祿이나 상을 내리지 않고서는 국민을 분발시킬 수 없다.

[관자管子]

● 임금이 백성을 다스리는 길에는 두 가지가 있다. 몸소 인의의 도를 실천하고 백성을 사랑하는 어진 정치를 베풀어 천리天理의 정도를 다함을 왕도라 하며, 인의仁義 이름을 빌려 권모의 정치를 베풀어 공리적인 사욕을 채움을 패도霸道라 한다. [이이]

● 자신의 덕을 닦는 법을 알면, 남 다스리는 법을 알게 되면, 천하와 국가와 가정을 다스리는 법을 알게 되느니라.

[중용中庸]

● 저마다 자신의 정신의 역량 안에서 사건들을 이해한다.

[A. J. P. Richelieu]

● 전쟁에서는 단 한번 죽으면 되지만, 정치에서는 여러 번 희생당해야 하는 것이 다를 뿐이다. [W. Churchill]

● 정상배는 다음 선거를 생각하고, 정치가는 다음 시대를 생각한다.

[James Freeman Clarke]

● 정政이란 정正이다. 당신이 바르게 다스리면, 백성들은 누가 감히 부정을 저지르랴. [논어論語]

● 정치가 어찌 그리 비싸게 치게 되었는지, 요사이는 낙선하는 데에도 막대한 돈이 필요하다. [Will Rogers]

● 정치가 유혈流血 없는 전쟁이라면, 전쟁은 유혈 있는 정치이다.

[모택동毛澤東]

- 정치는 대중이 의당 자기와 관련되는 일에 참여하지 못하도록 막는 기술이다. [Paul Valery]
- 정치는 더럽고, 장사는 천하다. 그리고 인생은 험하다. 그러므로 직업으로 그 인간을 판단하는 것은 공정하지 않다. [임어당林語堂]
- 정치는 때를 아는 것이 중요하고, 일은 성의껏 노력하는 것이 중요하다. 정치를 하는 데 있어서 때에 맞음을 알지 못하고, 일을 하는 데 있어서 성의껏 노력하지 않는다면, 성군聖君과 현신賢臣이 서로 만났다 할지라도 치적治績은 이루지 못할 것이다. [이이]
- 정치는 마술이 아니다. 모든 것을 한꺼번에 개선할 수는 없다. [이병주]
- 정치는 물리物理보다 어렵다. [Albert Einstein]
- 정치는 민심을 따르는 데서 흥성하고, 민심을 거스르는 데서 쇄폐한다. [관자管子]
- 정치는 배울 수 있는 학문이 아니라고 말하고 싶다. 정치는 기술이지, 각오가 없는 자는 멀찍이 있는 편이 낫다. [Bismark]
- 정치는 불을 대하듯이 할 일이다. 화상을 입지 않기 위해서는 가까이 가선 안 되고, 동상을 입지 않기 위해서는 멀리 떨어져선 안 된다. [Antistenes]

- 정치는 정밀한 학문이 아니다. [Bismarck]
- 정치는 죽음이다. 정치는 정부에 의해서 발명된 것이다. [Vatslav Nizhinskii]
- 정치도 또한 인생의 많은 밝은 면밖엔 모르는 것 같은 사람들의 손에 의해서 행하여질 때에는 시원찮은 직업이다. [Carl Hilter]
- 정치란, 공적인 기회에 윤리적 이성理性을 적용하는 것이다. [Robert W. Bunsen]
- 정치란, 백성의 눈물을 닦아주는 것이다. [Nehru]
- 정치란, 승부를 정하는 것이 아니고 진실한 일이다. [Winston Churchill]
- 정치란, 지배자와 민중 사이에 맺어지는 단순한 계약이다. [Jean-Jacques Rousseau]
- 정치를 소홀히 말고, 백성 다스리기를 아무렇게나 하지 마라. 이전에 내가 농사를 지을 때는 갈기를 소홀히 하였더니, 결실도 소홀하여 나에게 보복하고, 김매기를 아무렇게나 했더니, 결실도 아무렇게나 하여 나에게 보복했다. 이듬해에는 방법을 고쳐 깊이 갈고 김을 잘 매었더니 벼가 무성하게 자라고 결실이 잘 되어, 나는 1년 내내 배부르게 먹을 수 있었다. [장자莊子]

- 정치를 잘하는 길에는 백성의 마음을 따름보다 더 큰 것이 없다. [김정국]
- 정치를 하는 길에 반드시 먼저 힘써야 할 것이 있으니, 진실로 그 근본을 얻는다면, 잘 다스리는 것이 무엇이 어려우랴. [권근]
- 정치를 하는 도리는 백성의 마음을 순히 하는 것보다 더 큰 것이 없다. [김정국]
- 정치에는 낡은 것과 새것이 없으므로 백성에게 편리한 것을 근본으로 한다. [소철蘇轍]
- 정치에는 자식이 없습니다. 친구는 아주 드물고, 제자는 오래가지 않습니다. [F. Mitterrand]
- 정치에서는 인간의 신체와 마찬가지로 가장 무서운 병은 머리에서부터 발생한다. [Plinius II]
- 정치에서도 사람의 경우와 마찬가지로 시기와 운이 근본적인 중요성을 지닌다. [James Rustin]
- 정치에 있어서는 영예는 없다. [Benjamin Disraeli]
- 정치에 있어서는 현명한 정의의 사람이 절대적인 권력과 좋은 운을 가졌을 때가 아니면, 진실로 위대하고 고귀한 업적을 세우지 못한다. [Plutarchos]
- 정치에 있어서도 참다운 성인은 백성의 복을 위하여 백성을 채찍질하

며 죽이는 사람이다. [Baudelaire]
- 정치와 신학만이 큰 과제이다. [William E. Gladstone]
- 정치의 대개혁 — 총명한 행위를 우행愚行(어리석은 행동)만큼 빠르고 쉽게 확대시킬 수 있다면, 그것이 정치의 대개혁이다. [Winston Churchill]
- 정치의 목적은 선을 행하기는 쉽고, 악을 행하기는 어려운 사회를 만드는 데 있다. [William Gladstone]
- 정치의 요지는 오직 사람을 얻는 데 있으며, 인재를 쓰지 않으면 다스려내기 어렵다. [정관정요貞觀政要]
- 정치의 주요 목적은 도시 국가 구성원들 간의 친목을 도모하는 것이다. [Aristoteles]
- 정치의 참 목적은 자유의 실현에 있다. [Spinoza]
- 정치적으로 성숙한 국민만이 자주적인 국민이다. [Max Weber]
- 정치적인 일에 연루되지 않도록 조심하라. [Socrates]
- 정치적 자유도 우리의 마음이 자유롭지 않으면, 우리에게 자유를 주지 못한다. [R. Tagore]
- 정치, 즉 수단으로서의 권력과 강제력에 관계하는 인간은 악마의 힘과 관계를 맺는 것이다. [Max Weber]
- 정치 참여 거부에 대한 불이익 중 하나는 당신보다 하등한 존재에게 지

배당하는 것이다. [Platon]

• 정치학은 엄청난 과학이 아니다.
[Bismarck]

• 정치 행동은 하나의 사회를 도와 가능한 한 좋은 미래를 탄생시키는 산파여야 한다. [Andre Maurois]

• 정치 형태의 논의는 바보에게 맡기는 것이 좋다. 가장 잘 시행되는 게 최선의 정치다. [Alxander Pope]

• 조이려 하면 우선 펴있게 해야 하고, 약하게 하려면 우선 강하게 해 두어야 한다. 망하게 하려면 우선 진흥시켜야 하고, 뺏으려 하면 우선 주어야 한다. 이런 도리를 아는 것을 미명微明이라 한다. 부드러운 것은 견고한 것을 이기고, 약한 것은 강한 것을 이긴다. 고기가 깊은 못에서 벗어나면 안 되듯, 나라를 다스리는 수단을 남에게 알려서는 안 된다. [노자老子]

• 조정의 일은 사사로이 의논하는 법이 아니다. [예기禮記]

• 좋은 정치란, 백성을 있는 그대로 방임해 두는 것이라고는 들었어도 그들을 다스리는 것이라고는 듣지 못했다. 있는 그대로 두는 것은 사람들의 타고난 천성이 삐뚤어질까 두려워해서이며, 방임해 두는 것은 사람들의 타고난 덕성이 변할까 두려워해서이다. 그들의 천성이 삐뚤어지지 않고, 그들의 덕성이 변하지 않는다면, 어찌 그들을 다스릴 것이 있으랴. [장자莊子]

• 진실로 나에게 정치를 맡겨주는 군주가 있다면 1년이라도 어지간히 다스리고, 3년이면 훌륭히 다스리라. [공자孔子]

• 진실로 자기의 몸이 바르기만 하면, 정치에 종사함이 무엇이 어려우랴. 그러나 그 몸이 바르지 못하면, 백성을 어떻게 바로잡을 수 있으랴. [공자孔子]

• 참된 정치는 권력의 소유와 분배이다. [Benjamin Disraeli]

• 천하에 정도가 서있으면 정사가 대부에 있을 리 없고, 천하에 정도가 서있으면 서민이 정치를 논하지 아니한다. [공자孔子]

• 최고의 정치 표어는 자유가 아니다. 평등도 아니요, 동포주의도 아니다. 또 공동일치도 아니다. 다만 봉사이다. [미상]

• 큰 덕행이 인仁에 미치면 나라를 통치함에 있어 백성의 지지를 얻을 것이요, 슬기로운 자를 보고 양보할 줄 알면 대신들이 화친·협동할 것이요, 형벌을 내림에 측근이나 고귀한 자를 피하지 않으면, 위신이나 권위가 이웃 적국에까지 서게 될 것이요, 농사를 애호하고 진작시키며, 세금의 부과와 징수를 신중히 하면,

백성들이 저마다 산업에 애쓰게 될 것이다. [관자管子]

- 풍년에는 거친 밭이 없고, 다스려지는 세상에는 난적亂賊이 없다. [조식]
- 프랑스에서는 정치를 노스탤지어(지나간 시대를 그리워하는 것) 적이라든가, 아니면 유토피아적(인간이 생각할 수 있는 최선의 상태를 갖춘 완전한 사회)인 것으로 생각하고 있다. [Raymond Aron]
- 현대의 정치는 그 밑바닥을 볼 때 인간의 투쟁이 아니라 힘의 투쟁이다. [Henry Adams]
- 현인賢人은 예禮로써 정치를 하기에, 사람들은 허리를 굽혀 복종한다. 성인聖人은 덕으로써 정치를 하기에, 사람들은 마음속으로부터 즐겨 복종한다. 허리를 굽혀 복종하는 것은 처음에는 잘 되어 가지만 꼭 끝까지 잘 되리라고는 단언할 수 없다. 그러나 마음속으로부터 즐겨 복종하는 것은 처음은 말할 것도 없거니와 끝까지 잘 될 수 있는 것이다. [삼략三略]

| 정치가政治家 |

- 가장 위대한 정치가는 가장 인간적인 정치가다. [Feuerbach]
- 거목巨木이 풍우風雨를 많이 맞는

것처럼 출중한 정치인이나 일을 해보려고 애쓰는 정치인일수록 많은 사람의 비평의 대상이 된다. 그런 까닭에 정치인 자신도 그 처신에 조심해야겠지만, 그렇다고 사회적 비평을 두려워한 나머지 거기에 구속되어 자기의 판단과 소신을 버리고 팔방미인의 행동을 취한다면, 정치인으로서는 일종의 자멸행위 밖에 될 수 없다. [조병옥]

- 공평한 정론正論에는 손을 범하지 말 것이니, 한번 범하면 수치를 만세에 남긴다. 권세와 사리에는 발을 붙이지 말 것이니, 한번 붙이기만 하면 종신토록 씻을 수 없는 오점이 된다. [채근담菜根譚]
- 국가 통치를 잘하기 위해서는 많은 사람의 말을 듣되, 말은 별로 하지 말아야 한다. [Richelieu 추기경]
- 나는 정치인은 그가 정적들 사이에서 일으키는 반감으로 평가된다고 언제나 느껴 왔다. [Winston Churchill]
- 남을 다스리는 자는 우선 스스로의 지배자가 되어야 한다. [P. Messenger]
- 어떠한 뛰어난 정치적 수완을 써서도 남의 사상을 황금의 행위로 속이는 것은 불가능하다. [Herbert Spencer]
- 정략가는 다음 선거를 생각하고, 정

치가는 다음 세대를 생각한다.

[James Clark]

- 정책에 의견 차이가 있습니다. 원칙엔 차이가 없습니다.

[William Mackinley]

- 정치가는 양털을 깎고, 정상배는 가죽을 벗긴다. [A. O'malley]
- 정치가를 만드는 것은 높은 통찰력이 아니라 정치가의 성격이다.

[Voltaire]

- 정치꾼은 다음 선거를 생각하고, 훌륭한 정치가는 다음 세대를 생각한다. [James Clark]
- 지식인은 정치가를 경멸하고, 정치가는 지식인을 경멸한다.

[Romain Rolland]

- 큰일을 할 때 모든 사람의 마음에 들기는 어렵다. [Solon]
- 혁명에 성공하면 정치가가 되고, 실패하면 범죄인이 된다.

[Erich Fromm]

| 정확성正確性 |

- 정확성은 일의 정수이다.

[Hail-Burton]

- 지나친 정확성은 바보들의 극치이다.

[Turgot]

| 제격 |

- 발마다 제 신발이 있다. [Montaigne]
- 천에 따라 옷도 다르다. [Regnier]

| 조국祖國 / 고향故鄕 |

- 가족과 함께 있는 곳에서는 조국을 그리워하지 않는다. [Publius Syrus]
- 고향의 땅만큼 부드러운 땅은 없다.

[Homeros]

- 과학은 조국이 없지만, 과학자에게는 조국이 있다. [Pasteur]
- 나는 급료도 보급도 제공하지 않는다. 오직 기아와 갈증과 강행군, 전투 그리고 죽음을 제공할 뿐이다. 그러나 입술에서가 아니라 마음속으로부터 자기의 조국을 사랑하는 자는 나의 뒤를 따르라. [G. M. Trevelyan]
- 나는 나의 조국의 좋은 점을 나의 생명보다 더 깊이, 더 신성하게, 더 심원하게 사랑한다. [Shakespeare]
- 나는 온 세상을 나의 조국으로 간주한다. 그래서 모든 전쟁은 나에게 가족불화의 공포를 준다. [H. Keller]
- 내가 외국에 있을 때, 나는 내 모국의 정부를 비판하거나 공격하지 않는 것을 원칙으로 삼는다. 그리고 내가 귀국해서는 잃은 시간을 벌충한다. [Winston Churchill]

● 못난 새가 자신의 둥지를 더럽힌다.
　　　　　　　　[Conon de Betuinne]
● 불멸의 희망이 없다면, 조국을 위해 스스로 목숨을 바치는 사람은 없을 것이다.　　　　　　[M. T. Cicero]
● 용감한 자에게는 모든 나라가 그의 조국이다.　　　　　[Democritos]
● 우리가 어머니에게 속한 것처럼, 우리는 조국에 속해 있다.　[F. E. Hail]
● 우리가 행복한 곳, 그곳이 바로 고향이다.　　　　　　[Aristoteles]
● 우리나라를 망하게 한 것은 일본도 아니요, 이완용도 아니다. 망하게 한 책임자가 누구냐? 그것은 나 자신이다. 내가 왜 일본으로 하여금 손톱을 박게 하였으며, 내가 왜 이완용으로 하여금 조국 팔기를 용서하였던가? 그러므로 망국의 책임자는 나 자신이다.　　　　　　[김구]
● 우리는 우리 자신을 위해 태어난 것이 아니라 조국을 위해 태어났다.
　　　　　　　　　　　　[Platon]
● 조국에 대한 사랑이 세상의 모든 논거보다 훨씬 강하다.　　[Ovidius]
● 조국에서 먹는 빵이 타국에서 먹는 피자보다 훨씬 더 맛이 있다.
　　　　　　　　　　　[Voltaire]
● 조국이 커질수록 조국을 사랑하는 마음은 줄어든다.　　　[Voltaire]
● 좋은 가문에서 태어난 아들에게 조국은 얼마나 소중한가!　[Voltaire]

● 천재에게 조국이란 없다.
　　　　　　　　[Charles Churchill]
● 하늘에서 보면 모두 같은 땅이다.
　　　　　　　　　　[Petronius]
● 현자의 조국은 바로 이 세상이다.
　　　　　　　　　[Heliodoros]

| 조금씩 / 차츰 |

● 깃털을 하나씩 뽑다 보면 거위 털을 다 뽑게 된다.　　[G. S. 기바우도]
● 새는 조금씩 조금씩 둥지를 짓는다.
　　　　　　　　　[P. J. Leroux]
● 줄질을 오래 하면 철을 끊을 수 있다.
　　　　　　　　　[Ch. Cailler]
● 쥐가 갉아먹기 시작하면 닻줄도 끊는다.　　　　　[John Heywood]
● 한 코의 뜨개질로 떠서 갑옷을 짓는다.　　　　　[La Bruyere]

| 조상祖上 |

● 그 조상 중에 한 사람의 노예가 없었던 제왕은 없으며, 그 조상 중에 한 사람의 제왕이 없었던 노예도 없다.
　　　　　　　　[Hellen Keller]
● 너의 위대한 조상을 본받아 행동하라. 그리고 그들의 덕성과 비교하여 네가 그들의 자손임을 증명하라.
　　　　　　　　[John Dryden]

- 부활하는 날, 사람들은 너에게 네 부친이 누구냐고 묻지 않고, 너의 행실이 어떠한지를 물을 것이다. [Saidy]
- 우리가 조상을 닮으려고 노력할 때, 비로소 우리는 그들의 영광을 나눌 수 있다. [Moliere]
- 자기 종족의 꼴찌가 되기보다 첫째가 되는 것이 낫다. [Iphikrates]
- 제 조상을 뽐내는 자는 남의 공훈을 칭송하는 것이다. [L. A. Seneca]
- 조국에 봉사하는 자는 조상이 필요 없다. [Voltaire]
- 조상의 영광은 자손의 등불이다. [Sallustius]
- 좋은 가문에 태어나는 것은 바람직한 일이다. 그러나 그 영광은 조상의 것이다. [Plutarchos]

| 조세租稅 |

- 이 세상에서 죽음과 세금만큼 확실한 것은 없다. [Benjamin Franklin]
- 훌륭한 목동은 양들의 털을 깎지, 털을 뽑지 않는다. [Suetonius]

| 조심 / 주의注意 |

- 눈을 깜박일 때가 있고, 눈을 뜨고 바라볼 때가 있다. [Thomas Fuller]
- 말은 내가 해야겠지만, 소가 내 혀 위에 앉아있다. [Theognis]
- 벽에도 귀가 있다. [Talmud]
- 부단한 주의는 적극적인 정신을 쇠약하게 하고, 우리의 능력을 해치며 공백을 남긴다. [Churchill]
- 한 권의 책을 읽는 사람을 조심하라. [T. Aquinas]
- 한 온스의 조심성은 한 파운드의 금의 가치에 해당된다. [T. G. 스몰레드]
- 해와 달이 비록 밝지만 엎어놓은 소래기 밑은 비추지 못하고, 칼날이 비록 잘 들지만 죄 없는 사람은 베지 못한다. 불의 재화災禍는 조심하는 집의 문에는 들지 못한다. [강태공姜太公]

| 조언助言 |

- 결국 조언이란 무의미한 것, 사람에게 조언할 자격이 있는 사람은 없다. 하느님만이 조언할 수 있지만, 그도 지금은 지쳤다. [최인훈]
- 귀로 마시기에 좋은 감로수는 무엇인가? 그것은 좋은 충고라네. [법구경法句經]
- 그대에게 청하지 않는 한 조언해 주지 말라. [Erasmus]
- 늙은이의 조언은 겨울 해처럼 환하지만 따스하지 않다. [Vauvenargues]

- 마음을 기쁘게 하는 융통한 조언자는 시간이다. [Francis Bacon]
- 사람들이 그대를 칭찬하기보다, 그대에게 조언해 주는 것을 좋아한다. [Boileau]
- 새로운 일에는 새로운 조언이 필요하다. [Jean de Bailleul]
- 예순 명의 조언자를 두고 싶은가? 너 자신에게 조언을 청하라. [J. Ray]
- 조언만큼 맘껏 주는 것도 없다. [Francois de La Rochefoucauld]
- 조언자가 돈을 지불하지는 않는다. [Gabriel Morie]
- 좋은 의견은 줄 수 있으나, 좋은 행동은 줄 수 있는 것이 아니다. [Benjamin Franklin]

| 존경尊敬 |

- 군자는 어진 사람을 존경하지만 일반 사람들도 포용하며, 선한 사람을 칭찬하지만 능하지 못한 사람도 동정한다. [논어論語]
- 군자는 움직이지 않아도 존경받고, 말하지 않아도 믿는다. [미상]
- 먹이되 사랑하지 않으면 돼지로 대하는 것이고, 사랑하되 공경하지 않으면 짐승으로 기르는 것이다. [맹자孟子]
- 모든 사람에게 존경받을 수 있도록 신경 써라. 그러면 모든 이의 찬양을 받을 것이다. [Amenemhat I]
- 본성本性에 의한 모든 것은 존경의 가치가 있다. [M. T. Cicero]
- 사람은 존경함으로써만이 존경받는다. [Ralph Waldo Emerson]
- 숭배나 존경은 그 사람의 과거 실적에 대한 감정이며 동경이다. 희망은 그 사람의 미래나 실제에 대한 감정이다. 그런데 세상엔 미래를 희망하지 못하고 과거를 숭배하지 못하는 사람일수록, 숭배하는 흉내를 내고 동경하기를 좋아하는 사람이 많다. [열자列子]
- 숭배받는 인물들 앞에서는 신을 존경하고, 병사들 앞에서는 영웅들을 존경하고, 사람들 가운데서는 우선 부모를 존경하라. 그러나 무엇보다도 너 자신을 존경하라. [Pythagoras]
- 신에게 영광을, 부모에게 존경을. [Solon]
- 신神이나 자기 자신을 존경하지 않는 사람은 살아 있다고 할 수 없다. [마누법전]
- 여성을 존경하라. 여성들은 하늘나라의 장미를 지상의 인생에 엮어 넣는다. [Friedrich Schiller]
- 오랜 시간이 흘러도 공경하는 마음이 있어야 한다. [논어論語]
- 옷을 존경해서 사람을 존경하는 것

은 아니다. [장자莊子]

- 인간은 불쌍히 여길 존재가 아니라, 존경해야 할 존재이다.

  [Maxim Gorky]
- 인간은 자기가 남을 존경할 때만 존경받을 수 있다. [R. W. Emerson]
- 자신의 하인에게서 존경받는 사람은 드물다. [Montaigne]
- 존경받기 위한 10조 : ① 사람 이름을 외워라. ② 당신과 함께 있는 사람들이 조금도 긴장을 느끼지 않는 너그러운 사람이 되도록 힘쓰라. ③ 일 때문에 화를 내지 않도록 무슨 일이든지 마음을 편안히 갖는 습관을 들여라. ④ 이기적이어서는 안 된다. 매사에 아는 척하는 인상을 주지 말라. ⑤ 무슨 일이나 관심 있는 것 같은 태도를 가지라. ⑥ 당신의 성질에서 조잡함을 없애도록 노력하라. ⑦ 당신이 가지고 있는 오해를 정직한 마음으로 풀도록 노력하라. ⑧ 모든 사람을 사랑할 수 있을 때까지 남을 사랑하기를 실천하라. ⑨ 지인知人의 성공에 대해 축하의 뜻을 전할 기회를 놓치지 말라. ⑩ 사람들이 굳센 사람이 되고, 보람 있는 인생을 보내는 데 대해 당신이 어떤 도움이 될 수 있도록 깊은 정신적 체험을 가져라. [미상]
- 존경은 사랑에 대한 대가다. [이항녕]

- 존경은 사랑이 있어야 할 빈자리를 덮기 위해 만들어졌다. [Tolstoy]
- 존경을 받으려 하지 말고 존경의 값을 하라. [William E. Channing]
- 존경이 없으면 참다운 사랑은 성립되지 않는다. [J. G. Fichte]
- 참으로 존경하여야 할 것은 명성이 아니라, 그에 필적하는 진가이다.

  [Schopenhauer]
- 타인에 대한 존경은 처세법의 제1조건이다. [Henry F. Amiel]

| 존엄尊嚴 |

- 존엄은 명예를 소유하는 데 있지 않고 명예를 누릴 자격을 유지하는 데 있다. [Aristoteles]
- 존엄은 성실함과 마찬가지로 너의 재산이다. 누가 너에게서 그것을 빼앗아 갈 수 있겠는가? [Epiktetus]
- 존엄은 올바르고 확고한 이성에서 나온 위엄이다. [Platon]

| 종 / 하인下人 |

- 남의 계단을 오르내리는 것은 슬픈 길이다. [Alighieri Dante]
- 남의 종노릇은 유산이 아니다.

  [William Shakespeare]
- 새 걸레가 잘 닦인다. [J. Lilly]

- 시중드는 것만으로는 부족하다. 그의 마음에 들어야 한다.　[Florian]
- 왕의 종은 왕이다.　[John Ray]
- 잘 섬길 줄 아는 것은 주인이 될 자격을 갖춘 것이다.　[Publius Syrus]
- 훌륭한 종은 귀담아듣지 않고도 잘 듣는다. 그 자신이 귀이고 발이기 때문이다.　[Friedrich Shiller]

| 종교宗敎 |

- 가장 심오한 인간 경험의 소리가 종교다.　[Matthew Arnold]
- 거짓은 노예와 군주의 종교이다.　[Maxim Gorky]
- 과오보다는 무지無知가 낫다. 그릇된 것을 믿는 자보다는 아무것도 믿지 않는 자가 진리에 가깝다.　[Thomas Jefferson]
- 과학의 다음의 큰일은 인류를 위한 종교를 창조하는 일에 있다.　[Christopher Morley]
- 기쁨이 없는 종교―그것은 종교가 아니다.　[Theredore Parker]
- 나는 예수 그리스도가 나를 대신해서 죽었다고는 믿지 않는다. 이것이 현대인화 된 종교다. 하늘을 믿는 것은 사람을 믿는 것만 같지 못하고, 하느님을 의지하는 것은 자신을 의지하는 것만 같지 못하다.　[호적胡適]
- 나는 종교에 대해서는 종교를 갖고 있다.　[Victor Hugo]
- 나의 위대한 종교는 피와 살 쪽이 지성보다도 현명하다고 하는 신앙이다.　[David H. Lawrence]
- 나의 조국이 나의 세계이며, 나의 종교는 선을 행하는 것이다.　[Thomas Paine]
- 모든 선한 도덕, 철학은 종교의 시녀에 불과하다.　[Francis Bacon]
- 모든 예술 중에서 순수하게 종교적인 것은 음악뿐이다.　[Stael 부인]
- 모든 종교는 사람에게 선하라고 가르치는 선이다.　[Thomas Paine]
- 모든 종교는 도덕률을 그 전제로 한다.　[Immanuel Kant]
- 사람을 문명화시키는 힘을 척도로 우리는 모든 종교를 가늠한다.　[Ralph Waldo Emerson]
- 사람의 굶주림, 이것이 그로 하여금 종교의 문에 들게 하였다.　[슈라이엘맏 헬]
- 새로운 종교는 자아에 대한 시험을 요구하고 있다.　[Paul Valery]
- 세계의 사상事象을 모두 신의 역사로 표상하는 것, 이것이 종교다.　[Friedrich Daniel E. Schleiermacher]
- 신학의 비밀은 인간학이다.　[Feuerbach]
- 언제이건 시작하라. 멀지 않아 우

리는 곧 십계명을 외게 될 것이다.

[Ralph Waldo Emerson]

● 우리에게는 이미 종교는 없다. 영원의 낙원과 지옥과의 신의 율법은 처세 철학의 법칙으로 대치되었다. 이 철학은 선행과 도덕감道德感에 의해 주어지는 기쁨에 대해서는 거의 존경의 태도는 보이지 않는다. 그리고 이해득실만을 바탕으로 삼고 있다. [Thomas Carlyle]

● 이른바 종교는 사람을 나약하게 만들고, 사기를 저상시킨다.

[Ralph Waldo Emerson]

● 인간은 절대자를 믿도록 태어났다. 나무가 과일을 맺듯이 인간은 믿음을 지닌다. [Emerson]

● 인간이 종교를 만드는 것이지, 종교가 인간을 만드는 것은 아니다.

[미키키요시三木淸]

● 인간이 종교의 시초이며 인간이 종교의 중심이며, 인간이 종교의 끝이다.

[Ludwig A. Feuerbach]

● 인류사는 기호記號의 역사, 다시 말해서 종교의 역사이다. [Alain]

● 자선은 종교의 극치요, 장식이다.

[Joseph Addison]

● 종교가 없는 교육은 오직 현명한 악마를 만드는 데 지나지 않는다.

[Arthur Wellington]

● 종교가 없는 인간은 환경의 창조물

이다. [Thomas Hardy]

● 종교가 우리를 좋은 사람으로 만들지는 않지만, 우리가 너무 나쁜 사람이 되지 않도록 할 수는 있다.

[Louis de Bonal]

● 종교, 그것은 흥을 죽이는 것이다.

[Jawaharlal Nehru]

● 종교는 그것이 진실이라는 것이 입증될 때에는 끝난다. 과학은 죽은 종교의 기록이다. [Oscar Wilde]

● 종교는 마음에 있지, 무릎에 있지 않다. [D. W. Gerald]

● 종교는 말이 아니고 실행이다.

[영국 우언]

● 종교는 먼바다로 싣고 온 민물과 같다. 먼바다에서는 민물을 아껴야 한다. [Maurice Barres]

● 종교는 모든 문명의 어머니다.

[Sartre]

● 종교는 무의식 자식으로서, 그 어머니보다 오래 살아갈 수가 없다.

[Schopenhauer]

● 종교는 문화의 실체이며, 문화는 종교의 형태이다. [P. Tillich]

● 종교는 불멸의 성좌星座이다. 지상의 밤이 어둠을 더함에 따라 천상에 있어서는 더욱 그 광채를 나타낸다.

[Thomas Carlyle]

● 종교는 생명의 소금이요, 힘이다.

[Karl Hilter]

- 종교는 생활의 부패를 막는 향신료다. [Francis Bacon]
- 종교는 세력이 커질수록 타락하는 것이다. [유달영]
- 종교는 세상에서 가장 좋은 갑옷이며, 한편 가장 나쁜 외투이다. [Thomas Fuller]
- 종교는 신을 찾으려는 인간성의 반응이다. [Alfred Whitehead]
- 종교는 언제나 독단을 가져온다. [안병무]
- 종교는 여러 색깔을 칠한 등燈 안에 있는 촛불이다. 모든 사람은 자신의 느낌으로 그 색깔을 보지만, 촛불은 언제나 그 자리에 있다. [M. Naguib]
- 종교는 영혼의 지배력이다. 그것은 생生의 희망이요, 안전의 닻이며, 영혼의 구조이다. [Napoleon I]
- 종교는 우리가 생물학적, 심리학적 필요의 결과로써, 우리 내부에서 발달시킨 소망이 세계를 이용하여 우리가 위치하고 있는 감각의 세계를 다스리려는 시도이다. [S. Freud]
- 종교는 위대한 힘이다— 이 세상에서 유일의 진실한 원동력이다. [George Bernard Shaw]
- 종교는 인간 도야의 근본이다. [Pestalozzi]
- 종교는 인민들의 아편이다.

- [Karl Heinrich Marx]
- 종교는 우리들의 의무의 모든 것을 신의 명령으로 받아들인다. [Immanuel Kant]
- 종교는 인간성의 영원히 파괴할 수 없는 형이상학적인 요구의 표현이다. [Jacob Christoph Bruckhardt]
- 종교는 인류 일반의 강박 신념증이다. [Sigmund Freud]
- 종교는 지성의 파괴력에 대한 자연의 방어적 반작용이다. [Henri Bergson]
- 종교는 평민을 조용하게 하는 데 적격이다. [Napoleon Bonaparte]
- 종교는 환상이며, 그것이 우리의 본능적 욕망과 일치한다는 사실로부터 그 힘이 생긴다. [Sigmund Freud]
- 종교는 흡수될는지는 모르지만, 결코 논박되지는 않는다. [Odcar Wilde]
- 종교란, 절대귀의絶代歸依의 감정이다. [Friedrich Schleiermacher]
- 종교란, 초인간의 현실을 인간의 말로 암시해 보이려는 고귀한 시도이다. [Christopher D. Morley]
- 종교를 믿도록 강요하는 것은 종교의 역할이 아니다. [D. Laertius]
- 종교를 사랑하고 그것을 지켜가기 위해서, 그것을 지키지 않는 사람을 미워하거나 박해할 필요는 없다. [Montesquieu]

- 종교생활이란, 하나의 투쟁이지 찬송가가 아니다.   [Germaine de Stael]
- 종교 없는 과학은 절름발이이고, 과학이 없는 종교는 장님이다.   [Albert Eimstein]
- 종교 없는 교육은 약은 악마를 만들 뿐이다.   [Welington]
- 종교 없는 삶은 무언가 빠져 있거나 잘못된 삶이 아니다. 이들은 신보다는 인류에 대한 희망을, 권위에 대한 복종보다는 생각의 자유를, 지금 여기에서 느껴지는 삶의 경이로움을 더욱 가치 있게 여긴다.   [Phil Zukerman]
- 종교와 종교적인 것과는 서로 다르다.   [John Dewey]
- 종교와 철학은 물론, 교육도 문학도 음악과 미술도, 사람으로서 가질 수 있는 모든 귀중하고 심오한 것은 죽는 인생을 발견하고 느끼는 데서만 끌어낼 수 있을 것이다.   [유달영]
- 종교의 과제는 신성神性과 공감하는 데 있다.   [Novalis]
- 종교의 번영을 저해하는 것은 이지적 인간과 실제적 인간이다.   [Friedrich Schleiermacher]
- 종교의 본질은 사유도 행위도 아니고, 직관과 감정이다.   [Friedrich Schleiermacher]
- 종교의 세계는 이데아이다.   [Platon]
- 종교의 타락은, 종교가 이론 그것에 떨어지는 데서 시작하는 것은 아닌가.   [임어당林語堂]
- 종교적 박해는 종교를 심는 서투르고 옳지 못한 방법이다.   [Thomas Brown]
- 좋은 생활, 그것이 바로 참된 종교이다.   [Thomas Fuller]
- 지상에서 종교만큼 흥미로운 것이 없다.   [Baudelaire]
- '지혜는 회색', 그러나 삶과 종교는 색채가 풍부하다.   [Wittgensteim]
- 진실한 것이면 무엇이거나 종교가 되지 않아서는 안 된다.   [Oscar Wilde]
- 하나님을 안다는 것에서 하나님을 사랑하는 것까지는 얼마나 먼 거리일까.   [Pascal]
- 한 시대의 종교는 언제나 다음 시대의 시가 된다.   [Ralf Emerson]

| 좋은 말과 나쁜 말 |

- 물 한 바가지보다 좋은 말이 불을 더 잘 끈다.   [Cervantes]
- 부드러운 말이 강력한 논법이다.   [John Ray]
- 손에 들려 있지 않은 단점을 말속에서 찾을 수 있다.   [Shakespeare]
- 작은 사람이 큰 떡갈나무를 쓰러뜨

리고, 부드러운 말이 큰 분노를 쓰
러뜨린다. [르루 드 랭시]
- 좋은 말이 시원한 물보다 갈증을 더
잘 풀어준다. [George Herbert]
- 화살은 몸을 찌르고, 나쁜 말은 마
음을 찌른다. [Balthasar Grasian]

| 좋은 솜씨 |

- 내가 보라색을 싫어함은 그것이 붉
은색을 어지럽힐까 두려워하기 때
문이다. [맹자孟子]
- 능숙함이란, 매사의 끝을 정확하게
볼 줄 아는 능력이다. [Platon]
- 솜씨만 좋은 사람은 어떠한 경우에
도 으뜸 자리를 차지하지 못한다.
[Vauvenargues]
- 솜씨 좋은 도둑이 못 여는 문은 없다.
[Ch. 부르디네]
- 수완과 속임수의 관계는 재간과 소
매치기의 관계와 같다. [Sangfor]
- 재주 있는 자가 강한 자보다 앞선다.
[Phokylides]
- 짐바리 짐승을 길들이기 위해 등짐
을 지게 한다. [Ch. Cailler]

| 죄罪 / 과오過誤 |

- 감춘 죄는 절반만 용서받은 죄이다.
[Boccaccio]

- 과실을 솔직히 고백하는 것은 그것
이 무죄가 되는 하나의 단계이다.
[Publius Syrus]
- 너희가 정복한 죄의 하나하나의 정
신이 너희의 일부가 되고 힘으로 변
한다. [Frederic Robertson]
- 다른 사람들을 따라 하는 것은 죄를
짓는 것이 아니다. [Boccaccio]
- 무지는 무죄가 아니고 유죄다.
[Elizabeth Browning]
- 부자는 가난한 자를 무시할 때 죄가
됩니다. [Pope John Paul II]
- 자신이 범했던 과오를 남에게서도
보면 사랑스럽게 본다. [Goethe]
- 작은 과오가 가장 큰 벌을 받는다.
[George Herbert]
- 정당한 이유가 있으면 죄는 정의가
된다. [Publius Syrus]
- 죄가 습관이 되면 멋진 색깔을 입는
다. [Thomas Dekker]
- 죄는 반드시 그 주인을 찾는다. 그
러므로 사람은 아무것도 숨길 필요
가 없도록 살라. 그렇다고 자신이
깨끗하다고 해서 자랑하거나 보이
거나 할 생각도 갖지 말라.
[경행록景行錄]
- 죄는 종種의 법에 대한 개체의 싸움
이다. [J. G. Fichte]
- 죄는 증오할 것이지만, 회개한 죄는
세상에 있어 아름다운 것이다.

[Oscar Wilde]

- 죄란, 인간의 본성을 바꾸지 않는 하나의 단순한 행위다. [Erich Fromm]
- 죄를 미워하되, 사람을 미워하지 말라. [Talmud]
- 죄를 저지르는 것은 인간이지만, 죄를 고치지 않으려고 하는 것은 악마적이다. [John Chrisostomos, St.]
- 죽음을 피하기보다 죄를 삼가는 것이 더 낫다. [Thomas A. Kempis]
- 지난 과오에 다시 빠지면, 그 과오는 죄가 된다. [Publius Syrus]

| 죄악罪惡 |

- 교활한 죄악이 얼마나 권위 있고 진실한 모습으로 가장하고 있는가. [William Shakespeare]
- 모든 죄악은 협력의 결과이다. [Stephen Crane]
- 모든 죄악의 근본은 조바심과 게으름이다. [Franz Kafka]
- 부는 많은 죄악을 감추는 외투이다. [Menandros]
- 사람은 죄의식으로 말미암아 범행을 멀리하게 된다. [Sigmund Freud]
- 서로 허용할 수 없는 죄는 의견의 차이다. [Ralph Waldo Emerson]
- 이상한 일이 하나 있다. 사람은 자기의 탓이 아닌 외부에서 일어난 죄악이나 잘못에 대하여는 크게 분개하면서도, 자기의 책임하에 있는 자기 자신이 저지른 죄악이나 잘못에 대해서는 분개하지도 않고 싸우려고도 하지 않는다. [Pascal]
- 죄는 취소할 수 없다. 용서될 뿐이다. [Igor Stravinsky]
- 죄악은 자연 상태에서 생겨날 수 없고, 무엇이 좋고 나쁜지 만장일치로 판단하는 시민사회에서 결정된다. [Baruch Spinaza]
- 죄악은 정도正道에서 벗어난 선善일 뿐이다. [Henry Longfellow]
- 훔친 벌꿀을 맛본 다음에, 돈으로 원죄를 산 것만 못하다. [George Eliot]

| 죄와 벌 |

- 나의 최고의 목적은 제때에 범죄에 알맞은 처벌을 하는 것이다. [William Gilbert]
- 사람들은 죄를 벌하지, 그 죄인을 벌하지는 않는다. [Edward Herbert]
- 옛날은 범죄 때문에 괴로워하고, 현재는 법률 때문에 괴로워한다. [Tachitus]
- 자기 죄를 뉘우치는 사람은 무죄와 다를 바 없다. [L. A. Seneca]
- 작은 죄는 처벌당하고, 큰 죄는 승

리로써 축복받는다. [L. A. Seneca]
- 죄는 같은데 벌이 다른 것은 공평한 형이 아니다. [춘추좌씨전春秋左氏傳]
- 죄와 벌은 같은 줄기에서 자라난다. 벌이란 향락의 꽃이 그 속에 숨기고 있었던 것을 모르는 사이에 익혀버린 과일이다. [Ralph W. Emerson]

| 죄인罪人 |

- 누구나 죄인으로 밝혀지기 전까지는 무죄로 추정된다. [W. Blackstone]
- 자신이 죄인임을 아는 자는 사람들이 자기 얘기를 한다고 늘 생각한다.
  [Dionysios Cato]
- 죄인은 범죄로 이익을 얻는 자이다.
  [L. A. Seneca]
- 죄지은 자는 항상 의심을 버리지 못한다. [William Shakespeare]
- 큰 죄인일수록 받는 형벌도 크다.
  [Voltaire]

| 죄인과 무고誣告한 자 |

- 가라지(밭에 난 강아지풀) 때문에 좋은 풀이 고통을 겪는다. [Talmud]
- 무고한 이를 단죄하는 것보다 죄인을 구하려고 위험을 무릅쓰는 편이 낫다. [Voltaire]
- 벌 받은 죄인은 불량배들에게는 본보기이고, 무고하게 단죄 받은 이

는 모든 신사들에게 해당되는 사건이다. [La Bruyere]
- 사람들은 당나귀를 때리지 못할 때 길마를 대신 때린다. [Petronius]
- 얻어맞은 자들이 벌금을 낸다.
  [Noel de Pie]
- 죄인은 법을 두려워하고, 무고한 자는 운명을 두려워한다.
  [Publius Syrus]

| 주고받는 것 |

- 남한테서 받는 자는 남을 어려워하고, 남에게 주는 자는 교만하다.
  [세원說苑]
- 내게 모든 것을 주는 자는 나의 모든 것을 부인한다. [Henry Estienne]
- 누가 네게 암송아지를 주거든, 그 목에 끈을 매달아라. [Cervantes]
- 베푸는 것은 부자의 일이다.
  [Johann Wolfgang von Goethe]
- 선물만큼 아름다운 횡재도 없다.
  [Desperiers]
- 선물을 방금 받은 사람의 눈에서 우리는 기쁨을 발견한다. [La Bruyere]
- 어떻게 주느냐가 무엇을 주느냐보다 중요하다. [Corneille]
- 잡는 것보다 주는 것이 훨씬 어렵다.
  [Montaigne]
- 주는 것은 받는 것보다 더 오래가는

기쁨이다. 두 사람 가운데 주는 사람이 가장 오래 기억하는 사람이다.

[Nichora Sangfor]

- 주는 자가 드러나지 않는 선물은 가식이 없다. [J. R. Lowell]
- 주는 자는 주인이 되고, 받는 자는 자신을 맡긴다. [P. Le Brun]
- 주면 받는다는 원칙이 있다. 그러므로 남을 저주하면, 또 나한테 저주가 올 것은 틀림없는 귀결이다. 우리는 우리가 원하는 물건에 대해선 언제나 그 값을 치러야 하는 것처럼, 다른 사물事物에 있어서도 내가 남에게 무엇을 끼쳤다면, 반드시 그 끼침은 내게 되돌아오고 만다.

[류시 마트리]

- 준 자는 침묵하게 하고, 받은 자는 말하게 하라. [Cervantes]
- 즐겁게 살기를 바라는가? 두 개의 배낭, 곧 주기 위한 배낭과 받기 위한 배낭을 짊어지고 길을 가라.

[Johann Wolfgang von Goethe]

- 청하지도 않은 것을 주는 선물은 두 배로 기쁘게 한다. [Publius Syrus]
- 한번 준 것은 뒤로 물릴 수 없다.

[Antoin Louiselle]

| 주인主人 |

- 두 주인을 섬기는 자는, 둘 중 하나에게 거짓말을 하기 마련이다.

[Cesar Houdin]

- 주인은 두 손보다 눈으로 더 많은 일을 한다. [Benjamin Franklin]
- 주인은 때로 장님이어야 하고, 때로 귀머거리여야 한다.

[Thomas Fuller]

- 주인은 백 개의 눈을 가졌다.

[Phedre 희곡]

- 주인의 눈은 보기 위해서만 있는 것이 아니다. [La Fontaine]
- 주인의 눈이 있어야 말이 살찐다.

[Xenophon]

- 주인의 눈 하나가 하인의 눈 열 개보다 더 많이 본다. [T. Jefferson]
- 주인의 이마가 발꿈치보다 더 값어치가 있다. [Marcus Porcius Cato]
- 지이드의 집에서 일할 때는 오마르의 보수를 기대하지 말라. [Saidi]

| 주인과 종 |

- 귀족은 사냥이 훌륭한 여가라고 생각하지만, 마구간 지기는 그렇게 생각하지 않는다. [Pascal]
- 그 주인에 그 하인이로다. [Petronius]
- 나의 결점을 견디는 자는, 설령 그가 나의 하인이라 해도 나의 스승이다.

[Goethe]

- 등불을 쓰는 사람이라야 기름을 넣는다. [Etienne Jodel]

- 성실한 종은 주인의 가방이 자신의 가방보다 무겁다는 것을 항상 안다. [Calderon]
- 술 취한 종에게 화를 내는 주인은 그 또한 취한 것처럼 보인다. [Cleobulus]
- 양은 주인이 없으면 길을 잃는다. [Erasmus]
- 원할 때 종이 될 수 있으니, 주인은 참으로 행복하다. [A de Montreux]
- 자기 종을 의심하는 주인은 그 종의 노예가 된다. [Publius Syrus]
- 종살이를 시켰던 자에게 종살이를 하지 말고, 명령을 했던 자에게는 명령하지 마라. [Cesar Houdin]
- 종에게 대가代價를 지불하지 않으면, 종이 직접 챙길 것이다. [Thomas Fuller]
- 종이 많으면 그만큼 적도 많다. [Marcus Porcius Cato]
- 종이 많을수록 섬김을 잘 받지 못한다. [Aristiteles]
- 좋은 나무를 애써 기르는 자는 좋은 그늘을 얻는다. [Cervantes]
- 주인에게는 종의 칭찬이 최고의 찬사이다. [Samuel Johnson]
- 주인은 그의 집에서 유일한 노예이다. [Menandros]
- 주인은 설령 틀렸더라도 항상 옳다. [Plautus]

- 주인은 종종 장님도 되고 귀머거리도 되어야 한다. [Thomas Fuller]
- 주인이 없을 때 종을 알아본다. [Anne Gruyter]
- 집에 개가 있다면 당신이 굳이 짖을 필요는 없다. [J. Heywood]
- 큰 주인에게서 대담한 종이 나온다. [Henry Estienne]

| 죽음 |

- 가끔 죽음에 대하여 생각을 돌려보라. 그리고 오래지 않아 죽을 것이라 생각하라. 어떤 처신을 할 것인지 그대가 아무리 번민할지라도, 밤이면 죽을지도 모르겠다는 생각을 한다면, 그 번민은 곧 해결될 것이다. 그리하여 의무란 무엇인가, 인간의 소원은 어떤 것이어야 할 것인지는 곧 명백해질 것이다. 아아! 명성을 떨쳤던 사람도 죽고 나면 이렇게도 빨리 잊히는 것일까? [Sophocles]
- 거두어지지 않음이 보리 이삭에게 있어서 저주이겠지만, 죽지 않음 역시 인간에게 있어서 저주일 것이다. [Epiktetus]
- 거미줄처럼 얽힌 온갖 체계도 '나는 죽어야 한다.' 는 단 한마디로 천 갈래 만 갈래로 찢어지고 만다. [Friedrich Schiller]

- 계절 중 가장 잔인하고 아름다운 봄은 다시 돌아오듯, 꽃과 잎 속에서 낯선 사람과 잊었던 사람들이 다시 돌아올 것이다. 그러나 죽음과 시체는 결코 다시 오지 못할 것이다. 왜냐하면 죽음과 시체는 무감각하기 때문이다. [Virginia Woolf]
- 계획된 죽음은 가장 추악한 죽음이다. [Bakkylides]
- 고결하게 죽는 것은 목숨을 건지는 것보다 낫다. [Aeschylus]
- 국난에 이 한 몸 바쳤거니, 죽음을 귀향으로 여긴다. [조식]
- 그것은 탄탈로스의 바윗돌처럼 항상 우리 머리 위에 매달려 있다. [Marcus Tullius Cicero]
- 그것이 설사 원수의 무덤일지라도 그 누가 자기 눈앞에 썩어가는 가엾은 한 줌의 흙, 또 자기와 다투어 왔다는 것에 아무런 회한을 느끼지 않고 내려다볼 수 있을까. [Washington Irving]
- 그리고 한번은 죽는 인생이니 그 죽음을 겁내지 말고 그 살아 있는 동안에 후회 없는 죽음 길을 맞이할 수 있도록 노력해야 할 것이다. [이태극]
- 기독교는 죽음을 실재하지 않는 것으로 보고 사후의 삶을 약속함으로써 불행한 개인을 위로해 주려고 했다. 우리가 살고 있는 현대는 단순히 죽음을 부정함으로써 삶의 근원적인 일면을 부정하고 있다. [Erich Fromm]
- 끝내는 모든 무덤 위에 잡초가 우거진다. [J, R, Dore]
- 나는 불사不死를 믿고 싶다. 나는 영원히 살고 싶다. [John Keats]
- 나는 삶과 죽음에 대하여 품고 있던 사상에서 점점 멀어져 갔다. 죽음은 나에게서 그 두려움을 잃고, 죽음은 삶의 하나의 에피소드로서 필경 그칠 때가 없다는 인식에 나는 하루하루 가까워 갔다. 마침내는 나는 깊은 인내심으로, 아니 오히려 흔연히 죽음을 기다리고 맞아들일 경지에 이르렀다. 영속하는 생에 대한 확신은 굳어지고, 모든 의혹은 저절로 사라지고, 때로 갓 태어나는 아기의 기쁨에 찬 부르짖음이 나의 가슴에서 솟아날 지경이었다. 끝없는 행복감이 나의 영혼을 가득 채우고 나는 다정하게 죽음을 기다렸다. [Lev Tolstoy]
- 나는 죽음의 수면 이외의 휴식을 바라지 않는다. 내가 만족시키지 못한 모든 욕망, 모든 정력이 사후에까지 남아 나를 괴롭히지 않을까 두렵다. 나의 심중에 대기하고 있던 모든 것을 이 땅 위에서 나서 표출하고, 완

전한 절망 가운데 죽기를 나는 희망한다. [Andre Gide]

- 나는 죽음이 또 다른 삶으로 인도한다고 믿고 싶지는 않다. 그것은 닫히면 그만인 문이다. [Albert Camus]
- 나는 하늘로부터 명을 받아 백성을 위해 온 힘을 전부 바쳤다. 삶은 붙어 사는 것이며, 죽음은 돌아가는 것이라 하였으니, 하늘의 뜻에 따를 것이니라. [십팔사략十八史略]
- 남아는 죽음에 직면하여 생을 구한다. [후한서後漢書]
- 남의 의지에 의해서 죽는 것은 두 번 죽는 것이다. [Publius Syrus]
- 내가 죽는 방법을 생각하는 것은 죽기 위해서가 아니라 살기 위해서다. [Andre Malraux]
- 내 사랑하는 이여, 내가 죽을 때 나를 위해 슬픈 노래를 부르지 마라. 내 머리맡에 장미도, 그늘지는 삼나무도 심지 말라. 내 위에 소낙비와 이슬방울로 축축한 푸른 잔디를 심어주면 족하다. 그대가 원하면 기억하고, 그대가 원하면 잊으라. [Christina Rossetti]
- 네가 헛되이 보낸 오늘은 어제 죽은 이가 그토록 그리던 내일이다. [Sophocles]
- 당장에 죽는 것은 늘 죽는다는 걱정에 싸여 사는 것보다 낫다. [Plutarchos]
- 대저 죽음이란 친親의 끝남이요, 인도人道의 커다란 변화이다. [정도전]
- 두려운 것은 죽음이 아니라 불명예스럽게 맞는 죽음이다. [Epiktetus]
- 둘은 모두 6피드 가량의 땅을 상속받아 마침내 땅속에서 평등하였다. [John Ronald Royal]
- 땅에서 자란 것은 땅으로 돌아간다. 그러나 하늘에서 싹튼 것은 하늘나라로 돌아간다. [Aurelius]
- 로마가 죽음을 면하도록 할 수 있는 것은 아무것도 없다. [Moliere]
- 로마의 세네카가 '죽음 자체보다도 오히려 죽음에 뒤따르는 것들이 인간을 두렵게 만든다.'라고 말한 것은 매우 적절한 표현이라 하겠다. 신음소리, 창백한 얼굴, 또는 경련을 일으키는 몸짓이나 울먹이는 친구들, 장례식, 그리고 상복을 입은 광경 따위가 죽음을 두렵게 생각되게끔 한다. 사람의 마음이 죽음의 공포감을 극복하고 지배하지 못할 만큼 허약하지 않다는 말은 주목할 만한 가치가 있다. 그러므로 인간이 죽음과의 싸움에서 승리할 수 있을 만큼의 도움을 주는 것들이 있다면 죽음은 그다지 두려운 대상이 아니다. [F. Bacon]
- 마치 죽은 거나 다름없는 사람이 가

장 죽음을 싫어한다. [La Fontaine]

● 마케도니아의 알렉산더 대왕이나 그의 마부도 죽은 다음에는 같은 처지가 되었다. [Aurelius]

● 만물이 서로 다른 것은 삶이요, 서로 같은 것은 죽음이다. 살아서는 현명하고 어리석은 것과 귀하고 천한 것이 있으니, 이것이 서로 다른 점이요, 죽어서는 썩어서 냄새나며 소멸되어 버리니, 이것이 서로 같은 점이다.

[양주楊朱]

● 몇 날을 더 살아보았자 무엇 하겠는가, 결국 비참하게 잃을 것을. 소용없이 송두리째 없어질 것을. 그대들의 바람대로 수백 년을 살아보아도 죽음이 영원하다는 것은 변함이 없다. [Lucretius Carus]

● 모든 것에는 치유제가 있다. 다만 죽음은 제외다. [Perrier]

● 모든 것은 흙에서 와서 흙으로 돌아간다. [Menandros]

● 모든 분들에게 깊이 감사드린다. 내가 금생에 저지른 허물은 생사를 넘어 참회할 것이다. 내 것이라고 하는 것이 남아있다면 모두 맑고 향기로운 사회를 구현하는 활동에 사용해 달라. 이제 시간과 공간을 버려야겠다. [법정]

● 모든 승리는 죽음의 패배로서 끝난다. 그것만큼은 확실하다. 그러면

패배는 죽음의 승리로 이루어지는 건가? 그 점을 나는 알고 싶다.

[Eugene Gladstone O'Neill]

● 무덤에 들어갈 때까지는 인간은 행복하다고 말할 수 없다. [Ovidius]

● 무덤은 항상 운명의 비바람을 막는 가장 좋은 성벽이다. [Lichtenberg]

● 밀을 베는 그에게서 나는 죽음의 그림자를 보았다. 그러나 이 죽음에는 어떤 어둠이나 슬픔도 없다. 황금빛 태양과 함께 밝은 빛 가운데 행해지는 것이다. …자연이라는 위대한 책이 말하는 죽음의 이미지이지만, 내가 표현하려고 한 것은 거의 미소하고 있는 죽음이다.

[Vincent van Gogh]

● 벌레와 황제가 따로따로 같은 흙으로 돌아가는 곳은, 전적으로 동일한 세계이다. [Joan V. Robinson]

● 불은 흙의 죽음을 살리고, 공기는 불의 죽음을 살린다. 물은 공기의 죽음을, 그리하여 흙은 물의 죽음을 살린다. [Heraclitus]

● 사람은 다만 혼자서 죽을 것이다.

[Pascal]

● 사람은 언제든지 한번 죽지만, 죽음에는 태산보다 무거운 죽음도 있고 홍모보다 가벼운 죽음도 있다.

[사마천司馬遷]

● 사람은 왜 죽는가 하는 물음은, 곧

사람은 왜 사는가 하는 물음에 직결된다.　　　　　　　　[박두진]

- 사람은 죽기 마련이지만, 무뢰한들에게 해를 받고 죽는 것이 달갑지 않다.　　　　　　[삼국지三國志]
- 사람의 죽음을 슬퍼해서는 안 된다. 탄생이야말로 슬퍼해야 할 일이다.
  　　　　　　　[Montesquieu]
- 사람이 세상에 사는 것은 잠깐 머무는 것이고, 죽는 것은 원래의 집으로 돌아가는 것이다.　[회남자淮南子]
- 사람이 죽는다는 것은 무엇을 죽는다 하며, 사람이 산다는 것은 무엇을 산다 하는가. 죽어도 죽지 아니함이 있고 살아도 살지 아니함이 있다. 그릇 살면 죽음만 같지 못함이 있고, 잘 죽으면 도리어 영생한다. 살고 죽는 것이 다 나에게 있나니 모름지기 죽고 삶을 힘써 알지어다.　[이준]
- 사람이 죽어서 무엇이 되며, 어디로 가나 하는 의문은 까마득한 옛날부터 사람들의 제일 큰 관심사였던 것은 물론이다. 그 때문에 종교가 생겼고, 많은 철학자들이 사색을 하였고, 또 많은 시인들이 시를 썼다. 만약 죽어서 다만 한 줌의 흙으로 변한다는 것이 확실하다면 인류의 생활태도가 많이 달라졌을 것이다.
  　　　　　　　　　　[김재원]
- 사람이 죽음을 창조하였다.

　　　　　[William Butler Yeats]
- 사람이 태연하게 죽어갈 것이냐, 혹은 맥없이 죽어 가느냐 하는 것은 죽음의 원인이 된 병에 달려 있다.
  　　　　　　　[Vauvenargues]
- 살아생전에 질투를 받던 자도 죽은 후에는 사랑받게 되리라.
  　　　　　　[F. Q. Horatius]
- 살아서 영광 있고 죽어서 애달프니, 몸은 비록 죽었어도 명성은 남았구나.　　　　　　[왕발王勃]
- 살았을 때 부귀는 풀 위의 이슬이요, 죽은 뒤 풍류는 길 위에 핀 꽃이다.
  　　　　　　　　[소식蘇軾]
- 새가 죽을 때는 그 울음이 구슬프고, 사람이 죽을 때는 그 말이 선한 법이다.　　　　　[논어論語]
- 생명도 반드시 한번은 죽음으로 돌아감을 안다면, 생명을 유지하려고 그토록 마음을 썩이지는 않으리라.
  　　　　　　[채근담菜根譚]
- 세상은 죽은 사람을 돌아간 사람이라고 말한다. 죽은 사람을 돌아간 사람이라고 하는 말은, 곧 살아있는 사람은 길 가는 사람이라는 뜻이다. 길 가는 사람이 돌아갈 줄 모른다면, 이는 집을 잃고 방황하는 사람이다. 그런데 한 사람만이 집을 잃고 방황한다면, 온 세상이 그를 그르다고 비난하겠지만, 온 세상 사람들이 집을

잃고 방황하고 있으니 아무도 그른 줄을 모르고 있다. [안자晏子]

- 생명을 잃는 것이 불행이 아님을 잘 이해한 사람에게는 이 세상에 불행이라는 것이 없다. 사람들에게 죽는 법을 가르치는 자는 그들에게 사는 법을 가르치는 것이다. [Montaigne]
- 생명을 지닌 자, 모두는 죽어야 한다. 이승을 통해서 영원의 나라로 간다. [Shakespeare]
- 소크라테스Socrates의 죽음은 위대하다. 죽음을 인식하고서 목숨을 끊는 일이야말로 참으로 훌륭한 죽음이다. [Montaigne]
- 수의壽衣에는 호주머니가 없다. [유대 격언]
- 수확되지 않은 것이 이삭에 저주하듯, 죽지 않는 것은 인간에게 저주이리라. [Epiktetus]
- 숨 쉬는 작업도 끝나고, 이 세상 모든 일도 끝내고, 그 미친듯했던 경주, 끝까지 달려와 보니 얻어진 영예는 한낱 구덩이로 알게 된 곳! [Ambrose Guinnett Bierce]
- 신이 사랑하는 자가 일찍 죽는다. [Menandros]
- 심리적, 또는 도덕적으로 사람을 구별하는 경우, 죽음을 사랑하는 사람과 삶을 사랑하는 사람이라는 구별보다 근본적인 구별은 없다. [Erich Fromm]
- 10년 만에 죽어도 역시 죽음이요, 100년 만에 죽어도 역시 죽음이다. 어진 이와 성인聖人도 역시 죽고, 흉악한 자와 어리석은 자도 역시 죽는다. 썩은 뼈는 한 가지인데, 누가 그다른 점을 알겠는가. 그러니 현재의 삶을 즐기어서, 어찌 죽은 뒤를 걱정할 겨를이 있겠는가. [양주楊朱]
- 아, 웅장하며 정당하고 또한 두려움의 권위에 가득 찬 죽음이여, 너는 누구도 설복시킬 수 없었던 완고한 자를 설복시켜버린다. 누구도 손대지 못하는 어려운 일을 네 손은 쉽사리 해치워버린다. 너는 이 세상의 끝까지 힘을 미칠 수 있었던 사람의 위대성도, 인간의 온갖 자랑이며 잔혹함, 혹은 야심을 한데 끌어모아서 '여기에 잠들다.' 라는 단 한 줄의 말로 덮어버리고 만다. [Walter Raleigh]
- 아이가 어두움을 무서워하는 것처럼 인간은 죽음을 무서워한다. [Francis Bacon]
- 아직 삶도 모르는데, 하물며 죽음을 알 수 있을 것인가? [공자孔子]
- 알몸으로 나는 이 세상에 왔다. 그러기에 알몸으로 이 세상에서 나가지 않으면 안 된다. [Cervantes]
- 알몸이어야 오고(生) 가는데(死) 거

추장스러울 것이 없다. [홍루몽紅樓夢]

- 약속한 장소로 가는 순례자와 같이, 현세는 숙박소이며, 죽음은 여행의 끝이다. [John Dryden]
- 어떠한 개체도 영원히 존속할 자격은 없다. 개체는 죽음에 의하여 몰락한다. 그러나 우리들은 죽음에 의하여 무엇 하나 잃어버리지는 않는다. 왜냐하면 개체적 존재의 밑바닥에는 일종의 전혀 이질적인 존재 ─ 전자는 바로 이것의 현상이다 ─ 가로놓여 있기 때문이다. 이것은 어떠한 시간도 깨닫지 못하며, 따라서 존속이나 몰락도 알지 못한다. [Schopenhauer]
- 어떤 악惡도 영광스럽지 못하다. 죽음은 영광스럽다. 그러므로 죽음은 악이 아니다. [Zenon]
- 어린 양이 어미 양만큼 빨리 가버린다. [M. de Cervantes]
- 어차피 인간의 궁극은 죽음이니, 이렇게 살든, 저렇게 살든, 사람은 누구나가 다 죽는다. 인간의 최후 그 경애境涯는 죽음이기 때문에 인생에 대한, 사회에 대한 욕망은 아무것도 아니다. 전쟁이 일어나거나 평화가 오거나, 그렇다면 모두 오십보 백보다. 미인도 추녀도 죽으면 모두 해골이 된다. [이어령]
- 여러분이 구하는 가장 아름다운 죽

음은, 영혼과 육체의 휴식에서 생기는 육체적 생명의 평온한 중단일 것이다. [Carl Hilty]
- 영광 속에서의 죽음은 신이 내리는 선물이다. [Aeschylos]
- 영웅은 죽음을 직시한다. 단순한 죽음의 이미지가 아니라 현실의 죽음을 직시한다. 위기에 직면하여 고귀한 행동을 취한다는 것은 말하자면, 무대에서 훌륭하게 영웅을 연기하는 것이 아니라 오히려 죽음 그 자체를 직시할 수 있다는 것을 말한다. [Ludwig Wittgenstein]
- 옛날에는 누구든지 과일 속에 씨가 있듯이, 인간은 모두 죽음이 자기의 몸뚱이 속에 깃들어 있는 것으로 알고 있었다. '아니, 단지 재(灰)로 알고 있었는지도 모른다.' 아이에게는 작은 아이의 죽음, 어른에게는 커다란 어른의 가슴, 부인들은 뱃속에 그것을 간직하고 있었고, 사내들은 두드러진 가슴속에 그것을 달고 있었다. 어쨌든 모두 죽음을 갖고 있었던 것이다. 그것이 그들에게 이상한 위엄과 조용한 자랑을 주고 있었던 것이다. [Riner Maris Rilke]
- 옛 색슨족들이 묘지를 하느님의 땅이라고 부른 그 말을 나는 좋아한다. 옳은 말이다. 그 말은 그곳을 성역화 시킬 뿐만 아니라 잠든 흙까지

축복을 불어넣는다.

[Henry Wordsworth Longfellow]

- 오늘은 나, 내일은 너.

[스웨덴 공동묘지 비문]

- 왜 죽음을 두려워하는가? 죽음은 인생의 가장 아름다운 모험이다.

[푸로우먼]

- 용맹한 장군은 죽음을 겁내 구차히 살아가지 않으며, 장한 선비는 절개를 꺾고 삶을 구하지 않는다.

[삼국지연의三國志演義]

- 우리가 생명을 경시하는 데에는 여러 이유가 있을 수 있다. 그러나 죽음을 가볍게 여기는 것은 결코 옳지 않다. [F. La Rochefoucauld]

- 우리가 죽으면, 그것은 오래 간다.

[Desrosiers]

- 우리는 단 한 번 죽고, 그것은 참으로 오래 간다. [Moliere]

- 우리는 벌거숭이로 이 세상에 왔으니, 벌거숭이로 이 세상을 떠난다.

[Aesop]

- 우리는 우리의 생명에서 단 한 페이지도 찢을 수는 없지만, 책 전체는 불 속에 내던질 수 있다.

[George Sand]

- 우리는 죽음의 순간에 있어서는 모두 평등하다. [Publius Syrus]

- 우리는 죽음의 신으로부터 벗어났는지도 모른다. 그러나 이 세상에 전쟁이 있는 한 또다시 우리와 똑같은 고통을 맛보고 상처를 입으며 개들처럼 죽음을 당하는 젊은이가 나온다. [Robert Browne]

- 우리는 한 시간 한 시간 익어가며, 또한 한 시간 한 시간 우리는 썩어간다. [Shakespeare]

- 우리들은 죽음의 걱정으로 말미암아 삶을 어지럽히고, 삶의 걱정으로 말미암아 죽음을 어지럽히고 있다.

[Montaigne]

- 우리들은 죽음의 영역에 가까이 있다. [법구경法句經]

- 우리들이 묘지를 교회 근처나 사람들이 빈번히 오가는 곳에 설치하여, 라쿠르코스가 말하듯 일반 사람들이나 여자, 아이들이 죽은 사람을 보아도 두려워하지 않도록 순화시키며, 또한 해골이나 묘지나 장렬葬列 따위를 늘 보임으로써 우리 인간의 조건을 깨닫게 해야 한다. [Montaigne]

- 우리 앞에 서있는 죽음이란, 교실 벽에 걸려 있는 '알렉산더 대왕의 대전투' 그림과도 같은 것이다. 문제는 이 세상에 살고 있는 동안 우리의 행위에 의해서 이 그림을 흐려지게 하거나 그렇지 않으면 지워 없애거나 한다. [Franz Kafka]

- 우리의 심장은 강하고 용감하지만 여전히 보에 싸인 드럼처럼 무덤을

향한 장송곡을 두들기고 있다.

[Henry Wordsworth Longfellow]

- 6개월 전에 죽은 자는 아담과 함께 죽은 자와 마찬가지다. [H. G. Bon]
- 의술로 생명이 연장될 수 있을지 모르나 죽음은 의사에게도 엄습한다.

[William Shakespeare]

- 이 세상의 부나 권역이 끝끝내 이겨내지 못하는 한계, 그것이 죽음이다.

[Horatius]

- 이승은 짧다. 무덤은 기다린다. 무덤은 배고프나니. [Baudelaire]
- 인간은 생을 얻으면서부터 죽기를 시작한다고 할 수 있다. 즉 시간의 흐름을 알리는 시계의 1초 1초와 뚝딱거리는 기계 소리는 인간이 호흡하는 숨소리와 함께, 죽음의 경지로 가까워간다는 것을 알리는 경종과도 같다. [조병옥]
- 인간은 울면서 태어나서, 불평하면서 살고, 실망하면서 죽어가는 것이다.

[Thomas Fuller]

- 인간은 이야기를 하는 사람이 난로에 등을 대고 있듯이, 죽음에 등을 대고 있다. [Paul Valery]
- 인간은 죽어서 비로소 완전히 태어난다. [Benjamin Franklin]
- 인간은 죽음을 숙고하는 유일한 동물이며, 또한 자기 종말에 어떤 의심의 표시를 보여주는 유일한 동물

이다. [Stephen W. Hawking]

- 인간의 일생에는 구두쇠라도 양보하는 순간이 있다. 그것은 유언을 쓸 때이다. [Auguste Laurent]
- 인간이란 무엇인가. 인간은 국가다. 한 인간은 어느 때는 한번은 죽어야 한다. 개인의 생명 위에 국가가 있다. 그러나 의무가 우리들을 이 눈물의 골짜기 속에 붙들어 두지 않는 이상 이 하잘것없는 인생으로부터 해방시켜주는 죽음의 순간을 어째서 사람들은 두려워하는 것일까. 아, 보잘것없는 것이여! [Adolf Hitler]
- 인간이 세상에서 접하는 원수 중에서 가장 무서운 원수가 있다면, 그것은 죽음일 것이다. 그 죽음을 조금도 두려움 없이 긴 마라톤을 한 선수가 최후의 테이프를 끊는 듯한 기분으로 맞이한다는 것은 '참 용기'라고 생각한다. [강원룡]
- 인간이 품고 있는 죽음의 공포는 모두 자연에 대한 인식의 결여에서 유래한다. [Lucretius]
- 인류는 산 사람보다는 죽은 사람으로 이루어져 있다. [Auguste Comte]
- 인류 속에는 산 사람보다 죽은 사람이 더 많다. [Auguste comte]
- 인생에 종말이 없었다면, 누가 자기 운명에 절망할 것인가. 죽음은 비운을 더없이 괴로운 것으로 만든다.

[Vauvenargues]

- 자기 생명을 경시하는 자는 타인의 생명을 좌지우지하는 주인이다.

[L. A. Seneca]

- 자기 자신을 죽일 수 없는 한, 사람은 일생에 관하여 침묵을 지켜야 한다.

[Albert Camus]

- 자연 안에서의 죽음은 모두 탄생이며, 죽는 일에서 마침내 삶의 고귀함이 명백하게 나타난다. 자연에는 죽음에 이르게 하는 원리는 존재하지 않는다. 자연은 완전한 삶이기 때문이다.　　[Johann G. Fichte]

- 자연은 인생에의 입구를 하나밖에 정하지 않았으나 출구는 무수하게 주었다. 더욱이 그것은 단 한 가지 병에만 듣는 약이 아니다. 죽음은 만병의 약이다. 그것은 매우 안전한 항구로 결코 두려워할 일이 못된다. 오히려 때때로 구해져야 할 것이다.

[Montaigne]

- 자연의 의무를 다한 자에게는 죽음은 수면처럼 자연스럽고 영광스럽다.

[George Santayana]

- 저승에서 사랑하는 사람들은 죽음으로써 헤어지지 않는다. 죽음은 죽었다고 해서 완전히 죽이지 못한다.

[William Penn]

- 전부든지, 아니면 무無.

[Kierkegaard]

- 젊은이도 죽을지 모른다. 그러나 늙은이는 피할 길이 없다.

[Henry Wordsworth Longfellow]

- 정신과 육체는 함께 멸망하며, 아무 감각도 남지 않는다는 것이 사실이라면 죽는다고 해서 딱히 좋은 일도 없거니와 또한 나쁜 일도 없을 것이다.

[Marcus Tillius Cicero]

- 제로zero ─ 모든 인간이 평등인 하나의 장소가 있다. ─ 죽을 때다. 그 경우, 그들은 모두 제로다.

[William G. Summer]

- 좋다. 나는 힘껏 버리지만 가는 것을 두려워하지는 않는다.

[George Washington]

- 죄가 죽음을 가져왔다면, 죄가 없어져야 죽음도 없어질 것이다.

[M. B. Eddy]

- 죽기가 두려워서 살지도 못하는 사람들이 많다.　　[Henry Van Dyke]

- 죽느니 차라리 고통을 받겠다. 이것이야말로 인간의 좌우명이다.

[La Fontaine]

- 죽는 것은 어렵지 않으나, 어떻게 죽느냐가 어려운 일이다. [삼국지三國志]

- 죽는 것은 잠자는 것. 잠들면 아마도 꿈을 꾸겠지. 거기에 장애가 있다. 소란한 이 세상으로부터 도피했을 때 그 꿈속에 어떤 꿈을 볼 것인가 하는 것이 우리를 주저케 한

다. 그 경계를 넘어서 단 한 사람도 나그네로 돌아오지 않는 미발견의 나라. [William Shakespeare]

- 죽는다는 게 문제가 아니다. 그들은 몸만은 죽일 수 있어도 정신만은 죽일 수 없을 것이다. (가톨릭교회로부터 설교를 분리 개혁하려는 종교개혁의 이념적 선구자인 츠빙글리는 당대의 정치와 루터에게 막대한 영향을 끼쳤다. 그로 인하여 나타난 정치적 분쟁에 뛰어든 그는 카펠의 싸움에서 군목으로 종군했다가 붙잡혀 사지를 찢기는 죽음을 당했다.) [Zwingli]

- 죽어버리기 전에는 어느 누구도 행복한 인간이라고 말하지 말라.
[Aeschilos]

- 죽어서 안식을 누리는 이들이 있고, 전혀 그렇지 못한 이들이 있다.
[B. P. Galdoz]

- 죽었다고 네가 말하는 그 사람은 다만 그 앞길을 서둘러 갔을 뿐이다.
[L. A. Seneca]

- 죽으면 하잘것없는 한 줌의 흙밖에 더 되어지는 것이 없을 것 같던 적막하던 마음은 저런 꽃을 피워내는 거름이 되는 것이 아닐까 하니, 장차 자기의 죽음도 사람의 마음속에 정서를 자아내게 하는 그런 보람이 되는 것이라면 생각과 같은 그런 적막한 죽음은 아닐 것 같다. 이렇게 되는 것이 죽음의 원칙일까? 원칙이라면 자기는 농사꾼이니까, 아마 곡식을 키우는 거름이 될 것만 같다. 되기만 한다면 얼마나 원하고 싶은 일이랴. [계용묵]

- 죽은 이들과 가장 닮은 자가 가장 아쉬워하며 죽는다. [La Fontaine]

- 죽은 이들 가운데 죽어야만 하는 이들이 있다. [F. Denoyaer]

- 죽은 이들의 유해를 휘저어서는 안 된다. [Antonio Perez]

- 죽은 자는 묻지 않는다. [Theodorus]

- 죽은 자는 빨리 가버린다.
[G. A. Burger]

- 죽은 자는 산 자보다 낫고, 아니 난 자는 죽은 자보다 낫다. [이광수]

- 죽은 자의 조언은 산 자들에게는 별 의미가 없다. [Diderot]

- 죽은 제왕보다는 살아있는 거지가 낫다. [La Fontaigne]

- 죽음 다음에는 또 다른 삶이 온다고 믿는 것이 즐겁지 않다. 내게 죽음이란 닫혀버린 문과도 같은 것이다. 죽음이란, 그저 내디뎌야 할 한 발짝 발걸음이 아니라 끔찍하고 추악한 모험이라고 말하고 싶다.
[Albert Camus]

- 죽음도 생의 한 양식! 사별 또한 출생과 한 가지 은총이다. [유치환]

- 죽음에 대한 조심성이 죽음을 무서운 것으로 만들고, 죽음의 접근을 촉진한다. [Jean-Jacques Rousseau]
- 죽음에 대해서는 로마의 사면도 얻을 수 없다. [Moliere]
- 죽음에 대해 자주 말하지 말라. 죽음보다 확실한 것은 없다. 확실히 오는 것을 일부러 맞으러 갈 필요는 없다. 우리는 살기 위해 여기 온 것이다. [Shakespeare]
- 죽음에서 우리를 지켜준 요새는 없다. [P. J. Martin]
- 죽음은 감각의 휴식·충동의 절단·마음의 만족, 혹은 비상소집의 중지, 육체에 대한 봉사의 해방에 지나지 않는다. [Marcus Aurelius]
- 죽음은 결코 현자를 깜짝 놀라게 할 수 없다. 현자는 늘 떠날 준비를 하기 때문이다. [La fontaine]
- 죽음은 곳곳에서 우리들을 기다리지 않겠는가. 죽음을 예측하는 것은 자유를 예측하는 일이다. 죽음을 배운 자는 굴종을 잊고, 죽음의 깨달음은 온갖 예측과 구속에서 우리들을 해방한다. [Montaigne]
- 죽음은 그 위험 없이 그것을 생각하는 것보다 그것을 생각하지 않고 받는 편이 보다 수월하다. [Pascal]
- 죽음은 금방 여기 있었는가 하면 벌써 저편에 가있다. 도처를 분주하게 쏘다닌다. 모든 것의 위에, 모든 것의 내부에, 그리고 또 위아래로 죽음은 존재한다. 그러는 동안 나도 죽어간다. [Percy Shelley]
- 죽음은 나 자신의 가능성일 뿐만 아니라 오히려 죽음은 하나의 우연의 사실이다. …죽음은 탄생과 동시에 하나의 단순한 사실이다. 죽음은 외부로부터 찾아와 우리를 밖으로 변화시킨다. [Jean Paul Sartre]
- 죽음은 낮잠을 자지 않는 수확 꾼이다. [Miguel de Cervantes]
- 죽음은 너에게 영달의 길을 막아버릴 테지만, 그 대신 너에게 영웅심과 체념과 위대한 정신의 길이 열릴 것이다. [Henry F. Amiel]
- 죽음은 도망치는 자를 따라잡는다. [Horatius]
- 죽음은 돌아오지 않는 파도이다. [Vergilius]
- 죽음은 두렵지는 않다. 단지 돛이 팽팽한 상태에서 침몰하고 싶을 뿐이다. [Washington Irving]
- 죽음은 때때로 징벌이고, 종종 선물이며, 몇몇 사람에게는 은혜이다. [L. A. Seneca]
- 죽음은 모든 것의 진정한 최상급입니다. 그러나 그것은 무한하지는 않은데, 왜냐하면 그것은 어떠한 길을 통해서는 도달되기 때문입니다.

죽음이 있는 한, 모든 발언은 죽음에 대항하는 발언입니다. 죽음이 있는 한 모든 불빛은 도깨비불입니다. 그 불빛은 결국은 죽음에 이르기 때문입니다. 죽음이 있는 한 어떠한 아름다움도 아름답지 않으며, 어떠한 선善도 선하지 않습니다.

[Elias Canetti]

- 죽음은 모든 신분을 평등하게 만든다. [Claudianus]
- 죽음은 미美의 어머니이다. 오로지 그녀에게서만 우리의 꿈의 실현을 찾을 수 있다. [Wallace Stevens]
- 죽음은 밤의 취침, 아침의 기상이라는 일상적인 과정과 별로 본질적인 차이가 없는 큰 과정이다.

[Carl Hilty]

- 죽음은 변명이 아니다. [Sebring]
- 죽음은 순간의 이동인만큼, 단지 생각으로밖엔 느끼지 않는다.

[Montaigne]

- 죽음은 악이 아니므로 큰 선이다.

[Publius Syrus]

- 죽음은 병사들의 몫이요, 공로는 장군의 차례다. [출새곡出塞曲]
- 죽음은 부동不動이다. [김남조]
- 죽음은 부스럼 딱지를 없애는 것과 같고, 묶은 것을 풀어서 칼 틀에서 벗어나는 것과 같고, 새가 초롱을 나오는 것과 같고, 말이 마구간에서 나오는 것과 같아서, 마음이 탁 트여 소요逍遙를 스스로 즐겨서 무애無碍의 가고 머무름을 벗어나는 것이다. [기화己和]

- 죽음은 비록 최고의 이상을 위해 참고 견딜 수 있다 하더라도 결코 달콤한 것은 아니다. 죽음은 말할 수 없이 비참한 것이지만, 그래도 역시 우리의 개성의 극단적인 긍정이 될 수도 있다. [Erich Fromm]
- 죽음은 삶에 있어서 단 하나의 확실한 것이다. [Erich Fromm]
- 죽음은 삶을 해방시키는 수많은 창구를 갖는다. [John Fletcher]
- 죽음은 삶이라는 책에 마지막 구두점을 찍는 것이 아니다. 다만 한 페이지를 넘길 따름이다.

[Andre Prevost]

- 죽음은 생존을 억지로 고독한 것으로 만든다. 관련 맺어줄 수 없는 죽음이라는 것을 선행적으로 양해한다면, 생존은 다만 자기 혼자만의 고독이 되고 마는 것이다.

[Martin Heidegger]

- 죽음은 식전의 담배 한 모금보다도 쉽다. 그렇건만 죽음은 결코 그의 창호窓戶를 두드릴 리가 없으리라고 넘겨짚고 있는 것이다. [이상]
- 죽음은 실實이고, 삶은 허虛이다.

[사마광司馬光]

- 죽음은 아무 예고도 없이 홀연히 우리를 찾아온다. 그것은 피할 수 없는 인간의 한계상황이다. 죽음이 인생의 필연의 운명인 이상, 우리는 히로이즘의 정신을 가지고 죽음에 대해서 용감한 각오를 갖는 도리밖에 없다.   [안병욱]
- 죽음은 얌전하고 너울을 썼으며, 예의가 있고 수줍음이 있다. 즉 양가良家의 태생인 것이다. 우리는 늘 죽음과 마주치면서도 그 얼굴을 본 적이 없다.   [Guy de Maupassant]
- 죽음은 어디로 가거나 항상 생生을 잉태하고 있다.
                    [아쿠다가와 류노스케芥川龍之介]
- 죽음은 연금年金의 다음 단계이다. 즉 지불 없는 영원한 은퇴이다.
                    [지루도]
- 죽음은 영혼의 해방이다.   [Platon]
- 죽음은 오랜 수면이다. 수면은 짧은 죽음이다. 수면은 가난을 달래주고, 죽음은 가난을 없애준다. [독일 격언]
- 죽음은 옷을 벗고 바람 속에 섬이요, 햇볕에 녹아듦이라. [Kahlil Gibran]
- 죽음은 우리들 모두가 갚아야 하는 빚이다.   [Euripides]
- 죽음은 우리에게 있어서 ― 귀여운 자식에 대한 어머니와 같은 것이다.
                    [Maxim Gorky]
- 죽음은 위대한 의사이다. 어떤 견디기 어려운 슬픔도 치료해 준다.
                    [Aeschilos]
- 죽음은 육체에 있어서 가장 큰 최후의 변화이다. …우리들은 벌거숭이의 한갓 살덩이였다. 다음에 젖먹이 어린아이가 되었다. 그리고 머리털과 이가 났다. 그것이 탈락되고 다시 새로 갈려 나왔다. 그리고 이젠 백발이 되고 대머리가 된다. 그러나 이러한 변화를 우리들은 겁내지 않는다. 그런데 어째서 우리들은 이 최후의 변화인 죽음을 겁내는 것일까.   [Lev N. Tolstoy]
- 죽음은 인간에게 있어서는 위대한 조정자이다.
                    [Alessandro Manzo'ni]
- 죽음은 인류의 공통의 운명이며, 죽음을 두려워하는 자는 위대한 인간이 될 수 없다.   [Grabbe]
- 죽음은 절대적이다. 예외가 없으며 중간도 없다. 모든 것은 무로 돌아가며, 나의 존재성이 스스로를 상실하는 절대적인 허무에의 길이다. 이보다 더 근본적이며 운명적인 문제는 없다.   [김형석]
- 죽음은 제 직분을 다한 자에게 오는 해임 사령이요, 안식의 은전恩典인 동시에 우주의 침체를 쇄신하는 대이동이다. 죽음이 없었던들 새 창조는 묵은 그늘에 눌려서 기를 펴지

못할 것이다. 창조된 새 생명이 혼자서 살만한 때에 묵은 생명이 비켜나는 것은 인생과 우주를 항상 청신케 하는 소이所以이다. 죽음은 오물의 연소다.　　　　　　[이광수]

● 죽음은 존재하지 않는다. 왜냐하면 우리들이 존재하는 한, 죽음의 존재는 없고, 죽음의 존재가 있을 때 우리들은 존재할 것을 그만두기 때문이다.　　　　　　[Epikouros]

● 죽음은 죽음의 지체만큼 괴롭지 않다.　　　　　　[Ovidius]

● 죽음은 죽지 않는 유일한 것이다.　　　　　　[Thomas Paine]

● 죽음은 지니기는 모든 산들바람을 타고 와 모든 꽃 속에 숨는다. 각 계절은 각 병病을 갖고 있고, 매시간마다 위험이 있다.　　[D. C. Heber]

● 죽음은 최후의 잠이든가, 혹은 완전한 최후의 각성이든가, 어느 하나다.　　　　　　[Walter Scott]

● 죽음은 허수아비에 불과하다.　　　　　　[Socrates]

● 죽음을 가벼이 하고 날뛰는 것은 소인의 용기다. 죽음을 소중히 여기고 의로써 마음을 늦추지 않는 것은 군자의 용기다.　　　　　　[순자荀子]

● 죽음을 겁내지 않는 자에게 무엇을 겁내라는 거야? [Friedrich Schiller]

● 죽음을 두려워하는 것은 삶에 지나치게 경의를 표하는 것이다.
　　　　　　[Theodore Jouffroy]

● 죽음을 두려워하는 사람을 나는 이해할 수가 없다. 삶이란 어지럽고 이간하는 것으로, 죽음보다 더 잔인한 것이다. 반면에 죽음은 어지러웠던 것이 모이고 타협하는 영원한 하나의 삶인 것이다. [Helen Keller]

● 죽음을 삶과 같이 보는 자는 열사의 용기다. 궁窮에 처해도 목숨 있음을 알고, 통하는 때가 있음을 알고, 대난大難에 임해도 무서워하지 않는 것은 성인의 용기다.　　[장자莊子]

● 죽음을 쉽게 받아들이는 자만큼 비겁한 자는 없다.　　[L. A. Seneca]

● 죽음을 제외하고는 아무것도 우리 것이라 부를 수 없다. [Shakespeare]

● 죽음을 종교적으로 다루는 단 하나의 방법은, 죽음을 인생의 안목이라고 생각하고, 또한 인생의 신성을 범해선 안 되는 요건으로서, 이해와 감동을 가지고 주시하는 데 있다.
　　　　　　[Thomas Mann]

● 죽음의 공포는 죽음 그 자체보다 무섭다.　　　　[Publius Syrus]

● 죽음의 공포는 해결되지 않는 삶의 모순에 지나지 않는다.
　　　　　　[Lev N. Tolstoy]

● 죽음의 구원을 받기 전에 죽는 것은 행복하다.　　[Publius Syrus]

- 죽음의 모험은 삶 속에 있으며, 그것이 없으면 삶은 삶이 되지 않는다. [Thomas Mann]
- 죽음이 다가오는 것을 그처럼 두려워하는 것은 생전에 사악한 생활을 했다는 증거이다. [Shakespeare]
- 죽음이 두렵지 않은 사람에게서 삶의 애착이 없음을 우리는 너무나 잘 알고 있다. [서경보]
- 죽음이란, 결코 무서운 것이 아니다. 죽음처럼 우리의 생명을 정화해 주는 것은 없다. [정비석]
- 죽음이란, 날마다 밤이 오고 해마다 겨울이 찾아오는 것과 같이 피할 수 없는 일이다. 우리는 밤이나 겨울에 대해서는 준비를 하지만, 어찌하여 죽음에 대해서는 조금도 준비를 하지 않는 것일까? 죽음에 대한 준비는 단 하나밖에 없다. 그것은 훌륭한 인생을 살면 살수록 죽음은 더욱 더 무의미한 것이 되는 것이며, 그에 대한 공포도 없어지는 것이다. 그러므로 성자에게는 죽음이란 있을 수 없다. [John Ruskin]
- 죽음이란, 사실은 모든 것을 다 포함하고 있을 정도로 엄청난 것이어서 우리는 이를 유일무이한 사실이라고 부르고 싶을 정도이다. 죽은 자와의 대결은 자기 자신의 죽음과의 대결이다. [Elias Canetti]

- 죽음이란, 소멸된 삶이다. [Vatslav Nizhinskii]
- 죽음이란, 우리의 모든 비밀, 음모, 간계의 베일을 벗기는 것이다. [Dostoevsky]
- 죽음이란, 이 세상을 친구가 바다를 건너가듯 가로질러 가는 것이다. 바다 건너에선 또 다른 친구가 살고 있다. [William Penn]
- 죽음이 바꾸어 놓은 것은 다만 우리의 얼굴을 덮는 가면밖에 없다. [Kahlil Gibran]
- 죽음이 악이 아닌 것은 큰 복이다. [Publius Syrus]
- 죽음이 어떤 곳에서 너희를 기다리고 있는지는 알 수가 없다. 그러기 때문에 어떠한 장소에서라도 죽음을 기다려라. [L. A. Seneca]
- 죽음이여, 너 때문에 사람은 죽을 때까지 불행하다. [Euripides]
- 죽음이 찾아올 때 그는 나이와 업적을 참작하지 않는다. 죽음은 이 땅에서 병든 자와 건강한 사람과, 부자와 가난한 사람들을 구별 없이 쓸어간다. 그러면서 죽음에 대비해서 살아갈 것을 우리에게 가르친다. [Thomas A Kempis]
- 죽음 자체보다도 죽음에 수반하는 것들이 인간을 두렵게 한다. [L. A. Seneca]

- '죽음', 죽음이란 끝나는 것이 아니라 중지中止였다. 중도에서 흐지부지 그쳐버리는 것이었다. 중지된 채로 영원히 그러고 있어야 하는 무료無聊, 이것이 죽음의 자태였고 그 의미였다. 그것은 모든 것에서 버림을 받고 있다는 체념이었다. [장용학]
- 진실한 죽음의 자태도 현자의 눈에는 공포로 여겨지지 않으며, 경건한 사람의 눈에는 종말로 비치지 않는다. [Goethe]
- 짧은 죽음(장수)은 인간 삶의 최고 재산이다. [Plinius, G. Secundus]
- 참된 삶을 맛보지 못한 자만이 죽음을 두려워하는 것이다. [John Ray]
- 참말로 죽음이라는 사실은 어떤 의미에서는 삶보다도 더 확실한 사실입니다. [지명관]
- 철학자의 전 생애는 죽음의 준비다. [Marcus Tillius Cicero]
- 최상의 죽음이란 예기치 않았던 죽음이다. [Montaigne]
- 최후의 심판을 기다리며 이리저리 돌아다닐 필요는 없다. 그것은 날마다 일어나고 있다. [A. Camus]
- 출생과 죽음은 피할 수 없으므로 그 사이를 즐겨라. [George Santayana]
- 타인의 의지로 죽는 것은 두 번 죽는 것이다. [Publius Syrus]
- 탄생이란 다름 아닌 죽음의 시작이다. [Edward Young]
- 태양과 죽음은 뚫어지게 바라볼 수 없다. [M. de Cervantes]
- 태어난 자에게 죽음은 반드시 찾아온다. 죽은 자는 반드시 다시 태어난다. 피할 길 없는 길을 탄식해서는 안 된다. [Bahgavad-gita]
- 파뉴스는 적으로부터 달아날 때 자살하였다. 죽음이 두려워서 죽음을 택하는 것 이상으로 미친 짓이 어디 있단 말인가. [Marcus Martialis]
- 평생에 모든 일이 다 만족한데 흠될 것은 오직 죽음뿐이다. [소식蘇軾]
- 평화를 가져다주지 않는 죽음은 죽음이 아니다. [John Dryden]
- 한 가닥의 머리카락에도 그 나름의 그림자가 있다. [Publius Syrus]
- 한때의 전우로서 그의 죽음은 나의 가슴으로부터 무언가를 앗아가 버렸습니다. (존 F. 케네디 대통령의 암살에 대한 성명) [Douglas MacArther]
- 한 명의 죽음은 비극이요, 100만 명의 죽음은 통계이다. [Stendahl]
- 한 번 죽음의 차디찬 휴식을 맛본 자는 다시는 잠을 깨지 못한다. [Lucretius]
- 현자는 잔치에서 점잖게 물러나듯이 그렇게 세상을 떠나야 한다. [Demophilius]

● 훌륭한 사람일수록 죽음을 두려워 하지 않는다.　　[Samuel Johnson]

| 준비하다 |

● 갑자기 급한 일이라도 일어나면 비록 백 배의 힘을 소비할지라도 그 일에 이익이 없을 것이니, 이것은 미리 준비하지 않은 과실過失이다.

[박제가朴齊家]

● 강물을 보고 고기를 탐내기보다는 집에 돌아가 그물을 엮어라.

[회남자淮南子]

● 나에게 나무를 베기 위해 여섯 시간을 주면 첫 네 시간은 도끼를 가는 데 쓸 것이다.　　[Abraham Lincoln]

● 사람이 산山에 발이 걸려 넘어지는 일은 없을지라도, 개미 둑같이 작은 것에 걸려 넘어지는 것은 부지기수不知其數로 일어난다. 그러므로 누구나 피해가 작을 것이라고 가볍게 여기거나, 대단치 않은 일이라고 업신여기다가는 크게 후회하게 될 것이다. 환난을 당한 후에 걱정하는 것은, 마치 병자를 죽게 해놓고 좋은 의사를 찾는 격이라 하겠다.

[회남자淮南子]

● 서둘러라. 돌아오는 시간을 기다리지 마라. 오늘 준비가 되지 못한 자는 내일은 더욱 그러할 것이다.

[Ovidius]

● 전투에 잘 준비한 자는 절반은 이긴 것이다.　　[Cervantes]

● 환난이 있을 것을 미리 짐작하고 이를 예방하는 것은, 재앙을 만난 뒤에 은혜를 베푸는 것보다 훨씬 나은 것이다.　　[정약용]

● 희망을 가지고, 보다 나은 때를 위해 힘을 길러 둔다.　　[B. Gracian]

| 중개仲介 |

● 미친 자가 보낸 것은 미친 자가 기다린다.　　[J de La 베프리]

| 중년中年 |

● 마흔이 넘어서도 남에게 미움을 받으면, 그 사람의 일생은 그대로 끝난다.　　[논어論語]

| 중단 / 중지中止 |

● 중단해선 안 될 데서 중단하는 사람은 어느 하나 중단하지 않는 것이 없으며, 후하게 할 처지에 박하게 구는 사람은 어느 하나 박하게 굴지 않는 것이 없을 것이다.　　[맹자孟子]

● 한 발짝이 쌓이지 않으면 천 리 길을 갈 수 없고, 작은 흐름이 쌓이지

않으면 강과 바다가 이룩될 수 없는
것이다. 공을 이룸은 중단하지 않
는 데 있으니, 칼로 자르다 중단하
면 썩은 나무라도 꺾이지 않으며,
자르는 것을 중단하지 않으면 쇠나
돌도 뚫을 수 있다.　　[순자荀子]

| 중립中立 |

● 깃발(배의)이 상품을 덮는다.
　　　　　　　　　[베슈렐 시리즈]

| 중상모략中傷謀略 |

● 물처럼 스며드는 중상과 피부에 느
껴지는 모략이 통하지 않는다면, 가
히 총명한 사람이라 할 수 있다.
　　　　　　　　　　　[공자孔子]
● 중상모략만큼 빠른 것은 없다.
　　　　　　[Marcus Tillius Cicero]
● 중상모략을 당할 때에는 잠자는 조약
돌처럼 조용하게 받아넘겨야 한다.
　　　　　　　　　[Antisthenes]
● 중상모략하는 자에게 화를 내면 그
의 말을 믿게 만드는 것이다.
　　　　　　　　　[Ben Johnson]
● 중상이나 헛소문은 진실보다 빨리
전해지지만 진실만큼 오래 머물지
못한다.　　　　　　[W. Lozad]
● 토론이 끝나면 패자는 중상모략을

하기 마련이다.　　　[Soceates]

| 중용中庸 / 분수 |

● 가득 차면 엎어진다.　[순자荀子]
● 그대는 사마귀를 알지 못하는가?
그 작은 몸으로 수레바퀴를 막으려
다 눌려 죽은 것은, 그 불가능함을
알지 못하고 자신의 힘만 믿기 때문
이다. 삼가고 또 삼가라. 힘만 믿고
남을 해치는 자는 사마귀가 수레바
퀴를 막음과 다름없다는 것이다.
　　　　　　　　　[거백옥遽佰玉]
● 꽃은 반쯤 피었을 때가 보기가 좋
고, 술은 약간 취했을 때가 좋다.
　　　　　　　　　[채근담菜根譚]
● 너무 많든 너무 적든, 도를 넘으면
흥이 깨진다.　　　　[Terentius]
● 넘침과 모자람 사이에 절도節度가
있다.　　　　[Jean de Noyers]
● 대부분의 사물은 가운데가 으뜸이
다. 그와 마찬가지로 자신의 위치도
가운데가 되게 하라.　[Phokylides]
● 대통령직을 추구함에 있어 극단주
의는 용서받을 수 없는 악덕입니다.
국가 정무에 있어 중용은 최고의 미
덕입니다.　　[Lyndon B. Johnson]
● 덕은 두 악 사이의 한중간에 위치한
다.　　　　　　　[Aristoteles]
● 막대한 부를 가진 자는 때로 불행하

다. 중용의 재물밖에 안 가진 자는 행복하다. [Herodotos]
- 미덕이란, 두 개의 악덕 사이에 있는 중용을 말한다. [Aristoteles]
- 신중함이 최고이다. [Cleobulus]
- 여자는 사랑이든가 아니면 미워한다. 그녀는 중용을 모른다. [Cyrus]
- 오래 살기를 바라거든, 중용의 길을 걸어라. [M. T. Cicero]
- 절제가란, 욕망에 중용을 찾은 사람을 일컫는다. [Platon]
- 중간이 가장 안전할 것이다. [Horatius]
- 중용에 힘쓰는 사람은 오막살이의 빈곤도 피하고, 궁전의 선망도 피한다. [F. Q. Horatius]
- 중용의 덕은 지극하다. [논어論語]
- 중용의 도가 최선이며, 과격한 것은 분쟁을 일으키는 원인이다. [Plautus]
- 중용의 도에 의함으로써 처세상의 상도常道로 삼음. [장자莊子]
- 중용의 힘은 지고지선至高至善이다. 이를 행하는 자는 예부터 매우 적다. [논어論語]
- 중용이 최고이다. [Phokylides]
- 지나침과 모자람은 악의 특색이고, 중용은 덕의 특색이다. [Aristoteles]
- 한쪽으로 치우치지 않는 것을 중中이라 하고, 바뀌지 않는 것을 용庸이라 한다. 중이란, 천하의 정도正道이고, 용이란, 천하의 정해진 이치이니라. [중용中庸]
- 행복은 중용에 깃들어 있다. 주인도 하인도 되고자 하지 않는다. [Baif]
- 현자는 옥처럼 높이 평가받기도, 자갈처럼 무시당하기도 원치 않는다. [노자老子]

| 중용重用 |

- 중용을 싫어할 사람은 아무도 없다. [Horatius]

| 중재자仲裁者 |

- 두 친구 사이에서 중재를 하느니 차라리 두 원수 사이에서 중재자가 되는 편이 낫다. 두 친구 가운데 하나는 적이 되겠지만, 두 원수 가운데 하나는 친구가 되기 때문이다. [Diogenes Laertios]
- 싸움에 끼어드는 자는 제 코에서 나는 피를 닦는다. [John Gay]

| 즐거움 |

- 거친 밥을 먹고 물을 마시고, 팔을 굽혀 베개 삼아 베고 누웠어도 즐거움은 그 가운데 있다. 불의로써 부하게 되고 귀하게 되는 것은 나에게

있어서는 하늘에 뜬구름과 같다.

[공자孔子]

● 걱정을 앞세우면 즐겁게 되고, 즐거움을 앞세우면 걱정이 생긴다.

[대대례기大戴禮記]

● 고생 끝에 낙이 있다.　　[한국 격언]

● 군자에게는 세 가지 즐거움이 있다. 양친이 다 살아 계시고 형제가 무고한 것이 첫째 즐거움이요, 우러러 하늘에 부끄럽지 않고 굽어보아도 사람들에게 부끄럽지 않은 것이 두 번째 즐거움이요, 천하의 영재를 얻어서 교육하는 것이 세 번째 즐거움이다.

[맹자孟子]

● 나물 먹고, 물 마시고, 팔 구부려 베게 삼아도 즐거움이 또한 그 가운데 있다.

[논어論語]

● 낚시질은 조용하고 뛰어난 일이지만, 그래도 살생하는 마음이 있는 것이고, 장기와 바둑은 깨끗한 놀이지만, 그래도 전쟁하는 마음을 일으키게 하느니라. 이로써 볼 때 즐거운 일이란, 일을 덜어 마음에 알맞도록 하는 것만 못하고, 재능이 많은 것보다는 무능력이 천진天眞을 보전하는 데 나은 것을 알 것이다.

[채근담菜根譚]

● 누구라도 즐거움에 빠져 있을 때는 위선자라는 허울을 벗어 던지게 된다.

[Samuel Johnson]

● 늘 즐거운 자는 진정 슬픈 자이다.

[쇼보 드 보쉔]

● 만약 세상에 즐거움만 있다면, 우리는 결코 인내하는 법을 배울 수 없을 것이다.　　[Helen Keller]

● 먹고 마시기를 청할 때는 주변에 많은 사람이 있지만, 위급한 상황일 때 관심 갖는 사람은 극히 드물다.

[Theognis]

● 먼저 천하를 근심하고, 후에 천하의 즐거움을 즐긴다.　　[범중엄范仲淹]

● 배우고 때로 익히면 또한 기쁘지 아니하랴. 벗이 있어 먼 곳으로부터 찾아오면 또한 즐겁지 아니하랴. 사람이 알아주지 않아도 원망하지 아니하면, 어찌 군자가 아니랴. [논어論語]

● 백성들과 함께 즐거움을 서로 나누면 능히 즐거울 수 있다.　　[맹자孟子]

● 사람들은 이름 있고 지위 있음이 즐거운 줄만 알고, 이름 없고 지위 없는 즐거움이 참 즐거움인 줄은 모른다. 사람들은 주리고 추운 것이 근심인 줄만 알고, 주리지 않고 춥지 않은 근심이 더욱 심한 줄을 모른다.

[채근담菜根譚]

● 신에 의해 부여된 인생은 짧지만, 즐겁게 보낸 인생의 기억은 영원하다.

[M. T. Cicero]

● 약간의 즐거움이 모든 것을 더욱 감칠맛 나게 한다. [Balthasar Grasian]

- 오오 신이여! 단 하루를, 진정한 환희의 단 하루를 나에게 보여주십시오. 참다운 즐거움의 저 깊은 음향이 나로부터 멀어진지 이미 오래됩니다. 오오 나의 신이여! 언제 나는 다시 한번 즐거움을 대하게 될 것입니까? 그날은 영원히 오지 않는 것입니까. 아니 그것은 너무나 잔인합니다. [Ludwig van Beethoven]
- 유익한 즐거움이 셋 있고, 해로운 즐거움이 셋 있다. 예악禮樂을 조절함을 좋아하며, 남의 착한 것을 말함을 좋아하며, 어진 벗이 많음을 좋아하면 유익하다. 분에 넘치게 즐기며, 안일을 즐기며, 주색을 즐기면 해롭다. [논어論語]
- 인생의 즐거움은 인생을 사는 인간에게 달려 있다. 하는 일이나 장소에 좌우되는 것은 아니다. [Ralph Waldo Emerson]
- 즐거움과 절도節度의 평온은 의사를 멀리한다. [Friedrich Logau]
- 즐거움에 찬 얼굴은 한 접시의 물로도 연회를 만들 수 있다. [Alfred Herbert]
- 즐거움은 때때로 찾아오는 손님이지만, 괴로움은 무턱대고 우리들에게 들러붙는다. [John Keats]
- 즐거움을 자유로이 누릴 수 있는 사람은 매우 적다. [Ovidius]
- 즐거움이 극에 달하면 슬픔이 생긴다. [장자莊子]
- 즐거워해야 할 것을 즐거워하고 싫어해야 할 것을 싫어하는 것은, 뛰어난 사람의 가장 합리적인 처신이다. [Aristoteles]
- 즐거움과 건강은 겨울도 여름으로 바꾼다. [Desausiers]
- 즐거움과 행복이 딴 데 있는 것이 아닙니다. 자기 삶의 보람을 갖기 위해서 노력하는 그 과정 자체에 있다고 굳게 믿어야 할 것입니다. [김은우]
- 즐거움 없는 인생은 기름 없는 등잔과 같다. [Walter Scott]
- 즐거움이란, 자기가 뜻하는 생의 가치를 성취하며, 그것을 자기의 것으로 하는 삶의 만족감을 말한다. [김형석]
- 즐거움이 아니라 즐겁지 않다는 것이 방탕의 어머니이다. [Friedrich Wlihelm Nietzsche]
- 즐거움 중에 새로운 자기를 얻는 것보다 더한 즐거움은 없다. 슬픔 중에서도 살아 서로 이별하는 슬픔보다 더 슬픈 것은 없다. [고시원古詩源]
- 지극한 즐거움이란, 그것이 즐거움인지 모르는 평온무사함이다. [장자莊子]
- 진심으로 즐거웠을 때, 우리는 마음의 자양분을 얻는다.

[Ralph Waldo Emerson]

- 천하 백성의 즐거움으로 즐거워하고, 천하 백성의 근심으로 근심한다.
  [맹자孟子]
- 천하의 즐거움은 무궁하지만, 마음에 맞아야 기쁨이 된다. [소식蘇軾]
- 함께 환난을 겪을 수는 있지만, 함께 즐거움을 나눌 수는 없다.
  [소식蘇軾]
- 한편에 즐거운 경사가 있으면, 다른한편에 즐겁지 않은 경사가 있어서서로 상대를 이룬다. [채근담菜根譚]
- 험한 이 세상을 살아가려면, 아주영리한 사람이 되거나, 아니면 아주즐거운 사람이 되어야 한다. 나는오랫동안 영리한 사람 쪽을 택해 살았다. 하지만 이제 나는 즐겁게 살기를 권한다. [Habby T. Revit]
- 현명하고 공정하게 살지 않고서는즐겁게 사는 것이 불가능하다. 또한 즐겁게 살지 않고서는 현명하고선하고 정직하게 사는 것이 불가능하다. [Epicurus]

| 증거證據 |

- 근거 없는 주장은 근거 없이 부정될수 있다. [Euclid]
- 증거는 증인의 독을 없애는 해독제이다. [Francis Bacon]

- 지나치게 총명하려고 하는 자는 아무것도 증명하지 못한다.
  [Thomas Fuller]
- 파렴치한 면상에도 증거 하나면 충분하다. [Antoine Louisel]

| 증오憎惡 / 미움 |

- 가장 격렬한 증오는 가장 높은 덕처럼 매우 조용하면서도 가장 사나운맹견이다. [Jean Paul]
- 같은 욕심을 가진 자는 서로 미워하고, 같은 근심을 가진 자는 서로 동정한다. [전국책戰國策]
- 거만과 증오는 거리에서 매매되는상품 같은 것이다. [William B. Yeats]
- 국민적인 증오는 문화가 낮으면 낮을수록 강하다. [Oscar Wilde]
- 군자는 마땅히 좋아하고 미워하는바가 있어야 하며, 좋아하고 미워하는 바가 명확하지 않아서는 안 된다.
  [한유韓愈]
- 남을 사랑하는 자는 반드시 사랑을받고, 남을 미워하는 자는 반드시미움을 받는다. [묵자墨子]
- 남이 나를 미워하는 것을 몰라서는안 되지만, 내가 남을 미워하는 것을 알게 할 수는 없다. [전국책戰國策]
- 내가 그를 미워해도 되는 것은 미워한다고 그가 괴로워하거나 불행해

지지 않을 뿐만 아니라, 그도 나를 미워하며 이 미움으로 말미암은 어떤 기쁨을 맛볼 수 있기 때문이다. 만일 내가 그를 미워함으로써 그가 혹 불행해진다면, 나는 더 미워할 수 없을 것이며 도리어 자비를 베풀어야 할 것이 아닌가. [김원구]

- 듣기 싫은 음악에 대해서 이야기하지 말고, 듣기 좋은 음악에 대해서 화제를 삼으라. 미워하고 싫어하는 감정은 될 수 있는 대로 발산하지 않는 것이 우리 자신의 건강을 위해서 유익하다. 애정으로 표현된 건강만이 우리에게 좋은 피를 만들어 준다. [Alain]

- 마음에 증오가 없다면, 바람이 아무리 때리더라도 나뭇잎에 앉아 있는 홍방울새를 말아가게 하지는 못하리. [William Butler Yeats]

- 며느리가 미우면 손자까지 밉다. [한국 격언]

- 문학적인 목적으로서의 미움이란, 훌륭한 테마가 되는 것이다. [Bertrant Russel]

- 미워하는 사람이 많으면 위험하다. [순자荀子]

- 미워하면서도 그의 아름다운 점을 보아야 하고, 좋아하면서도 그의 단점을 보아야 한다. [경세통언經世通言]

- 미워할 것은 인간이 지닌 어리석은 조건뿐이다. 인간의 가슴속에 숨어 있는 인간 심리의 독소, 남을 억압하려는 포악성, 착취하려는 비정, 남보다 뛰어나다는 교만, 스스로 나서려는 값싼 영웅주의적 참견, 남을 죽일 수도 살릴 수도 있다는 무엄, 그러한 것들이다. [선우휘]

- 분노와 증오, 복수심과 격정은 태초부터 인간이 가지고 있던 본성이 아니다. 이것들은 인간이 낙원에서 쫓겨난 후에 생긴 병든 정열이다. [C. V. Gheorghiu]

- 불이 꺼진 듯하지만, 종종 재속에 잠들어 있다. [Corneille]

- 사람들은 악을 행하듯이 선을 행하면서 증오를 불러일으킨다. [Machiavelli]

- 사람은 여자를 사랑함에 따라 더욱더 증오하게 된다. [Francois de La Rochefoucauld]

- 사람은 자기가 두려워하는 사람을 미워한다. [M. T. Cicero]

- 사람은 자신이 미워하는 자를 결코 이해하지 못한다. [J. R. Reuel]

- 사람의 모든 행위는 씨앗을 뿌리는 것과 다름이 없다. 그것이 사랑의 싹을 간직한 것이라면 사랑의 꽃이 피게 되며, 증오의 싹을 간직한 것이라면 증오의 열매가 맺게 되는 것이다. [박목월]

- 사람이 사랑한 일이 없는 ― 결코 사랑할 것 같지도 않은 사람에 대해서는 참된 증오는 없다. 증오를 받을 만한 값어치가 없는 사람에 대해서는 극단적인 사랑은 결코 생기지 않는다. [Paul Valery]
- 사랑과 증오는 항상 한도를 넘어선다. [Talmud]
- 사랑에도 시간이 부족하다. 그러니 증오에 할애할 시간이 있겠는가? [B. Copeland]
- 사랑은 미움으로 많은 것을 하게 한다. 그러나 사랑에 의하여 더욱 많은 것을 하게 한다. [Shakespeare]
- 사랑의 증오만큼 격한 것은 없다. [Sextus Propertius]
- 사회적 증오는 종교적 증오보다도 훨씬 강렬하고 그리고 심각하다. [Mikahil Aleksandrovich Bakunin]
- 세상 사람들은 스스로 아는 것이 적으면 많이 아는 사람을 미워한다. [유빈]
- 스스로 즐길 수 없는 사람들은 종종 타인을 미워한다. [Aesop]
- 실망과 미움은 오뉴월 소나기처럼 변덕스럽게 나타났다가 사라지기 마련이다. [이동주]
- 아무도 너를 정당하게 미워하지 않도록 조심하라. [Publius Syrus]
- 여러 사람이 미워하더라도 반드시 살펴야 하고, 여러 사람이 좋아하더라도 반드시 살펴야 한다. [논어論語]
- 여자는 그녀와 연애에 빠져있는 남자를 미워하는 일은 없지만, 많은 경우, 여자는 그녀와 친구인 남자를 미워한다. [Alexander Pope]
- 열정은 불보다 더 격렬하고, 증오는 상어보다 더 무섭다. [석가모니釋迦牟尼]
- 오직 어진 사람만이 사람을 좋아할 줄 알고 미워할 줄 안다. 어진 이는 좋은 것은 좋다고 하고, 나쁜 것은 나쁘다고 하는 공평함을 지닌다. 그래서 어진 이는 사람을 사랑하고 친한 한편 사람을 미워도 한다. 미워할 때는 그 사람의 악을 미워하는 것이지, 사람을 미워하는 것은 아니다. [논어論語]
- 온갖 형태의 죽음은 불행한 사람에게 있어서 증오로 가득 차지만, 최악의 증오는 굶는 것에 의한 죽음이다. [Homeros]
- 우리가 어떤 인간을 미워하는 경우, 우리는 다만 그의 모습을 빌어서 우리의 내부에 있는 어떤 자를 미워하고 있는 것이다. [Herman Hesse]
- 우리들이 인생에서 당면하는 증오의 태반은, 단순히 질투이든가, 혹은 모욕 받은 사랑에 지나지 않는다. [Carl Hilty]

- 우정보다 증오를 부채질하는 선전이 훨씬 효과적인 것은 어째서인가? 그 까닭은 매우 명백해서 현대 문명을 만들어낸 인간의 심정이 우정보다 증오 쪽으로 기울기 쉽기 때문이다. [Bertrant Russel]
- 인간 서로의 미움이란, 미움이 미움을 낳는 악순환밖엔 가져오지 않는다. [선우휘]
- 인간은 자기가 가장 부러워하는 것을 가장 증오한다. [H. L. Mencken]
- 자기를 미워하는 사람을 사랑할 수는 있지만, 자기가 미워하는 사람을 사랑할 수는 없다. [Tolstoy]
- 죄악과 사악함을 미워하라. 그러나 사람을 미워하지 말라. 이러한 것을 잘 이해하라. [William Saroyan]
- 증오 가운데 최악은 증오가 너무 저열하고 비굴하여 그것을 물리치기 위해 몸을 낮추어야 하는 것이다. [Marie d'Agoult]
- 증오가 지나치게 격해지면, 우리를 증오하는 자들보다 아래 놓는다. [La Rochefoucauld]
- 증오가 피 냄새를 맡으면 더 이상 숨어 있을 수 없다. [L. A. Seneca]
- 증오, 그것은 사랑과 근원을 같이 하고 있는 것이 아닌가. [Hans Carossa]
- 증오는 가슴에서 나오고, 경멸은 머리에서 나온다. 어느 감정도 완전히 우리의 통제 하에 있지 않다. [Schopenhauer]
- 증오는 그 마음을 품은 자에게 다시 되돌아온다. [Beethoven]
- 증오는 나약한 이들의 분노이다. [Alphonse Daudet]
- 증오는 두려움의 딸이다. [Tertullianus]
- 증오는 뿌리 깊은 분노이다. [Marcus Tillius Cicero]
- 증오는 사람을 장님으로 만든다. [Oscar Wilde]
- 증오는 억압되고 연속된 분노이다. [Jean Decroux]
- 증오는 여자의 노여움이다. [Oscar Wilde]
- 증오는 자네에게 심부름하는 모든 것에 대해서는 분명히 관대한 주인이다. [Oscar Wilde]
- 증오는 적극적인 불만이요, 질투는 소극적인 불만이다. 따라서 질투가 바로 증오로 바뀌어도 이상할 것은 없다. [Goethe]
- 증오는 협박을 당한 데 대한 겁쟁이의 복수심이다. [G. Bernard Shaw]
- 증오로 질식당하는 것은 모든 사악한 위기 중에서도 으뜸가는 것이다. [William Yeats]
- 증오에는 선善으로서 답하라. 일이

쉬울 때 시작하라. 아직 작을 때 많은 것을 차지하라. 이 세상에서 가장 곤란한 일은, 아직 그것이 쉬울 때에 생기는 것이다. 이 세상에서 가장 위대한 일은, 일이 그다지 크지 않을 때에 생겨나는 것이다. [노자老子]

● 지나친 사랑은 미움으로 변하기 쉽다. [Plutarchos 영웅전]

● 지적인 증오가 가장 악한 것이다. [William Butler Yeats]

● 진리는 이따금 증오를 초래한다. [영국 격언]

● 질투 많은 사람들의 사랑은 증오처럼 되어 있다. [Moliere]

● 친척의 증오가 가장 사납다. [Tachitus]

● 해와 달이 밖에서 빛나지만 역적은 안에 있으며, 미워하는 자를 조심해서 방비하지만 화는 사랑하는 데 있다. [전국책戰國策]

| 증인證人 |

● 단 한 명의 목격 증인이 사건을 들은 증인 열 명의 가치가 있다. [Plautus]

● 빵집 주인이 불리하게 증언한 자의 밀가루 반죽에 화가 있으리라. [Talmud]

● 설령 카토(로마의 정치가)가 증인이라 해도, 단 한 명의 증인만 고려해서는 안 된다. [M. P. U. Cato]

● 증인들이 너무 비싸서 정작 원하는 사람은 갖지 못한다. [Racine]

● 증인은 거짓말을 할 수 있어도 상황은 거짓말을 하지 않는다. [C. C. Colton]

| 지각遲刻 |

● 너무 빠른 파종은 종종 망치지만, 너무 늦은 파종은 항상 망친다. [G. A. Crapelet]

● 늦게 온 자는 잠을 불편하게 잔다. [John Florio]

| 지갑 |

● 모자는 재빨리 벗되 지갑은 천천히 열라. [덴마크 격언]

● 빈 주머니는 빈 머리를 만든다. [Williames]

● 지갑 속의 한 푼이 궁정에 있는 친구보다 낫다. [Samuel Smiles]

● 지갑이 가벼우면 마음은 무겁다. [Benjamin Franklin]

| 지나침 / 과도過度 |

● 과도하게 너무 많은 재산은 너무 큰

불행이 된다.　　　　　　　　[Florian]
- 과즙 틀을 너무 세게 누르면 포도씨 냄새가 나는 포도주가 된다.
　　　　　　　　　　[Francis Bacon]
- 꿀이 되는 자는 파리 떼에게 먹힌다.
　　　　　　　[Miguel de Cervantes]
- 너무 길들여진 암양은 너무도 많은 어린 양들에게 젖을 물린다.　[Baif]
- 달릴 수 없는 자는 종종걸음이라도 쳐야 한다.　　　[Jean A. de Baif]
- 마지막 한 방울이 항아리를 넘치게 한다.　　　　　[Thomas Fuller]
- 뱀장어를 너무 꽉 쥐면 놓치게 된다.　　　　　　[아이앙과 비르텔]
- 어린 양이 되는 자는 늑대에게 잡아먹힌다.　　　　[Carmontelle]
- 조금 더 지나친 것은 조금 더 모자란 것보다 훨씬 해롭다.　[Jean Paul]
- 좋은 것 이상의 것이 종종 나쁜 것보다 더 나쁘다.　　　[손자孫子]
- 지나치게 착하다고 불쾌해하지 마라.
　　　　　　　[Balthasar Grasian]
- 지나친 것들은 전혀 없는 것과 같다.
　　　　　　　　　　　[Pascal]
- 지나친 것은 미치지 못한 것과 같다.(과유불급過猶不及)　[논어論語]
- 지나친 잠은 피곤하게 만든다.
　　　　　　　　　　[Homeros]
- 지나침이 꽃을 피우면, 광기란 이삭을 낳고, 반란은 눈물의 수확이다.
　　　　　　　　　　[Aeschilos]
- 짐이 아니라 과도한 짐이 짐승을 죽인다.　　　　　[Cervantes]
- 화재보다는 과도함을 꺼뜨려야 한다.
　　　　　　　　　[Herakleitos]

| 지도자 / 지도력指導力 |

- 가장 위대한 지도자가 반드시 가장 위대한 일을 하는 지도자는 아니다. 그는 사람들이 가장 위대한 일을 하도록 하는 사람이다.
　　　　　　　[Ronald Reagan]
- 국가조직과 경제체제를 지도하는 사람들은 난폭하게 뛰는 말을 탄 사람과 같다. 그들에게는 말을 부릴 힘이 없다. 그저 안장 위에 앉고 있는 것만으로 뽐낼 뿐이다.
　　　　　　　[Erich Fromm]
- 닭의 입이 될지언정, 소의 꼬리는 되지 말라.　　　　　[사기史記]
- 당신의 행동이 다른 사람들에게 더 많은 꿈을 꾸고 더 많은 것을 배우고 더 많은 것을 배우도록 고무시키는 유산을 만들면, 당신은 훌륭한 리더이다.　　　[Dolly Parton]
- 당신이 리더가 되기 전에 성공은 자신을 성장시키는 것이다. 리더가 되면 성공은 다른 사람을 키우는 것이다.　　　　　[Jack Welch]

- 리더는 가고 싶은 곳으로 사람들을 데려간다. 위대한 지도자는 반드시 가고 싶지는 않지만 반드시 가야 할 곳에 사람들을 데려간다.
[Rosalynn Carter]
- 리더는 길을 알고 길을 가고 길을 보여주는 사람이다.
[John C. Maxwell]
- 리더를 배우려거든, 사리에 맞게 묻고, 조심스럽게 듣고, 침착하게 대답하라. 그리고 더 할 말이 없으면 침묵하기를 배워라. [Raffaello Santi]
- 리더십은 리더 자신의 도덕성과 정의와 책임감 없이는 시작조차 꿈꿀 수 없는 것이다. [Michael Sandel]
- 리더십은 옳은 일을 하는 것입니다.
[Peter F. Drucker]
- 리더십이란, 인간의 사이를 넓혀주고 높은 업적을 달성케 하며, 보통의 레벨을 넘어선 인격을 도야시키는 데 있다. [Peter F. Drucker]
- 모든 지도(direction)는 방향전환(Redirection)이다. [John Dewey]
- 불행을 만났을 때, 병에 걸렸을 때, 육체적으로나 정신적으로 파국에 직면했을 때에 사람들은 지도자를 찾는다. [Stanislav Neumann]
- 사람들은 폭풍을 만났을 때 수로水路 안내자의 가치를 인식한다.
[L. A. Seneca]

- 사자에게 영도되는 수사슴 떼는 수사슴에 영도되는 사자 떼보다 무섭다.
[Plutarchos]
- 서투른 양치기는 양 떼를 망쳐 버린다. [Homeros]
- 세 사람이 같이 길을 가면, 반드시 나의 스승(지도자)이 있다. [공자孔子]
- 영도자의 마지막 시련은 자신의 신념과 그것을 계승하는 의지를 후에 따르는 사람들 속에 심는 일이다.
[Walter Lippmann]
- 용감한 장수가 지혜로운 장수만 못하고, 지혜로운 장수가 학식 있는 장수만 못하다. [동주열국지東周列國志]
- 위대한 지도자는 국민에게 그들의 이익이 그들의 생각과는 다른 데 있음을 인식시킨다.
[Benjamin Franklin]
- 위인은 소인을 다루는 솜씨로써 그 위대함을 보여준다.
[Thomas Carlyle]
- 이성理性과 판단력은 지도자가 되는 요소다. [Tacitus]
- 인간관계에서 신뢰가 가장 중요하듯, 리더십도 신뢰의 형성이 가장 중요하다. [안철수]
- 인간이 발전하는 결정적인 순간이란, 어느 시대에도 있는 법이다. 그러므로 일체의 지도자가 무용한 것이라고 선언하는 혁명적인 정신운

동은 적당한 것이다. 즉, 아직 아무 일도 일어나지 않고 있는 것이다.

[Franz Kafka]

- 일본 지도자의 원형은 많은 커넥션과 복잡한 내막 교섭의 능력을 가진 인간이었다.　[Robert Scalapino]
- 자존심을 삼킬 수 없으면 이끌 수 없습니다.　[John F. Maxwell]
- 지도자가 되기 위해 한 가지 더 필요한 것은 그의 불변성을 가진 의지력이다. 즉 덕이요 절조이다.　[이광수]
- 지도자는 길을 알고, 길을 가고, 길을 제시하는 사람이다.

[John Maxwell]

- 지도자는 남을 두려워하며 자신을 두려워한다.　[김관석]
- 지도자일수록 과학적 정확성과 예술적 정서를 가져야 한다는 말이다.

[피천득]

- 효율적 리더십은 무엇보다 가치가 있는 것을 선별하는 과정이다.

[Stephen Covey]

| 지리地理 |

- 윤리학과 마찬가지로 지리학으로도, 집 밖으로 나가지 않고 세상을 이해하기는 참으로 어렵다.　[Voltaire]
- 지리학은 항상 가장 최신 자료가 최고의 자료가 되는 유일한 학문이다.

[Voltaire]

| 지배支配 |

- 다른 사람을 지배하려거든, 먼저 자기 자신의 주인이 되어야 한다.

[P. Messenger]

- 바다를 지배하는 자가 모든 것을 지배한다.　[Marcus Tillius Cicero]

| 지성知性 |

- 우리의 지성은 유한有限이다. 그러나 이 유한한 환경 속에서도 우리는 무한의 가능성에 둘러싸여 있다. 또한 인간 생활의 목적은 그 무한으로부터 가능한 한 많이 파악하는 것이다.　[A. N. Whitehead]
- 이해력이 뛰어난 자에게는 말 한마디면 된다.　[Plautus]
- 인간의 지성은 감정이란 불을 사용하여, 그 욕망의 목표 달성을 어렵고 힘들게 하는 것들을 녹일 수 있도록 인내와 지혜와 통찰력을 가지고 바삐 움직여야 한다.　[R. Tagore]
- 지성은 방법이나 도구에 대해서는 날카로운 감시인을 갖고 있지만, 목적이나 가치에 대해서는 맹목적이다.

[Albert Einstein]

- 지성은 아무것도 가진 것이 없는 사

람에겐 보이지 않는다.

[Arther Schopenhauer]

● 지성은 육체와 함께 죽는 것이다. 그러나 자기의 죽음을 아는 것, 거기에 지성의 자유가 있다.　[A. Camus]
● 지성을 동반하지 않는 명성과 부는 위험 자체이다.　[Democritos]
● 지성을 소유하고 또 그렇다는 사실을 아는 사람은 그렇지 못한 사람에게 언제나 승리한다.

[Bernard Shaw]

● 지성이란, 열린 영혼을 갖는 것이다.

[Ch. 부르다네]

● 지성의 소리는 부드러우나 들려질 때까지는 쉬지 않는다. 끝없이 반복된 좌절 후에 결국 그것은 완성된다. 이것이 인류의 장래를 낙관할 수 있도록 하는 몇 가지 관점 중의 하나이지만, 그 자체로서는 조금도 중요성이 없다.　[Sigmund Freud]
● 지성인에게는 세 가지 부류가 있다. 첫째는 혼자서 이해하는 사람이요, 둘째는 다른 사람이 이해하는 것을 알아채는 사람이요, 셋째는 혼자서도 이해하지 못하고 다른 사람의 가르침을 통해서도 이해하지 못하는 사람이다. 그중 첫째가 가장 뛰어나고, 둘째는 좋으며, 셋째는 쓸모가 없다.　[N. B. Machiavelli]
● 지성인은 자기 마음으로 자기 자신

을 관찰하는 그런 사람이다.

[Albert Camus]

● 최고의 주권을 만드는 것은 어깨의 넓이가 아니다. 어디서나 최고의 권위자는 바로 지성이다. [Sophocles]

| 지식知識 / 학식 |

● 과학이란, 조직된 지식이다.

[Edmund Spencer]

● 괴로움과 즐거움을 섞어 맛보아, 고락苦樂이 서로 연마되어 복을 이룬 이는 그 복이 오래 간다. 또한 의심과 믿음이 서로 참조된 다음에 지식을 이룬 이는 그 지식이 참된 것이다.

[채근담菜根譚]

● 남을 깎고 저미는 지식을 갖기보다는 차라리 무식한 편이 그 사람을 행복하게 한다.　[유주현]
● 너의 근원을 생각하라. 너는 야수처럼 살도록 태어난 것이 아니라 덕과 지식을 추구하도록 태어났다.

[Alighieri Dante]

● 내가 모른다는 사실이 내가 알고 있는 전부이다.　[Socrates]
● 내가 아는 모든 것은 아무것도 모르는 것이다.　[Socrates]
● 내가 앎이 있는 사람인가? 아니다. 앎이 없는 사람이다. 그러나 대단치 않은 사람이라도 나를 찾아와 물었

을 때, 그 태도가 성실하기만 하다면, 나는 최선을 다해 그에게 대답해 준다. [논어論語]

- 너희는 짐승처럼 살기 위해서 만들어진 것이 아니고 덕과 지식을 구하기 위해서 만들어진 것이다.
  [Alighieri Dante]
- 다른 사람이 아무도 우리가 아는 것을 모른다면, 안다는 것이 아는 것이 아니다. [Gaius Lucilius]
- 독창적인 표현과 지식의 기쁨을 환기시키는 것이 교사의 최고의 기술이다. [Albert Einstein]
- 돈을 하下, 힘을 중中, 지식을 상上으로 삼으라. [Platon]
- 두뇌는 지각知覺의 성성城이다.
  [S. Plinius]
- 모든 인간은 태어나면서부터 알고 싶어 한다. [Aristoteles]
- 모든 지식 가운데서 혼인에 관한 지식이 가장 발전이 늦다. [Balzac]
- 모든 지식은 경험에 바탕을 두고 있다. [Immanuel Kant]
- 목재는 마를 때까지, 지식은 숙달이 될 때까지 제멋대로 써서는 안 된다.
  [Oliver Wendel Holmes]
- 무지가 아는 체하는 것보다 낫다.
  [Nicolas G. Boileau]
- 무지가 힘이다. [George Orwell]
- 무지無知는 신의 저주를 받을만한 것

이요, 지식은 우리를 천국으로 날아가게 하는 날개이다. [John Florio]
- 무지는 정신적 결함이 아니며, 지식은 천재의 증거가 아니다.
  [Vauvenargues]
- 무지의 자각은 지식 향상의 큰 단계이다. [Benjamin Disraeli]
- 발로 밟는 땅은 비록 좁지만, 밟지 않은 땅이 넓은 줄 알기 때문에 마음 놓고 다닌다. 이와 마찬가지로 사람의 지知는 비록 근소하지만, 그 알지 못하는 광대한 세계가 있음을 믿고 비로소 대자연이 말하는 바를 들을 수 있다. [장자莊子]
- 배우지 못한 가장 무식한 사람도 병약한 지식인보다 낫다.
  [Thomas Jefferson]
- 불이 빛의 시작이듯, 항상 사랑이 지식의 시작이다. [Thomas Carlyle]
- 상상력은 지식보다 훨씬 중요하다.
  [Albert Einstein]
- 세 사람이면 헤매는 일이 없다.
  [한비자韓非子]
- 세상에 대한 지식은 세상에서 얻는 것이지, 다락방에서 얻는 것이 아니다. [Chesterfield]
- 세상이 지식인들로 이루어져 있다는 생각은 지식인들의 몸에 밴 악덕이다. [Elias Canetti]
- 습득한 지식을 실천에 옮기지 않고

보유하는 것은 어렵다.　　[Plinius]

- 신은 지식 그 자체를 우리에게 주지 않고, 지식의 씨앗을 우리에게 주었다.　　[L. A. Seneca]
- 아는 것뿐인 사람은 좋아하는 사람에는 미치지 못한다. 좋아하는 사람도 그것을 즐기고 있는 사람에 이르지 못한다.　　[공자孔子]
- 아는 것을 안다고 하고, 모르는 것을 모른다고 하는 것, 이것이 아는 것이다.　　[논어論語]
- 아는 것이 적으면 사랑하는 것도 적다.　　[Leonard da Vinci]
- 아름다움은 신神이 준 것이지만, 지식은 시장에서 구입된다.　　[A. H. 클리프]
- 안다는 것은 기억하는 것이다.　　[Aristoteles]
- 양심이 없는 지식은 인간의 영혼을 망친다.　　[E. R. L. Rabelais]
- 어떠한 사람의 지식도 그 사람의 경험을 초과하는 것은 아니다.　　[John Locke]
- 역량을 갖추기 위해서는 예견할 수 있도록 지식을 쌓아야 한다.　　[Auguste Comte]
- 어리석은 자들이 '지식은 돈이 들어간다.'라고 말하도록 그냥 내버려 두어라.　　[La Fontaine]
- 완전하지 않은 지식은 위험하고 두려운 것이다.　　[Samuel Johnson]
- 우리는 어떤 것에 대해서건 100만 분의 1만큼의 지식도 없다.　　[Thomas Edison]
- 우리는 현재의 지식을 가지고서만 박식한 데 지나지 않는다.　　[Montaigne]
- 우리들은 아는 것이 적으면 의혹을 갖게 된다.　　[George Bernard Shaw]
- 우리의 지식은 모두 경험에 바탕을 두고 있으며, 지식은 결국 경험에서 나온 것이다.　　[John Locke]
- 우아한 것은 지식뿐이다.　　[Ralph Waldo Emerson]
- 웅변은 지식의 자식이다.　　[Benjamin Disraeli]
- 이 세상 모든 일에 성하고 패하는 것이 그 지식의 길고 짧음에 있음을 깊이 깨달아야 하오.　　[안창호]
- 인간은 너무 지식이 적어도, 또한 많아도 생존할 수가 없다.　　[Georg Simmel]
- 인간의 지식은 정열의 지식이다.　　[Benjamin Disraeli]
- 자각의 첫 단계는 자기 불신이다. 이와 같은 과정을 밟지 않고서는 어떤 지식도 얻을 수 없다.　　[J. C. 헤어 & A. W. 헤어]
- 자기의 힘이 되지 않는 지식은 없다.　　[Ralph Waldo Emerson]
- 자신은 지식에 의하지 않으면 비천

하고 치명적이다.

[George Santayana]

- 작은 지식은 위험한 것이다. 깊이 마셔라. 그렇지 못하면 아예 마시지를 마라. [Alexander Pope]
- 정의를 떠난 지식은, 지식이라기보다는 교활함이라고 일컫는 편이 낫다.

[M. T. Cicero]

- 조금 더 알고, 조금 덜 살아야 한다.

[Balthasar Grasian]

- 조금 아는 사람들은 대부분 말을 많이 하고, 많이 아는 사람들은 말을 조금 한다. [Jean-Jacques Rousseau]
- 조직적인 지식의 도움 없이는 선천적인 재능은 무력하다.

[Herbert Spencer]

- 지각의 첫 단계는 자기 불신이다. 이와 같은 과정을 밟지 않고서는 어떤 지식도 얻을 수 없다. [J. C. 헤어]
- 지식과 용기는 위대한 일을 성취한다. 이 두 가지가 인간을 영원한 존재로 만든다. [Ralph W. Emerson]
- 지식과 힘은 동의어다. [F. Bacon]
- 지식보다 중요한 것은 상상력이다.

[Albert Einstein]

- 지식에 투자하는 것이 가장 이윤이 높다. [Benjamin Franklin]
- 지식욕은 인간 본연의 감정이다. 그러기에 마음이 타락하지 않은 자라면, 지식을 얻기 위해 가지고 있는 모든 것을 기꺼이 내놓을 것이다.

[S. James Bozwell]

- 지식은 감정보다 소중하고 삶의 지식은 삶보다 소중하다. [Dostoevsky]
- 지식은 경험의 딸이다.

[Leonard da Vinci]

- 지식은 고령자에게 있어서 마음씨 좋고 필요한 양로원이며 은거지이다.

[Philip Chesterfield]

- 지식은 고생함으로써 시작되고, 인생은 죽음으로써 완성된다.

[Elizabeth B. Browning]

- 지식은 놀라운 저작의 기초이며 원천이다. [Horatius]
- 지식은 도그마의 성질을 띠어서는 안 된다. 우리를 노예로 만들기 때문이다. [Erich Fromm]
- 지식은 면학하는 자에게, 부유함은 조심성 있는 자에게, 권력은 용감한 자에게, 하늘나라는 덕행이 있는 자에게 있다. [Benjamin Franklin]
- 지식은 부의 영구한 샘이다.

[M. Sadi]

- 지식은 사랑의 어버이요, 지혜는 사랑 그 자체이다. [J. C. 헤어]
- 지식은 산 사이를 뚫고 가는 길과 같은 것이지, 산마루를 넘어서 지나가는 길은 아니다.

[Albert Schweitzer]

- 지식은 쉽게 사라져 간다. 따라서 항

상 재확인하고 다시 배우고, 다시 훈련을 받아야 한다. [Peter Drucker]
- 지식은 신사의 시작이고, 신사로서의 완성은 대화이다. [Th. Fuller]
- 지식은 신이 아니다. 신은 예지이며, 지식은 반 그리스도이다.
  [Vatslav Nizinskii]
- 지식은 실상 저 하늘의 위대한 태양이다. 생명과 에너지는 그 광선과 함께 사방에 퍼진다. [David Webster]
- 지식은 우리가 하늘을 나는 날개다.
  [Shakespeare]
- 지식은 일면 보편타당성이 있는 한편, 민족적 국가적 냄새나 성격이 있다는 점도 무시할 수 없다. [송건호]
- 지식은 자유의 원천으로서, 지식처럼 인간에게 자유를 주는 것이 없다.
  [Ivan Turgenev]
- 지식은 정신의 음식물이다.
  [Socrates]
- 지식은 황금을 캐내는 것과 같다.
  [John Ruskin]
- 지식은 힘 이상의 것이다.
  [Samuel Johnson]
- 지식의 가장 큰 가치는, 다른 사람에게 그것을 전할 수 있는 동시에 그 사람이 그것을 확인하고 가질 수 있다는 점에 존재할 것이다. 오직 그렇게 할 수 있을 때에만, 그것은 무한한 중요성을 가져오는 것이다.

[Arthur Schopenhouer]
- 지식이 지식이기 위해서는 진보하지 않으면 안 된다. [Peter Drucker]
- 지식인인 체하는 사람은 자기의 지능 이상으로 교육을 받은 사람이다.
  [J. B. 매듀즈]
- 진정한 지식은 다만 경험이 있을 뿐이다. [Goethe]
- 진정한 지식은 사람을 겸손하고 세심하게 만든다. 건방지고 주제넘은 행동은 무식함의 표현일 뿐이다.
  [J. Glanvil]
- 참된 지식의 추가는 인간의 힘이 더해짐이다. [Heinrich Mann]
- 하나의 일에 관해 모든 것을 알기보다는 모든 일에 관해 조금씩 아는 편이 훨씬 낫다. 그것이 세상을 사는데 유익하기 때문이다. [B. Pascal]
- 학식이 착한 사람을 더 착하게, 악한 자를 더 악하게 한다.
  [Thomas Fuller]
- 학식이 있는 자와 무식한 자의 차이는 살아 있는 자와 죽은 자의 차이와 같다. [Aristoteles]
- 한 사람은 그가 아는 것일 뿐이다.
  [Francis Bacon]
- 행위를 수반하지 않는 지식은 꿀이 없는 꿀벌과 같다. [J. G. Herder]
- 황금 천 냥이 소중할 것이 없을 뿐만 아니라, 그보다는 사람에게서 좋은

말 한마디 들음이 천금보다 낫다.

[명심보감明心寶鑑]

| 지식과 무지無知 |

● 무지를 두려워하지 말라, 다만 거짓
지식을 두려워하라. 세계의 모든
악은 거짓 지식에서부터 일어나는
것이다. [논어論語]
● 우리가 무지하다는 것을 의식하는
것은 지식을 향해 한 걸음 크게 내
딛는 것이다. [Benjamin Disraeli]
● 우리들은 별로 알지 못한다고 할 때
에만 정확하게 안다. 의심은 지식과
함께 증가하기 때문이다. [Goethe]
● 유일한 선善이 있는바, 그것은 지식
이다. 유일한 악이 있는바, 그것은
무지無知이다. [Socrates]
● 자기 지식의 한계를 다른 사람에게
숨기는 확실한 방법은, 그 지식의
한도를 벗어나지 않는 일이다.

[Giacomo Leopardi]
● 접시는 그 소리로써 그 장소에 있나
없나를 판단할 수 있고, 사람은 말
로써 그 지식이 있나 없나를 판단할
수 있다. [Demosthenes]
● 한 사람을 그가 모르고 있는 것으로
판단해서는 안 되고, 그가 알고 있
는 것으로 판단해야 한다.

[Vauvenargues]

| 지연遲延 |

● 시간을 가진 자가 인생을 갖는다.

[John Florio]
● 연기된 것은 잃은 것이 아니다.

[Antoin Louisel]
● 위험은 지체하는 데에 있다.

[Titus Livius]

| 지옥地獄 |

● 결론 없는 인생은 지옥이다. [최인훈]
● 인간은 타인의 눈길에서 지옥을 경
험한다. [Jean Paul Sartre]
● 저승에도 나름의 법이 있다.

[Goethe]
● 지옥에는 세 개의 문이 있다. 육욕
과 분노와 탐욕이 그것이다.

[Bhagavad Gita]
● 지옥으로 가는 길은 평탄하다.

[Bion of Abdera]
● 지옥은 슬픔과 눈물을 통하지 않고
들어갈 수 없는 곳이다.

[Alighieri Dante]
● 지옥은 아마추어 음악가로 만원이다.

[George Bernard Shaw]
● 지옥은 애인들의 눈물에 떠있다.

[Dorothy Parker]
● 지옥이란 서툰 음악가가 가득한 곳
이며 음악은 저주 받은 자들의 브랜

디 같은 것이다.

[George Bernard Shaw]

● 현재를 체험한 자만이 지옥이 무엇
인지를 진실로 알 수 있다.

[Albert Camus]

| 지참금持參金 |

● 가장 큰 지참금은 부모의 덕성이다.

[Horatius]

● 많은 지참금을 가져온 신부보다 버
거운 짐은 없다.　　　[Menandros]

● 소녀가 지혜롭고 착한 성품을 갖춘
다면, 지참금을 잘 갖춘 것이다.

[Plautus]

● 화살이 날아오는 근원지가 바로 지
참금이다.　　　　　[Juvenalis]

| 지출支出 |

● 많은 동전이 작은 동전을 구한다.

[Jean Antonie de Baif]

● 지출은 수입의 절반 이하로 억제하
지 않으면 안 된다. 부자가 되고 싶다
면 지출을 3분의 1로 줄여야만 목적
을 달성할 수 있다. [Francis Bacon]

| 지혜智惠 |

● 가난이 범죄의 어머니라면, 지혜의

결여는 그 아버지다.　　[La Bruyere]

● 가장 지혜로운 자는 자신이 지혜롭다
고 전혀 생각하지 않는다.　[Boileau]

● 간결성은 지혜의 결정체이다.

[William Shakespeare]

● 고통은 지혜의 아버지이며, 애정은
그 어머니이다.　[Simeon Berneux]

● 군자의 도는 물처럼 담박하다.

[공자孔子]

● 나는 지혜라는 점에는 반 몫과 온 몫
사이에 별 차이가 없음을 알았다.

[Henry David Thoreau]

● 날카로운 기지의 가장 큰 결점은 표
적을 넘어가는 것이다.

[Francois de La Rochefoucauld]

● 남을 아는 사람은 슬기롭고, 자신을
아는 사람은 밝다.　　　[노자老子]

● 내가 살아갈 날은 끝이 있지만, 내
가 알아야 할 것은 끝이 없다.

[장자莊子]

● 눈이 침침한 지혜는 밤샘 공부에서
나오지는 않는다.　[William Yeats]

● 덕망은 명성으로 잃게 되고, 지혜는
다툼으로 생겨난다.　　[장자莊子]

● 모든 인간의 지혜는 기다림과 희망
이란 두 가지 말로 요약된다.

[Alexandre Dumas]

● 무모한 일을 하지 않는 것이 지혜의
특징이다.　　　[Henry D. Thoreau]

● 백옥은 진흙 속에 던지더라도 그 빛

을 더럽힐 수 없다. 군자는 부정한 곳에 갈지라도 그 마음을 어지럽힐 수 없다. 그러므로 송백松柏은 능히 설상雪霜을 견뎌내고, 밝은 지혜는 능히 위난危難을 극복한다.

[익지서益智書]

- 부는 우리를 찾아올 수 있으나, 지혜는 우리가 찾아 나서야 한다.

[Edward Young]

- 상식은 세상에 순응한다. 그러나 지혜는 하늘과 일치하려고 애쓴다.

[Joseph Joubert]

- 성실보다 나은 지혜는 없다.

[Benjamin Disraeli]

- 세 가지 기준으로 지혜를 가릴 수 있다. 그릇과 도량이 깊고 얕음이요, 학술의 닦음이 정精하고 거침이며, 논의의 옳고 그름이다. 그러므로 내 그릇이 얕으면 남의 깊음을 재지 못하고, 내 학술이 거칠면 남의 정함을 가리지 못하며, 내 논의가 옳지 못하면 남의 옳음을 따르지 못한다. [노수신]

- 시비하는 마음은 지혜이다. [맹자孟子]

- 신은 지혜가 깊어도 미래의 일을 캄캄한 밤으로써 덮었다. [Horatius]

- 신을 두려워하는 것은 지혜의 시작이다. [Barush de Spinoza]

- 양식은 사회와 어울리도록, 지혜는 하느님의 뜻에 맞도록 노력한다.

[Joseph Joubert]

- 어떠한 지혜나 그 모두가 차갑다. 쇠를 차가운 채 두들길 수 없는 것처럼. [Wittgenstein]

- 어진 자는 경솔히 절교하지 않고, 지혜로운 자는 경솔히 남을 원망하지 않는다. [전국책戰國策]

- 언덕은 낮은 것이 쌓여서 높아지고, 강은 작은 물이 합류하여 커진다. 이와 마찬가지로 대인은 작은 지혜를 합하고, 아울러 큰 지혜를 이룬다.

[장자莊子]

- 위대한 지혜는 회의적이다.

[Friedrich Nietzsche]

- 용감한 사람의 어리석음, 그것이 인간의 지혜다. [Maxim Gorky]

- 위트와 지혜는 인간과 함께 태어난다. [John Selden]

- 자기 혼자서 지혜롭기를 바라는 것보다 정신 나간 생각은 없다.

[Francois de La Rochefoucauld]

- 자연은 현자에게 호의적이나, 기회는 현자를 질투한다.

[Balthasar Grasian]

- 작은 지혜는 큰 지혜를 알 수 없고, 작은 해(年)는 큰 해를 알지 못한다. 아침에 돋아난 버섯은 밤과 낮의 교체를 알지 못하고, 매미는 봄과 가을의 교체를 알지 못하나니, 이는 작은 해(年)이기 때문이다. [장자莊子]

- 지나치게 지혜로운 것은, 지혜로운 것이 아니다. [Kino]
- 지식은 와도 지혜는 지체한다. [Alfred Tennyson]
- 지식은 전달될 수 있지만, 지혜는 전달될 수 없다. 사람은 지혜를 찾을 수 있고, 지혜를 통해 경이驚異를 행할 수 있다. 그러나 그것을 전달하고 가르칠 수는 없다. [Hermann Hesse]
- 지자는 스스로를 알고, 인자는 스스로를 아끼고 사랑한다. [순자荀子]
- 지혜가 생겨나자 큰 거짓이 있게 되었다. [노자老子]
- 지혜 가운데서 사람을 아는 것이 가장 어렵다. [대대예기大戴禮記]
- 지혜가 지나치면 타인에게서 비난받을 수도 있다. [Moliere]
- 지혜는 간혹 누더기 가면을 덮어쓰고 있다. [Statius]
- 지혜는 경험의 딸이다. [Leonardo da Vinci]
- 지혜는 고통을 통해서 생긴다. [Aechylus]
- 지혜는 과거의 발췌이지만, 미는 미래의 약속이다. [Oliver Holmes]
- 지혜는 그 어떤 재산보다 더 중요하다. [Sophocles]
- 지혜는 목숨을 오래 이어가게 하고, 정열은 삶을 살게 한다. [S. Sangfor]

- 지혜는 배워서 얻는 것이 아니다. 지혜는 당신의 별 속에 빛나고 있다. [Paul Fleming]
- 지혜는 빛나고 아름다운 것이나 동시에 서럽고 슬픈 것이다. [이효석]
- 지혜는 생동하는 반응이다. 인간은 상황을 보고, 그 상황에 따라 반응한다. [Osho Rajneesh]
- 지혜는 서로 다투는 도구다. [논어論語]
- 지혜는 운명의 정복자다. [Juvenalis]
- 지혜는 육체적인 노쇠다. [William Butler Yeats]
- 지혜는 지식을 능가한다. [Pascal]
- 지혜는 진리 속에만 있다. [Goethe]
- 지혜는 최선의 방법으로 최선의 결과를 추구함을 뜻한다. [Francis Hutcheson]
- 지혜는 화복의 문이다. [회남자淮南子]
- 지혜도 너무 발휘하면 비난받는다. [Moliere]
- 지혜란, 구해야 할 것 및 피해야 할 것에 대한 지식이다. [Marcus Tullius Cicero]
- 지혜란, 선견지명先見之明이다. [Terentius]
- 지혜로운 사람은 참언을 물리치고 자기의 안녕을 도모한다. [춘추좌씨전春秋左氏傳]
- 지혜로운 자는 수심하지 않으며, 많

이 일하면 근심이 적다.

[악부고사樂府告辭]

- 지혜로운 자는 획책하고, 의로운 자는 결단하고, 어진 자는 지켜낸다.

[춘추곡량전春秋穀梁傳]

- 지혜를 낳는 것은 백발白髮이 아니다.

[Menandros]

- 지혜를 씀이 넓지 못한 자는 공을 이룰 수 없다.　[여씨춘추呂氏春秋]
- 지혜·어짊·용기 이 세 가지는 천하의 미덕이다.　[예기禮記]
- 지혜에 밝은 자는 한번 비추어 보면 그 폐肺와 간肝까지 들여다보는 듯하다.　[이이]
- 지혜와 영혼의 관계는 건강과 육체의 관계와 같다. [La Rochefoucauld]
- 지혜의 9할은 알맞을 때 현명해지는 것이다.　[Franklin D. Roosevelt]
- 지혜의 물로 씻으면 마음은 정결해진다.　[문수문경文殊問經]
- 지혜 있는 사람은 물을 좋아하고, 어진 사람은 산을 좋아한다. 지혜 있는 사람은 움직이고, 어진 사람은 고요하다. 지혜 있는 사람은 즐거이 살고, 어진 사람은 수壽를 더한다.

[논어論語]

- 참다운 지혜는 언제나 지혜 있는 체하지 않는 법이다.　[신동집]
- 참 지혜는 항상 인간을 침착하게 하며, 바른 균형을 잃지 않고 사물을 관찰하게 한다.　[임어당林語堂]
- 최고의 성직자가 최고의 현자는 아니다.　[La Bruyere]
- 큰 지혜가 있는 사람은 원근遠近을 아울러 보기 때문에 작은 것을 작다 않고, 큰 것을 많게 여기지 않는다. 그는 분량分量이 무궁함을 알고 있기 때문이다.　[장자莊子]
- 큰 지혜는 관대하고, 작은 지혜는 다투기를 즐긴다.　[회남자淮南子]
- 하나의 훌륭한 머리가 백 개의 강한 손보다 낫다.　[Thomas Fuller]
- 하느님께서 벌을 내리실 때는 우선 그 사람의 지혜부터 빼앗는다.

[Dostoevsky]

- 하늘이 무엇인지를 알고, 사람이 무엇인지를 아는 사람은 최상의 지혜에 이른 것이다. 하늘이 무엇인지를 아는 사람은 하늘의 뜻대로 살며, 사람이 무엇인지를 아는 자는 아는 지혜로써 모르는 지혜를 발전시킨다.

[장자莊子]

- 한 가지 일을 경험하지 않으면, 한 가지 지혜가 자라지 않는다.

[명심보감明心寶鑑]

- 행복이 부 안에 있지 않은 것처럼, 지혜도 학문 안에 있지 않다.

[Chevalier de Baufflers]

- 현실에 꿈과 유머를 가한 것이 지혜다.　[임어당林語堂]

- 현자는 지나치게 많은 지혜로 이치를 깨우치려다 고통을 당하기도 한다.
  [Euripides]

| 지혜와 광기狂氣 |

- 가장 교묘한 광기는 가장 정교한 자에서 기인한다. [Montaine]
- 광기를 감출 줄 아는 것이 지혜이다.
  [Dionysius, Cato]
- 광인은 새끼손가락을 베이고, 현자는 엄지손가락을 베인다.
  [D. C. Brouning]
- 광인은 자신이 지혜롭다고 생각하고, 현자는 자신이 미쳤음을 인정한다.
  [Shakespeare]
- 너의 지혜에 약간의 광기를 더해보아라. 적절한 광기를 부려보는 것은 좋은 일이다. [Horatius]
- 늘 지혜로운 사람은 없다.
  [G. S. Plinius]
- 모두 다 같이 미친 것이 혼자 현자인 것보다 낫다. [Balthasar Grasian]
- 미친 이들은 매듭을 만들고, 지혜로운 자들은 그 매듭을 푼다.
  [John Clark]
- 어리석은 짓을 전혀 하지 않고 사는 자는 그의 생각만큼 현명하지 않다.
  [F. La Rochefoucauld]
- 자신의 광기를 알고 있는 광인은 비교적 현명하다. 그러나 자신이 현명하다고 믿는 광인은 진짜 광인이다.
  [법구경法句經]
- 지혜로운 자는 조금이라도 미친 짓은 절대로 하지 않는다. [Goethe]
- 지혜로운 자들보다는 미친 자들이 더 많다. 지혜로운 자 안에도 지혜보다는 광기가 더 많다. [Sanfor]

| 지혜와 어리석음 |

- 그 마음이 총명한 사람을 향해 옛적의 좋은 말씀을 일러주면 기뻐하여 덕을 좇아 행하지만, 어쩔 수 없는 미련한 무리들은 나에게 도리어 거짓말한다 하는구나. 사람의 마음 다름이 이와 같도다. [시경詩經]
- 바보가 지혜로운 사람보다 큰 장점을 지니고 있다. 바보들은 항상 자기 자신에게 만족하기 때문이다.
  [Napoleon I]
- 바보와 현자는 같은 나무를 바라보지 않는다. [William Blake]
- 아무리 어리석은 자라도 스스로 어리석은 줄 아는 이는 적어도 그만큼은 현명하다. 어리석은 자신을 현명하다고 생각하는 이야말로 가장 어리석은 자라 하겠다. [법구경法句經]
- 어리석은 자가 뒤늦게 겨우 하는 것을 현자는 곧바로 한다.

[Balthasar Grasian]

- 어리석은 자는 현명한 사람과 평생이 다하도록 지내도 진리를 깨닫지 못한다. 마치 숟가락이 국 맛을 모르는 것처럼. [법구경法句經]
- 어리석은 자들 사이에서 지혜로워 보이는 자가 현자들 사이에서는 어리석어 보인다. [Quintilianus]
- 어리석은 자들이 지혜로운 자들의 모범에서 배우기보다 지혜로운 자들이 어리석은 자들에게서 많은 것을 배운다. [Marcus Porcius Cato]
- 어리석은 자의 눈에는 현자의 말도 어리석어 보인다. [Euripides]
- 지혜 있는 사람은 형체形體가 나타나기 전에 앞서 이를 본다. 어리석은 자는 일이 없을 것이라 하여 태연히 근심하지 않다가 환난을 당한 뒤에야 조바심하고, 애써 이를 구하고자 하나 존망과 성패에 도움이 되지 않는다. [이인로]
- 현자가 실수를 하지 않는다면, 바보들의 삶은 고달플 것이다. [George Herbert]
- 현자는 지혜를 찾으려고 애쓰지만, 바보들은 이미 지혜를 찾았다. [G. C. Lichtenberg]

| 직감直感 |

- 두 눈만 지닌 자는 어둠 속에서는 장님이다. [Antonio Perez]
- 마음을 따라야 한다. 특히 예감이라면 더더욱 그러하다. [Balthasar Grasian]

| 직공職工 |

- 목공만한 연장 없다. [La Bruyere]
- 직공의 급여는 문으로 들어와서 굴뚝으로 나간다. [L. Collins]
- 최고의 일꾼은 최악의 남편이다. [Thomas Drax]
- 훌륭한 직공은 모든 것을 작품으로 만들어낸다. [Rabelais]

| 직관直觀 |

- 직관이란, 생각에 영향을 미치는 모든 감정과 행동이다. [Vauvenargues]

| 직업職業 / 직장職場 |

- 각자의 일에 충실하기만 하면, 소들도 잘 지킬 것이다. [Florian]
- 나는 의사였다가 기업가로, 다시 교수로 직업을 바꾸었다. 그전에 한

일은 쓸모가 없는 전혀 관련이 없는 분야로 넘어왔다. 효율성 측면에서 보면, 나는 가장 비효율적인 사람이고, 나의 삶은 '실패한 인생' 이라고 봐야 한다. 하지만 그렇지 않다. 그래서 인생은 효율성이 다가 아니다.

[안철수]

- 구두 제조공이 가장 안 맞는 신발을 신고 있다. [Montaine]
- 남의 일에 참견하는 자는 바구니를 받치고 소젖을 짠다. [Gabriel Morie]
- 다닐 직장이 없는 사람은 ― 그 누구이든 간에 ― 상상도 할 수 없을 만큼 귀찮게 여겨지기 마련이다.

[George Bernard Shaw]

- 두 가지의 사업을 두고 무엇을 먼저 할 것인가 하고 망설이는 사람은 결국 아무 일도 하지 못한다.

[William Wordsworth]

- 사람마다 자기의 천성과 직업이 서로 맞을 때 거기서 행복을 느낀다.

[Francis Bacon]

- 사제와 법관들이 옷을 완전히 벗는 일은 절대로 없다. [Balzac]
- 석공 자질이 있으면 석공이 되어야 한다. [Boileau]
- 손이야말로 가장 확실하고 신속한 구원이다. [La Fontaine]
- 수도사는 노래(성가)로 저녁을 먹는다. [Miguel de Cervantes]

- 식물학자는 시인이나 산책하는 사람, 농부와는 또 다른 눈으로 식물을 세심하게 관찰한다. [J. Glanvill]
- 신사는 그의 직업이 지닌 악습이나 어리석음에 책임을 지지 않는다.

[Montaine]

- 아들에게 직업을 주지 않으면, 도둑이라는 직업을 주게 된다. [Talmud]
- 아무리 작은 직업도 그 주인은 먹여 살린다. [튀에 신부]
- 어리석은 직업은 없다. 어리석은 자들이 있을 뿐이다. [르루 드 랭시]
- 어진 것을 근본으로 삼고, 이치를 탐구함으로써 착한 것을 밝히고 힘써 그것을 실천한다면 반드시 사업을 성취할 수 있다. [격몽요결擊蒙要訣]
- 여러 가지 직업을 가지면, 그 어느 하나에도 성공할 수 없다. [Platon]
- 옹기장이는 옹기장이를, 장인은 장인을, 걸인은 걸인을, 가수는 가수를 시기한다. [Hesiodos]
- 이발사 머리는 다른 이발사가 깎아 준다. [Antoin Houdin]
- 일자리가 있는 자는 누구나 기회가 있다. [Edward Herbert]
- 자기 직업이 없는 사람은 가게 문을 닫아야 한다. [F. C. Dancourt]
- 자신의 직업으로 살아야 한다.

[La Fontaine]

- 제복에 맞는 사람이 된다.

[Napoleon I]

- 직업에서 행복을 찾아라. 아니면 행복이 무엇인지 절대 모를 것이다.

[Elbert Green Hubbard]

- 한 가지에 관하여 전부 아는 것보다, 모든 것을 조금씩 아는 것이 낫다.

[Pascal]

| 진리眞理 |

- 개개인은 죽을지라도 진리는 영원하다. [J. Gerald]
- 모든 진리는 함부로 말할 것이 아니다. [영국 우언]
- 사람이 고금古今의 진리를 알지 못하면, 말과 소에 옷을 입혀둔 것과 같다. [한유韓愈]
- 사물의 큰 것은 말로써 표현할 수 있고, 작은 것은 마음으로 추측할 수 있다. 그러나 말로써 표현할 수 없고, 마음으로 추측할 수도 없는 진리에 있어서는 적다 크다 할 수 없다. [장자莊子]
- 생생한 진리는 인간의 사색에 의해서 산출된 것뿐이다. [Albert Schweitzer]
- 손가락으로 달을 가리키되 달은 손가락에 있지 않고, 말로써 진리를 말하되 진리는 말에 있지 않다. [보조국사普照國師]

- 우리의 삶에서 멀리 가면 갈수록 그만큼 진리에 접근하게 된다. [Socrates]
- 위대한 우주의 진리를 터득한 사람에게는 삶이나 죽음을 가지고 겁을 줄 수 없으며, 도道에 맞게 본성을 바르게 보양保養할 줄 아는 사람에게는 천하를 내걸고 꾀어도 소용이 없다. 삶이 아닌 경지, 즉 죽음의 세계의 즐거움을 아는 사람에게는 죽음으로 두려움을 줄 수 없고, 은둔한 허유許由가 순임금보다 존귀하다는 것을 아는 사람은 물질을 탐내지 않는다. [회남자淮南子]
- 위도가 3도 변하면 모든 법률이 뒤집힌다. 자오선이 진리를 결정한다. [Pascal]
- 이기利己를 아는 것이 진眞이고, 사리私利와 싸우는 것이 선善이며, 사심私心을 극복하는 것이 미美이다. [J. Roo 목사]
- 진리는 '때'의 딸로서, 권위의 딸은 아니다. [Francis Bacon]
- 진리는 떠들며 토론하는 데서 얻어지는 것이 아니다. 오직 근로의 성찰에 의해서만 얻을 수 있는 것이다. 그리고 당신이 어느 하나의 진리를 얻게 되면 그때, 그 진리가 당신 앞에 여신처럼 잡힐 듯이 아롱질 것이다. [Ruskin]

- 진리는 인간이 지닐 수 있는 최고의 가치이다. [G. Chocer]
- 진리는 절개를 굽힐 줄 모르는 사람을 폭력으로부터 멀어지게 하고, 그 고독 속에서 그의 마음을 위로한다. [F. Rabelais]
- 진리는 정의의 시녀요, 자유는 그 자식이고, 평화는 그 반려伴侶다. 안전은 그 걸음으로 걷고, 승리는 그 행렬을 따라간다. 진리는 복음의 찬란한 발산이요, 하느님의 속성이다. [S. Missed]
- 진리는 종교와 마찬가지로 두 개의 적을 가지고 있다. 너무 많다는 것과 너무 적다는 것이다. [Samuel Butler]
- 진리는 추악하다. 진리에 의해 멸하지 않기 위해 우리는 예술을 가지는 것이다. [Friedrich Nietzsche]
- 진리는 충분히 익었을 때에 따야 하는 열매다. [Voltaire]
- 진리는 현명한 자에게 있고, 미美는 참된 마음에 있다. [A. Joubert]
- 진리란 금과 같아서 불려서 얻어지는 것이 아니라 금이 아닌 것을 모두 씻어냄으로써 얻어진다. [Lev Tolstoy]
- 진리란 무엇인가? 우리는 끝없는 바다를 떠다니는 작은 배다. 이러한 우리는 부서지는 물결에 반사되는 빛을 가리키며 '이것이 진리이다.' 라고 말한다. [Sainte Beuve]
- 진리란, 확실히 밝은 대낮의 태양광과 같다. 그런데 이처럼 참된 것이 어찌하여 이 세상에서 흔히 보는 가면극이나 팬터마임이나 개선행진을 멋있고 질서정연하게 비추는 데 있어서는 촛불의 반도 따르지 못하는지 이해가 되지 않는다. 확실히 진리는 밝은 낮 태양 밑에서 가장 아름다운 진주의 가치를 지닌다. 그러나 여러 가지 다른 빛을 받고서야 가장 그 아름다움이 강조되는 다이아몬드나 루비의 가치에는 비교가 되지 못한다. [Francis Bacon]
- 진리를 인식認識하는 데 중대한 방해가 되는 것은 허위를 추구하는 일이라고들 한다. 그러나 진리를 인식하는 것을 방해하는 일은 진리를 꾸미는 태도 바로 그것이다. [인도 명언]
- 진리야말로 내가 무덤에 들어갈 때까지 지켜야 하는 것이다. [Edmund Cartwright]
- 진리에는 말이나 형상이 없지만, 말이나 형상을 떠날 수도 없다. 말이나 형상을 떠나면 의혹에 빠지고, 말이나 형상에 집착하면 그 참모습을 모른다. [대각국사大覺國師]
- 진리와 기름은 모든 것 위에 있다. [A. G. Hubbard]

| 진리의 오류誤謬 |

- 나는 유익한 오류보다 해로운 진리를 선호한다. 진리는 오류가 일으킨 악을 치유할 수 있기 때문이다.
  [Johann Wolfgang von Goethe]
- 머리카락 한 올이 참에서 거짓을 가려낸다.　　　　[Omar Khayyam]
- 시간은 오류를 많이 없애고 진리에 윤기를 낸다.　　　[G. de Levy]
- 오류는 규칙이고, 진리는 오류가 낸 우발적 사고이다.　　[G. Duhamel]
- 우리가 남용하는 진리에서 수많은 오류가 태어난다.　　　[Voltaire]
- 진리는 제한된 범위 안에서 움직이지만, 오류의 범위는 무한하다.
  [Henry Saint John Bolingbroke]
- 진리는 피레네산맥 위에 있고, 오류는 그 너머에 있다.　　[Pascal]
- 진리에는 처방전이 결코 없다. 오래 전부터 쓰이는 것이라 해도 오류는 진리의 훌륭한 처방전이 아니다.
  [Pierre Bayle]

| 진보進步 |

- 날마다 진보하지 않는 자는 반드시 날마다 퇴보한다. 진보하지도 않고 퇴보하지도 않는 것이란 있을 수 없다.　　　　　[주자朱子]
- 진보는 우연이 아니고 필연이다. 그것은 자연의 일부이다.　[Spencer]
- 진보로 통하는 가장 훌륭한 길은 자유의 길이다.　[John F. Kennedy]

| 진실眞實 / 진정眞情 |

- 깊고 무서운 진실을 말하라. 자기가 느낀 바를 표현하는 데 있어 결코 주저하지 말라. [Auguste Rodin]
- 내가 두려워하거나 세상에 알려지지 않기를 바라는 진실은 없다.
  [Thomas Jefferson]
- 마음에 들지 않는 진실을 말하지 않을 수 없게 되었을 때, 그것을 대담하게 말하고 끝내는 사람은 그것을 낮은 목소리로 계속 지껄이는 사람보다 더 대담하며 더 너그러운 사람이다.　　　　[J. K. Riverter]
- 모든 사람은 진실하게 태어나 거짓말쟁이로 죽는다. [Vauvenargues]
- 모든 위대한 진실은 신성한 것을 모독하는 데서부터 시작된다.
  [George Bernard Shaw]
- 모든 진실이 믿기에 좋은 것은 아니다.　　[Beaumarche, Simon]
- 반쪽 진실은 허위보다도 무섭다.
  [포이히라벤]
- 사람들은 종종 모방을 칭찬하고, 참된 진실을 가볍게 본다.　[Aesop]

- 사랑이 없는 진실함은 진실하지 않은 사랑과 같다.
  [Franciscus, de Sales]
- 시간이 귀중하지만 진실은 그것보다 훨씬 귀중하다. [Benjamin Disraeli]
- 옛것이 반드시 진실의 증거가 되는 것은 아니다. [John Ray]
- 외교 ─ 조국을 위해서 거짓말을 하는 애국적 행위. [Ambrose Bierce]
- 우리들은 이성뿐만 아니라 마음에 의해서도 진실을 안다. [Pascal]
- 절대적인 선은 진실이며, 진실은 결코 말하는 사람을 다치게 하지 않는다. [Robert Browniing]
- 종교와 마찬가지로 진실에도 두 가지 적이 있다. 지나침과 모자람이다. [Samuel Butler]
- 진실과 아침은 시간이 지나면 빛이 된다. [J. Petrovich]
- 진실과 자유는 항상 정직한 사람들의 주무기가 될 것이다. [Stael 부인]
- 진실과 장미에는 가시가 있다. [H. G. Bon]
- 진실 된 말은 우아하지 않다. 그리고 우아한 말은 진실 되지 않다. [노자老子]
- 진실에 격노하는 것은 허락되지 않았다. [Platon]
- 진실에의 길은 엄하고 또한 험하다. [John Milton]

- 진실은 그 반대자의 반론에서보다도 그 찬성자들의 열정에 의해서 때로 괴로워한다. [William Penn]
- 진실은 미움을 낳는다. [Ambrose Bierce]
- 진실은 사람들이 우물에서 건져주었다가 다시 기꺼이 우물에 빠뜨리는 귀부인이다. [Daniel d'Arc]
- 진실은 사람이 가지고 있는 최고의 것이다. [Geoffrey Chaucer]
- 진실은 시간의 딸이다. [A. Gellius]
- 진실은 아무리 쓰더라도 삼켜진다. [Cesar Houdin]
- 진실은 악마의 얼굴을 붉히게 만든다. [Shakespeare]
- 진실은 안갯속에서도 안개를 흩뜨리지 않고 빛나는 횃불이다. [Helvectus]
- 진실은 언제나 사람을 고독하게 하는 것인가 봅니다. [유치환]
- 진실은 완전히 무르익었을 때에만 따야 하는 열매와 같다. [Voltaire]
- 진실은 우물의 깊은 곳에 잠겨 있다. [Democritos]
- 진실은 웅변과 미덕의 비결이다. 도덕적 권위의 기초이고, 예술과 인생의 정점이다. [Henry Frederic Amiel]
- 진실은 의심할 여지 없이 아름답다. 거짓 역시 그렇다.

[Ralf Waldo Emerson]

- 진실은 일반적으로 중상모략에 대한 가장 훌륭한 변호이다.

[Abraham Lincoln]

- 진실은 종종 가려지기는 하지만, 꺼지는 일은 결코 없다. [Titus Livius]

- 진실은 진실처럼 보이지 않을 때가 있다. [Nicolas Boileau]

- 진실을 거칠게 다룬다고 겁낼 필요는 없다. 진실은 허약하지 않다.

[Oliver Holmes]

- 진실을 견디고 이를 말할 정도로 깊이가 있는 사람은 드물다.

[Vauvenargues]

- 진실을 말하는 인간은 기지機智가 없는 인간뿐이다. [Dostoevsky]

- 진실을 말할 때 겸손한 것은 위선이다. [Kahlil Giverun]

- 진실을 말하는 데는 두 사람이 필요하다. 한 사람은 말하는 사람이요, 또 한 사람은 듣는 사람이다.

[H. D. Dorrough]

- 진실을 발가벗은 채로 보여서는 안된다. 옷을 입혀서 보여주어야 한다.

[Quevedo E. Villegas]

- 진실을 사랑하라. 그러나 잘못은 용서하라. [Voltaire]

- 진실의 가장 큰 벗은 세월이고, 가장 큰 적은 편견이며, 변함없는 친구는 겸손이다. [C. C. Colton]

- 진실의 말은 단순하다. [Euripides]

- 진실의 적은 의도적이고 꾸며지거나 부정직한 종류의 거짓이 아니라, 고질적이고 설득력 있으며 비현실적인 통념인 경우가 많다.

[John F. Kennedy]

- 진실의 힘은 언제까지나 지속된다는 데에 있다. [Ptahhotep]

- 진실이라고 어느 것이나 다 믿어도 좋은 것은 아니다.

[Pierre de Beaumarcgais]

- 진실이란, 항상 감상적인 일면을 지니고 있다. [정비석]

- 진실이 모습을 나타낸다고 언제나 득이 되는 것은 아니다. [Pandaros]

- 진실이 진실같이 안 보일 때가 종종 있다. [Boileau]

- 진실한 사람의 가슴은 언제나 평온하다. [Shakespeare]

- 진실한 한마디는 웅변과 같은 가치가 있다. [Charles Dickins]

- 진실함은 마음을 여는 것이다.

[Francois de La Rochefoucauld]

- 진정이란, 정성이 지극함을 말한다. 진정이 아니고서는 사람을 움직이지 못한다. 그러므로 억지로 우는 자는 아무리 슬프게 울어도 사람을 슬프게 못하고, 억지로 화내는 자는 아무리 엄하게 꾸며도 무서운 느낌을 주지 못하며, 억지로 친한 체하

는 자는 아무리 웃음을 띠고 있어도 친화의 정을 주지 못한다. 그러나 이와 반대로 진정한 슬픔은 소리 내어 울지 않아도 남을 슬프게 하고, 진정한 노여움은 화내지 않아도 남을 두렵게 하며, 진정 친함은 웃지 않아도 사람을 친화케 한다. 진정이 안에 있으면, 그 마음은 저절로 밖으로 나타난다. 그러므로 진정은 귀중한 것이다.　　　　[장자莊子]

- 참된 것은 탐욕이 아니라 사랑이다.
　　　　　　　　　　　[R. Tagore]
- 플라톤도 나의 친구이지만, 진실은 절친한 나의 친구이다. [Aristoteles]
- 헛된 말은 진실하지 않을 뿐만 아니라 항상 그 속에 싸움을 갖고 있다.
　　　　　　　　　[David Webster]

| 진실眞實과 거짓말 |

- 가장 혐오스런 거짓말은 진실에 가까운 허언이다.　　　[Andre Gide]
- 거짓말은 노예와 군주의 종교다. 진실은 자유스런 인간의 하느님이다.
　　　　　　　　　　[Maxim Gorky]
- 거짓말쟁이는 진실을 말한다 해도 신용하지 않는다.　　[M. T. Cicero]
- 거짓이란 무엇인가? 그것은 변장한 진실에 불과하다.　[George Byron]
- 바보들에게 진실을 쓰고 비위에 거슬

리지만, 거짓은 달콤하고 유쾌하다.
　　　　　　　[성 John Chrysotom]
- 반쯤의 진실을 포함한 거짓말은 더욱 악한 것이다.　[Alfred Tennyson]
- 사람은 입으로 거짓말을 하지만, 그 주둥이가 진실을 고백한다.
　　　　　　　[Friedrich Nietzsche]
- 사람은 진실에는 얼음처럼 차갑고, 거짓말에는 불처럼 뜨겁다.
　　　　　　　　　　[La Fontaine]
- 역사가의 의무는 진실과 거짓, 확실과 의문을 구별하는 일이다.
　　　[Johann Wolfgang von Goethe]
- 우아한 그대의 하운트(개)는 아궁이 옆에 있게 하면서도, 진리라는 개는 개집으로 돌려보낸다.
　　　　　　　　　[Shakespeare]
- 인간은 진실에 대해서는 얼음처럼 차고, 거짓에 대해서는 불과 같다.
　　　　　　　　　　[La Fontaine]
- 자비롭지 않은 진실은 진실되지 않은 자비를 낳는다.　　[Franciscus]
- 진실도 때로는 우리를 다치게 할 때가 있다. 그러나 그것은 멀지 않아 치료를 받을 수 있는 가벼운 상처이다.
　　　　　　　　　　[Andre Gide]
- 진실에서 벗어나고 싶은가? 그러면 진실을 말로 질식시켜버려라.
　　　[Johann Wolfgamg von Goethe]
- 진실에 저항하는 거짓은 힘이 없다.

[J. 리드게이트]

- 진실은 거짓말의 뒤에서 배회한다.

[Balthasar Grasian]

- 진실은 물 위의 기름처럼 거짓말 위로 떠오른다. [G. Straparola]
- 진실은 한 가지 색이지만, 거짓말은 두 가지 색을 갖는다. [Purana 경전]
- 진실을 두려워하지 않는 사람은 거짓말도 두려워하지 않는다.

[Thomas Jefferson]

- 진실을 찾기 위해서 거짓말을 하시오. [Francis Bacon]
- 진실이 그럴싸하게 만들지 않았다면, 거짓말도 거짓말이 아니었을 것이다. [Gazzali]
- 진眞은 오래가고, 거짓은 잠깐이다.

[김안국]

- 하나의 진眞은 아흔아홉의 거짓을 이기게 되어 있으며, 참을 위해 사는 사람은 반드시 어떤 사명감 밑에 살게 되는 것이다. [김형석]

| 진실의 문제 |

- 내 손에 진실을 가득 쥐고 있다면, 나는 손을 펴지 않도록 조심할 것이다.

[Fontenelle]

- 진실은 증오를 낳는다. [Bais]
- 진실을 너무 바싹 뒤쫓아서는 안 된다. 당신의 이가 깨질 수 있다.

[George Herbert]

- 진실하고 강하며 건전한 마음은, 큰 것이나 작은 것이나 똑같이 포용할 수 있는 마음이다. [J. Boswell]
- 허위의 세계에서는 정직한 여자만큼 사람을 속이는 것은 없다.

[Charles A. Saint Beuve]

- 현자는 두 개의 얼굴을 가지고 있다. 하나는 진실을 말하기 위한 혀이고, 하나는 그때그때 적절한 말을 하기 위한 혀이다. [Euripides]

| 질량質量 |

- 너무 큰 자질을 지닌 것이 너무 많은 친구를 사귀는 데에 방해가 될 수 있는 반면, 악덕을 지닌 것은 많은 친구를 사귀는 데에 별로 방해가 되지 않는다. [Nichora Sangfor]
- 덕으로 사람을 평가하지만, 우리가 좋아하는 것은 그 사람의 자질이다.

[Joseph Jouber]

- 모든 꽃이 한 화환에 담겨있지 않다.

[Thomas Fuller]

- 암사자의 새끼는 한 마리뿐이지만, 그것은 사자이다. [Aesop]
- 종달새의 다리 하나가 통째로 구운 고양이 한 마리보다 낫다.

[John Heywood]

- 장황한 시보다 흠 없는 소네트 한 구절이 낫다. [Boileau]
- 한 사람을 그의 장점으로 판단하지 말고, 그 장점을 어떻게 활용하느냐로 판단해야 한다.
  [Francois de La Rochefoucauld]

| 질문과 대답 |

- 대답을 하지 않으면, 거짓말도 안 하게 된다. [Oliver Goldsmith]
- 모든 질문에 대답해야 하는 것은 아니다. [Publius Syrus]
- 어리석은 질문에는 응답할 필요가 없다. [Jean le Bon]
- 질문에는 해줄 대답이 없다.
  [Miguel de Cervantes]
- 질문이 난해하면, 대답도 난해하다.
  [Friedrich Wilhelm Nietzsche]
- 한 사람의 지성은, 그가 하는 대답보다 그가 하는 질문으로 판단하기가 훨씬 쉽다. [G. de Levy]
- 행동이 최고의 대답이다.
  [George Herbert]

| 질병疾病 |

- 강의 범람이 흙을 파서 밭을 갈 듯이 병은 모든 사람의 마음을 파서 갈아준다. 병을 올바르게 이해하고 그것을 견디는 사람은 보다 깊게, 보다 강하게, 보다 크게 된다.
  [Carl Hilty]
- 곧 죽을 사람을 두고 덜 야위었다고 말한다. [Jean Morlinai]
- 극약은 새로운 질병에 강력한 효력을 갖는다. [Francis Bacon]
- 넋의 병은 신체의 그것보다도 위험하고 무섭다. [M. T. Cicero]
- 단 한 번도 아픈 적이 없는 몸은 영혼에게 위험한 불살이 집이다.
  [Oxenstjerna]
- 병든 사람이란, 정상적인 사람보다 자기의 넋에 보다 가까이 가는 사람이다. [Marcel Proust]
- 병상은 좁지만 그 위에 누워서 생각하는 세계는 넓다. [이어령]
- 병원에서는 모두 기꺼이 의사와 간호사에게 감사하면서 죽어간다. 병원에는 그 시설에 대응된 한결같은 죽음이 있을 뿐이다. [R. M. Rilke]
- 소매 속이 회복된 환자는 불평거리가 없다. [Montaigne]
- 신체가 병들면 정신은 혼미 되어 방황한다. 정신은 거칠게 헛소리를 내고 폭언하며, 때로는 둔중한 마비로 눈을 감기고 머리는 숙여지며, 영혼은 영원한 혼수의 심연으로 실려간다. [Lucretius Carus]
- 아픈 자에게는 꿀도 쓰다.

[L. A. Seneca]

- 아플 때만큼 덕이 높을 때가 없다.

[G. C. Plinius]

- 야단스러운 양생養生 덕분으로 겨우 자기의 건강을 의지하고 있는 것은, 무엇인가 당해낼 수 없는 병을 앓고 있는 것 같은 것이다.

[Francois de La Rochefoucalud]

- 우리는 건강을 유지하는데 있어서 체내에 균이 잠복해 있는 것은 별로 두려워할 것이 없다. 이 잠복 균은 필요악으로서 균에 대한 저항력을 증대시키고 있기 때문이다. 잠복 균은 무서운 균이기는 하나 길들인 강아지 같아서 해롭기는커녕 참으로 고마운 악역이 아닐 수 없다. 다만 우려할 것은 '악역의 반란'이다. 그저 필요악이 정도만큼만 작용해 주어야 할 병균이 본분을 망각하고 모반하여 체력에 대항하고 그것을 능가해서 건강을 위협할 정도로 창궐하는 상태야말로 심히 우려할 일이다.

[신일철]

- 우리는 누구나 어떤 면에선 병들어 있는 것일세. 병의 증세를 찾지 못했을 때 그것을 건강이라고 부를 따름이지, 건강이란 상대적인 말에 불과하다. [T. S. Eliot]
- 인류에는 세 가지 큰 적이 있다. 즉 그것은 열병과 기근과 전쟁이다. 이 세 가지 중에서 가장 크고, 가장 무서운 것은 열병이다. [W. Osler]
- 인생은 병이요, 세계는 병원이다. 그리고 죽음이 우리의 의사인 것이다.

[Heinrich Heine]

- 죽은 이에게는 친구가 전혀 없고, 아픈 이에게는 친구의 절반만 남는다.

[Pierre Gringgore]

- 진단에 의하면, 감기는 실로 일장의 희극이 아님은 물론이요, 반대로 그것은 모든 만회할 수 없는 비극의 서막을 의미한다. [김진섭]
- 질병은 자유의 반대말이다. 그것은 모든 것을 불가능하게 한다.

[Francoise Sagan]

- 질병은 천 가지도 넘지만, 건강은 단 하나뿐이다. [Werne]
- 치癡에서 애착이 나니 내 병은 그곳에서 있었노라. 모든 중생이 번煩한지라 나도 앓노라. 만일 모든 중생이 앓지 아니하면 내 병도 없어지리라. 보살은 중생을 위하여 번뇌의 생에 이르나니 마치 자식이 병들면 부모도 병들고, 자식이 병이 나으면 부모의 병도 나음과 같으니라. [이광수]

| 질서秩序 |

- 모든 것에 자리가 있고, 저마다 제자리가 있다. [Samuel Smiles]

- 세세한 것들이 조화를 이루는지, 그리고 전체적으로 질서가 있는지 살펴야 한다.   [Bernardin de Pierre]
- 우리는 존재하고 있는 질서가 그 질서 자체를 유지하며, 질서정연한 사건들을 만들어내는 힘을 보여주는 현상을 목격하고 있는 것이다.
  [Maguel de Unamuno]
- 제자리를 벗어나면 좋은 것이 전혀 없고, 제자리에서는 나쁜 것이 전혀 없다.   [W. Whitman]
- 질서는 숭고함과 함께 미의 한 요소를 이룬다.   [Aristoteles]
- 질서는 크기와 함께 아름다움의 한 요소이다.   [Aristoteles]
- 질서는 하늘의 으뜸가는 법률이다.
  [Alexander Pope]
- 질서있는 모습이 아름다움을 결정한다.   [Pearl S. Buck]

| 질투심嫉妬心 |

- 감정은 절대적인 것이다. 그중에도 질투는 가장 절대적인 감정이다.
  [Fyodor Dostoevsky]
- 같은 일을 해낸다고 생각하는 한계까지는 남의 행운을 좋게 받아들인다 하더라도 그 한계를 넘는 사람은 질투를 받고 의혹의 눈총을 받는다.
  [Pericles]
- 그가 세상의 칭찬을 받을 수 있는바가 역시 남들의 질투를 받을 수 있는 바다.   [구양수歐陽脩]
- 나의 피는 질투 때문에 끓는다. 내가 만일 남의 행복을 볼 때에는, 너희는 증오의 빛에 쌓여 있는 나를 볼 것이다.   [Alighieri Dante]
- 남을 도와주고 싶어 하는 사람은 많이 있다. 그러나 아무런 질투도 없이 너의 행복을 빌어 주는 사람만이 참된 벗이다.   [Paul Heine]
- 남의 재능을 질투하고, 남의 실수를 좋아한다.   [유종원柳宗元]
- 녹이 철을 부식시키듯이, 질투는 시기하는 이들을 괴롭힌다.
  [Antisthenes]
- 도道를 같이하는 자는 서로 사랑하고, 예술을 같이하는 자는 질투한다.
  [경상자庚桑子]
- 무엇보다도 질투는 자기 자신을 불행하게 한다는 점에서 자중자애하는 마음을 가지면 능히 물리칠 수가 있다.   [Bertramt Russel]
- 본능과 의지가 모자라는 곳에 많은 질투가 싹튼다.   [Carl Hilty]
- 부러움은 우리가 원하는 것을 남이 즐기는 것을 보는 고통이다. 이에 비해 질투는 우리가 소유한 것을 남도 소유한 것을 보는 고통이다.
  [Diogenes Laertios]

- 불구자, 내시内侍, 노인, 사생아는 일반적으로 질투심이 강하다.

    [Francis Bacon]

- 비천한 마음이 그 노예가 되어 괴로워하는 질투는 학문도 있고 기품에 뛰어난 자에게는 경쟁심을 갖게 한다. [Alexander Pope]

- 사람은 질투하는 것을 부끄러워하지만, 질투할 일이 있다든가 질투할 수 있다는 것을 상시 자랑으로 생각하고 있다. [F. La Rochefoucauld]

- 사랑이 질투가 나면 좋은 눈을 사팔뜨기로 만든다. [John Ray]

- 성서에서는 질투를 악의 눈이라고 부른다. 질투의 작용은, 눈에서 마력을 투사한다든지 빛을 발하는 일이 들어 있음을 옛날부터 인정했던 것이다. [Francis Bacon]

- 세상 사람들은 나보다 나은 사람을 싫어하고, 나에게 아첨하는 자를 좋아한다. [소학小學]

- 소년은 생활에 직면하는 것을 두려워하지 않는다. 질투·재판·인생의 슬픔, 이 모든 것이 고통이 될 수 없다. [Saint-Exupery]

- 시기는 증오보다 더 융합할 줄 모른다. [F. La Rochefoucauld]

- 시기와 질투는 항상 타인을 쏘려다가 자신을 쏜다. [Emerson]

- 시기에는 잔칫날이 결코 없다.

    [Francis Bacon]

- 시기하는 것은 자신이 열등하다고 인정하는 것이다.

    [Plinius G. Caecilius]

- 시기하고 질투하는 마음은 육친이 남보다 더욱 심하다. [채근담菜根譚]

- 시기하는 이들은 남들이 살찔 때 마른다. [Horatius]

- 실상 질투란 말부터가 얼마나 불길한 것입니까. ─ 거기에는 얼마나 비천한 인격과 불신이 내포되어 있는 것이겠습니까. [유치환]

- 여자는 질투 빼면 두 근도 안 된다.

    [한국 격언]

- 연애를 시작하면 질투가 시작된다. 질투는 항상 존재한다고 하지만 사랑을 시작하는 연인들은 상대에게 끊임없이 확인하고 물어보며 때로는 불안해져 상대를 미워하기도 한다.

    [Francesco Alberoni]

- 연애와 질투만큼 사람을 매혹하는 감정이 없다. 이 두 감정은 열렬한 소망을 지녀서 쉽게 상상이나 암시의 형체를 취하고, 특히 그 대상물 앞에서는 그 감정이 당장 눈에 드러난다. [Francis Bacon]

- 인간의 마음속에 질투처럼 강하게 뿌리박은 격정은 없다.

    [Richard Sheridan]

- 인간의 질투는 그들이 스스로 얼마

나 불행하게 느끼고 있는지를 알리는 것으로서, 그들이 남의 행위에 끊임없이 주목하고 있는 것은 얼마나 그들 스스로가 무료해 있는지를 보여주는 것이다. [Schopenhauer]

- 정원사의 개는 제 먹이는 거들떠보지도 않으면서, 다른 개가 접시로 다가오면 으르렁거린다.
[Lope de Vega]
- 지나치다 보니 질투조차 하지 않는 사람도 있다.
[F. La Rochefoucauld]
- 질투는 그것을 아는 세상을 싫어한다. [George Byron]
- 질투는 모든 악 가운데 가장 크고, 이를 일으키는 자들에게 가장 가치 없는 악이다. [La Rochefoucauld]
- 질투는 모든 감정에서 가장 지속적인 것이다. 질투에 대해서는 휴일이 없다. 질투는 또한 가장 사악, 비열한 감정이다. 그래서 이 감정은 악마의 속성으로 되어 있고, 악마는 밤에 보리밭 사이에 가라지 씨를 몰래 뿌리는 질투라고 불린다. 질투는 항상 교활하게 어둠 속을 돌아다니고, 보리 같은 선량한 물건을 해치는 작용을 하기 때문이다. [Francis Bacon]
- 질투는 사랑과 함께 태어나지만, 반드시 사랑과 함께 사그라지지는 않는다. [F. La Rochefoucauld]

- 질투는 사랑 왕국의 폭군이다.
[M. de Cervantes]
- 질투는 소유에서 오는 나쁜 버릇이다. [Jacques Chardonne]
- 질투는 속이 빈 곡창에는 숨어들지 않는다. [George Byron]
- 질투는 영광을 따라다닌다.
[Cornelius Nepos]
- 질투는 영혼의 황달이다.
[John Dryden]
- 질투는 자부심의 어리석은 아이에 지나지 않으나, 어떤 때는 미치광이 병이다. [Pierre de Beaumarchais]
- 질투는 자신의 열등을 인정하는 일이다. [Plinius II]
- 질투는 증오보다도 다루기 힘들다.
[F. La Rochefoucauld]
- 질투는 표면적인 것이다. ― 다시 말하면, 질투의 전형적인 색체에는 깊이가 없다. 저 밑에 있는 정념은 좀 더 다른 색채를 띠고 있다.
[Ludwig J. J. Wittgenstein]
- 질투는 언제나 사랑과 함께 생겨난다. 그러나 반드시 사랑과 함께 소멸되는 것은 아니다.
[Francois de La Rochefoucauld]
- 질투는 영혼이 황달에 걸린 것이다.
[John Dryden]
- 질투는 이기심의 가장 열정적인 형식이고, 자기를 망각하고, 자기를 종

속시킬 수가 없는 전제적인 속 아픈 허영심 강한 자아의 고양高揚이다.

[Henry F. Amiel]

- 질투는 인간이 나면서부터 갖추어지는 것이다. [Herodotos]
- 질투는 인류만큼 오래되었다. 아담이 한번 늦게 돌아왔을 때 이브는 늑골을 세기 시작하였다. [프랜들]
- 질투는 1천 개의 눈을 가지고 있다. 하지만 한 가지도 올바르게 보이지를 않는다. [유대 격언]
- 질투는 창백한 낯과 비방하는 말을 하고 있다. [Hesiodos]
- 질투는 천 개의 눈을 가지고 있다.

[Talmud]

- 질투는 항상 재능 있는 사람을 쫓아다니며, 바보스런 사람에게는 시비를 거는 일이 없다. [Pindaros]
- 질투는 항상 타인과의 비교에 따르는 것이다. 비교가 없는 데에는 질투가 없다. 그리고 무가치한 사람은 처음 출세했을 때에 가장 질투를 받고, 이와 반대로 가치 있고 유능한 사람들의 행운이 오래 계속될 때에 가장 질투를 받는다. 무엇보다도 자기의 권세의 위대함을 오만불손하게 드러내는 자는 가장 질투받기 쉽다. 그래서 현명한 사람은 대단치 않은 점에서는 때로는 의도적으로 내 뜻을 굽혀 굴복함으로써 오

히려 질투 앞에 희생을 바친다.

[Francis Bacon]

- 질투는 휴일이 없다. [F. Bacon]
- 질투란, 전쟁의 가능성을 전제하는 것이다. [Mahatma Gandhi]
- 질투를 느끼는 동안은 행복은 발견할 수 없다. [Bertrant Russel]
- 질투심과 경쟁심에는 악덕과 미덕만큼의 거리가 있다. [La Bruyere]
- 질투 속에는 사랑보다도 자존심이 훨씬 많이 작용하고 있다.

[Francois de La Rochefoucauld]

- 질투심을 조금도 가지지 않고, 친구의 성공을 기뻐하는 강한 성격을 가진 사람은 한 사람도 없다.

[Aeschylos]

- 질투심이란, 일종의 자기 열등감의 표시이다. 자신만만한 사람은 남의 일에 질투하지 않는다. [B. Russel]
- 질투심이 많은 인간은 자기가 가지고 있는 것에서 즐거움을 취하는 대신에 타인이 가지고 있는 것에서 괴로움을 취한다. [Bertrant Russel]
- 질투에는 체질이 크게 관계한다. 질투가 반드시 정열의 증거는 아니다.

[La Bruyere]

- 질투와 경쟁의식 사이에는 악과 덕 사이만큼의 거리가 있다.

[La Bruyere]

- 질투의 감정이란, 장미의 가시와 같

은 것이다. 사랑하고 있다는 증거다. 열렬히 사랑하고 있다는 증거일지도 모른다. 그러나 이 감정이 울타리를 넘어서서 추태를 부리게 될 때는 어떻게 해석할 것인가. [안수길]

- 질투하는 자는 남을 비난하기에 앞서 즐겨 상대를 칭찬하는 것이 보통이다. [Friedrich von Logau]
- 질투하지 않는 자는 연애를 할 수 없다. [Antisthenes]
- 친구의 기세가 당당할 때, 그를 질투하지 않고 자연스런 마음으로 존경하는 사람은 거의 없다. [Aeschylos]
- 혼인한 친구들이 어떻게 서로 난처하게 만들고 질투하고 있는가 생각해 보라. 그들은 연인끼리라고 하기보다는 오히려 감옥의 간수나 노예의 소유주들과 같은 관계이다. [George Bernard Shaw]
- 훼방은 질투에서 생기고, 질투는 그보다 못한 데서 생긴다. [왕안석王安石]
- 흰 말과 예쁜 아내를 가진 사람은 두려움과 근심과 질투로 잠을 이루기 어렵다. [J. Florio]

| 질투하는 남자 |

- 억누를 수 없는 증오란 절대로 없다.

그러나 사랑에서만큼은 예외이다. [Propertius]
- 연인의 의심은 깨어있는 사람의 꿈이다. [Publius Syrus]
- 육체에 대한 남자의 권한에서의 질투는 무슨 걸레 조각 같은 교양 나부랭이가 아니다. 그것은 본능이다. [이상]
- 이성理性은 말한다. '우리들에게 질투를 일으키게 하는 여자는 사랑할 가치가 없다.' 마음은 답한다. '상대가 질투하는 것은 진정 그녀가 사랑할 만한 가치가 없는 여자이기 때문이다.' [Paul Bourget]
- 질투는 남성에게는 약점으로 나타나지만, 여성에게는 하나의 힘이 되어 갖은 기도를 꿈꾸게 한다. 질투는 여성에게서 증오보다는 차라리 대담성을 유발시킨다. [Anatol France]
- 질투는 오만의 어리석은 자식일 뿐이거나, 미치광이가 앓는 병이다. [Beaumarchais]
- 질투하는 남자는 더 많이 사랑하고, 그렇지 않은 남자는 더욱 잘 사랑한다. [Moliere]

| 질투하는 여자 |

- 아내의 질투는 돌풍을 동반한 폭풍

우이다. [Aeschilos]

- 여자의 질투는 다른 여자를 시기하는 것이라기보다 자신이 버림받는 것을 보는 것이다. [James Hilton]
- 주노(혼인 생활을 지켜주는 여신)는 불륜의 죄를 지은 남편에 대한 타오르는 분노를 감춘다. [Catullus]
- 질투가 강한 여자는 그녀의 정열이 암시하는 모든 것을 믿는다.

  [John Kay]
- 질투하는 여자의 독설에는 미친개의 이빨보다 더 치명적인 독성이 있다.

  [Shakespeare]

| 짐승 |

- 동물은 거짓말하는 법을 배우지 않았다. [Martilis]
- 동물은 그 자신을 위해 존재하지 않고, 도움이 되고자 존재한다.

  [Epiktetus]
- 짐승은 선하신 하느님의 것이고, 어리석음은 인간의 것이다.

  [Vitor M. Hugo]

| 집 |

- 개도 제 집에서는 사자이다.

  [Jeremiah Clarke]
- 거북이는 자신의 집이 자기에게는 가장 이상적인 집이라 한다. [Aesop]
- 닭도 제 두엄 위에서는 왕이다.

  [L. A. Seneca]
- 벽난로만큼 따뜻한 것도, 추운 것도 없다. [D. V. Marceline]
- 석탄 장수가 제 집에서는 주인이다.

  [Blaise de Montluc]
- 아름다운 새장은 새를 키우지 못한다. [J. de Jardin]
- 아무 데서나 사는 사람은 그 어디에서도 살고 있지 않은 것이다.

  [Martialis]
- 우리 집의 연기는 이웃집의 불보다 더 마음에 든다. [Lukianos]
- 자기 집에서는 결코 작지 않다.

  [J. F. Dusy]
- 지혜로운 자는 남의 집에서 배우지만, 바보는 자기 집에서 더 많이 배운다. [M. de Cervantes]
- 집은 살기 위해 지어진 것이지, 바라보라고 지어진 것이 아니다.

  [Francis Bacon]
- 집은 용감한 사람들이 살 때 아름다운 집이 된다. [George Herbert]
- 집이 집주인을 영광스럽게 만들어야지, 집주인이 집을 영광스럽게 만들어서는 안 된다. [Cicero]
- 토끼는 항상 제 굴로 돌아온다.

  [P. J. Leroux]

| 집중 / 주의 |

- 뜻이 집착된 곳이 있으면 길을 걷다가 발이 그루터기나 구덩이에 걸려 넘어지고, 서있는 나무를 머리로 들이받더라도 자신은 알지 못하는 법이다.　　　　　[열자列子]
- 무엇이 가장 좋은 것인가? 지금 하고 있는 일을 잘하는 것이다.
　　　　　[Pittacos]
- 집중력은 자신감과 갈망이 결합하여 생긴다.　　　[Arnold Palmer]
- 집중은 힘의 비결이다.
　　　[Ralf Waldo Emerson]
- 해볼 만한 가치가 있는 일은 잘할 가치도 있다.　　　[Nicolas Poussin]

| 징벌懲罰 |

- 많은 날들이 요구하는 징벌을 어느 날이 가져다준다.　[Publius Syrus]
- 받기를 기다리는 징벌은 더욱 끔찍해질 뿐이다.　　　[Aeschilos]
- 하늘의 그물은 드넓고 코가 성글지만, 그것을 빠져나갈 수 있는 악인은 아무도 없다.　　　[노자老子]

{ ㅊ }

| 착각錯覺 |

- 사람들은 종종 자기 자신에게 속아도 흡족해한다. [La Rochefoucauld]
- 인간은 자신에 관해서는 좀처럼 모르고 있는 타이프로 많은 사람들은 건강한데도 죽어가는 듯이 생각하고, 또한 대다수의 사람들은 죽어가고 있는데도 건강하다고 생각한다.
　　　　　[Pascal]
- 착각은 모든 쾌락의 으뜸이다. 사람들의 착각을 깨뜨리면 그들의 마음까지 읽을 수 있다.　　[Voltaire]
- 착각을 낳는 상상력은 사시사철 꽃을 피우는 장미 나무와도 같다.
　　　[Nichora Sangfor]

| 찬사讚辭 |

- 나는 언제나 찬양 받기만을 원하는 신을 믿을 수 없다.
　　　[Friedrich Nietzsche]
- 사람들은 찬사를 받을 만한 사람이 되기를 갈망하기보다 찬사를 갈망한다.
　　[Francois de La Rochrfoucauld]

- 사람들이 우리를 칭찬할 때, 우리에게 새로운 것을 전혀 알려주지 못한다. [F. La Rochefoucauld]
- 우리 자신의 집안에서 온 것일 때 찬사는 비난과 닿아 있다. [Pandaros]
- 찬사 받을 만하다는 것이 칭찬받는 것보다 낫다. [Publious Syrus]
- 찬사 ― 찬사라는 것도 배워야 할 예술이다. [Friedrich Schiller]

| 참견參見 |

- 어떤 사람의 삶이 비합리적이고 방대하다는 것은 지나친 참견이 아닐까? 왜냐하면 그런 말을 하는 것은 그 사람의 신념 확정의 방법이 자신들의 그것과 다르다는 것에 불과하기 때문이다. [Jean-Jacques Rousseau]

| 참을성 |

- 어느 날 링컨 부인이 건어물 가게의 주인에게 언제나 그렇듯이 신경질을 폭발시켜 목청껏 소리쳤다. 건어물 주인은 링컨에게 항의했다. 그러나 링컨은 가게 주인의 어깨에 손을 얹고 이렇게 타일렀다. '내가 15년 동안 참아온 것인데, 당신도 15분쯤 참아주지 않겠나?' [Jim Bishop]

- 우리가 변화시킬 수 없는 사람은 견뎌야 한다. [Publius Syrus]
- 참고 또 참아라. 경계하고 또 경계하라. 참지 않고 경계하지 않으면 작은 일도 크게 벌어진다. [명심보감明心寶鑑]
- 천자天子가 참으면 나라에 해가 없을 것이고, 제후가 참으면 나라가 커질 것이며, 관리가 참으면 그 지위가 높아질 것이다. 형제가 참으면 집이 부귀하게 되고, 부부끼리 참으면 일생을 해로할 것이다. 벗끼리 참으면 의리가 허물어지지 않을 것이요, 자신이 참으면 해화害禍가 없을 것이다. [공자孔子]
- 한때의 성냄을 참으면, 100일의 근심을 면할 수 있다. [명심보감明心寶鑑]
- 행복한 날들을 위하여 견디고 조심하라. [Vergilius]

| 창녀娼女 |

- 수줍음은 창녀의 몰락이다. [Hitopadesa]
- 요부와 창부는 다투어 성장한다. 그렇지 않으면 요부가 창부보다 인기를 끌든가, 혹은 창부가 요부보다 인기를 끌기 때문이다. 그러나 그 결과는 파멸이 될 것이다. [T. Williams]
- 창녀가 감동받는 것은 눈물을 통해

서가 아니라 선물을 통해서다.

[Publius Syrus]

- 창녀는 바다와 같다. 받은 것은 모두 삼켜버리거나 그 자신을 위해 늘리는 것은 없다. [Plautus]
- 창녀는 예언자의 사랑을 위해 자신의 허리띠를 풀지 않는다. [Zammy]
- 창녀의 집에는 발을 들여놓지 말고, 여자의 치마 속에는 손을 넣지 말고, 고리대금업자의 장부에는 펜을 대지 말라. 그리고 비열한 악마는 쫓아버려라. [William Shakespeare]

| 채권債權 / 채무債務 |

- 거짓말은 채무자의 등 위에 올라앉아 있다. [Jeremiah Clarke]
- 꿔줄 때에는 증인을 세워라. 그러나 베풀 때에는 제3자가 있어서는 안 된다. [Talmud]
- 돈을 빌려주는 것은 신의 일이고, 빚을 지는 것은 영웅의 덕목이다. [Rabelais]
- 말은 빚을 갚지 못한다. [Shakespeare]
- 빌려준 사람은 빌린 사람보다 기억력이 좋다. [Benjmin Franklin]
- 빚은 밑바닥이 없는 바다와 같다. [Thomas Carlyle]
- 빚은 자유인을 노예로 만든다.

[Publius Syrus]

- 빚은 생명을 단축시킨다. [Joseph Joubert]
- 빚을 갚은 자는 큰 벌이를 한 셈이다. [Gabriel Morie]
- 빚진 이는 빚쟁이의 집 대문을 보고 싶어 하지 않는다. [Publius Syrus]
- 원해서 채무자가 되는 사람은 없다. [La Bruyere]
- 죽는 자는 빚을 모두 갚은 셈이다. [Shakespeare]

| 책册 |

- 가난한 자는 책으로 말미암아 부자가 되고, 부자는 책으로 말미암아 존귀해진다. [고문진보古文眞寶]
- 가장 영적인 사회는 재단사가 아닌 제본공이 옷을 만들어주는 사회이다. [Jean Paul]
- 금서禁書는 이 세상을 계몽한다. [Ralph Waldo Emerson]
- 기록하고 펼쳐서, 이익을 얻고 덮는 책이 양서이다. [A. B. 올커트]
- 나쁜 책은 개선의 여지가 전혀 없기 때문에 정말 나쁘다. [Th. Fuller]
- 내가 이 세상 도처에서 쉴 곳을 찾아보았으되, 마침내 찾아낸 책이 있는 구석방보다 나은 곳은 없더라. [Thomas A. Kampis]

- 내가 인생을 알게된 것은 사람과 접촉한 결과가 아니라 책과 접촉한 결과이다. [Anatol France]
- 내가 우울한 생각의 공격을 받을 때 내 책에 달려가는 일처럼 도움이 되는 것은 없다. 책은 나를 빨아들이고 마음의 먹구름을 지워준다. [Michel de Montaigne]
- 너무 많은 책, 너무 적은 시간. [Frank Zappa]
- 도덕적인 책이라든가, 부도덕한 책이란 있을 수 없다. 책이 잘 씌어져 있느냐, 그렇지 못하냐 하는 것뿐이다. [Oscar Wilde]
- 돈이 가득 찬 지갑보다 책이 가득 찬 서재를 갖는 것이 훨씬 좋아 보인다. [J. Lily]
- 두꺼운 책은 커다란 악이다. [Kallimachos]
- 만약에 책이 도움을 주는 것이라면, 세상은 이미 옛날에 개선되어 있었을 것이다. [George E. Moore]
- 먼저 가장 좋은 책을 읽어라. 그렇지 않으면 전혀 그것을 읽을 기회가 없을지도 모를 테니까. [Solo]
- 모든 책은 가끔 문명을 승리로 전진시키는 수단이 된다. [W. Churchil]
- 뭔가 좋은 것을 끄집어내지 못할 정도로 그렇게 나쁜 책은 없다. [G. S. Plinius]
- 방 안에 책이 없으면 몸에 정신이 없는 것과 같다. [Cicero]
- 불에 집어넣으려고 하다가 재빠르게 다시 손에 움켜쥐는 책이야말로 무엇보다도 쓸모 있는 책이다. [Hawkinson]
- 불태우기에 가장 좋은 것은 늙은 나무, 마시는 데에는 오래된 술, 신뢰할 수 있는 것은 오랜 친구, 읽는 데에는 오래된 저서이다. [F. Bacon]
- 사람의 품성은 그가 읽는 서적에 의해서 알 수가 있다. [Samuel Smiles]
- 새 책들의 가장 큰 단점은 옛 책들을 읽지 못하게 방해한다는 것이다. [Joseph Joubert]
- 생각하지 않고 책장을 넘기기 위해서만 책을 읽는 무리들이 많다. [Licgtenberg]
- 서적이 없는 집은 주인이 없는 집과 같다. [Marcus Tullius Cicero]
- 성서는 결코 싫증 나지 않는 유일한 책이다. [Carl Hilty]
- 세계는 한 권의 책이며, 여행하는 사람들은 그 책의 한쪽을 읽었을 뿐이다. [Augustinus]
- 소유할 수 있는 책 전부를 읽을 수 없는 한, 읽을 수 있는 만큼의 책만을 소유하면 충분하다. [L. A. Seneca]
- 술은 우리를 즐겁게 하지만, 서적은 우리를 괴롭힌다. [Goethe]

● 쓴 모든 것 중에서 나는 오직 저자가 그의 피로 쓴 것만을 사랑한다.
[Friedrich Wilhelm Nietzsche]

● 아무리 유익한 서적일지라도 그 절반은 독자 자신에 의해서 만들어지는 것이다. [Voltaire]

● 악서는 독약이며 정신을 독살한다.
[Carl Hilty]

● 어떤 사람들은 책의 가치를 그 두께로 평가한다. [Gracian y Morales]

● 어리석은 대중은 사랑과 철학, 책과 술이 사이좋게 지내는 것을 모른다.
[Aleksandr Pushkin]

● 욕심으로 책을 잔뜩 쌓아놓고, 혹은 잘 구비된 서재를 가지고서도 머리의 속은 아는 것 없이 텅 비어 있는 사람이 되지 말라. 많은 책을 가지고 싶어 하면서도 결코 그것을 이용하지 않는 것은 잠자는 동안에도 줄곧 곁에 촛불을 켜두기를 바라는 어린이와 같다. [피첨]

● 이 세상의 모든 책도 그대에게 행복을 초래하지는 않는다. 그러나 책은 몰래 그대 자신 속에 그대를 되돌아가게 한다. [Herman Hesse]

● 자식에게 황금을 물려주는 것이 책한 권을 주는 것만 못하다. [한서漢書]

● 자연과 서적은 그것을 보는 눈을 가진 사람의 소유물이다.
[Ralph Waldo Emerson]

● 자연은 신이 쓴 책이다.
[William Harvey]

● 집은 책으로, 정원은 꽃으로 가득 채우라. [Andrew Lang]

● 책, 그것은 어느 책이든 인간의 현실이 아니라 추억일 따름이다.
[이어령]

● 책도 사람의 경우와 같다. 소수가 큰 역할을 하고 그 나머지는 대부분 사라진다. [Voltaire]

● 책만큼 매력 있는 가구는 없다.
[Sam Smith]

● 책만큼 충직한 친구는 없다.
[Ernest Miller Hemingway]

● 책보다 사람들을 연구할 필요가 있다. [F. La Rochefoucauld]

● 책 속에는 옥 같은 얼굴이 있다.
[조항趙恒]

● 책 속의 왕자는 자신의 의무를 잘 모른다. [Corneill]

● 책 없는 방은 영혼 없는 육체와 같다.
[Gikero loo balk]

● 책에도 나름의 운명이 있다.
[Terentianus]

● 책은 그 사용법을 가르쳐주지 않는다. [Francis Bacon]

● 책은 꿈을 가르쳐주는 진짜 선생이다. [Gaston Bachelard]

● 책은 남달리 키가 큰 사람이요, 다가오는 세대가 들을 수 있도록 소리

높이 외치는 유일한 사람이다.

[Robert Browning]

- 책은 무엇인가를 가르쳐줄 때에만 용납된다. [Voltaire]
- 책은 세대의 유산에 어울리는 세계의 재산이다. [Henry Thoreau]
- 책은 소년의 음식이 되고 노년을 즐겁게 하며, 번영과 장식과 위난의 도피처가 되며, 이것을 위로하고, 집에 있어서는 쾌락의 종자가 되며, 밖에 있어서도 방해물이 되지 않고, 여행할 적에는 야간의 반려가 된다.

[Marcus Tullius Cicero]

- 책은 위대한 천재가 인류에게 남겨주는 유산이며, 그것은 아직 태어나지 않은 자손들에게 주는 선물이다. 이는 한 세대에서 다른 세대로 전달된다. [Joseph Edison]
- 책은 인생이라는 험한 바다를 항해하는 데 도움이 되도록 남들이 마련해 준 나침반이요, 망원경이요, 지도이다. [John G. Bennett]
- 책은 절대 배신하지 않는 친구이다.

[데 바로]

- 책은 책 이상이다. 책은 생명이다. 지난 시절의 심장과 핵심이며, 그들의 생애와 본질과 정수이다. [Royal]
- 책을 남용하면 학문은 죽는다.

[Jean-Jacques Rousseau]

- 책을 쓰는 것은 시계를 만드는 것과 같이 어려운 일이다. [La Bruyere]
- 책이란 저주스러운 것, 인류에게 재난을 가져오는 것, 현존하는 서적의 10분의 9는 난센스다. 이 난센스를 논파하는 것이 좋은 책이다.

[Disraeli]

- 출판의 자유는 그 자체가 목적은 아니지만 자유 사회를 향한 수단이다.

[Frank Peter]

- 큰 도서관은 인류의 일기장과 같다.

[Roger Dawson]

| 책망責望 |

- 남을 책망하기는 쉽지만 스스로를 책망하기는 어려운 법이다. 암행어사란 다름 아닌 남을 책망하는 사람이다. 오직 스스로를 책망하기에 어렵지 않은 사람이라야 남을 책망하여 능히 그 임무를 완수할 수 있다.

[정도전]

- 남의 작은 허물을 책망하지 말며, 남의 사적인 비밀을 발설하지 말며, 남의 지난 잘못을 생각하지 마라.

[홍자성洪自誠]

- 만일 한 가지 말이나 한 가지 일이 잘못되었다고 하여 그를 지탄한다면, 누가 자기 몸을 아끼지 않으면서 일을 하겠는가? 이렇게 되면 그 뒤의 폐단은 이루 말할 수 없이 커

지게 될 것이다.　　　[권발權撥]

- 자신에 대해서는 깊이 책망하고, 남에 대해서는 가볍게 책망하면 원망을 멀리할 수 있다.　　[공자孔子]

| 책임責任 |

- 막을 수 있는데 막지 않았다면 죄를 지은 것이다.　[Antoine Louiselle]
- 우리에게 책임이 있는 일의 잘못은 책망을 받지만, 우리에게 책임이 없는 잘못은 책망 받지 아니한다.
　　　[Aristoteles]
- 책임은 다른 사람과 나누어질 수 없다.　　　[A. Brown]
- 책임의 본질은 이를 수행하는 사람을 바꾼다고 해서 변하는 것은 아니다.
　　　[A. Brown]

| 처녀處女 |

- 남자 친구가 없는 아가씨는 장미가 피지 않은 봄이다. [A. de Montreux]
- 노인은 아무것도 할 수 없고, 청년은 아무것도 모르니, 처녀는 아무런 희망이 없다.　[Cesar Houdin]
- 느닷없는 혼인은 순결을 놀라게 하지만 상처를 주지 않는다.　[Marivaux]
- 아가씨들이여, 밀 이삭을 보라. 아름다울 때 고개를 숙인다.

　　　[Montaigne]
- 아무것도 쓰이지 않은 백지와 같은 순백한 처녀란 어리석은 잠꼬대에 불과하다.　　[D. H. Lawrence]
- 유리와 처녀는 항상 위험하다.
　　　[토르리지아노]
- 처녀들은 칭찬받아야 한다. 그 칭찬이 진실인지 아닌지는 상관없다.
　　　[Jean Paul]
- 처녀와 포도밭은 지키기 어렵다.
　　　[Brantome]
- 처녀의 순결을 지키는 가장 확실한 방법은 엄격함이다.　[Montaigne]
- 포도주는 맛으로, 옷감은 색으로, 처녀는 수줍음으로 판단한다.
　　　[Jean le Bon]

| 처벌處罰 |

- 모든 처벌은 해독이다. 모든 처벌은 그 자체가 죄악이다.
　　　[Jeremy Bentham]
- 사람의 피를 뿌리는 것보다는 뺨에 피 맺히게 하는 것이 낫다는 것을 유념하시오.　[Tertullianus]
- 신은 아비가 지은 죄에 대해 자식들을 처벌한다.　　[Euripides]
- 처벌을 주저하면 악한 자들의 수가 늘어난다.　[Publius Syrus]
- 처벌받지 않은 모든 죄는 또 다른

죄의 씨앗을 뿌린다.　[H. Spencer]

- 처벌해야 한다고 모두 교수형에 처해야 하는 것은 아니다.

  [Joseph Dejardin]

| 처세處世 |

- 가까이 있는 사람을 기쁘게 하고, 멀리 있는 사람이 찾아오게 한다.

  [논어論語]
- 가장 높은 곳에 올라가려면 가장 낮은 곳부터 시작하라.[Publius Syrus]
- 겁박하는 것도 남이 겁박하는 것이 아니요, 푸는 것도 남이 푸는 것이 아니다.　　　　　　　[혜가慧可]
- 겸손한 자만이 다스릴 것이요, 애써 일하는 자만이 가질 것이다.

  [Emerson]
- 공손한 것도 좋으나 도가 지나치면 치욕을 면할 수 없다.　[논어論語]
- 기회는 두 번 다시 당신의 문을 노크할 것이라고 생각지 말라.

  [Nichora Sangfor]
- 나는 결코 거절하지 않으며, 결코 반대하지 않는다. 잊어버리는 경우는 종종 있다.　[Benjamin Disraeli]
- 나는 2년 후를 생각지 않고 산 일은 없다.　　　　　　[Napoleon I]
- 남에게 무례한 짓을 하지 말고, 남에게 무례한 짓을 당하지 말라.

[Ambrosius]

- 남이 내 얼굴에 침을 뱉으면, 그것이 저절로 마를 때까지 기다린다.

  [십팔사략十八史略]
- 내게 와서 남의 옳고 그름을 말하는 사람은 반드시 시비是非를 좋아하는 사람이다.　　[명심보감明心寶鑑]
- 도꾸가와德川의 인생훈人生訓 : 사람의 일생은 무거운 짐을 지고 먼 여행을 하는 것과 같다. 서둘지 마라. 부자유를 정상이라고 생각하면 부족함이 없다. 마음에 욕심이 생기면 어렵게 살던 때를 생각하라. 참는 것은 무사無事 장구長久의 근본이며, 화를 내는 것은 적으로 알라. 이길 줄만 알고 질 줄을 모르면 해가 그 몸에 이른다. 자기를 탓할지언정 남을 탓하지 마라. 미흡한 것이 지나친 것보다 좋다.

  [도꾸가와이에야스德川家康]
- 두 의자 사이에 앉으려다가는 땅바닥에 떨어진다. [Francois Rabelais]
- 말만 잘하면 천 냥 빚도 갚는다.

  [한국 격언]
- 머뭇거리며 하는 요구는 거절당한다.

  [L. A. Seneca]
- 물이 너무 맑으면 고기가 없고, 사람이 너무 살피면 동지가 없다.

  [한서漢書]
- 불어오는 질풍의 첨단을 흔들지 말

라.　　　　　　　　　　　[A. Dante]

● 성공한 사람이 되려고 하지 말고 가치 있는 사람이 되려고 하라.
　　　　　　　　　[Albert Einstein]

● 세상살이에서 지나치게 결백함을 꺼리고, 성인은 빛을 숨김을 귀하게 여긴다.　　　　　　　[이백李白]

● 신중한 사람의 지침이란, 시류를 따르는 것이다.　[Gracian y Morales]

● 얻으려 하는 자에게는 먼저 주라.
　　　　　　　　　　　[노자老子]

● 여러분은 함께 있는 사람보다도 결코 영리하게 여겨져서는 안 되고, 또 보다 많이 아는 것처럼 보여서는 안 된다.　　[Philip Chesterfield]

● 우리는 오래 살기 위해서가 아니라 옳게 살기 위해 노력해야 한다.
　　　　　　　　　　[L. A. Seneca]

● 이루어진 일에 대해서는 말하지 마라.　　　　　　　[논어論語]

● 일은 민첩하고, 말은 신중해야 한다.
　　　　　　　　　　[논어論語]

● 있어도 없는 듯, 충만해도 허한 듯, 모욕을 당해도 맞받아 다투지 않는다.
　　　　　　　　　　[논어論語]

● 조금도 교만한 빛이 없고, 아랫사람을 사랑하고, 자기의 공을 남에게로 돌리는 것을 볼 때에 더욱더 사람들의 사랑을 받게 된다.　　[이광수]

● 주어진 것을 받아라. 주어진 것을

살려라.　　　　　　　[Epiktetus]

● 지상至上의 처세술은 타협이 아니라 적응이다.　　　　[Georg Simmel]

● 처세하는데 반드시 공功을 구하지 말라. 별 허물이 없으면, 즉 그것이 공이다. 사람과 더불어 세상을 살아가는데 덕德을 느끼도록 하지 말라. 별 원망 없으면 그것이 곧 덕이다.
　　　　　　　　　[채근담菜根譚]

● 초대를 거절하는 것은 매우 좋은 일이지만, 우선 초대를 받을 때까지 기다리는 것도 좋은 일이다.
　　　　　　　[Winston Churchill]

● 칸트의 권면 9조 : ① 친절하라. ② 청렴하라. ③ 사생활에 절도를 지켜라. ④ 자기의 권리를 과실로 남에게 짓밟히지 마라. ⑤ 지불 능력이 없는 부채負債를지지 말라. ⑥ 받지 않아도 될 자선을 받지 마라. ⑦ 식객이나 아첨자阿諂者가 되지 마라. ⑧ 절약하여 적빈赤貧에 빠지지 마라. ⑨ 육체적 고통을 남에게 호소하지 마라.　　[Immanuel Kant]

| 처신處身 |

● 손톱에 혈기가 흘러야 한다.
　　　　　　　[Balthasar Grasian]

● 자신의 힘을 알고 약함을 간직한 자는 천하의 골짜기가 된다. [노자老子]

- 제 역할에 따라 인물을 연기演技해야 한다. [M. Regnier]
- 천사 흉내를 내려는 자는 동물을 흉내 낸다. [Pascal]
- 타인에게는 온순하고, 자신에게는 엄격하라. [S. Rogers]
- 피할 수 없는 것은 끌어안아야 한다. [William Shakespeare]

| 천국天國 |

- 나는 한 뼘의 생을 누렸다. 이제 바라는 전부는 천국이다. [Randy Pauscher]
- 내가 있는 곳이 천국이다. [Voltaire]
- 누구도 작정을 했대서 천당에 가게 되는 것은 아니다. [D. L. Moody]
- 눈이 말라 있는 사람은 천국으로 가지 못한다. [T. Adams]
- 모든 곳은 천국에서 똑같은 거리에 있다. [Richard Burton]
- 사랑과 지식은 그것을 얻을 수 있는 한에서는 천국에로의 길이었다. [Bertrant Russell]
- 신이 용서하지 않는다면, 신의 낙원은 텅 비어 있게 될 것이다. [Mohamed Benchenet]
- 오로지 백팔번뇌를 통해서만 우리는 천국에 들어간다. [Marcel Proust]
- 우리를 천국으로 이끄는 것은 말에 있지 않고 행함에 있다. [Matthew Henry]
- 절뚝거리며 천국에 들어가는 것이, 온전한 발로 들어가지 못하는 것보다 낫다. [William Ashley Sunday]
- 지상의 천당을 얻지 못한 자는 위로 가더라도 찾지 못한다. [Emily Dickinson]
- 천국 앞에서 감탄하지 않는 자는 아무도 없다. [Thomas Adams]
- 천국에 오르는 사다리는 사람에 대한 사랑이다. [아리스카레]
- 천국은 감사하는 자만 가는 곳이다. [Martin Luther]
- 천국은 영원한 기쁨의 보고이다. [William Shakespeare]
- 천국은 우리의 머리 위뿐만 아니라 발밑에도 있다. [H. D. Dorrough]
- 천국의 평화란 진정 정의롭고 자비로운 전쟁에서 칼을 드는 자들의 것이다. [William Shakespeare]
- 하늘에는 입이 없고, 사람으로 하여금 말하게 한다. [Hieke 이야기]

| 천국과 지옥 |

- 같은 세계이지만 마음이 다르면 지옥도 되고 천국도 된다. [Ralph Waldo Emerson]
- 마음이 천국을 만들고 또 지옥을 만

든다. [John Milton]

- 바보의 천국은 현명한 사람의 지옥이다. [Thomas Fuller]
- 지옥에 대한 두려움은 그 자체가 지옥이고, 낙원에 대한 열망은 그 자체가 낙원이다. [Kahlil Gibran]
- 지옥이란, 부인! 그것은 벌써 사랑하지 않는 것입니다. [G. Bernanos]
- 천국도, 지옥도, 세계도 우리 안에 있다. 인간은 위대한 심연深淵인 것이다. [Henry F. Amiel]
- 천국에서의 즐거움은 행복한 것, 지옥에서의 괴로움은 행복했던 것이다. [D. Janders]
- 천국의 노예가 되기보다는 지옥의 왕이 되어라. [John Milton]
- 천당의 고마움을 알기 위해 사람은 15분간 지옥을 경험하는 것이 좋다. [월 칼레턴]

| 천성天性 |

- 개구리를 금으로 된 옥좌에 놓아보시오. 금방 진흙탕으로 뛰어들 것이오. [Ch. Laussane]
- 개에게 똑바로 걷기를 가르칠 수 없다. [Aristophanes]
- 고슴도치의 털을 윤기 나게 만들 수 있는 방법은 없다. [Aristophanes]
- 기질은 갈퀴로 쫓아내도, 달려서 되

돌아온다. [Horatius]

- 늑대는 가죽을 바꿀 수 있어도, 천성을 바꾸지는 못한다. [Apostelius]
- 늑대는 이빨을 잃어도 그 천성은 잃지 않는다. [Thomas Fuller]
- 돼지를 기르시오. 그러면 돼지고기를 먹게 될 것이오. [H. G. Bon]
- 뱀을 우유 도둑으로 만들어버린다. [Abadana]
- 벌에게는 모든 것이 꿀이고, 뱀에게는 모든 것이 독이다. [Cesar Houdin]
- 사람은 저마다 신이 만들어준 대로이지만, 종종 더 못할 때가 많다. [M. de Cervantes]
- 서캐는 이가 된다. [Oliver Cromwell]
- 숫양에게 뿔이 없느냐고 묻는 것보다 차라리 도망치는 것이 낫다. [La Bruyere]
- 여우는 털을 바꿀 수는 있어도 본성을 바꾸지는 못한다. [Suetonius]
- 인생은 본래 영원을 향한 끊임없는 갈망이며, 신을 향한 동경이다. 그러기에 우리의 천성이야말로 가장 고귀한 것이다. [F. Schlegel]
- 훌륭한 말은 절대로 쓸모없는 늙은 암말이 되지 않는다. [Noel de pie]

| 천재天才 |

- 남이 어렵게 보는 일을 쉽게 하는

사람이 재사才士이며, 재사에게 불가능한 일을 하는 사람이 천재이다.

[Henri F. Amiel]

● 박해를 당해보지 않은 천재는 없다.

[Voltaire]

● 수천만의 천재들이 누구에게도 발견되지 않고 태어나서는 죽어간다. 그러한 천재들 자신도, 다른 사람들도 그 천재를 발견하지 못한 그대로.

[Mark Twain]

● 시간과 장소와 행동은 노력으로 얻을 수 있다. 하지만 천재는 타고 나는 것이지, 교육으로 이루어지는 것이 결코 아니다. [J. Dryden]

● 우울은 천재의 몫이다. [Cicero]

● 재능과 천재와의 사이는 석공과 조각가와의 차이와 같다.

[Robert G. Ingersoll]

● 재능은 인간의 지배하에 있지만, 인간은 천재의 지배하에 있다.

[J. R. Reuel Tolkien]

● 조금의 광기도 없는 천재는 없다.

[Aristoteles]

● 천재가 하는 일이란, 새로운 해답을 부여하는 것이 아니라 새로운 문제를 제기하는 것이다. 그 문제에 범인凡人들이 고생 끝에 해답을 부여하는 것이다. [Hugh Trevor-Roper]

● 천재는 그가 해야 할 것을 하고, 재사才士는 그가 할 수 있는 것을 한다.

[O. 매런디드]

● 천재는 그의 나라에서 첫째이면서 꼴찌이다. [쇼보 드 보쉔]

● 천재는 노력하기 때문에 어떤 분야에서 뛰어난 것이 아니다. 뛰어나기 때문에 그 분야에서 노력한다.

[William Hazlitt]

● 천재는 사람들이 적당한 거리를 두고 바라보고자 하는 높은 건축물과 같다. [Louis de Bonal]

● 천재는 인내이다. [Georges Buffon]

● 천재는 1퍼센트의 영감과 99퍼센트의 노력으로 만들어진다.

[Thomas Edison]

● 천재는 항상 신사이다. [Balzac]

● 천재들을 만찬에 초대하려거든, 그들이 천재로 인정되지 않고 고생하고 있을 때에 하는 것이 좋다. 그렇게 하면 그들을 위해서는 보람 있는 격려가 되는 것이다. 그러나 대부분의 사람들은 그들의 천재가 세상에 인정된 후에 초대하기 때문에 그것은 단지 그들에게 소화불량을 일으킬 뿐이다. [K. Mansfield]

● 천재란, 마음이 내키지 않는 고생스러운 일을 피하는 특수능력을 말한다. [Elvert Hubbard]

● 천재란, 무엇인가? 자유롭게 언제라도 소년으로 돌아갈 수 있는 능력이다. [James M. Bally]

- 천재란 10세까지의 아이들 전원이다.
  [Thomas Huxley]
- 천재성은 대낮에도 별을 볼 수 있는 것이다. [Aeschylus]
- 천재성은 하늘이 주신 인내심이다. 천재성은 나 역시 가질 수 없지만, 인내심은 모두가 가질 수 있다.
  [Robert Woodrow Wilson]
- 천재성이 훌륭한 작품을 시작하지만 완성하는 것은 노력이다.
  [Joseph Joubert]
- 천재의 등불은 인생의 등불보다 더 빨리 탄다. [Friedrich Schiller]

| 천하天下 |

- 나무가 부러짐은 반드시 좀벌레로 말미암은 것이고, 담이 무너지는 것은 반드시 틈으로 말미암은 것이다. 그렇지만 나무를 좀벌레가 먹었다 해도 거센 바람이 불지 않으면 부러지지 않으며, 담에 비록 틈이 났다 해도 큰 비가 내리지 않으면 무너지지 않는다. 천자天子가 술책을 지니고 법을 행하여 망할 징조가 있는 임금들에게 비나 바람 같은 존재가 된다면, 그가 천하를 통일하는 일이란 어렵지 않을 것이다. [한비자韓非子]
- 천하를 이롭게 하는 자는 천하가 그 길을 열어주고, 천하를 해치는 자는 천하가 이를 막는다. 천하는 한 사람의 천하가 아니며, 천하 만민의 천하인 것이다. [강태공姜太公]

| 철학哲學 |

- 격언은 철학자들의 기지의 용솟음이다. [Vauvenargues]
- 공포는 신앙을 낳고, 의심은 철학을 낳는다. [장자莊子]
- 극심한 치통을 참을성 있게 견디는 철학자는 없다. [Shakespeare]
- 깊이 없는 철학은 사람들을 무신론으로 이끌지만, 깊이 있는 철학은 사람들을 종교로 이끈다. [F. Bacon]
- 나는 철학을 좋아하지 않는다. 그것은 좌절된 사람들의 변덕에 지나지 않기 때문이다. [Vatzlav Nizhinskii]
- 내가 철학으로부터 습득한 것은 어떠한 사회에서도 안심하고 감지하는 능력이다. [Aristippos]
- 너희들은 나에게서 철학을 배울 것이 아니라, 철학하는 것을 배워야 한다.
  [Immanuel Kant]
- 만족은 철학자의 돌이며, 그것이 닿는 모든 것을 금으로 바꾼다.
  [Thomas Fuller]
- 명확성은 철학자들의 선의이다.
  [Vauvenargues]
- 모든 철학은 플라톤에 대한 각주脚

註라고 말해 오고 있다.

[Lionel Trilling]

- 무릇 철학은 상식을 어려운 말로 표현한 것에 불과하다. [Goethe]
- 시詩는 진리의 전체를 포함하고, 철학은 그 부분을 표현한다.

[Henry Thoreau]

- 시란 성숙한 자연이며, 철학이란 성숙한 이성理性이다. [Goethe]
- 어느 세기의 철학은 다음 세기의 상식이 된다. [Henry W. Beecher]
- 어떤 사람의 눈에도 다 보이는 것을 하느님, 철학자도 알게 해주옵소서.

[Wittgenstein]

- 어떤 세기의 철학은 다음 세기에서는 평범한 상식에 불과한 것이다.

[Henry W. Beecher]

- 여러분은 내게서 철학을 배우는 것이 아니다. 철학하는 것을 배우는 것이다. [Immanuel Kant]
- 여론이 세계의 여왕이라면, 철학은 이 여왕을 지배한다. [Voltaire]
- 이 천지간에는 자네의 철학으로는 꿈도 못 꿀 많은 일이 있다네. 호레이쇼여! [Shakespeare]
- 인간의 역사에는 행복한 철학자가 있었다는 기록은 남아 있지 않다.

[H. L. Mencken]

- 자연철학은 미신을 치러하는 데 있어서 신의 말씀 다음가는 확실한 약

이다. [Francis Bacon]

- 존재자의 존재에 응답하여 이야기하는 것이 바로 철학이다.

[Martin Heidegger]

- 종교에 있어서는 신성한 것만이 진실이며, 철학에 있어서는 진실한 것만이 신성하다. [L. A. Feuerbach]
- 중대한 의미에 있어서 모든 철학은 그리스 철학이다. [B. Russell]
- 진실로 철학은 모든 학문의 귀결점인 것이다. [유진오]
- 진정 철학이 무엇인가를 이해하는 사람은 즐거이 죽음을 맞이할 것이다. 그의 스승 소크라테스는 침착하게 마치 천국이나 가듯이, 죽음의 길을 떠났다. [Platon]
- 진정한 철학에 의해서만 국가도 개인도 정의에 도달할 수 있다. 진정한 철인이 통치권을 쥐거나 통치자가 신의 은혜로 진정한 철인이 되지 않는 한, 인간은 악에서 벗어날 수 없을 것이다. [Platon]
- 철학은 결단의 문제이다.

[Karl Jaspers]

- 철학은 경이에서 시작된다. 종말에 철학사상이 최선을 다했을 때도 경이는 남는다. [Alfred Whitewhead]
- 철학은 다양성의 용인이다. 철학은 결국 다양한 가치, 다양한 생각, 다양한 행동의 용인이다. [김용옥]

- 철학은 마구간에 있는 훌륭한 말이면서 여행하는 늙은 말이다.
  [Oliver Goldsmith]
- 철학은 법률과 관습에 대한 공격 무기이다. [Alkidapos]
- 철학은 사고思考의 현미경이다.
  [Victor Hugo]
- 철학은 야회복을 입은 상식이다.
  [Oliver S. Braxton]
- 철학은 언어를 무기로 하여 우리의 지성에 걸린 주문과 싸우는 전투이다. [Wittgenstein]
- 철학은 영혼의 진정한 치유제이다.
  [Marcus Tullius Cicero]
- 철학은 우리 눈앞에 펼쳐져 있는 이 거대한 책, 즉 우주에 씌어 있다.
  [Galileo Galilei]
- 철학은 인간정신이 통과한 갖가지 상태에 대하여 학자를 가르치기에 적합한 정신적 기념물로서만 흥미롭다. [Anatol France]
- 철학은 죽음에 대한 묵상이다.
  [Erasmus]
- 철학은 죽음에 대한 연습이다.
  [안병욱]
- 철학은 지나간 악과 다가올 악을 쉽게 물리치지만, 현재의 악이 철학을 물리친다. [F. La Rochefoucauld]
- 철학은 최고의 문예다. [Platon]
- 철학은 추론을 통해 가르치려고 하지만, 가난은 그것을 실천하도록 만든다. [Diogenes]
- 철학은 해결할 수 없는 문제에 대한 알쏭달쏭한 해답이다.
  [Henry Adams]
- 철학은 회의懷疑이다. [Montaigne]
- 철학을 경멸하는 것이야말로 참으로 철학하는 일이다. [Pascal]
- 철학의 궁극적인 임무는 일반적인 이성의 지도자, 감시인이 되는 일이다.
  [Albert Schweitzer]
- 철학의 핵심은 언급할 가치도 없어 보이는 단순한 지점에서 시작하여 누구도 믿지 않을 만큼 역설적인 지점에서 끝을 맺는 것이다.
  [Bertrant Russell]
- 철학이란, 인생을 있는 그대로 받아들일 용기가 없는 사람들이 복용하는 자가제自家製의 약이다.
  [Rukers Kriev]
- 철학이란, 죽음에 관한 명상이다.
  [Erasmus]
- 철학이란, 혼의 참다운 의술이다.
  [Marcus Tullius Cicero]
- 철학자는 자신이 거머쥔 찬란한 진실의 손잡이를 손으로 감싸 숨기지 않는다. 그는 그 진실을 전파한다.
  [Stephans Mallarme]
- 철학자는 자연의 배를 유도하는 길잡이다. [George Bernard Shaw]

- 철학자는 지혜를 사랑하며 찾는다. 그러나 어느 부분이 아니고, 그 모든 것을 사랑하고 구한다.　[Platon]
- 철학자들은 너무 높은 곳에 있어서 희미하게 보이는 별과 같다.
　　　　　　　　　　[Francis Bacon]
- 철학자들은 우리에게 삼단논법을 가르쳐주지만, 무엇을 해야 할지는 우리가 더 잘 알고 있다. [Epictetus]
- 철학자들의 철학은 도무지 알 수 없는 애매한 언어로 표현되는 상식일 뿐이다.　　　　　　　　[Goethe]
- 철학자란 무엇인가? 항상 심상하지 않은 사물을 경험하고, 견문하고, 시의猜疑하고, 희망하고 꿈꾸는 인간이다.　　　　[Friedrich Nietzsche]
- 철학자의 영혼은 그의 머릿속에 산다.　　　　　　　　[Kahlil Gibran]
- 철학자의 전 생애는 진정으로 죽음에 이르는 것과 그 죽음을 성취하는 것이나 다름없다.　　　　[Platon]
- 철학한다는 것은 의심하는 것이다.
　　　　　　　　　　[Montaigne]
- 철학할 때는 옛 키오스(그리스 키오스섬)로 내려가서 편안한 기분을 갖지 않으면 안 된다.　[Wittgenstein]
- 플라톤은 나에게는 소중한 사람이지만, 더욱 소중한 것은 진리다.
　　　　　　　　　　[Aristoteles]
- 플라톤은 철학이다. 철학은 플라톤이다.　　[Ralfph Waldo Emerson]
- 한가閑暇는 철학의 어머니다.
　　　　　　　　[Thomas Hobbes]
- 한 명의 철학자로서는 아무것도 할 수 없다.　　　　[Napoleon I]
- 해결할 수 없는 문제에 대한 이해할 수 없는 대답, 그것이 철학이다.
　　　　　　　　[Henry Adams]
- 현자가 철학에서 얻을 수 있는 것은 자기 자신과 함께 사회 안에서 살아가는 것이다.　　[Antisthenes]
- 회의懷疑는 철학에의 첫걸음이다.
　　　　　　　　[Denis Diderot]
- 회의懷疑는 철학자의 감지感知이며, 철학은 회의로부터 비롯된다.
　　　　　　　　[Socrates]

| 첫 느낌 |

- 제비만큼 빠른 것은 마음밖에 없다.
　　　　　　　　[Lacordaire]
- 첫 느낌들과 두 번째 생각들, 가장 좋은 것은 이 두 가지에서 나온다.
　　　　　　　　[Louis de Bonal]
- 첫 느낌은 사람의 손안에 있지 않다.
　　　　　　　　[Cervantes]
- 첫 마음의 움직임은 결코 죄가 아니다.　　　　[Corneille]

| 첫사랑 |

- 남자의 첫사랑을 만족시키는 것은

여자의 마지막 사랑뿐이다.

[Honore de Balzac]

● 사람들은 언제나 첫사랑으로 되돌
아간다. [샤를 가용 엔티엔]

● 사람이 마음으로부터 사랑하는 것
은 단 한 번밖에 없다. 그것이 첫사
랑이다. [La Bruyere]

● 첫사랑은 남자의 일생을 좌우한다.

[Andre Maurois]

● 첫사랑의 마법, 언젠가 끝날 수 있
다는 것을 모르는 것이다.

[B. Disraeli]

● 첫사랑이 신비하다는 것은 우리가
그것이 끝날 수 있다는 것을 모르기
때문이다. [Benjamin Disraeli]

● 첫사랑이 현실적으로 열매를 맺지
못했다 해도 그 아름다운 꽃은 추억
속에서 영원히 아름답게 필 것이다.

[사라이시 고우치白石]

● 첫사랑이란, 인간의 어리석음과 넘
치는 호기심에 불과하다.

[George Bernard Shaw]

| 첫째와 꼴찌 |

● 개는 맨 뒤에 있는 자를 문다.

[M. de Cervantes]

● 마지막에 들어오는 주자走者도 1등
으로 들어오는 주자와 마찬가지로
승리한 것이다. [Aeschilos]

● 물을 건너가거나 돈을 건네줄 때에는
선두가 되지 마라. [Cesar Houdin]

● 하고 싶은 것을 하되, 첫째가 되어라.

[J. Dejardin]

| 청결 |

● 청결과 정돈은 본능의 문제가 아니
라 교육의 문제이며, 대부분의 중요
한 것들과 마찬가지로 그에 대한 감
각을 키워야 한다. [B. Disraeli]

| 청년靑年 |

● 과연 젊음은 귀여운 것인 동시에 또
한 무서운 것이로다. [김동인]

● 꽃은 질 때가 있고, 달은 이지러질
때가 있다. 세상 만물에 죄다 성쇠
가 있는데, 인생에 어찌 젊음만 있
으랴. [어겸於謙]

● 내가 한 위대한 일의 대부분은 청년
기에 이루어졌다. [B. Disraeli]

● 돈이 있으면 이 세상에서 많은 것이
가능하다. 그러나 청춘은 돈으로는
살 수 없다. [Vladislav Raymond]

● 될 수 있는 대로 오래 살라. 스무 살
까지는 여러분의 인생 중에서 가장
긴 전반의 생이다. [Robert Southey]

● 마음을 순결하게 하고, 모든 증오의

감정을 멀리하면 젊음을 오랫동안 간직할 수 있게 된다. 아름다운 부인들도 거의가 우선 얼굴부터 나이를 먹는 법이다. [Stendhal]

● 문화를 역행시킬 수는 없다. 이 세계에 청년이 있기 때문이다. 그들은 고집 센 데가 있지만 주어진 능력을 충분히 발휘할 것이다. [Hellen A. Keller]

● 사람이 노령에 들면, 많은 일을 배울 수 있다고 한 솔론의 말은 일종의 망상이다. 왜냐하면 사람이란 많이 달릴 수 없는 것과 같이 많이 배울 수도 없는 것이다. 청춘이란, 과격한 노역에 적절한 시기이다. [Platon]

● '살려고 노력하고, 얘기하려고 발광하고, 구제받으려고 발광하는…' 이것은 젊은 세대의 경험과 생리를 그린 말이다. [홍사중]

● 세상에서 젊음처럼 귀중한 것은 없다. 젊음은 돈과 같다. 돈과 젊음은 모든 것을 가능케 한다. [Maxim Gorky]

● 시간이 이다지도 빨리 흐르는 것은 우리가 시간에 이정표를 만들어 놓지 않았기 때문이다. 중천의 달과 지평선의 달의 경우도 이와 마찬가지다. 그래서 청춘은 충만하기 때문에 그토록 길고 짧은 것이다. 가령 시계판 위의 바늘이 5분간 돌아가는 것을 지켜볼 수 없는 것만큼 사물은 지루하고 짜증스런 것이다. [A. Camus]

● 아아, 청춘! 그것을 한때만 가질 뿐 나머지 시간은 그것을 추억할 뿐이다. [Andre Gide]

● 옛사람들은 밤이 지루하다고 하면서도 촛불을 켜들고 돌아다녔다는데, 하물며 젊은이들이 대낮까지도 허송한단 말인가. [태평광기太平廣記]

● 인생에 따뜻한 봄바람을 불어 보내는 것은 청춘의 끓는 피다. 청춘의 피가 뜨거운 지라, 동산에는 사랑의 풀이 돋고, 이상의 꽃이 피고, 희망의 놀이 뜨고 열락悅樂의 새가 운다. [민태원]

● 잃어버린 청춘에 대해서, 우리는 이미 옛날의 모양이 남아 있지 않은 정원의 고목 속에서 마지막 우레의 큰 소리를 들을 따름이다. [Francois Mauriac]

● 작별 없이 지나간 청춘은 방정맞은 작은 새와 같이 한번 앉았던 작은 가지로 다시 돌아올 줄 모르고, 성냥불처럼 확 하고 커졌던 정열은 재가 되고 먼지로 화하여 자취 없이 사라진다. [심훈]

● 젊어서 구하면 늙어서 풍요해진다. [Gorthe]

● 젊어서는 너무 어려워서 손을 대지 못하는 것이란 없다. [Socrates]

- 젊은 사람과 경쟁하지 말라. 대신 그들의 성장을 인정하고 용기를 주고 그들과 즐겨라. [Shakespeare]
- 젊은 사람치고 자신도 언젠가는 죽는다고 믿고 있는 사람은 거의 하나도 없다. [William Hazlitt]
- 젊은이들이란, 대개가 꿈과 예술에 도취하여 어린 벌레가 유충에서 고생스러운 과정을 거쳐 성충이 되듯 자기 자신의 이상을 구현시키게 될 때까지 파묻혀 지내게 마련이다. [Romain Rolland]
- 젊은이에게 세상을 다 넘겨주지 말라. 그들에게 다 주는 순간 천덕꾸러기가 된다. [Shakespeare]
- 젊음은 언제나 한결같이 아름답다. 지나간 날의 애인에게서는 환멸을 느껴도, 누구나 잃어버린 젊음에게서는 안타까운 미련을 갖는다. [피천득]
- 젊음은 자라나는 것의 싱싱한 아름다움이요, 뻗어가는 것의 단순하면서 강인한 아름다움이며, 잡것이 곁들이지 않는 정결하고 신선한 아름다움이다. 젊음이 뻗어 올리는 그 순수하고 순결하고 싱싱한 아름다움으로 젊음은 스스로를 신록新綠하는 축복을 받게 되는 것이다. [박목월]
- 젊음의 특징은 아마도 손쉬운 행복을 누릴 수 있는 천부의 자질일지도 모른다. 그러나 젊은이란, 무엇보다 먼저 거의 낭비에 가까울 정도로 성급한 삶에의 충동이다. [Albert Camus]
- 젊음이란 무엇인가? 그것은 아름다운 꿈이요, 높푸른 이상이요, 뜨거운 정열이요, 강인한 투지의 응결체이다. [김우종]
- 청년기는 유일하게 즐거운 계절이다. 자기 인생의 첫 25년을 비록 궁핍과 치욕 속에 보냈다 하더라도 긴 생애의 나머지 삶과 맞먹으며, 그 이후의 삶을 재산과 명예와 존경 속에서 살아가게 하는 힘이 된다. [G. Burrow]
- 청년에게 권하고 싶은 말은 세 마디에 그친다. 그 말은, 즉 청년들이여 일하라! 청년들아 더욱 일하라! 청년들아 끝까지 일하라! 이 세 마디다. [Otto E. Bismarck]
- 청년이여, 야망을 가져라! Boys be ambitious! [William Smith Clark]
- 청년은 미래가 있다는 것만으로도 행복하다. [Nikolai V. Gogol]
- 청년은 배우기보다 자극받기를 원한다. [Goethe]
- 청년은 완전한 것을 사랑하지 않기 쉽다. 왜냐하면 그들은 할 일이 너무 많기 때문에 중간에 싫증을 내거나 따분하게 여기기 때문이다. [Paul Valery]

- 청춘기의 소망과 희망을 실현하기 위해 애쓰는 사람은 누구나 중년기가 되었을 때 자기 자신을 속인다. 인간의 일생을 돌아보면, 각 10년마다 그 나름의 행운과 희망과 욕망이 있기 때문이다. [Goethe]
- 청춘 때문에 희생된다는 것도 소중하지만, 청춘을 살리는 길은 한층 더 높고도 거룩한 일이다. [이봉구]
- 청춘은 다시 돌아오지 않고, 하루에 새벽은 한 번뿐일세. 좋을 때 부지런히 힘쓸지니, 세월은 사람을 기다리지 않는다. [도연명陶淵明]
- 청춘은 때때로 지나치게 자존심을 강하게 하지만, 젊은 자존심이란 모두 연약한 것이다. [Dostoevsky]
- 청춘은 소유할 가지가 있는 유일한 것이다. [Oscar Wilde]
- 청춘은 향기다. 청춘은 힘이다. 청춘의 명령이라고 누구나가 이해할 수 있는 것은 아니다. 아무리 무리한 일이라도 그것이 청춘의 입을 통하여 나오면 당당한 명령으로 성립될 수 있듯이, 청춘의 명령은 청춘을 가진 사람만이 그것을 감행할 수 있는 것이다. [정비석]
- 청춘이란, 인생의 어느 기간을 말하는 것이 아니고, 마음의 상태를 말하는 것이다. [Samuel Ulman]
- 하나의 현상, 하나의 체험, 하나의 모범이 다른 것들을 추방시키는 일은 젊은 날의 만족할 줄 모르는 성질이기도 하지만, 또한 젊은 날의 격정이기도 하다. 젊은 시절에 우리는 들떠 있고 무한히 뻗어나가려고 하며, 또 이것저것을 보이는 대로 움켜잡고서는 그것으로부터 자신의 우상을 만들어 낸다. [Elias Canetti]

| 청년시절青年時節 |

- 사람이 지녀야 할 품성을 청년시절에 갖게 되면 눈부신 빛을 주고, 노경老境에까지 지니게 되면 남에게 공경을 받을 위엄을 준다. [Ralph Waldo Emerson]
- 소년시대와 청춘시대는 과오와 무지에 지나지 않는다. [F. Villon]
- 젊은 시절은 다시 돌아오지 않는다. 오늘 이날은 두 번 다시 밝지 않는다. 틈이 있을 때마다 공부에 열중하라. 세월은 사람을 기다리지 않는다. [도연명陶淵明]
- 젊을 때 지나치게 방종하면 마음의 윤기가 없어진다. 그렇다고 젊을 때 지나치게 절제하면 또한 머리가 굳어진다. [C. A. Saint-Geuve]
- 청춘시대에 여러 가지 어리석은 일을 가지지 못한 인간은 중년이 되어

아무 힘도 가지지 못할 것이다.

[William W. Collins]

| 청렴淸廉 |

- 관직에 있는 이를 위한 두 마디 말이 있으니, 오직 공정公正하면 밝음이 생기고, 오직 청렴淸廉하면 위엄이 생긴다 함이 그것이다. [채근담菜根譚]
- 관직을 다스림에는 공평公平 이상의 것이 없고, 재물에 임함에는 청렴淸廉 이상의 것이 없다.

[명심보감明心寶鑑]

- 깨끗함은 하느님에게서 나오나, 때는 그렇지 않다. [Talmud]
- 나라가 바로 다스려지면 천심도 순해지고, 관청이 청백하면 백성은 저절로 편안해진다. [명심보감明心寶鑑]
- 대중을 통솔하는 방법에는 오직 위엄과 신의가 있을 따름이다. 위엄은 청렴한데서 생기고 신의는 충성된 데서 나온다. [왕량王良]
- 도둑질을 하여 잘 사는 사람도 있으나, 잘 사는 사람이라고 하여 다 도둑질을 한 것은 아니다. 청렴해서 가난하게 사는 사람도 있으나, 가난한 사람이 모두 청렴한 것은 아니다.

[회남자淮南子]

- 몸이 깨끗하면 도덕적으로 청렴하게 된다. [Talmud]

- 물이 지나치게 맑으면 고기가 없고, 사람이 이것저것 지나치게 살피면 따르는 사람이 없다. [공자가어孔子家語]
- 받아도 되고 받지 않아도 될 때 받는 것은 자기의 청렴을 손상시키고, 주어도 되고 주지 않아도 될 때 주는 것은 자기의 은혜를 손상시키며, 죽어도 되고 죽지 않아도 될 때 죽은 것은 자기의 용기를 손상시키는 것이다. [맹자孟子]
- 봄비가 기름 같지만 길 가는 사람은 그 질척함을 싫어하고, 가을 달이 휘영청 밝지만 도둑질하는 자는 그 환히 비춤을 싫어한다. [허경종許敬宗]
- 세상 사람이 말로는 청렴을 귀중히 여기고 재물을 탐내서는 안 된다고 말하지 않는 사람이 없다. 그러나 실제로 행동하는 데 있어서 모두가 청렴을 버리고 재물을 탐내는 사람이 많다. [잠부론潛夫論]
- 재상이 된 노나라의 박사 공의휴公儀休는 생선을 좋아했다. 한나라의 제후가 그것을 알고 생선을 바쳤으나, 공의휴는 받지 않았다. '선생님은 생선을 좋아하시는데, 왜 받지 않으십니까? 제자가 충간하자, 공의휴가 이렇게 대답했다. '바로 내가 생선을 좋아하기 때문에 받지 않은 것이다. 생선을 받고 재상의 자리에서 면직되면 아무리 내가 좋아

하는 생선일지라도 내 스스로 먹을 수 없을 것이다. 그러나 생선을 받지 않으면 재상의 자리에서 면직되지 않을 것이다. 오래도록 생선을 먹을 수 있지 않겠느냐? 공의휴는 어떻게 하는 것이 자신을 위하는 것이고, 어떻게 하는 것이 남을 위하는 것인가를 분명히 아는 사람이라 하겠다. [공의휴]

- 청렴은 얇은 유리와 같아서 깨지기 쉽다. [양승태]
- 청렴이란 목자의 본무요, 온갖 선행의 원천이며, 덕행의 근본이다.
  [정약용]

| 청춘靑春과 노년老年 |

- 괴팍한 노인과 청춘은 같이 지낼 수 없다. 청춘은 기쁨에 가득 차 있고, 노년은 근심 걱정뿐이기 때문이다. 청춘은 여름날 아침 같고, 노년은 겨울철 어느 날의 날씨 같다. 청춘은 여름철같이 왕성하지만, 노년은 겨울철같이 황량하다. 청춘에게는 심심풀이 놀이가 많지만, 노년은 금방 숨이 찬다. 청춘은 날쌔지만, 노년은 절름발이다. 청춘은 혈기 왕성하지만, 노년은 허약하다. 청춘은 야생적이지만, 노년은 무기력하다. 노년아, 나는 너를 증오한다. 청춘아, 나는

너를 숭배한다. [Shakespeare]
- 금으로 꿰맨 옷은 다시 얻을 수 있으나 청춘은 다시 얻지 못한다.
  [왕찬王粲]
- 기막히고 엄청난 폭언이다. 남의 감정을 무시하고 인격을 유린하는 폭언이다. 그러나 그 폭언이 당당하게 명령으로 성립되는 힘을 청춘은 가진 것이 아닌가. [정비석]
- 깨끗한 행실을 닦지 못하고 젊어서 재물도 쌓지 못하면, 고기 없는 빈 못을 속절없이 지키는 늙은 따오기처럼 쓸쓸히 죽는다. [법구경法句經]
- 나의 청춘은 구름 하나 없는 하늘과 같이 파랗게 개어 있다. 위대해지고 싶다. 또 부자가 되고 싶다고 원하는 것은, 거짓말을 하고, 머리를 숙이고, 아첨하는 것은 자기 자신이 결심한 것이 아니겠는가. [Balzac]
- 노인들이 세상을 개탄하고 세속을 비꼬는 태도는 필연적으로 청년들의 반역을 조성한다. [임어당林語堂]
- 놀고먹는 청춘은, 가난한 노년이 된다. [Gabriel Morie]
- 늙어서 앓는 병은 모두 젊었을 때 얻은 것이다. [여곤呂坤]
- 늙어서 젊음을 보면 바삐 달리고 서로 다투는 마음이 사라질 것이요, 영락零落하여 영화롭던 때를 생각하면 분잡하고 화려했던 생각을 끊

- 을 것이니라. [홍자성洪自誠]
- 대부분의 사람들은 인생의 전반부를 허비하여 나머지 절반을 비참하게 보낸다. [La Bruyere]
- 만약 내가 신이었다면, 나는 청춘을 인생의 끝에 배치했을 것이다. [Anatol France]
- 사실, 이 젊음을 보존해 낼 것은 하나도 없다. 내가 아는 한, 나무와 진실 외에는. [Oliver Holmes]
- 40세가 넘은 인간은 자기 얼굴에 책임을 져야 한다. [Abraham Lincoln]
- 사자의 노후가 공작새의 젊음보다 더욱 가치 있다. [Stobaeus]
- 선배도 후배를 두려워했거늘, 대장부가 어이 소년을 업신여기랴. [이백李白]
- 열과 빛! 그것은 청춘의 화신이다. 결백! 그것은 청춘의 대명사이다. [미상]
- 오랫동안 노년을 유지하려면 일찍 노년이 되어야 하나. [M. P. Cato]
- 우리 각기 어린 시절 돌이켜보면, 기숙하는 인생임을 이제야 알게 되네. [소식蘇軾]
- 우리는 현재와 과거를 동시에 살 수 없다. [Nichora Sangfor]
- 20세 때 시인인 자는 시인이 아니라 그저 인간에 불과하다. 20세를 지나 시인이고자 하면 그때 그는 시인이다. [Charles Peggy]
- 인생의 5월은 다만 한 번 꽃필 뿐 또다시 피는 일은 없다. [Johan Friedrich Schiller]
- 일반적으로 젊은이들은 과격하다고 생각되지만 그것은 잘못이다. 내가 만난 보수적인 사람들은 대학생들이었다. [Theodore Wilson]
- 자기의 청춘을, 노년에 가서 처음으로 체험하는 사람들이 있다. [Jean Paul]
- '젊어 보인다.' 이렇게 친구들이 추켜서 말할 때면, 속으로는 '점점 늙어가는구나!' 하는 생각을 잊지 말라. [Irving Penn]
- 젊었다고 세월을 얕보지 마라. 늙은이도 한때는 너희들 나이였다. [두공竇功]
- 젊었을 때 우리는 배우고, 나이 먹어 우리들은 이해한다. [Marie von Ebner- Eschenbach]
- 젊은이는 새 벗을 즐겨 사귀고, 늙은이는 옛 벗을 그리워하네. [한유韓愈]
- 젊은이는 항상 미래를 내다보고, 노인은 미래가 없기 때문에 항상 과거를 되돌아보게 마련이다. [Osho Raineesh]
- 젊은이는 소망으로 살고, 노인은 추억으로 산다. [프랑스 격언]
- 젊은이는 아는 것이 적고, 늙은이는 힘이 부족하다. [Henry Estien]

- 젊은이는 판단보다는 창안하는 것에 적합하고, 생각보다는 실행에, 확정된 일보다는 새로운 계획에 더욱 적합하다. [Francis bacon]
- 젊은이들은 노인들이 어리석다고 생각하고, 노인들은 젊은이들이 어리석다는 것을 알고 있다. [J. Lily]
- 젊은이들은 앞으로 재빠르게 전진한다. 모든 기쁨의 나라가 그들 눈앞에 펼쳐져 있기 때문이다. 그러나 늙은 사람들은 넘어지면서 하루, 또 하루, 느릿느릿 제자리걸음을 한다. 여전히 뒤를 돌아보면서. 모든 기쁨의 나라가 그들 뒤에 있기 때문이다. 그러나 슬픔 때문에 망설이지 말라. 오직 앞으로, 앞으로, 목적을 이루는 그 시기까지. [F. A. Kemble]
- 젊을 때는 노년을 위해 저축하고, 늙으면 죽음을 위해 저축한다. [La Bruyere]
- 젊음은 나이가 만드는 것이 아니라, 생각이 만드는 것이다. [이어령]
- 젊음은 육체의 모험을 위한 시기이며, 노년은 정신의 승리를 위한 때이다. [Patti Smith]
- 젊음은, 지나치도록 칭찬받는 계절인 봄과 비슷하다. [Samuel Butler]
- 천사 같은 젊음이 악마 같은 노년을 만든다. [Erasmus]
- 청춘은 결코 안전한 주株를 사서는 안 된다. [Jean Cocteau]
- 청춘은 공기와 불붙는 열의 시대다. [프랑수아 페늘롱]
- 청춘은 나이가 없다. [Pablo Picasso]
- 청년은 모두 그들이 언젠가는 죽으리라는 것을 믿지 않는다. [William Hazlitt]
- 청춘은 모든 성장하는 것과 닮았고, 노인은 모든 썩어가는 것과 닮았다. [Pitagoras]
- 청춘은 아름답고, 노년은 마음이 좋다. [Marie von Ebner-Eschenbach]
- 청춘은 이유도 없이 웃는 법이다. 그것이 청춘의 가장 중요한 매력의 하나이다. [Oscar Wilde]
- 청춘은 인생에 단 한 번밖에는 오지 않는다. [Henry Longfellow]
- 청춘은 하여간 자기에게 모반하고 싶어 하는 것, 옆에 유혹하는 사람이 없더라도. [Shakespeare]
- 청춘! 음향부터가 용감하게 느껴진다. 세계를 움직일 수 있는 사람도 청춘이다. 동포의 운명을 개척해 나가야 할 의무를 띤 사람도 역시 청춘이 아닌가. [정비석]
- 청춘의 사전에는 실패란 말은 없다. [George Bulwer-Lytton]
- 청춘의 실수는 장년의 승리나 노년의 성공보다 더 가치가 있다. [Benjamin Disraeli]

889

● 청춘이란 것은 기묘한 것이다. 외부는 빨갛게 반짝이고 있지만, 내부에서는 아무것도 느낄 수 없는 것이다. [Jean Paul Sartre]

● 청춘이란 끊임없는 도전이며, 이성理性의 열병이다. [La Rochefoucauld]

● 친구들이 젊게 보인다고 치하하기 시작할 때는 벌써 자신이 늙어가고 있다고 생각해도 잘못된 생각은 아니다. [Washington Irving]

● 혼이 들어 있는 청춘은 그렇게 쉽게 멸망해 버리는 것이 아니다. [Hans Carossa]

| 청請하다 |

● 소심하게 청하는 자는 거절하는 것을 배운다. [L. A. Seneca]

● 왕이라도 말을 해야 시중을 받는다. [P. le Goff]

● 힘으로 얻을 수 있는 것을 호의인 양 청하지 마라. [Cervantes]

| 체념諦念 / 단념斷念 |

● 바꿀 수 없는 것이라면 불평하지 말고 견디어라. [Publius Syrus]

● 소가 밭을 갈지 않으면, 어디로 간단 말인가? [James Maev]

● 우리가 좋아하는 것을 가지지 않았다면, 가지고 있는 것을 좋아해야 한다. [Bussy-Rabutin 부인]

● 자신이 원하는 대로 할 수 없는 자는, 할 수 있는 것을 원해야만 한다. [Terentius Afer]

● 체념과 용기의 관계는 쇠와 강철의 관계와 같다. [G. 드레비]

● 체념은 치유될 수 없는 모든 병의 고통을 덜어준다. [Horatius]

● 체념이라는 것에는 두 가지 종류가 있다. 하나는 절망에 뿌리를 박은 것이고, 하나는 누르려고 해도 누를 수 없는 희망에 뿌리를 박은 것이다. [Bertrant Russel]

| 체벌體罰 |

● 매를 잘 맞지 않는 아이는 잘 자라지 못한다. [Menandros]

| 체육體育 |

● 다리가 네 정신을 흔들지 않으면, 갈 생각을 하지 않는다. [Montaigne]

● 운동과 신체의 관계는 독서와 정신과의 관계와 같다. [Richard Steel]

● 체조는 음악과 자매간이다. [Platon]

| 초대招待 |

● 초대받지 않고 가면 조상들이 보낸

자가 된다. [J. A. Holder]

- 혼인식에 초대받은 당나귀는 나무나 물을 가져가야 한다. [Baif]

| 초상화肖像畵 |

- 사람들은 잘 아는 사람의 초상화에는 결코 만족하지 않는다. [Goethe]
- 초상화는 말 없는 입을 지녔다.
  [Nicolas Breton]
- 초상화는 아무것도 치유하지 못한다.
  [Marivaux]

| 최고最高 |

- 밀보다 더 나은 빵을 찾는 바보.
  [Jean le Bon]
- 신이 금빛 꿀을 만들어내지 않았다면, 나는 무화과의 달콤함을 더 과장할 수 있었을 것이다. [Xenophon]
- 지배하기 위해서가 아니라 봉사하기 위해서 최고의 자리에 서라.
  [Bernhard von S-W.]
- 최고에 도달하려면, 최저에서 시작하라. [Publius Syrus]
- 최고의 향기는 빵의 향기, 최고의 맛은 소금 맛이며, 최고의 사랑은 아이들의 사랑이다. [G. Herbert]

| 최고의 인생 |

- 산다는 것은 좋은 일이다. 활기차게 사는 것은 더욱 좋다. 함께 힘차게 사는 것은 최고로 좋다.
  [M. F. Eastman]

| 최선最善과 최악最惡 |

- 가장 많이 생각하고, 가장 고상한 것을 느끼는 사람은 최선의 행동을 한다. [P. J. Bailey]
- 고양이의 폭정이 쥐의 공평무사보다 낫다. [Cervantes]
- 내가 만나는 최악의 적은 바로 나 자신일 것이다. 동굴이나 수풀 속에서 너를 기다리게 하는 것 또한 나 자신인 것이다. [Nietzsche]
- 모든 것을 다 태워버리는 큰불보다 따뜻한 작은 불이 낫다.
  [Roland Watkins]
- 별들의 빛이 두 배로 밝아지면 우주는 영원히 캄캄할 것이다. [Goethe]
- 원숭이는 최선을 다해도 결코 인간이 되지 못한다. [G. Wither]
- '이것이 최악이다.' 라고 말할 수 있는 동안은 아직 최악이 아니다.
  [William Shakespeare]
- 적당함을 넘어서면 서투름만 못하게 될 때도 있다. [노자老子]

- 지금 가진 하나가 앞으로 가지게 될 두 개보다 낫다.　　[La Fontaine]
- 최선으로 출발한 것은 최악으로 끝날 수 없다.　　[R. Browning]
- 최선은 선의 적이다.　　[Voltaire]
- 최선을 다하되, 나머지는 하나님께 맡겨라.　　[B. Carson]
- 최선인 것을 택하라. 그러면 그것이 자연스럽게 습관이 되어, 그것이 좋아지고 편리해진다.　　[F. Bacon]
- 최소한의 악을 선이라고 생각해야 한다.　　[Machiavelli]
- 최악에 직면한 후 나는 한결 마음이 홀가분해졌으며, 오랫동안 맛보지 못했던 안도감을 만끽했고. 그 후부터는 사물을 제대로 생각할 수 있었다.　　[Carrier]
- 칼을 갖고 있으면서 더 좋은 칼을 가지러 집으로 돌아간 자는 절대로 돌아오지 않는다.　[Thomas Fuller]

| 추도사追悼辭 |

- 적절한 추도사는 죽은 이들을 염하기 위해 마련한 향료이다. [Voltaire]
- 죽은 이들은 늘 칭찬받는다.
　　[Thukydides]

| 추락墜落 |

- 늑대가 붙잡히면 모든 개들이 그의 볼기를 문다.　　[Antoin Houdin]
- 당나귀의 발길질은 늙은 사자에게 간다.　　[La Fontaine]
- 많은 사람들이 지는 해보다는 뜨는 해를 좋아한다.　　[G. Pompeius]
- 사람은 땅바닥에 있는 것을 짓밟는 타고난 성향이 있다.　　[Aeschilus]
- 죽은 사자의 턱수염을 뽑지 마라.
　　[Martialis]
- 참나무가 쓰러지면 누구나 나무꾼이 된다.　　[Menandros]
- 총애는 대등한 이들보다 위에 놓으나, 실총은 그들 아래에 놓는다.
　　[La Bruyere]
- 타르페이아 바위는 카피툴리움 언덕 근처에 있다.　　[Mirabeau]

| 추론推論 |
(이치를 좇아 어떤 일을 미루어 생각하고 논급論及함)

- 나는 것이 새에게 당연하듯이, 추론은 인간에게 자연스러운 일이다.
　　[Quintilianus]
- 특은을 받은 영혼들만이 바르게 추론할 수 있다.　　[Democritos]

| 추문醜聞 / 스캔들 |

- 미친 짓을 해서 미치게 되는 것이 아

니라, 그것을 숨길 줄 몰라서 정말 미치게 된다.   [Balthasar Grasian]

- 사람들의 추문이 모욕을 만든다. 침묵으로 저지르는 자는 죄가 아니다.
  [Moliere]
- 추문은 모욕 가운데 가장 큰 부분이다.   [J. Dryden]
- 추문이 죄보다 더 나쁠 때가 있다.
  [Marguerite de Navarre]

| 추방追放 |

- 그 어디에도 거처가 없는 추방자는 무덤 없는 망자이다. [Publius Syrus]
- 사람은 자신의 영혼을 추방할 수 없다.   [Ovidius]
- 추방의 고통은 쓰라리다.
  [Wikkiam Shakespeare]
- 추방자에게 친구인 사람이 아무도 없다는 것은 추방보다 더 잔인하다.
  [Theognis]
- 친구나 배우자도 아버지나 형제도 조국에만 있을 뿐이다. 추방자는 어디서나 혼자이다.   [Lamennais]
- 희망은 유배자들의 양식이다.
  [Aeschilos]

| 추억追憶 |

- 나쁜 추억은 미친 여자처럼 미친 짓

을 하도록 만드는 것이다.
  [Austen O'malley]
- 로빈은 항상 자기의 피리 소리를 기억한다.   [Desperiers]
- 역경의 시기에 행복을 추억하는 것만큼 고통스러운 것은 없다. [Dante]
- 지나간 고통을 회상하는 것은 기분 좋은 일이다.   [Euripides]
- 추억은 창의성이 없다. 가진 것 이외의 것은 바랄 수도 없고, 그보다 나은 일도 전혀 기대할 수 없다.
  [Marcel Proust]

| 추함 / 추악醜惡 |

- 재치 있는 사람들이 추한 적이 있던가?   [Pyrrhon]
- 추한 개만큼 잘 짖는 개도 없다.
  [J. Dejardins]
- 추한 자들은 대개 남들에게 자신들의 못난 탓을 한다.   [F. Bacom]

| 축복祝福 |

- 굴복이 때로는 최상의 성공법이다.
  [서양 격언]
- 생활의 순도를 높이기 위해서는 축복하는 마음을 가져야 한다. 축복하는 마음이란, 간단히 말해서 질투

심의 반대이다.

[와다나베 쇼이치渡部昇一]

- 자신의 일을 찾은 사람은 축복받은 것이다. 그로 하여금 다른 복을 찾지 않게 하라.　　[Thomas Carlyle]
- 현명한 자는 건강을 가장 큰 축복으로 여기고, 아플 땐 병으로부터 혜택을 얻어 낼 방법을 스스로 배워야 한다.　　[Hippocrates]

축제祝祭

- 내일이 없다면 즐거운 축재는 없다.
　　[Girardin 부인]
- 축제에서 처신하듯 인생에서 처신해야 함을 명심하라.　　[Epictetos]

출생出生

- 비참하게 태어나는 것보다 태어나지 않는 것이 낫다.　　[Aeschylos]
- 새는 알 속에서 빠져나오려고 싸운다. 알은 세계이다. 태어나기를 원하는 자는 하나의 세계를 파괴하지 않으면 안 된다.　[Hermann Hesse]

출세

- 관리는 출세하면 게을러진다.
　　[소학小學]

- 높은 지위는 위대한 사람을 더욱 위대하게 하고 작은 인물은 더욱 작게 한다.　　[La Bruyere]
- 미꾸라지 용됐다.　　[한국 격언]
- 세상에서 출세하는 데는 두 가지 방법이 있다. 자기 자신의 노력에 의하던가 타인의 어리석음을 이용하는 것이다.　　[La Buruyere]
- 어느 날 아침 일어나 보니 유명해져 있었다.　　[George Gordon Byron]
- 연애를 위해서 출세를 모두 희생시키는 것은, 안쓰럽도록 영웅적일 경우도 있지만, 우행일 것이다. 그러나 출세를 위해서 연애를 모두 희생시키는 것도 똑같은 우행으로서, 결코 영웅적인 것은 아니다.
　　[Bertrant Russell]
- 인간은 지위가 높아질수록 발밑이 미끄러지기 쉽다.　[P. C. Tacitus]
- 인생은 계절에 베어진 수확이다. 출세에는 반드시 죽음이 뒤따른다.
　　[Euripides]
- 출세를 해도 그 지위를 영광으로 생각하지 않고, 곤궁해도 그 처지를 부끄러워하지 않는다.　　[장자]
- 출세에는 다만 두 가지 방법이 있다. 한 가지는 스스로의 근면에 의해서, 다른 한 가지는 남의 어리석음에 의해서.　　[La Bruyere]
- 출세욕이란 그렇게나 사람의 마음

을 어둡게 하는 것일까.　　[정비석]

● 출세하기 위해서는 정신보다도 습관이나 혹은 경험이 필요하다. 사람들은 그것을 너무나 늦게 깨닫게 된다. 그것을 깨달았을 때에는 이미 온갖 과실을 다하여 만회할 틈조차 없게 된다. 생각건대, 출세하는 자가 드문 까닭도 이 때문이리라.
　　[La Bruyere]

| 출신出身 |

● 마구간에서 태어난 사람은 말이다.
　　[Michael Scott]
● 석탄 가방 안에서 꺼낼 수 있는 것은 석탄밖에 없다.　[Carmontelle]
● 우리는 항상 우리의 출신지에 집착한다.　　[La Fontaine]

| 춤 / 무용舞踊 |

● 시가詩歌가 운율韻律의 언어인 것처럼, 춤은 운율의 보조步調이다.
　　[Francis Bacom]

| 충고忠告 |

● 고난에 처한 상대방을 두고 정작 자기 자신은 안전한 곳에서 충고를 하고 비난을 하는 것은 쉬운 일이다.
　　[Aeschylus]

● 기꺼이 받아들일 수 있는 충고는 없다.　　[Josep Edison]
● 남에게 충고를 하고 싶은 강한 욕망을 느낄 때, 우리는 상대방에게 결함이 있는 것으로 생각하지만 사실은 결함을 가진 것은 자신이라고 생각하는 것이 좋다.
　　[Charles Caleb Colton]
● 노인의 충고는 겨울의 태양광선이다. 그것은 비추기는 하여도 따뜻하게 해주지는 못한다.　[Vauvenargues]
● 농부의 모자 아래에는 왕에 대한 충고가 있다.　　[Aulus Gellius]
● 많은 사람이 충고를 받지만, 오직 현명한 사람만이 충고의 덕을 본다.
　　[Publius Syrus]
● 바른말로 간언하는 신하가 있으면 나라가 창성하고, 말없이 아첨하는 신하가 있으면 그 나라는 망한다.
　　[한시외전韓詩外傳]
● 바보도 때로는 좋은 충고를 한다.
　　[Gellius]
● 부모의 동기가 변을 당하거든 마땅히 종용할 것이요, 격렬하지 마라. 친구의 과실을 보거든 마땅히 충고할 것이요, 주저하지 마라.
　　[홍자성洪自誠]
● 부탁받지 않은 충고는 굳이 하려고 하지 마라.　　[Shakespeare]

- 사람들에게 사랑을 받는 유일한 충고자는 시간이다. [Francis Bacon]
- 사무 수행에서 생명을 불어넣는 것은 오직 인물을 적재적소에 두는 것이기 때문이다. 구체적으로 누구를 선택하느냐에 따라 가장 큰 잘못이 발생할 수도 있고, 또 대단히 훌륭한 판단이 나올 수도 있기 때문이다. 중요한 안건이라면, 하루 전에 관계자에게 배포하여 충분히 검토할 여유를 주는 것이 효과적이다. [F. Bacon]
- 상처를 입은 자에게 건네는 충고는 죽은 자에게 건네는 약과도 같다. [덴마크 속담]
- 실수를 바로잡으려면 비난보다 충고가 효과적이다. 충고는 그 사람의 죄를 깨닫게 한다. [Epictetus]
- 아버지의 충고에 필적할 충고는 없다. No advice to father's. [서양 격언]
- 어느 사회에나 지배하려는 사람과 충고하려는 사람이 있다. [Ralf Waldo Emerson]
- 어떠한 충언이라도 길게 말하지 말라. [Horatius]
- 어려운 일은 어떤 것인가? '자기 자신을 아는 것이다.' 그러면 쉬운 일은 어떤 것인가? '남에게 충고하는 것이다.' [Thales]
- 어려운 일을 당했을 때는 남의 충고를 받지 마라. [Aesop]
- 여성은 혼인 의상을 입을 때까지는 충고를 받아들이지 않는다. [Joseph Addison]
- 유순하면 벗을 얻지만, 직언하면 미움을 산다. [Terentius Afer]
- 자기 자신보다 더 현명한 충고를 줄 수 있는 사람은 없다. [Marcus Tullius Cicero]
- 자기 자신의 충고에 따르는 자는 훌륭한 목사이다. [Shakespeare]
- 자네 충고란 것이 어떤 건지 알지 않나. 사람들은 그 충고가 자기의 의도와 일치할 때만 그걸 필요로 한단 말이야. [John Steinbeck]
- 좋은 약은 입에 쓰고, 바른 말은 귀에 거슬린다. [한국 격언]
- 좋은 충고로써 잘못을 돌이킬 수 있다면, 이것은 곧 자기 자신이 한 것과 다름이 없다. [Goethe]
- 천 명의 아부하는 소리가 한 명의 정직한 충고만 못하다. [소식蘇軾]
- 충고, 가장 보잘것없는 유통 화폐. [Ambrose Bierce]
- 충고는 남이 모르게, 칭찬은 여러 사람 앞에서. [Publius Syrus]
- 충고는 눈과 같아서, 조용히 내리면 내릴수록 마음에 오래 남고 마음에 먹혀들어 가는 것도 깊어진다.

[Carl Hilty]

- 충고는 좀처럼 환영받지 못한다. 더욱이 충고를 가장 필요로 하는 사람은 항상 그것을 경원시敬遠視한다.
[Chesterfield 경]
- 충고는 하되, 행동하게 할 수는 없다.
[La Rochrfoucauld]
- 충고를 듣기 위해 사람이 찾아오면 나는 본인이 원하는 충고가 무엇인가를 되묻고 나서 충고라는 것을 한다.
[비링스]
- 충고를 바라는 사람들은 사실 동조를 구하는 것이다.
[Charles Caleb Colton]
- 충고를 받으려 하지 않는 자는, 도움을 청하는 것마저 너무 늦다.
[Publius Syrus]
- 충고를 요구하는 것은 십중팔구 칭찬을 기대하기 때문이다.
[John Anthony Collins]
- 충고를 주는 것보다도, 그 충고를 쓸모 있게 하는 편이 더 한층 지혜를 필요로 한다. [John Anthony Collins]
- 충고를 청하는 것은, 열이면 아홉은 아첨阿諂해 달라고 권하는 것이다.
[C. Collins]
- 충고자는 아무리 신랄하여도 결코 해를 끼치지는 않는다.
[Publius Syrus]
- 충고해 달라고 하기 전에는 충고하지 마라.   [D. Erasmus]
- 충실한 친구의 충고를 취하고, 자신의 가벼움을 그 친구의 비판에 굴복시켜라.   [Thomas Fuller]
- 친구의 충고는 약이 될 수 있고, 독이 될 수도 있다.   [Pierre Charron]
- 친구의 충고는 자기 자신의 아첨에 대한 최선의 처방이다.
[Francis Bacon]
- 타인에게서 듣는 충고는 스스로 내리는 판단보다 가식적이지 않고 순수하다. 충고를 진심으로 받아들이면 효력이 생길 것이다. [F. Bacon]
- 훌륭한 충고보다 값진 선물은 없다.
[D. Erasmus]
- 훌륭한 충고에서 무언가를 얻으려면 지혜가 필요하다.
[John C. Collins]

| 충만充滿 / 가득함 |

- 가득 차 있는 이는 마치 물이 장차 넘칠 것이로되 아직 넘치지 않음과 같으니, 한 방울 물이라도 더하는 것을 꺼린다. 위급한 곳에 있는 이는, 마치 나무가 장차 꺾일 것이로되 아직 꺾이지 않음과 같으니, 조금이라도 더 눌리는 것을 몹시 싫어한다.

[채근담菜根譚]

| 충분充分 |

- 방책이 너무 많으면 일을 그르칠 수 있다.　[La Fontaine]
- 배만 차면 잔치 음식을 먹은 거나 진배없다.　[Euripides]
- 지나치게 담으려는 욕심이 자루를 찢는다.　[Cervantes]
- 충분히 가진 자는 더 이상 바라지 말기를.　[Horatius]

| 충성忠誠 / 충신 |

- 국가가 어지러우면 충신이 있다.　[노자老子]
- 국가는 국가에 봉사할 사람들을 고르는 데 있어서 그 사람들의 의견은 주목하지 않는다. 그들이 충실하게 봉사할 마음만 있으면 그것으로 족하게 여긴다.　[Oliver Cromwell]
- 그 임금을 알려거든 먼저 그 신하를 보고, 그 신하를 알려거든 먼저 그 벗을 보며, 그 아버지를 알려거든 먼저 그 아들을 보라. 임금이 현성賢聖하면 그 신하가 충량忠良하고, 아버지가 인자하면 그 아들이 효성스러운 법이다.　[명심보감明心寶鑑]
- 남의 부탁을 받았으면, 남의 일에 충성해야 한다.　[경세통언警世通言]
- 대중을 통솔하는 방법에는 오직 위엄과 신의가 있을 따름이다. 위엄은 청렴한 데서 생기고, 신의는 충성한 데서 나온다. 충성되면서 청렴하기만 하면 능히 대중을 복종시킬 수 있을 것이다.　[정약용]
- 면전에서 아부하는 자는 충성스럽지 못하고, 낯빛을 감추는 자는 석연치 못하다.　[대대예기大戴禮記]
- 불멸의 희망이 없다면, 조국을 위해 스스로 목숨을 바치는 사람은 아무도 없을 것이다.　[Cicero]
- 사심 없는 애국 충정이 자연스럽게 국민들의 마음으로부터의 협력을 얻을 수만 있다면 못할 일이 없을 것이다.　[유달영]
- 살아서는 목숨을 바쳐 충성하고, 죽어서는 결초보은結草報恩(죽어 혼령이 되어서라도 은혜를 잊지 않고 갚는다는 뜻)한다.　[문장궤범文章軌範]
- 시국을 건져 도를 행하는 것이 현명함이고, 용안을 범하며 간언을 받아들이게 하는 것이 충성이다.　[소식蘇軾]
- 열녀는 두 지아비를 맞는 일이 없고, 충신은 두 임금을 섬기지 않는다.　[길재]
- 우애와 같이 충성도 위胃에 의해서 좌우될 때가 가끔 있다.　[Stefan Zweig]
- 이 충성이라는 것, 내 생각엔 신하의

코에 낀 고리다. 그것으로 코는 똑바로 방향을 잡아주어 성별聖別된 향기를 맡는다. [Ambrose Bierce]

- 정의―충성, 세금, 개인적인 봉사에 대한 보수로서, 얼마간의 차이는 있더라도, 한 나라의 정부가 국민에게 파는 품질 나쁜 상품이다.
[Ambrose Bierce]

- 좋은 약은 입에 쓰지만 병에 이롭고, 충성된 말은 귀에 거슬리지만 행하는데 이롭다. [공자가어孔子家語]

- 진리의 신에 대한 충성은 다른 모든 충성을 능가한다.
[Mahatma Gandhi]

- 참다운 충성을 바치는 신하는 임금이 덕을 높일 수 있도록 힘쓰지만, 아첨하는 신하는 임금이 땅을 넓히는 것만을 힘쓰게 한다. [회남자淮南子]

- 충간忠諫하는 말과 정직한 이론은 신하의 이익이 아니라 국가의 복이다.
[이언적]

- 충성과 효도는 누려도 다함이 없으나, 보배와 재화는 쓰면 다 없어진다.
[김근형]

- 충성심을 품지 않고 사는 것은 수치스러운 일이다.
[Ralph Waldo Emerson]

- 충신과 역적이 서로 다른 시대에 나는 것이 아니요, 바로 같은 시대에 있는 것이다. [이은상]

- 충신과 의사란, 나라가 망해 엎어진다 해서 조금이라도 그 간절한 충군애국의 마음을 늦추지 않고 본즉, 정성이 곧 천하국가의 근본이 되는 것이다. 이는 오로지 뜻을 정성스럽게 해서 마음을 바로잡는데 있다.
[박지원]

- 충신은 두 임금을 섬기지 않고, 열녀는 두 지아비를 섬기지 않는다.
[소학小學]

- 충신을 구하려면 반드시 효자 집안에서 골라야 한다. [십팔사략十八史略]

- 충신이 간산한테 몰려서 죽는다는 것은 전제군주시대의 공식이다.
[이광수]

- 충忠이란 제가 할 수 있는 바를 다하는 것을 이름이요, 성誠이란 있는 힘을 다해서 일한다는 뜻이다.
[조지훈]

- 하찮고 조그마한 충성이 큰 충성에 방해가 된다. [한비자韓非子]

| 충실充實 |

- 번영은 충실을 바라고, 역경은 충실을 요구한다. [L. A. Seneca]

- 법이 정당하면 백성이 성실하게 잘 지키고, 판결이 온당하면 백성이 충실하게 잘 따른다. [사기史記]

- 승자의 대의大義는 신을 기쁘게 하

899

고, 패자의 대의는 카토(로마의 정
치가)를 기쁘게 한다.

[M. A. Lucanus]

- 요정 칼립소는 결코 오디세우스(그
리스의 왕)를 설득하지 못했다.

[Homeros]

- 자기의 마음에 드는 충실한 하인을
두고 싶다면, 자신이 자기의 하인이
돼라. [Benjamin Franklin]

| 충심忠心 |

- 충심은 인간 마음의 가장 거룩한 재
산이다. [L. A. Seneca]

| 취기醉氣 |

- 높이 있던 것이 낮아질 때마다 음주
를 멈추고 자기의 집으로 돌아갑시
다. [Theognis]
- 술 속에 진실이 담겨 있다. [Platon]
- 술은 남자들의 거울이다. [Alkaeos]
- 술은 적절함을 모른다. [P. J. Leroux]
- 취기는 범죄를 악화시킨다.

[Edward Coke]

- 취기는 의도적 광기이다. [Seneca]
- 취한 상태에서 법을 어긴 자는 두 배
로 처벌받아야 한다. [Pittacos]
- 취한 상태에서 살인한 자는 멀쩡한
상태에서 목 매달린다.

[John Heywood]

- 취해서 저지른 너 자신의 과오를 용
서하지 말라. 죄는 술이 아닌 술을
마신 자에게 있다. [D. Cato]

| 취소取消 |

- 말을 반복하고 상황에 따를 줄 아는
신중함은 통치의 기술에 속한다.

[Vauban]

- 말을 전혀 반복하지 않는 자들은 자
기 자신을 진리보다도 더 사랑한다.

[Joseph Joubert]

- 인간은 결코 거슬러 흐를 수 없는 강
이 아니다. [M. de Cervantes]

| 취향趣向 / 안목眼目 |

- 나쁜 취향은 범죄로 이끈다.

[Charles A. Sainte-Beuve]

- 모든 취향은 자연 안에 있다.

[P. J. Leroux]

- 안목도 지성만큼이나 길러지는 것
이다. [Balthasar Grasian]
- 안목은 세련된 양식良識이다.

[M. J. Chenier]

- 안목의 결핍과 말의 지나침은 사람
들의 공통된 운명이다. [Cleoburus]
- 안목은 정신의 촉각이다.

[Chevalier de Baufflers]

- 양식과 좋은 안목 사이에는 원인과 결과만큼의 차이가 있다.
  [La Bruyere]
- 의식이 좋은 것에 대한 안목이듯이, 안목은 아름다운 것에 대한 의식이다. [Joseph de Maestre]
- 자신의 취향을 갖기 위해서는 감수성이 풍부해야 한다. [Vauvenargues]
- 자연이 천재성을 만들고, 사회가 지성을 만들고, 공부가 안목을 만든다.
  [Louis de Bonal]
- 저마다 자신의 안목대로 판단하여, 저마다 가장 아름다운 약혼녀를 찾는다. [Plautus]
- 좋은 안목은 기질보다는 판단력에서 나오는 것이다. [La Rochefoucauld]
- 취향에 있어서는 각자가 자신의 주인이 되어야 한다. [Voltaire]
- 희극이 허용하는 유일한 법칙은 취향의 법칙이며, 유일한 한계는 명예훼손의 한계이다.
  [James Grover Thurber]

| 치료제治療劑 |

- 자신이 건강하다고 믿는 환자를 치유할 수는 없다. [H. F. Amiel]
- 처방이 고약하면 낫고 싶어 하다가도 머뭇거리게 된다. [Seneca]
- 치유되길 바라는 것은 이미 반은 치유된 것이다. [L. A. Seneca]

| 친구親舊와 적敵 |

- 가장 귀중한 재산은 사려가 깊고 헌신적인 친구이다. [Darius I]
- 가장 좋은 거울은 오랜 친구이다.
  [George Herbert]
- 가장 좋은 친구들이 곤경에 빠졌을 때 우리는 그리 나쁘지 않은 느낌을 받는다. [F. La Rochefoucauld]
- 가장 충실한 친구는 자기가 모르는 일에 관해서는 입을 다무는 사람이다. [Alfred de Musset]
- 가짜 금을 지니는 것은 견딜 만하고 알아차리기 쉬운 불행이지만, 가짜 친구는 알아차리기 매우 힘든 불행이다. [Demophilius]
- 가치 있는 적이 될 수 있는 자는 화해하면 더 가치 있는 친구가 될 것이다. [Colin Feltham]
- 같은 직업을 가진 자와 참된 친구로 지내기는 서로 다른 직업을 가진 자들 사이에서의 그것보다 훨씬 어렵다. [미키기요시三木清]
- 고난과 불행이 찾아올 때에 비로소 친구가 친구임을 안다. [이백李白]
- 과거에 적을 한 사람도 만들지 못했던 사람은 결코 친구를 가질 수 없다.
  [Alfred Tennyson]

● 군자는 우선 그 벗을 택한 후에 사귄다. 소인은 우선 사귀고 난 후에 벗을 택한다. 그러므로 군자는 실수함이 적고, 소인은 유한遺恨이 많다.
[문중자文中子]

● 군자와 군자는 같은 도로써 벗을 삼고, 소인과 소인은 같은 이익으로 벗을 삼는다. [구양수歐陽脩]

● 궁핍할 때 돕는 친구야말로 진정한 친구다. [R. Graves]

● 그대가 불운을 당하면, 그대에게 아첨하는 사람들은 멀어지기 십상이다. 말이란 바람처럼 쉬운 것이지만 충실한 친구는 그만큼 얻기 어렵다는 말이다. 그대에게 쓸 돈이 있을 때는 많은 사람이 그대의 친구가 될 것이지만, 금고가 말라버렸을 때 그대의 곤궁을 채워주려 하는 사람은 거의 없을 것이다. [R. Banfield]

● 그러므로 벗 사귐엔 서로 그 마음을 알아주는 것보다 더 고귀한 것은 없고, 기쁨엔 서로 그 마음을 감동시키는 것보다 더 지극한 것이 없는 거야. [박지원]

● 그 사람을 모르거든, 그 벗을 보라.
[Menandros]

● 꽃을 즐기려면 반드시 도량 넓은 벗이 있어야 한다. 청루靑樓로 가기歌妓를 보러 가는 데는 호방한 친구가 있어야 한다. 높은 산에 오르는 데는 로맨틱한 벗이 있어야 한다. 뱃놀이에는 기우광활氣宇廣闊(마음의 넓이가 광활하다)한 벗이 있어야 한다. 달을 대할 때는 냉철한 철학을 가진 벗이 있어야 한다. 술자리에는 풍미와 매력 있는 벗이 곁에 있어야 한다. [임어당林語堂]

● 나는 삶을 같이할 친구가 없는 한, 어떠한 즐거움도 가질 수 없다고 결심했다. [Terentius]

● 나보다 나을 것이 없고, 내게 맞는 길벗이 없거든, 차라리 혼자서 착하기를 지켜라. 어리석은 이의 길동무가 되지 말라. [법구경法句經]

● 나에게 양식良識이 있는 한, 좋은 친구에 비길 것은 아무것도 없다.
[Quintus Horatius Flaccus]

● 나의 친구와의 관계는 나의 책과의 관계와 같다. 그것을 발견했을 때는 언제까지나 그것을 지니고 있지만 그것을 이용하는 일은 드물다.
[Ralph Wlaldo Emerson]

● 남의 이야기를 들어줄 줄 알아야 한다. 그러나 나의 일을 함부로 지껄이지 말라. 또 남의 의견에는 귀를 기울이고 자기 판단은 삼가야 한다. 그리고 돈은 빌리지도 말며 빌려주지도 말라. 빌려주면 돈도 없어지거니와 친구까지 잃고 만다.
[William Shakespeare]

- 내가 바라는 것을 친구에게 행하여야 한다. [Aristoteles]
- 내가 부자가 되면, 너의 친구는 가난해진다. [Juvenalis]
- 내 친구를 그늘에서는 충고하고, 남 앞에서는 칭찬하라. [Publius Syrus]
- 너를 칭찬하고 따르는 친구도 있을 것이며, 너를 비난하고 비판하는 친구도 있을 것이다. 너를 비판하는 친구와 가까이 지내도록 하고, 너를 칭찬하는 친구와 멀리하라. [Talmud]
- 너 자신에게는 부자로, 친구들에게는 가난한 자로 처신하라. [Juvenalis]
- 너 자신의 친구가 돼라. 그러면 다른 사람도 또한 그러하리라.

  [Thomas Fuller]
- 네가 누구하고 사귀는지를 말해 보라. 그러면 네가 어떤 사람인지 말해주마. [M. de Cervantes]
- 네가 아무리 용감할지라도 온화한 사람을 친구로 두어야 한다.

  [석가모니釋迦牟尼]
- 누구나 신분의 고하를 막론하고 친구의 협조에 의하지 아니하고는 인격의 완전을 기하지 못한다. 친척과 화목하고, 현인을 벗 삼으며, 옛날 친구들을 잊어버리지 않았다고 하면, 사람의 덕은 돈후하게 되는 것이다.

  [시경詩經]
- 다정한 벗을 찾기 위해서라면 천 리의 길도 멀지 않다. [L. N. Tolstoy]
- 단 한 명이 일으키는 해악이 열 명의 친구가 행하는 선보다 더 크다.

  [Jonathan Swift]
- 돈을 빌려달라는 청을 거절함으로써 친구를 잃어버리는 일은 전혀 없겠지만, 반대로 돈을 빌려주면 흔히 친구를 잃기 쉽다. [Schopenhouer]
- 돈을 빌려줄 때는 친구, 갚을 때는 원수가 된다. [Anton Louiselle]
- 동물은 정말 기분 좋은 친구이다. 그는 아무런 질문도 하지 않으며, 아무런 비평도 하지 않는다.

  [George Eliot]
- 두 세계의 평화는 이 두 문구에 바탕을 두고 있다. 걷는 친구에 대한 호의와 적들에 대한 관용. [Hafiz]
- 마음에 박힌 가시를 뽑아주는 사람은 친구의 손밖에 없다.

  [C. A. Helvetius]
- 마음을 털어놓을 친구를 갖지 않은 사람은 자신과 자기 마음을 좀먹는 귀신이다. [Francis Bacon]
- 만일 사람이 타인의 기분을 대국적인 견지에서 보지 못한다고 하면, 영속할 수 있는 벗이란 거의 없을 것이다.

  [Georg C. Lichtenberg]
- 많은 소금을 먹은 뒤에야 비로소 친구임을 알게 된다. [Aristoteles]
- 많은 친구들이 무슨 소용이 있는가?

진심으로 우리를 사랑하는 단 한 명의 친구로 족하다. [Florian]

- 많은 벗을 가진 사람은 한 사람의 진실한 벗을 가질 수 없다. [Aristoteles]
- 모든 것을 잊고 도취하는 것이 연인이지만, 모든 것을 알고 기뻐하는 것이 친구다. [Pierre Bonnard]
- 모든 것이 순조롭고 좋은 상황일 때는 친구가 우리를 알고, 어려운 상황에 놓였을 때는 우리가 친구를 안다. [C. Collins]
- 모든 사람에게 친절하라. 그러나 몇 사람만 사귀어라. 그 몇 사람도 믿기 전에 충분히 알아보라. 진정한 우정이란 성장이 더딘 나무와 같고, 친구라는 이름을 얻기 전에 갖가지 충격을 겪어봐야 한다. [George Washington]
- 무지無知한 친구만큼 위험한 것은 없다. [La Fontaine]
- 물이 지나치게 맑으면 사는 고기가 없고, 사람이 지나치게 비판적이면 사귀는 벗이 없다. [맹자孟子]
- 바르고 공정한 사람을 친구로 가진 것은 값진 재산을 가진 것보다 낫다. [Euripides]
- 번영은 친구를 만들고, 역경은 친구를 시험한다. [Publius Syrus]
- 번영이 친구를 만들어주지 않는다. [Vauvenargues]

- 보이지 않는 곳에서 나를 좋게 말하는 사람은 진정한 친구이다. [Thomas Fuller]
- 부모는 보물이요, 형제는 위안이며, 친구는 보물도 되고 위안도 된다. [Benjamin Franklin]
- 부모는 운명이고, 친구는 선택이다. [델리유]
- 불성실한 벗을 얻을 바에야 차라리 적을 갖는 것이 낫다. [William Shakespeare]
- 불행에 직면했을 때 친구를 안다. [Johann Gottfried von Herder]
- 불행은 진정한 친구인지 아닌지를 가려 준다. [Aristoteles]
- 비교는 친구를 적으로 만든다. [Philemon]
- 사람에 대해 걱정하지 말고 그 친구를 바라보라. [타라파 알바크리]
- 사람은 하나의 친구를 못 찾았기 때문에 몇 사람의 친구로서 스스로 위로하고 있다. [Pierre Bonnard]
- '사람을 보면 늑대로 알라.'라는 격언은 '사람을 보면 친구로 알라.'로 고쳐야 한다. [Carl Hilty]
- 사람을 씀에는 마땅히 각박하지 말지니, 각박하면 공효功效를 생각하는 자 떠나리라. 벗을 사귐에는 마땅히 넘치지 말 것이니, 넘치면 아첨을 일삼는 자도 찾아오리라.

- 상대방이 자신에 관해서 뭐라고 말하는가를 알게 되면, 이 세상에 친구 같은 것은 없어진다. [Pascal]
- 새로운 친구를 사귀어도 오래된 친구를 잊지 말라. [Erasmus]
- 생각 없는 친구만큼 위험한 것은 없다. [La Fontaine]
- 생애에 친구가 하나면 족하다. 둘이면 많고, 셋은 불가능하다. [Henry Adams]
- 생활이 넉넉할 때는 많은 벗이 모여들지만 천기를 누리지 못하고, 생활이 여의치 않으면 모두 떠나버린다. [Ovidius]
- 서로가 친구라고 해도 그것을 믿는다는 것은 어리석은 짓이다. 이 호칭만큼 세상에 흔한 것도 없고, 그 내실만큼 천하에 드문 것도 없다. [La fontaine]
- 서로 만나는 같은 산꼭대기를 향하여 같은 로프로 결합되지 않으면 친구가 아니다. [Saint Exupery]
- 선물이 늘어나면 친구는 줄어든다. [Kahlil Gibran]
- 세상에는 자기 자신보다 더 교활한 아첨꾼은 없으며, 자기의 아첨을 치료하는 데는 친구의 진솔한 충고 이상의 묘약은 없다. [F. Bacon]
- 속으로는 생각해도 입 밖에는 내지 말며, 서로 사귐에는 친해도 분수를 넘지 말라. 그러나 일단 마음에 드는 친구는 쇠사슬로 묶어서라도 놓치지 말라. [Shakespeare]
- 순경順境에서는 친구를 찾기 쉽고, 역경에서는 극히 어렵다. [Epiktetus]
- 술독이 바닥이 나면 친구들이 흩어진다. [Horatius]
- 술이 만든 친구는 술 깨자 그만이다. [독일 우언]
- 신이 나의 친구들에게서 나를 지켜주시니, 나는 나의 적들을 짊어진다. [Antigonos II]
- 아는 사람은 많아도 친구는 적다. [Samuel Johnson]
- 아버지는 보배, 형제는 위로, 친구는 그 둘 다. [Benjamin Franklin]
- 악의에 가득한 적과 비할 데 없을 만큼 선의로 대하는 친구의 그 어느 편이 당신에게 큰 해를 끼치게 될지 예측할 수가 없다. [Ritten]
- 약속으로 친구를 얻을 수도 있다. 그러나 실천으로 친구를 보호하고 지켜야 한다. [Feltham]
- 어떤 친구가 참다운 친구인지 알아보려면, 진지한 원조와 많은 희생이 가장 좋지만, 그다음으로 좋은 기회는 당장 닥친 불행을 친구에게 알리는 순간이다. [Schopenhauer]
- 어리석은 많은 친구를 사귀기보다

한 사람의 지자知者를 친구로 삼도
록 하라.　　　　[Democritos]

- 어리석은 자는 조금만 따뜻해도 오
래도록 입고 있던 겨울옷을 벗어 던
진다. 행복의 먼동이 틀 때야말로
불행했을 때의 좋은 벗을 잊어서는
안 된다.　　　　[Arthur Miller]

- 언젠가 친구가 될 수 있을 것처럼 적
을 증오하고, 적이 될 수 있을 것처
럼 친구를 사랑하라.　[Sophocles]

- 열 명의 칭찬하는 적보다 한 명의 사
랑하는 친구를 갖는 것이 낫다.
　　　　[George Macdonald]

- 영화를 누릴 때는 항상 친구가 있다.
　　　　[Euripides]

- 옛 벗을 버리지 말라. 새로운 벗은 옛
벗을 당할 수 없다. 새로운 벗은 새 술
과 같은 것, 오래되면 기쁨으로 마실
수 있기 때문이다.　[Apocrypha外經]

- 오는 자 막지 않으며, 가는 자 붙들
지 않는다.　　　　[소식蘇軾]

- 오래된 친구를 새 친구로 바꾸는 것
은 열매를 팔아 꽃을 사는 것과 같다.
　　　　[Friedrich von Logau]

- 오래 찾아야 하고, 잘 발견이 안 되
며, 유지하기도 힘든 것이 친구이다.
　　　　[Jerome Klapka]

- 우리가 우리 친구들을 사랑하면 사
랑할수록 더더욱 우리들은 그들에
게 아첨한다.　　　　[Moliere]

- 우리가 친구에게 구하는 것은 우리
의 행동에 대한 동조가 아니고 이해
이다.　　　　[Heinrich Heine]

- 우리는 건강에 유의하고, 돈을 저축
하고, 지붕을 새지 않게 하고, 옷에 모
자람이 없게 한다. 그러나 과연 어떠
한 사람이 가장 소중한 재산 — 우정
에 궁해지지 않도록 현명하게 마련을
하고 있을까?　[Ralph W. Emerson]

- 운명이 가족 친지를 구성하고 선택
이 친구를 만든다.　　　[잭 데리유]

- 융성할 때의 벗은 잃어버린 벗이다.
　　　　[Henry Adams]

- 이해관계로 맺어진 친구는 지붕 위
의 제비와 같다. [M. de Cervantes]

- 인생을 살아가며 새로운 친구를 만
들지 않으면, 곧 고립에 처해진 자신
을 발견하게 된다. 우정은 쉼 없이
손질을 하면서 지켜 나가야 한다. 우
정을 나태와 침묵으로 죽여 없애는
것은 어리석은 일이다. 그것은 확실
히 권태로운 역정의 가장 큰 위안 가
운데 하나를 의식적으로 내던져버
리는 것이 된다. 나는 새로운 지기를
만들지 않는 나날들은 모두 잃어버
린 세월로 간주한다.
　　　　[Samuel Johnson]

- 잃어버린 친구를 대신할 만한 것은
아무것도 없다. 오랜 벗들은 만들
어지는 것이 아니다. 공유한 그 많

은 추억, 함께 겪은 그 많은 괴로운 시간, 그 많은 불화, 마음이 격동하는 보물만큼 값어치가 있는 것은 어디에도 없다. 이런 것들을 다시 만들어내지는 못한다. 참나무를 심었다고 바로 그 그늘 밑에 쉬기를 바라는 것은 헛된 일이다.

[Saint Exupery]

- 자기의 마음을 털어놓을 친구가 없는 사람은 자기 심장心臟을 잡아먹는 식인종이다. 야수가 된다.

[Francis Bacon]

- 자기 자신에게 친구인 사람은 누구에게나 친구가 된다. [L. A. Seneca]
- 장난감과 작은 무례 때문에 오랜 친구가 갑자기 쓰라린 적이 된다.

[Button]

- 적도 언젠가는 벗이 될 수 있다고 생각하면서 미워하고, 벗도 적이 될지 모른다고 생각하면서 사랑해야 한다. [Sophocles]
- 적을 용서해라. 그러면 친구를 얻게 될 것이다. [Publius Syrus]
- 적이 없는 자는 친구도 없다.

[Alfred Tennyson]

- 정직한 사람이 이 세상에서 가장 존경하고 가치 있게 버는 것은 진정한 친구다. 이런 친구는 정직한 사람의 분신이다. [Philpey]
- 좋은 벗과의 훌륭한 담화는 바로 미덕의 골격이다. [Izaak Walton]
- 좋은 친구가 생기기를 기다리는 것보다, 스스로가 누군가의 친구가 되었을 때 행복하다. [Bertrant Russell]
- 좋은 친구와의 사귐은 대화에서 배우고 침묵으로 맺어진다. [Goethe]
- 지도자를 구하지 말고, 친구를 구하라. [노신魯迅]
- 진실로 그대의 친구라면, 그대가 곤궁할 때 도와주고, 그대가 서러울 때 울어줄 것이며, 그대가 깨어 있을 때 잠들지 못한 채 마음속의 온갖 슬픔을 그대와 함께 나누라. 이러한 것들이 적과 친구를 구별해 주는 확실한 표적이다. [R. Banfield]
- 진실한 친구란 어떤 사람인지 알고 있나? 그것은 자네가 없는 곳에서 자네의 친구라는 사실을 제시할 수 있는 사람이다. [F. V. Logau]
- 진정한 친구는 불행과 시련이 닥칠 때 알아볼 수 있다. [Aesop]
- 진정한 행복을 만드는 것은 수많은 친구가 아니며, 훌륭히 선택된 친구들이다. [Johnson Benn]
- 착한 사람들과 벗하라. 그러면 너도 그들 중 한 사람이 될 것이다.

[Miguel de Cervantes]

- 참다운 벗이라고 부를 수 있는 사람은, 그대가 보지 않는 곳에서 그대의 친구라는 사실을 입증할 수 있는

남자를 말한다.　　[Friedrich Logau]

- 참다운 친구는 모든 재산 중에서 가장 가치가 큰 것인데, 사람들은 아무도 이것을 취하려고 하지 않는다.

　　[Francois de La Rochefoucauld]

- 참다운 친구는 불행에 닥쳤을 때 비로소 알게 된다.　　[Aesop]
- 참다운 친구란, 가장 중요한 문제점에 대해서까지도 의견일치를 구해서는 안 된다. 오직 불일치만이 그런 문제점들에 대해서 지나친 날카로움과 불행한 결과를 막을 수 있다.

　　[Mahatma Gandhi]

- 참된 친구가 아니려거든 차라리 적이 돼라.　　[Shakespeare]
- 참된 친구는 어려울 때 함께하는 친구이다.　　[Quintus Ennius]
- 충고하여 벗을 선도하고 듣지 않으면, 곧 중지하여 스스로 욕됨이 없게 하라.　　[자공子貢]
- 충실한 벗은 인생의 약이다.

　　[Apocrypha]

- 충실한 친구는 반드시 설득할 수 있다.　　[Homeros]
- 충실한 친구 셋이 있다. 조강지처糟糠之妻, 함께 늙은 개, 그리고 돈이다.

　　[Benjamin Franklin]

- 취미는 바꾸더라도 친구는 바꾸지마라.　　[F－M. A. Voltaire]
- 친구가 꿀처럼 달더라도 그것을 전부 빨아먹지 말라.　　[Talmud]
- 친구가 따로 있는 것이 아니라, 내가 만들면 모든 사람이 친구가 된다.

　　[이창배]

- 친구가 많은 사람은 한 사람의 친구도 없다는 것이다.　　[Aristoteles]
- 친구 따라 강남 간다.　　[한국 격언]
- 친구란, 나의 부름에 대한 메아리다.

　　[법정]

- 친구란, 자기 이외의 자기를 말한다.

　　[Jeno]

- 친구 없어도 혼자서 일해 나갈 수 있다고 생각하면 잘못이다. 그런데 친구가 없으면 혼자 처리할 수 없다고 생각하면 대단한 잘못이다. 그리고 자기가 없으면 친구가 일할 수 없다고 생각하면 더욱 큰 잘못이다.

　　[Talmud]

- 친구가 역경에 처해 있는 것을 보면, 우리는 뭔가 싫지 않은 것을 느낀다.

　　[F. La Rochefoucauld]

- 친구 간에는 무엇인가 참아야 한다.

　　[프랑스 격언]

- 친구끼리는 완전한 평등 속에 산다. 이 평등은 맨 먼저 그들이 만났을 때 사회적인 모든 차이를 잊는다는 사실에서 생겨난다.　　[P. Bonnard]
- 친구는 너를 친구로 여기고, 친구의 친구도 너를 친구로 간주한다.

　　[Talmud]

- 친구는 너무 믿지 말고 적은 이용하라. 친구를 조심하라. 친구는 쉽게 질투하기 때문에 쉽게 당신을 배반한다. 오히려 예전의 적이 친구보다 더 의리 있게 행동한다. 당신에게 자신의 충성심을 보이려고 노력할 것이기 때문이다. 그러므로 적보다 더 두려워해야 할 사람이 친구다. 적이 없다면 적을 만들 방법을 찾아라. [미상]
- 친구는 너의 신용 정도를 알게 하는 척도이다. [Blessington 백작부인]
- 친구는 또 하나의 나다. [Marcus Tullius Cicero]
- 친구는 바이올린의 현과 같아서 너무 퉁기면 안 된다. [H. G. Bon]
- 친구는 세 번 축복을 받는다. 그들은 나를 찾아주고, 내 곁에 있어 주고, 그리고 잠시 있다가 돌아가 준다. [R. R. Kaake]
- 친구는 우리 신뢰의 온도를 표시하는 온도계이다. [B. M. Gardiner]
- 친구는 은밀히 책망하고, 공개적으로 칭찬하라. [Publius Syrus]
- 친구는 제2의 나다. [로마 우언]
- 친구는 한편이 출세하면 친구 관계는 사라진다. [Ibsen]
- 친구들보다 오래 살아서 홀로 지나간 과거의 단순한 기념비밖에 되지 못한다는 데에 나는 위로를 얻지 못

한다. [Thomas Jefferson]
- 친구들에게서 기대하는 것을 친구들에게 베풀어야 한다. [Aristoteles]
- 친구에게 석는 것보다 친구를 믿지 않는 것이 더 부끄러운 일이다. [La Rochefoucauld]
- 친구들에게 일체의 비밀을 말하지 않는다면, 그 친구가 적이 되더라도 결코 그를 두려워하지 않을 것이다. [Menandros]
- 친구들이 애꾸눈이라면, 그들을 옆에서 보면 된다. [Joseph Joubert]
- 친구들이 있다는 것은 부유하다는 것이다. [Plautus]
- 친구라는 말은 흔하지만 충실한 우정은 드물다. [Paedrus]
- 친구라면 신중하게 교제하라. 혀는 혀, 마음은 마음이라는 사람이야말로 무서운 사람이다. 그런 사람은 친구로 삼을 것이 아니라 적으로 삼으라. [Theognis]
- 친구란 같은 무리를 말하는 것이다. 그러므로 어떠한 사람이라도 인간인 이상 친구가 될 수는 없다. [유길준]
- 친구란, 내 시간을 훔쳐 가는 사람이다. [Francis Bacon]
- 친구란, 두 신체에 깃들인 하나의 영혼이다. [Aristoteles]
- 친구란, 모든 것을 알고 있으면서도

사랑해 주는 인간을 말한다.

[Hubbard, Elbert]

- 친구란 무엇인가? ① 상대방에 대한 배려다. ② 나의 거울이다. ③ 순수한 정情이다. ④ 공리주의功利主義가 아니다. [미상]
- 친구로는 재주 있는 사람보다는 정직한 사람을, 착한 사람을, 친절한 사람을, 관대하고 동감해 주는 사람을 마음으로부터 고를 것이다.

[Arther Schopenhauer]

- 친구로부터 대접을 받을 때는 천천히 가고, 친구가 어려움에 처해 있을 때는 지체 없이 가라.

[Henry David Thoreau]

- 친구로 행세하는 사람들이란 대개는 친구가 아니며, 그렇지 않은 사람이 대개는 친구이다. [Democritos]
- 친구를 가지지 못한 사람은 그 일생을 반밖에 보지 못한 셈이다.

[독일 우언]

- 친구를 고르는 데는 천천히, 친구를 바꾸는 데는 더 천천히.

[Benjamin Franklin]

- 친구를 내 형제와 똑같이 보지 마라.

[Hesiodos]

- 친구를 만드는 유일한 방법은 자신이 먼저 친구가 되는 것이다.

[Demophilius]

- 친구를 보면 그 사람을 안다.

[Miguel de Cervantes]

- 친구를 불신하는 것이 친구들에게 속는 것보다 더 수치스러운 것이다.

[Francois de La Rochefoucauld]

- 친구를 비난할 때는 사람들이 없는 데서 하고, 칭찬할 때는 사람들이 있는 데서 하라. [Leonardo da Vinci]
- 친구를 선택하는데 서두르지 말라. 바꿀 때는 더욱 그렇다.

[Benjamin Franklin]

- 친구를 선택하는데 조심하지 않으면 안 된다. 세상에는 전염병과도 같은 사람이 있다. 처음에는 다 같은 인간으로 보았다. 그러나 정신을 차렸을 때는 이미 그의 병균이 내 몸에 옮았을 경우가 흔히 있다.

[Maxim Gorky]

- 친구를 싫어하고, 재미없다고 생각하는 사람은 친구의 미움을 받게 되며, 재미없다는 대우를 받는 친구보다 오히려 더 불행하다. 왜냐하면 인간의 모든 기쁨이나 즐거움은 다른 사람과 화합함으로써 생기는 것이기 때문이다. 아무리 재물이 많고 유식하고 잘생기고 지혜롭다 하더라도 무인도에 가서 혼자 살아보면 알게 될 것이다. [F. La Rochefoucauld]
- 친구를 얻는 유일한 방법은 자신이 먼저 친구가 되는 것이다.

[Ralph Waldo Emerson]

- 친구를 잃기보다 좋은 말을 할 기회를 잃는 것이 낫다.   [Quintilianus]
- 친구를 잃지 않는 최상의 길은, 친구에게 아무 빚도 지지 않고, 아무것도 빌려주지 않는 것이다. [P. D. Coke]
- 친구를 형제처럼 여기지 말라.
     [Hesiodos]
- 친구 없는 일생은 곤란하고 위험하니 하느님에게 친구를 달라고 기원하라.   [J. Vannes]
- 친구 없는 일생은 증인 없는 죽음이다.   [George Herbert]
- 친구 없이 산다는 것은 목격자 없이 죽는 것이다.   [George Herbert]
- 친구 없이 산다는 것은 무서운 사막과 같다.   [Gracian y Morales]
- 친구에게 빌려준 돈을 갚으려고 할 때, 종종 친구에게 베푼 신의가 적을 만들었음을 보게 된다. [Plautus]
- 친구에게 속은 것보다 친구를 믿지 않는 것이 더 부끄러운 일이다.
     [La Rochefoucauld]
- 친구에게 충실한 사람은 자기 자신에게도 충실하다.   [Erasmus]
- 친구에는 세 종류가 있다. 첫째, 음식과 같은 친구로 매일 빠져서는 안 된다. 둘째, 약과 같은 친구로 이따금 있어야 한다. 셋째, 병과 같은 친구로 이를 피하지 않으면 안 된다.
     [Talmud]

- 친구여, 박수를! 희극은 끝났다.
     [Ludwig van Beethoven]
- 친구와 사귀는 일은 익숙하게 되면 예의를 잃게 된다. 오래되어도 상대방을 존경하는 사이가 되어야 한다.
     [논어論語]
- 친구와의 사귐은 제2의 인생이다.
     [Baltasar Gracian y Morales]
- 친구의 비밀을 아는 것은 좋지만, 말해서는 안 된다.   [독일 우언]
- 친구의 수를 세는 것보다 양羊의 수를 세는 게 쉽다.   [Socrates]
- 친구의 잔치에는 천천히 가되, 불행에는 황급히 가라.   [Stobaeus]
- 친구처럼 보이는 사람은 대개 친구가 아니고, 그렇게 보이지 않는 사람이 오히려 친구다.   [Democritos]
- 친구한테 속지 않으려고 애쓰는 것보다도 차라리 친구한테 속는 사람이 행복하다. 친구를 믿는다는 것은 설사 친구한테 속더라도 어디까지나 나 자신만은 성실했다는 표적이 된다.   [채근담菜根談]
- 친한 벗에도 예의가 있다. [일본 격언]
- 칭찬하는 자보다 자신의 결점을 말해주는 친구를 가까이 하라. [Socrates]
- 큰 도움을 주고, 즐거울 때나 괴로울 때나 변하지 않으며, 좋은 말을 해주고 동정심이 많은 친구가 돼라.
     [육방예경六方禮經]

- 하나의 진실한 벗은 천 명의 적이 우리를 불행하게 만드는 데 거드는 이상으로 우리의 행복에 이바지한다.
  [Wolfram Eschenbach]
- 학문만 하고 친구가 없으면 고루하여 견문이 없다. [예기禮記]
- 한 단계 올라서서 친구를 선택하고, 한 단계 내려서서 아내를 선택하라.
  [Talmud]
- 한 사람의 적은 너무나 많고, 백 명의 친구는 너무나 적다. [Serey]
- 한 사람의 지기知己는 백 명의 친척보다 낫다. [독일 우언]
- 한 사람이 평생을 행복하게 살아가기 위해 필요한 것 가운데 가장 위대한 것은 친구다. [Epikouros]
- 한 시간 된 계란과 하루 묵은 빵, 일년 된 포도주, 부인 열다섯과 친구 서른 명. [A de Montreux]
- 한 친구를 만족시키지 못한 자는 인생에서 성공했다고 할 수 없다.
  [Henry David Thoreau]
- 한 친구를 얻는 데는 오래 걸리지만 잃는 데는 잠시이다. [J. Lyly]
- 항상 의지할 수 있는 친구가 있다면 얼마든지 인생을 지혜롭게 살아갈 수 있다. [Balthasar Grasian]
- 현명한 적이 무지한 친구보다 낫다.
  [Philpey]
- 현명한 친구는 보물처럼 다루어라.

- 인생에서 만나는 많은 사람들의 호의보다 한 사람의 친구로부터 받는 이해심이 더욱 유익하다.
  [Baltasar Gracian y Morales]
- 화제에 궁했을 때 자기 친구의 비밀을 폭로하지 않는 자는 드물다.
  [Friedrich Nietzsche]
- 훌륭한 사람이 되려면, 꼭 훌륭한 벗을 찾아야 한다. [여득승呂得勝]
- 훌륭한 친구를 가진 사람은 반드시 훌륭한 아내를 얻을 것이다. 훌륭한 혼인이라는 것은 우의의 재능에 달린 것이기 때문이다. [Nietzsche]
- 흐르는 물이 지나치게 깨끗하면 물고기가 살지 않고, 사람도 지나치게 영리하면 친한 친구가 생기지 않는다.
  [공자가어孔子家語]
- 힘없는 친구를 택하려다가는 결국 친구를 얻지 못한다. [프랑스 우언]

| 친근성親近性 |

- 귀뚜라미에게는 귀뚜라미가 소중하고, 개미에게는 개미가 소중하다.
  [Theokritos]
- 신사들은 서로 사촌이고, 악당들은 서로 공범이다. [Augustin Brizo]
- 신은 신만이 이해할 수 있다.
  [Edward Young]
- 아름다운 영혼들은 서로 통한다.

[Voltaire]

- 칼립소(그리스 신화에 나오는 요정)는 헤르메스(그리스 신화에 나오는 올림포스 열두 신 가운데 하나)를 보고 그림을 알아보았다.
[Homeros]

| 친밀親密함 |

- 친밀함은 가장 부드러운 우정과 가장 큰 증오를 낳는다.
[A. de Rivarol]
- 친밀함은 사랑의 문을 열어주지만 우정의 문은 닫아버린다.
[Oxenstjerna]
- 친한 것과 훌륭한 것은 가문으로서가 아니라, 그 사람의 태도와 순수성으로 구별하라.   [Horatius]
- 허물없음이 무시를 낳는다.
[Publius Syrus]

| 친절親切 |

- 가능하면 언제든지 친절하라. 그것은 언제나 가능하다.   [Dalai Lama]
- 그 어떤 친절한 행동도, 아무리 작은 것이라도, 결코 낭비되지 않는다.
[Aesop]
- 그대가 친절한 거동으로써 사람에게 준 유쾌함은 곧 그대에게 돌아온

다. 뿐만 아니라, 때로는 이자를 가져오기도 한다.   [Adam Smith]
- 남의 눈에 보이게 주는 도움에서는 고약한 냄새가 난다.   [Chaucer]
- 도움은 들어간 비용만큼의 가치가 있다.   [Vitor M. Hugo]
- 도움을 줄줄 모르는 자는 도움을 요청할 자격이 없다. [Publius Syrus]
- 무엇이든 될 수 있는 세상에서 친절하게 대하라.   [작자 미상]
- 첫 번째 관계는 도움으로 이루어진다.   [Voltaire]
- 친절은 모든 사람이 줄 수 있는 선물이다.   [작가 미상]
- 친절은 미덕이 자라는 햇빛이다.
[Mark Twain]
- 친절은 영혼, 가족, 국가 사이의 모든 벽을 녹이는 빛이다.
[Paramahansa Yogananda]
- 친절은 우리 주변의 세상을 변화시키는 열쇠이다.   [작자 미상]
- 친절은 이 세상을 아름답게 한다. 모든 비난을 해결한다. 얽힌 것을 풀어헤치고 곤란한 일을 수월하게 하고, 암담한 것을 즐거움으로 바꾼다.
[Lev N. Tolstoy]
- 친절은 청각장애인도 들을 수 있고 시각장애인도 볼 수 있는 언어이다.
[Mark Twain]
- 친절하게 도와주려고 하는 것은 좋

다. 그러나 내가 좋은 사람임을 드러내는 것이 아니라 상대방에 대한 존중에서 그러는 것임을 잘 보여주어야 한다.　　　[Francis Bacon]

- 한 번의 친절한 행동이 모든 방향으로 뿌리를 내리게 하고, 그 뿌리가 싹 트고 새로운 나무를 만든다.
　　　[Amelia Mary Eahart]
- 한없는 친절은 가장 위대한 선물이다. 그리고 친절은 진정한 의미에 있어서 위대한 사람만이 알 수 있는 일이다.　　　[John Ruskin]
- 할 수 있는 한 모든 사람을 친절히 돌봐주어야 한다.　　　[La Fontain]

| 친족관계親族關係 |

- 가난한 친척들을 찾아내는 것은 어려운 일이다.　　　[Menandros]
- 먼 친척의 자식들은 세상에서 최악의 친척들이지만, 그들을 혼인시키면 최고의 친척들이 된다.
　　　[A. 브리죄]
- 세상에서 강 큰 적의는 가까운 친척 사이의 적의이다.　　　[Tacitus]
- 친족관계를 만드는 것은 애정이다.
　　　[Phedre]
- 친척이 비천한 사람은 그 또한 비천해진다.　　　[타라파 알바크리]
- 피는 불보다 진하다. 사람이 고통을

당할 때는, 친척의 열려진 품을 찾아내는 것이 가장 좋다.　　　[Euripides]

| 침묵沈默 |

- 당신의 말이 침묵보다 더 가치 있지 않을 때는 차라리 침묵하시오.
　　　[Menandros]
- 덕망 있고, 판단력 있고, 분별 있는 사람은 침묵이 있을 때까지는 말하지 않는다.　　　[Sadi]
- 말은 시간의 것이고, 침묵은 영원의 것이다.　　　[Thomas Carlyle]
- 말은 인간적이고, 야수적이며, 죽은 것이다. 그러나 침묵은 신성이다. 그러기에 우리는 양쪽 기술을 다 배워야 한다.　　　[Thomas Carlyle]
- 말을 잘하기 위한 지성도, 침묵하기 위한 판단도 없는 것은 엄청난 비극이다.　　　[La Bruyere]
- 말을 잘하지 못하는 자는 침묵도 잘하지 못한다.　　　[Epikharmos]
- 말이 은이라면 침묵은 금이다.
　　　[Talmud]
- 말하는 것도 좋지만 침묵하는 것은 더욱 좋다.　　　[La Fontaine]
- 말하지 말아야 하는 것에는 침묵하고, 부당한 일을 견뎌내는 것이야말로 어려운 일이다.　　　[Sparta 킬론]
- 모든 말소리는 모든 침묵 속에 사라

지지만, 침묵은 결코 사라지지 않는다.　　　　　　　　[S. M. 해즈먼]

- 바보가 침묵하면 현자가 되고, 현자가 침묵하면 바보가 된다.
　　　　　　　　[Simonides]

- 상서로운 말만 하지 않을 것이라면 차라리 침묵해야 한다.
　　　　　　　　[Pompeius Festus]

- 솔론은 백성을 바다에, 웅변가를 바람에 비유했다. 바람이 바다를 성가시게 굴지 않으면, 바다는 고요하고 조용할 것이기 때문이다.
　　　　　　　　[Francis Bacon]

- 스위스의 어떤 비명碑銘에 이렇게 새겨져 있다. '웅변은 은이고, 침묵은 금이다.' 나는 오히려 그것을 '웅변은 시간적이고, 침묵은 영원하다.' 고 표현하고 싶다.
　　　　　　　　[Thomas Carlyle]

- 시기에 적합한 침묵은 말보다도 설득력 있다.　　[Martin F. Tupper]

- 아무 말도 하지 않는다고 덜 생각하는 것은 아니다.　[John Heywood]

- 열 마디 말에 아홉 가지가 맞아도 대단하다고 칭찬하지 않으면서도, 한 마디만이라도 어긋나면 곧 허물하는 소리가 사방에서 모여든다. 열 가지 계략에서 아홉 가지가 성공해도 그 공을 돌리려 하지 않으면서도, 한 계략만 이루지 못하면 비방하는 소리가 사면에서 일어난다. 이것이 군자가 침묵할지언정 떠들지 않는 까닭이고, 졸렬할지언정 교묘함을 보이지 않는 까닭이다.　[홍자성洪自誠]

- 우리는 '침묵' 의 위상을 한 단계 높여야 한다.　　[Thomas Carlyle]

- 우리는 침묵하는 자에게 반드시 침묵한다. 그에게 그의 침묵을 되돌려 주는 것이다.　　[Francis Bacon]

- 인간은 말하는 것은 태어나면서 바로 배우는데, 침묵하는 것은 여간해서 배우지를 못한다.　[유대 격언]

- 인생의 역경은 침묵의 기술을 가르쳐준다.　　　　[L. A. Seneca]

- 적재적소에서 말하는 것에 비하면, 적재적소에서 침묵을 지키는 것은 두 배나 더 가치가 있다.　[Talmud]

- 진정한 침묵이란 단순히 소음의 부재가 아니다. 이는 이성적 존재가 소음에서 물러나 자기 내면의 안식처에서 평온과 질서를 찾고자 할 때 시작된다.　　[Peter Minard]

- 침묵으로 거절하는 자는 절반은 동의한 것이다.　　[John Dryden]

- 침묵은 '그렇다' 고 대답한다.
　　　　　　　　[Euripides]

- 침묵은 경멸을 나타내는 가장 완벽한 표현이다.　[G. Bernard Shaw]

- 침묵은 그 어떤 노래보다 더 음악적이다.　　　　　[Pearl Buck]

- 침묵은 기도하고 자신을 이해시킬 줄 안다. [Torquato Tasso]
- 침묵은 영원처럼 깊고, 말은 시간처럼 얕다. [Thomas Carlyle]
- 침묵은 말 이상으로 웅변적이다. [Thomas Carlyle]
- 침묵은 모든 악의 치유책이다. [Talmud]
- 침묵은 바보들의 기질이면서 현자가 지닌 덕성 가운데 하나이다. [Bernar de Bonal]
- 침묵은 밤처럼 함정을 파놓는다. [Francis Bacon]
- 침묵은 시인이다. [Euripides]
- 침묵은 어리석은 자들의 미덕이다. [Francis Bacon]
- 침묵은 인간이 가지는 최고의 지혜이다. [Pandaros]
- 침묵은 절대로 배신하지 않는 친구이다. [공자孔子]
- 침묵은 진정한 지혜의 최선의 대답이다. [Euripides]
- 침묵은 호의의 형제이다. [Ibn Gabirol]
- 침묵을 지킴으로써 수치를 당하기보다는, 잘 말하는 것이 편하다. [Francois de La Rochefoucauld]
- 침묵이야말로 속임 없는 기쁨의 천사이다. 나는 이만큼이나 행복하다고 말하는 사람은, 그것은 곧 과히 행복하지 않다는 말과 같다. [William Shakespeare]
- 침묵이 절정에 이르렀을 때 당신은 말해야 한다. [E. 보우언]
- 침묵하면서 구걸하는 자는 침묵하면서 굶어 죽는다. [리니어드 키플링]
- 침묵할 때가 있고 말할 때가 있다. [Kohelet]
- 침묵할 줄 모르는 자가 말을 잘하는 경우는 드물다. [Pierre Charron]
- 현자들의 모임에서 어리석은 자는 침묵으로 치장하고 있다. [Bhartrhari]

| 칭송稱頌 |

- 놀라운 것은 한번 놀라우나, 칭송받을 만한 것은 더더욱 칭송받는다. [Joseph Joubert]
- 무지개가 15분 이상 계속되면, 쳐다보는 사람이 없다. [Goethe]
- 우리는 우리를 칭송하는 이들을 좋아하나, 우리가 칭송하는 이들은 좋아하지 않는다. [La Rochefoucauld]
- 칭송은 무시의 딸이다. [Chevalier de Mere]

| 칭찬稱讚과 비방 |

- 가장 칭찬을 많이 받는 자가 미움도

가장 많이 받는다. [J. Dryden]
- 가장 해로운 것은 바로 나를 칭찬하는 것이다. [Tachitus]
- 겸손은 남의 칭찬을 싫어하는 것같이 보이지만, 실은 훨씬 더 완곡하게 칭찬받고 싶은 욕망에 지나지 않는다. [La Rochefoucauld]
- 공허한 칭찬은 저주하라. [Alexander Pope]
- 나는 큰 소리로 칭찬하고 작은 소리로 비난한다. [러시아 격언]
- 나는 행위를 칭찬하지 않는다. 내가 칭찬하는 것은 인간의 정신이다. 행위는 정신의 겉옷에 지나지 않는다. 역사는 인간 정신의 낡은 탈의장에 지나지 않는다. [Heinrich Heine]
- 남에게 칭찬을 받아도 자신의 판단을 잊지 말라. [M. Cato]
- 남을 칭찬하면 자신에게 돌아온다. 사람이란 자신을 칭찬하는 사람을 칭찬하고 싶어 한다. [Bernard M. Mark]
- 내 사람을 대함에 있어 누구를 흉보고 누구를 칭찬하랴. 그러나 어떤 이를 칭찬할 경우에는 먼저 그를 시험해 본 다음에 한다. [논어論語]
- 너를 칭찬하는 사람들의 가치에 무게를 둘 일이다. 악에서 칭찬되지 않는 일이야말로 참된 가치이다. [Lucius-Annaeus Seneca]

- 누구나 자신이 만든 물건을 칭찬한다. [John Ray]
- 누군가가 당신을 칭찬할 때, 당신 스스로를 심판해야 한다는 것을 잊지 마라. [Dionysios Cato]
- 명성이 나면 비방이 뒤따르고, 착함이 드러나면 악이 뒤따른다. [문자]
- 모든 사람을 좋게 말하는 인간은 신뢰하지 말라. [John Collins]
- 모든 사람을 칭찬하는 사람은 그 누구도 찬양하지 않는 거나 마찬가지다. [Samuel Johnson]
- 모든 인간은 과분한 칭찬을 잘한다. [Thucydides]
- 뭇사람이 내는 소문은 쇠도 녹이고, 계속되는 비방은 뼈를 부순다. [문장궤범]
- 백 사람이 그를 칭찬해도 더 가까이 하지 않고, 백 사람이 그를 헐뜯어도 멀리하지 않는다. [소식蘇軾]
- 사람들은 보통 칭찬받으려고 칭찬할 뿐이다. [F. La Rochefoucauld]
- 사람들의 칭찬은 백 마디라도 헛될 수 있지만, 사람들의 비방은 반 마디라도 족할 수 있다. [유우석]
- 사람은 보통 칭찬받기 위해서 칭찬한다. [La Rochefoucauld]
- 산더미 같은 수식 어구는 악의적인 칭찬이다. 사실을 있는 그대로 칭찬해야 한다. [La Bruyere]

- 세상 사람들의 칭찬을 받을 수 있는 일은, 남들의 질투를 받을 수 있는 일이기도 하다. [구양수歐陽脩]
- 세상에서 칭찬을 많이 받으면 천국에 들어갈 자리가 없다. [김수환]
- 아무도 칭찬을 해주지 않을 때 스스로 칭찬하는 것은 당연하다. [Erasmus]
- 아버지가 자기 아들의 중매를 하지 않음은 아버지가 자기 자식을 칭찬하는 것보다 다른 사람이 칭찬하는 것이 더 효과가 있기 때문이다. [장자莊子]
- 아버지가 지은 문장文章을 잘 되었다고 그 아들이 칭찬한다면, 남의 헐뜯음을 일으킬 뿐이다. 따라서 그 아들이 아닌 사람이 칭찬함만 못하다. [이인로]
- 앞에서 칭찬을 받는 것이 뒤에서 비난받느니만 못하고, 몸이 편안함은 마음에 근심이 없느니만 못하다. [한유韓愈]
- 에메랄드는 칭찬을 받지 않아도 그 빛을 잃지 않는다. [Marcus Aurelius]
- 우리가 가끔 진실이라 믿지 않는 칭찬까지 좋아할 때가 있다. [Vauvanargues]
- 우리들은 항상 우리를 칭찬하는 사람을 사랑하지만, 우리들은 우리들을 칭찬하는 사람을 반드시 사랑하지는 않는다. [La Rochefoucauld]
- 인간은 칭찬을 갈망하면서 살고 있는 동물이다. [William James]
- 자기 자신을 칭찬하는 것은 극히 드문 경우를 제외하고는 흉한 일이다. 그러나 자기의 임무나 직업을 칭찬하는 일은 점잖고 일종의 아량을 보이는 것이 된다. [Francis Bacon]
- 자신의 칭찬을 부정하는 자는 다시 한 번 그 칭찬을 듣기 위해서이다. [F. La Rochefoucauld]
- 자제하여 칭찬하는 자만이 진정으로 칭찬할 줄 아는 자이다. [Voltaire]
- 재능은 칭찬하는 말 쪽으로 향한다. 칭찬하는 말은 재능을 어리둥절하게 하는 일이다. [Joseph Joubert]
- 착한 사람일지라도 급히 친할 수 없으면 마땅히 미리 찬양하지 마라. 간사한 사람의 이간이 올까 두렵다. 몹쓸 사람일지라도 쉽게 내칠 수 없으면 마땅히 미리 발설하지 마라. 뜻하지 않은 재앙을 부를까 두렵다. [홍자성洪自誠]
- 최악의 적은 칭찬하는 자이다. [Tacitus]
- 충고받기를 좋아하고, 칭찬받기를 좋아하지 마라. [Boileau, Nicolas G.]
- 칭찬과 다이아몬드는 그 희소성으로 값이 매겨진다. [Samuel Johnson]
- 칭찬, 그것은 많은 재치 속에 약간

의 사랑이 들어간 것이다.

[Emile Faguet]

- 칭찬받는데 욕심을 내는 자들은 장점이 많지 않은 사람들이다.

[Plutarchos]

- 칭친받는 모습으로 그 사람의 인격을 판단할 수 있다. [L. A. Seneca]

- 칭찬보다 더 값싸게 주는 것도 없다.

[A. de Montreux]

- 칭찬은 고래도 춤추게 한다.

[Kenneth Blanchard]

- 칭찬은 가장 감미로운 음악이다.

[Xenophon]

- 칭찬은 바보들의 인사예절이다.

[Voltaire]

- 칭찬은 생명이 짧은 정열이다. 길이듦에 따라 삽시에 사라진다.

[Joseph Addison]

- 칭찬은 우리가 감사해야 하는 유일한 선물이다.

[Blessington M. Gardiner]

- 칭찬은 우리들이 남의 덕행에 입는 부채이다. [Plautus]

- 칭찬은 인간을 교만하게도, 또 겸손하게도 할 수 있다. [조향록]

- 칭찬은 정신을 북돋우고 마음을 사로잡는다. [La Fontaine]

- 칭찬을 많이 하는 사람은 칭찬을 변질시킨다. [Oxenstjerna]

- 칭찬을 받고 좋아하는 것은 못난이의 일이지만은 잘난 이도 칭찬하면 좋아하는 법이요. 그러니까 여러분도 당국자를 공격만 말고 칭찬도 하여 주시오. [안창호]

- 칭찬을 받는 것보다 자진해서 충고를 받으라. [Nicolas Boileau]

- 칭찬을 받는 것보다 칭찬받을 만한 것인가가 더 중요하다.

[Publius Syrus]

- 칭찬을 좋아하는 자는 유혹도 좋아한다. [Woodrow Wilson]

- 칭찬하는 비난도 있고 헐뜯는 칭찬도 있다. [La Rochefoucauld]

- 칭찬하는 질책이 있고, 헐뜯는 칭찬이 있다. [La Rochefouauld]

- 큰 소리로 칭찬하고, 작은 소리로 비난한다. [러시아 격언]

| 칭호稱號와 품위 |

- 받을 자격이 없는 자에게 부여된 품위는 불명예와 마찬가지다.

[Publius Syrus]

- 사람은 무게가 나가지만, 칭호는 무게가 없다. [William Wiycherly]

- 칭호가 사람을 영광스럽게 하는 것이 아니라, 사람이 칭호를 영광스럽게 하는 것이다. [Machiavelli]

- 칭호는 별명에 지나지 않으며, 모든 별명이 칭호이다. [Thomas Paine]

- 칭호는 어리석은 자들의 몸치장에 불과하다. 위인들은 그들의 이름이면 충분하다. [Frederick II]

{ ㅋ }

| 콩트 / 우화寓話 |

- 교훈이 없는 우화는 속 빈 호두와 같다. [J. H. Ewing]
- 단순한 도덕론은 지루함을 주지만, 우화는 이야기와 함께 교훈을 준다. [La Fontaine]

| 쾌락快樂 |

- 가장 값싼 쾌락을 즐기는 사람이 가장 큰 부자다. [Henry D. Thoreau]
- 계속해서 즐기는 것은 아무것도 즐기는 것이 아니다. [d'Holbach]
- 고뇌에 지는 것은 수치가 아니다. 쾌락에 지는 것이야말로 수치다. [Kahlil Gibran]
- 그 냄새가 아무리 감미롭다고 해도 쾌락은 부패보다 고통에 훨씬 더 가깝다. [Kahlil Gibran]
- 금전, 쾌락 혹은 명예를 사랑하는 사람은 남을 사랑하지 못한다. [Epictetus]
- 기쁨이 무엇인가는 원래 많은 괴로움을 참아낸 사람들만이 알고 있는 것이다. 그 밖의 사람들은 진정한 기쁨과는 닮지도 않은 단순한 쾌락을 알고 있는데 불과하다. [C. Hilty]
- 나는 맛의 쾌락, 성의 쾌락, 소리의 쾌락 및 아름다운 모양의 쾌락을 제쳐놓고 선인들을 생각할 수 없다. [Epicurus]
- 남자가 인생에서 추구하는 것이 오직 하나 있다. 그것은 쾌락이다. [Somerset Maugham]
- 모든 인간이 세상에 태어난 것은 쾌락의 덕택이다. [Voltaire]
- 모든 일에 있어 최대의 쾌락 뒤엔 싫증이 온다. [Marcus Tullius Cicero]
- 우리가 즐길 수 있는 것을 삼가는 것이 이성적 쾌락주의다. [Jean-Jacques Rousseau]
- 자연의 모든 노력은 모든 쾌락을 위해 있다. [Andre Gide]
- 적당한 쾌락은 정신의 긴장을 풀리게 하고 진정시킨다. [L. A. Seneca]
- 진실은 언제나 씁쓸하지만, 쾌락은 악행을 수반한다. [Saint Jerom]
- 최고의 쾌락은 영혼의 평온이다.

[Epicurus]

● 쾌락에 대항하는 것은 현자賢者의 역할이요, 쾌락의 노예가 되는 것은 우자愚者의 역할이다.　[Epictetos]

● 쾌락에서 슬픔이 생기고, 쾌락에서 두려움이 생긴다. 쾌락에서 해탈할 수 있는 인간에게는 이미 슬픔도 두려움도 없다.　[석가모니釋迦牟尼]

● 쾌락은 이따금 오는 방문객이지만, 고통은 잔인하게 우리에게 매달린다.
[John Keats]

● 쾌락은 이슬방울처럼 덧없어, 웃는 동안 없어진다.　[R. Tagore]

● 쾌락은 죄다. 그리고 때론 죄는 쾌락이다.　[George Byron]

● 쾌락은 행복하게 사는 시초요, 끝이다.　[Epicrus]

● 쾌락을 사랑하는 자는 틀림없이 쾌락으로 멸망한다.　[C. Malraux]

● 쾌락을 좇는 자는 선을 자기의 관능에다 둔다.　[Marcus Aurelius]

● 쾌락의 노예가 되는 것은 유녀遊女의 삶이지, 남자의 삶은 아니다.
[Anaxandrides]

● 쾌락의 심해에 잠수를 하면 진주보다는 자갈을 더 많이 건져 올린다.
[Balzac]

● 쾌락이 일종의 죄이듯, 죄가 일종의 쾌락이 되는 사람도 있다.
[George G. Byron]

● 항해사가 암초를 피하듯이, 강한 영혼들은 쾌락을 거부한다.
[Napoleon I]

| 크고 작은 것 |

● 대홍수도 작은 샘에서 일어났다.
[Shakespeare]

● 백만 석의 곡식이라 하더라도 낱알이 큰 것이 아니며, 만 정보의 경지를 경작한다 하더라도, 그것은 한 고랑 한 고랑 괭이와 삽질을 해서 이루어지는 것이다.
[니노미야 손도크二宮尊德]

● 얕은 도랑에서는 큰 물고기가 몸을 자유로이 움직이지 못해 미꾸라지의 시달림을 받고, 낮은 언덕에서는 큰 짐승이 몸 숨길 곳이 없어 간사한 여우의 침범을 당한다.　[장자莊子]

● 작은 물방울, 작은 모래알이 거대한 대양과 항구한 대륙을 만든다. 그렇듯이, 작은 분초分秒가 영원하고 거대한 시대를 만든다.　[John Kahni]

● 작은 벽난로에서 큰불을 피우고, 큰 벽난로에서 작은 불을 피운다.
[J. de la Bepri]

● 작은 불똥에서 큰불이 날 수 있다.
[Alighieri Dante]

● 집의 천장이 너무 높으면 다락방에

는 아무것도 없다. [Becherel Siriz]
- 최고의 향신료는 작은 주머니에 담긴다. [Gabriel Morie]
- 큰 소가 밭갈이를 더 많이 하는 것은 아니다. [Jean A. de Baif]
- 태산은 작은 흙덩이일지라도 사양하지 않고, 강과 바다는 가는 물줄기일지라도 가리지 않는다.
  [당태종唐太宗]

| 키스 |

- 공인된 키스는 훔친 키스보다 감미롭지 못하다. [Maupassant]
- 모든 사람이 끝에는 엉뚱한 사람에게 굿나잇 키스를 하게 된다.
  [Andy Warhol]
- 키스하는 것은 사랑의 열쇠요, 구타하는 것은 사랑의 자물쇠이다.
  [Burns]
- 키스하는 두 사람은 항상 물고기처럼 보인다. [Andy Warhol]
- 키스해 주는 어머니도 있고 꾸중하는 어머니도 있지만 사랑하기는 마찬가지다. [Pearl Buck]

{ ㅌ }

| 타인他人 |

- 남을 먼저 배려하고 보호하면 그 남이 결국 내가 될 수 있다.
  [Richard Dawkins]
- 너 자신을 아는 것은 좋은 일이다. 그러나 남을 아는 것이 더 좋은 일이다. [Menandros]
- 누군가로 만족한다는 것은 어려운 법이다. [La Bruyere]
- 이웃집에 소시지가 있으면 그것을 걸어 놓을 때 쓰는 못조차 남아나지 못한다. [M. de Cervantes]
- 타인은 우리가 자신의 마음을 읽는 렌즈다. [Ralph Waldo Emerson]

| 타협妥協 |

- 가장 타협적인 사람들이 가장 수단 좋은 사람들이다. 곧 지나치게 얻고자 하면 잃기 십상이다.
  [La Fontaine]
- 남을 살게 해야 자기도 산다.
  [Johann Wolfgang von Goethe]
- 타협가는 악어가 마지막에는 자신을 잡아 먹는 것을 기대하며 악어에

게 먹이를 주는 사람이다.

      [Winston Leonard Churchill]

- 타협은 좋은 우산이나 지붕으로서
  는 빈약하다.   [J. R. Lauren]
- 하늘과도 타협할 수 있다. [Moliere]

| 탐욕貪慾 |

- 고양이를 둘러씌우는 것은 최악의
  탐욕이다.   [Stendahl]
- 남의 부유함을 부러워하지 않고, 나
  의 가난함을 한탄하지 않는다. 또
  한 오직 삼가야 할 것은 탐욕이며,
  두려워할 것은 교만이다.

      [고바야시이치차小林一茶]

- 낭비와 탐욕 ― 이런 역병은 모든 국
  가를 파멸시키는 것이다.

      [M. Cicero]

- 너는 옥玉으로 보배를 삼았으나, 나
  는 탐내지 않는 것을 보배로 삼는다.

      [춘추좌씨전春秋左氏傳]

- 논밭은 잡초 때문에 손해 보고, 사
  람은 탐욕 때문에 손해 본다.

      [법구경法句經]

- 버림으로서 얻으리라. 그대여, 탐내
  지 말라.   [Upanisad]
- 별을 따려고 손을 뻗는 자는 자기
  발밑의 꽃을 잊어버린다.

      [Jeremy Bentham]

- 비가 오면 허술한 지붕으로 비가 새

듯이, 닦이지 않은 마음에는 탐욕이
스며든다.   [법구경法句經]

- 많이 가진 자는 대개 탐욕하기 쉽고,
  가진 것이 적은 자는 언제나 나누어
  갖는다.   [Oacar Wilde]
- 빼앗으려거든, 먼저 주라. [노자老子]
- 사람들은 재물을 탐내는데 마음을
  쏟고, 권력을 탐내는데 힘을 기울인
  다. 마음이 편하면 향락에 빠지고,
  가름지면 주먹을 휘두른다. 바로 이
  것이 큰 병이다.   [장자莊子]
- 사람은 세상에 빈손으로 왔다 빈손
  으로 간다.   [Talmud]
- 쓸데없는 욕심을 버리도록 힘써라.
  곧바로 형언할 수 없는 만족감과
  아울러 행복을 얻을 것이다.

      [Epictetus]

- 야심과 탐욕을 목표로 하는 사람들
  은 자기의 소유라고 생각한 것의 종
  이 되어 그것을 섬기고 있는데 지나
  지 않는다.   [L. A. Seneca]
- 어리석은 자는 탐욕으로 몸을 묶어
  피안彼岸의 세계를 바라볼 줄 모른
  다. 이 탐욕을 버리지 않으면, 남을
  해칠 뿐만 아니라 스스로도 망한다.

      [법구경法句經]

- 이기적이고 탐욕적인 인민은 자유로
  울 수 없다. [Theodore Roosevelt]
- 입에 맛있는 음식은 모두가 창자를
  짓무르게 하고 뼈를 썩게 하는 나쁜

약임으로 실컷 먹지 말고 5분쯤에 멈추면 재앙이 없으리라. 마음에 쾌한 일은 모두 몸을 망치고 덕을 잃게 하는 중매이므로 너무 탐닉하지 말고, 5분쯤 후에 멈추면 뉘우침이 없으리라.　　　　　　[홍자성洪自誠]

- 지붕을 성기게 이으면 비가 새는 것처럼 마음을 조심해 가지지 않으면 탐욕은 곧 이것을 뚫는다.

　　　　　　　　　　[법구경法句經]

- 집착을 버려라. 그러면 세상에서 가장 부유한 사람이 될 것이다.

　　　　　　　　　　[Cervantes]

- 탐욕 때문에 모든 덕이 빛을 잃었다. 그러나 실은 그 하나의 악이 다른 모든 덕보다 세었다.　　[Plutarchos]

- 탐욕스런 자는 기대어 오는 사람에게 등을 돌린다.　　[Menandros]

- 탐욕에서 근심이 생기고, 탐욕에서 두려움이 생긴다. 탐욕에서 벗어나면 무엇이 근심이며, 무엇이 두려움이랴.　　　　　[법구경法句經]

- 탐욕은 가방을 싸게 만든다.

　　　　　[Miguel de Cervantes]

- 탐욕은 결코 만족에 이룰 수 없는 욕구를 충족시키려는 끝없는 노력 속에서 개인을 탕진시키는 바닥없는 항아리다.　　[Erich Fromm]

- 탐욕은 굴종처럼 사람들을 어리석게 만든다.　　　[Erich Fromm]

- 탐욕은 그것에 빠진 자를 기억한다.

　　　　　　　　[Menandros]

- 탐욕은 기다린 기쁨과 지나간 기쁨을 가지고 논다.　　[Goethe]

- 탐욕은 낭비를 부르고 낭비는 구걸을 낳으며, 구걸은 착한 남편과 그의 아내를 싸우게 한다. [John Ray]

- 탐욕은 얻은 것을 다 삼키고 입만을 더 크게 벌리는 것, 제아무리 큰 은혜를 받을지라도 탐욕의 갈증은 더해만 가니, 그 누가 끝없는 욕망을 제어하랴? 겁내어 탄식하며 자기를 가난하고 불행하게 여기는 자는 결코 부자로는 살아보지 못하리라.

　　　　　　　　[Boethius]

- 탐욕은 일체를 얻고자 욕심내어서 도리어 모든 것을 잃어버린다.

　　　　　　　[Montaigne]

- 탐욕은 항상 만족에 도달하지 못하고, 끝까지 욕구를 만족시키려는 무한한 노력 속에서 개인을 탕진시키는 바닥없는 항아리이다.

　　　　　　　[Erich Fromm]

- 탐욕은 항상 제한된 시간 안에서 어떤 특기할 만한 결과를 추구하고 있다.　　　　　[R. Tagore]

- 탐욕을 제거하자면, 먼저 그 어미가 되는 사치를 제거해야 한다.

　　　　　　　[Kierkegaard]

- 탐욕이 많은 사람은 금을 나눠줘도

옥을 얻지 못함을 한하고, 공公에 봉사해도 제후가 못됨을 불평한다.

[홍자성洪自誠]

● 탐욕이 많은 자는 천성이 얕아 일체의 편견과 집착이 모두 이 욕망에서 나오기 때문이다. 그래서 우리가 차별성을 제거하자면 먼저 탐내고 선택하는 마음을 버려야 하며, 이러한 마음을 버리자면, 곧 잊는 공부를 해야 한다.

[장기윤]

● 탐욕이란, 우리로 하여금 이승에서 무한성을 추구하게 함으로써 오류와 최악의 유일한 원인이 되는 것이다.

[Simone Weil]

| 태만怠慢 |

● 게으른 사람이 이 세상에서 성공한 예는 하나도 없다. 왜냐하면 게으름과 졸음은 이미 반죽음이 된 상태나 조금도 다름이 없기 때문이다.

[경행록景行錄]

● 게으른 자는 장침과 단침이 없는 시계와 같다. 가령 움직이기 시작해도 서 있을 때와 같이 아무 소용이 없다.

[William Cooper]

● 게으름 피우지 말고 나태하지 말며, 일을 미루지 마라. 오늘 할 수 있는 일을 내일로 미루지 마라.

[Chesterfield]

● 고기가 썩으면 구더기가 생기고, 생선이 마르면 좀벌레가 생긴다. 태만함으로써 자신을 잊는다면, 재앙이 곧 닥칠 것이다.

[순자荀子]

● 근심 걱정은 태만에서 샘솟고, 쓰라린 노고는 불필요한 안일에서 생긴다.

[Benjamin Franklin]

● 무위는 모든 불결의 어머니다. 그러나 부덕은 모든 예술의 아버지다.

[Paul Morand]

● 물이 흐르지 않으면 썩듯이, 태만은 둔한 몸을 쇠약하게 만든다.

[D. N. Ovidius]

● 우리들이 해야 할 많은 일이 없는 한, 태만을 완전히 즐길 수는 없다.

[Jerome]

● 자기의 일을 게을리하는 자는 남의 물건을 빼앗는 것보다 더 나쁘다. 왜냐하면 그런 사람은 자기 일을 게을리하여 다하지 못한 일을, 결과적으로 남이 해주기 마련이기 때문이다. 이런 자야말로 스스로 일하여 벌어먹으려 하지 않고 남이 부양해 주기를 강제하는 사람이다. [R. Tagore]

● 태만은 가난의 어머니이다.

[서양 격언]

● 태만은 모든 악의 원천이요, 근본이다.

[Francis Bacon]

● 태만은 심약心弱의 피난처에 지나지 않는다.

[Chesterfield]

● 태만은 모든 악덕의 어머니이다.
[서양 격언]
● 태만은 천천히 움직임으로 가난이
곧 따라잡는다. [Benjamin Franklin]
● 태만을 즐기고 있을 때는 태만함을
느끼지 못한다. [가스가 센안]
● 태만한 자의 머리는 악마의 작업장
이다. [속담]

| 턱수염 |

● 수염이 지혜의 척도라면, 염소는 플
라톤에 견줄 만하다. [Lukianos]

| 토론討論 |

● 내가 논쟁을 싫어하는 이유는 항상
토론을 방해하기 때문이다.
[G. K. Chesterton]
● 모든 것에 관하여, 정확히 상반되는
두 가지 주장을 할 수 있다.
[Protagoras]
● 지나치게 토론하려다 진리를 잃고
만다. [Publius Syrus]
● 토론은 반대를 일깨우고 모든 것은
의심으로 끝난다.
[Xavier de Maistre]
● 토론은 진리를 거르는 체이다.
[Stefano Goisot]
● 토론의 목적은 승리하는 데에 있지

않고 더 나아지는 데에 있다.
[Joseph Joubert]

| 통치統治 |

● 가장 잘 통치할 수 있는 자가 통치
해야 한다. [Aristotelrs]
● 거대한 왕국을 다스리기 위해서는
작은 물고기를 굽는 자를 따라 해야
한다. [노자老子]
● 국가를 잃게 되는 것은 우유부단함
때문이다. [Voltaire]
● 국민이 그들이 통치하고 있다고 믿
도록 하면서 그들을 통치하라.
[William Penn]
● 머리로 사람을 다스린다. 선한 마음
으로 장기를 두지는 않기 때문이다.
[Nichora Sangfor]
● 백성을 만족시키면서 위인들을 절
망시키지 않는 것, 이것이야말로 통
치할 줄 아는 자들의 금언이다.
[Machiavelli]
● 사람들을 다스리기를 원한다면, 그
들을 자기 앞에서 쫓아내 버리면 안
되고, 그들을 따라가야 한다.
[Montesquieu]
● 열정으로 통치하긴 하지만, 결코 현
명하게 통치하지는 못한다.
[Benjamin Franklin]
● 왕국의 날카롭고 예리한 무기를 국

민에게 보여서는 안 된다. 　[노자]
- 요임금과 순임금의 도가 있다 해도, 인정仁政을 행하지 않으면 천하를 편안하게 다스릴 수 없다. [맹자孟子]
- 인간은 너무 많은 지식을 갖고 있어서 통치하기 어렵다. 　[노자老子]
- 임금은 임금답고, 신하는 신하다우며, 부모는 부모답고, 자식은 자식다워야 한다. 　[논어論語]
- 통치의 기술은 선택의 기술이다. 　[Girardin 부인]
- 통치한다는 것은 예견하는 것이다. 　[Emile de Grardin]

| 퇴로退路 |

- 간악한 사람을 물리치고 망령된 무리를 막으려면, 한 줄기 달아날 길을 열어주어야 한다. 만일 그들로 하여금 한 곳도 몸 둘 곳을 없게 하면 이는 쥐구멍을 막음과 같다. 달아날 길을 모두 막으면 소중한 기물을 다 물어뜯을 것이다. 　[채근담菜根譚]
- 나아갈 때 문득 물러섬을 생각하면 울타리에 걸리는 재앙을 면할 것이요, 손 붙일 때 문득 손 뗄 일을 도모하면 호랑이를 타는 위태로움도 벗어날 것이다. 　[홍자성洪自誠]
- 일을 사양하고 물러서려거든 그 전성全盛의 때를 택하고, 몸 둘 곳을

택하려거든 뒤로 떨어진 자리를 택하라. 　[채근담菜根譚]

| 투자投資 |

- 백배의 보상을 받을 확률이 10%라면 매번 베팅을 해야 한다. 　[Jeff Bezos]
- 사람들은 더 이상 돈이 벌리지 않는 곳에 투자하기 때문에 실패한다. 1달러를 투자한다면 적어도 2달러가 들어와야 한다. 　[Simon Angelo]
- 중요한 것은 당신이 옳고 그름이 아니라 당신이 옳았을 때 얼마나 많은 돈을 벌고 틀렸을 때 얼마나 잃었나 하는 것이다. 　[George Soros]
- 지식에 대한 투자는 최고의 이자를 지불한다. 　[Benjamin Franklin]

| 투쟁鬪爭 |

- 살 것, 많은 야망을 가질 것, 괴로워하고, 울고, 싸우고, 그리고 최후에는 마치 내가 결코 존재하지 않았던 것처럼 다 잊을 것이다. 　[바스키르체프]
- 우리가 좋아하는 것은 싸움이지 승리가 아니다. 　[Pascal]
- 우리는 하기 힘든 일, 들어올리기 힘든 짐을 가졌다. 이 투쟁을 피하

지 말라. 대항하라. 그것은 신의 선
물이다.　　　　　[M. Babcock]

- 잃을 것이 전혀 없는 자와 맞서 싸우
는 것은 언제나 불리하다.
　　　　　[Francesco Guicciardini]
- 투쟁은 우주의 아버지이며 임금이
다. 투쟁이 신들과 인간들을 창조하
였고, 한쪽은 종으로 다른 한쪽은 자
유인으로 만들었다.　　　[Herakleitos]

| 투표投票 |

- 가장 공약公約이 적은 후보자에게
투표하는 것이 좋다. 실망하는 일도
가장 적을 테니까.　　[아트 링크레타]
- 선거란, 누구를 뽑기 위해서가 아니
라, 누구를 뽑지 않기 위해서 투표
하는 것이다.　[Franklin P. Adams]
- 투표는 총알보다도 강하다.
　　　　　[Abraham Lincoln]

{ 표 }

| 파렴치破廉恥 |

- 왕좌에서 개를 쫓아내면, 개는 설교
자 연단에 올라간다.　[La Bruyere]
- 파렴치한은 영광 없는 왕국과도 같
다.　　　　　[Talmud]
- 파렴치한은 자신의 일만 해결된다
면 경멸도 감당한다.　　[Platon]

| 파벌派閥 |

- 이미 권력을 잡고 있는 고위직 인물
이라면 특정 파당에 가담치 않고 중
립적 위치를 견지함이 좋다.
　　　　　[Francis Bacon]

| 파산破産 |

- 아무것도 아닌 자가 되느니, 파산자
가 되는 편이 더 낫다.　[Sangfor]
- 파산의 공포로부터 벗어나는 확실
한 방법은 빨리 이루고자 하는 개인
적 욕구를 적당히 억누르고, 투자한
자본에 걸맞은 이익에 만족하는 것
이다.　　　　[Walter Powell]

| 판결判決 |

● 유죄 판결을 받은 자의 목소리는 들리기는 하지만, 그의 말은 아무 소용이 없다.　　　　[Publius Syrus]

● 잘못된 판결은 수많은 나쁜 선례보다 더 많은 고통을 준다. 나쁜 선례는 시냇물만 썩게 하지만, 잘못된 판결은 원천을 썩게 만들기 때문이다.
　　　　　　　　　[Francis Bacon]

● 판결은 자와 직각자로 내려져야 한다.　　　　　　　　[Theognis]

| 판단判斷 |

● 대부분의 사람들은 인간을 평판이나 재산으로만 판별한다.
　　　[Francois de La Rochefoucauld]

● 모든 사람이 자신의 기억력을 한탄하지만, 자신의 판단력을 한탄하는 사람은 아무도 없다.
　　　[Francois de La Rochefoucauld]

● 분별력 다음으로 이 세상에 드문 것이 바로 다이아몬드와 진주이다.
　　　　　　　　　[La Bruyere]

● 사람들은 생각으로는 종종 어리석을 때가 있으나, 판단으로는 결코 어리석지 않다.　[F. La Rochefoucauld]

● 사람들은 자신의 일보다는 남의 일을 더 잘 판단한다. [Terentius Afer]

● 순간의 판단이 때로 평생의 경험과 맞먹는다.　　　　[O. W. Holmes]

● 시경詩經 300편을 막힘없이 암송하고 있다 할지라도, 정치를 맡김에 있어 자신의 임무를 다하지 못하고 외국에 사신으로 파견해도 담판을 짓지 못한다면, 아무리 많이 외운들 무슨 소용이 있겠는가.　[논어論語]

● 시고, 달고, 짜고, 싱거운 맛을 자기의 입으로 판단하지 않고 주방장에게 결정을 내리게 하면, 곧 요리사는 임금을 가벼이 여기고 주방장을 중히 여길 것이다. 임금이 친히 보고 듣지 않고 신하들에게 판단을 내리게 하면, 신하들은 나라에 붙어먹고 사는 자로 전락하기 마련이다.
　　　　　　　　　[한비자韓非子]

● 악당들은 정직한 사람들을 못된 사람이라고 생각한다.　[Menandros]

● 양쪽 말을 다 듣기에 앞서 판단을 내리지 말라.　　　[Phokylides]

● 우리가 이 나라에서 말로 하지 못할 정도로 귀중한 것 세 가지를 가지고 있는 것은 하느님의 덕이다. 그것은 언론의 자유, 양심의 자유, 그 둘 중 아무것도 실천하지 않는 분별력이다.　　　　　　[Mark Twain]

● 우리는 자신이 할 수 있다고 느끼는 것에 의해 자기 자신을 판단한다. 반면에 다른 사람들은 우리가 이미

한 것에 의해 우리를 판단한다.

[Henry Wordsworth Longfellow]

- 우리의 판단은 손목시계와 같다. 저마다 시간이 다 달라도 자기 것이 맞는다고 믿는다.　[Alexander Pope]
- 인간의 판단은 운명이 기대는 쪽으로 기울어진다.　[G. Chapman]
- 자기 멋대로의 저울 눈금으로 자신을 저울질하지 말고, 분별 있는 판단이 자기 시비의 표준이 되도록 하라.

[T. Brown]

- 자신의 판단 속에도 얼마나 많은 모순이 내포되어 있는가, 또한 이제까지는 자신의 신앙조항이었던 것이 오늘에는 하찮은 잠꼬대로 변해 있지 않은가를 인간은 상기할 필요가 있는 것이다.　[Montaigne]
- 재치 있게 지껄일 수 있는 위트도 없고, 그렇다고 해서 침묵을 지킬 만큼의 분별력도 가지지 못한다는 것은 커다란 불행인 것이다. [La Bruyere]
- 조급히 판단하는 자는 후회를 재촉한다.　[Publius Syrus]
- 칼이 펜을 무디게 한 적은 단 한 번도 없었고, 등불이 칼을 무디게 한 적도 없었다.　[M. de Cervantes]
- 판단력 없는 사람보다는 차라리 재갈 없는 말을 신뢰해야 한다.

[Theophrastos]

- 판단력은 인간 안에 있는 최고의 것

이고, 판단의 오류는 최악의 것이다.

[Theognis]

- 판단에 오류가 없다면 기억력이 나쁜 것은 전혀 문제가 되지 않는다.

[Johann Wolfgang Goethe]

- 펜을 쥔 자는 싸움을 치른다.

[Voltaire]

| 패션 |

- 나의 패션 취향은 간지럽지 않은 것이 기본이다.　[Gilda Radner]
- 이 패션은 뒤틀어진 도둑이로구나.

[William Shakespeare]

- 패션은 건축과 같다. 비율의 문제이다.　[Gabriel Coco Chanel]
- 패션은 변하지만 스타일은 남는다.

[Gabriel Coco Chanel]

- 패션이란 결코 새로운 것이 없고, 다 헌 것이다.　[Geoffrey Chaucer]

| 편견偏見 |

- 나는 정직해지겠다고는 약속할 수 있으나, 치우치지 않겠다고는 약속할 수 없다.

[Johann Wolfgang Goethe]

- 모든 사람이 같은 것을 보더라도 똑같이 이해하지는 않는다. 지성은 이를 식별하고 음미하는 혀다.

- 우리 모두가 편견을 비난함에도 불구하고, 아직은 모두가 편견을 가지고 있다. [H. Spencer]
- 이성이나 판단력은 천천히 얻어지지만, 편견은 무리를 지어 온다. [Jean-Jacques Rousseau]
- 이성이 아내라면, 우리의 편견은 첩이다. [Chesterfield]
- 조국을 한 번도 떠나보지 않은 자는 편견으로 가득 차있다. [Carlo Goldoni]
- 편견에 대한 믿음이 세상에서는 양식으로 통한다. [Helvetius]
- 편견은 대중의 왕이다. [Voltaire]
- 편견은 모든 판단을 배제시키기에 해롭다. [Publius Syrus]
- 편견은 무지의 자식이다. [W. Hazlitt]
- 편견은 어리석은 자들의 논거이다. [Voltaire]
- 편견을 문밖으로 쫓아버리면 창문을 통해 되돌아온다. [Frederic II]
- 편견을 버린다는 것은, 그것이 언제일지라도 결코 늦지 않다. [H. D. Dorrough]

| 편지便紙 |

- 마음이 정신을 이끌 때 말을 잘하게 된다. [Mme Tancin]

- 사람은 최후의 편지에 진실한 것과 진실이라고 믿는 것만 말한다. [J. Vannes]
- 아무 일도 일어나지 않았다면, 편지로 말해라. [Marcus Tullius Cicero]
- 여자는 편지의 추신 외에는 본심을 쓰지 않는다. [Richard Steel]
- 연애편지 ― 청년은 급히 읽고, 중년은 천천히 읽고, 노인은 다시 읽는다. [Abbe Prevost]
- 편지는 글로 된 대화이다. [Bslthasar Grasian]
- 편지는 받아 들었을 땐 희망, 읽었을 땐 실망. [Abbe Prevost]
- 편지는 종이에 적은 대화이다. [Gracian y Morales]
- 편지란, 으레 고약한 법, 그보다도 편지엔 진실이 있어야 하오. [Bertrant Russell]
- 편지를 쓰지 않으면 답장을 받을 일이 없다. [Sterdam]
- 편지에서는 사람들은 부끄러워하지 않는다. [M. T. Cicero]
- 한 줄의 편지에 천 방울 눈물, 겨울 옷 추위 먼저 그대 찾아갔나요. [진옥란陳玉蘭]

| 평가評價 |

- 남의 가치를 지나치게 높게 평가하

면 실수를 자주 하지만, 남의 가치를 낮게 평가하면 실수를 거의 하지 않는다. [Stanisfaw I]

- 누군가를 존경한다는 것은 그를 자신과 동등하게 보는 것이다. [La Bruyere]
- 사람들의 존경을 얻기 위해서 그들보다 훨씬 존경받을 만한 사람이 되어야 한다. [데오도르 주프르아]
- 사람들의 존경이 돈보다 훨씬 확실한 재산이다. [Publius Syrus]
- 사람은 제 뜻대로 사랑받기는 힘들지만, 언제든 존경받을 수는 있다. [Fontenelle]
- 존경은 유명세보다 훨씬 낫고, 인정받는 것이 명성보다 낫다. [Nichora Sangfor]

| 평등平等과 불평등不平等 |

- 같은 교육을 받은 사람들 사이에서만 평등이 있다. [Claude Farrere]
- 개선 가능성은 사람들 사이에 차이를 드러내는 능력이다. [Necker 부인]
- 권력의 평등이라는 것은 갖가지 형태에서의 어느 한쪽의 특권, 다른 한쪽의 차별이 배제되는 것입니다. [John Paul II]
- 그 어떠한 사람도 타인의 평등한 권리를 침해할 생득적生得的인 권리는 없다. [Thomas Jefferson]
- 그 어떠한 경제적 평등도 생물학적인 평등의 작용을 초월할 수는 없다. [Herbert Hoover]
- 꿈이 평등하므로 도道도 평등하다. [한유韓愈]
- 나는 모든 인간은 평등하다고 선동적으로 선언하는 사람들을 비난한다. 나는 인간은 가치에 있어서 평등하지 않다는 사실을 알 수 있다. [Erich Fromm]
- 다섯 손가락이 다 똑같지 않다. [자마카리]
- 만인은 평등하게 창조되었고, 하느님으로부터 타고난 양도할 수 없는 권리를 받았다. 그러기에 생명과 자유와 행복의 추구를 자명한 진리라고 확신한다. [Thomas Jefferson]
- 만인이 법 앞에 평등한 국가만이 안전된 국가이다. [Arisoteles]
- 모든 인간은 평등하게 만들어졌다. 또한 모든 인간은 창조주에 의해서 누구에게도 양보할 수 없는 일정한 권리가 부여되었다. [Thomas Jefferson]
- 모든 인간의 평등한 권리는 공기를 호흡하는 평등한 권리나 마찬가지로 명백한 것이다. [Henry George]
- 모든 인간이 어떠한 의미에 있어서도, 또 어떠한 때에도 자유스럽고 또

평등하다는 교의敎義는 전연 근거 없는 픽션이다.   [Thomas Huxley]

- 모든 인간이 평등하다는 것은 평상시 제정신인 사람이라면 동의하지 않을 주장이다.   [Aldous Huxley]
- 모든 점에서 인간이 평등하다고 생각하는 사람들 중에서 민주주의는 생겨난다.   [Aristoteles]
- 불생불멸의 법이 평등이다.

[방등경方等經]

- 사람과 사람 사이만큼이나 짐승과 짐승 사이에도 큰 차이가 없다.

[Plutarchos]

- 사람이 다른 사람과 동등할 수 없으나 언제나 비슷하다.

[Louis de bonal]

- 사회는 재산의 불평등 없이는 성립되지 않는다. 재산의 불평등은 종교 없이는 성립되지 않는다.

[Napoleon I]

- 사회적인 평등은 불평등을 무찌를 것입니다. 영국의 귀족적인 것이건, 국내의 노예제도의 것이건 간에 무찔러지고야 말 것입니다.

[A. Lincoln]

- 서로에게 모든 것을 줄 때 평등한 거래가 된다. 각자가 모든 것을 얻게 된다.   [Lois Master Bujold]
- 신 앞에서는 우리들은 똑같이 현명하기도 하고, 똑같이 어리석기도 하다.

[Albert Einstein]

- 여자는 너와 같이 동등하게까지 만들지 말라. 그렇게 되면, 너는 곧 그 여자의 궁둥이 밑에 깔릴 것이기 때문이다.   [Immanuel Kant]
- 우리들은 죽음의 순간에 있어서는 모두 평등하다.   [Publius Syrus]
- 유일하고도 안정된 국가는 모든 국민이 법 앞에서 평등한 국가이다.

[Aristoteles]

- 인간은 결코 불평 없이 재산이나 권리를 분배할 수는 없다.

[Dostoevsky]

- 인간은 교회 앞에서 평등하고, 국가 앞에서 평등한 것처럼, 서로가 모든 인간 앞에서 평등하다.

[Ralph Waldo Emerson]

- 인간은 원래 불평등하게 태어났다. 그러기 때문에 그들을 평등하게 다루려고 해도 그것은 무익하다.

[Sigmund Freud]

- 인간은 평등 속에서 태어나지만 그 안에 머물 줄을 모른다.

[Montesquieau]

- 인간은 평등하다. 그러나 태생이 아닌 미덕이 차이를 만든다.

[Voltaire]

- 인생이란 공평하지 않다. 이 사실에 익숙해져라.   [Bill Gates]
- 자연은 그 어떤 것도 대등하게 만들

지 않았다. 그 최고의 법은 종속과 독립이다. [Vauvenargues]

- 정의로운 것을 평등이라 부른다. 그러나 평등한 것이 정의는 아니다.
  [Ralph Waldo Emerson]
- 천지가 만물을 양육養育함은 평등하다. 높은 자리에 있다고 해서 잘난 체해도 안 되며, 남보다 낮은 데 있다고 해서 못난 체해도 안 된다.
  [장자莊子]
- 친구들끼리는 완전한 평등 속에서 산다. 이 평등은 우선 첫째로, 그들이 서로 만났을 때에 사회상의 모든 상위를 잊는다는 사실로부터 생긴다. [Pierre Bonnard]
- 평등은 공정의 제1의 요소이다.
  [Montesquieu]
- 평등은 말로만 존재할 뿐이다.
  [Euripides]
- 평등은 모든 선의 근원이며, 극도의 불평등은 모든 악의 근원이다.
  [Robespierre]
- 평등은 민주주의의 중요한 원리이다.
  [Edward Bellamy]
- 평등은 빈부귀천을 가리지 않는 양식이다. [아함경阿含經]
- 평등은 사랑의 가장 굳은 끈이다.
  [Gotthold Lessing]
- 평등은 인도人道의 신성한 법칙이다.
  [Friedrich Schiller]

- 평등은 제 이름과 다른 삶을 살아가고 있다. [Euripides]
- 평등의 결점은 우리가 그것을 우리의 손윗사람에게만 바란다는 것이다. [Henry Francois Becque]
- 평등, 이것은 자격 없는 자들의 유토피아이다. [Girardin부인]
- 평등이 어려운 것은 우리가 우리보다 나은 자들하고만 평등해지기를 바라기 때문이다. [Henry Becque]
- 평등이란, 자기와 마찬가지로 다른 사람에게도 같은 기회와 권리를 부여하는 일이다. [Walter Whitman]
- 평등이란, 하잘것없는 인간의 유토피아이다. [Girardin 부인]
- 평등주의자는 그들 자신의 수준까지 남을 끌어올릴 것을 바라지만, 그들 자신 이상으로 끌어올리려고는 하지 않는다. [Sammuel Johnson]
- 평범한 이들은 사람들 사이의 차이를 발견하지 못한다. [Pascal]
- 한 곳이 있다. ― 묘 잔디 밑, 그곳에서는 만인이 시체로서 평등해진다. 또 다른 곳이 있다. ― 신의 성전, 그곳에서는 살아 숨 쉬는 사람 모두가 평등하다. [T. Hood]
- 한 사람이 백 사람의 가치가 있고, 백 사람이 한 사람만 못하다.
  [블레즈 드 몽뤽]

| 평범平凡한 사람 |

- 범인凡人은 제 갈 길을 간다.
  [A. P. Du Tremblant]
- 세상은 범인凡人들의 공화국이다.
  [Thomas Carlyle]
- 시시한 자들은 자신의 주위에 일어나는 모든 것을 비난한다.
  [F. La Rochefoucauld]
- 자신은 평범하지 않다고 생각하는 것이 평범한 사람의 특징이다.
  [Daniel d'Arc]
- 작은 시냇물은 깊지 않기 때문에 물속까지 환히 들여다보인다.
  [Voltaire]
- 초라한 자가 굽신거리기까지 한다.
  [Beaumarchais]
- 평범한 사람들에게는 보통이 최고이다.
  [Joseph Joubert]
- 평범한 사람은 항상 감탄하기를 꺼려하고 칭찬하는 데에도 인색하다.
  [Joseph de Mestre]
- 항상 적당히 남을 칭찬하는 것은 자신이 평범한 사람임을 드러내는 것이다.
  [Vauvenargues]

| 평판評判 |

- 나쁜 상처는 고칠 수 있지만, 나쁜 평판은 고칠 수 없다.
  [George Herbert]
- 나쁜 평판은 바다까지 가지만, 좋은 평판은 문지방을 넘지 못한다.
  [L. F. 소베]
- 나쁜 평판은 짐이다. 이 짐은 내려놓기에는 가볍고, 지고 있자니 무겁고, 어디에 맡기기도 어렵다. [Hesiodos]
- 당신이 가질 수 있는 보물 중 좋은 평판을 최고의 보물로 생각하라. 명성은 불과 같아서 일단 불을 붙이면 그 불꽃을 유지하기가 비교적 쉽지만, 꺼뜨리고 나면 다시 그 불을 살리기가 지난하기 때문이다. 좋은 평판을 쌓는 방법은 당신이 보여주고 싶은 모습을 갖추기 위해 노력하는 것이다. [Socrates]
- 세상에 평판에 오르기보다 못한 일이란 하나뿐인데, 그것은 평판에 오르지 않는다는 일이다.
  [Oscar Wilde]
- 양심과 평판은 각기 다르다. 양심은 자기 자신에게서 기인하지만, 평판은 이웃으로부터 생겨난다.
  [St. Augustinus]
- 우리는 늑대가 죄가 있든 없든 비난한다. [St. Xenobius]
- 평판은 점점 커지는 거울과 같다.
  [Thomas Fuller]
- 평판을 무시하는 것을 후안무치라고 한다. [Thomas Hobbes]

935

- 평판이 나쁜 자는 이미 절반은 목이 매달린 셈이다. [J. Heywood]
- 평판이라는 폭군은 우리가 겪는 어떤 폭군보다도 더 지독하다.

    [Herbert Spencer]
- 한번 평판이 나빠지면 우물은 절대로 좋은 평가를 받지 못한다.

    [P. 수이에]

| 평화平和 |

- 검을 팔아 소를 사고, 칼을 팔아 송아지를 산다. [십팔사략十八史略]
- 기旗를 들고 축하하라고 했지만, 아무도 그렇게는 하지 않았다. …전쟁은 끝났어도 평화는 시작되지 않은 것이다. [Jean Paul Sartre]
- 나는 정의의 싸움보다도 사악한 평화일지라도 그것을 좋아한다.

    [Marcus Tillius Cicero]
- 너희가 평화를 구하려면, 그것은 새로운 싸움의 준비로서의 그것이지 않으면 안 된다. 긴 평화보다도 짧은 평화를 구하라.

    [Friedrich Nietzcshe]
- 노동 가운데 평화가 깃들고, 노고 가운데 안식이 깃든다. [Fontenelle]
- 농부는 평화를 사랑하는 것이 아니라 싸움에 지쳐 있기 때문에 평화롭게 보일 따름이다. [이어령]

- 단순한 전쟁의 부재가 평화는 아니다. [John F. Kennedy]
- 두 가지 평화로운 폭력이 있다. 즉 법률과 예의범절이 그것이다.

    [Johann Wolfgang von Goethe]
- 만일 평화가 명예에 의해서 유지될 수 없다면, 그것은 이미 평화가 아니다. [Bertrant Russell]
- 법에 따라 공정하게 일을 보면 상하가 모두 평화롭다. [사기史記]
- 법의 목적은 평화, 이에 이르는 수단은 투쟁이다. [Rudolf Jhering]
- 불쾌한 평화는 전쟁보다 해롭다.

    [Tachitus]
- 사랑할 때는 마음의 평화가 있을 수 없다. 자기가 확보한 이점도 더한 욕망의 새로운 출발점 이외엔 아무것도 아니기 때문이다. [Marcel Proust]
- 손에 칼을 쥐고 평화를 이루는 것이 가장 안전하다. [Parker]
- 숨 쉬는 자는 고통이 있고, 생각하는 자는 비통이 있다. 평화는 오직 태어나지 않은 자에게만 있을 뿐이다.

    [M. Freyer]
- 승리 없는 평화이어야 한다.

    [Woodrow Wilson]
- 어느 한 나라의 평화도 다른 나라의 평화 없이 보증될 수 없다. 서로 결합된 이 좁은 세상에서는 전쟁도, 평화도, 자유도 연대하고 있는

것이다. [Jawaharlal Nehru]

- 왕이든 백성이든, 자기 가정에서 평화를 찾아내는 자가 가장 행복한 인간이다. [Goethe]
- 외교관계를 유지하는 이유는 양방에 인사를 나누기 위해서가 아니라 평화를 확보해 두기 위해서다. [Winston Churchill]
- 우선 내 마음속의 평화를 지켜라. 그러면 다른 사람에게도 평화를 가져다줄 수 있다. [Thomas A Kempis]
- 으뜸가는 근본적 자연법칙은 평화를 추구하고 따르는 것이다. [Thomas Hobbes]
- 인류에게서 애국주의자를 없앨 때까지는 평화로운 세계는 오지 않는다. [George Bernard Shaw]
- 장래에 기대하는 승리보다 지금 확실한 평화가 낫다. [Titus Livius]
- 적끼리의 평화는 오래가지 않는다. [Andrea de Chenier]
- 전쟁에서는 강자가 약자라는 노예를, 평화 시에는 부자가 가난한 자라는 노예를 만든다. [Oscar Wilde]
- 전쟁의 준비를 하는 것만이 평화의 준비를 할 수 있다고 하는 것은 통탄할 사실이다. [John F. Kennedy]
- 전쟁 준비는 평화를 지키는 가장 유효한 수단의 하나이다. [George Washington]

- 진정한 평화의 기초가 되어야 하는 것은 정의이다. [John Paul II]
- 천국의 평화란, 진정 정의롭고 자비로운 전쟁에서 칼을 드는 자들의 것이다. [Shakespeare]
- 천하가 태평하고 평화로울 때 전쟁을 잊고 준비하지 않으면 위기를 맞을 수밖에 없다. [사마병법司馬兵法]
- 타협에 의한 평화는 오래가지 않는다. [George Bernard Shaw]
- 평화가 오면 국민은 행복해지고 사람들은 나약해진다. [Vauvenargues]
- 평화가 올 것인지, 오지 않을 것인지의 문제는 개개인의 마음가짐에 따라서, 모든 국민의 마음 자세에 의해 이루어진다. [Albert Schweitzer]
- 평화가 이루어지면 이해타산으로 평화를 유지해야 한다. [Oliver Cromwell]
- 평화는 나라를 길러주는 유모이다. [Hesiodos]
- 평화는 단지 전쟁이 없는 상태가 아닌, 마음의 상태, 자비, 신뢰, 정의에서 비롯되는 미덕이다. [B. Spinoza]
- 평화는 민족들을 더욱 행복하게 하지만 사람들은 더욱 나약하게 만든다. [Vauvenargues]
- 평화는 세상의 모든 축복 중에서 가장 가치 있는 것이다.

[Samuel Coleridge]

● 평화는 예술의 보모이다.

[Shakespeare]

● 평화는 우리의 참된 목표다. 평화 앞에서는 다른 모든 노력은 그 광택을 잃는다.　[John F. Kennedy]

● 평화는 이상이다. 평화는 다시 말할 필요도 없이 복잡한 것, 불안한 것, 위협당하고 있는 것이다.

[Hermann Hesse]

● 평화는 일종의 포화상태다. 포화상태가 오래 계속됨에 따라 우리는 그 포화에 일종의 권태를 느끼지 않을 수 없게 되었다.　　　[정비석]

● 평화는 탐욕에 대항하는 힘의 잠재적인 암묵리의 도덕적 승리다.

[Paul Valery]

● 평화는 항상 아름답다.

[Walter Whitman]

● 평화는 항상 체득되어야 하는 것입니다. 그러므로 평화를 지향한 실습이 행해져야만 합니다.

[John Paul II]

● 평화는 헌장이나 동맹만으로 유지되지 않는다. 그것은 사람들의 마음속에 뿌리를 내려야 한다.

[John F. Kennedy]

● 평화는 힘으로 유지될 수 없다. 그것은 이해에 의해서 달성될 수 있을 뿐이다.　　　[Albert Einstein]

● 평화—두 개의 전쟁의 시기 사이에 개재하는, 서로 속이는 시기.

[Ambrose Bierce]

● 평화란, 싸움이 없는 것이 아니고, 그것은 영혼의 힘으로부터 생기는 미덕이다.　　　　[Spinoza]

● 평화를 사랑하는 사람들이 평화를 거부하는 일은 거의 없다.

[Friedrich Shiller]

● 평화를 얻으려고 하면 전쟁을 준비하라.　　　　[L. A. Seneca]

● 평화를 위해서가 아니면 싸우지 않는다.　　　[Thomas Macaulay]

● 평화를 유지하는 최선책은 전쟁 발발 당사자가 자기를 교수형에 합당한 자라고 느끼는 일이다.

[Thomas Carlyle]

● 평화를 이룩하였으면 그 이자로 평화를 유지해야 한다.

[Oliver Cromwell]

● 평화를 지향하는 전쟁은 굉장히 좋다. 새로운 전쟁을 초래하는 평화는 대단히 나쁘다.　[Friedrich Logau]

● 평화에 대한 보다 끈질긴 위협은 하나의 커다란 원자력 전쟁이 아니고 일련의 소규모적인 전쟁이다.

[John F. Kennedy]

● 평화와 명상이 있는 곳에는 불안도 의심도 없다.　　　[Francesco]

● 평화의 비결은 행복을 기대하지 않

는 데 있다. [A. 크라이더]

- 혁명가는 무덤 속에서만 평화를 발견한다. [L. A. Saint-Just]

| 포기하지 마라 |

- 도끼머리가 빠졌다고 도낏자루를 버리지 마라. [Jean A. de Baif]
- 포기하지 마라, 포기하지 마라, 결코 포기하지 마라! Never give up. [W. L. B. Churchill]
- 포기하지 마세요. 힘을 내세요. 다시 시작하세요. 나는 언제까지든지 당신 곁에 있을 거예요. [Ford의 아내]
- 포기하지 않는 것도 실력이다. [Ferguson]

| 포도주 |

- 디오니소스와 아프로디테는 친하고 잘 어울린다. [Aristoteles]
- 30년 지기 친구, 15년 키운 딸, 그리고 1년 익힌 술. [A. de Montreux]
- 술의 열기가 영혼에 미치는 영향은 불이 향에 미치는 영향과 같다. [Plutarchos]
- 인간은 포도주 덕분에 갈증이 나지 않아도 술을 마시는 유일한 동물이 되었다. [G. S. Plinius]
- 좋은 포도주는 좋은 자극제가 된다. [Antoin Houdin]
- 태양과 달이 창공에서 빛난 이래로 사람들은 포도주보다 더 좋은 것을 알지 못했다. [Omar Khyyam]
- 포도주가 들어오면 이성理性이 나간다. [Talmud]
- 포도주가 실제로 만들어내는 것은 아무것도 없다. 그저 말만 많이 하게 할 뿐이다. [Friedrich Shiller]
- 포도주는 근심을 흐리게 만든다. [Anacreon]
- 포도주는 배신자이다. 처음에는 친구였다가 이내 적이 된다. [Thomas Fuller]
- 포도주 없이는 더 이상 사랑도 없고, 인간을 매료시키는 것도 없다. [Euripides]

| 포만飽滿 |

- 관대한 자가 배고플 때 하는 공격과, 비열한 자가 배부를 때 하는 공격은 두려워하시오. [E. L. Monthey]
- 꿀도 싫증이 날 수 있다. [Pandaros]
- 돼지가 물리도록 먹으면 사료에 신물이 난다. [D. Ferguson]
- 모든 것을 맛본 자는 모든 것에 싫증이 난다. [Apolite Ten]
- 포만감이 싫증을 낳는다. [M. E. Montaigne]

| 폭력暴力 |

- 복이 있는 신들은 폭력을 좋아하지 않는다. [Homeros]
- 사나운 불들은 서로 집어삼킨다. [William Shakespeare]
- 폭력으로 승리한 자는 반쯤 적을 이겼을 뿐이다. [John Milton]
- 폭력은 폭력을 낳는 버릇이 있다. [Aeschilos]
- 폭력의 업적은 오래가지 못한다. [Solon]
- 한 번의 폭력으로 더 많은 폭력과 혼란을 잠재울 수 있다면 군주는 폭력을 택해야 한다. [N. Machiavelli]
- 해방을 주는 폭력과 속박을 주는 폭력이 있다. [Benito Mussolini]

| 폭정暴政 |

- 늙은 폭군보다 드문 것도 없다. [Thales of Miletus]
- 단 한 사람에게 모욕을 주는 사람은 많은 모욕을 주겠다고 협박하는 것이다. [Ben Johnson]
- 모두 인간은 폭정에 대항하는 군인이다. [Voltaire]
- 불인不仁하면서 나라를 얻은 사람은 있었지만, 불인하면서 천하를 얻은 사람은 없었다. [맹자孟子]

- 우리는 두려워하면서도 저마다 자신을 옭아매는 손에 입을 맞춘다. [Voltaire]
- 폭군의 귀만큼 과민한 것도 없다. [Juvenalis]
- 폭군이 당신을 껴안으려고 할 때가 바로 두려워해야 할 때이다. [Shakespeare]

| 폭풍暴風 |

- 폭풍은 참나무가 뿌리를 더욱 깊게 박도록 한다. [George Herbert]

| 표시表示 |

- 발톱으로 호랑이를 알아본다. [Alkaeos]
- 지문으로 헤라클레스를 알아본다. [Herodotos]

| 표절剽竊 |

- 과거에 말해지지 않았던 것은 오늘날에도 결코 말해지지 않는다. [Terentius Afer]
- 꿀벌은 꽃들을 여기저기 옮겨 다니며 자신의 것으로 삼은 뒤에 그것으로 꿀을 만든다. [Montaigne]
- 장미를 잘 따는 것도 은총이다. [Voltaire]

| 품질品質 |

- 나뭇단들과 나뭇단들이 있다.
  [Moliere]
- 무딘 칼은 나무가 아닌 손가락을 자른다. [Gabriel Morie]
- 좋은 물건은 가지려는 사람을 쉽게 찾는다. [Plautus]
- 품질이란 우연히 만들어지는 것이 아니라, 언제나 지적 노력의 결과이다.
  [John Ruskin]

| 품행品行 |

- 남의 품행을 공격하기에 앞서 자신의 품행을 돌아봐야 한다.
  [J. Gardner 부인]
- 신분 상승이 일으키는 질투심보다 오만한 품행이 일으키는 적대감이 더 크다. [Louis de Bonal]
- 신사는 폭소를 터뜨리지 않고, 숙녀는 항상 차분하다. [R. W. Emerson]
- 아름다운 품행은 덕행이 통속어로 옮겨진 것이다. [Francis Bacocn]
- 우리에게 대수롭게 여기지 않는 품행이 종종 사람들이 우리를 좋게 또는 나쁘게 판단하게 만든다.
  [La Bruyere]
- 좋은 품행은 좋은 결실을 맺는다.
  [Manandros]

- 품행은 저마다 제 얼굴을 비추는 거울이다. [Goethe]

| 풍요豊饒 |

- 무릇 사람이란 여유가 있으면 남에게 양보하지만, 부족하면 서로 다투는 경우가 많다. 양보하는 곳에서는 예의가 이루어지고, 다투는 곳에서는 폭란이 일기 마련이다. 문을 두드리고 물을 청할 때 주지 않는 사람이 없는 것은 물이 많이 있는 까닭이다. 산림 속에서 나무를 팔지 않고, 연못에서 고기 장사를 하지 않는 것은 나무나 고기가 남아돌아가기 때문이다. 이렇듯 물질이 풍부하면 욕심도 가라앉고, 욕구를 충족시키면 다투는 일도 없게 된다. [회남자准南子]
- 부를 만드는 것은 풍요가 아니라 탁월함이다. [Joseph Joubert]
- 풍요가 있는 곳에 종기腫氣가 있다.
  [Apuleius]
- 풍요는 예술과 선행의 어머니이다.
  [Voltaire]

| 풍자諷刺 |

- 풍자는 날카롭게 번쩍이는 면도날처럼 거의 느껴지지도 보이지도 않는 접촉으로 상처를 주어야 한다.
  [Edward Montagu]

| 프랑스France |

- 갈리아인(프랑스인)들은 대단한 재
  간을 지닌 종족이다. [Julius Caesar]
- 명확하지 않은 것은 프랑스어가 아
  니다. [Antoin Rivarol]
- 프랑스는 세계의 심장이다.
  [멘데스 데 콩사이사오 추기경]
- 프랑스는 천국 다음으로 가장 아름
  다운 왕국이다. [Hugo Grotius]
- 프랑스에서는 모든 미인이 최고의
  권위를 지닌다. [Ch. S. Pavard]
- 프랑스인들은 말은 빠르고, 행동은
  느리다. [Voltaire]
- 프랑스인들은 모든 것에 늦게 도착
  한다. 그러나 결국 도달하기는 한다.
  [Voltaire]
- 프랑스인들은 여흥에서는 가볍고
  변덕스러우나, 취향에서는 단호하
  고 진지하다. [Louis de Bonal]
- 프랑스인들은 잘하는 것은 너무 잘
  하고, 못하는 것은 너무 못한다.
  [Benedict XIV]
- 프랑스인은 보기보다 현명하다.
  [Francis Bacom]
- 프랑스인은 태생이 가볍지만 절제
  할 줄도 안다. [Joseph Joubert]
- 프랑스인이 잠잘 때 악마가 그를 얼
  려서 재운다. [Satire Menippee]
- 한 국민이 빵 없이도 살 수 있다는 것

을 알게 된다면, 나는 프랑스인들이
영광 없이도 살 수 있다는 것도 믿으
리라. [Napoleon I]

| 피 |

- 인생은 피로 이루어져 있다.
  [Francois Rabelais]
- 피는 영웅들의 땀이다.
  [S. G. Champion]
- 피를 피로써 씻을 수 없다.
  [페르시아 격언]

| 피해자被害者 |

- 지는 사람이 벌금을 낸다. [Baif]
- 피해자가 한탄하면 금방 복수하는
  자가 나타난다. [Aeschilos]

| 필요와 불필요 |

- 꼭 필요한 것만을 가질 줄 아는 자는
  신들에 가장 가깝다. [Socrates]
- 불필요한 것은 매우 필요한 것이다.
  [Voltaire]
- 불필요한 것을 사면, 필요한 것을 팔
  게 될 것이다. [Benjamin Franklin]
- 사람들은 불필요한 것을 위해 땀을
  흘린다. [L. A. Seneca]
- 우리가 필요하지 않은 것이 없을 때

에는 결핍되었다고 하지 않는다.

[Marcus Tullius Cicero]
- 유용有用한 것을 사지 말고, 꼭 필요한 것을 사시오.　　[Cato, Marcus]
- 필요가 모든 것을 만든다. [Plautus]
- 필요는 계략의 박사이다.

[La Fontain]
- 필요는 법을 주지만 받지는 않는다.

[Publius Syrus]
- 필요는 발명의 어머니이다.

[John Swift]
- 필요는 승리할 줄만 안다.

[Publius Syrus]
- 필요 앞에서는 법도 소용이 없고, 따라서 면제를 정당화한다.

[Saint Bernard]
- 힘(실력)은 필요 옆에 산다.

[Pythagoras]

| 필요성必要性 |

- 갈사막의 힌두교도들이 물고기를 먹지 않겠다고 맹세한다. [Goethe]
- 세 가지 폭군이 있다. 바로 법과 관례와 필요성이다.　　[Menandros]
- 염소가 묶여 있는 곳에서 풀을 뜯게 해야 한다.　[Guillaume Boucher]
- 재주는 필요성 앞에서 약해진다.

[Aeschilos]
- 필요성은 혹독한 교장선생이다.

[Montaigne]
- 필요성을 덕으로 삼아야 한다.

[Hieronymus]
- 필요성이 소심한 자를 용감하게 만든다.　　[Sallustius, Gaius]

| 핑계 |

- 젊음을 불완전에 대한 핑계로 대지 말라. 나이와 명성 또한 나태함에 대한 핑계로 대지 말라.

[Benjamin Robert Haydon]
- 핑계를 잘 대는 사람은 거의 좋은 일을 하나도 해내지 못한다.

[Benjamin Franklin]

{ ㅎ }

| 하느님 / 신神 |

- 그리고 마음속에 하느님을 맞으려면 아침 일찍 일어나야 한다.

[John Ronald Reuel]
- 나는 밝은 길을 혼자서 가는 것보다 어둠 속을 하느님과 함께 걷겠다.

[M. G. Brainard]
- 나는 신에 도전한다.

[Ramain Roland]
- 마음 반짝거리고 소박한 사람은 신과 자연을 믿는 법이다.

[Henry W. Longfeliow]
- 만일 이 세상에 신이 존재하지 않았다면, 신을 창조할 필요가 있다.

[Voltaire]
- 말없이 하느님을 경배할 수 있다는 것을 배우라! [John Ronald Reuel]
- 무릇 존재하는 것은 하느님 속에 있다. 하느님 없이는 아무것도 존재하지 않으며, 또 이해되지 않는다.

[Barush de Spinoza]
- 사람이 있는 곳에 하느님이 계신다.

[솔리에르]
- 사랑이 있는 곳에 신의 은총이 있다.

[H. B. Stowe]
- 술 취해 동산에 올라 누울라치면 하늘은 이불이요, 땅은 베개로다.

[이백李白]
- 신들은 일러둔 바를 잊지 않고 있을 것을 항상 바란다. [Homeros]
- 신에 관한 이야기는 오직 자연스럽게 해야만 한다. [Andre Gide]
- 신은 만물의 창조자이며, 천복天福을 내리는 자 그 자체이다.

[Lev N. Tolstoy]
- 신은 세상에서 가장 무서운 존재입니다. [Odon E. J. von Horvsth]
- 신은 스스로 돕는 자를 돕는다.

[Philip Sidney]
- 신은 시인이고, 인간은 배우에 불과하다. [Honore de Balzac]
- 신은 영원한 휴식이 아니라 영원한 생명인 것입니다. [F. M. Muller]
- 신은 우리들의 성벽이다.

[Martin Luther]
- 신은 위대한 작자이며, 인간은 그 연출자에 지나지 않는다. [Balzac]
- 신은 인간의 가슴속에 스스로의 모습을 비춘다. [Alexander Pope]
- 신은 인간의 본질을 천사와 짐승의 중간에 존재하는 것으로 만들어주셨다. [Augustinus]
- 신은 인간의 필요에 의하여 만들어진 인간의 피조물이다. [Feuerbach]
- 신은 인간이 출현하게 되자, 갑작스러운 창조의 용기를 과시하였다.

[R. Tagore]
- 신은 절대로 군중이나 집단을 상대로 이야기하지 않는다.

[C. V. Georg]
- 신은 진실을 보이지만, 그렇다고 빨리는 보이지 않는다. [Lev Tolstoy]
- 신은 하나의 수치이다. 하지만 무엇인가 살리는 수치이다. [Baudelaire]
- 신은 하나인데 온갖 이름으로 불리고 있다. [Rigveda]

- 신은 항상 실성한 사람이나, 연애하는 사람이나, 술 취한 사람에게 조력을 한다.   [Marguerite de Navarre]
- 신을 가정하는 것은 그것을 부정하는 것이다.   [Perre]
- 신을 느끼는 것은 마음이지 이성理性이 아니다.   [Pascal]
- 신을 두려워하라. 그리고 다른 누구도 두려워하지 말라.   [Bismarck]
- 신을 믿는다는 것, 인간의 행복은 이 한마디로 다한다.   [Lev Tolstoy]
- 신을 부인하는 사실, 그 사실 속에 신의 의식이 있다.   [Emil Brunner]
- 신을 비웃는 사람은 어리석은 사람이다.   [Napoleon I]
- 신을 안다는 것과 신을 사랑하는 것과는 참으로 거리가 먼 일이다.   [Pascal]
- 신의 존체는 사랑과 영지英智이다.   [Emanuel Swedenborg]
- 신의 분노는 일시적인 것이며, 신의 자비는 영원한 것이다.   [Joseph Joubert]
- 신의 존재를 입증하려는 온갖 시험은 이미 신에 대한 모독이다.   [Giuseppe Mazzini]
- 신이 존재하지 않는다면, 내가 신이다.   [Dostoevsky]
- 신이 존재하지 않는다면, 만들어내기라도 해야 할 것이다.   [Voltaire]
- 신이 총애하는 자는 요절한다.   [Plautus]
- 여명을 보기 위해 불꽃이 필요하던가?   [Bolingbroke, Henry S. J.]
- 영원하신 분은 한 분이나 많은 이름을 가지고 있다.   [Rigveda 성전]
- 우리가 의지하는 신은 우리가 필요하고 살 수 있는 것이다.   [William James]
- 우리들이 신의 일부분일 뿐 아니라 신도 우리들의 일부분이다.   [Osho Rajneesh]
- 우물 안에서 하늘이 작다 하지만, 하늘이 작은 것이 아니다.   [한유韓愈]
- 인간에 대한 신의 섭리의 올바름을 입증하자.   [John Milton]
- 인간은 부정하나 하느님은 정의로우시어, 결국은 정의가 승리를 거둔다.   [Henry Longfellow]
- 인간은 신의 실패작에 지나지 않는가?   [Friedrich Nietzsche]
- 인간은 신이 되려고 하고, 신은 천사가 되려고 하고 있다.   [Alexander Pope]
- 인간은 자기의 모습을 닮은 신을 창조했다.   [Bernard Fontenelle]
- 인간은 흔들리나, 하느님은 그를 이끄신다.   [Fenelon]
- 인간이 계획하고 신이 처리한다.   [Thomas A. Kempis]

- 인간이 서로 애정을 표시하는 곳에 신은 가까이 있다. [Pestalodzzi]
- 인간이 자유를 누리기 위해서는 신이 있어서는 안 된다.
  [Friedrich W. J. Schelling]
- 일을 도모하는 것은 인간이나, 일을 이루는 것은 하느님이다.
  [Thomas A. Kempis]
- 자신을 아는 자는 하느님을 안다.
  [Sunnah]
- 존재한다는 것은 하느님과 함께 산다는 것이다. [Ralph W. Emerson]
- 천도天道는 무친無親하며, 늘 선인善人의 편이로다. [노자老子]
- 하느님만이 하느님에 대하여 잘 말씀하신다. [Pascal]
- 하느님은 당신이 하시는 바를 잘하신다. [La Fontaine]
- 하느님은 부르는 소리보다 흐느낌을 먼저 들으신다. [Augustinus]
- 하느님은 악인을 용서하시지만, 영원히 용서하는 것은 아니다.
  [Cervantes]
- 하느님은 우리의 마음속 교회와 종교의 폐허 위에 당신의 성전을 지으신다. [Ralph W. Emerson]
- 하느님은 전용 문을 통해서 모인 개인의 마음속으로 들어간다.
  [Ralf Emerson]
- 하느님의 가장 숭엄한 모습은 항상 인간의 형상으로 그려져 있다.
  [C. V. Georg]
- 하느님의 빛을 보기 위해서는 네 작은 등불을 꺼라. [Thomas Fuller]
- 하느님의 인식으로부터 하느님을 사랑하기까지는 그 얼마나 먼 것인가.
  [Pascal]
- 하느님이 다스리시니 모든 것이 순조로워라. [Oliver W. Holmes]
- 하느님이 안 계신다면 하느님을 만들어야 할 것이다. [Voltaire]
- 하느님 하시는 모든 일이 훌륭하시다. [La Fontaine]
- 하늘에는 두 개의 태양이 뜰 수 없고, 땅에는 두 명의 제왕이 있을 수 없다. [장자莊子]
- 하늘은 높으면서 낮은 것을 듣는다.
  [사마천司馬遷]
- 하늘은 스스로 돕는 자를 돕지 않는다. 그럴 필요가 없기에.
  [Benjamin Franklin]
- 하늘은 아마도 이 세상에 대한 신의 감정이리라. [J. A. Larsen]
- 하늘이 그에게 주고자 하면 꼭 먼저 그를 괴롭히고, 하늘이 그를 망치려 하면 꼭 먼저 그를 피로하게 한다.
  [세원說苑]
- 하늘이 말하지 않아도 사계절은 움직이고, 땅이 말 안 해도 백 가지 사물이 절로 나네. [이백李白]

- 하늘이 알고, 네가 알고, 내가 안다.
  [후한서後漢書]

| 하느님에 대한 경외심 |

- 신들의 노여움은 완만하지만 무섭다.
  [Juvenalis]
- 신을 공경하는 마음은 인간의 죽음과 함께 멸하지 않는다. 인간의 생사에 아랑곳없이 그것은 불멸이다.
  [Sophocles]
- 촛불이 제 스스로 탈 수 없는 것처럼, 하느님의 은사가 없다면 영혼은 은총을 알 수 없다.   [John Binion]
- 하느님은 높은 데서 낮은 데로 귀기울인다.   [삼국지三國志]
- 하늘에 순종하는 자는 살고, 하늘에 거역하는 자는 망한다.   [맹자孟子]
- 하느님은 호소보다 통곡을 더 빨리 알아차리신다.   [Augustinus]
- 하늘은 말씀하시지 않는다. 사시四時가 운행되고 만물이 잘 자라거니, 하늘이 무엇을 말씀하시랴.   [논어論語]
- 하늘이 주신 것을 받지 않으면 도리어 책망을 받으리라.   [일주서逸周書]
- 하늘이 하는 일에는 사사로운 친소親疏가 없다. 오직 착함과 함께할 뿐이다.   [노자老子]
- 훌륭한 의원도 다한 목숨을 구할 수 없듯이, 아무리 강하다 해도 하늘과 다툴 수는 없다.   [후한서後漢書]

| 하루의 시작 |

- 하루의 생활을 다음과 같은 일로써 시작함은 무엇보다도 좋은 일이다. 즉 눈을 떴을 때, 오늘 단 한 사람에게도 좋으니, 그가 기뻐할 만한 무슨 일을 할 수 없을까 그렇게 생각하란 말이다.   [Friedrich W. Nietzsche]

| 하인下人 |

- 나는 여섯 명의 머슴을 지니고 있다. 그들의 이름은 무엇, 왜, 언제, 어디서, 누가이다.   [키플링]
- 빗자루가 된 자는 먼지를 불평해서는 안 된다.   [G. C. Lichtenberg]
- 의복과 같은 하인들이 있는데, 이들은 관습으로 나빠진다. [Oxenstjerna]
- 자기 하인들에게 칭송을 받는 이들은 별로 없다.   [Montaigne]
- 하인에게 요구되는 덕목들을 보면, 많은 주인에게서 하인이 될 자질을 알아보지 않을까? [Beaumarchais]

| 하층민下層民 |

- 가장 작은 지렁이도 많으면 꿈틀거린다.   [John Heywood]

- 개미도 화를 낼 줄 안다. [Zenobius]
- 굴에게도 시련의 아픔이 있다.
  [Richard B. Sheridan]
- 아름다운 사유는 보석보다 더 깊이 감추어져 있지만, 곡식을 빻는 여종의 손에서 찾을 수 있다. [Ptahhotep]
- 약자들에게는 작은 것들도 크다.
  [Oliver Goldsmith]
- 작은 일들은 소인배들에게 영향을 준다. [Benjamin Disraeli]

| 학문學問 / 배움 |

- 가장 학식 있는 인간이 반드시 가장 현명한 자는 아니다.
  [Francois Rabelais]
- 고양이로부터 겸허함을, 개미로부터 정직함을, 비둘기로부터 정절을, 수탉으로부터 재산권을 배울 수 있다.
  [Talmud]
- 곤란을 조장하는 일이 바로 학문이다. [Quintilinianus]
- 공부가 다 이루어지면 움직임과 고요함에 간격이 없고, 자고 깸이 한결같아서 부딪쳐도 흩어지지 않고, 방탕해도 잃음이 없다. [나옹懶翁]
- 공부만 하고 놀지 않으면 바보가 된다. [James Howell]
- 교활한 사람은 학문을 경멸하고, 단순한 사람은 학문을 찬양하며, 현명한 사람은 학문을 이용한다.
  [Francis Bacon]
- 근로는 신체를 살찌게 하고, 학문은 심령을 살찌게 한다.
  [Samuel Smiles]
- 나는 농민을 사랑한다. 왜냐하면 그들은 왜곡된 판단을 내릴 만큼 학문을 갖고 있지 않기 때문이다.
  [Montaigne]
- 나는 배우기 위해서 사는 것일 뿐, 살기 위해서 배우지는 않는다.
  [Francis Bacon]
- 나는 스승에게서 많은 것을 배웠고, 친구에게서 많은 것을 배웠고, 심지어 제자들에게서도 많이 배웠다.
  [Talmud]
- 나무가 처음 성장할 때는 번잡한 가지들이 나올 때 반드시 잘라주어야만 뿌리와 줄기가 크게 자랄 수 있다. 처음 학문을 시작할 때도 역시 그러하다. 그러므로 뜻을 세울 때는 한 가지 일로 통일하는 게 중요하다. [왕양명王陽明]
- 나에게 자연의 불의 섬광을 달라. 그것이 내가 바라는 학문이다.
  [Robert Burns]
- 나의 학문은 고심苦心과 극력極力으로 얻은 것이다. [서경덕]
- 다시 말하면, 학문은 진리와 정의를 위하여야 하고 또한 즐거워야 한다.

● 대개 학문이란, 정밀하면서 무르익기만 하고, 정밀하지 못해도 도道를 깨치지 못한다. [조식]

● 대인의 배움은 도를 위한 것이고, 소인의 배움은 이利를 위한 것이다. [법언法言]

● 독서讀書는 충실한 인간을 만든다. 담론談論은 민첩한 사람을 만들며, 저술著述은 정밀한 인간을 만든다. [Francis Bacon]

● 모든 과학도 결국 인간학이다. [김용옥]

● 모든 사람이 배우고 싶어 하지만, 누구도 그 대가를 지불하지 않는다. [Juvenalis]

● 무용한 사람이라도 배우는 편이 아무것도 배우지 않는 것보다 낫다. [Lucius-Annaeus Seneca]

● 박학 — 학문에 부지런한 특색으로써, 일종의 무지無知다. [Ambrose Beeres]

● 배우고 잊어버리는 사람은 임신은 했으나 유산한 여인과 같다. [Talmud]

● 배우는 것은 강렬한 쾌락이다. 배우는 것은 태어나는 것에 속한다. 몇 살을 먹었든 간에 배우는 자의 육체는 그때 일종의 확장을 체험한다. [라스칼 키나로]

● 배우는 데 시간이 없다고 하는 자는, 시간이 있더라도 또한 배울 수 없다. [회남자准南子]

● 배우는 데 정해진 방법은 없다. [Aristoteles]

● 배우는 일 이외의 모든 것에는 싫증이 온다. [Quintilinianus]

● 배운 뒤에 부족함을 안다. [예기禮記]

● 배움을 그치지 말라. 관을 덮을 때까지. [한시외전韓詩外傳]

● 백 번 쏘아 한 번이라도 실패하면 최고의 사수射手라 할 수 없고, 천 리 길에 반 발자국이라도 이르지 못하면 최고의 마부라 할 수 없듯이, 인류의 윤리에 통하지 못하고 어짊과 의로움에 한결같지 못하면 잘 배웠다고 할 수 없다. 학문이라는 것은 본래 배운 것이 한결같아야 되는 것이다. 한 번은 잘했다, 한 번은 잘못했다 하는 것은 거리의 보통 사람들이다. [순자荀子]

● 보편적이 아닌 것에는 학문이 없다. [Aristoteles]

● 사람들은 모든 것에 지루해짐을 배우기는 예외다. [Vergilius]

● 사람은 매일 무언가 새로운 것을 배운다. [Solon]

● 사람이 만약 착실히 공부하기만 한다면, 남들이 공격하든지 말든지, 남에게 속든지 말든지, 언제나 모두가 유익한 일이 될 것이며, 모든 것이

덕으로 발전하는 바탕이 될 것이다. 그러나 만약 공부를 하지 않는다면, 그것이 모두 마귀가 되어 마침내는 그것들에게 압도당하고 말 것이다.

[왕양명王陽明]

- 사람이 배우지 않는 것은 재주 없이 하늘에 오르려는 것과 같고, 배워서 널리 알게 되는 것은 구름을 헤치고 푸른 하늘을 보는 것과 같으며, 높은 산에 올라 사방의 바다를 바라보는 것과 같다. [장자莊子]
- 사람이 비록 배움에만 힘쓸 수 없다 할지라도, 마음은 배움의 뜻을 잊지 말아야 한다. 만약 마음이 배움의 뜻을 잊으면 종신토록 학문을 한다 할지라도 이는 단지 속된 일일 뿐이다.

[주자朱子]

- 사람이 비록 학문에 뜻을 두었다고 해도 용맹스럽게 앞으로 나아가서 무엇인가를 이루지 못하면, 옛날의 습관이 그 뜻을 막아 흐려 버리고 만다. [이이]
- 사람이 아는 바는 모르는 것보다 아주 적으며, 사는 시간은 살지 않는 시간에 비교가 되지 않을 만큼 아주 짧다. 이 지극히 작은 존재가 지극히 큰 범위의 것을 다 알려고 하기 때문에, 혼란에 빠져 도를 깨닫지 못한다. [장자莊子]
- 사람이 이 세상에 나서 학문하지 않고서는 사람다울 수 없다. [이이]
- 살아 있는 한, 줄곧 사는 법을 배워라.

[L. A. Seneca]

- 서적을 난용亂用하면 학문을 죽인다.

[Jean-Jacques Rousseau]

- 수학은 평화의 안식처이며, 그것 없이는 어떻게 지내야 할지 모르겠다.

[Bertrant Russell]

- 소인小人의 학문은 귀로 들어오고, 입으로 나간다. [순자荀子]
- 아무것도 배우지 않고 있기보다는 무용한 사람이라도 배우는 편이 낫다.

[L. A. Seneca]

- 아예 배우지 않는 것보다, 늦게라도 배우는 것이 낫다. [Chloe Bluce]
- 양심이 없는 학문은 영혼의 폐허일 뿐이다. [Francois Rabelais]
- 언젠가 날기를 원한다면 우선 서고, 걷고, 달리고, 오르고, 춤추는 것을 배워야 한다. 사람은 곧바로 날 수 없기 때문이다. [Nietzsche]
- 열다섯 살이 되어 학문에 뜻을 세웠다. [논어論語]
- 영민하고 배우기를 좋아하여 아랫사람에게 묻기를 부끄러워하지 않는다. [논어論語]
- 오늘 배우지 않았으면 내일이 있다 말하지 말고, 올해 배우지 않았으면 내년이 있다고 이르지 마라.

[주자朱子]

- 우리가 학문을 하는 데에는 먼저 격물格物(사물의 이치를 철저히 연구하여 밝힘)을 하지 않고서는 아무 소용이 없다. [서경덕]
- 윤리가 학문의 북극성이 되어야 한다. [Chevallier de Baufflers]
- 자기를 돌이켜 생각하지 않고 오로지 견문과 지식만을 쌓으려 함은, 귀로 들어 입으로 말하는 학문일 뿐 몸을 닦는 길은 아니다. [조식]
- 젊을 때 배움을 소홀히 하는 자는 과거를 상실하고 미래에는 죽은 삶을 산다. [Euripides]
- 중요한 것은 배움을 멈추지 않고 도전을 즐기고 애매모호함을 받아들이는 것이다. [Martina Horner]
- 지인至人이 무엇을 생각하고 또 무엇을 근심하리오. 어리석은 사람은 처음부터 모를 뿐 알려고 하지도 않는 사람이라, 지인至人과 우인愚人이라야 가히 더불어 학문을 논할 것이며, 또한 더불어 공업功業을 세울 수 있다. 다만 이 중간치 재자才子란 것은 사려와 지식이 많으므로 억측과 시의猜疑 또한 많아 함께 일하기가 어렵다. [홍자성洪自誠]
- 학교는 나라 정치의 근본이다. [구양수歐陽修]
- 학문에는 옳고 그름이 있고, 선비에는 진짜와 가짜가 있다. 귀로 들어가 입으로 나올 뿐 실천과 관계없다면 학문이 아니요, 말과 행동이 어긋나고 시속에 따르기에 힘쓴다면 선비가 아니다. [노수신]
- 학문은 땅과 같아서 조금만 소유할 수 있을 뿐이다. [Voltaire]
- 학문은 많이 하는 데 있지 않고, 요컨대 근본에 정통하는 데 있다. [공총자孔叢子]
- 학문은 바오바브나무 둥치와 같아서, 혼자서는 끌어안을 수 없다. [R. Trautmann]
- 학문은 반드시 안정安靜해야 하고, 재능은 반드시 배워야 한다. 배우지 않으면 재능을 넓히지 못하고, 안정하지 않으면 학문을 이룰 수 없다. [소학小學]
- 학문은 번영의 장식, 가난의 도피처, 노년의 양식이다. [Aristoteles]
- 학문은 보편을 향해 노력하고, 예술은 귀감을 향해 노력한다. [Robert Musil]
- 학문은 오직 보편자에 관한 것이다. [Aristoteles]
- 학문은 지식의 체계이다. [조지훈]
- 학문에만 집착해 있으면 안 된다. 그것만으로는 완전한 인물이 되지 않기 때문이다. [Ralph W. Emerson]
- 학문은 우리 무지의 넓이를 가늠하는 데에 도움을 줄 뿐이다. [Lamennais]

- 학문은 인격에 옮긴다.　　[Ovidius]
- 학문은 젊은이들이 기대는 난간이다.
　　　　　　　[La Rochefoucauld]
- 학문은 점진적으로 나아가지, 뛰어가지 않는다.　　　[T. Macaulay]
- 학문은 즐거움과 장식과 능력을 위해서 도움이 된다.　　　[F. Bacon]
- 학문은 페스트이며, 지식은 병원이다. 지식은 사람을 불행하게 만든다.
　　　　　　　[Aleksandr Griboedov]
- 학문을 단념하시오. 그러면 고통에서 벗어나게 될 것이오.　　　[노자]
- 학문을 아는 자는 이를 좋아하는 사람만 못하고, 학문을 좋아하는 자는 즐기는 사람만 못하다.　　[논어論語]
- 학문의 넓음은 게으르지 않은 데 있고, 게으르지 않음은 뜻이 굳은 데 있다.　　　　　　[포박자抱朴子]
- 학문의 방법에는 끝이 있지만, 그 뜻으로 말하면 잠시라도 버려둘 수가 없다. 학문을 하면 사람이고, 그것을 버리면 금수禽獸인 것이다.
　　　　　　　　　　[순자荀子]
- 학문의 방법은 다른 것이 없다. 놓아버린 마음을 구할 뿐이다.　[맹자孟子]
- 학문의 최대의 적은 자기 마음속에 있는 유혹이다.　[W. L. Churchil]
- 학문이라는 사업은 우물을 파는 것과 같다. 샘에 이르지 않으면 우물을 버리는 것과 같다.　　[맹자孟子]
- 학문이란, 추구할수록 뜻한 바를 잃을까 두려워지는 것이다.　　[논어]
- 학문이 크게 이로운 바는 스스로 기질氣質의 변화를 구함에 있다.
　　　　　　　　　　[주자朱子]
- 학문의 나무가 생명의 나무는 아니다.　　　　　　　[G. G. Byron]
- 학문하는 길에는 방법이 따로 없다. 모르는 것이 있으면 길을 가는 사람이라도 붙들고 묻는 것이 옳다. 비록 하인이라도 나보다 글자 하나라도 많이 알고 있으면 그에게 배워야 한다. 자신이 모르는 것을 부끄러워하여 자기보다 나은 사람에게 묻지 않는다면, 죽을 때까지 무식 속에 자신을 가두는 것이 된다.　[박지원]
- 학문하는 마음은 다른 것이 없고, 그 다잡지 않고 풀어 놓아버린 마음을 찾아내는 것일 따름이다.　[맹자孟子]
- 학문한 인간은 공부로써 시간을 소비하는 게으름뱅이다.
　　　　　　　[George Bernard Shaw]
- 학생으로 계속 남아 있어라. 배움을 포기하는 순간 우리는 폭삭 늙기 시작한다.　　　　　[Shakespeare]
- 학술로써 천하를 구한 자도 있고, 학술로써 천하를 죽인 자도 있다.
　　　　　　　　　　[박은식]
- 학자는 자연의 탐구를 기뻐한다.
　　　　　　　[Alexander Pope]

| 학위學位 |

● 학사는 배우는 사람이고, 박사는 배운 것을 잊는 사람이다.

[Antoine Furetier]

| 학자學者 |

● 고금의 학자들이 곤궁하면서도 마음 편히 있기가 몹시 어려운 것은, 사서四書를 깊이 읽어 깨치지 못한 까닭이다. [조식]

● 광기의 첫 번째 단계는 자신이 학식 있는 사람이라고 믿는 것이다.

[Fernando de Rojas]

● 사려思慮를 많이 하는 폐해는 고금을 통해 학자들에게 있는 공통된 폐단이다. [이황]

● 우리는 현재의 학문만을 아는 학자라 할 수 있다. [Montaigne]

● 학문에 대한 사랑과 돈에 대한 사랑이 서로 일치하는 경우는 거의 없다.

[George Herbert]

● 학자가 선 듯 나서서 벼슬하지 아니함은 그 시대가 좋지 않아서도 아니요, 숨어 사는 것이 좋아서도 아니다. 부족한 학술로써 먼저 공功을 세우려고 하면, 목수木手를 대신하여 서투른 자귀질을 하다가 손을 다칠까 염려해서다. 그리하여 빛남을 숨겨 스스로 지키고, 재기才氣를 감추어 쓰기를 기다림은, 마치 자 벌레가 몸을 굽혔다가 펴려 함과 같다.

[이이]

● 학자는 먹은 것을 입으로 토하여 새끼를 기르는 큰 까마귀와 같은 자이고, 사상가는 뽕잎을 먹고 명주실을 토해내는 누에와 같은 자이다.

[임어당林語堂]

● 학자의 잉크는 순교자의 피만큼 소중하다. [Sunnah]

● 학문이 높은 데다 신까지 사랑하는 그는 누구를 닮았을까? 그는 연장을 든 명공名工과도 같다. 신을 사랑하고 있으나 그 마음이 신의 사랑으로 채워져 있지 않은 사람은, 연장을 갖지 않은 공인과 같다. 신을 사랑하고는 있으나 학문을 돌보지 않는 사람은, 연장은 갖고 있으나 일을 모르는 공인과 같다. [Talmud]

| 한국의 독립 |

● 나는 감옥에서 뜰을 쓸고 유리창을 닦을 때마다 하느님께 빌었다. '우리나라가 독립하여 정부가 생기거든, 그 집의 뜰을 쓸고 유리창을 닦는 일을 해보고 죽게 하소서.' 하고.

[김구]

● 나는 4천 년 우리 조국을 위해, 또한

2천만 우리 동포를 위해, 동양 대국의 평화를 교란하는 간악한 적을 죽였으니, 나의 목적은 이와 같이 바르고 크다. 나는 국민의 의무로, 내 몸을 죽여 어진 일을 이루고자 할 뿐이다. 내 이미 죽음을 각오하고 결행한 바이니, 아무 한 됨이 없다. 나의 염원은 오직 조국의 독립뿐이다.

[안중근]

- 나는 진정으로 일본이 망하기를 원치 않고, 좋은 나라가 되기를 원한다. 이웃인 대한大韓 나라를 유린하는 것은 결코 일본의 이익이 아닐 것이다. 원한 품은 2천만을 억지로 국민 중에 포함시키는 것보다 우정 있는 2천만을 이웃 국민으로 두는 것이 일본의 득일 것이다. 그러므로 대한의 독립을 주장하는 것은 동양의 평화와 일본의 복리福利까지도 위함이다.

[안창호]

- 네 소원이 무엇이냐고 하느님이 네게 물으시면, 나는 서슴지 않고 '내 소원은 대한 독립이오.' 하고 대답할 것이다. 그다음 소원은 무엇이냐고 하면, 나는 또 '우리나라의 독립이오.' 할 것이요, 또 다음 소원은 무엇이냐고 세 번째 물으시면, 나는 더욱 소리를 높여서 '나의 소원은 우리나라 대한의 온전한 자주독립이오.' 라고 대답할 것이다.

[김구]

- 독립은 선전이나 허장성제虛張聲勢만으로 되는 것이 아니다. 독립의 가장 근본적인 요소는 각성한 민중이다. 그러므로 우리는 민중 교양教養에 총력을 집중하지 않으면 안 될 것이다. 2천만 민중이 총궐기하여 독립을 부르짖게 되면 한국의 독립은 반드시 성취될 것이다. [서재필]

- 오호라! 국치國恥와 민욕民辱이 이에 이르렀으니, 우리 민족은 장차 생존경쟁 가운데서 진멸殄滅하리라. 대체 살기를 원하는 자는 반드시 죽고, 죽기를 기약하는 자는 도리어 삶을 얻나니, 제공은 어찌 이것을 알지 못하는고? 영환泳煥은 죽음으로써 황은皇恩에 보답하고, 2천만 동포 형제에게 사죄하려 하노라. 그러나 영환은 죽어도 죽지 않고 저승에서라도 제공을 기어이 도우리니, 다행히 동포 형제들은 천만 배 더욱 분려奮勵하여 지기志氣를 굳게 하고 학문에 힘쓸지어다. 또한 한마음으로 힘을 다해 우리의 자유 독립을 회복하면, 죽은 몸도 마땅히 저 세상에서 기뻐 웃으리라. 아! 조금도 실망하지 말지어다. 우리 대한제국 2천만 동포에게 고별告別하노라.

[민영환]

- 자손은 조상을 원망하고, 후진은 선배를 원망하며, 우리 민족이 불행해

진 책임을 자기 이외의 것으로 돌리려고 하는데, 대관절 당신은 왜 못하고 남만 책망하려 하는가? 우리나라가 독립 못하는 것이 나 때문이로구나 하고 가슴을 두드리며 아프게 뉘우칠 생각은 못하고, 어찌하여 그놈이 죽일 놈이라는 소리만 하면서 가만히 앉아있는가? 내 자신이 죽일 놈이라고 왜들 깨닫지 못하는가?

[안창호]

● 지식이 결여되고 애국심이 미약한 이 국민으로 하여금 나라가 곧 제집이라는 것을 깨닫기 전에는, 그 어떤 것으로도 나라를 건질 수 없다.[김구]

| 한국인 |

● 한국인은 부패, 조급성, 당파성 등 단점이 좀 있으나 장점이 훨씬 많은 민족이다.
① 평균 IQ 105를 넘는 유일한 민족. ② 일하는 시간 세계 2위. ③ 문맹률 1% 미만 세계 유일. ④ 세계 경제 대국 일본을 우습게 보는 민족. ⑤ 여성가족부가 존재하는 유일한 나라. ⑥ 음악 수준이 빠르게 발전하는 나라. ⑦ 지하철 평가 세계 1위. ⑧ 문자 없는 나라에 한글을 제공하는 나라. ⑨ 유럽 통계 세계 여자 미모 순위 1위. ⑩ 세계 10대 도시에 한 도시(서울)가 있는 나라. ⑪ 세계 4대 강국을 우습게 보는 나라. ⑫ 인터넷, TV. 초고속 통신망 세계 최고. ⑬ 유대인을 게으름뱅이로 보는 유일한 민족. ⑭ 세계에서 가장 기가 센 민족; 한국인은 강한 사람에게 꼭 놈자를 붙인다. 미국놈, 돼놈, 왜놈 등 약소국에는 관대하다. 한국의 산야는 음양에 강하게 충돌하기 때문에 강할 수밖에 없다. 그 밖에도 사소한 것들이 많다.

[Michael Breen]

| 한숨 |

● 한숨은 마음의 언어이다.

[Thomas Sadwell]

● 한숨짓는 자는 그가 원하는 것을 얻지 못한다.　　[A. de Montreux]

| 항구恒久함 |

● 한결같을 줄 아는 자는 너그럽고, 너그러운 자는 올바르다.　[노자老子]
● 항구함은 모든 덕의 바탕이다.

[Francis Bacon]

● 항구함은 필멸하는 존재의 덕이 결코 아니다. 한결같기 위해서는 불멸해야 한다.　[Colin d'Harleville]

| 행동行動 |

- 군자는 반드시 그 홀로 있음을 삼간
  다. 소인은 한가하게 있을 때 착하
  지 못한 일을 한다.   [대학大學]
- 극단의 행동은 허영의 탓이요, 일상
  적 행동은 습관의 탓이다.

  [Friedrich Nietzsche]
- 나는 사람의 행동을 비웃지도, 한탄
  하지도, 싫어하지도 않으며, 오직 이
  해하려고만 했다.   [Spinoza]
- 나는 최상을 위해 노력하고 가능한
  것을 실행한다.

  [Lyndon B. Johnson]
- 나아가는 것이 빠른 자는 물러가는
  것 또한 빠르다.   [맹자孟子]
- 너의 말을 행동으로 증명하라.

  [Lucius Annaeus Seneca.]
- 동상의 아름다움은 그 표정에서 나
  오고, 인간의 아름다움은 그 행동에
  서 나온다.   [Demophilius]
- 말과 행동은 선의 힘의 전연 다른
  양상이다. 말도 행동하고, 행동도
  말의 일종이다.

  [Ralph Waldo Emerson]
- 말만 하고 행동하지 않는 사람은 잡
  초로 가득 찬 정원과 같다.

  [James Howell]
- 말뿐인 것과 행동과는 큰 차이가 있
  다.   [Miguel de Cervantes]

- 말이나 생각이 그 사람이 아니라, 행
  동과 선택이 그 사람이다.   [안철수]
- 말할 때는 행동을 돌아보고, 행동할
  때는 말을 돌아본다.   [중용中庸]
- 모든 행동자는 자기의 행동을 그것
  이 실제로 사랑받을 만한 가치 이상
  으로 무한히 사랑한다.

  [Friedrich Nietzsche]
- 사용하지 않는 철은 녹슨다. 맑은
  물은 썩고 추위에 얼어붙는다. 마
  찬가지로 행동을 일으키지 않으면
  재능도 썩어버린다.

  [Leonardo da Vinci]
- 살기 위해서는 인간의 생기가 필요
  하지만, 행동하기 위해서는 많은 생
  기가 필요하다.   [Joseph Joubert]
- 생각을 충분히 한 후에 행동하고, 행
  동은 때맞게 해야 한다.   [상서商書]
- 성실한 행동은 자기보다 남을 이롭
  게 한다.   [아함경阿含經]
- 속민들의 행동에는 손익이 열쇠가
  된다.   [Napoleon I]
- 신은 행동하지 않는 자를 결코 돕지
  않는다.   [Sophocles]
- 실제의 행동이 말에 뜻을 부여한다.

  [Wittgenstein]
- 아는 것은 어렵고, 행하는 것도 또
  한 쉽지 않다.   [호적胡適]
- 아무리 고상하고 진정한 교리라도
  실생활에 옮겨지지 않으면 인간을

행복하게 할 수 없다. [H. van Dyke]
- 아침에는 생각하고, 낮에는 행동하고, 저녁에는 식사를 하고, 밤에는 잠잔다.　　　[William Blake]
- 알고서도 행동이 미처 따라서지 못한다면, 아직 깊이 알지 못한 것이다.
　　　[주희朱熹]
- 애교 있는 행동은 사람의 눈을 즐겁게 하고, 진실 있는 행동은 사람의 마음을 지배한다.　[Alexander Pope]
- 어두운 방구석에 앉아있어도 부끄러운 행동은 하지 않는다. [중용中庸]
- 어떤 사람의 어리석은 행동은 같은 사람의 재산이다.　[Francis Bacon]
- 언어는 풍파風波와 같고, 행동은 마음을 떠나기 쉽다. 풍파와 같은 말은 움직이기 쉽고, 마음을 떠난 행동은 몸을 위태롭게 하기 쉽다.
　　　[공자孔子]
- 연극은 행동이다. 그렇다. 행동이지 어처구니없는 철학이 아니다.
　　　[Luigi Pirandello]
- 우리는 사상을 씨 뿌려 행동을 거두고, 행동을 씨 뿌려 습관을 거두며, 습관을 씨 뿌려 성격을 거두고, 성격을 씨 뿌려 운명을 거둔다.
　　　[C. A. 홀]
- 우리는 생긴 대로 행하고, 행한 대로 갚음을 받는다.　[Ralf W. Emerson]
- 우리들은 임기응변으로 행동하지 않으면 안 된다.　　　[Cervantes]
- 우리들이 설교하는 것처럼 행동하고, 우리들이 행하듯이 하지 말라.
　　　[Giovanni Boccaccio]
- 우울한 검술 사범은 없다.
　　　[A. de Musset]
- 위기가 있을 때마다 거기엔 말과 행동이 있어왔다.　[John Whitier]
- 의젓한 옷차림의 방조가 있는 것처럼 겉보기에 훌륭한 어리석은 행동이 있다.　　　[S. Sangfor]
- 이 세상의 아름다운 감정을 모두 합친 것일지라도, 단 하나의 귀중한 행동보다 못하다.　[J. R. Lowell]
- 이익만을 위하여 행동하면 원망을 많이 사게 된다.　[논어論語]
- 이탈리아 사람은 행동하기 전에, 독일 사람은 행동 중에, 프랑스 사람은 행동한 뒤에 현명하게 대처한다.
　　　[George Herbert]
- 인간은 행동에 의해서 자기 자신을 만들어 나아가는 것이다.
　　　[Jan Paul Sartre]
- 인간의 행동은 사고思考의 최상의 통역자라고 나는 항상 생각했다.
　　　[John Locke]
- 자신의 행동이 빗나간 사람일수록 맨 먼저 남을 중상한다.　[Voliere]
- 좋은 행동의 보수는 좋은 일을 완수했다는 사실이다.　[L. A. Seneca]

- 지위가 천자天子라고 해서 반드시 귀한 것은 아니고, 빈궁한 필부라고 해서 반드시 천한 것은 아니다. 귀천의 구분은 그 행동의 선악에 있기 때문이다. [자장子張]
- 지혜는 둥글고자 하고, 행동은 모나고자 한다. [회남자淮南子]
- 천천히 서두르라. [서양 격언]
- 천한 행동 및 거동은 진흙보다도 옷을 더 심하게 더럽힌다. [Platon]
- 최선의 행동은 사랑의 과잉 속에 일어난다. [Friedrich Nietzsche]
- 친절한 행동은 아무리 하찮은 것이라도 결코 헛되지 않는다. [Aesop]
- 행동에 부주의하지 말고, 말에 혼동되지 말며, 생각에 방황하지 마라. [Marcus Aurelius Antonius]
- 행동으로 옮겨지지 않는 생각은 대수로운 것이 아니고, 생각에서 비롯되지 않은 행동은 전혀 아무것도 아니다. [G. Bernanos]
- 행동으로 완결되지 못하는 말은 모두 헛되다. [그리스 격언]
- 행동은 감정을 따르는 것처럼 생각되지만, 실제로 행동과 감정은 동시에 움직인다. 의지에 의한 직접적인 지배하에 있는 행동을 규율함으로써 우리는 의사意思의 직접적 지배하에 있는 감정을 간접적으로 규율할 수 있다. [William James]

- 행동은 말보다 더 새빨간 거짓말을 한다. [Carolyn Wells]
- 행동은 언제나 행복을 가져오는 것은 아니지만, 행동 없이는 행복은 없다. [Benjamin Disraeli]
- 행동은 인생의 4분의 3을 차지하며 인생의 가장 큰 관심사다. [Dostoevsky]
- 행동은 지식의 적절한 과일이다. [Thomas Fuller]
- 행동이 늘 행복을 가져다주지는 않지만, 행동이 없다면 행복도 없다. [Benjamin Disraeli]
- 행동이 없는 좋은 말은 잡초와 같대다. [Thomas Fuller]
- 행동이 웅변이다. [Shakespeare]
- 행동한다는 것은 동시에 고뇌하는 것이고, 고뇌는 동시에 행동이라는 것이다. [T. S. Eliot]
- 현명한 사고보다도 신중한 행동이 중요하다. [M. T. Cicero]
- 환경은 인간이 지배할 수 없지만, 행동은 자신의 힘이 미치는 곳에 있다. [Benjamin Disraeli]

| 행동의 규칙 |

- 내 삶의 모든 행동은 그것이 마지막인 것처럼 행하라. [Marcus Aurelius]
- 로마에 있을 때는 로마식으로 살고,

다른 곳에 있을 때는 그곳 사람들 식으로 살라. [Ambrosius]

- 모범적 행동으로 일관된 생애는 자신에게는 명성을 가져다주고, 다른 사람들에게는 행동의 기준을 보여주는 덕행의 예가 된다.
  [George Chapman]
- 할 수 있는 모든 선을 행하라. 할 수 있는 모든 방법으로, 할 수 있는 모든 장소에서, 할 수 있는 모든 시간에, 할 수 있는 모든 사람에게 할 수 있는 한限 다하여. [John Wesley]

| 행복幸福 |

- 가장 큰 행복은 한 해의 마지막에서, 지난해의 처음보다 훨씬 나아진 자신을 느끼는 것이다. [Lev Tolstoy]
- 가장 큰 행복이란, 사랑하고 그 사랑을 고백하는 것이다. [Andre Gide]
- 가장 행복한 사람은 다른 행복은 서슴지 않고 던져버리지만 자기의 참된 행복은 절대로 내던지지 않는다. 그들의 참된 행복은 그들의 생명과 마찬가지로 그들에게 밀착되어 있다. 그들은 이를테면, 무기를 들고 싸우는 것처럼 그들의 행복을 위하여 싸우는 것이다. '그들이 행복하였던 것은 조국을 위해 죽었기 때문이 아니다. 그들이 행복하였기 때문에 죽을 수 있는 힘을 갖고 있는 것이다.' 라는 스피노자의 격려를 그들에게!
  [Emile Auguste C. Alain]
- 가정에서의 행복은 온갖 소원들의 궁극적인 결과다.
  [Samuel Johnson]
- 나는 미래에 대해서, 행복이라기보다는 오히려 그곳에 도달하기 위한 노력을 구하였으며, 이미 행복과 덕을 하나로 생각하고 있었다.
  [Andre Gide]
- 나는 아내와 자식에게 그 어떠한 물질적 부와 명예도 남겨놓지 않았으며, 또한 그것을 부끄럽게 생각지도 않습니다. 오히려 나는 그것을 행복으로 여깁니다. [Che Guevara]
- 남에게 행복하게 보이려는 허영심 때문에 자기 앞에 있는 진짜 행복을 놓치는 수가 참으로 많다.
  [Francois de La Rochefoucauld]
- 남을 행복하게 할 수 있는 자만이 또한 행복을 얻는다. [Platon]
- 남자의 행복은 '내가 하고 싶다.' 이고, 여자의 행복은 '그가 하고 싶어 한다.' 이다. [Friedrich Nietzsche]
- 누구나 행복을 추구한다. 평화, 이것이야말로 이 지상에서 행복에 접근하는 최대의 지름길이며, 게다가 누구나 손에 넣을 수 있는 것이다.

[Carl Hilty]

- 누구든지 행복에 대해서 말하지만, 그것을 알고 있는 사람은 드물다.

[Romain Rolland]

- 마음이 어진 사람은 조그만 집에 살아도 행복하다. [홍자성洪自誠]

- 모두가 행복할 때까지는 아무도 완전히 행복할 수 없다.

[Henry Spencer]

- 모든 사람에게 타고난 과실이 하나씩 있다. 그것은 우리가 행복을 얻기 위하여 태어난 것이라고 믿고 있는 그것이다. [Schopenhauer]

- 모든 사람은 행복을 찾아 배회한다. 그러나 우리는 왕왕 우리가 찾아놓은 행복을 고민하면서 살아간다. 길고 먼 여로에서 더듬고 찾고 하며….

[모윤숙]

- 모든 사람이 행복하게 되기까지는 어떠한 사람이든 완전히 행복할 수는 없다. [Herbert Spencer]

- 모든 행복은 우연히 마주치는 것이어서, 네가 노상에서 만나는 거지처럼 순간마다 그대 앞에 나타나는 것을 어찌하여 깨닫지 못했단 말인가.

[Andre Gide]

- 미래의 행복을 확보하는 가장 확실한 방법은 오늘 허락된 행복을 오늘 한껏 누리는 것이다. [Charles Eliot]

- 부자가 가지고 있는 커다란 행복은 자선을 행할 수 있는 일이다.

[La Bruyere]

- 비관주의는 기분에 속하고 낙관주의는 의지에 속한다. 그리고 모든 행복은 의지와 자제로 되어 있다. 어떠한 경우에도 변명은 노예의 일이다. 이것으로 미루어 볼 때 낙관주의는 맹세를 필요로 함을 알 수 있다. 처음에는 아무리 이상하게 보이더라도 행복해질 것을 맹세해야 한다. [Alain]

- 사람은 행복을 찾기 시작하면 행복을 얻지 못하는 운명에 빠지고 만다. 그러나 이것에는 아무 이상스러움도 없다. 행복이란, 저 쇼윈도 속의 물품과 같이 갖고 싶은 것을 골라서 돈을 치르면 가지고 갈 수 있는 것이 아니기 때문이다. [Alain]

- 사랑받는 것은 행복이 아니고, 사랑하는 일이야말로 행복이다.

[Hermann Hesse]

- 삶의 가장 큰 행복은 우리 자신이 사랑받고 있다는 믿음으로부터 온다.

[Victor Hugo]

- 삼라만상 중에 인과관계가 가장 긴밀한 상태는 행복과 덕성과의 관계다. 덕성이 있는 곳에 가장 자연적 행복이 있고, 행복이 있는 곳에 가장 필연적으로 덕성을 예상한다.

[Lucius Annaeus Seneca]

- 세상 최고 구두쇠의 행복은 가까운 모든 친구들을 저축해 두는 것이다. [Robert Sherwood]
- 슬픔 가운데서 행복을 구하라. 힘써 노동하라. 노동자의 행복은 일하는 데에 있다. [Dostoevsky]
- 신중하고 성실하며 공정하지 않으면 행복하게 살 수 없으며, 또 행복하지 못하면 신중하고 성실하며 공정하게 살지 못한다. [Epikourus]
- 안일을 바라는 마음을 버리지 못하는 사람은 결코 행복을 차지할 수 없다. [M. E. Eschenbach]
- 어떤 사람이 행복한가? 건강하고, 부유하며, 교양 있는 사람이다. [Thales of Miletus]
- 어떻게 행복을 얻을 것이며, 어떻게 유지하고, 어떻게 회복할 것인가, 이것이 대개의 사람들이 하는 모든 일, 그들이 참아가는 모든 일에 대한 그치지 않는 마음속의 은밀한 동기이다. [William James]
- 어리석은 사람은 행복을 멀리에서 찾는다. 슬기로운 사람은 자신의 발밑에서 행복을 키운다. [John Robert Oppenheimer]
- 어울리는 집안, 어울리는 재산, 어울리는 연령, 이것이 행복한 연분이다. [스코틀랜드 우언]
- 연애는 행복을 죽이고, 행복은 연애를 죽인다. [Miguel de Unamuno]
- 오, 인간이여! 행복은 마음속에 있거늘, 어찌하여 그대는 밖에서 찾는가! [Boethius]
- 완벽함의 추구를 멈추는 순간, 행복이 생겨난다. 완벽함은 남을 많이 의식하지만, 편한 것은 나를 먼저 생각한다. [혜민]
- 우리는 다른 이들의 행복을 부러워하지만, 다른 이들은 우리의 행복을 부러워한다. [Publius Syrus]
- 우리들의 시야, 활동 범위, 접촉 범위가 좁을수록 우리들의 행복은 크다. 그것들이 넓을수록 우리의 고뇌와 불안의 느낌은 커진다. 그것은 그것들과 함께 걱정, 원망, 공포가 증대하고 확대되기 때문이다. [Arther Schopenhauer]
- 우리를 행복하게 만드는 것은 우리가 처한 상황이 아니라 우리 영혼의 기질이다. [Voltaire]
- 우리 안에서 행복을 발견하기는 힘든 일이지만, 다른 곳에서 발견하기는 불가능하다. [Nichora Sangfor]
- 우리의 행복은 그럭저럭 위로를 받는 행복일 뿐이다. [J. F. 두시]
- 이론적으로 말한다면, 행복에 이를 가능성이 있다. 자기 속에 영원성을 믿고, 그것을 구하려 하지 않는 것이다. [Franz Kafka]

- 이성理性의 덕분으로 물건을 탐내지도 않고, 꺼리지도 않는 그러한 사람이 행복한 사람이라고 말할 수 있다. 돌이나 목축도 감정이나 슬픔을 갖지 않는다. 그렇다고 해서 행복에 대한 감정이 없는 그들을 행복하다고는 누구도 말하지 않을 것이다. 그러니까 행복한 생활이란 바르고 확실한 판단에 의한 안정, 그리고 변하지 않는 생활을 가리키는 말이다.

  [Lucius Annaeus Seneca]
- 이 세상에서 육체는 아직 행복하지 않았는데 영혼이 먼저 행복하다면 수치이다. [Aurelius]
- 이 세상에서 행복 이상의 어떤 것을 구하는 사람은, 행복을 소유하지 못했다고 해서 불평해서는 안 된다.

  [Ralph Waldo Emerson]
- 이 세상의 행복이란 무엇인가? ― 그림자에 불과하다. 이 세상의 명성이란 무엇인가? ― 꿈에 불과하다.

  [Franz Grillparzer]
- 이승의 인간들이 생각하고 있는 것 같은 행복에 대해서는 언제나 구토제를 대한 듯한 반응밖에 보이지 않는 사람이야말로 행복을 누릴 가치가 있는 사람들인 것이다. [Voltaire]
- 이제 행복은, 보다 새롭고 보다 나은 상품의 소비와 음악·연회·잡담·성性·술과 담배 등을 즐기는 것과 같은 뜻이 되었다. [Erich Fromm]
- 이 지상의 생활에는 절대적 행복이란 있을 수 없다. 행복은 그 내부에 행복의 요소를 숨기고 있거나, 그렇지 않으면 항상 외부의 무엇에 의하여 행복을 받고 있는 것이다. 행복은 우리들에게는 없다. 드물게조차도 없다. 우리들은 다만 행복을 바랄 뿐이다. 행복은 없다. 또 있을 리가 만무하다. 설사 인생의 의의나 목적이 있다손 쳐도 그것은 우리들의 행복에 있는 것이 아니라, 어떤 보다 더 합리적이고 위대한 것 중에 있다. [Anton Chekhov]
- 인간에게는 아마도 순교자의 행복 같은 완전한 행복은 없을 것이다.

  [O. Henry]
- 인간은 신의 생활에 참여함으로써만 참되게 행복해진다. [Boethius]
- 인간의 마음가짐이 곧 행복이다.

  [Friedrich Schiller]
- 인간의 지복至福은 어쩌다 있을까 말까 하는 큰 행운으로 이루어지는 것이 아니라 매일매일 일어나는 조그마한 기쁜 일로 얻어진다.

  [Benjamin Franklin]
- 인간의 행복은 대개가 동물적인 행복이다. 이 생각은 극히 과학적이다. 오해를 살 위험은 있지만, 이 점을 좀 더 분명히 말해 두고 싶다. 인

간의 행복은 모두가 관능적인 행복
이다. [임어당林語堂]
- 인간의 행복은 생활에 있고, 생활은
노동에 있다. [Lev N. Tolstoy]
- 인간의 행복이란, 물 위에 둥둥 떠
있는 물풀같이 허황한 것이 아니라
슬픔과 고난의 바다를 지나 그 바닷
속 깊숙이 잠겨 있는 진주와 같은 것
이더라고 그녀는 말했다. 인간은 진
주와 같은 행복을 따기 위해서 깊은
슬픔의 바닷속에 갖은 고난을 헤치
면서 잠겨 들어가야 한다. [장덕조]
- 인내심 많고 용감한 사람은 스스로
행복을 만든다. [Publius Syrus]
- 인생에 있어서 최고의 행복은 우리
가 사랑받고 있다는 확신이다.
[Victor Hugo]
- 인생의 일을 발견한 사람은 행복하
다. 그에게는 다른 행복을 찾을 필
요가 없다. [Thomas Carlyle]
- 자기 안에서 행복을 발견하게 되면,
다른 곳에서 오는 행복은 눈에 들어
오지 않는다. [Oxenstjerna]
- 재산을 만드는 일 없이 재산을 낭비
해서는 안 되는 것처럼, 행복을 만들
어내지 않으면서 행복을 낭비해서는
안 된다. [George Bernard Shaw]
- 조용히 앉아서 명상을 하면 — 지난
날 노인들의 얼굴을 회상하되 탐내
지 말고, 남의 위대한 행위를 반가

위하되 부러워 말고, 무엇이 됐건
어디에 있건 동정을 하고, 그러면서
도 현재의 위치와 직업에 만족하는
것이 바로 지혜와 가치를 깨닫는 길
이며 행복하게 사는 방편이 아닐까?
[Robert Stevenson]
- 지상 최고의 행복은 혼인이다.
[William Lyon Phelps]
- 진정한 행복은 절제에서 솟아난다.
[Goethe]
- 진짜 행복은 아주 싼데도, 우리는
행복의 모조품에 참으로 많은 대가
를 지불한다. [A. G. Marlraux]
- 참다운 행복, 그것은 우리들이 어떻
게 끝을 맺느냐 하는 것이 아니라, 어
떻게 시작하느냐 하는 문제이다. 또
우리들이 무엇을 소유하느냐가 아니
라, 무엇을 바라느냐의 문제이다.
[Robert Louis Stevenson]
- 참된 행복은 눈에 비치지 않는다.
참된 행복은 안 보이지만, 나의 경우
에는 희망을 잃었을 때 비로소 행복
이 찾아왔다. [S. Sangfor]
- 참된 행복은 잘 정착하지 않는다.
좀처럼 발견되지 않지만 어느 곳에
나 있다. 돈으로도 살 수 없지만, 언
제든 구할 수는 있다.
[Alexander Pope]
- 천국의 즐거움은 행복이라는 것, 지
옥의 괴로움은 행복이었다는 것이다.

- 최고의 행복은 착취적이거나 반사회적이 아닌 행위에 일치하는 최대한 개인적인 행동의 자유를 통해 달성되는 것이다. [Rockefellow]
- 최상의 행복은 1년을 마무리할 때, 연초 때의 자신보다 더 나아졌다고 느끼는 것이다. [Lev Tolstoy]
- 쾌락은 몽상으로 얻을 수 있지만, 행복은 현실에 뿌리박는다.

  [S. Sangfor]
- 행복, 그것은 '앞길을 가로막고 선 사자'이다. 대개의 사람은 그것을 보고 되돌아서고 만다. 그리하여 행복과는 얼토당토않은 어떤 시시한 것으로써 만족해 버린다. [Carl Hilty]
- 행복스러운 사람은 주위에 행복스러운 얼굴을 가지고 싶어 한다. 슬픈 얼굴은 그의 행복을 위하여 금물이다. [Alan Alexander Milne]
- 행복에 가장 큰 장애물은 너무 큰 행복을 기다린다는 것이다.

  [Fontaine]
- 행복에는 날개가 있다. 붙들어 두기란 어려운 것이다. [F. Shiller]
- 행복에는 여러 가지 형태가 있다. 돈 있는 것도 행복의 하나요, 지위 있고 명예 있는 것도 행복의 하나인 것은 틀림없다. 그러나 그중에도 번다한 일이 없고 사고 없이 평온하게 지내

며 얻은 부귀와 명예라면 정원에 심은 꽃과 같다. 즉 잘 가꾸면 꽃이 피고 어느 정도 오래갈 수 있다. 또 권력이나 모략으로 얻은 부귀나 명예라면, 이것은 꽃병에 꽂아 놓은 꽃과 같다. 뿌리가 없으니 얼마 안 가서 시들고 만다. [채근담菜根譚]
- 행복은 가슴의 굶주림 속에서 태어나 자란다. [Kahlil Gibran]
- 행복은 길이에서 부족한 점을 높이에서 보충한다. [Robert Frost]
- 행복은 꿈에 지나지 않고, 고통은 현실이다. [Voltaire]
- 행복은 남의 행복을 바라볼 수 있는 데서 생기는 즐거운 느낌이다.

  [Ambrose Bierce]
- 행복은 대개의 경우 쾌락이 아니며, 대체로 승리인 것이다.

  [Ralf Waldo Emerson]
- 행복은 대항의식 속에는 없다. 협조의식 속에만 있는 것이다.

  [Andre Gide]
- 행복은 미덕의 보상이 아닌, 미덕 그 자체이다. [Baruch Spinoza]
- 행복은 만족하는 인간에게 속한다.

  [Aristoteles]
- 행복은 머물러 있지 않고, 날개를 펼쳐 날아가 버린다. [Martialis]
- 행복은 메아리와 같다. 대답은 하지만 오지는 않는다. [Carmen Silva]

- 행복은 무엇보다 건강 속에 있다.
  [G, W. Curtis]
- 행복은 바로 삶 속에 존재한다. 그것은 바로 지금 발견하는 자에게만 존재하는 것이다. [박목월]
- 행복은 사건에 기인하고, 지복至福은 애정에 기인한다. [Napoleon I]
- 행복은 사람을 이기주의자로 만든다.
  [Lev N. Tolstoy]
- 행복은 슬픔이나 비애의 반대어로 정의할 수 있으며, 실로 대부분의 사람은 행복을 슬픔이나 비애가 없는 심적 상태라고 정의하고 있다.
  [Erich Fromm]
- 행복은 습관이 된다. 그 습관을 키워라. [Edward Herbert]
- 행복은 신과 함께 있는 것, 거기에 미치는 힘은 혼의 울림인 용기이다.
  [Jakob Grimm]
- 행복은 쌍둥이로 태어난다.
  [George Byron]
- 행복은 여인이다. [Nietzsche]
- 행복은 우리들이 그것을 소유하고 있다고 의식하는 동안에 존재한다. 그것도 그 과정에 있어서, 미래는 약속을 결코 지켜주지 않는다.
  [George Sand]
- 행복은 유일한 선이며, 이성은 유일한 길잡이 등불이며, 정의는 유일한 숭배물이며, 인도는 유일한 종교이며, 사람은 유일한 승려이다.
  [R. G. Ingersoll]
- 행복은 인간 누구나가 타고난 권리이며, 그것을 빼앗긴다는 것은 어쩔 수 없이 인간을 괴팍스럽게 만들고 비참하게 만드는 법이다.
  [George Bertrant Russell]
- 행복은 자기 안에, 자기 집에, 자기 둘레에, 그리고 자기 밑에 있다.
  [Henry Estien]
- 행복은 자기 안에 있다. [Boethius]
- 행복은 자기의 분수를 알고, 그것을 사랑하는 것이다. [Romain Rolland]
- 행복은 자신이 좋아하는 일을 할 때가 아니라, 자신이 좋아하는 일을 좋아하는 것이다. [Andrew Mattheus]
- 행복은 자족知足(분수를 지켜 족한 줄을 앎)하는 사람들에게 있다.
  [Aristoteles]
- 행복은 전인성全人性을 위하여 스스로 노예 됨을 깨닫는 자만이 얻을 수 있는 열매다. [조지훈]
- 행복은 항상 그대가 손에 잡고 있는 동안에는 작게 보이지만, 놓쳐 보라. 그러면 곧 그것이 얼마나 크고 귀중한지를 알 것이다. [Maxim Gorky]
- 행복은 활동에 있다. 그것이 자연의 구조다. 행복은 흐르는 개울이지, 고여 있는 웅덩이가 아니다.
  [J. M. 구드]

● 행복을 얻는 유일한 방법은 그 자체를 인생의 목적으로 삼지 말고, 그 이외의 어떤 것을 인생의 목적으로 삼는 데 있다. 나는 지금까지 자기의 욕구를 충족시키려고 노력하기보다는 오히려 그것을 억제하려 함으로써 행복을 얻을 수 있음을 알게 되었다. [John Stuart Mill]

● 행복을 잃을 수 있는 한 그래도 우리는 행복을 가지고 있다는 말이 된다.
[Newton Booth Tarkington]

● 행복을 추구하고 있기만 하면 너는 행복해지지 않는다. 가령 가장 사랑하는 것을 손에 넣었다 할지라도…. [Herman Hesse]

● 행복을 추구하는 것도 중요하지만, 행복을 누릴 자격이 있는 사람이 되는 일이 더욱 중요하다. [I. Kant]

● 행복의 결점은 하나하나 희망으로써 보충되고, 사교의 공허는 하나하나 자랑으로써 보상된다.
[Alexander Pope]

● 행복의 비밀은 자신이 좋아하는 일을 하는 것이 아니라, 자신이 하는 일을 좋아하는 것이다.
[Andrew Mathews]

● 행복의 빛은 광선과 마찬가지로 깨져서 흩어지기 전에는 무색투명하다.
[Henry Longfellow]

● 행복의 제일의 불가결한 조건은 윤리적 세계질서에 대한 확고한 신앙이다. [Carl Hilty]

● 행복의 크나큰 장애는 너무 크게 행복을 기대하는 데에 있다.
[Bernard Fontenell]

● 행복의 한쪽 문이 닫히면 다른 쪽 문이 열린다. 그러나 흔히 우리는 닫힌 문을 오랫동안 보기 때문에 우리를 위해 열려 있었던 문을 보지 못한다. [Helen Keller]

● 행복이 더없이 클 때는 미소와 눈물이 생긴다. [Stenchal M. H. B.]

● 행복Happiness이라는 단어는 본시 옳은 일이 자신 속에 일어난다는 뜻을 가진 happen에서 나온 말이다. 행복이란 글자가 가진 뜻과 같이 그 사람의 올바른 성과成果인 것이며, 우연히 외부에서 찾아온 운명의 힘은 아니다. [Karl A. Menninger]

● 행복이란 것은 본질적으로 도道나 진리에 속한 것이 아니다. 무아경無我境의 법열法悅같이 고상한 것이 아니요, 어디까지나 유아본위唯我本位인 속세적인 이익이 근본인 것이다. 그것은 행복의 근원이 되는 복의 개념이 원래 그런 것이다. [김동리]

● 행복이란 것은 비애의 강바닥에 가라앉아서 희미하게 빛나는 사금파리 같은 것은 아닐까.

[다자이오사무太宰治]

- 행복이란, 교묘히 속여지는 상태의 끊임없는 소유이다. [Jonadan Swift]
- 행복이란, 그 자체가 긴 인내다. [Albert Camus]
- 행복이란, 대개 사람에게 부름을 받지 않고 찾아오는 것이며, 멀리하면 멀리할수록 더욱 찾아드는 것이다. [Karl Humboldt]
- 행복이란, 마음대로 구하지 못하나니, 스스로 즐거운 정신을 길러 복을 부르는 바탕을 삼을 따름이다. 재앙이란, 마음대로 피하지 못하나니, 남을 해하는 마음을 없이 함으로써 재앙을 멀리하는 방도로 삼을 따름이다. [홍자성洪自誠]
- 행복이란, 말에는 무언지 우울한 가락이 있다. 그것을 입에 담을 때 이미 그것은 도망쳐 버리고 있다. [Carl Hilty]
- 행복이란 무엇인가 ─ 권력이 성장하고 있다는 감정 ─ 저항이 극복되었다는 감정이다. [Friedrich Nietzsche]
- 행복이란, 순전한 금전문제이지, 그 밖의 아무것도 아닙니다. [Horvath]
- 행복이란, 스스로 만족하는 점에 있다. 남보다 나은 점에서 행복을 구한다면 영원히 행복하지 못할 것이다. 왜냐하면 누구든지 한두 가지 나은 점은 있지만, 열 가지 전부가 남보다 뛰어날 수는 없기 때문이다. 그렇기 때문에 행복이란 남과 비교해서 찾을 것이 아니라, 스스로 만족할 수 있는 것이 중요하다. [Alain]
- 행복이란, 언제 낳는지도 모르며, 또한 사람에게 영접을 받는 일도 거의 없이 사라져 버린, 다시 돌이킬 수 없는 순간을 말함인가? [Nikolaus Lenau]
- 행복이란, 우리 집 앞 길가에서 자라는 것이지 남의 정원에서 따오는 것은 아니다. [Philip Geraldi]
- 행복이란, 인생을 시인하는 유일한 것이다. 행복이 이루어지지 않는 곳의 인간의 존재란 미치고 불쌍한 한낱 실험에 불과하다. [George Santayana]
- 행복이란, 자기의 영혼을 훌륭하다고 느끼는 데 있다. 그 밖에는 소위 행복이란 것은 없다. 그러므로 행복은 비탄이나 회환 가운데서도 존재할 수 있다. 쾌락은 육체의 어떤 한 부분의 행복에 지나지 않는다. 참다운 행복, 유일한 행복, 온전한 행복은 마음 전체의 영혼 가운데 존재한다. [Joseph Joubert]
- 행복이 올 때는 우연히 찾아온다. 행복을 추구의 대상으로 노력할 때는 들판의 거위를 쫓는 격이 되어 잡히지 않는다. [Nathaniel Hauthon]

- 행복이 유일한 선이요, 이성이 유일한 횃불이고, 정의가 유일한 숭배이며, 박애가 유일한 종교이고, 사랑이 유일한 성직자다.　[R. G. Ingersoll]
- 행복하게 되기 위해서는 두 가지 길이 있다. 욕망을 줄이거나 소유물을 늘이거나 하는 것이다. 어느 편이든 좋다.　[Benjamin Franklin]
- 행복하게 살고 있다고 생각되는 사람도 죽는 것을 보기 전에는 부러워해서는 안 된다.　[Euripides]
- 행복한 사람들은 언제나 자기가 옳다고 생각한다.
　　　　　[La Rochefoucauld]
- 행복한 사람은 남을 행복하게 만들어 줄 수 있다. 남을 복되게 해주면 자기의 행복도 한층 더해진다.
　　　　　[Jakob Grim]
- 행복한 상태에서 그 일생을 마친 자만을 행복하다고 생각해야 한다.
　　　　　[Aeschilos]
- 행복한 인생! 이는 인간치고 이를 견뎌낼 자는 없을 것이다.
　　　　　[George Bernard Shaw]
- 행복한 생활이란 마음의 평화에서만이 성립할 수 있다.　[M. T. Cicero]
- 행복해지는 첫째 조건은 과거에 대해서 계속 생각하며 괴로워하지 않는 것이다.　[Andre Maurois]
- 현자는 기회를 행복으로 바꾸어 놓는다.　[George Santayana]
- 혼자 행복을 누린다는 것은 자랑할 만한 사실이 아니라 미안하고 죄송하게 여겨야 할 일입니다.　[지명관]
- 화장이 여자의 가식인 것처럼 행복은 여자의 시정詩情이다.　[Balzac]

| 행복幸福과 불행不幸 |

- 개개의 불행이 일반적으로 행복을 만드는 것입니다. 따라서 개개의 불행이 많으면 많을수록 모든 것은 선인 것입니다.　[Voltaire]
- 곧은 선비는 행복을 구하는 마음이 없기 때문에 하늘은 그 마음 없는 곳을 향해 행복의 문을 열어주고, 음흉한 사람은 재앙을 피하려고만 애쓰기 때문에 하늘은 그 애쓰는 마음에 재앙을 내려 그 넋을 빼앗는다.
　　　　　[채근담菜根譚]
- 군자는 재화를 묻지, 복은 묻지 않는다.　[수호전水滸傳]
- 금도 위대함도 우리를 행복하게 하지 못한다.　[La Fontaine]
- 기대했던 것만큼 행복하지 않다고 생각하는 것보다 불행한 일은 없다.
　　　　　[Francois de La Rochefoucauld]
- 나날의 행복을 정밀 저울로 달지 마라. 반면 보통의 저울로 달면 부정확하기는 해도 만족스럽다.　[Goethe]

- 나에게 닥쳐오는 불행도 그 원인은 스스로 만든 것이요, 나에게 찾아드는 행복도 스스로 이룬 것이다. 그렇듯 불행과 행복은 같은 문에서 들어오고 나가며, 이익과 손해는 서로 이웃하며 상대적으로 자리바꿈하는 것이다. [회남자淮南子]
- 내일 무엇을 해야 할지 모르는 사람은 불행한 사람이다. [Maxim Goriky]
- 만약 당신이 행복하지 않으면, 그 불행의 원인은 당신 자신에게 있음을 알지 않으면 안 된다. 왜냐하면 신은 모든 사람을 행복하게 만드셨기 때문이다. [Epictetos]
- 많은 불행은 난처한 말과 말하지 않은 채로 남겨진 일 때문에 생긴다. [Dostoevsky]
- 많이 웃는 자는 행복하고, 많이 우는 자는 불행하다. [Schopenhauer]
- 모든 사람의 행복은 다른 사람의 불행 위에 세워진다. [Turgenev]
- 복과 장수 안녕은 사람마다 바라는 바이고, 사망과 질병도 사람마다 못 떠나는 것이다. [유학경림幼學瓊林]
- 복은 가까워서 알기 쉽지만, 화는 멀어서 예측하기 어렵다. [경화록鏡花錄]
- 복은 선善으로 얻고, 화는 악으로 얻는다. [유우석劉禹錫]
- 복은 선이 가득 찬 뒤에 오고, 재앙은 악이 가득 찬 뒤에 온다. [동주열국지東周列國志]
- 복이란 화가 없는 것보다 더 큰 것이 없고, 이利란 잃지 않는 것보다 나은 것이 없다. [회남자淮南子]
- 불운은 날아서 와, 걸어서 떠난다. [Henry Born]
- 불행과 행복은 바뀌어서 서로 번갈아 일어나니 그 변화는 예견하기 어렵다. 행복이 불행이 될 수 있고, 불행이 행복이 될 수 있다. [회남자淮南子]
- 불행과 행복은 자기가 구하지 않는데도 찾아오는 일은 없다. [맹자孟子]
- 불행은 신앙과 같이 습성이 될 수 있다. [Graham Greene]
- 불행은 행복 위에 서고, 행복은 불행 위에 눕는다. [노자老子]
- 불행의 봉우리는 법의 손도 미치지 못한다. [Voltaire]
- 불행이 없다는 것은 행복이 많다는 것이다. [Ennius]
- 불행한 때 슬퍼한 적이 없고, 운명을 통탄한 적이 없는 사람은 스스로 위대함을 보여준 것이다. [Lucius Annaeus Seneca]
- 불행할 때 행복했던 과거를 회상하는 것보다 더 큰 슬픔은 없다. [Alighieri Dante]
- 비참한 사람에게는 인생은 짧고, 행

복한 사람에게는 길다.

[Publius Syrus]

● 사람은 스스로 상상하고 있는 만큼 행복하지도 불행하지도 않다.

[Francois de La Rochefoucauld]

● 사람은 흔히 큰 불행에 대해서는 체념을 하지만, 사소한 기분 나쁜 일에 대해서는 오히려 감정을 추스르지 못한다. 그러므로 우리가 마음의 준비를 갖추어야 할 것은 큰 불행보다는 사소한 일에 있다. 사소한 기분 나쁜 일들은 하루에도 몇 번씩 맞부딪치며, 또한 그 사소한 일들이 빌미가 되어 큰 불행으로 발전하는 일이 적지 않기 때문이다. 감정이란 그릇이 기울면 엎질러지는 물과 같아서 늘 조심성 있게 다뤄야 한다. 일단 기울면, 평화와 조화가 파괴되는 것을 염두에 두고 기울기 쉬운 순간에 억제해야 한다. [Alain]

● 사람의 운수는 아무리 다르게 보일지라도 복과 화가 서로 뒤섞여서 결국은 평등하게 된다.

[Francois de La Rochefoucauld]

● 슬기롭고, 정직하고, 의롭지 않고는 행복하게 살 수 없고, 행복하지 않고는 슬기롭고, 정직하고, 의롭게 될 수 없다. [Epikouros]

● 식구끼리 화목한 것보다 더 큰 복은 없고, 집안싸움보다 더 큰 재난은 없다. [한서漢書]

● 신은 인류에게 한 개의 복과 두 개의 화를 분배한다. [Pandaros]

● 약한 사람은 불행이 닥치면 체념해 버리고 만다. 그러나 위대한 사람은 불행을 딛고 일어선다.

[Washington Irving]

● 어떠한 것이 큰 불행이고, 어떤 것이 커다란 행복인가? 본시 행복과 불행은 그 크기가 미리부터 정해져 있는 것은 아니다. 다만 그것을 받아들이는 사람의 마음에 따라서 작은 것도 커지고 큰 것도 작아질 수 있는 것이다. 현명한 사람은 큰 불행도 작게 처리해 버린다. 어리석은 사람은 조그마한 불행을 현미경적으로 확대해서 스스로 큰 고민 속에 빠진다.

[Francois de La Rochefoucauld]

● 어떠한 불행 속에서도 행복이 움츠리고 있다. 다만 어디에 좋은 일이 있고, 어디에 나쁜 일이 있는지, 우리들은 모를 따름이다.

[C. V. Gheorghiu]

● 우리는 누구나 조금씩 불행하다. 누구에게나 쓰라리고 억울했던 기억이 있다. 그것은 우리가 아무리 행복해지더라도 남는 법이다. 그리고 행복의 의식 속에서 썩어버릴지 모르는 인간 정신을 항상 소금처럼 지켜준다. [손창섭]

- 우리들은 남이 행복하지 않은 것은 당연한 것으로 생각하고, 자기 자신이 행복하지 않은 것은 언제나 납득하지 않는다.　[M. E. Eschenbach]
- 우리들은 절대적 행복 또 불행이라는 것이 무엇인지 모르고 있다. 인생에 있어서는 모든 것이 뒤섞여 있다. … 행복이나 재난이라는 것도 우리들의 모두에게 공통적인 것이다. 다만 사람에 따라 그 한도가 다를 뿐이다. 가장 행복한 사람이란, 가장 적게 고통을 입고 있는 사람이며, 가장 비참한 사람이란, 가장 적게 쾌락을 느끼고 있는 사람이다.

　[Jean-Jacques Rousseau]
- 우리의 행복은 불행에서 나오고, 불행은 행복 가운데 숨어 있다.

　[노자老子]
- 이 갈림길처럼 우리는 갈라져야 할 게 아니겠소? 행복한 사람들이 가는 길과 불행한 사람들이 가는 길이 다르니까.　[박화성]
- 인간에게는 불행이나 빈곤, 혹은 질병조차 필요하다. 이런 것들이 없다면 인간은 곧 오만해지기 때문이다.

　[Turgenev]
- 인간의 불행의 하나는 그들이 이미 성적 매력을 잃고 나서 훨씬 이후까지 성욕만은 남아 있다는 사실이다.

　[William Somerset Maugham]
- 인간의 행복의 원리는 간단하다. 불만에 자기가 속지 않으면 된다. 어떤 불만으로 해서 자기를 학대하지 않으면 인생은 즐거운 것이다.

　[William Lussell]
- 인간 최대의 행복은 날마다 덕에 대해서 말을 주고받는 것이다. 혼이 없는 생활은 인간에 값하는 생활이 아니다.　[Socrates]
- 인생에겐 행복 이외에 똑같은 분량의 불행이 항상 필요하다.

　[Dostoevsky]
- 인생에 있어서 일어난 일을 어떻게 받아들이느냐 하는 것은, 일어난 일 못지않게 우리들의 행불행과 중요한 관련이 있다.　[A. Humbolt]
- 인생은 학교다. 거기서는 행복보다도 불행 쪽이 보다 좋은 교사다.

　[Vladimir 프리체]
- 재난에는 두 종류가 있다. 즉, 우리에게는 불운을, 다른 사람에게는 행복을.　[Ambrose Bierce]
- 지상에서의 생활 과정에 있어서는, 행복과 불행의 분배는 윤리와는 아랑곳없이 행해지고 있는 것이 사실이다.　[Wilhelm Windelband]
- 짧은 인생! 위대한 행복은 허무하고 불행은 오래 간다.　[J. G. Herder]
- 최상의 행복은 1년을 마무리할 때, 연초에 자신보다 더 나아졌다고 느

끼는 것이다.　　　[Lev N. Tolstoy]
- 쾌락은 환상에 기댈 수 있으나 행복은 현실에 기초한다.　　[N. Sangfor]
- 큰 불행 중에 다행히 있다.
　　　　　　　　　[홍루몽紅樓夢]
- 한 생명이 불행한 고통을 느낄 수 있으려면, 그 불행이 생성할 수 있는 시간 속에 그가 존재해야 한다.
　　　　　　[Titus Lucretius Carus]
- 행복과 불행은 같은 지붕 밑에 살고 있으며, 번영의 바로 옆방에 파멸이 살고 있고, 성공의 옆방에 실패가 살고 있다.　　　　　[안병욱]
- 행복과 불행은 모두 마음에 달려 있다.　　　　　　　[Democritos]
- 행복으로부터 불행으로 변하는 데는 한순간밖에는 필요하지 않으나, 불행으로부터 행복으로 바뀌기 위해서는 영원한 시간이 필요한 때도 있다.　　　　　　　[유대 격언]
- 행복은 구해서 얻어지는 것이 아니다. 유쾌하게 살아서 복을 부르는 수밖에 없다. 불행은 피할 수가 없다. 타인을 해하려는 마음을 없애고 불행에서 멀어져 가는 수밖에 없다.　　　　　[채근담菜根譚]
- 행복은 기울어진 길을 따라 걷는 이들을 위해 피어나지 않는다.
　　　　　　　　　[Pandaros]
- 행복은 지배하여야 하고, 불행은 극복해야 한다.　　　　[독일 속담]
- 행복은 애타심에서 태어나고, 불행은 자기 본위에서 태어난다.
　　　　　　　[석가모니釋迦牟尼]
- 행복은 한계도 없고 그 무엇도, 아무것도 없어. 그것은 별게 아니더군. 그에 비하면 나의 불행은 보다 중요한 것이야. 특성이 뚜렷하고, 추억도 있고, 볼록한 혹을 달고 무게가 있거든.　　[Henri Michaux]
- 행복을 위해서 눈물은 있으나, 큰 불행을 위해서는 눈물도 없다.
　　[Francois de La Rochefoucauld]
- 행복이란, 상賞이 아니다. 필연의 귀결이다. 불행은 형벌이 아니다. 일의 결말이다.　　　　　[Ingersoll]
- 행복이 무엇이며 행복해질 수 있는 방법에 대해 알고 싶어 한다면, 그것이 벌써 불행한 증거이다.　[신일철]
- 행복하게 산다는 것은 마음의 평온함을 뜻한다.　　　　　[Cicero]
- 행복하기 위해서는 두 가지 길이 있다. 욕망을 줄이든가, 가지고 싶은 것을 더 가지면 된다.　[B. Franklin]
- 행복한 사람은 불행한 사람이 말없이 자신의 무거운 짐을 짊어지고 걷고 있기 때문에 행복을 즐기고 있는 것이다. 이 불행한 사람의 침묵이 없었던들 행복 따위가 있을 리 만무하다.　　　　[Anton P. Chekhov]

- 행복한 순간이야말로 바로 그 옆에 불행이 엎드려 있다. 불행한 순간이야말로 행복이 깃들일 수 있는 하나의 터전이다. [노자老子]
- 행불행을 결정하는 것은 생활 상황에 결부된 감정이지만, 그러한 감정은 임의적인 것도, 암시에 의해 생기거나 사라지는 것도 아니며, 상황 그 자체의 근본적 변화에 의해서만 바뀔 수 있다. 그것을 바꾸려면 우선 그것을 알아야 한다. [Simone Weil]

| 행복의 규칙 |

- 하루만 행복하려면 이발소에 가서 머리를 깎아라. 일주일만 행복해지고 싶거든 결혼을 하라. 한 달 정도라면 말(馬)을 사고, 일 년이라면 새 집을 지어라. 그리고 평생토록 행복하기를 원한다면 정직한 인간이 돼라. [영국 격언]
- 행복은 습관이다. 그것을 몸에 지니라. [George Herbert]
- 행복함에는 두 갈래의 길이 있다. 욕망을 적게 하거나 재산을 많이 가지면 된다. [Benjamin Franklin]

| 행복한 인간 |

- 내 인생의 모든 순간이 행복했다. [Helen Keller]
- 왕이건 농부이건, 자신의 가정에 평화를 찾아낼 수 있는 자가 가장 행복한 인간이다. [Goethe]
- 인생 말년에 행복한 인간이 되기를 원하는가? 그렇다면 재테크보다 우友테크를 잘하라. [Goethe]
- 전적으로 자립하여 모든 자기 욕구를 자기 자신에게만 집중시키는 사람이 가장 행복하다. [Cicero]
- 지난 일에 매달리지 않으며, 작은 일에 화내지 않고, 사람을 미워하지 않는다. 현재를 즐기며, 미래는 신에게 맡긴다. [Goethe]
- 할 일이 있고 사랑할 사람이 있고, 희망이 있으면, 행복한 사람이다. [Immanuel Kant]
- 행복한 사람이란, 첫째 할 일이 있고, 둘째 사랑하는 사람이 있고, 셋째 희망이 있는 사람이다. [I. Kant]
- 행복한 인간이란, 자아自我에서 탈피하여 객관적으로 사는 인간이다. 자기에게 집착하지 않는 자유로운 애정과 광범위한 흥미를 갖는 사람이다. [Bertrant Russel]

| 행운幸運 / 운명運命 |

- 건강을 다스리듯 운명을 다스려야 한다. 행운이 오면 즐기고, 불행이

닥치면 인내해야 한다.

[Francois de La Rochefoucauld]

- 꾸물거리지 말라! 위대한 행운의 기회는 결코 길지 않다. [Silius Italicus]
- 나쁜 운명의 여신에 맞서 용기를 지니는 것이 버팀목이 된다. [Plautus]
- 도박에서는 운명의 여신이 힘을 이긴다. [Pandaros]
- 빛이 사물을 드러내 보여주듯이, 운명의 여신은 인간의 미덕과 악덕을 드러내 보인다.

[F. La Rochefoucaul]

- 사랑에서와 마찬가지로, 운명 속에서도 밀회를 즐기기에 좋은 시간이 있다. [Saint Evremond]
- 우리는 운명의 바퀴에 징을 박을 수 없다. [Cervantes]
- 인간에게 행운과 훌륭한 지각이 한꺼번에 오는 경우는 드물다. [Libby]
- 인생을 지배하는 것은 행운의 여신이지 지혜가 아니다. 마찬가지로 모든 기교도 행운이 돕지 않으면 허사일세. [Seridon]
- 행운의 신은 여자의 성질을 가지고 있어서, 너무 조르면 더욱 멀어진다.

[Francis Bacon]

- 행운의 여신은 장님이다. [Cicero]
- 행운의 여신이 너에게 미소를 지으면 오만을 두려워하고, 여신이 등을 돌리면 낙심을 두려워하라.

[Periandros]

- 행운의 여신이 눈멀었다는 비난을 가끔 받는데, 실상은 사람들처럼 눈멀지 않았다. 바람과 파도가 훌륭한 항해사 편에 있는 것처럼, 행운 또한 근면한 사람 편에 있음을 우리는 보아오지 않았는가. [S. Smiles]
- 행운의 여신이 지나치게 호의를 베풀 때는 그 사람을 바보로 만든다.

[Publius Syrus]

| 행운과 불행不幸 |

- 당신을 비껴간 악운들을 생각해 보십시오. [Joseph Joubert]
- 신들은 우리에게 그들이 우리에게 주는 모든 행운을 판다. [Epikharmos]
- 신들은 인간들에게 행운 하나 당 악운 두 개를 배정한다. [Pandaros]
- 인간의 운은 많은 차이가 있어 보이지만, 실제로는 행운과 악운이 서로 상쇄되기 때문에 결국은 같다고 볼 수 있다. [F. La Rochefoucauld]
- 자신의 악운을 말할 때, 우리는 대개 줄여서 말한다. [Corneille]
- 친구여, 행운은 기교가 돕지 않으면 약하다고 나는 종종 생각했네. 마찬가지로 모든 기교도 행운이 돕지 않으면 허사일세. [Seridon]
- 행운은 물레방아처럼 돌고 돌아, 어

제 정상에 있었던 사람이 오늘은 밑바닥에 깔린다. [M. de Cervantes]

- 행운의 신은 여자이기 때문에, 대담하게 그녀에게 명령하는 젊은이에게 호의를 보인다. [Machiavelli]

| 행위 / 행실 |

- 기적을 보고 성인聖人들을 알아본다. [Jean de Noyers]
- 나는 행위하는 이상, 나 자신을 불운 앞에 내던진다. 이 불운은 나에게 있어서는 하나의 율법이고, 나의 의지의 나타남인 것이다. [Georg W. F. Hegel]
- 나의 왕국은 나의 소유에 있지 않고 나의 행위에 있다. [Thomas Carlyle]
- 다만 동기만이 사람들의 행위의 진가를 결정한다. [La Bruyere]
- 도덕적인 백만 번의 제목보다 도덕적인 행위의 편이 올바르다. [Jonathan Swwift]
- 뜻을 굽혀서 남으로부터 기쁨을 얻기보다, 내 몸의 행실을 곧게 하여 사람의 마음을 받음이 더 낫다. 좋은 일 한 것도 없이 남의 칭찬을 받기보다, 나쁜 일을 하지 않고서 남의 헐뜯음을 당하는 것이 더욱 낫다. [홍자성洪自誠]
- 말은 자유이고, 행위는 침묵이고, 복종은 맹목이다. [Friedrich Schiller]
- 무공 없는 기사騎士는 없다. [Henry Estien]
- 뭔가를 하려거든 정신 차려 열심히 하라. [Plautus]
- 사람은 그의 아내, 그의 가족, 거기다 그의 부하에 대한 행위로 알려진다. [Napoleon I]
- 세상을 살면서 세 가지 금언을 익혔다. 남을 해치는 말은 결코 하지 마라. 불평하지 마라. 설명하지 마라. [R. F. Scott]
- 숨겨진 고결한 행위는 가장 존경되어야 할 행위이다. [Pascal]
- 아름다운 몸매가 아름다운 얼굴보다 낫고, 아름다운 행실이 아름다운 몸매보다 낫다. 아름다운 행실이야말로 예술 중에서 가장 아름다운 것이다. [Ralph Waldo Emerson]
- 어느 날의 어리석은 행위는 다음날의 어리석은 행위에 자리를 비워 주기 위하여 잊혀야 한다. [Immanuel Kant]
- 어떤 행위가 얼마만큼 눈부시게 보일지라도, 위대한 계획의 결과가 아닌 한 그것을 위대한 것으로 봐서는 안 된다. [La Rochefoucauld]
- 우리가 우리의 행위를 결정하는 것처럼 우리의 행위는 우리를 결정한다. [T. S. Eliot]

- 우리들은 언어보다 행위를 주시하여야 한다. 그리고 또한 우리들도 언어로써가 아니라 행위로 표시하지 않으면 안 된다. [John F. Kennedy]
- 우리들의 행위는 우리들의 것이다. 그 결과는 신의 일이다.

    [Sanctus Franciscus]
- 우리의 행위는 우리의 지식에 미흡하다. [Ralph W. Emerson]
- 인간의 여러 가지 행위는 모두 결과로써 나타날 시기가 떨어져 있으면 있을수록 그만큼 훌륭하고 존경받는 행위다. [John Ruskin]
- 인간의 행실은 각자 자기의 이미지를 보여주는 거울이다. [Goethe]
- 인생의 목적은 행위이지 사랑은 아니다. [Thomas Carlyle]
- 자신이 옳다는 확신을 가지십시오. 그리고 일을 계속해 나가십시오.

    [Davy Crocket]
- 전장에는 싸움에 이긴 사람들만 있을 뿐이다. [Saint Just]
- 충성스런 언사는 귀에 거슬리지만 행실에 이롭다. [공자가어孔子家語]
- 행실은 인정이 많은 것을 귀히 여기고, 의지는 용감히 나가는 것을 귀히 여겨라. [유형기]

| 향수香水 |

- 가장 좋은 향수를 지닌 여성은 향수를 뿌리지 않은 여성이다. [Plautus]
- 가장 향기로운 향수는 언제나 가장 작은 병에 담겨 있다. [John Dryden]
- 안 좋은 냄새가 나는 사람이 늘 좋은 냄새만 맡는다. [Martialis]
- 좋은 향기를 내는 것은 악취를 풍기는 것이다. [M. E. Montaigne]

| 허세虛勢 |

- 군대의 지휘관이나 병사에게 있어 허세는 필수적인 조건이다. 왜냐하면 쇠가 쇠를 날카롭게 하는 것과 마찬가지로 허세에 의해 용기는 또 다른 용기를 자극하기 때문이다. [미상]
- 나귀가 사자의 가죽을 쓴다. [Aesop]
- 허세를 부리는 사람은 현명한 사람의 비웃음을 사며, 어리석은 자의 감탄을 받으며, 기생적인 자의 우상이 되며, 스스로는 자만심의 노예가 된다. [Francis Bacon]
- 허세를 부리는 자는 자신이 아끼는 사람에 대해 얘기하지 못하게 될 바에는 차라리 자신이 저지른 실수나 아둔함에 대해 얘기할 것이다.

    [Joseph Addison]

| 허영심虛榮心 |

- 갈구에는 허영이 따르고, 허영은 모

험이란 불량아를 남기는 것이다.

[변영로]

● 공작새가 제 발을 바라보면, 꽁지를 제대로 펼칠 수 없다.　[Cervantes]
● 남들의 허영심이 견디기 힘든 것은, 그것이 우리의 허영심에 상처를 주기 때문이다.　[La Rochefoucauld]
● 사람들은 허영심이 매우 많다. 그리고 그렇다고 인정받는 한, 아무거나 다 좋아한다.　　　　[La Bruyere]
● 사람들이 우리를 아무리 좋게 말한다 해도, 우리에게 새로운 것을 전혀 가르쳐주지 않는다.

[Francois de La Rochefoucauld]

● 사람은 허영이 말하라고 교사敎唆하지 않는 한 입을 움직이지 않는다.

[La Rochefoucauld]

● 신이 가장 잘하신 일은, 사람들이 저마다 있는 그대로의 자신을 좋게 여기도록 하신 일이다.　[P. le Goff]
● 아무리 순수한 사랑에도 허영의 공작새가 잠들어 있다.　　　[이어령]
● 어떤 이들은 낙타의 봉에 앉기에는 자기 자신이 너무 거대하다고 생각한다.　　　　　　　[R. Pilet]
● 어리석은 허영심은 하찮은 것들로 자신을 돌아보려고 애쓰는 열망과 같다.　　　　[Theophrastos]
● 어리석음과 허영심은 늘 붙어 다니는 친구이다.　　　[Beaumarchais]

● 우리의 조언자들 가운데 가장 친근하고, 자주 가치 있는 조언을 해주는 조언자는 바로 허무함이다.

[Oxenstjerna]

● 원래 겉치장이나 허영심이라는 것은 진정한 슬픔과는 전혀 다른 감정이지만, 그와 동시에 그 감정은 인간의 본성에 깊이 파고들고 있으므로 매우 통절한 비애일지라도 이 감정을 쫓아내기는 참으로 힘든 것이다.

[Lev N. Tolstoy]

● 잔혹함은 고대의 악덕이고, 허영은 근대 세계의 악덕이다. 허영은 최후의 병이다. [George Edward Moore]
● 최고의 허영심은 명성을 사랑하는 것이다.　　　[George Santayana]
● 타인의 허영심에 불쾌한 것은 자신의 허영심을 상하게 만들기 때문이다.　　　　[La Rochefoucauld]
● 1온스의 허영심이 100파운드의 미덕을 망쳐 버린다.　[P. J. Leroux]
● 작은 상자 안에서 동전 하나가 소란스럽다.　　　　　[Talmud]
● 한 사람에게 대지大地의 곡물을 다 주고, 또한 강물을 다 준다 치고, 그 사람이 배가 고파 마구 먹고, 목이 말라 마구 마신다 해도, 그 사람의 뱃속을 채우는 것은 고작 도시락의 밥이고, 표주박의 물에 지나지 않으며, 그것으로 그 사람은 포만하게

될 것이다. 그렇다고 대지의 곡식이 줄어들 것도 아니고, 강물이 말라버릴 것도 아니다. 즉 온 대지의 곡식을 독차지했다고 더 배부르게 먹을 수도 없을 것이며, 대지의 곡식을 다 갖지 못했다고 해서 굶주릴 것도 아니다. 결국 둥구미에 곡식을 조금 가지고 있고, 우물에 물이 있을 때와 실질적으로 같은 것이다.

[회남자]

● 한 사람이 자기 자신에 대해 큰 생각을 품는다면, 그것이 그가 그의 인생에서 품어본 유일한 생각임을 확신할 수 있다. [Aeschilos]
● 허영심은 사람을 수다스럽게 하고, 자존심은 침묵케 한다.

[Schopenhauer]

● 허영심은 인간의 제6의 감각이다.

[Thomas Carlyle]

● 허영심이 강한 인간은 오만하며, 실제로는 모두에게 골칫거리임에도 불구하고 만인이 자신에게 호감을 느낀다고 착각하기 마련이다.

[Spinoza]

● 허영에 대한 최상의 방어는 존대이다. 그러나 허영보다 훨씬 위험한 적인 존대를 방어하는 것은 신神에의 접근뿐이다. [Carl Hilty]
● 허영은 곧 빈곤을 말하는 것이다.

[이동주]

● 허영은 사람을 조롱하고, 자만은 귀찮게 하고, 야심은 무섭게 한다.

[Stael 부인]

● 허영은 우리들의 기억에 교묘한 사기를 입힌다. [Joseph Conrad]
● 허영이란 말의 뜻은 저속한 사람에게는 떠오르지 않는 생각이다.

[George Santayana]

| 허풍 |

● 가장 크게 우는 닭이 가장 잘 알을 낳는 닭은 아니다. [Thomas Fuller]
● 거만한 자를 쓰러뜨리는 것은 기분이 좋다. 자신이 쓰러졌다고 자랑하지는 않기 때문이다. [Florian]
● 당나귀가 사자 가죽을 몸에 걸친다.

[Aesop]

● 발끝으로 서있는 자는 똑바로 서지 못한다. [노자老子]
● 허풍선이가 용감하기는 드물고, 용감한 자가 허풍을 떠는 일도 드물다.

[Christian 여왕]

● 허풍쟁이와 북은 둘 다 시끄러운 소리로 사람들을 괴롭히기 위해 만들어진 듯하다. [Oxenstjerna]
● 헛 인사는 베일을 사이에 두고 키스하는 것과 같다. [Victor M. Hugo]

| 헌신獻身 |

- 스승을 위해 범하는 잘못은 덕행이다.　　　　　　　[Publius Syrus]
- 이익보다 훨씬 강한 것이 있는데, 바로 헌신이다.　　　[G. de Levy]
- 인생에서 성공하는 이는 꾸준히 목표를 바라보며 한결같이 그를 쫓는 사람이다. 그것이 헌신이다.
　　　　　　[Cecil Blount DeMille]
- 헌신하지 않고 산다는 것은 파렴치한 일이다. [Ralph Waldo Emerson]

| 혁명革命 |

- 능숙한 사람들이 찌른 어리석음, 재간꾼들이 말한 기괴한 생각들, 정직한 사람들이 저지른 범죄, 이것이 혁명이다.　　　[Louis de Bonal]
- 일렁이는 물은 낚시꾼에게 이득이 된다.　　　　[Satire Menippee]
- 장미수로 혁명을 일으키지는 않는다.
　　　　　　[Nichora Sangfor]
- 천둥이 치면, 그 반항에 경의를 표하라.　　　　　[Pythagoras]
- 혁명을 성공시키는 것은 희망이지 절망은 아니다.　[Peter Kropotkin]
- 혁명이 일어나는 때는, 가난한 자가 그의 근면함을 자신하지 못하고, 부자가 자신의 재산을 믿지 못하며,

무고한 자가 그의 생명에 안심하지 못할 때이다.　　[Joseph Joubert]
- 혁명이란 작은 일이 아니다. 그러나 혁명은 작은 일에서 일어난다.
　　　　　　[Aristoteles]

| 혁신革新과 보수保守 |

- 유신維新이란 무엇인가? 파괴破壞의 자손이다. 파괴란 무엇인가? 유신의 어머니다.　　　　[한용운]
- 지구상의 모든 나라를 보면 한결같이 혁신을 시행한 나라들은 강대해졌고, 보수적인 정책을 시행한 나라들은 멸망했다. 이처럼 보수와 혁신의 결과가 뚜렷이 구별됨을 알 수 있다. 혁신할 수 있으면 존속되고, 혁신하지 않으면 멸망한다. 철저하게 혁신하면 강국이 되고, 소극적인 혁신으로는 멸망을 면할 길이 없다. 대체로 오늘날의 병은 옛것에 집착하여 개혁을 모르는 데 있다.
　　　　　　[강유위康有爲]
- 짐승의 새끼도 처음 태어났을 때는 보기 흉한 것처럼, 시대적인 산물인 혁신도 그 첫 모습은 흉측한 것이다. 선善은 노력이 동원된 운동이기 때문에 맨 처음에는 가장 강한 힘을 발휘하지만 점차로 약화弱化되기 때문이다. 국가의 정사에 있어서는

절박한 사정이 아니라면, 혹은 명백하게 효과가 있는 경우가 아니라면 혁신을 시도하지 않는 편이 좋다. 개혁은 반드시 변화의 필연必然에 준해서 실행할 것이요, 변화의 요구 때문에 개혁을 빙자해서는 안 된다.
　　　　　　　　　　[Francis Bacon]
● 혁신을 이끄는 것은 사고방식과 태도입니다. 그렇기 때문에 당신 스스로 결정해야 합니다.　[Elon Musk]

| 현금現金 |

● 신은 믿고 신용하지만, 다른 모든 것들은 현금으로 지불해야 한다.
　　　　　　　　　　　　[Mencken]
● 현금은 알라딘의 램프이다.
　　　　　　[George Gordon Byron]

| 현세現世 |

● 현세에는 현재가 없고, 내세에는 미래가 없고, 미래에는 과거가 없다.
　　　　　　　　　[Alfred Tennyson]
● 현세의 모든 것이 무상無常하다는 것은 무한한 슬픔의 근원이며, 또 무한한 위로의 근원이다.　[Eschenbach]

| 현인賢人 |

● 군주가 능히 현자를 가려 높은 지위에 앉히고 불소한 자를 그 밑에서 일하게 하면 진陣은 이미 안정된 것이다. 백성들이 생업에 안주하여 위정자와 친근해지면 수비는 이미 견고한 것이며, 백성들이 모두 내 군주가 옳고 적국이 그르다고 하면 싸움은 이미 승리한 것이다.　　[오자吳子]
● 그 어떤 현인도 젊어지기를 바라지 않는다.　　　　[Jonathan Swift]
● 덕행을 이룬 현인은 높은 산의 눈처럼 멀리서도 빛나지만, 악덕을 일삼는 어리석은 자는 밤에 쏘는 화살처럼 가까이에서도 보이지 않는다.
　　　　　　　　　[법구경法句經]
● 소나무나 잣나무는 눈과 서리를 견뎌내고, 현명하고 지혜로운 사람은 위태로운 난관을 견딜 수 있다.
　　　　　　　　[명심보감明心寶鑑]
● 소크라테스처럼 자기의 지혜는 가치가 없다고 생각하는 사람이야말로 가장 현명한 사람이다.　[Platon]
● 자신을 바로 아는 사람이야말로 진정한 현인이다.　　　[초서楚書]
● 정말 현명한 사람은 자기 자신을 아는 사람이다.　[Geoffrey Chaucer]
● 친근감이 있으면 오래갈 수 있고, 공적이 있으면 커질 수 있다. 오래 갈 수 있는 것은 현인의 덕이 있기 때문이요, 커질 수 있는 것은 현인의 업적이 있기 때문이다.　[주역周易]

- 현명하고 선량한 자는 치욕을 참지 못한다. [Fabius Maximus]
- 현명한 사람은 결코 지식에 자만하거나 함부로 나서지 않는다. 정중히 요청할 때만 충고한다.
  [Baltasar Gracian]
- 현명한 사람은 친구들 중 바보보다는 자신의 적들로부터 더 큰 쓸모를 얻는다. [Baltazar Gracian]
- 현명한 자는 자기 마음의 주인이 되지만, 미련한 자는 그 노예가 될 것이다. [Publius Syrus]
- 현인은 그 여성관을 결코 입에 담지 않는다. [Samuel Butler]
- 현인은 우매한 자가 현인으로부터 배우는 것보다 더 많은 것을 우매한 자로부터 배우고 있다. [M. P. Cato]
- 현인을 상해한 자는 그 재앙이 자손 3대에까지 미치고, 현인을 은폐한 자는 그 몸이 해를 입는다. 현인을 질투한 자는 그 명예를 보존하지 못하고, 현인을 천거한 자는 예록禮祿이 그 자손에게까지 미친다. 그러므로 군자는 현인을 천거하는 데 열중하여 자신의 아름다운 이름을 나타낸다. [삼략三略]

| 현자賢者와 우자愚者 |

- 옹졸한 사나이는 벼슬을 얻지 못하였을 때에는 얻으려고 걱정하고, 벼슬을 한번 얻었을 때엔 그것을 잃을까 걱정한다. 참으로 벼슬을 잃을까 걱정하는 사람은 그 수단으로 무슨 짓이라도 한다. [이이]
- 인생은 한 권의 책과 같다. 어리석은 자는 아무렇게나 책장을 넘기지만, 현명한 사람은 공들여 읽는다. 왜냐하면 단 한 번 밖에 그것을 읽지 못함을 알기 때문이다. [Shakespeare]
- 현명한 사람은 기회를 행운으로 바꾼다. [Thomas Fuller]
- 현명한 사람이 어리석은 사람에게서 배우는 것이 어리석은 사람이 현명한 사람에게서 배우는 것보다 많다. [Montaigne]
- 현명한 사람이 있는 곳에는 호랑이와 표범이 산에 있는 형세와 같다. 공도公道가 실현되는 곳에는 마치 해와 달이 중천에서 밝게 비춤과 같아서, 여우와 살쾡이는 넋을 잃고 도망쳐 숨는다. 또한 어두운 그늘은 밝은 빛을 바라보며 흩어져 없어진다.
  [이언적]
- 현자는 어지러운 세상을 피하고, 그 다음가는 사람은 어지러운 땅을 피하며, 그다음 가는 사람은 임금의 낯빛을 보고 피하고, 그리고 그다음 가는 사람은 임금의 말을 듣고 피한다.
  [공자孔子]

● 현자의 사상은 신의 계시이다.

　　　　　　　　[Schopenhouer]

| 현재現在 |

● 과거를 슬프게 들여다보지 말라. 그것은 다시 오지 않는다. 현재를 슬기롭게 이용하라. 그것은 그대의 것이다. 남자다운 기상으로 두려워하지 말고 나아가 그림자 같은 미래를 맡으라.　　　　[Henry W. Longfellow]
● 나의 관심의 대상은 미래가 아니다. 그것은 신神이 우리의 판독判讀을 재촉하고 있는 현재의 이 시간이다.

　　　　　　　　[Paul Claudel]

● 먼 과거에 몰두하지 말고 가까운 현재를 파악하라.　　[Frierich Schiller]
● 무대 위에서는 언제나 지금이다. 등장인물은 과거와 미래 사이에 있는 그 면도날 위에 서있다.

　　　　　　　　[Thornton Wilder]

● 우리는 현재에 산다. 한데 누구나 다 미래를 위하여 현재를 희생하고 있다.　　　　　　　　[손우성]
● 우리들은 아름다운 하루하루를 허송하고 불길한 어떤 날을 맞이하였을 때 비로소 지난날이 다시 한번 돌아오나 하고 염원하기가 일쑤다.

　　　　　　　　[Schopenhauer]

● 우리들은 현재만을 참고 견디면 된

다. 과거에도 미래에도 괴로워할 필요는 없다. 과거는 이미 존재하지 않으며, 미래는 아직 존재하고 있지 않기 때문이다.　　　　[Alian]
● 우리들은 현재에 대해서 거의 생각하지 않는다. 가끔 생각하는 일이 있어도 그건 다만 미래를 처리하기 위해서 거기서부터 빛을 얻으려고 하는데 지나지 않는다. 현재는 결코 우리들의 목적은 아니다. 과거와 현재는 우리들의 수단이며, 미래만이 목적이다.　　　　　[Pascal]
● 우리들이 과거에 괴로워했거나 자기의 미래를 헛되게 하는 것은 현재에 몰입하지 못하기 때문이다. 과거는 이미 있었던 사실이고, 미래는 아직 있지 아니한 사실에 불과하다. 있는 것은 다만 현재의 이 순간뿐이다.

　　　　　　　　[Lev N. Tolstoy]

● 인간은 현재가 아주 가치 있는 것을 모른다. …다만 무언가 미래의 보다 좋은 날을 원망願望하고, 쓸데없이 과거와 나란히 서서 교태를 부리고 있다.　　　　　　[Goethe]
● 지난날 우리에게는 깜박이는 불빛이 있었으며, 오늘날 우리에게는 타오르는 불빛이 있다. 그리고 미래에는 온 땅 위와 바다 위를 비추는 불빛이 있을 것이다.　[W. Churchill]
● 진정한 생활은 현재뿐이다. …따라

서 현재의 이 순간을 최선으로 살려는 일에 온 정신력을 기울여 노력해야 한다. [Lev N. Tolstoy]
- 현재가 미래를 낳는다. [Voltaire]
- 현재는 강력한 여신이다. [Goethe]
- 현재는 곧 사라지고, 그것을 다시 불러들이지는 못하리라. [Lucretius]
- 현재는 과거밖에 담고 있지 않으며, 결과에서 발견되는 것은 원인 속에 이미 있었던 것이다. [Henri Bergson]
- 현재는 과거보다 더욱, 미래는 현재보다 더욱 나의 관심을 끈다. [Benjamin Disraeli]
- 현재는 그 일부가 미래요, 다른 일부가 과거이다. [Chrysippos]
- 현재는 매력 있는 여신이다. [Johann Wolfgang Goethe]
- 현재는 모든 과거의 필연적 산물이며, 모든 미래의 필연적 원인이다. [R. G. Ingersol]
- 현재는 자꾸 변하는 순간이며, 이미 과거는 존재하지 않고, 미래를 내다보는 것은 극히 어둡고 의심스럽다. [Edward Gibbon]
- 현재라는 것은 많은 경우에 우리들을 괴롭히고 있으니까 우리들이 그것을 보지 않으려고 하는 것, 그것이 정말 우리들을 괴롭히는 까닭이기 때문이다. 만약에 현재가 우리들에게 있어 즐거운 것이라고 한다면, 그것이 지나가는 것을 보고 우리들은 아까워할 것이다. [Pascal]
- 현재란, 과거에 살아온 모든 것의 집대성이다. [Thomas Carlyle]
- 현재를 향락하라. 내일 일은 그다지 믿을 바가 못 된다. [Horatius]
- 현재 시간만이 인간의 것임을 알라. [Samuel Johnson]
- 현재에서 미래가 태어난다. [Voltaire]
- 현재의 위기에 대한 인식이 보편화됐다고 가정할 때 우리의 미래는 가장 탁월한 두뇌들이 새로운 휴머니즘적 인간과학에 얼마나 동원되느냐에 달려 있다고 나는 확신한다. [Erich Fromm]

| 현학자衒學者 |

- 누가 더 많이 알고 있는가보다는 누가 더 잘 알고 있는가를 알아보아야 한다. [Voltaigne]
- 바보는 지루할 뿐이지만, 현학자는 견디기 힘들다. [Napoleon I]
- 현학적 성향이란, 지식을 과시하려는 것이다. [Samuel Johnson]

| 혈연血緣 |

- 사랑은 절대로 피가 슬퍼하는 만큼

슬퍼하지 않는다.　　　[C. A. Boil]

- 우정이 더해지면 혈연은 강해진다.
　　　　　　　　　　[Aeschilos]
- 피는 물보다 진하다.　　[John Ray]

| 협력協力 / 협조協助 |

- 두 협력자에게 속한 단지는 차지도
　뜨겁지도 않다.　　　　[Talmud]
- 소들이 둘씩 찍지어가면 밭갈이가
　더 잘 된다.　　　　　[미셸 스텐]
- 악어와 악어새 사이에는 친분이 있
　다.　　　　　　　　[Aristoteles]
- 여러 사람의 협력이 많을수록, 그
　이익도 크다.　　　　[Hesiodos]
- 우리는 같은 사람들하고만 어울린다.
　　　　　　　　　　[La Fontaine]
- 인간은 서로 협조함으로써 자기들이
　필요로 하는 것을 훨씬 더 쉽게 마련
　할 수 있으며, 단결된 힘에 의해 사방
　에서 그를 포위하고 있는 위험을 훨
　씬 더 쉽게 모면할 수 있다는 것을
　깨닫게 될 것이다.　　　[Spinoza]
- 찌르레기들은 떼를 지어 다녀서 제
　대로 얻어먹지 못한다.
　　　　　　　　[Alphonse Daudet]
- 힘 있는 사람과 협력한다는 것은 결
　코 안심할 것이 못된다. [Phaedrus]

| 형무소刑務所 / 교도소 |

- 나의 걱정의 초점은 형무소 안에 있
　는 인간이 아니라 형무소 밖에 있는
　인간이다.　　　　　[Arthur Gore]
- 형무소는 법률이라는 돌로 만들어
　졌으며, 창녀촌은 종교의 벽돌로 만
　들어졌다.　　　　[William Blake]

| 형벌刑罰 |

- 만약 형벌을 부끄럽게 안다면, 형벌
　을 받지 않는 것이 좋다는 결론이
　나온다.　　　　　　[Oscar Wilde]
- 형벌이 이미 몸에 이르렀으면 하늘
　을 찾지 말라.　　　　[순자荀子]
- 형틀이란 무서울 만큼 진실한 것이
　다.　　　　　　　　[Oscar Wilde]

| 형제兄弟 |

- 두 형제간의 우애는 성벽보다 튼튼
　하다.　　　　　　[Antisthenes]
- 아무리 멀리 떨어진다 해도 핏줄은
　끊지 못하는 것, 형제는 언제까지나
　형제이다.　　　　　[J. Kabul]
- 피가 지위가 달라지는 것을 막지 못
　한다.　　　　　　　[Corneille]
- 형아 아우야 네 살을 만져보라 / 뉘
　손에 모양조차 같을쏜가 / 한 젖 먹

고 길러 나서 딴마음을 먹지 마라.

[정철]

- 형제가 없는 사람들의 꿈은 모든 사람이 형제가 되는 것이다.

[Charles 셍솔]

- 형제는 수족과 같고, 부부는 의복과 같다. 의복이 떨어졌을 때는 다시 새것을 얻을 수 있거니와, 수족이 끊어진 곳엔 있기가 어렵다.

[명심보감明心寶鑑]

- 형제는 자연이 내려준 친구이다.

[Plutarchos]

- 형제의 분노는 지옥 악마의 분노와 같다. [Gabriel Morie]

| 형제의 사랑 |

- 형은 아우를 사랑하며, 아우는 형을 존경한다. 형제는 열 손가락과 같으며, 형제간에는 차례가 있다.

[시경詩經]

- 형제가 서로 사랑하지 아니함은 모두 부모를 사랑하지 아니하는 데서 생기는 것이니, 만일 부모를 사랑하는 마음이 있으면 어찌 형제간에도 사랑하지 않겠는가? [격몽요결擊蒙要訣]

- 형제는 부모의 육체를 받아 한 몸과 같으니, 저와 너의 사이가 없을 것이며, 의복과 음식을 다 같이 할 것이니, 설혹 형은 주리며 아우는 배부르

고, 아우는 춥고 형은 따스하면 어찌 심신이 편안하겠는가?

[격몽요결擊蒙要訣]

- 형제들이 집안에서는 서로 다투는 일이 있지만 외부에서 침략해 오면 일치단결해서 외세를 물리친다.

[시경詩經]

| 형체形體 / 모양 |

- 무릇 형체가 있는 것은 형체가 없는 것에 의해서 살고, 육체는 정신에 의해서 성립된다. 형체가 있는 것은 형체 없는 것의 집이고, 육체는 정신의 집이다. 이것을 둑에 비하면, 둑이 무너지면 물이 괴어 있을 수 없다. 촛불에 비유하면, 초가 닳아 없어지면 불이 붙어 있을 곳이 없다. 육체가 지쳐버리면 정신이 흐트러지고, 기운이 다하면 목숨이 끝난다. 뿌리가 마르고 있는데, 가지만이 우거지면 푸른 생기는 나무를 떠난다. [포박자抱朴子]

| 호감好感과 반감反感 |

- 남에게 미움을 사지 않는 가장 간단한 방법은 남에게 아첨을 하지 않는 것이다. [Burton Baker]

- 둘이 서로 뜻이 맞지 않더라도, 둘

사이에 우열은 없다. [J. Dejardins]

● 반감보다 빨리 생기는 감정은 없다.
[A. Dusset]

● 반감이 분석에 더욱 능하지만, 진정
으로 이해하는 것은 공감뿐이다.
[Andre Siegfred]

● 사람의 호감을 사기 위해서는 상대
의 관심의 소재를 파악하여 그것을
과제로 삼는 것이다.
[Andrew Carnegie]

● 정신의 결합이 몸의 결합보다 더욱
위대하다. [Erasmus]

● 호감과 반감 위에서 이성은 자신의
권리를 잃었다. [Christian 여왕]

| 호기 好機 |

● 쇠가 뜨거울 때 버려야 한다.
[Plautus]

● 아무 때나 양털을 깎을 수 있는 것은
아니다. [Jean le Bon II]

● 어떤 곳에서는 파리Paris를 파리라
고 불러야 하지만, 또 다른 곳에서
는 왕국의 수도라고 불러야 한다.
[Pascal]

● 제때에 오는 것은 무엇이든 좋은 것
이다. [Chilon of Sparta]

● 좋은 농기구들이 있다고 해도 때를
기다리는 것만 못하다. [맹자]

● 호기란, 우리가 무엇인가를 받거나

할 수 있는 정확한 순간이다. [Platon]

| 호기심 好奇心 |

● 지나친 호기심이 천국을 잃게 만들
었다. [Aphra Behn]

● 지옥은 호기심이 많은 사람들을 위
해 만들어졌다. [St. Augustinus]

● 호기심은 영원하고 확실한 활기찬
마음의 한 특징이다.
[Samuel Johnson]

● 호기심은 질투에서 태어났다.
[J. B. Poquelen Moliere]

● 호기심이란 무지의 고백인데, 그것
은 의도적이며 당당하며 열렬하다.
[Samuel Johnson]

● 호기심이 많은 사람은 악의적이다.
[Plautus]

● 호기심이 줄어든다는 것을 느끼면
늙는 것이다. [Andre Siegfried]

| 호색好色 / 색욕色慾 |

● 너의 가장 위험한 적은 네 안에 사는
호색이다. [Saidy]

● 몸이 아니라 의지로 난봉꾼이 된다.
[Publius Syrus]

● 사랑은 비 온 뒤에 뜨는 태양이며,
호색은 태양이 비친 뒤에 불어 닥치
는 폭우이다. [Shakespeare]

- 새 옷보다 오래된 누더기 옷이 더 잘 탄다. [G. C. Lichtenberg]
- 색욕은 후추와 같아서, 아주 소량만 써야 한다. [L-S. Mercier]
- 색을 너무 밝히는 자는 진심으로 사랑하지 않는다. [Andre le Charplan]

| 호의好意 |

- 군주의 호의는 공로를 배제하지 않지만, 그렇다고 공로를 전제로 하지도 않는다. [La Bruyere]
- 당신이 은혜를 베푼 사람보다는 당신에게 호의를 베푼 사람이 또 다른 호의를 베풀 준비가 되어 있을 것이다. [Benjamin Framklin]
- 당신이 행한 봉사에 대해서는 말을 아끼지만, 당신이 받았던 호의들에 대해서는 이야기하라. [L. A. Seneca]
- 사람들은 받을 만한 자격이 없음에도 유독 호의를 좋아한다. [Girardin 부인]
- 사람들이 자신을 따르게 하려면 호의만 가지고는 안 된다. [Napoleon I]
- 사랑과 열정은 사라질 수 있으나 호의는 영원히 승리하리라. [Goethe]
- 소찬을 가지고도 호의가 넘쳐흐르면 즐거운 향연이 된다. [William Shakespeare]

- 여성의 호의와 왕의 호의는 공개해서는 안 된다. [Voltaire]
- 우리가 받아야 마땅함에도 호의라는 것이 전혀 없다. [Ch. Cailler]
- 우리는 모든 것에 저항할 수 있으나 호의만은 예외이다. [Jean-Jacques Rousseau]
- 첫 번째 호의를 거절하면 따라오는 모든 호의가 사라져버린다. [G. C. Plinius]
- 호남을 사랑하는데 친해지지 않을 때에는 자신의 인자함을 돌이켜 보라. [맹자孟子]
- 호의는 높을수록 빨리 추락한다. [Destouches]
- 호의와 사랑은 서로 공통점이 있는데, 커지지 않으면 작아진다는 것이다. [G. de Levy]

| 혼인婚姻 |

- 가능한 한 빨리 혼인하는 것은 여자의 비즈니스, 가능한 한 늦게까지 혼인하지 않는 것은 남자의 비즈니스다. [George Bernard Shaw]
- 결코 재산 때문에 혼인하지 말라. 돈 따위는 훨씬 싸게 빌릴 수도 있다. [스코틀랜드 격언]
- 결코 폭력으로써 혼인을 시작해서는 안 된다. [Balzac]

- 고독한 것이 두렵다면 혼인을 하지 말라.　　　[Anton Chekhov]
- 구애求愛할 때는 꿈을 꾸지만, 혼인하면 잠을 깬다.　[Alexander Pope]
- 그들의 혼인이 사랑에 근거를 두고 있든, 아니면 과거의 전통적인 혼인처럼 사회적인 편의나 관습에 근거를 두고 있든 간에 진심으로 서로 사랑하는 부부는 드문 듯하다. 사회적 편의 — 관습, 서로의 경제적 이해利害, 지식에 대한 공동의 관심, 상호 의존 또는 상호 증오나 공포 등은 부부가 서로 사랑하지 않게 되고, 또 결코 사랑한 적도 없었다는 사실을 어느 한쪽 또는 양쪽 모두가 알아차릴 순간까지 그것들은 ‘사랑’으로 의식되고 경험된다.
　　　[Erich Pinchas Fromm]
- 금 촛대는 초롱이 된다.
　　　[Richardson, Samuel]
- 나이는 짐승을 불구로 만들고, 혼인은 사람을 불구로 만든다.
　　　[William Camden]
- 남자가 여자와 혼인하는 것은 여자보다는 폭군과 혼인하는 것과 마찬가지다.　　[J. Christomus]
- 남자는 심심해서 혼인한다. 여자는 호기심에서 혼인한다. 그리고 쌍방이 다 실망한다.　　[Oscar Wilde]
- 남자는 혼인을 해야 할까? 무슨 일이 있든지 분명히 후회하게 될 것이다.
　　　[Socrates]
- 남자의 손에 들어오는 수확물 중에서 양처良妻 이상 가는 것은 없고, 반대로 악처만큼 못마땅한 것은 없다.
　　　[Hesiodos]
- 눈 깜짝할 동안의 많은 우행愚行 — 그것을 여러분은 사랑이라 한다. 그리고 여러분의 혼인은 결국 하나의 장기간에 걸친 우행이다.
　　　[Nietzsche]
- 다만 돈만을 위하여 혼인하는 것보다 더 나쁜 것이 없고, 다만 사랑만을 위하여 혼인하는 것보다 어리석은 것은 없다.　　[Ben Johnson]
- 당신도 맹인이 되세요. 나도 맹인이 될 테니까. 그리하여 모든 것을 버리도록 노력합시다.　　[비랑데로]
- 대다수의 사람은 생각할 겨를도 없이 혼인을 하고 남은 평생을 후회 속에 살아간다.　　[Moliere]
- 돈 때문에 혼인하지 말라. 더 싸게 빌릴 수 있다.　　[J. Kelly]
- 동서同棲하기 위해서 혼인하고, 3인 가족이 되는 것을 피하기 위해서 이혼한다.　　[Andre Prevost]
- 동양인은 먼저 혼인하고, 그리고 사랑으로 발전하는 데 비하여 서양인은 먼저 사랑에 빠지고, 그리고 혼인을 한다고 동양 사람들은 지적한

다. 동양인들의 일의 순서가 더 좋은 결과를 낳고 있다는 것은 많은 서양인들의 상상 이상인 것 같다.

[E. Hapman]

- 똑같은 영혼의 높이에 서있는 사람들의 혼인은 실현성이 희박하며, 관념적인 여자와 관능적인 남자의 혼인은 파괴적인 혼인이고, 일방이나 쌍방의 부정과 동시에 관용으로 이어져 나가는 혼인은 가장 흔하다.

[Luise Rinser]

- 똑똑한 여자는 때때로 어리석은 남자와 혼인한다.　　[Anatol France]
- 만약 인생을 다시 산다면, 나는 혼인하지 않을 것이다.

[Anton Chekhov]

- 만약 혼인식 날에 반지를 신부의 손가락에 끼우는 대신에 그 동그라미를 코에 꿰면 이혼은 없어지게 될 것이다.　　[Jules Renard]
- 못생긴 여자와 혼인하면 고생하게 될 것이고, 아름다운 여자와 혼인하면 웃음거리가 될 것이다.

[L. Diogenes]

- 부유한 여자와 혼인한 가난한 남자는, 아내를 얻은 것이 아니라 지배자를 얻은 것과 마찬가지다.

[Stobaeus]

- 불행한 혼인의 대부분은, 당사자 한 사람이 연민의 정에서 한 혼인이다.

[Montherlant]

- 사람들은 여러 가지 이유로 혼인을 하고, 여러 가지 결과를 낳았지만, 사랑을 위한 혼인은 불가피하게 비극을 초래한다.　　[James Cabell]
- 사람은 동거생활을 하기 위하여 혼인하고, 세 사람의 가족이 되는 것을 피하기 위하여 이혼한다.

[Abbe Prevost]

- 사랑으로 혼인하는 남자는 의지가 약한 남자다.　　[Samuel Johnson]
- 사랑은 사람을 맹목으로 만들지만, 혼인은 시력을 되찾아준다.

[Lichtenberg]

- 사랑은 욕구와 감정의 조화이며, 혼인의 행복은 부부간의 마음의 화합의 결과로 생기는 것이다.　[Balzac]
- 사랑을 위해 혼인한다는 것은 대개의 경우, 약한 인간이 하는 짓이다.

[Samuel Johnson]

- 사랑이 없는 혼인이 있으면, 혼인이 없는 사랑도 있을 것이다.

[Benjamin Franklin]

- 사랑하는 남녀의 결합은 피차간에 속박으로 되어서는 안 된다. 그것은 이중으로 개화開花하는 것이어야 한다.　　[Romain Rolland]
- 사랑하는 사람끼리 혼인하는 것은, 누가 먼저 사랑을 끝낼 것인가에 대해 두 사람이 내기를 하는 것이다.

[Albert Camus]

- 서둘러서 한 혼인이 순조로운 경우는 극히 드물다.　　　[Shakespeare]
- 서로가 결코 배신하지 않겠다는 혼인 서약의 말은 정말 무의미하고 쓸데없는 것이다. 그러나 동시에 이 말은 혼인에는 없어서는 안 되는 것이다.　　　　　　[Robert 목사]
- 수녀원으로 가라. 어째서 남자를 따라가 죄 많은 인간들을 낳으려고 하는가?　　　　　[Shakespeare]
- 신이 짝지어 준 것은 누구도 떼어 놓을 수 없다.　　　　　[Paul VI]
- 애정은 혼인의 열매다.　[Moliere]
- 애정이 없는 혼인은 비극이다. 그러나 애정이 조금도 없는 혼인보다도 더 나쁜 혼인이 있다. 그것은 애정이 있으나 한쪽뿐이요, 헌신이 있으나 한쪽뿐으로, 부부의 마음 가운데 한쪽만이 언제나 짓밟히는 경우다.
　　　　　　　[Oscar Wilde]
- 어째서 미인은 언제나 보잘것없는 남자와 혼인할까? ─ 슬기로운 남자는 미인과 혼인하지 않기 때문이다.
　　　　　[Sumerset Maugham]
- 어쨌든 혼인하라. 그대가 선한 아내를 얻는다면 그대는 행복할 것이며, 그대가 악한 아내를 얻는다면 그대는 철학자가 될 것이다.　[Socrates]
- 여자는 가능한 한 빨리 혼인하려 들고, 남자는 가능한 한 오래도록 혼인을 하지 않고 지내기를 원한다.
　　　　　[William Congreve]
- 여자는 혼인함으로써 세계의 작은 일부분을 자기 영지로 분배받는다. 법률의 보장이 그녀를 남자들의 행패로부터 보장해 준다. 그 대신 그녀는 남편의 신하가 되는 것이다.
　　　　　[Simone de Beauvoir]
- 연애가 수반되지 않는 혼인은, 혼인이 수반되지 않는 연애보다도 부도덕하다.　　　　　[John Kay]
- 연애나, 혼인이나, 이혼이나, 간음이나, 재혼이나, 모두가 남녀 간의 수수께끼 같은 본능의 숨바꼭질이다.
　　　　　　　　[정인보]
- 연애 혼인이란, 상사想思로 시작되어 필요를 어머니로 한다.　[Nietzsche]
- 연인들은 꿈을 꾸고, 배우자들은 꿈에서 깬다.　　[Alexander Pope]
- 열기와 정반대인 혼인은 뜨겁게 시작하여 차갑게 끝난다.
　　　　　[G. C. Lichtenberg]
- 영혼의 해후나 순수한 공감의 순간을 공유할 수 있는 사람끼리는 결코 혼인할 수 없고, 혼인의 전제는 사랑이 아니다.　　　[Luise Rinser]
- 온갖 인지人知 중에 혼인에 관한 지식이 가장 뒤처져 있다.　[Balzac]
- 온갖 진실한 일 중에서, 혼인이 가

장 장난기가 많다.

[Pierre de Beaumarchais]

- 우정으로부터 혼인에 이르는 최단 거리는 남성의 직업에 대해 여성이 관심을 나타내는가, 또 그 남성에 대하여 얼마나 아낌없이 찬사를 보내는가에 달려 있다. [Andre Maurois]
- 이상적인 혼인은 눈먼 여자와 귀머거리의 혼인이다.

[팔만대장경八萬大藏經]

- 인간은 성년을 지나서 혼인할 일이다. 너무 어려도, 또 너무 나이가 들어도 혼인을 지나치게 생각하기 때문이다. [Gerffrey Chaucer]
- 인간은 아직 혼인에 만족한 적이 없다 설사 혼인하는 당사자끼리는 만족하더라도 다른 사람이 만족하지 않는 것이다. [Deaver]
- 절차를 밟고 혼인을 하지 못한 경우에도 연애는 도덕적이다. 그러나 연애가 수반되지 않은 혼인은 부도덕이다. [E. Kai 부인]
- 정숙한 여자가 남편을 고를 때는 자기 눈이 아니라 이성理性이다.

[Publius Syrus]

- 정열로 혼인한다 하더라도, 정열은 혼인만큼 오래 지속되지는 않는다.

[유대 격언]

- 좋은 혼인은 있지만, 즐거운 혼인은 결코 없다. [F. La Rochefoucauld]

- 좋은 혼인의 시금석, 그 참된 증거는 결합이 계속되는 시간에 의한다.

[Montaigne]

- 좋은 혼인이 극히 적은 것은 그것이 얼마나 귀중하고 위대한 것인지를 보여주는 반증이다. [H. Montaigne]
- 좋은 혼인이란 있을 수 있지만, 즐거운 혼인이란 좀처럼 없다.

[Francois de La Rochefoucauld]

- 죽음으로써 모든 비극은 끝나고, 혼인으로써 모든 희극은 끝난다.

[George Gordon Byron]

- 참된 혼인은 날개가 돋고, 잘못한 혼인은 족쇄다. [Henry Beecher]
- 처녀와 혼인하면 그녀는 당신에게 해를 끼칠 것이며, 미인과 혼인하면 당신은 그녀를 간수하지 못할 것이다.

[Bion]

- 초혼은 하늘에 의해 맺어진다. 재혼은 인간에 의해 맺어진다. [유대 격언]
- 추녀와 혼인하면, 그대는 불만에 차 있을 것이다. 하지만 미녀와 혼인하면, 그대는 그녀를 간수하지 못할 것이다. [Diogenes Laertios]
- 행복한 혼인은 연애 위에 언젠가는 아름다운 우정이 접목됩니다. 이 우정은 마음과 육체와 두뇌에 동시에 결부되어 있기 때문에 견고한 것입니다. [Andre Maurois]
- 행복한 혼인의 비결은 좋은 사람을

찾는 것이다. 항상 그들과 함께 있기를 좋아 한다면 그들이 옳다는 것을 알고 있다.

[Julia Carolyn Child]

● 행복한 혼인이라고 일컫는 것과 연애와의 관계는 정식적인 시와 즉흥적인 노래와의 관계와 같다.

[Friedrich Schlegel]

● 행복한 혼인이란, 약혼 때부터 죽을 때까지 결코 지루하지 않은 긴 대화와 같은 것이다. [Andre Maurois]

● 행복한 혼인이 적은 이유는, 부인네들이 그물을 짜는데 분주하고 새장을 만드는데 노력하지 않기 때문이다.

[Jonathan Swift]

● 현명한 인간이 되고자 하면, 결코 혼인해서는 안 된다. 혼인은 미꾸라지를 잡으려다가 뱀이 들어 있는 자루 속에 손을 집어넣는 것이다. 혼인을 하느니 차라리 중풍에 걸리는 편이 낫다. [Perezkovsky]

● 혼인 － 공동생활체의 하나의 경우로서, 한 사람의 주인과 한 사람의 주부와 두 사람의 노예로부터 이루어지고, 그러고는 전부 합쳐도 두 사람밖에 안 되는 상태 혹은 경우.

[Ambrose Bierce]

● 혼인과 교수형은 숙명에 따른다.

[William Shakespeare]

● 혼인과 동시에 남자는 세상이 일변한다. 이미 거기에는 아무것도 생각지 않고 서성거릴 수 있는 돌길은 없다. 길은 다만 길고 곧게, 그리고 먼지가 뽀얗고, 묘지로 통할 뿐이다.

[Robert Stevenson]

● 혼인 － 그것은 하나를 창조하려는 두 사람의 의지이다. [Nietzsche]

● 혼인, 그것은 한 권의 책이다. 그 제1장은 시로 쓰였으나 나머지 장은 산문이다. [비발리 니코르스]

● 혼인도 역시 일반 약속과 마찬가지로 성性을 달리하는 두 사람, 즉 나와 당신 사이에서만 아이를 낳자는 계약이다. 이 계약을 지키지 않는 것은 기만이며, 배신이요, 죄악이다.

[Lev N. Tolstoy]

● 혼인식의 행진곡은 언제나 나에게 싸움터에 나가는 군인의 행진곡을 연상케 한다. [Heinrich Heine]

● 혼인애婚姻愛는 인간을 만들고, 우정은 인간을 완성한다. [F. Bacon]

● 혼인에 대해서 긴요한 것은, 스무 번이고 백 번이고 깊이 생각해 보는 것이다. 사람은 항상 어찌할 수 없을 때 죽음에 임하듯, 다시 말하면, 그렇게 할 수밖에 다른 도리가 없을 때에만 혼인할 것이다. [Lev N. Tolstoy]

● 혼인에 대해서, 만약 섹스에 대한 욕망이 외모에 의해서뿐만 아니라 아이를 낳아서 기르려고 하는 애정에

의해 유발되었다면, 그러한 경우에는 이성과 일치한 혼인이라고 할 수 있다. 또한 이런 경우에 부부의 애정이 외면뿐만 아니라 정신의 자유를 그 원인으로 하고 있었다면 더욱 좋은 일이라 하겠다.   [Spinoza]

● 혼인에 재물을 따지는 것은 오랑캐의 법도이다.   [문중자文中子]

● 혼인은 가을 단풍을 보는 것과 같다. 날이 갈수록 점점 더 놀라울 정도로 아름다워지고 있다.

          [P. Weaver]

● 혼인은 개인을 고독으로부터 구하며, 그들에게 가정과 자식들을 주어서 공간 속에 안정시킨다. 생존의 결정적인 목적 수행이다.

          [Simone De Beauvoir]

● 혼인은 겁쟁이도 할 수 있는 유일한 모험이다.   [Voltaire]

● 혼인은 그것이 최대 유혹과 최대 기회의 결합이기 때문에 인기가 있다.

          [George Bernard Shaw]

● 혼인은 기나긴 대화이다. 자주 있는 말다툼이 거기에 색상을 부여한다.

          [Stevenson]

● 혼인은 단 한 사람을 위해 나머지 사람들을 전부 단념해야 하는 행위다.

          [George Edward Moore]

● 혼인은 모든 것을 먹어치우는 괴물과 싸워야 하는 것이다. 그 괴물이란 것은 습관이다.   [Balzac]

● 혼인은 비록 남편과 아내를 한 몸으로 만들지만, 두 명의 바보인 채로 두는 것은 여전하다.

          [William Congreve]

● 혼인은 사랑의 시를 산문으로 번역한 것이다.   [A. Buzaar]

● 혼인은 상반된 협력관계이다. 그러한 상황 하에서는 불가피하게 구심력과 원심력이 동시에 작용하기 마련이다. 혼인의 성공 척도는 구심력이 얼마만큼 지배적인가에 달려 있다.   [J. M. Wolsey]

● 혼인은 새장과 같은 것이다. 밖에 있는 새들은 부질없이 들어가려고 하고, 안의 새들은 부질없이 나오려고 애쓴다.   [A. Montaigne]

● 혼인은 악이다. 그러나 필요한 악이다.   [Manandros]

● 혼인은 애정의 구속이 아니라 애정의 보장이고, 평범한 연속이 아니라 깊은 안정과 조화 속에서 이루어지는 무한한 변화, 청신하고 생명적인 애정의 창조 형태일 수 있다. [박두진]

● 혼인은 여섯 가지 요소로 이루어져 있다고 한다. 하나는 '애정'이고, 나머지 다섯 가지 전부가 '믿음'이라고 한다. 또 혼인은 처음 3주일간은 서로 관찰하고, 다음 3개월간은 서로 미치도록 사랑하며, 그다음 3

년간은 서로 싸우면서 지내고, 나머지 30년간은 서로 용서하면서 보낸다고 한다. [Talmud]

• 혼인은 연애의 무덤이라고 하나 사랑을 창조하는 첫걸음에 불과하다. [나도향]

• 혼인은 열병과는 반대로 신열로 시작하여 오한으로 끝난다. [Lichtenberg]

• 혼인은 위험하다. 같은 정신으로 모험을 시작하는 한 위대하고 영광스러운 위험이라고 생각한다. [Cate Blanchett]

• 혼인은 이성에 의해서 창조된 제도이다. [Osho Rajneesh]

• 혼인은 인간의 가장 자연스러운 상태이다. 따라서 사람은 혼인에서 진정한 행복을 찾게 된다. [Benjamin Franklin]

• 혼인은 자손만대의 시작이다. [예기禮記]

• 혼인은 자연의 명령이자 신의 섭리로 맺어짐에도 불구하고 종종 불행의 씨앗이 되며, 기혼자들은 혼인에 대한 후회와 더불어, 우연이든 노력의 결과이든 간에 혼인하지 않은 자들에 대한 부러움을 감출 길이 없다. [Samuel Johnson]

• 혼인은 작은 이야기들이 계속되는 기나긴 대화다. 고답高踏할 수도 없고 심오할 것도 없는 그런 이야기들…. [피천득]

• 혼인은 제비뽑기와도 같다. [Ben Johnson]

• 혼인은 침대에서 벌거벗은다리 넷이 있는 것 이상의 의미가 있다. [앨런 애펄]

• 혼인은 쾌적하기는 해도 결코 영웅적인 것은 아니다. 혼인하면 남성은 나태해지고 이기적으로 되며, 그의 덕성은 지방변성脂肪變性으로 떨어진다. [Robert Louis Stevenson]

• 혼인은 토론에 의해서 방해되는 긴 일련의 회화會話다. [Robert Louis Stevenson]

• 혼인은 필요악이다. [Menandros]

• 혼인은 하늘에 기록된다. [Talmud]

• 혼인을 미루는 인간은, 전장에서 도망하는 병사와 같다. [Robert Louis Stevenson]

• 혼인을 변치 않게 만드는 것은 몸이 아닌 마음인 것이다. [Publius syrus]

• 혼인을 신성하게 할 수 있는 것은 오직 사랑이며, 진정한 혼인이란 사랑으로 신성해진 혼인뿐이다. [Lev N. Tolstoy]

• 혼인을 정할 때에는 권세 높은 가문을 탐내지 말라. [안씨가훈顔氏家訓]

• 혼인의 계약을 한 후가 아니면 사랑할 수 없다는 것은 소설을 끝에서 읽

기 시작하는 것과 같다.　　[Moliere]

- 혼인의 성공은 적당한 짝을 찾는데 있는 것보다도, 적당한 짝이 되는 데에 있다.　　[Tendwood]
- 혼인의 쇠사슬은 대단히 무겁다. 때로는 남녀 두 사람뿐만 아니라 아이들까지도 함께 나르지 않으면 안 된다.　　[유대 격언]
- 혼인의 일에 재물을 논함은 오랑캐의 도이다.　　[명심보감明心寶鑑]
- 혼인의 한 가지 매력은 혼인을 하게 되면 아무래도 서로 속이는 생활이 필요하게 된다는 점에 있다.
　　[Oscar Wilde]
- 혼인이나 회갑을 경사로서 축하하는 관습이 결국은 그날을 위로하며 얼버무리고자 하는 동기의 산물이 아닌가 하는 별난 해석마저 고개를 들었다.　　[김태길]
- 혼인이란 것도, 결론은 인간생활에 있어서 일종의 열병 이외에 아무것도 아닐 것이다. 동방화촉의 열이 식을 때 그것은 남녀에게 있어서 한 개의 무거운 부채요, 짐이요, 괴로운 의무가 축적되는 타성으로 변해버릴 뿐이다.　　[김광주]
- 혼인이란, 꾀꼬리를 죽여 가죽으로 만드는 것이다.　[Gustave Courbet]
- 혼인이란, 남자의 권리를 반으로 하고 의무를 두 배로 하는 것이다.

　　[Arther Schopenhauer]

- 혼인이란, 누구나가 범하게 되는 과오이다.　　[George Jeser]
- 혼인이란, 단 한 사람의 상대를 위해 남은 사람 모두를 단념해야 할 행위이다.　　[Thomas More]
- 혼인이란, 당신들의 모든 정신을 기울이지 않으면 안 되는 길이다.
　　[Henrik Ibsen]
- 혼인이란, 디저트보다 수프가 맛이 좋은 디너 코스이다.　　[Omari]
- 혼인이란, 모든 일시적인 과도상태를 부단不斷의 의무로 하고, 발작적인 사랑을 영구히 하는 증서와 같은 것이다.　　[John Ruskin]
- 혼인이란, 바로 서로의 오해에 바탕을 둔 것이다.　　[Oscar Wilde]
- 혼인이란, 바로 질투이며 상대방에게 이기기 위해서는 잠시도 방심해서는 안 된다. 조금이라도 한눈을 팔면 고침孤枕이라는 칼이 바로 그대의 가슴에 꽂히는 것이다.　　[Balzac]
- 혼인이란 복권과 같은 것이다. 다만 당첨되지 않았다 하여 찢어버릴 수는 없는 것이다.　　[F. M. Noris]
- 혼인이란, 사람들이 사랑에 어떤 종교적 표현을 부여하는 것, 사랑을 종교적 의무로 높이는 것 외에 또 다른 무엇을 의미하겠는가.

　　[Kierkegaard]

- 혼인이란, 사람을 속박하고, 특별히 정신을 구속하며, 사람의 정력을 허비하는 일이다. [이광수]
- 혼인이란, 상대편의 애정을 독점하면서 해로동혈偕老同穴을 약속하는 인생의 행사였다. 그렇지만 이제 아내가 남편의 애정을 독점할 수가 없게 된 이 순간, 두 사람의 혼인은 자연발생적으로 해소가 된 셈이 되는 것이다. [김내성]
- 혼인이란, 어떤 나침반도 항로를 발견할 수 없는 거친 바다의 항해이다. [Heinrich Heine]
- 혼인이란, 연애가 쾌락만을 목적으로 하는데 반해서, 인생을 자기의 대상으로 한다. [Balzac]
- 혼인이란, 인간이 만든 제도 중에서 가장 방종한 것이다. 혼인이 인기가 있는 것은 이 때문이다. [George Bernard Shaw]
- 혼인이란, 주인과 여주인과 두 사람의 노예로 이루어지는 작은 공동사회이다. 그러나 아무리 세어 봐도 인원은 두 사람이다. [Ambeose Bierce]
- 혼인이란, 포도주와 같은 것이어서 두 잔째가 되기 전에는 그 맛을 분간하지 못한다. [D. W. Jerrold]
- 혼인이란, 폭풍의 하늘에 걸린 무지개이다. [Byron]
- 혼인이라는 것은 단순히 만들어 놓은 행복의 요리를 먹는 것이 아니고, 이제부터 노력하여 행복의 요리를 만들어 먹는 것이어야 한다. [피카이로]
- 혼인이라는 것은 여자에게는 반지를 주는 것이고, 남자에게는 코뚜레를 꿰는 것이다. [Herbert Spencer]
- 혼인이 일개 성사聖事의 하나인지, 일곱 대죄大罪의 하나인지는 아직 확실치 않다. [John Dryden]
- 혼인 이전에는 눈을 크게 뜨고, 혼인 이후에는 반쯤 닫아라. [Benjamin Franklin]
- 혼인 잠자리는 근심의 안식처다. 가장 잠 못 이루는 곳이 침대이다. [D. J. Juvenalis]
- 혼인 전에는 두 눈을 가느다랗게 뜨고 보라. 혼인 후에는 한쪽 눈을 감으라. [Francis Bacon]
- 혼인하기 위해서는 걷고, 이혼하기 위해서는 뛰어라. [유대 격언]
- 혼인하기 전에는 당신이 한 말을 이리저리 생각해서 그 사람은 한밤을 지새울 것이다. 그러나 혼인한 뒤에는 당신이 이야기를 끝내기 전에 그 사람은 푹 잠들어 있을 것이다. [Helen Rowland]
- 혼인하는 남자는 빚과 혼인하는 것과 마찬가지다. [Anoine Louiselle]

- 혼인하는 자는 바보다. 하지 않는 자는 더욱 바보다. [G. Bernard Shaw]
- 혼인하는 편이 좋은가, 아니면 하지 않는 것이 좋은가를 묻는다면, 나는 어느 편이나 후회할 것이라고 대답하겠다. [Socrates]
- 혼인하려고 멀리까지 가는 자는 배신하려는 자이거나, 배신을 당할 자이거나 둘 중에 하나다. [Gabriel Moerie]
- 혼인하려는 것은 후회의 길로 발을 내디딘 것이다. [Philemon]
- 혼인한 남자들은 슬픔과 근심 속에 산다. [Geoffrey Chaucer]
- 혼인한 여자의 정조를 한층 공고히 하는 방법은 단 하나밖에 없다. 그것은 젊은 딸들에게 자유를 주고, 혼인한 부부에게는 이혼을 허락하는 것이다. [M. H. B. Stendhal]
- 훌륭한 친구를 가진 사람은 반드시 훌륭한 아내를 얻을 것이다. 훌륭한 혼인이라는 것은 우의友誼의 재능에 달린 것이기 때문이다. [Nietzsche]
- 훌륭한 혼인이란, 서로가 상대방을 자기의 고독에 대한 보호자로 임명하는 그런 혼인이다. [R. M. Rilke]
- 희극에서는 줄거리가 통상 혼인으로 끝나지만, 사교계에서는 사건이 혼인에서부터 비롯된다. [Pierre de Marivaux]

| 혼인생활婚姻生活 |

- 결점이 있고 부족한 그대로의 현재 아내나 남편이 어떻게 화합해 나갈 것인가, 공동의 호흡을 맞추어 나갈 것인가, 그것을 생각해야만 한다. 혼인생활도 말하자면, 하루하루 애써 쌓아 올려야 하는 하나의 큰 사업인 것이다. 애쓰지 않고 행복한 가정을 이룰 수는 도저히 없는 것이다. 개인의 생활에 즐거움을 주는 자료로써, 이 세상에서 자기 가정만 한 것이 또 어디 있으랴. 어찌 그 소중한 자리를 애써 다듬기를 게을리 할 것인가. 노력할수록 보람이 나는 것이 가정이다. [Lawrence Gould]
- 금과 옥은 불속에서 제련되고서야 비로소 빛을 낸다. [유대 격언]
- 남자와 여자가 혼인하면 한 몸이 되어야 하지만, 문제는 어느 쪽으로 한 몸이 되는가 하는 점이다. [Henry Mencken]
- 무수한 연애관계나 혼인관계가 무너진다거나, 혹은 아주 심각한 환멸에 부딪치게 되는 것은 하나의 체험이 결코 그대로 되풀이 될 수 없다는 것 ― 앞서 한번 있었다는 사실만으로는 이것을 반복하기에는 원래의 것이 갖고 있던 다른 심적 조건을 만들어낸다고 하는 것 ― 이것을 우리들

이 일반적으로 잊어버리고 있기 때문이다. [George Simmel]

- 3주 동안 서로 연구하고, 3개월 동안 서로 사랑하고, 3년 동안 싸우고, 30년 동안 서로 참는다. 그리고 아이들이 같은 일을 또 시작한다.
  [Hippolyte Taine]
- 좋은 아내란, 남편이 비밀로 해두고 싶어 하는 사소한 일을 언제나 모르는체한다. 그것이 혼인생활의 예의의 기본이다. [Somerset Maugham]
- 친구란, 어떤 어리석은 말도 흉허물 없이 말할 수 있는 사이다. 이런 사이에서 우리는 흔히 나와 그의 약간은 동떨어진 이미지를 의식하며 거기에서 장단을 맞춘다. 혼인생활도 대부분 그러한 친분으로 시작이 된다. 그러나 단 3시간을 겪고 생애의 벗이 되는 사람이 있는가 하면, 30년을 내리 겉으로만 서로 알고 지내는 부부도 있다. [James Mcdonald]
- 행복한 혼인을 했다고 의식적으로 생각하고 질문서에 회답하는 사람들의 숫자는 혼인생활이 실제로 행복한 사람의 숫자보다 항상 많이 나온다. [Erich Fromm]
- 혼인생활 — 그 험한 해원海原을 넘어가는 나침반은 아직 발견되어 있지 않다. [Heinrich Heine]
- 혼인생활에서 가장 소중한 것은 인내다. [Anton Chekhov]
- 혼인생활은 돈보다는 만족감이 우선이다. [Moliere]
- 혼인생활은 모든 문화의 시작이며 정상頂上이다. 그것은 난폭한 자를 온화하게 하고, 교양이 높은 사람에게 있어서 그 온정을 증명하는 최상의 기회이다. [Goethe]
- 혼인생활은 참다운 뜻에서 연애의 시작이다. [Goethe]
- 훌륭한 혼인생활은 각 파트너가 자신이 더 나은 거래를 얻었다고 은밀히 의심하는 것이다. [작자 미상]

| 혼인의 목적 |

- 남자는 지루함 때문에 혼인하고, 여자는 호기심에서 혼인한다. 그리고 모두가 실망한다. [Oscar Wilde]
- 여성이 혼인하는 데는 이유가 있다. 그러나 남성이 혼인하는 데는 이유가 하나도 없다. 떼 지어 살고 싶은 욕망이 그들을 혼인시켰을 따름이다. [Montherlant]
- 인간적인 사랑의 최고의 목적은 종교적인 사랑의 경우와 마찬가지로 사랑하는 사람과 하나가 되는 일이다. [S. de Beauvoir]
- 혼인에는 두 가지 목적밖에 없다. 사랑이 아니면 돈이다. 사랑을 위해

혼인하는 자는 극히 짧은 행복한 나날을 보낸다는 것은 확실하지만 그 다음부터는 오랜 세월 안절부절 못하는 나날을 보내게 될 것이다. 돈을 노려서 혼인하는 자는 행복한 나날은 바랄 수 없지만 한편 불행한 나날도 없을 것이다.　　[Chesterfield]

● 혼인은 남녀가 서로 즐기기 위하여 만들어낸 행위가 아니다. 오직 창조하고 건설하기 위해 만들어진 결합이다.　　　　　　　　　　[Alain]

● 혼인의 목적은 기쁨, 장례식 참석자의 목적은 침묵, 강의의 목적은 듣기, 사람을 방문하는 목적은 빨리 도착하는 것, 가르치는 목적은 집중, 단식의 목적은 돈으로 자선하는 것이다.　　　　　　　[Talmud]

● 혼인이란 것은 남녀의 경제적 그리고 성적인 결합을, 집단의 이익을 초월시키는 것이며, 그 개인들의 행복만을 목적하는 것은 아니다.
　　　　　　　　[S. de Beauvoir]

● 혼인해서 누가 고통을 주는 자가 되고, 누가 고통받는 자가 될 것인가 경쟁하는 것을 보면 끔찍해집니다. 대개 2, 3년이면 그 문제가 정해지고, 그것이 정해진 후에는 하나는 행복을, 하나는 덕을 갖게 마련이지요. 그래서 고통을 주는 자는 능청스럽게 웃으면서 혼인생활의 행복을 이

야기하고, 희생자는 더 나쁜 사태를 두려워해서 처참한 동의를 미소로 표시합니다.　　[Bertrant Russel]

● 혼인 행진곡을 들으면, 언제나 나는 싸움터로 향하는 군인의 행진곡을 상기한다.　　[Heinrich Heine]

| 혼자 |

● 꽃 한 송이로는 화환을 만들 수 없다.
　　　　　　　[George Herbert]

● 무리에서 멀어진 양은 늑대를 만날 위험이 있다.　[Jeremiah Clarke]

● 한 사람은 한 사람의 값어치를 하고, 두 사람은 한 사람만의 값어치를 한다. 세 사람은 값어치가 전혀 없다.
　　　　　　[Charles Lindbergh]

● 헤라클레스도 두 명의 적을 상대로 싸우지 않는다.　　　　[Platon]

| 화내다 |

● 누구든지 성을 낼 수 있다. ─ 그것은 쉬운 일이다. 그러나 올바른 대상에게 올바른 정도로, 올바른 시간에, 올바른 목적으로, 올바른 방식으로 성을 내는 것 ─ 그것은 모든 사람들이 할 수 있는 일도, 쉬운 일도 아니다.　　　[Aristoteles]

● 듬성듬성 뜯어진 것이 아예 끊어진

것보다 낫다.　　　　[Gabriel Morie]

- 성이 나면 말하기 전에 열을 세라. 그래도 화가 나면 백을 세라.

　　　　　　　　[Thomas Jefferson]

- 현자는 아주 빨리, 그리고 단 한 번 화를 내야 한다.　　[Publius Syrus]

- 화가 날 때 웃을 수 있는 사람은 조심하라.　　　　　[서양 격언]

- 화가 치밀 때는 열까지 세어 보라. 그래도 화가 가라앉지 않을 때는 백까지 세어 보라.

　　　　　　　　[Thomas Jefferson]

- 화를 내는 자에게는 두 가지 고통이 있다. 화를 내는 고통과 평정을 되찾는 고통이다.　　　[I. F. 소베]

- 화를 낼 줄 모르는 자는 바보이지만, 화를 내지 않는 자는 현자이다.

　　　　　　　[William Scarborough]

- 화풀이를 옮기지 말라. 잘못을 두 번 저지르지 말라.　　[논어論語]

| 화목和睦 |

- 가정이 화목하면 효자가 없고 나라가 화평하면 충신이 없다. [노자老子]

- 임금이 임금답지 않으면 신하도 신하 노릇을 다하지 않고, 아버지가 아버지답지 않으면 자식도 자식의 도리를 다하지 않는다. 윗사람이 그 자리를 지키지 못하여 체통을 잃으면, 아랫사람들이 분수나 절도를 넘나들게 된다. 이렇듯 상하가 화목하지 못하면 임금의 영이 시행되지 않는다.　　　　　　[관자管子]

- 집안이 화목하면 가난해도 좋거니와, 의롭지 않으면 부한들 무엇하리. 오로지 한 자식의 효도만 있다면, 자손이 많아서 무엇하랴.

　　　　　　　[명심보감明心寶鑑]

| 화복禍福 |

- 까닭 없이 천금을 얻으면, 큰 복이 있는 것이 아니라 반드시 큰 화禍가 있으리라.　　　[명심보감明心寶鑑]

- 늙어서 나타나는 모든 병은 젊었을 때 불러온 것이다. 쇠한 뒤의 재앙도 모두 성시盛時에 지은 것이다. 그러므로 군자는 가장 성할 때에 더욱 조심한다.　　[채근담菜根譚]

- 대개 사람의 복록은 하늘이 주었으며, 사람이 구하지 아니하면 오지 아니하고, 지키지 아니하면 가나니, 그러한 고로 옛사람이 가로되, 스스로 많은 복을 구해야 하늘이 돕는다 하나니라. 착한 일을 하여야 복록을 누리나니, 사람의 즐거움은 착한 일에 있느니라.　　　　　　[유길준]

- 동양의 5복을 보면, 철저하게 신분적이고 가정적인 것이다. 메테를링

크(벨기에의 상징과 시인. 극작가) 이전부터 자기 집 처마 끝에 파랑새가 산다고 믿었던 사람들이다.

[이어령]

● 복이 화가 되고, 화가 복이 되는 조화 변천의 깊은 도리는 끝까지 규명할 수 없으며, 그 깊은 이치는 측량할 수 없다. [회남자淮南子]

● 역경逆境에 처하면 그 몸의 주위가 모두 약藥이 되기 때문에 자신도 모르는 사이에 절조節操와 행실을 닦게 되고, 순경順境에 있을 때는 눈앞이 모두 칼과 창 같아서, 자신의 기름을 녹이고 뼈를 깎아도 알지 못한다.

[채근담菜根譚]

● 하늘에는 예측할 수 없는 바람과 비가 있고, 사람에게는 아침저녁으로 변하는 화와 복이 있다.

[명심보감明心寶鑑]

● 하루라도 선善을 행한다면, 복은 아직 이르지 않더라도 화禍는 저절로 멀어지는 것이요, 하루라도 악을 행한다면, 화는 비록 아직 이르지 않더라도 복은 저절로 멀어지는 것이다.

[명심보감明心寶鑑]

● 화가 바뀌어 복이 되고, 실패한 것이 오히려 공이 된다. [사기史記]

● 화禍 속에는 복이 의지해 있는 것이요, 복 속에는 화가 숨어 있는 것이다. 누가 그 끝을 알겠는가? 그 끝은

일정함이 없다. [노자老子]

● 화와 복은 이어져 있고, 삶과 죽음은 이웃이다. [전국책戰國策]

화장품化粧品

● 아름다움을 위해 행복만 한 화장품도 없다. [Blessington 백작부인]

● 양떼구름으로 덮인 하늘과 분 바른 여자는 오래가지 못한다.

[A. de Montreux]

● 여자는 달과 마찬가지로 빌려온 광채로 빛난다. [W. 반더]

● 화장이 헤카페를 헬레나로 만들 수는 없다. [르루 드 랭시]

● 화장하는 것은 자신의 생각과 반대로 말하는 것보다 가벼운 범죄이다.

[La Bruyere]

화합和合

● 불과 불은 상극이다. 그러나 중간에 냄비를 놓고 반찬을 만들면 물과 불의 조화로 맛있는 반찬이 만들어진다. 골육지간은 더없이 친애하기 마련이다. 그러나 참언讒言이나 악의로써 서로가 사이가 멀어지게 되면 부자父子지간이라도 서로 위험시하게 된다. [회남자淮南子]

● 용기가 승리자들을 만들고, 화합이

무적 불패자들을 만든다.

[C. 몰리비뉴]

● 하늘이 내려준 유리한 조건도 땅의 지형적 이로움만 못하고, 땅의 지형적 이로움도 사람들의 화합만 못하다.

[맹자孟子]

| 화해和解 |

● 금 간 종은 제대로 울리지 않는다.

[Thomas Fuller]

● 깨진 우정을 다시 잇는 실은 거미줄과 같다.

[D. Nazar]

● 깨진 적이 전혀 없는 우정보다는 한 번 깨졌다가 회복된 우정에 더욱 세심한 주의를 기울여야 한다.

[Francois de La Rochefoucauld]

● 꿰매는 것이 가장 좋고, 찢어지는 것은 가장 나쁘다.

[H. G. Bon]

● 되돌아온 친구에게 가는 길은 대부분 피하라.

[F. La Rochefoucauld]

● 우리가 쉽게 화해할 수 있는 자는 죽은 이뿐이다.

[Menadros]

● 화해한 우정에 다시 덮인 양배추는 나쁜 저녁 식사이다.

[Juvenalis]

● 화해한 친구를 믿지 말라. 조정자가 기소 사유서를 없애지 않았기 때문이다.

[George Chapman]

| 확신確信 |

● 내 스스로 확신한다면 나는 남의 확신을 구하지 않을 것이다.

[Edgar Allan Poe]

● 만약 누군가를 당신의 편으로 만들고자 한다면, 먼저 당신이 그의 진정한 친구임을 확신시켜라.

[Abraham Lincoln]

● 저마다 자신이 확신한 것을 실천할 정도의 힘은 늘 있다.

[Goethe]

● 확신은 마음의 신념이다.

[Nichora Sangfor]

| 확실한 것 |

● 귀로 듣는 것은 눈으로 보는 것만 못하고, 눈으로 보는 것은 몸으로 행하는 것만 못하다.

[정황丁煌]

● 단 한 가지 확실한 것은 아무것도 확실하지 않다는 것이다.

[G. Secundus Plinius]

● 오직 이 하나만이 확실하다. 일단 꽃을 피운 꽃은 영원히 죽는다는 것이다.

[Omar Khyamm]

● 죽음과 세금 말고는 그 어떤 것도 확실하지 않다.

[V. S. Lynn]

● 확실한 것은 오늘뿐임을 믿어라.

[H. W. Beecher]

| 환경環境 |

- 가시덤불 속에서도 도금양은 도금양이다. [Talmud]
- 강은 민물이지만, 바다와 만나는 순간 짠물이 된다. [Purana 성전]
- 그릇이 깨끗하지 않으면, 담는 것은 무엇이든 상한다. [Horatius]
- 근원이 깊어야 강물이 흐르고, 물이 흘러야 물고기가 생기며, 뿌리가 깊어야 나무가 잘 자라고, 나무가 자라야 열매를 맺는다. [강태공姜太公]
- 나는 환경을 만든다. [Napoleon]
- 늪에 던져진 돌은 물결을 일으키지 않는다. [Goethe]
- 다른 사람의 환경이 우리에게 좋아 보이듯이 우리 환경은 다른 사람에게 좋아 보인다. [Publius Syrus]
- 우리는 우리가 가진 옷감에 맞추어 외투를 지어야 하며, 변화하는 환경에 자신을 적응시켜야 한다. [William R. Ing]
- 인간은 환경의 창조물이 아니다. 환경이 인간의 창조물이다. [Benjamin Disraeli]
- 짐승의 수가 많아지면, 재치 있는 사람도 바보가 된다. [A. P. de Tremblay]
- 환경오염은 치료가 불가능한 질병이다. 그것은 단지 예방할 수 있다. [Al Gore]

| 환난患難 |

- 높은 벼랑을 가보지 않으면 어찌 굴러 떨어지는 환난을 알겠는가. 깊은 못에 임하지 않으면 어찌 빠져 죽는 환난을 알겠는가. 큰 바다에 가보지 않으면 어찌 풍파의 환난을 알겠는가. [공자孔子]
- 대체적으로 환난이란 것은 적의 스파이처럼 혼자 밀려오는 것이 아니라 대거로 밀려오는 것이 보통이다. [Shakespeare]
- 환난이 있을 것을 미리 짐작하고 이를 예방하는 것은 재앙을 만난 뒤에 은혜를 베푸는 것보다 훨씬 나은 것이다. [정약용]

| 환대歡待 |

- 가장 밟히는 이는 언제나 주인이다. [Jean A. de Baif]
- 나무는 벌목공에게도 그의 그늘을 거두지 않는다. [Hitopadesa]
- 문을 열어주고 나서 굳은 얼굴을 하고 있는 것은 죄이다. [B. Franklin]
- 여주인이 아름다운 집에서는 포도주도 훌륭하다. [Jean le Bon]
- 우리는 우리를 환대해준 주인을 날

마다 기억할 것이다.　　[Homeros]

- 작은 잔으로 마시더라도 큰 애정을 느낄 수 있다.　　[Yerimakov]

| 환락歡樂 |

- 극단極端을 피하라. 그리고 너무 즐 거워하지 않거나 지나치게 즐거워 하는 자들이 가진 결점을 피하라.
  [Alexander Pope]
- 어떻게 하면 환락에서 해방될 수 있 을까. 가장 좋은 방법은 역시 사랑 이다. 멋진 사랑이다. 여자는 그 상 처를 고치고, 아내는 창녀로부터 방 면되고, 질서는 무질서에서 구원받 고, 부부생활은 욕정에서 해방되어 욕망이 정화되며, 나약함을 힘으로, 육체의 박차를 정신의 약동으로 전 환할 수가 있다.　　[Henry F. Amiel]
- 환락은 잠간 하고 오래 끌지 말라. 삼가는 마음에서 숨어서 오래 끌면 오히려 그 표적은 노쇠와 더불어 그 대로 나타난다.　　[백낙천白樂天]

| 환호歡呼 / 갈채喝采 |

- 갈채는 고귀한 영혼에게는 자극제 이나 나약한 영혼에게는 최종 목적 이다.　　[Charles Caleb Colton]
- 갈채 받기 위해서는 다른 이들에게

갈채를 보내야 한다.
　　[St. John Chrisostomos]

- 재능은 갈채에 불을 붙이지 못한다.
  [Ovidius]

| 활동活動 |

- 강물을 보고 고기를 탐내지 말고, 집에 돌아가 그물을 엮어라.
  [회남자淮南子]
- 배불리 먹고서 종일 마음 쓰는 일이 없다면 곤란한 일이다. 바둑과 장 기가 있지 않느냐. 그것이라도 하 는 것이 그래도 나으니라. [논어論語]
- 자주 긷는 우물물이 가장 깨끗하다.
  [John Ray]
- 자주 쓰는 금속은 빛이 난다.
  [Ovidius]
- 한가한 때에 헛되이 세월을 보내지 않으면 다음 날 바쁜 일에 그 덕을 받아 누릴 수 있고, 고요할 때 쓸쓸 함에 떨어지지 않으면 활동할 때 그 덕을 받아 누릴 수 있으며, 어두운 가운데 속이고 숨기는 일이 없으면 밝은 곳에서 그 덕을 받아 누릴 수 있을 것이다.　　[채근담菜根譚]

| 활용活用 |

- 금속은 쓸수록 윤이 난다. [Ovidius]

● 녹슬어 못쓰게 되는 것보다는 써서 닳아 없어지는 것이 낫다.
[Richard Cumberland]

| 황금黃金 |

● 금도 위대함도 우리를 행복하게 하지 못한다. [La Fontaine]
● 말로 되지 않는 것이라도 황금으로는 될 수 있다. [E. Word]
● 황금은 모든 자물쇠를 연다. 그렇듯이, 황금의 힘에 열리지 않는 자물쇠는 없을 것이다.
[George Herbert]
● 황금은 하느님의 대문 외엔 어느 대문이나 들어간다. [John Ray]
● 황금은 형제들 사이에 증오를 낳고, 가족들 사이에 알력을 낳는다. 황금은 우정을 끊고 내란을 일으킨다.
[A. Cauly]
● 황금을 진 나귀는 성채의 꼭대기까지 기어오른다. [Thomas Fuller]
● 황금의 사슬은 강철의 사슬보다 더 강하다. [Thomas Fuller]
● 황금의 힘은 스무 명의 웅변가와 맞먹는다. [Shakespeare]
● 황금이 말문을 열면, 혀는 힘을 잃는다. [M. 구앗조]

| 황금률黃金律 |

● 남이 저에게 하기를 바라지 않는 일을 저 또한 남에게 하지 않으려고 합니다. [논어論語]
● 어진 사람은 자기가 서고자 하면 남을 세워주고, 자기가 통달하고자 하면 남을 통달하게 해준다. [논어論語]
● 자기가 원하지 않는 것을 남에게 베풀지 말라. [논어論語]
● 친구들이 나에게 행동하기 잘하는 대로 친구에게 행동해야 한다.
[Aristoteles]

| 회개悔改 |

● 뉘우치지 않으면 용서받지 못한다.
[Alighieri Dante]
● 뉘우친다면 결백에 가까운 것이다.
[L. A. Seneca]
● 배부른 다음에 음식을 생각하면 맛의 유무를 구별하기 힘들고, 색을 쓴 다음에 음사를 생각하면 이성에 대한 감각이 사라진다. 그러므로 사람이 항상 사후의 뉘우침으로 앞으로 다가올 일의 어리석음을 깨뜨린다면 그 본성이 자리 잡힐 것이요, 행동에 올바르지 않음이 없을 것이다.
[홍자성洪自誠]
● 우리는 너무 늦게 오기에 악을 치유할 수 없다. [F. J. 데스비용]

- 우리의 후회는 우리가 저지른 죄에 대한 유감이라기보다는 우리에게 닥칠 수 있는 회한에 대한 두려움이다.
  [La Rochefoucauld]
- 자신의 과오를 뉘우치는 자는 실수로 잘못을 저질렀던 것이다.
  [Publius Syrus]
- 회개하는 것은 자기 자신을 심판하는 것이다.　　　　　[Menandros]
- 회개와 좋은 행실은 우리를 하늘의 진노로부터 보호해 주는 방패이다.
  [Talmud]

| 회의주의懷疑主義 |

- 모든 것이 불확실하다고 확신할 수 없다.　　　　　　　　[Pascal]
- 회의주의는 지성을 곪아 썩게 한다.
  [Victor M. Hugo]

| 효도孝道와 불효不孝 |

- 긴 병에 효자 없다.　　[한국 격언]
- 길은 가까운 데 있거늘, 사람들은 먼데서 찾는다. 일은 쉬운 데서 해결할 수 있거늘, 사람들은 어려운 데서 그 방법을 찾도다. 사람마다 부모를 부모로 섬기고, 어른을 어른으로 섬기면 온천하가 화평해지거늘….
  [맹자孟子]

- 나갔던 며느리 효도한다. [한국 격언]
- 누구를 섬김이 가장 중요한가? 부모를 섬김이 가장 중요하다. 누구를 지킴이 가장 중요한가? 자신을 지킴이 가장 중요하다. 자신을 잃지 않고 부모를 섬겼다는 말은 들었어도, 자신을 망치고서 부모를 잘 섬겼다는 말은 아직 듣지 못했노라.
  [맹자孟子]
- 몸을 세상에 세우고 도를 해아려 이름을 후세에 전하게 되어 부모를 세상에 드러내는 것도 효도의 끝이다.
  [효경孝經]
- 민머리가 되어야 가발을 쓰며, 병이 나야 의사를 부른다. 효자가 약을 달여 그 부모에게 드릴 때 낯빛이 초췌해진다. 사람들은 이를 칭찬하지만, 성인聖人은 이를 부끄러워한다.
  [장자莊子]
- 부모를 공경하는 효행은 쉬우나, 부모를 사랑하는 효행은 어렵다.
  [장자莊子]
- 부모 앞에서는 결코 늙었다는 말을 해서는 안 된다.　　[소학小學]
- 부모의 나이는 반드시 기억하고 있어야 한다. 한편으로는 오래 사신 것을 기뻐하고, 또 한편으로는 나이 많은 것을 걱정해야 한다. [논어論語]
- 사람으로서 효도와 신의信義가 있어야 훌륭하다고 칭송을 받는 사람은

설혹 지금 죽는다 해도 조금도 유감 됨이 없을 것이다.　　　　[세원說苑]

- 사람이 부모를 봉양하는 데에 누구나 부모에게 마땅히 효도할 줄 모르는 사람은 없다. 그러나 진실로 효도하는 사람이 적은 것은 부모의 은혜를 깊이 알지 못한 까닭이다.
　　　　[격몽요결擊蒙要訣]

- 선비의 온갖 행위 중에 효제孝悌가 근본이고, 삼천 가지 죄목 중에 불효가 가장 크다.　　　　[이이]

- 선인先人의 지위에 오르고, 선인의 예를 그대로 행하며, 선인의 음악을 그대로 연주하고, 선인이 존경하던 분을 그대로 존경하며, 선인이 가까이하던 이를 아끼고, 돌아갔을 때 섬기기를 살아계실 때처럼 하며, 망인 섬기기를 살아계신 것처럼 하는 것이 효도의 극치이다.　　[공자孔子]

- 세속에서 말하는 불효에는 다섯 가지가 있다. 사지四肢를 게을리 하여 부모의 공양을 돌보지 않음이 척째 불효요, 노름과 술 마시기를 좋아하여 부모를 돌보지 않음이 둘째 불효다. 또한 재물을 좋아하고, 처자만을 사랑하여 부모를 돌보지 않음이 셋째 불효요, 귀와 눈이 욕구를 채우느라 부모를 욕되게 함이 넷째 불효다. 아울 용맹을 좋아하여 싸우고 화내어 부모를 불안케 함이 다섯

째 불효이니라.　　　　[맹자孟子]

- 세월은 물과 같이 흘러, 부모를 섬기는 시간도 결코 길지 아니하다. 그러기 때문에 사람의 자식 된 자는 모름지기 정성을 다하고 힘을 다하면서도, 자기가 할 일을 다 하지 못할까 두려워해야 한다.
　　　　[격몽요결擊蒙要訣]

- 아버님 날 낳으시고 어머님 날 기르시니, 두 분 곧 아니시면 이 몸이 살았을까. 하늘같은 가없는 은덕을 어디 대어 갚으리.　　[정철鄭澈]

- 아비가 어진 가문에 효자가 생기지 못한다.　　　　[신자慎子]

- 어떤 사람은 수레를 끌고 장사를 하여 부모를 섬길 시간이 없기도 하고, 어떤 사람은 부모의 갑작스런 사망으로 부모에 대한 보은의 기회를 잃기도 한다. 그러나 여기에 중요한 문제가 나타난다. 그것은 부모에 대한 보은의 감정이 부모가 세상을 떠난 이후에야 고개를 든다는 사실이다.　　　　[강유위康有爲]

- 우리의 부모들은 우리들의 어린 시절을 꾸며 주셨으니 우리는 그들의 말년을 아름답게 꾸며 드려야 한다.
　　　　[Saint Exupery]

- 이 세상에는 삼천 가지나 되는 많은 죄가 있다. 효도하지 않는 것은 그 가운데서 가장 중대한 죄 가 된다.

- 요즘은 부모에게 물질로써 봉사하는 것을 효도라고 한다. 그러나 개나 말도 입에 두고 먹이지 않는가. 여기에 공경하는 마음이 따르지 않는다면, 무엇으로써 구별하겠는가.
  [공자孔子]

- 인생 백세百歲 중에 질병이 다 있으니, 부모를 섬기다 몇 해를 섬길런고 아마도 못 다할 효성을 일찍이 펴 보였노라.
  [박인로]

- 자식 된 도리로서 외출할 때는 반드시 고해야 하며, 돌아와서도 반드시 뵙고, 노는 곳이 있으면 반드시 떳떳함이 있어야 한다. 익히는 것이 있으면 반드시 끝을 마쳐야 하고, 부모가 살아 계실 때는 언제나 자기 스스로를 늙었다 하지 않아야 한다.
  [증자曾子]

- 자식을 길러본 후에야 부모의 마음을 안다.
  [왕양명王陽明]

- 집안이 화목하면 가난해도 좋거니와, 의롭지 않으면 부한들 무엇 하리. 오로지 한 자식의 효도만 있다면, 자손이 많아서 무엇 하랴.
  [명심보감明心寶鑑]

- 큰 효도는 종신토록 부모를 사모하는 것이다.
  [맹자孟子]

- 효는 백행의 근본이다. [후한서後漢書]

- 효의 시작은 부모를 섬기는 것이요,

다음은 임금을 섬기는 것이며, 입신출세하는 것이 효도의 끝이 된다.
  [소학小學]

- 효자가 부모를 섬기는 도리는, 부모의 그 마음을 즐겁게 하며 그 뜻을 어기지 아니하고 거처와 음식에 지성으로 봉양하는 것이다. [소학小學]

- 효자는 부모를 위해 어떤 고생을 하더라도 결코 부모를 원망하지 않는다.
  [논어論語]

- 효자의 지고至高는 어버이를 존경하는 것 이상으로 큰 것이 없다.
  [맹자孟子]

| 후함과 박함 |

- 너그러움은 조언보다는 도움을 주는 것이다. [Vauvenargues]

- 너그러움의 옷을 입으시오. 사람의 인색함은 그의 결함을 드러내지만 너그러움은 모든 결점을 덮어주기 때문이오. [타라파 알바크리]

- 레이스를 갖기에 앞서 블라우스를 가지고 있어야 하듯, 너그럽기에 앞서 의로워야 한다.
  [Nichora Sangfor]

- 마음이 후한 사람은 남에게 무엇인가 주어야 할 이유를 애써 찾기까지 한다. [Publius Syrus]

- 마음이 후하다고 하는 것은 많이 주

는 것이 아니라 제때 주는 것이다.

[La Bruyere]

● 마음이 후한 사람은 항상 자신이 부자라고 생각한다.　[Publius Syrus]

● 받는 것보다 주는 것에서 더욱 기쁨을 느낄 때 마음이 후하다고 할 수 있다.　[Chevalier de Mere]

● 우리가 너그러움이라 부르는 것은 대부분의 허영심에 지나지 않는다.

[F. La Rochefoucauld]

● 중단해선 안 될 데서 중단하는 사람은 어느 하나 중단하지 않는 것이 없으며, 후하게 할 처지에 박하게 구는 사람은 어느 하나 박하게 굴지 않는 것이 없을 것이다.　[맹자孟子]

| 후회後悔 |

● 결코 후회하지 말고, 결코 남을 꾸짖지 말라. 이것들은 영지英智(영민한 지혜)의 제일보다.　[Denis Diderot]

● 나는 선행을 결코 후회하지 않았으되 앞으로도 후회하지 않을 것이다.

[Shakespeare]

● 더 이상 그것을 안 하는 것이 가장 진정한 후회이다.　[Martin Luther]

● 뜻을 잃고 살아온 지 여러 해에 머리가 모두 희어졌으나, 성글고 느슨한 성격은 타고난 대로 놀기에 알맞네. 다만 마시고 먹고 할 줄만 알았

지 아무 데도 쓸 곳 없으니, 나야말로 인간 세상에 붙은 한 개 혹일 뿐일세.　[서경덕]

● 배부른 다음에 음식을 생각하면 맛의 유무를 구별하기 힘들고, 색을 쓴 다음에 음사淫事를 생각하면 이성에 대한 감각이 사라진다. 그러므로 사람이 항상 사후의 뉘우침으로 앞으로 다가올 일의 어리석음을 깨뜨린다면 그 본성이 자리 잡힐 것이요, 행동에 올바르지 않음이 없을 것이다.　[홍자성洪自誠]

● 분노와 우행愚行은 나란히 걸으며, 회한이 양자의 뒤꿈치를 밟는다.

[Benjamin Franklin]

● 생은 슬픈 것인지도 모른다. 회한, 모든 후회는 결국 존재의 후회로 귀결한다.　[전혜린]

● 잘못과 실패도 많았다. 하지만 후회할 틈이 없다.　[Hermann Hesse]

● 잘못을 저지르고도 후회할 줄 모르는 자는 하등下等의 사람이요, 후회하면서도 고칠 줄 모르는 자도 하등의 사람이다.　[소학小學]

● 재능 없이 차지하면 허물과 후회가 반드시 뒤따라온다.　[삼국지三國志]

● 좋은 교육이란, 후회를 가르치는 것이다. 후회가 예견된다면 균형이 깨뜨려진다.　[Stendahl]

● 지나치지 않고 알맞게 행동하면 후

회하는 일은 별로 없다. 만약 그랬더라면 하고 사람들은 지난 일에 대해서 얼마나 후회를 하는가? 그러나 후회란, 한번 생긴 일에 대해서만 할 수 있는 일이다. 화가 났을 때는 열을 세어라. 아주 크게 분개했을 때는 백을 세어라. 노여움은 우리들의 수명을 짧게 하는 요물이다. 그러므로 우리는 아침저녁으로 이 요물을 경계해야 한다. [Thomas Jefferson]

● 청년은 실수하고, 장년은 투쟁하며, 노년은 후회한다. [B. Disraeli]

● 회오悔悟와 바른 행실은 하느님의 노여움에서 몸을 지키는 방패가 된다. [Talmud]

● 회오의 격정 이상으로 한 남자를 빨리 기진맥진케 하는 것은 도대체 없다. [Friedrich Nietzsche]

● 회한의 정은 득의 했을 때에는 깊이 잠들고, 실의했을 때에는 쓴맛을 더한다. [Jean-Jacques Rousseau]

● 후회, 그것은 잠에서 깨어난 기억이다. [Emily Dickinson]

● 후회는 약한 마음의 미덕이다. [John Dryden]

● 후회는 언제 해도 늦지 않다. [John Ray]

● 후회는 자기 자신에게 내린 판결이다. [Menandros]

● 후회는 회오에 대한 자만심의 대응이다. [Aldous Huxley]

● 후회란, 쓰디쓴 도로徒勞의 뒷걸음질이다. 그것은 과실의 얼빠진 이용이다. [Alain]

● 후회란, 죄악에 대한 자책 이상의 것이라야 한다. 후회는 천당과 어울리는 성격의 변화를 이해한다. [Lewis Wallace]

● 후회를 최대한 이용하라. 깊이 후회한다는 것은 새로운 삶을 산다는 것이다. [Henry Thoreau]

● 후회의 씨앗은 젊었을 때 즐거움으로 뿌려지지만, 늙었을 때 괴로움으로 거둬들이게 된다. [C. C. Colton]

● 후회한다! 이것만큼 비열하고 쩨쩨한 것은 없다. [Shakespeare]

● 후회해 보아야 소용이 없다는 말이 있지만, 후회한다고 이미 늦은 것은 아니다. [Lev N. Tolstoy]

| 훌륭한 인간 |

● 술잔치의 즐거움이 잦은 집은 훌륭한 집이 아니요, 명성을 좋아하고 화려한 것을 즐기는 이는 훌륭한 선비가 아니며, 높은 자리와 성盛한 이름을 중히 생각함은 훌륭한 신하가 아니다. [홍자성洪自誠]

● 훌륭한 업적과 재단財團은 자식 없는 사람들이 만들어냈다.

- 훌륭한 인간이 되기 위해서는 나이를 먹는 것이 필요하다. 나는 실수를 범하려 할 때마다 그것은 전에 범했던 실수한 것을 깨닫게 한다.

  [Goethe]

| 휴식休息 |

- 쉬는 것은 게으른 것이 아니다. 그것은 치료하는 약이다.

  [Glenn Schweitzer]
- 아폴론이 항상 활시위를 당기는 것은 아니다. [Horatius]
- 일을 더 빨리 끝내기 위해서 휴식을 취하시오. [George Herbert]
- 잠을 자지 않는 사람은 브레이크 없는 자동차와 같다. 저는 심지어 기계에도 휴식이 필요하다고 생각한다.

  [Henry Ford]
- 정념도 없이, 할 일도 없이, 전심할 만한 경영도 없이, 그야말로 하는 일 없는 완전한 휴식 속에 있는 것처럼 사람에게 있어 참을 수 없는 것은 없다. 그는 그때에 자기의 허무, 자기의 유기, 자기의 불만, 자기의 의존, 자기의 무력, 자기의 공허를 느낀다. 이때에 그의 혼이 깊은 속으로부터 권태·우울·비애·고뇌·회한·절망이 한꺼번에 쏟아져 나온다. [Pascal]
- 휴식은 죽은 이들에게 좋은 것이다.

  [Thomas Carlyle]

| 희망希望과 낙망落望 |

- 가장 무모한 희망이 때로는 이상하리만치 성공의 요인이 된다.

  [Vauvenargues]
- 고뇌하는 한은 희망을 품으라. 최고의 행복은 항상 희망이다.

  [Wilhelm Schefer]
- 곤궁한 사람에게 마시게 할 약은 오직 희망뿐이다. 부유한 사람에게 마시게 할 약은 오직 근검勤儉뿐이다.

  [Shakespeare]
- 공부하는 어린이들, 일터를 얻은 어른, 건강을 회복하는 환자, 이러한 모든 사람들이 ─ 제단에 보태어지는 촛불처럼 ─ 하나님을 믿는 사람들의 희망을 밝혀줍니다.

  [Lynden B. Johnson]
- 기대하지 않는 자는 실망하지도 않을 것이다. [울커트]
- 나는 희망을 가졌는데, 나날이 시들어 간다. 아아! 뿌리가 끊긴 나무의 잎사귀에 물을 준들 무슨 소용이 있으랴. [Jean-Jacques Rousseau]
- 나의 희망은 항상 실현되지 않지만, 나는 항상 희망한다. [D. N. Ovidius]

- 낙망은 청년의 죽음이며, 청년이 죽으면 민족이 죽는다. [안창호]
- 낯선 꿈, 지고한 열망, 위대한 희망, 좌절되고 고쳐지는 생각들, 이 모든 것들 사이에 사람들이 절망이라고 부르는 것이 있다. 나는 그것을 연옥煉獄(카톨릭에서, 죄를 범한 사람의 영혼이 천국에 들어가기 전에, 불에 의한 고통을 받음으로써 그 죄가 씻어진다는 곳. 천국과 지옥 사이에 있다 함)이라고 부른다. [Kahlil Gibran]
- 너희들에게 초자연의 희망을 말하는 자를 신뢰하지 마라. 그들은 생명의 경멸자일뿐 아니라 변사자變死者들이다. 대지에 반역하는 것이 가장 무서운 죄를 짓는 것이다.

  [Friedrich Wilhelm Nietzsche]
- 누구에게나 희망이 없을 수는 없겠지만, 희망은 언제나 실망과 맞붙어 있기 때문에 실망하게 되면 풀이 죽고 만다. 희망을 길러 나아가고 잃지 않게 하는 것은 굳센 힘뿐이다.

  [양계초梁啓超]
- 두려워하는 일은 바라는 일보다 훨씬 쉽게 일어난다. [Publius Syrus]
- 만일 희망에 희망이 없다면 공포에도 공포가 없을 것이다.

  [Robert Warren]
- 모든 저항의 비밀은 희망에 기초를 두고 있다. 저항은 오로지 희망이다.

  [Rene Char]
- 무슨 일이든지 희망을 가지는 것은 실망失望을 하는 것보다 낫다. 왜냐하면 어떠한 일든지 꼭 가능하다고 믿을 수는 없기 때문이다. [Goethe]
- 바라는 것대로의 행복을 얻지 못한 과거를 부정하고, 자기를 위해서 그것을 변경하려는 희망이야말로 소생한 인간이 갖는 매력이다.

  [Andre Maurois]
- 밤에는 빛을 받아도 소용이 없다.

  [Edmond Rostand]
- 보잘것없는 재산보다 훌륭한 희망을 갖는 것이 소망스럽다.

  [Miguel de Cervantes]
- 빈곤과 희망은 어머니와 딸이다. 딸과 즐겁게 얘기하고 있으면 어머니 쪽을 잊는다. [Jean Paul]
- 사람들은 소망을 안고 사는 동안 아무리 고통스러워도 견디고 용감하게 살 수 있다. [강원룡]
- 사람은 두 방면에서 위험에 빠진다. 하나는 희망이요, 다른 하나는 절망이다. [Augustinus]
- 사람을 절망에서 구출해 주는 기쁨을 이해하려면 절망의 늪에 빠졌던 경험이 있어야 한다.

  [Francois de La Rochefoucauld]
- 사람이 가지는 소망이나 절망은 언제나 그 사람을 앞질러 간다. 그러

므로 누구도 거기에 도달할 수는 없다. 도달점이라 생각한 곳에 이르면, 그것들은 벌써 그곳을 떠나고 있는 것이다. [한무숙]

- 사람이 희망을 안고 환상 속에 탐닉하게 되는 것은 어쩔 수 없는 일이다. 우리는 고통스러운 진실에는 눈을 감고, 사이렌의 노랫소리에는 자신을 잃고 짐승이 되도록 귀를 기울인다. [Patrick Henry]
- 사악한 바람은 특히 그 바람의 소유자에게 돌아온다. [Hesiodos]
- 상상의 재(灰) 속에서 악마처럼 반짝이는 것은 희망이 아닐까. [Samuel Beckett]
- 생각건대, 희망이란 원래부터 있는 것이라고도 할 수 없고 없는 것이라고도 할 수 없다. 그것은 지상의 길과 같은 것이다. 지상에는 원래 길이 없다. 걷는 사람이 많으면 그것이 길이 되는 것이다. [노신魯迅]
- 성인은 하늘의 모습을 배우기를 바라고, 현인은 성인의 모습을 배우기를 바라고, 선비는 현인의 모습을 배우기를 바란다. [근사록近思錄]
- 아무것도 희망하지 않는 자는 복되다. 그는 결코 실망하지 않기 때문이다. [Alexander Pope]
- 어떤 때에도 인간이 하지 않으면 안 되는 일은, 가령 세계의 종언이 명백하더라도 자기는 오늘 사과나무를 심는다는 것이다. [C. V. Georguis]
- 어쨌든 사람의 마음에서 희망을 절멸하지 않으면 안 된다. 분노의 폭발도 없고, 하늘을 원망하는 일도 없는 평화스러운 절망이야말로 지혜 바로 그것이다. [A. V. Vinnie]
- 우리들은 우리들의 생산 활동을 통해서라기보다 우리들의 희망 속에 살고 있다. [Thomas More]
- 우리들은 울부짖으면서 나고, 괴로워하면서 살고, 실망하면서 죽는다. [Thomas Fuller]
- 우리들이 공포 속에 있다고 해서, 우리들의 희망을 추구하는 것을 억제할 것이 아니다. [John F. Kennedy]
- 우리에겐 아직 희망이 남아 있다. 그러나 희망이 그저 희망으로 끝날 때, 그것은 무의미한 환상으로 귀결된다. 희망은 실현될 때에만 비로소 의미를 갖게 된다. [박이문]
- 위대한 희망은 위대한 인물을 만든다. [Thomas Fuller]
- 위대한 희망이 가라앉는 것은 해가 지는 것과 같다. 인생의 빛이 사라진 것이다. [Henry W. Longfellow]
- 인간은 머리를 하늘로 두는 동물이지만, 머리 위에 있는 천장의 거미줄은 보지 못한다. [Jules Renard]
- 인간의 희망은 절망보다도 격렬하

고, 인간의 기쁨은 슬픔보다도 격렬하고, 그리고 영속하는 것이다.

[Robert Seymour Bridges]

- 인간이 불행에 처해 있을 때는 희망이 구세주이다. [Menandros]
- 인간 중에서 가련한 사람은 희망이 결여되어 있는 자이다.

[Thomas Fuller]

- 인류의 대다수를 먹여 살리는 것은 희망이다. [Sophocles]
- 인류의 온갖 악들이 우글거리는 판도라의 상자에서 그리스인들은 다른 모든 악들을 쏟아 놓고 난 뒤에 그중에서도 가장 끔찍한 악인 희망을 쏟아냈다. [Albert Camus]
- 자기의 희망을 인간이나 피조물에 두는 것은 어리석은 일이다.

[Thomas A. Kempis]

- 절망보다 나쁘고, 죽음보다 나쁜 것이 희망이다. [Percy Sheley]
- 절실한 소망은 돈지갑을 뚫는다.

[Miguel de Cervantes]

- 좋은 희망이 나쁜 소유보다 훨씬 낫다. [M. de Cervantes]
- 청년은 희망의 환영을 가졌고, 노인은 회상의 환영을 가지고 산다.

[Kierkegaard]

- 체념은 일체의 삶을 무시하고 영원한 망각의 세계로 들어가려는 절망의 극치에서 오는 안도감인지도 모른다. [김말봉]
- 큰 희망이 큰 사람을 만든다.

[Thomas Fuller]

- 하나를 위한 전체, 전체를 위한 하나, 이것이 우리의 소망이다.(All for one, One for all.) [Alexandre Dumas]
- 하늘에 별이 없는 땅은 없다.

[Ralph Waldo Emerson]

- 한 사람의 인간이 느끼는 것보다 더 큰 고통을 나는 느끼지 못한다. 어떤 사람이 절망하고 있을 때 그것보다 더 큰 고통이 없기 때문이다.

[Ludwig Wittgenstein]

- 해는 또다시 떠오른다.

[Ernest Hemingway]

- 행복한 자는 희망을 가지고 산다.

[Pindaros]

- 희망 없이 공포는 있을 수 없으며, 공포 없이 희망도 있을 수 없다.

[Barush de Spinoza]

- 희망 없이 빵을 먹는 것은 천천히 굶어죽는 것이다. [Pearl S. Buck]
- 희망 없이 일하는 것은 마치 맛 좋은 술을 채로 푸는 것과 같고, 목적 없는 소망은 오래가지 못한다.

[Samuel Taylor Coleridge]

- 희망은 가장 유용하고, 가장 귀중한 재산이다. [Vauvenargues]
- 희망은 가난한 사람의 빵이다.

[George Herbert]

- 희망은 강한 용기이며, 새로운 의지이다. [Martin Luther]
- 희망은 그 자체가 일종의 행복이며, 이 세상이 베풀어주는 주된 행복일 것이다. [Samuel Johnson]
- 희망은 깃털이 있어 마음속에 내려앉는 것이다. [Emily Dickinson]
- 희망은 눈을 뜨게 하는 사람들의 꿈에 불과하다. [Pandaros]
- 희망은 바보들만이 가지고 있는 것이다. 그러나 바보들만이 희망을 잃을 수 있다. [William Shakespeare]
- 희망은 불가측不可測의 해상에서가 아니면 결코 그 아름다운 날개를 펴지 않는다. [Ralph Waldo Emerson]
- 희망은 불행한 인간의 제2의 영혼이다. [Goethe]
- 희망은 사람을 성공으로 인도하는 신앙信仰이다. 희망이 없이는 어떠한 일도 이룰 수 없으며, 희망이 없이는 인간 생활이 영위營爲될 수 없다. [Hellen Keller]
- 희망은 사람이 매달리지 못하게 말린다. [Ovidius]
- 희망은 사상이다. [Shakespeare]
- 희망은 쉬지 않음을 미워한다. [Robert Burton]
- 희망은 아주 거짓말쟁이기는 하지만, 하여간 우리들을 즐거운 오솔길을 지나 인생의 끝까지 데려다준다. [Francois de La Rochefoucauld]
- 희망은 영원의 기쁨이다. 인간이 소유하고 있는 토지와 같은 것이다. 해마다 수익이 올라가 결코 다 써버릴 수가 있는 확실한 재산이다. [Roberrt Louis Stevenson]
- 희망은 영구히 사람의 가슴에 들끓는다. 사람은 언제든지 현재 행복한 일은 없고, 언제든지 늘 앞으로만 행복이 있는 것이다. [Alexander Pope]
- 희망은 이를 추구하는 비참한 자를 결코 버리지 않는다. [J. Fletcher]
- 희망은 일상의 시간이 영원한 것과 속삭이는 대화이다. [Rainer Maria Rilke]
- 희망은 잠자고 있지 않는 인간의 꿈이다. [Aristoteles]
- 희망은 잠에서 깬 사람의 꿈이다. [Aristoteles]
- 희망은 점심으로는 유용하나 저녁으로는 형편없는 식사이다. [Francis Bacon]
- 희망은 제2의 영혼이다. [Goethe]
- 희망은 진실성에 대해서 자기의 명성을 결코 잃는 일이 없는 만능의 거짓말쟁이다. [Ingersol]
- 희망은 항상 우리들을 속이는 사기꾼이다. 나의 경우, 희망을 잃었을 때 비로소 행복이 찾아왔다.

[Nichora Sangfor]
- 희망은 해독이다.　[Jean P. Sartre]
- 희망을 먹고 사는 사람은 굶어죽는다.　[Benjamin Franklin]
- 희망을 버리면 사람들은 영혼의 안녕을 얻는다.　[Alain]
- 희망의 샘은 영원히 샘솟는다.
　　　　　　[Alexander Pope]
- 희망의 실천이 자비요, 미의 실천이 선행이다.　[Miguel de Unamuno]
- 희망이란, 눈뜨고 있는 꿈이다.
　　　　　　　[Aristoteles]
- 희망이란 무엇인가? 가냘픈 풀잎에 맺힌 아침이슬이거나, 좁고 위태로운 길목에서 빛나는 거미줄이다.
　　　　　　[William Wordsworth]
- 희망이란, 빛나는 햇빛을 받으며 나갔다가 비에 젖으면서 돌아오는 것이다.　[Jules Renard]
- 희망이 없다는 것은 반드시 절망을 뜻하는 것은 아니다. [Albert Camus]
- 희망이 없어지면 절망할 필요도 없다.　[L. A. Seneca]
- 희망이 없으면 노력이 없다.
　　　　　　[Samuel Johnson]
- 희망이 없으면 절약도 없다.
　　　　　　[Winston Churchill]
- 희망이 작으면 작을수록 많은 평화가 온다.　[T. Woodrow Wilson]
- 희망, 희망도 으스름달밤, 나락 밭

고랑의 허수아비외다.　[김소월]
- 힘은 희망을 가지는 사람에게 있고, 용기는 속에 있는 의지意志에서 우러나오는 것이다.　[Pearl S. Buck]

| 희생犧牲 |

- 가장 큰 희생은 시간을 바치는 것이다.　[Antiphon]
- 그 무엇 한 가지 때문에 제 것을 송두리째 바쳐서 없이 하는 것이 희생이다.　[조지훈]
- 나와 같은 인간은 백만 명의 목숨을 희생할 정도로 대단하지는 않다.
　　　　　　[Napoleon I]
- 머리를 지키기 위해 수염을 희생시킬 줄 알아야 한다. [J. D. Demetriades]
- 사랑은 그것이 자기희생일 때 이외에는 사랑의 이름에 적합하지 않다.
　　　　　　[Romain Rolland]
- 생명은 생명의 희생으로 이루어진다.
　　　　　　[Montaigne]
- 양초는 남을 밝게 해주며 자신을 소비한다.　[H. G. 보운]
- 어떤 종류의 희생 없이 어떤 실체적인 것이 얻어진 적이 있는가.
　　　　　　[Arthur Helps]
- 연어 한 마리를 낚기 위해서는 피라미 한 마리를 잃어야 한다.
　　　　　　[Yan Gruter]

- 우리는 희생을 제공하게 될 것이며, 도살자가 되지 않을 것이다. [Arther Shakespeare]
- 우리에게 최대의 희생은 시간의 그것이다. [Plutarchos]
- 자기를 희생하는 것만큼 행복한 일은 없다. [Dostoevsky]
- 자기희생에 너무 몸을 사리지 말고, 의리와 인정을 중히 여기라. [장우성]
- 자기희생은 부끄럼 없이 다른 사람으로 하여금 희생하도록 할 수 있다. [George Bernard Shaw]
- 자기희생을 하는 사람들에 의해서만 인류사회는 개선 될 수 있다. [Lev Tolstoy]
- 자선은 그것이 희생일 경우에만 자선이다. [Lev Tolstoy]
- 전시의 첫 희생자는 진리이다. [James Barett Reston]
- 전투에서 희생되는 사상자란, 분노와 증오감과 잔인성에 의한 희생자가 아니라, 어떤 사태의 발전과정에 있어서의 희생이다. [J. Steinbeck]
- 좋은 풍습은 조그만 희생을 견뎌내는 데서 얻어진다. [P. Chesterfield]
- 진보의 크기는 그것이 요구하는 희생의 크기에 의해 평가된다. [Friedrich Nietzsche]
- 큰 희생은 어렵지 않지만, 작은 희생의 연속은 힘이 든다. [Goethe]

- 한 개의 촛불로 많은 촛불에 불을 붙여도 처음의 촛불의 빛은 약해지지 않는다. [Talmud]
- 희생과 고뇌, 이것들이 사상가와 예술가의 운명이다. [Lev Tolstoy]
- 희생 없이는 풍요를 창조할 수 없다. [Romain Rolland]
- 희생은 군중의 행복을 기원하기 위한 것이지만, 신에게 바친 후에는 군중이 그 살을 나눠먹어버린다. [노신魯迅]
- 희생이 너에게 슬픔이고 즐거움이 아니라면 희생할 필요가 없다. 너에게 그런 자격이 없는 것이다. [Romain Rolland]

| 희소성稀少性 |

- 일의 희소성이 사물에 가치를 부여한다. [La Fontaine]
- 우리는 자주 일어나면 감동하지 않는다. [Jean-Jacques Rousseau]
- 희소성이 사물에 가치를 부여한다. [Petronius]

| 힘 |

- 가장 현명한 자의 정의는 있으나, 가장 힘 있는 자의 정의는 없다. [Joseph Joubert]

1017

- 가장 힘이 있는 자는 자신을 제어하는 사람이다. [L. A. Seneca]
- 밥의 외침은 너무 약해서 무기가 내는 굉음을 제압하지 못한다. [Gaius Marius]
- 아무것도 요구하지 않는 것이 모든 것을 얻는 힘의 기술이다. [Desaugiers]
- 이성이 결여된 난폭한 힘은 자신의 무게를 못 견디고 쓰러진다. [Horatius]
- 일국의 힘은 나무의 수액과 같다. 그것은 밑에서부터 솟아오른다. [Wilson]
- 재주가 없으면 힘이 없다. [Napoleon I]
- 정의는 무장한 함 안에 있다. [L. A. Seneca]
- 진리가 힘에 정복당한다. [Plautus]
- 힘없는 전부는 미약하고, 정의가 없는 힘은 포악하다. [Pascal]
- 힘은 샘물과 같아서 안으로부터 솟아나는 것이다. 힘을 얻으려면 자기 내부의 샘을 파야만 한다. 밖에서 힘을 구할수록 사람은 점점 약해질 뿐이다. [Ralph Waldo Emerson]
- 힘은 스스로를 움직이는 것이다. [Platon]
- 힘의 특성은 보호하는 데에 있다. [Pascal]
- 힘이 아직 그대를 버리기 전에 마음을 갈아 넣어라. 빛이 아직 꺼지기 전에 기름을 부어라. [서양 격언]
- 힘이 없는 정의는 무력하고, 정의가 없는 힘은 포악하다. [Pascal]
- 힘이 정의를 만들고, 정의는 가장 강한 자의 이익이다. [Platon]

부록
주요 인명록

{ 서양인 }

Abbe Prevost	1697~1763	프랑스 소설가
Abraham Lincoln	1809~1865	미국 16대 대통령
Accius, Lucius	B.C. 170~90	고대 로마 비극 시인
Achard, Marcel	1899~1974	프랑스 극작가
Adam Bede	1819~1880	영국 작가
Adam de la Halle	1250~1285	프랑스 음유 시인
Adams, Franklin Pierce	1881~1960	미국 칼럼니스트
Adams, Henry	1838~1918	미국 소설가
Adams, John	1735~1826	미국 2대 대통령
Addison, Joseph	1672~1719	영국 수필가
Ady, Endre	1878~1919	헝가리 시인
Aeschylos	B.C. 525~456	고대 그리스 비극 시인
Aesop(Aisopos)	B.C. 620~550	고대 그리스 우화 작가
Agatha, Christie	1890~1976	영국 여류 소설가
Agrippa, d'Aubigne	1552~1630	프랑스 시인 신교파 무장
Agrippa, Marcus Vipsamus	B.C. 63~B.C. 12	로마 제국 장군, 정치가
al-Afgani, Jamal al-Din	1838~1897	이란 이슬람 사상가
al-qadir, 'Abd	1803~1883	알제리 독립항쟁 지도자
Alain, Emile-Auguste C.	1803~1951	프랑스 철학자, 평론가
Alain de Lille	1128~1202	프랑스 시인, 신학자
Alberoni, Francesco	1929~	이탈리아 사회학자
Alcott, Amos Bronson	1799~1888	미국 작가, 사상가
Alcott, Louisa May	1832~1888	미국 여류 소설가
AlexanderVI	1392~1500	이탈리아 교황
Alexander Smith	1715~1830	미국, 법률가

Alexandre Duma Fils	1824~1895	프랑스 극작가, 소설가
Alexandria Philon	B.C. 10~A.D. 50	유대인 저술가, 철학자
Alfieri, Vittorio C.	1749~1803	이탈리아 비극작가, 시인
Alfred de Vigny	1797~1863	프랑스 시인
Alfonso VI	1065~1109	스페인 왕
Ali, Muhammad	1942~2016	미국 권투선수
Alkaeos	B.C. 620~580	그리스 서정시인
Allport, Gordon	1897~1967	미국 사회심리학자
Alphonse Daudet	1840~1897	프랑스 소설가
Alphonse de Lamartin	1790~1869	프랑스 작가
Alphonse Karr, Jean B.	1808~1890	프랑스 사상가, 소설가
Ambrose G. Bierce	1842~1914	미국 소설가
Ambrosius	340~387	이탈리아 초대 가톨릭 교부
Amenemhat I	B.C. 1991~1962	고대 이집트 왕
Amenemope	B.C. 1030~991	고대 이집트 왕
Amiel, Henry-Frederic	1821~1881	스위스 철학자, 문학가
Amos, Bronson Alcott	1799~1888	미국 철학자
Anacharsis	B.C. 600?	고대 그리스 철학자
Anacreon	B.C. 570~485	고대 그리스 서정시인
Anatole France	1844~1924	프랑스 소설가
Anaxagoras	B.C. 500~428	고대 그리스 철학자
Andersen, Hans Christian	1805~1875	덴마크 동화 작가
Andrassy, Count Julius	1823~1890	헝가리 정치가
Andre Chenier	1762~1794	프랑스 시인
Andre de Renier	1864~1935	프랑스 문학가
Andre Gide	1869~1951	프랑스 소설가
Andre G. MalRaux	1901~1976	프랑스 소설가, 정치인
Andre Maurois, E. S. W. H.	1885~1967	프랑스 작가
Andre Siegfred	1875~1959	프랑스 경제학자, 정치 평론가

Andrew Matthews	1615~1897	오스트레일리아 작가
Andric, Ivo	1892~1975	보스니아 문학가
Andy Warhol	1928~1987	미국 미술인, 영화제작자
Anita Roddick	1942~2007	영국 여성 기업인, 사회운동가
Anouilh, Jean Marie Kucien P.	1910~1987	프랑스 극작가
Antigonos II	B.C. 276~239	마케도니아의 왕
Antiphanes	B.C. 388~311	고대 그리스 시인, 극작가
Antiphon	B.C. 480~411	고대 그리스 웅변가, 수사학 교사
Antisthenes	B.C. 445~365	고대 그리스 철학자
Antonelli, Luige	1877~1942	이탈리아 극작가
Antonio de Guevara	1480~1545	스페인 작가, 신학자, 주교
Antonio de Solis	1610~1686	스페인 극작가, 사학자
Antoine de Butrio	1338~1408	프랑스 작가
Antoine Galland	1646~1715	프랑스 동양학자
Antoine Houdin	1741~1828	프랑스 작가
Antoine H. de La Motte	1672~1731	프랑스 시인, 문예평론가
Antoine, Henri Groues	1858~1943	프랑스 연출가
Antonio Perez	1945~	미국 기업가(Kodak)
Aphra Behn	1640~1689	영국 소설가, 작가
Apollonios Rohdios	B.C. 295~215	그리스 수학자
Apollonius of Tyana	B.C. 100?	고대 로마 철학자, 마법사
Apostelius, Michael	1422~1480	그리스 문학가
Apuleius	124~170	고대 로마 작가
Aquinas, Thomas	1225~1274	이탈리아의 신학자
Arcesius		고대 그리스 철학자
Archelaus	B.C. 413~399	고대 그리스 마케도니아 왕
Archidamos	?~B.C. 431	고대 스파르타 왕
Archimedes	B.C. 287~212	고대 그리스 수학자, 물리학자
Aristippos	B.C. 435~366	고대 그리스 철학자

Aristophanes	B.C. 448~380	고대 그리스 희극 시인
Aristonikos = Aristoteles		
Aristoteles	B.C. 384~322	고대 그리스 철학자
Arnauit, Antoine(대)	1612~1694	프랑스 철학자, 신학자
Arnold, Matthew	1822~1888	영국 시인, 비평가
Aron, Raymond	1905~1983	프랑스 사회학자
Artsybashev, Mikhail Petrovich	1878~1927	러시아 소설가
Ascham, Roger	1515~1568	영국 교육가
Asturias, Miguel Angel	1899~1974	과테말라 작가, 노벨 문학상 수상
Auden, Wystan Hugh	1907~1973	영국 시인, 교수
Auerbach, Berthold	1812~1882	독일 작가
Augier, Emile	1820~1889	프랑스 작가
Auguste Comte	1798~1857	프랑스 사회학자
Auguste Rodin	1840~1917	프랑스 조각가
Augustinus, H.	354~430	영국 성직자 대주교
Augustus	B.C. 63~A.D. 14	고대 롬 초대 황제
Aurelius, Marcus.	121~180	로마 16대 황제
Ausonius, D. M.	310~395	고대 로마 시인, 정치가
Austin, Herbert	1866~1941	영국 소형 자동차회사 설립자
Austin, Jane	1775~1817	영국 소설가
Avianus Fables	400?	고대 로마 정치가

B

Baba Hari Dass	1923~2018	인도 작가
Bach, Johann S.	1685~1750	독일 작곡가
Bachelard, Gaston	1884~1962	프랑스 철학자, 문학평론가
Bacon, F.	1561~1626	영국 철학자

Bagehot, Walter	1826~1877	영국 경제학자, 문학평론가
Bahrtrhari	570~651	인도 서정시인, 철학자
Baif, Jean Antonie de	1532~1589	프랑스 시인
Bailleul, Jean de	1878~1949	프랑스 작가
Bakkylides	B.C. 500?	고대 그리스 서정시인
Bakunin, Mikahil Aleksandrovic	1874~1876	러시아 사상가, 무정부주의자
Baldwin, James	1924~1987	미국 소설가
Ball, John	1338~1381	영국 성직자, 혁명가
Balthasar, Grasian y Morales	1602~1658	스페인 소설가
Balzac, Honore de	1799~1850	프랑스 작가
Baruch, Bernard M.	1870~1965	미국 기업인, UN 원자력 위원
Bates, Herbert Ernest	1905~1974	영국 소설가
Batmanghelidj, Fereydoon	1931~2004	이란 의학자, 노벨상 수상
Baudelaire, Charles-Pierre	1821~1867	프랑스 시인
Baxter, Richard	1615~1691	영국 청교도 신학자
Bayard, Chevalier de	1473~1524	프랑스 장군
Bayard Taylor	1825~1878	미국 시인
Beaumont, Francois	1584~1616	영국 극작가
Beaumarchais, P-A. C.	1732~1799	프랑스 극작가, 정치가
Beauvoir, Simone de	1908~1896	프랑스 소설가, 사상가
Bebel, Ferdinand August	1840~1913	독일 사회주의 사상가
Beccaria, C. B. M. di	1738~1794	이탈리아 형법학자
Bechstein, Ludwig	1801~1860	독일 작가
Beckett, Samuel	1906~1989	아일랜드 소설가, 작가
Becque, Henry Francois	1837~1899	프랑스 극작가
Beecher, Henry Ward	1813~1897	미국 설교가
Beethoven, Ludwig van	1770~1827	독일 작곡가
Behn, Aphra	1640~1689	영국 여류 소설가, 극작가
Beilby Porteus	1731~1809	영국 주교

Bellamy, Edward	1850~1898	미국 소설가
Bellows, George	1882~1925	미국 현실주의 화가
Benedict XIV	1675~1758	247대 교황
Bennett, Enoch Arnold	1867~1931	영국 소설가
Bennett, John Gordon	1955~2014	미국 신문인
Bentham, Jeremy	1748~1832	영국 철학자, 법학자
Bennett, Arnold	1867~1931	영국 소설가
Benserade, Isaac de	1612~1691	프랑스 시인
Berchoux, Joseph	1765~1839	프랑스 시인, 변호사
Bergson, Henri	1859~1941	프랑스 철학자, 교수
Bernanos, George	1888~1948	프랑스 소설가
Bernard, Claude	1813~1878	프랑스 생리학자
Bernard, Saint	1091~1153	프랑스 기독교 신비주의자
Bernard Shaw, George	1856~1950	영국 문학인
Bernardin de Saint-Pierre	1737~1814	프랑스 작가
Berneux, Simeon-Francois	1814~1866	프랑스 교회 신부, 한국 순교
Berthold Auerbach	1812~1882	독일 시인, 소설가
Bertin, Rose	1744~1813	프랑스 궁정 디자이너
Bevel, James	1936~2008	미국 흑인 인권운동가
Bhartrhari	570~651	인도 문법학자, 철학자
Bierce, Ambrose Guinnett	1842~1914	미국 소설가, 저널리스트
Bill Gates	1955~	미국 기업인, 마이크로소프트 고문
Bion	B.C. 200?	고대 그리스 목가 시인
Bion of Abdera	B.C. 600~500	고대 그리스 수학자, 철학자
Bishop, Jim	1907~1987	미국 저널리스트. 작가
Bismarck, O. E. L.	1815~1898	독일 정치가, 철혈재상
Blackstone, William	1723~1780	영국 법학자, 정치인
Blain McComick		미국 경영학자
Blake, William	1767~1827	영국 시인, 서양화가

Blanchard, Kenneth	1939~	미국 컨설턴트, 기업인, 교수
Blessington, M. Gardiner	1789~1849	영국 백작 부인, 소설가
Blondel, Maurice	1861~1949	프랑스 철학자
Blum, Leon	1872~1950	프랑스 정치가 문학 사회 비평가
Boccaccio, Giovanni	1313~1375	이탈리아 작가, 문학자
Boethius, Ancius M. S.	480~524	고대 로마 철학자, 순교 성인
Bohr, Niels H. P.	1885~1962	덴마크 물리학자, 노벨상 수상
Boileau, Nicolas G.	1636~1711	프랑스 풍자시인, 비평가
Bolingbroke, Henry S. J.	1366~1413	영국 정치가, 문인
Boll, Heinrich Theodor	1917~1985	독일 소설가
Bon II, Jean le	1319~1364	프랑스 왕
Bonnard, Pierre	1867~1947	프랑스 화가
Borges, Jorge Luis	1899~1986	아르헨티나 소설가
Borne, Karl Ludwig	1786~1837	독일 기자, 평론가
Borysthenes	B.C. 325~250	그리스 철학자
Boswell, James	1740~1795	영국 전기 작가
Boucher, Guillaume	1647~1729	프랑스 작가
Bouhours, Dominique	1628~1702	프랑스 문법학자, 사제
Bourget, Paul Charles J.	1852~1935	프랑스 소설가, 비평가
Boursault, Henry	1638~1701	프랑스 작가
Bozwell, James	1740~1795	영국 전기 작가
Bradstreet, Anne	1612~1672	영국 시인
Brantome, Pierre de B.	1540~1614	프랑스 군인, 회상록 작가
Braque, Georges	1882~1963	프랑스 서양 화가
Brecht, Bretold	1898~1956	독일 극작가, 시인
Brentano, Franz	1636~1917	독일 철학자, 심리학자
Bridges, Robert Seymour	1844~1930	영국 시인, 수필가
Brillat Savarin A.	1775~1826	프랑스 법률가, 정치가, 저술가
Brissot, Jacques Pierre	1754~1793	프랑스 사상가, 정치가

Brown, Charles Randall	1899~1983	미국 해군 대장
Brown, Thomas	1778~1820	스코틀랜드 철학자
Browne, Robert	1550~1633	영국 종교가
Browning, Elizabeth B.	1806~1861	영국 시인
Browning, Robert	1812~1889	영국 시인
Bruckhardt, Jacob Christoph	1818~1897	스위스 미술, 문화 역사가
Brunner, Emil	1889~1966	스위스 신학자
Bruno Schulz	1892~1942	폴란드 소설가
Bryce, John	1833~1913	뉴질랜드 정치가
Buber, Martin	1878~1965	오스트리아 종교철학자
Buchanan, James	1791~1868	미국 15대 대통령
Buchner, Karl G.	1813~1837	독일 극작가
Buck, Pearl S.	1892~1973	미국 작가, 노벨상 수상
Bueil, Jean de	1406~1477	프랑스 장군
Buffon, Georges-Louis L.	1707~1788	프랑스 수학자, 철학자, 박물학자
Bunsen, Robert Wilhrlm von	1811~1899	독일 화학자
Bunyan, John	1628~1688	영국 우화 작가, 설교가
Burger, G. A.	1747~1794	독일 시인
Burke, Edmund	1730~1797	영국 철학자, 정치인
Burkhardt, Jacob Christoph	1818~1897	스위스 예술 사학자
Burns, Robert	1759~1796	영국 시인, 서정시인
Burton, Richard	1925~1984	영국 배우
Burton, Robert	1577~1640	영국 목사, 문필가
Bush, George Walker	1946~	미국 정치인, 43대 대통령
Bussy-Rabutin, Roger de	1618~1693	프랑스 백작
Butler, Samuel	1835~1902	영국 소설가, 시인
Byron, George Gordon	1788~1824	영국 낭만파 시인

Caballero, Fernan	1796~1877	에스파냐 여류 작가
Cabell, James Branch	1879~1958	미국 소설가
Caecilius Statius	B.C. 220~166	고대 로마 풍자시인
Caesar, G. Julius	B.C. 100~44	고대 로마 정치가
Cagliostro	1743~1795	프랑스 모험가
Cain, Henry	1816~1886	뉴질랜드 작가
Calderon, Pedro de la Barca	1600~1681	에스파냐 극작가
Caliph Omar I	586~644	이슬람 왕
Callimachos	B.C. 305~240	고대 그리스 학자, 시인
Calvin, Jean	1509~1564	프랑스 종교개혁가
Cambon, Jules	1845~1935	프랑스 외교관
Camden, William	1551~1623	영국 사학자
Camus, Albert	1913~1960	프랑스 작가
Campbell, Thomas	1777~1844	영국 시인
Canetti, Elias	1905~1994	불가리아 작가, 노벨상 수상
Carlyle, Thomas	1745~1881	영국 비평가. 사학자
Carnegie, Andrew	1835~1919	미국 기업인, 자선사업가
Carnegie, Dale	1999~1955	미국 작가, 교수
Carlo Goldoni	1707~1793	이탈리아 작가
Carnot, Lazare Nicolas M.	1753~1823	프랑스 정치가, 군사기술 전문가
Carmen Sylva	1843~1916	루마니아 왕비, 문필가
Carmontelle, Louis Carrogie	1717~1806	프랑스 작가, 화가
Carnegie, Andrew	1835~1919	미국 기업인, 자산가
Carnegie, Dale	1888~1955	미국 교수, 작가
Carossa, Hans	1878~1956	독일 소설가, 시인, 의사
Cartwright, Edmund	1743~1823	영국 발명가
Carus, Marcus Aurelius	?~0283	고대 로마 황제

Casanova, G. Giralemo	1725~1798	이탈리아 문학가
Cassianus, Johannes	360~435	루마니아 종교 저술가
Cassiodorus, F. M. Aureluo	490~585	로마 정치가, 역사가, 수도사
Castro, Fidel	1926~2016	쿠바 변호사, 공산주의 혁명가
Cato, Marcus Porcius(대)	B.C. 234~149	고대 로마 정치가, 장군
Cato, M. P. Uticensis(소)	B.C. 95~46	고대 로마 정치가
Catullus, Gaius V.	B.C. 84~B.C. 54	고대 로마 서정시인
Cecil, William	1521~1598	영국 정치가
Celsus, A. C.	B.C. 42~37	그리스 의학 저술가
Cervantes, M. de	1547~1616	에스파냐 소설가
Cezanne, Paul	1839~1906	프랑스 화가
Chamfort, Nicolas S. de	1741~1794	프랑스 작가
Chamfort, W. S. de	1741~1794	프랑스 작가, 도덕주의자
Chamisso, Adelbert von	1781~1838	독일 망명 프랑스 시인
Channing, William Ellery	1780~1842	미국 신학자, 설교가
Chaplin, Charlie	1889~1977	영국 영화배우, 감독
Chapman, Geoffrey	1559~1634	영국 시인, 극작가
Chapman, George	1559~1634	영국 시인, 극작가
Char, Rene	1907~1988	프랑스 시인
Chardin, Pierre T. de	1881~1955	프랑스 철학자
Chardonne, Jacques	1884~1968	프랑스 작가
Charles Lamb	1775~1834	영국 수필가
Charles I(James Stuart)	1566~1625	영국 왕
Charles VII	1403~1461	프랑스 왕
Charles IX	1880~1574	영국 왕
Charles XII	1682~1718	스웨덴 왕
Charles A. Sainte-Beuve	1804~1869	프랑스 시인, 소설가
Charles Didelot	1767~1837	스웨덴 안무가
Charles J. H. Dickens	1812~1870	영국 소설가

Charles Lamb	1775~1834	영국 수필가
Charles Peguy	1873~1914	프랑스 시인, 사상가
Charles Reade	1814~1884	영국 소설가
Charles Quint	1500~1558	로마 제국 황제
Charron, Pierre	1541~1603	프랑스 사상가, 신학자
Chateaubriand, F-R. V.	1768~1848	프랑스 작가
Chaucer, Geoffrey	1340~1400	영국 시인
Che Guevara	1928~1967	아르헨티나 정치인
Chekhov, Charles Anton P.	1860~1904	러시아 소설가
Chelen		고대 스파르타 정치인, 현인
Chenier, Andrea de	1762~1794	프랑스 서정 시인
Chesterfield, Philip	1694~1773	영국 정치가, 문인
Chesterton, Gilbert Keith	1874~1936	영국 작가
Chevalier de Mere	1607~1684	프랑스 수학자, 작가
Chilon of Sparta	B.C. 600	스파르타의 현인
Chingiz Kahn(成吉思汗)	1162~1227	몽골제국 제1대 왕
Chopin, Fryderyk F.	1810~1849	폴란드 작곡가, 피아니스트
Chrisostomus, Johnnes	347~407	그리스 대주교, 설교가
Christina	1626~1689	스웨덴 여왕
Christopher Marlowe	1564~1593	영국 작가, 시인
Chrysippos	B.C. 280~206	그리스 철학자
Churchilll, Winston L. S.	1874~1965	영국 정치가, 총리
Cicero, Marcus Tullius	B.C. 106~43	고대 로마 정치가, 저술가
Clare, John	1793~1864	영국 시인
Clark, James	1962~1946	미국 법률가, 정치개혁가
Clark, William Smith	1826~1886	미국 과학자, 교육인
Clarke, James Freeman	1810~1888	미국 신학자, 작가, 정치개혁가
Clarke, Jeremiah	1670~1707	덴마크 왕자
Claude Farrere	1876~1957	프랑스 소설가

Claudianus	370~404	고대 로마 시인
Claudel, Paul	1868~1955	프랑스 시인
Claudius, Matthias	1740~1815	독일 서정시인
Clausewitz, Karl von	1780~1831	프랑스 군사 사상가
Cleantes	B.C. 331~232	고대 그리스 스토아학파 철학자
Clement Marot	1496~1544	프랑스 풍자시인
Cleobulus	B.C. 560?	고대 그리스 서정시인
Cleveland, S. G.	1837~1908	미국 22대 대통령
Cocteau, Jean Maurice E. C.	1889~1963	프랑스 작가, 영화감독
Coleridge, Samuel Taylor	1772~1834	영국 시인, 평론가
Colin d'Harleville	1755~1806	프랑스 작가
Collins, John	1952~	미국 신학자, 목사
Collins, John Anthony	1676~1729	영국 이신론자, 자유사상가
Collins, William Wilkie	1824~1889	영국 추리소설가
Colton, Charles Caleb	1780~1832	영국 저술가
Columbus, Christopher	1451~1506	이탈리아, 탐험가
Columella, Lucius J. M.	100~?	고대 로마 작가
Comte, Auguste	1798~1857	프랑스 철학자, 사회학자
Condorcet, Marcuis de	1743~1794	프랑스 사상가, 수학자
Congleve, William	1670~1729	영국 극작가
Congreve, William	1670~1729	영국 극작가
Conrad, Joseph	1857~1924	영국 작가
Constant, Benjamin	1767~1830	프랑스 정치가, 소설가
Cook, James	1728~1779	영국 탐험가, 항해사
Coolidge, John Calvin	1872~1933	미국 정치가, 30대 대통령
Cooper, James Fenimore	1789~1851	미국 소설가, 평론가
Cooper, Paul	1926~1996	미국 작곡가, 음악평론가
Corenelius Nepos	B.C. 100~24	고대 로마 전기 작가
Corneille Baverloo	1922~2010	벨기에 화가

Corneille, Pierre	1606~1684	프랑스 극작가, 시인
Courbet, Gustave	1819~1877	프랑스 화가
Covey, Stephen Richards	1932~2012	미국 종교역사학자, 기업인
Cowper, William	1731~1800	영국 시인
Crane, Stephene	1871~1900	미국 시인, 소설가
Crebillon D. J. S. de	1674~1762	프랑스 비극 작가
Crittenden, John J.	1787~1863	영국 사학자
Cromwell, Oliver	1599~1658	영국 정치가, 군인
Cumberland, Richard	1631~1718	영국 신학자, 윤리 철학자
Curie, Marie 부인	1867~1934	프랑스 물리학자, 화학자
Cushing, Harvey	1869~1939	미국 외과의사, 저술가
Cyrano de Bergerac	1619~1655	프랑스 시인, 소설가
Cyrus, P.	B.C. 559	페르시아 왕

D

Dahlberg, Edward	1900~1977	미국 소설가
D'Alenbert, J. le R.	1717~1783	프랑스 수학자
D'Annunzio, Gabriele	1863~1938	이탈리아 시인, 소설가
Dancourt, Florent C.	1661~1725	프랑스 극작가
Daniel Defoe	1660~1731	영국 소설가
Dante, Alighieri	1265~1321	이탈리아 시인, 작가
Danton, Georges	1759~1794	프랑스 변호사, 의회 의원
Darius I	B.C. 522~486	고대 페르시아 왕
Darwin, Charles Robert	1809~1882	영국 생물학자, 지질학자
Davenant, Charles	1656~1714	영국 경제학자
David Hume	1711~1776	영국 철학자
Davy Crocket	1786~1836	미국 민중 영웅, 정치가

Dawkins, Richard Clinton	1941~	영국 생물학자, 교수
Dawson, Roger	1940~	저술가
Decroux, Jean	1551~1589	프랑스 왕 앙리 3세
Dekker, Thomas	1572~1632	영국 극작가, 산문가
Deffand, Marquise de	1697~1780	프랑스 후작 부인
Defoe, Daniel	1659~1731	영국 소설가, 저널리스트
Dejardins, Joseph	1819~1895	프랑스 작가
Delacroix, Eugene	1798~1863	프랑스 낭만주의 화가
Delavigne, Casimir	1793~1843	프랑스 시인, 극작가
Democritos	B.C. 460~370	고대 그리스 사상가
Demophilius	B.C. 600?	고대 그리스 사상가
Demosthenes	B.C. 384~322	고대 그리스 정치가
Denison, George Antony	1805~1896	영국 신학자
Denison, William T.	1804~1855	영국 정치가, 호주 총독
d'Epinay, madame	1726~1783	프랑스 작가
Desaugiers, Marc A.	1772~1827	프랑스 풍자 가요 작가, 시인
Descartes, Rene	1596~1650	프랑스 철학자
Desperier, B. D. P.	1500~1544	프랑스 작가, 시인
Desrosiers, Arthur	1884~1951	캐나다 정치인
Destouches, P. N.	1680~1754	프랑스 작가, 시인
Dewey, John	1859~1952	미국 철학자, 교육학자
d'Houdetot, Cesarine	1794~1877	프랑스 남작부인
Dickins Charls	1812~1870	소설가
Dickinson, Emily Elizabeth	1830~1886	미국 여성 시인
Diderot, Denis	1713~1784	프랑스 철학자
Dietrich Bonhoeffer	1906~1945	독일 신학자
Dilthey, Wilhelm	1833~1911	독일 철학자
Diogenes of Sinope	B.C. 412~323	그리스 철학자
Diogenes Laertios	?~B.C. 300	그리스 철학자

Diogenianus	B.C. 412~324	고대 로마 장군
Dionysios Cato	480~547	로마 성 베니딕트 수도회 창설자
Disney, Walter	1901~1966	미국 영화 감독
Disraeli, Benjamin	1804~1881	영국 정치가
Dix, Dorothea Lynde	1802~1887	미국 여류 작가, 교수
Dobson, Henry Austin	1840~1921	영국 시인, 문학사가
Dodsley, Robert	1703~1764	영국 작가, 극작가
Donne, John	1572~1631	영국 시인, 성직자
Dostoevsky, Fyodor	1821~1881	러시아 소설가
Doyle, Arthur Conan	1859~1930	영국 소설가, 의사
Drucker, Peter F.	1909~2005	미국 경영학자, 작가
Dryden, John	1631~1700	영국 문학평론가
Duesenberry, James Stenble	1918~2009	미국 경제학자, 노벨경제학상 수상
Duhamel, George	1884~1966	프랑스 소설가
Dumas, Alexandre	1802~1895	프랑스 소설가, 극작가
Dune, Frank Herbert	1920~1986	미국 작가
Dupanloup, Felix A.	1802~1878	프랑스 성직자, 주교
Durant, Will	1885~1981	미국 철학자
Durante, William James	1885~1981	미국 저술가, 철학자
Durrell, Lawrence G.	1922~1990	영국 소설가, 시인
Du Tramblay, A. P.	1879~1955	프랑스 작가
Dyer, Edward 경	1543~1607	영국 시인
Dyke, Henry von	1852~1933	미국 영문학자

E

Ebner-Eschenbach, Marie von	1830~1916	오스트리아 작가
Eden, Robert Anthony	1897~1977	영국 군인, 정치가

Edgar Allan Poe	1809~1849	미국 소설가
Edison, Thomas Alva	1847~1941	미국 발명가
Edmond Rostand	1808~1918	프랑스 작가
Edmund Burke	1729~1797	영국 보수주의 정치가
Edward Bulwer-Lytton	1803~1873	영국 소설가, 극작가, 정치가
Edward Coke	1552~1634	영국 법관
Edwards, Jonathan	1703~1758	미국 목사, 신학자
Edward Young	1683~1765	영국 시인
Eichendorff, Joseph F. von	1788~1857	독일 낭만파 시인, 소설가
Einstein, Albert	1879~1955	독일 물리학자
Eisenhower, Dwight D.	1890~1969	미국 군인, 정치가, 34대 대통령
Elbert Hubbard	1650~1915	미국 작가
Eleftheros Venizelos	1864~1936	그리스 정치가
Eliot, Charles	1801~1875	영국 외교관, 식민지 행정관
Eliot, George	1819~1880	영국 여류 소설가
Eliot, Thomas S.	1888~1965	미국 시인, 비평가, 노벨상 수상
Ellis, Henry Havelock	1859~1939	영국 의학자, 문명비평가
Elsa, Lunghini	1973~	프랑스 배우
Elizabeth Browning	1806~1861	영국 시인
Elizabeth I	1533~1603	영국 여왕
Ellmann, Richard	1918~1987	미국 작가
Emerson, Ralph Waldo	1803~1882	미국 사상가, 시인
Emile Faguet	1847~1916	프랑스 문학평론가
Emmanuel, Pierre	1916~1984	프랑스 여류 시인, 평론가
Engels, Friedrich	1820~1895	독일 사회주의자
Ennius, Quintus	B.C. 239~169	고대 로마 시인 극작가
Epikharmos	B.C. 530~440	고대 그리스 희극작가
Epiktetus	55~138	고대 그리스 철학자
Epikouros(Epicurus)	B.C. 341~270	고대 그리스 철학자
Erasmus, Desiderius	1466~1536	네덜란드 인문학자

Ernest Renan	1823~1892	프랑스 철학자, 언어학자
Ernst, Paul	1866~1933	독일 소설가, 평론가
Erskine, Thomas	1750~1823	영국 국제법학자
Eschenbach, Wolfram	1170~1220	독일 작가, 시인
Escobar Mendoza	1589~1669	멕시코 정치인
Etienne Chevalier	1410~1474	프랑스 희극 작가
Etienne Jodel	1532~1573	프랑스 극작가
Euclid	B.C. 300?	고대 그리스 수학
Euripides	B.C. 480~406	고대 그리스 비극 시인

F

Fabre, Jean Henri C.	1823~1915	프랑스 곤충학자
Faguet, Emile	1847~1916	프랑스 문학평론가
Falloci, Oriana	1929~2006	이탈리아 작가
Faulkner, William H. C.	1897~1962	미국 소설가, 1950 노벨상 수상
Feargal Quinn	1936~2019	아일랜드 사업가
Fenelon, Francois de	1651~1715	프랑스 소설가, 종교인
Fernando de Rojas	1465~1541	에스파냐 작가
Feuerbach, Ludwig A.	1804~1872	독일 철학자
Fichte, Johann Gottlieb	1762~1814	독일 철학자
Fielding, Henry	1707~1754	영국 소설가
Fisher Ames	1758~1808	미국 정치가, 법률가
Fitzgerald, Edward	1809~1883	영국 시인, 번역가
Fitzgerald, F. Scott	1896~1940	미국 소서가
Flaubert, Gustave	1821~1880	프랑스 작가
Fletcher, John	1579~1625	영국 극작가, Beaumone 협력자
Flexner, Abraham	1966~1959	미국 교육자

Florian, Jean-Pierre. C. de	1755~1794	프랑스 우화 작가
Florio, John	1552~1625	영국 시인, 작가
Florus, Lucius Annaeus	74~130	고대 로마 사학자
Fontaine, J. de La	1621~1695	프랑스 시인, 동화 작가
Fontenelle, Bernard B. S.	1657~1757	프랑스 과학사상가, 문학가
Ford, Henry	1863~1947	미국 자동차 기술자, 실업가
Ford, John	1894~1973	미국 영화감독
Forster, Edward	1879~1970	영국 소설가
Fosdick, Harry Emerson	1878~1969	미국 목사, 설교자
France, Anatol	1844~1924	프랑스 소설가, 노벨문학상 받음
Francesco, Caracciolo	1752~1799	프랑스 성인, 신부
Francesco, Guicciardini	1483~1540	이탈리아 역사가, 정치가
Francesco, Saint	1182~1226	가톨릭교 성인
Francois Henault, C. J.	1685~1770	프랑스 파리 의회 의장
Francis I	1494~1547	프랑스 국왕
Franciscus de Sales	1567~1623	이탈리아 주교, 학자
Franciscus, Sanctus	1181~1226	이탈리아 가톨릭교회 수사, 설교가
Franklin, Benjamin	1706~1790	미국 정치가, 과학자
Francois Fenelon	1651~1715	프랑스 소설가, 종교인
Franz Toussaint	1879~1955	프랑스 작가
Eranzos, Karl Emil	1848~1904	오스트리아 작가
Frederic Bastiat	1801~1850	프랑스 경제학자
Frederick II	1534~1588	노르웨이 국왕
Freud, Sigmund	1856~1939	오스트리아 심리학자, 의사
Freyer, Hans	1887~1969	독일 사회학자
Friedrich II	1712~1786	프로이센 국왕
Friedrich Max Muller	1823~1900	독일 시인, 화가
Friedrich Nietzsche	1844~1900	독일 문헌학자, 철학자
Friedrich Schiller	1759~1805	독일 시인

Friedrich von Logau	1604~1665	독일 풍자시인
Frederick II	1534~1588	노르웨이 국왕
Frolov, Diane	1950~	미국 방송작가, 프로듀서
Fromm, Erich Pinchas	1900~1980	독일 철학자
Frost, Robert Lee	1874~1963	미국 시인
Fry, Christopher	1907~2005	영국 극작가
Frye, Herman Northrop	1912~1991	캐나다 평론가
Fuller, Thomas	1608~1661	영국 종교가, 역사학자
Furetier, Antoine	1619~1699	프랑스 소설가, 사전 편찬자

G

Gabirol, Ibn	1022~1070	에스파냐 시인, 철학가
Gabriel Morie	16C	프랑스 격언가, 문법학자
Gabriel Harvey	1545~1630	영국 작가
Gaius Lucilius	B.C. 180~102	고대 로마 시인
Gaius Maecenas	110~180?	고대 로마 정치가
Gaius Marius	B.C. 157~086	고대 로마 장군, 정치가
Galdoz, Benito Perez	1843~1920	스페인 소설가
Galilei, Galileo	1564~1642	이탈리아 천문학자, 수학자
Galsworthy, John	1807~1933	영국 변호사, 소설가
Gandhi, Mahatma	1869~1948	인도 정치가
Gard, Martin du	1881~1958	프랑스 소설가, 노벨상 수상
Garfield, James Abram	1831~1881	미국 20대 대통령, 취임 4월에 암살
Garrique, Tomas M.	1850~1937	체코슬로바키아 초대 대통령
Garrison, Wendell Phillips	1840~1907	미국 언론인
Gasset, Jose Ortega y	1883~1955	스페인 철학자
Gaston Leroux	1808~1927	프랑스 소설가

Gautier, Jules de	1858~1912	프랑스 비평가
Gautier, Theophile	1911~1872	프랑스 시인, 소설가
Gazzali, A-H, M.	1058~1111	아라비아 신학자
Geibel, Emanuel	1815~1884	독일 시인
Gellius, Aulus	125?~165?	고대 로마 수필가, 문법학자
George Eliot	1849~1880	영국 소설가
George, Henry	1839~1897	미국 경제학자
Geraldi, Philip	1946~	미국 여류작가, 유럽 왕실 역사가
Geraldy, Paul	1885~1983	프랑스 시인, 작가
Geruzez	1840~1906	프랑스 화가
Getty, Jean Paul	1892~1976	미국 기업인, 석유 사업가
Ghazali, A-H. M.	1658~1111	아라비아 신학자, 신비주의자
Gheorghiu, Constantin Virgil	1916~1992	루마니아 소설가, 신부
Gibbon, Edward	1737~1794	영국 역사학자
Gibran, Kahlil	1893~1931	레바논 작가
Gibson, William Ford	1948~	미국 소설가
Gilbert, Elizabeth M.	1969~	미국 소설가
Gilbert, William	1544~1603	영국 물리학자
Gilles de Noailles	1524~1600	프랑스 주교
Ginsberg, Allen	1926~1997	미국 시인
Girardin, Emile de	1806~1881	프랑스 신문경영자, 정치가
Girardin 부인	1804~1855	프랑스 공작부인, 작가
Giyo de Provan	?~1208	프랑스 작가
Gladstone, William Ewart	1809~1898	영국 정치가
Glanvill, Joseph	1636~1680	영국 철학자
Glinka, Mikhail I.	1804~1857	러시아 작곡가
Gobineau, John A. de	1816~1882	프랑스 인류학자
Goethe, Johann Wolfgang von	1749~1832	독일 작가, 철학자
Gogh, Vincent van	1853~1890	네덜란드 화가

Gogol, Nikolai V.	1809~1852	러시아 소설가, 극작가
Goldoni, Carlo Osvaldo	1707~1793	이탈리아 시인, 극작가
Goldsmith, Oliver	1730~1774	영국 시인 소설가
Goldstone, William E.	1809~1898	영국 정치가, 총리
Goldwater, Barry Morris	1909~1998	미국 정치가(보수주의의 양심)
Goncharov, Ivan A.	1812~1891	러시아 소설가
Goncourt, Edmond de	1822~1896	프랑스 소설가(형)
Goncourt, Jules de	1830~1870	프랑스 소설가(제)
Gordon, Adam L.	1833~1870	영국 시인
Gorky, Maxim	1868~1936	러시아 문학가, 혁명가
Gosse, Edmund	1849~1928	영국 시인, 문학평론가
Gotthold Ephraim Lessing	1729~1781	독일 극작가, 문학비평가
Gough, Vincent van	1857~1890	네덜란드 화가
Gourmont, Remy de	1858~1915	프랑스 작가, 평론가
Grabbe, C. D.	1801~1836	독일 극작가
Gracian y Morales, Baltasar	1601~1658	스페인 철학자, 현실주의자
Grant, Ulysses Simpson	1822~1885	미국 18대 대통령
Gray, John	1799~1883	영국 사회학자
Gray, Thomas	1716~1771	영국 시인
Greeley, Horace	1811~1872	미국 신문편집인, 정치가
Greely, Adolphus Washington	1844~1935	미국 군인, 북극 탐험가
Green, Robert	1558~1592	영국 극작가
Greene, Graham	1904~1991	영국 소설가, 극작가, 평론가
Gregorius	329~389	그리스 신학자, 교부
Gresham, Thomas	1519~1579	영국 재정가
Gretry, Andre	1741~1813	벨기에 작곡가
Griboedov. Aleksandr S.	1795~1829	러시아 시인, 극작가
Grieg, Edvard	1843~1967	노르웨이 작곡가
Grimgore, Pierre	1475~1563	프랑스 극작가, 시인

Grimm, Jakob	1785~1863	독일 언어학자, 문헌학자
Grimm, Monsieur de Baron	1785~1863	프랑스 남작, 극작가
Griswold, Erwin Nathaniel	1904~1994	미국 법률학자
Grotius, Hugo	1583~1645	네덜란드 법학자
Guarini	1674~1683	이탈리아 건축가
Guitry, A. G. P.	1885~1957	프랑스 각본가, 극작가
Guizot, F. P. G.	1787~1874	프랑스의 정치가, 역사가
Grillparzer, Franz	1791~1872	오스트리아 극작가

H

Hafiz	1325~1389	페르시아의 서정시인
Halsey, William Frederick	1882~1959	미국 해군 제독
Hammarskjold, Dag	1905~1981	스웨덴 경제학자, 유엔 사무총장
Hand, Billings Learned	1872~1961	미국 판사, 법철학자
Hardy, Thomas	1840~1928	영국 소설가
Harington, John	1560~1612	영국 작가(번역가)
Harris, Roy E.	1898~1979	미국 작곡가
Hartmann, Karl R. E. von	1842~1906	독일 철학자
Harvey, William	1578~1657	영국 생리학자
Hauptmann, Gerhart	1862~1946	독일 소설가, 작가, 노벨상 수상
Hawking, Stephen William	1942~2018	영국 물리학자
Hawthone, Nathaniel	1804~1864	미국 소설가
Hay, John Milton	1838~1945	미국 언론인, 정치가, 외교관
Hazlitt, William	1778~1830	영국 낭만주의 비평가, 수필가
Hebbel, Christian Friedrich	1813~1863	독일 극작가
Hegel, G. W. F.	1770~1831	독일 철학자
Heidegger, Martin	1889~1976	독일 실존 철학자

Heine, Heinrich	1797~1856	독일 시인
Heise, Johann Ludwig von	1830~1914	독일 소설가, 극작가
Helaclathus	B.C. 544~484	고대 그리스 철학자
Helen Rowland	1875~1950	미국 저널리스트, 유머리스트
Helinand, F.	1160~1229	프랑스 작가
Heliodoros	1614~1675	고대 그리스 소설가
Hellen A. Keller	1880~1968	미국 사회사업가
Helmut von Molrke	1800~1891	독일 장군, 총참모장
Helps, Arthur	1813~1875	영국 작가
Helvetius, Claude A.	1715~1771	프랑스 유물론 철학자
Hemingway, Ernest M.	1899~1961	미국 소설가, 1954 노벨상 수상
Henri Estienne	1531~1598	프랑스 인문주의자
Henri IV	1553~1610	프랑스 왕
Henry Aldrich	1647~1710	영국 철학자, 작가
Henry David Thoreau	1817~1862	미국 시인
Henry Fielding	1707~1754	영국 소설가, 극작가
Henry F. Becque	1837~1899	프랑스 극작가, 비평가
Henry, Marrhew	1662~1714	영국 교회 목사, 복음주의자
Henry, O.	1862~1910	미국 소설가
Henry, Patrick	1736~1799	미국 독립혁명지도자, 정치인
Henry, Pierre	1927~2017	프랑스 작가
Henry Smith	1812~1868	캐나다 법률가, 정치가
Henry van Dyke	1852~1933	미국 영문학자
Herakleitos of Ephesus	B.C. 540~470	고대 그리스 사상가, 철학자
Herbart, Johann Frederich	1776~1841	독일 철학자
Herbert, Alfred Edward	1860~1957	영국 사업가
Herbert, Edward	1583~1648	영국 외교관, 정치가, 철학자
Herbert, George	1593~1633	영국 시인
Herbert Read	1893~1968	영국 시인, 문학평론가

Herbert Spencer	1820~1903	영국 철학자
Herder, Johann Gottfried von	1744~1803	독일 철학자, 문학자
Herman, Nicolas	1605~1691	프랑스 작가
Herodotos	B.C. 484~430	고대 그리스 역사가
Herrick, Robert	1868~1938	미국 교수, 소설가
Hesiodos	B.C. 740~670	고대 그리스 서사시인
Hesse, Hermann	1877~1962	독일 소설가, 노벨상 수상
Heber, Doust C.	1872~1942	미국 천문학자
Heyer, Georgette	1902~1974	영국 소설가
Heyse, Paul	1830~1914	독일 소설가, 노벨상 수상
Heywood, John	1497~1560	영국 극작가
Hieronimus(Jerome)	347~420	슬로베니아 사제, 신학자
Hieronimus Aemilianus	1481~1537	이탈리아 사제, 학자
Hieronymus, Eusebius	347~420	오스트리아 가톨릭 성인
Hildebrand, Adolf von	1847~1921	독일 조각가, 이론가
Hilton, James	1900~1954	영국 소설가
Hilty, Carl	1833~1909	스위스 사상가, 법률가
Hippocrates	B.C. 461~277	고대 그리스 의학자
Hippolyte Taine	1828~1893	프랑스 철학자, 문학평론가
Hipponax	B.C. 540?	고대 그리스 풍자시인
Hitler, Adolf	1889~1945	독일 수상
Hilty, Carl	1833~1909	스위스 사상가, 법률가
Hobbes, Thomas	1588~1679	영국 철학자, 정치사상가
Hoffer, Eric	1902~1983	미국 사회철학자, 작가
Hoffmann, Ernst Theodor W.	1776~1822	독일 작가, 작곡가
Holland, Josiah G.	1819~1881	미국 저널리스트, 작가
Holmes, Oliver Wendell	1809~1894	미국 의학교수, 수필가
Homeros	B.C. 800~750	그리스 서사시인
Hoover, Herbert Clark	1874~1964	미국 정치가

Horace Mann	1796~1859	미국 교육행정가
Horace Walpole	1717~1797	영국 소설가
Horatius Flaccus, Quintus	B.C. 65~B.C. 8	로마 서정, 풍자시인
Horner, Martina	1939~	미국 심리학자
Horvath, Odon E. Josef von	1901~1938	헝가리 희곡작가
Howe, Edgar Watson	1953~1937	미국 소설가
Howell, James	1594~1666	영국 작가
Hubbard, Elbert	1856~1915	미국 작가, 사상가, 교육자
Hubble, Edwin	1889~1953	미국 천문학자
Hudson, Henry	1550~1611	영국 탐험가
Huge, Howard R.	1905~1976	미국 사업가
Hugo, Grotius	1583~1645	네덜란드 법학자
Hugo, V. M.	1802~1885	프랑스 작가
Hulme, Thomas	1883~1917	영국 시인, 문학평론가
Humboldt, Karl Wilherm von	1767~1835	독일 언어학자, 정치가
Hume, David	1711~1776	영국 철학자, 경제학자
Homphrey, Hubert Horatio	1911~1978	미국 38대 부통령
Hutcheson, Francis	1694~1746	아일랜드 철학자
Huxley, Aldous Leonard	1894~1963	영국 소설가, 비평가
Huxley, Thomas H.	1825~1895	영국 생물학자
Hydn, Frenz Joseph	1732~1809	오스트리아 작곡가

I

Iacocca, Lee	1924~2019	미국 실업가
Ibn Gabirol, Solomon J. A.	1020~1070	에스파냐 시인, 철학자
Ibsen, Henrik	1828~1906	노르웨이 극작가
Ibykos	B.C. 550~	고대 그리스 시인

Ing, William R.	1860~1954	영국 신학자, 비평가
Ingersoll, Robert Green	1833~1899	미국 철학자, 작가
Iphikrates	?~B.C. 353	그리스 아테네 장군
Irving, Washington	1783~1859	미국 작가, 역사가
Ivan Fischer	1951~	헝가리 음악 지휘자

J

Jackson, Holbrook	1874~1948	영국 언론인, 작가, 편집인
Jacobsen, Jens Peter	1847~1885	덴마크 소설가
Jakobus Dieterich	1952~	독일 종교학자
James Barry	1741~1806	아일랜드 역사화가
James Byron Dean	1932~1955	미국 영화배우
James Dyson 경	1947~	영국 교육자
James, Henry	1843~1916	미국 소설가
James, William	1842~1910	미국 철학자 교수
Jammes, Francis	1868~1938	프랑스 전원시인
Jaspers, Karl Theodor	1883~1969	독일 철학자
Jaubert, P. A.	1220~1231	프랑스 음유 시인
Jean Bernard	1907~2006	프랑스 과학자
Jean le Bon II	1319~1364	프랑스 국왕
Jefferson, Davis	1808~1889	미국 정치가
Jefferson, Thomas	1743~1826	미국 3대 대통령, 교육자, 철학자
Jellinek, Georg	1851~1911	독일 공법학자(국가학)
Jerome Klapka	1859~1927	영국 소설가, 극작가
Jerrold, Douglas William	1803~1857	영국 극작가, 언론인
Jeyewardene, J. R.	1906~?	영국 법률가
Jhering, Rudolf von	1818~1892	독일 법학자

Joachim du Bellay	1525~1560	프랑스 시인
Joan of Arc	1412~1431	프랑스 성녀(잔 다르크)
Jobs, Steve	1955~2011	미국 기업인, 애플 창업자
Johannea Paulus I	1912~1978	이탈리아 교황
John Bright	1811~1889	영국 작가, 사학자
John Gay	1685~1732	영국 시인, 극작가
John Harvie	1742~1807	미국 법률가
John Florio	1552~1625	영국 시인, 작가
John Ford	1894~1973	미국 영화감독
John Kay	1948~	영국 경제학자, 칼럼니스트
John Keats	1795~1821	영국 시인
John Locke	1632~1704	영국 철학자, 정치사상가
John Lydgate	1370~1451	영국 시인
John Owen	1616~1683	영국 청교도 신학자
John Paul II	1920~2005	폴란드 264대 교황
Johnson, Andrew	1808~1875	미국 17대 대통령
Johnson, Ben	1572~1637	영국 시인, 극작가
Johson, Lyndon B.	1908~1973	미국 35대 대통령
Johnson, Samuel	1709~1784	영국 시인, 문학평론가
Jong, Erica	1942~	미국 소설가
Jorma Ollila	1950~	핀란드 기업인, 노키아 회장
Jose Antonio P. de R.	1903~1936	스페인 법조인, 정치가
Joseph de Maestre	1753~1821	프랑스 사상가, 정치가
Joseph Hall	1574~1656	영국 철학자
Joubert, Joseph	1754~1824	프랑스 도덕주의자, 수필가
Joubert, Pilippe-Laurent	1729~1872	프랑스 수집가
Jouffroy, Francois	1806~1882	프랑스 철학자
Jouffroy, Theodore	1796~1842	프랑스 철학자
Joyce, James	1882~1941	아일랜드 소설가

Jules G. Janin	1804~1874	프랑스 작가
Jules Renard	1864~1910	프랑스 소설가
Junius, Franciscus	1589~1677	영국 언어학자
Juvenalis, D. Junius	55~140	고대 로마 시인

K

Kafka, Franz	1883~1924	체코 소설가
Kagemni, Saqqara	B.C. 2330경	고대 이집트 재상
Kahlil Gibran	1883~1931	레바논 작가
Kalidasa	400~?	인도 시인, 극작가
Kallimachos	B.C. 305~240	고대 그리스 학자, 시인
Kant, Immanuel	1724~1804	독일 철학자
Kastner, Erich	1899~1974	독일 시인 문학가, 평론가
Kay, John	1704~1779	영국 발명가
Keats, John	1795~1821	영국 시인
Keller, Helen	1880~1968	미국 사회사업가
Kempis, Thomas A.	1379~1471	독일 성직자, 종교 사상가
Kennedy, John F.	1917~1963	미국 35대 대통령
Kennedy Robert F.	1925~1968	미국 정치인, 법무장관
Kepler, Johannes	1571~1630	독일 천문학자, 교수
Keynes, John Maynard	1883~1920	영국 경제학자
Kierkegaard, Soeren A.	1813~1855	덴마크 철학자
King, Martin Luther	1929~1968	미국 목사, 노벨 평화상 수상
kingsley, Charles	1819~1875	영국 사제, 소설가
Kipling, Joseph Rudyard	1865~1936	영국 소설가, 노벨상 수상
Kleist, Bernd H. W. von	1777~1811	독일 극작가, 소설가
Kossuth, Lajos	1802~1894	헝가리 정치가, 혁명지도자

Kotzebue, August F. F.	1761~1819	독일 극작가
Kritias	B.C. 460~403	고대 라테네 정치가, 철학자
Kritanos	B.C. 520~423	고대 그리스 희극 작가
Kunitz, Atanley	1905~2006	미국 시인
Kyros I	B.C. 600~	페르시아 제국 창설자

L

La Bruyere, J.	1645~1686	프랑스 도덕주의자
Lacan, Jacques	1901~1981	프랑스 철학자, 정신분석학자
La Chaussee, Pierre C. N.	1692~1754	프랑스 희극 작가
Laclos, Pierre A. F. C.	1741~1803	프랑스 소설가, 군인
Lacordaire, Jean B. Henri	1802~1861	프랑스 신학자, 설교가
Laertius, Diogenes	200~250?	고대 그리스 철학자
La Fayette, Madame de	1634~1693	프랑스 여류 작가
Lafcadio Hearn	1850~1904	영국 작가
Lacordaire, Jean B. H.	1802~1861	프랑스 신학자, 설교가
La Fontaine, Jean de	1621~1695	프랑스 시인, 작가
La Harpe, J. F.	1739~1803	프랑스 극작가, 평론가
Lamartine, Alphonse de	1790~1869	프랑스 작가
Lamb, Charles	1775~1834	영국 수필가, 시인
Lamennais, H. F. R. de	1782~1854	프랑스 종교 철학자
Landor, Walter Savage	1775~1864	영국 시인, 산문작가
Lang, Andrew	1844~1912	영국 고전학자, 작가
Langland, William	1332~1386	영국 시인
Larivey, Pierre de	1540~1619	프랑스 작가
La Rochefoucauld, Francois de	1613~1680	프랑스 작가
Laski, Harold Joseph	1893~1950	영국 정치학자, 사회주의자

Laurencin, Marie	1883~1956	프랑스 화가
Laurent, Auguste	1807~1853	프랑스 화학자
Lavater, Johann Kasper	1741~1801	스위스 신학자, 시인
Lawrence, David Herbert	1885~1930	영국 소설가
Lawrence, Gould	1886~1995	미국 지리학자, 교육자
Leblanc, Maurice	1864~1941	프랑스 소설가
Leibniz, G. W. von	1646~1716	독일 철학자, 신학자
Le Brun, Pierre	1748~1813	프랑스 정치가, 식민지 장관
Le Brun, Vigee	1755~1842	프랑스 여류 화가
Leland, Charles G.	1824~1903	미국 시인, 수필가
Lenau, Nikolas	1802~1850	독일 시인
Lenclos, Ninon de	1620~1705	프랑스 사교계 귀족 여성
Leonardo da Vinci	1362~1519	이탈리아 화가, 건축가, 사상가
Leopardi, Giacomo	1798~1837	이탈리아 시인, 언어학자
Leopeld Sedar G. Sengor	1906~2001	세네갈 시인, 정치가, 대통령
Lermondov, Michail	1814~1841	러시아 시인, 소설가
Leroux, Pierre	1797~1871	프랑스 사회주의 저널리스트
Le Sage, A. R.	1608~1747	프랑스 극작가
Lespinasse, Julie	1732~1776	프랑스 작가
Lessing, Doris May	1919~2013	영국 소설가, 시인
Lessimg, Gotthold E.	1729~1781	독일 극작가, 문학평론가
Leszczynska, Marie	1703~1768	프랑스 왕비
Levy, Gabriel	1910~2002	벨기에 언론인
Lewis, Clive Staples	1898~1963	영국 소설가, 평론가
Lewis, John	1940~2020	미국 정치인, 하원 의원
Lichtenberg, George C.	1742~1799	독일 물리학자, 사상가
Lincoln, Abraham	1809~1865	미국 16대 대통령
Lind, Robert	1879~1949	영국 수필가, 비평가
Linne, Carl von	1707~1778	스웨덴 식물학자

Lippmann, Walter	1889~1974	미국 시사평론가
Littre, Emile	1801~1881	프랑스 철학자
Livius, Titus	B.C. 59~17	고대 로마 역사가
Locke, John	1632~1704	영국 철학자, 정치사상가
Logau, Friedrich von	1605~1655	독일 풍자시인
Loisel, Antoin	1536~1617	프랑스 법학자
Longfellow, H. Wordsworth	1807~1882	미국 시인
Loon, Hendrik Willem van	1882~1944	네덜란드 사학자, 작가
Lope Felix de Vega C.	1562~1635	에스파냐 시인, 극작가
Lord Dunsany	1878~1957	영국 소설가
Lorris, Guillaume de	1200~1240	프랑스 스콜라 학파 시인
Lothar I	795~855	이탈리아 프랑크 왕국 3대 왕
Louis XI	1423~1483	프랑스 왕
Louis XII	1498~1515	프랑스 왕
Louis XIV	1638~1715	프랑스 왕, 예술가
Louis XVIII	1755~1824	프랑스 왕
Louis de Bonal	1754~1840	프랑스 작가
Louis-Philippe Segur	1753~1830	프랑스 화가
Louis, Philippe	1773~1850	프랑스 왕
Louis Vigee	1755~1842	프랑스 백작부인, 화가
Lowell, James R.	1819~1891	미국 시인, 외교관
Lubbuck, William	1803~1865	영국 수학자
Lucius A. Florius	7~14	고대 로마 행정관
Lucanus, Marcus Annaeus	39~65	고대 로마 서사시인
Lucius Aemilius Paullus	B.C. ?~216	고대 로마 장군, 정치가
Lucretius Carus, Titus	B.C. 94~55	고대 로마 시인, 철학가
Ludovico Ariosto	1474~1533	이탈리아 시인
Lukianos	120~180	고대 로마 풍자작가
Luther, Martin	1483~1546	독일 종교개혁자, 신학자

Lydgate, John	1371~1449	영국 시인
Lyly, John	1554~1606	영국 소설가, 극작가
Lysandros	?~B.C. 395	그리스 스파르타의 장군

M

MacArther, Douglas	1880~1964	미국 주한 유엔군 사령관
Macaulay, Thomas B.	1800~1859	영국 역사가, 평론가, 정치가
Macdonald, George	1824~1905	영국 동화 작가, 시인
Machado, Antonio	1875~1939	스페인 시인
Machiavelli, Nlccolo	1469~1527	이탈리아 정치사상가
Mackenzie, George	1636~1691	영국 법률가, 저술가
Mackinley, William	1843~1901	미국 25대 대통령
Macrobius, A. T.	?~400	로마 문헌학자, 정치가
Maddison, James	1751~1836	미국 4대 대통령
Maeterlinck, Maurice	1862~1949	벨기에 시인, 극작가, 노벨상 수상
Magsaysay, Ramon	1907~1957	필리핀 정치가, 대통령
Mahler, Gustav	1860~1911	오스트리아 작곡가
Mahomet	570~632	이슬람교 창시자
Maintenon, Marquise de	1635~1719	프랑스 교육자, 문학가
Maistre, Joseph de	1753~1821	프랑스 철학자, 소설가
Maksim Gorky	1868~1936	러시아 혁명가, 작가
Malcolm X	1925~1965	미국 흑인해방 운동가
Malebrenche, N. de	1638~1715	프랑스 철학자, 기회 원인론자
Malherbe, F. de	1555~1628	프랑스 서정시인
Mallarme, Stephan	1842~1898	프랑스 시인
Malraux, Andre	1901~1976	프랑스 저술가, 정치가
Manilius, Marcus	B.C. 48~A.D. 20	고대 로마 시인, 점성가

Mann, Heinrich	1871~1950	독일 소설가
Mann, Thomas	1675~1955	독일 소설가, 노벨상 수상
Mansfield, Katherine	1888~1923	영국 여류 단편 작가, 비평가
Manzolli, Pier Angelo	1500~1551	이탈리아 시인
Manzo'ni, Alessandro	1785~1873	이탈리아 시인, 소설가
Marceline Debordes V.	1786~1859	프랑스 시인
Marcus Aurelius	138~161	로마제국 17대 황제, 스토아 철학자
Marcus Aurelius Antonius	121~180	로마제국 16대 황제
Marcus Terentius Varro	B.C. 116~27	고대 로마 문학가
Margueritti de Navarre	1492~1549	프랑스 여류 작가
Margueritti, Paul	1860~1918	프랑스 작가
Maria Leszczynska	1703~1768	프랑스 루이 15세의 모친
Marie d'Agoult	1805~1876	프랑스 백작 부인
Marie de France	1160~1215	프랑스 시인
Marie Laurencin	1883~1956	프랑스 여류 화가
Marius, Gaius	B.C. 157~86	고대 로마 장군, 정치가
Marivaux, Pierre C. C.	1688~1763	프랑스 극작가, 소설가
Mark Twain	1835~1910	미국 소설가
Markham, Charls Edwin	1852~1940	미국 시인
Markovski, Venko	1915~1988	불가리아 작가, 시인
Marlraux, Andre L.	1901~1976	프랑스 소설가, 정치가
Marius, Gaius	B.C. 1577~86	고대 로마 장군, 정치가
Marmontel. Jean-F.	1723~1799	프랑스 작가, 극작가
Marshall, George	1880~1959	미국 장군, 정치인, 노벨평화상 받음
Martialis, Marcus V.	40~103	고대 로마 풍자시인
Martin F. Tupper	1810~1889	영국 시인, 철학자
Marx, Karl Heinrich	1818~1882	독일 경제학자, 정치학자, 자본론 저
Masaryk, Tomas Garrigue	1850~1937	체코 초대 대통령, 철학가
Masefield, John	1878~1967	영국 시인

Massinger, Philip	1583~1640	영국 극작가
Matthews, Christy	1880~1925	미국 야구 투수
Matthew Hale	1609~1676	영국 법관, 변호사
Maugham, William Somerset	1874~1965	영국 극작가
Maupassant, Guy de	1850~1893	프랑스 소설가
Mauriac, Francois	1885~1970	프랑스 작가
Maurice Barres	1862~1923	프랑스 작가
Maurois, Andre	1885~1967	프랑스 전기 작가, 평론가
Maximus, Planudes	1260~1330	그리스 사제, 학자
Maximus, Quintus Fabius	B.C. 275~203	고대 로마 정치가, 장군
Mazarin, Le cardinal	1602~1661	프랑스 추기경
Mazzini, Giuseppe	1805~1872	이탈리아 정치인, 혁명가
Mcfee, William	1881~1966	영국 작가
Melville, Herman	1819~1891	미국 소설가, 수필가
Menage, Gilles	1613~1692	프랑스 언어학자, 변호사
Menandros	B.C. 342~292	고대 그리스 희극 작가
Menninger, Karl A.	1893~1990	미국 정신분석의
Mencken, Henry Louis	1880~1956	미국 문학평론가, 신문인
Menken, Marie	1909~1970	미국 영화제작자, 화가
Meradith, Gerage	1828~1909	영국 소설가, 시인
Mercier, Louis-Sebastien	1740~1814	프랑스 극작가, 소설가
Meredith, George M.	1828~1909	영국 소설가, 시인
Merejkovsky, D. S.	1865~1941	러시아 시인, 소설가
Merkel, Angela Dorothea	1954~	독일 8대 연방 여성 총리
Metastasio, Pietro	1698~1782	이탈리아 극시인
Michaux, Henri	1899~1984	벨기에 시인
Michelangelo, B.	1475~1564	이탈리아 화가, 조각가, 시인
Michelet, Jules	1798~1874	프랑스 역사가
Midelhoff, Thomas	1953~	독일 기업인

Middleton, Thomas	1580~1627	영국 극작가
Miguel de Unamuno	1864~1936	스페인 소설가, 시인
Mill, John Stuart	1806~1873	영국 정치 사상가
Millay, Edna St. Vincent	1892~1950	미국 여류 시인, 극작가
Miller, Arthur	1915~2005	미국 극작가
Millet, Jean Francois	1814~1875	프랑스 화가
Milne, Alan Alexander	1882~1956	영국 아동문학가
Milton, John	1608~1674	영국 시인
Mirabeau, H. G. R. C.	1749~1791	프랑스 혁명가, 정치인
Mitchell, Margaret	1900~1949	미국 소설가
Mitchell, Peter Dennis	1920~1992	영국 화학자, 1978 노벨상 수상
Mitterrand, Fracois	1916~1995	프랑스 정치가, 대통령
Miller, Arthur Asher	1915~2005	미국 작가
Mintzberg, Henry	1939~	캐나다 경영학자, 조직 이론가
Mme Lambert	1647~1733	프랑스 후작부인, 문필가
Moliere, J. B. Poquelin	1622~1673	프랑스 극작가, 배우
Moltke, Helmuth B. von	1800~1891	독일 육군 원수
Monroe, James	1758~1831	미국 5대 대통령
Monroe, Marilyn	1926~1962	미국 배우, 모델, 가수
Montagu, Edward	1602~1671	영국 귀족, 군인
Montaigne, Michel Eyquem de	1533~1592	프랑스 사상가
Montelebert, Charles C.	1810~1870	프랑스 정치가
Montesquieu	1689~1755	프랑스 철학자
Montherlant, Henry Millon de	1896~1972	프랑스 소설가, 극작가
Monti, Vincenzo	1754~1828	이탈리아 시인, 극작가
Montluc, Blaise de	1502~1577	프랑스 육군 원수
Moody, Dwight Lyman	1837~1899	미국 침례교 설교자
Moore, George Edward	1873~1958	영국 철학가
Moravia, Alberto	1907~1990	이탈리아 소설가

More, Thomas	1478~1535	영국 정치가, 인문주의자
Morgan, Jacques de	1857~1924	프랑스 고고학자
Morgenstern, Christian	1871~1914	독일 시인, 작가
Morley, Christopher D.	1890~1957	미국 작가, 시인, 편집인
Morris, Tom	1821~1908	영국 골프장 설계가
Morris, William	1834~1896	영국 화가, 시인, 정치가
Moschos	B.C. 200?	고대 그리스 목가시인
Mounier, Emmanuel	1905~1950	프랑스 철학자
Muggeridge, Melcolm	1903~1990	영국 작가
Muller, Friedrich Max	1823~1900	독일 서정시인
Muller, Wilhelm	1794~1827	독일 시인
Mumford, Lewis	1895~1990	미국 철학자
Musil, Robert	1880~1942	오스트리아 소설가
Musset, Alfred de	1810~1857	프랑스 여류 시인, 문학가
Mussolini, Benito A. A.	1883~1945	이탈리아 정치인

N

Naevius, Gnaeus	B.C. 285~190	로마 시인, 극작가
Nansen, Fridtjof	1861~1930	노르웨이 탐험가, 과학자, 외교관
Napoleon Bonaparte	1769~1821	프랑스 군인, 황제
Nasser, Gamal Abdel	1918~1970	이집트 정치인, 2대 대통령
Nathan, George	1882~1958	미국 연극, 문학평론가
Nathaniel Hawthorne	1804~1864	미국 소설가
Navarre, Marguerite de	1493~1549	프랑스 왕비
Navokov, Vladimir	1899~1977	러시아 출생 미국 소설가, 번역가
Nearing, Scott	1883~1983	미국 경제학자
Necker 부인	1739~1794	프랑스 재무총감 부인, 살롱 운영

Nehru, Jawaharlal	1889~1964	인도 정치인, 초대 총리
Nelson, Horatio	1758~1805	영국 해군 제독
Nepos, Cornelius	B.C. 99~24	고대 로마 전기 작가, 역사가
Neumann, Stanislav Kostka	1875~1947	체코슬로바키아 시인
Newman, John Henry	1801~1890	영국 신학자, 추기경
Newton, Isaac	1642~1727	영국 물리학자
Nicolas Breton	1545~1626	영국 작가
Nicolas Poussin	1594~1665	프랑스 화가, 이론가
Nicolas Udall	1504~1556	영국 희곡 작가
Nietzsche, Friedrich Wilhelm	1844~1900	독일 철학자
Nikolai Verdiev	1874~1948	러시아 작가
Nizan, Paul	1905~1940	프랑스 소설가, 철학자
Nizhinskii, Vatslav	1889~1950	러시아 남자 무용가, 안무가
Novalis, F. von Hardenberg	1772~1801	독일 시인, 작가, 철학자
Noyers, Jean de	1370~1418	프랑스 작가

O

Obama, Barack	1961~	미국 44대 대통령
O'connell, Daniel	1775~1847	아일랜드 정치지도자
Oihernart, Arnauld de	1592~1668	바스크 정치가, 역사가
O. Henry(필명)		
William Sydney Porter	1812~1910	미국 작가, 소설가
Oliver Cromwell	1599~1658	영국 정치가, 군인
Oliver Wendell Holmes	1809~1894	미국 교수, 시인
Olivier	1487~1560	프랑스 총리
Omar Khayyam	1048~1131	페르시아 시인, 수학자
Onassis, Aristotle S.	1906~1975	그리스 해운업자

O'Neill, Eugene Gladstone	1888~1953	미국 작가, 노벨상 수상
Oppenheimer, John Robert	1904~1967	미국 이론 물리학자
Orosius, Paulus	375~418	스페인 신학자, 역사가
Orwell, George	1903~1950	영국 소설가(동물농장)
Osbourne, John M.	1929~	영국 극작가
Oscar Wilde	1854~1900	아일랜드 소설가
Osho Rajneesh	1931~1990	인도 작가, 교수, 영적 지도자
Osler, William B.	1849~1919	영국 의학자
Otway, Thomas	1652~1685	영국 극작가
Ovidius, Publius Naso	B.C. 43~A.D. 18	고대 로마 시인
Owen Feltham	1602~1668	영국 작가
Oxenstjerna, A. G.	1583~1654	스웨덴 정치가

P

Paedrus, G. J.	B.C. 157~50	고대 로마 철학자, 우화 시인
Paine, Thomas	1737~1809	미국 작가, 정치 평론가
Pagnol, Marcel	1895~1974	프랑스 극작가, 영화제작자
Palma Stone	1784~1866	프랑스 정치가
Parker, Dorothy	1893~1067	미국 여류 시인 작가
Parker, Rothschild	1893~1967	미국 여류 시인
Parker, Theodore	1810~1860	미국 목사, 신학자
Parks, William	1699~1750	영국 편집가
Parny, Evariste	1753~1814	프랑스 시인
Pascal, Blaise	1623~1662	프랑스 사상가, 수학자, 물리학자
Passera, K.	1534~1602	이탈리아 정치가
Pasteur, Louis	1822~1895	프랑스 생물학자, 화학자
Pater, Walter	1839~1894	영국 문학평론가

Patrick, Saint	365~461	아일랜드 가톨릭 선교사
Patrick Henry	1736~1799	미국 독립혁명 지도자
Patton, George Smith	1885~1945	미국 장군
Paul Bourget	1852~1935	프랑스 소설가
Paul Fleming	1609~1640	독일 시인
Paul Gauguin, Eugene Henry	1848~1903	프랑스 화가
Paul, Jean	1763~1825	독일 소설가
Paul Newman	1935~2009	미국 영화배우
Paul Ⅱ, Pope John	1920~2005	폴란드 264대 교황
Pausanias	?~B.C. 470	스파르타 무장, 왕
Pausch, Randy	1960~2008	미국 컴퓨터 공학자
Pavard, Ch. S.	?~1761	프랑스 극작가
Paz, Octavio	1914~1998	멕시코 시인
Peale, Norman Vincent	1898~1993	미국 목사, 작가
Peguy, Charles	1873~1914	프랑스 시인, 평론가
Penn, William	1621~1670	영국 신대륙 개척자
Pepys, Samuel	1633~1703	영국 저작가, 행정가
Periandros	B.C. 627~686	고대 그리스 독재 정치가
Perikles	B.C. 495~429	고대 아테네 정치가, 군인
Persius, F. A.	34~62	고대 로마 풍자시인
Pestalozzi, Johann Heinrich	1746~1827	스위스 교육학자, 사회비평가
Petrarca, Francesco	1304~1374	이탈리아 시인, 인문주의자
Peters, Tom	1942~	미국 컨설턴트, 경영 저서 다수
Petrarca, Francesco	1304~1374	이탈리아 시인, 인문주의자
Petronius, G. A.	?~66	고대 로마 문인
Phaedrus, G. Julius	B.C. 15~A.D. 50	고대 로마 우화 시인, 철학자
Phaidros	B.C. 429~347	고대 그리스 철학자
Phedre		프랑스 극작가 라신의 작품 주인공
Philip Massinger	1583~1640	영국 극작가

Polybius	B.C. 200~118	거대 그리스 역사가
Pompeius, Gnaeus M.	B.C. 106~48	고대 로마 장군, 정치가
Pompeius Festus	?~B.C. 35	고대 로마 유대 행정관
Pope, Alexander	1688~1744	영국 시인
Pound, Ezra	1885~1972	미국 시인, 문예평론가
Powys, John Cowper	1872~1963	영국 소설가
Prevost, Abbe	1697~1763	프랑스 소설가
Prevost, Andre	1934~2001	캐나다 작가, 교수
Prevost, Marcel	1862~1941	프랑스 소설가
Propertius, Sextus	B.C. 50~B.C. 16	고대 로마 서정시인
Protagoras	B.C. 485~414	고대 그리스 철학자
Proudohn, Pierre-Joseph	1809~1865	프랑스 철학자
Proust, Marcel	1871~1922	프랑스 소설가
Prudohn, Pierre Joseph	1809~1966	프랑스 철학자, 언론인
Ptahhotep	B.C. 2600	고대 이집트 재상
Publius Syrus	B.C. 42~?	고대 로마 시인
Pushkin, Aleksander S.	1799~1837	러시아 시인, 소설가
Pyrrhon	B.C. 350~270	고대 그리스 철학자
Pythagoras	B.C. 580~500	그리스 조각가

Q

Quesnay, Francois	1694~1774	프랑스 경제학자
Quevedo E. Villegas, F. de	1580~1654	에스파냐 시인, 소설가
Quintilianus, M. F.	35~100	고대 로마 수사학자
Quintus, Crutius Rufus	41~79	고대 로마 전기 작가, 사학자

R

Rabelais, Francois	1494~1553	프랑스 작가
Racine, Jean-Baptiste	1639~1699	프랑스 작가, 시인
Rajneesh, Osho	1931~1990	인도 작가, 교수
Raleigh, Walter	1552~1618	영국 정치인, 탐험가, 산문작가
Randle Cotrave	1568~1634	프랑스 어문학자
Randolph, Philip	1889~1979	미국 인권 운동가
Raphael	1483~1520	이탈리아 화가, 건축가
Ray, John	1627~1705	영국의 박물학자, 생물학 창시자
Read, Herbert	1893~1963	영국 시인, 문학평론가
Reade, Charles	1814~1884	영국 소설가, 극작가
Regnard, Jean F.	1655~1709	프랑스 희극 작가
Regnier, Henry	1804~1936	프랑스 풍자시인
Regnier, Mathurin	1573~1613	프랑스 풍자시인
Renard, Jiles	1864~1910	프랑스 소설가, 극작가
Reston, James Barrett	1909~1995	미국 언론인(뉴욕 타임스)
Retz, Cardinal de	1614~1679	프랑스 추기경
Reuel, John Ronard	1892~1973	영국 대학 교수, 작가
Reynolds, Joshua	1723~1792	영국 초상 화가
Rhodes, Cecil John	1853~1902	영국 정치가
Richard Armour	1906~1989	미국 시인, 작가
Richard B. Sheridan	1751~1816	프랑스 극작가, 정치가
Richard de Fournival	1201~1260	프랑스 음악가, 철학자
Richard I	1157~1199	영국 왕
Richard III	1452~1485	영국 왕조의 마지막 왕
Richard Howard	1929~	미국 시인
Richard Whately	1787~1863	영국 작가
Richardson, Samuel	1689~1761	영국 소설가

Richelieu, Armand-J. P.	1585~1642	프랑스 정치가, 추기경, 작가
Richelieu 원수	1696~1788	프랑스 원수, 정치가
Rickenbacker, Eddie	1890~1973	미국 전투기 조종사
Rilke, Rainer Maria	1875~1926	체코 시인, 역사학자
Rinser, Luise	1911~2002	독일 소설가
Rivarol, Antoine de	1753~1801	프랑스 작가, 어학자
Rivierce, Jacques	1886~1925	프랑스 평론가
Robert Burton	1577~1640	영국 목사, 작가
Robert Herrick	1868~1938	미국 소설가
Robert Southey	1774~1843	영국 시인, 작가
Robert Peel	1788~1850	영국 정치가
Robespierre, M. F. M. I. de	1758~1784	프랑스 변호사, 혁명가
Robinson, Edwin Arlington	1869~1935	미국 시인
Robinson, Joan Violet	1903~1983	영국 경제학자
Rockefeller, John Davison	1839~1937	미국 재벌가
Roddick, Anita	1942~2007	영국 사회운동가
Rodin, Francis Auguste	1840~1917	프랑스 조각가
Rogers, Samuel	1763~1855	영국 시인
Rogers, Will	1879~1935	미국 정치인, 저널리스트, 배우
Rogers, William Penn	1879~1935	미국 칼럼니스트
Rolland, Romain	1866~1944	프랑스 소설가, 1915 노벨상 수상
Ronsrd, Pierre de	1524~1585	프랑스 시인
Roosevelt, Franklin D.	1882~1945	미국 32대 대통령
Roosevelt, Theodore	1858~1919	미국 26대 대통령
Rossetti, Christina G.	1830~1894	영국 여류 시인
Rossetti, Dante Gabriel	1828~1882	영국 화가, 시인
Rostand, Jean	1894~1977	프랑스 시인, 극작가
Rotrou, Jean de	1609~1650	프랑스 작가
Rousseau, Jean-Jacques	1712~1778	프랑스 사상가

Rowland, Helen	1875~1950	미국 기자, 작가
Roxas, Manuel A.	1892~1946	필리핀 정치가, 대통령
Ruckert, Friedrich	1788~1866	독일 시인, 동양 언어학자
Rudyard Kipling	1865~1936	인도 소설가
Ruskin, John	1819~1900	영국 비평가, 사회사상가
Russell, Bertrant	1872~1970	영국의 수학자, 철학자
Russell, John	1792~1878	영국 정치가
Russell, William	1639~1683	영국 정치가
Rutebeuf	1230~1285	프랑스 시인

S

Sacha Guitry	1885~1957	러시아 작가
Sade, Marquis de	1740~1814	프랑스 소설가
Sadi Carnot	1837~1894	프랑스 정치인, 대통령
Sadi, Muslih al-din	1184~1291	페르시아 시인
Saint Benedictus von Nursia	480~547	이탈리아 성인
Saint Bernard	1090~1153	프랑스 수도원장
Saint Beuve, Charles A.	1804~1869	프랑스 소설가, 비평가
Saint Columbano	513~615	아일랜드 성직자
Saint Evremond, Charls de	1613~1703	프랑스 후작, 수필가
Saint Exupery A. M. R.	1900~1944	프랑스 소설가
Saint Jerome	347~420	프랑스 성직자
Saint John Chrysostomos	345~407	고대 그리스 성직자
Saint-Just, L. A.	1767~1794	프랑스 정치가
Saint-Simon, Claude H. R. C.	1760~1825	프랑스 사회주의 사상가
Salinger, Jerome David	1919~2010	미국 작가
Sallustius, Gaius	B.C. 86~B.C. 35	고대 로마 역사가, 정치가

Samain, Albert	1858~1900	프랑스 낭만 시인
Samuel Butler	1835~1902	영국 소설가
Samuel Daniel	1562~1619	영국 시인
Samuel Johnson	1709~1784	영국 시인, 문학평론가
Samuel Pepys	1633~1703	영국 해군 행정관, 상원 의원
Samuel Richardson	1689~1761	영국 소설가
Samuel Smiles	1812~1904	영국 작가
Sandburg, Carl	1878~1967	미국 시인
Sand, George	1804~1876	프랑스 낭만파 여성작가
Sandel, Michael J.	1953~	미국 정치학 교수
Sandford, John	1944~	미국 소설가, 저널리스트
Sangfor, Nichora	1741~1794	프랑스 극작가, 도덕가
Santayana, George	1863~1952	스페인 철학가, 작가
Santi, Raffaello	1483~1520	이탈리아 건축가, 화가
Saroyan, William	1908~1981	미국 소설가, 작가
Sartre, Jean Paul	1905~1980	프랑스 사상가, 작가
Savile, George	1551~1672	영국 정치가, 저술가
Say, Jean-Baptiste	1767~1832	프랑스 경제학자
Scipio Africanus, Publius C.	B.C. 235~183	고대 로마 장군
Sclapino, A. Robert	1919~2011	미국 정치학 교수
Scarron, Paul	1610~1660	프랑스 시인, 소설가
Schafer, Wilhelm	1868~1952	독일 작가
Schelling, Friedrich Wilhelm J.	1775~1854	독일 철학자
Schiller, Johann C. Friedrich	1759~1805	독일 시인, 극작가
Schlegel, August Wilhelm	1767~1845	독일 철학자, 문학평론가
Schlegel, Friedrich von	1772~1829	독일 시인, 철학자
Schleiermacher, Friedrich	1768~1834	독일 개신교 신학자, 철학자
Schopenhauer, Arthur	1788~1860	독일 철학자
Schuman, R. A.	1810~1856	독일 작곡가

Schwab, Benjamin Gustav	1792~1850	독일 시인, 작가
Schwab, Charles M.	1862~1939	미국 철강산업 금융인
Schwab, Charles Robert	1937~	미국 기업인
Scipio Africanus, Publius C.	B.C. 235~183	고대 로마 장군, 정치가
Schefer, Wilhelm	1868~1952	독일 작가
Schleiermacher, Friedrich	1768~1834	독일 신학자, 철학자
Schulz, Bruno	1892~1942	폴란드 작가
Schwab, Charles M.	1862~1939	미국 철강업 창설자
Schweitzer, Albert	1875~1965	독일계 프랑스 의사, 사상가
Scott, Robert F.	1868~1912	영국 탐험가
Scott, Thomas	1842~1870	영국 영화감독
Scott, Walter	1771~1822	영국 역사 소설가, 시인
Sdaine, Michel-Jean	1719~1797	프랑스 작가
Seguier, Pierre	1588~1672	프랑스 법률가, 법관
Selden, John	1584~1654	영국 법학자, 정치가
Semonides	B.C. 700?	고대 그리스 시인
Senac de Meihan	1736~1803	프랑스 정치가
Seneca, Lucius-Annaeus	B.C. 4~A.D. 65	고대 로마 철학자
Sevigne, Marie de R-C.	1626~1696	프랑스 후작 부인. 서간문 작가
Sextus Empiricus	150~220	고대 그리스 의학자, 철학자
Shakespeare, William	1564~1616	영국 극작가
Shapin, Steven	1943~	미국 과학사학자
Shardonne, Jacque	1884~1968	프랑스 소설가
Shaw, George Bernard	1856~1950	아일랜드 문학인, 노벨상 수상
Sheldon, Sidney	1917~2007	미국 추리소설 작가
Shelley, Percy Bysshe	1792~1822	영국 낭만파 시인
Sherman, John	1823~1900	미국 정치가, 재정가
Sherwood, Robert	1896~1955	미국 작가
Sidney Mary H.	1561~1621	영국 시문학자

Sidney, Philip	1554~1586	영국 군인, 시인, 정치가
Silvestre de Sacy	1758~1838	프랑스 동양학자
Simmel, Georg	1858~1918	독일 철학자, 사회학자
Simonides	B.C. 556~468	고대 그리스 서정시인
Smiles, Samuel	1812~1904	영국 작가
Smith, Adam	1723~1790	영국 정치경제학자
Smith, Logan P.	1805~1946	영국 작가, 평론가
Smith, William-Sidney	1764~1840	영국 제독
Socrates	B.C. 470~399	그리스 철학자
Solomon	?~B.C. 932?	이스라엘 왕국 3대 왕
Solon	B.C. 638~558	아테네 정치가 시인
Somerset Maugham	1874~1965	영국 소설가
Sophocles	B.C. 496~406	그리스 극작가
Southey, Robert	1774~1843	영국 시인, 작가
Spencer, Edmund	1552~1599	영국 시인
Spencer, Herbert	1820~1903	영국 철학자
Spergeon, Charles H.	1834~1892	영국 성직자
Spinoza, Barush de	1632~1677	네덜란드 철학자
Spurgeon Charles H.	1834~1892	영국 침례교 목사
Stael, Germaine de 부인	1766~1817	프랑스 여류소설가
Stalin, Joseph	1879~1953	러시아 정치인, 총리
Stanisfaw I	1677~1766	폴란드 국왕
Stanislaw J. Lec	1909~1966	작가
Stanley, Martin L.	1922~2018	미국 만화가, 출판인
Statius, Publius P.	45~96	고대 로마 시인
Steel, Richard	1672~1729	영국 문필가
Steinbeck, John Ernest	1902~1968	미국 소설가, 노벨상 수상
Stendhal M. H. B.	1783~1842	프랑스 소설가
Stephenson, George	1781~1848	영국 기관차 발명가

Stevens, Wallace	1879~1955	미국 시인
Stevenson, Adlai Ewing	1900~1965	미국 외교관, 정치가
Stevenson, Robert Louis	1850~1894	스코틀랜드 소설가, 시인
Stirling, William Alexander	1726~1783	미국 장군(독립전쟁)
Stirner, Max	1806~1856	독일 철학자
Stobaeus, Johann	1601~1600	독일 작곡가
Stobaeus, Kilian	1690~1742	스웨덴 학자
Story, William Wetmore	1819~1895	미국 예술가
Stowe, Harriet Beecher 부인	1811~1896	미국 사회주의 작가
Stravinsky, Igor	1882~1971	러시아 작곡가
Strabon	B.C. 64~A.D. 23	고대 그리스 역사, 지리학자
Straparola, G.	1480~1557	이탈리아 작가
Strindberg, Johan August	1849~1912	스웨덴 극작가, 소설가
Stuart, Gilbert Charles	1755~1828	미국 화가
Suares, Andre	1868~1948	프랑스 평론가, 수필가
Suchet, L-G.	1770~1826	프랑스 귀족, 작가
Suetonius, G. T.	69~130	고대 로마 전기 작가
Suetonius, Gaius T.	69~130	고대 로마 전기 작가
Sumner, Chaeles	1811~1874	미국 정치가
Sumner, William Graham	1840~1910	미국 사회학자
Sundar Singh	1889~1929	인도 기독교 전도자
Sunday, William Ashley	1842~1935	미국 복음전도사
Suso, Heinrich	1295~1366	독일 신비주의자, 수사
Swab, Charles		미국 기업인(카네기 후계자)
Swedenborg, Emanuel	1688~1772	스웨덴 자연과학자, 신학자
Swetchin, Anne-Sophie	1782~1857	러시아 지식인
Swift, Jonathan	1667~1745	영국 풍자 작가, 정치평론가
Swinnock, George	1627~1673	영국 목회자, 작가

Tacitus, P. Comelius	56~120	고대 로마 정치가, 웅변가
Tagore, Rabindranath	1861~1941	인도 작가
Taine, Hippolyte	1828~1893	프랑스 철학자, 문학평론가
Talleyrand-Perigord, C. H.	1754~1838	프랑스 정치가, 외교가
Tarafa al-Abd	543~509	고대 아라비아 풍자시인
Tarkington, Newton Booth	1869~1946	미국 극작가, 소설가
Tasso, Torquato	1544~1595	이탈리아 시인
Taylor, Brook	1685~1731	영국 수학자
Temple, William	1881~1944	영국 성공회 주교
Tancin, Mme 후작 부인	1685~1749	프랑스 후작 부인
Tennessee Williams	1911~1983	미국 작가
Tennyson, Alfred	1809~1892	영국 왕족, 시인
Terentianus Maurus	200?	로마 문법학자, 시인
Terentius Afer, P.	B.C. 195~159	고대 로마 희극 작가
Teresa, Mather	1910~1997	마케도니아 수녀
Tertullianus, Quintus S. F.	160~220	카르타고 기독교 저술가
Terry Kelly	1967~2016	영국 경영자, 고어텍스 CEO
Thackeray, William M.	1811~1864	영국 소설가
Thales of Miletus	B.C. 624~546	고대 그리스 수학자, 철학자
Themistocles	B.C. 524~459	고대 그리스 장군, 정치가
Theodore Parker	1810~1850	미국 목사, 신학자
Theodorus	350~428	시리아 신학자
Theognis	B.C. 544~502	터키 엘레게이아 시인
Theokritos	B.C. 310~250	그리스 목가 시인
Theophile Gautier	1811~1872	프랑스 작가
Theophrastus	B.C. 371~287	그리스 철학자, 과학자
Theophile de Viau	1590~1626	프랑스 시인, 극작가

Therese 성녀	1973~1897	프랑스 수녀
Thiers, L. A.	1797~1877	프랑스 정치가, 역사가
Thoreau, Henry David	1817~1862	미국 철학자, 시인
Thukydides	B.C. 460~400	고대 그리스 역사가
Thurber, James G.	1894~1961	미국 소설가, 만화가
Tiberius, J. C. A.	B.C. 42~A.D. 37	로마 제국 2대 황제
Tibullus, Albus	B.C. 55~A.D. 19	고대 로마 서정시인
Tillich, Paul	1886~1965	독일 신학자
Tirso de Molina	1579~1648	스페인 극작가
Tod Machover	1953~	미국 음악 교수
Toffler, Alvin	1928~2016	미국 학자
Tolkien, J. R. Reuel	1892~1973	영국 교수, 작가
Tolstoy, Lev N.	1828~1910	러시아 소설가, 사상가
Tompson, Francis	1859~1907	영국 시인
Torquato Tasso	1544~1594	이탈리아 시인
Toscanini, Arturo	1867~1957	이탈리아 음악 지휘자
Tourner, Cyril	1575~1626	영국 시인, 극작가
Toynbee, Arnold Joseph	1889~1975	영국 사학자
Traherne, Thomas	1630~1674	영국 시인
Treitscke, Heinrich von	1834~1896	독일 역사가, 정치학자
Trevelyan, George M.	1876~1962	영국 역사가
Trevor-Roper, Hugh	1914~2003	영국 역사가
Trilling, Lionel	1905~1975	미국 영문학자, 소설가
Tupper, Martin F.	1810~1889	영국 작가, 시인
Turgenev, Ivan Sergenevich	1818~1883	러시아 소설가
Turgot, A.-R.-J.	1727~1781	프랑스 경제학자, 정치가
Turner, F. J.	1904~1985	미국 역사가
Twain, Mark	1835~1910	미국 소설가
Tyndall, John	1820~1893	아일랜드 물리학자

Ulman, Samuel	1840~1924	미국 시인, 사업가
Ulpianus, Domitius	170~228	고대 로마 법학자, 철학자
Unamuno, Miguel de	1864~1936	스페인 철학자, 소설가, 시인

Valentino, Rudolph	1895~1926	이탈리아 영화배우
Valerius Maximus	580~602	고대 로마 작가
Valery, A.-Paul-T.-J.	1871~1945	프랑스 시인, 사상가
Vanbrough, John	1664~1726	영국 건축가, 극작가
Van Fleet	1914~1996	미국 장군(6·25 참전)
Varro, Marcus Terentiua	B.C. 116~B.C. 27	고대 로마 문학가
Vauban, S. le P.	1633~1707	프랑스 전술가
Vaugham, Henry	1621~1695	영국 시인
Vauvenargues Luc de C.	1715~1747	프랑스 도덕주의자
Vegetius Renatus, P. F.	?~?	고대 로마 군사 저술가
Verdi, Giuseppe F. F.	1813~1901	이탈리아 오페라 작곡가
Vergilius Maro, Publius	B.C. 70~19	고대 로마 최고 시인
Verlaine, Paul-Marie	1844~1896	프랑스 시인
Verner, Karl	1846~1896	덴마크 언어학자
Verville, Francois Beroalde de	1556~1626	프랑스 소설가, 시인
Vico, Giambattista	1608~1749	이탈리아 철학자, 법학자
Victor Hugo	1802~1885	프랑스 작가
Vigny, Alfred de	1797~1863	프랑스 시인, 작가
Villiers de L'Isle Adam	1838~1889	프랑스 작가
Villon, Francois	1431~1463	프랑스 시인

Vincent de Paul	1575~1660	프랑스 가톨릭 사제
Virginia Woolf	1882~1941	영국 소설가
Vitellius	15~59	고대 로마 황제
Vivekananda	1862~1902	인도 종교가, 철학자
Voltaire, F. M. A.	1694~1778	프랑스 작가

W

Wagner, William Richard	1813~1883	독일 작곡가
Wallace, Lewis	1827~1905	미국 정치인, 소설가
Walter Roleigh	1554~1618	영국 시인, 산문작가
Walton, Izaak	1593~1683	영국 수필가, 전기작가
Wanamaker, John	1838~1922	미국 실업가, 사회사업가
Water Scott	1771~1832	스코틀랜드 시인
Walton, Samuel M.	1918~1992	미국 기업가, 월마트 창업자
Wanamaker, John	1838~1922	미국 사업가, 백화점 왕
Washington, George	1732~1799	미국 정치가, 초대 대통령
Water Scott	1771~1832	스코틀랜드 시인
Watson, James Dewey	1928~	미국 생물학자, 교수
Weber, Max	1864~1920	독일 사회학자
Webster, Daniel	1782~1852	미국 정치가, 웅변가
Webster, David Kenyon	1922~1961	미국 군인, 작가
Webster, Jean	1876~1916	미국 여류 아동문학가
Webster, John	1578~1634	영국 극작가(백마)
Webster, Noah	1758~1843	미국 사전편집자
Weierstrass, Karl T. W.	1815~1897	독일 수학자
Weil, Simone	1909~1943	프랑스 실존적 사상가
Weininger, Otto	1880~1903	오스트리아 사상가

Wellington, Arthur W.	1769~1852	영국 군인, 정치가, 수상
Wells, Herbert George	1866~1946	영국 소설가, 문명비평가
Wesley, John	1703~1792	영국 신학자, 저술가
West, Rebecca	1892~1983	영국 여성참정권 운동가, 언론인
Whately, Richard	1787~1863	영국 철학자
Whichcote, Benjamin	1609~1683	영국 철학자
White, William Henry	1925~1989	미국 편집인
Whitehead, Alfred Noeth	1861~1947	영국 수학자, 철학자
Whitman, Walter	1819~1892	미국 시인
Whittier, John Greenlleaf	1807~1892	미국 농민 시인
Wicherly, William	1641~1715	영국 작가
Wiesel, Eliezer Elie	1928~2016	미국 작가(루마니아 출생)
Wilcox, Ella W.	1850~1919	미국 여류 시인
Wilde, Oscar	1854~1900	아일랜드 소설가
Wilder, Thornton	1897~1975	미국 소설가, 교수
Wilkins, Mourice H. F.	1916~2004	영국 생물 물리학자
William III	1650~1702	영국 왕
Williams, William Carlos	1883~1963	미국 시인, 의사
Willians, Tennessee	1911~1983	미국 작가
Wilson, John	1881~1969	영국 대학 교수
Wilson, Theodore	1943~1991	미국 배우
Wilson, Thomas	1663~1755	미국 7대 대통령
Wilson, Thomas Woodrow	1856~1924	미국 정치인, 28대 대통령
Windelband, Wilhelm	1848~1915	독일 철학자
Winfrey, Oprah Gaile	1954~	미국 방송인
Winterson, Jeanette	1959~	영국 작가
Wissler, Clark	1870~1947	미국 인류학자
Wittgenstein, Ludwig J. J.	1889~1951	영국 철학자
Wordsworth, William	1770~1850	영국 낭만파 시인

Wycherly, William	1641~1715	영국 작가

Xavier de Maistre	1763~1852	프랑스 작가
Xenophon	B.C. 431~350	고대 그리스 역사가

Yeats, William Butler	1865~1939	아일랜드 시인, 노벨상 수상
Young, Edward	1683~1765	영국 시인
Young, Owen D.	1874~1962	미국 법률가, 실업가
Young, Victor	1900~1956	미국 작가

Zammy		이란 서사시인
Zamoyski, Jan	1542~1605	폴란드 정치가
Zenobius	1440?	레바논 의사, 가톨릭 성인
Zenon of Elea	B.C. 495~430	고대 그리스 철학자, 수학자
Ziglar, Zig	1926~2012	미국 작가, 연설가
Zoroaster	B.C. 1500~1300	고대 페르시아 현자
Zukerman, Philip J.	1969~	미국 사회학자
Zweig, Stefan	1881~1942	오스트리아 소설가
Zwingli, Ullich	1484~1531	스위스 종교개혁가

{ 동양인 }

가메이가쓰이치로龜井勝一郎	1907~1966	일본 평론가
가이바라에켄貝原益軒	1630~1714	일본 유학자
가이코다케시開高健	1930~1989	일본 작가
강신재康信哉	1924~2001	한국 소설가
강원룡姜元龍	1917~2006	한국 목사, 교육가
강유위康有爲	1858~1927	중국 정치인
강태공姜太公	B.C. 1211~1072	중국 주나라 정치가
거백옥遽佰玉	?~?	중국 위나라 대부
경상자庚桑子	?~?	중국 도가의 사상가
계용묵桂鎔默	1904~1961	한국 소설가(백치 아다다)
고바야시이치조小林一三	1873~1957	일본 실업가
고종高宗	1852~1919	조선조 26대 왕
고즈야스지로小津安二郎	1903~1963	일본 영화감독
공자孔子	B.C. 551~479	중국 사상가 학자
구라다하쿠조倉田百三	1891~1943	일본 소설가(사랑과 인식의 출발)
구상具常(具常浚)	1919~2004	한국 시인, 언론인
구양수歐陽脩	1007~1072	중국 송나라 정치가, 문인
굴원屈原	B.C. 340~278	중국 전국시대 정치가, 시인
권덕규權悳奎	1890~1950	한국 독립운동가, 한글학자
권근權近	1352~1409	고려 말 조선시대 문신 학자
권발權撥	1478~1548	조선시대 문신, 학자
권상로權相老	1879~1965	한국 불교학자, 동국대 초대 총장
권심權審	?~?	조선시대 문신
기대승奇大升	1527~1572	조선시대 성리학자, 주자문록 편찬
기화己和	1376~1433	조선시대 승려, 저술가

길재吉再	1353~1419	고려시대 성리학자
김관석金觀錫	1922~2002	한국 목사, 사회운동가
김광림金光林	1929~	한국 시인
김광섭金珖燮	1906~1977	한국 독립운동가, 시인
김광주金光洲	1910~1973	한국 소설가, 언론인
김구金九	1876~1949	한국 독립운동가
김근형金根瀅	1890~1911	한국 독립운동가, 신민회 참여
김난도金蘭都	1963~	한국 교수, 작가
김남조金南祚	1927~	한국 여류 시인, 교수
김내성金來成	1909~1957	한국 신문기자, 소설가
김동리金東里	1913~1995	한국 소설가, 시인
김동명金東鳴	1900~1968	한국 교육자, 시인
김동인金東仁	1900~1951	한국 소설가
김동환金東煥	1901~1958	한국 시인
김말봉金末峯	1901~1961	한국 여류 소설가
김상용金尙鎔	1902~1951	한국 시인
김성식金成植	1908~1986	한국 역사학자(역사와 현실 저작)
김소운金素雲	1907~1981	한국 시인, 수필가
김소월金素月(김정식)	1902~1934	한국 시인
김수환金壽煥	1922~2009	한국 가톨릭 성직자, 추기경
김시습金時習	1435~1493	조선시대 문인, 학자
김안국金安國	1479~1543	조선시대 문인, 성리학자
김용옥金容沃	1948~	한국 철학자, 종교학자
김우종金宇鐘	1930~	한국 문학평론가, 수필가
김우중金宇中	1936~2019	한국 기업가(대우그룹 회장)
김원구金元龜	1923~2002	한국 수필가, 음악평론가
김은우金恩雨	1916~1999	한국 교육자, 언론인, 세계일보 사장
김인후金麟厚	1510~1560	조선시대 문신
김좌진金佐鎭	1889~1930	한국 독립운동가

김정국金正國	1485~1541	조선시대 학자, 문신
김정진金井鎭	1880~1936	한국 극작가
김정희金正喜	1786~1856	조선 후기 문신, 문인, 금석학자
김진섭金晉燮	1908~사망	한국 수필가, 독문학자
김태길金泰吉	1920~2009	한국 철학자, 수필가, 학술원 회장
김태원金泰元	1900~1951	한국 독립운동가
김형석金亨錫	1920~	한국 철학자, 수필가
김환기金煥基	1913~1974	한국 서양화가
김훈金訓	?~1015	고려시대 장군

ㄴ

나도향羅稻香	1902~1926	한국 소설가
나쓰메소세키夏目漱石	1867~1916	일본 소설가, 영문학자
나옹懶翁	1320~1376	고려 말기 승려(법호)
나은羅隱	833~910	중국 당나라 시인
노수신盧守愼	1515~1590	조선시대 문신, 학자
노신魯迅	1881~1936	중국 문학가, 사상가
노자老子	B.C. 600?	고대 중국 사상가
니노미야손도쿠二宮尊德	1787~1856	일본 독농가, 사상가

ㄷ

대각국사大覺國師	1055~1101	고려시대 승려
도연명陶淵明	365~427	중국 송나라 시인
도꾸가와이에야스德川家康	1542~1616	일본 에도 막부 장군
두목杜牧	803~852	중국 당나라 시인

두보杜甫	712~770	중국 당나라 시인
등석자鄧析子	?~B.C. 501	중국 정나라 정치가
등소평鄧小平	1904~1997	중국 정치인, 최고 지도자

ㅁ

마쓰시타고노스케松下幸之助	1894~1989	일본 마쓰시타전기 창업자
마원馬援	B.C. 14~A.D. 49	중국 후한시대 무장, 정치가
맹교孟郊	751~814	중국 당나라 시인
맹자孟子	B.C. 372~289	중국 사상가 학자
모윤숙毛允淑	1920~1990	한국 시인, 국회의원
모택동毛澤東	1893~1976	중국 정치인, 주석
무스히도천황睦仁天皇	1852~1912	일본 122대 명치 천황
묵자墨子	B.C. 470~391	중국 노나라 사상가, 철학자
미야모토무사시宮本武藏	1582~1645	일본 에도시대 무사
미지마가이운三島海雲	1878~1974	일본 실업가, 칼피스 창업자
미키키요시三木清	1887~1945	일본 철학자
민영환閔泳煥	1861~1905	한국 독립운동가
민태원閔泰瑗	1894~1935	한국 소설가, 언론인

ㅂ

박두진朴斗鎭	1916~1998	한국 시인
박목월朴木月(朴泳鐘)	1915~1978	한국 시인, 교수
박영준朴榮濬	1911~1976	한국 소설가
박용구朴容九	1923~?	한국 역사소설가
박은식朴殷植	1859~1925	한국 언론인, 독립운동가

박이문朴異汶(박인희)	1930~2017	한국 작가, 교수
박인로朴仁老	1561~1642	조선시대 문인
박정희朴正熙	1917~1979	한국 5, 6, 7, 8, 9대 대통령
박제가朴齊家	1750~1805	조선시대 철학자
박종홍朴鍾鴻	1903~1976	한국 교육자, 철학자(한국철학사)
박종화朴鍾和	1901~1981	한국 시인, 소설가
박지원朴趾源	1737~1806	조선시대 실학자, 문장가
박팽년朴彭年	1417~1456	조선시대 문신, 사육신死六臣
박화성朴花城	1903~1988	한국 소설가
방순원方順元	1914~2004	한국 법조인, 교수
방정환方定煥	1899~1931	한국 아동문학가
백낙준白樂濬	1895~1985	한국 교육가, 정치인
백낙천白樂天(白居易)	772~846	중국 당나라 승려
백장회해百丈懷海	720~814	중국 당나라 선승
백철白鐵	1908~1985	한국 교수, 문학평론가
범순인範純仁	1027~1101	중국 북송시대 정치가
범중엄范仲淹	989~1052	중국 북송시대 정치가, 학자
범질范質	911~964	중국 북송시대 문신
법정法頂(박재철)	1932~2010	한국 승려
변영로卞榮魯	1897~1961	한국 시인, 수필가
보우普愚	1515~1565	고려시대 봉은사 주지
보우普雨	1509~1565	조선시대 승려
보조국사普照國師	1158~1210	고려시대 승려
부샤고로지츠도꾸武者小路實篤	1885~1907	일본 소설가

ㅅ

사마양저司馬穰苴	B.C. 500?	중국 제나라 병법 저술가

사마광司馬光	1019~1086	중국 북송 정치가, 사학자
사마천司馬遷	B.C. 145~91	중국 역사가, 사기史記 저자
사와키고도澤木興道	1880~1965	일본 승려
사카구치안고坂口安吾	1182~1251	일본 소설가
서경덕徐敬德	1489~1546	조선시대 유학자
서경보徐京保	1914~1996	한국 승려, 불교학 교수
서산대사西山大師	1520~1604	조선시대 승려, 의병장
서재필徐載弼	1964~1951	한국 독립운동가
서정주徐廷柱	1915~2000	한국 시인
석가모니釋迦牟尼	B.C. 563~483	인도 불교의 창시자
석성금石成金	1660~?	중국 청나라 통속문학 작가
선우휘鮮于煇	1922~1986	한국 소설가, 신문인
세종대왕世宗大王	1397~1450	조선 제4대 왕
소강절邵康節	1011~1077	중국 송나라 학자, 시인
소노아야코浦知壽子	1931~	일본 소설가
소순蘇洵	1009~1066	중국 북송시대 관리, 문학자
소식蘇軾(東坡)	1036~1101	중국 북송시대 시인, 학자, 정치인
손문孫文	1866~1925	중국 정치인, 삼민주의 주창
손소희孫素熙	1917~1987	한국 소설가
손우성孫宇聲	1904~2006	한국 교육자, 불문학자
손자孫子(손무)	B.C. 545~470	고대 중국 오나라 전략가
손창섭孫昌涉	1922~2010	한국 소설가
송건호宋建鎬	1927~2001	한국 언론인, 한겨레신문 초대 사장
송익필宋翼弼	1534~1599	조선시대 학자
송지영宋志英	1915~1989	한국 소설가
스즈키도시후미鈴木敏文	1932~	일본 기업인, 세븐일레븐 회장
신란親鸞	1173~1263	일본 승려, 사상가
신기질辛棄疾	1140~1207	중국 남송시대 시인
신동집申瞳集	1924~2003	한국 시인

신석정辛錫正	1907~1974	한국 시인
신숙주申叔舟	1417~1475	조선시대 문신, 영의정
신일철申一徹	1931~2006	한국 철학교수
신지식申智植	1930~2020	한국 소설가, 아동문학가
신채호申采浩	1880~1936	한국 독립운동가, 사학자
심연섭沈鍊燮	1929~1977	한국 칼럼니스트
심훈沈勳(沈大燮)	1901~1936	한국 독립운동가, 소설가(상록수)

ㅇ

아꾸다가와류노스케芥川龍之介	1892~1927	일본 소설가
아라시마다케오有島武雄	1878~1923	일본 작가
안병무安炳武	1912~1986	한국 신학자, 교수
안병욱安秉煜	1920~2013	한국 철학교수, 수필가
안수길安壽吉	1911~1977	한국 작가, 소설가
안연지顔延之	384~456	중국 송나라 시인, 문인
안응세安應世	1455~1480	조선시대 문인
안자晏子(晏嬰)	?~B.C. 500	중국 춘추시대 정치가, 사상가
안중근安重根	1879~1910	한국 독립운동가
안지추顔之推	531~591	중국 육조시대 문학가(안씨가훈)
안창호安昌浩	1878~1938	한국 정치가, 독립운동가
안철수安哲秀	1962~	한국 의사, 정치가, 국회의원
양계초梁啓超	1873~1929	중국 교육가, 정치가
양명문楊明文	1913~1985	한국 시인
양사언梁士彦	1517~1584	조선시대 문신, 서예가
양성지梁誠之	1415~1482	조선시대 문신, 학자
양승태梁承泰	1948~	한국 15대 대법원장
양주楊朱	B.C. 440~360	중국 전국시대 학자

양형楊炯	650~695	중국 당나라 시인
엄준嚴俊	1885~1919	한국 독립운동가
여곤呂坤	1536~1618	중국 명나라 유학자, 정치가
여몽呂蒙	178~219	중국 오나라 장수
여본중呂本中	1084~1145	중국 송나라 시인
여석기呂石基	1922~2014	한국 연극 평론가, 영문학자
여희철呂希哲	1036~1114	중국 북송시대 교육가
연산군燕山君	1494~1506	조선조 10대 왕
오기吳起	B.C. 440~381	중국 위나라 병법가
오다노부나가織田信長	1534~1582	일본 전국시대 장군
오다니요네다로大谷米太郎	1881~1968	일본 실업가
오상순吳相淳	1894~1963	한국 시인
오소백吳蘇白	1921~2008	한국 언론인
오종식吳宗植	1906~1976	한국 언론인
오지호吳之湖	1905~1982	한국 화가
오화섭吳華燮	1916~1979	한국 연극 번역가
와타나베쇼이치渡部昇一	1930~	일본 대학교수
왕발王勃	647~674	중국 당나라 시인
왕수인王守仁	1472~1528	중국 명나라 정치인, 사상가
왕신민王信民		중국 송나라 유학자(소학 저술)
왕안석王安石	1021~1086	중국 송나라 문필가, 정치인
왕양명王陽明	1368~1661	중국 명나라 철학자, 정치가
왕찬王粲	177~217	중국 위나라 시인
왕통王通	582~616	중국 수나라 유학자, 사상가
요시다겐코吉田兼好	1283~1350	일본 수필가
요시다다다오吉田忠雄	?~1993	일본 YKK 창업자
우치무라간조內村鑑三	1861~1930	일본 종교가
원매袁枚	1716~1797	중국 청나라 문인
원진元稹	779~831	중국 당나라 문학가

유길준兪吉濬	1856~1914	조선 말기 정치인, 개화사상가
유달영柳達永	1911~2004	한국 농학자, 수필가, 사회운동가
유성룡柳成龍	1542~1607	조선시대 영의정(재상)
유숭조柳崇祖	1452~1512	조선시대 문신
유우석劉禹錫	772~842	중국 당나라 시인
유종원柳宗元	773~819	중국 당나라 관리, 문학가, 시인
유주현柳周鉉	1921~1982	한국 소설가
유진오兪鎭午	1906~1987	한국 소설가, 대학 총장
유치환柳致環	1908~1967	한국 시인, 교육가
유향劉向	B.C. 247~195?	중국 전한시대 학자
유현종劉賢鍾	1939~1950	한국 역사 소설가
유형기柳瀅基	1897~1989	한국 감리교 목사
유흠劉歆	?~23	중국 전한 말기 사상가
육구몽陸龜蒙	?~0881	중국 당나라 시인
윤석중尹石重	1911~2003	한국 아동문학가, 시인
윤오영尹五榮	1907~1976	한국 수필가
윤태림尹泰林	1908~1991	한국 행정관료, 교육자
이건호李建浩	1870~1950	한국 시인
이곡李穀	1298~1351	고려시대 학자, 문신
이광수李光洙	1892~1950	한국 소설가, 조선일보 부사장
이기영李箕永	1895~1984	한국 소설가(고향 저술)
이동주李東柱	1920~1979	한국 시인, 작가
이무영李無影(李甲龍)	1908~1960	한국 농민문학 작가
이백李白(太白)	701~762	중국 당나라 시인
이병기李秉岐	1891~1968	한국 국문학자, 시조시인
이병도李丙燾	1896~1989	한국 역사학자(국사 대관 저술)
이병주李炳注	1921~1992	한국 소설가, 언론인
이봉구李鳳九	1916~1983	한국 소설가
이상李箱	1910~1937	한국 작가

이상재李商在	1850~1927	한국 독립운동가
이상은李商隱	813~858	중국 당나라 시인
이순신李舜臣	1545~1598	조선시대 장군
이승만李承晩	1875~1965	한국 1, 2, 3대 대통령
이시카오아다크보쿠石川啄木	1886~1912	일본 시인
이양하李敭河	1904~1963	한국 수필가, 영문학자
이어령李御寧	1934~2022	한국 언론인, 문학평론가
이언적李彦迪	1491~1553	조선시대 문신
이외수李外秀	1946~2022	한국 소설가
이원수李元壽	1911~1981	한국 아동문학가
이육사李陸史	1904~1944	한국 독립운동가, 시인
이윤재李允宰	1888~1943	한국 독립운동가, 국어학자
이이李珥(율곡)	1536~1584	조선시대 문신, 학자
이인로李仁老	1152~1220	고려시대 학자
이제현李齊賢	1287~1367	고려시대 문신, 학자
이주홍李周洪	1906~1987	한국 동화 작가(아름다운 고향)
이준李儁	1859~1907	한국 독립운동가
이준경李浚慶	1499~1572	조선시대 문신
이중섭李仲燮	1916~1956	한국 서양 화가
이중환李重煥	1690~1756	조선시대 실학자, 택리지 저술
이지함李之菡	1517~1578	조선시대 문신, 학자, 토정비결 저자
이창배李昌培	1924~2013	한국 교수, 번역문학가
이치게요시게市毛良枝	1950~	일본 영화배우
이태극李泰極	1913~2003	한국 문화예술인
이태영李兌榮	1914~1998	한국 법조인, 여성운동가
이하李賀	781~817	중국 당나라 시인
이하윤異河潤	1906~1974	한국 시인
이항녕李恒寧	1915~2008	한국 교육자, 대학 총장
이황李滉(퇴계)	1501~1570	조선시대 문신, 학자

이효석李孝石	1907~1942	한국 소설가, 교수
이희승李熙昇	1896~1989	한국 독립운동가, 국어학자
임어당林語堂	1895~1976	중국 작가, 문학평론가
임옥인林玉仁	1915~1995	한국 여류 소설가, 교수

ㅈ

자공子貢	B.C. 520~456	중국 위나라 유학자
자기子綦		중국 초나라 철학자
자사子思	B.C. 483~402	중국 노나라 학자
자하子夏	B.C. 507~420	중국 전국시대 학자
장구령張九齡	678~740	중국 당나라 재상
장기윤張其昀	1901~1995	중국 역사학자
장덕조張德祚	1914~2003	한국 여류 언론인, 소설가
장왕록張旺祿	1924~1994	한국 영문학자, 교수
장용학張龍鶴	1921~1999	한국 소설가, 언론인
장우성張遇聖	1912~2005	한국 화가
장이욱張利郁	1895~1983	한국 교육자, 사회교육자
장자莊子	B.C. 365~290	중국 송나라 사상가
장효상張孝祥	1132~1169	중국 남송나라 시인
쟈핑와賈平凹	1952~	중국 소설가, 학자
전봉건全鳳健	1928~1988	한국 시인
전혜린田惠麟	1934~1965	한국 번역가, 수필가
정도전鄭道傳	1342~1398	조선시대 문신 겸 학자
전범석鄭範錫	1916~2001	한국 교육자, 국민대 총장
정병조鄭丙朝	1863~1945	한국 문장가
정비석鄭飛石(정서죽)	1911~1991	한국 소설가
정약용丁若鏞	1762~1836	조선시대 학자

정연복鄭然福	1963~	한국 시인, 작가
정여창鄭汝昌	1450~1504	조선시대 문신, 학자
정완영鄭椀永	1919~2016	한국 시조시인
정인보鄭寅普	1893~1950	한국 독립운동가, 한학자
정인섭鄭寅燮	1905~1983	한국 영문학자
정재두鄭齋斗	1649~1736	조선시대 유학자
정주영鄭周永	1915~2001	한국 현대그룹 창업자
정철鄭澈	1551~1594	조선시대 문신, 문인
정호程顥	1032~1085	중국 북송시대 유학자
정황丁熿	1540?	조선시대 문신
제갈량諸葛亮	181~234	중국 촉한시대의 정치가, 전략가
조광조趙光祖	1482~1519	조선시대 문신
조동필趙東弼	1919~2001	한국 경제학자(한국경제사)
조만식曺晚植	1883~1950	한국 독립운동가, 정치인
조병옥趙炳玉	1894~1960	한국 정치인
조식曺植	1501~1572	조선시대 문신, 학자
조연현趙演鉉	1920~1981	한국 시인, 문학평론가
조윤제趙潤濟	1904~1976	한국 국문학자, 한국문학사 저술
조조曹操	155~220	중국 위나라 초대 황제
조지훈趙芝薰	1920~1968	한국 시인, 국문학자
조향록趙香祿	1920~2010	한국 목사, 장로교 총회장
좌사左思	250~305	중국 서진시대 시인
주돈신周敦頤	1017~1073	중국 북송 유학자
주백려朱栢廬	1617~1688	중국 명나라 유학자, 서예가
주자朱子	1120~1200	중국 송대의 유학자, 철학자
주희朱熹	1130~1200	중국 송나라 유학자
지눌知訥	1158~1210	고려시대 승려
지명관池明觀	1924~2022	한국 연구원, 교수, 수필가
지학순池學淳	1921~1993	한국 천주교 주교

| 진종眞宗 | 968~1022 | 중국 북송 3대 황제 |

ㅊ

차동엽車東燁	1958~2014	한국 가톨릭 사제, 작가
차범석車凡錫	1924~2006	한국 극작가
천이두千二斗	1929~2017	한국 문학평론가
최남선崔南善	1890~1957	한국 사학자, 문인, 언론인
최인훈崔仁勳	1936~2018	한국 소설가
최정희崔貞熙	1906~1990	한국 여류소설가
최충崔沖	984~1068	고려시대 문신

ㅌ

| 탕현조湯顯祖 | 1550~1616 | 중국 명나라 극작가 |
| 태공망太公望(姜商) | B.C. 1211~1072 | 중국 주나라 국사(강태공) |

ㅍ

| 풍몽룡馮夢龍 | 1574~1646 | 중국 명나라 문학자 |
| 피천득皮千得 | 1910~2007 | 한국 작가 |

ㅎ

| 하야카와 도쿠지早川德次 | 1893~1980 | 일본 샤프 창업자 |

하위지河緯地	1412~1456	조선시대 문신, 사육신의 1인
한갑수韓甲洙	1913~2004	한국 한글학자
한근태韓根泰	1956~	한국 대학 교수
한무숙韓戊淑	1918~1993	한국 소설가
한비자韓非子	B.C. 280~233	고대 중국 정치사상가
한용운韓龍雲	1879~1944	한국 독립운동가, 시인
한유韓愈	768~824	중국 당나라 문학가, 사상가
한흑구韓黑鷗	1909~1979	한국 수필가
함석헌咸錫憲	1901~1989	한국 사학자
항우項羽	B.C. 232~202	중국 진나라 시대 무장
허경종許敬宗	592~672	중국 당나라 정치가, 대신
허균許筠	1569~1618	조선시대 문신
혜민惠旻	1973~	한국 승려, 교수
호리고이치堀幸一	1969~	일본 야구 코치
혼다소이치로本田宗一郞	1906~1991	일본 기업인, 혼다 창업자
홍사중洪思重	1931~	한국 언론인, 문학평론가
홍자성洪自誠	1644?	중국 명나라 시대 저술가(채근담)
황정견黃庭堅	1045~1105	중국 북송시대 문학가
황종희黃宗羲	1610~1695	중국 청나라 학자
황진이黃眞伊	1506~1567	한국 조선시대 여류 시인
후쿠자와유기치福澤諭吉	1835~1901	일본 명치시대 계몽 사상가

편저

우제祐齊 김효영金孝英

　　1933년 평북 용천 출생
　　건국대학교 정치대학 졸업
　　지방행정연수원 간부과정 수료
　　경기도 지방과장, 연천군수
　　(주)한국코니카필름 전무이사

{ 저서 }
　　지방자치사전, 삼영사, 1980
　　기초사진제판, 인쇄계사, 1987
　　인쇄대사전, 인쇄문화사, 1992
　　공직생활과 예절, 교문사, 2000
　　한문사자성어사전 증보판, 명문당, 2019

| 증보판 |
세계 명언 사전 世界 名言 辭典

초판 인쇄　2024년 4월 15일
초판 발행　2024년 4월 22일

편　　저 | 김효영
발행자 | 김동구
디자인 | 이명숙·양철민
발행처 | 명문당(1923. 10. 1 창립)
주　　소 | 서울시 종로구 윤보선길 61(안국동)
　　　　　국민은행 006-01-0483-171
전　　화 | 02)733-3039, 734-4798, 733-4748(영)
팩　　스 | 02)734-9209
Homepage | www.myungmundang.net
E-mail | mmdbook1@hanmail.net
등　　록 | 1977. 11. 19. 제1~148호

ISBN 979-11-985856-6-0 (13800)
50,000원